SLAAP

LARS KEPLER BIJ UITGEVERIJ CARGO

Hypnose
Contract
Getuige
Stalker
Playground
Jager

Lars Kepler

Slaap

Vertaald door Jasper Popma en Clementine Luijten

CARGO

2018

AMSTERDAM

Cargo is een imprint van Uitgeverij De Bezige Bij, Amsterdam

First published in the Dutch language by arrangement with Bonnier Group Agency, Stockholm, Sweden

Eerste druk maart 2013
Elfde druk februari 2018
Oorspronkelijke titel *Sandmannen*
Oorspronkelijke uitgever Albert Bonniers Förlag, Stockholm
Omslagontwerp Studio Jan de Boer
Omslagillustratie Hummingbirds
Foto auteur Ewa-Marie Rundquist
Vormgeving binnenwerk Peter Verwey, Heemstede
Druk Wilco, Zutphen
ISBN 978 94 031 0770 7
NUR 305

uitgeverijcargo.nl

Het is midden in de nacht en er waait sneeuw vanaf zee over het land. Een jonge man loopt over een hoge spoorbrug richting Stockholm. Zijn gezicht is bleek als matglas. Zijn spijkerbroek is stijf van bevroren bloed. Hij loopt tussen de rails en stapt over de dwarsliggers. Vijftig meter onder hem is vagelijk het ijs op de fjord te zien, als een reep laken. De witte bomen en de oliereservoirs in de haven zijn amper zichtbaar; sneeuw wervelt door het schijnsel van de containerkranen diep onder hem.

Warm bloed loopt langs zijn linkeronderarm, zijn hand in en druppelt van zijn vingertoppen.

Er klinkt gesuis en gefluit als een nachttrein over de twee kilometer lange brug komt aangereden.

De jonge man wankelt even, gaat op het spoor zitten, maar komt dan weer overeind en loopt verder.

Voor de trein wordt lucht weggestoten en het zicht wordt belemmerd door stuifsneeuw. De Traxx-locomotief rijdt al midden op de brug als de machinist de man op het spoor gewaarwordt. Hij toetert en ziet dat de gestalte bijna omvalt, een grote stap naar links zet, naar het naastgelegen spoor, en de smalle reling vastgrijpt.

De kleren fladderen om het lichaam van de man. De brug onder zijn voeten schudt hevig. Met wijd opengesperde ogen en zijn hand om de reling staat hij stil.

Alles bestaat uit wervelende sneeuw en gapende duisternis.

Als hij verder loopt, moet hij zijn vastvriezende hand lostrekken van de reling.

Zijn naam is Mikael Kohler-Frost. Hij is dertien jaar vermist geweest, en al zeven jaar doodverklaard.

1

Het hek van staal slaat met een zwaar geluid dicht achter de nieuwe arts. De metalige echo schiet langs hem heen, de wenteltrap af.

Er loopt een rilling over de rug van Anders Rönn als het opeens volkomen stil is.

Vanaf vandaag werkt hij op de gesloten forensisch psychiatrische afdeling.

In de strikt geïsoleerde bunker zit de inmiddels oude Jurek Walter nu al dertien jaar. Hij is veroordeeld tot dwangverpleging met bijzondere ontslagtoetsing.

De jonge arts weet niet veel meer van zijn patiënt dan dat hij de diagnose 'Schizofrenie, niet nader gespecificeerd. Chaotisch denken. Terugkerende acute psychotische toestand met bizarre en zeer gewelddadige trekken' heeft gekregen.

Anders Rönn legitimeert zich op de onderste verdieping, levert zijn telefoon in en hangt de sleutel van het traliehek in de kast, waarna de bewaarster de eerste deur van de sluis opent. Hij gaat naar binnen, wacht tot de deur dicht is en loopt verder. Als er een signaal klinkt, opent de bewaarster ook de tweede deur. Anders draait zich om en wuift naar haar voordat hij door de gang naar de personeelskamer van de isoleerafdeling loopt.

Chef-arts Roland Brolin is een stevige man van een jaar of vijftig met hangende schouders en stekeltjeshaar. Hij staat onder de ventilator in de pantry te roken en bladert in het vakbondstijdschrift voor verplegend personeel door een artikel over de loonkloof tussen mannen en vrouwen.

'Jurek Walter mag nooit alleen gelaten worden met iemand van het personeel,' zegt de chef-arts. 'Hij mag nooit andere patiënten ontmoeten, hij mag geen bezoek ontvangen en hij mag nooit naar buiten op de luchtplaats. Ook niet...'

'Nooit?' vraagt Anders. 'Het is toch niet toegestaan om iemand op te sluiten...'

'Nee, inderdaad,' zegt Roland kortaf.

'Wat heeft hij eigenlijk gedaan?'

'Een paar leuke dingetjes,' antwoordt Roland en hij loopt richting de gang.

Hoewel Jurek Walter de ergste seriemoordenaar is die Zweden ooit gekend heeft, is hij onbekend bij de bevolking. De rechtszaken in het Rådhuset en het Wrangelska Palatset waren besloten en nog altijd zijn niet alle documenten openbaar.

Anders Rönn en chef-arts Roland Brolin passeren een volgende veiligheidsdeur en een jonge vrouw met getatoeëerde armen en gepiercete wangen knipoogt naar ze.

'Kom heelhuids terug,' zegt ze kort.

'Maak je geen zorgen,' zegt Roland met gedempte stem tegen Anders. 'Jurek Walter is een rustige, oudere man. Hij vecht niet en verheft zijn stem niet. Onze hoofdregel is dat we nooit, maar dan ook nooit, bij hem naar binnen gaan. Maar Leffe, die nachtdienst had, heeft gezien dat hij een mes onder zijn matras heeft verstopt, en dat moeten we natuurlijk in beslag nemen.'

'Hoe moeten we dat doen?' vraagt Anders.

'We overtreden de regels.'

'Gaan we bij Walter naar binnen?'

'Jij gaat bij hem naar binnen... en vraagt vriendelijk of hij je het mes wil geven.'

'Moet ik naar binnen gaan...?'

Roland Brolin lacht hard en legt dan uit dat ze doen alsof ze de patiënt een spuit Risperdal komen geven, net als altijd, maar hem in plaats daarvan een overdosis Zypadhera toedienen.

De chef-arts haalt zijn kaart door nog een lezer en toetst een code in. Er klinkt een piep en het slot van de veiligheidsdeur klikt.

'Wacht,' zegt Roland en hij haalt een doosje met gele oordoppen tevoorschijn.

'Je zei dat hij niet schreeuwt.'

Roland glimlacht mat, neemt zijn nieuwe collega met vermoeide ogen op en slaakt een diepe zucht voordat hij het begint uit te leggen.

'Jurek Walter zal tegen je praten, heel rustig, best gezellig,' vertelt hij met ernstige stem. 'Maar later op de avond, als je naar huis rijdt, geef je een zwiep aan je stuur zodat je op de andere weghelft belandt en frontaal tegen een vrachtwagen botst... of je gaat even langs de bouwmarkt en koopt een bijl voordat je je kinderen uit de crèche ophaalt.'

'Moet ik nu bang worden?' vraagt Anders glimlachend.

'Nee, maar hopelijk wel voorzichtig,' zegt Roland.

Anders heeft meestal geen geluk, maar toen hij in het tijdschrift van de Artsenbond de advertentie las voor een langdurige fulltimevervanging op de gesloten afdeling van het Löwenströmska-ziekenhuis begon zijn hart sneller te kloppen.

Het is maar twintig minuten rijden van zijn huis en de lange vervanging zou tot een vaste aanstelling kunnen leiden.

Na zijn coschappen in het Skaraborgs-ziekenhuis en een medisch centrum in Huddinge heeft hij moeten rondkomen van tijdelijke aanstellingen bij het psychiatrisch ziekenhuis Sankt Sigfrids.

De lange reizen naar Växjö en de onregelmatige werktijden waren niet te combineren met Petra's baan bij de gemeentelijke afdeling voor Sport en Recreatie en Agnes' autistische stoornis.

Twee weken geleden nog maar hadden Anders en Petra aan de keukentafel gezeten in een poging te doorzien hoe ze het moesten aanpakken.

'Zo gaat het niet langer,' zei hij heel rustig.

'Wat moeten we doen?' fluisterde ze.

'Ik weet het niet,' antwoordde Anders en hij veegde de tranen van haar wangen.

Agnes' persoonlijk begeleider op het kinderdagverblijf had verteld dat Agnes een rotdag had gehad. Ze had geweigerd haar melkbeker los te laten en de andere kinderen hadden gelachen. Ze kon niet accepteren dat het tussendoortje voorbij was, aangezien haar vader haar niet zoals anders had opgehaald. Hij was direct uit Växjö naar het kinderdagverblijf gereden, maar hij was er pas tegen zessen. Agnes had nog steeds met haar handen om de beker in de kantine gezeten.

Toen ze thuiskwamen, was Agnes in haar kamer gaan staan, had naar de muur naast het poppenhuis gekeken terwijl ze op haar introverte manier in haar handen klapte. Ze weten niet wat ze daar ziet, maar ze zegt dat er grijze stokjes langskomen die ze moet tellen en stoppen. Dat doet ze als ze hevige angsten heeft. Soms is tien minuten voldoende, maar die avond moest ze er meer dan vier uur staan voordat ze haar naar bed konden brengen.

2

De laatste veiligheidsdeur valt dicht en ze lopen door de gang naar de enige van de drie isoleercellen die in gebruik is. De tl-buis aan het plafond weerkaatst op het linoleum. Het textielbehang is op een meter hoogte bekrast door de trolley.

De chef-arts stopt zijn kaart in een zak van zijn doktersjas en laat Anders voor zich uit lopen naar de zware metalen deur.

Door het pantserglas ziet Anders een tengere man op een plastic stoel zitten. Hij draagt een blauwe spijkerbroek en een spijkeroverhemd. De man is gladgeschoren en zijn ogen staan merkwaardig rustig. De vele rimpels op zijn bleke gezicht doen denken aan gebarsten klei in een droge rivierbedding.

Jurek Walter is veroordeeld voor slechts twee moorden en een poging tot moord, maar wordt zeer sterk in verband gebracht met nog negentien moorden.

Dertien jaar geleden is hij op heterdaad betrapt in het Stockholmse bos Lill-Jansskogen terwijl hij een vijftigjarige vrouw terug in een kist in de aarde dwong. Ze was bijna twee jaar lang in leven gehouden in de kist. De vrouw was er verschrikkelijk aan toe, ze was ondervoed, haar spierweefsel was afgestorven, het koudeletsel en de doorligwonden waren gruwelijk en ze had zwaar hersenletsel opgelopen. Als de politie Jurek Walter niet had getraceerd en bij de kist had opgepakt, was hij waarschijnlijk nooit opgehouden.

Nu pakt de chef-arts drie glazen flesjes met geel poeder, voegt water toe aan elk flesje, schudt ze heen en weer en laat de vloeistof behoedzaam rondwentelen, waarna hij de vloeistof omhoogtrekt in een spuit.

Hij doet de oordoppen in en opent daarna het luikje in de deur. Een ratelend metalig geluid, en een zware geur van beton en stof komt hun tegemoet.

Met lijzige stem zegt Brolin tegen Jurek Walter dat het tijd is voor zijn spuit.

De man heft zijn hoofd en staat zacht op van de stoel, keert zijn blik naar het luik in de deur en loopt erheen terwijl hij zijn overhemd openknoopt.

'Blijf staan en trek je overhemd uit,' zegt Roland.

Jurek Walter loopt langzaam door en Roland doet het luik dicht en vergrendelt het snel. Walter blijft staan, opent de laatste knopen en laat het spijkerhemd op de grond vallen.

Hij heeft een lichaam dat ooit goed getraind was, maar nu hangen de spieren en de rimpelige huid los om zijn lijf.

Roland doet het luik weer open. Jurek Walter zet de laatste passen naar de deur en strekt zijn pezige arm met honderden pigmentvlekken uit.

Anders ontsmet de bovenarm met alcohol. Roland drukt de spuit in de zachte spier en injecteert de vloeistof veel te diep. Walters hand schokt verrast, maar hij trekt zijn arm niet terug voor hij toestemming krijgt. De chef-arts sluit het luik en vergrendelt het weer, haalt de oordoppen uit zijn oren, glimlacht nerveus bij zichzelf en kijkt dan naar binnen.

Jurek Walter loopt strompelend naar het bed, blijft staan en gaat zitten.

Plotseling richt hij zijn blik op de deur en Roland laat de spuit per ongeluk vallen.

De chef-arts probeert hem te vangen, maar hij rolt weg over het beton.

Anders doet een stap, pakt de spuit op en als ze allebei overeind komen en zich weer omdraaien naar de isoleercel, zien ze dat de binnenkant van het pantserglas beslagen is. Walter heeft op het raam geademd en met zijn vinger 'Joona' geschreven.

'Wat staat er?' vraagt Anders met zwakke stem.

'Hij heeft "Joona" geschreven.'

'Joona?'

'Wat betekent dat in godsnaam?'

De damp trekt weg en ze zien Jurek Walter zitten alsof hij zich niet verroerd heeft. Hij kijkt naar de arm waarin hij de injectie heeft gekregen, masseert de spier en kijkt hen dan aan door het glas.

'Was dat het enige?' vraagt Anders.

'Ik zag alleen...'

Een dierlijk gebrul klinkt door de dikke deur heen. Jurek Walter is van het bed af gegleden, knielt en schreeuwt het uit. De pezen in zijn hals zijn gespannen, zijn aderen zijn gezwollen.

'Hoeveel heb je hem eigenlijk gegeven?' vraagt Anders.

De ogen van Jurek Walter draaien omhoog en worden wit, hij zoekt steun met zijn hand, strekt een been uit maar klapt abrupt achterover, slaat met zijn hoofd tegen het nachtkastje, schreeuwt en zijn lichaam begint spastisch te schokken.

'Jezus christus,' fluistert Anders.

Walter glijdt op de vloer, trapt ongecontroleerd met zijn benen, bijt op zijn tong, hijgt bloed over zijn borst heen en ligt dan puffend op zijn rug.

'Wat doen we als hij doodgaat?'

'Hem cremeren,' antwoordt Brolin.

Walter krijgt nieuwe krampen, zijn hele lichaam schudt, zijn handen slaan alle kanten op voor ze stilvallen.

Brolin kijkt op zijn horloge. Er loopt zweet over zijn wangen.

Jurek Walter kermt, rolt op een zij, probeert overeind te komen, maar slaagt daar niet in.

'Over twee minuten kun je naar binnen gaan,' zegt de chef-arts.

'Moet ik daar echt naar binnen?'

'Zo dadelijk is hij ongevaarlijk.'

Walter kruipt op handen en knieën, uit zijn mond loopt slijmerig bloed. Hij wankelt, kruipt langzamer tot hij ineenzakt op de vloer en stilligt.

3

Anders kijkt door de dikke glazen ruit in de deur. Jurek Walter ligt al tien minuten onbeweeglijk op de grond. Zijn lichaam is slap na de krampen.

De chef-arts pakt de sleutel, steekt hem in het slot, aarzelt, kijkt door het raam naar binnen en draait de deur dan van het slot.

'Veel plezier,' zegt hij.

'Wat doen we als hij bijkomt?' vraagt Anders.

'Hij mag niet bijkomen.'

Brolin doet de deur open en Anders gaat naar binnen. De deur wordt achter hem in het slot getrokken. Het ruikt naar zweet in de isoleercel, maar ook naar iets anders. Een zurige geur van azijnessence. Jurek Walter ligt heel stil, maar vagelijk beweegt zijn rug in een rustige ademhaling.

Anders houdt afstand tot hem, hoewel hij weet dat hij diep slaapt.

De akoestiek hier is opmerkelijk, opdringerig, alsof de geluiden zich iets te dicht op de bewegingen bevinden.

Zijn witte jas ruist licht bij elke stap.

Walter ademt sneller.

De kraan drupt in de wastafel.

Anders is bij het bed, richt zijn blik op Walter en gaat dan op zijn knieën zitten.

Hij vangt een glimp op van de chef-arts, die met bange ogen door het pantserglas naar hem kijkt als hij zich bukt en onder het aan de wand bevestigde bed probeert te kijken.

Er ligt niets op de vloer.

Hij kruipt nog dichterbij, kijkt goed naar Walter en gaat dan plat op de grond liggen.

Het is niet meer mogelijk Walter in de gaten te houden. Hij moet zijn rug naar hem toe keren om het mes te kunnen zoeken.

Er valt zwak licht onder het bed. Tegen de wand liggen roerloze stofvlokken.

Hij kan het niet laten zich voor te stellen dat Jurek Walter zijn ogen heeft geopend.

Er is iets tussen de houten latten en het matras gestoken. Het is lastig te zien wat het is.

Anders rekt zich uit, maar kan er niet bij. Hij moet op zijn rug onder het bed schuiven. De ruimte is zo laag dat hij zijn hoofd niet kan draaien. Hij trekt zichzelf naar de muur. Bij elke inademing voelt hij de doffe weerstand van de bedbodem tegen zijn borstkas. Zijn vingers tasten. Hij moet nog iets verder. Zijn knie stoot tegen een lat. Hij blaast een stofvlok van zijn gezicht en drukt zich verder onder het bed.

Plotseling klinkt er een zware bons achter hem in de isoleercel. Hij kan zich niet omdraaien om te kijken. Hij ligt alleen stil en luistert. Zijn eigen ademhaling is zo snel dat het hem moeite kost andere geluiden te onderscheiden.

Voorzichtig steekt hij zijn hand uit, bereikt het voorwerp met zijn vingertoppen, duwt zichzelf nog iets verder onder het bed en weet het los te krijgen.

Van een stalen fitting heeft Walter een kort mes met een heel scherp lemmet vervaardigd.

'Kom nou,' roept de chef-arts door het luikje.

Anders probeert onder het bed vandaan te komen, hij drukt zichzelf richting de opening en haalt zijn wang open.

Hij blijft steken, hij komt er niet onderuit, zijn witte jas zit vast en het is onmogelijk die uit te doen.

Hij meent slepende bewegingen van Walter te horen.

Misschien was het niks.

Anders trekt zo hard hij kan. De naden kraken, maar ze houden het. Hij beseft dat er niets anders op zit dan zichzelf weer terug onder het bed te drukken om de stof los te krijgen.

'Wat doe je?' roept Roland Brolin met angstige stem.

Het luikje in de deur ratelt en wordt vergrendeld.

Anders ziet dat een zak van zijn jas achter een losse lat is blijven hangen. Hij haakt hem snel los, houdt zijn adem in en duwt zichzelf weg. Hij raakt steeds sterker vervuld van paniek. Hij schramt zijn buik en knieën, krijgt met één hand de rand van het bed te pakken en trekt zichzelf eronder vandaan.

Hijgend draait hij zich om en komt wankel overeind met het mes in zijn hand.

Walter ligt op zijn zij, één oog is halfopen in zijn slaap en staart hem nietsziend aan.

Anders loopt vlug naar de deur, ziet de angstige blik van de chef-arts door het pantserglas en probeert te glimlachen, maar de stress klinkt door in zijn stem als hij zegt: 'Doe de deur open.'

In plaats daarvan doet Roland Brolin het luik open: 'Geef me eerst het mes.'

Anders kijkt hem bevreemd aan en overhandigt daarna het mes.

'Je hebt nog iets gevonden,' zegt Roland Brolin.

'Nee,' antwoordt Anders en hij kijkt naar Walter.

'Een brief.'

'Er lag niets anders.'

Walter begint te draaien op de vloer en puft zacht.

'Kijk in zijn zakken,' zegt de chef-arts met een gespannen glimlachje.

'Waarom?'

'Omdat het een visitatie is.'

Anders draait zich om en loopt voorzichtig naar Jurek Walter toe. Zijn ogen zijn weer helemaal dicht, maar er parelt nu zweet op zijn gerimpelde gezicht.

Met tegenzin bukt Anders zich en voelt in een zak. De spijkerstof van het overhemd spant strakker over zijn schouders en Walter bromt zacht.

In de achterzak van de broek zit een plastic kam. Trillend zoekt Anders verder in de nauwe zakken.

Er druppelt zweet van zijn neuspuntje. Hij moet hard knipperen.

Walters grote hand sluit een paar keer.

Er zit niets in zijn zakken.

Anders richt zijn blik op het pantserglas en schudt zijn hoofd. Het is onmogelijk om te zien of Brolin aan de andere kant van de deur staat.

De plafondlamp in de isoleercel glinstert als een grijze zon in het glas.

Hij moet er nú uit.

Het duurt al te lang.

Anders komt overeind en haast zich naar de deur. De chef-arts staat er niet meer. Anders kijkt van vlakbij door het glas, maar ziet niks.

Jurek Walter ademt snel, als een kind dat een nachtmerrie heeft.

Anders bonst op de deur. Zijn handen ploffen haast geluidloos tegen het dikke metaal. Hij bonst opnieuw. Hij hoort niets, er gebeurt niets. Hij tikt met zijn trouwring tegen de glazen ruit als hij een schaduw ziet groeien op de muur.

De rillingen lopen langs zijn rug en over zijn armen. Met bonkend hart en stijgende adrenaline in zijn lichaam draait hij zich om. Hij ziet dat Jurek Walter langzaam rechtop komt zitten. Zijn gezicht is slap en de lichte blik staart voor zich uit. Hij bloedt nog steeds uit zijn mond en zijn lippen zien opvallend rood.

4

Anders bonkt op de zware stalen deur en roept, maar de chef-arts doet niet open. Zijn hartslag davert in zijn hoofd als hij zich omdraait naar de patiënt. Jurek Walter zit nog steeds op de vloer, knippert een paar keer naar hem en begint dan overeind te komen.

'Het is een leugen,' zegt Walter, waardoor er bloed over zijn kin loopt. 'Ze beweren dat ik een monster ben, maar ik ben gewoon een mens...'

Het lukt hem niet te gaan staan, hijgend zakt hij weer op de vloer.

'Een mens,' mompelt hij.

Met een vermoeide beweging brengt hij een hand onder zijn overhemd, haalt een opgevouwen papier tevoorschijn en gooit het voor Anders neer.

'De brief waar hij naar vroeg,' zegt hij. 'Zeven jaar vraag ik al of ik een advocaat mag spreken... Het is niet dat ik hoop dat ik eruit mag... Ik ben wie ik ben, maar ik ben nog steeds een mens...'

Anders bukt zich en reikt naar het papier zonder Walter los te laten met zijn blik. De gerimpelde man probeert opnieuw op te staan, steunt op zijn handen, zwaait licht, maar slaagt er wel in een voet op de grond te zetten.

Anders raapt het papier op van de grond, loopt achteruit en hoort eindelijk een rinkelend geluid als een sleutel in het slot van de deur wordt gestoken. Hij draait zich om, staart door het pantserglas en voelt zijn benen trillen.

'Je had me geen overdosis moeten geven,' mompelt Walter.

Anders draait zich niet om, maar weet toch dat Jurek Walter rechtop staat en naar hem kijkt.

Het pantserglas in de deur is net een stuk troebel ijs. Het is niet te zien wie er aan de andere kant staat en de sleutel in het slot omdraait.

'Doe open, doe open,' fluistert hij en hij hoort de ademhaling achter zijn rug.

De deur glijdt open en Anders struikelt de isoleercel uit. Hij tuimelt recht tegen de betonnen gangwand en hoort de zware dreun als de deur wordt gesloten en het ratelen als het solide mechanisme van het slot reageert op de draaiing van de sleutel.

Hijgend leunt hij tegen de koele muur, draait zich om en ziet dat niet de chef-arts hem gered heeft, maar de jonge vrouw met de gepiercete wangen.

'Ik snap niet wat er is gebeurd,' zegt ze. 'Roland moet onwel zijn geworden of zo, hij is altijd zo ongelofelijk precies op de veiligheid.'

'Ik zal met hem gaan praten...'

'Misschien is hij ziek geworden... volgens mij heeft hij diabetes.'

Anders veegt zijn vochtige handen af aan zijn witte jas en kijkt haar weer aan.

'Bedankt voor het opendoen,' zegt hij.

'Ik doe alles voor je,' zegt ze schertsend.

Hij probeert zijn onaangedane jongensglimlach op te zetten, maar zijn benen trillen als hij achter haar aan de veiligheidsdeur door loopt. Ze blijft bij de bewakingscentrale staan en richt dan haar blik op hem.

'Het enige probleem van hierbeneden werken,' zegt ze, 'is in feite dat het zo verschrikkelijk rustig is dat je een heleboel snoep moet eten om wakker te blijven.'

'Klinkt goed.'

Op een monitor zit Walter op zijn bed met zijn hoofd in zijn handen. Het dagverblijf met de tv en de loopband ligt er verlaten bij.

5

De rest van de dag besteedt Anders Rönn aan het doorgronden van de nieuwe routines, patiëntenoverleg op afdeling 30, individuele behandelplannen en ontslagtoetsingen, maar zijn gedachten dwalen voortdurend af naar de brief in zijn zak en naar wat Walter zei.

Om tien over vijf verlaat Anders de forensisch psychiatrische afdeling en wandelt hij de koele buitenlucht in. Buiten het verlichte ziekenhuisterrein heeft het winterduister zich gesloten.

Anders verwarmt zijn handen in zijn jaszakken, haast zich over het plaveisel en komt uit op de grote parkeerplaats voor de hoofdingang van het ziekenhuis.

Toen hij kwam stond het hier vol auto's, nu is het bijna leeg.

Hij tuurt en ziet dat er iemand achter zijn auto staat.

'Hallo!' roept Anders en hij versnelt zijn pas.

De man draait zich om, haalt zijn hand langs zijn mond en doet een stap opzij. Het is chef-arts Roland Brolin.

Anders vertraagt zijn pas en haalt de sleutel uit zijn zak.

'Je verwacht een excuus,' zegt Brolin met een geforceerde glimlach.

'Ik wil liever niet met de ziekenhuisdirectie bespreken wat er is gebeurd,' zegt Anders.

Brolin kijkt hem in de ogen, steekt zijn linkerhand uit en opent hem.

'Geef me de brief,' zegt hij rustig.

'Welke brief?'

'De brief waarvan Walter wilde dat je hem zou vinden,' antwoordt hij. 'Een briefje, een stukje krant, een kartonnetje.'

'Ik heb een mes opgehaald, zoals de bedoeling was.'

'Dat was het lokaas,' zegt Brolin. 'Je gelooft toch niet dat hij zich voor niets aan al die pijn blootstelt?'

Anders kijkt de chef-arts aan en wist met een hand het zweet van zijn bovenlip.

'Wat doen we als de patiënt een advocaat wil spreken?' vraagt hij.

'Niets,' fluistert Brolin.

'Maar heeft hij je dat nooit gevraagd?'

'Ik weet het niet, ik zou het niet hebben gehoord, ik heb altijd oordoppen in,' glimlacht Brolin.

'Maar ik begrijp eerlijk gezegd niet waarom...'

'Je hebt deze baan nodig,' valt de chef-arts hem in de rede. 'Ik heb gehoord dat jij de slechtste van je jaar was, je hebt een hoge studieschuld, geen ervaring, geen referenties.'

'Ben je klaar?'

'Je zou me die brief gewoon moeten geven,' antwoordt Brolin en hij klemt zijn kaken op elkaar.

'Ik heb geen brief gevonden.'

Brolin kijkt hem een tijdje in de ogen.

'Als je ooit een brief vindt,' zegt hij, 'dan moet je die aan mij geven zonder hem te lezen.'

'Ik begrijp het,' zegt Anders en hij doet de auto open.

Anders meent dat de chef-arts er enigszins opgelucht uitziet als hij instapt, het portier dichttrekt en de auto start. Hij negeert Brolins getik op het raampje, zet de auto in de versnelling en rijdt weg. In de achteruitkijkspiegel ziet hij dat Brolin de auto nastaart, zonder glimlach dit keer.

6

Als Anders thuiskomt, doet hij de buitendeur snel achter zich dicht, draait hem op slot en schuift de veiligheidsketting ervoor.

Zijn hart slaat snel in zijn borstkas – om de een of andere reden is hij van de auto naar het huis gerend.

Uit Agnes' kamer klinkt Petra's rustige stem. Anders glimlacht bij zichzelf. Ze leest al voor uit *Samen op het eiland Zeekraai.* Meestal was het veel later voordat de avondrituelen het verhaaltje voor het slapen hadden bereikt. Het moest weer een goede dag zijn geweest. Anders' nieuwe betrekking had ervoor gezorgd dat Petra per direct minder had durven gaan werken.

Rond Agnes' modderige winterlaarzen heeft zich op de mat in de hal een natte vlek gevormd. Muts en col liggen op de grond voor de ladekast. Anders gaat naar binnen, zet de champagnefles op de keukentafel en blijft dan staan met zijn blik op de donkere tuin gericht.

Hij denkt aan de brief van Jurek Walter en weet niet meer wat hij moet doen.

De takken van de grote sering schrapen langs het raam. Hij kijkt naar het zwarte glas, ziet zijn eigen keuken weerspiegeld, hoort de takken knarsen en denkt dat hij de grote heggenschaar uit de schuur zou moeten halen.

'Wacht, wacht,' hoort hij Petra zeggen. 'Ik lees eerst verder...'

Anders sluipt Agnes' kamer in. De prinsessenlamp aan het plafond brandt. Petra kijkt op van het boek en ontmoet zijn blik. Ze heeft haar lichtbruine haar opgestoken in een hoge paardenstaart en draagt zoals gewoonlijk haar oorbellen met hartjes. Agnes zit op haar schoot en herhaalt dat het weer verkeerd was en dat ze opnieuw moeten beginnen bij de hond.

Anders loopt verder naar binnen en gaat op zijn knieën voor hen zitten.

'Dag schatje van me,' zegt hij.

Agnes kijkt hem vlug aan en kijkt dan weer weg. Hij aait over haar hoofd, strijkt wat haar achter haar oor en staat op.

'Er is nog eten dat je kunt opwarmen,' zegt Petra. 'Ik moet dit hoofdstuk opnieuw lezen voor ik kom.'

'Het ging verkeerd met de hond,' herhaalt Agnes met haar blik op de grond gericht.

Anders loopt naar de keuken, pakt het bord met eten uit de koelkast en zet het op het aanrecht naast de magnetron.

Langzaam haalt hij de brief uit de achterzak van zijn spijkerbroek en denkt eraan hoe Jurek Walter herhaalde dat hij een mens was.

In een klein en overhellend handschrift heeft Walter enkele bijna kleurloze zinnen op het dunne papier geschreven. De brief is in de rechterbovenhoek geadresseerd aan een advocatenkantoor in Tensta en bevat uitsluitend een formeel verzoek. Jurek Walter vraagt om juridische bijstand om de inhoud van de veroordeling tot forensisch psychiatrische behandeling te begrijpen. Hij wil dat zijn rechten aan hem uitgelegd worden en wil geïnformeerd worden over de mogelijkheid tot heroverweging van het vonnis in de toekomst.

Anders kan niet verklaren waar zijn plotselinge onbehagen vandaan komt, maar er is iets vreemds met de toon in de brief en met de correcte woordkeuze in combinatie met de spelfouten, die dyslectisch aandoen.

De gedachten aan Walters woorden jagen door zijn hoofd als hij naar zijn werkkamer gaat en een envelop pakt. Hij schrijft het adres over, stopt de brief in de envelop en frankeert deze.

Hij verlaat het huis en loopt het kille duister in, over het veld en verder naar de kiosk bij de rotonde. Nadat hij de brief heeft gepost, staat hij even naar de passerende auto's op de Sandavägen te kijken, waarna hij terugloopt naar huis.

De wind doet het bevroren weidegras golven als water. Een haas schiet weg naar de oude tuinen.

Hij doet het hek open en kijkt naar binnen door het keukenraam. Het hele huis lijkt op een poppenhuis. Alles is verlicht en duidelijk zichtbaar. Hij kijkt recht de gang in en ziet het blauwe schilderij dat daar altijd al hangt.

De deur naar hun slaapkamer is open. Midden in de kamer staat de stofzuiger. De stekker zit nog in het stopcontact.

Plotseling ziet Anders een beweging. Verschrikt hapt hij naar adem. Er is iemand in de slaapkamer. Hij staat naast hun bed.

Anders wil net naar binnen stormen als hij begrijpt dat de persoon in feite in de tuin aan de achterkant van het huis staat.

Hij is alleen zichtbaar door het raam van de slaapkamer.

Anders rent over het betegelde pad, langs de zonnewijzer en de hoek om.

De persoon moet hem aan hebben horen komen, want hij loopt al weg. Anders hoort hoe hij dwars door de seringenhaag dringt. Hij gaat erachteraan, duwt de takken opzij, probeert iets te zien, maar het is veel te donker.

7

Mikael staat rechtop in het donker als de Zandman zijn afschuwelijke stof de kamer in blaast. Hij heeft geleerd dat het zinloos is om je adem in te houden. Want als de Zandman wil dat de kinderen gaan slapen, dan vallen ze in slaap.

Hij weet maar al te goed dat je ogen snel moe worden, zo moe dat ze niet open kunnen blijven. Hij weet dat hij op het matras moet gaan liggen om dan een deel van het donker te worden.

Mama vertelde vaak over de dochter van de Zandman, het mechanische meisje Olimpia. Ze sluipt naar de kinderen toe als ze in slaap zijn gevallen en trekt het dekbed over hun schouders zodat ze het niet koud zullen hebben.

Mikael leunt tegen de muur, voelt de groeven in het beton.

Het dunne zand zweeft als mist in het donker. Het ademen valt hem zwaar. Zijn longen vechten om zijn bloed van zuurstof te voorzien.

Hij hoest en likt om zijn lippen. Ze zijn droog en voelen al verdoofd.

Zijn oogleden worden zwaarder en zwaarder.

Nu schommelt hun hele gezin in de schommelbank. Het zomerlicht schittert tussen de bladeren van het seringenprieel. De roestige schroeven knerpen.

Mikael glimlacht breed.

We schommelen hoog en mama probeert af te remmen, maar papa maakt meer vaart. De tafel voor hen krijgt een stoot waardoor het aardbeiensap in de glazen klotst.

De schommelbank zwaait naar achteren en papa lacht en steekt zijn handen omhoog als in een achtbaan.

Mikaels hoofd knikt voorover en hij doet zijn ogen open in het donker, hij wankelt opzij en steunt met zijn hand tegen de koele muur. Hij draait zich om naar het matras, denkt dat hij moet gaan liggen voor hij flauwvalt, als zijn benen plotseling onder hem wegklappen.

Hij valt, slaat tegen de grond, belandt op zijn arm, voelt de pijn in zijn pols en schouder in de al begonnen slaap.

Zwaar rolt hij op zijn buik en hij probeert te kruipen, maar krijgt het niet voor elkaar. Hijgend ligt hij met zijn wang op de betonnen vloer. Hij probeert iets te zeggen, maar heeft geen stem meer.

Zijn ogen vallen dicht, hoewel hij tegenstribbelt.

Net op het moment dat hij het duister in glijdt, hoort hij de Zandman de kamer binnenglippen, met zijn gruizige voeten recht tegen de muur op sluipen en over het plafond. Hij blijft staan en strekt zijn armen omlaag en probeert hem aan te raken met zijn vingertoppen van porselein.

Het is zwart.

Als Mikael wakker wordt, is zijn mond uitgedroogd en doet zijn hoofd pijn. Zijn ogen zijn plakkerig van oud zand. Hij is zo moe dat zijn hersenen weer in slaap proberen te vallen, maar een flard van zijn bewustzijn registreert dat er iets volstrekt anders is.

De adrenaline komt als een hete stoot.

Hij gaat rechtop zitten in het donker en hoort aan de akoestiek dat hij zich in een andere ruimte bevindt, een grotere ruimte.

Hij bevindt zich niet meer in de capsule.

De eenzaamheid maakt hem ijskoud.

Voorzichtig kruipt hij over de vloer en bereikt een muur. Zijn gedachten jagen rond. Hij weet niet meer hoe lang geleden hij de gedachte aan vluchten opgaf.

Zijn lichaam is nog steeds zwaar na de lange slaap. Hij staat met trillende benen op en volgt de wand tot een hoek, zoekt verder en komt bij een plaat van metaal. Snel tast hij de randen af, begrijpt dat het een deur is, veegt met zijn handen over het oppervlak en vindt de klink.

Zijn handen trillen.

Het is volkomen stil in de kamer.

Voorzichtig duwt hij de klink naar beneden, en hij is zo bedacht op weerstand dat hij zijn evenwicht bijna verliest als de deur zomaar open glijdt.

Met een grote stap staat hij in de lichtere kamer en moet hij noodgedwongen zijn ogen even sluiten.

Het voelt als een droom.

Laat me eruit komen, denkt hij.

Zijn hoofd staat op springen.

Hij tuurt, ziet dat hij zich in een gang bevindt en loopt vooruit op zijn zwakke benen. Zijn hart slaat zo snel dat hij nauwelijks kan ademen.

Hij probeert stil te zijn, maar kermt toch zachtjes van angst.

De Zandman komt snel terug – hij vergeet geen enkel kind.

Mikael kan zijn ogen niet goed opendoen, maar loopt toch naar het wazige schijnsel verderop.

Misschien is het een val, denkt hij. Misschien wordt hij als een insect naar een brandend licht gelokt.

Maar hij loopt verder en laat zijn hand als steun langs de muur glijden.

Hij botst tegen grote pakken isolatiewol op, hijgt van angst, wankelt opzij, stoot zijn schouder tegen de andere wand maar weet op de been te blijven.

Hij blijft staan en hoest zo zacht hij kan.

Het schijnsel voor hem komt uit een glazen ruitje in een deur.

Hij struikelt erheen en duwt de klink omlaag, maar de deur zit op slot.

Nee, nee, nee.

Hij rukt aan de klink, duwt tegen de deur, rukt weer. De deur zit op slot. Hij staat op het punt om van vertwijfeling op de grond te zakken. Plotseling hoort hij heel zachte stappen achter zich, maar hij durft zich niet om te draaien.

8

De schrijver Reidar Frost leegt zijn wijnglas, zet het op de eetkamertafel en sluit zijn ogen even om weer tot rust te komen. Een paar gasten klappen in hun handen. Veronica staat in haar blauwe jurk in de hoek met haar handen voor haar gezicht en begint te tellen.

De gasten verspreiden zich verschillende kanten op en gelach verbreidt zich door de vele kamers van het landhuis.

Volgens de regels moet je op de benedenverdieping blijven, maar Reidar staat langzaam op, loopt naar de kleine, verborgen deur en sluipt de bediendengang in. Behoedzaam beklimt hij de dienstbodentrap, doet de geheime deur in het wandkleed open en loopt de privévertrekken in.

Hij weet dat hij hier niet alleen zou moeten zijn, maar loopt toch verder door de achter elkaar gelegen zalen.

Bij elke nieuwe passage doet hij de deuren achter zich dicht, totdat hij de achterste pronkkamer heeft bereikt.

Tegen een van de wanden staan de dozen met kleren en speelgoed van de kinderen. Eén doos staat open en er is een lichtgroen ruimtegeweer zichtbaar.

Gedempt door vloer en muren hoort hij Veronica roepen: 'Honderd! Ik kom!'

Door de ramen kijkt hij uit over de akkers en de paddocks. Verderop loopt de lange berkenlaan die naar landgoed Råcksta leidt.

Reidar trekt een leunstoel bij over de vloer en hangt zijn jasje over de rugleuning. Hij voelt zijn roes als hij op het kussen stapt. Zweet doorweekt het rugpand van het witte overhemd. Met een krachtige beweging gooit hij het touw over de dakbalk. De stoel onder hem kraakt van de beweging. Het zware touw slaat over de balk heen en het uiteinde slingert opzij.

Stof dwarrelt door de lucht.

De beklede zitting voelt opmerkelijk zacht onder zijn lage schoenen.

Gedempt gelach en geroep klinken op van het feest beneden en Reidar sluit zijn ogen even en denkt aan de kinderen, aan hun kleine gezichtjes, geweldige gezichtjes, hun schouders en magere armen.

Elk moment kan hij hun lichte stemmen en snelle voeten op de vloer horen – zijn herinnering trekt als een zomerbriesje door zijn ziel en laat hem koud en verlaten achter.

Gefeliciteerd met je verjaardag, Mikael, denkt hij.

Zijn handen trillen zo hevig dat het hem niet lukt de lus te maken. Hij staat stil, probeert rustiger te ademen en begint opnieuw. Precies op dat moment klinkt er geklop op een van de deuren.

Hij wacht een paar seconden, laat het touw dan los, stapt van de stoel af en pakt zijn jasje.

'Reidar?' roept een vrouw zacht.

Het is Veronica, ze moet door haar vingers gegluurd hebben terwijl ze telde en hem de bediendengang in hebben zien verdwijnen. Ze doet de deuren van allerhande zalen open en haar stem klinkt steeds duidelijker naarmate ze dichterbij komt.

Reidar knipt de lampen uit en verlaat de kinderkamer, opent de deur van de volgende zaal en blijft daar staan.

Veronica komt naar hem toe met een champagneglas in haar hand. Een warme glans trekt over haar donkere, benevelde ogen.

Ze is lang en slank en heeft haar zwarte haar in een flatteus jongenskapsel laten knippen.

'Zei ik dat ik met je naar bed wilde?' vraagt hij.

Ze draait wankel rond.

'Leuk, hoor,' zegt ze met een verdrietige blik.

Veronica Klimt is Reidars literair agent. Hij heeft de afgelopen dertien jaar weliswaar geen regel geschreven, maar de drie boeken die hij daarvoor schreef, blijven inkomsten genereren.

Er begint muziek op te klinken vanuit de eetzaal beneden, het snelle bastempo doet het geraamte van het landhuis zoemen. Reidar blijft bij de bank staan en haalt zijn hand door zijn zilverkleurige haar.

'Jullie hebben toch wel wat champagne voor mij bewaard?' vraagt hij en hij gaat op de bank zitten.

'Nee,' antwoordt Veronica en ze geeft hem haar halfvolle glas.

'Je man heeft me gebeld,' zegt Reidar. 'Hij vindt dat het tijd is dat je naar huis komt.'

'Ik wil niet, ik wil scheiden en...'

'Dat mag niet,' onderbreekt hij haar.

'Waarom zeg je dat?'

'Omdat je niet mag geloven dat je me iets kan schelen,' antwoordt hij.

'Dat geloof ik ook niet.'

Hij drinkt het laatste beetje op uit het glas, legt het achteloos op de bank, sluit zijn ogen en voelt de duizeling van de dronkenschap.

'Je zag er verdrietig uit en ik werd een beetje ongerust.'

'Ik voel me kiplekker,' kapt hij haar af.

Er klinkt gelach en de clubmuziek wordt zo hard gezet dat de vibraties door de vloer te voelen zijn in hun voeten.

'De gasten beginnen je vast te missen.'

'Dan gaan we erheen en zetten we de boel op stelten,' glimlacht hij.

Al zeven jaar zorgt Reidar ervoor om bijna vierentwintig uur per dag mensen om zich heen te hebben. Hij heeft een enorme kennissenkring. Soms houdt hij grote feesten in zijn landhuis, soms intiemere etentjes. Op sommige dagen, als een van de kinderen jarig is, is het ontzettend moeilijk om door te gaan met leven. Hij weet dat hij het zonder mensen om zich heen heel snel af zou leggen tegen de eenzaamheid en de stilte.

9

Reidar en Veronica slaan de deuren naar de eetzaal open en de bonkende muziek stoot tegen hun borstkassen. Mensen verdringen zich en dansen in het donker rondom de grote tafel. Sommigen eten nog steeds reebiefstuk en geroosterde wortelgroenten.

De acteur Wille Strandberg heeft zijn overhemd opengeknoopt en het is onmogelijk te verstaan wat hij roept als hij dansend naar Reidar en Veronica toe dringt.

'*Take it off*,' roept Veronica.

Wille lacht, rukt zijn overhemd uit, gooit het naar haar toe en danst voor haar met zijn handen in zijn nek. Zijn ronde middelbare buik hupt met de snelle bewegingen op en neer.

Reidar leegt nog een wijnglas en danst daarna met draaiende heupen naar Wille toe.

De muziek gaat een zachtere, suizende fase in en de oude uitgever David Sylwan pakt Reidars arm beet en hijgt iets met een bezweet, gelukkig gezicht.

'Wat?'

'We hebben vandaag geen wedstrijdje gedaan,' herhaalt David.

'Stud poker?' vraagt Reidar. 'Schieten, worstelen...'

'Schieten!' roept een aantal mensen.

'Haal de blaffer en een paar flessen champagne,' zegt Reidar glimlachend.

Het dreunende ritme komt terug en elk verder gesprek verdrinkt in het lawaai. Reidar haalt een olieverfschilderij van de muur en draagt het de deur door. Het is een portret van hemzelf, geschilderd door Peter Dahl.

'Ik vind dat een mooi schilderij,' zegt Veronica en ze probeert hem tegen te houden.

Reidar schudt haar hand van zijn arm en loopt door naar de hal. Bijna alle gasten volgen hem naar het ijskoude park. De verse sneeuw vlijt zich zacht en glad op de grond. Vlokken wervelen rond onder de zwarte hemel.

Reidar ploegt verder en hangt het portret aan een appelboom met besneeuwde takken. Wille Strandberg loopt achter hem aan met een noodfakkel die hij uit de doos in de bezemkast heeft gehaald. Hij pelt het plastic eraf en trekt aan het touwtje. Er klinkt een knal en dan vonkt de fakkel als hij fel begint te branden. Lachend wankelt hij verder en zet de fakkel in de sneeuw onder de boom. Het witte schijnsel doet de stam en de kale takken oplichten.

Nu kan iedereen het schilderij zien van Reidar met een zilveren pen in zijn hand.

Vertaler Berzelius heeft drie champagneflessen bij zich en David Sylwan laat glimlachend Reidars oude colt zien.

'Dit is niet leuk,' zegt Veronica met vlakke stem.

David gaat met de colt in zijn hand naast Reidar staan. Hij stopt zes kogels in het magazijn en draait dan de cilinder rond.

Wille Strandberg heeft nog steeds geen overhemd aan, maar door zijn dronkenschap voelt hij de kou niet.

'Win jij, dan mag je een paard uit de stal kiezen,' mompelt Reidar, en hij pakt de revolver van David aan.

'Alsjeblieft, wees voorzichtig,' zegt Veronica.

Reidar doet een paar stappen opzij, richt met rechte arm en schiet, maar raakt niets, de knal weerkaatst tussen de gebouwen.

Een paar gasten klappen beleefd in hun handen, alsof hij aan het golfen was.

'Mijn beurt,' lacht David.

Veronica staat rillend in de sneeuw. Haar voeten branden van de kou in haar dunne slingbacks.

'Ik vind dat een mooi portret,' zegt ze opnieuw.

'Ik ook,' antwoordt Reidar en hij schiet nogmaals.

De kogel raakt de bovenste hoek van het doek, het stuift, de gouden lijst raakt een beetje los en komt scheef te hangen.

David trekt de revolver gniffelend uit zijn hand, wankelt, valt om en vuurt een schot af naar de hemel en nog een als hij probeert op te staan.

Een paar gasten klappen in hun handen, anderen proosten lachend.

Reidar pakt de revolver terug en klopt de sneeuw eraf.

'Het laatste schot is beslissend,' zegt hij.

Veronica loopt naar hem toe en kust hem op de mond.

'Hoe is het met je?'

'Fantastisch,' zegt hij. 'Ik had niet gelukkiger kunnen zijn.'

Veronica kijkt hem aan en strijkt haar van zijn voorhoofd. Uit de groep op het bordes klinkt gefluit en gelach.

'Ik heb een betere schietschijf gevonden,' roept een roodharige vrouw wier naam hij zich niet herinnert.

Ze sleept een gigantische pop door de sneeuw. Plotseling verliest ze de greep om de grote pop, valt op haar knieën en komt weer overeind. Haar jurk met luipaardprint is vlekkerig van het vocht.

'Die zag ik gisteren, hij lag onder een vies stuk zeil in de garage,' roept ze jubelend.

Berzelius haast zich naar haar toe om haar te helpen dragen. De pop is van beschilderd hard plastic en stelt Spiderman voor en is net zo lang als Berzelius.

'Bravo, Marie!' roept David.

'Schiet Spiderman dood,' mompelt een van de vrouwen achter hen.

Reidar kijkt op, ziet de grote pop en laat het wapen pardoes in de sneeuw vallen.

'Ik moet slapen,' zegt hij kortaf.

Hij slaat Willes toegestoken champagneglas weg en loopt met onvaste passen terug naar het hoofdgebouw.

10

Veronica loopt met Marie mee als ze Reidar zoekt in het grote huis. Ze lopen door kamers en zalen. Zijn jasje ligt op de trap naar de bovenverdieping en ze lopen naar boven. Het is donker, maar het spelende licht van het vuur is verder naar binnen in het huis te zien. In een grote kamer zit Reidar op de bank voor de haard. Zijn manchetknopen zijn verdwenen en zijn mouwen hangen over zijn handen. Op het lage boekenkastje naast hem staan vier flessen Château Cheval Blanc.

'Ik wil alleen sorry zeggen,' zegt Marie terwijl ze steun zoekt bij de deur.

'Laat me toch,' mompelt Reidar zonder zich om te draaien.

'Het was stom van me om die pop naar buiten te slepen zonder het eerst te vragen,' gaat Marie verder.

'Wat mij betreft kunnen jullie al die oude zooi verbranden,' antwoordt hij.

Veronica loopt naar hem toe, gaat op haar knieën zitten en kijkt glimlachend naar zijn gezicht.

'Heb je Marie eigenlijk al begroet?' vraagt ze. 'Ze is de vriendin van David... geloof ik.'

Reidar proost naar de roodharige vrouw en neemt een ferme slok. Veronica pakt het glas van hem af, proeft de wijn en gaat zitten.

Ze doet haar schoenen uit, leunt achterover en legt haar blote voeten op zijn schoot.

Langzaam streelt hij haar kuit, over de blauwe plek van de nieuwe stijgbeugelriem van het zadel, langs de binnenkant van haar dijbeen en verder naar boven. Ze laat het gebeuren, trekt zich er niets van aan dat Marie nog in de kamer staat.

De vlammen laaien hoog op in de enorme haard. De warmte pulseert en zijn gezicht gloeit zozeer dat het bijna verbrandt.

Marie komt voorzichtig dichterbij. Reidar kijkt naar haar. Het rode haar is gaan krullen van de warmte in de kamer. De jurk met luipaardprint is gekreukt en vlekkerig.

'Een bewonderaarster,' zegt Veronica, en ze houdt het glas bij Reidar weg als hij erbij probeert te komen.

'Ik ben dol op je boeken,' zegt Marie.

'Welke boeken?' vraagt hij bruusk.

Hij staat op, haalt een nieuw glas uit de vitrinekast en schenkt wijn in. Marie begrijpt het gebaar verkeerd en steekt haar hand uit om het glas aan te pakken.

'Ik ga ervan uit dat je naar de plee gaat als je moet pissen,' zegt Reidar, en hij neemt een slok.

'Je hoeft toch niet...'

'En als je wijn wilt, drink dan verdomme wijn,' onderbreekt hij haar met stemverheffing.

Marie wordt rood en hapt naar adem. Met trillende hand pakt ze de fles en schenkt zichzelf in. Reidar zucht zwaar en zegt dan op mildere toon: 'Ik vind dit jaar tot de betere behoren.'

Hij neemt de fles mee en gaat weer zitten.

Glimlachend slaat hij Marie gade als ze naast hem komt zitten, het wijnglas draait en proeft.

Reidar lacht en vult haar glas bij, kijkt haar in de ogen, wordt ernstig en kust haar dan op haar mond.

'Waar ben je mee bezig?' fluistert ze.

Reidar kust Marie opnieuw heel zacht. Ze trekt haar hoofd weg, maar kan een glimlachje niet onderdrukken. Ze drinkt wat wijn, kijkt hem in de ogen, leunt naar voren en kust hem.

Hij streelt haar nek, langs de haargrens, verder over haar rechterschouder, en hij voelt hoe de smalle schouderbandjes in het vlees zijn gezonken.

Ze zet het glas weg, kust hem weer en bedenkt dat ze gek is als ze hem een borst laat strelen.

Reidar dwingt zijn tranen weg zodat het pijn doet in zijn keel als hij haar dijen onder haar jurk streelt, haar nicotinepleister voelt en verder omhooggaat over haar billen.

Marie duwt zijn hand weg als hij haar slipje omlaag probeert te trekken, staat op en veegt haar mond af.

'We zouden misschien weer naar het feest moeten gaan,' zegt ze in een poging neutraal te klinken.

'Ja,' zegt hij.

Veronica zit stil op de bank en ontwijkt haar zoekende ogen.

'Gaan jullie mee?'

Reidar schudt zijn hoofd.

'Oké,' fluistert Marie en ze loopt naar de deur.

Haar jurk glanst als ze de kamer verlaat. Reidar staart door de deuropening. Het donker ziet eruit als vuil fluweel.

Veronica staat op, pakt haar wijnglas van tafel en drinkt. Ze heeft op haar jurk natte zweetplekken onder haar armen.

'Je bent een smeerlap,' zegt ze.

'Ik probeer alleen zo veel mogelijk uit het leven te halen,' antwoordt hij zacht.

Hij pakt haar hand en legt die tegen zijn wang, houdt hem daar en kijkt in haar verdrietige ogen.

11

Het vuur in de haard is gedoofd en het is ijskoud in de zaal als Reidar wakker wordt op de bank. Zijn ogen schrijnen en hij denkt aan de verhalen van zijn vrouw over de Zandman. De man die zand in de ogen van de kinderen strooit zodat ze in slaap vallen en de hele nacht doorslapen.

'Goddomme,' fluistert Reidar en hij gaat rechtop zitten.

Hij is naakt en heeft wijn op de leren zitting gemorst. In de verte klinkt gebulder van een vliegtuig. Het ochtendlicht gloort door stoffige ramen.

Reidar staat op en ziet Veronica in elkaar gekropen op de vloer voor de haard liggen. Ze heeft zich in het tafelkleed gewikkeld. Ergens in het bos blaft een ree. Het feest op de benedenverdieping gaat voort, maar gedempter. Reidar neemt de halfvolle wijnfles mee en verlaat wankel de kamer. De hoofdpijn bonst in zijn hoofd als hij de krakende eikenhouten trap naar de slaapkamer op loopt. Halverwege stokt hij, zucht en loopt weer naar beneden. Behoedzaam tilt hij Veronica op de bank, wikkelt haar in de plaid, pakt haar leesbril op van de vloer en legt hem op het tafeltje.

Reidar Frost is tweeënzestig jaar en is de schrijver van drie internationale bestsellers, de zogeheten Sanctum-serie.

Hij is acht jaar geleden verhuisd van het huis op Tyresö, toen hij het landgoed Råcksta even buiten Norrtälje kocht. Tweehonderd hectare bos en akkerland, stallen en een prachtige paddock waar hij zijn vijf paarden soms traint. Dertien jaar geleden kwam Reidar Frost alleen te staan op een manier die niemand ooit zou mogen meemaken. Zijn zoon en dochter verdwenen spoorloos op een avond toen ze het huis uit geslopen waren om een vriendje op te zoeken. De fietsen van Mikael en Felicia werden gevonden op een wandelpad in de buurt van

Badholmen. Behalve een commissaris met een Fins accent ging iedereen ervan uit dat de kinderen te dicht bij het water hadden gespeeld en waren verdronken in de Erstaviken.

De politie hield op met zoeken, hoewel de lichamen nooit gevonden waren. Reidars echtgenote Roseanna hield het niet uit met hem en haar eigen gemis. Ze verhuisde tijdelijk naar haar zus, vroeg echtscheiding aan en met het geld van de boedelverdeling vertrok ze naar het buitenland. Slechts een paar maanden na de scheiding werd ze gevonden in een badkuip in een hotel in Parijs. Ze had zelfmoord gepleegd. Op de vloer lag een tekening die Felicia voor haar had gemaakt op moederdag.

De kinderen zijn doodverklaard. Hun namen staan op een grafsteen die Reidar zelden bezoekt. Op de dag van de doodverklaring nodigde hij zijn vrienden uit op een feest en sindsdien heeft hij ervoor gezorgd dat gaande te houden zoals je een vuur smeulend houdt.

Reidar Frost is ervan overtuigd dat hij zich dood zal drinken, maar weet tegelijkertijd dat hij zich van het leven zou beroven als hij alleen werd gelaten.

12

Een goederentrein jaagt voort door een nachtelijk winterlandschap. De Traxx-locomotief trekt een bijna driehonderd meter lange trein achter zich aan.

In de stuurcabine zit machinist Erik Johnsson. Hij laat zijn hand op het controlepaneel rusten. Het gedreun uit de machinekamer en van de rails is ritmisch en monotoon.

De sneeuw lijkt in een tunnel van licht van de beide koplampen te vallen. De rest is donker.

Als de trein uit de grote bocht rond Vårsta komt, voert Erik Johnsson de snelheid weer op.

Hij bedenkt dat er zo veel stuifsneeuw is dat hij genoodzaakt zal zijn om op zijn laatst in Hallsberg te stoppen om een remcontrole te doen.

Verderop in de nevel huppelen twee reeën van de spoordijk de witte akker op. Ze verplaatsen zich met een magische souplesse door de sneeuw en verdwijnen in de nacht.

Als de trein de lange brug Igelstabron nadert, denkt Erik aan de tijd dat Sissela soms met hem meeging op de trein. Ze zoenden in elke tunnel en op elke brug. Nu vertikt ze het om ook maar één yogales te missen.

Hij remt voorzichtig af, passeert Hall en zoeft de hoge brug op. Het voelt net als vliegen. De sneeuw wervelt en draait rond in het licht van de koplampen en schakelt het gevoel wat onder en boven is bijna uit.

De locomotief is al midden op de brug, hoog boven het ijs op de Hallsfjärden, als machinist Erik Johnsson een schokkerige schaduw in de nevel ziet. Er is iemand op het spoor. Erik toetert luid en ziet de gestalte een grote stap naar rechts maken op het tegemoetkomende spoor.

De locomotief nadert heel snel. Een halve seconde lang bevindt de man zich midden in het schijnsel van de koplampen. Hij knippert een keer met zijn lichten. Een jonge man met een wezenloos gezicht. De kleren fladderen om het magere lichaam en dan is hij weg.

Erik is zich er niet van bewust dat hij de locomotiefrem heeft gebruikt en dat de hele trein vaart mindert. Het bonkt en knarst metalig en hij weet niet of hij de jonge man heeft aangereden.

Hij beeft, voelt de adrenaline door zijn lichaam stromen en belt het alarmnummer.

'Ik ben machinist en passeerde zojuist een man op de Igelstabron... hij liep midden op het spoor, maar ik geloof niet dat ik hem heb aangereden...'

'Is er iemand gewond?' vraagt de centralist van de meldkamer.

'Volgens mij heb ik hem niet geraakt, ik zag hem maar een paar seconden.'

'Waar heeft u hem precies gezien?'

'Midden op de Igelstabron.'

'Op het spoor?'

'Er is hier niets anders dan spoor, het is een spoorbrug...'

'Stond hij stil of liep hij een bepaalde kant op?'

'Ik weet het niet.'

'Mijn collega alarmeert nu de politie en ambulance in Södertälje. Het treinverkeer op de brug moet stilgelegd worden.'

13

De alarmcentrale stuurt onmiddellijk politiewagens naar beide kanten van de lange brug. Slechts negen minuten later slaat de eerste auto met zwaailicht af van de Nyköpingsvägen en rijdt verder over de smalle grindweg parallel aan de Sydgatan. De weg draait steil omhoog. Er is geen sneeuw geruimd en de losse sneeuw slaat over de motorkap en de voorruit.

De agenten verlaten de wagen bij het bruggenhoofd en lopen dan met brandende zaklantaarns het spoor op. Het is niet zo makkelijk om je langs het spoor te verplaatsen. Auto's passeren diep onder hen op de snelweg. De vier sporen versmallen zich tot twee sporen en strekken zich hoog boven industrieterrein Björkudden en de bevroren baai uit.

De voorste agent blijft staan en wijst. Iemand heeft heel duidelijk voor hen langs het rechterspoor gelopen. In het onrustige schijnsel van de zaklampen zijn bijna uitgewiste voetsporen en een enkele bloedspat te zien.

Ze schijnen verderop, maar zo ver ze kunnen zien is er niemand op de brug. Het licht van de haven straalt van onderaf en doet de sneeuw tussen de sporen pulseren als rook van een brand.

Nu pas bereikt de tweede politiewagen het bruggenhoofd meer dan twee kilometer verderop, aan de overkant van het diepe kanaal.

De banden razen als politieagent Jasim Muhammed naast het spoor komt rijden. Zijn collega Fredrik Mosskin heeft net radiocontact gekregen met hun collega's op de brug.

Er buldert zo'n sterke wind in de microfoon dat het bijna onmogelijk is de stem te horen, maar het is duidelijk dat er zeer onlangs iemand op de spoorbrug heeft gelopen.

De auto houdt halt en de koplampen beschijnen een hoge bergwand. Fredrik beëindigt het gesprek en staart leeg voor zich uit.

'Wat is er aan de hand?' vraagt Jasim.

'Hij lijkt onderweg hierheen.'

'Wat zeiden ze over bloed? Lag er veel bloed?'

'Dat heb ik niet verstaan.'

'We gaan kijken,' zegt Jasim en hij doet het portier open.

Het blauwe zwaailicht speelt op sparren met zwaar besneeuwde takken.

'Er is een ambulance onderweg,' zegt Fredrik.

Er heeft zich nog geen ijslaagje op de sneeuw gevormd en Jasim zakt er tot zijn knieën in weg. Hij haakt de zaklamp los en schijnt op de beide sporen. Fredrik glijdt uit op de spoordijk, maar klautert verder omhoog.

'Wat voor soort dier heeft een extra klootzak midden op zijn rug?' vraagt Jasim.

'Weet niet,' mompelt Fredrik.

Er zit zo veel sneeuw in de lucht dat ze het schijnsel van de zaklampen van hun collega's aan de andere kant van de brug niet zien.

'Een politiepaard,' antwoordt Jasim.

'Jezus, wat een...'

'Mijn schoonmoeder vertelde 'm aan de kinderen,' glimlacht hij en hij loopt de brug op.

Er zijn geen voetsporen in de sneeuw. Of de man is nog op brug, of hij is gesprongen. De leidingen boven hen sjirpen wonderlijk. De grond onder hen loopt steil omlaag.

Het schijnsel van de nabijgelegen gevangenis Hall is door de mist heen te zien, het straalt als een onderwaterstad.

Fredrik probeert contact te krijgen met zijn collega's, maar de portofoon buldert alleen maar.

Ze lopen voorzichtig verder de brug op. Fredrik loopt achter Jasim met een zaklamp in zijn hand. Jasim ziet zijn eigen schaduw merkwaardig over de grond bewegen, van de ene kant naar de andere.

Het is raar dat hun collega's aan de andere kant van de brug niet zichtbaar zijn.

Als ze boven het kanaal zijn, is de wind vanaf zee hard. Sneeuw waait in hun ogen. Hun wangen raken verdoofd van de kou.

Jasim tuurt de brug af. Die verdwijnt in een wervelende duisternis. Plotseling ziet hij iets aan de rand van het schijnsel van de zaklamp. Een lange, magere stripfiguur zonder hoofd.

Jasim glijdt uit, grijpt met zijn hand naar de lage reling en ziet de sneeuw vijftig meter naar beneden op het ijs vallen.

Zijn zaklamp slaat ergens tegenaan en gaat uit.

Jasims hart bonkt hevig en hij tuurt weer voor zich, maar ziet de gestalte niet meer.

Fredrik roept iets achter hem en hij draait zich om. Zijn collega wijst naar hem, maar zijn woorden zijn onverstaanbaar. Hij ziet er bang uit, begint met de holster van zijn pistool te klooien en Jasim begrijpt dat hij hem probeert te waarschuwen, dat hij naar iets achter zijn rug heeft gewezen.

Hij draait zich om en hapt naar adem.

Vlak achter hem kruipt een mens over het spoor. Jasim deinst achteruit en probeert zijn pistool los te krijgen. De gestalte komt overeind en wankelt. Het is een jonge man. Hij staart de agenten met een lege blik aan. Het bebaarde gezicht is mager en zijn jukbeenderen steken uit. Hij wankelt, lijkt moeite te hebben met ademen.

'De helft van mij is nog onder de grond,' zegt hij hijgend.

'Ben je gewond?'

'Wie?'

De jonge man hoest en valt weer op zijn knieën.

'Wat zegt hij?' vraagt Fredrik met een hand op zijn dienstwapen in de holster.

'Ben je ergens gewond?' vraagt Jasim.

'Ik weet het niet, ik voel niets, ik...'

'Kom maar met mij mee.'

Jasim helpt hem overeind en ziet dat zijn rechterhand is bedekt met rood ijs.

'Ik ben maar half... de Zandman nam... hij nam de halve...'

14

De deuren van de ambulancegarage van het Söder-ziekenhuis gaan dicht. Een verzorgende met rode wangen helpt het ambulancepersoneel de brancard uit te klappen en deze de spoedeisende hulp binnen te rijden.

'We hebben geen identiteitsbewijs gevonden, niets...'

De patiënt wordt overgedragen aan de triageverpleegkundige en naar een behandelruimte gebracht.

Nadat de vitale functies zijn gemeten geeft de verpleegkundige de patiënt triageniveau oranje, de op één na hoogste prioriteit, veel haast.

Vier minuten later komt de arts Irma Goodwin de behandelruimte binnen en de verpleegkundige brengt snel rapport uit: 'Luchtwegen vrij, geen acuut trauma... maar slechte saturatie, koorts, tekenen van verwarring, circulatiestoornissen.'

De arts kijkt in het dossier en loopt naar de magere man toe. Zijn kleren zijn opengeknipt. De knokige borstkas volgt zijn hijgende ademhaling.

'Nog steeds geen naam?'

'Nee.'

'Geef hem zuurstof.'

De jonge man ligt met gesloten, trillende oogleden terwijl de verpleegkundige een zuurstofslangetje in zijn neus bevestigt.

Hij ziet er opmerkelijk ondervoed uit, maar er zitten geen zichtbare injectiesporen op zijn lichaam. Irma heeft nog nooit zo'n wit iemand gezien. De verpleegkundige meet zijn lichaamstemperatuur weer op via zijn oor.

'Negenendertig negen.'

Irma Goodwin vinkt aan welke onderzoeken er op de patiënt verricht dienen te worden en kijkt dan weer naar hem. Zijn borstkas schokt en hij hoest zwak en opent zijn ogen even.

'Ik wil niet, ik wil niet,' fluistert hij manisch. 'Ik moet naar huis, ik moet, ik moet...'

'Waar woon je? Kun je zeggen waar je woont?'

'Wie... wie van ons?' vraagt hij en hij slikt hard.

'Hij ijlt,' zegt de verpleegkundige gedempt.

'Heb je ergens pijn?'

'Ja,' antwoordt hij met een verward glimlachje.

'Kun je zeggen...'

'Nee, nee, nee, nee, ze schreeuwt in me, ik kan er niet tegen, ik hou het niet vol, ik...'

Zijn ogen rollen weg, hij hoest en mompelt iets over vingers van porselein en ademt dan amechtig.

Irma Goodwin besluit de patiënt een neurobioninjectie te geven, plus koortsverlagende en intraveneuze antibiotica, benzylpenicilline, in afwachting van de uitslagen van tests.

Ze verlaat de behandelkamer en loopt door de gang terwijl ze aan haar ringvinger voelt, waar haar trouwring achttien jaar heeft gezeten tot ze hem door de wc spoelde. Haar man had haar veel te lang bedrogen om hem nog te kunnen vergeven. Het doet geen pijn meer, maar het voelt nog steeds vervelend, als een grote verspilling van hun gezamenlijke toekomst. Ze vraagt zich af of ze haar dochter zal bellen, hoewel het al laat is. Na de scheiding is ze bezorgder geworden dan ooit tevoren en ze belt Mia veel te vaak.

Door de deur voor zich hoort ze de verpleegkundige aan de alarmlijn praten. Er is een ambulance in aantocht die een prio-1-oproep heeft aangenomen. Een ernstig verkeersongeluk. De verpleegkundige stelt een behandelteam met chirurg samen.

Irma Goodwin blijft staan en keert vlug terug naar de kamer waar de patiënt met onbekende identiteit ligt. De verzorgende met rode wangen helpt een verpleegkundige om een bloedende wond in zijn lies te wassen. Het lijkt erop dat de jonge man in een scherpe tak is gerend.

Irma Goodwin gaat in de deuropening staan.

'Jullie moeten antibiotica met macroliden geven,' zegt ze beslist. 'Eén gram erytromicine intraveneus.'

De verpleegkundige kijkt op.

'Je denkt dat hij de veteranenziekte heeft?' vraagt ze verbaasd.

'We moeten maar zien wat de kweek...'

Irma Goodwin zwijgt als het lichaam van de patiënt schokt. Ze richt haar blik op zijn witte gezicht en ziet hem langzaam zijn ogen opendoen.

'Ik moet naar huis,' zegt hij. 'Ik heet Mikael Kohler-Frost en ik moet naar huis...'

'Mikael Kohler-Frost,' zegt Irma. 'Je bevindt je in het Söder-ziekenhuis en...'

'Ze schreeuwt de hele tijd!'

Irma verlaat de behandelkamer en gaat op een holletje naar haar eenvoudige kantoor. Ze doet de deur achter zich dicht, zet haar bril op, gaat achter de computer zitten en logt in. Ze vindt hem niet in het patiëntenregister en gaat verder naar het archief van het bevolkingsregister.

Daar vindt ze hem.

Irma Goodwin friemelt onbewust aan de lege plek aan haar ringvinger en leest nogmaals de informatie over de patiënt in de behandelkamer.

Mikael Kohler-Frost is al zeven jaar dood en ligt begraven op het Malsta-kerkhof in de gemeente Norrtälje.

15

Commissaris Joona Linna bevindt zich in een kleine ruimte met wanden en vloer van kaal beton. Hij knielt terwijl een man in camouflagepak een pistool op zijn hoofd richt, een zwarte Sig Sauer. De deur wordt bewaakt door een andere man die zijn Belgische aanvalsgeweer continu op Joona gericht houdt.

Op de vloer bij de muur staat een fles Coca-Cola. Het licht komt van een plafondlamp met een gebutste aluminium kap.

Er gaat een mobiele telefoon. Voor de man met het pistool opneemt, schreeuwt hij tegen Joona dat die zijn hoofd omlaag moet doen.

De andere man legt zijn vinger op de trekker en doet een stap naar voren.

De man met het pistool praat in de mobiel en luistert zonder Joona uit het oog te verliezen. Grind knarst onder zijn laarzen. Hij knikt, zegt nog iets en luistert weer.

De man met het aanvalsgeweer zucht na een poosje en gaat op de stoel naast de deur zitten.

Joona knielt roerloos. Hij draagt een trainingsbroek en een wit T-shirt dat nat is van het zweet. De mouwen spannen om de spieren van zijn bovenarmen. Hij heft zijn hoofd een fractie. Zijn ogen zijn grijs als gepolijst graniet.

De man met het pistool praat verhit aan de telefoon, hangt op, lijkt een paar seconden na te denken en doet dan vier snelle stappen naar voren en drukt de loop van het pistool tegen Joona's voorhoofd.

'Nu overman ik jullie,' zegt Joona vriendelijk.

'Wat?'

'Ik moest wachten,' legt hij uit. 'Tot ik de mogelijkheid krijg tot direct fysiek contact.'

'Ik heb net bevel gekregen je te executeren.'

'Ja, de situatie is nogal acuut omdat ik het pistool uit mijn gezicht moet krijgen en het het liefst binnen vijf seconden moet zien te gebruiken.'

'Hoe?' vraagt de man bij de deur.

'Om hem te kunnen verrassen, mag ik niet op zijn bewegingen reageren,' legt Joona uit. 'Daarom liet ik hem naar me toe komen, blijven staan en precies twee keer ademen. Ik wacht dus tot het einde van de tweede uitademing voordat ik...'

'Waarom?' vraagt de man met het pistool.

'Ik win een paar honderdsten van een seconde omdat het bijna onmogelijk voor je is om te reageren zonder eerst in te ademen.'

'Maar waarom nou net de tweede uitademing?'

'Omdat het onverwacht vroeg is en precies midden in het gebruikelijkste aftellen ter wereld: "één twee drie"...'

'Ik snap het,' glimlacht de man en hij ontbloot een bruine voortand.

'Het eerste dat überhaupt zal bewegen is mijn linkerhand,' legt Joona uit aan de bewakingscamera onder het plafond. 'Die gaat in één beweging naar de loop van het pistool en weg van mijn gezicht. Ik moet hem vastpakken, omhoog draaien en op mijn voeten komen met zijn lichaam als schild. In één beweging. Mijn handen moeten prioriteit geven aan het wapen, maar tegelijkertijd moet ik de man met het aanvalsgeweer in de gaten houden. Zodra ik de macht over het pistool heb, is hij degene die de voornaamste dreiging vormt. Ik sla snel en zo vaak als nodig is met mijn elleboog tegen kin en hals om controle over het pistool te krijgen, vuur drie schoten af, draai dan rond en vuur nog drie schoten af.'

De mannen in de kamer beginnen opnieuw. De situatie herhaalt zich. De man met het pistool krijgt zijn bevel per telefoon, aarzelt en loopt dan snel naar Joona en drukt de loop tegen zijn voorhoofd. De man ademt een tweede keer uit en staat op het punt in te ademen om iets te zeggen als Joona de loop van het pistool met zijn linkerhand vangt.

Het geheel is wonderlijk verrassend en snel, hoewel het verwacht is.

Joona slaat het wapen opzij, draait het in één beweging naar het plafond en komt op zijn voeten. Hij maakt vier snelle pseudoslagen met zijn elleboog tegen de hals van de man, krijgt het pistool los en schiet de andere man in zijn romp.

De drie knallen van de losse flodders ratelen tussen de wanden.

De eerste tegenstander wankelt nog achteruit als Joona zich omdraait en hem in de romp schiet.

Hij valt tegen de muur.

Joona loopt verder naar de deur, rukt het aanvalsgeweer naar zich toe, pakt het extra magazijn mee en verlaat de kamer.

16

De deur slaat hard tegen de betonnen wand en stuit dan terug. Joona loopt verder naar binnen terwijl hij het magazijn verwisselt. De acht personen in de belendende kamer verplaatsen hun blik allemaal van het breedbeeldscherm naar hem.

'Zesenhalve seconde tot het eerste schot,' zegt een van hen.

'Dat is veel te langzaam,' antwoordt Joona.

'Maar Markus zou het pistool sneller losgelaten hebben als je elleboog hem echt geraakt had,' zegt een lange man met kaalgeschoren hoofd.

'Ja, daar had je wat tijd mee gewonnen,' glimlacht een vrouwelijke bevelvoerder.

De scène is al in herhaling zichtbaar op het scherm. Joona's gespannen schouderspier, de soepele voorwaartse bewegingen, de lijn van het oog en de korrel terwijl de trekker ingedrukt wordt.

'Echt ongelofelijk indrukwekkend,' zegt de groepsbevelhebber en hij plaatst zijn beide handpalmen in een breed gebaar op tafel.

'Voor een smeris,' maakt Joona zijn zin af.

Ze lachen, leunen achterover en de groepsbevelhebber krabt met rood kleurende wangen aan zijn neuspuntje.

Joona Linna pakt een glas mineraalwater aan. Hij weet nog niet dat alles wat hij vreest binnenkort als een vuurstorm zal oplaaien. Hij heeft nog geen vermoeden van het kleine vonkje dat naar een zee van benzine dwarrelt.

Joona Linna bevindt zich in de vesting Karlsborg om de Bijzondere Operatiegroep te onderwijzen in man-tegen-mangevechten. Dat doet hij niet omdat hij een daartoe opgeleid instructeur is, maar omdat hij in Zweden waarschijnlijk de persoon is met de meeste ervaring met de technieken die zij moeten leren. Toen Joona achttien was, vervulde hij zijn dienstplicht hier in Karlsborg als paratroeper en hij werd onmiddellijk na de basisopleiding gerekruteerd voor een nieuwe speciale eenheid voor operatieve taken die niet opgelost konden worden door conventionele eenheden of wapensystemen.

Hoewel hij het leger lang geleden heeft verlaten om aan de politieacademie te gaan studeren, gebeurt het nog steeds dat hij 's nachts droomt over zijn tijd als paratroeper. Dan is hij terug in het transportvliegtuig, hoort hij het oorverdovende bulderen en staart hij door het hydraulische luik naar buiten. De schaduw van het vliegtuig loopt als een grijs kruis over het bleke water diep onder hem. In zijn droom rent hij de laadklep af en springt hij de koude lucht in, hij hoort hoe het giert in de hanglijnen, voelt de ruk aan het harnas en bungelt voorover als de parachute opengaat. Het water komt met enorme snelheid dichterbij. De zwarte rubberboot slaat schuimend tegen de golven ver onder hem.

Joona is in Nederland geschoold in effectieve man-tegen-mangevechten met messen, bajonetten en pistolen. Hij is erin getraind om verschillende omstandigheden te benutten en innovatief te zijn in het gebruik van voorwerpen als wapens. De doelgerichte technieken waren een gespecialiseerde gevechtsmethode met de Hebreeuwse naam Krav Maga.

'We beginnen altijd met deze situatie en daarna maken we het in de loop van de dag steeds moeilijker,' zegt Joona.

'Zoals twee mensen neerschieten met één kogel?' glimlacht de lange man met het kaalgeschoren hoofd.

'Dat kan niet,' zegt Joona.

'We hebben gehoord dat jij dat hebt gedaan,' werpt de vrouw nieuwsgierig tegen.

'Nee hoor,' zegt Joona glimlachend, en hij haalt zijn hand door zijn warrige blonde haar.

De telefoon in zijn binnenzak gaat. Hij ziet aan het nummer dat het Nathan Pollock van de rijksrecherche is. Nathan weet waar Joona is en zou alleen bellen als het om iets belangrijks gaat.

'Neem me niet kwalijk,' zegt Joona en hij neemt op.

Hij drinkt het glas water leeg en luistert eerst glimlachend en dan ernstig. Plotseling trekt alle kleur uit zijn gezicht weg.

'Is Jurek Walter nog altijd opgesloten?' vraagt hij.

Zijn hand trilt zo hevig dat hij het waterglas op tafel moet zetten.

17

Sneeuw wervelt door de lucht als Joona naar zijn auto rent en gaat zitten. Hij rijdt dwars over het grote, met grind verharde plein waar hij als achttienjarige exerceerde, keert met knerpende banden en verlaat het garnizoensterrein.

Zijn hart bonst hevig en hij vindt het nog steeds moeilijk te geloven wat Nathan vertelde. Zweet parelt op zijn voorhoofd en zijn handen willen niet ophouden met trillen.

Hij haalt een karavaan vrachtwagens in op de E20 even voor Arboga. Hij moet het stuur met beide handen vasthouden omdat de zuiging van de zware voertuigen zijn auto doet slingeren.

Hij denkt continu aan het telefoontje dat hij midden onder de training met de Bijzondere Operatiegroep kreeg.

Nathan Pollocks stem was volkomen kalm toen hij vertelde dat Mikael Kohler-Frost leefde.

Joona was er altijd van overtuigd geweest dat de jongen en zijn zusje twee van de vele slachtoffers van Jurek Walter waren. En nu vertelde Nathan dat Mikael door de politie was gevonden op een spoorbrug in Södertälje en was overgebracht naar het Söder-ziekenhuis.

Pollock vertelde dat de toestand van de jongen ernstig was, maar niet levensbedreigend. Hij was nog niet verhoord.

'Is Jurek Walter nog altijd opgesloten?' was Joona's eerste vraag.

'Ja, hij zit nog altijd op de isoleerafdeling,' antwoordde Pollock.

'Weet je het zeker?'

'Ja.'

'En de jongen? Hoe weten jullie dat het Mikael Kohler-Frost is?' vroeg Joona.

'Hij schijnt zijn naam meerdere malen te hebben gezegd. Dat is het enige wat we weten... en dat zijn leeftijd klopt,' antwoordde Pollock.

'We hebben natuurlijk een speekselmonster naar het gerechtelijk lab gestuurd...'

'Maar jullie hebben zijn vader niet op de hoogte gesteld?'

'We moeten proberen uitsluitsel te krijgen over zijn DNA voor we dat doen, ik bedoel, we mogen ons niet vergissen...'

'Ik kom eraan.'

18

De zwarte, nat besneeuwde weg wordt onder de auto gezogen en Joona Linna moet moeite doen om de snelheid niet op te voeren terwijl zijn herinnering beelden vormt van wat zo veel jaar geleden is gebeurd.

Mikael Kohler-Frost, denkt hij.

Mikael Kohler-Frost is na al die jaren levend aangetroffen.

Alleen de naam Frost is al genoeg voor Joona om alles te herbeleven.

Hij haalt een witte, vuile auto in en ziet het kind dat met zijn knuffeldier door de ruit naar hem zwaait amper. Hij is meegetrokken in zijn herinneringen en bevindt zich in de gezellig rommelige woonkamer van zijn collega Samuel Mendel.

Samuel leunt over de tafel zodat zijn zwarte, krullende haar over zijn voorhoofd valt en herhaalt Joona's woorden.

'Een seriemoordenaar?'

Dertien jaar geleden begon Joona een vooronderzoek dat zijn leven volkomen zou veranderen. Samen met zijn collega Samuel Mendel begon hij onderzoek te doen naar twee personen die in Sollentuna als vermist waren opgegeven.

De eerste zaak betrof een vijfenvijftigjarige vrouw die tijdens een avondwandeling was verdwenen. Haar hond was op een voetpad achter Ica Kvantum gevonden met een losse riem achter zich aan. Slechts twee dagen later verdween de schoonmoeder van de vrouw toen ze het korte stukje tussen haar aanleunwoning en de bingozaal liep.

Het bleek dat de broer van de vrouw vijf jaar geleden was verdwenen in Bangkok. Interpol en het ministerie van Buitenlandse Zaken waren ingeschakeld, maar hij werd nooit gevonden.

Er bestaan geen statistieken van hoeveel mensen er jaarlijks in de hele wereld verdwijnen, maar iedereen weet dat het om gruwelijk veel mensen gaat. In de VS verdwijnen er ongeveer honderdduizend mensen per jaar, in Zweden ongeveer zevenduizend.

De meesten komen boven water, maar er zijn nog steeds beangstigend veel mensen die vermist blijven.

Slechts een klein aantal van de mensen die nooit gevonden worden, is ontvoerd of vermoord.

Joona en Samuel werkten beiden nog maar vrij kort bij de rijksrecherche toen ze belangstelling kregen voor de twee vermiste vrouwen in Sollentuna. Sommige omstandigheden deden namelijk denken aan die van twee mensen die vier jaar eerder waren verdwenen in Örebro.

Toen betrof het een veertigjarige man en zijn zoon. Ze waren onderweg geweest naar een voetbalwedstrijd in Glanshammar, maar daar waren ze nooit aangekomen. De auto werd verlaten aangetroffen op een bosweggetje dat in het geheel niet naar de sportvelden leidde.

Aanvankelijk was het niet meer dan een inval, een spontaan gepopperd idee.

Stel dat er een concreet verband tussen de gebeurtenissen bestaat, ondanks afstand in plaats en tijd?

Dan zou het niet onredelijk zijn om aan te nemen dat er meer verdwijningen met deze vier in verband konden worden gebracht.

Het voorbereidende vooronderzoek bestond uit het gebruikelijke rechercheren, werk dat achter het bureau plaatsvindt, achter de computer. Joona en Samuel verzamelden en structureerden de informatie die verband hield met alle vermisten in Zweden die de afgelopen tien jaar niet terecht waren gekomen.

Het idee was om te onderzoeken of de mensen die verdwenen waren iets gemeenschappelijks hadden dat buiten de grenzen van het toeval lag.

Ze legden de verschillende gevallen als doorschijnende blaadjes over elkaar heen – en geleidelijk tekende zich een soort sterrenbeeld af in het wazige systeem van met elkaar verbonden punten.

Het onverwachte patroon dat zichtbaar werd, was dat veel van de vermisten deel uitmaakten van families waar meer dan één persoon spoorloos was verdwenen.

Joona herinnerde zich de stilte die over de kamer neerdaalde toen ze een stap naar achteren deden en het resultaat opnamen. Vijfenveertig verdwenen mensen voldeden aan dat criterium. Veel van hen zouden de komende dagen waarschijnlijk weggestreept kunnen worden, maar vijfenveertig was vijfendertig meer dan kansberekening toeliet.

19

Aan de ene wand van Samuels kamer bij de rijksrecherche hing een grote kaart van Zweden waarop de vermisten met spelden waren gemarkeerd.

Ze begrepen uiteraard dat niet alle vijfenveertig vermisten waren vermoord, maar voorlopig besloten ze niemand buiten beschouwing te laten.

Omdat geen enkele bekende dader überhaupt klopte met de tijdstippen van de verdwijningen, begonnen ze te zoeken naar motieven en werkwijze, een modus operandi. Er waren geen overeenkomsten met opgehelderde moordzaken. De moordenaar met wie ze deze keer te maken hadden, liet geen sporen van geweld achter en hij verborg de lichamen van de slachtoffers heel goed.

Op basis van de keuze van slachtoffers worden seriemoordenaars over het algemeen ingedeeld in twee groepen: de specialisten die altijd op zoek zijn naar het ideale slachtoffer, iemand die zo goed mogelijk overeenkomt met hun fantasiebeelden. Deze moordenaars richten zich op een bepaalde menstype en zoeken bijvoorbeeld uitsluitend naar blonde jongens in de prepuberteit.

De tweede groep wordt generalisten genoemd – bij hen stuurt de bereikbaarheid van het slachtoffer de keuze. Het slachtoffer vervult op de eerste plaats een rol in de fantasie van de moordenaar, en het doet er eigenlijk niet toe wie het slachtoffer in werkelijkheid is en hoe hij of zij eruitziet.

Maar de seriemoordenaar wiens bestaan Joona en Samuel vermoedden, paste niet in een van deze twee categorieën. Enerzijds was hij een generalist, aangezien de slachtoffers zo divers waren, maar anderzijds was bijna niemand van hen makkelijk bereikbaar.

Ze zochten een seriemoordenaar die in principe onzichtbaar was.

Hij volgde geen patroon en liet geen sporen of opzettelijke signaturen achter.

De dagen verstreken zonder dat de verdwenen vrouwen uit Sollentuna gevonden werden.

Joona en Samuel konden geen concrete sporen van een seriemoordenaar aan hun leidinggevende presenteren. Ze bleven echter volhouden dat er geen andere verklaring voor al deze vermisten kon zijn. Twee dagen later had het onderzoek geen prioriteit meer en was er geen geld meer beschikbaar voor het recherchewerk.

Maar Samuel en Joona konden het niet loslaten, en ze begonnen vrije avonden en weekenden aan het zoeken te besteden.

Joona en Samuel concentreerden zich op het patroon dat aangaf dat wanneer twee personen uit één familie waren verdwenen, het risico significant toenam dat er in een nabije toekomst nog iemand zou verdwijnen.

Terwijl ze naspeuringen deden naar de familie van de vrouwen die in Sollentuna waren verdwenen, werden er twee kinderen op Tyresö als vermist opgegeven. Mikael en Felicia Kohler-Frost. Kinderen van de beroemde schrijver Reidar Frost.

20

Joona kijkt even op de benzinemeter als hij de afslag naar het Statoil-tankstation en een besneeuwde parkeerplaats passeert.

Hij herinnert zich het gesprek met Reidar Frost en zijn vrouw Roseanna Kohler, drie dagen nadat hun kinderen waren verdwenen. Hij zei niet wat hij vermoedde: dat ze gedood waren door een seriemoordenaar naar wie de recherche niet meer zocht, een moordenaar wiens bestaan ze uitsluitend op theoretisch niveau hadden weten vast te stellen.

Joona stelde gewoon zijn vragen en liet de ouders vasthouden aan het idee dat hun kinderen waren verdronken.

Het gezin woonde aan de Varvsvägen in een mooi huis aan een zandstrand langs het water. Het waren een paar zachte weken geweest en veel sneeuw was gesmolten. Straten en voetpaden waren zwart en vochtig. Het water lag langs de gehele oever open en het resterende ijs was donkergrijs en nat.

Joona herinnert zich hoe hij door het huis liep, door een grote keuken en aan een enorm witte tafel bij een raampartij ging zitten. Maar Roseanna had de gordijnen voor alle ramen dichtgetrokken, en hoewel ze met rustige stem sprak, schudde haar hoofd onafgebroken.

Het zoeken naar de kinderen had geen resultaat. Ze hadden ontelbaar veel vluchten met de helikopter gemaakt, ze hadden gedoken en naar lichamen gedregd en zoekacties gehouden met vrijwilligers en gespecialiseerde hondenteams.

Maar niemand had iets gehoord of gezien.

Reidar Frost had de blik van een gevangen dier.

Hij wilde niets anders dan doorgaan met zoeken.

Joona had tegenover de beide ouders gezeten, geroutineerd vragen gesteld over binnengekomen dreigementen, of iemand zich anders of ongewoon had gedragen, of ze zich achtervolgd hadden gevoeld.

'Iedereen denkt dat ze in het water gevallen zijn,' fluisterde de vrouw en haar hoofd begon weer te schudden.

'Jullie hebben verteld dat ze nadat ze naar bed zijn gegaan soms uit het raam klimmen,' vervolgde Joona rustig.

'Dat mag natuurlijk niet,' zei Reidar.

'Maar jullie weten dat ze soms het huis uit glippen en naar een gemeenschappelijke vriend gaan?'

'Rikard.'

'Rikard van Horn aan Björnbärsvägen 7,' zei Joona.

'We hebben geprobeerd het er met Micke en Felicia over te hebben, maar... het zijn kinderen en zo erg is het misschien ook weer niet, dachten we,' antwoordde Reidar, en hij legde zijn hand zacht op die van zijn vrouw.

'Wat doen ze bij Rikard?'

'Ze blijven niet lang en spelen Diablo.'

'Dat doet iedereen,' fluisterde Roseanna en ze trok haar hand weg.

'Maar afgelopen zaterdag zijn ze niet naar Rikard gefietst, maar naar Badholmen,' ging Joona verder. 'Zijn ze daar 's avonds wel vaker?'

'We denken van niet,' zei Roseanna en ze stond rusteloos op van tafel, alsof ze haar innerlijke trilling niet meer in bedwang kon houden.

Joona knikte.

Hij wist dat de jongen die Mikael heette kort voor hij en zijn zusje het huis verlieten een telefoontje had gekregen, maar het nummer was onmogelijk te achterhalen geweest.

Het was ondraaglijk geweest om tegenover de twee ouders te zitten. Joona zei niets, maar hij was er steeds sterker van overtuigd dat beide kinderen slachtoffer van de seriemoordenaar waren. Hij luisterde en stelde zijn vragen, maar kon hun niet vertellen wat hij dacht.

21

Als de twee kinderen inderdaad slachtoffer van deze seriemoordenaar waren en Joona en Samuel er gelijk in hadden dat hij binnenkort ook zou proberen een van de ouders te vermoorden, waren ze genoodzaakt een keuze te maken.

Ze besloten de bewaking rond Roseanna Kohler te concentreren.

Ze was ingetrokken bij haar zus in de wijk Gärdet in Stockholm.

Haar zus woonde met haar vierjarige dochter in een witte meergezinswoning aan de Lanforsvägen 25 in de buurt van Lill-Jansskogen.

Om beurten bewaakten Joona en Samuel 's nachts het witte huis. Een week lang zat een van hen tot het licht werd even verderop in de straat in een auto.

Op de achtste dag zat Joona achterovergeleund in de auto en zag hij zoals altijd hoe de mensen in het huis aanstalten maakten om naar bed te gaan. De lampen gingen een voor een uit in een patroon dat hij had leren herkennen.

Een vrouw in een zilverkleurig donzen jack liep het gebruikelijke rondje met haar golden retriever, en daarna werd het ook achter de laatste ramen donker.

Joona's auto stond in het donker op de Porjusvägen tussen een vuilwitte pick-up en een rode Toyota.

In de achteruitkijkspiegel zag hij besneeuwde bosjes en een hoog hek voor een elektriciteitshuisje.

De woonwijk voor hem lag er volkomen stil bij. Door de voorruit nam hij het statische schijnsel van de straatlantaarns op, de trottoirs en de zwarte ramen van de huizen.

Hij begon plotseling bij zichzelf te glimlachen toen hij eraan dacht hoe hij die avond met zijn vrouw en dochtertje had gegeten voor hij hierheen was gekomen. Lumi had haast met eten om Joona verder te kunnen onderzoeken.

'Ik wil eerst mijn bord leegeten,' probeerde hij.

Maar Lumi had haar ernstige gezicht opgezet en sprak met haar moeder over zijn hoofd heen en vroeg of hij zijn tanden zelf poetste.

'Hij doet het heel goed,' antwoordde Summa.

Ze vertelde met een glimlachje dat al Joona's tanden al door waren en at ondertussen. Lumi stopte een stuk keukenpapier onder zijn kin, probeerde een vinger in zijn mond te stoppen en zei tegen hem dat hij zijn mond wijd open moest doen.

De gedachten aan Lumi vervaagden toen er plotseling een lamp aanging in de woning van de zus. Joona zag Roseanna in haar flanellen nachthemd telefoneren.

De lampen achter het raam gingen weer uit.

Er verstreek een uur, maar de wijk lag er verlaten bij.

Het begon koud te worden in de auto toen Joona een gestalte in de achteruitkijkspiegel zag. Een in elkaar gedoken figuur kwam aangelopen door de lege straat.

22

Joona zakte een beetje verder onderuit in zijn stoel, volgde de gestalte in de achteruitkijkspiegel en probeerde een glimp van het gezicht op te vangen.

De takken van de lijsterbes bewogen toen hij passeerde.

In het grijze licht van het elektriciteitshuisje zag Joona dat het Samuel was.

Zijn collega was bijna een halfuur te vroeg.

Hij deed het portier open, ging op de passagiersplaats zitten, schoof de stoel achteruit en zuchtte.

'Je bent lang en blond, Joona... en we hebben het hier samen hartstikke gezellig in de auto,' zei hij. 'Maar toch slaap ik liever naast Rebecka... wil ik huiswerk maken met de jongens.'

'Je kunt huiswerk met mij maken,' antwoordde Joona.

'Dank je,' lachte Samuel.

Joona keek de weg af, naar het huis met de gesloten voordeuren, de roestige dragers van de balkons en de ramen die zwart glansden.

'We geven het nog drie dagen,' zei hij.

Samuel pakte zijn zilverkleurige thermoskan met yoich, zoals hij zijn kippensoep noemde.

'Ik weet het niet, ik heb veel nagedacht,' zei hij ernstig. 'Er klopt niets in deze zaak... we proberen een seriemoordenaar te vinden die misschien niet eens bestaat.'

'Hij bestaat,' zei Joona koppig.

'Maar hij klopt niet met wat we geleerd hebben, hij klopt niet met welk onderzoek dan ook en...'

'Dat is de reden... dat is de reden dat niemand hem gezien heeft,' zei Joona. 'Hij is alleen maar zichtbaar omdat hij een schaduw in de statistieken werpt.'

Ze zaten zwijgend naast elkaar. Samuel blies in zijn soep en zijn voorhoofd besloeg. Joona neuriede een tango en liet zijn blik van Roseanna's slaapkamer naar de ijspegels langs de dakrand glijden en omhoog over besneeuwde schoorstenen en ventilatoren.

'Er is iemand achter het huis,' fluisterde Samuel plotseling. 'Volgens mij zag ik een beweging.'

Samuel wees, maar alles was droomachtig stil.

De volgende seconde zag Joona lichte sneeuw om een struik achter het huis dwarrelen. Alsof er net iemand langs was gelopen.

Voorzichtig deden ze de portieren open en slopen naar buiten.

Het was stil in de slapende woonwijk. Het enige wat je hoorde waren hun stappen en het gezoem van het elektriciteitshuisje.

Het had een paar weken gedooid, maar daarna was het weer gaan sneeuwen.

Ze naderden de raamloze gevel van het gebouw, liepen stil over de grasdijk naar beneden en langs de behangzaak op de begane grond.

Het schijnsel van de dichtstbijzijnde lantaarnpaal viel over de gladde sneeuw op het open stuk grond achter de huizenrij. Ze bleven in elkaar gedoken staan bij de hoek van het gebouw en probeerden de bomen af te speuren die verderop, richting de Koninklijke Tennishal en het Lill-Jansskogen, dicht op elkaar stonden.

Eerst zag Joona niets in het donker tussen de oude, kromme bomen.

Hij wilde net naar Samuel gebaren verder door te lopen, toen hij de gestalte ontwaarde.

Er stond een man tussen de bomen, net zo roerloos als de besneeuwde takken.

Joona's hart begon sneller te kloppen.

De tengere man staarde als een spook naar het raam waar Roseanna Kohler lag te slapen.

De man leek geen haast te hebben, had geen zichtbaar doel.

Joona raakte vervuld van de ijzingwekkende overtuiging dat de man die in de tuin stond de seriemoordenaar was wiens bestaan ze vermoedden.

Het beschaduwde gezicht was mager en gerimpeld.

Hij stond daar maar, alsof de aanblik van het huis hem voedde met een genotvolle kalmte, alsof hij zijn slachtoffer al in een kreeftenfuik had zitten.

Ze trokken hun wapen, maar wisten niet wat ze moesten doen. Ze hadden het hier van tevoren niet over gehad. Hoewel ze Roseanna al zo veel nachten bewaakten, hadden ze nooit besproken wat ze zouden doen als bleek dat ze gelijk hadden.

Ze konden een man die alleen maar naar een donker raam stond te kijken niet overweldigen en arresteren. Ze zouden er weliswaar achter komen wie hij was, maar daarna zouden ze hem misschien moeten laten gaan.

23

Joona staarde naar de onbeweeglijke gedaante tussen de boomstammen. Hij voelde het gewicht van zijn halfautomatische pistool, voelde zijn vingers afkoelen door de lucht en hoorde Samuels adem naast zich.

De situatie begon bijna absurd te voelen toen de man plotseling een stap naar voren deed.

Ze zagen dat hij een tas in zijn hand hield.

Achteraf was het moeilijk te zeggen waardoor ze allebei wisten dat ze de man die ze zochten hadden gevonden.

De man glimlachte alleen maar stil naar het raam van Roseanna's slaapkamer en verdween daarna tussen de struiken.

De sneeuw die op het gras lag knerpte licht onder hun zolen toen ze achter hem aan slopen. Ze volgden de verse voetsporen dwars door het slapende loofbos en kwamen na een tijdje bij een oude spoorbaan.

Rechts in de verte konden ze de gestalte over de rails zien lopen. Hij passeerde een hoogspanningsmast, liep door de kruisende schaduwen van het vakwerk.

De oude spoorbaan werd nog steeds gebruikt voor goederenverkeer en liep van de haven Värtahamn door het hele bos Lill-Jansskogen.

Joona en Samuel volgden hem door de diepe sneeuw onder aan de spoordijk om niet gezien te worden.

De spoorbaan ging onder een viaduct door en verdween in het grote bos. Alles was daar meteen weer veel stiller en donkerder.

De zwarte bomen stonden dicht op elkaar met hun besneeuwde takken.

Zwijgend beenden Joona en Samuel door om hem niet kwijt te raken.

Toen ze bij het moeras van Uggleviken de bocht om kwamen, zagen ze dat de rechte spoorbaan verlaten was.

De man was ergens van het spoor afgeslagen, het bos in.

Ze liepen de spoordijk op, keken het witte bos in en begonnen terug te lopen. Het had de afgelopen dagen gesneeuwd en het terrein was praktisch ongerept.

Toen zagen ze de voetsporen die ze eerder hadden gemist. De tengere man had de rails verlaten en was recht het bos in gelopen. De grond onder het sneeuwdek was nat en de sporen van zijn schoenen waren donker gekleurd. Tien minuten geleden waren ze nog wit geweest en onmogelijk te zien in het zwakke licht, maar nu waren ze donker als lood.

Ze volgden de sporen het bos in, richting het grote reservoir. Het was bijna zwart tussen de bomen.

Drie keer kruisten de lichte sporen van een haas de baggerende sporen van de man.

Een poosje was het zo donker dat ze dachten dat ze hem opnieuw kwijt waren. Ze bleven staan, zagen de sporen weer en haastten zich verder.

Plotseling hoorden ze lichte, klagende geluiden. Het klonk als een dier dat jankte, het leek op niets wat Joona en Samuel ooit hadden gehoord. Ze volgden de voetsporen en kwamen dichter bij het geluid.

Wat ze toen tussen de boomstammen zagen, leek op een scène uit een groteske, middeleeuwse sage. De man die ze achtervolgd hadden, stond voor een ondiep graf. De grond om hem heen was donker van opgegraven aarde. Een magere en vuile vrouw probeerde voortdurend uit de kist te komen, ze worstelde huilend om over de rand van de kist heen te klimmen. Maar telkens als ze omhoogkwam, duwde de man haar weer omlaag.

Een paar seconden lang stonden Joona en Samuel alleen maar te staren voordat ze hun wapens ontgrendelden en op de man af stoven.

De man was ongewapend en Joona wist dat hij op zijn benen moest richten, maar toch richtte hij het wapen op zijn hart.

Ze renden over de vuile sneeuw, werkten de man op zijn buik tegen de grond, klemden zijn armen en benen vast.

Samuel stond hijgend met het pistool op hem gericht terwijl hij de alarmcentrale belde.

Joona hoorde de tranen in zijn stem.

Ze hadden een tot dan toe onbekende seriemoordenaar gegrepen.

Zijn naam was Jurek Walter.

Joona hielp de vrouw voorzichtig uit de kist en probeerde haar te kalmeren. Ze lag op de grond te hijgen. Toen Joona vertelde dat er hulp onderweg was, zag hij een beweging tussen de bomen. Iets groots dat vluchtte, een tak knapte, dennentakken zwiepten en sneeuw viel neer als stof.

Misschien was het een ree.

Joona begreep later dat het de handlanger van Jurek Walter moest zijn geweest, maar op dat moment waren ze er uitsluitend op gericht de vrouw te redden en de man over te brengen naar het huis van bewaring.

Het bleek dat de vrouw bijna twee jaar in de kist had gelegen. Jurek Walter moest haar geregeld van voedsel en water hebben voorzien en het graf daarna weer hebben bedekt.

De vrouw was blind geworden en was sterk ondervoed, haar spieren waren geatrofieerd, de doorligwonden hadden haar misvormd, haar handen en voeten vertoonden koudeletsel.

Eerst dacht men dat ze alleen getraumatiseerd was, maar later bleek ook dat ze zwaar hersenletsel had opgelopen.

24

Joona deed de deur heel zorgvuldig op slot toen hij om half vijf 's ochtends thuiskwam. Met zijn hart bonkend van angst verplaatste hij het warme, zweterige lichaam van Lumi wat naar het midden van het bed voor hij met zijn arm om haar en Summa heen ging liggen. Hij wist dat hij niet zou kunnen slapen, maar hij wilde heel graag bij zijn gezin liggen.

Om zeven uur was hij alweer terug in het Lill-Jansskogen. Het gebied was afgezet en werd bewaakt, maar de sneeuw rondom het graf was al zo vertrapt door agenten, honden en reddingswerkers dat het zoeken naar sporen van een eventuele medeplichtige zinloos was.

Om tien uur blafte een recherchehond bij een plaats in de buurt van het Uggleviks-reservoir, slechts tweehonderd meter van het graf van de vrouw. Technisch rechercheurs en onderzoekers plaats delict werden opgeroepen, en twee uur later hadden ze de stoffelijke resten van een man van middelbare leeftijd en een jongen van een jaar of vijftien opgegraven. Ze lagen allebei in een blauwe plastic ton geperst en forensisch onderzoek wees uit dat ze bijna vier jaar geleden begraven waren. Hoewel er een luchtpijp was, waren ze maar enkele uren blijven leven in de ton.

Jurek Walter stond ingeschreven op de Björnövägen in de wijk Hovsjö in Södertälje. Dat was zijn enige adres. Volgens het bevolkingsregister had hij nergens anders gewoond sinds hij in 1994 van Polen naar Zweden was gekomen en een verblijfsvergunning had gekregen.

Jurek Walter werkte als monteur bij het kleine bedrijf Menges werkplaats, waar hij treinwissels repareerde en dieselmotoren reviseerde.

Alles wees erop dat hij een volstrekt teruggetrokken en kalm leven had geleid.

De Björnövägen is een deel van het uniforme wooncomplex dat begin jaren zeventig is gebouwd in het mooie, natuurrijke Hovsjö in Södertälje.

Joona en Samuel en de twee technisch rechercheurs wisten niet wat ze zouden aantreffen in het appartement van Jurek Walter. Een martelkamer of een trofeeënverzameling, potten met formaline, vrieskisten met lichaamsdelen, kasten vol fotodocumentatie?

De politie had het gebied rondom de flat en de gehele tweede verdieping afgezet.

Ze hulden zich in beschermende pakken, openden de deur en legden staptegels neer om geen bewijs te verknoeien.

Jurek Walter woonde in een tweekamerappartement van drieëndertig vierkante meter.

Op de vloer onder de brievenbus lagen reclamefolders. De gang was helemaal leeg. In de halkast naast de voordeur hingen geen jassen en er stonden geen schoenen.

Langzaam gingen ze verder naar binnen.

Joona hield er rekening mee dat er zich iemand in de flat schuilhield, maar alles stond hier stil, alsof de tijd deze plaats had opgegeven.

De luxaflex was omlaaggetrokken. Het appartement rook naar zon en stof.

Er stonden geen meubels in de keuken. De koelkast stond open en was uitgeschakeld. Niets wees erop dat hij ooit was gebruikt. De kookplaten waren wat roestig. In de oven lag een gebruiksaanwijzing van Electrolux op de ongebruikte bakplaat. Het enige voedsel dat ze in de kasten vonden waren twee blikken met ananasschijven.

In de slaapkamer stond een smal bed zonder beddengoed en in de kleerkast hing een schoon overhemd aan een haakje.

Dat was alles.

Joona probeerde te begrijpen wat dat lege appartement betekende. Het stond als een paal boven water dat Walter daar niet had gewoond.

Misschien gebruikte hij het alleen als postadres.

Er was niets in het appartement dat hen verder bracht. De enige vingerafdrukken waren afkomstig van Walter zelf.

Hij kwam niet voor in het strafregister, het verdachtenregister of de registers van de sociale dienst. Jurek Walter was niet verzekerd, had nooit een lening afgesloten, zijn inkomstenbelasting werd van zijn brutoloon afgetrokken en hij had nooit belastingaangifte gedaan.

Er bestaan zeer veel verschillende registers. Meer dan driehonderd die onder de wet op persoonsgegevens vallen. Jurek Walter stond alleen in de registers die geen enkele burger kan vermijden.

Verder was hij onzichtbaar.

Hij had zich nooit ziek gemeld, had nooit een arts of tandarts bezocht.

Hij stond niet in het wapenregister, het motorvoertuigenregister, het schoolregister, een politiek register of registers van religieuze genootschappen.

Het was net alsof hij zijn leven had geleid met de bedoeling zo onzichtbaar mogelijk te blijven.

Geen enkele informatie leidde hen verder.

De weinige personen met wie hij contact had gehad op zijn werk wisten niets over hem. Ze vertelden dat hij nooit veel zei, maar dat hij een erg goede monteur was.

Toen de rijksrecherche bericht kreeg van Policja, haar Poolse pendant, bleek dat een man met de naam Jurek Walter al jaren dood was. Omdat deze Jurek Walter vermoord was aangetroffen in een openbaar toilet op het centraal station Kraków Główny, konden ze zowel foto's als vingerafdrukken sturen.

De foto's noch de vingerafdrukken kwamen overeen met de Zweedse seriemoordenaar.

Waarschijnlijk had hij alleen de identiteit van de echte Jurek Walter gestolen.

De man die ze in het Lill-Jansskogen hadden gearresteerd, bleek steeds meer een beangstigend raadsel.

Drie maanden lang kamden ze het bos uit, maar nadat de man en de jongen in de ton waren opgegraven, werden er geen slachtoffers van Jurek Walter meer gevonden.

Totdat Mikael Kohler-Frost kwam aanlopen over een brug richting Stockholm.

25

Een officier van justitie nam de verantwoordelijkheid voor het vooronderzoek over, maar Joona en Samuel leidden de verhoren vanaf de inhechtenisneming tot aan de rechtszaak. Tijdens de gesprekken in het huis van bewaring bekende Jurek Walter niets, maar hij ontkende evenmin dat hij schuldig was aan een misdrijf. Hij hield zich uitsluitend bezig met filosoferen over de dood en de levensomstandigheden van de mens. Omdat bewijs eigenlijk ontbrak, leidden de omstandigheden van de arrestatie, het gebrek aan verklaringen en het forensisch psychiatrisch rapport tezamen tot het vonnis van de rechtbank. Zijn advocaat ging in hoger beroep, en in afwachting van de uitspraak van het gerechtshof gingen de verhoren in het huis van bewaring Kronoberg verder.

Het personeel was veel gewend, maar de aanwezigheid van Jurek Walter bezwaarde hen. Ze voelden zich ongemakkelijk door zijn aanwezigheid. Waar hij zich bevond, laaiden plotseling conflicten op en twee bewaarders waren met elkaar op de vuist gegaan, waardoor een van hen bij de spoedeisende hulp belandde.

Er werd een crisisberaad belegd, waar besloten werd nieuwe veiligheidsvoorschriften in te voeren. Jurek Walter mocht geen medegedetineerden meer ontmoeten of op de luchtplaats komen.

Samuel meldde zich ziek en Joona liep eenzaam door de gang, waar rijen witte thermosflessen voor elke groene deur stonden. Lange, zwarte krassen liepen over het glanzende linoleum.

De deur van Jurek Walters lege cel stond open. De wanden waren kaal en het raam was voorzien van tralies. Het ochtendlicht glinsterde op het versleten geplastificeerde matras dat op de aan de wand bevestigde brits lag en in de roestvrijstalen wasbak.

Verderop in de gang stond een politieman gekleed in een donkerblauwe trui met een Syrisch-orthodoxe geestelijke te praten.

'Ze hebben hem meegenomen naar verhoorkamer 2,' riep de agent naar Joona.

Buiten de verhoorkamer wachtte een bewaarder en door het raam zag Joona Jurek Walter met zijn gezicht op de vloer gericht op een stoel zitten. Voor hem stonden zijn advocaat en nog twee bewaarders.

'Ik ben hier om te luisteren,' zei Joona tegen de bewaarders.

Het werd stil, en na een poosje wisselde Jurek Walter enkele woorden met zijn verdediger. Hij sprak met zachte stem en keek niet op toen hij zijn advocaat vroeg te vertrekken.

'Jullie kunnen op de gang wachten,' zei Joona tegen de bewaarders.

Toen hij alleen met Jurek Walter in de verhoorkamer zat, trok hij een stoel bij en ging zo dicht bij hem zitten dat hij zijn zweetlucht rook.

Jurek Walter zat stil op de stoel en liet zijn hoofd naar voren hangen.

'Je advocaat is van mening dat je je in het Lill-Jansskogen bevond om de vrouw te bevrijden,' zei Joona neutraal.

Walter bleef een minuut of twee met zijn blik op de vloer gericht zitten voor hij zonder enige beweging antwoordde: 'Ik praat te veel.'

'De waarheid is voldoende,' zei Joona.

'Voor mij doet het er niet toe of ik onschuldig word veroordeeld,' antwoordde Walter.

'Je zult opgesloten zitten.'

Walter draaide zijn gezicht naar Joona en zei nadenkend: 'Het leven is al lang geleden uit me weggeblazen. Ik ben nergens bang voor. Niet voor pijn... niet voor eenzaamheid of verveling.'

'Maar ik zoek de waarheid,' zei Joona, opzettelijk naïef.

'Daar hoeft men niet naar te zoeken. Het is net als met rechtvaardigheid of goden. Men kiest ze naar behoefte.'

'Het zijn de leugens die men niet kiest,' zei Joona.

Walters pupillen trokken samen.

'In hoger beroep zal de beschrijving van de officier van justitie van mijn daden beschouwd worden als boven elke redelijke twijfel verheven,' zei hij zonder ook maar enig spoor van overreding in zijn stem.

'Bedoel je dat hij het mis heeft?'

'Ik zal niet blijven hangen bij technische details omdat een graf delven eigenlijk hetzelfde is als het weer dicht scheppen.'

Toen Joona de verhoorkamer die dag verliet, was hij er aanzienlijk meer van overtuigd dat Jurek Walter extreem gevaarlijk was, maar tegelijkertijd bleef hij rekening houden met de mogelijkheid dat Walter had gesuggereerd dat hij andermans straf op zich nam. Hij begreep natuurlijk dat het Jurek Walters doel had kunnen zijn een zaadje van twijfel te planten, maar hij kon er tegelijkertijd niet omheen dat er werkelijk een barstje in de aanklacht zat.

26

De avond voor de rechtszaak aten Joona, Summa en Lumi bij Samuel en zijn gezin. Toen ze begonnen te eten had de zon door de linnen gordijnen naar binnen geschenen, maar nu was het donker geworden. Rebecka stak een kaars op tafel aan en blies de lucifer uit. Het schijnsel flakkerde over haar glanzende ogen met de ene wonderlijke pupil. Ooit had ze uitgelegd dat het dyscorie werd genoemd en niet gevaarlijk was, met dat oog zag ze net zo goed als met het andere.

De rustige maaltijd werd besloten met een donkere honingkoek en daarna kreeg Joona een keppeltje voor tijdens het dankgebed Birkat hamazon.

Het was de laatste keer dat hij Samuels gezin zag.

Welopgevoed speelden de jongens een poosje met de kleine Lumi voordat Joshua opging in een computerspelletje en Ruben naar zijn kamer verdween om op zijn klarinet te oefenen.

Rebecka ging aan de achterkant van het huis naar buiten om te roken en Summa hield haar gezelschap met het wijnglas in haar hand.

Joona en Samuel ruimden de tafel af en begonnen onmiddellijk over het werk en de rechtszaak van de dag erop te praten.

'Ik ben er morgen niet bij,' zei Samuel ernstig. 'Ik weet het niet, ik ben niet bang, maar ik heb het gevoel dat mijn ziel besmet raakt... dat die elke seconde in zijn nabijheid vuiler wordt.'

'Ik weet zeker dat hij schuldig is,' zei Joona.

'Maar?'

'Ik denk dat hij een medeplichtige heeft.'

Samuel zuchtte en zette de borden in de gootsteen.

'We hebben een seriemoordenaar gestopt,' zei hij. 'Een eenzame gek die...'

'Hij was niet alléén bij het graf toen wij kwamen,' viel Joona hem in de rede.

'Jawel, dat was hij wel,' glimlachte Samuel en hij begon de borden af te spoelen.

'Het is niet ongebruikelijk dat een seriemoordenaar een handlanger heeft,' wierp Joona tegen.

'Nee, maar helemaal niets wijst erop dat Jurek Walter tot die groep zou behoren,' zei Samuel opgeruimd. 'We hebben ons werk gedaan, we zijn klaar, maar jij, Joona, moet een wijsvinger in de lucht steken en אכפיא אמלידו zeggen.'

'Doe ik dat?' vroeg Joona glimlachend. 'Wat betekent het?'

'Maar misschien geldt het tegenovergestelde.'

'Dat kun je altijd overal aan toevoegen,' knikte Joona.

27

De zon scheen door het bobbelige vensterglas in het Wrangelska Palatset. De advocaat van Jurek Walter verklaarde dat zijn cliënt zich psychisch zo beroerd voelde door de rechtszaak dat hij niet in staat was om toe te lichten waarom hij zich op het moment van zijn arrestatie op de plaats delict had bevonden.

Joona was opgeroepen als getuige en hij beschreef al het speurwerk en de arrestatie. Daarna vroeg de verdediger of Joona één enkele reden kon vinden om te vrezen dat de beschrijving van de daad door de openbaar aanklager op een foutieve aanname berustte.

'Kan mijn cliënt door de rechtbank veroordeeld zijn voor de daad van iemand anders?'

Joona keek in de angstige ogen van de verdediger en zag tegelijkertijd voor zijn geestesoog hoe Jurek Walter de vrouw elke keer dat ze probeerde omhoog te kruipen zonder enige agressie terugduwde in de kist.

'Ik vraag het je omdat je daar was,' vervolgde de verdediger. 'Kan het zo zijn dat Jurek Walter in feite de vrouw in het graf probeerde te redden?'

'Nee,' antwoordde Joona.

Na twee uur beraadslaging deelde de woordvoerder van het gerechtshof mede dat het vonnis van de rechtbank van kracht was. Jurek Walter vertrok geen spier toen de aangescherpte strafrechtelijke gevolgen werden voorgelezen. Hij werd veroordeeld tot forensisch psychiatrische behandeling op een gesloten afdeling, met buitengewone specificaties betreffende de zogenoemde 'bijzondere ontslagtoetsing'.

Gezien de directe koppeling met diverse andere lopende onderzoeken kreeg hij ook ongebruikelijk strenge beperkingen opgelegd.

Toen de woordvoerder van het gerechtshof was uitgesproken, wendde Jurek Walter zich tot Joona. Zijn gezicht was bedekt met kleine rimpeltjes en zijn lichte ogen keken recht in die van Joona.

'Nu zullen beide zonen van Samuel Mendel verdwijnen,' zei Walter met vermoeide stem. 'En Samuels vrouw Rebecka zal verdwijnen, maar... Nee, luister naar me, Joona Linna. De politie zal zoeken en als de politie het opgeeft, zal Samuel doorgaan, maar als hij uiteindelijk begrijpt dat hij zijn gezin niet zal terugzien, berooft hij zich van het leven.'

Joona stond op om de rechtszaal te verlaten.

'En jouw dochtertje,' vervolgde Jurek Walter met zijn blik op zijn nagels gericht.

'Pas op,' zei Joona.

'Lumi zal verdwijnen,' fluisterde Walter. 'En Summa zal verdwijnen. En als je hebt begrepen dat je ze nooit zult vinden... verhang je jezelf.'

Hij tilde zijn hoofd op en keek Joona recht in de ogen. Er lag een kalmte over zijn gezicht, alsof zijn voorspelling al bewaarheid was.

Normaal gesproken wordt de veroordeelde in afwachting van overplaatsing en transport naar een andere instelling teruggebracht naar het huis van bewaring. Maar het personeel van het huis van bewaring Kronoberg was er zo op gebrand van Jurek Walter af te komen, dat ze ervoor hadden gezorgd dat hij direct van het Wrangelska Palatset naar de gesloten forensisch psychiatrische afdeling twintig kilometer ten noorden van Stockholm werd overgebracht.

*

Jurek Walter zou voor onbepaalde tijd strikt geïsoleerd gevangen worden gehouden op de best bewaakte eenheid van Zweden. Samuel Mendel had Walters dreigementen beschouwd als krachteloze woorden van een verslagen man, maar Joona had de gedachte dat het dreigement was uitgesproken als een waarheid, als een feit, niet los kunnen laten.

Het vooronderzoek kreeg geen prioriteit meer toen er niet nog meer lichamen werden gevonden.

Het werd niet afgesloten, maar het koelde af.

Joona weigerde het op te geven, maar er waren veel te weinig puzzelstukjes en de sporen waren stuk voor stuk doodlopende wegen. Hoewel Jurek Walter was opgepakt en veroordeeld, wisten ze eigenlijk niet meer over hem dan daarvoor.

Hij was nog steeds een raadsel.

Op een vrijdagmiddag twee maanden na de rechtszaak zat Joona samen met Samuel in Il Caffè in de buurt van het politiebureau en nam een dubbele espresso. Ze werkten nu allebei aan een andere zaak, maar ontmoetten elkaar geregeld en spraken dan over Jurek Walter. Ze hadden al het materiaal over hem meerdere malen doorgespit, maar hadden niets gevonden dat erop wees dat hij een handlanger had. De hele zaak stond op het punt in een grap tussen hen te veranderen, met het verdenken en aanwijzen van onschuldigen, toen de verschrikking plaatsvond.

28

Samuels telefoon bromde op het cafétafeltje naast het espressokopje. Op de display was een foto zichtbaar van zijn vrouw Rebecka met de traanvormige pupil. Joona luisterde verstrooid naar het gesprek terwijl hij de grove suikerkorrels van zijn kaneelbroodje pulkte. Rebecka en de jongens zouden blijkbaar eerder naar Dalarö afreizen dan het plan was, en Samuel zei dat hij onderweg boodschappen zou doen. Hij zei dat ze voorzichtig moest rijden en beëindigde het gesprek met een heleboel zoengeluiden.

'De timmerman die onze veranda repareert wilde dat we zo snel mogelijk naar de houten balustrade komen kijken,' legde Samuel uit. 'De schilder kon dit weekend blijkbaar al komen als dat klaar was.'

Joona en Samuel gingen terug naar hun kamers bij de rijksrecherche en zagen elkaar die werkdag niet meer.

Toen Joona vijf uur later met zijn gezin zat te eten, belde Samuel. Hij hijgde en praatte zo opgewonden dat het moeilijk was te verstaan wat hij zei, maar het was duidelijk dat Rebecka en de kinderen niet in het huis in Dalarö waren. Ze waren er niet geweest en namen de telefoon niet op.

'Er is vast een verklaring,' probeerde Joona.

'Ik heb alle ziekenhuizen gebeld en de politie en...'

'Waar ben je nu?' vroeg Joona.

'Op de Dalarövägen, maar ik ga weer terug naar het huis.'

'Wat wil je dat ik doe?' vroeg Joona.

De gedachte was al in hem opgekomen, maar toch gingen de haren in zijn nek overeind staan toen Samuel antwoordde: 'Nagaan of Jurek Walter niet is ontsnapt.'

Joona nam onmiddellijk contact op met de forensisch psychiatrische afdeling van het Löwenströmska-ziekenhuis, sprak chef-arts Brolin en kreeg het antwoord dat er geen abnormale activiteit was voorgekomen op de gesloten afdeling. Jurek Walter bevond zich in zijn cel en was de hele dag volledig geïsoleerd geweest.

Toen Joona Samuel terugbelde, was de stem van zijn vriend veranderd, gejaagd en schel.

'Ik ben in het bos,' schreeuwde Samuel haast. 'Ik heb Rebecka's auto gevonden, die staat midden op het weggetje naar de landtong, maar er is hier niemand, er is hier niemand.'

'Ik kom eraan,' zei Joona onmiddellijk.

De politie zocht grondig naar Samuels gezin. De sporen van Rebecka en de kinderen eindigden op de grindweg, slechts vijf meter voor de verlaten auto. De honden vonden geen geurspoor, liepen maar heen en weer, keerden en draaiden, maar vonden niets. De bossen, de wegen, de huizen en de wateren werden twee maanden lang onderzocht. Toen de politie haar manschappen terugtrok, bleven Samuel en Joona zelf doorzoeken. Ze zochten verbeten en met een angst in hun lichaam die groeide en zich vastzette op de grens van het onverdraaglijke. Geen enkele keer benoemde een van beiden waar het allemaal om ging. Ze durfden niet uit te spreken wat ze vreesden dat er met Joshua, Ruben en Rebecka was gebeurd. Ze waren allebei getuige geweest van de wreedheid van Jurek Walter.

29

In deze periode had Joona zulke verschrikkelijke angsten dat hij niet kon slapen. Hij bewaakte zijn gezin, ging overal met ze mee naartoe, haalde ze en bracht ze, stelde speciale regels voor Lumi's kleuterschool op, maar hij besefte natuurlijk dat dit op de lange duur niet voldoende zou zijn.

Joona was genoodzaakt om het gevaar recht in het gezicht te kijken.

Hij kon niet met Samuel praten, maar tegenover zichzelf mocht hij niet langer blijven zwijgen.

Jurek Walter had zijn misdaden niet alleen gepleegd. Iemand had de misdrijven met hem gedeeld. Alles in de absolute pretentieloosheid van Jurek Walter wees hem aan als leider. Maar sinds Samuels gezin was ontvoerd, was het duidelijk dat Jurek Walter een medeplichtige had.

Deze medeplichtige had de opdracht gekregen om Samuels gezin te pakken en hij had dat gedaan zonder een spoor achter te laten.

Joona begreep natuurlijk dat zijn eigen gezin nu aan de beurt was. Waarschijnlijk hadden alleen toevalligheden hem tot nu toe ontzien.

Jurek Walter kende geen genade.

Joona sprak hier meerdere malen met Summa over, maar ze nam de dreiging niet zo serieus als hij. Ze accepteerde zijn bezorgdheid en de veiligheidsmaatregelen omdat ze aannam dat zijn angst na verloop van tijd zou verdwijnen.

Eerst had Joona gehoopt dat de grote politieacties die op de verdwijning van het gezin van Samuel Mendel volgden, ook tot de arrestatie van de medeplichtige zouden leiden. Wekenlang voelde hij zich de jager, maar nu was de verhouding zonder enige twijfel omgedraaid.

Hij wist dat hij en zijn gezin het wild waren en de rust die hij tegenover Summa en Lumi uitstraalde, was alleen maar buitenkant.

Het was half elf 's avonds en Summa en hij lagen naast elkaar in bed te lezen toen Joona's hart steeds sneller begon te kloppen vanwege een geluid op de benedenverdieping. Hij wist dat het programma van de wasmachine nog niet was afgelopen. Het had geklonken alsof er een rits langs de trommel had geschuurd, maar hij kon het toch niet laten om op te staan en te controleren of alle ramen beneden dicht waren en of de buitendeur op slot zat.

Toen hij terugkwam had Summa haar lamp uitgeknipt en keek hem aan.

'Wat deed je?' vroeg ze zacht.

Hij dwong zichzelf te glimlachen en wilde net iets zeggen toen hij kleine voetstapjes hoorde. Joona draaide zich om en zag zijn dochtertje binnenkomen. Haar haar zat in de war en de lichtblauwe pyjamabroek was een kwartslag gedraaid om haar lichaam.

'Lumi, je moet slapen,' zuchtte hij.

'We zijn vergeten de kat welterusten te zeggen,' zei ze.

's Avonds las Joona Lumi altijd een verhaaltje voor en voor hij haar instopte moesten ze steevast door het raam naar buiten kijken en naar een grijze kat zwaaien die in het keukenraam van de buren sliep.

'Ga weer naar bed,' zei Summa.

'Ik kom nog even bij je kijken,' beloofde Joona.

Lumi mompelde iets en schudde haar hoofd.

'Zal ik je dragen?' vroeg hij en hij tilde haar op.

Ze klampte zich aan hem vast en toen voelde hij hoe snel haar hart sloeg.

'Wat is er? Heb je iets gedroomd?'

'Ik wilde alleen naar de kat zwaaien,' fluisterde ze. 'Maar er was een geraamte buiten.'

'Achter het raam?'

'Nee, hij stond op de grond,' antwoordde ze. 'Op de plek waar we de dode egel hebben gevonden... hij keek naar me...'

Joona zette haar vlug bij Summa op het bed neer.

'Blijf hier,' zei hij.

Hij rende geruisloos de trap af, deed geen moeite om het pistool uit de wapenkast te halen of om zijn schoenen aan te schieten. Hij opende de keukendeur en stormde zo de koude avondlucht in.

Daar was niemand.

Hij liep verder achter de huizen, stapte over het hek van de buren en ging verder naar de volgende tuin. De hele villawijk lag er rustig en stil bij. Hij keerde terug naar de boom aan de achterkant van het huis waar Lumi en hij afgelopen zomer een dode egel hadden gevonden.

Er had daar zonder twijfel iemand in het hoge gras gestaan, vlak buiten hun hek. Vanaf die plek kon je heel makkelijk door Lumi's raam naar binnen kijken.

Joona ging terug naar binnen, deed de deur achter zich op slot, haalde zijn pistool, liep het hele huis door en ging toen in bed liggen. Lumi viel bijna meteen in slaap tussen Summa en hem in en even later sliep ook zijn vrouw.

30

Joona had al geprobeerd het met Summa over vluchten te hebben, een nieuw leven te beginnen, maar ze had Jurek Walter nooit ontmoet, ze kende de reikwijdte van zijn daden niet en ze geloofde simpelweg niet dat hij achter de verdwijning van Rebecka, Joshua en Ruben zat.

Met een koortsachtige concentratie begon Joona naar het onvermijdelijke te staren. Een ijzige scherpte beving hem toen hij elk detail begon te bestuderen, elk aspect, om een plan uit te werken.

Een plan dat hen alle drie zou redden.

De rijksrecherche wist bijna niets over Jurek Walter. De doorslaggevende reden dat men geloofde dat hij een medeplichtige had, was dat na zijn arrestatie het gezin van Samuel Mendel was verdwenen.

Maar deze handlanger had geen enkel spoor achtergelaten.

Hij was een schaduw van een schaduw.

Zijn collega's zeiden dat het hopeloos was, maar Joona gaf het niet op. Hij begreep natuurlijk dat het niet makkelijk zou zijn om de onzichtbare handlanger te vinden en op te pakken. Het kon jaren gaan duren, en Joona was ook maar een mens. Hij zou niet kunnen zoeken én Summa en Lumi bewaken, niet tegelijkertijd, niet elke seconde.

Als hij twee lijfwachten inhuurde die hen dag en nacht zouden volgen, zou al hun spaargeld binnen een halfjaar op zijn.

Walters medeplichtige had maandenlang gewacht voor hij Samuels gezin had meegenomen. Hij had blijkbaar geduld en deed niets overhaast.

Joona probeerde uitwegen voor hen drieën te vinden. Ze konden verhuizen, van baan en identiteit veranderen en ergens in stilte gaan leven.

Niets was belangrijker dan samen met Summa en Lumi te kunnen zijn.

Maar als politieman wist hij dat beschermde identiteiten niet veilig zijn. Het betekent alleen een adempauze. Hoe verder weg je komt, hoe meer respijt je hebt, maar op de lijst van de vermoedelijke slachtoffers van Jurek Walter kwam een man voor die was verdwenen in Bangkok, uit een lift ergens in het Sukhothai Hotel, spoorloos.

Ze konden nergens heen.

Die nacht moest Joona concluderen dat er iets belangrijker was dan dat hij bij Summa en Lumi kon zijn.

Hun levens waren belangrijker.

Als hij samen met hen vluchtte of verdween, zou dat een directe aansporing voor Walter zijn om te gaan zoeken.

En als je zoekt, dan vind je de mensen die zich verborgen houden, vroeg of laat, dat wist Joona.

Jurek Walter mocht niet op zoek gaan, dacht hij. Dat was de enige manier om niet gevonden te worden.

Er was maar één oplossing: Jurek Walter en zijn schaduw moesten geloven dat Summa en Lumi dood waren.

31

Het verkeer is drukker geworden als Joona over de brede snelweg richting Stockholm rijdt. Sneeuwvlokken wervelen rond en verdwijnen op de natte rijbaan.

Hij brengt het niet op om na te denken over de manier waarop hij de dood van Summa en Lumi indertijd in scène heeft gezet om ze een ander leven te laten leiden. De Naald hielp hem, maar hij had het er moeilijk mee. Hij begreep dat het juist was om te doen wat ze deden als er een mededader was. Maar als Joona het mis had, was het een onvergeeflijke vergissing.

Deze twijfel had zich met de jaren als een mantel van verdriet om de magere schouders van de patholoog-anatoom gelegd.

Het hek van de Noorderbegraafplaats flitst langs en Joona herinnert zich het moment waarop de urnen van Summa en Lumi de grond in zakten. De regen sloeg tegen de zijden linten van de kransen en kletterde op de zwarte paraplu's.

Joona en Samuel bleven allebei zelfstandig door zoeken, maar hadden onderling geen contact. Hun verschillende lot maakte hen tot vreemden voor elkaar. Elf maanden na de verdwijning van zijn gezin hield Samuel op met zoeken en ging hij weer aan het werk. Nadat hij de hoop had opgegeven, hield hij het nog drie weken vol. Vroeg op de ochtend van een stralende dag in maart reisde Samuel af naar het zomerhuisje. Hij liep naar het mooie strand waar zijn zoons altijd gingen zwemmen, maakte zijn dienstpistool los, stopte er een kogel in en schoot zichzelf door het hoofd.

Toen Joona het telefoontje van zijn leidinggevende kreeg met het bericht dat Samuel dood was, werd hij bevangen door een vreselijke kou.

Twee uur later liep hij rillend naar de oude horlogezaak in de Roslagsgatan. Het was lang na sluitingstijd, maar de oude horlogemaker met de loep voor zijn oog zat nog steeds te werken in een zee van allerhande horloges. Joona tikte op het ruitje in de deur en werd binnengelaten.

Toen hij de horlogezaak twee weken later verliet, woog hij zeven kilo minder. Hij was bleek en zo zwak dat hij om de tien meter stil moest blijven staan om uit te rusten. Hij gaf over in het park dat later het Monica Zetterlunds-park zou gaan heten en strompelde verder naar de Odengatan.

Joona had nooit gedacht dat hij zijn gezin voor altijd kwijt zou raken. Hij had zich voorgesteld hoe hij hen een tijdlang noodgedwongen niet kon opzoeken, zien, aanraken. Hij begreep dat het jaren kon duren, misschien vele jaren, maar hij was er al die tijd van overtuigd geweest dat hij de schaduw van Jurek Walter zou vinden en arresteren. Hij was ervan uitgegaan dat hij hun misdrijven ooit zou kunnen onthullen, licht over hun daden kon laten schijnen en elk detail in alle rust kon beschouwen, maar na tien jaar was hij niet verder gekomen dan na tien dagen. Niets leidde verder. Het enige concrete bewijs dat de medeplichtige werkelijk bestond, was dat Walters vonnis over Samuel was voltrokken.

Officieel werd er geen verband gelegd tussen de verdwijning van Samuels gezin en Jurek Walter. Het werd als een ongeluk beschouwd. Algauw was Joona de enige die nog steeds geloofde dat Jurek Walters handlanger hen had ontvoerd.

Joona was ervan overtuigd dat hij gelijk had, maar was begonnen remise te accepteren. Hij zou de medeplichtige niet vinden, maar zijn gezin leefde nog.

Hij sprak niet meer over de zaak, maar omdat hij het feit dat hij misschien in de gaten werd gehouden onmogelijk kon negeren, was hij in wezen gedoemd tot eenzaamheid.

De jaren verstreken en de in scène gezette dood leek steeds meer op werkelijke dood.

Hij had zijn dochtertje en zijn vrouw werkelijk verloren.

Joona parkeert achter een taxi voor de hoofdingang van het Söderziekenhuis, stapt uit, loopt door de lichte sneeuw en gaat dan door de glazen draaideur naar binnen.

32

Mikael Kohler-Frost is van de behandelkamer op de spoedeisende hulp overgeplaatst naar afdeling 66 voor acute en chronische infectieziekten.

Een arts met een vermoeid maar sympathiek gezicht stelt zich voor als Irma Goodwin en volgt Joona Linna over het glanzende linoleum. Het licht schittert even in een ingelijste litho.

'Zijn algemene gezondheidstoestand was erg slecht,' legt ze uit terwijl ze door het gebouw lopen. 'Hij is ondervoed en heeft longontsteking. Het laboratorium heeft het antigeen voor legionella in zijn urine ontdekt en...'

'De veteranenziekte?'

Joona blijft staan in de gang en haalt een hand door zijn warrige haar. De arts ziet dat zijn ogen intens grijs zijn geworden, bijna als geborsteld zilver, en ze haast zich hem ervan te verzekeren dat de ziekte niet besmettelijk is.

'De ziekte houdt verband met specifieke plaatsen met...'

'Ik weet het,' antwoordt Joona, en ze lopen verder.

Hij weet dat de man die dood in de plastic ton was gevonden de veteranenziekte had. Om de ziekte te krijgen, moet je je op een plaats bevinden met besmet water. Het is heel ongebruikelijk om hier in Zweden besmet te raken. De legionellabacterie groeit in vijvers, watertanks en leidingen met te lage temperaturen.

'Maar hij komt er weer bovenop?' vraagt Joona.

'Dat denk ik wel, ik heb meteen macroliden laten toevoegen,' antwoordt ze terwijl ze de lange commissaris probeert bij te benen.

'En dat helpt?'

'Het duurt een paar dagen – hij heeft nog steeds hoge koorts en er bestaat een risico op septische embolieën,' zegt ze. Ze doet een deur open, maakt een uitnodigend gebaar en loopt met hem mee naar de patiënt.

Daglicht valt door het zakje aan de infuusstandaard heen en doet de inhoud oplichten. In het bed ligt een magere en heel bleke man met gesloten ogen die manisch mompelt: 'Nee, nee, nee... nee, nee, nee, nee...'

Zijn kin trilt en de zweetdruppels op zijn voorhoofd vormen stroompjes. Er zit een verpleegkundige naast hem, ze houdt zijn linkerhand vast en haalt zorgvuldig kleine stukjes glas uit een wond.

'Heeft hij iets gezegd?' vraagt Joona.

'Hij heeft wel wat geijld, het is niet makkelijk te verstaan wat hij zegt,' antwoordt de verpleegkundige, en ze tapet een kompres vast over de wond in zijn hand.

Ze verlaat de kamer en Joona loopt behoedzaam naar de patiënt toe. Hij neemt zijn vermagerde gelaat op en herkent moeiteloos het kindergezicht dat hij zo vaak op foto's heeft bestudeerd. De bekoorlijke mond met de geprononceerde bovenlip en de lange, donkere wimpers. Joona herinnert zich de laatste foto van Mikael. Daarop was hij tien jaar en zat hij met zijn pony voor zijn ogen en een geamuseerd glimlachje om zijn lippen achter de computer.

De jonge man in het ziekenhuisbed hoest vermoeid, ademt hortend en stotend met gesloten ogen en fluistert dan voor zich uit: 'Nee, nee, nee...'

Het is zonder twijfel Mikael Kohler-Frost die in het bed voor hem ligt.

'Je bent nu veilig, Mikael,' zegt Joona.

Irma Goodwin staat zwijgend vlak achter hem en kijkt naar het uitgemergelde lichaam in het bed.

'Ik wil niet, ik wil niet.'

Hij schudt zijn hoofd en alle spieren in zijn lichaam schokken en spannen zich. De vloeistof in het slangetje van het infuus kleurt rood van het bloed. Hij trilt en begint zacht te kermen.

'Ik heet Joona Linna, ik ben commissaris en ik was een van de mensen die naar je hebben gezocht toen je niet thuiskwam.'

Mikael opent zijn ogen een fractie, maar lijkt eerst niets te zien; hij knippert een paar keer en tuurt naar Joona.

'Jullie denken dat ik leef...'

Hij hoest en ligt dan hijgend naar Joona te kijken.

'Waar ben je geweest, Mikael?'

'Ik weet het niet, ik weet het echt niet, ik weet niets, ik weet niet waar ik ben, ik weet niets over...'

'Je bent in het Söder-ziekenhuis in Stockholm,' zegt Joona.

'Is de deur op slot? Is ie op slot?'

'Mikael, ik moet echt weten waar je geweest bent.'

'Ik snap niet wat je zegt,' fluistert hij.

'Ik moet echt weten...'

'Wat doen jullie verdomme met me?' vraagt hij met vertwijfeling in zijn stem en hij begint te huilen.

'Ik geef hem iets kalmerends,' zegt de arts en ze loopt de kamer uit.

'Je bent nu veilig,' vertelt Joona. 'En iedereen hier probeert je te helpen en...'

'Ik wil het niet, ik wil niet, ik kan er niet tegen...'

Hij schudt zijn hoofd en probeert met vermoeide vingers het slangetje in de holte van zijn elleboog weg te halen.

'Waar ben je al die tijd geweest, Mikael? Waar heb je gewoond? Heb je je verborgen gehouden? Was je opgesloten of...'

'Ik weet het niet, ik snap niet wat je zegt.'

'Je bent moe en hebt koorts,' zegt Joona zacht. 'Maar je moet proberen erover na te denken.'

33

Mikael Kohler-Frost ligt in het ziekenhuisbed en hijgt als een aangereden haas. Hij praat zacht voor zich uit, bevochtigt zijn lippen en kijkt Joona met grote, vragende ogen aan.

'Kun je opgesloten zijn in niets?'

'Nee, dat kan niet,' antwoordt Joona rustig.

'Kan dat niet? Ik snap het niet, ik vind het zo moeilijk om te denken,' fluistert de jonge man snel. 'Er is niets om me te herinneren, het is alleen maar donker... alles is net niets en ik haal het door elkaar... Ik haal door elkaar wat ervoor was en wat er in het begin was, ik kan niet denken, er was te veel zand, ik weet niet eens wat dromen zijn en...'

Hij hoest, laat zijn hoofd achterover zakken en sluit zijn ogen.

'Je zei iets over wat er in het begin was,' zegt Joona. 'Kun je proberen...'

'Raak me niet aan, ik wil niet dat je me aanraakt,' valt hij hem in de rede.

'Dat doe ik niet.'

'Ik wil niet, ik wil niet, ik kan niet, ik wil niet...'

Zijn ogen rollen weg en hij buigt zijn hoofd op een vreemde, scheve manier, sluit zijn ogen en trilt.

'Er is hier geen gevaar,' herhaalt Joona.

Na een tijdje ontspant Mikaels lichaam weer, hij hoest even en kijkt op.

'Kun je iets vertellen over hoe het in het begin was,' herhaalt Joona vriendelijk.

'Toen ik klein was... toen was het druk op de grond,' zegt hij bijna geluidloos.

'Dus er waren eerst meer mensen?' vraagt Joona, en er loopt een rilling langs zijn rug waardoor de haartjes in zijn nek overeind gaan staan.

‘Iedereen was alleen maar bang... ik riep mama en papa... en er waren een volwassen vrouw en een oude opa op de vloer... ze zaten op de vloer achter de bank... Zij probeerde me gerust te stellen, maar... maar ik hoorde best dat ze de hele tijd huilde.’

‘Wat zei ze?’ vraagt Joona.

‘Ik weet het niet meer, ik weet niks meer, misschien heb ik alles gedroomd...’

‘Je noemde zonet een oude man en een vrouw.’

‘Nee.’

‘Achter de bank,’ zegt Joona.

‘Nee,’ fluistert Mikael.

‘Herinner je je de naam van iemand?’

Hij hoest en schudt zijn hoofd.

‘Iedereen schreeuwde en huilde en de vrouw met het oog vroeg steeds naar twee jongens,’ zegt hij met een introverte blik.

‘Herinner je je een naam?’

‘Wat?’

‘Weet je de naam van de...’

‘Ik wil niet, ik wil niet...’

‘Het is niet mijn bedoeling je overstuur te maken, maar...’

‘Iedereen verdween, iedereen verdween zomaar,’ zegt Mikael met toenemende kracht. ‘Iedereen verdween, iedereen...’

Mikaels stem breekt en de woorden zijn niet meer te onderscheiden.

Joona herhaalt dat alles goed zal komen. Mikael kijkt hem in de ogen, maar trilt zo hevig dat hij niet meer kan praten.

‘Je bent hier veilig,’ zegt Joona. ‘Ik ben politieman en ik zorg ervoor dat je niets gebeurt.’

De arts Irma Goodwin komt samen met een verpleegkundige de kamer in. Ze lopen naar de patiënt en bevestigen voorzichtig het zuurstofslangetje weer in zijn neus. De verpleegkundige vertelt steeds vriendelijk wat ze doet terwijl ze via het infuusslangetje een angstdempend middel injecteert.

‘Hij moet nu rusten,’ zegt ze daarna tegen Joona.

‘Ik moet erachter komen wat hij heeft gezien.’

Ze houdt haar hoofd scheef en frunnikt aan haar wijsvinger.

‘Is er veel haast bij?’

‘Nee,’ antwoordt Joona. ‘Eigenlijk niet.’

‘Kom dan morgen terug,’ zegt Irma. ‘Want ik denk...’

Haar mobiel gaat en ze wisselt enkele woorden en verlaat de kamer dan gehaast. Joona blijft bij het bed staan en hoort haar door de gang verdwijnen.

‘Mikael, wat bedoelde je met het oog? Je had het over de vrouw met het oog, wat bedoel je?’ vraagt hij langzaam.

‘Het was net... net een zwarte druppel...’

‘De pupil?’

‘Ja,’ fluistert Mikael en hij sluit zijn ogen.

Joona kijkt naar de jonge man in het bed, voelt zijn hartslag dreunen in zijn slapen en zijn stem is stroef als metaal als hij vraagt: ‘Heette ze Rebecka?’

34

Mikael huilt als de sederende medicatie zijn bloed in gaat. Zijn lichaam ontspant, zijn huilen klinkt steeds vermoeider en verstomt volledig in de seconden voor hij de slaap in glijdt.

Joona voelt zich wonderlijk leeg vanbinnen als hij de ziekenhuiskamer verlaat en zijn telefoon pakt. Hij blijft staan, haalt adem en belt de Naald, die de uitgebreide forensische secties heeft verricht op de lichamen die in het Lill-Jansskogen zijn gevonden.

'Nils Åhlén,' klinkt het aan de telefoon.

'Zit je nu achter je computer?'

'Joona Linna, leuk dat je belt,' zegt de Naald met zijn nasale stem. 'Ik zat met gesloten ogen in de warmte van het scherm. Fantaseerde dat ik een gezichtsbruiner had gekocht.'

'Kostbare dagdroom.'

'Wie wat bewaart heeft wat.'

'Zou je wat oude verslagen willen bekijken?'

'Bel Frippe, dan helpt hij je verder.'

'Dat gaat niet.'

'Hij weet net zoveel als...'

'Het gaat over Jurek Walter,' valt Joona hem in de rede.

Het is een hele poos stil.

'Ik heb gezegd dat ik het daar nooit meer over wil hebben,' zegt de Naald beheerst.

'Een van zijn slachtoffers is levend opgedoken.'

'Zeg dat niet.'

'Mikael Kohler-Frost... Hij heeft de veteranenziekte, maar komt er waarschijnlijk bovenop.'

'In welk verslag ben je geïnteresseerd?' vraagt de Naald met een nerveuze scherpte in zijn stem.

'De man in de ton had immers de veteranenziekte,' gaat Joona verder. 'Maar had de jongen die bij hem lag ook sporen van legionellabacteriën?'

'Waarom vraag je je dat af?'

'Als er een verband bestaat, zou je een lijst kunnen maken van de plaatsen waar die bacteriën zitten, en dan...'

'Dat zijn miljoenen plaatsen,' onderbreekt de Naald hem.

'Oké...'

'Joona, je moet begrijpen dat... dat ook als er legionellabacteriën in andere rapporten voorkomen, dat op geen enkele manier bewijst dat Mikael slachtoffer van Jurek Walter zou zijn.'

'Dus er zaten legionellabacteriën in...'

'Ja, in het bloed van de jongen heb ik antilichamen tegen de bacterie gevonden, hij had waarschijnlijk pontiackoorts gehad,' zegt de Naald en hij slaakt een zucht. 'Ik weet dat je gelijk wilt krijgen, Joona, maar niets van wat je zegt is genoeg om...'

'Mikael Kohler-Frost zegt dat hij Rebecka heeft gezien,' onderbreekt Joona hem.

'Rebecka Mendel?' vraagt de Naald, en zijn stem trilt even.

'Ze waren samen opgesloten,' bevestigt Joona.

'Dus... je had overal gelijk in, Joona,' zegt de Naald, en het klinkt alsof hij bijna moet huilen. 'Je hebt er geen idee van hoe opgelucht ik ben nu ik dat hoor.'

Hij slikt hard in de hoorn en fluistert dat ze ondanks alles het juiste hebben gedaan.

'Ja,' zegt Joona eenzaam

De Naald en hij hadden het juiste gedaan toen ze lang geleden het auto-ongeluk voor de vrouw en dochter van Joona in scène hadden gezet.

Twee verongelukte personen werden in plaats van Lumi en Summa gecremeerd en begraven. Met behulp van vervalste tandkaarten had de Naald de identiteit van de doden verwisseld. Hij had zich altijd zorgen gemaakt dat hetgeen waarmee hij Joona hielp niet het juiste was. Hij geloofde en vertrouwde Joona, maar het besluit was zo groot, zo noodlottig, dat de twijfel hem nooit met rust had gelaten.

*

Joona durft het ziekenhuis niet te verlaten voordat er twee geüniformeerde politieagenten komen om Mikaels kamer te bewaken. In de gang onderweg naar buiten belt hij Nathan Pollock en zegt dat ze iemand moeten sturen om Mikaels vader te halen.

'Ik weet zeker dat het Mikael is,' zegt hij. 'En ik ben ervan overtuigd dat hij al die jaren de gevangene van Jurek Walter is geweest.'

Hij stapt in de auto, rijdt langzaam weg bij het ziekenhuis terwijl de ruitenwisserbladen sneeuw van de voorruit vegen.

Mikael Kohler-Frost was tien toen hij verdween – pas toen hij drieëntwintig was, lukte het hem te ontsnappen.

Soms gebeurt het dat gevangenen vluchten, zoals Elisabeth Fritzl in Oostenrijk, die ontsnapte na vierentwintig jaar als seksslaaf in de kelder van haar vader opgesloten te zijn geweest. Of Natascha Kampusch, die haar ontvoerder na acht jaar wist te ontvluchten.

Joona denkt dat Mikael net als Elisabeth Fritzl en Natascha Kampusch moet hebben gezien wie hem gevangen hield. Plotseling bestaat er een mogelijk einde. Over een paar dagen, zodra hij genoeg is opgeknapt, zou Mikael de weg moeten kunnen wijzen naar de plaats waar hij al die jaren opgesloten was.

De banden razen als Joona de sneeuwstrook in het midden kruist en een bus inhaalt. Hij passeert het Riddarhuset en ziet de stad zich weer openen met de dichte vallende sneeuw tussen de zwarte lucht en het donkere water.

De handlanger weet natuurlijk dat Mikael is ontsnapt en hem kan ontmaskeren, denkt Joona. Waarschijnlijk heeft hij al geprobeerd sporen uit te wissen en heeft hij een andere schuilplaats gevonden, maar als Mikael hen naar de plek kan brengen waar hij gevangen is gehouden, zullen de technisch rechercheurs sporen vinden, en dan is de jacht geopend.

Er is nog een lange weg te gaan, maar Joona's hart begint toch sneller te kloppen in zijn borst.

De gedachten zijn zo revolutionair dat hij de auto midden op de brug aan de kant moet zetten. Een automobilist toetert geïrriteerd.

Joona stapt uit, loopt het trottoir op en inhaleert de koude lucht tot diep in zijn longen.

Een migrainesteek doet hem naar voren wankelen en steun zoeken bij de reling. Hij sluit zijn ogen even, wacht en voelt de pijn wegtrekken, waarna hij zijn ogen weer opent.

Miljoenen en miljoenen sneeuwvlokken storten door de lucht omlaag en verdwijnen op het zwarte wateroppervlak alsof ze nooit hebben bestaan.

Het is te vroeg om de gedachte zelfs maar af te maken, maar hij weet toch wat alles betekent. Zijn hele lichaam wordt zwaar van deze kennis. Als het hem lukt de handlanger te pakken, zal de dreiging jegens Summa en Lumi voorbij zijn.

35

Het is te warm in de sauna om te praten. Goudkleurig licht valt op hun naakte lichamen en het lichte sandelhout. Het is nu 97 graden en de lucht brandt in de longen van Reidar Frost als hij inademt. Zweetdruppels vallen van zijn neuspuntje naar het inmiddels witte haar op zijn borst.

De Japanse journaliste Mizuho zit naast Veronica op de bank. Hun lichamen zijn allebei rood en glanzend. Zweet stroomt tussen hun borsten, over hun buik en in hun schaamhaar.

Mizuho kijkt Reidar ernstig aan. Ze is helemaal uit Tokio gekomen om hem te interviewen. Hij antwoordde vriendelijk dat hij nooit interviews gaf maar dat ze hartelijk welkom was op het feest van die avond. Waarschijnlijk hoopte ze hem iets te laten zeggen over het feit dat de Sanctum-serie een mangafilm wordt. Ze is hier inmiddels al vier dagen.

Veronica zucht en sluit even haar ogen.

Mizuho heeft haar gouden ketting niet afgedaan voor ze de sauna in ging en Reidar ziet dat die gloeiend heet is geworden. Marie is maar vijf minuten blijven zitten voor ze wegging om te douchen en nu verlaat ook de Japanse journaliste de sauna.

Veronica leunt naar voren, steunt met haar ellebogen op haar knieën en ademt door haar halfopen mond terwijl er zweet van haar tepels druppelt.

Reidar voelt een soort broze tederheid voor haar. Maar hij weet niet hoe hij ooit het verlaten landschap dat hij met zich meedraagt zal kunnen uitleggen, dat alles wat hij doet in het heden, alles waar hij zich in stort, niet meer is dan een willekeurig tasten naar iets wat hem de volgende minuut kan doen doorstaan.

'Marie is erg mooi,' zegt Veronica.

'Ja.'

'Grote borsten.'

'Hou op,' mort Reidar.

Ze kijkt hem aan en haar gezicht staat ernstig als ze zegt: 'Waarom kan ik niet gewoon scheiden van...'

'Dan is het over tussen ons,' kapt Reidar haar af.

Veronica's ogen vullen zich met tranen en ze wil net iets zeggen als Marie terugkomt en met een lichte giechel naast Reidar gaat zitten.

'God, wat is het warm,' puft ze. 'Hoe kunnen jullie hier zitten.'

Veronica gooit een schep water op de stenen. Het sist hevig en hete stoom walmt omhoog en omsluit hen een paar seconden. Daarna staat de droge warmte weer stil.

Reidar hangt over zijn knieën heen. Het haar op zijn hoofd is zo warm dat hij zijn hand haast brandt als hij die erdoor haalt.

'Dit gaat niet,' puft hij ten slotte, en hij klautert omlaag.

De twee vrouwen lopen achter hem aan als hij zo de zachte sneeuw in loopt. De schemering strijkt haar eerste laag duisternis over het sneeuwdek, dat al lichtblauw glanst.

Dikke sneeuwvlokken dwarrelen omlaag als de drie naakte mensen door de diepe, verse sneeuw ploeteren.

David, Wille en Berzelius zijn met de anderen uit het bestuur van het Sanctum Fonds aan het dineren, en de drinkliederen zijn tot hier aan de achterkant van het landhuis te horen.

Reidar draait zich om en kijkt naar Veronica en Marie. Er stijgt stoom op van hun vuurrode lichamen, ze zijn in een sluierachtige nevel gehuld en er valt sneeuw om hen heen. Hij wil net iets zeggen als Veronica zich bukt en sneeuw over hem heen stort. Hij loopt lachend achteruit en struikelt, valt op zijn rug en verdwijnt onder de losse sneeuw.

Hij ligt op zijn rug en hoort hun gelach.

De sneeuw voelt bevrijdend. Zijn lichaam is nog steeds brandend heet. Reidar kijkt recht naar de hemel, de hypnotiserende sneeuwval wervelt vanuit het midden van de schepping, een eeuwigheid van dwarrelend wit.

Hij wordt verrast door een herinnering. Hoe hij de sneeuwpakken van zijn kinderen afpelde. Mutsen met vastgeklonterde sneeuw afdeed.

Hij herinnert zich hun koude wangen en zweterige haar. De geur van de droogkast en natte laarzen.

Het gemis van zijn kinderen is door de intensiteit puur lichamelijk.

Op dit moment zou hij alleen willen zijn en in de sneeuw kunnen blijven liggen tot hij het bewustzijn verloor. Sterven, omsloten door zijn herinnering aan Felicia en Mikael. Hoe ze ooit van hem waren.

Hij komt moeizaam overeind en kijkt uit over de witte akkers. Marie en Veronica lachen, maken sneeuwpoppen en rollen even verderop rond.

'Hoe lang zijn deze feesten eigenlijk al bezig?' roept Marie naar hem.

'Ik wil het er niet over hebben,' mompelt Reidar.

Hij besluit naar binnen te gaan, zich te bezatten en daarna de strop over zijn hoofd te trekken, maar Marie gaat wijdbeens voor hem staan.

'Je wilt nooit praten, ik weet niets,' zegt ze met een lachje. 'Ik weet niet eens of je kinderen hebt of...'

'Laat me godverdomme met rust!' schreeuwt Reidar en hij loopt langs haar heen. 'Wat wil je eigenlijk?'

'Sorry dat...'

'Laat me met rust,' zegt hij kortaf en hij verdwijnt het huis in.

De twee vrouwen lopen rillend terug naar de sauna. Hun lichamen druipen en de warmte sluit zich weer om hen heen, alsof die nooit is weg geweest.

'Wat is er eigenlijk mis met hem?' vraagt Marie.

'Hij doet alsof hij leeft, maar voelt zich dood,' antwoordt Veronica eenvoudig.

36

Reidar Frost heeft inmiddels een nieuwe broek met dubbele bies en een open overhemd aan. Het haar in zijn nek is vochtig. In elke hand draagt hij een fles Château Mouton Rothschild.

Vanmorgen was hij op weg naar de kamer boven om het touw over de balk weg te halen, maar toen hij bij de deur kwam, werd hij bevangen door scheuten van verlangen. Hij stond met zijn hand op de deurkruk en dwong zichzelf om te draaien, naar beneden te gaan en zijn vrienden wakker te maken. Ze schonken gekruide brandewijn in spits toelopende glazen en maakten gekookte eieren met Russische kaviaar.

Reidar loopt blootsvoets door de gang met donkere portretten.

De sneeuw van buiten zorgt voor een indirect licht, als een bleke duisternis.

In de leeskamer met de glanzende leren meubels blijft hij staan en hij kijkt uit door het enorme raam. Het uitzicht is sprookjesachtig. Alsof Koning Winter sneeuw over de appelboomgaard en akkers heeft geblazen.

Plotseling flikkert er licht op de lange oprijlaan die van de toegangshekken naar het voorplein leidt. Er komt een auto aanrijden. De sneeuw die erachter omhoog wervelt, kleurt rood van de achterlichten.

Reidar kan zich niet herinneren dat hij nog meer mensen heeft uitgenodigd.

Als hij denkt dat Veronica zich maar over de nieuwe bezoekers moet ontfermen, ziet hij dat het een politiewagen is.

Reidar aarzelt, zet de flessen neer op een ladekast, loopt de trap weer af en trekt zijn met vilt gevoerde winterlaarzen aan. Hij loopt de koude lucht in om de auto op het voorplein op te vangen.

'Reidar Frost?' vraagt een agente in burger en ze stapt uit.

'Ja,' antwoordt hij.

‘Mogen we binnenkomen?’

‘Hier gaat het ook,’ zegt hij.

‘Wil je niet in de auto komen zitten?’

‘Lijkt het of ik daar zin in heb?’

‘We hebben je zoon gevonden,’ zegt de vrouw, en ze doet een paar stappen naar hem toe.

‘Ik begrijp het,’ zucht hij en hij houdt zijn hand op om de vrouw tot zwijgen te manen.

Hij ademt in en ruikt de geur van sneeuw, van water dat hoog in de lucht is bevroren tot ijskristallen. Reidar vermant zich en laat zijn geheven hand afwezig zakken.

‘En waar lag Mikael?’ vraagt hij met wonderlijk klankloze stem.

‘Hij liep over een brug die...’

‘Wat zeg je godverdomme?’ brult Reidar.

De vrouw doet een stap naar achteren. Ze is lang en heeft een dikke paardenstaart op haar rug.

‘Ik probeer uit te leggen dat hij leeft,’ zegt ze.

‘Wat is dit?’ vraagt Reidar, en hij ziet er niet-begrijpend uit.

‘Hij ligt voor observatie in het Söder.’

‘Dat is niet mijn zoon, hij is jaren geleden over...’

‘Er is geen enkele twijfel over dat hij het is.’

Reidar staart haar aan met ogen die helemaal zwart zijn geworden.

‘Leeft Mikael?’

‘Hij is teruggekomen.’

‘Mijn zoon?’

‘Ik begrijp dat het vreemd is, maar...’

‘Ik dacht...’

Reidars kin trilt als hij de agente hoort zeggen dat het DNA voor honderd procent klopt. De grond onder hem voelt zacht, deint als een golf en hij zoekt in de lucht naar steun.

‘Lieve god,’ fluistert hij. ‘Dank u, goede god...’

Hij glimlacht breed en ziet er volkomen kapot uit, richt zijn blik omhoog naar de vallende sneeuw terwijl zijn benen onder hem wegklappen. De agente probeert hem op te vangen, maar zijn ene knie stoot tegen de grond, hij valt opzij en vangt zichzelf op met zijn hand.

Hij krijgt hulp om overeind te komen, houdt zich vast aan de arm van de agente en ziet Veronica met zijn grote winterjas om zich heen op blote voeten van de trap komen rennen.

'Weet je zeker dat hij het is?' fluistert hij, en hij kijkt de agente in de ogen.

Ze knikt.

'We hebben net de uitslag van een honderdprocentmatch binnengekregen,' herhaalt de agente. 'Het is Mikael Kohler-Frost en hij leeft.'

Veronica is inmiddels bij hem. Ze ondersteunt hem als hij meeloopt naar de politieauto.

'Wat is er aan de hand, Reidar?' vraagt ze geschrokken.

Hij kijkt haar aan. Zijn gezicht is verward en hij ziet er opeens heel oud uit.

'Mijn kleine jongen,' zegt hij alleen.

37

Uit de verte lijken de witte gebouwen van het Söder-ziekenhuis op grafstenen, zoals ze daar vagelijk zichtbaar in de dichte sneeuwval staan.

Als een slaapwandelaar heeft Reidar Frost zijn overhemd onderweg naar Stockholm dichtgeknoopt en in zijn broek gestopt. Hij heeft de agenten horen zeggen dat de patiënt die is geïdentificeerd als Mikael Kohler-Frost van de intensive care is overgeplaatst naar een gewone ziekenzaal, maar alles lijkt zich nog steeds in een parallelle werkelijkheid af te spelen.

Als het waarschijnlijk is dat iemand dood is, zonder dat het lichaam is gevonden, kan diens familie in Zweden na een jaar een verklaring van overlijden aanvragen. Nadat Reidar zes jaar had gewacht tot de lichamen van zijn kinderen gevonden zouden worden, vroeg hij een dergelijke verklaring aan. Zijn aanvraag werd toegewezen, het besluit werd een halfjaar later bekendgemaakt en was sindsdien van kracht.

Nu loopt Reidar samen met de agente in burger door een lange gang. Hij herinnert zich niet naar welke verpleegafdeling ze op weg zijn, maar loopt domweg mee, met zijn blik op het linoleum en de laverende sporen van wielen van bedden gericht.

Reidar probeert zichzelf voor te houden dat hij niet te veel moet hopen, dat de politie zich vergist kan hebben.

Dertien jaar geleden zijn zijn kinderen, Felicia en Mikael, verdwenen toen ze 's avonds laat stiekem naar buiten waren gegaan.

De politie ging met duikers het water in en dregde het hele Lilla Värtan van Lindskär tot Björndalen af. Er werden zoektochten gehouden en de eerste dagen werd een helikopter ingezet.

Reidar stelde foto's, vingerafdrukken, tandkaarten en DNA-monsters van zijn twee kinderen beschikbaar om het zoeken te vergemakkelijken.

Bekende misdadigers werden nagetrokken, maar volgens de uiteindelijke theorie van de regiopolitie was het ene kind in het koude maartse water gevallen en was het andere erin getrokken toen het had geprobeerd het eerste eruit te helpen.

In het geheim nam Reidar een detectivebureau in de arm om andere mogelijke sporen te laten onderzoeken, op de eerste plaats alle personen in de directe omgeving van de kinderen: elke onderwijzer en medewerker van de buitenschoolse opvang, voetbaltrainer en buurman, postbodes, buschauffeurs, tuinmannen, winkelbedienden van de buurtsuper, personeel in cafés en iedereen met wie de kinderen telefonisch of via internet contact hadden gehad. De ouders van hun klasgenoten werden nagetrokken, en zelfs de familie van Reidar.

Lang nadat de politie het zoeken had gestaakt en toen iedereen tot in de uiterste periferie was doorgelicht, begon het Reidar te dagen dat het voorbij was. Maar hij bleef nog jarenlang elke dag naar het strand gaan in afwachting van het moment waarop zijn kinderen zouden aanspoelen.

Reidar en de agente in burger met de blonde paardenstaart op haar rug wachten terwijl er een bed met een oude vrouw de lift in wordt gereden. Ze lopen naar de deuren van de verpleegafdeling en trekken lichtblauwe schoenhoezen aan.

Reidar wankelt even en zoekt steun bij de muur. Hij heeft zich meerdere malen afgevraagd of hij droomt en durft zijn gedachten niet de vrije loop te laten.

Ze gaan de afdeling op en passeren verpleegkundigen in witte kleren. Reidar voelt zich hevig verkrampt, maar begint toch snel te lopen.

Ergens verneemt hij geroezemoes van andere mensen, maar binnen in hem heerst onbegrijpelijke stilte.

Rechts achterin ligt kamer 4. Hij stoot per ongeluk tegen een wagentje met avondeten, waardoor een stapel kopjes omvalt.

Het is alsof hij losraakt van de werkelijkheid als hij de kamer in komt en de jonge man in het bed ziet liggen. Hij heeft een slangetje in de holte van zijn elleboog en krijgt zuurstof via zijn neus. Aan de infuusstandaard hangt een infuuszak naast een witte pulsoximeter, die aan zijn linkerwijsvinger is bevestigd.

Reidar blijft staan, haalt zijn hand over zijn mond en voelt dat hij de controle over zijn gezicht verliest. De werkelijkheid keert terug in de vorm van een oorverdovende waterval aan gevoelens.

'Mikael,' zegt Reidar voorzichtig.

De jonge man opent langzaam zijn ogen en Reidar ziet hoezeer hij op zijn moeder lijkt. Hij legt behoedzaam zijn hand op Mikaels wang en zijn lippen trillen zo hevig dat hij moeite heeft met spreken.

'Waar ben je toch geweest?' vraagt Reidar, en hij merkt dat de tranen over zijn wangen stromen.

'Papa,' fluistert Mikael.

Zijn gezicht is beangstigend bleek en zijn ogen staan heel moe. Er zijn dertien jaren verstreken en het kindergezicht dat Reidar in zijn herinnering heeft bewaard, is het gezicht van een man geworden, maar zijn magerte doet denken aan de zuigeling in de couveuse die hij ooit was.

'Nu kan ik weer gelukkig worden,' fluistert Reidar, en hij aait over het hoofd van zijn zoon.

38

Disa is eindelijk terug in Stockholm. Ze wacht in zijn topappartement aan Wallingatan 31. Joona is onderweg naar huis nadat hij tarbot heeft gekocht die hij van plan is te bakken en er zelfgemaakte remouladesaus bij te serveren.

Er ligt een paar decimeter sneeuw op de stoep langs de hekjes waar niemand heeft gelopen. Alle lichten van de stad schijnen als wazige lantaarns.

Als hij langs de Kammakargatan loopt, hoort hij verderop opgewonden stemmen. Dit is een donker deel van de stad. Sneeuwwallen en rijen geparkeerde auto's werpen schaduwen. Trieste achtergevels met vegen van smeltwater.

'Ik moet mijn geld hebben,' schreeuwt een man met ruwe stem.

In de verte zijn twee gedaanten te zien. Ze bewegen zich langzaam voor de reling naar de Dalatrap. Joona loopt rechtdoor.

Twee hijgende mannen met een in elkaar gedoken lichaamshouding staren elkaar aan, dronken en kwaad. De een draagt een geruit gewatteerd jack en een bontmuts. Hij houdt een glanzend mesje in zijn hand.

'Godvergeten strontzuiger,' reutelt hij. 'Rottige kleine...'

De ander, met een volle baard en een zwarte overjas met gebarsten naden op de schouders zwaait met een lege wijnfles voor zich.

'Ik wil mijn geld met rente hebben,' zegt de baardmans.

'*Kiskoa korkoa*,' antwoordt de ander en hij spuugt bloed in de sneeuw.

Een forse vrouw van een jaar of zestig leunt tegen de blauwe plastic bak met strooizand voor op de trap. De gloeiende punt van haar sigaret wipt op en neer en verlicht haar pafferige gezicht.

De man met de fles loopt achteruit tot onder de grote boom met besneeuwde takken. De ander waggelt achter hem aan. Het lemmet glinstert even als hij ermee uithaalt. De baardmans verplaatst zich naar achteren, haalt uit met de fles en raakt de ander hoog op zijn hoofd. De fles gaat aan diggelen en groene scherven stuiven rondom de bontmuts. Joona heeft de impuls om naar zijn pistool te grijpen, hoewel hij weet dat het in de wapenkast ligt.

De man met het mes wankelt, maar valt niet. De ander houdt het puntige overblijfsel van de fles voor zich uit.

Iemand schreeuwt. Joona rent over sneeuwwallen en ijsklompen van de afvoerpijpen.

De bebaarde man glijdt uit en valt op zijn rug. Hij tast met zijn hand over de stalen leuning van de trap.

'Mijn geld,' herhaalt hij en hij hoest.

Joona veegt sneeuw van een geparkeerde auto bij elkaar en kneedt er een bal van.

De man met het geruite jack wankelt en loopt op de liggende man met het mes af.

'Ik zal je buik opensnijden en het geld erin stoppen...'

Joona gooit en raakt de man met het mes in zijn nek. Er klinkt een droge bons als de sneeuw alle kanten op schiet.

'*Perkele*,' zegt de man in verwarring gebracht en hij draait zich om.

'Sneeuwballengevecht, jongens!' roept Joona en hij kneedt een nieuwe bal.

De man met het mes kijkt hem aan en er begint iets te gloeien in zijn troebele blik.

Joona gooit en raakt de liggende man midden op zijn borst, zodat de sneeuw in zijn bebaarde gezicht spat.

De man met het mes kijkt op hem neer en lacht met leedvermaak: '*Lumiukko.*'

De liggende man gooit losse sneeuw naar de ander. Die loopt achteruit, stopt zijn mes weg en maakt een sneeuwbal. De baardmans staat wankel op en houdt zich vast aan de reling.

'Hier ben ik goed in,' mompelt hij, terwijl hij een sneeuwbal kneedt.

De man met het geruite jack richt op de ander, maar draait zich opeens om en gooit een sneeuwbal die Joona op de schouder raakt.

Een paar minuten vliegen er sneeuwballen alle kanten op. Joona glijdt uit en valt. De baardmans verliest zijn muts en de ander rent erheen en vult hem met sneeuw.

De vrouw klapt in haar handen en krijgt een sneeuwbal tegen haar voorhoofd die als een witte buil blijft plakken. De baardmans schatert en gaat midden in een stapel oude kerstbomen zitten. De man met het geruite jack trapt wat sneeuw tegen hem aan, maar heeft de puf niet daarmee door te gaan. Hij hijgt en richt zijn blik op Joona.

'Waar kwam jij nou vandaan, man?' vraagt hij.

'Rijksrecherche,' antwoordt Joona en hij klopt sneeuw van zijn kleren.

'Politie?'

'Jullie hebben mijn kind afgepakt,' mompelt de vrouw.

Joona raapt de bontmuts op, klopt de sneeuw eruit en geeft hem aan de man met het geruite jack.

'Bedankt.'

'Ik heb een vallende ster gezien,' gaat de beschonken vrouw verder en kijkt Joona in de ogen. 'Die heb ik gezien toen ik zeven was... en ik wens dat je zal branden in de hel en zal schreeuwen als...'

'Hou je kop,' reutelt de man met het geruite jack. 'Ik ben blij dat ik mijn mes niet in mijn broertje heb gestoken en...'

'Ik moet mijn geld hebben,' roept de ander glimlachend.

39

Als Joona thuiskomt, brandt er licht in de badkamer. Hij doet de deur op een kier open en ziet Disa met gesloten ogen in het water liggen. De badkuip zit vol schuim en ze neuriet iets. Haar modderige kleren liggen in een grote hoop op de grond.

'Ik dacht dat ze je in de gevangenis hadden gegooid,' zegt Disa. 'Ik was geheel bereid om je appartement over te nemen.'

Afgelopen winter is er onderzoek naar Joona gedaan door de nationale eenheid voor politiezaken van het openbaar ministerie. Hij was ervan beschuldigd langdurig politieonderzoek teniet te hebben gedaan en het arrestatieteam van de veiligheidsdienst in gevaar te hebben gebracht.

'Ik blijk schuldig te zijn,' antwoordt hij en hij raapt haar kleren op en stopt ze in de wasmachine.

'Dat zei ik van het begin af aan al.'

'Ja, het...'

Joona's ogen zijn plotseling zo grijs als een regenlucht.

'Is er iets?'

'Een lange dag,' antwoordt hij en hij loopt naar de keuken.

'Niet weggaan.'

Als hij niet terugkomt staat ze op uit het bad, droogt zich af en trekt de dunne ochtendjas aan. De beige zijde plakt tegen haar warme lichaam.

Joona staat in de keuken aspergeaardappeltjes goudbruin te bakken als ze binnenkomt.

'Wat is er gebeurd?'

Joona werpt een korte blik op haar.

'Een van de slachtoffers van Jurek Walter is teruggekomen... hij is al die tijd gevangen gehouden.'

'Dus je had gelijk, er was een medeplichtige.'

'Ja,' zucht hij.

Disa doet een paar stappen naar hem toe, legt haar handpalm heel licht op zijn onderrug.

'Kun je hem pakken?'

'Ik hoop het,' zegt Joona ernstig. 'Ik heb de jongen nog niet fatsoenlijk kunnen verhoren, hij is erg verzwakt. Maar hij zou ons erheen moeten kunnen brengen.'

Joona zet de koekenpan aan de kant, draait zich om en kijk haar aan.

'Wat is er?' vraagt ze, en ze ziet er bang uit.

'Disa, je moet dat onderzoeksproject in Brazilië aannemen.'

'Dat wil ik niet, dat heb ik toch gezegd,' zegt ze snel, en ze begrijpt daarna wat hij bedoelt. 'Zo kun je niet redeneren. Ik heb lak aan Jurek Walter, ik ben niet bang, ik wil me niet door angst laten leiden.'

Teder schuift hij het natte haar weg dat voor haar gezicht is gevallen.

'Een tijdje maar,' zegt hij. 'Tot ik dit heb geregeld.'

Ze leunt tegen zijn borstkas, hoort de doffe dubbelklank van zijn hartslag.

'Er is nooit iemand anders geweest dan jij,' zegt ze eenvoudig. 'Toen je na het ongeluk van je gezin bij mij woonde, toen gebeurde het, dat weet je... ik raakte aan je gehecht, ik... verloor mijn hart, zoals het heet... maar het is waar.'

'Ik ben alleen maar zuinig op je.'

Ze streelt zijn arm en fluistert dat ze er niet heen wil. Als haar stem stokt trekt hij haar dicht tegen zich aan en kust haar.

'Maar we gaan al die tijd toch al met elkaar om,' zegt Disa, en ze kijkt op naar zijn gezicht. 'Ik bedoel, als er nou een medeplichtige zou zijn die ons bedreigt, waarom is er dan niets gebeurd? Het klopt niet...'

'Ik weet het, ik ben het met je eens, maar toch... Ik moet dit doen, ik zal op hem jagen, nu gaat alles gebeuren.'

Disa voelt een golf tranen opstijgen naar haar keel. Ze vecht ertegen en wendt haar gezicht af. Ooit was ze Summa's vriendin. Zo hebben Joona en zij elkaar leren kennen. En toen zijn leven kapotging, was zij daar.

In de periode waarin het het slechtst met hem ging, mocht hij tijdelijk bij haar inwonen.

Die nachten sliep hij op de bank, en elke nacht hoorde ze zijn bewegingen en wist ze dat hij wist dat ze klaarwakker in de kamer ernaast lag. Dat hij de deuropening van haar slaapkamer gadesloeg en dacht dat ze daar lag, steeds meer verwonderd en gekwetst over zijn afstand, zijn kilte. Tot hij op een nacht opstond, zich aankleedde en haar flat verliet.

'Ik blijf,' fluistert Disa en ze veegt de tranen van haar wangen.

'Je moet gaan.'

'Waarom?'

'Omdat ik van je hou,' zegt hij. 'Dat moet je toch voelen...'

'Denk je dat ik nu dan wél ga?' vraagt ze met een brede glimlach.

40

Op een van de negen schermen van de grote monitor is Jurek Walter te zien. Als een gekooid roofdier loopt hij een rondje in het dagverblijf, passeert de bank, slaat links af en volgt de muur langs de televisie. Hij loopt om de loopband heen, gaat verder naar links en wandelt dan zijn kamer weer in.

Anders Rönn ziet hem van bovenaf in een van de andere schermpjes en tegelijkertijd op de andere monitor.

Walter wast zijn gezicht en gaat dan zonder zich af te drogen op de plastic stoel zitten. Hij staart naar de deur naar de gang terwijl het water op zijn overhemd loopt en opdroogt.

My zit op de plaats van de operator. Ze kijkt op de klok, wacht een halve minuut, kijkt naar Walter, markeert de zone op de computer en doet de deur naar het dagverblijf op slot.

'Vandaag krijgt hij tartaar bij het avondeten... daar houdt hij van,' zegt ze.

'O ja?'

Anders Rönn vindt de dagelijkse routines rondom de enige patiënt zo repetitief en statisch dat het moeilijk zou zijn om de dagen uit elkaar te houden als ze dat patiëntenoverleg op afdeling 30 niet gehad hadden. De andere artsen vertellen over hun patiënten en behandelplannen. Niemand verwacht ook maar dat hij zal herhalen dat de situatie op de beveiligde eenheid onveranderd is.

'Heb je weleens geprobeerd met de patiënt te praten?' vraagt Anders.

'Met Walter? Dat moet je niet doen,' antwoordt ze en ze krabt aan haar getatoeëerde onderarm. 'Het is namelijk zo dat... hij allerlei dingen zegt die je niet kunt vergeten.'

Sinds de eerste dag heeft Anders Jurek Walter niet meer gesproken. Hij zorgt er alleen voor dat de patiënt zijn gebruikelijke injectie met antipsychotica krijgt.

'Weet je hoe de computer werkt?' vraagt Anders. 'Het lukte me niet om uit te loggen uit de dossiers.'

'Dan mag je niet naar huis,' zegt ze.

'Maar ik...'

'Grapje,' lacht ze. 'De computers hierbeneden lopen continu vast.'

Ze staat op, pakt de fles Fanta van tafel en loopt de gang op. Anders ziet dat Walter nog steeds doodstil zit met open ogen.

Het is misschien niet zo leuk om je specialisatie diep onder de grond, achter veiligheidsdeuren en sluizen te vervullen, maar voor hem is het geweldig om zo dicht bij huis te kunnen werken, om 's avonds bij Agnes te kunnen zijn, houdt hij zichzelf voor en hij loopt achter My aan. Ze loopt ontspannen door de verduisterde gang. Als ze het lichte kantoor binnenkomt, ziet hij dat haar rode slipje door de witte stof van haar verpleegstersbroek heen schijnt.

'Eens kijken,' mompelt ze. Ze gaat op een stoel zitten en wekt de computer uit de slaapstand. Met een tevreden gezicht forceert ze de afsluiting van het programma en logt ze opnieuw in.

Anders bedankt haar, vraagt wie er nachtdienst heeft en verzoekt haar het medicijnwagentje aan te vullen als ze eraan toekomt.

'Vergeet niet de medicijnlijst na afloop te ondertekenen,' zegt hij, en hij vertrekt.

Hij slaat de hoek naar de tweede gang om en loopt naar de kleedkamer. Het is muisstil op de afdeling. Hij weet niet wat hem bezielt als hij My's kastje opendoet en met trillende handen haar sporttas doorzoekt. Voorzichtig schuift hij een vochtig T-shirt en de lichtgrijze joggingbroek aan de kant en vindt een zweterig slipje. Hij pakt het op, brengt het naar zijn gezicht en snuift haar geur op. Plotseling beseft hij dat als My naar de operatorplaats is teruggegaan ze hem op dit moment op de monitor kan zien.

41

Als Anders thuiskomt is het stil in het huis en de lamp in Agnes' kamer is uit. Hij doet de deur achter zich op slot en loopt de keuken in. Petra staat bij het aanrecht en droogt de maatbeker van een blender af.

Ze heeft zakkige kleren aan: een te groot T-shirt met de tekst CHICAGO WHITE SOX en een gele legging die in haar knieholtes omhoog is gekropen. Anders gaat achter haar staan en slaat zijn armen om haar heen, ruikt de geur van haar haar en de nieuwe deodorant. Ze staat op het punt weg te draaien, maar hij laat zijn handen toch omhoog glijden en omklemt haar zware borsten.

'Hoe is het met Agnes?' vraagt hij en hij laat haar los.

'Ze heeft een vriendje in het kinderdagverblijf,' zegt Petra met een brede glimlach. 'Een jongen die vorige week voor het eerst is gekomen en dol op haar lijkt... ik weet niet of het wederzijds is, maar hij mocht haar in elk geval legosteentjes geven.'

'Klinkt als liefde,' zegt hij en hij gaat zitten.

'Ben je moe?'

'Ik heb zin in een glas wijn. Wil je ook?' vraagt hij.

'Wil?'

Ze kijkt hem in de ogen en glimlacht breder dan in tijden.

'Wat is er?' vraagt hij.

'Telt mijn wil dan mee?' fluistert ze.

Hij schudt zijn hoofd en ze kijkt hem met glinsterende ogen aan. Ze verlaten de keuken en lopen geruisloos de slaapkamer in. Anders doet de deur naar de gang op slot en ziet Petra de spiegeldeuren van de kleerkast openschuiven en een lade uittrekken. Ze tilt een stapel ondergoed op en haalt er een plastic zak onder vandaan.

'Dus daar heb je de spullen verstopt.'

'Nu mag je me niet verlegen maken,' zegt ze.

Hij trekt de sprei van het bed en Petra schudt de plastic zak leeg, de inhoud ervan hebben ze gekocht nadat ze *Vijftig tinten grijs* had gelezen. Hij pakt het zachte touw en bindt haar handen aan elkaar, laat het door de spijlen van het hoofdeinde lopen en trekt het dan zo aan dat ze met haar armen boven haar hoofd achterovervalt. Hij bevestigt het touw met twee lussen om de stijlen van het voeteneinde. Ze houdt haar benen tegen elkaar en kronkelt als hij haar legging en slipje omlaag trekt.

Hij maakt het touw weer los, slaat een lus om haar linkerenkel, bindt het touw om de stijl en laat hem naar de andere stijl lopen, en vandaar naar haar rechterenkel.

Voorzichtig trekt hij aan het touw, zodat haar benen langzaam uit elkaar glijden.

Ze kijkt hem met vuurrode wangen aan.

Plotseling geeft hij een harde ruk en dwingt haar dijen maximaal uit elkaar.

'Voorzichtig,' zegt ze snel.

'Jij houdt je mond,' zegt hij streng, en hij ziet haar tevreden glimlachen.

Hij maakt het touw vast, loopt naar het hoofdeinde en trekt haar T-shirt over haar gezicht, zodat ze hem niet meer kan zien. Haar borsten schommelen als ze de stof uit haar gezicht probeert te krijgen.

Het is onmogelijk voor haar om los te komen – ze is volkomen hulpeloos in deze situatie, met haar armen boven haar hoofd en haar benen zo wijd uit elkaar dat haar liezen wel pijn moeten doen.

Anders staat daar maar, ziet haar haar hoofd schudden en zijn hart begint steeds sneller te bonzen. Langzaam knoopt hij zijn broek open en hij ziet hoe haar geslacht glinstert van het vocht.

42

Joona gaat de ziekenhuiskamer in en ziet een oudere man bij het bed van de jongen zitten. Het duurt even voor hij beseft dat dat Reidar Frost is. Het is jaren geleden dat ze elkaar gezien hebben, maar hij is nog veel en veel ouder geworden. De jongen slaapt, maar Reidar zit naast hem en houdt zijn linkerhand in zijn twee handen.

'Jij hebt nooit geloofd dat mijn kinderen waren verdronken,' zegt de vader gedempt.

'Nee,' antwoordt Joona.

Reidar laat zijn blik op het slapende gezicht van Mikael rusten, draait zich dan om naar Joona en zegt: 'Bedankt dat je niets over de moordenaar hebt verteld.'

De verdenking dat broer en zus Kohler-Frost tot de slachtoffers van Jurek Walter behoorden, werd versterkt doordat hij via deze kinderen werd opgespoord en gearresteerd; Joona en Samuel hadden hem namelijk de eerste keer voor het raam van hun moeder gezien.

Joona neemt het smalle gezicht van de jonge man op, het vlassige baardhaar op zijn kin, de ingevallen wangen en het koortszweet dat op zijn voorhoofd parelt.

Toen Mikael vertelde hoe het in het begin was geweest, toen ze met zovelen waren en hij Rebecka Mendel had ontmoet, ging het over de eerste weken van de isolatie van Jurek Walter, denkt Joona.

Sindsdien is er meer dan een decennium in gevangenschap verstreken.

Maar het is hem gelukt te ontsnappen – de plaats waar hij heeft gezeten moet op te sporen zijn.

'Ik ben nooit opgehouden met zoeken,' zegt Joona gedempt tegen Reidar.

Reidar kijkt naar zijn zoon en zijn gezicht breekt open in een onbeheerste glimlach. Hij zit al uren zo, maar hij krijgt er maar geen genoeg van naar zijn kind te kijken.

'Ze zeggen dat ie er weer bovenop komt, ze beloven het, er is niks mis met hem,' zegt hij met hese stem.

'Heb je met hem gepraat?' vraagt Joona.

'Hij krijgt vrij veel pijnstillers en slaapt bijna continu, maar ze zeggen dat dat goed is, dat hij dat nodig heeft.'

'Dat denk ik ook,' bevestigt Joona.

'Hij komt het wel te boven... psychisch bedoel ik, het zal wel een tijdje duren, maar dat geeft niks.'

'Heeft hij überhaupt iets gezegd?'

'Hij heeft dingen tegen me gefluisterd, het is niet te verstaan,' zegt Reidar. 'Het klinkt heel verward allemaal. Maar hij herkende me.'

Joona weet dat het belangrijk is om onmiddellijk te beginnen te vertellen over wat er is gebeurd. Herinneren is een cruciaal onderdeel van het genezingsproces. Mikael heeft tijd nodig, maar hij mag niet met rust gelaten worden. Het belastingsniveau van de vragen kan langzaam opgevoerd worden, maar het risico dat een getraumatiseerde persoon zich volledig sluit bestaat altijd.

En er is eigenlijk geen haast bij, herhaalt Joona in zichzelf.

Het kan maanden duren om alles wat er gebeurd is in kaart te brengen, maar hij moet de belangrijkste vraag vandaag al stellen.

Ik moet weten of Mikael weet wie Walters medeplichtige is, denkt hij, en hij voelt zijn hart weer harder kloppen.

Als hij alleen een naam of een goed signalement geeft, kan de nachtmerrie voorbij zijn.

'Ik moet hem spreken zodra hij wakker is,' zegt Joona. 'Vanwege een paar concrete vragen, maar het kan vervelend voor hem zijn.'

'Zolang hij maar niet bang wordt,' zegt Reidar. 'Daar kan ik niet mee instemmen...'

Hij zwijgt als er een verpleegkundige binnenkomt. Ze groet hen zacht en controleert Mikaels hartslag en het zuurstofgehalte van zijn bloed.

'Zijn handen zijn koud geworden,' zegt Reidar tegen haar.

'Ik zal hem zo dadelijk iets tegen de koorts geven,' verzekert de verpleegkundige hem.

‘Maar hij krijgt toch antibiotica?’

‘Ja, maar het kan twee dagen duren voordat die beginnen te werken,’ zegt de verpleegkundige, en ze glimlacht geruststellend terwijl ze een nieuwe zak infuusvloeistof ophangt.

Reidar helpt haar, hij staat op, houdt de slang opzij om het ophangen te vergemakkelijken en loopt dan met haar mee naar de deur.

‘Ik wil de arts spreken,’ zegt hij.

Mikael zucht en fluistert iets voor zich uit. Reidar blijft staan en draait zich om. Joona leunt naar voren om te proberen te verstaan wat hij zegt.

43

Mikael ademt sneller, zwaait zijn hoofd heen en weer, fluistert iets, opent zijn ogen en kijkt Joona recht aan met een gejaagde blik.

'Je moet me helpen, ik kan hier niet liggen,' zegt hij. 'Ik kan er niet tegen, ik kan er niet tegen, mijn zusje wacht op me, ik voel haar de hele tijd, ik voel...'

Reidar loopt snel naar hem toe, pakt zijn hand en houdt die tegen zijn wang.

'Mikael, ik weet het,' fluistert hij en hij slikt hard.

'Papa...'

'Ik weet het, Mikael, ik denk voortdurend aan haar...'

'Papa!' schreeuwt Mikael met snerpende stem. 'Ik kan er niet tegen, ik hou het niet vol, ik...'

'Rustig maar,' troost hij.

'Ze leeft, Felicia leeft,' schreeuwt hij. 'Ik kan hier niet liggen, ik moet...'

Hij rochelt keer op keer. Reidar houdt zijn hoofd omhoog en probeert hem te helpen. Hij herhaalt kalmerende woorden tegen zijn zoon, maar zijn blik brandt van bodemloze paniek.

Mikael zakt hijgend terug in het kussen en fluistert onverstaanbare woorden voor zich uit terwijl de tranen over zijn wangen lopen.

'Wat zei je over Felicia?' vraagt Reidar beheerst.

'Ik wil niet,' hijgt hij. 'Ik kan hier niet liggen...'

'Mikael,' onderbreekt Reidar hem. 'Nu moet je duidelijk zijn.'

'Ik kan er niet tegen om...'

'Je zei dat Felicia leeft,' zegt Reidar weer. 'Waarom zei je dat?'

'Ik heb haar verlaten, ik heb haar achtergelaten,' huilt Mikael. 'Ik ben weggerend en liet haar achter.'

'Zeg je dat Felicia nog in leven is?' vraagt Reidar voor de derde keer.

'Ja, papa,' fluistert Mikael terwijl de tranen over zijn wangen stromen.

'Lieve god,' fluistert zijn vader en hij strijkt met trillende hand over zijn hoofd. 'Lieve god.'

Mikael hoest enorm, een wolk bloed wordt in het slangetje gedrukt, hij hapt naar lucht, hoest weer en hijgt daarna.

'We zijn al die tijd samen geweest, papa. In het donker, op de vloer... maar ik heb haar achtergelaten.'

Mikael zwijgt alsof elk spatje kracht verdwenen is. Zijn blik wordt langzaam troebel en vermoeid.

Reidar kijkt zijn zoon aan met een gezicht dat elke stevigheid kwijt is, dat de behoefte aan een façade heeft laten gaan.

'Je moet zeggen...'

Zijn stem breekt, hij haalt diep adem en herhaalt dan: 'Mikael, je begrijpt toch dat je moet zeggen waar ze is, zodat ik haar op kan halen...'

'Ze zit er nog... Felicia zit er nog,' zegt Mikael zwakjes. 'Ze zit er nog. Ik voel haar en ze is bang...'

'Mikael,' smeekt Reidar.

'Ze is bang omdat ze alleen is... Ze houdt het niet vol, ze wordt 's nachts altijd huilend wakker tot ze doorheeft dat ik er ben...'

Reidar voelt het in zijn borst samentrekken. Onder de oksels van zijn overhemd zijn er grote zweetplekken ontstaan.

44

Reidar hoort wat Mikael zegt, maar de inhoud dringt maar moeilijk tot hem door. Hij staat aan het bed van zijn zoon, antwoordt troostend en kijkt hem aan.

Maar zijn gedachten zitten vast in een draaikolk. Ze cirkelen om slechts één punt. Hij moet Felicia ophalen. Ze mag niet alleen zijn.

Hij staart voor zich uit en loopt dan met zware stappen naar het raam. Ver onder hem zitten een paar huismussen in de kale rozenbottelstruiken. Honden hebben in de sneeuw onder een lantaarnpaal gepist. Onder het bankje bij de bushalte ligt een want.

Ergens achter zich hoort hij Joona Linna een poging doen om meer van Mikael te weten te komen. De donkere stem vermengt zich met Reidars bonzende hartslag.

Pas achteraf zie je je vergissingen, en sommige ervan zijn zo pijnlijk dat je jezelf niet meer kunt verdragen.

Reidar weet dat hij een onrechtvaardige vader was. Dat is nooit zijn bedoeling geweest, maar toch gebeurde het.

Er wordt vaak gezegd dat je van al je kinderen evenveel houdt, denkt hij. Toch behandel je ze verschillend.

Mikael was zijn lieveling.

Felicia irriteerde hem voortdurend en maakte hem soms zo kwaad dat hij haar bang maakte. Achteraf bezien onbegrijpelijk. Hij was immers volwassen en zij een klein kind.

Ik had niet tegen haar moeten schreeuwen, denkt hij. Hij staart naar de bewolkte lucht en voelt een flinke pijn opkomen in zijn linkeroksel.

'Ik voel haar de hele tijd,' zegt Mikael tegen Joona. 'Nu ligt ze alleen maar op de grond... ze is zo verschrikkelijk bang.'

Reidar slaakt een zucht vanwege de hevige pijn in zijn borst. Zweet stroomt langs zijn hals. Joona is bij hem, pakt zijn bovenarm vast en zegt iets.

'Niks aan de hand,' zegt Reidar.

'Heb je pijn op de borst?' vraagt Joona.

'Ik ben gewoon moe,' antwoordt hij haastig.

'Je lijkt...'

'Ik moet Felicia vinden,' zegt hij.

Een brandende pijn vlamt door zijn kaken en dan schrijnt zijn borst weer. Hij valt en klapt met zijn wang op de verwarming, maar kan er alleen maar aan denken dat hij op de dag dat Felicia verdween tegen haar heeft geschreeuwd dat ze waardeloos was.

Hij komt overeind op zijn knieën, probeert te kruipen en hoort Joona terugkomen met een arts.

45

Joona praat met de arts van Reidar en keert terug naar Mikaels kamer, hangt zijn jasje aan een haak aan de binnenkant van de deur, trekt de enige stoel bij en gaat zitten.

Als Felicia inderdaad nog in leven is, dan is er ineens haast geboden. Misschien zijn er nog meer gevangenen? Hij moet zorgen dat hij Mikael over zijn herinneringen laat vertellen.

Een uur later wordt Mikael wakker. Hij opent langzaam zijn ogen en knijpt ze dicht tegen het licht. Terwijl Joona herhaalt dat er niets ernstigs is met zijn vader, sluit Mikael zijn ogen weer.

'Ik heb een belangrijke vraag,' zegt Joona ernstig.

'Mijn zus,' fluistert hij.

Joona legt zijn mobiele telefoon op het nachtkastje en zet hem op opnemen.

'Mikael, ik moet je vragen... Weet je wie jou gevangen hield?'

'Zo was het niet...'

'Hoe niet?'

De jongen ademt sneller.

'Hij wou alleen dat we zouden slapen, dat was het enige, we moesten slapen...'

'Wie wilde dat?'

'De Zandman,' fluistert Mikael.

'Wat zeg je?'

'Niks, ik kan niet meer...'

Joona kijkt naar zijn mobieltje om te controleren of het gesprek nog steeds wordt opgenomen.

'Ik dacht dat je Zandman zei,' dringt hij aan. 'Bedoel je soms Klaas Vaak, die de kinderen in slaap brengt?'

Mikael kijkt hem aan.

'Hij bestaat echt,' fluistert hij. 'De Zandman ruikt naar zand, overdag verkoopt hij barometers.'

'Hoe ziet hij eruit?'

'Het is altijd donker als hij komt...'

'Je moet toch iets gezien hebben?'

Mikael schudt zijn hoofd en huilt geluidloos, de tranen stromen zomaar over zijn slapen op het kussen onder zijn hoofd.

'Heeft de Zandman nog een andere naam?' vraagt Joona.

'Dat weet ik niet, hij praat niet, hij heeft al die tijd nooit iets tegen ons gezegd.'

'Kun je hem beschrijven?'

'Ik heb hem alleen gehoord in het donker... hij heeft vingertoppen van porselein en als hij zand uit de zak haalt dan rinkelen ze tegen elkaar... en dan...'

Mikaels mond beweegt zonder dat er geluid uit komt.

'Ik hoor je niet,' zegt Joona zacht.

'Hij strooit zand in de ogen van de kinderen... en even later slaap je.'

'Hoe weet je dat het een man is?' vraagt Joona.

'Ik heb hem horen hoesten,' antwoordt Mikael ernstig.

'Maar je hebt hem nooit gezien?'

'Nee.'

46

Een heel erg mooie vrouw met Indiase trekken staat Reidar op te nemen als hij wakker wordt. Ze legt uit dat hij angina pectoris heeft.

'Ik dacht dat ik een hartinfarct kreeg,' mompelt hij.

'We moeten zeker overwegen om een hartkatheterisatie te doen en...'

'Ja,' zucht hij en hij gaat rechtop zitten.

'Je moet rusten.'

'Ik kreeg te horen... dat mijn...' zegt hij, maar dan beginnen zijn lippen zo te trillen dat hij de zin niet kan afmaken.

Ze legt haar hand op zijn wang en glimlacht alsof hij een verdrietig kind is.

'Ik moet naar mijn zoon toe,' legt hij met iets vastere stem uit.

'Je begrijpt dat je het ziekenhuis niet kunt verlaten voor we de symptomen nader hebben onderzocht,' antwoordt ze slechts.

Hij krijgt een roze flesje met nitroglycerine mee, die hij bij de minste druk op zijn borst onder zijn tong kan spuiten.

Reidar loopt naar afdeling 66, maar voordat hij bij Mikaels kamer is, blijft hij in de gang staan en steunt met één hand tegen de muur.

Als hij de kamer binnenkomt, staat Joona op en biedt hem de stoel aan. Zijn telefoon ligt nog op het nachtkastje.

Mikael ligt met open ogen in bed. Reidar loopt naar hem toe.

'Mikael, je moet me helpen haar te vinden,' zegt hij terwijl hij gaat zitten.

'Hoe gaat het met je, papa?' vraagt zijn zoon beheerst.

'Niks aan de hand,' antwoordt Reidar en hij probeert te glimlachen.

'Wat zeggen ze, wat zegt de dokter?' vraagt Mikael.

'Ze zegt dat ik een probleempje met de kransslagader heb, maar dat geloof ik niet, allemaal onzin, we moeten Felicia vinden.'

'Ze wist zeker dat het je niks kon schelen dat ze was verdwenen. Ik zei dat dat niet zo was, maar ze wist zeker dat je alleen naar mij zou zoeken.'

Reidar blijft doodstil zitten. Hij weet wat zijn zoon bedoelt, want hij is nooit vergeten wat er die laatste dag gebeurd is. Mikael legt zijn magere hand op zijn vaders arm en ze kijken elkaar weer aan.

'Je kwam uit de richting van Södertälje – moet ik daar beginnen met zoeken?' vraagt Reidar. 'Kan ze daar misschien zijn?'

'Ik weet het niet,' antwoordt Mikael zacht.

'Maar iets moet je je toch herinneren?' vervolgt Reidar gedempt.

'Ik herinner me alles,' zegt zijn zoon. 'Maar er is gewoon niets om me te herinneren.'

Joona legt zijn beide handen op het voeteneind van het bed. Mikaels ogen zijn halfgesloten en hij houdt zijn vaders hand stevig vast.

'Eerder vertelde je dat Felicia en jij samen waren, op de vloer in het donker,' begon Joona.

'Ja,' fluistert Mikael.

'Hoe lang waren jullie daar met z'n tweeën? Wanneer verdwenen de anderen?'

'Ik weet het niet,' antwoordt hij. 'Het is niet te zeggen, de tijd werkt niet zoals jullie denken.'

'Hoe zag de kamer eruit?'

Mikael kijkt gekweld in Joona's grijze ogen.

'Ik heb de kamer nooit gezien,' antwoordt hij. 'Behalve in het begin, toen ik klein was... toen was er een felle lamp die soms aanging, we konden naar elkaar kijken. Maar ik weet niet meer hoe de kamer eruitzag, ik was alleen maar bang...'

'Maar je herinnert je toch wel iets?'

'De duisternis, het was bijna altijd donker.'

'Er moet een vloer geweest zijn,' probeert Joona.

'Ja,' fluistert Mikael.

'Ga door,' zegt Reidar vriendelijk.

Mikael keert zijn blik van de beide mannen af. Hij staart recht voor zich uit als hij vertelt over de plek waar hij zo lang opgesloten heeft gezeten.

‘De vloer... die was hard en koud. Zes stappen zo... en vier stappen zo... En de muren waren van beton dat heel dof klinkt als je erop slaat.’

47

Reidar knijpt in zijn hand zonder iets te zeggen. Mikael sluit zijn ogen en laat de beelden en herinneringen woorden worden.

'Er is een bank en een matras dat we wegtrekken van het afvoerputje als we de kraan moeten gebruiken,' zegt hij en hij slikt hard.

'De kraan,' herhaalt Joona.

'En de deur... die is van ijzer of staal. Hij is nooit open. Ik heb hem nooit open gezien, er zit geen slot aan de binnenkant, geen deurkruk... en naast de deur zit een gat in de muur, daar komt de emmer met eten doorheen. Het is een klein gat, maar als je je arm erin steekt en hem naar boven draait, dan kun je met je vingertoppen een metalen luikje voelen...'

Reidar huilt geluidloos terwijl hij luistert naar wat Mikael zich van de kamer weet te herinneren.

'We proberen zuinig te zijn met het eten,' zegt hij. 'Maar soms raakt het op... een paar keer duurde het zo lang dat we alleen maar lagen te luisteren of we het luikje hoorden en als we dan weer iets binnenkregen, moesten we overgeven... en soms kwam er geen water uit de kraan, we kregen dorst en het afvoerputje begon te stinken...'

'Wat was het voor eten?' vraagt Joona rustig.

'Alleen maar restjes... stukken worst, aardappels, wortelen, uien... macaroni.'

'Degene die jullie het eten bracht... die zei nooit iets?'

'In het begin riepen we zodra het luik openging, maar dan ging het meteen weer dicht en kregen we niets... daarna probeerden we te praten met degene die het luik opende, maar we kregen nooit antwoord... We luisterden altijd... we hoorden ademen, schoenen op de betonnen vloer... altijd dezelfde schoenen...'

Joona controleert of het opnemen nog goed gaat. Hij denkt aan het enorme isolement waarin de twee zich bevonden. De meeste seriemoordenaars vermijden contact met hun slachtoffers, praten niet met hen, om ze als object te kunnen blijven zien. Maar af en toe moeten ze bij hun slachtoffers naar binnen, ze willen de angst en hulpeloosheid op hun gezicht zien.

'Je hebt hem horen bewegen,' zegt Joona. 'Heb je nog iets anders van buitenaf gehoord?'

'Hoe bedoel je?'

'Denk eens goed na,' zegt Joona ernstig. 'Vogels, blaffende honden, auto's, treinen, stemmen, vliegtuigen, gehamer, tv, lachen, schreeuwen... sirenes... wat dan ook.'

'Alleen de geur van zand...'

Buiten was het donker geworden en er kletterden harde druppels tegen het ziekenhuisraam.

'Wat deden jullie als jullie wakker waren?'

'Niets... In het begin, toen we nog best wel klein waren, was het me gelukt om een schroef uit de onderkant van de bank te halen... we schraapten een gat in de muur. De schroef werd zo warm dat we ons er bijna aan brandden. We waren er een eeuwigheid mee bezig... alleen maar beton en na vijf centimeter kwam er een raster van ijzer, we groeven een vierkantje uit, maar daarna zat er weer een raster, het was niet te doen... Het is onmogelijk om uit de capsule te ontsnappen.'

'Waarom noem je de kamer een capsule?'

Mikaels vermoeide glimlach laat hem er oneindig eenzaam uitzien.

'Felicia is ermee begonnen... ze fantaseerde dat we in de ruimte waren, dat het een opdracht was... dat was helemaal in het begin, voordat we ophielden met praten, maar ik bleef de kamer als een capsule zien.'

'Waarom hielden jullie op met praten?'

'Ik weet het niet, het gebeurde gewoon, er viel niets meer te zeggen...'

Reidar brengt bevend zijn hand naar zijn mond. Het lijkt alsof hij vecht tegen de tranen.

'Je zegt dat ontsnappen onmogelijk is... en toch heb je dat gedaan,' zegt Joona.

48

De chef van de rijksrecherche, Carlos Eliasson, vertrekt in de lichte sneeuwval van een vergadering in het stadhuis terwijl hij met zijn vrouw telefoneert. Op dat moment lijkt het politiebureau op een zomerpaleis in een winters park. De hand die de telefoon vasthoudt is zo koud geworden dat zijn vingers pijn doen.

'Ik ga zware middelen inzetten.'

'Weet je zeker dat Mikael beter zal worden?'

'Ja.'

Carlos stampt de sneeuw van zijn lage schoenen als hij de stoep heeft bereikt.

'Geweldig,' mompelt ze.

Hij hoort dat zijn vrouw een zucht slaakt en op een stoel gaat zitten.

'Ik kan het niet vertellen,' zegt hij na een poosje. 'Dat kan niet, of wel?'

'Nee,' antwoordt ze.

'Maar stel dat het cruciaal is voor het onderzoek?' vraagt hij.

'Je mag het niet vertellen,' zegt ze ernstig.

Carlos loopt verder door de Kungsholmsgatan, kijkt op zijn horloge en hoort zijn vrouw dan fluisteren dat ze moet ophangen.

'Tot vanavond,' zegt hij zacht.

Het politiebureau is in de loop der jaren stukje bij beetje uitgebreid. Elke verbouwing getuigt van veranderende mode. Het nieuwste gedeelte ligt helemaal tegen het Kronobergspark aan. Daar is de rijksrecherche gehuisvest.

Carlos passeert twee veiligheidsdeuren, loopt door de beglaasde binnenplaats en neemt de lift naar de achtste verdieping. Zijn gezicht staat bezorgd als hij zijn jas uittrekt en langs de rij gesloten deuren in de gang loopt. In de luchtstroom achter hem fladdert een krantenknipsel op het prikbord. Het hangt daar sinds de pijnlijke avond waarop het politiekoor weggestemd werd uit de talentenjacht *Talang*.

In de vergaderruimte zijn al vijf collega's aanwezig. Op de glanzende grenen tafel staan glazen en flesjes water. De gele gordijnen zijn opengetrokken en door de rij lage ramen zijn de besneeuwde boomkruinen zichtbaar. Iedereen probeert kalm te blijven, maar onder de oppervlakte stromen duistere gedachten. De vergadering die door Joona bijeen is geroepen, begint over twee minuten. Benny Rubin heeft zijn schoenen uitgetrokken en doet tegenover Magdalena Ronander uit de doeken wat hij van de nieuwe formulieren voor risicoanalyse vindt.

Carlos schudt Nathan Pollock en Tommy Kofoed van de landelijke afdeling Moordzaken de hand. Nathan draagt zoals altijd een donkergrijs jasje en zijn grijze paardenstaart hangt ver over zijn rug. Naast beide mannen staat Anja Larsson in een zilverkleurige bloes en een lichtblauwe rok.

'Anja heeft ons geprobeerd te moderniseren... we moesten Analyst's Notebook leren gebruiken,' glimlacht Nathan. 'Maar daar zijn we te oud voor...'

'Spreek voor jezelf,' moppert Tommy nors.

'Jullie ruiken allemaal een beetje naar recycling,' zegt Anja.

Carlos gaat aan het hoofd van de tafel staan en de diepe ernst op zijn gezicht brengt zelfs Benny tot zwijgen.

'Welkom allemaal,' zegt Carlos zonder ook maar een zweem van zijn gebruikelijke glimlach. 'Zoals jullie misschien hebben begrepen zijn er nieuwe ontwikkelingen in de zaak-Jurek Walter en... het vooronderzoek kan niet langer als afgesloten worden beschouwd...'

'Wat heb ik gezegd?' klinkt een kalme stem met Fins accent.

49

Carlos draait zich snel om en ziet Joona Linna in de deuropening staan. De zwarte jas van de lange commissaris glinstert van de sneeuw.

'Joona heeft echt niet altijd gelijk, hoor,' zegt Carlos. 'Alhoewel, toegegeven... dit keer...'

'Was Joona dan de enige die dacht dat Jurek Walter een medeplichtige had?' vraagt Nathan Pollock.

'Tja, eh...'

'En bijna iedereen was geschokt toen hij vertelde dat het gezin van Samuel Mendel tot de slachtoffers behoorde,' zegt Anja zacht.

'Inderdaad,' knikt Carlos. 'Joona was briljant, zonder twijfel... Ik was nieuw als chef en luisterde misschien niet naar de juiste mensen, maar nu weten we het... en nu kunnen we doorgaan om...'

Hij zwijgt en kijkt naar Joona, die een stap de kamer in zet.

'Ik kom net uit het Söder-ziekenhuis,' zegt hij kort.

'Heb ik iets verkeerds gezegd?' vraagt Carlos.

'Nee.'

'Maar je vindt misschien dat ik meer zou moeten zeggen?' vraagt Carlos met een opgelaten blik en hij kijkt naar de anderen. 'Joona, het is dertien jaar geleden, er is sindsdien heel wat water naar de zee gestroomd...'

'Ja.'

'En je had toen absoluut gelijk, dat zeg ik toch.'

'Waarin had ik eigenlijk gelijk?' vraagt Joona op gedempte toon terwijl hij Carlos aankijkt.

'Waarin?' herhaalt Carlos schel. 'In alles, Joona. Je had overal gelijk in. Is het nu genoeg? Ik vind het zo eigenlijk wel genoeg geweest...'

Joona glimlacht even en Carlos gaat zuchtend zitten.

'De algemene gezondheidstoestand van Mikael Kohler-Frost is al veel beter, en ik heb een paar keer de gelegenheid gehad om vragen te stellen... Ik had natuurlijk gehoopt dat Mikael de medeplichtige zou kunnen identificeren.'

'Dat is misschien te vroeg,' zegt Nathan bedachtzaam.

'Nee... Mikael heeft geen naam, geen signalement... zelfs geen stem, maar...'

'Is hij getraumatiseerd?' vraagt Magdalena Ronander.

'Hij heeft hem simpelweg nooit gezien,' zegt Joona terwijl hij haar aankijkt.

'Dus we hebben helemaal niets?' fluistert Carlos.

Joona loopt verder naar binnen en zijn schaduw valt over de kamer en de vergadertafel.

'Mikael noemt zijn ontvoerder Zandman... Ik heb het nagevraagd bij Reidar Frost en hij heeft uitgelegd dat die naam uit een verhaaltje komt dat hun moeder voor het slapengaan aan de kinderen vertelde... De Zandman is dus een soort gepersonifieerde slaapbrenger die zand in de ogen van kinderen strooit zodat ze gaan slapen.'

'Ja precies,' zegt Magdalena en ze glimlacht. 'De korrels in je ogen als je 's ochtends wakker wordt zijn het bewijs dat het zandmannetje is geweest.'

'De Zandman,' zegt Nathan nadenkend, en hij schrijft iets in zijn zwarte notitieboek met gewaxte kaft.

Anja pakt Joona's mobieltje aan en sluit het aan op het draadloze audiosysteem.

'Mikael en Felicia Kohler-Frost zijn half Duits. Roseanna Kohler kwam op achtjarige leeftijd uit Schwabach naar Zweden,' begint Joona.

'Dat ligt ten zuiden van Neurenberg,' zegt Carlos.

'De Zandman is haar Klaas Vaak,' vervolgt Joona. 'En elke avond voor het slapengaan vertelde ze de kinderen een verhaaltje over hem... Door de jaren heen heeft ze het sprookje uit haar jeugd vermengd met veel eigen fantasieën en fragmenten uit de barometerverkoper en de mechanische meisjes van E.T.A. Hoffmann... Mikael en Felicia waren pas acht en tien jaar oud en ze dachten dat de Zandman hen had meegenomen.'

De mannen en vrouwen rond de tafel kijken toe terwijl Anja voorbereidingen treft voor het afspelen van Mikaels verhaal. Hun gezichten staan ernstig. Voor het eerst zullen ze het enige ontsnapte slachtoffer van Jurek Walter horen getuigen over wat er is gebeurd.

'We kunnen de medeplichtige dus niet identificeren,' zegt Joona. 'Het enige wat ons rest is de plek... Als Mikael ons kan terugbrengen naar de plek, dan...'

50

De luidsprekers ruisen en sommige geluiden, zoals ritselend papier, worden versterkt terwijl andere nauwelijks hoorbaar zijn. Soms horen ze Reidar huilen, zoals wanneer zijn zoon vertelt over Felicia's fantasie over de ruimtecapsule.

Nathan Pollock maakt aantekeningen in zijn notitieboek en Magdalena Ronander tikt onafgebroken op haar laptop terwijl ze luistert.

'Je zegt dat ontsnappen onmogelijk is,' klinkt Joona's ernstige stem uit de luidsprekers. 'En toch heb je dat gedaan...'

'Het is onmogelijk, zo is het niet gegaan,' antwoordt Mikael Kohler-Frost snel.

'Hoe is het dan gegaan?'

'De Zandman blies zijn stof over ons heen en toen ik wakker werd, besefte ik dat ik niet meer in de capsule was,' vertelt Mikael. 'Het was pikdonker, maar ik hoorde dat deze kamer anders was en ik voelde dat Felicia niet in de buurt was. Ik tastte in het rond en vond een deur met een deurkruk... en ik deed hem gewoon open en liep een gang in... ik geloof niet dat ik toen aan vluchten dacht, maar ik wist dat ik gewoon rechtdoor moest lopen... Ik kwam bij een deur die op slot zat en ik dacht dat ik in een val was gelopen, ik besefte dat de Zandman natuurlijk elk moment terug kon komen... Ik raakte in paniek en sloeg met mijn hand de glazen ruit kapot, stak mijn arm erdoor en deed de deur van het slot... Ik rende door een magazijn met stoffige zakken cement en kartonnen dozen... en toen zag ik dat de muur rechts alleen maar uit plastic bestond dat vastgeniet zat... ik kon niet goed ademhalen en ik merkte dat mijn vingers bloedden voor het me lukte het plastic naar beneden te trekken. Ik begreep dat ik me had bezeerd aan de kapotte ruit, maar dat kon me niet schelen, ik liep over een grote betonnen vloer... ze waren de kamer nog aan het bouwen en ik liep zo de sneeuw in... het was nog niet helemaal donker... ik rende naar het bos toe langs een graafmachine met een blauwe ster en ik begon te snappen dat ik vrij was. Ik rende tussen de bomen en door de struiken, er viel sneeuw op me, ik keek niet om, ik liep dwars over een akker en door een bosje toen ik gestopt werd... Een afgebroken tak was recht mijn lies in gegaan, ik zat vast, en daar stond ik. Er stroomde bloed in mijn schoen en het deed pijn. Ik probeerde me los te trekken, maar ik zat vast... Ik bedacht dat ik de tak af kon breken, ik probeerde het, maar het lukte niet, ik was te zwak, ik stond daar maar, dacht dat ik de Zandman met zijn porseleinen vingers hoorde rinkelen... Toen ik probeerde achteruit te lopen, gleed ik uit en viel, en de tak schoot los. Misschien viel ik wel bijna flauw... ik was traag geworden, maar ik krabbelde overeind, liep een heuvel op, struikelde en dacht dat ik niet meer kon, maar ik ging kruipend verder en kwam bij een spoorlijn. Ik weet niet hoe lang ik heb gelopen, ik had het koud maar ging door, af en toe zag ik huizen in de verte, maar ik was zo moe dat ik domweg het spoor bleef volgen... Het begon steeds harder te sneeuwen, ik liep in een soort van droom, wou nooit meer stoppen, wou alleen maar verder weg...'

51

Als Mikael klaar is met vertellen en het geruis van de luidsprekers is verdwenen, wordt het muisstil in de vergaderzaal. Carlos is opgestaan. Hij bijt op een duimnagel en staart voor zich uit.

'We hebben twee kinderen aan hun lot overgelaten,' zegt hij daarna zacht. 'Ze waren vermist, maar wij zeiden dat ze dood waren en gingen door met ons leven.'

'We waren er echt van overtuigd,' zegt Benny vriendelijk.

'Joona wilde doorgaan,' zegt Anja zacht.

'Hoewel ik op het laatst ook niet meer geloofde dat ze nog leefden,' antwoordt Joona.

'En we hadden helemaal niets meer om mee verder te gaan,' zegt Nathan. 'Geen sporen, geen getuigen...'

Carlos' wangen zijn bleek, hij gaat met zijn hand over zijn hals en probeert het bovenste knoopje van zijn overhemd los te maken.

'Maar ze leefden,' zegt hij bijna fluisterend.

'Ja,' antwoordt Joona.

'Ik heb veel meegemaakt, maar dit hier,' zegt Carlos, en hij trekt nogmaals aan zijn boordje. 'Ik begrijp alleen niet waarom. Waarom in godsnaam? Ik begrijp het niet, ik...'

'Het valt niet te begrijpen,' zegt Anja mild en ze probeert hem mee de kamer uit te krijgen. 'Drink een glaasje water.'

'Waarom sluit iemand twee kinderen meer dan tien jaar op?' gaat hij met stemverheffing verder. 'Zorgt ervoor dat ze blijven leven, maar verder niets, geen losgeld, geen geweld, geen misbruik...'

Anja probeert hem de kamer uit te leiden, maar hij verzet zich en grijpt Nathans arm vast.

'Zoek het meisje,' zegt hij. 'Zorg dat jullie haar vandaag vinden.'

'Ik denk niet dat...'

'Vind haar,' kapt Carlos hem af en hij verlaat de vergaderzaal.

Even later komt Anja terug. De mensen mompelen wat en kijken in hun papieren. Tommy Kofoed glimlacht gekweld. Benny zit met zijn mond open en port afwezig met zijn tenen in Magdalena's sporttas.

'Wat is er met jullie?' vraagt Anja streng. 'Jullie hebben toch gehoord wat de chef zei?'

Snel komt de groep tot de beslissing dat Magdalena en Tommy een arrestatieteam en een team met technisch rechercheurs zullen organiseren, terwijl Joona de afbakening van een primair zoekgebied ten zuiden van station Södertälje-Zuid zal coördineren.

Joona kijkt naar een print van de laatste foto die van Felicia is genomen. Hij weet niet hoe vaak hij er al naar heeft gekeken. Haar ogen zijn groot en donker, het lange, zwarte haar ligt in een warrige vlecht over haar schouder. Ze houdt een paardrijhelm vast en kijkt met een pientere glimlach in de camera.

'Mikael Kohler-Frost zegt dat hij vlak voordat het donker was is gaan lopen,' begint Joona met zijn blik op de grote detailkaart aan de muur. 'Hoe laat heeft de machinist precies alarm geslagen?'

Benny leest op zijn laptop.

'Om 03.22 uur,' antwoordt hij.

'Hier hebben ze Mikael gevonden,' zegt Joona, en hij omcirkelt de noordzijde van de Igelstabron. 'Het is niet aannemelijk dat hij sneller dan vijf kilometer per uur heeft gelopen, gewond en met de veteranenziekte.'

Met een liniaal meet Anja het maximale traject recht naar het zuiden af – in verhouding tot de snelheid en de schaal van de kaart – en trekt dan met een grote passer een cirkel. Twintig minuten later hebben ze de vijf bouwplaatsen gelokaliseerd en omcirkeld die met Mikaels beschrijving zouden kunnen kloppen.

Op een twee meter breed plasmascherm wordt een hybride van een kaart en een satellietfoto vertoond. Benny is nog steeds moeizaam bezig informatie in te voeren in zijn laptop, die nu de monitor deelt met het plasmascherm. Anja zit naast hem en haalt met twee telefoons aanvullende gegevens binnen, terwijl Nathan en Joona de verschillende bouwplaatsen doornemen.

Vijf rode cirkels op het grote scherm markeren de in aanbouw zijnde panden in het primaire gebied. Drie van de cirkels bevinden zich tussen andere bebouwing.

Joona staat voor de kaart, volgt de denkbare spoorweg met zijn ogen en wijst op een van de andere cirkels, in het bos vlak bij de Älgberg.

'Hier is het,' zegt hij.

Benny klikt op de cirkel en de coördinaten poppen op, Anja leest de beknopte informatie voor: het bedrijf NCC is bezig een nieuwe serverhal voor Facebook te bouwen, maar het werk ligt sinds een maand stil vanwege een conflict dat moet voorkomen bij de milieurechtbank.

'Zal ik de tekeningen van het complex opvragen?' vraagt Anja.

'Nee, we rijden er meteen heen,' zegt Joona.

52

Op de hobbelige weg door het bos is de sneeuw ongerept. Een groot terrein is kaalgeslagen. Buizen en kabelgoten zijn ingegraven en de afvoeren voor het oppervlaktewater zijn aangelegd. Het betonnen fundament van 40.000 vierkante meter is gestort, meerdere vleugels zijn zo goed als klaar, terwijl van andere alleen nog maar een skelet staat. Op de graafmachines en kiepwagens ligt sneeuw.

Tijdens de rit naar de Älgberg ontving Joona een overzicht van de bouwplaats op zijn telefoon. Anja had de tekeningen weten op te snorren die bij de gemeente waren ingediend voor de vergunning.

Magdalena Ronander bestudeert samen met het arrestatieteam de kaart, waarna ze allemaal uitstappen om het complex van drie verschillende kanten binnen te gaan.

Ze verplaatsen zich langs de bosrand. Het is donker tussen de stammen en de sneeuw is vol kuilen. Ze nemen snel hun posities in, naderen de bouwplaats behoedzaam en overzien het open terrein.

Er hangt een vreemde, soezerige sfeer op de plek. Een grote graafmachine staat stil voor een gapende schacht.

Marita Jakobson rent naar voren, stopt bij een stapel beschermingsmatten en zakt op één knie. Ze is een commissaris van middelbare leeftijd met een lange staat van dienst. Ze speurt de gebouwen grondig af door haar kijker en wenkt de groep.

Joona trekt zijn pistool en gaat samen met een groepje van het arrestatieteam de hoek van de lagere zijvleugel om. Sneeuw waait van het dak en dwarrelt glinsterend door de lucht.

Ze dragen allemaal een keramisch kogelvrij vest en een helm, en twee agenten hebben een aanvalsgeweer van Heckler & Koch.

Zwijgend lopen ze langs een bouwskelet en gaan de kale betonvloer op.

Joona wijst in de richting van het losse bouwplastic dat beweegt in de wind. Het plastic zit los tussen twee palen en hangt vermoeid naar opzij.

De groep volgt Marita dwars door een magazijn naar een deur met een gebroken ruit. Op de vloer en de deur zitten zwarte bloedspetters.

Dit is zonder twijfel de plek waar Mikael ontsnapt is.

De scherven knarsen onder hun laarzen. Ze lopen verder de gang in, openen de ene deur na de andere en met hun wapens perken ze in elke kamer effectief vuurlijnen af.

Alle vertrekken zijn leeg.

In een ruimte staat een krat met lege flessen, dat is alles.

Het valt nog niet uit te maken waar Mikael zich bevond toen hij wakker werd, maar het is hoogstwaarschijnlijk in een van de kamers in de gang.

De groepjes verplaatsen zich efficiënt door het kantoorgebouw en doorzoeken alle ruimtes, waarna ze terugkeren naar de auto's.

Dan pas gaan de technisch rechercheurs naar binnen.

Daarna moet het hele bos met hondenpatrouilles worden doorzocht.

Joona staat met zijn helm in zijn hand te kijken naar de sneeuwfonkelingen die over de grond spelen.

Hij wist eigenlijk wel dat ze Felicia hier niet zouden vinden. De kamer die Mikael 'capsule' noemde heeft dikke, gewapende muren, een waterkraan en een voedselsluis. Die ruimte was gemaakt om mensen gevangen te houden.

Joona heeft in het medisch dossier gelezen dat de artsen sporen van het narcosemiddel sevofluraan in Mikaels vetweefsel hebben aangetroffen. Hij bedenkt dat Mikael hier gedrogeerd en in bewusteloze toestand heen gebracht moet zijn. Dat klopt met zijn beschrijving dat hij wakker werd in een andere ruimte. Hij is in de capsule in slaap gevallen en hier wakker geworden.

Om de een of andere reden is Mikael na al die jaren naar deze plek gebracht.

Was het dan eindelijk tijd voor hem om in een kist te belanden toen hij wist te ontsnappen?

Als Joona de politiemensen ziet terugkeren naar hun auto's is het nog kouder geworden. Het getekende gezicht van Marita Jakobson staat verbeten en ze ziet er verdrietig uit.

Als Mikael verdoofd was, dan heeft hij geen enkele mogelijkheid om hun de weg naar de capsule te wijzen.

Hij heeft al die tijd niets gezien.

Nathan Pollock gebaart naar Joona dat het tijd is om te vertrekken. Joona maakt aanstalten zijn hand op te steken maar het lukt hem niet.

Zo mag het niet eindigen. Het mag niet voorbij zijn, denkt hij, en hij haalt zijn hand door zijn haar.

Wat kunnen ze nog doen?

Als Joona terugloopt naar de auto's weet hij het angstaanjagende antwoord op zijn eigen vraag al.

53

Soepel draait Joona de Q-Park-parkeergarage in, trekt een kaartje uit de automaat, rijdt naar beneden en parkeert. Hij blijft in zijn auto zitten terwijl een medewerker van de grote, bovengelegen supermarkt de boodschappenwagentjes verzamelt.

Als er niemand meer te zien is in de garage, stapt Joona uit en loopt naar een glanzende, zwarte bestelbus met donkere ruiten, opent de deur aan de zijkant en stapt in.

De deur glijdt geruisloos dicht en op gedempte toon groet Joona Carlos Eliasson, chef rijksrecherche en Verner Zandén, chef van de veiligheidsdienst Säpo.

'Felicia Kohler-Frost zit opgesloten in een donkere kamer,' zegt Carlos. 'Ze heeft daar meer dan tien jaar met haar grote broer doorgebracht. Nu is ze helemaal alleen. Laten we haar aan haar lot over? Zeggen we dat ze dood is en laten we haar daar zitten? Als ze niet ziek is, blijft ze misschien nog wel twintig jaar leven.'

'Carlos,' zegt Verner kalmerend.

'Ik weet dat ik niet voldoende afstand bewaar,' zegt hij glimlachend en hij steekt afwerend zijn handen omhoog. 'Maar ik wil dat we dit keer écht alles doen wat we kunnen.'

'Ik heb een groot team nodig,' zegt Joona. 'Als ik vijftig man krijg, kunnen we proberen alle losse eindjes en oude sporen, elke verdwijning na te trekken. Het levert misschien niets op, maar het is onze enige mogelijkheid. Mikael heeft de medeplichtige niet gezien en hij werd gedrogeerd voordat hij werd verplaatst. Hij kan ons niet vertellen waar de capsule is. We blijven natuurlijk met hem praten, maar ik denk dat hij simpelweg niet weet waar hij de afgelopen dertien jaar heeft gezeten.'

'En als Felicia nog leeft, dan zit ze naar alle waarschijnlijkheid in de capsule,' zegt Verner met zijn lage bas.

'Ja,' antwoordt Joona.

'Hoe moeten we haar in godsnaam vinden? Dat gaat gewoon niet,' zegt Carlos. 'Niemand weet waar de capsule is.'

'Niemand, behalve Jurek Walter,' zegt Joona.

'Die niet te verhoren is,' zegt Verner.

'Nee,' zegt Joona.

'Nog steeds helemaal psychotisch en...'

'Dat is hij nooit geweest,' valt Joona hem in de rede.

'Ik weet alleen wat er in het forensisch psychiatrisch onderzoek staat,' zegt Verner. 'Ze schreven dat hij schizofreen, psychotisch, chaotisch en zeer gewelddadig is.'

'Alleen omdat Walter wilde dat dat erin zou staan,' antwoordt Joona kalm.

'Jij denkt dus dat hij gezond is? Bedoel je dat te zeggen, dat hij gezond is?' vraagt Verner. 'Wat is dit, verdomme? Waarom wordt hij niet gewoon verhoord?'

'Hij moet geïsoleerd blijven,' zegt Carlos. 'In het vonnis van het gerechtshof...'

'Het is verdomme toch wel mogelijk om het vonnis te omzeilen,' zucht Verner en hij strekt zijn lange benen.

'Misschien,' zegt Carlos.

'En ik heb bekwame mensen met ervaring in het verhoren van terreurverda...'

'Joona is de beste,' kapt Carlos hem af.

'Nee, dat ben ik niet,' antwoordt Joona.

'Jij was degene die Walter heeft opgespoord en gegrepen en jij was de enige met wie hij vóór de rechtszaak gesproken heeft.'

Joona schudt zijn hoofd en laat zijn blik door de getinte ruit dwalen, de verlaten parkeergarage in.

'Ik heb het geprobeerd,' zegt hij langzaam. 'Maar Walter kun je niet om de tuin leiden, hij is anders dan andere mensen, hij kent geen angst, hij wil geen medelijden, hij zegt niets.'

'Zou je een poging willen wagen?' vraagt Verner.

'Nee, ik kan het niet,' antwoordt Joona.

'Waarom niet?'

'Omdat ik te bang ben,' antwoordt hij eenvoudig.

Carlos kijkt hem bezorgd aan.

'Je maakt zeker een grapje,' zegt hij nerveus.

Joona neemt hem op. Zijn ogen staan hard en doen denken aan nat leisteen.

'We hoeven toch niet bang te zijn voor een oude vent achter slot en grendel,' zegt Verner en hij krabt gestrest aan zijn voorhoofd. 'Hij moet bang zijn voor óns. Verdomme, we kunnen zijn cel binnenvallen, hem tegen de grond werken en hem de duimschroeven flink aandraaien. Hem hard aanpakken, en dan bedoel ik echt meedogenloos hard.'

'Dat werkt niet,' zegt Joona.

'Maar er zijn methodes die altijd werken,' gaat Verner door. 'Ik heb een geheime groep die in Guantánamo is geweest.'

'Deze bijeenkomst heeft overigens nooit plaatsgevonden,' haast Carlos zich te zeggen.

'Ik heb zelden bijeenkomsten die plaatsvinden,' zegt Verner met zijn basstem, en hij leunt naar voren. 'Mijn groep weet alles over waterboarden en elektrische schokken.'

'Walter is niet bang voor pijn,' zegt Joona.

'Dus we geven het maar op?'

'Nee,' antwoordt Joona en hij leunt achterover, waardoor de stoel kraakt achter zijn rug.

'Maar in welke richting moeten we denken, volgens jou?' vraagt Verner.

'Als we met Walter gaan praten, kunnen we er zeker van zijn dat hij liegt. Hij zal het gesprek sturen, en als hij heeft uitgevogeld wat we van hem willen, begint hij te marchanderen en het eind van het liedje is dat we hem iets gegeven hebben waar we spijt van krijgen.'

Carlos slaat zijn blik neer en krabt geïrriteerd aan zijn knieholte.

'Wat kunnen we dan nog?' vraagt Verner zacht.

'Ik weet niet of het mogelijk is,' zegt Joona. 'Maar als we een agent als patiënt op dezelfde gesloten afdeling kunnen plaatsen...'

'Meer wil ik er niet over horen,' kapt Carlos hem af.

'Het moet iemand zijn die zo overtuigend is dat Jurek Walter toenadering zoekt,' gaat Joona verder.

'Jezus christus,' mompelt Verner.

'Een patiënt,' fluistert Carlos.

'Want ik denk niet dat we kunnen volstaan met iemand die hij kan gebruiken, uitbuiten,' zegt Joona.

'Wat wil je daarmee zeggen?'

'We moeten een agent zien te vinden die zó uitzonderlijk is dat Walters nieuwsgierigheid geprikkeld wordt.'

54

De bokszak zucht en de ketting rammelt. Saga Bauer verplaatst zich soepel opzij, volgt de beweging van de zak met haar lichaam en stoot weer. Tweemaal een smakkend geluid, gevolgd door een dreun tussen de muren van het lege bokslokaal.

Ze traint een combinatie van twee snelle linkse hoeken, een hoge en een lage, en een harde rechtse hoek.

De zwarte bokszak schommelt, de bevestiging knerpt. De schaduw van de zak glijdt over Saga's gezicht en ze slaat weer. Drie snelle stoten. Ze rolt met haar schouders, verplaatst zich naar achteren, beweegt soepel rond de zak en stoot.

Haar lange, blonde haar zwaait opzij door de snelle heupbeweging en valt dan voor haar gezicht.

Saga vergeet de tijd als ze traint, en alle gedachten uit haar hoofd worden weggedrukt. Ze is al twee uur helemaal alleen in de zaal. De laatste boksers zijn vertrokken toen ze aan het touwtjespringen was. De lampen boven de boksring zijn uit, maar het witte licht van de frisdrankautomaat in de entree schijnt naar binnen. Sneeuw wervelt buiten voor de ramen, rond het verlichte uithangbord van de stomerij en boven de trottoirs.

Vanuit haar ooghoek ziet Saga een auto voor de boksclub stoppen, maar ze blijft doorgaan met dezelfde combinatie van stoten en probeert haar kracht voortdurend te vergroten. Zweetdruppels spatten op de vloer voor een peerbal die is losgeraakt uit zijn bevestiging.

Stefan komt binnen. Hij stampt de sneeuw van zich af en blijft even zwijgend staan. Zijn lange jas hangt open en daaronder is een glimp van zijn lichte pak en witte overhemd te zien.

Ze blijft stoten en ziet dat hij zijn schoenen uittrekt en de zaal in loopt.

Het enige geluid komt van de stoten tegen de zak en het rammelen van de ketting.

Saga wil doorgaan met trainen, ze is niet bereid zich uit haar concentratie te laten halen. Ze brengt haar voorhoofd omlaag en stoot haar snelle serie in gelijkmatig tempo, hoewel Stefan achter de zak is gaan staan.

'Harder,' zegt hij, en hij fixeert de zak.

Een rechtse directe komt zo hard aan dat hij een stap achteruit moet doen. Ze schiet ongewild in de lach, en nog voordat hij zijn evenwicht heeft teruggevonden stoot ze weer.

'Fixeren,' zegt ze met een zweem van ongeduld in haar stem.

'We moeten gaan.'

Haar gezicht is gesloten en verhit als ze een harde serie stoot. Ze laat zich zo makkelijk overweldigen door haar vertwijfelde woede. De woede maakt dat ze zich zwak voelt, maar zorgt er ook voor dat ze doorvecht als anderen het opgeven.

De harde stoten doen de zak sidderen en de ketting ratelen. Hoewel ze nog lang zou kunnen doorgaan, remt ze zichzelf af.

Hijgend doet ze een paar lichte passen naar achteren. De zak blijft schommelen. Fijn betongruis komt los bij de bevestiging in het plafond.

'Nu ben ik tevreden,' zegt ze glimlachend en met haar mond trekt ze de bokshandschoenen uit.

Stefan loopt met haar mee naar de dameskleedkamer en helpt haar met het afwikkelen van de bandages rond haar polsen.

'Je hebt je bezeerd,' fluistert hij.

'Niks bijzonders,' zegt ze terwijl ze haar hand bekijkt.

De verwassen sportkleren zijn doorweekt van het zweet. Haar tepels schijnen door de natte beha heen en haar spieren zijn gezwollen en goed doorbloed.

Saga Bauer is inspecteur bij de veiligheidsdienst en ze heeft in twee grote zaken samengewerkt met Joona Linna van de rijksrecherche. Ze bokst niet alleen op topniveau, maar ze is ook een uitmuntend scherpschutter en heeft een speciale opleiding in geavanceerde verhoortechnieken gevolgd.

Ze is zevenentwintig, heeft ogen zo blauw als een zomerhemel, draagt kleurige linten in haar lange blonde haar en is haast onwerkelijk mooi. De meeste mensen die haar zien worden vervuld door een wonderlijk, hopeloos gevoel van gemis. Saga aanschouwen betekent ongelukkig verliefd worden.

Het warme water in de douche dampt en de spiegels zijn beslagen. Saga staat stevig op de grond, met haar benen uit elkaar en hangende armen terwijl het water over haar heen spoelt. Een grote blauwe plek op haar bovenbeen kleurt geel en de knokkels van haar rechterhand bloeden.

Ze kijkt op, veegt het water uit haar gezicht en ziet Stefan met een volkomen weerloos gezicht naar haar staan kijken.

'Waar denk je aan?' vraagt Saga.

'Dat het regende de eerste keer dat we seks hadden,' zegt hij zacht.

Ze herinnert zich die middag nog heel goed. Ze waren midden op de dag naar de film geweest en toen ze uit de bioscoop op de Medborgarplatsen kwamen, hoosde het. Ze renden door de Sankt Paulsgatan naar zijn studio, maar waren toch doorweekt toen ze aankwamen. Stefan had het er nog vaak over dat ze zich zo achteloos had uitgekleed, haar kleren over de verwarming had gehangen en daarna op zijn piano was gaan pingelen. Hij vertelde dat hij wist dat staren onbeleefd was, maar ze verlichtte de kamer als de bal vloeibaar glas in een donkere glasblazerij.

'Kom onder de douche,' zegt Saga.

'Daar hebben we geen tijd voor.'

Ze kijkt hem aan met een rimpel tussen haar wenkbrauwen.

'Ben ik alleen?' vraagt ze plotseling.

'Hoe bedoel je?' zegt hij glimlachend.

'Ben ik alleen?'

Stefan houdt haar een handdoek voor en zegt kalm: 'Kom nou maar.'

55

Als ze bij het Glenn Miller-café uit de taxi stappen, sneeuwt het. Saga keert haar gezicht naar de hemel, sluit haar ogen en voelt de vlokken op haar warme gezicht neerdalen.

De krappe ruimte zit al vol gasten, maar ze hebben geluk en vinden een vrij tafeltje. Kaarsen flakkeren in matglazen kaarsenstandaards en de sneeuw glijdt nat langs de ramen aan de Brunnsgatan.

Stefan hangt zijn tas aan een stoelleuning en loopt naar de bar om te bestellen.

Saga's haar is nog nat en ze rilt als ze haar groene parka uittrekt, die op de rug donker is van het vocht. Om haar heen draaien mensen zich om en ze is bang dat ze per ongeluk op andermans plek zijn gaan zitten.

Stefan zet twee wodka martini en een schaaltje pistachenoten op tafel. Ze zitten tegenover elkaar en proosten zwijgend. Saga wil net zeggen dat ze trek heeft als een slanke man met een ronde bril naar hen toe komt.

'Jacky,' zegt Stefan verrast.

'Ik dacht al dat ik kattenpis rook,' zegt hij glimlachend.

'Dit is mijn vriendin,' zegt Stefan.

Jacky kijkt even naar Saga maar neemt niet de moeite om zich voor te stellen, in plaats daarvan fluistert hij iets tegen Stefan en lacht.

'Nee, maar serieus, je moet met ons meespelen,' zegt hij. 'Mini is er ook.'

Hij wijst naar een stevige man die op weg is naar de hoek waar een bijna zwarte contrabas en een semiakoestische Gibson-gitaar staan opgesteld.

Saga luistert niet naar hun gesprek, het gaat over een of andere legendarische gig, het beste contract ooit en een geniale kwartetsamenstelling. Ondertussen laat ze haar blik door het etablissement glijden.

Stefan zegt iets tegen haar terwijl Jacky aan hem begint te sjorren.

'Ga je spelen?' vraagt Saga.

'Eén nummer maar,' roept Stefan met een glimlach.

Ze wuift hem na. Het geroezemoes wordt zachter als Jacky de microfoon pakt en zijn gast aankondigt. Stefan gaat achter de piano zitten.

'*April in Paris*', zegt hij kort, en hij begint te spelen.

56

Saga ziet Stefan zijn ogen half sluiten en ze krijgt kippenvel als de muziek de overhand krijgt en de ruimte verdicht, de gedempte verlichting glanzend en zacht maakt.

Jacky begint heel soepel met zwierende akkoorden, en dan klinkt ook de bas.

Saga weet hoeveel Stefan hiervan houdt, maar ze kan zich er toch niet overheen zetten dat ze hadden afgesproken dat ze dit keer samen zouden luisteren en praten.

Ze heeft er de hele week naar uitgekeken.

Langzaam eet ze een paar pistachenootjes, veegt de doppen op een hoop en wacht.

Een vreemde angst over het feit dat hij haar zomaar alleen liet, maakt haar plotseling helemaal koud. Ze vindt zichzelf irrationeel, ze weet niet wat er aan de hand is en ze houdt zich voor dat ze niet zo kinderachtig moet doen.

Als haar drankje op is, neemt ze dat van Stefan. Het is niet koud meer, maar ze drinkt het toch.

Net als ze naar de uitgang kijkt, fotografeert een man met rode wangen haar met zijn mobiel. Ze is moe en denkt dat ze beter naar huis en naar bed kan gaan, maar wil graag eerst met Stefan overleggen.

Ze is de tel kwijt van het aantal nummers dat ze al achter de rug hebben. John Scofield, Mike Stern, Charles Mingus, Dave Holland, Lars Gullin en een lange versie van een stuk waarvan ze de naam niet meer weet van de cd met Bill Evans en Monica Zetterlund.

Saga kijkt naar de berg fletse notendoppen, de prikkers in de martiniglazen en de lege stoel tegenover zich. Ze loopt naar de bar om een flesje Grolsch te bestellen en als ze dat op heeft, gaat ze naar de wc.

Een paar vrouwen staan zich voor de spiegel op te maken, de wc is bezet en ze moet een poosje in de rij staan. Als ze eindelijk aan de beurt is, gaat ze naar binnen, doet de deur op slot, gaat zitten en staart naar de witte deur.

Een oude herinnering ontneemt haar ineens al haar kracht. Ze herinnert zich dat haar moeder met een door ziekte getekend gezicht naar de witte deur lag te staren. Saga was nog maar zeven en probeerde haar te troosten, probeerde te zeggen dat het gauw weer goed zou komen, maar haar moeder wilde haar hand niet vasthouden.

'Kappen nou,' fluistert Saga in zichzelf op de wc, maar de herinnering blijft hangen.

Haar moeder werd zieker en Saga moest op zoek naar de medicijnen, het glas met water vullen en haar helpen de pillen in te nemen.

Saga zat op de grond naast haar moeders bed en keek naar haar, haalde een deken als ze het koud had en probeerde telkens als haar moeder dat vroeg haar vader te bellen.

Als haar moeder eindelijk sliep, knipte Saga het bedlampje uit, kroop in bed en vlijde zich in haar armen.

Ze denkt hier eigenlijk nooit aan. Ze zorgt er altijd voor de herinnering op afstand te houden, maar nu kwam die zomaar boven en haar hart bonst in haar borstkas als ze de wc uit gaat.

Hun tafeltje is nog steeds vrij, hun lege glazen staan er nog en Stefan speelt maar door. Hij houdt oogcontact met Jacky, op een speelse manier beantwoorden ze elkaars improvisaties.

Misschien ligt het aan de drankjes of aan de herinnering dat haar oordeel kantelt. Ze dringt naar voren, naar de muzikanten toe. Stefan is net begonnen aan een lange improvisatie met veel uitweidingen als ze haar hand op zijn schouder legt.

Hij schrikt op, kijkt haar aan en schudt gespannen zijn hoofd. Ze pakt zijn arm en probeert hem te laten ophouden met spelen.

'Kom nu,' zegt ze.

'Zorg dat je vriendin opdondert,' sist Jacky.

'Ik speel,' fluistert Stefan verbeten.

'Maar wij... We hadden toch afgesproken dat we...' probeert ze, en ze merkt tot haar verbazing dat de tranen in haar ogen springen.

'Hoepel op,' hoort ze Jacky sissen.

'Kunnen we zo niet naar huis?' vraagt ze en ze streelt zijn nek.

'Jezus christus,' fluistert hij scherp.

Saga deinst terug en gooit per ongeluk een bierglas om dat op een versterker staat, waardoor het op de grond kapot valt.

Bier spat op Stefans kleren.

Ze blijft staan, maar zijn ogen zijn uitsluitend op de piano gericht en op zijn handen die over de toetsen glijden, terwijl het zweet over zijn gezicht loopt.

Ze wacht nog even en keert dan terug naar het tafeltje. Een paar mannen hebben hun plek ingenomen. Haar groene parka ligt op de grond. Ze raapt hem met trillende handen op en haast zich naar buiten, de dichte sneeuwval in.

57

De volgende dag zit Saga Bauer de hele ochtend samen met vier andere politiemensen, drie analytici en twee mensen van het ministerie in een middelgrote vergaderzaal van de veiligheidsdienst. De meesten hebben een laptop of tablet voor zich en op een grijs projectiescherm staat op dit moment een diagram van de afgelopen week van de communicatie via vaste lijnen over de landgrens.

Ze bespreken de analysedatabase van SIGINT, nieuwe zoektermen en de op het oog snelle radicalisering van een dertigtal moslims, die positief tegenover geweld staan.

'Hoewel de islamitische organisatie Al-Shabaab veel gebruik heeft gemaakt van het propagandaforum Al-Qimmah,' zegt Saga, en ze strijkt haar lange haar naar achteren, 'denk ik niet dat het veel zal opleveren. We gaan uiteraard door, maar ik vind toch dat we ook zouden moeten beginnen de groep vrouwen in de marge te infiltreren... zoals ik al eerder heb aangegeven, en...'

De deur gaat open en Verner Zandén, chef veiligheidsdienst, komt binnen en steekt verontschuldigend zijn hand op.

'Ik wil absoluut niet storen,' zegt hij met zijn bulderende stem en hij vangt Saga's blik. 'Maar ik was net van plan een wandelingetje te maken en het zou prettig zijn als je me even gezelschap hield.'

Ze knikt en logt uit, maar laat de laptop op tafel liggen als ze samen met Verner de vergaderzaal verlaat.

Als ze de Polhemsgatan op komen, valt er fonkelende sneeuw. Het is erg koud en de kleine kristallen in de lucht vullen zich met nevelig zonlicht. Verner loopt met grote passen en Saga dribbelt naast hem als een kind.

Ze steken zwijgend de Fleminggatan over, lopen door de poort bij het gezondheidscentrum, door het ronde park met de kapel en gaan de trappen af naar de bevroren baai Barnhusviken.

Saga vindt de situatie steeds merkwaardiger, maar ze vraagt niets.

Verner gebaart met zijn hand en ze gaan linksaf het fietspad op.

Konijntjes schieten weg onder de besneeuwde struiken om zich voor hen te verstoppen als ze dichterbij komen. De parkbanken zijn zachte formaties in een wit landschap.

Na een poosje gaan ze tussen twee hoge gebouwen aan het water omhoog. Bij een portiekdeur toetst Verner een code in, opent de deur en gaat haar voor naar de lift.

In de gekraste spiegel ziet Saga dat fonkelende sneeuwvlokken zich helemaal over haar haar hebben uitgespreid. Nu begint de sneeuw te smelten en verandert hij in glanzende waterdruppels.

Als de krakende lift stopt, haalt Verner een sleutel met een plastic label tevoorschijn, draait een voordeur met braaksporen van het slot en knikt naar Saga om mee te komen.

Ze lopen een volstrekt leeg appartement in. Iemand is net verhuisd. De muren zitten vol gaten van schilderijen en boekenplanken. Op de versleten vloer liggen grote stofvlokken en een vergeten Ikea-sleuteltje.

De wc wordt doorgetrokken en Carlos Eliasson, chef rijksrecherche, komt naar buiten. Hij droogt zijn handen af aan zijn broekspijpen en begroet Saga en Verner.

'We gaan naar de keuken,' zegt Carlos. 'Willen jullie iets drinken?'

Hij haalt een rol plastic bekertjes tevoorschijn en tapt water uit de keukenkraan, daarna geeft hij Saga en Verner ieder een bekertje.

'Je had misschien een lunch verwacht,' zegt Carlos als hij haar vragende gezicht ziet.

'Nee, maar...'

'Ik heb nog wel iets te snoepen,' zegt hij, en hij haalt een doosje Läkerol tevoorschijn.

Saga schudt haar hoofd, maar Verner pakt het doosje van Carlos aan, schudt er rammelend een paar snoepjes uit en stopt ze in zijn mond.

'Wat een feest,' zegt hij glimlachend.

'Saga, zoals je begrijpt is dit een zeer informele bijeenkomst,' zegt Carlos en hij schraapt zijn keel.

'Wat is er aan de hand?' vraagt Saga.

'Heb je weleens van Jurek Walter gehoord?'

'Nee.'

'Dat hebben maar weinig mensen... en dat is maar goed ook,' zegt Verner.

58

Weerkaatste vlekken zonlicht dansen op de vuile keukenruit als Carlos Eliasson een dossier aan Saga Bauer overhandigt. Ze opent de map en kijkt recht in Walters lichte ogen. Ze legt de foto opzij en begint het dertien jaar oude verslag te lezen. Ze trekt wit weg en gaat op de grond zitten met haar rug tegen de verwarming, leest verder, kijkt naar de foto's, scant de sectierapporten en leest over het vonnis en de plaatsing op de gesloten afdeling.

Als ze de map dichtslaat, vertelt Carlos dat Mikael Kohler-Frost na dertien jaar vermissing lopend is aangetroffen op de Igelstabron.

Verner speelt op zijn telefoon de geluidsfile af waarin de jonge man zijn gevangenschap en vlucht beschrijft. Saga luistert naar de vertwijfelde stem en als ze hem over zijn zusje hoort vertellen, wordt haar gezicht rood en begint haar hart zwaar te bonzen. Ze kijkt naar de foto in de map. Er staat een meisje op met een warrige vlecht en een paardrijhelm, en ze glimlacht alsof ze iets leuks van plan is wat eigenlijk niet mag.

Als Mikaels stem zwijgt, staat ze op en ijsbeert door de lege keuken tot ze uiteindelijk voor het raam blijft staan.

'De rijksrecherche is nog geen stap verder dan dertien jaar geleden,' zegt Verner.

'Wij weten niets... maar Walter weet het, hij weet waar Felicia zich bevindt en hij weet wie zijn handlanger is...'

Verner legt uit dat het onmogelijk is om de waarheid met conventionele verhoormethodes of met behulp van psychologen of dominees uit Walter te krijgen.

'Zelfs martelen werkt niet,' zegt Carlos, en hij probeert in de vensterbank te gaan zitten.

'Maar waarom doen we in godsnaam niet wat we altijd doen?' vraagt

Saga. 'Gewoon een infiltrant rekruteren, dat is zo ongeveer het enige wat onze organisatie doet naast...'

'Joona is van mening... sorry dat ik je onderbreek,' zegt Verner. 'Maar Joona denkt dat Walter een infiltrant gewoon kapot zal maken als die probeert...'

'Wat is er dán verdomme nodig?'

'Onze enige mogelijkheid is een ervaren agent als patiënt op dezelfde afdeling plaatsen,' antwoordt hij.

'Waarom zou hij tegen een patiënt wél praten?' vraagt Saga sceptisch.

'Joona heeft ons opgedragen een agent te vinden die zo uitzonderlijk is dat Walter nieuwsgierig wordt.'

'Op welke manier nieuwsgierig?'

'Naar de persoon... en niet alleen naar de kans om te ontsnappen,' antwoordt Carlos.

'Heeft Joona mijn naam laten vallen?' vraagt ze met ernst in haar stem.

'Nee, maar je bent onze eerste keus,' zegt Verner resoluut.

'Wie is tweede keus?'

'Niemand,' antwoordt Carlos.

'Hoe denken jullie het puur praktisch te regelen?' vraagt ze toonloos.

'De bureaucratische papierwinkel draait al op volle toeren,' zegt Verner. 'Het ene besluit resulteert in het volgende, en als je de opdracht accepteert hoef je alleen maar op de rijdende trein te springen...'

'Aanlokkelijk,' mompelt ze.

'We regelen het zo dat je een vonnis van het gerechtshof krijgt: gesloten forensisch psychiatrische verpleging en directe plaatsing in het Karsuddens-ziekenhuis.'

Verner loopt naar de kraan om zijn bekertje te vullen.

'We kwamen erachter – en dat was best listig van ons – dat we gebruik konden maken van een formulering in de oude ziekenhuisverordening... die nog stamt uit de tijd dat de beveiligde eenheid in het Löwenströmska-ziekenhuis in gebruik werd genomen.'

'Want daar staat klip-en-klaar dat de afdeling plaats biedt aan drie patiënten,' vult Carlos aan. 'Maar de afgelopen dertien jaar zat Jurek Walter er alleen.'

Verner neemt een paar luidruchtige slokken, verfrommelt zijn bekertje en gooit het in de gootsteen.

'De ziekenhuisdirectie heeft het al die tijd afgehouden om er meerdere patiënten op te nemen,' gaat Carlos verder. 'Maar ze weten natuurlijk dat ze er niet onderuit kunnen als er een rechtstreeks verzoek komt.'

'En dat is nu het geval... De Dienst Gevangeniswezen zal een extra vergadering beleggen en besluiten om een patiënt van het gesloten paviljoen in het Säters-ziekenhuis over te plaatsen naar het Löwenströmska-ziekenhuis én een patiënt uit het Karsuddens-ziekenhuis.'

'Jij bent in dat geval de patiënt uit het Karsuddens-ziekenhuis,' zegt Carlos.

'Als ik hiermee instem, dan word ik dus opgenomen als een gevaarlijke patiënt?' vraagt ze.

'Ja.'

'Gaan jullie mijn strafblad aanpassen?'

'Het justitieel register is waarschijnlijk voldoende,' antwoordt Verner. 'Maar we creëren een complete identiteit met veroordelingen van de rechtbank en een forensisch psychiatrisch rapport.'

59

Saga staat samen met de twee chefs in het lege appartement. Haar hart bonst zwaar en elke vezel in haar lichaam schreeuwt dat ze moet weigeren.

'Is het onwettig?' vraagt ze, en ze merkt dat ze een droge mond heeft.

'Ja, zonder twijfel... en het is ook uiterst geheim,' antwoordt Carlos ernstig.

'Uiterst?' herhaalt ze en ze vertrekt haar mond.

'Bij de rijksrecherche zetten we er een vet stempel geheim op, zodat de veiligheidsdienst de documenten niet kan inzien.'

'En ik zal ervoor zorgen dat ook de veiligheidsdienst alles geheim verklaart, zodat de rijksrecherche niets kan inzien,' vult Verner aan.

'Zonder rechtstreeks regeringsbesluit komt niemand iets te weten,' zegt Carlos.

De zon schijnt door het vuile raam naar binnen en Saga kijkt naar het opgelapte plaatijzeren dak van het naastgelegen pand. Een schoorsteenkap blikkert haar tegemoet en ze keert zich weer om naar de mannen.

'Waarom doen jullie dit?' vraagt ze.

'Om het meisje te redden,' zegt Carlos met een glimlach die zijn ogen niet bereikt.

'Moet ik geloven dat de chef rijksrecherche en de chef veiligheidsdienst de handen ineenslaan om...'

'Ik heb Roseanna Kohler gekend,' valt Carlos haar in de rede.

'De moeder?'

'We hebben op de lagere school bij elkaar in de klas gezeten en we waren heel goed bevriend... we hebben... het was verschrikkelijk moeilijk, het was een...'

'Dus dit is persoonlijk?' vraagt Saga en ze doet een stap achteruit.

‘Nee, het is... dit is het enige juiste om te doen, dat begrijp je zelf ook,’ antwoordt hij met een vaag gebaar naar het dossier.

Als Saga geen spier vertrekt, gaat hij verder: ‘Maar als je wilt dat ik eerlijk ben... Het is natuurlijk hypothetisch, maar ik weet niet zeker of we deze bijeenkomst ook gehad zouden hebben als het niet persoonlijk was geweest.’

Hij frunnikt aan de mengkraan boven de gootsteen. Saga neemt hem op en ze heeft sterk het gevoel dat hij haar niet de hele waarheid vertelt.

‘Op welke manier is het persoonlijk?’ vraagt ze.

‘Dat doet er niet toe,’ antwoordt hij snel.

‘Weet je het zeker?’

‘Het belangrijkste is... dat we dit gewoon doen, dit is het juiste, het enige juiste... omdat we denken dat we het meisje kunnen redden.’

‘We sturen dus zo snel mogelijk een agent naar binnen – dat is alles, geen grote operatie,’ zegt Verner.

‘We weten uiteraard niet of Jurek Walter iets zal vertellen, maar de kans bestaat... en alles wijst erop dat het onze enige mogelijkheid is.’

Saga staat een hele poos doodstil met haar ogen gesloten.

‘Wat gebeurt er als ik de opdracht afwijs?’ vraagt ze. ‘Laten jullie het meisje dan creperen in die vreselijke capsule?’

‘Dan zoeken we een andere agent,’ zegt Verner eenvoudig.

‘Doe dat dan nu meteen maar,’ antwoordt Saga en ze loopt richting hal.

‘Wil je er niet een nachtje over slapen?’ roept Carlos haar na.

Ze stopt met haar rug naar beide mannen toe en schudt haar hoofd. Het licht glijdt door het dikke haar met de ingevlochten zijden linten.

‘Nee,’ antwoordt ze, en ze verlaat het appartement.

60

Saga neemt de metro naar station Slussen en loopt het kleine stukje naar Stefans studio in de Sankt Paulsgatan. Op het Södermalmstorg koopt ze een boeket rode rozen en bedenkt dat Stefan misschien ook rozen voor haar heeft gekocht.

Ze is opgelucht dat ze de moeilijke opdracht om te infiltreren bij Jurek Walter op de forensisch psychiatrische afdeling heeft afgewezen.

Met grote passen stormt ze de trap op, doet de deur van het slot, hoort pianomuziek en glimlacht bij zichzelf. Ze loopt naar binnen, ziet Stefan achter de piano zitten en blijft staan. Het blauwe overhemd hangt open. Er staat een flesje bier naast hem en de kamer ruikt naar sigarettenrook.

'Schat,' zegt ze na een poosje. 'Het spijt me... ik wil dat je weet dat het me spijt wat er gisteren gebeurd is...'

Hij speelt door, vloeiend en fonkelend.

'Het spijt me,' zegt ze ernstig.

Stefans gezicht is afgewend, maar ze hoort toch wat hij zegt.

'Ik wil nu niet met je praten.'

Saga steekt hem het boeket toe en probeert te glimlachen.

'Het spijt me,' herhaalt ze. 'Ik weet dat ik ontzettend lastig was, maar ik...'

'Ik ben aan het spelen,' kapt hij haar af.

'Maar we moeten het hebben over wat er is gebeurd.'

'Ga weg,' zegt hij met luide stem.

'Sorry dat...'

'En doe die deur goddomme achter je dicht.'

Hij staat op en wijst naar de hal. Saga laat de bloemen op de grond vallen, loopt naar hem toe en geeft een duw tegen zijn borst. Die is zo hard dat hij een stap naar achter doet, de pianokruk omverstoot en de bladmuziek van de standaard gooit. Ze loopt achter hem aan, klaar om te slaan als hij in de tegenaanval gaat, maar Stefan blijft met hangende armen staan en kijkt haar aan.

'Het werkt niet,' zegt hij alleen maar.

'Ik ben een beetje uit balans,' zegt ze.

Hij zet de pianokruk overeind en raapt de bladmuziek bij elkaar. Angst borrelt in haar op en ze doet een pas achteruit.

'Ik wil je geen verdriet doen,' zegt hij met een holle stem die haar angst doet omslaan in paniek.

'Wat is er?' vraagt ze en ze voelt zich misselijk.

'Het werkt niet, we kunnen geen relatie hebben, we...'

Hij zwijgt en ze probeert te glimlachen, probeert te functioneren, maar haar voorhoofd is nat van koud zweet en ze voelt zich duizelig.

'Omdat ik gisteravond lastig was?' weet ze uit te brengen.

Stefan kijkt haar bedeesd aan.

'Je bent de mooiste vrouw die ik ooit heb gezien, de mooiste die er bestaat... en je bent slim en grappig en ik zou de gelukkigste man van de wereld moeten zijn... Ik zal er vast mijn hele leven spijt van hebben, maar volgens mij moet ik het uitmaken.'

'Ik begrijp het nog steeds niet,' fluistert ze. 'Omdat ik kwaad werd... omdat ik stoorde terwijl jij zat te spelen?'

'Nee, het...'

Hij gaat weer zitten en schudt zijn hoofd.

'Ik kan veranderen,' zegt ze, en ze kijkt hem even aan voordat ze doorgaat. 'Maar het is zeker al te laat?'

Als hij knikt, draait ze zich om en verlaat de kamer. Ze loopt naar de hal, tilt het oude krukje uit Dalarna op en knalt het tegen de spiegel. De scherven donderen als een grote ijsschots naar beneden en versplinteren op de plavuizen. Ze stoot de voordeur open, rent de trap af en stormt recht het stralend blauwe winterlicht in.

61

Saga rent over de stoep met aan de ene kant de gevels en aan de andere kant de sneeuwwal. Ze inhaleert de ijzige lucht zo diep dat haar longen er rauw van aanvoelen. Ze steekt over, rent door het parkje Mariatorget, blijft aan de overkant van de Hornsgatan staan en pakt sneeuw van het dak van een auto, drukt het tegen haar hete, brandende ogen en draaft dan de rest van de weg naar huis.

Haar handen beven als ze de deur openmaakt. Als ze de hal binnenstapt en de deur achter zich dichttrekt, ontglipt haar een eenzame jammerende kreet.

Saga laat de sleutels op de grond vallen, schopt haar schoenen uit en loopt rechtstreeks naar haar slaapkamer.

Ze pakt de telefoon, toetst het nummer in en blijft roerloos staan wachten. Na zes keer overgaan wordt ze doorverbonden met zijn voicemail. Ze luistert zijn mededeling niet af, maar knalt het toestel zo hard ze kan tegen de muur.

Ze wankelt, leunt naar voren en zoekt steun bij de ladekast.

Met al haar kleren aan gaat ze op het tweepersoonsbed liggen en kruipt als een foetus in elkaar. Ze weet heel goed wanneer ze zich voor het laatst zo heeft gevoeld. Toen ze als klein meisje wakker werd in de armen van haar dode moeder.

Saga Bauer weet niet meer precies hoe oud ze was toen haar moeder ziek werd. Maar ze was vijf toen ze begreep dat haar moeder een ernstige hersentumor had. De ziekte veranderde haar moeder op een vreselijke manier. Door de chemo werd ze afwezig en steeds humeuriger.

Haar vader was bijna nooit thuis. Zijn trouweloosheid is nog steeds onverteerbaar voor haar. Als volwassen vrouw heeft ze zich geprobeerd voor te houden dat het zwak maar menselijk was. Ze probeert het voor zichzelf te herhalen, maar de woede die ze jegens hem voelt, wil niet wijken. Het is volstrekt onbegrijpelijk dat hij zijn snor drukte en zo'n zware last overliet aan zijn dochtertje. Ze wil er niet aan denken en heeft het er nooit over, dan wordt ze alleen maar kwaad.

De nacht dat de ziekte haar uiteindelijk nekte, was haar moeder zo moe dat ze hulp nodig had om haar medicijnen in te nemen. Saga gaf haar de ene tablet na de andere en rende weg om het glas met water te vullen.

'Ik kan niet meer,' fluisterde haar moeder.

'Je moet volhouden, mama.'

'Bel papa en zeg dat ik hem nodig heb.'

Saga deed wat haar moeder vroeg en zei tegen haar vader dat hij naar huis moest komen.

'Mama weet dat ik dat niet kan,' antwoordde hij.

'Maar je moet komen, ze kan niet meer...'

Later die avond was haar moeder heel zwak, ze at niet meer en slikte alleen nog medicijnen en schold Saga de huid vol toen ze de pot op de grond liet vallen. Haar moeder had vreselijke pijn en Saga probeerde haar te troosten.

Ze vroeg Saga papa te bellen om te zeggen dat ze voor de ochtend dood zou zijn.

Saga huilde en zei dat ze niet dood mocht gaan, dat ze niet wilde leven als haar moeder doodging. De tranen liepen in haar mond toen ze haar vader nog een keer belde. Ze zat op de grond en hoorde haar eigen gehuil en de welkomstboodschap op het antwoordapparaat van haar vader.

'Bel... bel papa,' fluisterde haar moeder.

'Dat probeer ik,' huilde Saga.

Toen haar moeder eindelijk sliep, knipte Saga het schemerlampje uit en bleef even bij het bed staan. Haar moeders lippen glansden en ze ademde zwaar. Saga kroop in haar warme armen en viel uitgeput in slaap. Ze sliep dicht tegen haar moeder aan tot ze de volgende ochtend wakker werd omdat ze het koud had.

Saga staat op van het bed, kijkt naar de brokstukken van de kapotte telefoon, trekt haar jas uit en laat hem op de grond vallen, loopt naar de keuken, pakt een schaar en gaat naar de badkamer. Ze kijkt naar zichzelf in de spiegel, ziet John Bauers lieftallige prinses en bedenkt dat ze een eenzaam meisje zou kunnen redden. Misschien ben ik de enige die Felicia kan redden, denkt ze, en ze kijkt ernstig naar haar eigen spiegelbeeld.

62

Slechts twee uur nadat Saga Bauer haar chef had meegedeeld dat ze van gedachten was veranderd en de opdracht aannam, was er een vergadering belegd.

Nu zitten Carlos Eliasson, Verner Zandén, Nathan Pollock en Joona Linna te wachten in een topappartement aan Tantogatan 71 met uitzicht over het besneeuwde ijs van de Årstaviken en het regenboogvormige vakwerk van de spoorbrug.

Het appartement is modern ingericht, met strakke witte meubels en ingebouwde spotjes. Op de grote eetkamertafel in de woonkamer liggen sandwiches van de Non Solo Bar. Carlos verstijft en staart Saga alleen maar aan als ze binnenkomt. Verner stokt midden in een zin en kijkt bijna angstig, en Nathan zakt met een verdrietige blik aan de tafel in elkaar.

Saga heeft haar lange haar afgeschoren. Op meerdere plekken zijn snijwonden zichtbaar.

Haar ogen zijn opgezet van het huilen.

Het bleke, mooie hoofd komt in alle gratie naar voren, de kleine oren en de lange, ranke hals.

Joona Linna loopt meteen naar haar toe en omhelst haar. Ze houdt hem even stevig vast, drukt haar wang tegen zijn borstkas en hoort zijn hart kloppen.

'Je hoeft dit niet te doen,' zegt hij met zijn mond tegen haar hoofd.

'Ik wil het meisje redden,' antwoordt ze.

Ze houdt hem nog even vast en loopt dan de keuken in.

'Je kent iedereen,' zegt Verner en hij trekt een stoel onder de tafel vandaan.

'Ja,' knikt Saga.

Ze gooit haar donkergroene parka op de grond en gaat zitten. Ze heeft haar gebruikelijke outfit aan, een zwarte spijkerbroek en een trainingsjack van de boksclub.

'Als je echt bereid bent om undercover te gaan op de afdeling waar Jurek Walter zit, dan zullen we onmiddellijk tot actie overgaan,' zegt Carlos, niet in staat zijn enthousiasme onder stoelen of banken te steken.

'Ik heb je arbeidsovereenkomst doorgekeken, en er zijn dingen die beter kunnen,' zegt Verner snel.

'Mooi,' mompelt ze.

'Misschien hebben we ruimte voor loonsverhoging en...'

'Dat interesseert me nu even geen reet,' valt ze hem in de rede.

'Je bent je ervan bewust dat er risico's aan de opdracht kleven?' vraagt Carlos voorzichtig.

'Ik wil dit doen,' antwoordt ze stellig.

Verner pakt een grijze mobiele telefoon uit zijn tas, legt hem op tafel naast zijn gebruikelijke mobieltje, schrijft een kort sms'je en kijkt haar aan.

'Zal ik het proces in gang zetten?' vraagt hij.

Als ze knikt, verstuurt hij het bericht met een kort, suizend geluid.

'We hebben een paar uur om je voor te bereiden op wat je te wachten staat,' zegt Joona.

'Begin maar,' zegt ze kalm.

De mannen halen snel mappen tevoorschijn, openen hun laptops en spreiden materiaal uit. Saga krijgt kippenvel op haar armen als ze beseft hoeveel er al is voorbereid.

De tafel wordt bedekt met kaarten van het terrein rondom het Löwenströmska-ziekenhuis, het tunnelsysteem en detailtekeningen van de forensisch psychiatrische afdeling en de beveiligde eenheid.

'Het gerechtshof in Uppsala zal een vonnis uitspreken en morgenochtend vroeg word je overgebracht naar de vrouwenafdeling van het huis van bewaring,' legt Verner uit. ''s Ochtends word je naar het Karsuddens-ziekenhuis in Katrineholm gebracht. Dat duurt ongeveer een uur. Dan ligt het besluit van de Dienst Gevangeniswezen tot overplaatsing naar het Löwenströmska-ziekenhuis al klaar.'

'Ik heb een voorstel voor een diagnose waar je naar moet kijken,' zegt

Nathan, en hij glimlacht voorzichtig naar Saga. 'Je hebt een geloofwaardige ziektegeschiedenis nodig, met Kinder- en Jeugdpsychiatrie en noodmaatregelen, plaatsingen, behandelingen en verschillende soorten medicatie tot op de dag van vandaag.'

'Ik begrijp het,' antwoordt ze.

'Heb je ziektes of allergieën waar we van op de hoogte moeten zijn?'

'Nee.'

'Geen problemen met je lever of hart?'

63

Buiten het geleende appartement in de Tantogatan valt natte sneeuw. Er klinkt snel getik als de vlokken het glas raken. In de lichte boekenkast staat een ingelijste foto van een gezin in een zwembad. De neus van de vader is roodverbrand en de twee kinderen houden lachend twee grote, opblaasbare krokodillen omhoog.

'Het uitgangspunt is dat we echt ontzettend veel haast hebben,' zegt Nathan.

'We weten zelfs niet of Felicia nog leeft,' zegt Carlos terwijl hij met zijn pen op tafel trommelt. 'Maar als ze nog leeft, dan is de kans groot dat ze de veteranenziekte heeft.'

'Dan hebben we mogelijk een week,' zegt Nathan.

'In het ergste geval is ze aan haar lot overgelaten,' zegt hij zonder de stress in zijn stem te kunnen verbergen.

'Hoe bedoel je?' vraagt Saga. 'Ze heeft het meer dan tien jaar volgehouden en...'

'Ja, maar een mogelijke verklaring,' valt Verner haar in de rede, 'een mogelijke verklaring voor het feit dat Mikael heeft kunnen ontsnappen, is dat de medeplichtige van Walter ziek is geworden of...'

'Hij kan ook overleden zijn, of misschien is hij er gewoon vandoor gegaan,' zegt Carlos.

'We gaan het niet halen,' fluistert Saga.

'We móéten het halen,' zegt Carlos vlug.

'Als Felicia zonder water zit, kunnen we niets doen, dan sterft ze vandaag of morgen,' zegt Nathan. 'Als ze net zo ziek is als Mikael, dan leeft ze vermoedelijk nog een week, maar dan maken we in elk geval een kans... dan is er een hypothetische mogelijkheid, ook al zijn de verwachtingen slecht.'

'Als ze wel water maar geen eten heeft, dan hebben we misschien drie, vier weken,' zegt Verner.

'We weten haast niets,' zegt Joona. 'We weten niet of de medeplichtige er nog gewoon is, of dat hij Felicia heeft ingegraven.'

'Misschien is hij van plan haar nog twintig jaar in de capsule te houden,' zegt Carlos met onvaste stem.

'Het enige wat we weten is dat ze in leven was toen Mikael ontsnapte,' gaat Joona verder.

'Ik kan er niet meer tegen,' zegt Carlos en hij staat op. 'Ik zou het liefst in mijn bed gaan liggen janken als ik denk aan...'

'Daar hebben we nu geen tijd voor,' kapt Verner hem af.

'Ik probeer alleen te zeggen dat...'

'Ik weet het, ik ben het met je eens,' zegt Verner met stemverheffing. 'Maar over iets meer dan een uur heeft de Dienst Gevangeniswezen een spoedvergadering om het formele besluit te nemen patiënten over te plaatsen naar de beveiligde eenheid in het Löwenströmska-ziekenhuis en dan...'

'Ik begrijp nog niet eens wat de opdracht is,' zegt Saga.

'En dan moeten we haar nieuwe identiteit af hebben,' gaat Verner door, en hij steekt kalmerend zijn hand op naar Saga. 'We moeten je ziektegeschiedenis en het forensisch psychiatrisch rapport af hebben. Het vonnis van de rechtbank moet worden ingeschreven in het justitieel register en de tijdelijke plaatsing in het Karsuddens-ziekenhuis moet geregeld zijn.'

'We moeten opschieten,' zegt Nathan.

'Maar Saga vraagt wat haar opdracht is,' zegt Joona.

'Het is gewoon verdomd lastig voor me... ik bedoel, om in te schatten wat jullie precies bedoelen, en ik weet niet wat er van me verwacht wordt... concreet,' zegt Saga.

Nathan houdt haar een plastic hoesje voor.

'Op de eerste dag moet je een microfoontje in het dagverblijf plaatsen, een fiberoptische ontvanger en zender,' zegt Verner.

Nathan geeft haar het hoesje met de microfoon.

'Moet ik die anaal naar binnen smokkelen?' vraagt ze.

'Nee, je krijgt gegarandeerd een volledige visitatie,' antwoordt Verner.

'Je moet hem inslikken en weer uitbraken voordat hij in je twaalfvingerige darm terechtkomt... en weer inslikken,' legt Nathan uit.

'Wacht nooit langer dan vier uur,' zegt Verner.

'En dat moet ik volhouden tot ik de microfoon in het dagverblijf heb geplaatst,' zegt Saga.

'We zetten een busje bij het ziekenhuis met agenten die alles realtime volgen,' vertelt Nathan.

'Oké, tot zover begrijp ik het,' zegt Saga. 'Geef me een vonnis van de rechtbank, geef me een hele zooi forensisch psychiatrische verpleging enzovoort enzovoort...'

'Dat is nodig omdat...'

'Laat me even uitpraten,' kapt ze hem af. 'Ik begrijp... ik krijg de juiste achtergrond, beland op de juiste afdeling en slaag erin de microfoon te plaatsen, maar...'

Haar blik is hard en haar lippen zijn bleek als ze hen een voor een aankijkt: 'Maar waarom... waarom zou Jurek Walter mij in godsnaam iets vertellen?'

64

Nathan is opgestaan, Carlos houdt beide handen voor zijn gezicht en Verner klooit met zijn mobiel.

'Ik begrijp niet waarom Jurek Walter met mij zou praten,' herhaalt Saga.

'Het is inderdaad een gok,' zegt Joona.

'Deze afdeling bestaat uit drie aparte, beveiligde kamers en een gemeenschappelijk dagverblijf met een loopband en tv achter gepantserd glas,' legt Verner uit. 'Jurek Walter zit al dertien jaar alleen op deze eenheid, en ik weet niet hoe vaak hij gebruikmaakt van het dagverblijf.'

Nathan Pollock schuift de tekening van de beveiligde eenheid naar voren en wijst Walters kamer met het belendende dagverblijf aan.

'Als we heel veel pech hebben, dan laat het personeel de patiënten niet met elkaar in contact komen... daar hebben we geen enkele invloed op,' erkent Carlos.

'Dat begrijp ik,' zegt Saga beheerst. 'Maar wat me vooral bezighoudt, is dat ik geen idee... echt geen fucking idee heb hoe ik Jurek Walter zou kunnen benaderen.'

'We denken dat je moet vragen of je een advocaat van het gerechtshof mag spreken om een verzoek in te dienen voor een nieuwe risicoanalyse,' zegt Carlos.

'Aan wie moet ik dat vragen?' vraagt ze.

'Chef-arts Roland Brolin,' antwoordt Verner, en hij legt een foto voor haar neer.

'Walter heeft beperkingen opgelegd gekregen,' zegt Nathan. 'Dus hij zal je goed in de gaten houden en je waarschijnlijk vragen stellen, want het bezoek dat jij krijgt is voor hem een venster op de buitenwereld.'

'Wat kan ik van hem verwachten? Wat wil hij?' vraagt Saga.

'Hij wil ontsnappen,' antwoordt Joona hard.

'Ontsnappen?' herhaalt Carlos ongelovig, en hij tikt op een stapel rapporten. 'Hij heeft al die tijd geen enkele vluchtpoging gedaan...'

'Hij probeert het niet omdat hij weet dat het niet zal lukken,' valt Joona hem in de rede.

'En jullie denken dat hij in deze situatie iets zal zeggen wat naar de capsule kan leiden?' vraagt Saga zonder haar scepsis te kunnen verbergen.

'We weten inmiddels dat Walter een medeplichtige heeft... wat betekent dat hij in staat is om andere mensen te vertrouwen,' zegt Joona.

'Hij is dus niet paranoïde,' zegt Nathan.

'Dat verbetert de zaak,' zegt Saga glimlachend.

'Niemand van ons denkt dat Walter iets rechtstreeks zal bekennen,' zegt Joona. 'Maar als je hem aan het praten weet te krijgen, dan zal hij vroeg of laat iets zeggen wat ons dichter bij Felicia brengt.'

'Jij hebt hem toch gesproken,' zegt Saga tegen Joona.

'Ja, hij heeft met mij gepraat omdat hij hoopte dat ik mijn getuigenis zou veranderen... maar al die tijd heeft hij zich geen enkele keer iets persoonlijks laten ontvallen.'

'Dus waarom zou hij dat tegenover mij dan wel doen?'

'Omdat jij uitzonderlijk bent,' antwoordt Joona en hij kijkt haar in de ogen.

65

Saga staat op, slaat haar armen om zichzelf heen en staart roerloos naar de natte sneeuw buiten.

'Het lastige is dat we een overplaatsing naar de beveiligde eenheid in het Löwenströmska-ziekenhuis moeten motiveren, en tegelijkertijd een misdrijf en een diagnose moeten zien te vinden die tot niet al te zware medicatie leidt,' zegt Verner.

'De opdracht is gedoemd te mislukken als je wordt vastgebonden of elektroshocks krijgt,' zegt Nathan zakelijk.

'Shit,' fluistert ze en ze draait zich weer om.

'Jurek Walter is intelligent,' zegt Joona. 'Hij is niet makkelijk te manipuleren en het is heel gevaarlijk om tegen hem te liegen.'

'We moeten een perfecte identiteit creëren,' zegt Verner en hij laat zijn blik op Saga rusten.

'Ik heb er grondig over nagedacht en ik denk dat ik je in principe een schizoïde persoonlijkheidsstoornis wil geven,' zegt Nathan, en hij tuurt naar haar met zijn ogen tot zwarte spleetjes geknepen.

'Is dat afdoende?' vraagt Carlos.

'Als we er terugkerende psychoses aan toevoegen en een gewelddadige inslag...'

'Oké,' knikt Saga terwijl er rode vlekken op haar wangen verschijnen.

'Op acht milligram Trilafon drie keer per dag hou je je rustig,' zegt hij.

'Hoe gevaarlijk is deze opdracht eigenlijk?' vraagt Verner uiteindelijk, omdat Saga de vraag zelf niet stelt.

'Walter is heel gevaarlijk, de andere gevangene die tegelijk met Saga arriveert is ook gevaarlijk, en als ze daar eenmaal zit kunnen we de behandeling niet beïnvloeden,' antwoordt Nathan eerlijk.

'Dus we kunnen de veiligheid van mijn agent überhaupt niet garanderen?' zegt Verner.

'Nee,' antwoordt Carlos.

'Ben je je daarvan bewust, Saga?' vraagt Verner.

'Ja.'

'Slechts een kleine, selecte groep is van de opdracht op de hoogte en we hebben geen enkel zicht op de beveiligde eenheid,' zegt Nathan. 'Dus als we je om de een of andere reden niet via de microfoon horen, dan breken we de opdracht na zevenentwintig uur af – alleen moet je je in die periode zelf zien te redden.'

Joona legt een detailplattegrond van de beveiligde eenheid voor Saga neer en wijst met een pen op het dagverblijf.

'Zoals je ziet zijn hier sluizen... en drie automatische deuren,' zegt Joona. 'Het is niet makkelijk, maar bij een absolute noodsituatie moet je proberen je hier te verschansen, en misschien ook hier en hier... En als je buiten deze sluis bent, zijn de operatorruimte en deze voorraadkamer de beste opties.'

'Is het mogelijk voorbij deze doorgang te komen?' wijst ze.

'Ja, maar niet langs deze,' zegt hij en hij zet kruisen boven de deuren die zonder toegangspasje en cijfercode onmogelijk te forceren zijn.

'Je sluit jezelf in en wacht op hulp...'

Carlos begint in zijn papieren op tafel te bladeren.

'Maar als er iets misgaat in een later stadium, dan wil ik je erop wijzen...'

'Wacht even,' valt Joona hem in de rede. 'Heb je de plattegrond in je hoofd?'

'Ja,' antwoordt Saga.

Carlos haalt de grote kaart van het terrein rondom het ziekenhuis tevoorschijn.

'In eerste instantie komen we hier met een reddingswagen,' zegt hij, en hij wijst naar de weg achter het ziekenhuis. 'We parkeren naast de grote luchtplaats... Maar als je die niet kunt bereiken, dan loop je het bos in tot dit punt.'

'Oké,' zegt ze.

'Het arrestatieteam gaat waarschijnlijk hier naar binnen... en door deze tunnel, een beetje afhankelijk van hoe het alarm werkt.'

'Zolang je de opdracht geheim weet te houden, kunnen we je eruit krijgen en de werkelijkheid herstellen,' zegt Verner. 'Het is allemaal nooit gebeurd, we wijzigen het justitieel register weer, je hebt geen vonnis en je bent nooit ergens opgenomen geweest.'

Er valt een stilte in de kamer. Plotseling lijkt het onwaarschijnlijke van deze opdracht gruwelijk duidelijk te worden.

'Wie van jullie gelooft er eigenlijk in mijn opdracht?' vraagt Saga zacht.

Carlos knikt onzeker en mompelt iets.

Joona schudt alleen zijn hoofd.

'Misschien,' zegt Nathan. 'Maar het is een moeilijke en gevaarlijke opdracht.'

'Doe je best,' zegt Verner en hij legt zijn grote hand even op haar schouder.

66

Saga neemt Nathans uitvoerige profiel mee naar een roze slaapkamer met foto's van Bella Thorne en Zendaya aan de muren. Een kwartier later keert ze terug naar de keuken. Ze loopt langzaam en blijft midden in de ruimte staan. De schaduwen van haar lange wimpers trillen op haar wangen. De mannen vallen stil en richten hun blik op de tengere gestalte met het kaalgeschoren hoofd.

'Ik heet Natalie Andersson en heb een schizoïde persoonlijkheidsstoornis, waardoor ik nogal introvert ben,' zegt ze en ze gaat op een stoel zitten. 'Maar ik heb ook terugkerende psychoses, met een enorm gewelddadige inslag. Daarom krijg ik Trilafon. Op dit moment volstaat acht milligram, drie keer per dag. De tabletten zijn klein en wit... en ze bezorgen me zulke pijnlijke borsten dat ik niet op mijn buik kan slapen. Ik krijg ook Cipramil, dertig milligram... of Seroxat, twintig milligram.'

Terwijl ze praat heeft ze ongemerkt de minuscule microfoon tevoorschijn gehaald die ze in de tailleband van haar broek had verstopt.

'Toen ik op mijn slechtst was kreeg ik ook injecties Risperdal... en Oxascand tegen de bijwerkingen...'

Onder dekking van het tafelblad haalt ze het beschermplastic van de plakstrip en ze drukt de microfoon snel onder de tafel vast.

'Voor het Karsuddens-ziekenhuis en het vonnis van de rechtbank in Uppsala ben ik weggelopen uit de open psychiatrische inrichting in Bålsta en heb ik in Knivsta een man gedood bij de speelplaats achter de Gredelby-school, en tien minuten later een andere man op de oprit van zijn huis aan de Daggvägen...'

Het microfoontje laat los van de tafel en valt op de grond.

'Na mijn arrestatie ben ik opgenomen op de afdeling Acute Psychiatrie van het academisch ziekenhuis, ik kreeg twintig milligram Stesolid en honderd milligram Cisordinol in mijn bil en werd elf uur vastgebonden in bed, en daarna kreeg ik ijskoude Chlomethiazole te drinken... en ik werd snotterig en kreeg ontzettende koppijn.'

Nathan Pollock klapt in zijn handen. Joona bukt zich en raapt de microfoon op.

'De lijm heeft vier seconden nodig om te harden,' zegt hij glimlachend.

Saga pakt de microfoon aan, kijkt ernaar en draait hem rond in haar hand.

'Zijn we het eens over deze identiteit?' vraagt Verner. 'Over zeven minuten moet ik je inschrijven in het justitieel register.'

'Ik vind het goed klinken,' zegt Nathan. 'Maar vanavond moet je zorgen dat je de regels leert die gelden in Bålsta en dat je de namen en het uiterlijk van het personeel en de andere patiënten weet.'

Verner knikt instemmend naar Nathan en staat op. Met zijn diepe stem vertelt hij dat een infiltrant elk detail van zijn achtergrond vlekkeloos moet kennen om niet te worden ontmaskerd.

'Je moet één worden met je nieuwe identiteit en zonder na te denken telefoonnummers kunnen oplepelen en verzonnen familieleden, verjaardagen, adressen waar je hebt gewoond, huisdieren die je hebt gehad, persoonsnummer, scholen, leraren, werkgevers, collega's en hun eigenaardigheden en...'

'Maar ik denk dat dit de verkeerde manier is,' kapt Joona af.

Verner zwijgt met open mond en richt zijn blik op Joona. Carlos wordt nerveus en met zijn hand veegt hij de kruimels op tafel bij elkaar. Nathan Pollock leunt achterover en glimlacht verwachtingsvol.

'Dat kan ik allemaal uit mijn hoofd leren,' zegt Saga.

Joona knikt rustig en kijkt haar aan. Zijn blik is donker als lood geworden.

'Omdat Samuel Mendel niet meer leeft,' zegt Joona, 'kan ik jullie wel vertellen dat hij bijzonder veel kennis had over infiltratie voor langere tijd... of zogeheten undercoveroperaties.'

'Samuel?' vraagt Carlos sceptisch.

'Ik kan niet vertellen hoe en wat, maar hij wist waar hij het over had,' zegt Joona.

'Zat hij bij de Mossad?' vraagt Verner.

'Ik kan alleen zeggen dat... toen hij over zijn methode vertelde, begreep ik dat hij gelijk had en daardoor heb ik het altijd onthouden,' antwoordt Joona.

'Alle methodes zijn ons bekend,' zegt Verner gestrest.

'Als je undercover werkt, dan moet je zo weinig mogelijk praten en altijd in korte zinnen,' gaat Joona van start.

'Waarom korte zinnen?'

'Wees authentiek,' richt Joona zich tot Saga. 'Veins geen gevoelens, veins geen woede of vreugde en meen altijd wat je zegt.'

'Oké,' antwoordt Saga afwachtend.

'En het allerbelangrijkste,' gaat Joona door. 'Zeg nooit iets anders dan de waarheid.'

'De waarheid,' herhaalt Saga.

'Wij zorgen ervoor dat je je diagnoses krijgt,' legt Joona uit. 'Maar jij moet beweren dat je gezond bent.'

'Omdat dat waar is,' fluistert Verner.

'Je hoeft zelfs niet op de hoogte te zijn van je eigen misdrijven – je beweert gewoon dat het pure leugens zijn.'

'Want dan lieg ik niet,' zegt Saga.

'Potverdikkeme,' zegt Verner. 'Potverdikkeme.'

Saga's gezicht wordt helemaal warm als ze begrijpt wat Joona bedoelt. Ze slikt en zegt langzaam: 'Dus als Jurek Walter vraagt waar ik woon, dan zeg ik gewoon dat ik in de Tavastgatan in Södermalm woon?'

'Zo herinner je je antwoorden als hij er vaker naar vraagt.'

'Als hij naar Stefan vraagt, dan vertel ik de waarheid?'

'Dat is de enige manier om authentiek te zijn én je te herinneren wat je hebt gezegd.'

'Stel dat hij vraagt wat voor werk ik doe,' lacht ze. 'Moet ik dan zeggen dat ik inspecteur bij de veiligheidsdienst ben?'

'In de forensische psychiatrie werkt dat absoluut,' zegt Joona met een glimlach. 'Maar in andere gevallen... als je een vraag krijgt die je zou kunnen ontmaskeren, dan kun je beter geen antwoord geven... omdat dat een volstrekt eerlijke reactie is – je wilt immers echt niet antwoorden.'

Verner krabt glimlachend aan zijn hoofd. De stemming in de keuken is plotseling opgewekt.

'Nu begin ik erin te geloven,' zegt Nathan tegen Saga. 'We maken een forensisch psychiatrisch rapport en schrijven een vonnis in, maar je antwoordt gewoon zoals het is.'

Saga staat op van tafel en haar gezicht is volkomen kalm als ze zegt: 'Ik heet Saga Bauer en ik ben gezond en onschuldig.'

67

Nathan Pollock gaat naast Verner Zandén zitten, die met de twaalfcijferige code inlogt in het justitieel register. Samen voeren ze de datum in van de vervolging, de schriftelijke aanklacht en de rechtszitting. Ze formuleren de categorie van het misdrijf, de conclusie van het forensisch psychiatrisch rapport en dat de rechtbank in Uppsala de beklaagde schuldig heeft bevonden aan twee buitengewoon gewelddadige gevallen van doodslag.

Tegelijkertijd schrijft Carlos haar misdrijf, het vonnis en de strafrechtelijke gevolgen in in het strafregister van de rijksrecherche.

Verner gaat door naar het register forensische geneeskunde, voegt het forensisch psychiatrisch rapport toe, en glimlacht breed bij zichzelf.

'Hoe zitten we met de tijd?' vraagt Saga.

'Behoorlijk goed, volgens mij,' zegt Verner en hij kijkt op zijn horloge. 'Over twee minuten gaat de Dienst Gevangeniswezen aan tafel voor een spoedvergadering... en dan kijken ze naar wat er in het justitieel register staat... en nemen het besluit om twee patiënten over te plaatsen naar de beveiligde eenheid van het Löwenströmska-ziekenhuis.'

'Jullie hebben nooit uitgelegd waarom er twéé nieuwe patiënten zijn,' zegt Saga.

'Omdat dan niet alle aandacht op jou gericht is,' antwoordt Nathan.

'We denken dat Jurek Walter misschien achterdochtig wordt als er na al die jaren plotseling een nieuwe patiënt opduikt,' legt Carlos uit, 'maar als er eerst een patiënt uit het gesloten paviljoen van het Säters-ziekenhuis komt... en een dag later eentje uit het Karsuddens-ziekenhuis, dan ontkom je hopelijk aan een deel van zijn belangstelling.'

'Je wordt overgeplaatst omdat je gewelddadig en vluchtgevaarlijk bent... en de andere patiënt heeft zelf om overplaatsing gevraagd,' legt Nathan uit.

'Nu laten we Saga gaan,' zegt Verner.

'Morgenavond slaap je in het Karsuddens-ziekenhuis,' zegt Nathan.

'Tegen je verwanten moet je zeggen dat je op een geheime missie naar het buitenland gaat,' begint Verner. 'Iemand moet voor je post, huisdieren, planten...'

'Dat regel ik,' kapt ze hem af.

Joona pakt haar parka van de grond en houdt hem voor haar op, zodat ze haar armen erin kan steken.

'Weet je de regels nog?' vraagt hij zacht.

'Praat weinig en in korte zinnen, meen wat je zegt en hou je aan de waarheid.'

'Ik heb er nog een,' zegt Joona. 'Hij is nogal persoonlijk, maar Samuel zei dat je moet vermijden om over je ouders te praten.'

Ze haalt haar schouders op.

'Oké.'

'Ik heb geen idee waarom hij dat zo belangrijk vond.'

'Het lijkt me verstandig om naar de raadgevingen van Samuel te luisteren,' zegt Verner instemmend.

'Ja, mij ook.'

Carlos stopt twee sandwiches in een zakje en geeft ze aan Saga.

'Ik moet je er nog op wijzen dat je daarbinnen patiënt bent, enkel en alleen dat... je hebt dus geen politionele taken of bevoegdheden,' zegt hij ernstig.

Saga kijkt hem vastberaden aan.

'Dat weet ik.'

'Het is belangrijk dat je dat begrijpt, zodat we je na afloop zo nodig kunnen beschermen,' zegt Verner.

'Ik ga naar huis om een beetje te rusten,' zegt Saga zacht, en ze loopt naar de hal.

Terwijl ze op een krukje haar veters strikt, komt Joona de hal in. Hij gaat op zijn hurken naast haar zitten.

'Binnenkort is het te laat om van gedachten te veranderen,' fluistert hij.

'Ik wil dit doen,' zegt ze glimlachend terwijl ze hem aankijkt.

'Dat weet ik,' zegt Joona. 'Het gaat goed, als je maar niet vergeet hoe gevaarlijk Walter is. Hij manipuleert mensen, verandert ze, rukt hun ziel uit...'

'Ik laat Walter niet toe in mijn hoofd,' zegt ze zelfverzekerd. Ze staat op en doet haar jas dicht.

'Hij is als...'

'Maar ik ben een sterke vrouw,' valt ze hem in de rede.

'Dat weet ik.'

Joona houdt de deur voor haar open en loopt met haar mee het trappenhuis in. Hij aarzelt en Saga leunt tegen de muur.

'Wat wil je zeggen?' vraagt ze vriendelijk.

Het blijft even stil. De lift staat roerloos te wachten op de verdieping. Buiten raast een auto met loeiende sirene voorbij.

'Walter zal er alles voor overhebben om te ontsnappen,' zegt Joona met zijn zware stem. 'Dat mag je nooit laten gebeuren. Je bent als een zuster voor me, Saga, maar het is beter dat je sterft dan dat je dat laat gebeuren.'

68

Anders Rönn zit aan de grote vergadertafel te wachten. Het is al half zes. In de grote, onpersoonlijke ruimte bevinden zich de gebruikelijke vertegenwoordigers van de ziekenhuisdirectie, twee afgevaardigden van Algemene Psychiatrie, chef-arts Roland Brolin en hoofd bewaking Sven Hoffman.

Directeur Rikard Nagler zit nog aan de telefoon en krijgt een glas ijsthee van zijn secretaresse.

De sneeuw valt langzaam uit de laaghangende lucht.

De gesprekken in de kamer verstommen als de directeur zijn lege glas op tafel zet, zijn mond afveegt en de vergadering voor geopend verklaart.

'Mooi dat iedereen kon komen,' zegt hij. 'Een uur geleden kreeg ik een telefoontje van de Dienst Gevangeniswezen.'

Het laatste geroezemoes ebt weg en het wordt stil in de kamer.

'Ze hebben besloten dat er op korte termijn nog twee patiënten op de beveiligde eenheid zullen worden opgenomen,' gaat hij verder. 'We zijn verwend met maar één patiënt... die oud en bedaard is.'

'Omdat hij wacht,' zegt Brolin ernstig.

'Ik heb jullie hier bij elkaar geroepen om jullie mening te horen over wat dit betekent voor de veiligheid en de algemene zorgsituatie,' vervolgt de directeur zonder acht te slaan op de opmerking van Brolin.

'Wat zijn het voor patiënten die ze hier willen laten opnemen?' vraagt Anders.

'Beiden hebben uiteraard het hoogste beveiligingsniveau,' antwoordt de directeur. 'De ene heeft in het gesloten paviljoen van het Säters-ziekenhuis gezeten en de andere op de forensisch psychiatrische afdeling van het Karsuddens-ziekenhuis na een...'

'Het gaat niet werken,' valt Brolin hem in de rede.

'Onze beveiligde eenheid is in principe gebouwd voor drie patiënten,' zegt de directeur geduldig. 'Het zijn andere tijden nu, er moet bezuinigd worden, we kunnen niet...'

'Ja, maar Jurek Walter is...'

Brolin zwijgt.

'Wat wilde je zeggen?'

'Het is onmogelijk voor ons om voor meerdere patiënten te zorgen,' zegt Brolin.

'Maar wij hebben een wettelijke plicht om ze op te nemen.'

'Verzin een uitvlucht.'

De directeur lacht vermoeid en schudt zijn hoofd.

'Jij hebt hem altijd als een monster gezien, maar hij...'

'Ik ben niet bang voor monsters,' kapt Brolin hem af. 'Maar ik ben verstandig genoeg om bang te zijn voor Jurek Walter.'

De directeur kijkt glimlachend naar de chef-arts en fluistert dan iets tegen zijn secretaresse.

'Ik ben hier tamelijk nieuw,' zegt Anders. 'Maar heeft Jurek Walter ooit voor problemen gezorgd?'

'Hij heeft Susanne Hjälm laten verdwijnen,' antwoordt Brolin.

Het wordt doodstil in de kamer. Een arts van Algemene Psychiatrie doet nerveus zijn bril af en zet hem meteen weer op.

'Ik heb gehoord dat ze verlof heeft... voor een onderzoeksproject of zo,' zegt Anders langzaam.

'We noemen het verlof,' zegt Brolin.

'Ik wil graag weten wat er gebeurd is,' zegt Anders, en hij voelt een doffe angst in zich opkomen.

'Susanne heeft een brief van Jurek Walter naar buiten gesmokkeld, maar ze kreeg spijt,' verklaart Brolin met neergeslagen ogen. 'Ze belde me en heeft me alles verteld. Ze was helemaal, ik weet het niet... ze huilde alleen maar en verzekerde me dat ze de brief had verbrand... En ik denk dat ze dat inderdaad had gedaan, want ze was bang en herhaalde dat ze nooit meer bij hem naar binnen wilde.'

'Ze heeft verlof genomen,' zegt de directeur, en hij bladert een beetje in zijn papieren.

Sommige aanwezigen lachen en andere kijken opgelaten. Hoofd

bewaking Sven Hoffman projecteert een afbeelding van de beveiligde eenheid op het witte scherm.

'Met het oog op de beveiliging is het geen probleem om meerdere patiënten op te nemen,' zegt hij stijfjes. 'Maar in de beginperiode zal er een verhoogde staat van paraatheid nodig zijn.'

'Jurek Walter mag geen andere mensen ontmoeten,' houdt Brolin koppig vol.

'Maar nu zal hij wel moeten... Wat de veiligheid betreft moeten jullie het maar zien op te lossen,' zegt de directeur en hij kijkt naar de andere aanwezigen.

'Het kan niet... en ik wil dat er in de notulen komt te staan dat ik alle verantwoordelijkheid voor de beveiligde eenheid afwijs, die moet dan maar onder Algemene Psychiatrie vallen of een eigen...'

'Overdrijf je nu niet een beetje?'

'Dit is nu precies waar Jurek Walter al die jaren op heeft zitten wachten,' antwoordt Brolin met een stem die schor klinkt van verontwaardiging.

Hij staat op en verlaat de kamer zonder verder iets te zeggen. De schaduwen van de sneeuwvlokken vallen langzaam over de muur met het whiteboard.

'Ik ben ervan overtuigd dat ik drie patiënten in de gaten kan houden, ongeacht hun diagnose,' zegt Anders langzaam, en hij leunt achterover in zijn stoel.

De andere aanwezigen kijken hem bevreemd aan, de directeur legt zijn pen neer en glimlacht vriendelijk.

'Ik begrijp niet wat het probleem is,' zegt hij en hij kijkt naar de deur waardoor Brolin is verdwenen.

'Ga door,' knikt de directeur.

'Het is gewoon een kwestie van medicatie,' zegt Anders.

'Je kunt ze toch niet platspuiten,' zegt Hoffman lachend.

'Tuurlijk kan dat wel, als het echt nodig is,' antwoordt Anders met zijn jongensachtige glimlach. 'In het Sankt Sigfrids-ziekenhuis bijvoorbeeld... daar waren we zo overbelast dat er gewoon geen ruimte was voor heel veel incidenten.'

Hij ziet de aandachtige blik van de directeur, trekt zorgeloos zijn wenkbrauwen op, spreidt zijn armen en zegt luchtig: 'We weten dat echt zware medicatie... het is misschien niet prettig voor de patiënt, maar als ik zorgverantwoordelijke op de beveiligde eenheid zou zijn, dan zou ik geen enkel risico nemen.'

69

Agnes zit op de grond in haar blauwe pyjama met hommels. Ze houdt de kleine, witte haarborstel in haar hand en voelt met haar vingertoppen aan elke stekel, een voor een, alsof ze ze telt. Anders zit voor haar met de barbiepop en wacht.

'Borstel het haar van de pop,' zegt hij.

Agnes kijkt niet naar hem, maar gaat door met elke stekel te betasten, langzaam en geconcentreerd.

Hij weet dat ze niet net zo spontaan speelt als andere kinderen, maar ze speelt op haar eigen manier. Ze begrijpt niet goed wat anderen zien en denken. Ze heeft haar barbies nooit bezield, enkel hun mechanische kanten onderzocht, hun armen en benen gebogen en hun hoofd rondgedraaid.

Maar door de cursussen die de Autisme- en Aspergervereniging organiseert heeft hij geleerd dat je het spelen kan trainen door het op te delen in kleine stukjes.

'Agnes? Borstel het haar van de pop,' herhaalt hij.

Ze stopt met friemelen, steekt de borstel uit en haalt hem door het blonde haar van de barbie en herhaalt die beweging twee keer.

'Wat heeft ze mooi haar gekregen,' zegt Anders.

Agnes begint weer aan de borstel te friemelen.

'Heb je gezien hoe mooi de pop is geworden?' vraagt hij.

'Ja,' antwoordt ze zonder te kijken.

Anders pakt de cindypop, maar hij krijgt geen kans iets te zeggen want Agnes buigt zich al naar voren en begint glimlachend het haar van de pop te borstelen.

Als Agnes drie uur later slaapt, gaat Anders op de bank voor de tv zitten en kijkt naar *Sex and the City.* Aan de voorkant van het huis vallen zware sneeuwvlokken in het gele schijnsel van de buitenverlichting.

Petra is naar een personeelsfeest. Victoria kwam haar om vijf uur ophalen. Ze zou het niet laat maken, maar nu is het al bijna elf uur.

Anders drinkt een slok koude thee en stuurt een sms'je naar Petra dat Agnes het haar van haar poppen heeft geborsteld.

Hij is moe, maar beseft dat hij wil vertellen over de vergadering in het ziekenhuis, dat hij de verantwoordelijkheid voor de beveiligde eenheid heeft overgenomen en dat hem een vaste aanstelling is toegezegd.

Tijdens de reclame gaat Anders het licht in Agnes' krappe kamertje uitdoen. Het nachtlampje heeft de vorm van een haas op ware grootte. De haas straalt een mooi roze licht uit en het zachte schijnsel valt op het laken en op Agnes' kalme gezicht.

De vloer is bedekt met lego, poppen, poppenmeubeltjes, plastic eten, pennen, diademen en een heel aardewerken serviesje.

Anders begrijpt niet hoe het zo'n rommel heeft kunnen worden.

Hij moet uitkijken waar hij loopt om nergens op te trappen. Zwak geratel van speelgoed dat over de houten vloer glijdt. Voorzichtig reikt hij naar de snoerschakelaar als hij een mes onder het bed denkt te zien liggen.

Het grote barbiehuis staat in de weg, maar toch ziet hij door de kleine deuropening het stalen lemmet.

Anders loopt er voorzichtig heen, bukt en zijn hart begint sneller te slaan als hij ziet dat het mes lijkt op dat wat hij in de isoleercel heeft gevonden.

Hij begrijpt het niet, hij heeft het mes immers aan Brolin gegeven?

Agnes begint onrustig te kreunen en brabbelen in haar slaap.

Anders kruipt over de vloer en steekt zijn hand in de benedenverdieping van het poppenhuis, duwt het deurtje wagenwijd open en reikt naar het mes.

De vloer kraakt zacht en Agnes ademt onregelmatig.

Er glanst iets in het donker onder haar bed. Misschien de glazen ogen van haar beer. Dat valt niet uit te maken door de kleine spijltjesramen van het poppenhuis.

'Ai,' fluistert Agnes in haar slaap, 'Ai, ai...'

Anders kan net met zijn vingertoppen bij het mes als hij twee glanzende ogen in een gerimpeld gezicht onder het bed ziet.

Het is Jurek Walter – en hij beweegt zich bliksemsnel, grijpt zijn hand en trekt.

Anders wordt wakker doordat hij zijn arm met een ruk naar zich toe haalt. Hijgend beseft hij dat hij op de bank voor de tv in slaap is gevallen. Hij zet hem uit, maar blijft met bonzend hart zitten.

Koplampen schijnen door het raam naar binnen. Een taxi draait op de keerlus en verdwijnt. Dan gaat de voordeur voorzichtig open.

Het is Petra.

Hij hoort haar naar de badkamer gaan om te plassen en de make-up van haar gezicht te halen. Langzaam komt hij dichterbij, ziet het licht van de badkamer in de gang.

70

Anders staat in het donker en bekijkt Petra via de spiegel boven de wasbak. Ze poetst haar tanden, spuugt, brengt in het kommetje van haar hand water naar haar mond en spuugt nog een keer.

Als ze hem ontdekt, ziet ze er enkele seconden lang angstig uit.

'Ben je wakker?'

'Ik heb op je gewacht,' zegt Anders met een vreemde stem.

'Wat lief.'

Ze doet het licht uit en hij loopt met haar naar de slaapkamer. Ze gaat op de rand van het bed zitten en smeert haar handen en ellebogen in met crème.

'Was het leuk?'

'Best wel... Lena heeft een nieuwe baan.'

Anders pakt haar linkerhand en houdt haar pols stevig vast. Ze kijkt hem aan.

'Je weet dat we morgen vroeg op moeten.'

'Kop dicht,' zegt hij.

Ze probeert los te komen, maar hij pakt haar andere hand en duwt haar tegen het matras.

'Au...'

'Hou je kop!'

Hij drukt een knie tussen haar dijen en Petra probeert weg te draaien, maar dan wordt ze volkomen kalm en ze kijkt hem aan.

'Maar ik ben echt serieus: rood licht... ik moet slapen,' zegt ze rustig.

'Ik heb op je gewacht.'

Ze kijkt hem even aan en knikt: 'Doe de deur op slot.'

Hij stapt van het bed, luistert in de gang, alles is stil, hij doet de deur dicht en draait hem op slot. Petra heeft haar nachthemd uitgetrokken en doet net de doos open. Glimlachend haalt ze de zachte touwen tevoorschijn en de plastic tas met de zweep, de massagestaaf en de grote dildo als hij haar tegen het matras duwt.

Ze zegt hem dat niet te doen, maar hij rukt het slipje van haar lijf, waardoor ze rode striemen op haar heupen krijgt.

'Anders, ik...'

'Kijk me niet aan,' kapt hij haar af.

'Sorry...'

Ze verzet zich niet als hij haar stevig vastbindt, iets te stevig. Misschien dat de drank haar ongevoeliger maakt dan anders. Hij spant het touw om een spijl van het bed en dwingt haar dijen verder uit elkaar.

'Au,' jammert ze.

Hij pakt de blinddoek en ze schudt haar hoofd terwijl hij hem over haar gezicht trekt. Ze probeert los te komen en trekt aan de touwen, waardoor haar grote borsten schudden.

'Je bent zo mooi,' fluistert hij.

Het is al vier uur als ze ophouden en hij de touwen losmaakt. Petra is stil, haar lichaam trilt en ze masseert haar pijnlijke polsen. Haar haar is nat van het zweet, haar wangen zijn streperig van de tranen en de blinddoek is naar haar hals gegleden. Hij had het gescheurde slipje in haar mond gepropt toen ze niet meer wilde, niet meer kon.

71

Om vijf uur geeft Saga haar pogingen om te slapen op. Nog negentig minuten. Dan komen ze haar ophalen. Met een zwaar lichaam trekt ze haar sportkleren aan en verlaat het appartement.

Ze jogt langs een paar huizenblokken en maakt vaart richting het Söder Mälarstrand.

Zo vroeg is er nog geen verkeer.

Ze rent door de stille straten. De verse sneeuw is zo luchtig dat ze die amper voelt onder haar voeten.

Ze weet dat ze zich nog steeds kan bedenken, maar vandaag is het de bedoeling dat ze haar vrijheid opgeeft.

Södermalm is nog in diepe rust. De hemel is zwart boven het schijnsel van de straatlantaarns.

Saga rent snel en denkt eraan dat ze geen gefingeerde identiteit heeft gekregen, ze wordt ingeschreven onder haar eigen naam en het enige wat ze moet onthouden is haar medicatie. Intraveneuze injecties Risperdal, herhaalt ze stil voor zichzelf. Oxascand tegen de bijwerkingen, Stesolid en Chlomethiazole.

Nathan had uitgelegd dat haar diagnose niet uitmaakte: 'Als je maar een ijzeren greep op je medicatie houdt,' zei hij. 'Die bepaalt jouw leven; de medicijnen zorgen ervoor dat je overleeft.'

Een lege bus draait de verlichte, verlaten terminal van de veerboten naar Finland in.

'Trilafon, acht milligram drie keer per dag,' fluistert ze terwijl ze rent. Cipramil dertig milligram, Seroxat twintig milligram...'

Vlak voor het Fotografiska-museum verandert Saga van richting en gaat bij de Stadsgårdsleden de steile trap omhoog. Ze stopt op het hoogste punt van de Katarinavägen, kijkt uit over Stockholm en herhaalt al Joona's regels nog een keer.

Ik moet me afzijdig houden, weinig praten en in korte zinnen. Ik moet menen wat ik zeg en alleen de waarheid spreken.

Dat is alles, denkt ze, en ze rent verder richting Hornsgatan.

De laatste kilometer verhoogt ze haar snelheid en in de Tavastgatan probeert ze op sprintsnelheid te komen, tot aan haar voordeur.

Saga rent de trappen op, trapt haar schoenen uit op de mat en loopt meteen naar de badkamer om te douchen.

Het is opmerkelijk hoe makkelijk het is je af te drogen zonder dat lange haar. Ze hoeft maar één keer met de handdoek over haar hoofd te wrijven.

Ze trekt het eenvoudigste ondergoed aan dat ze heeft. Een witte sportbeha en een slipje dat ze anders alleen draagt als ze ongesteld is. Een spijkerbroek, een zwart T-shirt en een verwassen trainingsjack.

Ze is zelden nerveus, maar plotseling voelt ze kriebels in haar buik.

Het is bijna twintig over zes. Over elf minuten komen ze haar ophalen. Ze legt haar horloge op het nachtkastje, naast het waterglas. Waar ze naartoe gaat is de tijd dood.

Eerst gaat ze naar het huis van bewaring in Stockholm, daar blijft ze enkele uren en dan zal ze door de penitentiaire transportdienst naar Katrineholm worden overgebracht. Vervolgens blijft ze een dag of wat in het Karsuddens-ziekenhuis, in afwachting van het besluit tot overplaatsing naar de beveiligde eenheid van het Löwenströmska-ziekenhuis.

Ze loopt langzaam door haar appartement, doet lampen uit en trekt wat snoeren uit het stopcontact, gaat dan naar de hal en wurmt zich in haar groene parka.

Het is in feite geen moeilijke opdracht, denkt ze weer.

Jurek Walter is een oude man, waarschijnlijk zwaar onder de medicijnen en afgestompt.

Ze weet dat hij zich schuldig heeft gemaakt aan afgrijselijke dingen, maar het enige wat ze moet doen is zich gedeisd houden, wachten tot hij toenadering zoekt, wachten tot hij iets zegt dat eventueel bruikbaar is.

Het werkt of het werkt niet.

Nu is het tijd om te gaan.

Saga doet het licht in de hal uit en loopt het trappenhuis in.

Ze heeft al het verse voedsel dat in de koelkast lag weggegooid, maar niet aan iemand gevraagd om een oogje in het zeil te houden, de planten water te geven en voor de post te zorgen.

72

Saga draait allebei de sloten op slot en loopt de trap af naar de buitendeur. Een onrust zingt in haar als ze de auto van de penitentiaire transportdienst in de donkere straat ziet staan wachten.

Ze opent het portier en gaat naast Nathan Pollock zitten.

'Het is gevaarlijk om lifters op te pikken,' zegt ze en ze probeert te glimlachen.

'Heb je nog kunnen slapen?'

'Een beetje,' antwoordt ze en ze doet haar gordel vast.

'Ik hoef je niks te vertellen,' zegt Nathan en hij werpt haar een zijdelingse blik toe. 'Maar ik wil je toch op het hart drukken dat je niet probeert om informatie los te peuteren.'

Hij schakelt en de auto komt in de stille straat in beweging.

'Dat is bijna nog het moeilijkste,' zegt Saga. 'Stel dat hij alleen maar over voetbal praat, stel dat hij helemaal niet praat.'

'Dan is dat zo, daar is niets aan te doen.'

'Maar Felicia heeft misschien nog maar een paar dagen...'

'Dat is niet jouw verantwoordelijkheid,' antwoordt Nathan. 'Deze infiltratie is een gok, dat weet iedereen, daar zijn we het over eens... speculeren over het eindresultaat heeft geen zin. Wat je doet staat helemaal los van het lopende vooronderzoek. De gesprekken met Mikael Kohler-Frost gaan door en we trekken alle oude sporen na en we...'

'Maar niemand gelooft... niemand gelooft dat we Felicia kunnen redden als Walter niet tegen mij begint te praten.'

'Zo moet je er niet tegenaan kijken,' zegt Nathan.

'Dan stop ik nu meteen,' zegt ze glimlachend.

'Goed.'

Ze begint met haar voeten te roffelen en niest opeens in haar arm. Haar lichtblauwe ogen staan glazig, alsof een deel van haar een stap achteruit heeft gedaan om de situatie van een afstandje te bekijken.

Donkere gebouwen schieten voorbij onder het rijden.

Saga legt haar sleutels, portemonnee en andere losse voorwerpen in de bewaarzak voor persoonlijke eigendommen van de Dienst Gevangeniswezen.

Voordat ze bij het huis van bewaring zijn, overhandigt Nathan haar de fiberoptische microfoon en een capsule van silicone, samen met een kleine verpakking boter.

'Lediging van de maag wordt vertraagd door vet voedsel,' zegt hij. 'Maar ik vind dat je hoe dan ook niet langer dan vier uur moet wachten.'

Ze opent het pakje boter, slikt het vet door en kijkt naar het microfoontje in de zachte capsule. Het ligt daar als een insect in barnsteen. Ze recht haar rug, stopt de capsule in haar mond, legt haar hoofd in haar nek en slikt. Het doet pijn in haar slokdarm en ze begint over haar hele lichaam te zweten als de capsule langzaam naar beneden glijdt.

73

De ochtend is nog steeds nachtzwart en alle lichten op de vrouwenafdeling van het huis van bewaring zijn aan.

Saga doet twee passen naar voren en blijft staan als er tegen haar gezegd wordt dat ze moet blijven staan. Ze probeert zich af te sluiten voor de buitenwereld en niemand aan te kijken.

De hitte tikt in de verwarmingselementen.

Nathan Pollock legt het bewaarzakje op de balie en overhandigt de papieren met betrekking tot Saga, krijgt een schriftelijk ontvangstbewijs en verdwijnt dan.

Vanaf nu moet ze zichzelf zien te redden, ongeacht wat er gebeurt.

De automatische hekken zoemen langdurig en vallen dan abrupt stil.

Niemand kijkt naar haar, maar ze merkt dat de sfeer ernstig wordt als ook de gevangenbewaarders begrijpen dat ze de hoogst mogelijke veiligheidscode heeft.

Ze moet strikt geïsoleerd worden opgesloten in afwachting van het transport.

Saga staat roerloos met haar blik op het gele zeil gericht en antwoordt sowieso niet op vragen die haar gesteld worden.

Ze wordt gefouilleerd, waarna ze door een gang naar een ruimte voor volledige visitatie wordt gebracht.

Twee potige vrouwen praten met elkaar over een nieuwe tv-serie terwijl ze haar meenemen door een deur zonder glas. De kamer ziet eruit als een kleine onderzoekskamer, met een smalle brits waar rafelig afgescheurd papier overheen ligt en gesloten kasten tegen een muur.

'Trek al je kleren uit,' zegt de ene vrouw neutraal en ze doet een paar latex handschoenen aan.

Saga doet wat haar wordt opgedragen en gooit haar kleren op een hoop op de grond. Als ze naakt is, staat ze met hangende armen in het koude tl-licht.

Haar lichte lichaam is meisjesachtig tenger, volmaakt en atletisch.

De gevangenbewaarder met de handschoenen zwijgt midden in een zin en staart naar Saga.

'Oké,' zucht een van hen na een poosje.

'Wat?'

'We proberen te doen wat we moeten doen.'

Voorzichtig onderzoeken ze Saga's mond, neus en oren met een zaklantaarn. Elk onderdeel vinken ze af in een protocol en ze verzoeken haar op de onderzoekstafel te gaan liggen.

'Ga op je zij liggen en trek je bovenste knie zo ver mogelijk op,' zegt de vrouw met de handschoenen.

Saga gehoorzaamt zonder haast en de vrouw gaat achter haar rug, tussen de muur en de onderzoekstafel, staan. Ze huivert en voelt over haar hele lichaam kippenvel ontstaan.

Het droge papier op de onderzoekstafel knispert onder haar wang als ze haar gezicht wegdraait. Ze knijpt haar ogen stijf dicht als er glijmiddel uit een flesje wordt geknepen.

'Het voelt een beetje koud aan,' zegt de vrouw en ze brengt twee vingers zo diep mogelijk in Saga's vagina in.

Het doet geen pijn, maar het is heel onaangenaam. Saga probeert langzaam te ademen, maar ze kan een zucht niet onderdrukken als de vrouw een vinger in haar endeldarm duwt.

Het onderzoek is in een paar seconden voorbij en de vrouw trekt snel haar handschoenen uit en gooit ze weg.

Ze geeft Saga wat papier om zich schoon te maken en legt uit dat ze haar andere kleren geven voor in de gevangenis.

Gekleed in vormeloze groene kleren en met een paar witte sportschoenen aan haar voeten wordt ze naar haar cel op afdeling 8:4 gebracht.

Voordat ze de deur achter haar sluiten en op slot draaien vragen ze vriendelijk of ze een broodje kaas en een kop koffie wil.

Saga schudt haar hoofd.

Als de vrouwen verdwenen zijn, blijft Saga even roerloos in haar cel staan.

Het is lastig om te bepalen hoe laat het is, maar voor het te laat is vult ze haar handen met water, drinkt en steekt dan haar vingers in haar keel. Ze hoest en haar maag trekt zich samen. Na een paar harde, pijnlijke krampen komt de capsule met de microfoon omhoog.

Tranen van het overgeven stromen tegen wil en dank uit haar ogen als ze de capsule schoonwast en vervolgens haar gezicht afspoelt.

Ze gaat op bed liggen en wacht met de microfoon verstopt in haar handen.

Het is stil in de gang.

Ze blijft roerloos liggen, ruikt de lucht van de wc en het afvoerputje, kijkt naar het plafond en leest de woorden en namen die in de loop der jaren in de muren gekrast zijn.

Rechthoeken van zonlicht hebben zich naar links verplaatst en zijn de vloer genaderd als er voetstappen klinken. Saga stopt snel de capsule in haar mond, gaat staan en slikt terwijl het slot ratelt en de deur opengaat.

Het is tijd om naar het Karsuddens-ziekenhuis gebracht te worden.

De geüniformeerde transportleider tekent voor ontvangst van Saga, haar persoonlijke bezittingen en de documenten die mee moeten met het gedetineerdentransport. Saga staat stil terwijl de man haar hand- en voetboeien omdoet en het transport optekent in het ritprotocol.

74

De onderzoeksgroep van de politie bestaat uit in totaal tweeëndertig personen, zowel civiele medewerkers als agenten van de rijksrecherche, de recherche en de landelijke afdeling Moordzaken.

In een van de grote werkruimtes op de vijfde verdieping zijn de wanden bedekt met kaarten waarop de vindplaatsen en verdwijningen in de zaak-Jurek Walter gemarkeerd zijn. Op kleurenprints met foto's zijn constellaties weergegeven van familieverhoudingen, collega's en vrienden van de vermisten.

Oude verhoren met verwanten van degenen die gevonden zijn, worden opnieuw bestudeerd en nieuwe verhoren worden afgenomen. Forensisch psychiatrische rapporten en uitslagen van het gerechtelijk laboratorium worden doorgenomen en er wordt opnieuw gesproken met iedereen in de omgeving van het slachtoffer, van naaste verwant tot vage kennis.

Joona Linna en zijn groep staan in het winterlicht voor het raam de uitdraai van het laatste gesprek met Mikael Kohler-Frost te lezen. Na lezing verspreidt zich een sombere stemming over de groep. Er is niets in Mikaels verhaal dat het vooronderzoek verder kan brengen.

Als de analisten de rechtstreekse uitdrukkingen van angst en vertwijfeling uit zijn verklaring hebben verwijderd, blijft er nagenoeg niets over.

'Niks,' mompelt Petter Näslund en hij rolt de papieren op.

'Hij zegt dat hij de bewegingen van zijn zus voelt, dat ze telkens als ze wakker wordt in het donker naar hem op zoek gaat,' zegt Benny met een triest gezicht. 'Hij voelt dat ze hoopt dat hij terug is...'

'Daar geloof ik geen zak van,' valt Petter hem in de rede.

'We moeten ervan uitgaan dat wat Mikael vertelt de waarheid is, in een of andere vorm,' zegt Joona.

'Maar dat met die Zandman,' grijnst Petter. 'Ik bedoel...'

'Dat geldt ook voor de Zandman,' antwoordt Joona.

'Hij heeft het over een sprookjesfiguur,' zegt Petter. 'Moeten we iedereen verhoren die barometers verkoopt of...'

'Ik heb al een lijst opgesteld van vervaardigers en vertegenwoordigers,' antwoordt Joona glimlachend.

'Godallemachtig...'

'Ik ben me ervan bewust dat de barometerverkoper voorkomt in het boek van E.T.A. Hoffmann over de Zandman,' gaat Joona door. 'En ik weet dat de moeder van Mikael het sprookje als verhaaltje voor het slapengaan voorlas, maar dat sluit niet uit dat hij ook in werkelijkheid bestaat.'

'We hebben geen ene zak, laten we dat gewoon toegeven,' zegt Petter, en hij gooit het opgerolde verhoor op het bureau.

'Bijna niets,' corrigeert Joona hem vriendelijk.

'Mikael was verdoofd toen hij naar de capsule werd gebracht en hij was verdoofd toen hij uit de capsule werd gehaald,' zucht Benny, en hij haalt zijn hand over zijn glimmende schedel. 'Het is onmogelijk om zelfs maar een plek af te bakenen. Hoogstwaarschijnlijk bevindt Felicia zich in Zweden, maar zelfs dat is niet zeker.'

Magdalena loopt naar het whiteboard en somt op wat ze weten over de capsule: beton, elektriciteit, water, legionellabacteriën.

Omdat Mikael de medeplichtige nooit heeft gezien of horen praten, weten ze niet veel meer dan dat hij een man is. Dat is alles. Mikael wist zeker dat het hoesten dat hij gehoord heeft van een man was.

Alle andere signalementen zijn gekoppeld aan kinderfantasieën over de Zandman.

Joona verlaat de kamer, neemt de lift naar beneden, gaat het politiebureau uit en loopt door de Fleminggatan, over de brug Sankt Eriksbron naar de wijk Birkastan.

In het zolderappartement op Rörstrandsgatan 19 zit Athena Promachos.

Als de godin Pallas Athena afgebeeld wordt als een wonderschoon meisje met lans en schild, dan wordt ze Athena Promachos genoemd en is ze de godin van de strijd.

Athena Promachos is ook de naam van de geheime onderzoeksgroep die is opgericht om het materiaal te analyseren dat vermoedelijk boven water zal komen tijdens Saga's infiltratie. De groep komt in geen enkel besluit en op geen enkele begroting voor, noch bij de rijksrecherche noch bij de veiligheidsdienst.

Athena Promachos bestaat uit Joona Linna van de rijksrecherche, Nathan Pollock van Moordzaken, Corinne Meilleroux van de veiligheidsdienst en dataspecialist Johan Jönson.

Zodra Saga is overgeplaatst naar de beveiligde eenheid in het Löwenströmska-ziekenhuis zullen ze hier dag en nacht zijn om het afgeluisterde materiaal te bewerken en analyseren.

Er zijn nog drie agenten van de onderzoeksgroep verbonden aan Athena Promachos. Deze drie zullen de opnames van de fiberoptische microfoon gaan verwerken in een minibusje van parkbeheer op het ziekenhuisterrein. Al het materiaal wordt op harde schijven opgeslagen, versleuteld en doorgestuurd naar de computers van Athena Promachos met een totale vertraging van een tiende seconde.

75

Anders Rönn kijkt weer op zijn horloge. De nieuwe patiënt uit het gesloten paviljoen van het Säters-ziekenhuis is onderweg naar de isoleercel in de beveiligde eenheid van het Löwenströmska-ziekenhuis. De penitentiaire transportdienst belde om te waarschuwen dat de man onrustig en agressief was. Ze hebben hem tien milligram Stesolid gegeven en Anders Rönn heeft een spuit met nog eens tien milligram klaarliggen. Een oudere bewaarder, Leif Rajama, gooit de verpakking van de injectienaald in de prullenbak en stelt zich dan wijdbeens op, klaar om in actie te komen.

'Ik denk niet dat hij meer nodig heeft,' zegt Anders, en hij slaagt er niet helemaal in zijn zorgeloze glimlach op te zetten.

'Het ligt eraan hoe onrustig ze worden van de visitatie,' zegt Leif. 'Ik probeer me voor te houden dat het mijn taak is om mensen te helpen die het moeilijk hebben... ook al willen ze dat zelf niet.'

De bewaarder aan de andere kant van het pantserglas krijgt de mededeling dat het transport onderweg is naar beneden. Een metalig gedreun plant zich voort door de muren en dan klinkt er een gedempt geschreeuw.

'Dit is nog maar de tweede patiënt,' zegt Anders. 'We weten pas hoe het hier zal gaan als ze alle drie gearriveerd zijn.'

'Dat gaat prima,' zegt Leif glimlachend.

Anders kijkt op een monitor en ziet de trap in groothoek. Twee bewaarders voeren een patiënt met zich mee die niet in staat is zelf te lopen. Een forse man met een lichte snor en een bril die is afgezakt op zijn smalle neus. Hij heeft zijn ogen gesloten en transpireert zo erg dat het zweet over zijn wangen gutst. Zijn benen hebben het begeven, maar de bewaarders houden hem overeind.

Anders kijkt Leif kort aan. Ze horen de blonde patiënt verward praten. Iets over dode slaven en dat hij in zijn broek gezeken heeft.

'Ik sta tot mijn knieën in de zeik en moet...'

'Hou je koest,' commanderen ze en ze leggen hem op de grond.

'Au, dat doet pijn,' kermt hij.

De bewaarder achter het pantserglas is opgestaan om de papieren van de transportleider in ontvangst te nemen.

De patiënt ligt met gesloten ogen hijgend op de grond. Anders zegt geruststellend tegen Leif dat ze niet meer Stesolid nodig zullen hebben en haalt dan zijn toegangspasje door de lezer.

76

Jurek Walter loopt met monotone passen op de loopband. Zijn gezicht is afgewend, maar zijn rug beweegt met strakke doelbewustheid.

Anders Rönn en het hoofd bewaking Sven Hoffman staan samen in de bewakingscentrale en kijken op de monitor met het dagverblijf.

'Je weet hoe je alarm slaat en op alarm moet reageren,' zegt Hoffman. 'Je weet dat iemand met een toegangspasje het verplegend personeel moet vergezellen als ze contact met de patiënten hebben.'

'Ja,' antwoordt Anders met een spoortje ongeduld in zijn stem. 'En de veiligheidsdeur achter je moet dicht zijn voor je de volgende opent.'

Sven Hoffman knikt.

'In geval van alarm is de bewaking in vijf minuten hier.'

'Er komt geen alarm,' zegt Anders, en hij ziet op de monitor dat de nieuwe patiënt het dagverblijf betreedt.

Ze slaan de patiënt gade, die op de bruine bank gaat zitten en een hand voor zijn mond houdt alsof hij probeert niet over te geven. Anders denkt aan het handgeschreven verslag van het Säters-ziekenhuis over agressiviteit, terugkerende psychoses, narcistische en antisociale persoonlijkheidsstoornis.

'We moeten onze eigen inschatting maken,' antwoordt Anders. 'En ik verhoog zijn medicatie als daar ook maar de geringste aanleiding voor is...'

Het grote computerscherm voor hem is verdeeld in negen vensters voor de negen camera's van de afdeling. Sluizen, veiligheidsdeuren, gangen, dagverblijf en patiëntenkamers worden gefilmd. Er is niet voldoende personeel om het scherm onafgebroken in de gaten te kunnen houden, maar er moet altijd iemand op de afdeling aanwezig zijn die verantwoordelijk is voor het monitoren.

'Je zult wel veel op kantoor zitten, maar het is goed als iedereen weet hoe die dingen functioneren,' zegt Sven Hoffman met een gebaar naar de monitoren.

'We moeten onze krachten bundelen nu we hier meer patiënten krijgen.'

'Het uitgangspunt is dat het personeel altijd weet waar iedere patiënt zich ophoudt.'

Sven klikt op een van de vensters, het beeld vult onmiddellijk het scherm van de monitor ernaast en plotseling ziet Anders dat psychiatrisch verpleegkundige My een nat, gewatteerd jack ophangt.

Onverwacht scherp wordt de kleedkamer in beeld gebracht met de lage bank, vijf gele lockers van plaatstaal, een douchecabine, de deur naar het toilet en de gang.

De contouren van My's grote borsten zijn zichtbaar onder een zwart T-shirt met een afbeelding van een doodsengel. Ze heeft zich gehaast en haar wangen zien rood. In haar haar glinstert gesmolten sneeuw. Ze haalt haar werkkleren tevoorschijn, legt ze op de bank en zet een paar witte Birkenstock-slippers op de grond.

Sven klikt het beeld weg en vergroot het beeld van het dagverblijf weer. Anders dwingt zichzelf weg te kijken van het kleine venster op het moment dat My haar zwarte spijkerbroek openknoopt.

Hij gaat zitten en probeert zo ongedwongen mogelijk te klinken als hij vraagt of de opnames bewaard worden.

'Daar hebben we geen toestemming voor... zelfs niet in uitzonderingsgevallen,' zegt Hoffman glimlachend en hij knipoogt.

'Jammer,' antwoordt Anders en hij strijkt met zijn hand door zijn korte, bruine haar.

Sven Hoffman zapt langs alle camera's in de patiëntenkamers. Anders klikt zich op de monitor door gangen en sluizen.

'We dekken elk hoekje dat...'

Verderop gaat een deur open, het koffieapparaat zoemt en dan komt My de bewakingscentrale binnen.

'Waarom zitten jullie hier op elkaars lip?' vraagt ze met lachkuiltjes in haar wangen.

'Sven legt me het bewakingssysteem uit,' antwoordt Anders.

‘En ik dacht nog wel dat jullie naar mijn striptease zaten te kijken,’ verzucht ze plagend.

77

Ze zwijgen en kijken naar het scherm van het dagverblijf. Jurek Walter loopt met gelijkmatige passen op de loopband en Bernie Larsson glijdt langzaam in de bank omlaag tot hij met zijn nek op de lage rugleuning rust. Zijn overhemd schuift omhoog en zijn dikke buik beweegt mee met zijn ademhaling. Zijn gezicht is bezweet, gestrest laat hij zijn ene been stuiteren en hij praat tegen het plafond.

'Waar is hij mee bezig?' vraagt My en ze kijkt naar de anderen. 'Wat zegt hij de hele tijd?'

'Geen idee,' mompelt Anders.

Het enige geluid dat in de bewakingscentrale te horen is, is het getik van een Chinese gouden kat op zonne-energie die met zijn poot zwaait.

Anders keert in gedachten terug naar het dossier van Bernie Larsson uit het Säters-ziekenhuis. Eenentwintig jaar geleden is hij veroordeeld tot gesloten forensisch psychiatrische behandeling voor wat wordt beschreven als bestiale serieverkrachtingen.

Nu zit hij in elkaar gezakt op een bank in het wilde weg te schreeuwen. Speeksel spettert uit zijn mond. Hij maakt agressieve, hakkende gebaren met zijn handen en smijt het kussen naast zich op de grond.

Jurek Walter doet wat hij altijd doet. Met lange passen loopt hij tien kilometer op de loopband, zet hem uit, stapt eraf en gaat naar zijn kamer.

Bernie roept hem iets na. Walter blijft in de deuropening staan en draait zich om naar het dagverblijf.

'Wat gebeurt er nu?' vraagt Anders gespannen.

Sven pakt snel de portofoon, roept twee collega's op en haast zich dan de kamer uit. Anders leunt naar voren en ziet Sven op een van de monitoren verschijnen. Hij loopt door de gang, praat met de andere bewaarders, stopt buiten voor de sluis en wacht de situatie af.

Er gebeurt niets.

Jurek staat nog in de deuropening, tussen de twee ruimtes in, precies waar zijn gezicht in de schaduw is. Hij beweegt zich niet, maar zowel Anders als My ziet dat hij praat. Bernie zit in elkaar gezakt op de bank en sluit zijn ogen terwijl hij luistert. Na een poosje begint zijn onderlip te trillen. De hele scène duurt iets meer dan een minuut, waarna Jurek zich omdraait en weer in zijn kamer verdwijnt.

'Je hok in,' mompelt My.

Op de andere monitor wordt Jurek vanaf het plafond gefilmd. Rustig loopt hij zijn kamer in, gaat op de plastic stoel recht onder de bewakingscamera zitten en staart naar de muur.

Na een poosje staat Bernie Larsson op van de bank in het dagverblijf. Hij veegt een paar keer over zijn mond en sloft dan naar zijn kamer.

Op de andere monitor is te zien dat Bernie Larsson naar de wasbak loopt, zich vooroverbuigt en zijn gezicht wast. Hij staat stil terwijl het water over zijn wangen stroomt, dan loopt hij weer naar de deur van het dagverblijf, plaatst zijn duim tegen de binnenkant van de stijl en knalt de deur met volle kracht dicht. De deur stuitert terug, Bernie zakt op zijn knieën en brult het uit.

78

Het is tien uur 's ochtends en er schijnt een sterk winterlicht op Magdalena Ronander als ze na haar yoga terugkomt bij de rijksrecherche. Petter Näslund staat voor een detailkaart van de villawijk waar de kinderen Kohler-Frost zijn verdwenen. Met gefronst voorhoofd prikt hij foto's van het oude vooronderzoek aan de wand. Magdalena groet kort, gooit haar tas op de stoel en loopt naar het whiteboard. Snel strijkt ze met haar vingers over de sporen die ze gisteren hebben weten na te trekken. Benny Rubin, Johnny Isaksson en Fredrik Weyler zitten rond de vergadertafel op het politiebureau en maken aantekeningen.

'We moeten iedereen checken die in dezelfde periode als Jurek Walter werkzaam was bij Menges werkplaats,' zegt ze.

'Ik heb de gesprekken van gisteren met Rikard von Horn uitgewerkt,' zegt Johnny, een tengere blonde agent met hetzelfde kapsel als Rod Stewart in de jaren tachtig.

'Wie belt Reidar Frost vandaag?' vraagt Petter terwijl hij de pen tussen zijn vingers laat draaien.

'Ik kan doorgaan met dat contact,' antwoordt Magdalena kalm.

'Vraag of ze nog steeds willen dat we op zoek gaan naar Klaas Vaak,' zegt Benny.

'Joona wil dat we alles over de Zandman serieus nemen,' zegt Petter.

'Ik heb zo'n supergrappig filmpje op YouTube gevonden,' zegt Benny, en hij gaat op zoek op zijn mobieltje.

'Kunnen we dat overslaan?' zegt Magdalena en ze legt een zware map op tafel.

'Maar hebben jullie die clown gezien die zich verstopt voor onnozele smerissen?' vraagt Benny terwijl hij zijn mobiel weglegt.

'Nee,' antwoordt Petter.

'Nee, want ik ben waarschijnlijk de enige hier die hem kan zien,' zegt Benny lachend.

Magdalena kan een glimlach niet onderdrukken terwijl ze het dossier opent.

'Wie helpt mij de laatste personen rond Agneta Magnusson na te trekken? Dat is de vrouw die levend in het graf in het Lill-Jansskogen is gevonden toen Jurek Walter werd opgepakt. Haar broer en zijn zoontje lagen dood in de plastic ton die daar in de buurt begraven was.'

'Haar moeder verdween jaren eerder en haar vader verdween vlak voordat ze gevonden werd.'

'Is niet iedereen verdwenen?' vraagt Fredrik Weyler.

'Nee, haar man niet,' zegt Magdalena met een blik in het dossier.

'Zo ziek allemaal,' fluistert Fredrik.

'Maar de echtgenoot leeft nog steeds en...'

'Word je lenig van yoga?' vraagt Benny en met een knal laat hij beide handpalmen op tafel neerkomen.

'Waarom doe je dat in vredesnaam?' vraagt Magdalena oprecht verwonderd.

79

Magdalena Ronander begroet de stevige vrouw die de deur opent. Ze heeft fijne lachrimpeltjes in haar ooghoeken en op haar schouder staat de naam Sonja getatoeëerd.

Alle mensen in de omgeving van Agneta Magnusson zijn dertien jaar geleden door de politie ondervraagd. Alle huizen en appartementen zijn door de technische recherche onderzocht, evenals alle zomerhuisjes, schuren, opslagplaatsen, speelhuisjes, caravans, boten en auto's.

'Ik heb gebeld,' zegt Magdalena en ze laat haar politielegitimatie zien.

'Klopt,' knikt de vrouw. 'Bror zit in de woonkamer te wachten.'

Magdalena loopt achter de vrouw aan door de kleine woning uit de jaren vijftig. Vanuit de keuken komt een sterke geur van uien en tartaartjes. In een woonkamer met donkere gordijnen zit een man in een rolstoel.

'Is dat de politie?' zegt hij schor.

'Ja, ik ben van de politie,' knikt Magdalena, ze trekt de pianokruk bij en gaat tegenover de man zitten.

'Hebben we nog niet genoeg gepraat?'

Het was dertien jaar geleden dat iemand Bror Engström had verhoord over de gebeurtenissen in het Lill-Jansskogen en in de tussentijd is hij oud geworden, vindt ze.

'Ik wil graag meer weten,' zegt Magdalena vriendelijk.

Bror Engström schudt zijn hoofd.

'Er valt niets meer te zeggen. Iedereen is gewoon verdwenen. Binnen een paar jaar was iedereen verdwenen. Mijn Agneta en... haar broer en zijn zoontje... en ten slotte Jeremy, mijn schoonvader... Hij hield op met praten... toen ze verdwenen, zijn kinderen en kleinkind.'

'Jeremy Magnusson,' zegt Magdalena.

'Ik mocht hem heel graag... Maar hij miste zijn kinderen zo vreselijk.'

'Ja,' antwoordt Magdalena zacht.

Bror Engströms troebele ogen trekken zich samen bij de herinnering.

'Op een dag was ook hij zomaar verdwenen. Daarna kreeg ik mijn Agneta terug. Maar ze is nooit meer de oude geworden.'

'Nee,' antwoordt Magdalena.

'Nee,' fluistert hij.

Ze weet dat Joona de vrouw ontelbare keren heeft bezocht op de verpleegafdeling waar ze werd verzorgd. Ze heeft haar spraakvermogen nooit teruggekregen en is vier jaar later gestorven. Haar hersenbeschadigingen waren te omvangrijk om ooit nog contact met haar te krijgen.

'Eigenlijk zou ik Jeremy's bossen moeten verkopen. Maar ik kan het niet over mijn hart verkrijgen. Voor hem waren ze het zout des levens. Hij wilde altijd dat ik een keer mee zou gaan naar zijn jachthut, maar het is er nooit van gekomen... en nu is het te laat.'

'Waar ligt de jachthut?' vraagt ze en ze pakt haar telefoon.

'Helemaal in de provincie Dalarna, voorbij de Tranuberg... ik moet de topografische kaarten nog ergens hebben, als Sonja ze kan vinden.'

De jachthut staat niet op de lijst van de plekken die de technische recherche heeft onderzocht. Het is misschien niets, maar Joona heeft gezegd dat ze geen enkel detail mogen overslaan.

80

Een agent en een technisch rechercheur rijden met sneeuwscooters tussen de donkere stammen van de dennenbomen over het dikke sneeuwdek. Soms kunnen ze een houttransportweg of scheidingsweg nemen en een lang stuk met grotere snelheid afleggen, zodat een wolk van rook en sneeuw achter hen omhoog wervelt.

Stockholm wilde dat ze naar een jachthut achter de Tranuberg zouden gaan. Deze was klaarblijkelijk van Jeremy Magnusson geweest, die dertien jaar geleden verdwenen was. De rijksrecherche heeft hun verzocht een uitvoerig TR-onderzoek te doen, met filmopnames en foto's. Al het materiaal moet worden verzameld en verpakt, alle sporen en al het biologisch materiaal veiliggesteld.

De beide mannen op de scooters weten dat de Stockholmse politie iets hoopt te vinden wat licht kan werpen op de verdwijning van Jeremy en zijn verwanten. Dit had dertien jaar geleden uiteraard al gedaan moeten worden, maar toen was de politie niet op de hoogte geweest van het bestaan van deze jachthut.

Roger Hysén en Gunnar Ehn rijden naast elkaar een helling af in het flikkerende licht van de bosrand en komen in de zon uit op het bevroren moeras. Alles is verblindend en maagdelijk wit. Ze rijden met hoge snelheid verder over het ijs en slaan dan af naar het noorden, het dichte bos weer in.

De bomen op de zuidzijde van de Tranuberg zijn zo verwilderd dat ze het huis bijna missen. De lage blokhut is volledig ondergesneeuwd. De sneeuw reikt tot boven de ramen en ligt een meter dik op het dak.

Het enige wat er van het huis te zien is zijn enkele liggende rijen op elkaar gestapelde balken, zilvergrijs van kleur.

Ze stappen van hun scooters en graven een pad naar het huis.

Verbleekte gordijnen bedekken de ruitjes aan de binnenkant.

De zon daalt en strijkt over de boomtoppen die grenzen aan het grote moeras.

Als ze de deur eindelijk hebben blootgelegd, staat het zweet op hun rug en technisch rechercheur Gunnar Ehn voelt het jeuken onder zijn muts.

Met een desolaat, knarsend geluid schuren twee bomen tegen elkaar in de wind.

Zwijgend rollen de mannen plastic uit voor de deur, zetten dozen klaar, leggen staptegels uit en trekken beschermende kleding en handschoenen aan.

De deur zit op slot en er hangt geen sleutel aan de spijker onder de dakgoot.

'Zijn dochter hebben ze levend begraven gevonden in Stockholm,' zegt Roger Hysén, en hij kijkt zijn collega even kort aan.

'Ik ken de verhalen,' antwoordt Gunnar. 'Maar daar hou ik me niet mee bezig.'

Roger zet een breekijzer in de kier naast het slot en wrikt. Het kraakt in het deurkozijn. Hij zet het breekijzer dieper naar binnen en duwt nog een keer. Het kozijn springt in lange spaanders kapot en Roger trekt onderzoekend aan de deur en rukt dan uit alle macht. De deur zwaait open en slaat terug.

'Jezus,' fluistert Roger achter zijn mondkapje.

Door de tocht van de onverwachte beweging waait alle stof die zich in het huis verzameld heeft op. Gunnar mompelt dat het niets te betekenen heeft. Hij reikt de donkere ruimte in en legt twee staptegels op de vloer.

Roger heeft de filmcamera gepakt en overhandigt deze aan Gunnar. Die bukt onder de lage deurpost door, stapt de kamer in en blijft op de eerste staptegel staan.

Het is zo donker in de kamer dat hij aanvankelijk niets ziet. De lucht is droog van al het ronddwarrelende stof.

Gunnar zet de camera op opnemen, maar slaagt er niet in het cameralicht aan te krijgen.

Hij probeert de kamer toch te filmen, maar het enige wat je ziet zijn donkere formaties.

De hele ruimte lijkt op een schemerig, troebel aquarium. Midden in de kamer lijkt een grote, vreemde schaduw te hangen, als een enorme klok uit Mora.

'Wat gebeurt er?' roept Roger buiten.

'Geef me de andere camera.'

Gunnar steekt de filmcamera naar buiten en krijgt een fotocamera in zijn hand gedrukt. Hij kijkt in de zoeker, maar die is alleen maar zwart, dus neemt hij op goed geluk een foto. De flits van de camera vult de ruimte met zijn witte schijnsel.

Gunnar slaakt een kreet als hij de lange, dunne menselijke figuur voor zich ziet. Hij doet een stap naar achter, struikelt, laat de camera vallen, spreidt zijn armen om zijn evenwicht te bewaren en gooit een klerenhanger op de grond.

'Wat is dit, verdomme...'

Hij loopt achteruit, stoot zijn achterhoofd tegen de deurpost en bezeert zich aan de uitstekende splinters van het kozijn.

'Wat is er, wat is er...?' vraagt Roger.

'Binnen staat iemand,' zegt Gunnar en hij grijnst van de zenuwen.

Roger doet het licht van de filmcamera aan, bukt en loopt langzaam naar binnen. De vloer onder de staptegels kraakt. Het schijnsel van de camera zoekt zich een weg door het stof en langs de meubels. Er schraapt een tak langs het raam. Het klinkt als een onrustige klop.

'All right,' hijgt hij.

In het fletse schijnsel van de lamp van de filmcamera ziet hij dat een man zich heeft opgehangen aan de dakbalk. Het is heel lang geleden dat hij zichzelf van het leven heeft beroofd. Zijn lichaam is mager en de huid is gerimpeld en zit strak over zijn gezicht. Zijn mond staat wijd open en is zwart. Op de grond liggen twee leren laarzen.

De deur achter de agent kraakt een beetje en Gunnar komt weer binnen.

De zon is ondergegaan achter de boomtoppen en de ramen zijn zwart. Voorzichtig spreiden ze een lijkzak van plastic onder het lichaam uit.

De tak slaat weer tegen het metalen raamkozijn en glijdt schrapend over de ruit.

Roger reikt naar voren om het lichaam vast te houden terwijl Gunnar het touw doorsnijdt, maar op het moment dat hij het lichaam aanraakt, laat het hoofd los van de romp. Het lichaam klettert voor hun voeten op de grond. Het hoofd bonkt tegen de houten vloer, stof dwarrelt weer op in de kamer en de oude strop bungelt geruisloos heen en weer.

81

Saga zit roerloos in het busje en kijkt naar buiten. De kettingen van de handboeien rinkelen mee met de bewegingen van de wagen.

Ze heeft niet aan Jurek Walter willen denken. Ze was er zelfs in geslaagd om haar kennis over de moorden die hij heeft gepleegd op afstand te houden sinds ze de opdracht had aangenomen.

Maar nu lukt dat niet meer. Na drie dagen monotonie in het Karsuddens-ziekenhuis wordt het besluit tot overplaatsing ten uitvoer gebracht. Ze is onderweg naar de beveiligde eenheid in het Löwenströmska-ziekenhuis.

De ontmoeting met Jurek Walter komt steeds dichterbij.

Voor haar geestesoog ziet ze duidelijk de foto die bovenop in het dossier lag: zijn gerimpelde gezicht en de lichte, heldere ogen.

Walter werkte als monteur en leidde een teruggetrokken en kalm bestaan tot hij werd opgepakt. Niets in zijn appartement kon in verband worden gebracht met de moorden, en toch werd hij op heterdaad betrapt.

Saga was doornat geworden van het zweet toen ze de verslagen las en de prints van de foto's van de vindplaats bekeek. Op een grote kleurenfoto zag je de genummerde bordjes op de open plek met vochtige aarde rond een graf en een geopende kist.

Nils 'de Naald' Åhlén had een nauwkeurig forensisch geneeskundig rapport opgesteld van al het letsel dat de vrouw had opgelopen die twee jaar levend begraven was geweest.

Saga voelt zich wagenziek en kijkt naar de weg en de bomen die voorbijflitsen. Ze denkt aan de ondervoeding van de vrouw, haar doorligwonden, koudeletsel en loszittende tanden. Joona had getuigd dat de magere en verzwakte vrouw keer op keer uit de kist probeerde te komen, maar dat Jurek haar telkens weer had teruggeduwd.

Saga weet dat ze er niet aan zou moeten denken.

Een donkere bloem van angst ontvouwt zich langzaam in haar maag.

Ze mag onder geen beding bang worden, houdt ze zichzelf voor. Ze heeft de situatie onder controle.

De auto remt af en de handboeien rinkelen.

Zowel de ton van plastic als de kist was uitgerust met luchtpijpen die boven de grond uit kwamen.

Waarom doodt hij ze niet meteen?

Het is onbegrijpelijk.

Saga neemt in gedachten de getuigenis van Mikael Kohler-Frost over de gevangenschap in de capsule door en haar hart begint sneller te kloppen als ze eraan denkt dat Felicia daar nu alleen is, het meisje met de warrige vlecht en de paardrijhelm.

Het sneeuwt niet meer, maar de zon laat zich niet zien. De hemel is ondoordringbaar en blind. Het busje verlaat de oude provinciale weg, slaat behoedzaam rechts af en rijdt het ziekenhuisterrein op.

In een bushokje zit een vrouw van een jaar of veertig met twee plastic tassen in haar handen gretig te inhaleren.

Een gesloten afdeling kan na een regeringsbesluit worden ingericht als een beveiligde afdeling, maar Saga weet dat de letter van de wet in de praktijk aan de instellingen alle ruimte geeft om naar eigen goeddunken te handelen.

Achter de gesloten deuren houden gewone wetten en rechten op. Echt toezicht op de patiënt is er niet en van follow-up is geen sprake. Zolang er niemand ontsnapt is het personeel koning over een eigen Hades.

82

Saga is nog steeds aan handen en voeten geboeid als ze door twee bewapende bewaarders door een lege gang geleid wordt. Ze lopen snel en houden haar bovenarmen stevig vast.

Nu is het te laat om zich te bedenken – ze is onderweg naar Jurek Walter.

Er zitten krassen in het textielbehang en de plinten zijn kaal. Op de ivoorkleurige vloerbedekking staat een kartonnen doos met oude schoenhoezen. De gesloten deuren die ze passeren hebben plastic bordjes met cijfers.

Saga heeft pijn in haar maag gekregen en probeert te blijven staan, maar ze wordt voortgeduwd.

'Doorlopen,' zegt een van de bewaarders.

De isoleerafdeling in het Löwenströmska-ziekenhuis heeft een zeer hoge beveiligingsgraad, ver boven niveau één. Dat betekent dat het in principe onmogelijk is er in of uit te breken. De isoleerkamers hebben brandwerende, stalen deuren, ondoordringbare plafonds en muren die zijn versterkt met 3,5 mm dikke stalen platen.

Een zwaar hek ratelt als het achter hen in het slot valt, waarna ze de trap af lopen naar verdieping nul.

De bewaarder bij de veiligheidssluis neemt het bewaarzakje in ontvangst, kijkt in de papieren en voert Saga's gegevens in de computer in. Aan de andere kant van de sluis staat een oudere man met een wapenstok aan zijn riem. Hij heeft grote brillenglazen en golvend haar. Saga kijkt naar hem door het gekraste pantserglas.

De man met de wapenstok pakt Saga's papieren aan, neemt haar even op en bladert dan verder.

Saga heeft zo'n maagpijn dat ze even zou moeten gaan liggen. Ze probeert rustig te ademen, maar krijgt zo'n pijnscheut dat ze dubbel klapt.

'Sta stil,' zegt de bewaarder neutraal.

Een jongere man in een doktersjas doemt op. Hij haalt een toegangspasje door de lezer, toetst een code in en komt naar buiten.

'Nou, mijn naam is Anders Rönn, ik ben hier de waarnemend chefarts,' zegt hij zakelijk.

Na een fouillering volgt Saga de arts en de bewaarder met het golvende haar door de eerste deur van de sluis. Ze ruikt hun zweetlucht in de krappe ruimte. Dan wordt de tweede deur geopend.

Saga herkent elk detail op de afdeling van de plattegronden die ze zich heeft ingeprent.

Zwijgend gaan ze een hoek om naar de krappe bewakingsruimte met monitoren. Een vrouw met piercings in haar wangen zit achter de monitoren van het alarmsysteem. Ze bloost als ze Saga ziet, maar begroet haar vriendelijk voordat ze haar blik neerslaat en iets in het dagrapport schrijft.

'My, wil je de voetboeien afdoen bij de patiënt?' vraagt de jonge arts.

De vrouw knikt, gaat op haar knieën zitten en ontsluit de boeien. Het haar op haar hoofd gaat overeind staan van de statische elektriciteit van Saga's kleren.

De jonge arts en de bewaarder vergezellen haar door de deur, wachten op het piepje en lopen dan door naar een van de drie deuren in de gang.

'Doe de deur open,' zegt hij tegen de man met de wapenstok.

De bewaarder haalt een sleutel tevoorschijn, doet de deur van het slot en verzoekt haar naar binnen te gaan en met haar rug naar de deur op het rode kruis op de vloer te gaan staan.

Ze doet wat hij zegt en hoort het mechanisme van het slot nogmaals reageren op de sleutel.

Recht voor haar zit nog een stalen deur, en ze weet dat die op slot zit en uitkomt in het dagverblijf.

De kamer is ingericht met uitsluitend oog voor beveiliging en functionaliteit. Het enige wat er staat is een bed dat bevestigd is aan de muur, een plastic stoel, een plastic tafel en een wc-pot zonder bril of deksel.

'Draai je om, maar blijf op het kruis staan.'

Ze doet wat haar gezegd wordt en ziet dat het luikje in de deur open is.

'Kom langzaam hierheen en steek je handen uit.'

Saga loopt naar de deur, brengt haar handen naar elkaar toe en steekt ze door de krappe opening. De boeien worden verwijderd en ze loopt achteruit bij de deur vandaan.

Ze gaat op het bed zitten terwijl de bewaarder haar informeert over de regels en procedures op de afdeling.

'Tussen één en vier uur is er gelegenheid om tv te kijken en met de andere patiënten om te gaan in het dagverblijf,' eindigt hij, en hij kijkt even naar haar voor hij het luikje sluit en vergrendelt.

Saga blijft zitten en bedenkt dat ze nu ter plaatse is, dat haar opdracht van start is gegaan. De ernst van het moment vibreert in haar maagstreek en verspreidt zich als een prikkelend gevoel in haar armen en benen. Ze weet dat ze een zwaarbewaakte patiënt in de beveiligde eenheid van het Löwenströmska-ziekenhuis is en ze weet dat seriemoordenaar Jurek Walter heel dichtbij is.

Ze kruipt in elkaar op haar zij, rolt dan op haar rug en kijkt recht in de bewakingscamera in het plafond. Hij heeft de vorm van een halve bol en is zwart en glanzend als het oog van een koe.

Het is lang geleden dat ze het microfoontje heeft ingeslikt en ze durft niet langer te wachten. Ze mag het niet in haar twaalfvingerige darm laten verdwijnen. Als ze naar de kraan loopt en water drinkt, komt de heftige maagpijn terug.

Saga ademt langzaam, zakt bij het afvoerputje op haar knieën, draait haar rug naar de camera en steekt twee vingers in haar keel. Ze braakt het water uit, duwt haar vingers verder naar binnen, kotst uiteindelijk de kleine capsule met de microfoon uit en verbergt deze snel in haar hand.

83

Nadat Saga Bauer in het Löwenströmska-ziekenhuis was gearriveerd, heeft de geheime onderzoeksgroep Athena Promachos twee uur lang naar haar maaggeluiden zitten luisteren.

'Als er nu toevallig iemand binnenkomt, dan denkt ie vast dat we een of andere spirituele sekte zijn,' zegt Corinne met een glimlachje.

'Het is best mooi,' vindt Johan Jönson.

'Ontspannend,' zegt Nathan glimlachend.

De hele groep zit met halfgesloten ogen naar de zacht borrelende, sissende geluiden te luisteren.

Plotseling klinkt er een gebrul waardoor de luidsprekers bijna opgeblazen worden. Dat is als Saga de microfoon uitbraakt. Johan Jönson stoot zijn colablikje om en Nathan Pollock begint te beven.

'Nu zijn we in elk geval wakker,' zegt Corinne lachend, en haar jaden armband rinkelt gezellig als ze met een wijsvinger over haar wenkbrauw strijkt.

'Ik bel Joona,' zegt Nathan.

'Goed.'

Corinne Meilleroux opent haar laptop en schrijft het tijdstip in het journaal. Corinne is vierenvijftig en van Frans-Caribische afkomst. Ze is slank en draagt altijd een op maat gemaakt tweedelig pakje met een zijden topje onder het jasje. Haar gezicht is ernstig, met geprononceerde jukbeenderen en smalle slapen. Het zwarte haar met grijze strengen draagt ze altijd opgestoken met een haarklem in de nek.

Corinne Meilleroux heeft twintig jaar bij Europol gewerkt en zeven jaar voor de Zweedse veiligheidsdienst in Stockholm.

*

Joona staat in de ziekenhuiskamer voor Mikael Kohler-Frost. Reidar zit op een stoel en houdt de hand van zijn zoon vast. Vier uur lang hebben de drie met elkaar gesproken en geprobeerd nieuwe details te vinden die informatie geven over de plaats waar Mikael samen met zijn zus gevangen werd gehouden.

Er is niets nieuws boven water gekomen en Mikael ziet er vermoeid uit.

'Je moet slapen,' zegt Joona.

'Nee,' antwoordt Mikael.

'Al is het maar even,' zegt de commissaris glimlachend, en hij zet de opname stop.

Mikaels ademhaling klinkt al zwaar en gelijkmatig als Joona de krant uit zijn jaszak haalt en hem voor Reidar op tafel legt.

'Ik weet dat je me gevraagd hebt het niet te doen,' zegt Reidar en hij kijkt Joona vastberaden aan. 'Maar hoe kan ik leven met mezelf als ik niet echt alles heb gedaan wat in mijn vermogen ligt?'

'Ik begrijp je wel,' knikt Joona. 'Maar het kan tot problemen leiden en daar moet je op voorbereid zijn.'

De door een computer bewerkte foto van hoe Felicia er nu waarschijnlijk uitziet, beslaat een hele pagina van de krant.

Een jonge vrouw die op Mikael lijkt, met hoge jukbeenderen en donkere ogen. Haar zwarte haar hangt verward langs haar bleke, ernstige gezicht.

Met grote letters staat er dat Reidar een beloning van twintig miljoen kronen uitlooft voor de tip die naar Felicia's verblijfplaats leidt.

'Er komen nu al bergen mails en telefoontjes binnen,' zegt Joona. 'We proberen alles na te trekken, maar... De meeste mensen bedoelen het vast goed, ze menen iets gezien te hebben, maar er zijn er ook een heleboel die gewoon rijk hopen te worden.'

Reidar vouwt de krant langzaam dicht, fluistert iets in zichzelf en kijkt dan op.

'Joona, ik doe alles, wat dan ook, ik... Mijn dochter heeft zo lang opgesloten gezeten en misschien sterft ze zonder dat...'

Zijn stem breekt en hij moet zijn gezicht een poosje afwenden.

'Heb jij kinderen?' vraagt hij bijna zonder stem.

Voordat Joona een leugen op kan dissen, gaat de telefoon in zijn jasje. Hij verontschuldigt zich, neemt op en hoort Nathans vriendelijke stem meedelen dat Athena Promachos verbonden is met de beveiligde eenheid.

84

Saga gaat op bed liggen met haar rug naar de camera in het plafond en pulkt behoedzaam het siliconen omhulsel van de fiberoptische microfoon. Met kleine bewegingen verbergt ze hem in haar broekband.

Plotseling zoemt de elektrische deur naar het dagverblijf – en dan klikt het slot. De deur is open. Saga gaat met bonzend hart overeind zitten.

De microfoon moet nu al op een goede plek worden geplaatst. Misschien krijgt ze maar één kans. Het is zaak die niet te missen. Bij een visitatie zal ze worden ontmaskerd.

Ze weet niet hoe het dagverblijf eruitziet, of de andere patiënten er zijn, of er camera's of bewaarders aanwezig zijn.

Misschien is de kamer alleen maar een val waar Jurek Walter haar opwacht.

Nee, hij kan niet op de hoogte zijn van haar opdracht.

Saga gooit de verpakkingsresten in de wc en trekt door, dan loopt ze naar de deur, trekt hem een stukje open en hoort een ritmisch bonzen, vrolijke stemmen van een tv en een zoevend, suizend geluid.

Ze herinnert zich het advies dat Joona haar gaf en dwingt zichzelf terug te keren naar het bed en te gaan zitten.

Niet te enthousiast, denkt ze. Doe niets als je geen concreet plan, geen echt doel hebt.

Door de kier van de deur hoort ze muziek van de tv, het gezoef van de loopband en de zware voetstappen.

Een man met een scherpe, gestreste stem zegt af en toe iets, maar hij krijgt geen antwoord.

Beide patiënten zijn in het dagverblijf.

Saga weet dat ze naar binnen moet om de microfoon te plaatsen.

Ze staat op, loopt naar de deur, blijft even staan en probeert langzaam te ademen.

De geur van aftershave slaat haar tegemoet.

Ze legt haar hand op de deurkruk, ademt in, opent de deur helemaal, hoort het ritmische bonzen nu duidelijker en zet met gebogen hoofd een paar passen in het dagverblijf. Ze weet niet of ze geobserveerd wordt, maar zo geeft ze hun de gelegenheid aan haar te wennen voordat ze haar ogen opslaat.

Een persoon met een verband om zijn hand zit op de bank voor de tv en een ander loopt met grote passen op de loopband. De man op de loopband staat van haar afgewend, en hoewel ze alleen zijn rug en nek ziet weet ze zeker dat het Jurek Walter is.

Hij loopt met zware stappen en het geluid van het ritmische gebons vult de hele ruimte.

De man op de bank boert en slikt een paar keer, veegt het zweet van zijn wangen en begint gestrest met zijn ene been te stuiteren. Hij is dik, in de veertig, kalend, heeft een blonde snor en een bril.

'Obrahiim,' mompelt hij met zijn blik op de tv.

Hij stuitert met zijn been en wijst opeens naar het beeld.

'Daar is hij,' zegt hij in het wilde weg. 'Ik zou hem tot mijn slaaf maken, mijn skeletslaaf. Godallemachtig... moet je die lippen zien... ik zou...'

Hij zwijgt abrupt als Saga dwars door de kamer loopt, in een hoek gaat staan en naar de tv kijkt. Het is een herhaling van het EK kunstrijden in Sheffield. Geluid en beeld zijn slecht vanwege het pantserglas. Ze merkt dat de man op de bank haar zit op te nemen, maar ze kijkt niet terug.

'Ik zou hem eerst afranselen,' gaat hij door tegen Saga. 'Hem echt bang maken, als een hoer... godallemachtig...'

Hij hoest, leunt achterover, sluit zijn ogen alsof hij pijn laat wegtrekken, tast met zijn hand over zijn hals en blijft dan hijgend liggen.

Jurek Walter blijft met grote passen op de loopband lopen. Hij ziet er groter en sterker uit dan ze had verwacht. In een pot naast de loopband staat een kunstpalm en de stoffige bladeren dansen mee met het gebons.

Saga kijkt om zich heen om een plek voor de microfoon te vinden, liefst zo ver mogelijk bij de tv vandaan, zodat het afluisteren niet bemoeilijkt wordt door andere stemmen. Achter de bank zou logisch zijn, maar ze kan zich moeilijk voorstellen dat Jurek Walter vaak tv kijkt.

De man op de bank probeert op te staan, maar moet bijna overgeven van inspanning, hij kromt zijn handen voor zijn mond en slikt meerdere malen, waarna hij zijn blik weer op de tv richt.

'Begin met de benen,' zegt hij. 'Snij alles af, vil hem, spieren, pezen... zijn voeten kunnen blijven zitten zodat hij geruisloos kan lopen...'

85

Jurek Walter stopt de loopband en verlaat de ruimte zonder ook maar één keer in hun richting te hebben gekeken. De andere patiënt staat langzaam op.

'Je voelt je klote van de Zyprexa... en Stemetil, werkt niet bij mij, ik word helemaal rot vanbinnen...'

Saga blijft even staan, haar blik gericht op de tv, ze ziet de kunstrijder vaart maken en hoort de scherpe ijzers over het ijs. Ze voelt de starende ogen van de andere patiënt als hij langzaam dichterbij komt.

'Ik heet Bernie Larsson,' zegt hij op intieme toon. 'Ze denken dat ik niet kan neuken met al die rottige Suprefact in mijn lijf, maar ze hebben geen flauw benul...'

Hij drukt zijn wijsvinger hard in haar gezicht, maar ze blijft met bonzend hart staan.

'Ze hebben geen flauw benul,' zegt hij weer. 'Het zijn zulke achterlijke idioten...'

Hij zwijgt, wankelt opzij en krijgt luidruchtige oprispingen. Saga bedenkt dat ze de microfoon misschien in de plastic palm naast de loopband kan plakken.

'Hoe heet je?' fluistert Bernie hijgend.

Ze geeft geen antwoord, staat met neergeslagen ogen naast de tv en beseft dat ze niet veel tijd meer heeft. Bernie verdwijnt achter haar rug en is dan snel terug met zijn hand en knijpt hard in haar tepel. Ze duwt zijn hand weg en voelt woede opborrelen.

'Sneeuwwitje,' zegt hij glimlachend, met bezweet gezicht. 'Wat is er met je? Mag ik aan je hoofd voelen? Het ziet er zo verrekte glad uit. Als een geschoren kut...'

Voor zover ze iets van Jurek Walter heeft gezien, interesseert hij zich voor de loopband in het dagverblijf. Hij heeft er minstens een uur op gelopen en keerde daarna rechtstreeks terug naar zijn kamer.

Saga loopt zonder haast naar de loopband en stapt erop. Bernie volgt haar, bijt op een nagel en krijgt een scherp stuk los. Druppels zweet vallen van zijn gezicht op het vuile zeil.

'Scheer je je kut? Dat moet wel, hoor.'

Saga heft haar gezicht op en kijkt hem scherp aan. Zijn oogleden zijn zwaar, zijn blik lijkt gedrogeerd, onder de blonde snor gaat het litteken van een hazenlip schuil.

'Je raakt me nooit meer aan,' antwoordt ze.

'Ik kan je doodslaan,' zegt hij en hij krast met de scherpe nagel in haar hals.

Ze voelt aan de schrijnende wond als een felle stem uit de luidspreker klinkt: 'Bernie Larsson achteruit.'

Hij probeert haar tussen de benen te grijpen als de deur geopend wordt en een bewaarder met een wapenstok binnenkomt. Bernie doet een paar passen bij Saga vandaan en steekt zijn handen met een berustend gebaar in de lucht.

'Handen thuis,' zegt de bewaarder streng.

'Jezus, oké, weet ik toch.'

Bernie tast vermoeid met zijn hand over de leuning van de bank, gaat zwaar zitten, doet zijn ogen dicht en boert.

Saga stapt van de loopband en richt zich tot de bewaarder.

'Ik wil een advocaat spreken,' zegt ze.

'Jij blijft staan,' zegt de bewaarder met een korte blik op Saga.

'Kan je dat doorgeven?'

Zonder te antwoorden loopt de bewaarder naar de deursluis en wordt uit het dagverblijf gelaten. Het leek alsof ze niets had gezegd, alsof haar woorden in de lucht bleven hangen en nooit aankwamen.

Saga draait weg en nadert langzaam de plastic palmboom. Ze gaat er vlakbij op de rand van de loopband zitten en bekijkt een van de onderste bladeren. De onderkant is nauwelijks stoffig en de plakzijde van de microfoon hecht in vier seconden.

Bernie staart naar het plafond, likt zijn lippen en sluit zijn ogen weer. Saga houdt hem in de gaten en laat tegelijkertijd een vinger in haar broekband glijden, pakt de microfoon en verbergt hem in haar hand.

Ze wurmt haar ene schoen uit, leunt naar voren om het lipje goed te doen en slaagt er zo in het zicht van de camera te belemmeren. Ze gaat een beetje verzitten, en reikt naar het blad om de microfoon te bevestigen als de bank kraakt.

'Ik kijk naar je, Sneeuwwitje,' zegt Bernie met vermoeide stem.

Rustig trekt ze haar hand terug, steekt haar voet in de schoen en ziet dat Bernie haar zit op te nemen terwijl ze de klittenbandsluiting weer dichtdoet.

86

Saga loopt op de loopband, beseft dat ze moet wachten tot hij naar zijn kamer gaat voor ze de microfoon kan bevestigen. Bernie staat op van de bank, doet een paar passen in haar richting en steunt met zijn hand tegen de muur.

'Ik kom uit Säter,' fluistert hij glimlachend.

Ze kijkt niet naar hem, maar merkt dat hij dichterbij komt. Zweet drupt van zijn gezicht op de vloer.

'Waar zat jij voor je hierheen kwam?' vraagt hij.

Hij wacht even en slaat dan meerdere keren hard met zijn vuist tegen de muur, waarna hij haar weer aankijkt.

'In Karsudden,' antwoordt hij zelf met een piepstemmetje. 'Ik zat in Karsudden, maar ben hierheen verhuisd omdat ik samen met Bernie wil zijn...'

Saga draait weg en ziet nog net een donkere glimp achter de derde deur. Een schaduw die zich terugtrok. Ze begrijpt dat Jurek Walter naar hen staat te luisteren.

'Dan moet je Jekaterina Ståhl daar tegengekomen zijn,' zegt Bernie met zijn gewone stem.

Ze schudt haar hoofd, herinnert zich niemand met die naam, weet niet eens of hij het over een patiënt of een bewaarder heeft.

'Nee,' antwoordt ze eerlijk.

'Want ze zat in Sankt Sigfrids,' zegt hij glimlachend en hij spuugt op de grond. 'Wie ben je dan tegengekomen?'

'Niemand.'

Hij mompelt iets over skeletslaven, gaat voor de lopende band staan en kijkt naar haar.

'Ik mag aan je kut voelen als je liegt,' zegt hij en hij krabt in zijn blonde snor. 'Wil je dat?'

Ze zet de band uit, staat even stil en bedenkt dat ze zich aan de waarheid moet houden, ze is in Karsudden geweest.

'En Micke Lund dan. Je moet Micke Lund hebben gezien als je daar zat,' zegt hij met een plotse glimlach. 'Een lange gozer, een meter negentig... met een litteken op zijn voorhoofd.'

Ze knikt, weet niet wat ze moet zeggen, bedenkt dat ze hem moet laten kletsen, maar geeft toch antwoord.

'Nee.'

'Jezus, wat raar.'

'Ik zat tv te kijken op mijn kamer.'

'Daar heb je geen tv op je kamer – jezus, wat sta jij te liegen, je bent een vuile...'

'In de isoleer wel,' kapt ze hem af.

Hij ademt hijgend en blijft haar glimlachend aanstaren. Ze weet niet of hij dat wist, want hij likt aan zijn lippen en komt dichterbij.

'Jij bent mijn slaaf,' gaat hij langzaam verder. 'Jezus, wat een lol... je ligt mijn tenen te likken...'

Saga stapt van de loopband af en loopt terug naar haar cel. Ze gaat op bed liggen en hoort dat Bernie even bij haar deur blijft staan en haar roept voor hij weer op de bank gaat zitten.

'Godsamme,' fluistert ze.

Morgen moet ze maken dat ze snel uit haar cel komt, op de rand van de loopband gaan zitten, haar schoen goed doen en de microfoon bevestigen. Ze zal met grote passen op de loopband lopen, iedereen negeren en als Jurek Walter komt, dan stapt ze gewoon van de band af en verlaat ze het dagverblijf.

Saga denkt aan de bank en het uitspringende gedeelte van de muur bij het pantserglas voor de tv. De camera heeft waarschijnlijk geen zicht in lijn met dat gedeelte. Ze moet goed uitkijken voor die blinde hoek. Daar stond ze toen Bernie in haar tepel kneep. Daarom reageerde het personeel niet.

Ze is pas vijf uur op de beveiligde eenheid in het Löwenströmska-ziekenhuis en nu al compleet uitgeput.

De kamer met de metalen wanden voelt krapper. Ze sluit haar ogen en denkt aan de reden waarom ze hier is. Ze ziet het meisje op de foto voor zich. Het is allemaal voor haar, voor Felicia.

87

De Athena-groep zat doodstil de opname vanuit het dagverblijf in realtime te beluisteren. Het geluid was slecht, werd gedempt en gestoord door een luid geschraap.

'Blijft het de hele tijd zo?' vraagt Nathan.

'Ze heeft de microfoon nog niet geplaatst. Misschien heeft ze hem in haar zak,' antwoordt Johan Jönson.

'Als ze maar geen visitatie krijgt.'

Ze luisteren opnieuw naar de opname. Het geschraap van Saga's broekband, haar lichte ademhaling klinkt samen met het gebons van loopband en het geklets van de tv. Net als blinden wordt de Athenagroep uitsluitend met behulp van hun gehoor de wereld van de gesloten afdeling binnengeleid.

'Obrahiim,' horen ze een slappe stem plotseling zeggen.

De hele groep is ineens heel erg geconcentreerd. Johan Jönson zet het volume iets hoger en voegt een filter toe om de ruis te verminderen.

'Daar is hij,' gaat de man door. 'Ik zou hem tot mijn slaaf maken, mijn skeletslaaf.'

'Ik dacht eerst dat het Walter was,' zegt Corinne glimlachend.

'Godallemachtig,' gaat de stem verder. 'Moet je die lippen zien... ik zou...'

Zwijgend luisteren ze naar de agressieve woordenstroom van de andere patiënt en ze horen iemand van het personeel uiteindelijk naar binnen gaan om in te breken in de situatie. Na het ingrijpen is het even stil. Dan begint de patiënt Saga uit te horen over Karsudden, op een indringende en wantrouwige manier.

'Ze redt zich prima,' zegt Nathan verbeten.

Ze horen Saga het dagverblijf ten slotte verlaten zonder dat ze erin geslaagd is de microfoon te plaatsen.

Ze vloekt zachtjes in zichzelf.

Het is volkomen stil om haar heen, tot het elektrische slot van de deur begint te zoemen.

'We kunnen in elk geval constateren dat de techniek werkt,' zegt Nathan.

'Arme Saga,' fluistert Corinne.

'Ze had die microfoon moeten plaatsen,' foetert Johan Jönson.

'Het was vast onmogelijk.'

'Maar als ze wordt ontmaskerd, dan is het...'

'Dat wordt ze niet,' valt Corinne hem in de rede.

Ze glimlacht en slaat haar armen uit, zodat de aangename geur van haar parfum zich door de kamer verspreidt.

'Geen Walter tot nu toe,' zegt Nathan en hij kijkt Joona kort aan.

'Stel dat ze hem volledig geïsoleerd houden, dan is alles voor niets,' zucht Johan Jönson.

Joona zegt niets, maar hij heeft het idee dat er iets werd overgebracht via de geluidsopname. Gedurende enkele minuten was het alsof hij een bijna fysieke aanwezigheid van Walter gewaarwerd. Alsof Walter in het dagverblijf was, al zei hij niets.

'We luisteren nog een keer,' zegt hij en hij kijkt op zijn horloge.

'Moet je ergens heen?' vraagt Corinne, en ze trekt haar dichte, zwarte wenkbrauwen op.

'Ik heb een afspraak,' zegt Joona terwijl hij haar glimlach beantwoordt.

'Eindelijk een beetje romantiek...'

88

Joona loopt een witgekalkte zaal in met een brede wasbak aan de muur. Het water stroomt uit een oranje slang de afvoerput in de vloer in. Op een lange sectietafel met plastic hoes ligt het lijk uit de jachthut in Dalarna. De bruine, ingevallen borstkas is opengezaagd en gele vloeistof stroomt langzaam in de roestvrijstalen goot.

'Tra la la la laa – we'd catch the rainbow,' zingt de Naald in zichzelf. 'Tra la la la laa – to the sun...'

Hij trekt een stel latex handschoenen tevoorschijn en blaast erin, als hij Joona in de deuropening ziet staan.

'Jullie kunnen wel een band beginnen hier,' zegt Joona glimlachend.

'Frippe is een geweldig goeie bassist,' antwoordt de Naald.

Het licht van de felle lampen in het plafond weerkaatst in zijn pilotenbril. Hij draagt een wit poloshirt onder zijn doktersjas.

In de gang klinken ritselende voetstappen en even later komt Carlos Eliasson binnen met lichtblauwe schoenhoezen aan zijn voeten.

'Hebben jullie de dode al weten te identificeren?' vraagt hij, en hij blijft abrupt staan als hij het lijk op de tafel ziet.

Door de verhoogde randen van de sectietafel ziet deze eruit als een aanrechtblad waar een gedroogd stuk vlees of een zwarte, vreemdsoortige wortel op ligt. Het lijk is ingedroogd en vervormd en het afgevallen hoofd is boven de hals geplaatst.

'Dit is zonder twijfel Jeremy Magnusson,' antwoordt de Naald. 'Onze forensisch odontoloog – die trouwens gitaar speelt – heeft de orale karakteristieken vergeleken met de tandkaart.'

De Naald buigt naar voren, neemt het hoofd in zijn handen en opent het zwarte, rimpelige gat dat de mond van Jeremy Magnusson is.

'Hij had een niet doorgekomen verstandskies en...'

'Alsjeblieft,' zegt Carlos met het zweet op zijn voorhoofd. 'Ik ben ervan overtuigd dat jullie gitarist gelijk heeft...'

'Het gehemelte is verdwenen,' zegt de Naald, en hij dwingt de kaak van de schedel nog een stukje verder open. 'Maar als je met je vinger voelt, dan...'

'Heel spannend allemaal,' valt Carlos hem in de rede en hij kijkt op zijn horloge. 'Hebben jullie enig idee hoe lang hij daar heeft gehangen?'

'Het indrogen is enigszins vertraagd door de lage temperaturen,' antwoordt de Naald. 'Maar als je hier naar de ogen kijkt, dan is het bindvlies snel ingedroogd, behalve vlak onder de oogleden. De perkamentachtige consistentie van de huid is overal dezelfde, behalve rond de hals waar de strop zat.'

'Maar ongeveer,' zegt Carlos.

'De postmortale verandering is immers een kalender, een soort leven van de dode, een proces in het lichaam na de dood... En ik zou erop inzetten dat Jeremy Magnusson zich zo'n...'

'Dertien jaar, één maand en vijf dagen geleden heeft verhangen,' zegt Joona.

'Goeie gok,' knikt de Naald.

'Ik heb net een scan van de afscheidsbrief ontvangen van de TR,' zegt Joona en hij haalt zijn telefoon tevoorschijn.

'Zelfmoord,' weet Carlos eruit te persen.

'Alles wijst in die richting, ook al is het qua tijdstip heel goed mogelijk dat Jurek Walter daar geweest is,' antwoordt de Naald.

'Jeremy Magnusson stond op de lijst van Walters meest waarschijnlijke slachtoffers,' zegt Carlos langzaam. 'En nu kunnen we zijn dood afschrijven als zelfmoord...'

Iets ongrijpbaars fladdert door Joona's gedachten. Alsof er een associatie in het gesprek huist waar hij de vinger niet op weet te leggen.

'Wat schreef hij in de brief?' vraagt Carlos.

'Hij heeft zich slechts drie weken voor Samuel en ik zijn dochter Agneta in het Lill-Jansskogen hebben gevonden verhangen,' zegt Joona en hij zoekt naar de scan met de gedateerde afscheidsbrief.

Ik weet niet waarom ik alles kwijt ben geraakt, mijn kinderen, mijn kleinkind en mijn vrouw.
Ik ben als Job, maar voor mij was er geen genade.
Ik heb gewacht en aan dat wachten moet een einde komen.

Hij heeft zich van het leven beroofd in de overtuiging dat iedereen van wie hij ooit had gehouden hem ontnomen was. Als hij de eenzaamheid nog iets langer had weten te verdragen dan had hij zijn dochter teruggekregen. Agneta Magnusson heeft nog jaren geleefd voor haar hart er uiteindelijk mee ophield. Ze lag onder permanent toezicht op een verpleegafdeling in het Huddinge-ziekenhuis.

89

Reidar Frost heeft eten besteld bij het Noodle House en het laten bezorgen in de hal van het Söder-ziekenhuis. De damp slaat af van de dumplings met gehakt en koriander, naar gember geurende loempia's, rijstnoedels met gehakte groente en chili, gefrituurde varkenshaaspuntjes en kippensoep.

Omdat hij niet meer weet wat Mikael lekker vindt, heeft hij acht verschillende gerechten genomen.

Op het moment dat hij uit de lift stapt en de gang in loopt, gaat zijn telefoon.

Reidar zet de tassen neer, ziet dat het een geheim nummer is en neemt snel op: 'Reidar Frost.'

Het blijft stil in zijn mobiel en dan hoort hij een krakend geluid.

'Met wie spreek ik?' vraagt hij.

Iemand kreunt op de achtergrond.

'Hallo?'

Hij staat op het punt de verbinding te verbreken als er iemand fluistert: 'Papa?'

'Hallo,' herhaalt hij. 'Met wie spreek ik?'

'Papa, met mij,' fluistert een vreemde, lichte stem. 'Met Felicia.'

De grond draait onder Reidars voeten.

'Felicia?'

De stem is amper nog te horen.

'Papa... ik ben zo bang, papa...'

'Waar ben je? Alsjeblieft, meisje...'

Plotseling klinkt er gegiechel en hij begint over zijn hele lichaam te rillen.

'Papaatje, geef me twintig miljoen...'

Nu is het duidelijk dat het een man is die zijn stem verdraait en probeert hem hoog te laten klinken.

'Geef me twintig miljoen kronen, dan kruip ik bij je op schoot en...'

'Weet je iets over mijn dochter?' vraagt Reidar.

'Je bent zo'n ongelofelijk slechte schrijver, om te kotsen gewoon.'

'Ja, dat is zo... maar als je iets weet over...'

De verbinding wordt verbroken en Reidars handen beven zo dat het hem niet lukt het nummer van de politie te vinden. Hij probeert zich te herpakken, beseft dat hij moet bellen om het gesprek te melden, ook al zal het nergens toe leiden, en ook al zullen ze vinden dat hij het aan zichzelf te wijten heeft.

90

Anders Rönn blijft in het ziekenhuis, ook al is het inmiddels avond. Hij wil de derde patiënt, de jonge vrouw, observeren.

Ze komt rechtstreeks uit het Karsuddens-ziekenhuis en er zijn geen tekenen dat ze met het personeel wil communiceren. Haar medicatie is aan de voorzichtige kant, gezien het forensisch psychiatrisch rapport.

Leif is na zijn dagdienst naar huis gegaan en een stevige vrouw, die Pia Madsen heet, heeft avonddienst. Ze zegt niet veel, zit vooral thrillers te lezen en te gapen.

Anders betrapt zichzelf erop dat zijn blik op het scherm weer bij de nieuwe patiënt is blijven hangen.

Ze is ontstellend mooi. Eerder die dag had hij zo naar haar zitten staren dat hij er droge ogen van gekregen had.

Ze wordt als gewelddadig en vluchtgevaarlijk aangemerkt, en de misdrijven waarvoor ze is veroordeeld zijn gruwelijk.

Nu Anders haar zit op te nemen kan hij niet geloven dat het waar is wat er geschreven staat, maar hij beseft dat het toch zo is.

Ze is tenger als een balletdanseres en de kaalgeschoren schedel geeft haar een kwetsbare uitstraling.

Misschien kwam het door haar schoonheid dat ze haar in het Karsuddens-ziekenhuis alleen maar Trilafon en Stesolid gaven.

Na de vergadering met de ziekenhuisleiding heeft Anders min of meer de bevoegdheden van de chef-arts overgenomen in de beveiligde eenheid.

Voorlopig beslist hij over de patiënten.

Hij heeft overlegd met dokter Maria Gomez van afdeling 30. Normaal gesproken wacht men af tijdens de observatieperiode, maar hij zou nu al naar binnen kunnen gaan om haar intramusculair Haldol toe te dienen. Die gedachte bezorgt hem de kriebels, hij raakt vervuld van een intense en vreemde verwachting.

Pia Madsen komt terug van de wc. Haar oogleden zijn halfgesloten. Een lang stuk wc-papier is onder haar schoen blijven kleven en kronkelt achter haar aan. Sloffend en met een futloos gezicht komt ze door de gang dichterbij.

'Ik ben helemaal niet moe, hoor,' lacht ze en ze kijkt hem even aan.

Ze trekt het wc-papier van haar schoen, gooit het in de prullenbak, en gaat naast hem op haar plaats achter de monitor zitten en kijkt op haar horloge.

'Wil je een slaapliedje voor ze zingen?' vraagt ze voordat ze via de computer het licht in de kamers van de patiënten uitdoet.

Het beeld van de drie patiënten blijft nog even op Anders' netvlies hangen. Vlak voordat alles donker werd lag Jurek al op zijn rug in bed, Bernie zat op de grond met zijn verbonden hand tegen zijn borst gedrukt en Saga zat op de rand van het bed en zag er even meedogenloos als kwetsbaar uit.

'Het is al bijna familie,' gaapt Pia en ze slaat haar boek open.

91

Om negen uur doet het personeel de plafondlamp uit. Saga zit op de rand van het bed. De microfoon zit weer in haar broekband. Het is het veiligst om hem bij zich te hebben tot ze hem heeft geplaatst. Zonder microfoon is de hele opdracht zinloos. Ze wacht en na een tijdje ziet ze een zwevende grijze rechthoek in de duisternis. Dat is de dikke glazen ruit in de deur. Weer even later zijn de vormen van de kamer zichtbaar als in een mistig landschap. Saga staat op en loopt naar de donkerste hoek, gaat op de koude vloer liggen en begint sit-ups te doen. Na driehonderd rolt ze op haar buik, strekt haar buikspieren voorzichtig en begint zich op te drukken.

Plotseling bekruipt haar het gevoel dat ze bekeken wordt. Er is iets veranderd. Ze stopt en kijkt omhoog. De ruit in de deur is donkerder, afgeschermd. Snel steekt ze haar vingers in haar broekband, haalt de microfoon eruit, maar laat hem per ongeluk vallen.

Ze hoort stappen, bewegingen en een metalig schrapen langs de deur.

Vlug veegt ze met haar handen over de grond, vindt de microfoon en stopt hem in haar mond op het moment dat de plafondlamp aangaat.

'Naar het kruis,' zegt een vrouw streng.

Saga zit nog steeds op handen en knieën met de microfoon in haar mond. Langzaam staat ze op terwijl ze speeksel in haar mond probeert te verzamelen.

'Opschieten nu.'

Talmend loopt ze naar het kruis, kijkt op naar het plafond en weer naar de grond. Op het kruis blijft ze staan, nonchalant draait ze haar rug naar de deur, heft haar blik naar het plafond en slikt. Haar keel schrijnt enorm als de microfoon langzaam omlaag glijdt.

'We hebben elkaar eerder ontmoet,' zegt een man met een lijzige stem. 'Ik ben de chef-arts hier en ben verantwoordelijk voor je medicatie.'

'Ik wil een advocaat spreken,' zegt Saga.

'Trek je bovenkleding uit en kom langzaam naar de deur,' zegt de eerste stem.

Ze trekt haar bloes uit, laat hem op de grond vallen, draait zich om en loopt in haar verwassen beha naar de deur.

'Blijf staan en laat je beide handen zien, draai je armen om en doe je mond wijd open.'

Het metalen luik gaat open en ze steekt haar hand uit om het bekertje met tabletten aan te pakken.

'Ik heb je medicatie trouwens aangepast,' zegt de chef-arts met slappe stem.

Als ze ziet dat de arts een injectiespuit met een melkwitte emulsie klaarmaakt, beseft Saga plotseling wat het betekent om in de macht van deze mensen te zijn.

'Steek je linkerarm door het luik,' zegt de vrouw.

Ze begrijpt dat ze niet kan weigeren, maar haar hartslag loopt op als ze gehoorzaamt. Een hand grijpt haar arm beet en de arts tast met zijn duim over de spier. Het paniekerige gevoel zich vrij te willen worstelen borrelt in haar op.

'Je hebt tot nu toe Trilafon gekregen, heb ik begrepen,' zegt de arts en hij werpt een blik op haar die ze niet kan plaatsen. 'Acht milligram, drie keer per dag, maar ik ben van plan te proberen...'

'Ik wil niet,' zegt ze.

Ze probeert haar arm terug te trekken, maar de bewaarder houdt hem stevig vast, ze zou hem kunnen breken. De bewaarder is zwaar en buigt haar arm naar de grond, waardoor Saga op haar tenen moet gaan staan.

Saga probeert rustig te ademen. Wat willen ze haar geven? Er hangt een troebele druppel aan de punt van de naald. Ze probeert haar arm weer naar zich toe te trekken. Een vinger streelt de dunne huid over de spier. Ze voelt een prik en de naald glijdt naar binnen. Ze kan haar arm niet bewegen. Er verspreidt zich een koud gevoel door haar lichaam. Ze ziet de hand van de arts de naald terugtrekken en een gaasje stopt het bloeden. Dan laten ze haar los. Ze trekt haar arm terug, loopt achterwaarts bij de deur weg en ziet vaag de gestalten door het glas.

'Ga nu op je bed zitten,' zegt de bewaarder met harde stem.

De prik schrijnt alsof ze zich aan de naald heeft gebrand. Een vermoeidheid vult haar lichaam. Ze heeft de puf niet om haar bloes op te rapen, wankelt en doet een stap in de richting van het bed.

'Je hebt Stesolid gekregen om te ontspannen,' vertelt de arts.

De kamer schommelt, ze zoekt naar steun, maar komt niet met haar hand bij de muur.

'Verdomme,' hijgt Saga.

De vermoeidheid golft door haar heen en op het moment dat ze bedenkt dat ze snel op het bed moet gaan liggen, zakken haar benen onder haar weg. Ze valt ongecontroleerd en klapt tegen de grond, de stoot gaat door haar lichaam heen en ze verrekt haar nek.

'Zo dadelijk kom ik binnen,' gaat de arts verder. 'Het lijkt me een goed idee als we een antipsychoticum proberen dat soms heel goed werkt. Het heet Haldol Depot.'

'Ik wil niet,' zegt ze zacht en ze probeert op haar zij te rollen.

Ze opent haar ogen en vecht om de duizeligheid de baas te worden. Haar heup doet pijn van de val. Vanaf haar voeten stijgt er een prikkende golf omhoog die haar steeds verder verdooft. Ze probeert op te staan, maar het lukt niet. Haar gedachten worden trager. Ze probeert het weer, maar heeft geen enkele kracht.

92

Haar oogleden zijn zwaar, maar ze dwingt zichzelf te kijken. Het licht van de plafondlamp is wonderlijk mistig. De stalen deur gaat open en er komt een man in witte jas binnen. Het is de jonge arts. Hij houdt iets in zijn slanke handen. De deur gaat ratelend achter hem dicht. Ze knippert met haar droge ogen en ziet dat de arts twee ampullen met gele olie op tafel zet. Voorzichtig maakt hij de plastic verpakking van een injectienaald open. Saga probeert onder het bed te kruipen, maar het gaat te langzaam. De arts krijgt haar enkel te pakken en trekt haar eronder vandaan. Ze probeert zich vast te houden en rolt op haar rug. Haar beha schuift omhoog en ontbloot haar borsten als hij haar de kamer in trekt.

'Je ziet eruit als een prinses,' hoort ze hem fluisteren.

'Wat?'

Ze kijkt op en ziet zijn kleffe blik, probeert haar borsten te bedekken, maar haar handen zijn te zwak.

Ze sluit haar ogen weer, ligt stil en wacht.

Plotseling rolt de arts haar op haar buik. Hij trekt haar broek en slipje omlaag. Ze zakt weg en wordt wakker van een prik boven in haar rechterbil, gevolgd door een prik wat verder omlaag.

Saga wordt in het donker wakker op de koude vloer en merkt dat er een deken over haar heen ligt. Haar hoofd doet pijn en ze heeft nauwelijks gevoel in haar handen. Ze gaat rechtop zitten, trekt haar beha goed en herinnert zich dan de microfoon in haar maag.

Er is haast bij.

Misschien heeft ze al uren geslapen.

Ze kruipt naar het afvoerputje, duwt twee vingers in haar keel en braakt zure maagsappen op. Ze slikt hard en probeert het weer, haar maag trekt samen, maar er komt niets omhoog.

'God...'

Ze moet de microfoon morgen hebben om hem in het dagverblijf te plaatsen. Hij mag niet in haar twaalfvingerige darm verdwijnen. Ze komt op trillende benen overeind en drinkt water uit het kraantje boven de wastafel, gaat dan weer op haar knieën zitten, leunt voorover en stopt twee vingers in haar keel. Het water golft omhoog, maar ze houdt haar vingers in haar keel. De dunne maaginhoud loopt langs haar onderarm. Ze ademt hijgend, drukt haar vingers dieper naar binnen, en wekt de braakreflex weer op. Er komt gal omhoog en haar mond raakt vervuld van de bittere smaak. Ze hoest en drukt haar vingers naar binnen en dan voelt ze eindelijk de microfoon omhoog gestoten worden haar keel in en haar mond uit. Ze vangt hem op in haar hand en verbergt hem, hoewel het donker is in de kamer, staat op, spoelt hem af onder de kraan en verstopt hem opnieuw in haar broekband. Ze spuugt gal en slijm uit, spoelt haar mond en haar gezicht, spuugt weer, drinkt wat water en gaat terug naar het bed.

Haar voeten en vingertoppen zijn ijskoud en verdoofd. Haar tenen tintelen. Als Saga in het bed gaat liggen en haar broek goed trekt, merkt ze dat haar slipje binnenstebuiten zit. Ze weet niet of ze het zelf verkeerdom heeft aangetrokken, of dat er iets anders is gebeurd. Ze kruipt onder de deken, laat haar hand voorzichtig omlaaggaan en voelt tussen haar benen. Haar geslacht is niet pijnlijk of verwond, maar voelt wonderlijk verdoofd.

93

Mikael Kohler-Frost zit aan een tafeltje in de eetzaal op de afdeling. Hij houdt een hand om de warme theekop en praat met Magdalena Ronander van de rijksrecherche. Reidar heeft de rust niet om te gaan zitten, maar hij blijft even bij de deur naar zijn zoon staan kijken voordat hij naar de centrale hal beneden gaat om Veronica Klimt op te halen.

Magdalena glimlacht naar Mikael en legt dan het uitvoerige verslag van de verhoren op tafel. Het bestaat uit vier ingebonden stapels papier. Ze bladert naar het gemarkeerde gedeelte en vraagt of hij klaar is om verder te gaan.

'Ik heb toch alleen de binnenkant van de capsule maar gezien,' zegt Mikael voor de zoveelste keer.

'Kun je de deur nog eens beschrijven?' vraagt ze.

'Die is van metaal en helemaal glad... in het begin kon je er schilfertjes verf af pulken met je nagels... hij heeft geen sleutelgat, geen klink...'

'Wat voor kleur?'

'Grijs...'

'Er is ook een luik dat...'

Ze breekt haar zin af als ze ziet dat hij vlug tranen van zijn wangen veegt en zijn gezicht afwendt.

'Ik kan het niet tegen papa zeggen,' zegt hij met trillende lippen. 'Maar als Felicia niet terugkomt...'

Magdalena staat op, loopt om de tafel heen en houdt hem vast terwijl ze herhaalt dat het goed zal komen.

'Ik weet het zeker,' fluistert hij. 'Dan maak ik mezelf dood.'

*

Reidar Frost is het ziekenhuis nauwelijks uit geweest sinds Mikael terug is. Hij heeft een kamer op dezelfde etage van het ziekenhuis gehuurd om continu bij zijn zoon te kunnen zijn.

Hoewel Reidar weet dat het geen zin heeft, moet hij zichzelf dwingen niet weg te rennen om naar Felicia te zoeken. Hij laat elke dag een advertentie in alle grote kranten zetten waarin hij smeekt om tips en beloningen uitlooft. Hij heeft een team van de beste privédetectives ingeschakeld om haar te zoeken, maar het gemis vreet aan hem, bezorgt hem slapeloze nachten, dwingt hem om uur na uur door de gangen te ijsberen.

Het enige wat hem heeft gekalmeerd is dat hij Mikael van dag tot dag gezonder en sterker ziet worden. Commissaris Joona Linna zegt dat hij van onschatbare hulp is door bij zijn zoon te blijven, hem in zijn eigen tempo te laten vertellen, te luisteren en elke herinnering, elk detail op te schrijven.

Als Reidar de centrale hal in komt, staat Veronica al binnen de glazen deuren naar de besneeuwde parkeerplaats op hem te wachten.

'Is het niet te vroeg om Micke naar huis te sturen?' vraagt ze terwijl ze hem de tassen geeft.

'Ze zeggen dat het goed gaat,' glimlacht Reidar.

'Ik heb een spijkerbroek en wat soepeler broeken gekocht, overhemden, T-shirts, een dikke trui en nog wat dingen...'

'Hoe ziet het er thuis uit?' vraagt Reidar.

'Veel sneeuw,' lacht Veronica, waarna ze vertelt dat de laatste gasten het landhuis hebben verlaten.

'Mijn kompanen ook?' vraagt Reidar.

'Nee, die zijn er nog, maar... je zult het allemaal wel zien.'

'Wat?'

Veronica schudt glimlachend haar hoofd.

'Ik heb tegen Berzelius gezegd dat ze hier niet naartoe mogen komen, maar ze willen Mikael heel graag ontmoeten,' antwoordt ze.

'Ga je mee?' vraagt Reidar. Hij glimlacht en trekt haar kraag recht.

'Een andere keer,' antwoordt Veronica en ze kijkt hem in de ogen.

94

Terwijl Reidar rijdt zit Mikael met zijn nieuwe kleren aan zenders op de radio te zoeken. Plotseling houdt de jongen op met zappen. Balletmuziek van Satie valt als een warme zomerregen in de auto.

'Papa, is het niet overdreven om in een landhuis te wonen?' glimlacht Mikael.

'Jawel.'

Eigenlijk heeft hij het nogal vervallen landhuis gekocht omdat hij de buren op Tyresö niet meer verdroeg.

Besneeuwde akkers strekken zich uit en als ze de lange oprijlaan inslaan, hebben de drie vrienden langs de hele oprit fakkels ontstoken. Als ze parkeren en uitstappen, komen Wille Strandberg, Berzelius en David Sylwan het bordes op.

Berzelius doet een stap naar voren en ziet er een moment lang uit alsof hij niet weet of hij de jongen moet omhelzen of hem de hand moet drukken. Dan mompelt hij iets en omarmt Mikael stevig.

Wille veegt een paar tranen achter zijn brillenglazen weg.

'Je bent zo groot geworden, Micke,' zegt hij. 'Ik ben...'

'We gaan naar binnen,' zegt Reidar om zijn zoon te redden. 'We moeten wat eten.'

David bloost en haalt verontschuldigend zijn schouders op: 'We hebben een omgekeerd diner georganiseerd.'

'Wat is dat?' vraagt Reidar.

'Je begint met het toetje en eindigt met het voorgerecht,' glimlacht Sylwan gegeneerd.

Mikael gaat als eerste door de grote voordeur naar binnen. De brede eikenhouten vloerplanken in de entree geuren naar groene zeep.

Er hangen ballonnen aan het plafond van de eetzaal en op tafel staat een grote taart die is versierd met een Spiderman van gekleurd marsepein.

'We weten dat je groot geworden bent,' zegt Berzelius, 'maar je hield zo van Spiderman, dat we dachten...'

'We hebben verkeerd gedacht,' rondt Wille af.

'Ik wil graag een stukje taart proeven,' zegt Mikael vriendelijk.

'Zo mogen we het horen,' lacht David.

'Daarna is er pizza en ten slotte alfabetsoep,' vertelt Berzelius.

Ze gaan aan de enorme ovale tafel zitten.

'Ik weet nog dat je in de keuken een taart moest bewaken tot de gasten kwamen,' zegt Berzelius, en hij snijdt een groot stuk voor Mikael af. 'Toen we de kaarsjes aan wilden steken was die helemaal uitgehold.'

Reidar verontschuldigt zich, staat op en loopt van tafel weg. Hij probeert naar het gezelschap te glimlachen, maar zijn hart bonkt van angst. Hij mist zijn dochter zo hevig dat het pijn doet, dat hij het wil uitschreeuwen. Mikael daar bij die kinderachtige taart te zien zitten. Als herrezen uit de dood. Hij ademt zwaar, loopt de hal in en denkt eraan terug hoe hij de lege urnen van zijn kinderen naast de as van Roseanna begroef. Daarna ging hij naar huis. Nodigde vrienden uit voor een feest en sindsdien is hij eigenlijk nooit meer nuchter geweest.

Hij staat vanuit de hal de eetzaal in te kijken, waar Mikael taart eet terwijl zijn vrienden proberen een gesprek te voeren en hem aan het lachen te maken. Reidar weet dat hij het niet steeds moet doen, maar hij haalt toch zijn telefoon tevoorschijn en belt Joona Linna.

'Met Reidar Frost,' zegt Reidar, en hij voelt een lichte druk op zijn borst.

'Ik hoorde dat Mikael is ontslagen,' zegt de commissaris.

'Maar Felicia, ik moet weten... ze is, ze is zo...'

'Ik weet het, Reidar,' zegt Joona Linna mild.

'Jullie doen wat jullie kunnen,' fluistert hij en hij voelt dat hij moet gaan zitten.

Hij hoort de commissaris iets vragen, maar hij drukt het gesprek midden in een zin weg.

95

Reidar slikt een paar keer hard, zoekt steun bij de muur, voelt het behang ritselen onder zijn hand en ziet een paar dode vliegen op de stoffige voet van de staande lamp liggen.

Mikael zei dat Felicia niet geloofde dat hij naar haar zou zoeken, dat ze zeker wist dat het hem niks kon schelen dat ze verdwenen was.

Hij was een onrechtvaardige vader, hij wist het, maar hij kon toen niet anders.

Het kwam niet doordat hij van het ene kind meer hield dan van het andere, maar dat...

De druk op zijn borst neemt toe.

Reidar blikt de gang naar de hal in waar hij zijn jas met de nitroglycerinespray heeft neergekwakt.

Hij probeert rustig te ademen, zet een paar stappen, blijft staan en bedenkt dat hij zichzelf moet dwingen terug te keren naar zijn herinnering en zich door schuldgevoel te laten overspoelen.

Felicia was in januari acht geworden. In maart had het gedooid, maar het zou binnenkort weer kouder worden.

Mikael was altijd zo scherp en oplettend, keek je met alerte ogen aan en deed wat er van hem werd verwacht.

Felicia was anders.

Reidar had het erg druk in die tijd, hij schreef de hele dag, beantwoordde brieven van lezers, werd geïnterviewd, gefotografeerd, bracht auteursbezoeken aan andere landen. Zijn tijd was niet toereikend en hij had er een hekel aan als iemand hem liet wachten.

Felicia was altijd laat.

En die dag, toen de verschrikking plaatsvond, de dag waarop de sterren in een gruwelijke constellatie stonden, de dag waarop God Reidar de rug toekeerde, die ochtend was uiteraard een gewone ochtend met een stralende zon.

Mikael en Felicia begonnen allebei vroeg op school. Omdat Felicia langzaam en slordig was, had Roseanna al kleren voor haar klaargelegd, maar het was Reidars taak ervoor te zorgen dat de kinderen op tijd naar school vertrokken. Roseanna was al vroeg van huis gegaan, ze pakte de auto naar Stockholm voordat de spits haar reistijd zou vervijfvoudigen.

Mikael was al klaar toen Felicia aan de keukentafel ging zitten. Reidar roosterde en smeerde brood voor haar, zette cornflakes, cacaopoeder, een glas en melk voor haar neer. Ze zat de achterkant van het pak cornflakes te lezen, scheurde een hoekje van de boterham af en rolde er een vettig balletje van.

'Je hebt niet veel tijd meer,' zei Reidar beheerst.

Met neergeslagen blik pakte ze het cacaopoeder zonder het glas dichter bij het pak te zetten en morste bijna alles op de tafel. Ze leunde op haar ellebogen en begon met haar vingers in het gemorste poeder te tekenen. Reidar zei tegen haar de tafel schoon te maken, maar ze gaf geen antwoord en zoog op de vinger die ze in het cacaopoeder doopte.

'Je weet dat jullie om tien over acht buiten moeten staan om op tijd te komen?'

'Zeur niet zo,' mompelde ze en ze stond op van tafel.

'Ga je tanden poetsen,' zei Reidar. 'Mama heeft je kleren klaargelegd op je kamer.'

Hij besloot haar niet te berispen omdat ze haar glas niet had opgeruimd en de tafel niet had schoongemaakt.

Reidar wankelt en de staande lamp valt om en dooft. De druk op zijn borst is nu verschrikkelijk. De pijn straalt uit in zijn arm en hij kan amper ademen. Mikael en David Sylwan staan plotseling bij hem. Hij probeert tegen ze te zeggen dat ze hem met rust moeten laten. Berzelius komt aangerend met zijn jas en ze zoeken in de zakken naar het medicijn.

Hij pakt het flesje aan, sprayt onder zijn tong en laat het op de grond vallen als de druk op zijn borst wegebt. Vanuit de verte hoort hij hen vragen of ze een ambulance moeten bellen. Reidar schudt zijn hoofd en merkt dat de nitroglycerine een toenemende hoofdpijn heeft veroorzaakt.

'Ga maar eten,' zegt hij. 'Er is niks ernstigs met me, maar ik... ik wil even alleen zijn.'

96

Reidar gaat op de grond zitten, met zijn rug tegen de muur, haalt trillend zijn hand langs zijn lippen en dwingt zichzelf terug naar de herinnering. Het was acht uur toen hij naar Felicia's kamer ging. Ze zat op de grond te lezen. Haar haar zat in de war en ze had chocolademelk om haar mond en op haar wang. Om lekkerder te zitten had ze haar pas gestreken bloes en rok als een kussentje onder zich gerold. Ze had één been in de maillot gestoken en zoog nog steeds op haar kleverige vingers.

'Over negen minuten moeten jullie op de fiets zitten,' zei hij ernstig. 'Je meester heeft gezegd dat je niet meer te laat mag komen.'

'Weet ik,' zei ze monotoon zonder op te kijken uit haar boek.

'Was je gezicht, je hele gezicht zit onder de smurrie.'

'Zeur niet zo,' mompelde ze.

'Ik zeur niet,' probeerde hij te zeggen. 'Ik wil niet dat je te laat komt. Begrijp je dat?'

'Je zeurt zo dat ik er bijna van moet kotsen,' zei ze zonder op te kijken van haar boek.

Hij moet gestrest zijn geweest door het schrijven en de journalisten die hem niet met rust lieten, want plotseling explodeerde hij. Hij was het zat. Hij greep haar stevig bij haar arm en sleurde haar mee naar de badkamer, zette de kraan aan en schrobde hardhandig haar gezicht.

'Wat is er met je aan de hand, Felicia? Waarom kun je niks netjes doen?' foeterde hij. 'Je broer is klaar, hij wacht op je, door jou komt hij te laat. Maar jij begrijpt het niet, jij bent net een vieze aap, jou kun je er niet bij hebben in een schoon en opgeruimd huis...'

Ze begon te huilen en dat maakte hem alleen maar kwader.

'Wat is er mis met je?' ging hij door en hij kreeg een borstel te pakken. 'Je bent volstrekt waardeloos.'

'Hou op,' huilde ze. 'Je bent stom, papa!'

'Ben ík stom? Jíj gedraagt je als een idioot! Ben je soms idioot?'

Hij begon haar haar te ontwarren, hardhandig van woede. Ze gilde en schold en hij stokte.

'Wat zei je?' vroeg hij.

'Niks,' mompelde ze.

'Het klonk wel zo.'

'Misschien zijn je oren niet goed,' fluisterde ze.

Hij sleurde haar de badkamer uit, trok de buitendeur open en duwde haar zo hard naar buiten dat ze op de tegels viel.

Mikael stond met de fietsen te wachten bij de garage. Reidar begreep dat hij zonder zijn zus weigerde te vertrekken.

Reidar zit met zijn handen voor zijn gezicht op de vloer van de hal. Felicia was immers maar een kind en zo gedroeg ze zich ook. Op tijd komen en verward haar betekenden niet echt iets voor haar. Hij herinnert zich hoe Felicia in haar ondergoed op de oprit stond. Haar rechterknie bloedde, haar ogen waren rood en nat van het huilen en ze had nog steeds wat cacaopoeder in haar hals zitten. Reidar trilde van woede. Hij ging naar binnen, haalde haar bloes, rok en jas en gooide de kleren voor haar op de grond.

'Wat heb ik gedaan?' huilde ze.

'Je verpest het voor ons allemaal,' zei hij.

'Maar ik...'

'Bied je excuses aan, bied nu je excuses aan.'

'Het spijt me,' huilde ze. 'Ben je niet meer boos nu?'

Ze keek hem aan terwijl de tranen over haar wangen rolden en van haar kin drupten.

'Alleen als je zorgt dat je verandert,' antwoordde hij.

Hij zag haar zich aankleden terwijl haar schouders schokten van het huilen, hij zag hoe ze haar tranen van haar wangen veegde en met haar bloes half in haar rok en haar gewatteerde jack open op de fiets stapte. Hij stond daar terwijl zijn woede bekoelde en hoorde zijn dochtertje huilend naar school fietsen.

Hij schreef de hele dag en was erg tevreden. Hij had zich niet aangekleed maar was in zijn ochtendjas achter de computer gaan zitten, hij had zijn tanden niet gepoetst en zich niet geschoren, had de bedden niet opgemaakt en evenmin het eten teruggezet in de koelkast. Hij bedacht dat hij het aan Felicia zou vertellen, zou toegeven dat hij net zo was als zij, maar hij had nooit meer de gelegenheid gekregen dat te doen.

Tot laat op de avond had hij een diner met zijn Duitse uitgever en toen hij thuiskwam waren zijn kinderen al naar bed. De ochtend erop ontdekten ze hun lege bedden pas. Er is niets in zijn leven waar hij zo veel spijt van heeft als van zijn onrechtvaardige behandeling van Felicia.

Het is onverdraaglijk dat ze alleen in die vreselijke kamer zit en denkt dat zij hem niets kan schelen, dat hij alleen naar Mikael zou zoeken.

97

Saga Bauer wordt 's ochtends wakker doordat de lamp aan het plafond aangaat. Haar hoofd voelt heel zwaar en ze kan haar blik niet goed focussen. Ze blijft onder de deken liggen en controleert met verdoofde vingers of de microfoon nog in de band van haar broek zit.

De vrouw met de gepiercete wangen staat voor de deur en roept dat het tijd is voor het ontbijt.

Saga komt overeind, pakt het smalle dienblad aan door het luik en gaat op bed zitten. Langzaam dwingt ze zichzelf de boterhammen op te eten terwijl ze denkt dat de situatie onhoudbaar aan het worden is.

Ze houdt dit niet zo heel lang meer vol.

Voorzichtig raakt ze de microfoon aan en denkt dat ze zou kunnen vragen de opdracht af te breken.

Na haar ontbijt loopt ze met stramme benen naar de wastafel, poetst haar tanden en wast haar gezicht met ijskoud water.

Ik kan Felicia niet in de steek laten, denkt ze.

Saga gaat op het bed zitten en staart naar de deur van het dagverblijf tot het slot tussen haar cel en het dagverblijf begint te zoemen. Een klik en de weg is vrij. Ze telt tot vijf, staat op en drinkt water uit de mengkraan bij de wastafel om niet te gretig over te komen. Met een vermoeid gebaar veegt ze haar mond af met de rug van haar hand en loopt zo het dagverblijf in.

Ze is er als eerste, maar de tv achter het pantserglas staat aan alsof hij nooit uit is geweest. Uit de kamer van Bernie Larsson komen woedende kreten. Het klinkt alsof hij de tafel probeert kapot te slaan. Het dienblad klettert op de grond. Hij schreeuwt en mept de kunststof stoel tegen de muur.

Saga gaat de loopband op, zet hem aan, doet een paar stappen, zet hem stil, gaat op de rand vlak bij de palm zitten en schuift een schoen uit, doet alsof er iets met de binnenzool is. Haar vingers zijn koud en de verdoving is niet weggetrokken. Ze weet dat ze op moet schieten, maar mag zich ook niet te snel bewegen. Ze schermt de camera af met haar rug en haalt trillend de microfoon uit haar broekband.

'Smerige hoeren,' schreeuwt Bernie.

Saga haalt het beschermende papier van de minuscule microfoon. Het dingetje glipt weg tussen haar verdoofde vingers. Ze vangt het tegen haar bovenbeen en draait het goed in haar hand. Bernie is onderweg naar buiten. Zijn voetstappen ploffen op de vloer. Saga leunt voorover en drukt het microfoontje vast tegen de onderkant van een blad. Ze houdt het een tijdje op zijn plek, wacht een paar extra seconden en laat dan los.

Bernie zwaait de deur open en loopt het dagverblijf in. Het palmblad schommelt nog van haar aanraking, maar het microfoontje zit eindelijk op zijn plek.

'Obrahiim,' fluistert hij en hij blijft abrupt staan als hij haar in het oog krijgt.

Saga zit stil, trekt aan haar sok, strijkt hem glad en doet haar schoen weer aan. Ze staat op, zet de loopband aan en begint te lopen.

'Godverdomme,' zegt hij en hij hoest.

Ze kijkt überhaupt niet naar de kunstpalm. Haar benen trillen onder haar en haar hart bonst veel harder dan anders.

'Ze hebben mijn foto's afgepakt,' zegt Bernie en hij gaat hijgend op de bank zitten. 'Ik haat die klootzakken...'

Saga's lichaam is merkwaardig vermoeid, het zweet gutst over haar rug en haar hartslag bonkt in haar slapen. Dat moet door het medicijn komen. Ze zet de loopband langzamer, maar vindt het toch moeilijk om in het ritme te blijven.

Bernie zit met gesloten ogen op de bank en trappelt rusteloos met een voet.

'Kut kut kut!' gilt hij plotseling uit.

Hij staat op, wankelt, loopt naar de loopband en gaat voor Saga staan, vlakbij.

'Ik was de beste van de klas,' zegt hij, waardoor er speeksel in Saga's gezicht spat. 'In de pauze voerde mijn juf me rozijntjes.'

'Bernie Larsson, hou afstand,' klinkt een stem uit de luidspreker.

Hij waggelt opzij en leunt tegen de muur, hoest en doet een stap achteruit, recht tegen de palmboom waar aan een van de onderste bladeren een microfoontje hangt.

98

Bernie valt bijna om, hij trapt tegen de palm, loopt naar de andere kant van de loopband en komt weer op Saga af.

'Ze zijn zo godvergeten bang voor me dat ze me volpompen met Suprefact... Omdat ik een fokking neukmachine ben, een godsgruwelijk grote sybian...'

Saga werpt een blik op de camera en begrijpt dat ze gelijk had. Hij wordt afgeschermd door de uitbouw van gepantserd glas voor de tv. Het is maar een smalle, blinde spleet waar de camera niet bij kan met zijn oog, een meter op zijn breedst.

Bernie loopt dwars door de palm heen en gooit hem bijna om, loopt om de loopband heen en gaat achter Saga staan. Ze trekt zich niks van hem aan, loopt gewoon door en hoort zijn ademhaling vlak achter zich.

'Sneeuwwitje, je zweet tussen je billen,' zegt hij. 'Je kut is nu behoorlijk zweterig. Ik kan wat papieren servetjes halen...'

Op televisie is een man in kokskleding te zien die binnensmonds praat terwijl hij een heleboel krabbetjes op een barbecue legt.

De deur achter in de ruimte gaat open en Jurek komt binnen. Saga vangt een glimp op van zijn gerimpelde gezicht en zet de loopband onmiddellijk stil. Ze stapt ervan af, hijgt van de inspanning en loopt richting de bank. Jurek lijkt hen niet op te merken. Hij stapt de loopband domweg op, zet hem aan en begint met grote passen te lopen.

De zware bonzen weerkaatsen in het dagverblijf.

Saga kijkt naar de kok, die rode uienringen fruit in een hapjespan. Bernie komt glimlachend naar haar toe, veegt zweet uit zijn hals en loopt een rondje om haar heen, vlak bij haar.

'Je mag je kut houden als je m'n skeletslaaf wordt,' zegt Bernie en hij schuift achter haar. 'Al het andere vlees snij ik weg en...'

‘Stil,’ kapt Jurek hem af.

Bernie zwijgt abrupt en kijkt haar aan, vormt het woord ‘hoer’ met zijn lippen, likt aan zijn vingers en grijpt haar borst vast. Ze reageert onmiddellijk en pakt zijn hand, doet een stap naar achteren en trekt hem in de dode hoek van de camera. Met al haar kracht slaat ze hem recht op zijn neus. Het kraakbeen geeft mee en zijn neusbeen breekt. Ze draait rond, haalt kracht uit de draai en raakt Bernie met een bliksemsnelle rechtse hoekstoot op zijn oor. Hij kan zo in het blikveld van de camera te donderen, maar ze houdt hem tegen met haar linkerhand. Hij staart haar aan door zijn scheve bril. Er loopt een heleboel bloed door zijn snor en over zijn lippen.

Saga is nog steeds des duivels, houdt hem in de dode hoek en slaat opnieuw met rechts. Ze raakt hem keihard. Zijn hoofd zwiept opzij, zijn wangen lubberen en zijn bril vliegt naar links.

Bernie zakt op zijn knieën, zijn hoofd zwaait naar voren, er sijpelt bloed op de vloer voor hem.

Saga draait zijn gezicht omhoog, ziet dat hij buiten bewustzijn raakt en mept hem weer op zijn neus.

‘Ik had je gewaarschuwd,’ fluistert ze en ze laat hem los.

Bernie valt voorover, zoekt steun met zijn armen en blijft zo staan. Hij slingert heen en weer terwijl er bloed van zijn gezicht tussen zijn handen op het linoleum valt.

Saga ademt hijgend en trekt zich terug. Jurek Walter is van de loopband af gestapt en staat haar met zijn lichte ogen te bekijken. Zijn gezicht is onbeweeglijk en zijn lichaam wonderlijk ontspannen.

Saga denkt nog net dat ze alles heeft verpest als ze langs Jurek loopt en haar eigen kamer in gaat.

99

De ventilator in de computer ruist als Anders inlogt. De secondewijzer op de klok met het vermoeide gezicht van Bart Simpson verplaatst zich schokkerig. Anders herinnert zich dat hij vandaag iets eerder weg moet omdat hij naar een cursus socratische gespreksvoering gaat bij het cursuscentrum voor autisme.

Op een post-it naast het toetsenbord staat dat het deze week recycleweek is. Hij heeft geen idee wat dat inhoudt.

Als het dossiersysteem van de beveiligde eenheid open is, voert hij zijn ID-nummer en wachtwoord in.

Hij bekijkt de documenten en voert dan Saga's persoonsnummer in om een aantekening over de medicatie te maken.

Vijfentwintig milligram Haldol Depot, schrijft hij. Twee intramusculaire injecties in het bovenste en buitenste kwadrant van het gluteale gebied.

Het was een goed besluit, denkt hij, en hij ziet voor zich hoe ze langzaam met ontblote borsten op de grond kronkelde.

De lichte tepels waren hard geworden, haar mond was angstig geweest.

Als het haar niet helpt, kan hij cisordinol proberen, hoewel de bijwerkingen soms ernstig zijn. Het kan gaan om extrapiramidale symptomen met gezichts-, evenwichts- en orgasmestoornissen.

Anders sluit zijn ogen en denkt eraan terug hoe hij haar slipje omlaag trok.

'Ik wil niet,' had ze meerdere keren gezegd.

Maar hij hoefde niet naar haar te luisteren. Hij deed wat hij moest doen. Pia Madsen hield toezicht op de dwangmaatregel.

Hij gaf haar twee injecties in haar bil en staarde tussen haar benen naar het blonde schaamhaar en de gesloten, roze spleet.

Anders loopt naar de bewakingscentrale. My zit al op de operatorstoel. Haar vriendelijke blik richt zich op hem als hij binnenkomt.

'Ze zijn in het dagverblijf,' zegt ze.

Anders leunt over haar heen en kijkt naar het beeldscherm. Jurek Walter loopt met monotone stappen op de loopband. Saga staat tv te kijken. Ze lijkt tamelijk onaangedaan door de nieuwe medicatie. Bernie loopt naar haar toe, zegt iets en gaat achter haar staan.

'Waar is hij nu mee bezig?' vraagt Anders luchtig.

'Bernie lijkt onrustig,' zegt My met een frons in haar voorhoofd.

'Ik had zijn dosis gisteren eigenlijk willen verhogen, ik had hem misschien...'

'Hij loopt haar steeds achterna en praat manisch...'

'Verdorie,' zegt Anders gestrest.

'Leffe en ik zijn bereid om naar binnen te gaan,' verklaart My geruststellend.

'Maar dat zou niet nodig hoeven zijn,' zegt hij. 'Dan is er iets mis met de medicatie. Ik verhoog zijn dosis voor de komende twee weken vanavond van tweehonderd naar vierhonderd milligram...'

Anders valt stil en ziet Bernie Larsson om Saga Bauer voor de tv rondcirkelen.

De andere negen vensters tonen kamers, veiligheidsdeuren, gangen en patiëntenkamers die er verlaten bij liggen. Op een van de vensters zien ze Sven Hoffman met een kop koffie in zijn hand voor de sluis naar het dagverblijf. Hij staat wijdbeens met twee mannen van de bewaking te praten.

'Jezus,' gilt My opeens en ze schakelt het noodalarm in.

100

Er klinkt een scherp, pulserend signaal. Anders staart naar het scherm met het dagverblijf. De plafondlamp glinstert in het stoffige glas. Hij leunt naar voren. Aanvankelijk ziet hij maar twee patiënten. Jurek staat stil naast de tv en Saga loopt haar kamer in.

'Wat gebeurt er?' vraagt hij.

My is opgestaan en schreeuwt iets in haar portofoon. De bureaulamp valt om en de bureaustoel knalt tegen de archiefkast achter haar. Ze schreeuwt dat het interventieteam naar binnen moet, dat Bernie Larsson gewond is.

Nu pas beseft Anders dat Bernie aan het zicht onttrokken wordt door het vooruitstekende stuk wand.

Het enige wat te zien is, is een bebloede hand op de vloer.

Hij moet zich vlak voor Jurek Walter bevinden.

'Jullie moeten naar binnen,' herhaalt My meerdere keren in de portofoon en ze stormt weg.

Anders blijft zitten en ziet hoe Walter zich bukt en Bernie aan zijn haar meesleept, zo de vloer op, waar hij hem loslaat.

Er glinstert een bloedspoor op de vloer.

Hij ziet op het scherm dat Leif twee bewaarders voor de sluis instrueert en dat My aan komt rennen.

Het alarm blijft gaan.

Bernies gezicht zit onder het bloed. Zijn ogen knipperen krampachtig. Zijn handen grijpen in de lucht.

Anders doet de deur van patiëntenkamer 3 op slot en praat snel met Sven via de portofoon. Ze sturen een team bewaarders van afdeling 30 naar beneden.

Iemand bevestigt dat het alarm is binnengekomen.

Anders' portofoon tikt en hij hoort een hijgende ademhaling.

'Ik doe de deur nu open, ik doe nu open,' roept My.

Op het scherm van het dagverblijf is Walters uitdrukkingsloze gezicht te zien. Hij staat stil en bekijkt Bernies schokkerige bewegingen, zijn gehoest en het bloed dat over de vloer wordt gehijgd.

Er glimt een wapenstok. Verpleegkundigen en bewaarders lopen de sluis in. Hun gezichten staan gespannen.

De buitenste deur valt in het slot en er klinkt een brommend signaal.

Walter zegt iets tegen Bernie, gaat op één knie zitten en slaat hem hard op zijn mond.

'God,' hijgt Anders.

Het interventieteam komt het dagverblijf binnen en verspreidt zich. Walter recht zijn rug, schudt bloed van zijn hand, doet een stap achteruit en wacht.

'Geef hem veertig milligram Stesolid,' zegt Anders tegen My.

'Vier ampullen Stesolid,' herhaalt My in de portofoon.

Drie bewaarders komen met getrokken wapenstokken van drie kanten aan. Ze schreeuwen tegen Walter dat hij bij Bernie weg moet en op de grond moet gaan liggen.

Walter kijkt hen aan, gaat langzaam op zijn knieën zitten en sluit zijn ogen. Leif loopt met vlugge passen naar hem toe en slaat Walter met de wapenstok in zijn nek. Walter valt op de grond en blijft liggen.

De andere bewaarder drukt hem met een knie in zijn rug tegen de grond en draait zijn armen op zijn rug. My haalt het cellofaan van een injectienaald. Anders ziet haar handen trillen.

Walter ligt op zijn buik, twee bewaarders drukken hem tegen de grond, doen hem handboeien om en trekken zijn broek omlaag, zodat My hem de intramusculaire injectie kan geven.

101

Anders kijkt in de bruine ogen van de arts van de spoedeisende hulp en bedankt haar gedempt. Haar witte jas is besmeurd met bloed van Bernie.

'Het neusbeen is gezet,' zegt ze. 'Ik heb zijn wenkbrauw gehecht, maar voor de rest was verband voldoende... Hij heeft waarschijnlijk een hersenschudding, dus het is het beste als jullie hem onder toezicht houden.'

'Dat doen we altijd,' antwoordt Anders, en hij kijkt even op de monitor naar Bernie.

Hij ligt met verbonden gezicht op bed. Zijn mond staat half open en zijn dikke buik beweegt mee op zijn ademhaling.

'Hij zegt behoorlijk weerzinwekkende dingen,' zegt de arts en ze vertrekt.

Leif Rajama maakt de veiligheidsdeuren voor haar open. Eén camera registreert dat hij zwaait en een andere de wapperende jas van de arts terwijl ze de trap op loopt.

Leif komt terug naar de bewakingscentrale, haalt zijn hand door zijn golvende haar en zegt dat hij zoiets echt niet had verwacht.

'Ik heb de dossiers natuurlijk gelezen,' zegt Anders. 'Het is de eerste keer in dertien jaar dat Jurek Walter zich gewelddadig gedraagt.'

'Misschien houdt hij niet van gezelschap,' suggereert Leif.

'Jurek Walter is een oude man en hij is gewend aan zijn eigen gewoontes, maar hij moet begrijpen dat dit in het vervolg niet werkt.'

'Hoe moet hij dat begrijpen?' glimlacht Leif.

Anders haalt zijn pasje door de lezer en laat Leif voorgaan. Ze komen langs patiëntenkamer 3 en 2 en blijven staan bij de laatste, waarin Jurek Walter zich bevindt.

Anders kijkt de cel in. Walter ligt vastgesnoerd op zijn bed. Het bloed uit zijn neus is geronnen en zijn neusgaten zien er wonderlijk zwart uit.

Leif haalt oordopjes uit zijn zak en houdt ze op, maar Anders schudt zijn hoofd.

'Doe de deur op slot als ik binnen ben en sta klaar om het noodalarm in te schakelen.'

'Ga naar binnen en doe alleen wat je moet doen, praat niet met hem, doe alsof je niet hoort wat hij zegt,' zegt Leif, en hij draait de deur van het slot.

Anders gaat naar binnen en hoort hoe Leif de deur vlug achter hem dichtdraait. Walters polsen en enkels zijn gefixeerd aan de randen van het bed. Over zijn bovenbenen, heupen en romp zitten stevige banden gespannen. Zijn ogen staan nog steeds moe na de injectie en er is bloed uit zijn oor gelopen.

'Met het oog op wat er in het dagverblijf is gebeurd, hebben we besloten je medicatie aan te passen,' zegt Anders op droge toon.

'Ja... ik verwachtte al een straf,' zegt Jurek Walter hees.

'Het is vervelend dat je het zo ziet, maar als waarnemend chef-arts is het mijn verantwoordelijkheid om geweld op de afdeling te voorkomen.'

102

Anders zet ampullen met gele injectievloeistof naast elkaar op de tafel. Walter is vastgesnoerd en neemt hem met vermoeide ogen op.

'Ik heb geen gevoel in mijn vingers,' zegt hij en hij probeert zijn rechterhand los te trekken.

'Je weet dat we soms dwangmaatregelen moeten gebruiken,' zegt Anders.

'De eerste keer dat we elkaar zagen zag je er angstig uit – nu zoek je naar angst in mijn ogen,' zegt Walter.

'Waarom denk je dat?' vraagt Anders.

Walter ademt een poosje, bevochtigt dan zijn lippen en kijkt Anders in de ogen.

'Ik zie dat je driehonderd milligram cisordinol hebt klaargezet, hoewel je weet dat dat te veel is... en dat de combinatie met mijn andere medicatie riskant is.'

'Ik maak een andere inschatting,' zegt Anders en hij voelt de blos op zijn gezicht groeien.

'Toch zul je in mijn dossier schrijven dat je maar vijftig milligram hebt geprobeerd.'

Anders geeft geen antwoord, maakt alleen de spuit klaar en zorgt dat de canule helemaal droog is.

'Je weet dat de intoxicatie dodelijk kan zijn,' gaat Walter verder. 'Maar ik ben sterk, waarschijnlijk overleef ik het wel... ik zal schreeuwen, afschuwelijke klonische krampen krijgen en het bewustzijn verliezen.'

'Het risico op bijwerkingen bestaat altijd,' antwoordt Anders droog.

'Pijn heeft geen betekenis voor mij.'

Anders voelt zijn gezicht heet worden als hij een paar druppeltjes uit de naald duwt. Een ervan loopt langs de canule. Het ruikt bijna als sesamolie.

'We hebben gemerkt dat je wat onrustig wordt van de andere patiënten,' zegt Anders zonder Walter aan te kijken.

'Je hoeft je tegenover mij niet te verontschuldigen,' zegt Walter.

Anders drukt de naald in Walters bovenbeen, injecteert driehonderd milligram cisordinol en wacht af.

Walter hijgt, zijn lippen trillen en zijn pupillen trekken samen tot speldenpuntjes. Er loopt speeksel uit zijn mond, over zijn wang en hals.

Zijn lichaam trilt en schokt en plotseling verstijft hij helemaal, zijn hoofd knakt hevig achterover, zijn rug buigt alsof hij een bruggetje probeert te maken, de banden over zijn lichaam staan strakgespannen.

Hij is in deze houding gefixeerd, zonder te ademen.

Het frame van het bed kraakt.

Anders staart hem met open mond aan. Het is een onverdraaglijke, bevroren kramp.

Plotseling wordt de tonische toestand doorbroken en schokt het lichaam in waanzinnige krampen. Walter trekt ongecontroleerd, bijt op zijn tong en lippen en brult reutelend van de pijn.

Anders probeert de banden over zijn lichaam steviger aan te spannen. Walters armen rukken en trekken zo hevig dat zijn polsen beginnen te bloeden.

Hij zakt in elkaar, jammert en hijgt en trekt dan lijkbleek weg.

Anders doet een paar stappen achteruit en kan een glimlachje niet onderdrukken als hij de tranen over Walters wangen ziet lopen.

'Het wordt zo beter,' liegt hij kalmerend.

'Niet voor jou,' hijgt Jurek Walter.

'Wat zeg je?'

'Je zult verbaasd staan als ik je kop eraf hak en hem in...'

Hij wordt onderbroken door een nieuwe reeks krampen, hij schreeuwt en zijn hoofd draait zo hevig opzij dat er een waaier van pezen in zijn nek aanspant en de wervels in zijn nek knarsen, en daarna schokt zijn hele lichaam weer zo dat het bed tegen de vloer bonkt.

103

Saga laat ijskoud water over haar handen stromen. De gezwollen knokkels doen pijn en ze heeft drie wondjes.

Alles is misgegaan.

Ze is de controle kwijtgeraakt, heeft Bernie mishandeld en Jurek kreeg de schuld.

Door de deur hoorde ze het interventieteam om vier ampullen Stesolid roepen voor ze hem naar zijn cel sleepten.

Ze denken dat hij Bernie heeft geslagen.

Saga zet de kraan uit, laat het water van haar handen op de grond druppen en gaat op het bed zitten.

De adrenaline heeft slaperigheid en trillende zwaarte achtergelaten in haar spieren.

Een arts van de spoedeisende hulp heeft zich over Bernie ontfermd. Tot de deur dichtging hoorde ze Bernie manisch praten.

Saga voelt zich huilerig van angst. Ze heeft alles verpest met haar vervloekte woede. Dat godvergeten gebrek aan impulscontrole. Waarom hield ze zich niet gewoon koest? Hoe kon ze zich zo laten provoceren dat ze erop sloeg?

Ze rilt en klemt haar kiezen op elkaar. Het is denkbaar dat Jurek wraak neemt omdat hij de schuld kreeg.

De veiligheidsdeuren ratelen en er klinken vlugge stappen op de gang, maar er komt niemand naar haar cel.

Het is stil.

Saga zit op haar bed en sluit haar ogen als er gegrom door de muren komt. Haar hart slaat steeds vlugger. Plotseling brult Jurek Walter reutelend en schreeuwt hij van de pijn. Er knalt iets tegen de muren alsof iemand met zijn blote hielen tegen de gepantserde platen trapt. Het klinkt bijna als een serie linksen en rechtsen op een boksbal.

Saga staart naar de deur en denkt aan elektroshocks en lobotomie.

Jurek schreeuwt met gebroken stem en dan klinken er een paar zware bonzen.

Het wordt weer stil.

Het enige wat overblijft zijn kleine tikjes in de waterleidingen in de muur. Saga staat op en staart door de dikke glazen ruit. De jonge arts loopt langs. Hij blijft staan en neemt haar met een uitdrukkingsloos gezicht op.

Tot de lampen aan het plafond uitgaan zit ze maar op haar bed.

Het bestaan op deze gesloten beveiligde eenheid is veel zwaarder dan ze zich had voorgesteld. In plaats van te huilen neemt ze haar opdracht, de regels voor langdurige infiltratie en het doel van de hele operatie door in haar hoofd.

Felicia Kohler-Frost zit moederziel alleen in een afgesloten ruimte. Misschien lijdt ze honger en misschien heeft ze de veteranenziekte.

Er is haast bij.

Saga weet dat Joona naar het meisje zoekt, maar zonder informatie van Jurek Walter is een doorbraak zeer onwaarschijnlijk.

Saga moet hier blijven, ze moet het hier nog een tijdje proberen vol te houden.

De plafondlamp springt weer aan en als ze haar ogen sluit, voelt ze het warm worden onder haar oogleden.

Ze bedenkt dat het leven dat ze verliet haar daarvoor al verlaten had. Stefan is weg. Ze heeft geen familie.

104

Joona Linna bevindt zich samen met een aantal leden van het onderzoeksteam in een van de grote werkkamers van de rijksrecherche. De muren zijn bedekt met kaarten, foto's en prints van de tips die op dit moment prioriteit hebben. Op een detailkaart van het Lill-Jansskogen zijn de vindplaatsen duidelijk gemarkeerd.

Met een gele stift volgt Joona het spoor vanaf de haven door het bos, en hij richt zich tot de groep.

'Jurek Walter werkte onder meer met spoorwegwissels,' zegt hij. 'Het is mogelijk dat de slachtoffers in het Lill-Jansskogen zijn begraven omdat het spoor daar loopt.'

'Zoals Angel Ramirez,' zegt Benny Rubin en hij glimlacht zonder reden.

'Maar waarom gaan we Jurek Walter in godsnaam niet gewoon verhoren?' vraagt Petter Näslund met stemverheffing.

'Dat werkt niet,' antwoordt Joona geduldig.

'Petter, ik neem aan dat je het forensisch psychiatrisch rapport hebt gelezen,' zegt Magdalena Ronander. 'Is het zinvol om een schizofrene en psychotische man te verhoren die...'

'We hebben slechts achttienduizend kilometer spoor in Zweden,' valt hij haar in de rede. 'We hoeven alleen maar te gaan graven.'

'Sit on my facebook,' mompelt Benny.

Joona vindt dat Petter Näslund gelijk heeft. Jurek Walter is de enige die hen naar Felicia kan leiden voor het te laat is. Ze volgen de kleinste spoortjes uit het oude vooronderzoek, ze zoeken de tips die binnenkomen tot de bodem uit, maar toch komen ze nergens. Saga Bauer is hun enige werkelijke hoop. Gisteren heeft ze een andere patiënt mishandeld en Jurek Walter kreeg de schuld. Dat hoeft niet slecht te zijn, denkt Joona. Misschien zorgt het ervoor dat hij toenadering tot haar zoekt.

*

Het wordt donker buiten en sporadische sneeuwvlokjes slaan tegen Joona's gezicht als hij uit de auto stapt en het Söder-ziekenhuis in beent. Bij de receptie krijgt hij te horen dat Irma Goodwin vanavond een extra dienst op de spoedeisende hulp draait. Hij ziet haar zodra hij binnenkomt. De deur van een behandelkamer staat half open. Een vrouw met een gescheurde lip en een bloedende wond op haar kin zit er roerloos en zwijgend bij terwijl Irma Goodwin tegen haar praat.

Het ruikt naar natte wol en de vloer is donker van het vuile water. Een bouwvakker zit met een beslagen plastic zak om zijn voet op een bankje.

Joona wacht tot Irma Goodwin de kamer uit komt en loopt door de gang met haar mee naar een andere behandelkamer.

'Het is de derde keer in drie maanden dat ze hier is,' zegt Irma.

'Je moet haar in contact brengen met de vrouwenopvang,' zegt Joona ernstig.

'Heb ik al gedaan. Maar wat helpt dat?'

'Het helpt,' zegt Joona koppig.

'Wat kan ik voor je doen?' vraagt ze en ze blijft bij de deur staan.

'Ik wil graag weten hoe het verloop van de veteranenziekte eruitziet vo...'

'Hij komt er weer bovenop,' valt ze hem in de rede en ze doet de deur open.

'Ja, maar als hij niet behandeld was,' zegt Joona.

'Hoe bedoel je?' vraagt ze en ze kijkt in zijn grijze ogen.

'We zoeken naar zijn zus,' legt Joona uit. 'En het is heel waarschijnlijk dat ze tegelijk met Mikael besmet is...'

'Dan is het ernstig,' zegt Irma.

'Hoe ernstig?'

'Zonder behandeling... het hangt natuurlijk van haar algehele gezondheidstoestand en dergelijke af, maar waarschijnlijk heeft ze inmiddels hoge koorts.'

'En morgen?'

'Dan hoest ze en heeft ze al moeite met de ademhaling... het is niet te zeggen wanneer precies, maar op een gegeven moment, vermoedelijk tegen het eind van de week, loopt ze het risico van hersenbeschadiging en... je weet toch dat de veteranenziekte dodelijk is?'

105

Haar zorgen over wat er in het dagverblijf is gebeurd zijn de volgende ochtend nog groter. Saga heeft geen trek, en zit tot de lunch alleen maar op haar bed.

In gedachten blijft ze de mislukking herkauwen.

In plaats van vertrouwen te scheppen, heeft ze opnieuw een conflict veroorzaakt. Ze heeft een andere patiënt mishandeld en Jurek Walter kreeg de schuld.

Hij moet haar haten en hij zal zeker proberen wraak te nemen voor wat hem is aangedaan.

Ze is niet uitgesproken bang, aangezien het veiligheidsniveau op de afdeling zo hoog is.

Maar ze moet op haar hoede zijn.

Alert, zonder angst te tonen.

Als de deur zoemt en het slot klikt, staat ze op en loopt ze direct het dagverblijf in, zonder gedachten toe te laten. De tv staat al aan en op het scherm zitten drie mensen in een gezellige studio over oranjerieën te praten.

Ze is de eerste en stapt meteen de loopband op.

Haar benen voelen log, haar vingertoppen verdoofd en bij elke stap die ze zet trillen de plastic bladeren van de palm.

Bernie zit te schreeuwen in zijn kamer, maar verstomt vrij snel weer.

Iemand heeft het bloed op de vloer opgedweild.

Plotseling gaat Jureks deur open. Een schaduw kondigt zijn entree aan. Saga dwingt zichzelf niet naar hem te kijken. Met langzame passen loopt hij recht door de kamer naar de loopband toe.

Saga zet het apparaat stil, stapt eraf en doet een pas opzij om hem erlangs te laten. Ze vangt een glimp op van zwarte wonden op zijn lippen en de asgrauwe huid van zijn gezicht. Zwaar stapt hij de loopband op, maar blijft daar stilstaan.

'Jij hebt de schuld gekregen voor wat ik heb gedaan,' zegt ze.

'Denk je dat?' vraagt hij zonder haar aan te kijken.

Als hij het apparaat aanzet, ziet ze dat zijn handen trillen. Het zoevende en ruisende geluid klinkt weer. Het hele apparaat dreunt bij elke stap die hij zet. Ze voelt de vibraties in de vloer. De palm met de microfoon zwaait en verplaatst zich bij elke bons een stukje dichter naar de loopband.

'Waarom heb je hem niet afgemaakt?' vraagt hij met een zijdelingse blik op haar.

'Omdat ik dat niet wilde,' antwoordt ze eerlijk.

Ze kijkt in zijn lichte ogen en voelt het bloed door haar lichaam jagen als ze zich scherp bewust wordt van het feit dat ze direct contact met Jurek Walter heeft.

'Het zou interessant zijn geweest je dat te zien doen,' zegt hij zacht.

Ze voelt dat hij haar met ongeveinsde nieuwsgierigheid opneemt. Misschien zou ze op de bank moeten gaan zitten, maar ze besluit nog even te blijven staan.

'Jij bent hier, waarschijnlijk heb je mensen gedood,' zegt hij.

'Ja, ik heb gedood,' antwoordt ze na een tijdje.

'Dat is onvermijdelijk,' knikt hij.

'Ik wil het er niet over hebben,' mompelt Saga.

'Het is niet goed of slecht om te doden,' gaat Jurek rustig verder. 'Maar de eerste keren is het eigenaardig... alsof je iets eet waarvan je niet dacht dat het eetbaar was.'

Plotseling herinnert Saga zich de keer dat ze een ander mens doodde. Zijn bloed spatte met ritmische schokjes tegen de stam van een berk. Hoewel het niet nodig was, vuurde ze nog een keer en ze zag de kogel door haar vizier nog geen centimeter boven het eerste gat inslaan.

'Ik deed alleen wat ik moest doen,' fluistert ze.

'Net als gisteren.'

'Ja, maar het was niet de bedoeling dat jij er de dupe van werd.'

Jurek zet de band stil en blijft met zijn blik op haar gericht staan.

'Ik heb hierop gewacht... vrij lang, moet ik zeggen,' vertelt hij. 'Het was louter een genoegen om te verhinderen dat de deur dichtging.'

'Je kreten klonken door de muren heen,' zegt Saga zacht.

'Ja, die kreten,' antwoordt hij somber. 'Dat kwam doordat onze nieuwe arts een overdosis cisordinol inspoot... Dat is de reactie van de natuur op pijn... Het doet pijn en het lichaam schreeuwt, hoewel het zinloos is... en in dit geval was het ook verwend... Ik weet immers dat de deur anders dichtgevallen zou zijn...'

'Wat is dat voor deur?'

'Ik betwijfel of ze me ooit een advocaat laten spreken, dus die deur blijft gesloten... maar misschien zijn er andere...'

Hij kijkt haar in de ogen. Zijn blik is wonderlijk licht en doet haar aan metaal denken.

'Je denkt dat ik je kan helpen,' fluistert ze. 'Daarom heb je de schuld op je genomen voor wat ik heb gedaan.'

'Ik mag de arts niet bang voor je laten worden,' legt hij uit.

'Waarom niet?'

'Iedereen die hier terechtkomt is gewelddadig,' zegt Jurek. 'Het verplegend personeel weet dat je gevaarlijk bent, het staat in de dossiers en in het forensisch psychiatrisch rapport... Maar dat is niet wat je ziet als je naar jou kijkt...'

'Ik ben niet zo gevaarlijk.'

Hoewel ze niets heeft gezegd waar ze spijt van heeft – ze heeft alleen de waarheid gezegd en niets onthuld – heeft ze op een rare manier het gevoel dat ze zich heeft blootgegeven.

'Waarom ben je hier? Wat heb je gedaan?' vraagt hij.

'Niets,' antwoordt ze kort.

'Wat zeiden ze in de rechtbank dat je gedaan hebt?'

'Niets.'

In zijn ogen is een zweempje van een glimlach te zien.

'Je bent een echte sirene...'

106

Athena Promachos, de geheime groep in het topappartement, luistert realtime naar de gesprekken die in het dagverblijf worden gevoerd.

Joona staat naast de grote luidspreker en luistert opnieuw naar de stem, de woordkeuze, de frasering, de nuances in de stem en de ademhaling van Jurek Walter.

Corinne Meilleroux zit aan de werktafel en voert het gesprek in in de computer, zodat iedereen de woorden op het grote scherm kan zien. Het regelmatige tikkende geluid van haar lange nagels is prettig.

De zilvergrijze paardenstaart van Nathan Pollock hangt over het vest van zijn pak. Hij maakt aantekeningen in zijn notitieboek met gewaxte kaft terwijl Johan Jönson de geluidskwaliteit in de gaten houdt op het computerscherm.

De groep is volkomen stil terwijl het gesprek in het dagverblijf gaande is. De zon valt door de glazen balkondeuren binnen via besneeuwde, fonkelende daken.

Ze horen Jurek Walter tegen Saga zeggen dat ze een echte sirene is en daarna verlaat hij de ruimte.

Na een paar seconden stilte leunt Nathan achterover in zijn stoel en klapt in zijn handen. Corinne schudt alleen geïmponeerd haar hoofd.

'Saga is echt geweldig,' mompelt Nathan.

'Hoewel we nog niets weten wat ons dichter bij Felicia brengt,' zegt Joona, en hij wendt zich traag naar de groep. 'Maar het contact is gelegd, wat goed werk is... ik geloof dat ze hem nieuwsgierig heeft gemaakt.'

'Ik moet toegeven dat ik me wat zorgen maakte toen ze zich door de andere patiënt liet provoceren,' zegt Corinne. Ze perst wat limoensap in een glas water en geeft het aan Nathan.

'Walter heeft de schuld voor de mishandeling bewust op zich genomen,' zegt Joona langzaam.

'Ja, waarom deed hij dat? Hij moet haar gisteren haast wel hebben gehoord, toen ze tegen de verpleegkundige zei dat ze een advocaat wilde spreken,' zegt Nathan. 'Daarom kan Walter de arts niet bang voor haar laten zijn, want dan zal ze geen bezoek van de...'

'Hij is nieuw,' onderbreekt Joona hem. 'Walter zegt dat de arts nieuw is.'

'Wat is daarmee?' vraagt Johan Jönson met open mond.

'Toen ik Brolin sprak, de chef-arts... afgelopen maandag, zei hij dat er geen veranderingen op de beveiligde eenheid hadden plaatsgevonden.'

'Inderdaad,' zegt Nathan.

'Misschien betekent het niks,' zegt Joona. 'Maar waarom zei Brolin dan dat ze nog altijd hetzelfde personeel hadden?'

107

Joona Linna rijdt over de E4 naar het noorden. De radio speelt een ingetogen vioolsonate van Max Bruch. De schaduwen en de sneeuwvlokken voor de auto vloeien samen met de muziek. Als hij Norrviken passeert belt Corinne Meilleroux.

Ze vertelt snel dat er van de artsen die er de afgelopen twee jaar zijn bij gekomen op de loonlijst van het Löwenströmska-ziekenhuis maar eentje in de psychiatrie heeft gewerkt.

'Hij heet Anders Rönn, is nog niet zo lang afgestudeerd, maar hij heeft tijdelijk in een forensisch psychiatrische instelling in Växjö gewerkt.'

'Anders Rönn,' herhaalt Joona.

'Getrouwd met Petra Rönn, die in deeltijd bij de gemeente werkt... en ze hebben een dochter met een autistische stoornis. We weten niet of dat bruikbaar kan zijn, maar ik zeg het toch maar,' lacht ze.

'Dank je, Corinne,' zegt Joona, en hij verlaat de snelweg in Upplands Väsby. Hij passeert Solhagen, waar zijn vader vaak lunchte.

De oude weg naar Uppsala ligt langs een laan met zwarte eiken aan één kant. De besneeuwde akkers achter de bomen lopen af naar het meer.

Joona zet zijn auto voor de hoofdingang van het ziekenhuis en gaat naar binnen, slaat links af en haast zich langs de verlaten receptie naar de afdeling Algemene Psychiatrie.

Joona passeert de secretaresse, loopt verder naar de dichte deur van de chef-arts, doet hem open en stapt naar binnen. Roland Brolin kijkt op van zijn computer en zet zijn progressieve bril af. Joona buigt zijn hoofd een fractie maar schampt toch langs de hangende plafondlamp. Zonder haast te maken haalt hij zijn politielegitimatie tevoorschijn, houdt hem langdurig op voor Brolin en begint dan dezelfde vragen te stellen als afgelopen maandag.

'Hoe gaat het met de patiënt?'

'Ik ben nu helaas druk bezig, maar...'

'Heeft Jurek Walter de afgelopen tijd iets ongewoons gedaan?' valt Joona hem met harde stem in de rede.

'Daar heb ik al antwoord op gegeven,' zegt Brolin en hij richt zijn blik weer op de computer.

'Zijn de veiligheidsprocedures nog steeds onveranderd?'

De gezette arts zucht door zijn neus en kijkt hem vermoeid aan.

'Waar ben je mee bezig?'

'Krijgt hij nog steeds Risperdal intramusculair?' vraagt Joona.

'Ja,' zucht Brolin.

'Is het personeel op de beveiligde eenheid nog altijd hetzelfde?'

'Ja, maar dat heb ik toch al...'

'Is het personeel op de beveiligde eenheid nog altijd hetzelfde,' kapt Joona hem af.

'Ja,' antwoordt Brolin met een onzeker lachje.

'Werkt er geen nieuwe arts die Anders Rönn heet op de beveiligde eenheid?' vraagt Joona hees van koppigheid.

'Jawel...'

'Maar waarom zeg je dan dat hetzelfde personeel er werkt?'

Onder de vermoeide ogen van de arts is een lichte blos zichtbaar.

'Hij valt alleen maar in,' legt Brolin langzaam uit. 'Je begrijpt vast dat we soms tijdelijke krachten aan moeten nemen.'

'Voor wie valt hij in?'

'Susanne Hjälm, die met verlof is.'

'Hoe lang is ze al met verlof?'

Brolin antwoordt met een zucht: 'Drie maanden.'

'Wat doet ze?'

'Dat weet ik niet, je hoeft je verlof niet toe te lichten.'

'Is Anders Rönn nu aan het werk?'

Brolin kijkt kort op zijn horloge en stelt koel vast: 'Helaas, zijn werkdag zit erop.'

Joona pakt zijn mobiel en verlaat de kamer. Anja Larsson neemt op als hij langs de secretaresse loopt.

'Ik heb het adres en telefoonnummer van Anders Rönn en Susanne Hjälm nodig,' zegt hij kortaf.

108

Joona is net het ziekenhuisterrein af gereden en heeft vaart gemaakt op de oude provinciale weg als Anja weer belt.

‘Baldersvägen 3 in Upplands Väsby,’ zegt ze. ‘Daar woont die Anders Rönn.’

‘Dat vind ik wel,’ zegt hij en hij geeft gas.

‘Zou je je om mij bekeren?’

‘Hoe bedoel je?’

‘Als we trouwen dan... ik dacht alleen, als ik nou katholiek of moslim zou zijn of...’

‘Maar dat ben je niet.’

‘Nee, daar heb je gelijk in... er is niets wat ons tegenhoudt, we zouden een echte zomerbruiloft kunnen houden.’

‘Ik ben nog niet helemaal toe aan die stap,’ glimlacht Joona.

‘Ik ook niet, maar ik voel dat ik dat wel aan het worden ben,’ fluistert Anja in de hoorn.

Daarna schraapt ze haar keel, verandert van toon en zegt stijfjes dat ze Susanne Hjälm zal natrekken.

Joona rijdt terug naar verkeersplein Glädjen en is net de Sandavägen richting het huis van Anders Rönn ingeslagen, als Anja weer belt.

‘Dit is een beetje raar,’ zegt ze ernstig. ‘Maar de telefoon van Susanne Hjälm staat uit. Die van haar man ook. Hij is al drie maanden niet op zijn werk bij een verzekeringsmaatschappij verschenen en beide kinderen zijn niet op school geweest. De meisjes zijn ziek gemeld, met doktersverklaring, maar de school heeft toch contact met jeugdzorg opgenomen...’

‘Waar wonen ze?’

‘Biskop Nilsväg 23 in Stäket, richting Kungsängen.’

Joona rijdt naar de kant van de weg en laat de vrachtwagen achter zich passeren. Er stuift sneeuw van de lading.

'Stuur een surveillancewagen naar het adres,' zegt Joona en hij maakt een U-bocht.

Zijn rechtervoorwiel rijdt de stoep op, de schokbreker van de auto dreunt en de klep van het dashboardkastje valt open van de klap.

Hij probeert niet te ver vooruit te denken, maar gaat toch steeds harder rijden. Hij negeert de rode stoplichten, rijdt domweg de kruising over en de rotonde op. Op de oprit naar de snelweg rijdt hij al honderdzestig kilometer per uur.

109

Weg 267 is bedekt met sneeuw en achter de auto stuift een witte wolk omhoog. Joona haalt een oude Volvo in en de banden rollen zacht door de strook sneeuw tussen de rijbanen. Hij zet zijn grote licht aan en de lege weg verandert in een tunnel met een zwarte overkapping boven een witte vloer. Eerst passeert hij akkers waar de sneeuw een blauwe tint heeft aangenomen in de toenemende duisternis en daarna loopt de weg door dichte bossen, waarna de verlichting van Stäket flikkerend opdoemt en het landschap zich opent richting het meer Mälaren.

Wat is er met het gezin van de psychiater gebeurd?

Joona matigt zijn snelheid, slaat rechts af en rijdt een kleine villawijk in met besneeuwde fruitbomen en konijnenhokken op de gazons.

Het weer is verslechterd en er waait sneeuw vanaf het water het land op, schuin en dicht.

Biskop Nilsväg nummer 23 is een van de laatste huizen in de wijk, daarachter ligt slechts bos en gemeenschappelijke grond.

Het huis van Susanne Hjälm is een grote, witte villa met lichtblauwe luiken en een rood pannendak.

Alle ramen zijn donker en de oprit is bedekt met ongerepte sneeuw.

Joona parkeert even voorbij het huis en heeft de handrem nog maar net omhooggetrokken als de auto van de districtspolitie van Upplands-Bro afremt en even verderop blijft staan.

Joona stapt uit, pakt zijn jas en sjaal van de achterbank en terwijl hij zijn jas dichtknoopt loopt hij naar zijn geüniformeerde collega's toe.

'Joona Linna, rijksrecherche,' zegt hij, en hij steekt zijn hand uit.

'Eliot Sörenstam.'

Eliot heeft een geschoren schedel, een verticaal baardstreepje op zijn kin en zwaarmoedige bruine ogen.

De andere agent drukt zijn hand stevig en stelt zich voor als Marie

Franzén. Ze heeft een opgewekt, sproetig gezicht, blonde wenkbrauwen en een hoge paardenstaart.

'Leuk om je eens in het echt te zien,' glimlacht ze.

'Fijn dat jullie zo snel konden komen,' zegt Joona.

'Dat is gewoon omdat ik op tijd thuis moet zijn om Elsa's haar te vlechten,' zegt ze vriendelijk. 'Ze moet morgen absoluut met krullen naar de crèche.'

'Dan moeten we maar voortmaken,' antwoordt Joona en hij loopt naar de donkere tuin.

'Ik maak maar een grapje... ik heb een krultang achter de hand.'

'Marie zorgt al vijf jaar alleen voor haar dochter,' licht Eliot toe. 'Maar ze heeft zich nog nooit ziek gemeld en ze is nog nooit eerder naar huis gegaan.'

'Het is aardig dat je dat zegt... voor een Steenbok,' voegt ze er met genegenheid in haar stem aan toe.

Het bos achter het huis breekt de wind van het meer en de sneeuw rolt op de een of andere manier over de boomtoppen en dwarrelt dan neer op het villawijkje. In de meeste huizen brandt licht achter de ramen, maar het huis met nummer 23 is onheilspellend donker.

'Er is ongetwijfeld een goede verklaring voor,' zegt Joona tegen de twee agenten. 'Maar de ouders zijn afgelopen maanden geen van beiden op hun werk geweest en de kinderen zijn ziek gemeld.'

De lage heg aan de straatkant is bedekt met sneeuw en de groene plastic brievenbus naast de elektriciteitskast zit bomvol post en reclame.

'Is jeugdzorg ingeschakeld?' vraagt Marie ernstig.

'Ze zijn hier geweest, maar zeggen dat het gezin niet thuis is,' antwoordt Joona. 'We bellen aan, maar waarschijnlijk moeten we gaan informeren bij de buren.'

'Bestaan er verdenkingen van een misdrijf?' vraagt Eliot en hij kijkt naar het gladde sneeuwdek op de oprit.

Joona kan niet anders dan aan Samuel Mendel denken. Zijn hele gezin verdween. De Zandman heeft ze precies volgens Walters voorspelling meegenomen. Maar hier klopt iets niet. Susanne Hjälm heeft haar kinderen ziek gemeld en zelf de doktersverklaring ondertekend die ze naar de school heeft verstuurd.

110

De twee collega's lopen rustig met Joona mee naar het huis. De sneeuw knerpt onder hun schoenzolen.

Er heeft hier al weken niemand gelopen.

Naast de zandbak steekt een stuk tuinslang boven de sneeuw uit.

Ze lopen het trappetje naar de voordeur op en bellen aan, wachten even en bellen dan weer aan.

Ze luisteren of ze iets horen in het huis. Er komt damp uit hun mond. De trap onder hen kraakt.

Joona belt nogmaals aan.

Hij raakt het akelige gevoel niet kwijt, maar zegt niets. Er is geen reden om zijn collega's verontrust te maken.

'Wat doen we nu?' vraagt Eliot gedempt.

Joona steunt met een knie op het bankje, leunt opzij en kijkt door het smalle raam de hal in. Hij ziet de bruine plavuizen en het gestreepte behang. De matglazen prisma's van het muurlampje hangen er onbeweeglijk bij. Hij verplaatst zijn blik weer naar de vloer. De stofvlokken naast de muur liggen stil. Hij denkt net dat er geen luchtbeweging in het huis lijkt te zijn, als er een stofvlok onder een ladekast glijdt. Joona leunt verder naar het glas toe, schermt het licht van buiten af met zijn handen en ziet een donkere gestalte in de hal.

Een mens, met zijn handen omhoog.

Het duurt maar een seconde voor Joona begrijpt dat hij zichzelf in de spiegel in de hal ziet, maar de adrenaline giert al door zijn lijf.

Hij ziet zichzelf als een silhouet in het smalle raam van de hal, hij ziet paraplu's in een standaard, de binnenkant van de deur, de veiligheidsketting en het rode vloerkleed.

Er zijn geen schoenen of jassen te zien.

Joona tikt tegen het raam, maar er gebeurt niets.

De prisma's van de muurlamp hangen er onbeweeglijk bij, alles is stil in het huis.

'Oké, we moeten maar met de buren gaan praten,' zegt hij.

In plaats van dat hij teruggaat naar de straat, loopt hij echter om het huis heen. Zijn collega's kijken hem verbaasd na vanaf de oprit.

Joona loopt langs een besneeuwde trampoline en blijft dan staan. Er lopen hoefsporen van reeën door de tuinen. Licht vanuit het raam van de buren valt als een gouden laagje over de sneeuw.

Op dat moment is het volkomen stil.

Waar de tuin eindigt, begint het donkere bos. Naalden en dennenappels zijn in de dunnere sneeuw onder de boom gevallen.

'Zouden we niet met de buren gaan praten?' zegt Eliot vragend.

'Ik kom eraan,' antwoordt Joona zacht.

'Wat?'

'Wat zei hij?'

'Wacht even...'

Joona ploetert verder door de sneeuw, het is koud aan zijn voeten en enkels. Voor het donkere keukenraam schommelt knerpend een vogelhuisje.

Hij loopt verder langs het huis en denkt dat er iets niet klopt.

Er is sneeuw tegen de gevel gewaaid.

Glinsterende ijspegels hangen aan de vensterbank onder het raam aan de kant van het bos.

Maar waarom alleen daar, vraagt hij zich af.

Hij loopt erheen en ziet de buitenverlichting van de buren weerspiegeld in het raam.

Het zijn vier lange ijspegels en een paar rijen kleinere.

Hij is bijna bij het raam als hij ziet dat er vlak bij een ventilatierooster even boven de grond een holte in de sneeuw zit. Dat betekent dat er af en toe warme lucht uit het rooster komt.

Daarom hebben zich ijspegels gevormd.

Joona leunt voorover en luistert. Het enige wat hij hoort is het langzame ruisen van het bos als de wind door de boomtoppen gaat.

De stilte wordt verbroken door stemmen uit het buurhuis. Twee kinderen roepen kwaad iets naar elkaar. Er slaat een deur dicht en daarna klinken de stemmen zwakker.

Een zacht schrapend geluid maakt dat Joona zich weer naar het rooster toe buigt. Hij houdt zijn adem in en vangt door de ventilatieopening een snelle fluistering op, een soort commando.

Instinctief deinst hij achteruit, hij weet niet zeker of hij zich het gefluister heeft ingebeeld, hij kijkt om zich heen, ziet zijn wachtende collega's op de oprit, de donkere bomen, de sneeuwkristallen die in de lucht glinsteren, en plotseling beseft hij wat hij zopas heeft gezien.

Toen hij door het smalle raam de hal in keek en zichzelf in de spiegel zag, was hij zo verrast dat hij het cruciale detail miste.

De veiligheidsketting zat op de deur, en dat kan alleen maar als er iemand in huis is.

Joona rent door de diepe sneeuw naar de voorkant. Er wervelt losse sneeuw over zijn bovenbenen. Hij vist de lopers op uit de binnenzak van zijn jas en loopt de trap naar de voordeur op.

'Er is iemand binnen,' zegt hij gedempt.

Zijn collega's kijken hem bevreemd aan als hij het slot openmaakt, de deur voorzichtig opent, weer dichtdoet en vervolgens zo hard opentrekt dat de ketting losschiet.

Joona gebaart naar hen dat ze achter hem moeten blijven.

'Politie!' roept hij het huis in. 'We komen binnen!'

111

De drie agenten lopen de hal in en ruiken meteen de scherpe geur van oud afval. Het is stil in het huis en net zo koud als buiten.

'Is daar iemand?' roept Joona.

Het enige wat ze horen zijn hun eigen voetstappen en bewegingen. Het licht van de buurhuizen valt niet naar binnen. Joona steekt zijn hand uit naar het lichtknopje om de plafondlamp aan te knippen, maar die doet het niet.

Marie doet haar zaklamp achter hem aan. De lichtkegel gaat nerveus allerlei kanten op. Ze lopen verder het huis in en Joona ziet hoe zijn eigen schaduw zich verheft en over de neergelaten luxaflex wegglijdt.

'Politie,' roept hij weer. 'We willen alleen maar praten!'

Ze komen de keuken binnen en zien dat er een heleboel lege verpakkingen van cornflakes, macaroni, meel en suiker op de vloer onder de tafel liggen.

'Wat is dit in godsnaam?' fluistert Eliot.

Koelkast en vriezer staan er donker en leeg bij, alle keukenstoelen zijn verdwenen en op de vensterbanken voor de gesloten gordijnen staan verdroogde planten.

Alleen van buitenaf ziet het eruit alsof de familie op reis is.

Ze lopen verder een televisiekamer met hoekbank in. Joona stapt over de kussens die op de grond liggen.

Marie fluistert iets wat hij niet verstaat.

De dikke gordijnen voor het raam reiken tot op de grond. Door de deur naar de gang is een trap zichtbaar die naar de kelder leidt.

Als ze een dode hond met een plastic zak om de kop zien liggen, blijven ze staan. Het dier ligt op de grond voor de bank in de televisiekamer.

Joona loopt verder richting de gang en de trap. Hij hoort de voorzichtige bewegingen van zijn collega's achter zich.

Marie is snel gaan ademen.

Het schijnsel van de zaklamp trilt.

Joona doet een stap opzij zodat hij de donkere gang in kan kijken. Verderop staat de badkamerdeur op een kier.

Joona gebaart naar zijn collega's dat ze moeten blijven staan, maar Marie staat al naast hem en richt haar zaklamp op de trap. Ze doet een stap naar voren en probeert verder de gang in te kijken.

'Wat is dat daar?' fluistert ze, en ze kan de nervositeit in haar stem niet onderdrukken.

Er ligt iets op de vloer bij de badkamerdeur. Ze richt haar zaklamp erop. Het is een pop met lang blond haar.

Het schijnsel trilt op het glanzende plastic gezicht.

Plotseling wordt de pop de badkamer in getrokken.

Marie glimlacht en doet een grote stap naar voren en op hetzelfde moment klinkt er een knal zo hevig dat ze hem in hun buik voelen.

Het mondingsvuur van het jachtgeweer vult de gang als een bliksemflits.

Het lijkt alsof Marie een harde duw in haar rug krijgt en tegelijkertijd gaan er gedeeltes van de hagelwolk dwars door haar hals heen.

Haar hoofd klapt achterover en er spat bloed uit het gat in haar keel.

De zaklamp knalt tegen de grond.

Als Marie met loshangend hoofd een laatste stap zet, is ze in feite al dood. Ze zakt in elkaar en blijft met een been onder zich liggen, waardoor haar bekken in een vreemde hoek omhoog staat.

Joona heeft zijn pistool getrokken en ontgrendeld en draait zich om. De gang naar de trap is leeg. Er is daar niemand – de schutter moet in de kelder verdwenen zijn.

Het bloed bubbelt uit Maries hals en dampt in de koude lucht.

De zaklamp rolt langzaam over de vloer.

'Mijn god, mijn god,' fluistert Eliot.

Hun oren suizen van de knal.

Plotseling rent er een kind met de pop in haar armen de gang door, glijdt uit in het bloed, valt op haar rug en glipt het donker bij de trap in. Ze verdwijnt bonkend omlaag en daarna klinkt er iets ratelends.

112

Joona zakt op één knie en kijkt snel naar Marie. Er is niets meer aan te doen, de zware lading ging haar longen en hart in en doorboorde de halsslagader.

Eliot Sörenstam schreeuwt met tranen in zijn stem in zijn portofoon dat een ambulance en versterking hierheen moeten komen.

'Politie,' roept Joona richting de trap. 'Leg het wapen neer en...'

Vanuit de kelder wordt het jachtgeweer opnieuw afgevuurd en de kogels vliegen door de spijlen van de trap, waardoor er een wolk splinters rondvliegt.

Joona hoort de mechanische klik als het geweer opengeklapt wordt. Hij stormt de gang in, bereikt de trap en hoort tegelijkertijd het zuchtende geluid als de eerste lege huls uit het geweer wordt gehaald.

Met grote passen loopt Joona met geheven pistool de donkere trap af.

Eliot Sörenstam heeft de zaklamp opgeraapt om hem bij te schijnen en het licht reikt precies tot de kelder, zodat Joona weet af te remmen voor hij gespietst wordt.

Onder aan de trap heeft iemand de stoelen van de eettafel opgestapeld tot een barricade. De omhoog gerichte poten zijn tot spiesen geslepen en er zijn messen aan bevestigd met duct tape.

Joona richt zijn zware Colt Combat over de barricade heen, een kamer met pooltafel in.

Er is geen mens te zien, alles is weer stil.

De adrenaline in zijn lijf maakt hem eigenaardig rustig, alsof hij zich in een nieuwe, scherpere versie van de werkelijkheid bevindt.

Voorzichtig haalt hij zijn vinger van de trekker en maakt de lus van het touw dat om de trapleuning zit los, zodat hij langs de stoelen kan komen.

'Wat moeten we verdomme doen?' fluistert Eliot met paniek in zijn stem als hij beneden komt.

'Heb je een kogelwerend vest aan?'

'Ja.'

'Schijn de kelder in,' zegt Joona en hij begint te lopen.

Tussen gebroken glas en oude conservenblikken liggen twee lege hulzen op de grond. Eliot ademt veel te snel en houdt de zaklamp naast zijn pistool als hij de hoekjes afspeurt. Hierbeneden is het warmer en er dringt een scherpe geur van zweet en urine tot hen door.

In de gang is er op halshoogte ijzerdraad gespannen en ze moeten bukken. Achter hen rinkelen staaldraden.

Plotseling horen ze gefluister en Joona blijft staan en gebaart naar Eliot. Een tikkend geluid wordt gevolgd door voetstappen.

'Rennen, rennen,' fluistert iemand.

Er waait koude lucht naar binnen en Joona loopt snel door terwijl het nerveuze licht van Eliots zaklamp rondzoekt in de kelder. Links vangen ze een glimp op van een ketelruimte en aan de rechterkant leidt een betonnen trap naar een open kelderdeur.

Er waait sneeuw binnen over de traptreden.

Joona heeft de verborgen gestalte al gezien als het schijnsel van de zaklamp het lemmet doet schitteren.

Hij doet nog een stap, hoort de vlugge ademhaling die voorafgaat aan een plots gekerm.

Een lange vrouw met vuil gezicht stormt met een mes in haar hand op hem af en Joona richt zijn pistool automatisch op haar romp.

'Pas op!' schreeuwt Eliot.

Het gaat maar om een seconde, maar Joona heeft toch tijd genoeg om niet te schieten. Zonder na te hoeven denken pareert hij haar aanval en doet een stap schuin naar voren als ze steekt. Hij blokt haar arm, pakt hem beet, laat haar schouders de draai van haar lichaam volgen, en slaat met zijn rechteronderarm tegen de linkerkant van haar hals. Hij raakt haar zo hard en onverwachts dat ze achteruitschiet door de kracht.

Joona houdt de arm met het mes in zijn greep. Er klinkt gekraak als van stenen onder water als haar elleboog breekt. De vrouw klapt tegen de grond en schreeuwt het uit van de pijn.

Het mes klettert op de tegels. Joona trapt het weg en richt zijn pistool de ketelruimte in.

113

Een man van middelbare leeftijd ligt half op de grond bij de geothermische pomp. Hij is vastgebonden met touwen en duct tape en heeft een lap in zijn mond.

Eliot Sörenstam ketent de vrouw met zijn handboeien vast aan een waterleiding terwijl Joona voorzichtig naar de man toe loopt, vertelt dat hij van de politie is en de lap uit zijn mond trekt.

'De kinderen,' hijgt de man. 'Ze zijn naar buiten gerend, jullie mogen onze kinderen geen kwaad doen, ze zijn...'

'Zijn er meer mensen hier?'

Eliot is de betonnen trap al op gerend.

'Alleen de kinderen...'

'Hoeveel?'

'Twee meisjes... Susanne heeft ze het jachtgeweer gegeven, ze zijn alleen maar bang, ze hebben nog nooit met een jachtgeweer geschoten, jullie mogen ze geen kwaad doen,' smeekt de man vertwijfeld. 'Ze zijn alleen bang...'

Joona rent de keldertrap op die aan de achterkant van het huis uitkomt terwijl hij de man keer op keer hoort roepen dat ze de meisjes geen kwaad mogen doen.

De voetsporen leiden door de tuin en gaan recht het donkere bos in. Diep tussen de bomen fladdert er licht.

'Eliot,' roept Joona. 'Er zijn hier alleen kinderen!'

Hij volgt de sporen met grote stappen het bos in en voelt het zweet op zijn gezicht afkoelen.

'Ze zijn gewapend,' roept Joona.

Hij rent naar het schijnsel tussen de bomen. Takken onder de sneeuw breken onder zijn gewicht. Verderop ziet hij Eliot met zaklamp en pistool voortploeteren.

‘Stop,’ roept Joona, maar Eliot lijkt hem niet te horen.

Losse sneeuw stort met doffe ploffen van een boom.

In het zwakke licht ziet hij vagelijk de sporen van de kinderen tussen de bomen, in verschillende hoeken, en Eliots rechte lijn erachteraan.

‘Het zijn maar kinderen,’ roept Joona weer, en hij probeert tijd te winnen door een steile helling af te glijden.

Hij valt op zijn heup, sleurt losse stenen en dennenappels onder de sneeuw mee, schraapt met zijn rug ergens overheen, maar landt dan op zijn voeten.

Door de dichte takken ziet hij het zoekende schijnsel van de zaklamp en schuin achter hem staat een tenger meisje naast een boom met het geweer in beide handen.

Joona rent dwars door het kreupelhout van droge takken. Hij probeert zijn gezicht te beschermen, maar haalt toch zijn wangen open. Hij ziet Eliots gedaante tussen de boomstammen bewegen en het kleine meisje dat vanachter de boom tevoorschijn stapt en het geweer afvuurt op de agent.

Het schot hagel verdwijnt een meter of wat voor het mondstuk in de sneeuw. De loop schiet omhoog en haar magere lichaam schokt van de terugslag. Ze valt en Eliot draait zich om en richt zijn pistool op haar.

‘Wacht!’ roept Joona en hij probeert zich door een dichte spar heen te wringen.

Hij krijgt sneeuw in zijn gezicht en zijn jas, de takken geven mee, hij komt aan de andere kant tevoorschijn en blijft abrupt staan.

Eliot Sörenstam zit met het huilende meisje in zijn armen op de grond. Een paar passen verderop staat haar jongere zusje naar hen te kijken.

114

De armen van Susanne Hjälm zijn achter haar rug vastgeketend. De gebroken elleboog ziet er raar uit. Ze schreeuwt hysterisch en biedt hevig tegenstand als twee geüniformeerde agenten haar de keldertrap op slepen. Het blauwe zwaailicht van politiewagens en ambulance doen het sneeuwlandschap pulseren als water. Buurtbewoners staan als stille geestverschijningen vanuit de verte toe te kijken.

Susanne houdt op met gillen als ze Joona en Eliot het bos uit ziet komen. Joona draagt het jongste meisje in zijn armen en Eliot houdt het andere bij de hand.

Susanne staat met opengesperde ogen hijgend te ademen in de ijskoude winternacht. Joona zet het meisje neer zodat ze met haar zusje naar haar moeder kan gaan. Ze omhelzen haar een hele poos en ze probeert ze te troosten.

'Het komt weer goed,' zegt ze met gebroken stem. 'Alles komt weer goed.'

Een oudere vrouw in uniform begint met de kinderen te praten en probeert uit te leggen dat mama mee moet met de politie.

De vader wordt door ambulancepersoneel de kelder uit geholpen, maar hij is zo zwak dat hij op een brancard gelegd moet worden.

Joona loopt mee als de agenten Susanne door de diepe sneeuw naar een politiewagen op de oprit brengen. Ze moet achter in een auto gaan zitten terwijl een agent telefoneert met een officier van justitie.

'Ze moet naar een ziekenhuis,' zegt Joona, en hij stampt de sneeuw van zijn schoenen en kleren.

Hij loopt naar Susanne Hjälm toe. Ze zit stil in de auto, met haar gezicht naar het huis in een poging een glimp van haar kinderen op te vangen.

'Waarom heb je dit gedaan?' vraagt Joona.

'Dat kun je nooit begrijpen,' mompelt ze. 'Niemand kan het begrijpen.'

'Misschien kan ik het wel,' zegt hij. 'Ik ben degene die Jurek Walter dertien jaar geleden heeft gegrepen en...'

'Je had hem dood moeten maken,' valt ze hem in de rede en ze kijkt hem voor het eerst in de ogen.

'Wat is er gebeurd? Na al die jaren als psychiater op de beveiligde afdeling...'

'Ik had niet met hem moeten praten,' zegt ze verbeten. 'Dat horen we niet te doen, maar ik dacht niet...'

Ze zwijgt en richt haar blik weer op het huis.

'Wat zei hij?'

'Hij... vroeg me een brief te versturen,' fluistert ze.

'Een brief?'

'Hij heeft immers beperkingen opgelegd gekregen, dus ik kon hem niet... maar ik, ik...'

'Je kon hem niet versturen? Waar is die brief dan?'

'Misschien kan ik beter met een advocaat overleggen,' zegt ze.

'Heb je de brief nog?'

'Ik heb hem verbrand,' vertelt ze en ze kijkt weer weg.

Er lopen tranen over haar vermoeide, vuile gezicht.

'Wat stond er in de brief?'

'Voor ik meer vragen beantwoord wil ik overleggen met een advocaat,' zegt ze mat.

'Dit is belangrijk, Susanne,' dringt Joona aan. 'Je krijgt nu medische zorg en je mag een advocaat spreken, maar eerst moet ik weten waar die brief heen gestuurd had moeten worden... Geef me een naam, geef me een adres.'

'Ik weet het niet meer... het was een postbus.'

'Waar?'

'Ik weet het niet... het was een naam,' zegt ze en ze schudt haar hoofd.

Joona ziet de oudste dochter op een brancard liggen die in een ambulance wordt geschoven. Ze ziet er angstig uit en probeert de banden die haar op haar plaats houden los te maken.

'Weet je de naam nog?'

'Die was niet Russisch,' fluistert Susanne. 'Die was...'

Plotseling raakt haar dochter in de ambulance in paniek en begint te gillen.

'Ellen,' roept Susanne. 'Ik ben hier, ik ben hier!'

Susanne probeert de auto uit te komen, maar Joona dwingt haar te blijven zitten.

'Laat me godverdomme met rust!'

Ze probeert zich los te wringen om uit te stappen. De deuren van de ambulance gaan dicht en het is weer stil.

'Ellen,' roept ze.

De ambulance rijdt weg en Susanne zit met afgewend gezicht en gesloten ogen achter in de politieauto.

115

Als Anders Rönn terugkomt van de ouderbijeenkomst van de Autisme- en Aspergervereniging zit Petra achter de computer rekeningen te betalen. Hij loopt naar haar toe en zoent haar in haar nek, maar ze schudt hem van zich af. Hij probeert te glimlachen en over haar wang te strelen.

'Niet doen,' zegt ze alleen.

'Kunnen we proberen het weer goed te maken?'

'Je bent veel te ver gegaan,' zegt ze vermoeid.

'Ik weet het, sorry, ik dacht dat je wilde dat...'

'Hou op dat te denken,' kapt ze hem af.

Anders kijkt haar in de ogen, knikt en gaat dan naar Agnes' kamer. Ze zit met haar rug naar hem toe bij het poppenhuis. Hij ziet dat ze de haarborstel in haar hand houdt, alle poppen heeft geborsteld en ze vervolgens op elkaar gestapeld in een bed in het poppenhuis heeft gestopt.

'Wat heb je dat mooi gedaan,' zegt Anders.

Agnes draait zich om, laat de borstel zien en kijkt hem even aan.

Hij gaat naast haar zitten en slaat zijn arm om haar tengere schouders. Ze wringt zich langzaam los.

'Nu liggen ze samen te slapen,' zegt Anders opgewekt.

'Nee,' antwoordt ze met haar monotone stem.

'Wat doen ze dan?'

'Ze kijken.'

Ze wijst naar de getekende, wijd geopende ogen van de poppen.

'Je bedoelt dat ze niet kunnen slapen als ze kijken? Maar je kunt toch spelen dat ze...'

'Ze kijken,' onderbreekt ze hem, en ze begint haar hoofd in een angstig patroon te bewegen.

'Ik zie het,' zegt hij geruststellend. 'Maar ze liggen in bed zoals het hoort en dat is heel goed...'

‘Ai ai ai…’

Agnes beweegt haar hoofd in het schokkerige patroon en klapt drie keer snel in haar handen. Anders houdt haar in zijn armen, kust haar op haar hoofd en zegt dat ze het heel mooi heeft gedaan met de poppen. Uiteindelijk ontspant haar lichaam weer en begint ze legosteentjes achter elkaar te leggen.

De deurbel gaat en Anders verlaat de kamer, kijkt nog een laatste keer naar Agnes voor hij de deur open gaat doen.

In het schijnsel van de buitenverlichting staat een lange man in een pak met natte broekspijpen en een gescheurde jaszak. De krullen van de man zijn warrig, hij heeft lachkuiltjes in zijn wangen en ernstige ogen.

‘Anders Rönn?’ zegt hij in Zweeds met een Finse inslag.

‘Kan ik u ergens mee helpen?’ vraagt Anders neutraal.

‘Ik ben van de rijksrecherche,’ zegt hij en hij laat zijn legitimatie zien. ‘Mag ik binnenkomen?’

116

Anders staart de lange man voor de deur aan. Binnen een seconde is hij ijskoud van angst. Hij doet de deur open om de bezoeker binnen te laten en terwijl hij vraagt of de man een kop koffie wil, gaan er duizend gedachten door zijn gloeiende brein.

Petra heeft het vrouwenmeldpunt gebeld en het verteld.

Brolin heeft een aanklacht tegen hem bij elkaar gelogen.

Het is uitgekomen dat hij eigenlijk helemaal niet competent genoeg is voor het werk op de gesloten afdeling.

De lange commissaris vertelt dat hij Joona Linna heet, slaat de koffie beleefd af, loopt dan naar binnen en gaat in de fauteuil in de woonkamer zitten. Hij werpt een vriendelijke, onderzoekende blik op Anders waardoor deze zich een gast in zijn eigen woonkamer voelt.

'Je valt op de beveiligde eenheid in voor Susanne Hjälm,' zegt de commissaris.

'Ja,' antwoordt Anders, en hij probeert te begrijpen waar de man op uit is.

'Hoe ervaar je Jurek Walter?'

Jurek Walter, denkt Anders. Gaat het alleen maar over Jurek Walter? Hij ontspant en weet een droge toon in zijn stem te leggen.

'Ik kan het niet over individuele patiënten hebben,' zegt hij stijfjes.

'Praat je met hem?' vraagt de man, en zijn grijze ogen worden heel scherp.

'We hebben geen gesprekstherapie op de beveiligde eenheid,' zegt Anders en hij haalt zijn hand door zijn korte haar. 'Maar het spreekt voor zich dat de patiënten praten...'

Joona Linna leunt naar voren: 'Je weet dat het gerechtshof Jurek Walter beperkingen heeft opgelegd omdat hij als extreem gevaarlijk wordt beschouwd?'

'Ja,' zegt Anders. 'Maar uiteindelijk is dat toch een interpretatie, en als verantwoordelijk arts moet ik voortdurend een afweging maken tussen beperkingen en behandeling.'

De commissaris knikt een paar keer en zegt dan: 'Hij heeft je gevraagd een brief te versturen, hè?'

Anders is even van zijn stuk gebracht, maar dan herinnert hij zich weer dat hij de verantwoordelijkheid voor de patiënten draagt en de besluiten over hen neemt.

'Ja, ik heb een brief verstuurd,' zegt hij. 'Ik achtte dat van belang voor het vertrouwen tussen ons.'

'Heb je de brief gelezen voor je hem verstuurde?'

'Ja, natuurlijk... hij wist dat ik dat zou doen, daar is niets mis mee.'

De grijze ogen van de politieman worden donkerder als zijn pupillen zich verwijden.

'Wat stond erin?'

Anders weet niet of Petra binnengekomen is, maar hij heeft het gevoel dat ze achter zijn rug naar hen staat te kijken.

'Ik weet het niet precies,' zegt hij, en tot zijn ergernis voelt hij dat hij rood wordt. 'Maar het was een formele brief naar een advocatenkantoor... en dat beschouw ik als een mensenrecht.'

'Ja,' antwoordt de rechercheur zonder hem los te laten met zijn blik.

'Jurek Walter wilde een privébezoek van een advocaat op de isoleerafdeling om uitleg te krijgen over de mogelijkheid van heroverweging van zijn vonnis... dat wilde hij ongeveer... en dat hij in dat geval... als een heroverweging mogelijk was, een zelfgekozen advocaat wilde die hem zou bijstaan.'

Het is stil in de woonkamer.

'Naar welk adres?' vraagt de commissaris rustig.

'Advocatenkantoor Rosenhane... een postbus in Tensta.'

'Zou je de precieze formuleringen in de brief kunnen reconstrueren?'

'Ik heb hem maar één keer gelezen en hij was zoals ik al zei erg beleefd en formeel... hoewel hij heel wat spelfouten bevatte.'

'Spelfouten?'

'Eerder dyslectische fouten,' verduidelijkt Anders.

'Heb je het met Roland Brolin over de brief gehad?'
'Nee,' antwoordt Anders. 'Waarom zou ik?'

117

Joona loopt terug naar zijn auto en begint richting Stockholm te rijden. Hij belt Anja en vraagt haar advocatenkantoor Rosenhane in Tensta na te trekken.

'Weet je eigenlijk wel hoe laat het is?'

'Hoe laat,' herhaalt hij, en hij denkt opeens aan Marie Franzén, die een paar uur geleden is doodgeschoten. 'Ik... het spijt me, we kunnen het morgen doen.'

Hij beseft dat ze het gesprek al heeft weggedrukt. Het duurt maar een paar minuten voor ze hem terugbelt.

'Er bestaat geen Rosenhane,' zegt ze. 'Geen advocatenkantoor en geen advocaat met die naam.'

'Er was een postbus,' houdt Joona vol.

'Ja, in Tensta, die heb ik gevonden,' zegt ze mild. 'Maar die is opgezegd en de advocaat die hem huurde bestaat niet.'

'Ik begrijp het...'

'Rosenhane is de naam van een uitgestorven adellijk geslacht,' zegt ze.

'Het spijt me dat ik zo laat belde.'

'Ik maakte een grapje, je mag me bellen wanneer je wilt, we gaan immers trouwen...'

Het adres is een dood spoor, denkt Joona. Geen postbus, geen advocatenkantoor, geen naam.

Hij begint na te denken over het opmerkelijke gegeven dat Anders Rönn Jurek Walter dyslectisch noemde.

Ik heb hem zien schrijven, denkt Joona. Wat Anders Rönn als dyslexie beschouwde, is waarschijnlijk het gevolg van langdurige medicatie.

Opnieuw gaan zijn gedachten naar Marie Franzén, die is gedood door Susanne Hjälm. Nu zit er een kind te wachten op een moeder die nooit meer thuiskomt.

Ze had niet naar de badkamerdeur moeten rennen, maar hij weet dat hij dezelfde fout had kunnen maken als de operationele training niet zo diep had gezeten – en dan was hij net als zijn eigen vader gedood.

Maries dochter Elsa heeft het bericht inmiddels misschien gekregen. De wereld zal nooit meer dezelfde zijn. Toen hij zelf elf jaar was, werd zijn vader doodgeschoten met een jachtgeweer. Zijn vader, die agent was, zou alleen maar een flat in gaan waar een echtelijke ruzie gemeld was. Elke dag denkt Joona er wel een keer aan hoe hij in de klas zat toen de rector binnenkwam en hem vroeg mee te komen. De wereld is nooit meer dezelfde geweest.

118

Het is ochtend en Jurek Walter loopt met grote stappen op de loopband. Saga hoort hem zwaar en donker ademen. Op tv vertelt een man over het zelf maken van stuiterballen. Kleurige bolletjes deinen in diverse waterglazen.

Saga zit vol tegenstrijdige gevoelens. Haar drang tot zelfbehoud zegt haar dat ze al het contact met Jurek zou moeten vermijden, maar met elk gesprek neemt de kans dat haar collega's Felicia vinden toe.

De man op tv waarschuwt de kijkers om niet te veel glitter te gebruiken, aangezien dat het stuitvermogen van de ballen verpest.

Langzaam loopt Saga naar Jurek toe. Hij stapt van de loopband af en gebaart naar haar dat ze hem over kan nemen.

Ze bedankt, stapt erop en begint te lopen. Jurek staat ernaast en neemt haar op. Haar benen zijn nog steeds vermoeid en haar gewrichten gevoelig. Ze probeert het tempo op te voeren, maar ademt nu al hevig.

'Heb je je Haldol-injectie gehad?' vraagt Jurek.

'De eerste dag al,' antwoordt ze.

'Van de arts?'

'Ja.'

'Kwam hij binnen en trok hij je broek naar beneden?'

'Eerst kreeg ik Stesolid,' antwoordt ze zacht.

'Was hij handtastelijk?'

Ze haalt haar schouders op.

'Is hij vaker bij je binnen geweest?'

Bernie komt de ruimte binnen en loopt recht op de loopband af. Zijn gebroken neus is gefixeerd met witte tape. Eén oog zit dicht vanwege een donkergrijze zwelling. Hij blijft voor Saga staan, kijkt haar aan en hoest onderdrukt.

'Nu ben ik je slaaf... godsamme zeg... Ik ben hier en ik volg je tot in de eeuwigheid, als de butler van de paus... tot de dood ons scheidt...'

Hij veegt zweet van zijn bovenlip en wankelt even.

'Ik gehoorzaam elk klein...'

'Ga op de bank zitten,' kapt Saga hem af zonder hem aan te kijken.

Hij boert en slikt meerdere keren.

'Ik lig op de grond en verwarm je voeten... ik ben je hond,' zegt hij en hij gaat met een zucht op zijn knieën zitten. 'Zeg me, wat wil je dat ik doe?'

'Ga op de bank zitten,' herhaalt Saga.

Ze loopt met zware stappen op de loopband. De palmbladeren deinen. Bernie kruipt naar haar toe, houdt zijn hoofd scheef en kijkt naar haar op.

'Wat dan ook, ik gehoorzaam,' zegt hij. 'Als je zweet tussen je borsten, kan ik het afdrogen...'

'Ga op de bank zitten,' herhaalt Jurek neutraal.

Bernie kruipt onmiddellijk weg en gaat op de vloer voor de bank liggen. Saga moet de snelheid van de loopband iets verlagen. Ze kijkt met opzet niet naar het zwiepende palmblad en vermijdt het aan de microfoon met het zendertje te denken.

Jurek staat haar stil op te nemen, veegt zijn lippen af en haalt zijn hand door zijn korte, metaalgrijze haar.

'We kunnen samen weggaan uit het ziekenhuis,' zegt hij rustig.

'Maar ik weet niet of ik dat wel wil,' zegt ze eerlijk.

'Waarom niet?'

'Ik heb eigenlijk niets meer buiten.'

'Niets meer?' herhaalt hij zacht. 'Het is hoe dan ook onmogelijk om ergens naar terug te gaan... maar er zijn betere plekken dan deze.'

'En slechtere misschien.'

Hij kijkt oprecht verbaasd en wendt zijn gezicht met een zuchtend geluid af.

'Wat zeg je?' vraagt ze.

'Ik zuchtte alleen maar, omdat ik bedacht dat ik me inderdaad een slechtere plaats herinner,' zegt hij en hij kijkt haar dromerig aan. 'De lucht gonsde van de hoogspanningsleidingen... de wegen waren kapotgereden door grote shovels... en de sporen vulden zich met rood modderig water, het reikte tot mijn middel... maar ik kon nog steeds mijn mond opendoen om te ademen.'

'Hoe bedoel je?'

'Dat slechtere plaatsen te verkiezen kunnen zijn boven betere...'

'Denk je aan je jeugd?'

'Ja, daar denk ik aan,' fluistert hij.

Saga zet de loopband stil, buigt zich voorover en hangt aan de handvatten. Haar wangen gloeien alsof ze tien kilometer heeft hardgelopen. Ze weet dat ze moet doorgaan met het gesprek zonder al te gretig te worden, en dat ze hem meer moet laten vertellen.

'Maar nu... Heb je een schuilplaats of ben je van plan een nieuwe te vinden?' vraagt ze zonder hem aan te kijken.

De vraag was veel te direct, dat voelt ze. Ze dwingt zichzelf op te kijken, hem in de ogen te kijken.

'Ik kan je een hele stad geven, als je wilt,' antwoordt hij ernstig.

'Waar?'

'Kies zelf maar.'

Saga schudt glimlachend haar hoofd, maar herinnert zich opeens een plek waar ze al jaren niet aan heeft willen denken.

'Als ik aan andere plekken denk... dan denk ik alleen maar aan het huis van mijn grootvader,' zegt ze. 'Ik had er een schommel in een boom... ik weet niet, maar ik vind schommelen nog steeds fijn.'

'Kun je daar niet heen gaan?'

'Dat gaat niet,' antwoordt ze en ze stapt van de loopband af.

119

In het topappartement aan Rörstrandsgatan 19 luistert de geheime groep Athena Promachos naar het gesprek dat Jurek Walter en Saga Bauer voeren.

Johan Jönson zit in een grijs trainingspak achter de computer. Corinne zit aan het bureau en voert het hele gesprek in in haar computer. Nathan Pollock heeft tien bloemen in de kantlijn van zijn schrijfblok getekend en noteert de woorden 'hoogspanningsleidingen', 'shovels' en 'rode modder'.

Joona staat met gesloten ogen bij de luidspreker en voelt koude rillingen over zijn rug omhoogkruipen als Saga over haar grootvader vertelt. Ze mag Jurek Walter onder geen beding in haar hoofd laten, denkt hij. Het gezicht van Susanne Hjälm fladdert door zijn gedachten. Haar vuile gezicht en angstige blik, daar in die kelder.

'Waarom kun je niet naar de plek waar je heen wilt?' hoort hij Jurek Walter vragen.

'Het huis is nu van mijn vader,' antwoordt Saga Bauer.

'En hem heb je al tijden niet meer gezien?'

'Dat wou ik niet,' zegt ze.

'Als hij leeft, dan wacht hij erop dat je hem een nieuwe kans geeft,' zegt Walter.

'Nee,' antwoordt ze.

'Het hangt er natuurlijk van af wat er is gebeurd, maar...'

'Ik was klein en weet er niet meer zoveel van,' legt ze uit. 'Maar ik weet dat ik hem steeds belde en beloofde dat ik nooit meer lastig zou zijn als hij thuiskwam... ik zou in mijn eigen bed slapen en netjes aan tafel zitten en... Ik wil het er niet over hebben.'

'Dat begrijp ik,' zegt Walter, maar zijn woorden verdrinken bijna in een ratelend geluid.

Er klinkt een gierend geluid en daarna het ritmische bonzen van zware stappen op de loopband.

120

Jurek loopt op de loopband. Hij ziet er weer sterker uit. Zijn passen zijn lang en krachtig, zijn bleke gezicht staat rustig.

'Je bent teleurgesteld in je vader omdat hij niet thuiskwam,' zegt hij.

'Ik herinner me al die keren dat ik belde... ik bedoel, ik had hem nodig.'

'Maar je moeder... waar was zij?'

Saga stokt en bedenkt dat ze nu wat te veel praat, maar tegelijkertijd moet ze zijn vertrouwelijkheid beantwoorden. Het is geven en nemen, anders wordt het gesprek weer oppervlakkiger. Het is tijd dat ze iets persoonlijks vertelt, en zolang ze zich aan de waarheid houdt is ze veilig.

'Mijn moeder was ziek toen ik klein was... ik herinner me alleen de laatste tijd,' antwoordt Saga.

'Is ze dood?'

'Kanker... ze had een kwaadaardige tumor in haar hersenen.'

'Mijn deelneming.'

Saga herinnert zich de tranen die in haar mond liepen, de geur van de telefoon, het warme oor, het licht door het stoffige raam in de keuken.

Misschien komt het door de medicatie, door de zenuwen of domweg door Jureks onverbiddelijke blik die invloed op haar heeft. Ze heeft het hier al die jaren nooit over gehad. Ze weet eigenlijk niet eens waarom nu dan wel.

'Maar papa... hij verdroeg haar ziekte gewoon niet,' fluistert ze. 'Hij kon er niet tegen om thuis te zijn.'

'Ik begrijp dat je boos bent.'

'Ik was veel te klein om voor mijn moeder te zorgen... ik probeerde haar te helpen met de medicijnen, ik probeerde haar te troosten...

's Avonds had ze hoofdpijn en dan lag ze maar in de donkere slaapkamer te huilen.'

Bernie kruipt naar Saga toe en probeert tussen haar benen te snuffelen. Ze duwt hem weg en hij rolt zo tegen de plastic palm aan.

'Ik wil ook vluchten,' zegt hij. 'Ik ga mee, ik kan bijten...'

'Bek dicht,' kapt ze hem af.

Jurek draait zich om en kijkt naar Bernie, die grijnzend naar Saga zit te loeren.

'Moet ik je afmaken?' vraagt Jurek hem.

'Sorry, sorry,' fluistert Bernie en hij staat op.

Jurek loopt verder op de loopband. Bernie gaat op de bank tv zitten kijken.

'Ik zal je hulp nodig hebben,' zegt Jurek.

Saga geeft geen antwoord, maar denkt dat ze zou liegen als ze zou zeggen dat ze wil vluchten. Ze wil blijven tot Felicia is gevonden.

'Ik denk dat de mens meer aan zijn familie gebonden is dan enig ander dier,' gaat Jurek verder. 'We doen alles om de scheiding uit te stellen.'

'Misschien, ja.'

'Je was nog maar een kind, maar je zorgde voor je moeder...'

'Ja.'

'Kon ze wel zelf eten?'

'Meestal wel... maar tegen het einde had ze geen eetlust meer,' zegt Saga naar waarheid.

'Was ze geopereerd?'

'Volgens mij kreeg ze alleen chemo.'

'Tabletten?'

'Ja, ik hielp haar elke dag...'

Bernie zit vanaf de bank voortdurend blikken naar hen te werpen. Hij pulkt af en toe voorzichtig aan de brede pleister op zijn neus.

'Hoe zagen die tabletten eruit?' vraagt Jurek Walter, en hij voert de snelheid een beetje op.

'Als gewone tabletten,' zegt ze vlug.

Plotseling voelt ze zich onbehaaglijk. Waarom vraagt hij naar het medicijn? Dat is geen voor de hand liggende vraag. Misschien is hij haar aan het testen. Haar hartslag loopt op terwijl ze voor zichzelf herhaalt dat er niets aan de hand is omdat ze voortdurend de waarheid spreekt.

'Kun je ze beschrijven?' gaat hij rustig verder.

Saga opent haar mond om te zeggen dat het veel te lang geleden is, als ze zich opeens de witte tabletten tussen de lange, bruine franjes van het geknoopte tapijt herinnert. Ze had het potje omgegooid en kroop langs het bed om de pillen op te rapen.

Haar herinnering is volstrekt helder.

Ze verzamelde de pillen in het kommetje van haar hand en blies de pluisjes van het tapijt eraf. Ze hield een stuk of tien ronde tabletten in haar hand. Aan de ene kant stonden twee letters in een vierkantje gedrukt.

'Wit, rond,' zegt ze. 'Met aan één kant letters... KO... ik snap niet dat ik dat nog weet.'

121

Jurek zet de loopband uit en hijgt een poos met een glimlach uit.

'Je zegt dat je je moeder cytostatica gaf, chemo... Maar dat deed je niet...'

'Jawel,' glimlacht ze.

'Het medicijn dat je beschreef is Kodein Recip,' zegt hij. 'Codeïne.'

'Pijnstillers?' vraagt ze.

'Ja, maar kankerpatiënten geeft men geen codeïne, alleen krachtige opiaten, zoals morfine en fentanyl.'

'Maar ik herinner me die tabletten heel precies... aan één kant zit een gleufje...'

'Ja,' zegt hij alleen.

'Mama zei dat...'

Ze valt stil en haar hart bonkt zo hevig dat ze bang is dat het van haar gezicht af te lezen is. Joona heeft me gewaarschuwd, denkt ze. Hij zei dat ik het niet over mijn ouders mocht hebben.

Ze slikt en kijkt naar de versleten vloerbedekking.

Het maakt niet uit, denkt ze, en ze loopt naar haar kamer.

Het liep gewoon zo, ze praatte een beetje te veel, maar ze hield zich al die tijd aan de waarheid.

Ze had geen keus. Geen antwoord geven op de vragen was veel te ontwijkend geweest. Het was een noodzakelijke ruil, maar nu zal ze niks meer zeggen.

'Wacht even,' zegt Jurek heel vriendelijk.

Ze blijft staan maar draait zich niet om.

'Al deze jaren heb ik geen enkele mogelijkheid gehad om te ontsnappen,' vervolgt hij. 'Ik heb altijd geweten dat het besluit voor forensisch psychiatrische behandeling nooit herzien zou worden, ik heb begrepen dat ik nooit verlof zal krijgen... maar nu jij hier bent kan ik het ziekenhuis eindelijk verlaten.'

Saga draait zich om en kijkt recht in het magere gezicht en in de lichte ogen.

'Wat zou ik kunnen doen?' vraagt ze.

'Het kost een paar dagen om alles voor te bereiden,' antwoordt hij. 'Maar als je zorgt dat je aan slaappillen komt... Ik heb vijf tabletten Stesolid nodig.'

'Hoe zou ik daaraan kunnen komen?'

'Je blijft wakker, beweert dat je niet kunt slapen, vraagt om tien milligram Stesolid, verstopt de tablet en gaat naar bed.'

'Waarom doe je dat zelf niet?'

Jurek glimlacht met zijn korstige lippen: 'Ik zou nooit iets krijgen, ze zijn bang voor me. Maar jij bent een sirene... iedereen ziet de schoonheid, niemand ziet het gevaar.'

Saga denkt dat dit het kleine beetje kan zijn dat nodig is om dichter bij Jurek Walter te komen. Ze zal doen wat hij zegt, ze zal deel uitmaken van zijn plan zolang dat niet gevaarlijk wordt.

'Je hebt de straf voor wat ik heb gedaan op je genomen, dus ik zal proberen je te helpen,' antwoordt ze zacht.

'Maar je wilt niet mee?'

'Ik heb geen enkele plek waar ik heen kan.'

'Die zul je wel krijgen.'

'Vertel eens,' glimlacht ze.

'Het dagverblijf gaat zo dicht,' zegt hij en hij loopt weg.

Ze voelt een wonderlijke duizeling, alsof hij alles al van haar weet voor ze het ook maar heeft verteld.

Natuurlijk waren het geen cytostatica. Dat nam ze gewoon aan, zonder erover na te denken. Zo krijgt iemand geen chemo. Ze weet eigenlijk best dat die altijd met strikte tussenperiodes worden ingenomen. Waarschijnlijk was de kanker al veel te ver gevorderd. Het enige wat nog restte, was het stillen van de pijn.

Als ze eenmaal in haar cel is, heeft ze het gevoel alsof ze aan één stuk door haar adem heeft ingehouden tijdens het gesprek met Jurek.

Ze gaat op de brits liggen, doodop.

Saga bedenkt dat ze zich vanaf nu passief zal opstellen en Jurek zijn plannen aan de politie zal laten onthullen.

122

Het is nog maar vijf voor acht 's ochtends als iedereen van de groep Athena in het topappartement aanwezig is. Nathan Pollock heeft de koffiekopjes afgewassen en ze omgekeerd op een blauwgeruite theedoek gezet.

Nadat de deuren van het dagverblijf gisteren dichtgingen, zijn ze tot zeven uur 's avonds gebleven om het omvangrijke materiaal te analyseren. Ze luisterden naar het gesprek tussen Jurek Walter en Saga Bauer, structureerden en ordenden de informatie.

'Ik ben bang dat Saga wat te persoonlijk met hem praat,' zegt Corinne en ze knikt glimlachend als Nathan haar een kopje koffie aangeeft. 'Het is natuurlijk een evenwichtsoefening, want zonder iets van zichzelf te geven kan ze geen vertrouwen creëren...'

'Ze heeft de situatie onder controle,' zegt Nathan en hij slaat zijn zwarte notitieblok open.

'Laten we dat hopen,' zegt Joona.

'Saga is echt fantastisch,' zegt Johan Jönson. 'Ze krijgt hem aan de praat.'

'Maar we weten nog steeds niets over Jurek Walter,' zegt Nathan en hij tikt met zijn pen op de tafel. 'Behalve dan dat hij waarschijnlijk heel anders heet...'

'En dat hij wil ontsnappen,' zegt Corinne en ze trekt haar wenkbrauwen op.

'Ja,' zegt Joona.

'Maar hoe stelt hij zich dat eigenlijk voor? Waar heeft hij vijf slaaptabletten voor nodig? Wie wil hij drogeren?' vraagt Corinne met een rimpel in haar voorhoofd.

'Het personeel kan hij niet drogeren... want die mogen niets van hem aannemen,' zegt Pollock.

'We laten Saga doorgaan met waar ze mee bezig is,' zegt Corinne na een tijdje.

'Ik vind het niet prettig,' zegt Joona.

Hij staat op, loopt naar het raam en ziet dat het weer is gaan sneeuwen.

'Het ontbijt is de belangrijkste maaltijd van de dag,' zegt Johan Jönson en hij pakt een Daim.

'Voor we verdergaan,' zegt Joona, en hij draait zich weer om naar de kamer, 'zou ik de opname nog een keer willen horen... het gedeelte waar Saga vertelt dat ze misschien niet uit het ziekenhuis weg wil.'

'We hebben er nog maar vijfendertig keer naar geluisterd,' zucht Corinne.

'Ik weet het, maar ik heb het gevoel dat we iets missen,' legt hij uit met een stem die nors klinkt van de koppigheid. 'We hebben het er niet over gehad, maar wat gebeurt er daar? Eerst klinkt Jurek Walter net als anders als hij zegt dat er betere plaatsen op de wereld zijn dan de beveiligde eenheid... maar als Saga antwoordt dat er ook slechtere zijn, krijgt ze hem uit balans.'

'Misschien,' zegt Corinne en ze dwaalt af met haar blik.

'Niet misschien,' zegt Joona. 'Ik heb uren met Walter gepraat en ik hoor dat zijn stem anders klinkt, meer naar binnen gekeerd, heel even maar, als hij die plaats beschrijft met rood, modderig water...'

'En hoogspanningsleidingen en shovels,' zegt Nathan.

'Ik weet dat er iets mee is,' zegt Joona. 'Niet alleen het feit dat Walter zichzelf verrast als hij een echte herinnering begint te vertellen...'

'Maar het leidt nergens toe,' valt Corinne hem in de rede.

'Ik wil die opname nog een keer horen,' zegt Joona en hij kijkt Johan Jönson aan.

123

Johan Jönson leunt naar voren en verplaatst de cursor over het scherm naar de regels met grafisch weergegeven geluidsgolven. De grote luidsprekers ruisen en kraken en daarna klinkt het ritmische bonken van de stappen op de loopband.

'We kunnen samen weggaan uit het ziekenhuis,' zegt Walter.

Kortstondig gekraak, en een ritselend geluid wordt sterker.

'Maar ik weet niet of ik dat wel wil,' zegt Saga.

'Waarom niet?'

'Ik heb eigenlijk niets meer buiten.'

Op de achtergrond klinkt gelach van de tv.

'Niets meer? Het is hoe dan ook onmogelijk om ergens naar terug te gaan... maar er zijn betere plekken dan deze.'

'En slechtere misschien,' zegt Saga

Opnieuw gekraak en een zuchtend geluid.

'Wat zeg je?' vraagt Saga.

'Ik zuchtte alleen maar, omdat ik bedacht dat ik me inderdaad een slechtere plaats herinner.'

Zijn stem klinkt merkwaardig mild en aarzelend als hij vervolgt: 'De lucht gonsde van de hoogspanningsleidingen... de wegen waren kapotgereden door grote shovels... en de sporen vulden zich met rood modderig water, het reikte tot mijn middel... maar ik kon nog steeds mijn mond opendoen om te ademen.'

'Hoe bedoel je?' vraagt Saga.

Applaus en meer gelach van de tv.

'Dat slechtere plaatsen te verkiezen kunnen zijn boven betere,' antwoordt Walter haast onhoorbaar.

Ademhaling en zware stappen klinken tegelijk met een zoevend, suizend geluid.

'Denk je aan je jeugd?' vraagt Saga Bauer.

'Ja, daar denk ik aan,' fluistert hij.

Het wordt helemaal stil rondom de tafel als Johan Jönson de opname stopzet en Joona met een frons op zijn voorhoofd aankijkt.

'We komen hier niet verder mee,' zegt Nathan Pollock.

'Stel dat hij iets zegt wat wij niet verstaan,' houdt Joona vol en hij wijst naar het scherm. 'Hier is er tijd voor. Ja toch? Vlak nadat Saga heeft gezegd dat er ook slechtere plaatsen buiten het ziekenhuis bestaan.'

'Hij zucht,' antwoordt Nathan.

'Walter zegt dat hij zucht, maar weten we zeker dat hij dat inderdaad doet?' vraagt Joona.

Johan Jönson krabt aan zijn buik, verplaatst de cursor, zet het volume luider en speelt het moment nogmaals af.

'Heb trek in een zware sigaret,' zegt Corinne, en ze pakt haar glanzende handtas van de vloer.

De luidsprekers suizen en een hevig krakend geluid wordt gevolgd door een zuchtende uitademing.

'Wat zei ik je?' glimlacht Nathan warm.

'Probeer het trager,' houdt Joona hardnekkig vol.

Nathan trommelt gestrest op tafel. De snelheid wordt gehalveerd en nu klinkt de zucht als een storm die landinwaarts trekt.

'Hij zucht,' zegt Corinne.

'Ja, maar er is iets met de pauze en de toon in zijn stem vlak erna,' zegt Joona.

'Vertel me waar ik naar moet zoeken,' zegt Johan Jönson gefrustreerd.

'Ik weet het niet... ik wil dat je je voorstelt dat hij inderdaad iets zegt... ook als het niet te horen is,' antwoordt Joona en hij glimlacht daarna om zijn eigen antwoord.

'Ik kan het natuurlijk proberen.'

'Is het niet mogelijk het geluid te blijven versterken totdat we weten of er iets in die stilte zit of niet?'

'Als we de geluidsdruk en de geluidsintensiteit honderd keer versterken, zouden onze trommelvliezen scheuren door de voetstappen op de loopband.'

'Haal die voetstappen dan weg.'

Johan Jönson haalt zijn schouders op, maakt een loop van het moment, rekt de tijd uit en deelt het geluid dan op in een stuk of dertig hertz- en decibelgrafieken. Met opgeblazen wangen selecteert hij daarna bepaalde grafieken en wist ze.

Elke weggehaalde grafiek is vervolgens op een kleiner scherm te zien.

Corinne en Nathan staan op. Ze staan een tijdje te kleumen op het balkon en kijken uit over het dak en de Filadelfia-kerk.

Joona blijft zitten en slaat het tijdrovende werk gade.

Na vijfendertig minuten leunt Johan Jönson achterover en beluistert de schoongemaakte loop op verschillende snelheden, haalt nog drie grafieken weg en speelt het resultaat dan af.

Wat er nu van het geluid over is, klinkt ongeveer als een zware steen die over een stenen vloer wordt gesleept.

'Jurek Walter zucht,' stelt Johan Jönson vast en hij stopt de opname.

'Zouden deze toppen niet samen moeten vallen,' zegt Joona terwijl hij op drie verwijderde grafieken op het schermpje wijst.

'Nee, dat is alleen een echo die ik heb weggehaald,' zegt Johan, maar dan is hij opeens nadenkend. 'Maar ik zou kunnen proberen om alles behalve de echo weg te halen.'

'Hij kan naar een muur toe staan,' zegt Joona snel.

Johan Jönson verwijdert grafieken en voegt die van de echo toe, verhoogt de geluidsdruk en de geluidsintensiteit driehonderd keer en speelt de loop weer af. Als het even onder de oorspronkelijke snelheid wordt herhaald, klinkt hetzelfde geluid als een trillerige uitademing.

'Is daar niet iets?' vraagt Joona met hernieuwde concentratie.

'Dat zou weleens kunnen,' fluistert Johan Jönson.

'Ik kan het niet horen,' zegt Corinne.

'Het klinkt niet meer als een zucht,' geeft Johan Jönson toe. 'Maar we kunnen niets meer doen, want op dit niveau raken longitudinale geluidsgolven vermengd met transversale... en omdat hun snelheid verschilt, zullen ze elkaar alleen maar uitwissen...'

'Probeer het toch,' zegt Joona ongeduldig.

124

Johan Jönson vertrekt zijn lippen op een manier die hem op August Strindberg doet lijken als hij de partituur van vijftien verschillende geluidsgolven in ogenschouw neemt.

'Dit kun je eigenlijk niet doen,' mompelt hij.

Met fingerspitzengefühl verplaatst hij curves in de tijd en verlengt sommige puntige toppen tot plateaus.

Hij probeert de loop af te spelen en de kamer wordt gevuld door een vreemd onderwatergeluid. Corinne staat met haar hand voor haar mond. Johan stopt snel, verandert wat meer, trekt bepaalde delen uit elkaar en speelt het geheel weer af.

Het zweet staat Nathan Pollock op het voorhoofd.

Het rommelt diep in de grote luidsprekers en daarna klinkt een uitademing opgedeeld in zwakke lettergrepen.

'Luister,' zegt Joona.

Wat er te horen is, is een langzame zucht die onbewust wordt gevormd door een gedachte. Jurek Walter gebruikt zijn stembanden niet, maar beweegt zijn lippen en tong als hij uitademt.

Johan Jönson verplaatst een van de curves minimaal en staat met een gejaagde glimlach op van zijn stoel als de loop met de fluistering keer op keer herhaald wordt.

'Wat zegt hij?' vraagt Nathan met gespannen stem. 'Het klinkt haast als Lenin.'

'Leninsk,' zegt Corinne met opengesperde ogen.

'Wat?' schreeuwt Nathan haast.

'Er is een stad die Leninsk-Koeznetski heet,' zegt ze. 'Maar omdat hij het zonet over rode modder had, denk ik dat hij de geheime stad bedoelt.'

'De geheime stad?' mompelt Nathan.

'Het Kosmodroom van Bajkonoer is nu bekend,' zegt ze. 'Maar vijftig jaar geleden heette de stad Leninsk en was hij topgeheim.'

'Leninsk in Kazachstan,' zegt Joona heel zacht. 'Jurek Walter heeft een jeugdherinnering aan Leninsk...'

Corinne gaat aan de tafel zitten, met rechte rug, schuift een haarlok achter haar oor en legt uit: 'Kazachstan hoorde in die tijd natuurlijk bij de Sovjet-Unie... en lag afgelegen genoeg om er een hele stad te kunnen bouwen zonder dat de rest van de wereld het doorhad. De wapenwedloop was immens en men had raketbases en onderzoekscomplexen nodig.'

'Kazachstan is in elk geval lid van Interpol,' zegt Nathan.

'Als ze ons zijn echte naam geven, kunnen we hem gaan natrekken,' zegt Joona. 'Dan is de jacht geopend.'

'Dat zou moeten kunnen,' zegt Corinne. 'Ik bedoel... we hebben nu een plaats en bij benadering een geboortejaar. We weten dat hij in 1994 naar Zweden is gekomen. We hebben foto's van hem, we hebben de littekens op zijn lichaam in kaart gebracht en...'

'We hebben zelfs zijn bloedgroep en DNA,' glimlacht Nathan.

'Dus zijn familie behoorde of tot de Kazachse bevolking in het gebied, of tot de wetenschappers, ingenieurs of militairen die er vanuit Rusland heen werden gestuurd...'

'Ik verzamel het materiaal,' zegt Nathan snel.

'Dan probeer ik de NSC in Kazachstan te pakken te krijgen,' zegt Corinne. 'Joona? Zal ik proberen...'

Ze zwijgt en kijkt hem vragend aan. Joona staat langzaam op, kijkt haar aan en knikt, pakt zijn jas van een stoel en loopt naar de hal.

'Waar ga jij heen?' vraagt Nathan.

'Ik moet Susanne Hjälm spreken,' mompelt Joona en hij gaat naar buiten.

125

Toen Corinne het had over wetenschappers die naar het onderzoekscomplex in Kazachstan waren gestuurd, herinnerde Joona zich opeens het gesprek met Susanne Hjälm in de politiewagen. Vlak voordat haar dochter in de ambulance begon te gillen, had hij gevraagd of Susanne zich het adres op de brief van Jurek Walter herinnerde.

Ze had verteld dat het om een postbus ging, had geprobeerd zich de naam te herinneren en gemompeld dat die in elk geval niet Russisch was.

Waarom zei ze dat de naam niet Russisch was?

Joona laat zijn legitimatie aan de bewaarder zien en vertelt wie hij wil spreken. Ze lopen samen over de vrouwenafdeling van het huis van bewaring.

De potige bewaarder blijft staan voor een dikke metalen deur. Joona kijkt door het raampje naar binnen. Susanne Hjälm zit stil, met gesloten ogen. Haar lippen bewegen alsof ze zit te bidden.

Als de bewaarder de deur opendraait, gaat er een schok door haar heen en slaat ze haar blik op. Ze begint haar bovenlichaam heen en weer te wiegen als ze Joona binnen ziet komen. De gebroken arm is gezet en de andere ligt om haar middel alsof ze zichzelf probeert te omarmen.

'Ik wil je spreken over...'

'Wie zal mijn dochters beschermen?' vraagt ze hijgend.

'Ze zijn nu bij hun vader,' vertelt Joona, en hij kijkt in haar angstige ogen.

'Nee, nee... hij begrijpt er niets van, hij weet niet... niemand weet het, jullie moeten iets doen, jullie kunnen ze niet zomaar achterlaten.'

'Heb je de brief die Walter je gaf gelezen?' vraagt Joona.

'Ja,' fluistert ze. 'Dat heb ik gedaan.'

'Was die aan een advocaat gericht?'

Ze kijkt hem aan en ademt wat rustiger.

'Ja.'

Joona gaat naast haar op de brits zitten.

'Waarom heb je hem niet verstuurd?' vraagt hij zacht.

'Omdat ik niet wilde dat hij eruit zou komen,' zegt ze vertwijfeld. 'Ik wilde hem zelfs die kans niet geven. Je kunt dit nooit begrijpen, niemand kan het begrijpen.'

'Ik ben degene die hem heeft gearresteerd, maar...'

'Iedereen haat mij,' gaat ze verder zonder acht op hem te slaan. 'Ik haat mezelf, ik heb niets gezien, ik wilde de agente niet verwonden, maar jullie hadden daar niet moeten zijn, jullie hadden niet achter me aan moeten zitten, jullie hadden...'

'Herinner je je het adres op de brief nog?' onderbreekt Joona haar.

'Ik heb hem verbrand, ik dacht dat het afgelopen zou zijn als ik dat deed, ik weet niet wat ik dacht.'

'Wilde hij hem naar een advocatenkantoor sturen?'

Het lichaam van Susanne Hjälm beeft hevig en het zweterige haar slaat tegen haar voorhoofd en wangen.

'Wanneer mag ik mijn kinderen zien?' jammert ze. 'Ik moet vertellen dat ik het allemaal voor hen heb gedaan, ook als ze het nooit zullen begrijpen, ook als ze me zullen haten...'

'Advocatenkantoor Rosenhane?'

Ze kijkt hem met wilde ogen aan, alsof ze al was vergeten dat hij er was.

'Ja, dat was het,' zegt ze moeilijk verstaanbaar.

'Toen ik je er de vorige keer naar vroeg, zei je dat de naam niet Russisch was,' zegt Joona. 'Waarom zou die Russisch zijn?'

'Omdat Walter een keer Russisch tegen me sprak...'

'Wat zei hij?'

'Ik kan niet meer, ik kan niet...'

'Weet je zeker dat hij Russisch sprak?'

'Hij zei zulke verschrikkelijke dingen...'

126

Susanne gaat op het bed staan van angst, keert zich naar de muur en huilt terwijl ze haar gezicht achter haar niet-gewonde hand probeert te verbergen.

'Ga alsjeblieft zitten,' zegt Joona rustig.

'Hij mag niet, mag niet...'

'Je hebt je gezin in de kelder opgesloten omdat je bang was voor Walter.'

Ze kijkt hem aan en stampt weer rond op het bed.

'Niemand luisterde naar me, maar ik weet dat hij de waarheid sprak... ik heb zijn vuur boven mijn gezicht gevoeld.'

'Ik zou hetzelfde hebben gedaan als jij,' zegt Joona ernstig. 'Als ik had geloofd dat ik mijn gezin op die manier tegen Walter kon beschermen, had ik precies hetzelfde gedaan.'

Ze blijft met vragende blik staan en veegt langs haar lippen.

'Ik zou Walter een injectie Zypadhera geven. Hij had een kalmerend middel gekregen en lag op het bed... hij kon zich niet meer bewegen. Sven Hoffman deed de deur open, ik ging naar binnen en gaf Walter de injectie in zijn bil... Toen ik de pleister opplakte, vertelde ik alleen dat ik klaar was met zijn brief, dat ik niet van plan was hem te versturen, ik zei niet dat ik hem al had verbrand, ik zei alleen...'

Ze zwijgt en probeert zich te concentreren om verder te gaan, houdt haar hand even voor haar mond en laat hem dan zakken: 'Hij keek me recht in de ogen en sprak Russisch... Ik weet niet hoe hij wist dat ik het verstond, ik heb nooit verteld dat ik in Sint-Petersburg heb gewoond.'

Ze zwijgt en schudt haar hoofd.

'Wat zei hij?'

'Hij verzekerde me dat hij Ellen en de kleine Anja zou villen... en dat hij mij zou laten kiezen wie er zou doodbloeden,' zegt ze en ze glimlacht breed om niet in te storten 'Patiënten kunnen verschrikkelijke dingen zeggen, je moet heel wat dreigementen aanhoren, maar met Walter is het anders'.

'Weet je zeker dat hij Russisch sprak, en geen Kazachs?'

'Ja... Jurek Walter sprak een uitgesproken beschaafd Russisch, alsof hij een professor aan de Lomonosov-universiteit was.'

'Je zei tegen hem dat je klaar was met zijn brief,' zegt Joona. 'Waren er meerdere brieven?'

'Alleen de brief waarop hij antwoordde.'

'Dus hij had eerst een brief ontvangen?' vraagt Joona.

'Die kwam bij mij... van een advocaat die... hij bood aan om zijn rechten en mogelijkheden met hem door te nemen.'

'En jij gaf hem aan Jurek Walter?'

'Ik weet niet waarom, ik vond het een mensenrecht, maar hij is geen...'

Ze huilt en doet een paar stappen achteruit op het zachte bed.

'Probeer je te herinneren wat...'

'Ik wil mijn kinderen bij me hebben, hier kan ik niet tegen,' kermt ze, en ze stampt weer rond op het bed. 'Hij zal ze iets aandoen.'

'Je weet dat Walter opgesloten is op de beveiligde een...'

'Alleen als hij het wil,' onderbreekt ze hem en ze wankelt. 'Hij houdt iedereen voor de gek, hij kan erin en eruit...'

'Dat is niet waar, Susanne,' probeert Joona haar gerust te stellen. 'Jurek Walter heeft de beveiligde eenheid de afgelopen dertien jaar geen enkele keer verlaten.'

Ze kijkt hem aan en zegt dan met haar witte, gebarsten lippen: 'Jij weet niets.'

Het lijkt haast alsof ze in lachen uit zal barsten.

'Jij weet echt helemaal niets, hè?'

'Ik heb hem op de parkeerplaats voor het ziekenhuis gezien, zegt ze zacht. 'Hij stond daar maar naar me te kijken.'

Ze knippert met haar ogen, die droog zijn geworden, en haar hand trilt hevig als ze hem optilt om haar haren uit haar gezicht te strijken.

Het bed kraakt onder haar voeten en ze zoekt met haar hand steun bij de muur. Joona probeert haar te kalmeren: 'Ik begrijp dat zijn dreigement...'

'Je bent gewoon dom,' gilt ze. 'Ik heb je naam op de glazen ruit gezien...'

Ze doet een stap naar voren, glijdt uit op het bed, slaat hard met haar nek tegen de bedrand en valt op de grond.

127

Corinne Meilleroux legt haar telefoon op tafel en schudt haar hoofd, waardoor er een geur van exclusief parfum helemaal tot bij Nathan wolkt.

Hij heeft zitten wachten tot ze het gesprek afrondt, heeft bedacht dat hij haar zal vragen of ze een keer met hem uit eten wil.

'Ik krijg geen biet boven water,' zegt ze.

'Geen biet,' herhaalt hij met een scheef glimlachje.

'Kun je dat niet zeggen?'

'Het is misschien niet zo hip, maar...'

'Ik heb Anton Takirov van de NSC, de veiligheidspolitie in Kazachstan gesproken,' zegt ze. 'Binnen een seconde was het gebeurd. Hij antwoordde sneller dat Jurek Walter geen Kazachs staatsburger is dan dat ik mijn laptop open kan klappen. Ik was hartstikke vriendelijk en vroeg hun een nieuwe poging te doen, maar die Takirov, hij was domweg beledigd en zei dat ze zowaar computers hebben in Kazachstan.'

'Misschien vindt hij het moeilijk om met vrouwen te communiceren.'

'Toen ik die Takirov probeerde te vertellen dat DNA matching even kan duren, viel hij me in de rede en legde hij uit dat ze het modernste systeem ter wereld hadden.'

'Ze willen gewoon niet helpen.'

'In tegenstelling tot de federale veiligheidsdienst van de Russische federatie. De samenwerking met hen is tegenwoordig tenminste goed. Dmitri Oergov heeft net teruggebeld. Ze hadden niets dat overeenkwam met het DNA dat ik heb opgestuurd, maar hij zou de nationale politie persoonlijk vragen de foto's te bekijken en hun DNA-bank door te nemen...'

Corinne sluit haar ogen en masseert haar nek. Nathan kijkt naar haar, probeert de neiging om hulp aan te bieden te onderdrukken. Hij zou achter haar willen gaan staan om langzaam haar rugspieren soepel te maken.

'Ik heb warme handen,' zegt Nathan op het moment dat Joona Linna binnenkomt.

'Mag ik eens voelen?' vraagt hij met zijn donkere, Finse timbre.

'Kazachstan maakt het ons niet makkelijk,' vertelt Corinne. 'Maar ik...'

'Jurek Walter komt uit Rusland,' zegt Joona en hij pakt een hand zuurtjes uit de schaal.

'Rusland,' herhaalt ze leeg.

'Hij spreekt perfect Russisch.'

'Zou Dmitri Oergov tegen me gelogen hebben... sorry hoor, maar ik ken hem en ik geloof echt niet dat...'

'Hij weet waarschijnlijk van niets,' zegt Joona, terwijl hij de snoepjes in zijn zak stopt. 'Jurek Walter is zo oud dat het in de tijd van de KGB moet zijn geweest.'

128

Nathan, Joona en Corinne buigen zich over de tafel en vatten de situatie samen. Kortgeleden hadden ze niets. Maar dankzij Saga's infiltratie hebben ze een plaatsnaam gekregen. Jurek Walter had zich versproken toen hij 'Leninsk' fluisterde. Hij was opgegroeid in Kazachstan, maar aangezien Susanne Hjälm hem verzorgd Russisch had horen spreken, kwam zijn familie hoogstwaarschijnlijk uit Rusland.

'Al wist hun veiligheidspolitie niets,' herhaalt Corinne.

Joona pakt zijn mobiele telefoon en gaat op zoek naar een contact dat hij al jaren niet gebeld heeft. Hij voelt hoe hij vanbinnen begint te gloeien als hij beseft dat hij de oplossing van het raadsel Jurek Walter wellicht op het spoor is.

'Wat ga je doen?' vraagt Corinne.

'Met een oude bekende praten.'

'Je belt Nikita Karpin!' roept Nathan uit. 'Ja toch?'

Joona trekt zich terug met zijn mobiel tegen zijn oor. De telefoon gaat met suizende echo's over en na een hele tijd kraakt het.

'Heb ik je niet bedankt voor de hulp met Pitsjoesjkin?' vraagt Karpin bruusk.

'Jawel, je hebt wat zeepjes gestuurd die...'

'Is dat niet genoeg?' kapt hij hem af. 'Je bent de koppigste jongen die ik ooit heb ontmoet, dus ik had kunnen bedenken dat je me zou storen met een telefoontje.'

'We hebben hier een ingewikkelde zaak die...'

'Ik spreek nooit over de telefoon,' onderbreekt Nikita hem.

'Als ik een versleutelde lijn regel?'

'Er bestaan geen lijnen die we niet binnen twintig seconden weten te kraken,' lacht de Rus. 'Maar dat doet er niet toe... Ik heb me immers teruggetrokken en kan je niet helpen.'

'Je hebt vast wel contacten,' probeert Joona.

'Zijn er niet meer... en ze weten toch niets over Leninsk, en als ze wat wisten zouden ze het niet vertellen.'

'Je bent dus al op de hoogte van onze vraag,' zucht Joona.

'Natuurlijk, het is een klein land...'

'Met wie zou ik moeten praten als ik een antwoord zou willen hebben?'

'Probeer het over een maand weer bij de FSB... het spijt me,' gaapt Karpin. 'Maar ik moet Zean uitlaten, we wandelen altijd over het ijs van de Kljazma, naar de zwemsteigers en terug.'

'Ik begrijp het,' zegt Joona.

Hij hangt op en glimlacht om de overdreven voorzichtigheid van de oude man. De voormalig KGB-agent lijkt er niet op te vertrouwen dat Rusland veranderd is. Maar misschien heeft hij gelijk. Misschien heeft men alleen de buitenwereld doen geloven dat het de goede kant op gaat.

Het is geen echte uitnodiging, maar voor Karpins doen was dit haast gastvrij te noemen.

Nikita's samojeed Zean was oud en stierf toen Joona acht jaar geleden op bezoek was. Joona was uitgenodigd om drie lezingen te houden over het werk dat tot de arrestatie van Jurek Walter had geleid. De politie van Moskou zat op dat moment midden in de jacht op de seriemoordenaar Aleksandr Pitsjoesjkin.

Nikita Karpin weet dat Joona weet dat de hond niet meer leeft. En hij weet dat Joona weet waar hij verblijft als hij over het ijs van de Kljazma wandelt.

129

Het is tien voor zeven 's avonds en Joona Linna zit in het laatste vliegtuig naar Moskou. Als het vliegtuig landt is het al middernacht in Rusland. Er ligt een knisperige kou over het binnenland en door de lage temperatuur is de sneeuw uitermate droog.

Joona rijdt met de taxi door de immense, eentonige buitenwijken. Hij heeft het gevoel dat hij vast is komen te zitten in een rondgang door duistere, grootschalige woningbouwprojecten als de stad eindelijk verandert. Hij vangt nog een glimp op van de prachtige wolkenkrabbers – de zeven zusters van Stalin – als de taxi een achterafstraat in rijdt en halt houdt voor het hotel.

Zijn kamer is zeer eenvoudig en donker. Het plafond is hoog, de wanden zijn vergeeld van de sigarettenrook. Op het bureau staat een elektrische samowar van bruin plastic. Op het kaartje met de vluchtroute aan de binnenkant van de deur zit een ronde brandplek op de nooduitgang.

Als Joona bij het enige raam naar de steeg staat, voelt hij de winterkoude door het glas heen. Hij gaat op de stugge bruine sprei op het bed liggen, kijkt naar het plafond en hoort in de kamer ernaast gedempt praten en lachen. Hij denkt dat het te laat is om Disa te bellen om welterusten te zeggen.

Zijn gedachten wervelen voort, de beelden voeren hem mee de slaap in. Een meisje wacht tot haar moeder haar haar vlecht, Saga Bauer kijkt hem met een hoofd vol snijwonden aan en Disa ligt met halfgesloten ogen te neuriën in zijn badkuip.

Om half zes 's ochtends trilt de telefoon op Joona's nachtkastje. Hij heeft met zijn kleren aan geslapen, met alle dekens en dekbedden over zich heen. Zijn neuspuntje is ijskoud en hij blaast op zijn vingers voor hij de wekkerfunctie uit kan zetten.

De lucht aan de andere kant van het raam is nog steeds donker.

Joona loopt naar de foyer en vraagt de jonge vrouw achter de balie een auto voor hem te huren. Hij gaat aan een sierlijk gedekte tafel zitten, drinkt thee en eet warm brood met gesmolten boter en dikke plakken kaas.

Een uur later rijdt hij in een gloednieuwe BMW X3 op de M2 Moskou uit. Zwart, glanzend asfalt raast onder de auto door, het verkeer in Vidnoje is druk en het is al acht uur als hij de snelweg verruilt voor de kronkelende witte wegen.

De stammen van het berkenbos staan als slanke, jonge engelen in het besneeuwde landschap. De schoonheid van Rusland is bijna beangstigend.

Het is koud en helder en Ljoebimova baadt in winters zonlicht als Joona binnenrijdt en de auto op een sneeuwvrij gemaakt erf voor een landhuis neerzet. Hij heeft gehoord dat de plaats ooit de zomerresidentie van de theaterlegende Stanislavski was.

Nikita Karpin komt de veranda op.

'Je herinnert je mijn vuile beestje nog,' glimlacht hij en hij drukt Joona de hand.

Nikita Karpin is een kleine, breedgebouwde man met een mooi verouderd gezicht, een bikkelharde blik en een soldatenkapsel. In zijn tijd als agent was hij een angstaanjagende man.

Formeel gezien maakt Nikita Karpin geen deel meer uit van de veiligheidsdienst, maar hij valt nog steeds onder het ministerie van Justitie. Joona weet dat als er iemand kan achterhalen of Jurek Walter banden met Rusland heeft, het Karpin is.

'We delen onze belangstelling voor seriemoordenaars,' zegt Nikita en hij laat Joona binnen. 'Van mijn kant kun je ze enerzijds beschouwen als putten die je mogelijk kunt vullen met onopgeloste misdrijven... wat praktisch is. Anderzijds moeten we ze ook arresteren om niet incompetent te lijken, wat het geheel compliceert...'

Joona volgt Karpin een grote, mooie kamer in waar het interieur sinds het einde van de negentiende eeuw onveranderd lijkt.

Het oude medaillonbehang glanst als vette room. Boven een zwarte vleugel hangt een ingelijst portret van Stanislavski.

De agent schenkt iets te drinken in uit een grote, beslagen glazen kan. Op tafel staat een grijze kartonnen doos.

'Vlierbessensap,' zegt hij, en hij klopt zachtjes op zijn lever.

Op het moment dat Joona het glas met sap heeft gekregen en ze tegenover elkaar zijn gaan zitten, verandert Nikita's gezicht. De goedmoedige glimlach dooft uit alsof die nooit heeft bestaan.

'Bij onze vorige ontmoeting... was het meeste nog geheim, maar in die tijd leidde ik een speciaal getrainde groep genaamd "Kopstoot",' zegt Nikita zacht. 'We waren behoorlijk hardhandig... mijn mannen en ik...'

Hij leunt achterover in zijn stoel, waardoor de rugleuning kraakt.

'Wellicht zal ik ervoor branden in de hel,' zegt hij ernstig. 'Tenzij er een engel is die hen die het vaderland verdedigen beschermt.'

Nikita's geaderde handen liggen op tafel tussen de grijze doos en de karaf met sap.

'Ik wilde de terroristen in Tsjetsjenië harder aanpakken,' vertelt hij met ernstige stem. 'Ik ben trots op onze inzet in Beslan, en wat mij betreft was Anna Politkovskaja een verraadster.'

Hij zet het glas neer en haalt diep adem.

'Ik heb het materiaal doorgekeken dat jullie veiligheidsdienst naar de FSB heeft gestuurd... Jullie hebben maar bar weinig boven water gekregen, Joona Linna.'

'Ja,' antwoordt Joona geduldig.

'De jonge ingenieurs en constructeurs die naar de kosmodroom Leninsk werden gestuurd noemden we raketbrandstof.'

'Raketbrandstof?'

'Alles rondom het ruimteprogramma moest geheim blijven. Alle rapporten waren zorgvuldig gecodeerd. Het idee was dat de ingenieurs nooit uit Leninsk zouden terugkeren. Ze waren de hoogst opgeleide wetenschappers van hun tijd, maar werden behandeld als beesten.'

De KGB-agent zwijgt. Joona schenkt zijn glas bij en neemt een slok.

'Mijn grootmoeder heeft me geleerd vlierbessensap te maken.'

'Lekker.'

'Je hebt er uiteraard goed aan gedaan naar mij toe te komen, Joona Linna,' zegt Nikita Karpin en hij strijkt over zijn lippen. 'Ik heb een dossier uit het eigen archief van de Kopstoot geleend.'

130

De oude man haalt een grijze map uit de al even grijze kartonnen doos, slaat de map open en legt een foto voor Joona op tafel. Het is een groepsfoto van tweeëntwintig mannen voor een gepleisterde stenen trap.

'Deze is in 1955 genomen in Leninsk,' zegt Karpin, en zijn stem heeft een nieuwe klank gekregen.

In het midden van de eerste rij zit de legendarische Sergej Koroljov rustig glimlachend op een van de bijgetrokken parkbanken. De hoofdingenieur achter de eerste mens in de ruimte en de eerste satelliet ter wereld.

'Kijk naar de mannen achteraan.'

Joona leunt naar voren en gaat met zijn ogen de achterste rij gezichten af. Half verscholen achter een man met warrig haar staat een tengere man met een mager gezicht en lichte ogen.

Joona trekt zijn hoofd weg alsof hij ammoniak heeft ingeademd.

Hij heeft de vader van Jurek Walter gevonden.

'Ik zie hem,' fluistert Joona.

'De administratie van Stalin selecteerde de jongste en meest getalenteerde ingenieurs,' vertelt Nikita rustig en hij gooit een oud sovjetpaspoort voor Joona neer. 'En Vadim Levanov was zonder twijfel een van de besten.'

Joona doet het paspoort open en voelt zijn hart bonken.

Op de zwart-witfoto staat een man die op Jurek Walter lijkt, maar met warmere ogen en zonder alle rimpels in het gezicht. Vadim Levanov is dus de naam van de vader van Jurek Walter, denkt Joona.

De reis hiernaartoe is niet voor niets. Nu kunnen ze Jurek Walter echt in kaart brengen.

Nikita legt een kaart met tien vingerafdrukken neer, zelf geschoten fotootjes van de doop en de studententijd van Walters vader. Schoolboeken van de lagere school en een kindertekening van een auto met een schoorsteen op het dak.

'Wat wil je van hem weten?' glimlacht Karpin. 'Het meeste hebben we wel... alle adressen waar hij heeft gewoond, vriendinnetjes voor zijn huwelijk met Jelena Mickajlovaa, de brieven naar zijn ouders in Novosibirsk, de actieve tijd binnen de Partij...'

'Zijn zoon,' fluistert Joona.

'Zijn vrouw was ook een geselecteerde ingenieur, maar ze is na twee jaar huwelijk in het kraambed overleden,' vervolgt Karpin.

'Zijn zoon,' herhaalt Joona.

Karpin staat op, opent de houten kast, tilt er een zware tas uit en zet hem op tafel. Als hij de hoes eraf haalt, ziet Joona dat het een filmprojector voor 16 mm films is.

Nikita Karpin vraagt Joona de gordijnen dicht te trekken en haalt een filmrol uit zijn grijze doos.

'Dit is een zelf opgenomen film uit de tijd in Leninsk die je naar mijn mening moet zien...'

De projector begint te tikken, het beeld wordt direct op het lichte medaillonbehang geprojecteerd. Karpin stelt de scherpte bij en gaat dan weer zitten.

De lichtsterkte van het beeld varieert, maar verder is het duidelijk. De camera staat waarschijnlijk op een statief.

Joona beseft dat hij naar een film kijkt die de vader van Jurek Walter in zijn tijd in Leninsk heeft gemaakt.

Voor hem op de muur is de achterkant van een huis met een lommerrijke tuin te zien. Zonlicht valt door bladeren en boven de bomen op de achtergrond torent een paal voor hoogspanningsleidingen op.

Het beeld trilt een beetje en plotseling is Walters vader in beeld. Hij legt een zware koffer in het hoge gras, opent hem en haalt er vier vouwstoelen uit. Een jongen met gekamd haar komt van links in beeld. Hij is een jaar of zeven en heeft een fijnbesneden gezicht en grote, lichte ogen.

Dat is zonder twijfel de jonge Jurek, denkt Joona, en hij durft amper te ademen.

De jongen praat, maar het enige wat te horen is, is het tikken van de projector.

De vader en de jongen klappen samen de metalen poten van de koffer uit, die als ze hem omkeren in een houten tafel verandert.

De jonge Jurek verdwijnt uit beeld, maar keert onmiddellijk van de andere kant terug met een waterkaraf. Het gaat zo snel dat Joona denkt dat er geknipt moet zijn.

Jurek bijt op zijn lip en heeft zijn vuisten stevig gebald als zijn vader tegen hem praat.

Hij verdwijnt weer uit beeld en zijn vader loopt met grote passen achter hem aan.

Het water in de karaf schommelt fonkelend.

Even later komt Jurek terug met een witte papieren zak en daarna loopt de vader met een ander kind op zijn schouders het beeld in.

De vader schudt met zijn hoofd en huppelt als een paard.

Joona kan het gezicht van het andere kind niet zien.

Zijn hoofd bevindt zich boven de rand van het beeld, maar Jurek zwaait ernaar.

De voeten met de kleine schoenen trappelen tegen de borst van de vader.

Jurek roept iets.

En als de vader het andere kind op het gras voor de tafel neerzet, ziet Joona dat dat ook Jurek is.

De identieke jongetjes staren met ernstige gezichten de camera in. De schaduw van een wolk trekt over de tuin. De vader pakt de papieren zak en loopt uit beeld.

'Een eeneiige tweeling,' glimlacht de agent en hij stopt de film.

'Een tweeling,' herhaalt Joona.

'Daarom is hun moeder overleden.'

131

Joona staart naar het medaillonbehang en herhaalt in zichzelf dat de Zandman Walters tweelingbroer is.

Hij is de man die Felicia gevangen houdt.

Hij is de man die Lumi in de tuin zag toen ze naar de kat wilde zwaaien.

En dat is de reden waarom Susanne Hjälm Jurek Walter in het donker op de parkeerplaats bij het ziekenhuis heeft kunnen zien.

De warme projector maakt tikkende geluidjes.

Joona pakt het glas sap, staat op, trekt de gordijnen open en gaat bij het raam staan. Hij kijkt recht op het met ijs bedekte oppervlak van de Kljazma.

'Hoe heb je dit allemaal kunnen vinden?' vraagt hij als hij het gevoel heeft dat zijn stem niet zal breken. 'Hoeveel mappen en films heb je moeten doorkijken? Ik bedoel, jullie moeten materiaal over miljoenen mensen hebben.'

'Ja, maar we hebben maar één overloper van Leninsk naar Zweden,' antwoordt Karpin rustig.

'Is hun vader naar Zweden gevlucht?'

'Augustus 1957 was een moeilijke maand in Leninsk,' antwoordt Nikita cryptisch en hij steekt een sigaret op.

'Wat is er gebeurd?'

'We hadden twee pogingen gedaan om de Semjorka de lucht in te krijgen. De eerste keer verbrandde de hulpraket en stortte de raket zelf na vierhonderd kilometer neer. De tweede keer – hetzelfde fiasco. Ik moest erheen om de verantwoordelijken weg te halen. Ze een kopstoot te geven. Vergeet niet dat vijf procent van het BNP van de hele Sovjet-Unie naar het complex in Leninsk ging. De derde poging ging goed en de ingenieurs konden opgelucht ademhalen, tot de Nedelin-ramp drie jaar later.

'Daar heb ik over gelezen,' zegt Joona.

'Mitrofan Nedelin joeg zijn mensen op om een intercontinentale raket te bouwen,' zegt Nikita en hij bekijkt de gloeiende punt van de sigaret. 'Die is midden op de kosmodroom ontploft en er zijn meer dan honderd mensen verbrand. Vadim Levanov en de tweeling waren verdwenen. Een paar maanden lang dachten we echt dat ze samen met alle anderen waren omgekomen.'

'Maar dat was niet zo,' zegt Joona.

'Nee,' zegt Nikita. 'Hij was gevlucht omdat hij bang was voor represailles en hij had ongetwijfeld naar de goelag gemoeten, waarschijnlijk het werkkamp Siblag... maar in plaats daarvan dook hij op in Zweden.'

Nikita Karpin zwijgt en drukt zijn sigaret langzaam uit in een porseleinen asbakje.

'We hielden Vadim Levanov en de tweeling vierentwintig uur per dag in de gaten en waren uiteraard bereid hem te liquideren,' gaat Karpin zachtjes door. 'Maar dat was niet nodig... want Zweden behandelde hem als een stuk vuil, organiseerde een eigen goelag... Het enige werk dat hij kreeg was een baantje als arbeider in een grindgroeve.'

Karpins ogen glinsteren ondeugend.

'Als jullie in plaats daarvan belangstelling voor zijn kennis hadden gehad, had Zweden het eerste land in de ruimte kunnen zijn,' lacht hij.

'Misschien,' antwoordt Joona rustig.

'Ja.'

'Dus Walter en zijn broer zijn al op tienjarige leeftijd naar Zweden gekomen?'

'Maar ze zijn maar een paar jaar gebleven,' glimlacht Nikita.

'Waarom?'

'Je wordt niet voor niets seriemoordenaar.'

'Weet je wat er gebeurd is?' vraagt Joona.

'Ja.'

Nikita kijkt door het raam naar buiten en likt aan zijn lippen. Het lage winterlicht valt door het bobbelige glas naar binnen.

132

Vandaag is Saga als eerste in het dagverblijf en ze stapt onmiddellijk op de loopband. Ze houdt het hardlopen vier minuten vol en heeft de snelheid net omlaag gedaan naar wandeltempo, als Bernie zijn kamer uit komt.

'Als ik vrij ben ga ik taxi rijden... Godsamme, als een echte Fittipaldi... en jij mag gratis mee en ik mag je tussen je benen...'

'Hou je bek toch,' kapt ze hem af.

Hij knikt gekwetst en loopt recht naar het palmblad, draait het om en laat met een smalle grijns de microfoon zien.

'Nu ben jij mijn slaaf,' lacht hij.

Saga geeft hem vlug een duw, waardoor hij achteruit wankelt en op zijn billen op de grond belandt.

'Ik wil ook vluchten,' sist hij. 'Ik wil taxi rijden en...'

'Bek dicht,' zegt Saga en ze kijkt snel over haar schouder om te zien of de bewaarders door de sluis komen.

Maar niemand lijkt ze in de gaten te houden op de monitoren.

'Je neemt mij mee als jullie vluchten, hoor je me...'

'Zwijg,' onderbreekt Jurek hem achter hen.

'Sorry,' fluistert Bernie geluidloos richting de vloer.

Saga heeft Jurek het dagverblijf niet in horen komen. De rillingen lopen over haar rug als ze beseft dat hij de microfoon gezien kan hebben.

Misschien is ze al ontmaskerd?

Het is mogelijk dat het nu gebeurt, denkt ze. Dat de crisissituatie die ze gevreesd heeft nu ontstaat. Ze voelt dat de adrenaline begint te stromen en probeert de plattegrond van de beveiligde eenheid op te roepen. In gedachten gaat ze snel langs de omcirkelde deuren, de verschillende zones en de mogelijke plaatsen voor tijdelijke bescherming.

Als Bernie haar verraadt moet ze zich in eerste instantie in haar eigen kamer barricaderen. Als het even kan neemt ze de microfoon mee en schreeuwt ze dat ze onmiddellijk ontzet wil worden, dat ze haar moeten redden.

Jurek blijft staan voor Bernie die op de grond ligt en zijn excuses fluistert.

'Je moet het snoer van de loopband lostrekken en naar je kamer gaan om je aan de deur te verhangen,' zegt Jurek tegen hem.

Bernie kijkt met angstige ogen op naar Jurek.

'Wat zeg je? Godallemachtig...'

'Maak het snoer vast aan de klink aan de buitenkant, gooi het over de deur en pak de plastic stoel erbij,' legt Jurek kort uit.

'Ik wil het niet, ik wil niet,' fluistert Bernie met trillende lippen.

'We kunnen je er hier niet meer levend bij hebben,' zegt Jurek rustig.

'Maar... jezus christus, het was maar een grapje, ik snap heus wel dat ik niet mee mag... Ik weet best dat het jullie ding is... van jullie alleen...'

133

Nathan Pollock en Corinne Meilleroux staan allebei op van het bureau als de situatie in het dagverblijf op scherp komt te staan.

Ze begrijpen dat Jurek Walter besloten heeft Bernie af te maken, maar hopen dat Saga niet vergeet dat ze geen bevoegdheden of taken heeft.

'Er is niets aan te doen,' fluistert Corinne.

Uit de grote luidsprekers klinkt een traag, fluctuerend razen. Johan Jönson stelt het geluidsniveau bij en krabt gestrest in zijn haar.

'Geef me dan straf,' kermt Bernie. 'Ik verdien straf...'

'Ik kan allebei zijn benen breken,' zegt Saga.

Corinne slaat haar armen om zichzelf heen en probeert rustig te ademen.

'Doe niets,' fluistert Nathan tegen de luidspreker. 'Je moet op de bewaarders vertrouwen, jij bent maar patiënt.'

'Waarom komt er niemand?' zegt Johan Jönson. 'De bewaarders moeten godverdomme toch zien wat er gaande is?'

'Als ze in actie komt, doodt Jurek Walter haar meteen,' fluistert Corinne, en door de stress klinkt haar Franse accent door in haar spraak.

'Doe niets,' smeekt Nathan. 'Doe niets.'

134

Saga's hart bonkt in haar borst. Ze kan haar gedachten niet op een rijtje houden als ze van de loopband afstapt. Het is niet haar taak om andere patiënten te beschermen. Ze weet dat ze niet uit haar rol van schizoïde patiënt moet vallen.

'Ik breek zijn benen bij de knieschijven,' probeert ze. 'Ik breek zijn armen en vingers en...'

'Het is beter als hij gewoon dood is,' zegt Jurek concluderend.

'Kom,' zegt ze snel tegen Bernie. 'De camera is hier afgeschermd...'

'Verdomme, zeg, Sneeuwwitje,' snikt Bernie, en hij gaat naar haar toe.

Ze pakt zijn pols beet, sleurt hem naar zich toe en breekt zijn pink. Hij schreeuwt, zakt op zijn knieën en houdt zijn hand stevig tegen zijn buik gedrukt.

'Volgende vinger,' zegt ze.

'Jullie zijn gek,' huilt Bernie. 'Ik roep om hulp... m'n skeletslaven komen hier...'

'Stil jij,' zegt Jurek Walter.

Hij gaat naar de loopband, haalt het snoer uit het apparaat, rukt het uit het stopcontact in de muur waardoor er betonbrokjes over de vloer stuiven.

'Volgende vinger,' probeert Saga.

'Nu blijf je uit de buurt,' zegt Jurek en hij kijkt haar in de ogen.

Saga blijft met haar hand tegen de muur staan terwijl Bernie achter Jurek Walter aan loopt.

Het voelt volkomen absurd om Jurek Walter het snoer aan de klink naar het dagverblijf te zien vastknopen, om het daarna over de deur heen te gooien.

Ze zou het willen uitschreeuwen.

Bernie kijkt haar smekend aan als hij op de plastic stoel klimt en de strop om zijn hals legt.

Hij probeert met Jurek te praten, glimlacht en herhaalt iets.

Ze staat verstijfd en denkt dat het personeel hen nu toch gauw moet zien. Maar er komt niemand. Jurek is al zo lang op de afdeling dat hij hun gewoontes door en door kent. Misschien weet hij dat ze op dit moment koffiepauze houden of wisselen van wacht.

Saga gaat langzaam naar haar eigen kamer. Ze weet niet wat ze moet doen, begrijpt niet waarom er niemand komt.

Jurek zegt iets tegen Bernie, wacht even, herhaalt de woorden, maar Bernie schudt zijn hoofd en krijgt tranen in zijn ogen.

Saga loopt met bonkend hart verder naar achteren. In haar lichaam verspreidt zich een gevoel van onwerkelijkheid.

Jurek trapt de stoel weg en loopt dan meteen het dagverblijf door naar zijn eigen kamer.

Bernie trappelt dertig centimeter boven de grond met zijn voeten, hij probeert zich op te trekken aan het snoer, maar heeft de kracht niet.

Saga gaat haar kamer in, naar de deur met het pantserglas en trapt er uit alle macht tegenaan. Er klinkt een doffe bons in het metaal. Ze loopt naar achteren, draait zich om en trapt weer, loopt achteruit en trapt weer en weer. De dikke deur vibreert maar een fractie, maar het zware geluid van de bonzen plant zich voort door de metalen muren. Ze trapt en trapt en uiteindelijk hoort ze onthutste stemmen in de gang, snelle passen en het zoemen van elektrische sloten.

135

De lampen aan het plafond gaan uit. Saga ligt met open ogen op haar zij in bed.

God, wat moest ik doen? Ze gloeit van angst.

Haar voeten, enkels en knieën doen nog steeds pijn van het trappen.

Ze weet niet of ze Bernie had kunnen redden door in te grijpen, misschien had dat gekund, misschien had Jurek haar niet kunnen tegenhouden.

Maar ze had zichzelf zonder enige twijfel in levensgevaar gebracht en had alle mogelijkheden om Felicia te redden verprutst.

Dus ging ze haar kamer in en trapte ze tegen de deur. Het was allemaal een wanhopige en zielige vertoning, denkt ze.

Uit alle macht trapte ze tegen de deur en hoopte dat de bewaarders zich af zouden vragen waar het geluid vandaan kwam, zodat ze eindelijk op hun monitoren zouden kijken.

Maar er gebeurde niets. Ze hoorden haar niet. Ze had harder moeten trappen.

Het leek een eeuwigheid te duren voor er stemmen en voetstappen aankwamen.

Ze ligt op het bed en probeert zichzelf voor te houden dat de verplegers op tijd waren, dat Bernie op de intensive care ligt, dat zijn toestand stabiel is.

De afloop is afhankelijk van de mate waarin de strop de inwendige halsslagaders heeft afgeklemd.

Ze denkt tegen beter weten in dat Jurek Walter ondanks alles misschien een slechte strop heeft gelegd.

Sinds Saga terug is in haar kamer heeft ze alleen maar op bed liggen rillen. Van het avondeten dat het gepiercete meisje kwam brengen, heeft ze alleen de groene erwten opgegeten, plus twee happen aardappelpuree van de visovenschotel.

Saga ligt in het donker en denkt aan Bernies gezicht toen hij met een volslagen hulpeloze blik in zijn ogen zijn hoofd schudde. Jurek bewoog zich als een schaduw. Hij voltrok de executie zonder enige emotie, deed gewoon wat hij moest doen, trapte de stoel weg en liep daarna zonder haast naar zijn kamer.

Saga knipt het bedlampje aan en gaat op de rand van het bed zitten met haar voeten op de grond. Ze richt haar blik recht op de bewakingscamera aan het plafond, op het zwarte oog, en wacht.

Joona had zoals altijd gelijk, denkt ze terwijl ze naar de ronde lens van de camera staart. Hij dacht dat er een kleine kans bestond dat Jurek Walter haar zou benaderen.

Feit is dat hij op zo'n persoonlijk vlak met haar is gaan praten dat zelfs Joona verbaasd moet zijn.

Saga bedenkt dat ze de regel heeft geschonden om het niet over haar ouders, haar familie te hebben. Ze hoopt maar dat de meeluisterende collega's niet denken dat ze de controle over de situatie kwijt was. Het was een poging om het gesprek te verdiepen, houdt ze zichzelf voor. Ze was zich terdege bewust van wat ze deed toen ze de seriemoordenaar Jurek Walter over een van de moeilijkste periodes uit haar leven vertelde.

Ze is geen moment vergeten wat Jurek Walter heeft gedaan, maar ze heeft zich niet door hem bedreigd gevoeld. Dat is de infiltratie waarschijnlijk ten goede gekomen, denkt ze. Ze was banger voor Bernie. Totdat Jurek hem ophing aan het snoer.

Saga masseert haar nek met haar hand en blijft naar het oog van de camera staren. Ze moet al meer dan een uur zo zitten.

136

Anders Rönn heeft ingelogd en zit op zijn kamer terwijl hij de gebeurtenissen van die dag probeert samen te vatten in het afdelingslogboek.

Waarom gebeurt alles nu?

Elke maand controleert het personeel van de afdeling op dezelfde dag de voorraad geneesmiddelen en andere verbruiksgoederen van de afdeling.

Dat duurt niet langer dan veertig minuten.

My, Leif en hijzelf stonden voor de koelkast met medicijnen toen ze het geluid opeens hoorden.

Donker gerommel weerklonk diep in de muren. My liet de inventarislijst uit haar handen vallen en rende naar de bewakingscentrale. Anders kwam achter haar aan. My stond bij de grote monitor te schreeuwen toen ze de beelden van patiëntenkamer 2 zag. Bernie hing levenloos tegen zijn deur. Vanaf zijn tenen druppelde urine in de plas onder hem.

Anders' lichaam kriebelt van onbehagen na de korte bijeenkomst met het presidium van de ziekenhuisdirectie. Naar aanleiding van de zelfmoord op zijn afdeling werd hij opgeroepen voor een crisisbijeenkomst. De directeur was direct van een kinderpartijtje gekomen, geïrriteerd omdat hij was weggeroepen uit de visvijver. De directeur had hem aangekeken en gezegd dat het misschien een vergissing was geweest om een onervaren arts de verantwoordelijkheden van een chef-arts te geven. Het ronde gezicht met de diepe keep in de kin had getrild.

Anders slikt en bloost als hij eraan terugdenkt hoe hij opstond en probeerde uit te leggen dat Bernie Larsson volgens zijn dossier ontzettend depressief was, dat de omschakeling lastig voor hem was geweest.

'Ben je er nog?'

Hij schrikt op en ziet My met een vermoeide glimlach in de deuropening staan.

'De directie wil het rapport morgenvroeg hebben, dus je zult me hier nog een paar uur moeten verdragen.'

'Heftige shit,' zegt ze gapend.

'Je kunt best even in de slaapruimte gaan liggen als je wilt,' zegt hij.

'Dat hoeft niet, hoor.'

'Ik meen het, ik ben hier toch.'

'Echt waar? Goh, wat lief van je.'

Hij glimlacht naar haar.

'Ga een paar uur slapen. Ik maak je wakker als ik wegga.'

Anders hoort haar door de gang lopen, langs de kleedkamer, de slaapruimte in.

Het schijnsel van het computerscherm vult Anders' kantoortje. Hij klikt naar de agenda en vult een aantal nieuwe afspraken met familieleden en begeleiders in.

Zijn vingers blijven hangen op het toetsenbord als hij weer aan de nieuwe patiënte denkt. Hij voelt zich gevangen in dat moment, de seconden waarin hij bij haar binnen was en haar broek en slipje omlaag trok en de witte huid rood zag kleuren door de twee prikken met de naald. Hij raakte haar aan als een arts, maar keek tussen haar dijen naar haar geslacht, het blonde haar en de gesloten spleet.

Anders maakt een aantekening van een verzette afspraak, klikt door naar oudere evaluaties, maar kan zich niet concentreren.

Hij leest het rapport van het maatschappelijk werk door, staat daarna op en loopt naar de bewakingscentrale.

Als hij voor het grote scherm gaat zitten om naar de negen vensters te kijken, ziet hij meteen dat Saga Bauer wakker is. De lamp bij het bed brandt. Ze zit heel stil naar hem te kijken, recht de camera in.

Met een wonderlijke zwaarte vanbinnen kijkt Anders naar de andere schermpjes. Patiëntenkamer 1 en 2 zijn donker. De sluis en het dagverblijf zijn verlaten. De camera buiten de kamer waar My rust, registreert niet meer dan een gesloten deur. Het personeel van het beveiligingsbedrijf bevindt zich buiten de eerste veiligheidsdeur.

Anders klikt op patiëntenkamer 3 en onmiddellijk vult het beeld het tweede scherm. De plafondlamp in de bewakingscentrale wordt weerspiegeld in het stoffige scherm. Hij schuift zijn stoel dichterbij. Saga zit nog steeds met haar blik op hem gericht.

Hij vraagt zich af wat ze wil. Haar lichte gezicht straalt en haar hals is recht.

Ze masseert haar nek met haar rechterhand, staat op van het bed, doet een paar passen en blijft in de lens staren.

Anders klikt het beeld weg, staat op, kijkt naar de bewaarders en de gesloten deur van de slaapruimte.

Hij loopt naar de veiligheidsdeur, haalt zijn pasje door de lezer en gaat de gang in. De nachtverlichting heeft een sombere grijze tint. De drie deuren glanzen zwak als lood. Hij loopt naar haar deur en kijkt door het pantserglas naar binnen. Saga staat nog steeds midden in de kamer, maar richt haar blik op de deur als hij het luikje opent.

Het licht van het bedlampje straalt vanachter tussen haar benen door.

'Ik kan niet slapen,' zegt ze met grote, donkere ogen.

'Ben je bang in het donker?' glimlacht hij.

'Ik heb tien milligram Stesolid nodig, dat kreeg ik in Karsudden altijd.'

Hij denkt dat ze in werkelijkheid nog mooier en tengerder is. Ze beweegt zich met een opmerkelijke doelbewustheid, een zekerheid in haar lichaam, alsof ze een profturnster of ballerina is. Hij ziet het dunne, strakke hemdje dat donker is van het zweet. De welving van de perfecte schouders, de tepels onder de stof.

Hij probeert zich te herinneren of hij iets over slaapproblemen in Karsudden heeft gelezen. Daarna beseft hij dat dat er eigenlijk niet toe doet. Hij beslist zelf over de medicatie.

'Wacht even,' zegt hij en hij gaat een pil halen.

Als hij terugkomt staat het zweet tussen zijn schouderbladen. Hij laat haar het plastic bekertje zien, ze steekt haar hand door het luikje om het aan te pakken, maar hij kan het niet laten een beetje met haar te dollen: 'Glimlach eens naar me.'

'Geef me die pil,' zegt ze alleen, en ze blijft haar hand ophouden.

Hij houdt het plastic bekertje op, buiten bereik van haar uitgestoken hand.

'Eén glimlachje,' zegt hij, en hij kietelt haar handpalm.

137

Saga glimlacht naar de arts en blijft hem aankijken tot ze het plastic bekertje krijgt. Hij doet het luik dicht en op slot, maar blijft toch bij de deur staan. Ze loopt de kamer in, doet alsof ze de pil in haar mond stopt, neemt water in haar hand en slikt met haar hoofd in haar nek. Ze kijkt zijn kant niet op, weet niet of hij er nog staat, maar ze gaat even op het bed zitten en doet dan het licht uit. In de bescherming van het donker verbergt ze de pil onder de binnenzool van haar schoen en gaat dan in bed liggen.

Voor ze in slaap valt, ziet ze Bernies gezicht weer, ziet ze hoe de tranen opwelden in zijn ogen toen hij de strop om zijn nek legde.

Zijn stille, worstelende bewegingen, de korte bonzen van zijn hielen tegen de deur, volgen haar de slaap in.

Saga zinkt loodrecht heel diep weg, de helende, vallende slaap in.

Maar op een gegeven moment keert de zandloper om.

En als warme lucht beweegt ze zich omhoog naar waken en opent ze haar ogen plotseling in het donker. Ze weet niet wat haar heeft gewekt. In haar droom waren het Bernies hulpeloos trappende voeten.

Misschien een verafgelegen gerinkel, denkt ze.

Maar het enige wat ze hoort is haar eigen hartslag in haar gehoorgangen.

Ze knippert en luistert.

Het pantserglas van de deur doemt langzaam op als een vierkant van bevroren zeewater.

Ze sluit haar ogen en probeert weer in slaap te vallen. Haar ogen branden van vermoeidheid, maar ze kan niet ontspannen. Iets maakt dat ze haar zintuigen scherpt.

Er tikt iets in de metalen wanden en ze opent haar ogen weer en staart naar het grijze raam.

Plotseling tekent zich een zwarte schaduw af op de ruit.

Ze is klaarwakker, ijzend.

Door het pantserglas kijkt een man bij haar naar binnen. Het is de jonge arts. Heeft hij daar al die tijd gestaan?

Hij kan niets zien in het donker.

Toch staat hij daar, midden in de nacht.

Ze hoort een zwak ruisen.

Zijn hoofd schommelt licht.

Nu beseft ze dat het rinkelende geluid dat haar wekte de sleutel was die in het slot gleed.

Lucht suist naar binnen, de toon wordt sterker, lager en verstomt dan.

De zware deur gaat open en ze begrijpt dat ze doodstil moet blijven liggen. Ze zou heel diep moeten slapen op die tablet. De nachtverlichting op de gang valt als fonkelend poeder om het hoofd en de schouders van de jonge arts.

Ze denkt dat hij misschien heeft gezien dat ze maar deed alsof ze de pil innam, dat hij binnenkomt om hem uit haar schoen te halen. Maar het personeel mag niet alleen bij de patiënten naar binnen gaan, denkt ze.

Daarna begrijpt ze dat de arts bij haar binnen komt omdat hij denkt dat ze de pil wél heeft genomen en diep in slaap is.

138

Dit is waanzin, denkt Anders en hij doet de deur achter zich dicht. Midden in de nacht is hij bij een patiënt naar binnen gegaan en nu staat hij in haar donkere kamer. Zijn hart bonst zo heftig dat het pijn doet.

Hij ziet haar contouren in het bed.

Ze zal nog urenlang diep slapen, op het randje van bewusteloosheid.

De deur naar de slaapruimte waar My ligt te slapen was dicht. Twee bewaarders bevinden zich bij de buitenste veiligheidsdeur. Alle anderen slapen.

Hij weet zelf niet wat hij hier bij Saga doet, hij kan niet vooruitdenken, voelt alleen dat hij naar binnen moet en weer naar haar moet kijken, hij moet een taak verzinnen zodat hij haar warme huid onder zijn vingers kan voelen.

Het is onmogelijk om niet aan haar bezwete borsten te denken en aan de intens eenzame oogopslag toen ze zich los probeerde te worstelen en haar kleren omhoog schoven.

Hij herhaalt voor zichzelf dat hij alleen maar controleert of alles goed gaat met de patiënt die kalmerende middelen heeft gekregen.

Als hij betrapt wordt, kan hij gewoon zeggen dat hij apneu had waargenomen en besloot alleen naar binnen te gaan omdat ze toch zwaar onder de medicijnen zat.

Men zal zeggen dat het onoordeelkundig was om My niet wakker te maken, maar het bezoekje zelf zal als noodzakelijk beschouwd worden.

Hij wil er gewoon op toezien dat alles goed met haar gaat.

Anders doet een paar stappen de kamer in en denkt plotseling aan visnetten, aan vangarmen en openingen in fuiken, aan de grote ringen die naar steeds kleinere voeren, tot je niet meer kunt omkeren.

Hij slikt hard en houdt zichzelf voor dat hij niets verkeerd doet. Hij bekommert zich alleen buitengewoon veel om zijn patiënten.

Hij kan niet ophouden terug te denken aan het moment dat hij haar de spuit gaf. De herinnering aan haar rug en kont bevindt zich als een massief gewicht in hem.

Hij loopt langzaam op haar af en kijkt in het donker naar haar. Hij heeft de indruk dat ze op haar zij slaapt.

Voorzichtig gaat hij op de rand van het bed zitten en slaat het dekbed van haar benen en billen. Hij probeert haar ademhaling te horen, maar zijn eigen hartslag dreunt te hard in zijn oren.

Haar lichaam straalt warmte uit.

Zijn handen zijn koud, ze trillen en hij is veel te nerveus om seksueel opgewonden te zijn.

Het is te donker voor de camera in het plafond om te registreren wat hij doet.

Voorzichtig laat hij zijn vingers over haar slipje glijden tot tussen haar dijen, en hij voelt de hitte van haar geslacht.

Zacht drukt hij een vinger tegen de stof en glijdt langzaam over haar vaginamond.

Hij zou haar tot aan een orgasme willen strelen, tot haar hele lichaam om penetratie schreeuwt, hoewel ze slaapt.

Zijn ogen zijn aan het donker gewend en nu ziet hij Saga's slanke dijen en de perfecte heuplijn.

Hij houdt zichzelf voor dat ze diep slaapt, en trekt haar slipje ruw omlaag. Ze slaakt een zucht in haar slaap, maar ligt roerloos.

Haar lichaam glanst in het donker.

Het blonde schaamhaar, de gevoeligheid van haar liezen, de platte buik.

Ze zal doorslapen, ongeacht wat hij doet.

Het betekent niets voor haar.

Ze zal geen nee zeggen, hem niet aankijken met het smekende verzoek op te houden.

Nu wordt hij overspoeld door zijn seksuele opwinding, die vervult hem, doet hem hijgend ademen. Hij voelt dat zijn penis zich opricht en kloppend tegen de stof spant. Hij moet hem plaats geven en verschuift hem met zijn hand.

Hij hoort zijn eigen ademhaling – het bonzen en suizen van zijn hart.

Hij moet in haar komen. Zijn handen tasten over haar knieën, proberen haar dijen te spreiden.

Ze draait weg, schopt zacht in haar slaap.

Hij dempt haar bewegingen, leunt over haar heen, schuift zijn handen tussen haar dijen en probeert ze te spreiden.

Het gaat niet – het is net alsof ze tegenstand biedt.

Hij rolt haar op haar buik, maar ze glijdt op de grond, gaat rechtop zitten en kijkt hem met opengesperde ogen aan.

Anders vertrekt snel uit de kamer, bedenkt dat ze niet echt wakker was, dat ze zich niets zal herinneren maar zal denken dat ze heeft gedroomd.

139

Sluiers van sneeuw waaien over de snelweg voor het wegrestaurant. De ramen trillen van de voorbijrazende voertuigen. De koffie in Joona's kopje deint van de vibraties.

Joona neemt de mannen aan de tafel op. Hun gezichten staan rustig en vermoeid. Nadat ze zijn telefoon, paspoort en portemonnee hebben afgenomen, lijken ze nu slechts te wachten op een of ander bericht. Het ruikt naar boekweit en gebakken spek in het eethuisje.

Joona kijkt op zijn horloge en ziet dat zijn vliegtuig uit Moskou over negen minuten vertrekt.

Felicia's leven tikt weg.

De ene man probeert een sudoku op te lossen, de ander zit in een grote krant over paardensport te lezen.

Joona kijkt naar de vrouw achter de toonbank en denkt aan het gesprek met Nikita Karpin.

Tot ze werden afgebroken gedroeg de oude man zich alsof ze alle tijd van de wereld hadden. Hij glimlachte rustig voor zichzelf, veegde met zijn duim wasem van de kan en zei dat Walter en zijn tweelingbroer maar een paar jaar in Zweden waren gebleven.

'Waarom?'

'Je wordt niet voor niets seriemoordenaar.'

'Weet je wat er is gebeurd?'

'Ja.'

De oude man had zijn vinger over de grijze map laten glijden en was er weer over begonnen dat de hoogopgeleide ingenieur waarschijnlijk bereid was geweest zijn kennis te verkopen.

'Maar jullie vreemdelingendienst had alleen belangstelling voor Levanovs werkkracht. Ze begrepen niets... stuurden een raketingenieur van wereldformaat een grindgroeve in.'

'Hij wist misschien dat jullie hem in de gaten hielden en was verstandig genoeg om zijn kennis voor zich te houden,' zei Joona.

'Verstandig was geweest om Leninsk niet te verlaten... Dat had misschien tien jaar dwangarbeid betekend, maar...'

'Hij moest natuurlijk aan de kinderen denken.'

'Dan had hij moeten blijven,' zei Nikita en hij keek Joona aan. 'De jongens zijn uitgewezen uit Zweden en Vadim Levanov kon ze niet traceren. Hij nam contact op met iedereen die hij kende, maar het leverde niets op. Hij kon niet veel doen. Hij wist natuurlijk dat we hem op zouden pakken als hij terugging naar Rusland en dan zou hij de jongens zeker niet vinden, en daarom wachtte hij in plaats daarvan op hen, dat was het enige wat hij kon doen... Hij dacht waarschijnlijk dat als de jongens zouden proberen hem te vinden, ze zouden teruggaan naar de plaats waar ze voor het laatst samen waren geweest.'

'Welke plaats was dat?' vroeg Joona en toen zag hij dat er een zwarte auto naar het landhuis kwam rijden.

'De gastarbeiderswoningen, huis nummer 4,' antwoordde Nikita Karpin. 'Dat was ook de plek waar hij zich veel later van het leven beroofde.'

Voordat Joona naar de naam van de grindgroeve had kunnen vragen, kreeg Nikita Karpin bezoek in zijn landhuis. Een blinkend zwarte Chrysler reed het erf op en bleef staan en hun gesprek was definitief ten einde. Zonder zichtbare haast verruilde de oude man al het materiaal op tafel over de vader van Jurek Walter voor materiaal over Aleksandr Pitsjoesjkin, de zogeheten schaakmoordenaar een seriemoordenaar aan wiens arrestatie Joona in zekere zin had bijgedragen.

De vier mannen kwamen binnen, liepen rustig naar Joona en Nikita toe, schudden hun beleefd de hand, spraken een tijdje Russisch en daarna namen twee van hen Joona mee naar de zwarte auto terwijl de anderen bij Nikita bleven.

Joona werd op de achterbank gezet. Een van de mannen, met een stierennek en kleine zwarte oogjes, verzocht vriendelijk zijn paspoort te mogen zien en daarna vroeg hij om zijn mobiele telefoon. Ze keken zijn portemonnee door, belden het hotel en de autoverhuurder. Ze verzekerden hem dat ze hem naar het vliegveld zouden brengen, maar nu nog niet.

Nu zitten ze aan een tafel in het eethuisje te wachten.

Joona neemt een halve slok van de koude koffie.

Als hij zijn mobiel maar had gehad zou hij Anja kunnen bellen om haar te vragen de vader van Jurek Walter na te trekken. Er moest iets over de kinderen te vinden zijn, over de plaats waar ze woonden. Hij onderdrukt een impuls om de tafel omver te smijten, naar de auto te rennen en naar het vliegveld te rijden. Ze hebben zijn paspoort, zijn portemonnee en zijn mobiele telefoon.

De man met de stierennek trommelt licht op de tafel en neuriet iets voor zich uit. De ander, met ijsgrijs stekeltjeshaar, is opgehouden met lezen en zit te sms'en.

Vanuit de keuken klinkt gerammel.

Plotseling gaat de telefoon en de man met grijs haar staat op en doet een paar stappen bij de tafel vandaan voor hij opneemt.

Even later drukt hij het gesprek weg en vertelt hij het kleine gezelschap dat het tijd is om te gaan.

140

Mikael zit op zijn kamer samen met Berzelius tv te kijken. Reidar loopt de trap af en ziet door een rij ramen de sneeuw als een grijs schijnsel op de akkers liggen. Vandaag is de zon niet te zien geweest, sinds vanmorgen is het donker.

Het berkenhout brandt in de open haard en de post is op de bibliotheektafel gelegd. Uit de luidsprekers stromen de late pianosonates van Beethoven.

Reidar gaat zitten en kijkt de stapel brieven vluchtig door. Reidars Japanse vertaler wil de precieze titel en leeftijd van de verschillende personages weten voor de mangaverfilming van de boeken, en een producent van een Amerikaanse televisiemaatschappij wil een nieuw idee met hem bespreken. Helemaal onder op de stapel ligt een gewone envelop zonder afzender. Het lijkt alsof een kind Reidars adres heeft opgeschreven.

Hij weet niet waarom zijn hart al sneller begint te kloppen voordat hij de envelop openscheurt en begint te lezen:

Felicia slaapt nu. Ik ben een jaar geleden hier in de Kvastmakarbacken 1B komen wonen. Felicia is hier al veel langer dan ik. Ik ben het zat om haar eten en water te geven. Je kunt haar terugkrijgen als je wilt.

Reidar staat op en belt met trillende handen naar Joona. Zijn telefoon staat uit. Reidar loopt naar de hal. Hij weet uiteraard dat het weer een oplichter kan zijn, maar hij moet erheen, hij moet er nu heen. Hij pakt de autosleutel uit de schaal op de tafel in de hal, controleert of de nitroglycerinespray in zijn jaszak zit en stormt dan naar buiten.

Terwijl hij naar Stockholm rijdt probeert hij Joona weer te bellen en krijgt dan diens collega Magdalena Ronander aan de lijn.

'Ik weet waar Felicia is,' schreeuwt hij. 'Ze is in Södermalm, in een gebouw aan de Kvastmakarbacken.'

'Ben jij dat, Reidar?' vraagt ze.

'Waarom is het zo godvergeten moeilijk iemand te pakken te krijgen?' brult Reidar.

'Je bedoelt dat je weet waar Felicia is?' vraagt Magdalena.

'In de Kvastmakarbacken op nummer 1B,' zegt Reidar in een poging beheerst en duidelijk te klinken. 'Er is vanmorgen een brief gekomen.'

'We willen die brief graag bekijken...'

'Ik moet Joona spreken,' kapt Reidar haar af en de telefoon glipt uit zijn hand.

Hij valt ratelend naast de stoel en Reidar vloekt binnensmonds en slaat gestrest op het stuur terwijl hij een grijze vrachtwagen inhaalt. De voorruit wordt overspoeld door vuile sneeuw en de auto schudt van de zuiging.

141

Reidar rijdt het trottoir op en laat de auto met open portier voor het rode hek naar de Kvastmakarbacken staan. De telefoon onder de stoel gaat over, maar hij laat hem liggen. Zijn benen trillen als hij over het hek klimt, door de diepe sneeuw rent en dan de geveegde oprit op.

Nummer 1B is een oud stenen gebouw dat in zijn eentje op een heuvel staat. Erachter is alleen een doorgaande weg en industrieterrein. Reidar glijdt uit op de steile stenen trap en stoot zijn knie zo hard dat hij het uitschreeuwt.

Hij probeert rustig te ademen, loopt trekkebenend omhoog terwijl hij kreunt van de pijn.

Leunend tegen het gietijzeren hek rukt hij aan de gesloten deur en voelt het bloed in zijn broekspijp vanaf zijn knie omlaag lopen.

Een lamp met het huisnummer 1B brandt vuilgeel in de portiek.

Reidar bonkt zo hard hij kan op de deur en ten slotte kraakt het raam ernaast als het opengeduwd wordt.

'Waar ben jij mee bezig?' vraagt een kale oude man door de kier.

'Doe de deur open,' hijgt Reidar. 'Mijn dochter is hierbinnen.'

'Aha,' pruttelt de oude man en hij trekt het raam dicht.

Reidar bonkt weer op de deur en na een tijdje wordt het slot opengedraaid. Reidar rukt de deur open, loopt direct naar binnen en schreeuwt in het trappenhuis: 'Felicia! Felicia!'

De oude man ziet er angstig uit en loopt achteruit naar zijn deur, en Reidar komt achter hem aan.

'Was jij het?' vraagt hij. 'Heb jij die brief geschreven?'

'Ik ben gewoon...'

Reidar dringt langs de man heen en loopt zo het appartement binnen. Links bevindt zich een keukentje met een tafel en een stoel. De man blijft in de deuropening staan terwijl Reidar de andere kamer in loopt. Voor een rode bank met een paar dekens eroverheen staat een tv'tje op een voet. Reidars schoenen laten natte sporen achter op het zeil. Hij trekt de kleerkast open en graait tussen de hangende kleren.

'Felicia!' roept Reidar en hij kijkt de badkamer in.

De oude man loopt het trappenhuis in als hij Reidar aan ziet komen.

'Maak de kelder open!'

'Nee, ik...'

Reidar komt achter hem aan. Zijn blik gaat gejaagd over de muren, de deuren en de uitgesleten stenen trap die naar beneden leidt.

'Doe open!' schreeuwt Reidar, en hij grijpt de spencer van de man beet.

'Alstublieft,' smeekt hij en hij haalt de sleutels uit zijn broekzak.

Reidar grist de sleutels uit zijn hand en rent naar beneden, hij huilt als hij de stalen deur openmaakt en de ruimte met kelderboxen in rent.

'Felicia!' roept hij.

Hij hoest en loopt langs de gaaswanden terwijl hij zijn dochter roept, maar er is niemand en hij rent weer naar boven. Zijn borst begint pijn te doen, maar hij stormt verder naar de volgende verdieping en trapt tegen de deur. Hij duwt de brievenbus open, roept Felicia, gaat verder naar de volgende verdieping en belt aan. Het ruikt naar fruit en vermolmd hout.

Er loopt zweet over zijn rug en hij krijgt moeite met ademhalen.

Een jonge vrouw met rood haar doet de deur open en Reidar wringt zich zonder een woord te zeggen langs haar heen.

'Jezus, wat doe jij nou!' schreeuwt ze.

'Felicia!'

Een man met een leren vest en lang zwart haar houdt Reidar tegen en duwt hem naar achteren. Reidar spreidt zijn armen en maait per ongeluk een kalender van de muur. Hij probeert weer voorbij de man te komen, maar krijgt zo'n harde duw tegen zijn borst dat hij over schoenen struikelt en achterovervalt. Hij klapt met zijn hoofd op de drempel, is een paar seconden buiten bewustzijn, rolt op zijn zij en hoort de vrouw schreeuwen dat ze de politie moeten bellen.

Reidar staat op, valt bijna weer om, trekt een jas van een knaapje, mompelt excuses en draait zich om naar de woning.

'Ik moet binnenkomen,' zegt hij en hij veegt bloed van zijn lippen.

De man met lang, zwart haar houdt met beide handen een ijshockeystick beet en staart hem met opengesperde ogen aan.

'Felicia,' fluistert Reidar en hij voelt de tranen in zijn ogen opwellen.

'Ik heb haar, maar ze is een beetje ziek,' zegt een vrouw achter zijn rug.

Reidar draait zich om en ziet een oude vrouw met blonde pruik en rood gestifte lippen. Ze staat een paar treden lager op de donkere trap met een gestreepte kat in haar armen.

'Wat zeg je?' hijgt hij.

'Je riep Felicia,' glimlacht ze.

'Mijn dochter...'

'Ze pikte eten van me.'

Hij loopt naar de vrouw op de trap toe. Ze heeft een boze groef in haar voorhoofd en houdt de gestreepte kat voor zich. Nu ziet hij dat de nek van de kat gebroken is.

'Felicia,' zegt de vrouw. 'Ze zat in de flat toen ik hem betrok en ik heb voor haar gezorgd en...'

'De kat?'

'Er staat Felicia op de halsband...'

142

Het onbehagen na het bezoek van de arts afgelopen nacht stroomt als regen langs een raam – niet heel erg dichtbij, maar het houdt haar toch gevangen.

De medicijnen maken dat Saga merkwaardig afgeschermd is van de werkelijkheid, maar ze heeft sterk het gevoel dat ze binnenkort ontmaskerd zal worden.

Als ik echt had geslapen, had hij me verkracht, denkt ze. Ik moet zorgen dat hij me nooit meer aanraakt.

Ze heeft nog iets meer tijd nodig om de infiltratie af te ronden. Ze is nu zo dichtbij. Jurek heeft het met haar over ontsnappen. En als ze niet ontmaskerd wordt, geeft hij haar binnenkort een plaats, een aanwijzing of iets wat naar Felicia kan leiden.

Gisteren leek hij op het punt te staan. Misschien gebeurt het vandaag.

Als de microfoon maar werkt.

Wat Saga helpt is steeds maar weer aan Felicia te denken.

Ze moet zich concentreren op wat haar hier te doen staat. Zonder medelijden met zichzelf te hebben.

Ze moet het opgesloten meisje redden.

De regels zijn eenvoudig. Ze mag Jurek onder geen beding helpen ontsnappen. Maar ze mag de vlucht wel samen met hem plannen, ze mag belangstelling tonen en vragen stellen.

Het gebruikelijke probleem met ontsnappingen is dat je nergens heen kunt als je eenmaal buiten bent. Die fout gaat Jurek niet maken. Hij weet waar hij heen moet.

Het slot van de deur naar het dagverblijf zoemt. Saga staat op van het bed, rolt met haar schouders zoals voor een wedstrijd, en loopt dan haar kamer uit.

Jurek Walter staat bij de muur ertegenover op haar te wachten. Ze begrijpt niet hoe hij zo snel in het dagverblijf kan zijn.

Er is geen reden om je bij de loopband op te houden als het snoer ontbreekt. Ze moet maar hopen dat het bereik van de microfoon groot genoeg is.

De tv staat uit, maar ze gaat toch op de bank zitten.

Jurek staat voor haar.

Het voelt alsof ze geen huid heeft, alsof hij het eigenaardige vermogen heeft haar ontblote vlees te zien.

Hij gaat naast haar zitten en ze overhandigt hem discreet het tabletje.

'We hebben er nog maar vier nodig,' zegt hij en zijn lichte ogen kijken in de hare.

'Ja, maar ik...'

'Daarna kunnen we hier weg.'

'Maar dat wil ik misschien niet.'

Als Jurek Walter zijn hand uitsteekt en haar arm pakt, deinst ze bijna terug. Hij merkt dat ze bang wordt en kijkt haar uitdrukkingsloos aan.

'Ik heb een plek die je zeker zal bevallen,' zegt hij. 'Het is hier niet heel ver vandaan. Gewoon een oud huis achter een gesloten cementfabriek, maar 's nachts kun je naar buiten om te schommelen.'

'In een zweefmolen?' vraagt ze en ze probeert te glimlachen.

Jurek moet tegen haar blijven praten, denkt ze. Zijn woorden zijn kleine stukjes die een patroon zullen vormen van de puzzel die Joona aan het leggen is.

'Het is maar een gewone schommel,' antwoordt hij. 'Maar je kunt boven het water schommelen.'

'Boven een meer of een...'

'Wacht maar af, het is er prachtig.'

'Ik hou ook van appelbomen,' zegt ze zacht.

143

Saga denkt dat Jurek zou moeten kunnen horen hoe luid haar hart bonst. Als de microfoon naar behoren werkt, dan hebben haar collega's alle gesloten cementfabrieken gelokaliseerd, misschien zijn ze zelfs al onderweg.

'Het is een goede plek om je te verstoppen tot de politie stopt met zoeken,' vertelt Jurek terwijl hij naar haar kijkt. 'En je kunt in het huis blijven als het je bevalt...'

'Maar jij gaat verder,' zegt ze.

'Ik moet wel.'

'En ik mag niet mee?'

'Wil je mee?'

'Dat hangt ervan af waar je heen gaat.'

Saga is zich ervan bewust dat ze misschien te veel druk uitoefent, maar op dit moment wil hij haar graag mee hebben.

'Je moet me vertrouwen,' zegt hij kort.

'Het klinkt alsof je van plan bent mij in het eerste huis achter te laten.'

'Nee.'

'Zo komt het over,' zegt ze gekwetst. 'Ik denk dat ik hier blijf tot ik word ontslagen.'

'Wanneer is dat?'

'Ik weet het niet.'

'Weet je zeker dat ze je vrij zullen laten?'

'Ja,' antwoordt ze eerlijk.

'Omdat je een klein lief meisje bent dat haar zieke moeder heeft geholpen toen ze...'

'Ik was niet lief,' kapt Saga hem af, en ze trekt haar arm terug. 'Denk je echt dat ik daar wou zijn? Ik was nog maar een kind en ik zorgde noodgedwongen voor mijn moeder.'

Hij leunt achterover op de bank en knikt.

'Dat met dwang is interessant.'

'Ik werd niet gedwongen,' protesteert ze.

'Dat zei je net zelf,' zegt hij glimlachend.

'Niet op die manier... Ik bedoel, ik deed het gewoon,' legt ze uit. 'Ze had alleen 's avonds en 's nachts pijn.'

Saga zwijgt en denkt terug aan een ochtend na een erg zware avond waarop haar moeder ontbijt voor haar maakte. Ze bakte eieren, smeerde boterhammen en schonk melk in. Daarna gingen ze blootsvoets in hun nachthemd naar buiten. Het gras in de tuin was vochtig van de dauw en ze droegen kussens naar de schommelbank.

'Je gaf haar codeïne,' zegt Jurek op een vreemde toon.

'Dat hielp.'

'Maar het zijn lichte tabletten – hoeveel moest ze er de laatste avond innemen?'

'Veel... ze had zo vreselijk veel pijn...'

Saga haalt haar hand over haar voorhoofd en voelt tot haar verbazing dat ze helemaal bezweet is. Ze wil hier niet over praten, ze heeft er al jaren niet meer aan gedacht.

'Meer dan tien, neem ik aan?' vraagt Jurek luchtig.

'Meestal nam ze er maar twee, maar die avond had ze er veel meer nodig... ik liet ze op de grond vallen, maar... ik weet niet, ik moet haar een stuk of twaalf, misschien dertien tabletten gegeven hebben.'

Saga voelt de spieren in haar gezicht trekken. Ze is bang dat ze gaat huilen als ze blijft, dus staat ze snel op om naar haar kamer te gaan.

'Je moeder is niet aan kanker overleden,' zegt Jurek.

Ze blijft staan en draait zich naar hem toe.

'Zo is het genoeg,' zegt ze ernstig.

'Ze had geen hersentumor,' gaat hij zachtjes verder.

'Zeg... ik was bij mijn moeder toen ze stierf, jij weet niets van haar, je kunt niet...'

'De hoofdpijn,' valt Jurek haar in de rede. 'De hoofdpijn is 's ochtends niet over als je een tumor hebt.'

'Bij haar wel,' zegt ze stellig.

'De pijn wordt veroorzaakt door de druk op de hersenvliezen en bloedvaten als de tumor groeit. Die gaat niet over, die wordt alleen maar erger.'

Ze kijkt in Jureks ogen en er loopt een rilling over haar rug.

'Ik...'

Haar stem is niet meer dan een fluistering. Ze zou willen slaan en schreeuwen, maar ze is volkomen krachteloos.

Eigenlijk heeft ze altijd geweten dat er iets niet klopte met haar herinneringen. Ze weet nog dat ze tegen haar vader schreeuwde in de puberteit, schreeuwde dat hij overal over loog, schreeuwde dat hij de gemeenste man was die ze kende.

Hij had tegen haar gezegd dat haar moeder geen kanker had.

Ze had altijd gedacht dat hij tegen haar probeerde te liegen zodat zijn trouweloosheid niet zo onvergeeflijk zou zijn.

Nu staat ze hier en weet ze opeens niet meer waar dat idee van die hersentumor vandaan kwam. Ze kan zich niet herinneren dat haar moeder ooit beweerd heeft dat ze kanker had en ze zijn nooit in een ziekenhuis geweest.

Maar waarom huilde haar moeder dan elke avond, als ze niet ziek was? Het klopt niet. Waarom dwong ze Saga de hele tijd papa te bellen en te zeggen dat hij moest komen? Waarom slikte haar moeder codeïne als ze geen pijn had? Waarom liet ze haar dochter haar al die tabletten geven?

Jureks gezicht is een donker, strak masker. Saga draait zich om en loopt naar de deur. Ze wil alleen maar wegrennen, ze wil niet horen wat hij gaat zeggen.

'Je hebt je eigen moeder omgebracht,' zegt hij kalm.

144

Saga blijft abrupt staan. Ze haalt snel en oppervlakkig adem, maar dwingt zichzelf haar gevoelens niet te tonen. Ze moet zichzelf voorhouden wie de situatie meester is. Hij denkt dat hij haar beet heeft, terwijl in feite zij degene is die hem erin luist.

Saga trekt een onbewogen gezicht en draait zich langzaam naar hem om.

'Codeïne,' zegt Jurek langzaam en hij glimlacht vreugdeloos. 'De codeïne die jij beschreef komt alleen voor in tabletten van vijfentwintig gram... Ik weet precies hoeveel er nodig is om een mens te doden.'

'Mijn moeder zei dat ik haar de tabletten moest geven,' zegt ze met holle stem.

'Maar ik denk dat je wist dat ze zou sterven,' zegt hij. 'Ik weet zeker dat je moeder wist dat jij het wist... Ze dacht dat je wilde dat ze dood zou gaan.'

'Vuile klootzak,' fluistert ze.

'Je verdient het misschien wel om voor altijd opgesloten te zitten.'

'Nee.'

Hij bekijkt haar met een angstaanjagende zwaarte in zijn ogen, met een staalharde verzadiging.

'Misschien is het genoeg als je nog één slaaptablet regelt,' zegt hij. 'Want gisteren zei Bernie dat hij nog een paar Stesolid in een stukje papier in de kier onder de wasbak had... Misschien zei hij dat alleen maar om tijd te rekken.'

Haar hart slaat sneller. Heeft Bernie slaaptabletten in zijn kamer verborgen? Wat moet ze doen? Ze moet dit laten ophouden. Ze moet voorkomen dat Jurek de slaaptabletten te pakken krijgt. Stel dat het er genoeg zijn voor de ontsnapping?

'Ga je zijn kamer in?' vraagt ze.

'De deur is open.'

'Maar het is beter als ik het doe,' zegt ze snel.

'Waarom?'

Jurek kijkt haar aan met een haast geamuseerd gezicht, terwijl ze wanhopig een aannemelijk antwoord probeert te verzinnen.

'Als ze mij betrappen,' zegt ze, 'dan... dan denken ze gewoon dat ik verslaafd ben en...'

'Maar dan is het afgelopen met de slaaptabletten,' werpt hij tegen.

'Ik denk dat ik toch wel tabletten van de dokter kan krijgen,' zegt ze.

Jurek kijkt haar tevreden aan en knikt dan.

'Hij kijkt naar je alsof hij de gevangene is.'

Ze doet de deur van Bernies kamer open en gaat naar binnen.

In het licht van het dagverblijf ziet ze dat zijn kamer een exacte kopie van de hare is. Dan doet ze de deur dicht en is het pikdonker. Ze loopt naar muur en gaat op de tast verder, ruikt de lucht van oude urine uit de wc-pot, bereikt de wasbak, waarvan de randen nat zijn alsof er net is schoongemaakt.

Over een paar minuten gaan de deuren naar het dagverblijf op slot.

Ze houdt zich voor dat ze nu niet aan haar moeder mag denken, dat ze zich alleen maar op haar opdracht moet concentreren. Haar kin begint te trillen, maar het lukt haar zich te beheersen, ondanks de brok in haar keel weet ze haar tranen terug te dringen. Ze zakt op haar knieën, bevoelt de koele onderkant van de wasbak. Haar vingers tasten naar de muur, glijden langs de voeg van silicone, maar ze vindt niets. Er valt een waterdruppel in haar nek. Ze knippert met haar ogen in het donker, tast verder, voelt op de grond. Een nieuwe waterdruppel valt tussen haar schouderbladen. Plotseling begrijpt ze dat de wasbak een klein beetje naar voren helt. Daarom vallen de druppels van de rand op haar in plaats van dat ze teruglopen in de wasbak zelf.

Ze duwt de wasbak met haar schouder omhoog en voelt tegelijkertijd aan de onderkant langs de muur. Haar vingers vinden een spleet. Daar zit het. Een klein, ingestoken pakketje. Zweet stroomt uit haar oksels. Ze duwt de wasbak omhoog. Hij kraakt in zijn bevestiging en ze probeert bij het pakje te komen. Ze weet het er voorzichtig uit te trekken. Jurek heeft gelijk. Het zijn tabletten. Stevig omwikkeld met toiletpapier. Ze ademt snel, kruipt achteruit, stopt het pakje in haar zak en staat op.

Terwijl ze de deur naar het dagverblijf zoekt, bedenkt ze dat ze tegen Jurek zal zeggen dat ze niets gevonden heeft, dat Bernie gelogen moet hebben. Ze bereikt de muur, loopt tastend in het donker tot ze de deur voelt en gaat het dagverblijf in.

Saga knippert tegen het felle licht en kijkt om zich heen. Jurek is er niet. Hij is zeker naar zijn kamer gegaan. De klok achter het pantserglas laat zien dat de deuren naar het dagverblijf over enkele seconden op slot gaan.

145

Anders Rönn klopt licht op de deur van de bewakingscentrale. My zit achter de grote monitor het tijdschrift *Expo* te lezen.

'Kom je welterusten zeggen?' vraagt ze.

Anders glimlacht, gaat naast haar zitten en ziet dat Saga het dagverblijf verlaat en haar cel binnengaat. Jurek ligt al in bed en Bernies kamer is uiteraard zwart. My gaapt omstandig en leunt achterover in haar draaistoel.

Leif staat in de deuropening en drinkt de laatste druppels uit een blikje Coca-Cola.

'Waaruit bestaat het voorspel van de man?' vraagt hij.

'Bestaat dat dan?' reageert My.

'Een uur lang overreden, overtuigen en overhalen.'

Anders glimlacht en My lacht zo dat het sieraad in haar tong glanst.

'Ze zitten vanavond een beetje krap met personeel op afdeling 30,' zegt Anders.

'Vreemd dat er altijd een tekort aan personeel én een hoge werkloosheid is,' zucht Leif.

'Ik heb in elk geval gezegd dat ze jou kunnen lenen,' zegt Anders.

'Maar we moeten hier toch altijd minstens met z'n tweeën zijn?'

'Ja, maar ik werk tot één uur vannacht.'

'Dan kom ik om één uur naar beneden.'

'Mooi,' zegt Anders.

Leif gooit het blikje in de prullenbak en verlaat de kamer.

Anders zit zwijgend een poosje naast My. Hij kan zijn blik maar niet van Saga losrukken. Ze loopt te ijsberen in haar cel. Heeft haar smalle armen om haar lichaam geslagen.

Het beeld is zo scherp dat hij het zweet op haar rug ziet.

Hij voelt het inwendig kriebelen van verlangen. Het enige waar hij aan kan denken is dat hij weer bij haar naar binnen zal gaan. Dit keer gaat hij haar wel twintig milligram Stesolid geven.

Hij beslist, hij is de verantwoordelijk arts, hij kan haar in bed fixeren, haar armen en benen uitspreiden als een kruis, hij kan doen wat hij wil. Ze is psychotisch, paranoïde, ze heeft niemand om mee te praten.

My gaapt uitvoerig, rekt zich uit en zegt iets wat Anders niet verstaat.

Hij kijkt op de klok. Nog maar twee uur tot het licht in de cellen uitgaat, en dan kan hij My weer wegsturen om te gaan slapen.

146

Saga loopt in haar cel heen en weer en voelt het pakje uit Bernies kamer in haar zak op en neer gaan. Achter haar rug hoort ze het elektrische slot zoemen en klikken. Ze zou haar gezicht willen wassen, maar is er niet toe in staat. Ze loopt naar de gangdeur, probeert iets door het pantserglas te zien, laat haar voorhoofd tegen het koele oppervlak rusten en sluit haar ogen.

Als Felicia in het huis achter de cementfabriek zit, ben ik morgen vrij, anders heb ik nog een paar dagen te gaan voordat het onhoudbaar wordt en ik de ontsnapping moet verijdelen, denkt ze.

Haar gelaatsspieren doen zeer – ze heeft zichzelf moeten dwingen niet in te storten.

Ze heeft de pijn niet toegelaten, heeft uitsluitend aan de afronding van haar opdracht gedacht.

Haar ademhaling wordt weer sneller en ze slaat haar voorhoofd licht tegen de koude ruit.

Ik heb de situatie onder controle, denkt ze. Jurek denkt dat hij de baas is over mij, maar ik heb hem aan de praat gekregen. Hij heeft slaaptabletten nodig om te kunnen ontsnappen, maar ik ben Bernies kamer binnengegaan, heb het pakje gevonden en zal zorgen dat hij het niet in handen krijgt, zeggen dat het er niet was.

Ze glimlacht gestrest. Haar handpalmen zijn nat van het zweet.

Zolang Jurek ervan overtuigd is dat hij mij manipuleert, zal hij zichzelf stukje bij beetje blootgeven.

Ze weet zeker dat hij morgen over zijn vluchtplannen zal vertellen.

Ik hoef nog maar een paar dagen en ik moet mijn kalmte bewaren, hem niet meer in mijn hoofd toelaten.

Ze snapt niet hoe het kon gebeuren.

Het was zo ontzettend wreed van hem om te zeggen dat ze haar moeder opzettelijk had gedood.

Nu voelt ze de tranen opkomen. Haar keel voelt gespannen en pijnlijk aan, ze slikt en merkt dat het zweet over haar rug stroomt.

Saga slaat met haar handen tegen de deur,

Zou haar moeder hebben gedacht...

Ze draait zich om, pakt de plastic stoel bij de rugleuning vast en slaat ermee tegen de wasbak, verliest de greep, hij stuitert rond, ze pakt hem opnieuw vast en slaat ermee tegen de muur en nogmaals tegen de wasbak.

Hijgend gaat ze op bed zitten.

'Ik ga dit redden,' fluistert ze voor zichzelf.

Ze merkt dat ze bezig is de controle over de situatie te verliezen, ze kan niet ophouden met denken. Haar geheugen toont alleen de lange franjes van het geknoopte tapijt, de tabletjes, haar moeders vochtige ogen, de tranen op haar wangen en haar tanden die tegen het glas klapperen als ze de medicijnen inneemt.

Saga herinnert zich dat haar moeder op haar mopperde als ze zei dat papa niet kon komen, ze weet nog dat mama haar dwong te bellen, ook al wilde ze niet.

Misschien was ik kwaad op mama, denkt ze. Was ik haar zat.

Ze staat op, probeert te kalmeren, herhaalt zachtjes dat ze gewoon misleid is.

Langzaam loopt ze naar de wasbak, wast haar gezicht en bet voorzichtig haar pijnlijke ogen.

Ze moet de weg naar zichzelf terugvinden, zorgen dat ze weer tot zichzelf komt. Het is alsof ze tegen de buitenkant van haar lichaam op klimt, alsof ze niet in haar lichaam kan zijn.

Misschien komt het door de injectie met antipsychoticum dat ze niet onstuitbaar aan het huilen is.

Saga gaat in bed liggen en denkt eraan dat ze Bernies pakje moet verstoppen, tegen Jurek moet zeggen dat ze niets heeft gevonden. Op die manier hoeft ze geen slaapmiddel aan de arts te vragen. Ze geeft Jurek gewoon de tabletten uit Bernies kamer.

Een voor een, één per nacht.

Saga rolt op haar zij en keert haar rug naar de bewakingscamera in het plafond. In de dekking van haar eigen lichaam haalt ze het pakje tevoorschijn. Voorzichtig wikkelt ze het wc-papier eraf, laag voor laag, tot ze ziet dat de inhoud uit drie stukjes kauwgom bestaat.

Kauwgom.

Ze dwingt zichzelf rustig te ademen, laat haar blik over de vieze vegen op de muur glijden en denkt met een wonderlijk, leeg inzicht dat ze precies datgene heeft gedaan waar Joona haar voor heeft gewaarschuwd.

Ik heb Jurek in mijn hoofd toegelaten en nu is alles veranderd.

Hoe kan ik mezelf nog in de ogen kijken?

Het is fout om zo te denken, ik weet dat ik misleid ben, maar zo voelt het.

Haar maag knijpt zich samen van angst als ze denkt aan het koude lichaam van haar moeder, die ochtend. Een verdrietig en onbeweeglijk gezicht met vreemd schuim in de mondhoeken.

Het voelt alsof ze gaat vallen.

Ik mag de controle niet verliezen, denkt ze, en ze probeert haar ademhaling terug te vinden, haar systeem op orde te krijgen.

Ik ben niet ziek, houdt ze zichzelf voor. Ik zit hier met een reden, dat is het enige waar ik aan moet denken. Mijn opdracht is Felicia te vinden. Dit gaat niet over mij, ik doe er niet toe. Ik zet deze infiltratie door, volg het plan, zorg voor slaaptabletten, doe alsof ik ook ga ontsnappen en praat tot op het laatst over vluchtroutes en schuilplaatsen. Ik voer de opdracht uit zolang het gaat. Het maakt niet uit of ik doodga, denkt ze met een plotselinge opluchting.

147

Het is bijna een etmaal geleden dat Joona Linna bij Nikita Karpin werd opgehaald door mannen van de FSB, de nieuwe Russische veiligheidsdienst. Ze gaven geen antwoord op zijn vragen en hij kreeg geen verklaring voor het feit dat ze zijn paspoort, portemonnee en mobiele telefoon in beslag hadden genomen.

Na urenlang in een eethuisje te hebben zitten wachten, namen ze hem mee naar een grauw, betonnen flatgebouw, liepen over de galerij en betraden een appartement met twee kamers.

Joona werd naar de achterkamer met een vuile fauteuil, een tafel en twee stoelen en een hok met wc gebracht. De stalen deur ging achter hem op slot en toen gebeurde er een paar uur lang niets, tot ze hem een warme papieren zak met klef eten van McDonald's kwamen brengen.

Joona moest zien dat hij in contact kwam met zijn collega's en Anja vragen om op zoek te gaan naar Vadim Levanov en zijn tweelingzonen Igor en Roman. Misschien leiden de nieuwe namen naar nieuwe adressen, misschien is de grindgroeve waar de vader heeft gewerkt te vinden.

Maar de stalen deur zat op slot en de uren verstreken. Hij hoorde de mannen een paar keer telefoneren, en dan was het weer stil.

*

Joona doet hazenslaapjes in de fauteuil, maar als hij tegen de ochtend voetstappen en stemmen in de kamer ernaast hoort, is hij meteen klaarwakker.

Hij knipt de lamp aan en wacht erop dat ze binnen zullen komen.

Iemand hoest en praat geïrriteerd in het Russisch. Plotseling gaat de deur open en de twee mannen van gisteren komen binnen. Ze hebben allebei een pistool in een schouderholster en ze spreken snel Russisch met elkaar.

De man met het zilvergrijze haar trekt een stoel bij en zet die in het midden van de kamer.

'Ga hier zitten,' zegt hij in goed Engels.

Joona staat op uit de fauteuil, ziet dat de man afstand neemt als hij naar de stoel loopt en gaat zonder haast zitten.

'Je bent hier niet voor een officiële opdracht,' zegt de man met de stierennek en de zwarte ogen. 'Je moet ons vertellen wat je bij Nikita Karpin deed.'

'We hadden het over seriemoordenaar Aleksandr Pitsjoesjkin,' antwoordt Joona toonloos.

'En wat was jullie conclusie?' vraagt de man met het zilverachtige haar.

'Het eerste slachtoffer was zijn vermeende handlanger,' zegt Joona. 'Over hem hebben we gesproken... Michail Oditsjoek.'

De man houdt zijn hoofd scheef, knikt een paar keer en zegt dan vriendelijk: 'Je liegt natuurlijk.'

De man met de stierennek heeft zich afgewend en zijn pistool gepakt. Het is niet goed te zien, maar het zou een Glock met zwaar kaliber kunnen zijn. Hij verbergt het wapen met zijn lichaam terwijl hij een patroon in de loop schuift.

'Wat heeft Nikita Karpin verteld?' gaat de man met het grijze haar door.

'Nikita denkt dat de rol van de handlanger...'

'Lieg niet!' brult de andere man, en hij draait zich om met het pistool achter zijn rug.

'Nikita Karpin heeft geen enkele bevoegdheid meer, hij maakt geen deel uit van de veiligheidsdienst.'

'Dat wist je, of niet soms?' vraagt de man met de stierennek.

Joona bedenkt dat hij beide mannen zou kunnen overmeesteren, maar zonder paspoort en geld is het uitgesloten het land te verlaten.

De agenten wisselen een paar woorden in het Russisch.

De man met de witte stekeltjes haalt diep adem en zegt dan scherp: 'Jullie hebben geheim materiaal besproken en we moeten exact weten welke informatie je hebt gekregen voor we je naar het vliegveld kunnen brengen.'

Ze staan lange tijd roerloos in de kamer. De man met het witte haar kijkt op zijn telefoon, zegt iets tegen de ander in hun moedertaal en krijgt een hoofdschudden als antwoord.

'Tijd om de waarheid te vertellen,' zegt hij, en hij stopt het mobieltje in zijn jaszak.

'Ik schiet je in je knieschijven,' zegt de andere man.

'Je reist dus naar Ljoebimova, ontmoet Nikita Karpin en...'

De witharige zwijgt als hij een telefoontje krijgt. Hij neemt op en ziet er gestrest uit, wisselt een paar korte woorden en zegt iets tegen zijn collega. Er volgt een snelle discussie die steeds opgewondener klinkt.

148

De man met de stierennek is gestrest, hij verplaatst zich opzij en richt zijn pistool op Joona. Het zeil knerpt onder zijn voeten. Er glijdt een schaduw weg en het licht van de staande schemerlamp bereikt zijn hand. Joona ziet nu dat het zwarte pistool een Strizj is.

De witharige haalt een hand over zijn hoofd, geeft ongeduldig een bevel, kijkt een paar seconden naar Joona, verlaat dan de kamer en doet de deur achter zich op slot.

De andere man loopt rond en gaat ergens achter Joona staan. Hij ademt zwaar en het kost hem moeite om stil te blijven staan.

'De baas is onderweg,' zegt hij zacht.

Door de stalen deur klinkt boos geschreeuw. De geur van wapenvet en zweet is opeens onmiskenbaar aanwezig in de kleine ruimte.

'Ik moet het weten – snap je dat?' zegt de man.

'We hadden het over seriemoorde...'

'Lieg niet,' schreeuwt hij. 'Ik moet weten wat Karpin heeft verteld!'

Joona hoort ongeduldige bewegingen achter zijn rug, voelt de man naderen en ziet een vage schaduw snel over de vloer bewegen.

'Ik moet naar huis,' zegt Joona.

De man met de stierennek beweegt zich snel, drukt de loop van het pistool hard tegen Joona's nek, schuin van rechts.

Zijn snelle ademhaling is duidelijk hoorbaar.

In één beweging trekt Joona zijn hoofd weg, draait zijn lichaam, zwaait met zijn rechterhand naar achteren, slaat het wapen weg en komt overeind. Hij duwt de man uit balans en grijpt de loop van het pistool vast, draait deze naar de vloer en rukt hem dan omhoog zodat de vingers van de man breken.

De man brult het uit en Joona rondt de gewelddadige actie af door een knie tegen zijn nieren en ribben te rammen. Door de kracht komt zijn ene voet los van de grond en de man maakt een halve draai achterover, waardoor de stoel onder hem breekt.

Joona heeft zich verplaatst en houdt het pistool op hem gericht als de man hoestend op zijn zij rolt en zijn ogen opent. Hij probeert op te staan maar hoest nogmaals, blijft met zijn wang tegen de vloer liggen en onderzoekt zijn gewonde vingers.

Joona haalt het magazijn uit het wapen en legt het op tafel, verwijdert het patroon uit de loop en demonteert daarna het hele wapen.

'Ga zitten,' zegt Joona.

De man met de stierennek kreunt van de pijn als hij overeind komt. Het zweet staat op zijn voorhoofd, hij gaat zitten en kijkt met gefronst voorhoofd naar de onderdelen die op een rij liggen.

Joona stopt een hand in zijn zak en haalt een zuurtje tevoorschijn.

'*Ota poika karamelli, niin helpottaa*,' zegt hij.

De man kijkt verbaasd als Joona het gele cellofaanpapier afpelt en het zuurtje in diens mond stopt.

De deur gaat open en er verschijnen twee mannen. De ene is die met het zilvergrijze haar en de andere is een oudere man met een volle baard en een grijs pak.

'Excuses voor het misverstand,' zegt de oudere man.

'Ik moet snel naar huis,' zegt Joona.

'Vanzelfsprekend.'

De bebaarde man loopt met Joona mee het appartement uit. Ze nemen de lift naar beneden, stappen in een klaarstaande auto en rijden samen naar het vliegveld.

De chauffeur draagt Joona's tas en de bebaarde man vergezelt hem bij het inchecken, de veiligheidscontrole, de gate door en het vliegtuig in. Pas als het boarden is afgesloten krijgt Joona zijn mobiele telefoon, paspoort en portmonnee terug.

Voordat de bebaarde man het toestel verlaat overhandigt hij een papieren tasje met zeven kleine zeepjes en een koelkastmagneet met Vladimir Poetin erop.

Joona kan nog net een sms'je naar Anja sturen voordat hem verzocht wordt zijn telefoon uit te zetten. Hij sluit zijn ogen, denkt aan de zeepjes en overweegt of het verhoor mogelijk door Nikita Karpin zelf in scène is gezet om te testen of Joona had begrepen dat hij zijn bron moest beschermen.

149

Als Joona na een overstap in Kopenhagen eindelijk in Stockholm landt, is het al avond. Hij zet zijn mobiel aan en leest het sms'je van Carlos over grootschalig uitrukken van de politie.

Misschien is Felicia al gevonden.

Joona probeert Carlos te pakken te krijgen terwijl hij zich langs de taxfreewinkels haast, via de bagagehal naar de aankomsthal en over de brug naar de parkeergarage. In de uitsparing voor het reservewiel ligt zijn schouderholster met de zwarte Colt Combat Target .45 ACP.

Hij rijdt naar het zuiden en wacht tot Nathan Pollock zijn telefoon opneemt.

Nikita Karpin zei dat Vadim Levanov veronderstelde dat als de jongens zouden proberen hun vader te vinden, ze naar de plek zouden terugkeren waar ze voor het laatst samen waren geweest.

'Welke plek is dat?' vroeg Joona.

'De gastarbeiderswoningen, huis nummer 4. Daar heeft de vader zich twintig jaar later ook van het leven beroofd.'

Joona rijdt honderdveertig kilometer per uur op de snelweg richting Stockholm. De puzzelstukjes zijn snel boven water gekomen en hij voelt dat hij binnenkort het hele plaatje zal kunnen overzien.

De tweelingbroers worden gedwongen te vertrekken en de vader pleegt zelfmoord.

De vader was een hoogopgeleide ingenieur, maar deed lichamelijk werk in een van de vele grindgroeves in Zweden.

Joona geeft meer gas en probeert tegelijkertijd Carlos weer te pakken te krijgen, daarna Corinne en dan Magdalena Ronander.

Voor hij Nathans nummer weer heeft kunnen opzoeken, gaat zijn telefoon en hij neemt snel op.

'Je mag blij zijn dat je mij hebt,' zegt Anja. 'Elke agent in heel Stockholm is op Norra Djurgården...'

'Hebben ze Felicia gevonden?'

'Ze zoeken uit alle macht in het bos achter het Albano-industrieterrein, ze hebben hondenpatrouilles bij zich en...'

'Heb je mijn sms'je gelezen?' kapt Joona haar af met strakke kaken van de stress.

'Ja, en ik heb geprobeerd te begrijpen wat er is gebeurd,' begint Anja. 'Het is niet heel makkelijk, maar ik denk dat ik Vadim Levanov gevonden heb, ook al is de spelling van zijn naam verzweedst. In dat geval is hij in 1960 zonder paspoort vanuit Finland naar Zweden gekomen.'

'En de kinderen?'

'Er staan helaas geen kinderen in het register.'

'Misschien heeft hij ze het land in gesmokkeld?'

'In de jaren vijftig en zestig kwamen er heel veel gastarbeiders naar Zweden, de verzorgingsstaat moest worden opgebouwd... maar onze regelgeving was nog heel ouderwets. Men ging ervan uit dat gastarbeiders niet voor hun kinderen konden zorgen en ze werden door het maatschappelijk werk in pleeggezinnen of kindertehuizen geplaatst.'

'Maar deze jongens werden uitgewezen,' zegt Joona.

'Dat was niet ongebruikelijk, vooral niet als er vermoed werd dat het om Roma ging... Morgen heb ik een afspraak op het rijksarchief... In die tijd bestond er nog geen immigratiedienst. De besluiten werden tamelijk willekeurig genomen door de politie, de kinderbescherming en de vreemdelingendienst.'

Bij Häggvik gaat hij van de weg af om te tanken.

Anja ademt zwaar in de hoorn. Deze sporen mogen niet doodlopen, denkt hij. Er moet iets zijn wat ons verder kan brengen.

'Weet je waar de vader werkte?' vraagt hij.

'Ik ben alle grindgroeves in Zweden aan het onderzoeken, maar het kan even duren omdat het om zulke oude archieven gaat,' zegt ze vermoeid.

Joona bedankt Anja uitvoerig, hangt op, stopt voor een rood stoplicht en ziet een jonge man achter een kinderwagen op het voetpad naast de rijbaan.

Sneeuw waait over de weg, wervelt omhoog in het gezicht en de ogen van de man. Hij knijpt ze half dicht en moet de kinderwagen omdraaien om hem over een sneeuwwal te trekken.

Ineens moet Joona aan Mikaels woorden over de Zandman denken. Hij zei dat hij over het plafond kon lopen en allerlei andere verwarde dingen. Maar drie keer heeft hij gezegd dat de Zandman naar zand ruikt. Het komt misschien uit de sprookjes, maar stel je voor dat er een verband is met een grindgroeve, een zandafgraving.

Achter hem toetert een auto en Joona trekt op, maar gaat zo snel mogelijk langs de kant van de weg staan en belt Reidar Frost.

'Nog nieuws?' vraagt Reidar.

'Ik wil Mikael spreken, hoe is het met hem?'

'Het zit hem dwars dat hij zich niet meer kan herinneren, we hebben hier dagelijks urenlang politie over de vloer.'

'Elk klein detail kan van belang zijn.'

'Ik klaag niet,' haast Reidar zich te zeggen. 'We zijn tot alles bereid, dat weet je, dat zeg ik de hele tijd, we staan vierentwintig uur per dag klaar.'

'Is hij wakker?'

'Ik zal hem wakker maken. Wat wil je hem vragen?'

'Hij zei dat de Zandman naar zand ruikt... is het mogelijk dat de capsule in de buurt van een grindgroeve ligt? In sommige groeves delven ze steen, in andere...'

'Ik ben opgegroeid bij een grindgroeve, op de heuvelrug Stockholmsåsen en...'

'Ben je opgegroeid bij een grindgroeve?'

'Ja, in Antuna,' antwoordt Reidar lichtelijk verbaasd.

'Welke grindgroeve?'

'Rotebro... er ligt een grote grindgroeve vanaf de Antunavägen noordwaarts, voorbij Smedby.'

Joona keert, rijdt vlug terug naar snelweg en vandaar naar het noorden. Hij is al redelijk dicht bij Rotebro, de grindgroeve kan niet ver meer zijn.

Joona luistert naar Reidars krakende, vermoeide stem, en als in stereo hoort hij Mikaels wonderlijke herinnering: *de Zandman ruikt naar zand... hij heeft vingertoppen van porselein en als hij het zand uit de zak haalt dan rinkelen ze tegen elkaar... en even later slaap je...*

150

Verder naar het noorden wordt het steeds rustiger op de weg. Joona rijdt steeds sneller en denkt eraan dat drie puzzelstukjes na al die jaren plotseling in elkaar passen.

De vader van Jurek Walter werkte in een grindgroeve en heeft daar zelfmoord gepleegd in zijn woning.

Mikael zegt dat de Zandman naar zand ruikt.

En Reidar Frost is opgegroeid bij een oude grindgroeve in Rotebro.

Stel dat het dezelfde grindgroeve is. Het kan geen toeval zijn, de stukjes moeten passen. Dan zit Felicia dáár en niet waar al zijn collega's aan het zoeken zijn, denkt hij.

De sneeuwsmurrie tussen de rijbanen doet de auto slingeren. Vuil water slaat tegen de voorruit.

Joona perst zijn auto voor een shuttlebus en neemt de afrit, raast verder langs een grote parkeerplaats. Hij toetert en een man laat zijn boodschappentassen vallen als hij opzij springt.

Twee auto's staan te wachten voor rood licht, maar Joona zwenkt spookrijdend naar de linkerweghelft en draait scherp naar links. De banden slippen over het natte wegdek. Hij belandt op een besneeuwd grasveld en rijdt dwars door een sneeuwwal. Paksneeuw en ijs ratelen boven en onder de auto. Voorbij het centrum van Rotebro geeft hij flink gas en rijdt de smalle Norrviksleden op, die parallel loopt aan de hoge heuvelrug.

Straatverlichting schommelt in de wind en sneeuw wervelt in het schijnsel omlaag.

Hij bereikt de top van de heuvelrug en ziet de inrit van de grindgroeve een fractie te laat, maakt een scherpe bocht en remt voor twee stevige metalen slagbomen. De banden glijden over de sneeuw, Joona geeft een ruk aan het stuur, raakt in een slip en de achterbumper dreunt tegen een slagboom.

Het rode glas van het remlicht versplintert en schiet over de sneeuw.

Joona opent het portier, stapt uit en rent voorbij de blauwe barak waarin het kantoor gehuisvest is.

Zwaar ademend loopt hij de steile helling af naar de enorme krater die in de loop der jaren is uitgegraven. Schijnwerpers op hoge palen verlichten het wonderlijke maanlandschap met werkloze graafmachines en enorme bergen gezeefd zand.

Hier ligt niemand begraven, denkt Joona, het is onmogelijk om hier lichamen te verbergen, want alles wordt opgegraven. Een grindgroeve is een gat dat elke dag groter en dieper wordt.

De snelle sneeuwval stroomt door het kunstmatige licht.

Hij rent langs de enorme steenbreekinstallaties met hoge lopende banden.

Hij bevindt zich nog steeds in de nieuwere gedeeltes van de groeve. Het zand ligt er kaal bij en het is duidelijk dat hier elke dag gewerkt wordt.

Achter de machines staan blauwe bouwketen en drie caravans.

Joona's schaduw schiet langs hem als het licht van een andere schijnwerper een zandberg passeert.

Vijfhonderd meter verderop ziet hij besneeuwde richels voor steile rotswanden. Dat moeten de oudere delen van de groeve zijn.

Hij klimt een steile helling op waar mensen rotzooi, oude koelkasten, afgedankte meubels en afval hebben gedumpt. Hij glijdt weg in de sneeuw maar loopt verder naar boven, achter hem rollen stenen omlaag, hij smijt een roestige fiets opzij en bereikt struikelend de top.

Nu bevindt hij zich op het oorspronkelijke niveau van de heuvelrug – meer dan veertig meter boven het nieuwe grondniveau – en hij kan het uitgeholde landschap overzien. De koude lucht geeft een rauw gevoel in zijn longen terwijl hij uitkijkt over de verlichte zandgroeve met machines, provisorische wegen en zandbergen.

Hij rent over de smalle reep besneeuwd gras tussen de steile helling en de Älvsundavägen.

Een gebutst autowrak ligt langs de kant van de weg, vlak voor de omheining met waarschuwingsborden en logo's van bewakingsfirma's. Joona blijft staan en tuurt door de sneeuw. In de uiterste hoek van het alleroudste deel van de groeve ligt een geasfalteerd terrein met een rij gelijkvloerse woningen, smal en recht als een militaire barak.

151

Joona stapt over een paar rijen roestig prikkeldraad en loopt door naar de oude huizen met ingeslagen ramen en gesprayde tags op de gepleisterde gevels.

Het is donker hier en Joona haalt zijn zaklantaarn tevoorschijn. Hij richt het licht omlaag terwijl hij verder loopt en tussen de lage bebouwing schijnt.

Het eerste huis mist een deur. De sneeuw is een meter of wat naar binnen gewaaid op de zwart geschilderde houten vloer. Het schijnsel van de zaklamp beweegt snel over oude bierblikjes, vieze dekens, condooms en latex handschoenen.

Hij ploegt verder door diepere sneeuw, gaat van deur tot deur en kijkt door de gebarsten of ingeslagen ruiten naar binnen. De oude gastarbeiderswoningen staan al jaren leeg. Ze zijn allemaal smerig en verlaten. Op sommige plekken is het dak ingestort en ontbreken er hele muren.

Hij houdt zijn pas in als hij ziet dat het voorlaatste huis hele ramen heeft. Tegen de gevel ligt een oud winkelwagentje.

Aan één kant van het huis is een erg steile afgrond naar de bodem van de groeve.

Joona doet zijn zaklantaarn uit, nadert behoedzaam, bereikt de gevel, blijft staan en luistert even voor hij de zaklamp weer aanknipt.

Het enige geluid is dat van de wind over de daken.

Verderop ziet hij vaag de contouren van het laatste huis. Het lijkt niet meer dan een besneeuwde ruïne.

Hij loopt naar het raam en schijnt door de vuile ruit naar binnen. Het schijnsel speelt langzaam over een aangekoekte kookplaat die is aangesloten op een autoaccu, een smal bed met een paar grove paardendekens, een radio met glanzende antenne, waterjerrycans en een stuk of tien conservenblikken.

Als hij bij de deur komt, ziet hij een bijna verdwenen 4 in de linkerbovenhoek.

Dit zou weleens gastarbeiderswoning nummer 4 kunnen zijn waar Nikita Karpin het over had.

Joona drukt voorzichtig de deurkruk naar beneden, de deur glijdt open, hij gaat naar binnen en sluit de deur achter zich. Het ruikt naar oude, vochtige lappen stof. Op een kale boekenplank ligt een bijbel. De woning bestaat uit een enkele kamer, met een raam en een deur.

Joona beseft dat hij op dit moment van buitenaf volledig zichtbaar is.

De houten vloer kraakt onder zijn gewicht.

Hij schijnt over de muren, waartegen boeken met vochtvlekken liggen opgestapeld. In een hoek wordt het licht van de zaklamp weerkaatst.

Hij loopt erheen en ziet dat er honderden glazen flesjes in rijen op de grond staan.

Donkere flesjes met rubber membraan.

Ze bevatten Sevofluraan, een zeer effectief narcosemiddel.

Joona pakt zijn mobiel, belt de alarmcentrale en verzoekt politie en ambulance hierheen te sturen.

Het is weer stil, het enige geluid komt van zijn eigen ademhaling en de krakende vloer.

Plotseling ziet hij vanuit zijn ooghoek een beweging buiten, hij trekt zijn Colt Combat en ontgrendelt het bliksemsnel.

Hier is niets, alleen losse sneeuw die van het dak waait.

Hij laat zijn pistool weer zakken.

Tegen de wand bij het bed zit een vergeeld krantenknipsel van de eerste man in de ruimte, de ruimte-Rus, zoals hij door de journalist van de *Expressen* wordt genoemd.

Hier heeft de vader zich van het leven beroofd.

Joona denkt net dat hij de andere huizen ook moet doorzoeken, als hij ineens het luik ziet. Er zit een groot luik in de houten vloer. Het is duidelijk zichtbaar onder een vuil voddenkleedje.

Hij gaat voorzichtig met zijn oor tegen het luik liggen, maar er klinkt geen geluid van beneden.

Hij kijkt naar het raam, trekt dan het kleedje weg en klapt het zware houten luik open.

Uit het donker stijgt een stoffige lucht van zand op.

Hij bukt zich, schijnt met zijn zaklamp in de opening en ziet een steile betonnen trap.

152

Het zand op de traptreden knarst onder Joona's schoenen als hij in het donker naar beneden loopt. Hij telt negentien treden en komt in een tamelijk grote ruimte van beton. Het schijnsel van de zaklamp fladdert over de muren en het plafond. Ergens in het midden staat een krukje en tegen de wand zit een stuk spaanplaat met wat punaises en een lege insteekhoes.

Joona beseft dat hij zich in een van de vele schuilkelders bevindt die tijdens de Koude Oorlog in Zweden zijn gebouwd.

Er heerst hier een merkwaardige stilte.

De ruimte maakt een kleine hoek en helemaal onder de trap ziet hij een stevige deur.

Hier moet het zijn.

Joona zekert zijn pistool en stopt het terug in de holster om zijn handen vrij te hebben. De stalen deur heeft grendels die mechanisch gesloten worden door een draaiwiel, een soort rad midden op de deur.

Hij draait het wiel tegen de klok in en het dreunt in het metaal als de grove grendels uit de cilinders glijden.

De deur is zwaar om open te trekken, het metaal is vijftien centimeter dik.

Hij schijnt de schuilkelder in en ziet een vuil matras op de vloer, een bank en een kraan in de muur.

Er is niemand.

Het stinkt naar oude urine.

Hij schijnt weer op de bank en nadert behoedzaam. Luistert en loopt verder.

Misschien verstopt ze zich.

Plotseling bekruipt hem het gevoel dat hij wordt gevolgd. Hij zou ingesloten kunnen worden in dezelfde kamer als het meisje. Hij draait zich om en ziet op hetzelfde moment dat de zware deur bezig is dicht te vallen. Het tikt in de stevige scharnieren. Hij reageert onmiddellijk, stuift naar de deur en steekt de zaklamp in de spleet. De lamp wordt met een krakend geluid fijn gedrukt en het glas barst.

Joona duwt de deur met zijn schouder open, trekt zijn pistool weer en komt in de donkere ruimte.

Daar is niemand.

De Zandman heeft zich opmerkelijk stil bewogen.

Vreemde lichtformaties flikkeren voor zijn ogen, die beelden in het duister proberen te vormen.

De zaklamp brandt nog maar zwak. Het schijnsel dat wordt afgegeven is verwaarloosbaar.

Het enige geluid komt van zijn eigen voetstappen en ademhaling.

Hij draait zijn gezicht naar de betonnen trap die naar het huis voert. Het luik naar de gastarbeiderswoning staat nog open.

Hij schudt met de zaklamp, maar het licht wordt alleen maar zwakker.

Plotseling hoort Joona een zwak rinkelend geluid, hij denkt aan de vingertoppen van porselein en houdt instinctief zijn adem in. Op hetzelfde moment voelt hij een koude lap tegen zijn mond en neus.

Joona draait rond en haalt hard uit, maar hij raakt niemand en wankelt.

Hij zwaait rond met zijn pistool, de loop schraapt langs de betonnen muur, maar er is niemand.

Hijgend staat hij met zijn rug tegen de wand en houdt de zaklamp voor zich uit.

Het rinkelende geluid moet van de flesjes met narcosemiddel geweest zijn toen de Zandman de vluchtige vloeistof op de lap goot.

Joona voelt zich duizelig, hij slikt hard en weerhoudt zichzelf ervan om zijn pistool in het donker leeg te schieten.

Hij moet de frisse lucht in, maar dwingt zich te blijven staan.

Het is volkomen stil, er is hier niemand.

Joona wacht een paar seconden en keert dan terug naar de capsule. Zijn bewegingen voelen vreemd vertraagd en zijn blik glijdt ongewild opzij. Voor hij naar binnen gaat, draait hij het draaiwiel naar de andere kant, waardoor de grendels geblokkeerd zijn en de deur niet dicht kan vallen.

In de zwakke gloed van de zaklamp zoekt hij zijn weg naar binnen. Het licht springt over de grijze muren. Hij komt bij de bank, trekt hem voorzichtig van de muur en ziet een magere vrouw op de grond liggen.

'Felicia? Ik ben van de politie,' fluistert hij. 'Ik ga je helpen hier weg te komen.'

Als hij haar aanraakt, voelt hij dat ze kokendheet is. Ze heeft verschrikkelijk hoge koorts en is buiten bewustzijn. Op het moment dat hij haar van de grond optilt, begint ze te schokken van de koorts.

Joona rent de trap op met Felicia in zijn armen. Hij laat de zaklamp vallen en hoort hem de trap af rollen. Hij beseft dat ze snel zal sterven als hij er niet in slaagt de koorts te laten zakken. Haar lichaam is helemaal slap. Hij weet niet of ze nog ademt als hij met haar door het luik klimt.

Joona rent de woonkamer door, trapt de deur open, legt haar in de sneeuw en ziet dat ze ademt.

'Felicia, je hebt hele hoge koorts... meisje toch...'

Hij gooit sneeuw over haar heen, spreekt troostende en geruststellende woorden maar houdt zijn pistool continu op de deur van het huis gericht.

'De ziekenwagen komt zo,' zegt hij. 'Alles komt goed, dat beloof ik je, Felicia. Je broer en je vader zullen zo blij zijn, ze hebben je zo gemist, hoor je me?'

153

De ziekenwagen arriveert en het blauwe licht knippert over de sneeuw. Joona staat op als de brancard langs de oude huizen aan komt rijden. Hij legt de situatie uit, maar blijft zijn pistool op woning nummer 4 richten.

'Opschieten,' roept hij. 'Ze heeft zeer hoge koorts, jullie moeten de koorts omlaag krijgen... volgens mij is ze bewusteloos.'

De twee ambulancebroeders tillen Felicia op uit de sneeuw. Haar haar plakt in zwarte pieken tegen haar onwerkelijk bleke voorhoofd.

'Ze heeft de veteranenziekte,' zegt hij terwijl hij met geheven wapen naar de open deur toe loopt.

Hij staat op het punt weer naar binnen te gaan als hij het schijnsel van het zwaailicht van de ambulance over de restanten van het laatste huis ziet flakkeren. Verse voetsporen in de sneeuw leiden weg van de ruïne, de duisternis in.

Joona rent die kant op en bedenkt dat er een andere uitgang moet zijn, dat beide huizen de schuilkelder deelden.

Door wildgroei van gras en hoge boomscheuten jaagt hij achter de voetsporen aan.

Hij loopt om een oude dieseltank heen en ziet een smalle gestalte snel over de rand van de zandkrater lopen.

Joona rent zo geruisloos mogelijk achter hem aan.

Het wezen steunt op een kruk, hinkt voort, beseft dat hij gevolgd wordt en probeert zijn pas te versnellen.

In de verte klinkt het geluid van sirenes.

Joona rent met het pistool in zijn hand door de diepe sneeuw.

Ik zal hem grijpen, denkt hij. Ik zal hem te pakken krijgen en hem terugslepen naar de wachtende auto's.

Ze naderen een verlicht deel van de groeve met een grote betonfabriek. Het licht van een eenzame schijnwerper verlicht de bodem van de diepe krater.

De gestalte blijft staan, keert zich om en kijkt naar Joona. Hij staat vlak aan de rand, leunend op zijn kruk, en ademt met open mond.

Joona komt langzaam dichterbij met zijn pistool naar de grond gericht.

Het gezicht van de Zandman is identiek aan dat van Jurek Walter, maar veel magerder.

Het geluid van de politiewagens die bij de oude gastarbeiderswoningen zijn gearriveerd, is ver weg. Slechts kleine pijlen blauw licht bereiken hen.

'Met jou ging het mis, Joona,' zegt de Zandman. 'Mijn broer kon me nog zeggen dat ik Summa en Lumi moest nemen, maar ze stierven voordat ik de kans kreeg... Het noodlot kiest soms zijn eigen weg...'

Het felle licht van de zaklampen van de agenten cirkelt rond de oude woningen.

'Ik heb mijn broer geschreven en over jou verteld, maar ik heb nooit te horen gekregen of hij wilde dat ik nog iemand van je af zou nemen,' zegt hij zacht.

Joona blijft staan, hij voelt het gewicht van het wapen in zijn vermoeide arm en kijkt in de lichte ogen van de Zandman.

'Ik was ervan overtuigd dat je je zou verhangen na het auto-ongeluk, maar je leeft,' zegt de magere man en hij schudt langzaam zijn hoofd. 'Ik heb gewacht, maar je bleef leven...'

Hij zwijgt, glimlacht plotseling, kijkt op en zegt: 'Je leeft omdat je gezin niet echt dood is.'

Joona heft zijn pistool, richt de loop op het hart van de Zandman en lost drie schoten. De kogels gaan dwars door het tengere lichaam heen en zwart bloed spat uit de uitschotwonden tussen zijn schouderbladen.

Drie knallen weerkaatsen in de groeve.

Walters tweelingbroer valt achterover.

Zijn kruk blijft in de sneeuw staan.

De Zandman is al dood nog voor hij tegen de grond smakt. Het magere lichaam rolt de afgrond in tot het blijft liggen tegen een oud fornuis. Uit de zwarte hemel dwarrelen kleine sneeuwvlokken.

154

Joona zit met gesloten ogen op de achterbank van zijn eigen auto terwijl zijn chef Carlos Eliasson hem naar Stockholm rijdt en vaderlijk tegen hem praat.

'Ze redt het heus... Ik heb met een arts van het Karolinska-ziekenhuis gepraat... Felicia's toestand is ernstig, maar niet kritiek... Ze kunnen niets beloven, maar toch, het is fantastisch... volgens mij gaat ze het redden, ik...'

'Heb je het aan Reidar verteld?' vraagt Joona zonder zijn ogen te openen.

'Daar zorgt het ziekenhuis voor, jij gaat nu naar huis om te rusten en...'

'Ik heb geprobeerd je te pakken te krijgen.'

'Ja, dat weet ik, ik zag dat ik een heleboel gemiste oproepen had... Je hebt misschien gehoord dat Walter het tegen Saga over een oude cementfabriek heeft gehad. Daar zijn er nooit veel van geweest, maar vroeger lag er eentje in Albano. Toen we het bos in gingen, markeerden de honden overal graven. We zijn bezig het hele terrein te doorzoeken.'

'Maar jullie hebben geen overlevenden gevonden?'

'Nog niet, maar we zoeken de hele nacht door.'

'Ik denk dat jullie alleen graven zullen vinden...'

Carlos rijdt voorbeeldig voorzichtig en het is zo warm in de auto geworden dat Joona zijn jas moet openknopen.

'De nachtmerrie is voorbij, Joona... Morgenochtend neemt de Dienst Gevangeniswezen het besluit om Saga weer over te plaatsen en dan kunnen we haar ophalen en alle sporen in de registers wissen.'

Ze rijden Stockholm in en het licht rond de straatlantaarns is als een mist van sneeuw. Naast hen staat een bus te wachten op groen licht. Vermoeide mensen kijken door de beslagen ramen naar buiten.

'Ik heb Anja gesproken,' zegt Carlos. 'Ze kon niet tot morgen wachten... ze heeft de papieren van de kinderbescherming met betrekking tot Jurek en zijn broer in het gemeentearchief gevonden en de besluiten van de vreemdelingendienst in het rijksarchief in Marieberg.'

'Anja is een kei,' mompelt Joona.

'Walters vader mocht als gastarbeider in het land blijven,' vertelt Carlos. 'Maar hij had de jongens zonder toestemming bij zich, en toen dat werd ontdekt heeft de kinderbescherming zich over de kinderen ontfermd. Ze dachten vast dat ze het juiste deden. De besluitvorming werd versneld en aangezien de ene jongen ziek was, werd die als eerste beoordeeld...'

'Ze kwamen op verschillende plekken terecht.'

'De vreemdelingendienst stuurde de gezonde jongen naar Kazachstan en toen in een later stadium andere ambtenaren over zijn broer beslisten, werd die naar Rusland gestuurd, naar Internaat 67, zoals het kindertehuis heette.'

'Ik begrijp het,' fluistert Joona.

'In januari 1994 is Jurek Walter Zweden binnengekomen. Misschien was zijn broer toen al in de groeve, misschien ook niet... maar hun vader was toen in elk geval al dood.'

Carlos draait op de Dalagatan soepel een lege parkeerplaats in, niet ver van Joona's appartement op Wallingatan 31. Ze stappen allebei uit, lopen over de besneeuwde stoep en stoppen bij de voordeur.

'Ik heb Roseanna Kohler gekend, dat weet je,' zegt Carlos zuchtend. 'En toen hun kinderen verdwenen heb ik gedaan wat ik kon, maar het was niet genoeg...'

'Nee.'

'Ik heb haar verteld over Jurek Walter. Ze wilde alles weten, wilde foto's van hem zien en...'

'Maar Reidar wist van niets.'

'Nee, ze zei dat het beter was zo. Ik weet het niet... Roseanna is naar Parijs verhuisd, ze belde voortdurend, dronk veel te veel... Niet dat ik me zorgen maakte om mijn carrière, maar ik vond het pijnlijk, voor haar en ook voor mij...'

Carlos zwijgt en strijkt met zijn hand over zijn nek.

'En?'

'Op een nacht belde Roseanna me uit Parijs en schreeuwde dat ze Jurek Walter voor haar hotel had gezien, maar ik luisterde niet... en later die nacht heeft ze zich van het leven beroofd...'

Carlos geeft Joona de autosleutels.

'Ga slapen,' zegt hij. 'Ik loop naar het Norra Bantorget en neem een taxi.'

155

Anders Rönn denkt eraan dat My een beetje verbaasd had gekeken toen hij zei dat ze weer in de slaapruimte kon gaan slapen.

'Ik zie geen reden waarom we allebei wakker zouden moeten blijven,' zei hij afgemeten. 'Ik heb geen keus, ik moet nog een paar uur werken tot ik klaar ben. Daarna kunnen Leif en jij de tijd verdelen zoals jullie willen.'

Nu is hij alleen. Hij loopt door de gang, blijft buiten de deur van de slaapruimte staan luisteren.

Alles is stil.

Hij loopt verder naar de bewakingscentrale en gaat op de operatorplaats zitten. Eindelijk is het tijd om het licht in de cellen uit te doen. Op het grote scherm zijn de negen vensters in beeld. Jurek Walter is vroeg gaan slapen. Anders ziet zijn magere profiel zich aftekenen in het bed. Hij ligt er beangstigend stil bij. Het lijkt haast alsof hij geen adem haalt. Saga zit op bed met haar voeten op de vloer. Haar stoel ligt ondersteboven op de grond.

Hij brengt zijn gezicht dichter naar het scherm en kijkt naar haar. Zijn blik volgt de ronding van haar geschoren schedel, haar smalle nek, haar schouders en de spieren van haar dunne armen.

Er is niets wat hem weerhoudt.

Hij snapt niet waarom hij gisternacht zo bang werd toen hij bij haar was. Er zat niemand achter de monitoren en al was dat wel zo geweest, dan was het zo donker in de kamer dat diegene niets gezien zou hebben.

Hij had het wel tien keer met haar kunnen doen, hij had god weet wat kunnen doen.

Anders ademt in, haalt zijn pasje door de lezer van de computer, typt de code en logt in. Hij opent het beheerprogramma van de afdeling, markeert de patiëntenzone en klikt op nachtverlichting.

Nu zijn de drie patiëntenkamers zwart.

Het duurt maar heel even voordat Saga haar bedlampje aanknipt en haar blik op de camera richt.

Het is net of ze naar hem kijkt omdat ze weet dat hij naar haar kijkt.

Anders werpt een blik op de twee bewakers die bij de ingang met elkaar staan te praten. De man zegt iets waar de lange vrouw om moet lachen – glimlachend maakt hij een gebaar alsof hij vioolspeelt.

Anders staat op en kijkt weer naar Saga.

Hij pakt een tabletje uit de medicijnkast en doet het in een plastic bekertje, loopt naar de veiligheidsdeur en gebruikt zijn toegangspasje.

Als hij bij haar deur komt, begint zijn hart te bonzen. Door het dikke glas ziet hij dat ze op bed zit, met haar blik als een kleine zeemeermin op de camera gericht.

Anders opent het luikje en ziet dat ze haar blik naar de deur verplaatst. Ze staat op en loopt aarzelend naar hem toe.

'Heb je vannacht lekker geslapen?' vraagt hij vriendelijk.

Als ze haar hand door het luikje steekt, houdt hij haar vingers even vast voor hij haar het plastic bekertje geeft.

Hij sluit het luikje en ziet haar teruglopen de kamer in. Ze stopt het tabletje in haar mond, laat water in het bekertje lopen en spoelt het weg, doet het bedlampje uit en gaat naar bed.

Anders gaat de fixatiebanden halen die bij het bed horen, trekt het dunne beschermplastic eraf en staat haar dan door het pantserglas in de stalen deur op te nemen.

156

Onder dekking van de duisternis verstopt Saga het tabletje in haar schoen en gaat dan op bed liggen. Ze weet niet of de jonge arts nog achter de ruit staat, maar ze weet zeker dat hij van plan is haar cel in te komen zodra hij denkt dat ze slaapt. Ze zag duidelijk in zijn ogen dat hij nog totaal niet klaar met haar was.

Gisteren was ze zo overrompeld door zijn machtsmisbruik dat ze het veel te ver heeft laten komen. Vandaag weet ze niet eens of het haar nog wel iets kan schelen.

Ze is hier om Felicia te redden, en misschien moet ze het nog een paar dagen zien uit te houden op deze plek.

Morgen of overmorgen zal Jurek haar alles onthullen, houdt ze zichzelf voor, en dan is het voorbij, dan kan ze naar huis en vergeten wat ze heeft meegemaakt.

Saga rolt op haar andere zij, kijkt naar de deur en ziet meteen het silhouet achter het glas. Haar hart begint sneller te kloppen. De jonge arts wacht achter de deur tot ze in slaap valt van het tabletje.

Is ze bereid zich door hem te laten verkrachten om de infiltratie niet te verpesten? Het maakt eigenlijk niet uit. Haar hoofd is veel te chaotisch om zich voor te bereiden op wat haar te wachten staat.

Als het maar snel voorbij is.

Er klinkt een metalig geschraap als de sleutel in het slot wordt gestoken.

De deur gaat open en er komt een koele luchtstroom mee naar binnen.

Ze doet nog niet alsof ze slaapt, maar heeft haar ogen open en ziet de arts de deur achter zich dichtdoen en naar het bed lopen.

Ze sluit haar ogen en luistert.

Er gebeurt niets.

Misschien wil hij alleen maar naar haar kijken.

Ze probeert geluidloos uit te ademen en wacht tien seconden voor ze weer inademt, wacht en volgt een mentaal beeld van een vierkant waarvan elke zijde een moment behelst.

De arts legt zijn hand op haar buik, volgt de beweging van haar ademhaling, glijdt dan met zijn vingers naar haar heup en pakt haar slipje vast. Ze ligt volkomen stil en laat hem het slipje naar beneden en over haar voeten trekken.

Ze voelt zijn lichaamswarmte nu duidelijk.

Voorzichtig streelt hij haar rechterhand en tilt hem zacht boven haar hoofd. Eerst denkt ze dat hij haar pols opneemt, maar even later merkt ze dat ze vastzit. Als ze probeert haar hand los te wurmen legt hij een brede band over haar bovenbenen, en voor ze zich van het bed af weet te wurmen spant hij deze met vreselijk veel kracht aan.

'Wat doe je, verdomme?'

Ze kan niet schoppen en merkt dat hij haar enkels vastzet terwijl ze met haar linkerhand probeert haar rechterhand los te maken. Hij knipt het bedlampje aan en kijkt haar met opengesperde ogen aan. Haar vingers trillen, glijden weg over de stevige banden rond haar pols en ze moet weer opnieuw beginnen.

De arts belet het haar, trekt snel haar vrije hand weg.

Ze rukt en trekt om los te komen, probeert zich om te draaien, maar het is onmogelijk.

Als ze terugzakt in bed, spant hij een andere band over haar schouders. De hoek is bijna onmogelijk, maar als hij zich over haar heen buigt slaat ze hem met haar gebalde vuist recht op zijn mond. Er klinkt een smakkend geluid, hij struikelt achterover en zakt met een knie op de grond. Trillend begint ze de gesp rond haar rechterpols los te maken.

Hij is terug bij het bed en duwt haar hand weg.

Bloed stroomt over zijn kin als hij tegen haar brult dat ze stil moet liggen. Hij trekt de gesp rond haar rechterpols weer aan en staat dan achter haar bij het hoofdeinde.

'Ik maak je dood,' schreeuwt ze en ze probeert hem met haar blik te volgen.

Hij is snel en houdt haar linkerarm met beide handen vast, maar ze rukt zich los, krijgt zijn haar te pakken en trekt hem naar zich toe. Met al haar kracht ramt ze zijn voorhoofd tegen het hoofdeinde van het bed. Ze trekt hem weer naar voren en probeert in zijn gezicht te bijten, maar hij slaat zo hard op haar keel en borst dat ze haar greep verliest.

Hijgend probeert ze hem weer vast te pakken, ze tast met haar hand achter zich. Uit alle macht draait ze haar lichaam opzij, maar ze zit vast.

De arts grijpt haar hand en buigt hem zo hard opzij dat haar schouder bijna uit de kom gaat. Het knarst in het kraakbeen rond de bovenarmkop en ze brult het uit van de pijn. Ze worstelt om haar voet los te krijgen, maar de band snijdt in haar huid en het kraakt in haar enkel. Met haar vrije hand slaat ze op zijn wang, maar ze heeft geen kracht. Hij dwingt haar hand naar het hoofdeinde, slaat de band om haar pols en trekt hem aan.

Met de achterkant van zijn hand veegt de jonge arts het bloed van zijn mond, doet hijgend een paar stappen naar achteren en kijkt naar haar.

157

Langzaam loopt de arts naar haar toe, legt de laatste band over haar borstkas en spant hem aan. Haar linkerhand gloeit van de vertwijfelde klap. De arts staart weer naar haar en loopt dan om het bed heen naar het voeteneinde. Het bloed stroomt uit zijn neus over zijn lippen. Ze hoort hem opgewonden hijgen. Zonder haast trekt hij de banden rond haar enkels aan zodat haar bovenbenen nog verder uit elkaar getrokken worden. Ze kijkt hem in de ogen en denkt dat ze dit niet mag laten gebeuren.

Hij streelt met trillende handen haar kuiten en loert tussen haar dijen.

'Doe het niet,' probeert ze met beheerste stem.

'Jij houdt je mond,' zegt hij en hij trekt zijn doktersjas uit zonder haar los te laten met zijn blik.

Saga keert haar gezicht af, ze wil niet naar hem kijken, kan niet geloven dat dit gebeurt.

Ze sluit haar ogen en zoekt wanhopig naar een uitweg.

Plotseling hoort ze een vreemd gerammel onder het bed. Ze opent haar ogen en ziet een beweging weerspiegelen in de roestvrijstalen wasbak.

'Je moet hier weg,' zegt ze hijgend.

De arts pakt haar slipje van het bed en duwt het ruw in haar mond. Ze probeert te schreeuwen als ze beseft wat ze in het glanzende metaal van de wasbak ziet.

Het is Jurek Walter.

Hij heeft zich in haar kamer verstopt toen zij naar Bernies slaaptabletten zocht.

In toenemende paniek vecht ze om vrij te komen.

Ze hoort de knopen van Jureks overhemd tegen de lattenbodem van het bed tikken terwijl hij zich zijwaarts beweegt.

Eén knoop schiet los en klettert op de vloer. De arts kijkt verbaasd naar de knoop die een grote cirkel maakt en tollend tot stilstand komt.

'Jurek Walter,' mompelt de arts op hetzelfde moment dat een hand zijn been vastgrijpt en hem ondersteboven trekt.

Anders Rönn slaat pardoes tegen de grond, stoot daarbij zijn hoofd en hapt naar adem, maar rolt dan op zijn buik, schopt en kruipt weg.

Vlucht, denkt Saga. Doe de deur op slot, waarschuw de politie.

Jurek rolt onder het bed vandaan en is tegelijk met de arts op de been. Die probeert de deur te bereiken, maar Jurek is er eerder.

Saga vecht om het slipje uit haar mond te werken, hoest, snakt naar adem en kokhalst.

Anders Rönn beweegt zich zijwaarts, botst tegen de kunststof tafel, loopt achteruit en staart naar de oude patiënt.

'Doe me geen pijn,' smeekt hij.

'Niet?'

'Alsjeblieft, ik doe alles wat je wilt.'

Jurek komt dichterbij en zijn gerimpelde gezicht is volkomen uitdrukkingsloos.

'Ik maak je af, knul,' zegt hij. 'Maar eerst zul je heel veel pijn hebben.'

Saga schreeuwt door de dempende stof heen en rukt aan de banden.

Ze begrijpt niet wat er is gebeurd, waarom Jurek zich in haar kamer heeft verstopt, waarom hij hun plan heeft gewijzigd.

De plastic stoel rolt om.

De arts schudt zijn hoofd, loopt achteruit en probeert Jurek met een hand op afstand te houden.

Zijn ogen zijn opengesperd.

Zweet stroomt over zijn wangen.

Jurek loopt langzaam achter hem aan, krijgt plotseling zijn hand te pakken en werkt de arts tegen de grond. Met enorme kracht stampt hij bij de schouder op de arm. Een krakend geluid en de jonge arts schreeuwt het uit. Met militaire precisie rukt Jurek in tegenovergestelde richting en draait de arm rond. Die is nu helemaal los en hangt alleen aan spieren en huid.

Jurek trekt de arts overeind, houdt hem staande tegen de muur en geeft hem een paar tikken in zijn gezicht zodat hij niet buiten bewustzijn raakt.

De losse arm wordt snel donker van de inwendige bloedingen.

Saga hoest, heeft moeite om lucht te krijgen.

De arts huilt als een moe kind.

Saga weet de hoek van haar lichaam een klein beetje te veranderen en trekt zo hard met haar linkerhand dat het zwart wordt voor haar ogen. Dan schiet de band plotseling los.

Ze trekt het slipje uit haar mond, haalt hijgend adem en hoest weer.

'We kunnen niet ontsnappen – er waren geen slaaptabletten in Bernies kamer,' zegt Saga snel tegen Jurek.

De hand die ze heeft losgetrokken doet verschrikkelijk zeer. Ze kan niet zien hoe ernstig gehavend hij is. Haar vingers branden als vuur.

Jurek begint de kleren van de arts te doorzoeken, hij vindt de sleutels van de celdeur en stopt ze in zijn zak.

'Wil je zien hoe ik hem onthoofd?' vraagt hij met een korte blik op Saga.

'Doe het niet, alsjeblieft... dat is toch nergens voor nodig?'

'Niets is nodig,' zegt Jurek en hij grijpt de arts bij zijn keel.

'Wacht.'

'Dan wacht ik... twee minuten, voor jou, agentje.'

'Wat bedoel je?'

'De enige fout die je hebt gemaakt is dat je alleen Bernies pink hebt gebroken,' zegt Jurek terwijl hij het toegangspasje van de arts pakt.

'Ik wou hem langzaam doden,' probeert ze nog, hoewel ze begrijpt dat het zinloos is.

Jurek slaat de arts weer in zijn gezicht.

'Ik heb allebei de codes nodig,' zegt hij.

'De codes,' mompelt de arts. 'Ik weet het niet, ik...'

Saga probeert de andere band los te krijgen, maar de vingers van haar linkerhand zijn zo ernstig gewond dat het onmogelijk is.

'Hoe wist je het?' vraagt Saga.

'Ik heb een brief naar buiten weten te krijgen.'

'Nee,' jammert de arts.

'Als Mikael Kohler-Frost zou ontsnappen en levend werd gevonden... dan nam ik aan dat de politie wel iemand zou sturen.'

Jurek vindt de mobiele telefoon van de arts, laat hem op de grond vallen en stampt hem kapot.

'Maar waarom...'

'Ik heb geen tijd,' kapt hij haar af. 'Ik moet gaan om Joona Linna om te brengen.'

Saga ziet Jurek Walter de arts de isoleercel mee uit nemen. Ze hoort hun voetstappen in de gang. Hoort hem het pasje door de lezer halen, de code intoetsen en het slot gaat zoemend open.

158

Joona belt aan bij zijn eigen voordeur en glimlacht als hij voetstappen hoort aankomen. Het slot knarst en de deur glijdt open. Joona loopt de schemerige hal in en trekt zijn schoenen uit.

'Je ziet er compleet gesloopt uit,' zegt Disa.

'Valt wel mee.'

'Wil je iets eten? Er is nog... ik kan het opwarmen...'

Joona schudt zijn hoofd en omhelst haar. Hij bedenkt dat hij nu te moe is om te praten, maar later zal hij tegen haar zeggen dat ze de reis naar Brazilië kan afzeggen. Ze hoeft Zweden niet meer uit.

Ze helpt hem zijn kleren uit te trekken en er valt een heleboel zand op de grond.

'Heb je in de zandbak gespeeld?' lacht ze.

'Even maar,' antwoordt hij.

Hij loopt naar de badkamer en gaat onder de douche staan. Zijn lichaam doet pijn als het hete water over hem heen spoelt. Hij leunt tegen de tegels en voelt zijn spieren langzaam ontspannen.

De hand die het wapen vasthield toen hij de trekker overhaalde en een ongewapende man doodschoot gloeit.

Als ik ermee leer leven dat ik daar schuldig aan ben, kan ik weer gelukkig worden, denkt hij.

Ook al wist Joona dat de Zandman dood was, ook al had hij de kogels dwars door zijn lichaam zien gaan en hem de groeve in zien rollen als een lijk in een massagraf, toch was hij erachteraan gegaan. Hij liet zich langs de steile helling naar beneden glijden, probeerde zijn snelheid af te remmen, kwam bij het lichaam, richtte zijn pistool op het achterhoofd van de man en voelde met zijn andere hand in diens hals. De Zandman was dood. Hij had het niet verkeerd gezien. De drie kogels waren allemaal dwars door zijn hart gegaan.

De gedachte dat hij niet meer bang hoeft te zijn voor de medeplichtige is zo heerlijk en hartverwarmend dat hij even kreunt.

Joona droogt zich af en poetst zijn tanden, stopt dan plotseling en luistert. Het klinkt alsof Disa aan de telefoon zit.

Als hij de slaapkamer binnenkomt, ziet hij dat Disa bezig is zich aan te kleden.

'Wat doe je?' vraagt hij terwijl hij tussen de schone lakens gaat liggen.

'Mijn baas belde,' zegt ze met een vermoeide glimlach. 'Ze schijnen bezig te zijn een kuil in Loudden dicht te gooien. De grond daar moet immers gesaneerd worden, maar nu lijken ze een oud bordspel gevonden te hebben... en ik moet er snel heen om ze tegen te houden, want als dat echt zo is...'

'Ga niet,' vraagt Joona dringend, en hij voelt zijn ogen branden van vermoeidheid.

Disa neuriet als ze een opgevouwen trui uit de bovenste la van de commode pakt.

'Ben je mijn laden aan het vullen geweest?' mompelt hij en hij sluit zijn ogen.

Disa loopt in de kamer heen en weer. Hij hoort dat ze haar haar borstelt en dan haar jack van het hangertje pakt.

Hij draait zich op zijn zij en voelt herinnering en droom samenklonteren als sneeuwvlokken.

Het lichaam van de Zandman rolt van de steile helling en komt tegen een oud fornuis tot stilstand.

Samuel Mendel krabt aan zijn voorhoofd en zegt: 'Er is helemaal niets dat erop wijst dat Jurek Walter een handlanger heeft. Maar jij moet een wijsvinger in de lucht steken en אכפיא אמלידו zeggen.'

159

Saga doet een nieuwe poging om de band rond haar rechterpols los te krijgen, maar het lukt haar niet en ze laat zich buiten adem weer op haar rug zakken.

Jurek Walter ontsnapt, denkt ze.

Paniek borrelt op in haar borst.

Ze moet Joona waarschuwen.

Saga draait haar lichaam naar rechts, maar moet het noodgedwongen opgeven.

In de verte klinkt gerammel.

Ze houdt haar adem in en luistert.

Een knarsend geluid en meerdere zware bonzen, daarna wordt het stil.

Saga begrijpt nu dat Jurek de tabletten helemaal niet nodig had, hij wilde alleen dat ze de arts haar cel in zou lokken. Jurek had de bedoelingen van Anders Rönn doorzien en hij had beseft dat de arts de verleiding bij haar naar binnen te gaan als ze om slaaptabletten vroeg niet zou kunnen weerstaan.

Dat was de hele opzet.

Daarom had hij haar straf op zich genomen, daarom moest haar gevaarlijke kant verborgen blijven.

Ze was een sirene, precies zoals hij die eerste dag had gezegd.

Jurek moest zien dat hij de arts haar cel in kreeg zonder bewaarder of verpleegkundige die in de gaten hield wat er gebeurde.

Haar vingers zijn zo ernstig gewond dat ze kreunt van de pijn als ze zich naar de zijkant uitstrekt en de gesp van de band op haar schouders lospeutert.

Nu kan ze haar schouders bewegen en haar hoofd optillen.

We zijn er allemaal ingetuind, denkt ze. We dachten dat we hem erin luisden, maar hij had me besteld, hij wist dat er iemand zou komen en vandaag kreeg hij de bevestiging dat ik zijn Trojaanse paard was.

Ze ligt even stil en haalt adem, voelt de endorfine in haar lichaam, verzamelt kracht en buigt zich opzij, bereikt met haar mond haar rechterhand en probeert de gesp met haar tanden los te maken.

Ze valt hijgend achterover, denkt dat ze personeel moet zien te vinden dat de politie kan waarschuwen.

Saga hapt naar adem en doet een nieuwe poging. Ze werkt zich overeind, houdt deze positie vast, krijgt de stevige band te pakken met haar tanden, trekt hem los en weet hem een centimeter of wat door de gesp te laten glijden. Ze zakt terug, moet bijna overgeven, wrikt en draait haar hand verschillende kanten op en is uiteindelijk vrij.

Nu heeft ze de rest van de banden in een mum van tijd los. Ze trekt haar benen bij elkaar en laat zich op de grond glijden. Haar liezen doen pijn en haar bovenbeenspieren trillen als ze haar broek aantrekt.

Blootsvoets rent ze de gang in. De ene schoen van de arts ligt in de deuropening, waardoor de veiligheidsdeur niet is dichtgevallen.

Voorzichtig opent ze de deur, luistert en loopt snel verder. De afdeling is spookachtig stil en verlaten. Ze hoort het plakkerige geluid van haar voeten op het zeil als ze de kamer rechts binnensluipt, naar de operatorplaats toe. De beeldschermen zijn donker en de ledjes van de bewakingscentrale zijn gedoofd. De stroomvoorziening van de hele beveiligde eenheid is onklaar gemaakt.

Maar ergens moet er een telefoon of een werkend alarm zijn. Saga loopt langs een paar gesloten deuren en komt in de pantry. De bestekladen zijn opengetrokken en een stoel is omgevallen.

In de gootsteen liggen een schilmesje en verkleurde appelschillen. Snel pakt Saga het kleine mesje, voelt of het lemmet scherp is en loopt verder.

Er klinkt een vreemd, pruttelend geluid.

Ze blijft staan, luistert en vervolgt haar weg.

Haar rechterhand omklemt het mes te hard.

Er zouden hier toch bewaarders en verpleegkundigen moeten zijn, maar ze durft niet te roepen. Ze is bang dat Jurek haar zal horen.

Het geluid komt uit de gang. Het klinkt als een vlieg op een stukje plakband. Ze sluipt langs de visitatieruimte en raakt bevangen door een steeds sterkere angst.

Ze knippert met haar ogen in het duister en blijft weer staan.

Het pruttelende geluid is dichterbij nu.

Behoedzaam doet ze een paar passen. De deur van de personeelskamer staat op een kier. Er brandt licht. Ze steekt haar hand uit en duwt de deur open.

Het is volkomen stil en dan hoort ze het pruttelende, borrelende geluid weer.

Ze loopt dichterbij en ziet het voeteneinde van het bed. Iemand ligt in bed en wiebelt met zijn tenen. Twee voeten in witte sokken.

'Hallo?' zegt ze op gedempte toon.

Saga bedenkt dat de bewaarder met een koptelefoon op naar muziek ligt te luisteren en niets heeft meegekregen van wat er is gebeurd. Ze doet een stap verder de kamer in.

Het bed zit helemaal onder het bloed.

Het meisje met piercings in haar wangen ligt op haar rug en haar lichaam schokt, ze staart naar het plafond, maar is misschien al niet meer bij bewustzijn.

Haar gezicht vertrekt krampachtig en tussen haar samengeperste lippen stromen bloed en lucht met een sissend geluid naar buiten.

'Mijn god...'

Het meisje heeft een tiental messteken in haar borstkas, diepe wonden recht in hart en longen. Saga kan niets meer voor haar doen, ze moet zorgen dat ze zo snel mogelijk hulp hierheen krijgt.

Bloed drupt op de grond naast de kapotgetrapte telefoon van het meisje.

'Ik ga hulp halen,' zegt Saga.

Het pruttelt tussen haar lippen en er vormt zich een bloedbelletje.

160

Saga verlaat de kamer met een hol gevoel vanbinnen.

'Jezus christus, jezus christus...'

Ze rent door de gang, met een vreemde afstandelijkheid door de schok terwijl ze de uitgang met de veiligheidssluis nadert. De bewaker zit aan de andere kant van de laatste deur. Het pantserglas maakt hem wazig en grijs.

Saga verbergt het schilmesje in haar hand om hem niet bang te maken, mindert vaart, probeert beheerst te ademen, loopt het laatste stukje en klopt op het glas.

'We hebben hulp nodig!'

Ze klopt harder, maar hij reageert niet, ze doet een stap opzij, richting de deur en ziet dat hij open is.

Alle deuren zijn open, denkt ze terwijl ze de beveiligde eenheid verlaat.

Op het moment dat Saga iets wil zeggen, ziet ze dat de bewaker dood is. Zijn keel is tot aan de nekwervels doorgesneden. Zijn hoofd lijkt haast los te hangen, als een zwabber aan een bezemsteel. Bloed is over zijn lichaam gestroomd en heeft zich in een plas onder zijn stoel verzameld.

'Oké,' zegt ze in zichzelf, en ze rent met het mes in haar hand over de natte vloer, de trap op en door het open traliehek.

Ze rukt aan de deur van de gesloten forensische afdeling. Die zit op slot, het is midden in de nacht. Ze bonst een paar keer en loopt dan verder de gang in.

'Hallo,' roept ze. 'Is daar iemand?'

De andere schoen van de arts ligt midden in de gang in het sobere plafondlicht van de tl-buizen.

Saga rent en ziet in de verte een beweging, door meerdere ruiten heen en vanuit verschillende hoeken. Het is een man die staat te roken. Hij schiet de peuk weg en verdwijnt dan naar links. Saga rent zo hard ze kan in de richting van de beglaasde uitgang en de doorloop naar het hoofdgebouw van het ziekenhuis. Ze gaat de hoek om en merkt opeens dat de vloer nat is onder haar voeten.

Ze is verblind door het licht en eerst lijkt het of de vloer zwart is, maar dan dringt de lucht van bloed tot haar door en ze moet bijna overgeven.

Een grote plas bloed is uitgelopen in de richting van de entree.

Verdwaasd loopt ze verder en ze ziet het hoofd van de jonge arts. Het ligt achteloos op de grond, naast de prullenbak rechts tegen de muur.

Jurek heeft gemikt, maar gemist, denkt ze en ze begint veel te snel te ademen.

Ze loopt door naar waar de vloer droog is terwijl gedachten hol door haar hoofd tuimelen zonder dat ze er samenhang in weet te krijgen.

Het is niet te bevatten dat dit gebeurt.

Waarom nam hij de tijd om dit te doen?

Omdat hij niet alleen maar wilde ontsnappen, beantwoordt ze de vraag zelf. Hij wilde zich wreken.

Plotseling klinken er zware voetstappen uit de doorloop naar het hoofdgebouw. Twee bewakers komen aanrennen, met kogelvrije vesten, wapens en in zwarte kleren.

'We hebben artsen nodig op de beveiligde eenheid,' roept Saga.

'Ga liggen,' zegt de jongste van de twee en nadert haar lopend.

'Het is maar een klein meisje,' zegt de andere man.

'Ik ben politieagent,' zegt ze en ze gooit het mesje weg.

Het stuitert rinkelend over het zeil en blijft voor de mannen liggen. Ze kijken ernaar, openen hun holsters en halen hun dienstpistolen tevoorschijn.

'Liggen!'

'Ik ga liggen,' zegt ze snel. 'Maar jullie moeten alarm...'

'Gadverdamme,' schreeuwt de jonge bewaker als hij het hoofd ziet. 'Godverdegodver...'

'Ik schiet,' zegt de andere man met trillende stem.

Saga zakt voorzichtig op een knie en de bewaker haast zich naar haar toe terwijl hij de handboeien van zijn riem haalt. De andere bewaker beweegt zijwaarts. Saga steekt haar handen naar voren en staat op.

'Geen enkele beweging,' zegt de bewaker gejaagd.

Ze sluit haar ogen, hoort de laarzen tegen de vloer, voelt zijn bewegingen en doet een stapje naar achteren. De bewaker buigt zich naar voren om haar handen in de boeien te slaan en op hetzelfde moment opent Saga haar ogen en geeft hem een rechtse hoek. Er klinkt een smakkend geluid als ze hem hard boven zijn oor raakt. Ze draait rond en beantwoordt de draaiende beweging van het hoofd met haar linkerelleboog.

Er klinkt alleen een korte klap.

Speeksel spat uit zijn open mond.

De beide slagen zijn zo hard dat het gezichtsveld van de bewaker binnen een tiende seconde samentrekt tot niet meer dan een speldenprik.

Zijn benen klappen onder hem weg en hij merkt niet dat Saga zijn pistool pakt. Ze ontgrendelt het wapen en weet het af te vuren voor hij tegen de grond slaat.

Saga schiet de andere bewaker twee keer recht in zijn kogelvrije vest.

De knallen echoën in de smalle gang en de bewaker doet een wankele pas achteruit. Saga vliegt op hem af en slaat met de kolf het pistool uit zijn hand.

Het wapen klettert op de grond en glijdt in de richting van het bloedspoor.

Saga schopt zijn benen onder hem vandaan, waardoor hij kreunend op zijn rug valt. De andere bewaker rolt op zijn zij en tast met zijn hand over zijn gezicht. Saga rukt de portofoon naar zich toe en doet een paar stappen opzij.

161

Joona wordt bruusk wakker gebeld. Hij was niet langzaam weggedommeld maar meteen weggezakt in een diepe slaap terwijl Disa haar werkkleding aantrok. Het is donker in de slaapkamer, maar het schijnsel van het mobieltje verlicht de muur met een bleke ellips.

'Joona Linna,' antwoordt hij zuchtend.

'Jurek Walter is ontsnapt, hij is uit de...'

'Saga?' vraagt Joona en hij komt in bed overeind.

'Hij heeft een heleboel mensen gedood,' zegt ze met hysterie in haar stem.

'Ben je gewond?'

Joona loopt door het appartement en naarmate hij begrijpt wat Saga zegt begint de adrenaline in hem te stromen.

'Ik weet niet waar hij is, hij zei dat hij jou iets zou aandoen, hij zei...'

'Disa!' roept Joona.

Hij ziet dat haar laarzen weg zijn, doet de voordeur open en roept haar naam in het trappenhuis zodat zijn stem echoot in het donker. Hij probeert zich te herinneren wat ze precies zei voor hij in slaap viel.

'Disa is naar Loudden gereden,' zegt hij.

'Sorry dat...'

Joona drukt het gesprek weg, trekt vlug kleren aan, pakt zijn schouderholster met het pistool en verlaat het appartement zonder de deur achter zich op slot te doen.

Hij rent de trappen af, de straat op naar de Dalagatan waar Carlos zijn auto heeft geparkeerd. Terwijl hij rent, belt hij Disa. Ze neemt niet op. Het sneeuwt stevig en als hij de hoge sneeuwwallen op de stoepen ziet vreest hij dat hij zijn auto misschien moet uitgraven.

Hij moet inhouden voor een bus die zo dicht langs hem rijdt dat de grond schudt. De zuiging voert verse sneeuw van een lage, brede muur mee.

Joona holt naar zijn auto, stapt in en rijdt dwars over de sneeuwwal, schraapt met de zijkant langs een geparkeerde auto en geeft gas.

Als hij snelheid maakt langs het park Tegnérlunden richting de Sveavägen, vliegt de losse sneeuw in zachte brokken van de auto.

Joona weet ineens dat alles waar hij bang voor is vannacht als een vuurstorm zal oplaaien.

Dat gebeurt van het ene moment op het andere.

Disa is alleen in haar auto onderweg naar het haventerrein Frihamnen.

Joona voelt zijn hart tegen de holster bonzen. De sneeuw slaat tegen de autoruit.

Hij rijdt nu heel snel en denkt eraan dat Disa's baas belde met het verzoek naar een vondst te komen kijken. Samuels vrouw Rebecka kreeg een telefoontje van de timmerman om eerder naar het zomerhuisje te komen dan was afgesproken.

In de brief die Susanne Hjälm aan Jurek Walter heeft gegeven moet de Zandman over Disa hebben verteld. Zijn handen trillen als hij Disa's naam in zijn mobiel markeert en haar nogmaals belt. Hij hoort het signaal overgaan en voelt het zweet over zijn rug lopen.

Ze neemt niet op. Joona draait scherp de Karlavägen in en rijdt zo hard hij maar kan.

Het heeft vast niks te betekenen, probeert hij zichzelf voor te houden. Hij moet Disa gewoon zien te bereiken en tegen haar zeggen dat ze om moet keren. Hij moet haar ergens verborgen houden tot Walter weer opgepakt is.

De auto glijdt weg in de bruine smurrie op het asfalt en een vrachtwagen moet abrupt voor hem uitwijken. Hij belt weer, maar krijgt geen gehoor.

Zo snel als mogelijk rijdt hij langs het park Humlegården. De weg is omzoomd door vuile sneeuwwallen en de straatverlichting glanst in het natte asfalt.

Weer belt hij Disa.

De verkeerslichten springen op rood, maar Joona slaat rechts af de

Valhallavägen in. Een betonwagen wijkt voor hem uit en een rode personenauto remt met gierende banden. Er klinkt een langgerekt getoeter als Disa plotseling opneemt.

162

Disa rijdt voorzichtig over de roestige spoorrails en dan het grote haventerrein voor veerdiensten en goederenoverslag op. De donkere hemel hangt laag en zit vol wervelende sneeuw.

Geel schijnsel van een hangende straatlantaarn schommelt boven een hangarachtig gebouw.

Mensen lopen met hun neus naar de grond om geen sneeuw in hun ogen te krijgen, om zich tegen de kou te beschermen. Door de sneeuwstorm heen ziet ze in de verte vaag de grote veerboot uit Tallinn, droomachtig verlicht en wazig.

Disa slaat rechts af, weg van het licht van de Bananencompagnie, rijdt langs de lage bedrijfspanden en kijkt turend de duisternis in.

Vrachtwagens rijden de veerboot naar Sint-Petersburg op.

Een groep havenarbeiders staat op een lege parkeerplaats te roken. Duisternis en sneeuw temperen en isoleren de wereld rondom het groepje.

Disa rijdt langs pakhuis 5 en de hekken door, de containerterminal op. Elke container is zo groot als een zomerhuisje en kan meer dan dertig ton wegen. Ze staan op elkaar gestapeld, tot misschien wel vijftien meter hoog.

Een plastic zak is een speelbal van de wind. Het ijs van de bevroren plassen kraakt onder haar banden.

De opgestapelde containers vormen een netwerk van gangen voor de enorme trucks en terminaltractors. Disa rijdt rechtdoor een gang in die merkwaardig smal aandoet doordat de containerwanden aan weerszijden zo hoog zijn. Ze ziet aan de sporen in de donkere sneeuw dat er onlangs een andere auto heeft gereden. Zo'n vijftig meter verderop opent de gang zich naar de aanlegplaatsen toe. De enorme olietanks van Loudden doemen vaag op achter de kranen die containers aan boord van een schip laden.

Waarschijnlijk staat de man met het bordspel daar ergens op haar te wachten.

Sneeuw waait tegen de voorruit, ze remt af, zet de ruitenwissers aan en veegt de fijne sneeuw weg.

Verderop is een grote, schorpioenachtige machine in een zijgang gestopt: roerloos zweeft een rode container vlak boven de grond.

Er zit niemand in de stuurcabine en de banden raken snel bedekt door sneeuw.

Ze schrikt een beetje als haar telefoon ineens gaat en glimlacht bij zichzelf als ze opneemt: 'Jij moest slapen,' zegt ze opgewekt.

'Vertel waar je nu bent,' zegt Joona indringend.

'In de auto onderweg naar...'

'Ik wil dat je die afspraak laat zitten en meteen terugkomt.'

'Wat is er gebeurd?'

'Jurek Walter is ontsnapt uit de beveiligde eenheid.'

'Wat zeg je?'

'Ik wil dat je onmiddellijk naar huis gaat.'

Het dimlicht vormt een aquarium vol fonkelende, wervelende sneeuw voor de auto. Ze gaat nog langzamer rijden, kijkt naar de rode container die de machine in zijn klauwen houdt en leest: 'Hamburg Süd...'

'Je moet naar me luisteren,' zegt Joona. 'Keer om en rij terug naar huis.'

'Oké, doe ik.'

Hij wacht en luistert naar haar door zijn telefoon.

'Ben je gekeerd?'

'Dat gaat hier niet... Ik moet eerst een goede plek vinden,' zegt ze zacht, als ze ineens iets vreemds ziet.

'Disa, ik begrijp dat ik misschien een beetje...'

'Wacht,' valt ze hem in de rede.

'Wat doe je?'

Ze remt nog meer af en rijdt langzaam naar een grote bult toe die midden in de containergang ligt. Het lijkt een grijze deken met duct tape, die bezig is onder te sneeuwen.

'Wat is er, Disa?' vraagt Joona gestrest. 'Ben je al omgekeerd?'

'Er ligt iets op de weg,' zegt ze en ze stopt. 'Ik kan er niet langs...'

'Rij achteruit!'

'Geef me heel even,' zegt ze en ze legt haar mobiel op de stoel naast zich.

'Disa!' roept hij. 'Niet uitstappen! Wegwezen daar! Disa!'

Ze hoort hem niet, want ze is uitgestapt en loopt verder. Fijne sneeuw wervelt door de lucht. Het is bijna volkomen stil en het licht van de hoge kranen valt niet in de diepe gang van gestapelde metalen kisten.

Er ontstaan eigenaardige tonen als de wind zich tussen de containers hoog boven haar perst.

In de verte knippert het waarschuwingslicht van een enorme vorkheftruck. De gele flikkeringen worden opgevangen door de vallende sneeuw.

Disa raakt vervuld van een plechtig, noodlottig gevoel als ze verder loopt in de stilte. Ze bedenkt dat ze de bundel opzij gaat slepen zodat ze erlangs kan, maar stopt dan en probeert haar blik te focussen.

De truck verdwijnt om een hoek en het enige wat rest is het ijskoude dimlicht van haar koplampen en die eeuwige sneeuwval.

Er lijkt iets onder de grijze deken te bewegen.

Disa knippert met haar ogen en aarzelt.

Alles is op dit moment zo wonderlijk stil en vredig. Sneeuwvlokken dwarrelen langzaam uit de dichte hemel.

Disa blijft staan en voelt haar hart bonzen in haar borst, waarna ze de laatste meters overbrugt.

163

Joona rijdt te snel als hij op de rotonde links afslaat, het voorspatbord knalt tegen de sneeuwwal, de banden denderen over de verijsde sneeuw. Hij draait aan het stuur, glijdt een stukje opzij, geeft meer gas, komt van de stoep af en rijdt zonder veel vaart te verliezen de Lindarängsvägen op.

De enorme grasvelden van Gärdet liggen onder de sneeuw en als een witte zee strekken ze zich uit naar Norra Djurgården.

Op het rechte stuk haalt hij een bus in, bereikt een snelheid van honderdzestig kilometer per uur, passeert woningen van gele baksteen. De auto slingert in de diepe wielsporen als hij vaart mindert om links af te slaan naar de haven. Sneeuw en ijs spatten op tegen de voorruit. Door het hoge hek rond de haven ziet hij in het nevelige schijnsel van de kraan dat er een lang, smal schip met containers wordt beladen.

Een roestbruine goederentrein is op weg naar de Frihamnen.

Joona richt zijn blik op de sneeuwwervelingen, de heiige duisternis en de verlaten loodsen. Met een scherpe bocht rijdt hij het haventerrein op, glijdt de vluchtheuvel over, vieze smurrie spat op, de banden spinnen.

De spoorbomen dalen, maar Joona geeft gas en de bomen bonken tegen het dak van de auto.

Hij scheurt het haventerrein op. Mensen komen aanlopen van de Tallink-terminal, een dunne sliert zwarte gestalten verdwijnt in het donker.

Ze kan niet ver weg zijn. Ze heeft de auto stilgezet en is uitgestapt. Iemand heeft haar afspraak verzet. Haar gedwongen hierheen te komen. Haar uit de auto laten stappen.

Hij toetert, mensen stappen opzij, een vrouw laat een koffer op wieltjes vallen en Joona rijdt er dwars overheen. Er klinkt geknars vanonder de auto.

Een vrachtwagen rijdt dreunend over de roro-laadklep de veerboot naar Sint-Petersburg binnen. Grote kluiten bruine, samengeperste sneeuw blijven achter op de grond.

Joona rijdt langs een lege parkeerplaats tussen pakhuis 5 en 6 en dan de hekken door naar de containerterminal.

Het terrein lijkt wel een stad met smalle straten en flatgebouwen zonder ramen. Hij ziet iets vanuit zijn ooghoek en remt abrupt, rijdt met gierende banden achteruit.

Disa's auto staat in de gang recht voor hem. Hij is bedekt met een dun laagje sneeuw. Het voorportier staat open. Joona zet zijn auto stil en rent erheen. De motor is nog warm. Hij kijkt in de auto, er zijn geen sporen van geweld of strijd.

Hij inhaleert de ijzige lucht.

Disa is de auto uit gegaan en naar voren gelopen. Sneeuw vult haar sporen, maakt ze zacht.

'Nee,' fluistert hij.

Tien meter voor haar auto is de sneeuw platgetreden en een sleepspoor leidt naar opzij, niet meer dan een meter tussen de hoge wanden van containers in, waarna het ophoudt.

Onder de verse poedersneeuw is vagelijk een parelketting van bloeddruppels te zien.

Verderop is de sneeuw glad en onaangeroerd.

Joona weet zich ervan te weerhouden haar naam te roepen.

IJskristallen vallen kletterend op de containers. Hij doet een paar passen naar achter en ziet vijf ISO-containers op twintig meter hoogte in de lucht schommelen. Op de onderste staat in witte letters op rood metaal: Hamburg Süd.

Die woorden had hij Disa vlak voor het gesprek werd afgebroken horen zeggen.

Joona rent door de gang naar de kraan met de container. De sneeuw is diep, hij verstapt zich op een stuk ijzer, knalt met zijn schouder tegen een gele container, maar loopt door.

Hij komt uit bij aanlegplaats 5 en kijkt rond. Zijn hart gaat als een razende tekeer. Een havenarbeider met een helm op praat in een walkietalkie. Sneeuw valt in het licht van de schijnwerpers, wervelt boven het zwarte water.

Een enorme kraan op rails is bezig een containerschip naar Rotterdam te laden.

Joona ziet een glimp van de rode container met de letters Hamburg Süd en begint te rennen.

Zo'n honderd containers met verschillende kleuren en rederijnamen zijn al achter de nieuwe ingeladen.

Twee havenarbeiders in stevige kleding en knaloranje veiligheidsvesten lopen snel over de kade. Een van hen wijst in de richting van de hoge kapiteinsbrug van het schip.

164

Joona tuurt door de dicht vallende sneeuw, springt over een betonnen balk en komt bij de kade. Het drijfijs in het zwarte water slaat rinkelend tegen de romp van het schip. De geur van zee wordt vermengd met die van diesel uit de vier rupsbandtractoren.

Joona klimt aan boord, loopt snel langs de reling, duwt een krat met harpsluitingen opzij en vindt een schep.

'Hé daar,' roept een man achter hem.

Joona trapt dwars door een natte kartonnen doos, rent verder, ziet tussen bahco's, hijshaken en een roestige ketting een voorhamer liggen. Hij gooit de schep neer, pakt de hamer en rent naar de rode container toe. Die is groot genoeg voor vier auto's. Hij slaat er met zijn hand op en er klinkt een doffe echo in het metaal.

'Disa,' roept hij terwijl hij om de container heen loopt.

Er zit een stevig containerslot op de dubbele deuren. Hij laat de voorhamer omlaag hangen, zwaait hem dan met enorme kracht naar achteren en rond. Een harde knal en gerammel als slot en zegel verbrijzeld worden. Hij laat de hamer op het dek vallen en opent de deuren.

Geen Disa.

In het duister staan alleen twee BMW-sportwagens.

Joona weet niet wat hij moet doen. Zijn blik gaat terug naar de kade, naar de enorme opstelplaats voor containers.

Een terminaltractor met knipperend licht verplaatst stukgoed.

Door de sneeuw zijn in de verte vaag de contouren van Louddens olietanks zichtbaar.

Joona veegt langs zijn mond en loopt terug.

Een kraan plaatst een aantal grijze containers op een goederentrein en meer dan driehonderd meter verderop, in een hoek van de kade, rijdt een vrachtwagen met een vuil dekzeil het roro-schip naar Sint-Petersburg op.

Daarachter volgt een truck met een rode ISO-container.

Aan de zijkant van de container staan de woorden Hamburg Süd.

Joona probeert uit te maken wat de snelste route is.

'Je mag hier niet komen,' roept een man achter hem.

Joona draait zich om en ziet een grote havenarbeider met helm, knaloranje veiligheidsvest en stevige handschoenen.

'Rijksrecherche,' zegt Joona vlug. 'Ik zoek naar een...'

'Hou je kop,' kapt de man hem af. 'Het maakt niet uit wie je bent, je mag niet zomaar aan boord...'

'Bel je baas en zeg hem dat...'

'Jij wacht hier, dan kun je alles aan de bewakers uitleggen die zo...'

'Hier heb ik geen tijd voor,' zegt Joona en hij draait zich om.

De havenarbeider pakt hem stevig bij zijn schouder. In een reflex draait Joona rond, slaat zijn arm over de arm van de man en draait zijn elleboog omhoog.

Het gaat heel snel.

De havenarbeider moet vanwege de pijn in zijn schoudergewricht achteroverbuigen en Joona schopt in dezelfde beweging zijn voeten weg, waardoor hij onverwachts valt.

In plaats van de arm te breken, laat Joona hem los, waardoor de man op de grond ploft.

De grote kraan dreunt en het wordt plotseling donker als het licht van de schijnwerpers wordt belemmerd door de lading die nu recht boven hem hangt.

Joona pakt de voorhamer en loopt snel weg, maar een jongere havenarbeider in veiligheidskleding met een zware bahco in zijn hand verspert hem de weg.

'Kijk uit,' zegt Joona met zware stem.

'Je moet hier wachten tot de mensen van beveiliging er zijn,' zegt de havenarbeider met bange ogen.

Joona stoot met zijn hand tegen de borst van de man om erlangs te kunnen. Die doet een stap opzij en haalt dan uit met de bahco. Joona stopt de slag met zijn arm, maar wordt toch geraakt op zijn schouder.

Hij kreunt van de pijn en verliest zijn greep om de hamer. Met een bons belandt die op het dek. Joona grijpt de achterkant van de helm van de havenarbeider, trekt hem naar beneden en slaat de man hard boven zijn oor, zodat hij op zijn knieën zakt en het uitschreeuwt.

165

Joona rent door de sneeuw langs de kade, de voorhamer hangt naast zijn zij. Hij hoort geroep achter zich. Grote ijsschotsen draaien zich om in de waterbrij. Het water stijgt, wordt tegen de kade gedrukt en spuit omhoog.

Joona rent de roro-laadklep op, de veerboot naar Sint-Petersburg in. Hij loopt langs de rijen warme, dampende personenauto's, trailers en vrachtwagens. Het licht komt van lampen in de wanden. Achter een grijze container aan de kant van het achterschip is vaag een rode zichtbaar.

Een man probeert uit zijn auto te stappen, maar Joona drukt het portier domweg dicht om erlangs te kunnen. De voorhamer slaat tegen een bout in de wand van het schip. Hij voelt de trilling in zijn arm en schouder.

De stalen vloer is nat van gesmolten sneeuw. Joona trapt een paar afzetpylonen weg en loopt door.

Hij bereikt de rode container, bonst op de deuren en roept. Het slot zit hoog. Hij moet op de auto erachter – een zwarte Mercedes – klimmen en op de motorkap gaan staan om erbij te kunnen. De carrosserie deukt in onder zijn gewicht, de zwarte lak breekt. Hij zwaait met de voorhamer en met de eerste klap slaat hij het slot kapot. Het rammelende geluid weerkaatst tussen de wanden en het dak. Joona laat de hamer op de motorkap liggen. Hij opent de container. De ene deur zwenkt open en schraapt langs de bumper van de Mercedes.

'Disa!' roept hij de container in.

De ruimte staat vol witte kartonnen dozen met de naam Evonik op de zijkant. Dicht op elkaar gepakte dozen, met staalband vastgesjord op pallets.

Joona pakt de hamer en loopt verder naar het achterschip, langs personenauto's en vrachtwagens. Hij merkt dat hij moe begint te worden. Zijn armen trillen van inspanning. Het inladen van de veerboot is voltooid en de boegdeuren worden neergelaten. De machines dreunen en de roostervloer schudt als de boot vertrekt. IJs beukt tegen de romp. Hij is bijna achteraan als hij nog een rode container met de tekst Hamburg Süd ziet.

'Disa,' roept hij.

Hij rent om de containervrachtwagen heen, stopt en kijkt naar het blauwe slot. Hij veegt water uit zijn gezicht, pakt de voorhamer en merkt de persoon die hem van achteren nadert niet op.

Joona tilt de hamer op en net als hij wil slaan krijgt hij een harde stomp in zijn rug. Het doet pijn, de stoot dreunt door in zijn longen en het wordt zwart voor zijn ogen. Hij laat de hamer vallen, klapt voorover, knalt met zijn voorhoofd tegen de container en smakt tegen de grond. Hij rolt opzij en staat op, er stroomt bloed in een oog, hij struikelt en zoekt steun tegen een auto.

Voor hem staat een vrij lange vrouw met een honkbalknuppel op haar schouder. Ze ademt snel en de bodywarmer spant rond haar borsten. Ze doet een stap opzij, blaast een blonde piek uit haar gezicht en maakt zich op voor de volgende slag.

'Je blijft verdomme van mijn lading af,' schreeuwt ze.

Ze haalt opnieuw uit, maar Joona beweegt zich snel, hij loopt recht op haar af, pakt haar bij de keel, trapt met zijn voet in haar knieholte waardoor haar been wegklapt, werkt haar tegen de grond en richt zijn pistool op haar.

'Rijksrecherche,' zegt hij.

Ze ligt kermend op de grond en kijkt toe terwijl hij de hamer oppakt, deze met beide handen omvat, zwaait en het slot kapotslaat. Een metalen kap belandt kletterend een decimeter bij haar gezicht vandaan.

Joona opent de deuren, maar de container is gevuld met grote dozen met tv-toestellen. Hij rukt er een paar uit om in de container te kijken, maar geen Disa. Hij veegt het bloed uit zijn gezicht, rent verder langs de auto's, voorbij een zwarte container, de trap op naar het bovendek.

Joona vliegt naar de reling. Hij ademt hijgend in de koude lucht. Voor het schip is de zwarte geul door het witte ijs zichtbaar die een ijsbreker door de scherenkust naar open zee heeft vrijgemaakt.

Een mozaïek van gebroken ijs deint rond een boei.

De veerboot is twintig meter van de kade en ineens kan Joona het haventerrein overzien. De hemel is zwart, maar het terrein wordt verlicht door schijnwerpers.

Door de sneeuw ziet hij dat de grote kraan een goederentrein laadt. Joona's hart knijpt samen van angst als hij ontdekt dat er drie wagons beladen zijn met dezelfde rode containers.

Hij loopt naar het achterschip, pakt zijn telefoon, belt de alarmcentrale en eist dat alle transport vanuit de Frihamnen in Stockholm wordt stopgezet. De dienstdoende centralist weet wie Joona is en verbindt hem door met de regiocommissaris.

'Al het treinverkeer vanuit de Frihamnen moet worden stopgezet,' herhaalt hij hijgend.

'Dat is onmogelijk,' antwoordt ze kalm.

Er valt dichte sneeuw boven de grote containerterminal.

Hij klimt op de meertouwlier en vandaar op de reling. Hij ziet een reachstacker een rode container naar een wachtende vrachtwagen toe rijden.

'Al het transport moet worden stilgezet,' zegt Joona weer.

'Dat is niet uitvoerbaar,' zegt de regiocommissaris. 'Het enige wat we kunnen doen is...'

'Dan doe ik het zelf,' zegt Joona kort en hij springt.

De ontmoeting met het water van nul graden voelt alsof hij wordt getroffen door een bliksem van ijs, alsof hij een injectie adrenaline direct in zijn hart krijgt. Het dreunt in zijn oren. Zijn lichaam kan de sterke afkoeling niet aan. Joona zinkt in het zwarte water, verliest een paar seconden het bewustzijn en droomt van de bruidskroon van gevlochten berkenwortels. Hij heeft geen contact met zijn handen en voeten, maar bedenkt dat hij boven moet zien te komen, hij schopt met zijn benen en weet de neergaande beweging uiteindelijk te stoppen.

166

Joona breekt door het wateroppervlak, komt boven het drijfijs uit, probeert kalm te blijven en ademt in.

Het is verschrikkelijk koud.

De kou explodeert in zijn hoofd, maar hij is bij bewustzijn.

Zijn tijd als parachutist heeft hem gered – het lukte hem de reflex om naar adem te happen te onderdrukken.

Met verdoofde armen en zware kleren zwemt hij door het zwarte water. Het is niet ver naar de kade, maar zijn lichaamstemperatuur daalt duizelingwekkend snel. IJsschotsen buitelen rondom hem. Hij is het gevoel in zijn voeten al kwijt, maar blijft trappelen met zijn benen.

Golven slaan over zijn gezicht.

Hij hoest en voelt de kracht uit zich wegvloeien. Het wordt zwart voor zijn ogen, maar hij dwingt zichzelf voorwaarts, doet nieuwe zwemslagen en bereikt ten slotte de kade. Met bibberende handen probeert hij grip te krijgen op de stenen, de dunne voegen. Hij drijft hijgend zijwaarts en stuit op een hangende ijzeren trap.

Het water plonst onder hem als hij begint te klimmen. Zijn handen vriezen vast aan het metaal. Hij valt bijna flauw, maar klautert met zware passen verder.

Kreunend rolt hij de kade op, komt overeind en loopt in de richting van de vrachtwagen.

Met trillende hand voelt hij of hij zijn pistool nog heeft.

Het bijt in zijn huid als de sneeuw in zijn natte gezicht waait. Zijn lippen zijn gevoelloos en zijn benen schokken heftig.

Hij rent de smalle gang tussen de stapels donkere containers in om de vrachtwagen te bereiken voordat deze het haventerrein verlaat. Door de gevoelloosheid in zijn ledematen struikelt hij, hij stoot zijn schouder, zoekt steun tegen een container en klimt over een sneeuwwal.

Hij komt uit in het licht van de schijnwerper, voor de vrachtwagen met de rode container met de tekst Hamburg Süd.

De chauffeur is achter de oplegger bezig om de remlichten te controleren als hij Joona ziet aankomen.

'Heb je in het water gelegen?' vraagt hij terwijl hij een stap naar achter doet. 'Jezus, man, je vriest dood als je niet maakt je binnen komt.'

'Open de rode container,' murmelt Joona. 'Ik ben van de politie, ik moet...'

'Daar gaat de douane over, ik kan hem niet zomaar openen...'

'Rijksrecherche,' onderbreekt Joona hem met zwakke stem.

Hij heeft moeite zijn blik te focussen en hoort zelf hoe onsamenhangend hij klinkt als hij probeert uit te leggen welke bevoegdheden de rijksrecherche heeft.

'Ik heb de sleutels niet eens,' zegt de chauffeur met een vriendelijke blik. 'Alleen een betonschaar en...'

'Schiet op,' smeekt Joona hem en hij hoest vermoeid.

De chauffeur rent om de vrachtwagen heen, klimt naar de cabine, buigt zich naar binnen en zoekt achter de passagiersstoel. Als hij een lange betonschaar naar zich toe trekt, komt er een paraplu mee die op de grond valt.

Joona bonst op de container en roept Disa's naam.

De chauffeur rent terug en loopt rood aan als hij de poten van de betonschaar samenperst.

Er klinkt een knal als het slot kapot springt.

Het luik van de container zwaait met knarsende scharnieren open De ruimte is tot het plafond gevuld met dozen op pallets, vastgesjord met spanbanden.

Zonder een woord te zeggen pakt Joona de betonschaar en loopt verder. Hij heeft het zo koud dat hij schudt en zijn handen doen vreselijk zeer.

'Je moet naar het ziekenhuis,' roept de man hem na.

167

Joona loopt zo snel hij kan in de richting van de spoorbaan. De zware betonschaar slaat tegen de compacte sneeuwwallen, waardoor het trilt in zijn schouder. De goederentrein bij het goederendepot is net in beweging gekomen, zwaar knarsend wiegt hij voorwaarts. Joona probeert te rennen, maar zijn hartslag is zo langzaam dat het brandt in zijn borstkas. Hij gaat omhoog langs de besneeuwde spoordijk, glijdt uit en stoot met zijn knie tegen het grind, laat de betonschaar vallen, komt weer op de been en struikelt de spoorbaan op. Hij heeft geen gevoel meer in zijn handen en voeten. De bevingen zijn onbeheersbaar geworden en hij ervaart een beangstigende verwarring over het feit dat hij het zo verschrikkelijk koud heeft.

Zijn gedachten zijn wonderlijk, traag en onsamenhangend. Hij weet alleen dat hij de trein moet tegenhouden.

De zware goederentrein begint vaart te maken en komt knerpend dichterbij. Joona staat midden op de spoorbaan, richt zijn blik op de frontlichten en steekt zijn hand op. De trein toetert en hij ziet vaag het silhouet van de machinist in de cabine. De spoordijk trilt van de vibraties onder zijn voeten. Joona pakt zijn pistool, heft het en schiet de voorruit van de locomotief kapot.

Glassplinters wervelen over het dak en waaien weg. De echo van de knal stuitert snel en hard tussen de opgestelde containers.

Papieren fladderen door de cabine en het gezicht van de machinist is volledig uitdrukkingsloos. Joona heft zijn wapen weer en richt recht op de man. De trein remt dreunend. Geschraap over de rails en de grond schudt. De locomotief glijdt met knarsende remmen door en komt drie meter voor hem sissend tot stilstand.

Joona valt bijna als hij van de rails stapt. Hij raapt de betonschaar op en wendt zich tot de machinist.

'Open de rode containers,' zegt hij.

'Ik heb geen bevoegdheid...'

'Doe het gewoon,' roept Joona en hij gooit de betonschaar op de grond.

De machinist klimt naar beneden en pakt de betonschaar. Joona loopt met hem langs de trein en wijst op de eerste rode container. Zwijgend klimt de man op de eerste roestbruine koppeling en knipt het slot open. Er klinkt gerommel als de deur geopend wordt en tv-toestellen in grote kartonnen dozen eruit vallen.

'De volgende,' fluistert hij.

Joona begint te lopen, laat het pistool vallen, raapt het weer op uit de sneeuw en loopt langs de treinstellen naar achter. Ze passeren acht wagons eer ze de volgende rode container met de tekst Hamburg Süd tegenkomen.

De machinist knipt het slot open, maar krijgt de stevige balk niet weg. Hij slaat erop met de betonschaar en het geluid van metaal op metaal echoot desolaat over het haventerrein.

Joona wankelt naar voren, duwt de balk met een schrapend geluid omhoog en de grote metalen deur zwaait open.

Disa ligt op de roestige containervloer. Haar gezicht is bleek en haar open ogen staan verbaasd. Ze is een laars verloren en haar haar zit vastgevroren rond haar hoofd.

Disa's mond is verstijfd in een mengeling van angst en verdriet.

Aan de rechterkant van de lange ranke hals zit een diepe snee. De plas bloed onder haar hals en nek heeft al een glanzend laagje ijs.

Voorzichtig tilt Joona haar uit de container en doet een paar passen.

'Ik weet dat je leeft,' zegt hij, en hij valt op zijn knieën met Disa in zijn armen.

Er stroomt een beetje bloed over zijn hand, maar haar hart klopt niet meer. Het is voorbij, onherroepelijk voorbij.

'Dit niet,' fluistert Joona tegen haar wang. 'Jij niet...'

Langzaam wiegt hij haar terwijl de sneeuw neerdaalt. Hij merkt niet dat er een auto stopt en is zich er niet van bewust dat Saga Bauer aan komt rennen. Ze is blootsvoets en draagt alleen een broek en T-shirt.

'Er is versterking onderweg,' roept ze terwijl ze dichterbij komt. 'Jezus, wat heb je gedaan? Je hebt hulp nodig...'

Saga schreeuwt en vloekt in haar portofoon en als in een droom hoort Joona dat ze de machinist opdraagt zijn jas uit te trekken waarna ze die over zijn schouders legt. Dan laat ze zich achter hem op de grond zakken en houdt hem vast terwijl de sirenes van de politiewagens en ambulances over het haventerrein schallen.

Onder de gele traumaheli stuift de sneeuw in een cirkel op van de grond. De heli landt schommelend op zijn ijzers. Het is een oorverdovend lawaai en de machinist loopt achteruit, weg bij de man die de dode vrouw in zijn armen houdt.

De rotorbladen blijven draaien terwijl het ambulancepersoneel uit de heli springt en met wapperende kleren naar de lichamen toe rent.

Door de zuiging van de heli waait er allerlei rommel in het hoge hek. Het voelt alsof bij iedereen de adem wordt afgesneden.

Joona is bijna buiten bewustzijn als het ambulancepersoneel hem dwingt Disa's dode lichaam los te laten. Zijn ogen staan troebel en zijn handen zijn wit van bevriezing. Hij praat onsamenhangend en verzet zich als ze proberen hem te laten liggen.

Saga huilt als ze ziet dat hij op een brancard wordt weggedragen en de traumaheli in wordt gehesen. Ze begrijpt dat er heel veel haast geboden is.

Het geluid van de rotorbladen verandert als ze recht opstijgen en schommelen in een terugslaande rukwind.

De rotor helt voorover en de heli verdwijnt boven de stad.

Terwijl ze zijn kleren openknippen, zakt Joona weg in een soort halfdode toestand. Zijn ogen zijn nog open maar zijn pupillen zijn verwijd en zo stijf dat ze niet meer reageren op licht. Zijn ademhaling en hartslag zijn niet meer waarneembaar.

Joona's lichaamstemperatuur is onder de 32 graden gezakt als ze dalen om te landen op het heliplatform op gebouw P8 van het Karolinska-ziekenhuis.

168

De politie is snel ter plaatse in de Frihamnen en na een paar minuten gaat er al een opsporingsbericht uit voor een zilvergrijze Citroën Evasion. De auto van Jurek Walter is door meerdere bewakingscamera's geregistreerd toen hij het haventerrein op reed, vijftien minuten voordat Disa Helenius met haar auto arriveerde. Dezelfde bewakingscamera's hebben ook geregistreerd dat Walters auto het terrein zeven minuten nadat Joona Linna ter plaatse was, heeft verlaten.

Alle surveillancewagens in Stockholm en twee Eurocopters 135 worden bij het zoeken ingezet. Het is een massale inzet en al vijftien minuten na het opsporingsbevel wordt het verdachte voertuig op de brug Centralbron gezien, waarna het de Söderledstunnel in verdwijnt.

De politie zet onmiddellijk met loeiende sirenes en zwaailichten de achtervolging in en terwijl er wegafzettingen worden opgericht bij de uitvalswegen, slaat er een lichtflits van een grote explosie uit de tunnel.

De hooverende helikopter schommelt heftig, maar de piloot weet de krachtige schok op te vangen. De drukgolf slingert stof en scherven over de rijbanen en de treinsporen, helemaal tot op het besneeuwde ijs van de Riddarfjärden.

*

Het is half vijf 's ochtends en Saga Bauer zit op het ritselende beschermpapier van een onderzoekstafel terwijl een arts haar wonden hecht.

'Ik moet gaan,' zegt ze en ze kijkt naar het stoffige tv-scherm aan de muur.

De dokter is net bezig haar linkerhand te verbinden als het nieuws over het grote auto-ongeluk verschijnt.

Een verslaggever vertelt met serieuze stem over de grootschalige achtervolging in het centrum van Stockholm die eindigde in een ernstig eenzijdig ongeval met dodelijke afloop in de Söderledstunnel.

'Het ongeluk gebeurde om half drie vannacht,' zegt de verslaggever. 'Dat is waarschijnlijk de reden dat er niet meer auto's bij betrokken zijn. De politie garandeert dat de weg op tijd vrij is voor de ochtendspits, maar wil verder geen commentaar geven.'

Op tv is te zien hoe zwarte rook met een enorme snelheid uit de Söderledstunnel walmt. De wolk omhult het Hilton Hotel in golvende rouwsluiers en dunt langzaam uit over Södermalm.

Saga weigerde naar het ziekenhuis te gaan voordat ze bevestigd had gekregen dat Jurek Walter dood was. Twee collega's van Joona van de rijksrecherche hebben met haar gepraat. Om geen tijd te verliezen waren hun technisch rechercheurs tijdens de bluswerkzaamheden met de brandweermannen mee de tunnel in gegaan. De enorme explosie had zowel de armen als het hoofd van zijn lichaam gerukt.

In de tv-studio zitten nu een politicus en een vrouwelijke presentator met gezichten zwaar van de slaap over gevaarlijke achtervolgingen door de politie te discussiëren.

'Ik moet gaan,' zegt Saga en ze laat zich van de onderzoekstafel af glijden.

'De wonden op je benen moeten...'

'Hoeft niet,' zegt ze, en ze verlaat de behandelkamer.

169

Joona wordt wakker in het ziekenhuis doordat hij het koud heeft. Waar de warme infuusvloeistof langzaam zijn armen binnendruppelt, kriebelt het. Een verpleegkundige staat bij zijn bed en grijnst breed naar hem als Joona tussen zijn oogleden door gluurt.

'Hoe voel je je?' vraagt de man en hij buigt zich naar voren. Joona probeert zijn naamplaatje te lezen, maar het lukt hem niet de letters stil genoeg te laten staan.

'Ik heb het koud,' zegt hij.

'Over twee uur zou je lichaamstemperatuur weer normaal moeten zijn. Ik zal je wat warm sap geven...'

Joona probeert rechtop te gaan zitten om te drinken, maar dan voelt hij een steek in zijn blaas. Hij trekt de voorverwarmde deken weg en ziet dat er twee dikke naalden recht zijn buik in gaan.

'Wat is dat?' vraagt hij zwakjes.

'Buikspoeling,' zegt de verpleegkundige. 'We warmen je lichaam van binnenuit op... Op dit moment heb je twee liter warme vloeistof in je buik.'

Joona sluit zijn ogen en probeert zich dingen te herinneren. Rode containers, het drijfijs en de shock in zijn lichaam toen hij van de boot zo in het afgrijselijk koude water sprong.

'Disa,' fluistert Joona, en hij voelt dat hij kippenvel op zijn armen krijgt.

Hij leunt achterover in het kussen en kijkt op naar de warme luchtventilator maar voelt alleen maar kou.

Na een poosje gaat de deur open en komt er een lange vrouw binnen met opgestoken haar en een nauwsluitende zijden jumper onder haar doktersjas. Het is Daniella Richards, die hij al vaker ontmoet heeft.

'Joona Linna,' zegt ze somber. 'Ik vind het zo erg voor je...'

'Daniella,' valt Joona haar hees in de rede. 'Wat heb je met me gedaan?'

'Je was zwaar onderkoeld, weet je dat nog? Toen je binnen werd gebracht dachten we dat je dood was.'

Ze gaat op de rand van het bed zitten.

'Je beseft misschien niet wat een ongelofelijke mazzel je hebt gehad,' zegt ze langzaam. 'Geen ernstige verwondingen, naar het schijnt... We warmen je organen van binnenuit op.'

'Waar is Disa? Ik moet...'

Zijn stem breekt. Er is iets met zijn denken, met zijn hoofd. Hij kan de woorden niet fatsoenlijk ordenen. Al zijn herinneringen zijn als gebroken ijs in zwart water.

De dokter slaat haar ogen neer en schudt haar hoofd. Er ligt een diamantje in het kuiltje van haar hals.

'Ik vind het zo erg voor je,' herhaalt Daniella zacht.

Terwijl ze over Disa vertelt, vult haar gezicht zich met minimale, verdrietige spasmen. Joona kijkt naar de aderen in haar handpalm, ziet haar pols kloppen en haar borstkas op en neer gaan onder de groene jumper. Hij probeert te begrijpen waar ze het over heeft, sluit zijn ogen en plotseling komen de gebeurtenissen zijn bewustzijn binnenstormen. Disa's witte gezicht, de snee in haar hals, de angstige mond en haar voet zonder laars met nylonkous.

'Laat me met rust,' zegt hij met lege, hese stem.

170

Joona Linna ligt stil en voelt de glucose in zijn aderen en de warme lucht van de stellage boven zijn bed, maar hij wordt niet warm.

Koude rillingen trekken bij vlagen door zijn lichaam en af en toe verdwijnt zijn gezichtsvermogen en wordt alles zwart en knetterend donker.

Verlangen naar zijn wapen, om de loop in zijn mond te zetten en de trekker over te halen, fladdert door zijn hoofd.

Jurek Walter is ontsnapt.

En Joona weet dat hij zijn vrouw en dochter nooit meer zal kunnen ontmoeten. Ze zijn voor eeuwig van hem afgenomen, op dezelfde manier als Disa uit zijn handen is gerukt. Walters tweelingbroer besefte dat Summa en Lumi nog in leven waren. Joona weet dat het slechts een kwestie van tijd is tot Walter zelf dat ook beseft.

Joona probeert te gaan zitten, maar het lukt hem niet.

Het is onmogelijk.

Het gevoel dat hij met de seconde dieper in het mozaïek van gebroken ijs wegzakt, wil maar niet wijken.

Hij blijft maar rillen.

Plotseling gaat de deur open en komt Saga Bauer binnen. Ze heeft een zwart jack en een donkere spijkerbroek aan.

'Jurek Walter is dood,' zegt ze. 'Het is voorbij. We hebben hem in de Söderledstunnel te pakken gekregen.'

Ze staat bij het bed en kijkt naar Joona Linna. Hij heeft zijn ogen weer gesloten. Haar hart lijkt stil te blijven staan. Hij ziet er verschrikkelijk ziek uit. Zijn gezicht is bijna wit en zijn lippen zijn lichtgrijs.

'Ik ga nu naar Reidar Frost toe,' vertelt Saga. 'Hij moet weten dat Felicia leeft. De artsen zeggen dat ze het gaat redden. Je hebt haar leven gered.'

Hij hoort wat ze zegt en wendt zijn gezicht af, houdt zijn ogen gesloten om zijn tranen terug te dringen – en plotseling doorziet hij het patroon.

Walter is bezig een cirkel van wraak en bloed te sluiten.

Joona repeteert de gedachte voor zichzelf, bevochtigt zijn lippen, ademt een paar keer en zegt dan zacht: 'Jurek Walter is op weg naar Reidar.'

'Jurek Walter is dood,' herhaalt Saga. 'Het is voorbij...'

'Hij zal Mikael weer pakken... hij weet niet dat Felicia vrij is... hij mag niet weten dat ze...'

'Ik ga naar Reidar toe om te vertellen dat jij zijn dochter hebt gered,' zegt ze weer.

'Hij heeft Mikael alleen maar uitgeleend, hij is onderweg om hem opnieuw te pakken.'

'Waar heb je het over?'

Joona's ogen keren terug naar Saga en de grijze blik is zo hard dat ze huivert.

'De slachtoffers zijn niet degenen die opgesloten zaten of in graven belandden,' zegt hij. 'De slachtoffers zijn degenen die achterbleven, zij die wachtten... tot ze niet meer in staat zijn te wachten.'

Ze legt een kalmerende hand op de zijne.

'Ik moet gaan...'

'Neem mijn pistool mee,' zegt hij.

'Ik ga er alleen maar heen om Reidar te vertellen dat...'

'Doe wat ik zeg,' kapt hij haar af.

171

Als Saga bij het landhuis aankomt, is het nog lang geen dag. Het oude huis rust in de kou en het diepe zwart van de ochtend. Alleen achter een raam op de benedenverdieping brandt licht.

Saga stapt uit de auto en loopt rillend over het voorplein. De sneeuw is onaangeroerd en de duisternis boven de velden lijkt uit de oertijd te stammen.

Er schijnen zelfs geen sterren aan de nachtelijke hemel.

Het enige wat je hoort is het bruisen van open water.

Ze nadert het huis en ziet een man aan de keukentafel zitten, met zijn rug naar het raam. Voor hem op tafel ligt een boek. Hij drinkt langzaam uit een wit kopje.

Saga loopt verder over het besneeuwde voorplein, het bordes op naar de grote voordeur en belt aan. Even later doet de man die aan de keukentafel zat open.

Het is Reidar Frost.

Hij is gekleed in een gestreepte pyjamabroek en een T-shirt. Zijn baardstoppels zijn wit en zijn gezicht is doorwaakt en broos.

'Dag, mijn naam is Saga Bauer en ik werk bij de veiligheidsdienst.'

'Kom binnen,' zegt hij met krachteloze stem.

Ze loopt een paar passen de donkere hal met de brede trap naar de bovenverdieping in. Reidar doet een stap opzij. Zijn kin begint te trillen en hij slaat een hand voor zijn mond.

'Nee, niet Felicia, niet...'

'We hebben haar gevonden,' haast Saga zich te zeggen. 'Ze leeft, ze gaat het redden...'

'Ik moet... ik...'

'Ze is erg ziek,' vertelt Saga. 'Je dochter heeft de veteranenziekte in een vergevorderd stadium, maar ze gaat het redden.'

'Ze gaat het redden,' fluistert Reidar. 'Ik moet erheen, ik moet haar zien.'

'Om zeven uur wordt ze van de intensive care overgeplaatst naar de afdeling infectieziekten.'

Hij kijkt haar aan en de tranen stromen over zijn wangen.

'Dan kan ik me nog aankleden en Mikael wakker maken en...'

Saga loopt met hem mee door de zalen naar de keuken die ze zojuist door het raam heeft gezien. De plafondlamp verspreidt een knus schijnsel over de tafel met het koffiekopje.

Uit de radio klinkt langzame pianomuziek.

'We hebben geprobeerd te bellen,' zegt ze. 'Maar je tele...'

'Dat is mijn fout,' valt Reidar haar in de rede, en hij veegt de tranen van zijn wangen. 'Ik moest de telefoon 's nachts wel uitzetten, ik weet niet, er belden zo veel gekken met tips, mensen die...'

'Ik begrijp het.'

'Felicia leeft,' zegt Reidar onderzoekend.

'Ja,' antwoordt Saga.

Hij glimlacht breed en onbeheerst en kijkt haar met rooddoorlopen ogen aan. Het lijkt alsof hij het haar nog een keer wil vragen, maar hij schudt alleen glimlachend zijn hoofd. Hij pakt een grote koperen kan van het zwarte fornuis en schenkt koffie voor Saga in.

'Warme melk?'

'Nee, bedankt,' antwoordt ze en ze pakt het kopje aan.

'Ik ga Mikael even wakker maken...'

Hij loopt naar de hal, maar blijft dan staan en draait zich weer naar haar toe.

'Ik moet weten of jullie... Hebben jullie de Zandman te pakken gekregen?' vraagt hij. 'De man die door Mikael...'

'Jurek Walter en hij zijn allebei dood,' antwoordt Saga. 'Het waren tweelingbroers.'

'Tweelingbroers?'

'Ja, ze werkten samen...'

Opeens gaat het licht in de keuken uit en de muziek uit de radio verstomt. Het wordt volkomen donker en stil.

'Stroomstoring,' mompelt Reidar terwijl hij de lichtschakelaar een paar keer heen en weer klikt. 'Ik geloof dat ik nog kaarsen in de kast heb liggen.'

'Felicia zat opgesloten in een oude schuilkelder,' vertelt Saga.

De weerkaatsing van de sneeuw vindt na een poosje haar weg naar de keuken en Saga ziet dat Reidar op de tast naar een grote kast loopt.

'Waar lag die schuilkelder?' vraagt hij.

Saga hoort gerammel dat klinkt als vallende mikadostokjes terwijl hij in een la zoekt.

'In de oude grindgroeve in Rotebro,' antwoordt ze.

Saga merkt dat hij ophoudt met zoeken, een stap achteruit doet en zich omdraait.

'Daar kom ik vandaan,' zegt hij langzaam. 'En ik herinner me de tweeling. Ik snap het niet, maar dat moeten Jurek Walter en zijn broer geweest zijn... Ik heb een paar weken samen met ze gespeeld toen ik klein was... maar waarom, waarom heeft...'

Hij zwijgt en staart in het duister.

'Ik weet niet of er antwoorden zijn,' zegt Saga.

Reidar vindt lucifers en strijkt er eentje af.

'Als kind woonde ik vlak bij de groeve,' vertelt hij. 'De tweeling was misschien een jaar ouder dan ik. Ze zaten ineens achter me in het gras toen ik op een dag op voorn aan het vissen was... in de rivier die uitloopt in het meer Edssjön...'

Reidar vindt een lege wijnfles onder de gootsteen, duwt de brandende kaars erin en zet de fles op tafel.

'Ze waren een beetje vreemd... maar we speelden met elkaar en ik ging met ze mee naar huis, het was lente en ik kreeg een appel...'

Het licht in de fles richt zich op in de ruimte en maakt de ramen zwart en ondoorschijnend.

'Ze namen me mee naar de groeve,' vertelt Reidar terwijl de herinnering bovenkomt. 'Het was verboden om daar te zijn, maar ze hadden een gat in de omheining ontdekt en we speelden er elke avond. Het was spannend, we klauterden op de bergen en rolden door het zand naar beneden...'

Reidar zwijgt.

'Wat wilde je zeggen?'

'Ik heb er niet eerder aan gedacht, maar op een avond hoorde ik ze snel tegen elkaar fluisteren en toen verdwenen ze zomaar... ik rolde naar beneden en wilde net weggaan toen de voorman ineens opdook. Hij hield mijn arm stevig vast en ik schreeuwde... Je kent het wel, hij zou het tegen mijn ouders vertellen en zo... Ik werd doodsbang en zei dat ik niet wist dat het verboden was, dat de jongens hadden gezegd dat we hier mochten spelen... en hij vroeg door over de jongens en ik wees hun huis aan...'

Met de brandende vlam steekt Reidar een tweede kaars aan. Het schijnsel springt heen en weer tussen de muren en het plafond. De geur van kaarsvet verspreidt zich door de keuken.

'Daarna heb ik de tweeling nooit meer gezien,' zegt hij, en hij loopt de keuken uit om Mikael wakker te maken.

172

Saga staat bij de keukentafel van de sterke koffie te drinken en kijkt naar de kaars en de twee spiegelbeelden van de vlam in het dubbele glas van het raam.

Joona was er zo ernstig aan toe, denkt ze. Het drong niet eens tot hem door dat ik zei dat Jurek Walter dood was. Hij bleef maar zeggen dat Walter onderweg was om Mikael op te halen.

Saga draait haar vermoeide lichaam en voelt het gewicht van de Glock 17 tegen haar zij, ze loopt weg bij het raam en luistert of ze iets hoort in het grote huis.

Plotseling verscherpt haar aandacht zich.

Ze doet een paar stappen naar de deuropening, blijft staan en meent een zwak metalig geschraap te horen, als van een hark.

Het kan van alles zijn, een raamdorpel die beweegt in de wind, een tak tegen een raam.

Ze wacht even, loopt dan terug naar de keukentafel, neemt een slok koffie, kijkt op de klok en pakt haar telefoon om de Naald mobiel te bellen.

'Nils Åhlén, forensische geneeskunde,' antwoordt hij na een paar keer overgaan.

'Met Saga Bauer,' zegt ze.

'Goeiemorgen, goeiemorgen.'

Ineens beweegt er koude lucht over de grond, langs Saga's benen. Ze gaat met haar rug tegen de muur staan.

'Heb je al naar het lichaam uit de Söderledstunnel gekeken?' vraagt ze, en ze ziet de vlam van de kaars flakkeren.

'Ja, ik ben hier nu, ze hebben me midden in de nacht opgetrommeld om naar een lichaam te kijken dat...'

Ze ziet het licht weer flakkeren en ze hoort de nasale stem van de

Naald echoën tegen de betegelde wanden van de sectiezaal in het Karolinska-instituut.

'Het lichaam is zwaar toegetakeld door de brand, grote delen zijn opengebarsten en verkoold, ernstige hittekrimp. Het hoofd ontbreekt en zelfs beide...'

'Maar heb je hem kunnen identificeren?'

'Ik ben hier nog maar een kwartier en het gaat nog dagen duren voor ik met een zekere identificatie kan komen.'

'Hm, maar ik vraag me af...'

'Het enige wat ik nu kan zeggen,' gaat de Naald door, 'is dat deze man ongeveer vijfentwintig jaar oud was en dat hij...'

'Het is dus niet Jurek Walter?'

'Jurek Walter? Nee, dit... Dachten jullie dat dit hem was?'

Er klinken snelle voetstappen op de bovenverdieping. Saga kijkt omhoog en ziet de keukenlamp trillen en een slingerende schaduw op het plafond werpen. Ze maakt het pistool in haar schouderholster los en zegt zachtjes in de telefoon: 'Ik ben bij Reidar Frost thuis – je moet me helpen, stuur zo snel mogelijk een ambulance en politie hiernaartoe.'

173

Reidar loopt door de stille kamers op de bovenverdieping. Zijn linkerhand houdt hij om de kaarsvlam heen. Het schijnsel flakkert over muren en meubels en wordt verveelvoudigd in de rijen zwarte ramen.

Hij meent voetstappen achter zich te horen en blijft staan. Hij draait zich om, maar het enige wat hij ziet zijn de glanzende leren meubels en de grote boekenkast met de vitrinedeuren.

De deuropening naar de salon waar hij net doorheen is gelopen, is een zwarte rechthoek. Het is onmogelijk te zien of daar iemand is. Reidar doet een stap naar voren en in het donker blinkt iets op en verdwijnt weer.

Reidar kijkt weer voor zich, hij ziet de kaars opflikkeren in de ramen en loopt verder. Het gloeiend hete kaarsvet stroomt over zijn vingers.

De vloer kraakt en een onbehaaglijk gevoel stroomt door zijn lijf als hij voor Mikaels deur blijft staan.

Hij kijkt om, de gang in, langs de rijen met oude portretten.

De vloer knerpt een beetje onder zijn voetstappen.

Reidar klopt voorzichtig op Mikaels deur, wacht even en doet dan open.

'Mikael?' vraagt hij de zwarte kamer in.

Reidar houdt de kaars naar voren en schijnt richting bed. De wanden deinen in het gele licht. Het dekbed is in elkaar gedraaid en hangt over de rand op het vloerkleed.

Hij loopt verder en kijkt rond, maar Mikael is verdwenen. Reidar voelt het zweet uitbreken op zijn voorhoofd en bukt om onder het bed te kijken.

Plotseling ritselt er iets achter zijn rug en hij draait snel rond, waardoor de kaars bijna dooft.

De vlam is klein en trillend blauw voor hij weer opflakkert.

Reidars hart klopt sneller en hij krijgt pijn op zijn borst.

Er is hier niemand.

Hij loopt langzaam door de donkere deuropening, probeert iets te zien.

Vanuit de garderobekast klinkt een schrapend, krakend geluid. Reidar kijkt naar de gesloten deuren, loopt erheen, aarzelt, maar steekt dan zijn hand uit en opent de deur.

Mikael zit in elkaar gedoken achter de kleren.

'De Zandman is er,' fluistert hij en hij kruipt dieper de kast in.

'Het is maar een stroomstoring,' zegt Reidar. 'We moeten...'

'Hij is hier,' fluistert Mikael.

'De Zandman is dood,' zegt Reidar en hij steekt zijn hand uit. 'Begrijp je wat ik zeg? Felicia is gered. Ze wordt beter, ze krijgt medicijnen, net als jij, we gaan er nu heen...'

Door de muren heen klinkt een kreet van een man, gedempt maar dierlijk, alsof hij aan vreselijke pijnen blootstaat.

'Papa...'

Reidar trekt zijn zoon uit de kast. Druppels kaarsvet spatten op de vloer. Het is weer volkomen stil. Wat gebeurt er?

Mikael probeert in elkaar te kruipen, maar zijn vader weet hem op de been te krijgen.

Zweet stroomt over Reidars rug.

Samen verlaten ze de slaapkamer en lopen terug door de gang. Koude lucht stroomt langs de vloer.

'Wacht,' fluistert Reidar als hij de vloer in de salon hoort kraken.

Uit de donkere deuropening verderop komt een tengere man tevoorschijn. Het is Jurek Walter. De ogen in zijn moordlustige gezicht glimmen en het mes in zijn rechterhand glanst hevig.

Reidar loopt achteruit en verliest zijn pantoffels. Hij gooit de kaars naar Walter. De vlam dooft in de lucht en de fles knalt tegen de grond.

Ze keren om en stormen door de gang zonder om te kijken. Het is donker en Mikael rent tegen een stoel op, valt bijna en wankelt tegen de muur, haalt zijn hand over het behang.

Een schilderij valt en het glas breekt – splinters schieten over de vloer.

Ze duwen een zware deur open en struikelen de oude hal naar de vergaderzaal in.

Reidar moet blijven staan, hij hoest en zoekt tastend naar steun. Door de gang komen voetstappen snel dichterbij.

'Papa!'

'Doe de deur dicht, doe de deur dicht,' hijgt hij.

Mikael sluit de stevige eiken deur en draait de sleutel drie keer om. Het volgende moment wordt de deurklink naar beneden geduwd en het deurpost kraakt. Mikael verplaatst zich achterwaarts, met zijn blik op de deur.

'Heb je een telefoon?' vraagt Reidar en hij hoest.

'Die ligt in m'n kamer,' fluistert Mikael.

De pijn in Reidars borst straalt uit naar zijn linkerarm.

'Ik moet rusten,' zegt hij zwak en hij voelt dat zijn benen het bijna begeven.

Walter beukt met zijn schouder – het massieve hout dreunt en kraakt, maar de deur geeft niet mee.

'Hij komt er niet in,' fluistert Reidar. 'Geef me een paar seconden...'

'Papa? Waar is je busje spray?'

Reidar zweet en de druk op zijn borst is zo heftig dat hij amper kan praten.

'In de hal, in mijn jas...'

174

Saga perkt met het pistool de hoeken af en sluipt door de gang naar de trap in de hal.

Ze moet naar Mikael en Reidar toe en zorgen dat ze in de auto komen.

Misschien is de hemel iets lichter geworden, want het is nu mogelijk om de schilderijen aan de muren en de contouren van de meubels te onderscheiden.

De adrenaline in haar lichaam maakt haar ijzingwekkend alert.

Het geluid van haar voetstappen verdwijnt als ze verder loopt over een vloerkleed, voorbij de zwarte vleugel. Vanuit haar ooghoek ziet ze iets glanzen. Ze draait snel haar hoofd en ziet een cello op zijn pin staan.

Het kraakt in de muren, alsof de temperatuur buiten ineens flink gedaald is.

Saga sluipt snel verder, met het wapen naar de grond gericht. Langzaam verplaatst ze haar vinger naar de trekker, knijpt hem behoedzaam voorbij de eerste weerstand.

Midden in een beweging blijft ze staan luisteren. Het is doodstil in huis. De hal recht voor haar is donkerder dan de andere kamers, de dubbele deuren zijn bijna gesloten.

Saga loopt door, maar dan hoort ze een sloffend geluid achter zich. Snel draait ze zich om en ziet sneeuw van het dak van de erker langs het raam naar beneden storten.

Haar hart bonst in haar keel.

Als ze zich weer naar de hal keert ziet ze een hand. Smalle vingers omsluiten de rand van de deur.

Saga richt haar pistool op de deur, klaar om er dwars doorheen te schieten als ze een afschuwelijke kreet hoort.

De hand glijdt naar beneden en verdwijnt, dan klinkt er een bons en de dubbele deuren glijden open.

Er ligt een man op de grond. Eén been schokt in krampen op en neer.

Ze verplaatst zich voorwaarts en ziet dat het Wille Strandberg is, de toneelspeler. Hij hijgt en houdt zijn buik vast.

Grote hoeveelheden bloed borrelen tussen zijn vingers omhoog.

Hij staart Saga verward aan en knippert snel met zijn ogen.

'Ik ben van de politie,' zegt ze en ze hoort de trap naar de bovenverdieping kraken onder het gewicht van een mens. 'De ambulance is onderweg.'

'Hij zit achter Mikael aan,' kreunt de toneelspeler.

175

Mikael fluistert in zichzelf en staart naar de deur die op slot zit, als de sleutel er plotseling uitgewurmd wordt en zacht rinkelend op het parket valt.

Reidar houdt zijn hand tegen zijn pijnlijke borst. Het zweet stroomt over zijn gezicht. Het begint nu echt ondraaglijk te worden. Meerdere keren heeft hij geprobeerd tegen Mikael te zeggen dat hij moet vluchten, maar hij heeft geen stem meer.

'Kun je lopen?' fluistert Mikael.

Reidar knikt en zet een stap. Het slot knarst en Mikael legt de arm van zijn vader over zijn schouder en probeert hem mee te krijgen naar de bibliotheek, de oude vergaderzaal.

Achter hen schraapt het slot.

Ze lopen langzaam voorbij een hoge kast naar de wand met grote wandkleden die zijn opgespannen in houten lijsten.

Reidar stopt weer, hoest en hapt naar adem.

'Wacht,' hijgt hij.

Hij laat zijn vingers langs de rand van het derde wandkleed glijden en opent een geheime deur naar een trap voor de bedienden, die naar de keuken leidt. Ze glippen de krappe gang in en sluiten de deur behoedzaam achter zich.

Reidar zet het palletje weer vast en zoekt dan steun tegen de muur. Hij hoest zo zacht mogelijk en voelt de pijn uitstralen in zijn arm.

'Loop naar beneden,' fluistert hij met gesmoorde stem.

Mikael schudt zijn hoofd en wil net iets zeggen als de deur krakend opengaat.

Het is Jurek Walter.

Ze staan als verlamd als ze hem door het wandkleed van de geheime deur heen zien bewegen.

In elkaar gedoken sluipt hij de zaal in met het lange mes in zijn hand, speurend als een roofdier.

Zijn zachte ademhaling is duidelijk hoorbaar.

Reidar verbijt zich en leunt tegen de muur, de pijn in zijn borst trekt naar zijn kaak.

Jurek Walter is zo dichtbij dat zijn zoetige zweetlucht hen door de stof heen bereikt.

Ze houden allebei hun adem in als Walter de deur passeert en in de richting van de bibliotheek loopt.

Mikael probeert Reidar mee te krijgen naar de smalle trap voordat Walter beseft dat hij misleid is.

Reidar schudt zijn hoofd en Mikael kijkt hem vertwijfeld aan. Reidar onderdrukt een hoest, probeert een stap te doen maar slingert zo dat de vloerplank onder zijn rechtervoet kraakt.

Walter draait zich om, recht naar de geheime deur toe, en zijn lichte ogen worden opmerkelijk kalm als hij doorkrijgt wat hij ziet.

Vanuit de gang klinkt een harde knal en spaanders van de rand van de hoge kast stuiven de lucht in.

Walter glijdt als een schaduw opzij om dekking te zoeken.

Mikael trekt Reidar mee naar de krappe trap richting keuken.

Achter hen komt Berzelius de hal naar de bibliotheek binnen. Hij heeft Reidars oude colt in zijn hand. De wangen van de kleine man zijn rood en hij duwt zijn bril omhoog terwijl hij verder loopt.

'Je laat Micke met rust,' roept hij en hij beent langs de hoge kast.

De dood komt zo snel dat Berzelius vooral verbaasd is. Eerst voelt hij de stevige greep om zijn pols met de revolver en dan een soort wespensteek in zijn zij als het staalharde lemmet tussen zijn ribben door omhoog stoot naar zijn hart.

De pijn is niet bijzonder hevig.

Het is net een aanhoudende kramp, maar als het mes weer uit zijn lichaam glijdt stroomt er enorm veel warm bloed over zijn heup.

Als hij op zijn knieën zakt, merkt hij dat hij zijn urine laat lopen en ineens moet hij denken aan hoe hij zijn vrouw Anna-Karin het hof maakte, lang voor hun scheiding en haar ziekte. Ze had zo verbaasd en gelukkig gekeken toen hij eerder terug was gekomen uit Oslo en *Love me tender* onder haar lage balkon had gezongen, met vier zakken chips in zijn armen.

Berzelius valt opzij, bedenkt dat hij ergens heen moet kruipen om zich te verstoppen, maar een duizelingwekkende vermoeidheid komt als een storm opzetten.

Hij merkt niet eens dat Jurek Walter het mes voor een tweede keer in zijn lichaam stoot. Het lemmet gaat onder een andere hoek naar binnen, dwars door zijn ribben en blijft daar steken.

176

Saga is de brede trap op gelopen en haast zich door de kamers op de bovenverdieping. Er is niemand, ze hoort niemand praten. Tactisch probeert ze elke gevaarlijke hoek af te perken en alle zones veilig te stellen, maar om sneller vooruit te komen moet ze toch steeds een risico nemen.

Ze richt haar wapen eerst op een glanzend leren bank en dan snel op de deuropening, naar links en naar binnen.

In de lange gang met portretten aan de muur ligt een kaars op de grond.

De deur naar een slaapkamer staat wijd open en het dekbed ligt op de grond. Saga loopt snel verder en ziet zichzelf in de raampartij links als een voortjagende schaduw.

Dan klinkt er een luide knal van een handvuurwapen uit een van de zalen verderop. Saga draaft nu met geheven wapen dicht langs de rechterwand.

'Je laat Micke met rust,' roept een man.

Saga rent en springt over een omgevallen stoel en blijft staan voor een gesloten deur.

Behoedzaam drukt ze de klink omlaag en laat de deur openzwaaien.

Het ruikt er onmiskenbaar naar een afgevuurd wapen.

De kamer is donker en stil.

Saga is nu voorzichtiger.

Ze begint het gewicht van het pistool te voelen in haar schouder. Haar vinger op de trekker trilt licht. Ze probeert gelijkmatig te ademen en verplaatst zich naar rechts voor een beter zicht.

Er klinkt een natte bons met een metalige naklank.

Er beweegt iets – een schaduw verdwijnt.

Naast een hoge kast glanzen sporen van uitgelopen bloed.

Ze verplaatst zich voorwaarts en ziet een man met een mes in zijn lijf op de grond liggen. Hij ligt roerloos op zijn zij, met strakke blik en een glimlach om zijn lippen. Haar eerste impuls is op de man af stormen, maar iets weerhoudt haar.

Het is te moeilijk om de kamer te doorgronden.

Ze laat het pistool zakken om haar arm even rust te gunnen, waarna ze het wapen weer heft en nog verder naar rechts loopt.

Een sectie in de wandtapijten staat open. Erachter lijkt een korte gang naar een smalle trap te leiden. Voetstappen en sloffende geluiden komen van beneden en ze richt haar Glock op de opening en gaat erheen.

De deur aan de andere kant van de kamer staat open naar een donkere bibliotheek.

Een zacht gesmak alsof iemand zijn mond bevochtigt.

Ze ziet niets.

Het pistool trilt in haar hand.

De ramen recht voor haar zijn zwart en ze doet een pas naar voren, houdt haar adem in en hoort iemand achter zich ademen.

Saga reageert onmiddellijk en draait zich om. Toch is ze te laat. Een sterke hand omklemt haar keel en ze wordt met enorme kracht tegen de kast in de hoek geslingerd.

Jureks greep rond haar keel is zo hard dat de bloedtoevoer naar haar hersenen wordt onderbroken. Hij kijkt haar volkomen kalm aan en houdt haar stil. Het wordt zwart voor haar ogen en de Glock valt uit haar hand.

Krachteloos probeert Saga zich los te wurmen, en vlak voor ze het bewustzijn verliest hoort ze hem fluisteren: 'Kleine sirene...'

Dan smijt hij haar tegen de kast, haar hoofd slaat tegen de rand en daarna knalt ze met haar slaap tegen de stenen muur. Ze valt op de grond en het draait voor haar ogen. Ze ziet dat Jurek zich over de dode man heen buigt en het mes uit zijn lichaam trekt. Dan wordt alles weer zwart.

177

Ze doen niet zachtjes meer. Mikael ondersteunt zijn vader de trap af naar de smalle gang voor de bedienden. Ze buigen licht naar links, langs de oude kast met het kerstservies, de keuken in.

Reidar moet weer blijven staan, hij kan niet meer en moet gaan liggen. De kramp in zijn borst is niet te harden.

'Je moet vluchten,' hijgt hij en hij hoest zwak. 'Ren, ren naar de grote weg.'

Op de keukentafel brandt de kaars nog met flakkerende vlam. Aan één kant is kaarsvet langs de fles op het linnen tafelkleed gelopen.

'Niet alleen,' zegt Mikael. 'Ik kan het niet...'

Reidar hapt naar adem en loopt verder, hij ziet sterretjes, steunt met zijn hand tegen de muur waardoor het grote schilderij van Cullberg scheef komt te hangen.

Ze lopen door de muziekkamer en Reidar voelt amper grond onder zijn blote voeten.

Er ligt bloed op het parket, maar ze lopen domweg door naar de hal. De voordeur staat open en er is sneeuw naar binnen gewaaid, dwars over het Perzisch tapijt tot onder aan de grote trap

Mikael rent naar de garderobekast, rukt de jas van zijn vader eruit en vindt de roze nitroglycerinespray. Met bevende handen brengt Reidar de spray naar zijn mond en spuit onder zijn tong, doet een paar passen, blijft staan en spuit nog een keer.

Hij wijst op de schaal aan de andere kant van de hal waar de autosleutels in liggen.

Maar nu klinken er zware voetstappen vanuit de keuken door de zalen. Ze hebben geen tijd te verliezen. Ze stormen de zwarte winterochtend in.

De lucht is snijdend koud.

Op het bordes ligt opgewaaide sneeuw. Mikael heeft sportschoenen aan, maar onder Reidars blote voeten bijt de kou.

De pijn in zijn borst is verdwenen en ze komen sneller vooruit. Samen rennen ze naar Saga's auto op het voorplein.

Reidar rukt aan het portier, kijkt naar binnen en ziet dat de sleutel weg is.

Jurek Walter komt naar buiten en ziet hen in het donker. Hij schudt bloed van het mes en loopt op hen af.

Ze rennen door de sneeuw naar de paardenstal, maar Walter is veel te snel. Reidar blikt over de akkers. Het donkere ijs van de rivier is vaag zichtbaar als een slingerend lint in de sneeuw tot aan de bruisende stroomversnelling.

178

Saga wordt wakker doordat er bloed in haar ogen loopt. Ze knippert en rolt op haar zij. Haar slaap gloeit. Ze heeft verschrikkelijke hoofdpijn, haar keel voelt opgezet en ze heeft moeite met ademen.

Voorzichtig betast ze de wond aan haar slaap en ze kermt van de pijn. Met haar wang tegen de vloer ziet ze haar Glock in het stof onder de grote ladekast bij het raam liggen.

Ze moet haar ogen weer dichtdoen, proberen te begrijpen wat er is gebeurd. Joona had gelijk, denkt ze. Jurek komt Mikael halen.

Ze heeft geen idee hoe lang ze buiten westen is geweest. Het is nog steeds bijna helemaal donker in de kamer.

Ze rolt op haar buik en kreunt.

'O god...'

Moeizaam komt ze op handen en voeten overeind. Haar armen beven onder haar als ze door de bloedplas van de dode man naar de ladekast kruipt.

Ze reikt naar het wapen, maar kan er niet bij.

Saga laat zich zakken, perst zichzelf zo ver mogelijk onder kast, maar kan de Glock alleen met haar vingertoppen aanraken. Het is onmogelijk. Duizeligheid maakt dat de hele kamer zich met heftige bewegingen een kwartslag draait en ze moet haar ogen weer dichtdoen.

Plotseling ziet ze licht door haar gesloten ogen. Ze kijkt en ziet een wonderlijk wit schijnsel. Het springt trillend over het plafond. Ze draait haar hoofd en ziet dat het uit het park komt en schittert in de ijskristallen aan de buitenkant van het raam.

Saga dwingt zichzelf om op te staan, ze zoekt steun tegen de ladekast en komt hijgend overeind. Uit haar mond loopt een sliert slijmerig bloed. Ze kijkt door het raam naar buiten en ziet David Sylwan rennen met een brandende noodfakkel in zijn hand. Het felle licht verspreidt zich rondom hem in een flakkerende cirkel.

Verder is alles zwart buiten.

David ploetert door de diepe sneeuw bij het huis vandaan. Hij houdt de fakkel voor zich en het schijnsel bereikt met kleine schokjes de stal.

Op dat moment ziet Saga Jureks rug en het mes in zijn hand.

Ze bonst op het raam en probeert de haken los te krijgen. Ze rukt en trekt, maar ze zijn vastgeroest en er zit geen beweging in.

179

Met ijskoude vingers probeert Reidar het combinatieslot van de staldeur open te krijgen. De wieltjes met cijfers werken traag. Zijn vingertoppen blijven vastzitten aan het koude metaal. Mikael fluistert dat hij op moet schieten.

'Schiet op, papa, schiet op...'

Walter ploegt met het mes in zijn hand door de sneeuw. Reidar blaast op zijn vingers en het lukt hem het laatste cijfer in te stellen. Hij maakt het slot los, klapt de beugel weg en probeert de deur open te trekken.

Er ligt te veel sneeuw op de grond.

Hij rukt aan de deur en hoort de paarden in hun boxen bewegen. Ze briesen dof en stampen in het donker.

'Kom mee, papa,' roept Mikael en hij trekt aan zijn vader.

Reidar weet de deur nog een stukje open te krijgen, kijkt om en ziet Jurek Walter met flinke passen dichterbij komen.

Met een routineus gebaar strijkt hij met het mes langs zijn broekspijp.

Het is te laat om weg te rennen.

Reidar steekt zijn handen voor zich uit om zichzelf te beschermen, maar Walter grijpt hem bij zijn keel en duwt hem achteruit, tegen de wand van de stal.

'Sorry,' stamelt Reidar. 'Het spijt me dat...'

Walter ramt het mes krachtig dwars door Reidars schouder en spietst hem aan de wand. Reidar schreeuwt het uit van de pijn en het wordt zwart voor zijn ogen. De paarden hinniken onrustig en hun zware lichamen stoten tegen de scheidingswanden van de boxen.

Reidar zit vast. De pijn snijdt door zijn schouder. Elke seconde is onhoudbaar. Hij voelt warm bloed langs zijn arm en hand stromen.

Mikael probeert zich de stal in te persen, maar Walter haalt hem in. Hij grijpt de jongen van achteren bij zijn haar, trekt hem naar buiten en geeft hem een harde klap op zijn wang waardoor hij languit in de sneeuw valt.

‘Nee, nee,’ hijgt Reidar en hij ziet lichtschijnsel dichterbij komen uit de richting van het landhuis.

Het is David die met een noodfakkel in zijn hand komt aangerend. De fakkel brandt knetterend met een wit schijnsel.

‘De traumaheli is onderweg,’ roept hij, maar hij stokt als hij ziet dat Jurek Walter zich naar hem omdraait.

180

Saga rukt aan de ladekast en trekt hem een paar centimeter van de muur af. Haar hoofd doet zeer en ze is nog steeds vreselijk duizelig. Ze spuugt bloed, bukt zich, grijpt de onderkant met beide handen vast en met een brul kiepert ze de kast om. Het gevaarte kantelt, knalt tegen de vloer en rolt om.

Snel pakt ze haar pistool en slaat met de kolf een ruit in. Glas klettert op de grond en valt rinkelend over het raamkozijn naar buiten.

Ze knippert met haar ogen en ziet in het donker een lichtschijnsel over de sneeuw flakkeren. Het ziet eruit als een witte kwal diep onder water. Jurek loopt op de man met de noodfakkel af. De man deinst achteruit, probeert met de brandende fakkel te slaan, maar Jurek is te snel, hij weet de arm van de man te grijpen en breekt hem.

Saga slaat de resten van het glas uit de onderkant van de sponning.

Jurek is als een leeuw in de weer met zijn prooi, hij beweegt zich effectief en snel, slaat de man op zijn keel en nieren.

Saga tilt haar pistool omhoog, probeert het bloed uit haar ogen te knipperen om te kunnen zien.

De man ligt op zijn rug in de sneeuw en zijn lichaam schokt. De fakkel naast hem brandt fel.

Op het moment dat Saga vuurt, glijdt Jurek net opzij. Hij verdwijnt uit het licht de duisternis in.

De noodfakkel verlicht een cirkel van witte sneeuw. De man houdt op met bewegen en ligt er roerloos bij. Van de rode stal ziet ze een enkele glimp. Voor de rest is alles donker.

181

Reidar haalt hijgend adem. Hij zit aan de muur gespietst. De pijn van het mes is immens. Het is net alsof de brandende wond het enige is wat bestaat. Warm bloed loopt dampend langs zijn lichaam.

Vlak na het schot ziet hij Walter verdwijnen. David ligt roerloos in de sneeuw. Het is lastig uit te maken hoe ernstig hij gewond is.

In het oosten is de hemel iets lichter aan het worden en Reidar ziet Saga Bauer achter een raam op de bovenverdieping.

Zij heeft geschoten, en gemist.

Reidar ademt veel te snel, zijn hart jaagt en hij begrijpt dat hij bezig is in shock te raken door bloedverlies.

Mikael hoest, houdt een hand tegen zijn oor en staat wankelend op.

'Papa...'

Meer kan hij niet uitbrengen voordat Walter bij hem terug is, hem tegen de grond slaat, zijn been grijpt en hem de duisternis in sleept.

'Mikael,' schreeuwt Reidar.

Walter sleurt zijn zoon mee door de sneeuw. Mikael zoekt houvast met zijn handen in een poging zichzelf tegen te houden. Ze verdwijnen langs de vijver naar de stroomversnelling, Reidar ziet nu alleen nog hun contouren.

Jurek Walter is hierheen gekomen om Mikael terug te halen, denkt hij verbaasd.

Het is nog te donker voor Saga om de figuren vanuit het raam te kunnen onderscheiden.

Reidar brult het uit als hij het heft van het mes vastpakt en trekt. Het zit vast. Hij trekt nog een keer en duwt het mes schuin naar beneden waardoor het in zijn vlees snijdt, om zo een betere hoek te krijgen.

Warm bloed stroomt over het heft en zijn vingers.

Hij schreeuwt en trekt weer en eindelijk laat het lemmet los uit de wand. Het mes glijdt uit Reidars schouder en hij valt voorover in de sneeuw. Het doet zo'n pijn dat hij huilt, terwijl hij kruipend overeind probeert te komen.

'Mikael!'

Hij strompelt naar de brandende fakkel in de sneeuw, raapt hem op en voelt de prikjes van vonken op zijn hand. Hij valt bijna maar weet zijn evenwicht te herstellen. Hij kijkt in de richting van het open water bij de stroomversnelling en ziet vagelijk Walters silhouet op de sneeuw. Reidar loopt achter hen aan, maar hij heeft geen kracht meer. Hij weet dat Walter van plan is Mikael het bos in te slepen en voor altijd met hem te verdwijnen.

182

Saga richt haar pistool door het raam naar buiten en ziet Reidar Frost in het lichtschijnsel. Hij houdt de noodfakkel vast, bloedt stroomt langs zijn lichaam, hij wankelt, lijkt te vallen maar gooit dan de fakkel weg.

Saga veegt bloed uit haar wenkbrauwen en ziet het lichtschijnsel roterend in een hoge boog door de duisternis vliegen, ze volgt de vlam met haar blik en ziet hem landen in de sneeuw. In het witte schijnsel kan ze Jurek Walter duidelijk onderscheiden. Hij sleept Mikael mee. Ze zijn meer dan honderd meter van haar verwijderd.

Het is ver, maar Saga zoekt steun tegen de raamsponning en richt.

Jurek loop weg. Het vizier trilt voor haar ogen. De zwarte gestalte zwaait heen en weer in de schootslijn.

Saga probeert het wapen stil te houden. Ze ademt langzaam, knijpt de trekker voorbij de eerste weerstand, ziet Jureks hoofd wegglijden.

De scherpte verdwijnt voortdurend en ze knippert snel met haar ogen.

Het volgende moment is de hoek beter en ze knijpt drie keer in de trekker terwijl het vizier zich in een ietwat neergaande reeks beweegt.

De harde, korte knallen echoën tussen het landhuis en de stal.

Saga ziet net dat in elk geval een van de kogels Jureks hals raakt. Het bloed spuit eruit en blijft in het felle, witte licht als een rode nevel voor hem hangen.

Ze schiet meerdere keren en ziet dat hij Mikael loslaat, ziet hem vallen in het donker en verdwijnen.

Saga loopt achteruit weg bij het raam, draait zich om en rent de geheime deur door.

Ze vliegt de trappen af. Het pistool in haar hand slaat rinkelend tegen de spijlen. Ze bereikt de keuken, rent door de zalen en door de grote hal naar buiten, de sneeuw in. Hijgend en met geheven pistool nadert ze het lichtschijnsel. Verderop ziet ze het zwarte water van de stroomversnelling glanzen als een metalige barst in het witte landschap.

Ze ploetert door de diepe sneeuw en probeert iets te zien in het donker, in de richting van het bos.

Het licht van de fakkel is zwakker, zo meteen zal het doven. Mikael ligt op zijn zij in de sneeuw te hijgen. Aan de rand van het flikkerende schijnsel zijn bloedspatten te zien, maar er ligt geen lichaam.

'Jurek,' fluistert ze terwijl ze het lichtschijnsel in loopt, en dan ziet ze zijn sporen in de sneeuw.

Saga's hoofd doet verschrikkelijk zeer, maar ze pakt de fakkel, tilt hem hoog op en gaat verder. Het schijnsel flakkert voor haar uit. Schaduw en licht vallen over de sneeuw en plotseling ziet ze vanuit haar ooghoek een beweging.

Jurek komt overeind en ploetert verder.

Saga schiet voordat ze ook maar kan richten. De kogel gaat dwars door zijn bovenarm en hij wankelt opzij, valt bijna en zet een paar passen op de steile helling naar de stroomversnelling.

Saga volgt hem met geheven fakkel. Ze ziet hem weer, richt en schiet drie keer in zijn borst.

Jurek slaat achterover, recht over de verijsde rand in het zwarte water van de stroomversnelling. Saga schiet terwijl hij valt en schampt zijn wang en oor.

Hij wordt meegezogen in het water, ze rent erheen en weet hem nog in zijn voet te schieten voordat hij verdwijnt. Saga verwisselt het magazijn, glibbert over de steile helling, valt en slaat met haar rug tegen de grond, belandt onder de sneeuw, krabbelt overeind en schiet in het zwarte water. Ze schijnt met de fakkel over de wervelingen van de stroomversnelling. Het licht dringt door het oppervlak heen, voorbij draaiende belletjes naar de donkerbruine bodem. Iets groots tuimelt rond en plotseling ziet ze een glimp van het rimpelige gezicht tussen stenen en zwaaiende waterplanten.

Saga schiet nog een keer en een wolk van bloed verspreidt zich in het donkere water. Ze richt en blijft schieten, haalt het magazijn eruit, drukt er een nieuw in en schiet weer. Het mondingsvuur weerkaatst in het voortjagende water. Ze loopt stroomafwaarts langs de rand en blijft schieten tot haar kogels op zijn en het lichaam van Jurek Walter onder het ijs verdwijnt op de plek waar de stroomversnelling breder wordt.

Hijgend blijft Saga langs de kant staan terwijl de fakkel opbrandt en er een smeulende rode gloed overblijft.

Ze staart in het water terwijl de tranen over haar wangen stromen als bij een vermoeid kind.

De eerste zonnestralen komen net boven de boomtoppen uit en warm ochtendlicht stroomt over het fonkelende sneeuwlandschap. Het knetterende geluid van een helikopter komt dichterbij en Saga begrijpt dat het eindelijk voorbij is.

183

Saga kwam met de ambulance aan in het Danderyds-ziekenhuis, werd onderzocht en opgenomen. Ze lag een tijdje in bed, maar verliet het ziekenhuis in een taxi voor ze haar konden behandelen.

Nu strompelt ze door de gang van het Karolinska-ziekenhuis, waar Mikael en Reidar met de traumaheli naartoe zijn gebracht. Haar kleren zijn vuil en nat, haar gezicht is streperig van het bloed en in haar ene oor piept een hoge toon.

Reidar en zijn zoon bevinden zich nog op de spoedeisende hulp. Ze opent de deur en ziet de schrijver op een operatietafel liggen.

Mikael staat naast hem en houdt zijn hand vast.

Reidar zegt keer op keer tegen de verpleegkundige dat hij zijn dochter moet zien.

Als hij Saga in het oog krijgt, zwijgt hij abrupt.

Mikael pakt een paar schone kompressen van het karretje en geeft ze aan haar. Hij wijst naar haar voorhoofd, waar bloed uit een zwarte snee in haar wenkbrauw loopt.

Er komt een verpleegkundige naar Saga toe, hij bekijkt haar en vraagt haar mee te komen voor onderzoek.

'Ik ben van de politie,' zegt Saga en ze zoekt haar legitimatie.

'Je hebt hulp nodig,' probeert de verpleegkundige, maar Saga valt hem in de rede en vraagt om hen naar de kamer van Felicia Kohler-Frost op de afdeling infectieziekten te brengen.

'Ik moet haar zien,' zegt ze ernstig.

De verpleegkundige belt, krijgt toestemming en rijdt Reidars bed naar de lift.

De wielen van het bed rollen zacht knarsend over het lichte zeil.

Saga loopt mee en voelt hoe de brok in haar keel haar ademhaling bemoeilijkt.

Reidar ligt met gesloten ogen en Mikael loopt naast het bed om zijn vaders hand vast te houden.

Een jonge verpleegkundige wacht hen op en brengt hen naar een behandelkamer met gedempt licht.

Het enige wat je hoort is het langzame sissen en tikken van machines die de hartslag, ademhalingsfrequentie, zuurstofgehalte in het bloed meten en een ecg maken.

In bed ligt een erg breekbare vrouw. Het lange, donkere haar waaiert breed uit over het kussen en de schouders. Haar ogen zijn gesloten en haar smalle handen rusten langs haar lichaam.

Ze ademt snel en op haar gezicht parelen zweetdruppeltjes.

'Felicia,' fluistert Reidar en hij steekt zijn hand naar haar uit.

Mikael legt zijn wang tegen de hare en fluistert glimlachend iets tegen haar.

Saga staat achter hen en staart naar Felicia, het opgesloten meisje dat uit het duister is gered.

EPILOOG

Twee dagen later loopt Saga Bauer door het Rådhuspark naar het hoofdkwartier van de veiligheidsdienst Säpo. Vogels kwetteren in de struiken en de besneeuwde bomen.

Het haar op haar hoofd groeit weer aan. Ze heeft twaalf hechtingen in haar slaap en vijf in haar linkerwenkbrauw.

Gisteren belde haar baas Verner Zandén om te zeggen dat ze vanmorgen om acht uur op zijn kamer moest aantreden om de eremedaille van de veiligheidsdienst in ontvangst te nemen.

De plechtigheid bevreemdt haar. Er zijn drie mensen gestorven op het landgoed Råcksta en het lichaam van Jurek Walter is diep onder het ijs geraakt en weggedreven naar het meer.

Voor ze uit het ziekenhuis werd ontslagen, heeft ze Joona opgezocht. Hij lag met afwezige blik in bed en antwoordde geduldig toen ze vroeg waarom Jurek Walter en zijn broer deden wat ze hebben gedaan.

Joona lag te bibberen alsof hij nog steeds onderkoeld was terwijl hij langzaam uitlegde wat er allemaal achter zat.

In 1960 is Vadim Levanov met zijn zoons Igor en Roman uit Leninsk gevlucht na het catastrofale ongeluk waarbij een intercontinentale raket op het lanceerplatform explodeerde. Via velerlei omwegen belandde hij in Zweden, kreeg een werkvergunning en werkte in de grote grindgroeve in Rotebro. In het geheim had hij zijn kinderen bij zich in de gastarbeiderswoning, 's avonds onderwees hij ze en overdag hield hij ze verborgen. Vader Levanov hoopte Zweeds staatsburger te worden en zo een nieuwe kans in het leven te krijgen voor zichzelf en zijn kinderen.

Joona had om een glas warm water gevraagd en toen Saga zich naar hem toe boog om hem te helpen drinken, voelde ze dat hij rilde alsof hij het koud had, hoewel zijn lichaam gloeide.

Saga denkt eraan terug dat Reidar vertelde hoe hij de tweeling bij het meer Edssjön had ontmoet en met ze had gespeeld. De tweeling had hem meegenomen naar de groeve en hoewel het verboden was, speelden ze in de enorme bergen gezeefd zand. Op een avond werd Reidar door de voorman op het terrein gesnapt. Hij was zo bang voor straf dat hij de oudere jongens de schuld gaf en hun huis aanwees.

De tweeling kwam in handen van de kinderbescherming en aangezien ze in geen enkel Zweeds register voorkwamen, werd de zaak doorgeschoven naar de vreemdelingendienst.

Joona vroeg een verpleegkundige om zo'n verwarmde deken en vertelde Saga dat tweelingbroer Igor indertijd longontsteking had en in het ziekenhuis lag, terwijl Roman werd teruggestuurd naar Kazachstan. Aangezien hij daar geen familie had, kwam hij in een kindertehuis in Pavlodar terecht.

Vanaf zijn dertiende werkte hij op de aken in de rivier de Irtysj en tijdens de onrust die ontstond na de destalinisatie werd hij onder dwang gerekruteerd door een Tsjetsjeense militiegroep. Ze namen de vijftienjarige jongen mee naar een buitenwijk van Grozny en maakten een soldaat van hem.

'De broers kwamen in verschillende landen terecht,' zei Joona zacht.

'Jezus, dat is echt niet normaal,' fluisterde Saga.

Zweden had in die tijd geen standaardprotocol voor vluchtelingenopvang. Er werden fouten gemaakt en zodra Igor aan de beterende hand was van zijn longontsteking werd hij naar Rusland gestuurd. Hij kwam in kindertehuis Internaat 67 terecht, in de wijk Koezminki in Zuidoost-Moskou en kreeg het stempel debiel doordat hij vanwege zijn ziekte achtergebleven was in zijn ontwikkeling. Toen Roman na vele jaren als soldaat Tsjetsjenië ontvluchtte en erin slaagde Igor op te sporen, trof hij hem volledig gebroken aan in de psychiatrische Serbski kliniek.

Saga is zo in gedachten verzonken over de tweelingbroers dat ze niet merkt dat Corinne Meilleroux tegelijk met haar bij de veiligheidsdeuren van het hoofdkwartier aankomt. Ze botsen bijna tegen elkaar op. Corinnes dikke haar is opgestoken en ze draagt een zwarte trenchcoat en laarzen met hoge hakken. Saga is zich bij wijze van uitzondering bewust van haar eigen kleren. Misschien had ze deze keer toch iets anders moeten aantrekken dan haar gebruikelijke spijkerbroek en gevoerde parka.

'Heel erg indrukwekkend,' zegt Corinne glimlachend, en ze omhelst Saga.

Saga en Corinne stappen uit de lift en lopen naast elkaar door de gang naar het grote kantoor van de baas. Nathan Pollock, Carlos Eliasson en Verner Zandén zijn er al. Op tafel staan een fles Taittinger en vijf champagneglazen.

De deur gaat dicht en Saga geeft de drie mannen een hand.

'We beginnen met een minuut stilte ter nagedachtenis van Samuel Mendel en zijn gezin en alle andere slachtoffers,' zegt Carlos.

Saga buigt haar hoofd en heeft moeite haar blik te focussen. Ze ziet de eerste beelden voor zich van de politie-inzet op het industrieterrein waar vroeger de oude cementfabriek lag. Tegen de ochtend had iedereen begrepen dat er geen levende slachtoffers meer gevonden zouden worden. In de modderige sneeuw plaatsten de technisch rechercheurs bordjes met cijfers bij veertien verschillende graven. De zoons van Samuel Mendel lagen aan elkaar gebonden in een schacht met alleen een stuk golfplaat eroverheen. Het stoffelijk overschot van Rebecka lag tien meter verderop begraven in een ton met een plastic luchtpijp.

De stemmen verdrinken in Saga's oorsuizen en ze doet haar ogen dicht in een poging ze te verstaan.

De getraumatiseerde tweeling ging naar Polen, waar Roman een man vermoordde, zijn paspoort afpakte en Jurek Walter werd. Samen namen ze een veerboot van Świnoujście naar Ystad en trokken Zweden in.

Als mannen van middelbare leeftijd keerden de broers terug naar de plek waar ze van hun vader werden gescheiden, naar woning 4 van de barakken voor gastarbeiders in de grindgroeve van Rotebro.

De vader had tientallen jaren lang geprobeerd de jongens op te sporen, maar hij kon niet terug naar Rusland omdat hij dan in de goelag zou belanden. Hij had honderden brieven geschreven om zijn kinderen te vinden en gewacht op hun terugkomst, maar slechts een jaar voordat de broers naar Zweden zouden terugkeren, had de oude man het opgegeven en zich verhangen in de kelder.

Voor Saga het ziekenhuis verliet had Joona zijn ogen gesloten en geprobeerd rechtop te gaan zitten om haar te vertellen dat de zelfmoord van zijn vader het laatste restje ziel in Jurek Walter had weggeblazen.

'Hij begon zijn cirkel van bloed en wraak te trekken,' zei Joona bijna geluidloos.

Iedereen die schuldig was aan het feit dat hun gezin uit elkaar werd gerukt, zou hetzelfde lot ondergaan. Walter zou hun hun kinderen afnemen, hun kleinkinderen, vrouwen, zussen en broers. De schuldigen zouden net zo eenzaam achterblijven als zijn vader in de grindgroeve, ze zouden jaar in, jaar uit wachten, en pas als ze zich van het leven hadden beroofd mochten degenen die nog leefden terugkeren.

Daarom doodden ze hun gevangenen niet – niet zij werden gestraft, maar degenen die achterbleven. In afwachting van de zelfmoord van de achterblijver werden de gevangenen in kisten of tonnen met luchtpijpen geplaatst. De meesten stierven na een paar dagen, maar een enkeling leefde nog jaren.

De lichamen die in het Lill-Jansskogen en in de buurt van het oude industrieterrein Albano werden gevonden, wierpen een duidelijk licht op de gruwelijke wraak van Jurek Walter. Hij volgde een volstrekt logisch plan, daarom kwam zijn handelwijze niet overeen met die van andere seriemoordenaars, daarom leek de keuze van zijn slachtoffers zo bizar.

Het zal de politie nog veel tijd gaan kosten om alles in kaart te brengen, maar nu al is duidelijk wie de slachtoffers waren. Walter had iedereen opgespoord die ooit betrokken was bij het uit elkaar halen van het gezin. Van Reidar Frost, die de aanwezigheid van de jongens verried tegenover de voorman, de verantwoordelijken bij de kinderbescherming tot de dienstdoende ambtenaren en beslissingsbevoegden bij de vreemdelingendienst.

Saga denkt aan Jeremy Magnusson, die als jonge man de zaak van de tweeling bij de vreemdelingendienst behandelde. Jurek nam zijn vrouw en zoon en kleinzoon en tot slot zijn dochter Agneta weg. Toen Jeremy zich uiteindelijk ophing in zijn jachthut ging Jurek naar het graf waarin Agneta nog leefde om haar eruit te halen.

Saga herhaalt voor zichzelf dat Jurek haar daadwerkelijk heeft opgegraven, precies zoals hij tegen Joona had gezegd. Hij had de kist geopend, bij het graf gezeten en haar doelloze bewegingen gadegeslagen. Ze was immers een soort versie van hem in deze cirkel, een kind dat zou terugkeren naar niets.

Joona vertelde dat Igor geestelijk zo gebroken was dat hij tussen de oude spullen van zijn vader in de verlaten gastarbeiderswoning leefde. Hij deed alles wat zijn broer hem opdroeg, leerde omgaan met narcosemiddelen en hielp mensen te ontvoeren en graven te verzorgen. De schuilkelder die zijn vader had gebouwd voor het geval er een kernoorlog zou uitbreken, veranderde in een soort tussenstation in afwachting van plaatsing in een graf.

Saga schrikt op uit haar gedachten als haar baas tegen een glas tikt en om stilte verzoekt. Met grote ernst haalt hij een blauw doosje uit een kluis, opent het met een klikje en haalt er een gouden medaille uit.

Een omkranste ster aan een blauw met geel lintje.

Onverwacht trekt Saga's hart zich even samen als ze Verners bulderende stem hoort zeggen dat ze buitengewone moed, dapperheid en intelligentie heeft betoond.

De kamer is gevuld met ingetogen plechtigheid.

Carlos' ogen glanzen en Nathan glimlacht met ernstige blik naar haar.

Saga doet een stap naar voren en Verner speldt haar de medaille op.

Corinne begint te klappen en lacht breed naar haar. Carlos laat de champagnekurk tegen het plafond knallen.

Saga proost met iedereen en neemt hun felicitaties in ontvangst. Haar gehoor wordt af en toe onderbroken door een fluitend oorsuizen.

'Wat ga je nu doen?' vraagt Nathan.

'Ik zit in de ziektewet, maar... geen idee eigenlijk.'

Ze bedenkt dat ze onmogelijk alleen thuis kan gaan zitten in haar stoffige appartement met verlepte planten, schuldgevoelens en herinneringen.

'Saga Bauer, je hebt iets groots voor je land gedaan,' zegt Verner, en hij legt vervolgens uit dat hij haar medaille helaas in de kluis zal moeten bewaren, aangezien de opdracht geheim was en al uit alle registers geschrapt is.

Zakelijk haalt hij Saga's medaille weer van haar borst, legt hem behoedzaam in het doosje en sluit de deur van de kluis zorgvuldig.

Als Saga vanuit de metro de sneeuwstorm in stapt, schijnt de zon door een nevelige hemel. De littekens op haar voorhoofd trekken en ze wordt overvallen door een gevoel van sterfelijkheid.

Nadat Jurek Walter was opgepakt, belandden Samuel Mendel en Joona Linna op zijn wraaklijst. Zijn tweelingbroer nam Samuels gezin gevangen en zat Summa en Lumi op de hielen, toen zij omkwamen bij een auto-ongeluk.

De enige verklaarbare reden dat Mikael en Felicia al die tijd in de capsule bleven, is dat Walter geen gelegenheid meer had gekregen om zijn broer opdracht te geven ze te begraven. Terwijl het gezin van Samuel Mendel werd begraven, bleven Mikael en Felicia gevangenen in al die jaren dat Walter geïsoleerd op de beveiligde eenheid zat. In afwachting van orders van Walter gaf zijn broer hun zijn etensresten en zorgde hij ervoor dat ze niet konden ontsnappen.

Waarschijnlijk had Jurek Walter niet voorzien hoe streng het vonnis van het gerechtshof zou uitvallen.

Voor onbepaalde tijd en zonder contact met de buitenwereld belandde hij in gesloten bewaring in het Löwenströmska-ziekenhuis.

Jurek Walter wachtte zijn tijd af, en terwijl de jaren verstreken bedacht hij een plan. De broers hadden blijkbaar allebei het een en ander geprobeerd, toen Susanne Hjälm besloot Walter een brief van een advocaat toe te spelen. Wat er in die versleutelde brief stond zal nooit duidelijk worden, maar veel wijst erop dat Walters broer simpelweg verslag heeft gedaan van de situatie waarin Joona Linna verkeerde.

Walter moest vrij zien te komen en besefte dat er een mogelijkheid bestond om een bres in zijn isolatie te slaan als hij een brief naar de postbus wist te sturen die de broers weleens gebruikten om met elkaar te communiceren.

De tweeling had van hun vader geleerd hoe ze informatie konden versleutelen en Walter slaagde erin zijn brief op een verzoek om juridische bijstand te laten lijken. Maar in feite was het een order om Mikael vrij te laten. Walter wist dat dit Joona Linna ter ore zou komen en dat de politie contact met hem zou opnemen om Felicia te vinden. Hij wist niet in welke vorm het zou gebeuren, maar hij wist zeker dat het hem de kans zou geven waar hij op had gewacht.

Aangezien niemand had geprobeerd met hem te onderhandelen om het meisje te bevrijden, begreep hij dat een van de nieuwe patiënten een agent was, en toen Saga Bernie Larsson probeerde te redden, wist hij zeker dat zij het was.

Walter had de jonge arts Anders Rönn geobserveerd, hem zijn bevoegdheden zien overtreden en hem zien genieten van zijn macht op de isoleerafdeling.

Toen Walter zijn onverhulde fascinatie voor Saga van zijn gezicht had afgelezen, wist hij hoe de ontsnapping gerealiseerd kon worden. Het enige wat hij hoefde te doen was de jonge arts met sleutels en toegangspasje bij Saga naar binnen lokken. Hij wist dat de arts de schone slaapster niet zou kunnen weerstaan. Walter was nachtenlang bezig met het natmaken van wc-papier en het op zijn gezicht te laten drogen en er een hoofd van te vormen dat de suggestie zou wekken dat hij in zijn bed lag te slapen.

Saga blijft in de koude wind voor de bakkerij in de Sankt Paulsgatan staan, maar weet niet of ze het op kan brengen naar binnen te gaan.

Joona zei dat Jurek Walter tegen iedereen loog, denkt ze. Hij luisterde en wat hij te weten kwam combineerde hij in zijn voordeel, hij mengde leugens met waarheden om de leugens sterker te maken.

Saga draait zich om en loopt door het parkje Mariatorget naar de Hornsgatan. Sneeuw wervelt op en ze loopt als in een tunnel van verdriet, een eenzaamheid die hoort bij het winterse licht en de herinnering aan zichzelf als klein meisje.

Ze wilde haar moeder niet doden, dat weet ze, het was niet de bedoeling.

Saga loopt langzaam door en denkt aan haar vader, Lars-Erik Bauer. Cardioloog in het Sankt Görans-ziekenhuis. Ze heeft hem niet echt meer gesproken sinds ze dertien was. Toch wist Jurek Walter haar zich te laten herinneren dat haar vader de schommel duwde toen ze klein was, thuis bij oma en opa, voordat haar moeder ziek werd...

Plotseling blijft ze staan en krijgt kippenvel in haar nek en op haar armen.

Een man die een klein meisje op een slee trekt passeert haar met een schrapend geluid.

Saga denkt eraan dat Jurek Walter tegen iedereen loog.

Waarom denkt ze dan dat hij tegen haar de waarheid sprak?

Saga gaat op een besneeuwd bankje zitten, haalt haar mobieltje uit haar zak en belt de Naald.

'Nils Åhlén, forensische geneeskunde.'

'Hallo, met Saga Bauer,' zegt ze. 'Ik zou graag...'

'Het lijk is geïdentificeerd,' valt de Naald haar in de rede. 'Hij heet Anders Rönn.'

'Dat wilde ik niet vragen.'

'Wat dan?'

Het wordt stil en Saga ziet de sneeuw opwaaien van het standbeeld van Thor die zijn hamer heft naar de Midgårdslang, en ineens hoort ze zichzelf vragen: 'Hoeveel tabletten codeïne zijn er nodig om iemand te laten sterven?'

'Een kind of een volwassene?' vraagt de Naald zonder enige verbazing te tonen.

'Een volwassene,' antwoordt Saga en ze slikt hard.

Ze hoort de Naald door zijn neus ademen en dan een kort geratel op het toetsenbord.

'Een beetje afhankelijk van lichaamsgewicht en tolerantie... maar tussen de vijfendertig en vijfenveertig tabletten zou dodelijk moeten zijn.'

'Vijfenveertig?' vraagt Saga, en ze grijpt naar haar oor als dat begint te piepen. 'Maar als ze er maar dertien heeft gehad, kan ze dan doodgaan? Kan ze sterven van dertien tabletten?'

'Nee, dat kan niet, ze valt in slaap en wordt wakker met...'

'Dan heeft ze de rest zelf genomen,' fluistert Saga en ze komt wankel overeind.

Ze voelt tranen van opluchting opwellen. Jurek was een leugenaar, hij verwoestte mensen met zijn leugens, dat was alles.

Heel haar leven had ze haar vader gehaat omdat hij hen in de steek liet. Omdat hij niet kwam, omdat hij haar moeder dood liet gaan.

Ze moet achter de waarheid zien te komen. Er zit niks anders op.

Ze belt nummerinformatie en vraagt om te worden doorverbonden met Lars-Erik Bauer in Enskede.

Langzaam loopt ze door het parkje terwijl de telefoon overgaat.

'Met Pellerina,' zegt een kinderstem.

Saga valt stil en klikt het gesprek zonder iets te zeggen weg. Ze blijft staan en kijkt naar de witte hemel boven de Sankt Pauls-kerk.

'Shit,' mompelt ze en ze belt het nummer nog een keer.

Saga wacht in de sneeuw tot de kinderstem opnieuw opneemt.

'Dag Pellerina,' zegt ze beheerst. 'Ik wil graag je vader spreken.'

'Wie kan ik zeggen dat het is?' vraagt het meisje veel te volwassen.

'Saga,' fluistert ze.

'Ik heb een grote zus die Saga heet,' zegt Pellerina. 'Maar ik heb haar nog nooit gezien.'

Saga kan geen antwoord geven. Ze heeft een brok in haar keel. Ze hoort Pellerina de hoorn aan iemand anders geven en zeggen dat Saga hem wil spreken.

'Met Lars-Erik,' zegt een bekende stem.

Saga haalt diep adem en bedenkt het overal te laat voor is, behalve voor de waarheid.

'Papa, ik moet je iets vragen.... toen mama stierf... waren jullie toen getrouwd?'

'Nee,' antwoordt hij. 'We waren twee jaar daarvoor gescheiden, toen jij vijf was. Ik mocht je niet zien van haar. Ik had een advocaat in de arm genomen om...'

Hij zwijgt en Saga sluit haar ogen en probeert niet te beven.

'Mama zei dat je ons in de steek had gelaten,' zegt ze. 'Dat je haar ziekte niet aankon en dat je mij niet wilde.'

'Maj was ziek, ze was psychisch ziek, een bipolaire stoornis en... het spijt me dat je in zo'n moeilijke situatie zat.'

'Ik heb je die avond gebeld,' zegt ze kleintjes.

'Ja,' zucht haar vader. 'Je moeder dwong je om mij te bellen... Zelf belde ze de hele nacht door, wel dertig keer, als het niet meer was.'

'Dat wist ik niet.'

'Waar zit je? Zeg waar je bent, Saga. Ik kan je komen halen en...'

'Bedankt, papa, maar... Ik moet naar een vriend toe.'

'En daarna?' vraagt hij.

'Ik bel wel.'

'Doe dat, Saga, alsjeblieft, doe dat,' zegt hij.

Ze knikt en loopt dan door de sneeuwstorm naar de Hornsgatan en houdt een taxi aan.

Saga wacht bij de receptie van het Karolinska-ziekenhuis. Joona Linna ligt niet meer op de intensive care, maar is overgeplaatst naar een kleinere kamer. Ze loopt naar de liften en denkt aan Joona's gezicht na de dood van Disa.

Het enige wat hij haar de vorige keer dat ze hem bezocht vroeg, was Walters dode lichaam te vinden en het aan hem te laten zien.

Ze weet dat ze Jurek Walter heeft gedood, maar ze moet Joona toch vertellen dat Carlos politieduikers dagenlang onder het ijs naar zijn lijk heeft laten zoeken, zonder resultaat.

De deur van de ziekenhuiskamer op de achtste verdieping staat half open. Saga stopt in de gang als ze een vrouw hoort zeggen dat ze een voorverwarmde deken zal halen. Het volgende moment komt er een glimlachende verpleegkundige de kamer uit die zich nog eens omdraait.

'Je hebt heel bijzondere ogen, Joona,' zegt ze en loopt dan weg.

Saga blijft roerloos staan en sluit even haar brandende oogleden voor ze verdergaat.

Ze klopt op de open deur, loopt de kamer in en blijft staan in het zonlicht dat door het vuile raam naar binnen schijnt.

Saga staart naar het lege bed en loopt erheen. Het infuus hangt bloederig aan de standaard. De slang slingert door de lucht. Een gebroken polshorloge ligt op de grond, maar de kamer is leeg.

Na vijf dagen liet de politie een opsporingsbevel uitgaan, maar Joona Linna was verdwenen en zes maanden later werd de zoektocht gestaakt. De enige die doorging was Saga Bauer, want zij wist dat hij niet dood was.

COMM

PITMAN SHORTHAND

BY

JAMES WM. TAYLOR

Isaac Pitman

PITMAN PUBLISHING

PITMAN PUBLISHING LTD
Pitman House, 39 Parker Street, London, WC2B 5PB, UK

PITMAN PUBLISHING CORPORATION
Fearon Publishers Inc
6 Davis Drive, Belmont, California 94002, USA

PITMAN PUBLISHING PTY LTD
Pitman House, 158 Bouverie Street, Carlton, Victoria 3053, Australia

PITMAN PUBLISHING
COPP CLARK PUBLISHING
517 Wellington Street West, Toronto, M5V, 1G1, Canada

SIR ISAAC PITMAN LTD
Banda Street, PO Box 46038, Nairobi, Kenya, East Africa

PITMAN PUBLISHING CO SA (PTY) LTD
Craighall Mews, Jan Smuts Avenue, Craighall Park
Johannesburg 2001, South Africa

ISBN: 0 273 00840 4

PRINTED BY UNWIN BROTHERS LIMITED
THE GRESHAM PRESS OLD WOKING SURREY ENGLAND
G6 (S.280: 24)

A COMMENTARY ON PITMAN SHORTHAND

PREFACE

PART of the contents of this book originally appeared in the old *Pitman's Journal*, and from time to time many expressions of appreciation of the work have been received. Its publication in book form was welcomed by very many students and teachers of the system, the extremely full list of illustrations of the rules being of much interest and assistance. Indeed, the outstanding features of the book are the wealth of illustrations and the minute details into which the author has entered in the grouping of classes of words.

The present edition has been revised in accordance with the New Era Edition of the textbooks, and the publishers are confident that the work will receive the welcome that its recognized merits deserve.

CONTENTS

INTRODUCTION

Of all the systems of shorthand that have appeared, Phonography, invented by Sir Isaac Pitman, has gained a popularity far and away beyond any other. For more than a century it has been regarded as the premier system of shorthand, while, in regard to speed, its records are far in excess of those of any other system that has ever been published.

The increasing demand for the use of shorthand in the commercial world has resulted in a corresponding demand for thoroughly qualified teachers. The formation of Shorthand Teachers' Societies for the purpose of " hall-marking " the competent teacher, and the more stringent qualifications required by Educational Authorities, have contributed to raise the standard of shorthand teaching of today to a higher level than at any other period in the history of Shorthand.

The primary object of the Author in the preparation of this *Commentary* has been to provide an exhaustive exposition of the principles of Pitman Shorthand, and the volume is designed especially for the use of teachers, present and prospective, and advanced students. It should be particularly understood that it is not intended for those who are about to begin the study of Pitman Shorthand.

In this exposition of the system an attempt has been made, as far as possible, not only to explain the various rules of the system, but to lay down the guiding principles which are the basis in the formation of the rules. Besides, the principles of the system have not been explained within the limits of the particular chapters, but in cases where the employment of advanced principles is applicable, even in the early sections of the book, they have been introduced.

The *Commentary* is not simply a series of comments on the various rules as stated in the textbooks. The system has been re-stated and exhaustively explained in all its minute details. It is, therefore, hoped that the volume may prove of service to teachers, as well as a valuable guide to candidates preparing for the various Shorthand Teachers' Examinations, and to advanced students who desire a more or less thorough knowledge of the system.

The arrangement of the order of the chapters follows, in the main, the same order as the New Era edition of the *Instructor*.

In explaining the principles forming the various chapters, the author has adopted the following plan—

1. A short introduction to the chapter.
2. The general rules dealing with the principles.
3. A series of helpful notes which should be particularly observed.
4. The chief sources of error on the part of students, and the method of dealing with such.
5. The treatment of derivative and compound words.
6. The non-use of the principles.

It should be observed that in dealing with the direction of the straight strokes, they are given in the following order: (1) Downstrokes, (2) Horizontal Strokes, and (3) Upstrokes. Curved strokes are referred to as right-hand and left-hand curves.

In cases where the two classes of strokes are used the straight strokes are dealt with first and then the curved strokes, and wherever possible, the use of the attachments initially, medially and finally; but where this order is not observed, a more practical method is adopted.

The shorthand examples employed to illustrate the various principles are very numerous, and should prove of immense service to the teacher, seeing it is most important that he should have at his command a number of examples to illustrate freely all the principles of the system. The method adopted has been, as far as possible, to give the examples in order of the consonants in the Phonographic Alphabet, and here it may be advisable to throw out a useful suggestion, especially to prospective teachers. Many teachers, in giving examples, adopt a very haphazard method and give them without any regard to order, with the result that they find it very difficult, on the spur of the moment, to supply an adequate number to illustrate a particular principle. If the teacher will cultivate the habit of thinking phonographically and give the examples in the same order as the consonants of the Phonographic Alphabet, he will find plenty of examples with a minimum of mental effort. An excellent book to which the teacher should refer for examples on all the principles of the system is *Shorthand Writing Exercises and Examination Tests and Key.*

Another useful suggestion may be given, and that is, that the teacher should be thoroughly familiar with the order of the principles as set forth in this book. This will be particularly helpful when dealing with any principle which may be illustrated from various parts of the system. For example, supposing the teacher wished to state the cases in which the stroke *n* is employed finally, although not followed by a vowel, he should commence with the influence of the vowels, then the circles and loops, the initial and final hooks, the rules for initial stroke *l*, the halving principle, etc. By following this method the teacher will be more likely to remember the cases, and thus explain the principle more completely, as the omission of several cases, especially in an examination, would result in a loss of marks.

It is of the utmost importance in teaching that the teacher should have a thorough knowledge of his subject. The present and prospective teacher of Pitman Shorthand should take advantage of all the means available for acquiring a complete and exhaustive knowledge of the system. For this purpose, it may not be out of place to give a list of books from which he may derive considerable help, and the Publishers of the system are to be heartily congratulated on their enterprise in providing so many valuable works for the assistance of both teachers and students.

In addition to the *Instructor*, the following should prove of service—

Introduction to the Shorthand Dictionary.

Principles of Teaching Applied to Pitman's Shorthand, by Robert W. Holland, O.B.E., M.A., M.Sc., LL.D.

Examination Notes on Pitman's Shorthand, by H. W. B. Wilson.

In conclusion, I hope that the *Commentary*, which embodies the result of over forty years' teaching experience, will prove of great service to those for whom it is designed.

I desire to express most sincerely my great appreciation of the care which the Publishers have exercised in the production of this volume, and also for their co-operation with me in every detail to make the book worthy of their world-wide system of Shorthand.

JAMES WM. TAYLOR.

Commentary on Pitman Shorthand

Chapter 1.

A FIRST LESSON AS TO A CLASS OF BEGINNERS.

IN presenting a first lesson suitable for a class of beginners we shall refer to the principles which it is absolutely necessary that the student should understand at the outset. We shall further restrict the lesson to the consonants only, leaving the vowels and diphthongs to subsequent chapters.

Although this lesson may appear somewhat brief, yet our experience has led us to the conviction that the majority of students do not require a first lesson to be too profound, as it is too much for them to grasp, but rather that the subject be explained in a simple way, by referring to the phonetic basis of the system and then to the important points with regard to the consonants. This, it will be found, they are able readily to understand and master.

This lesson may not appeal to some teachers who have had a long experience, and of course know exactly what is required; but we hope, at any rate, that what we have to say will serve as a guide to those who have had little or no experience, until they possess the " wisdom that is bought by experience."

Definition of a Consonant.

A consonant (from Latin *con*, together; and *sonans*, sounding) is a sound which cannot be produced distinctly without the aid of a vowel.

The Phonetic Basis of the System.

The first essential principle to impress upon the mind of the student is that Pitman Shorthand is written according to sound and not according to ordinary spelling.

Take a few simple words to illustrate this principle, using words in which the spelling is no guide to the pronunciation. A good plan is to test the student's powers of analysis by asking him to pronounce the words, to let him discover the sounds of which they are composed, and then to write in phonetic spelling the letters representing the sounds of the words.

The following words will serve as examples :—

eight	the	sounds	of which	are	ā t
ache	,,	,,	,,	,,	ā k
quay	,,	,,	,,	,,	k ē
comb	,,	,,	,,	,,	k ō m
dough	,,	,,	,,	,,	d ō
cough	,,	,,	,,	,,	k ŏ f
yacht	,,	,,	,,	,,	y ŏ t
physic	,,	,,	,,	,,	f ĭ z ĭ k

It will be seen from the above list that every word has to be analysed, and the actual sounds of which the word is composed ascertained; it is then necessary to write only the letters representing the sounds, omitting all silent letters.

The next step is to refer to the table of Consonants, and in giving the strokes their names care should be taken to give them their " phonetic " names so as to secure their correct sound; thus *ch* must not be called " see aitch " but " chay " ; *th* and th must be pronounced " ith " and " thee " respectively and not " tee aitch ; " *z* is pronounced " zee " and not " zed," etc.

Characteristics of the Consonants.

1. The consonants are divided into six groups arranged according to their articulation.

2. The consonant strokes are composed of straight lines and curves, all but four being written with a single inflection of the pen, the exceptions being , the two former commencing with small initial hooks and the two latter with initial circles, the straight stroke being written downward or upward. The initial hooks must be written parallel to the upstroke; thus, 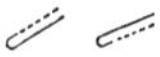

3. The consonants are represented by thin and thick strokes, the first sixteen being paired, the thin strokes representing light sounds and the thick strokes the corresponding heavy sounds.

NOTE.—In the case of thick straight strokes they require to be a uniform thickness throughout, but in the case of the thick curves, they begin thin, thicken in the middle, and taper towards the end.

4. The strokes are written in three directions :—(1) Downward. (2) Horizontally. (3) Upward.

5. Each stroke represents one sound only and never under any circumstances represents any other.

6. Each stroke must be written the same length, namely, about $\frac{1}{6}$ of an inch.

7. In writing the strokes, "draw" the characters at first, as it is possible to be a bad shorthand writer as it is to be a bad longhand writer, both depending upon the formation of the letters. Speed will come by practice.

8. Where there are duplicate signs for the same sound they are principally for convenience in joining, and definite rules for their use will be explained later on.

The signs arranged as below will show the similarity of direction between the straight and curved strokes, and thus assist in memorizing them.

The teacher should now refer to the direction in which the strokes are written, and emphasize the fact that they are *always* written in the same direction as explained, the downstrokes being written downward, the horizontal strokes from left to right, and the upstrokes upward. It should be particularly noted that all the strokes are written in a single direction only, and do not take alternative directions, with the exception of *sh* and *l* which, when joined to other strokes, may be written downward or upward, but when they stand alone may be written only in one direction, that is, *sh* downward and *l* upward.

Directions and Angles of Strokes.

1. Perpendicular strokes 
2. Horizontal strokes 
3. At an angle of 30° from the perpendicular 
4. At an angle of 30° from the horizontal 
5. At an angle of 45° 

Mnemonics.

The following mnemonics will prove useful :—

f  (and its corresponding heavy sound *v*) may be remembered because it is a *f*orward curve.

s) is often confused with the stroke for (, but if

it is remembered that the stroke for) is the downward portion of the longhand *s*, thus , and that the stroke for (is the curve in the opposite direction, all difficulty will be removed.

m may be remembered by the fact that it *m*ounts over whilst *n* dips u*n*der.

l and *r* form respectively the left and right sides of an arch thus ; *ray* and *chay* may be easily distinguished, as  is *raised,* that is, written upward.

As the *w* comes before *y* in the ordinary alphabet, in like manner, the hook of the *w*  appears before that of the *y* 

The teacher should ask the student to learn the strokes, which must be mastered as thoroughly as the ordinary *a b c*. He may write them along the lines of his notebook, or use *Pitman Shorthand Copy Books*, which are provided with double lines and thus assist the student in making the strokes a uniform length.

Summary.

1. Pitman Shorthand is written according to sound and not according to the ordinary spelling.
2. The consonants are composed of straight lines and curves.
3. The consonants are represented by thin and thick strokes.
4. The strokes are written in three directions.
5. Each stroke represents one sound only.
6. Each stroke must be written a uniform length.
7. The strokes should be written slowly at first, and more rapidly when the student is familiar with them.
8. Where there are duplicate signs for the same sound they are principally for convenience in joining, and rules for their use are explained later on.

Chapter 2.

JOINED STROKES.

HAVING explained in the first lesson the Consonants of the Phonographic Alphabet, the teacher should proceed to explain the rules for joining one stroke to another.

At the outset it will be necessary to point out that it is the practice in the formation of words to write the strokes first and to insert the vowels afterwards. It will also be advisable to emphasize the fact that each stroke must be written the same length, and that the strokes are written in three directions, namely, downward, horizontally, and upward.

The rules for joining strokes are as follows :—

1. In joining strokes together they must be written without lifting the pen, the second stroke necessarily commencing at the end of the first, the third commencing at the end of the second, and so on ; thus,

p t, *f m l*, *m n th l*.

The necessity for the avoidance of lifting the pen is to secure legibility and speed. As it is generally considered that every lift of the pen is equivalent to the writing of a stroke, it will be obvious that to lift the pen more frequently than is absolutely necessary is to lessen very materially the speed at which Pitman Shorthand can be written. It should be noted that the strokes are read in the order in which they are written.

2. When strokes are joined to each other they must be written in the same direction as when standing alone, downstrokes being always written downward, that is, from top to bottom, horizontal strokes being always written from left to right, and upstrokes being always written upward in a forward direction; thus,

t p, *k m*, *l r*.

The teacher cannot too strongly emphasize this important fact that the direction in which the strokes are written is not affected by their being joined to other strokes, but each stroke must always be written in its own direction as explained in the first lesson. Special mention has already been made of the strokes *sh* and *l* when joined to other strokes. The rules for their use will be explained later.

The position of Consonantal Combinations with regard to the Line.

The teacher should remember the three directions of the strokes, namely, downward, horizontally, and upward, and if he will take each stroke as the first in order followed by the strokes in the other directions, he will be able to provide for every class of combination and show its position with regard to the line.

The rules may be stated as follows :—

1. First Stroke a Downstroke.

When a downstroke is the first stroke in a word it must rest upon the line, as is the case with single downstrokes, a second descending stroke necessarily going below the line; thus,

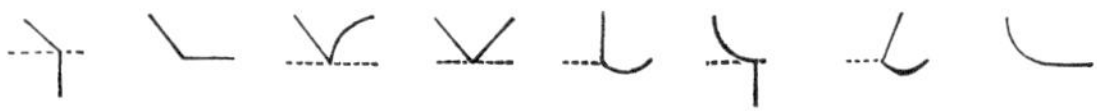

p t, *p k*, *p l*, *p r*, *t n*, *f t*, *ch ng*, *f k*,

f n, *f l*, *f r*.

2. First Stroke a Horizontal Stroke.

(*a*) When a horizontal stroke is followed by a downstroke, the horizontal stroke must be commenced sufficiently high above the line to allow the downstroke to rest upon the line; thus,

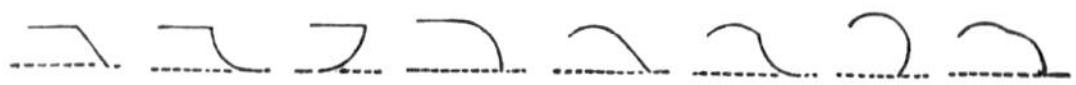

k p, *k f*, *k sh*, *k r*, *m p*, *m f*, *m s*, *m r*.

(*b*) When a horizontal stroke is followed by a horizontal or an upstroke, the horizontal stroke must be written on the line, as is the case with single horizontal strokes; thus,

k w r, *k n*, *n r*, *k k*, *k l*, *k r*, *m m*,

m l, *m r*.

3. First Stroke an Upstroke.

When an upstroke is the first stroke in a word it must begin on the line, as is the case with single upstrokes; thus,

l p, *l k*, *l l*, *l r*, *r p*, *r k*, *r l*, *r r*.

Angles between the Strokes.

When joining strokes together the teacher should note particularly the angles between the various classes of strokes.

After an exhaustive analysis of all the joinings of the strokes, the following results will show the cases in which no angle is formed between the two strokes. In all other cases, the joinings necessitate an angle or a real point of junction.

Combinations of Straight Strokes.

Between two straight strokes running in the same straight line no angle is formed, thus,

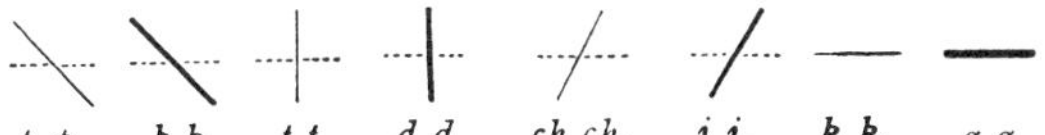

p p, *b b*, *t t*, *d d*, *ch ch*, *j j*, *k k*, *g g*,

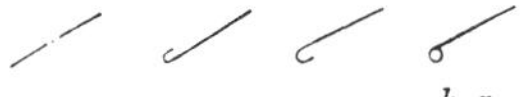

r r, *w r*, *y r*, *h r*.

In all combinations of two straight strokes an angle is formed, as the following examples will show :—

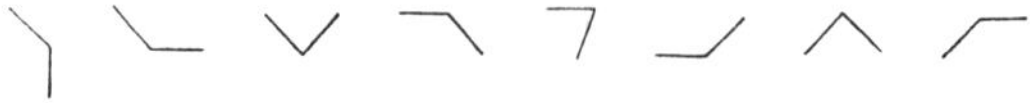

p t, *p k*, *p r*, *k p*, *k ch*, *k r*, *r p*, *r k*,

ch w, *h w*.

COMBINATIONS OF STRAIGHT STROKES AND CURVES.

BETWEEN A STRAIGHT STROKE AND A CURVE no angle is made in the following cases :—

p s, *p z*, *p n*, *p ng*, *t f*, *t v*, *t sh*, *t zh*,

ch th, *k r*.

In all other combinations of a straight stroke and a curve an angle or point of junction is formed as the following examples will show :—

p f, *p th*, *p sh*, *p m*, *p l*, *p r*, *t th*, *t s*, *t m*, *t n*, *t ng*,

t l, *t r*, *ch f*, *ch s*, *ch sh*, *ch m*, *ch n*, *k f*, *k th*, *k s*, *k z*,

k sh, *k m*, *k n*, *k l*, *r f*, *r th*, *r s*, *r sh*, *r n*, *r* '.

BETWEEN A CURVE AND A STRAIGHT STROKE no angle is made in the following cases :—

f k, *th p*, *m p*, *l k*, *r t*.

In all other combinations of a curve and a straight stroke

an angle or point of junction is formed, as the following examples will show :—

f p, f t, f ch, f r, th t, th ch, th k, th r, s p, s t, s k, s r,

sh p, sh t, sh ch, sh k, sh r, m t, m ch, m k, m r, n p, n t,

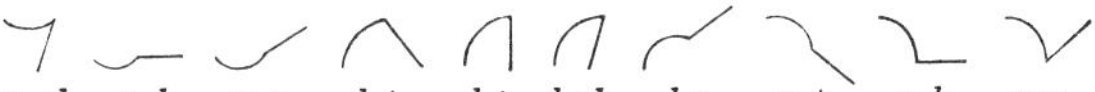

n ch, n k, n r, l p, l t, l ch, l r, r p, r k, r r.

Combinations of Curved Strokes.

Between two Curves. In dealing with the joining of two curved strokes, the teacher will remember that all the curves in the system are made from two circles divided into four equal parts by being cut at different angles, as shown in the following diagrams :—

1 2

It will be advisable, therefore, to note the combinations of curved strokes from the same circle as well as from different circles, in which no angle is shown either on account of the geometrical formation of the curves or because it would be practically impossible, and then to note the cases in which the two curves from the same or different circles make an angle or a point of junction.

Combinations from circle No. 1 without an angle :—

f sh, f r, sh l (up), *l* (up) *sh* (down), *l sh* (up),

l (down) *sh* (up), *l r, r f, r sh.*

With an angle :—

f sh, f l, f l, sh f, sh f, sh l, sh r, l f, r sh, r l.

Combinations from circle No. 2 without an angle :—

th s, s th, m n, n m.

With an angle :—

th m, th n. s m, s n, m th, n th, n s.

Combinations from circles Nos. 1 and 2 without an angle :—

l s, l n.

With an angle :—

f th, f s, f m, f n, sh th, sh s, sh m, sh n, sh n,

l th, l m, l m, l n, r th, r s, r m, r n.

Combinations from circles Nos. 2 and 1 without an angle :—

th sh (up), *m sh.*

With an angle :—

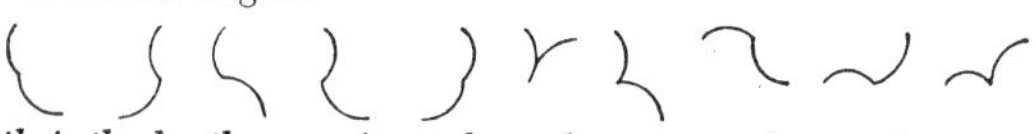

th f, th sh, th r, s f, s sh, s l, s r, m f, m sh, m l,

m r, n f, n sh, n l, n l, n r.

It should be observed that the stroke combinations forming the above examples are given in the same order as the consonants of the phonographic alphabet, and further, although the thin strokes are given, the principles apply to their corresponding thick strokes.

Modifications of Strokes.

The straight upstrokes, standing alone are written at an angle of 30° from the horizontal, but when these strokes are followed by downstrokes or horizontal strokes, they slope less than when standing alone; thus,

r p, r t, r f, r k, h p, h t, h f, h k, w j, r j, y ch,

but when followed by an upstroke, they commence at the same angle as when standing alone; thus,

r l, r r, r w, r y, r h, w l, w r, y l, y r, h l, h r.

The upward *l* after downward *l* is slightly modified; thus,

f l l, v l l.

Distinction between and

As has been pointed out *ch* is always written downward and *r* is always written upward. When standing alone, is written at an angle of 30° from the perpendicular, and at 30° from the horizontal, these strokes naturally taking these angles when struck downward and upward respectively. When they are joined to other strokes they are distinguished by the *direction* in which they are written and not by the amount of slope, as the angle of when joined, is sometimes modified, as explained in a previous paragraph.

NOTES.

(*a*) When two straight strokes of the same thickness and in the same straight line follow each other, there must be no break between them; thus,

p p, b b; t t, d d; ch ch, j j; k k, g g; r r.

(*b*) When a thin straight stroke is followed by a thick straight stroke in the same straight line, or vice versa, the thick stroke may be tapered a little at the point of junction between the two strokes; thus,

p b, b p ; t d, d t ; ch j, j ch ; k g, g k.

(*c*) If a thick curve precedes or follows a thick stroke without an angle, there is no need to taper the curve at the point of junction ; thus,

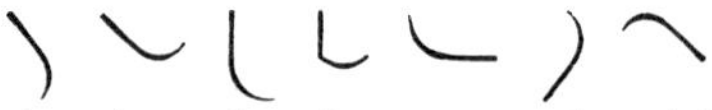

b z, b ng, d v, d ng, v g, z j, mb b.

(*d*) Two curves of the same arc of a circle are repeated by showing an angle between the curves ; thus,

f f, th th, s s, sh sh, m m, n n, l l, r r.

Summary.

1. In joining strokes together they must be written without lifting the pen.

2. When strokes are joined they must be written in the same direction as when standing alone.

3. When a descending stroke begins a combination it must rest upon the line.

4. When a horizontal stroke is followed by a descending stroke, the descending stroke rests upon the line.

5. When a horizontal stroke is followed by a horizontal or an upstroke, the horizontal stroke rests upon the line.

6. When an upstroke begins a combination it commences from the line.

7. Two straight strokes running in the same straight line are joined without an angle.

8. Two of the same arcs of a circle are repeated by showing an angle between them.

9. When *ch* and *ray* are joined to other strokes they are distinguished by the *direction* in which they are written and not by the angle at which they are written.

Chapter 3.

LONG AND SHORT VOWELS.

The simple consonants and the rules for joining them together having been explained, the next step is to deal with the vowels, which will introduce the student to the application of that fundamental principle of the system, the writing of words according to spoken sounds.

This method of " writing by sound " is generally found difficult at the outset, and this is only natural, as it is not to be expected that a student can overcome in a few hours the practice of writing words according to the ordinary spelling, which he has been using for years. However, when once he has grasped the sounds of the language and the phonetic basis of the system, he will soon find his difficulties disappear, although he may now and again be unconsciously misled by the spelling and write the words according to the letters he sees rather than according to the sounds he hears.

Definition of a Vowel.

A vowel is a sound which can be produced without the assistance of any other. It may be useful to point out the difference between a consonant and a vowel by comparing the definition of a consonant as given in the first chapter.

The teacher should now proceed to explain the Long and Short Vowels.

Long Vowels.

There are six simple long vowels in the English language, namely :—

Lingual.				*Labial.*			
Place.	Sound.	As in.	Sign.	Place.	Sound.	As in.	Sign.
1	AH	Pa		1	AW	all	
2	A	may		2	O	go	
3	E	we		3	$\overline{OO}$	too	

All the vowels should be pronounced as single sounds; thus, *ah* as in *alms* (not a-aitch); *aw* as in *awe* (not a-double-you); *oo* as in *ooze* (not o-o).

The order of the long vowels may be remembered by the following sentence:

Pa may we all go too.
ah, *ā*, *ē*, *aw*, *ō*, *ōō*.

The order of the vowels in each group corresponds with the order of their utterance by the vocal organs, each series commencing with the most open and ending with the most closed sound. The first three are called Lingual, because in their production the tongue is mainly concerned; the last three are called Labial, because in their production the lips are mainly concerned.

The Vowel-Signs.

As will be seen by the foregoing table, vowel-signs are placed to a dotted line to represent a stroke (*t*), in order to show that a heavy dot represents *ah*, *ā*, or *ē*, according as it is written at the beginning, in the middle, or at the end of a stroke. A short heavy dash written in the same places represents *aw*, *ō*, or *ōō*.

In forming words it will be found more convenient to write the strokes first, and then to vocalize, that is, to insert the vowels afterwards.

The vowel-signs must be written at a little distance from the strokes to which they are placed. If allowed to touch (except in a few cases which will be explained hereafter) they would occasion mistakes.

The dot vowels are made thick by pressure and not by a circular movement of the pen, and under no circumstances whatever are they joined. The dash vowels may be written at any angle that is distinct, the right angle being preferred where convenient. The only cases in which a dash vowel is joined to a stroke in words are:—

1. The long vowel  (*aw*) before upward *l*; thus,

 *awl*,  *also*.

2. The logogram  (*all*) in compound words commencing with *all-* or *al-*; thus,

 *Almighty*,  *almost*,  *already*,  *all-wise*.

3. The logogram \ (*two*) in compound words; thus,  *two-decker*,  *two-fold*,  *two-legged*,  *two-lobed*.

Places of the Vowels.

Vowels written at the beginning of a stroke, as ***ah***, ***aw***, are called first-place vowels; vowels written in the middle of a stroke, as ***ā***, ***ō***, are called second-place vowels; and vowels written at the end of a stroke, as *ē*, *ōō*, are called third-place vowels. The place of the vowel is always reckoned from the commencement of the stroke. In the case of downstrokes, the vowel-places are counted from the top downwards; thus,

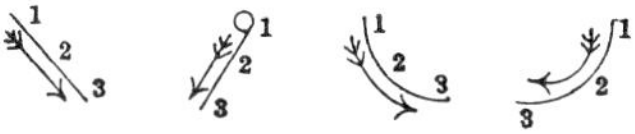

in the case of horizontal strokes from left to right; thus,

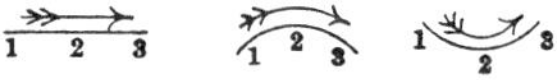

in the case of upstrokes, the vowel-places are counted from the bottom upwards; thus,

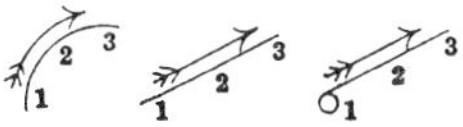

It should be noted that with *sh* and *l*, which admit of being written downward or upward, the same rule applies, that is, wherever the stroke begins, is always first-place; thus,

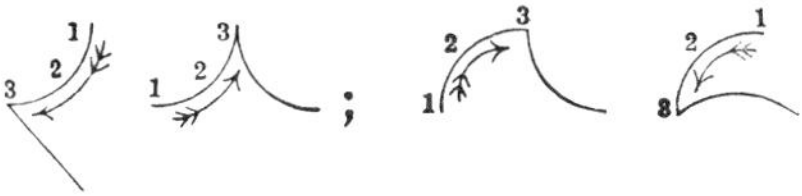

Vowels before and after Strokes.

When a vowel is placed on the left-hand side of a downstroke, it is read before the stroke, and when placed on the right-hand side, it is read after the stroke; thus,

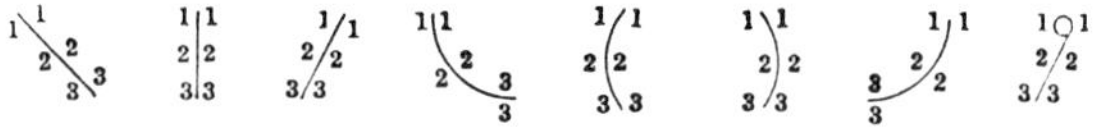

When a vowel is placed above a horizontal stroke, it is read before the stroke, and when placed under, it is read after the stroke; thus,

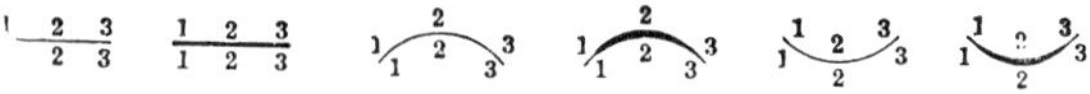

When a vowel is placed above an upstroke, it is read before the stroke, and when placed under, it is read after the stroke; thus,

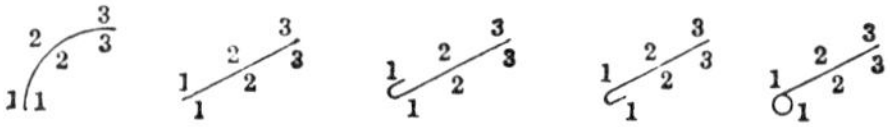

NOTES.

(*a*) The vowels and strokes are read in the same manner as in reading longhand, that is, forward as to the line, downward as to the page.

(*b*) In determining which side is before and which side is after, students frequently confuse the stroke  with the stroke , and regard the outside of the curve as *after* and inside the curve as *before.* While this applies to the stroke , which is a horizontal stroke, it cannot apply to , as it is a downstroke, and not a horizontal stroke, as will be seen by the examples shown above.

Long Vowels between two Strokes.

First and second-place long vowels, when occurring between two strokes are written after the first stroke; thus,

 *palm,*  *bake,*  *talk,*  *boat.*

Third-place long vowels are written before the second stroke; thus,  *beak,*  *boot.*

The reason for writing a third-place vowel before the second stroke is to avoid writing the vowel in an angle, as in some cases it would then have two representations, either a third-place to the first stroke or a first-place to the second stroke; and as this would lead to ambiguity, it is preferable to write the third-place vowel before the second stroke, the vowel still being written in the third-place.

The places of the vowels in the following combinations illustrate the above rules :—

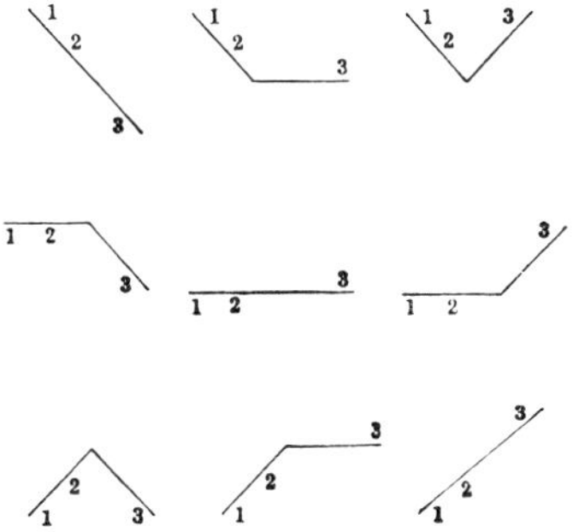

Exceptions.

There are a few exceptions to the rule for writing the second-place long vowel, when occurring between two strokes, and these should be noted :—

1. In some compound words, such as  *backache,*  *toothache,*  *headache,*  *steam-engine,* the vowel being written to the stroke to which it belongs.

2. When the first of the two strokes is a half-sized stroke; thus,

 octavo, *cottage.*

SHORT VOWELS.

Besides the six long vowels already explained, there are six corresponding short vowels in the English language, namely :—

Lingual.				*Labial.*			
Place.	Sound.	As in	Sign.	Place.	Sound.	As in	Sign.
1	ă	that		1	ŏ	not	
2	ĕ	pen		2	ŭ	much	
3	ĭ	is		3	o͝o	good	

The order of the short vowels may be remembered by the following sentence :—

That pen **is** not much good.
ă, ĕ, ĭ, ŏ, ŭ, o͝o

In producing the sounds of the short vowels the positions of the vocal organs are nearly the same as in uttering the long vowels, the chief difference being that the short vowels are more rapidly pronounced. The difference between the long and the short vowels will be clear from the following list :—

Long Vowels.	Short Vowels.
1. B*a*lm,	B*a*ck,
2. b*a*le,	b*e*ll,
3. b*ea*t,	b*i*t.
1. c*au*ght,	cot,
2. n*ote*,	n*ut*,
3. f*oo*d,	f*oo*t.

The Vowel-Signs.

As will be seen by the above table, the short vowels are represented, like the long ones, by dots and short dashes; but they are made light to indicate their short sound.

As the instructions with regard to the places of the vowels which have been already explained with the long vowels, apply equally to the short vowels, it is unnecessary to illustrate them here.

Short Vowels between two Strokes.

First-place and second-place short vowels, when occurring between two strokes, are written after the first stroke; thus,

 *bat,*  *dot,*  *bet,*  *Tuck.*

Third-place short vowels are written before the second stroke; thus,

 *bit,*  *took.*

It will be observed that there is no difference in the placing of the long and short vowels, the rule in both cases being that, when occurring between two strokes, first and second-place vowels are placed after the first stroke and third-place vowels before the second stroke.

The places of the vowels in the following combinations illustrate the above rules:

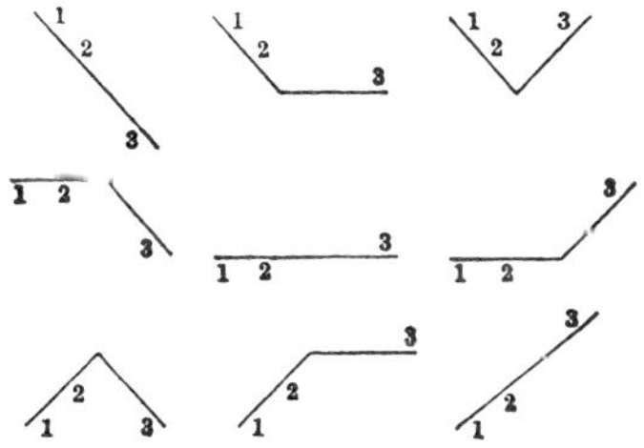

SUMMARY.

1. There are six long vowels and six corresponding short vowels.
2. The long vowels are represented by heavy dots and dashes and the short vowels by light dots and dashes.
3. The vowel-signs are disjoined, the dash vowels being preferably written at right angles to the stroke.

4. There are three places for the vowels, namely, first, second and third-place, according to whether the vowel is written at the beginning, middle, or end of a stroke, the vowel-places being always reckoned from the commencement of the stroke.

5. Vowels written on the left-hand side of downstrokes and above horizontals and upstrokes are read before the stroke; on the right-hand side of downstrokes and under horizontals and upstrokes, they are read after the stroke.

6. When vowels occur between two strokes first-place and second-place vowels are written after the first stroke, and third-place vowels are written before the second stroke.

Chapter 4.

THE DIPHTHONGS.

THE English language, as has been explained in the previous chapters, consists of twenty-four consonants and twelve vowels, the simple vowels being divided into six long and six short, the whole constituting the thirty-six sounds of which our language is composed. There is, however, a further class of vowels known as diphthongs, or double vowels. This last class has been found on analysis not to be a series of entirely new sounds but to be compounds of the simple vowels.

Definition of a Diphthong.

Having defined in the previous chapters the terms " consonant " and " vowel " it will be advisable to define the new terms now introduced.

A diphthong is the union of two vowels in one sound or syllable.

Composition of the Diphthongs.

The diphthongs, with their component vowel sounds, are as follows :—

I, as heard in the word *pie*, is the union of the long vowel *a* as in *father*, and the short vowel *i* as in *fill*.

Ow, as heard in the word *vow*, is the union of the long vowel *a* as in *father*, and the short vowel *ŏŏ* as in *put*.

Oi, as heard in the word *boy*, is the union of the long vowel *aw* as in *law*, and the short vowel *i* as in *fit*.

U, as heard in the word *pew*, is the union of the short vowel *i* as in *fit*, and the long vowel *oo* as in *pool*.

I, *Ow*, and *U* are close diphthongs, accented on the second element, or closing vowel sounds.

Oi is an open diphthong, accented on the first element or opening vowel sound.

The Diphthong Signs.

The diphthongs *I*, *ow* and *oi* are represented by small angular signs, the diphthong *u* by a small semicircle; thus,

I	OW	OI	U

THE DIPHTHONG "I."

Place of the Diphthong.

The diphthong *I* (unless joined as explained later) is written in the first vowel-place; thus,

pipe, *pike*, *pile*, *tile*, *tire*, *ripe*, *mire*, *spice*, *supplies*, *high-priest*.

Joining of the Diphthong.

1. The diphthong *I* is joined **initially** to downstrokes; thus,

eyeball, *item*, *Ida*, *ivy*, *ice*, *eyes*, *ire*.

2. The contracted form of *I*, that is the first tick, may be joined initially to upward *l*; thus,

isle, *island*, *islander*.

3. *I* is joined finally to *n*; thus,

nigh, *deny*.

In phrases:—

1. The full form is written initially in the first-place and joined to downstrokes and to *n*; thus,

I hope, *I beg*, *I take*, *I dare*, *I fear*, *I have*, *I think*, *I say*, *I was*, *I shall*, *I know*.

2. When the full form is awkward or impossible initially, it may be contracted ; thus,

I propose, *I believe,* *I trust,* *I tell,*

I can, *I call,* *I give,* *I agree,*

I am, *I will,* *I like,* *I regret.*

The Triphone.

When the diphthong *I* is immediately followed by another vowel, that vowel is indicated by a small tick joined to ᵥ and written *downward ;* thus,

dialogue, *diameter,* *diary,* *vial,*

Miall, *alliance,* *Iona.*

Such signs (representing three vowels) are called *Triphones.*

NOTES.

(*a*) The diphthong *I* is always upright.

(*b*) When the diphthong is disjoined it is written in the first-place.

(*c*) The first tick of the contracted form of *I* must be written with its proper angle so as not to be confused with the tick *h*.

(*d*) The only stroke to which the diphthong *I* is joined finally is the stroke *n*.

(*e*) A vowel immediately following v is represented by a small downward tick joined to v

THE DIPHTHONG "OW."

Place of the Diphthong.

The diphthong *ow* (unless joined as explained later) is written in the third-place initially, medially, finally ; thus,

ouch, *ousted,* *ourology,* *pouch,*

couch, *foul,* *mouth,* *loud,*

browsed.

Joining of the Diphthong.

In words and phrases :—

1. It is written in the first-place and joined initially to upward *l* ; thus, *owl*, *owler*.

2. Finally, *ow* is joined to downstrokes when convenient ; thus,

bow, *Dow*, *vow*, *thou*, *sow*, *anyhow*.

3. It is joined to stroke *n* by writing only the final tick as a contracted form ; thus, *now*.

4. It may be joined initially in phrases when it gives a convenient joining, for the grammalogue *how* ; thus,

how can, *how much*, *how many*,

how long, *how are*.

The Triphone.

When *ow* is immediately followed by another vowel, that vowel is indicated by a small tick joined to *ow* and written *upward* ; e.g.,

avowal, *allowance*, *tower*, *power*,

howitzer, *Howell*.

NOTES.

(*a*) The diphthong *ow*, like the diphthong *I*, is always upright.

(*b*) The diphthong *ow*, when disjoined, is written in the third-place.

(*c*) The contracted form of *ow* is written finally only after *n*, and must be written in the same direction as the final tick, otherwise it might be confused with the tick *the*.

(*d*) A vowel immediately following *ow* is represented by a tick written upward and joined to *ow*.

THE DIPHTHONG "OI."

Place of the Diphthong.

The diphthong *oi* is always written at the beginning of a consonant, i.e., in the first-place.

boy, *boiler*, *joy*, *coy*, *coil*,

foil, *moil*, *Roy*, *hoy*.

Joining of the Diphthong.

It is always joined initially to upward *l*; thus,

oil, *oiling*, *oil-shop*.

The Triphone.

When *oi* is immediately followed by another vowel, that vowel is represented by a tick joined to *oi*; thus,

buoyant, *boyish*, *loyal*, *royal*.

THE DIPHTHONG "U."

Place of the Diphthong.

The diphthong *u* is always written at the end of a stroke.

Euphrates, *tube*, *duke*, *tunic*.

It should be noted that *u* is seldom used initially, its initial use being confined to words which would otherwise result in long or awkward outlines.

1. In phrases it is written in the first-place and joined for the grammalogue *you*; thus,

you can, *you may*, *you will*, *you are*.

NOTE.—The diphthong *u*, being a third-place diphthong, must never be joined initially in words.

2. When *u* is immediately followed by another vowel, that vowel is represented by a tick written upward and joined to *u*; e.g.,

duet, *ambiguous*, *continuous*,

minuet, *annuity*, *genuine*.

perpetuate, *graduate*, *habituate*,

insinuate.

3. It is joined to downstrokes; thus,

pew, *due*, *view*, *Matthew*, *sue*.

4. It is joined finally to *k*, *g*, *m*, *mb*, *n* and *l* (up); thus,

new, *continue*, *avenue*, *renew*, *Kew*, *argue*, *mew*, *value*.

5. It is used in phrases; thus,

do you, *if you*, *for you*, *from you*, *have you*, *thank you*, *do you mean*, *if you can*, *if you may*, *if you will*, *if you are*.

NOTE.—The diphthong *u* only changes its form when it is joined finally to *k*, *g*, *m*, *mb*, *n* and *l* (up). It must always be written third-place in outlines, whether joined or disjoined.

SUMMARY.

1. The diphthong *I* is joined initially to downstrokes and finally to *n*.
2. When disjoined it is always written in the first-place.
3. The diphthong *ow* is joined initially to upward *l* and finally to downstrokes.
4. When disjoined it is always written in the third-place.
5. The diphthong *oi* is joined initially to upward *l*; when disjoined it is always written first-place.
6. The diphthong *u* is always written third-place, and is joined finally to downstrokes and to *k*, *g*, *m*, *mb*, *n* and *l* (upward).
7. A vowel immediately following a diphthong may be represented by a small tick attached to the diphthong. Such signs are called *Triphones*.

Chapter 5.

SMALL CIRCLE *S* AND *Z*.

THE teacher should now briefly review the consonants, vowels, and simple diphthongs, and remind the student that he has dealt with all the sounds in the English language; and although it would be possible to write every word in the language in Pitman Shorthand with the principles just learned (and this might be illustrated by writing some long words with the full consonantal strokes), this would not provide the briefest and most lineal outlines. Resort must therefore be had to various methods of abbreviation by the employment of circles, hooks, loops, etc., to enable him to write the system briefly and, as a necessary result, rapidly, which is the final aim of all shorthand writing.

In addition to the strokes for *s* and *z*, which the student has already learned, these consonants may also be represented by a small circle. Next to the consonant *r*, this light hissing sound with its heavy sound *z*, is considered the most frequent sound in the English language. It will be evident, therefore, that it is necessary to have some simple device to represent these sounds, and the small circle chosen for this purpose is one of the most useful methods of abbreviation in the system, as it joins so easily to other consonants, either initially, medially, or finally. Its utility is very greatly increased when it is recognized that it can be written with the right-hand or left-hand motion, and can be joined to initial hooks, as well as to final circles, hooks, or loops.

The instructor should now proceed to explain the rules for the employment of the small circle, which are set forth in the following paragraphs.

Standing Alone.

The small circle is written with the left-hand or backward or anti-clockwise motion ↺, and is used only for grammalogues, above and on the line, thus; o *as, has*; o *is, his*.

NOTE.—The teacher should explain what constitutes a right-hand or forward motion, and a left-hand or backward or anti-clockwise motion, as it will be referred to in subsequent chapters. In order to enable students to understand what is meant by these terms, the teacher should point out that if a circle, when continued, is written with the same motion as the hands of a clock, that is, clockwise, it is a right-hand or forward motion, but when it is written with the opposite motion to the hands of a clock, that is, anti-clockwise, it is a left-hand or backward motion. The teacher may also illustrate this by showing the motion of the hands of a watch, or he might refer to other homely illustrations such as the motion by which most people stir their tea, the spinning of a top, or the turning of a screw.

1. A small circle written with the *left-hand or backward motion* to straight strokes, prefixes *s*; thus,

sp, *sb*, *st*, *sd*, *s ch*, *sj*, *sk*, *sg*, *sr*, *sw*.

2. A small circle written *inside* curves, prefixes *s*; thus,

sf, *sv*, *s th*, *s* th, *ss*, *sz*, *s sh* *s zh*, *sm*, *sn*, *s ng*, *sl*, *sr*.

NOTES.

(*a*) A small circle *initially*, represents *s* only.

(*b*) A circle for *s* cannot be prefixed initially to the consonants *y* and *h*.

(*c*) A small circle is prefixed to the consonant *w* by writing the circle inside the hook; thus, *sw*.

(*d*) When the circle is prefixed to a curve, it is written with the right-hand or left-hand motion according to the motion of the curve to which it is joined.

(*e*) The small circle initially is always read *first*, that is, before the vowel; thus, *sap*; compare *asp*.

(*f*) The small circle may be prefixed to the initial hooked letters, an explanation of which will be found in the chapters on the Initial Hooks.

RULES FOR CIRCLE *S* INITIALLY.

The Circle *s* initially is employed as follows :—

1. When *s* is the first sound in a word and no vowel occurs between it and the following stroke ; thus,

spa, stay, sky, small, snow, sway.

2. When *s* is the first sound in a word and only *one* vowel-sign occurs between it and the following consonant ; thus,

sap, sob, sat, sad, such, sage, sake, sago, safe, save, Seth, soothe, sash, same, seen, sing, soul, soar, sorry.

NOTE.—Further references to initial *S* will be found in Chapter 6.

Medially.

The small circle is generally used medially because it easily joins one stroke to another and represent *ss* or *z*. It is written without lifting the pen and with the right-hand or left-hand motion as required to conform to the following rules.

1. BETWEEN TWO STRAIGHT STROKES running in the same *straight line* it is written with the *left-hand or backward* motion ; thus,

precipice, pass-book, biceps, tacit, decide, cask, Glasgow, racer, wiser, hussars.

2. BETWEEN TWO STRAIGHT STROKES *forming an angle,* it is written *outside* the angle ; thus,

beseech, observe, desirous, gazers, rasp, risk.

3. BETWEEN A STRAIGHT STROKE AND A CURVE, it is written *inside* the curve ; thus,

poison, *besom*, *design*, *dismay*, *chosen*, *Joseph*, *resume*, *receive*.

Exception :—

In the phrase *House of Israel*, the circle is not written inside the curve, in order that the circle may be written to the word to which it naturally belongs.

4. BETWEEN A CURVE AND A STRAIGHT STROKE, it is written *inside* the curve ; thus,

inside, *answer*, *officer*, *musty*, *mask*, *sympathiser*.

NOTE.—When a circle occurs medially between a straight stroke and a curve, or a curve and a straight stroke, the circle must be written inside the curve with the same motion as the curve.

5. BETWEEN TWO CURVES of the same arc of a circle, it is written inside the *first* curve ; thus,

phosphorous, *effusive*, *evasive*, *miasma*, *Mosambique*, *embosom*, *insane*, *noising*, *Leslie*, *eraser*.

6. BETWEEN TWO CURVES WRITTEN WITH THE SAME MOTION, it is written inside the *first* curve ; thus,

fasten, *voicing*, *Smithson*, *unsafe*, *nestle*, *lucific*, *illusive*, *Nelson*, *Lessing*, *Cecil*, *Cæsar*, *muscle*, *miser*, *lissom*, *lesser*, *Erasmus*.

7. Between two curves written with opposite motions, it is written as follows :—

(*a*) When the first curve is a "right" curve, the circle is written inside that curve ; thus,

assassin, *consciousness*, *massive*, *Demosthenes*, *mason*, *delusive*, *arisen*.

Exception :—

In the phrase *Lord and Saviour* the circle is written inside the *second* curve, which is a *left-hand curve*, in order that it may be written to the word to which it naturally belongs.

(*b*) When the first curve is a "left" curve, the circle is written on the side on which it would be placed if the two curves were changed to straight strokes ; thus,

sophism, *facility*, *vassalage*, *toothsome*, *lithesome*, *Thistleton*, *enslave*.

Exceptions :—

An exception to this rule is made in the case of ***n s m*** in derivative and compound words, and in words and phrases containing the syllable or word *some* ; thus,

unseemly, *tinsmith*, *noisome*, *in some*.

NOTES.

(*a*) When the circle occurs between two curves written with the same motion, it may be said to be inside both curves, but it is preferable to refer to the curve in which the circle is written first.

(*b*) Between two curves written with opposite motions, the circle is usually written inside the *right-hand* curve.

(*c*) In the combination ***n s m*** the circle may be written inside either the first or second curve, the circle being written to that curve to which it belongs; e.g.,

opportunism, *noisome*, *unseemly*.

For the cases in which the circle ***s*** is not employed medially, which are comparatively few, see the rules for the use of the stroke ***s*** or ***z*** medially in the next chapter.

Vocalization.

It should be very carefully explained that the small circle does not admit of being vocalized, and that it is only possible to vocalize stroke letters. The circle does not affect the place of the vowel with regard to before and after strokes. The principal difficulty in the vocalization arises with words in which the circle occurs medially, and it should be pointed out that when the vowel occurs between a stroke consonant and a circle, it must be written after the first stroke; but when a vowel is written before the second stroke, it must be read immediately after the circle. The following contrasts will make this clear:—

lip, *lisp*; *physic*, *resume*.

Finally.

1. A small circle written with the *left-hand* or *backward motion* to straight strokes, affixes *s* or *z*; thus,

ps, *bs*, *ts*, *ds*, *ch s*, *js*, *ks*, *gs*, *rs*, *ws*, *ys*, *hs*.

2. A small circle written *inside* curves affixes *s* or *z*; thus,

fs, *vs*, *th s*, th *s*, *ss*, *zs*, *sh s*, *zh s*, *ms*, *ns*, *ng s*, *ls*, *rs*.

NOTES.

(*a*) The small circle medially and finally represents ***s*** or ***z***, but *only s initially*.

(*b*) When the final circle is joined to a curve it is written with the right-hand or left-hand motion, according to the motion of the curve to which it is joined.

(*c*) The final circle is written with the same motion as the initial circle to straight strokes and curves.

(*d*) The final circle is always read last, that is, after the vowel; thus, *puss*; compare *pussy*.

(*e*) The small circle may be affixed to final hooks, an explanation of which will be found in the chapters on the Final Hooks.

RULES FOR CIRCLE *S* OR *Z* FINALLY.

The circle *s* or *z* finally is employed as follows:—

1. When *s* or *z* ends a word and *no* vowel occurs between it and the preceding consonant; thus,

apes, *ebbs*, *adds*, *aches*, *eggs*, *eves*, *aims*, *Ann's*, *airs*.

2. When *s* or *z* ends a word and only *one* vowel sign occurs between it and the preceding stroke; thus,

pays, *bees*, *teas*, *days*, *choose*, *keys*, *geese*, *fees*, *views*, *thaws*, *shows*, *moss*, *race*.

NOTE.—For exceptions to the above rule, see the rules for the use of the stroke *s* and *z* finally in the next chapter.

3. When *s* ends a word and *ī-ă* occurs between it and the preceding stroke; thus,

bias, *Dyas*, *lias*, *Elias*, *Matthias*, *Ananias*.

SUMMARY.

1. The small circle standing alone, or joined initially or finally to simple straight strokes, is written with the left-hand or backward motion.

2. It is written inside curves with the same motion as the curve to which it is joined.

3. The small circle initially represents *s* only; medially and finally it represents *s* or *z*.

4. The small circle initially is read first; finally, it is read last.

5. The small circle, between two straight strokes running in the same straight line is written with the same motion as the initial or final circle to straight strokes. Between two straight strokes forming an angle, it is written outside the angle.

6. The small circle, between a straight stroke and a curve, or a curve and a straight stroke, is written inside the curve, being written with the same motion as the curve.

7. The small circle, between two curves written with the same motion, that is, two right-hand or two left-hand curves, is written inside the *first* curve, but between two curves written with opposite motions, that is, a right-hand and left-hand curve, or a left-hand and right-hand curve, it is mostly written inside the *right-hand* curve.

The cases in which the circle is written inside a left-hand curve are comparatively few and should be carefully noted.

8. As the small circle cannot be vocalized, if a vowel occurs between a stroke consonant and a circle, the vowel must be written after the first stroke, because, if the vowel is written before the second stroke it is read immediately after the circle.

Chapter 6.

STROKES *S* AND *Z*.

THE rules for the use of the circle *s* and *z*, initially, medially, and finally, having been fully dealt with, it will be obvious that in cases where the circle is not employed, it will be necessary to use the alternative, which is the stroke. This will appeal very readily to the teacher, but as his students may find some difficulty in going through the logical process of ascertaining whether to employ the stroke or circle on these lines, it will be preferable to lay down some definite rules governing the use of the strokes *s* and *z*, as is done in the case of the circle.

The teacher should note that the vowels play a very important part in determining the use of the strokes *s* and *z*, and when explaining this principle to his class he should compare the rules for the use of the circle with the rules governing the use of the stroke, pointing out the influence of the vowels on the use of the stroke.

The strokes *s* and *z* are employed as follows :—

Initially.

RULES FOR STROKE *S* INITIALLY.

1. When *s* is the only consonant in the word ; thus,

sigh, *sue*, *sow*, *ace*, *ass*.

2. In derivative and compound words, the primitives of which are written with the stroke *s* as in Rule 1 ; thus,

saws, *sawdust*, *sawmill*, *sawing*,

seas, *sea-scape*, *sea-dog*, *sea-sickness*,

sighs, *sighing*, *sigher*, *sues*, *suing*,

suer, *seer*, *sower*.

Exceptions :—

Monosyllabic verbs forming the past tense are more conveniently written with the circle *s* ; thus,

sawed, *sawn*, *sowed*, *sown*, *sighed*, ***sued.***

3. When a vowel precedes *s* ; thus,

asp, *acid*, ***ask***, *Assam*, ***essence***,

astray, ***esteem***, *oyster*.

4. When a triphone follows *s* ; thus,

suet, *Siamese*, *cyanic*, *Sowerby*.

Note that in root words as *sahib*, *saic*, ***Sienna***, *sign*, where the two vowels are expressed by *one* sign, namely, a diphthong or a diphone, the circle *s* is used, though the stroke *s* is retained in *seer*, and *sower*, in accordance with Rule 2.

5. When a word begins with *s*-vowel-*s* or *z* ; thus,

sauce, *souse*, *cesspool*, *suspense*, *sustain*,

secede, *sausage*, *Sussex*, *Cicero*, *seize*,

size, *seismic*, *season*, *Cæsar*, *scissors*.

NOTE.—When *s*-vowel-*s* is followed by *t* or *tr* the circle *s* is employed initially to allow of the employment of the halving or doubling principles ; thus,

system, *cistern*, *consist*, *consistency*,

sister.

6. Before the termination *-shun* ; thus,

cession, *session*, ***sessional.***

NOTE.—In *cessionary*, the stroke *s* cannot be employed, as it is impossible here to write the *-shun* hook medially.

7. Before downward *h*; thus,

Soho, *Sahara*, *Sihor*.

NOTE.—As the combination may appear to represent *s-s-ch*, it should be pointed out that these consonants do not occur initially in the English language, therefore this outline is used for *s* and downward *h*.

RULES FOR STROKE *Z* INITIALLY.

1. When *z* is the only consonant in the word; thus,

ease, *ooze*, *Zoo*.

2. In derivative and compound words, the primitives of which are written with the stroke *z* as in Rule 1; thus,

easing, *easily*, *easiness*, *easeful*,

easy-chair, *oozing*.

3. When *z* is the first consonant in a word, the stroke *z* is always used, whether a vowel precedes or not; thus,

zest, *zone*, *Zanzibar*, *zenith*, *zinc*,

Isabel, *Isaac*, *Ezra*.

NOTES.

As the consonant *z* initially does not occur very frequently, it is more definite to write the stroke letter and thus make a distinction between initial *s* and *z*, the circle initially being restricted to *s*; thus,

zeal, *seal*; *Zulu*, *solo*; *zero*, *sorrow*.

Medially.

RULES FOR STROKES *S* AND *Z* MEDIALLY.

1. In derivative words the primitives of which begin with the stroke *s* or *z*; thus,

unsustained, *unasked*, *unassuming*,

unscientific, *unseasonable*, *unceasing*, *unseeing*, *disassociate*.

NOTE.—The examples just given are mostly negative words.

2. In a few derivative words the primitives of which end with the stroke *s* or *z*; thus,

joyously, *joyousness*, *sinuosity*, *lazily*, *laziness*, *advantageously*.

NOTES.

(*a*) This rule is only observed when it is necessary to have distinguishing outlines; otherwise the circle is employed; thus,

busy, *busied*, *fancy*, *fanciful*, *ambiguously*, *impetuosity*.

(*b*) This rule does not apply when *ss* occurs medially followed by any stroke consonant other than *ng*; thus,

possess, *possessing*, *possessive*, *possessor*; *precise*, *precisely*; *access*, *accessory*; *excess*, *excessive*.

3. For the termination *ism* after a stroke consonant finally hooked for *n*, *v*, or *shun*; unless the use of the circle and stroke gives a better outline (see note (*b*) below); thus,

Bourbonism, *Americanism*, *positivism*, *perfectionism*, *Darwinism*.

NOTE.—The above rule is found to be more convenient after *p*, *b*, *k* (but not *kr* or *lk*), *g*, *r*, *w*, *m*, *l* (up), *r* down.

NOTES.

(*a*) When a triphone or a diphone precedes, the circle *s* and *m* are generally employed ; thus,

archaism, *egoism*, *Jingoism*, *theism*, *heroism*, *ultraism*, *voltaism*, *Judaism*.

(*b*) In some cases circle *s* and *m* are more convenient for the sake of easy joinings or lineality ; thus,

cosmopolitanism, *ruffianism*, *Arminianism*, *Unionism*.

(*c*) In words ending in *-cism*, the double circle *ss* and *m* are generally used ; thus,

stoicism, *criticism*, *agnosticism*, *Catholicism*. See Rule **4** (*a*) below.

4. In order to obtain more legible outlines by :—

(*a*) Allowing of easy vocalization, the stroke and circle are employed ; thus,

Ecclesiastes, *narcissus*, *resuscitate*, *resuscitation*, *cynicism*, *exorcism*, *laconicism*.

NOTE.—This generally applies where the large circle for *ss* cannot be conveniently employed medially.

(*b*) To allow of the employment of final loops ; thus,

physicist, *romancist*, *ancestors*.

(*c*) In order to obtain distinguishing outlines ; thus.

insessorial (compare *necessarily*),

exorcise (compare *exercise*).

Finally.

RULES FOR STROKES *S* AND *Z* FINALLY.

1. When a vowel-sign follows; thus,

pussy, *tissue*, *dizzy*, *fussy*, *saucy*, *mossy*, *Eliza*, *racy*, *rosy*.

2. In words containing the syllable *-ous* immediately preceded by a diphthong.

fatuous, *assiduous*, *joyous*, *sinuous*.

3. In words ending with the syllables *sĕs* or *zĕs*, or *s-s* or *s-z*, separated by a diphthong or diphone, the small circle followed by the stroke *s* or *z* is used; thus,

possess, *process*, *abscess*, *access*, *excess*, *precise*, *excise*, *gaseous*, *Anglicize*, *Catholicize*.

NOTES.

(*a*) is more convenient for joining than or finally after (stroke or hook) or ; thus,

Gothicize, *incise*, *Frances*, *recess*.

(*b*) The words *success*, *emphasize*, *exercise*, are written with the large final circle as the outlines are not of frequent use otherwise.

(*c*) Although some of the examples to the above rule have the accent on the final syllable, the principle is not restricted to such cases.

(*d*) The large circle is generally used finally in derivative words, the primitives of which end with the small circle, the final sound of the large final circle then being *z*.

Compare *process* (ss), *possess* (zs); *pass*, *passes* (sz); *press*, *presses* (sz).

(*e*) The above rule does not apply to words ending in *sis* or *sŭs*, which are written with the large circle; thus,

basis, *census*.

(*f*) A full explanation of the rules for the use and non-use of the large circle finally will be found in the next chapter.

4. In compound words where the form (*house*) or the downward *hs* cannot be conveniently joined, the stroke *s* is used; thus,

greenhouse, *alms-house*, *dwelling-house*,

wash-house.

5. In some feminine nouns ending in *-ess*, when necessary to provide a distinctive outline, the stroke *s* is used; thus,

manageress, *Jewess*, *cateress*, *countess*,

heiress.

6. In a few proper names the stroke form is preferred; thus, *Jesus*, *Moses*, and in *Mrs.*

NOTE.— *Misses*, plural of *Miss*.

7. In logograms and contractions ending in *-ous* the stroke form is used; thus,

advantageous, *dangerous*.

NOTES.

(*a*) The stroke *s* is used finally to contracted signs for the termination *-ous* to keep the words distinct from plurals which are formed by adding the small circle to the singular; thus,

advantages, *dangers*.

(*b*) A vowel cannot be written between a final hook and circle, but it can be written between a final hook and stroke by placing the vowel before the stroke.

8. In distinguished words; thus,

 *disease*, to distinguish it from  *diocese*,  *decease*.

SUMMARY.

Strokes *s* and *z* are used:

1. When a vowel precedes initial *s* or *z* or follows final *s* or *z*.

2. When a triphone follows initial *s* or the syllable *-ous* preceded by a diphthong occurs immediately before final *s*.

3. When a word begins with *s*-vowel-*s*, or *z*, write the stroke *s* initially, followed by the circle; but when a primitive word ends with the syllables *sĕs* or *zĕs*, or *s*-*s* or *s*-*z*, separated by a diphthong or a diphone, write the circle *s* followed by the stroke *s* or *z*.

4. When a word begins with *s* followed by *-shun*, write the stroke *s* if possible.

5. When a word begins with *s* followed by *h*, the stroke *s* is always used initially.

6. When a word begins with the sound of *z* always write the stroke letter.

7. The stroke *s* or *z* medially is mostly used in derivative words, the primitives of which either begin or end with the stroke letters.

8. The strokes *z* and *m* are generally used in the termination *-ism* in cases where the stroke *z* can be joined easily without altering the outline for the primitive word.

9. Final stroke *s* is sometimes written for the frequent terminations *-house*, *-ess*, and a few proper names.

Chapter 7.

LARGE CIRCLES *SW* AND *SS*, *SZ*, *ZS*, OR *ZZ*.

THE teacher, having explained in the two previous chapters the rules governing the use of the small circle *s* or *z*, and the strokes *s* and *z*, should proceed to deal with the next form of attachment, namely, the large circle. Initially it represents *sw* (named *sway*), and is used when the two consonants immediately succeed each other without an intervening vowel; medially and finally it represents *ss*, *sz*, *zs*, and *zz* (named *ses*, *sez*, *zes*, or *zez*), the vocalization of which will be explained in the course of this chapter.

The rules relative to the use of the large circle are, in the main, the same as are employed for the use of the small circle, and therefore if the teacher explains to his students the various points of similarity between the small and large circle, it will help them very considerably to master the latter.

The instructor should now explain the rules for the employment of the large circle which are set forth in the following paragraphs.

Standing Alone.

The large circle is written with the *left hand or backward* motion, and is used only for phrase logograms, above and on the line; thus,

as is (*his*, or *has*), ***has his;*** *is as* (or *his*), *his is.*

LARGE CIRCLE *SW*.

Initially.

1. A large circle written with the ***left-hand or backward*** motion to *straight* strokes prefixes *sw*; thus,

sweep, *swab*, *sweet*, *Swede*, *switch*, *swage*, *Suakin*, *swag*, *soiree*, *swarthy*.

2. A large circle written *inside* curves prefixes *sw*; thus, *swiftest*, *swivel*, *swath*, *swathe*, *Swiss*, *swish*, *swim*, *swoon*, *swing*, *swallow*, *swear*.

NOTES.

(*a*) The large circle initially, prefixed to a stroke consonant, represents *sw* only; medially and finally, it represents *ss*, *sz*, *zs*, or *zz*.

(*b*) The large circle cannot be prefixed initially to the consonants *w*, *y* and *h*.

(*c*) When *s* and *w* are the only consonants in a word, the large circle cannot be employed, therefore the small circle *s* is prefixed to the stroke *w*; thus, *sway*.

(*d*) The large circle initially for *sw*, prefixed to a straight stroke, is written with the same motion as the small initial circle *s*.

(*e*) The large circle prefixed to a curve is written inside the curve, the same as the small initial circle *s*.

(*f*) The large circle initially, like the small circle initially, is always read first, that is, before the vowel; thus,

swage, *assuage*; *Swiss*, *assuasive*.

(*g*) The large circle cannot be employed for *ss*, initially. The method of expressing the latter will be found in the rules for stroke *s* initially, in the previous chapter.

(*h*) The large circle initially may be prefixed to straight strokes hooked initially for *r*, as explained in Chapter 9.

RULE FOR LARGE CIRCLE *SW* INITIALLY.

When a word begins with *sw* and no vowel intervenes between the *s* and *w*, the large circle *sw* is used; thus,

sweep, *swan*.

The Non-use of the Large Circle *SW*.

Initially.

1. When a vowel precedes; thus,

assuage, *assuager*.

Note.—As the stroke *w* cannot be joined conveniently to the stroke *s*, use the medial semicircle *wā*.

2. When *s* and *w* are the only consonants in the word, and in derivatives and compound words; thus,

sway, *sways*, *swaying*, *sway-bar*, *sway-bracing*.

Note.—The monosyllabic verb forming the past tense is more conveniently written with the large circle initially; thus, *swayed*.

3. When a more convenient outline would be obtained than would be possible by employing the large circle, write the small circle *s* and stroke *w*; thus,

suasible, *suasion*, *suasive*, *suasory*.

Note.—This gives an easier outline than by writing the large circle to the stroke *s*, and besides conforms to the general rule of employing the circle *s* medially.

Medially.

As the large circle cannot be employed medially for *sw*, write either (1) the circle *s* and stroke *w*, or (2) the circle *s* and the medial semicircle.

1. By the circle *s* and stroke *w*; thus,

persuasive, *dissuasive*, *Hawkesworth*, *glassware*, *forswear*, *unswathe*.

2. The stroke *w* is not used if the outline obtained with the help of the diphthong is legible when unvocalized; thus,

password.

Note.—The same principle is employed in words like *Hemswell*, *Emsworth*, although the medial sound is *zw*, the circle medially representing *s* or *z*.

Finally.

Sw finally is written with the circle *s* and stroke *w*; thus,

Bossuet, *crossways*, *crosswise.*

LARGE CIRCLE *SS*, *SZ*, *ZS*, OR *ZZ*.

Medially.

The large circle is generally used medially as it easily joins one stroke to anoth r and represents *ss*, *sz*, *zs*, or *zz*. It is written without lifting the pen and with the right-hand or left-hand motion as required to conform to the following rules.

1. BETWEEN TWO STRAIGHT STROKES running in the same *straight line*, it is written with the *left-hand or backward motion*; thus,

desist, *exerciser.*

2. Between two straight strokes *forming an angle*, it is written *outside* the angle; thus,

subsist, *accessible*, *accessory*, *exist*, *resist.*

BETWEEN A STRAIGHT STROKE AND A CURVE, it is written *inside* the curve; thus,

possessive, *fanaticism*, *decisive*, *successful*, *excessive*, *paroxysm.*

BETWEEN A CURVE AND A STRAIGHT STROKE, it is written *inside* the curve; thus,

Mississippi, *misspell*, *miscite*, *insist*, *necessary.*

BETWEEN TWO CURVES written with the same motion, it is written inside the *first* curve; thus,

incisive, *incessantly*, *solecism.*

NOTES.

(*a*) The large circle medially follows the same rules as the small circle medially, as explained in Chapter 5.

(*b*) For the cases in which the large circle *ss*, etc., is not employed medially, which are not frequent, see the rules for the use of the stroke *s* or *z* medially, in the previous chapter.

(*c*) The small circle *s* medially may be combined with the circle of the upward *h* and written between two straight strokes on the same side as the circle of the medial upward *h*, as explained in Chapter 15.

Finally.

1. A large circle written with the *left-hand or backward* motion to *straight* strokes, affixes *ss*, *sz*, *zs*, or *zz*; thus,

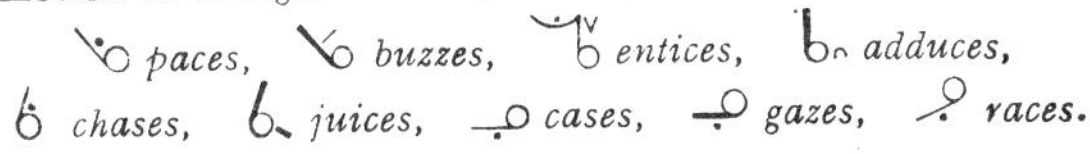

paces, *buzzes*, *entices*, *adduces*, *chases*, *juices*, *cases*, *gazes*, *races*.

2. A large circle written *inside* curves affixes *ss*, *sz*, *zs*, or *zz*; thus,

offices, *invoices*, *sauces*, *masses*, *senses*, *leases*, *erases*.

Final Attachment.

The small circle *s* or *z* may be affixed to the large final circle by writing the circle on the other side of the stroke with the same motion as the circle; thus,

successes, *emphasizes*, *exercises*.

NOTES.

(*a*) The large circle finally, like the large circle medially, represents *ss*, *sz*, *zs*, or *zz*, not *sw*.

(*b*) The large circle finally for *ss*, etc., affixed to a straight stroke, is written with the same motion as the small final circle *s*.

(*c*) The large circle affixed to a curve is written with the right-hand or left-hand motion, according to the motion of the curve to which it is affixed, the same as the small final circle *s*.

(*d*) The large circle finally, like the small circle finally, is always read last, that is, after the vowel or stroke which it follows; thus, *paces*, *faces*, *James's*; but if the small circle follows the large circle, the final circle is read last, that is, after the large circle; thus, *successes*.

(*e*) The large circle finally may be affixed to straight strokes hooked finally for *n*, as explained in Chapter 12.

RULES FOR LARGE CIRCLE *SS*, ETC., FINALLY.

The large circle *ss*, etc., is employed finally, as follows :—

1. With regard to nouns:

(*a*) To plurals, when the singular ends with the small circle *s* or *z*; thus,

pace, *paces*; *face*, *faces*; *nose*, *noses*; *race*, *races*.

(*b*) The possessive case of nouns ending with the sound of *sz* or *zz*, when the nominative case ends with the small circle *s* or *z*; thus,

Thomas, *Thomas's*, *James*, *James's*, *Alice*, *Alice's*.

NOTE.—It should be observed that when a noun ends with the stroke *s* or *z*, the plural number or possessive case is formed by adding the small circle *s* or *z*; thus,

tissue, *tissues*; *legacy*, *legacies*; *agency*, *agencies*; *mercy*, *mercies*; *Lucy*, *Lucy's*; *Lizzie*, *Lizzie's*.

2. The third person singular of verbs, when the first person ends with the small circle *s* or *z*; thus,

pass, *passes*; *refuse*, *refuses*; *raise*, *raises*.

3. Nouns ending in *sĭs* which take their plural in *sēs*; thus,

synopsis, *synopses*; *basis*, *bases*; *crisis*, *crises*; *thesis*, *theses*; *diagnosis*, *diagnoses*; *analysis*, *analyses*, *hypothesis*, *hypotheses*, *amanuensis*, *amanuenses*.

Also in words ending in *sŭs*; thus,

lapsus, *census*, *colossus*.

Vocalization of the Large Circle Medially and Finally.

The large circle medially and finally for *ss*, etc., is supposed to contain the second-place short vowel *ĕ*, and thus represents the sounds *sĕs*, *sĕz*, *zĕs*, or *zĕz*; thus,

possessor, *successive*, *necessary*, *poses*, *causes*, *races*.

When any vowel other than *ĕ* occurs between the two consonants *ss*, etc., it is written within the large circle, and is then read between the two consonants; thus,

exasperation, *Texas* (*ă*); *axis*, *insist* (*ĭ*); *exhausts* (*aw̄*); *census* (*ŭ*); *exercise* (*ī*).

The Non-Use of the Large Circle *SS* or *SZ* Finally.

1. In primitive words ending with the syllables *sĕs* or *zes*; or *s-s* or *s-z*, separated by a diphthong, or a diphone, the forms are generally used; thus,

possess, *access*, *excise*, *italicize*, *gaseous*;

but after *th*, *n*, or upward *r*, gives a better joining; thus,

gothicize, *princess*, *recess*, *exorcise*.

NOTE.— *success*, *emphasize*, *exercise*, being common words, are written with the large circle for convenience.

2. In a few proper names ; thus,

 *Jesus*,  *Moses*.

3. Plural and possessive nouns which in the singular or nominative are written with the stroke *s* or *z* ; thus,

 *policies*,  *mercies*,  *Lucy's*,  *Lizzie's*.

4. In distinguished words ; thus,

 *decease*,  *diocese*,  *disease*.

SUMMARY.

1. The large circle initially represents *sw* ; medially and finally it represents *ss*, *sz*, *zs*, or *zz*.

2. The large circle standing alone, or joined initially, medially, or finally, to straight strokes and curves, follows the same rules as the small circle, and need not be repeated here as they will be found in the summary of Chapter 5.

3. The large circle initially, like the small circle initially, is always read first, that is, before the vowel ; finally, it is read last, but when a small circle follows, the small circle is read last.

4. When a vowel occurs between a stroke consonant and the large circle *ss*, etc., the vowel must be written after the first strok , because if the vowel is written before the second stroke it is read immediately after the large circle.

5. When the large circle medially or finally is unvocalized it represents *ses*, etc., that is, it is supposed to contain the second-place short vowel *ĕ*, but if any other vowel occurs between *ss*, etc., it is written within the large circle and then read between the two consonants.

6. As it is impossible to indicate the place of the vowel when written within the large circle, medially and finally, the teacher will have to rely upon his knowledge of the word to determine what place vowel occurs between the *ss*, etc., represented by the large circle.

Chapter 8.

LOOPS *ST* OR *ZD*, AND *STR*.

IN consequence of the frequency with which the consonants *st* or *zd* occur together without an intervening vowel, and the consonants *str* occur with an unaccented vowel between the *st* and *r*, these consonantal combinations are represented by means of easy devices in the form of a small loop for *st* or *zd*, and a large loop for *str*.

The small loop for *st* (named *stee*) is written half the length of the stroke to which it is joined, except when prefixed to a double-length stroke, and may be employed initially, medially, and finally.

The large loop for *str* (named *ster*) is written two-thirds the length of the stroke to which it is affixed, and is principally used finally, in a few cases medially, but is never used initially.

SMALL LOOP *ST* OR *ZD*.

Initially.

1. A small loop written with the *left-hand or backward* motion to *straight* strokes, prefixes *st*; thus,

 *stop*,  *stab*,  *state*.  *staid*,  *stitch*,  *stage*,

 *stock*,  *stag*,  *starry*.

2. A small loop written *inside* curves, prefixes *st*; thus,

 *stuff*,  *stave*,  *staith*,  *stem*,  *stone*,

 *sting*,  *stall*,  *stare*.

NOTES.

(*a*) The small loop initially represents *st* only.

(*b*) The small loop cannot be prefixed initially to the consonants, *w*, *y*, and *h*.

(*c*) The small loop is not employed to the curved strokes *s* and *sh*, hence we write,  *Stacy*,  *station*.

(*d*) The small loop initially for *st*, prefixed to a straight stroke, is written with the same motion as the initial circles *s* and *sw*.

(*e*) The small loop prefixed to a curve is written inside the curve to which it is prefixed, the same as the initial circles *s* and *sw*.

(*f*) The small loop initially, like the circles *s* and *sw* initially, is always read first, that is, before the vowel; thus, *steep*, *stiff*.

(*g*) The small loop initially may be prefixed to straight strokes hooked initially for *r*, as explained in Chapter 9.

Rule for Small Loop *ST* Initially.

When a word begins with *st* and no vowel intervenes between the *s* and *t*, the small loop *st* is generally used; thus, *stoop*, *staff*, *starry*.

The Non-Use of the Small Loop *ST* Initially.

The small loop *st* is not employed initially, as follows:

1. When a vowel precedes *st*; thus,

esteem, *astir*, *astray*, *eastern*.

2. When a vowel occurs between *s* and *t*; thus,

satire, *Saturday*, *satin*.

3. When *s t* are the only consonants in a word and no vowel precedes the *st*, and only one vowel follows; thus,

stay, *stow*, *stew*.

4. In derivative and compound words where *st* initially is represented by the circle *s* and stroke *t* in the primitives; thus,

stays, *stayer*, *staymaker*, *staylace*.

staysail, *stowage*, *stower*; also

Stowmarket.

Note.—Monosyllabic verbs in the past tense are written with the small loop; thus, *stayed*, *stowed*, *stewed*.

5. When *st* is immediately followed by the consonant *r*; thus,

stray, *strap*, *strapper*.

6. When *st* precedes the curved strokes which are hooked initially for *r*, and straight strokes and curves hooked initially for *l*; thus,

Stafford, *stiver*, *stannary*, *staple*,

stable, *staddle*, *stickle*, *stifle*.

NOTE.—In the case of the derivatives *stainer*, *stoner*, etc., however, the loop is retained.

7. When *st* and one vowel-sign precede upward *rt*, to avoid an awkward joining; thus,

start, *starting*, *startle*, *Stortford*.

NOTE.— *starter* derivative from *start*.

8. When a triphone follows *st*; thus,

Stowell, *Stewart*, *Steward*.

9. In words beginning with *stnt* or *stnd*; thus,

stand, *standard*, *stint*, *stunt*;

similarly *constant*, *Constantinople*.

NOTE.—This rule is not followed in the case of,

(*a*) The past tense of verbs; thus, *stained* (from *stain*), *stoned* (from *stone*), *stunned* (from *stun*).

(*b*) The words *stentor*, *stentorian*, *standardize*.

Medially.

The small loop *st* may be employed medially when the succeeding stroke joins easily; thus,

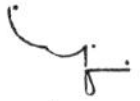 *fantastic,*  *testify,*  *methodistic,*  *syllogistic,*  *justify,*  *justness,*  *jesting,*  *sophistry,*  *vestry,*  *elastic,*  *scholastic,*  *everlasting.*

NOTES.

(*a*) The small loop medially is always written on the same side of the stroke as when final.

(*b*) The small loop medially is always written to the first of the two strokes between which it occurs.

(*c*) The succeeding stroke must be written on the same side of the preceding stroke as the loop itself, and must not cross over that stroke or pass round the loop.

(*d*) The small loop medially is not generally used before a curved stroke unless the curve follows the same motion as the loop.

(*e*) When a second-place vowel occurs before the small loop medially, it must be written in such a place that it cannot be read after the stroke which follows the loop.

(*f*) From the examples of the use of the small loop medially it will be seen that it is only considered convenient after the strokes *t, d, j, f, v,* and upward and downward *l,* and the succeeding stroke is *k, f, v, n, ng,* and upward *r*.

THE NON-USE OF THE SMALL LOOP *ST* MEDIALLY.

1. Obviously when the succeeding stroke does not join conveniently after the loop it is better to employ the circle *s* and the stroke *t*; thus,

 *pastel,*  *textual,*  *custody,* 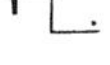 *caustic,*  *custom,*  *fistula,*  *vestal,*  *misteach.*

2. When a triphone occurs between medial *s* and *st*; thus, *casuistic*, *casuistry*.

3. In derivative words where *st* finally is represented by the circle *s* and stroke *t* in the primitives, although the loop would join conveniently; thus,

testiness, *dustiness*, *fustiness*.

4. In compound words in which the second word begins with *st*; thus,

sweepstake, *livestock*, *haystack*.

Exception: *candlestick*.

5. In distinguished words; thus,

destiny, *destination*; compare *distinction*.

Finally.

A small loop written with the *left-hand or backward* motion to *straight* strokes, affixes *st* or *zd*; thus,

past, *paused*, *best*, *abused*, *test*, *teased*, *dust*, *dozed*, *chest*, *just*, *cost*, *guest*, *gazed*, *rest*, *raised*, *west*, *yeast*.

2. A small loop written *inside* curves affixes *st* or *zd*; thus,

fast, *fused*, *vast*, *revised*, *assist*, *seized*, *zest*, *mast*, *amazed*, *nest*, *noised*, *least*, *analyzed*, *arrest*, *erased*.

Final Attachment.

The small final circle *s* or *z* may be affixed to the small final loop by writing the circle on the other side of the stroke with the same motion as the loop; thus,

pests, *boasts*, *tests*, *dusts*, *chests*,

jests, *casts*, *guests*, *feasts*, ***vests***, ***assists***, *mists*, *nests*, *lasts*, *arrests*, *roasts*, *waists*,

NOTES.

(*a*) The small loop finally represents ***st*** and the corresponding heavy sounds *zd*.

(*b*) The small loop finally for ***st*** or ***zd***, affixed to a straight stroke, is written with the same motion as the final circles *s* and *ss*, etc.

(*c*) The small loop finally affixed to a curve is written with the right-hand or left-hand motion according to the motion of the curve to which it is affixed, the same as the final circles *s* and *ss*, etc.

(*d*) The small loop finally, like the circles *s* and *ss* finally, is always read last, that is, after the vowel or consonant which it follows; thus, *paste*, *text*, *feast;* but if the small circle follows the loop, the final circle is read last, that is, after the loop; thus, *pastes*, *texts*, *feasts*.

(*e*) The small loop finally may be affixed to straight strokes hooked finally for ***n***, as explained in Chapter 12.

RULE FOR SMALL LOOP *ST* OR *ZD* FINALLY.

When a word ends with *st* or *zd* and no vowel intervenes between the *s* and *t*, or *z* and *d*, the small loop *st* or *zd* is generally used; thus,

paced, *posed*, *foist*, *infused*.

THE NON-USE OF THE SMALL LOOP *ST* OR *ZD* FINALLY.

The small loop is not employed finally, as follows :—

1. When a vowel occurs between *s* and *t;* thus,

upset, *beset*, *tacit*, *deceit*, *excite*, *gazette*, *Fawcett*, *insight*, *receipt*.

2. When a vowel follows *st*; thus,

pasty, *bestow*, *tasty*, *dusty*, *gusty*,

fusty, *misty*, *nasty*, *rusty*.

3. When a non-derivative word ends with *sst*, write the large circle *ss* and stroke *t*, thus,

desist, *exist*, *resist*.

NOTE.— *possessed*, the stroke *s* may be halved for *t*, being written from the primitive for *possess*.

4. In a derivative word the primitive of which ends with the circle *s*, the half stroke *s* for *st* is written; thus,

choicest, *closest*, *fiercest*, *wisest*.

Exception: After ◡ in which case the loop *st* is used; thus,

nicest, *intensest*, *romancist*.

NOTE.—As a general rule the loop, like the circle for *s*, is used when *st* is preceded by a triphone or a diphone; thus,

biased, *punctuist*, *banjoist*, *egoist*,

freest, *theist*, *sayest*, *lowest*, *soloist*.

Note.— *newest*, (*next*,) and *highest*, which are exceptional.

6. After a final *n*, *v*, or *shun* hook, the half stroke *s* for *st* may be used; thus,

kindest, *grandest*, *obscurantist*,

positivist, *impressionist*,

resurrectionist, *fashionist*, *evolutionist*.

Notes.

(*a*) The half stroke *s*, however, is not used when a better outline is obtainable by means of the loop; thus,

brownest, *briefest*, *bravest*, *finest*, *Calvinist*, *meanest*, *romanist*, *modernist*, *balloonist*, *violinist*.

(*b*) The stroke *st* after the *shun* hook may be written downward or upward as is most convenient.

(*c*) In distinguished words; thus,

caused, compare *cost*, *cast*; *dearest*, compare *dressed*, *addressed*.

Large Loop *STR*.

The teacher should note that the large loop *str* is written two-thirds the length of the consonant to which it is affixed.

Finally.

1. A large loop written with the *left-hand or backward* motion to *straight* strokes, affixes *str*; thus,

pastor, *tapster*, *boaster*, *Webster*, *tester*, *maltster*, *duster*, *roadster*, *Chester*, *jester*, *castor*, *dexter*, *Gloucester*, *Bagster*, *roaster*, *waster*, *yester*.

2. A large loop written *inside* curves, affixes, *str*; thus,

faster, *vaster*, *ancestor*, *shaster*, *muster*, *deemster*, *sinister*, *monster*, *songster*, *lustre*, *bolster*, *arrester*.

Final Attachment.

The small final circle *s* or *z* may be affixed to the large final loop by writing the circle on the other side of the stroke with the same motion as the loop; thus,

posters, *lobsters*, *testers*, *roadsters*, *registers*, *coasters*, *festers*, *investors*, *ancestors*, *musters*, *canisters*, *songsters*, *lustres*, *barristers*, *wasters*.

NOTES.

(*a*) The large loop *str* is not used initially as it would not be possible to halve the stroke to which it was prefixed for the past tense.

(*b*) The large loop *str* is broader as well as longer than the small loop *st*.

(*c*) The large loop finally for *str*, affixed to a straight stroke, is written with the same motion as the final circles *s*, *ss*, and the small loop *st*.

(*d*) The large loop finally affixed to a curve is written inside the curve the same as the final circles *s*, *ss*, and the small loop *st*.

(*e*) The large loop finally, like the final circles *s* and *ss* and the small loop *st*, is always read last, that is, after the vowel or consonant which it follows; thus, *pastor*, *tipster*, *fester*; but if the small circle follows the loop, the final circle is read last, that is, after the loop; thus, *pastors*, *tipsters*, *festers*.

(*f*) The large loop finally may be affixed to straight strokes hooked finally for *n*, as explained in Chapter 12.

RULE FOR LARGE LOOP *STR* FINALLY.

When a word ends with *str* and no vowel occurs between the *s* and *t*, and an unaccented vowel between the *st* and *r*, the large loop is generally used; thus,

poster, *foster*, *Lister*.

The Non-Use of the Large Loop *STR* Finally.

1. When a vowel occurs between *s* and *tr*; thus,

expositor, *besetter*, *Exeter*, *reciter*.

Exception: An exception is made in the word *solicitor*, to provide an easy outline for a common word, as it is sufficiently approximate and cannot be mistaken for any other word.

2. When a vowel follows *str*; thus,

pastry, *boisterous*, *registry*, *extra*, *mastery*, *lustrous*.

3. When a distinct vowel or diphthong occurs between *st* and *r*; thus,

bestir, *restore*, *vesture*; compare *vestry*.

4. In distinguished words; thus,

pasture, *posture*; compare *pastry*, *compositor*.

Medially.

The large loop *str* may be employed medially when the succeeding stroke joins easily; thus,

Chesterfield, *registering*, *masterpiece*, *upholsterer*.

Notes.

(*a*) The use of the large loop medially is comparatively rare, and is subject to the same principles as the small loop medially.

(*b*) The notes which have already been given with reference to the small loop medially apply to the large loop and therefore need not be repeated here.

The Non-Use of the Large Loop *STR* Medially.

Obviously when the succeeding stroke does not join conveniently after the loop; thus,

 *pastoral,*  *pesterer,*  *plasterer,*  *blusterer,*  *costermonger,*  *Gloucestershire,*  *ancestral,*  *nostril,*  *lustral,*  *rostral.*

Summary.

1. A small loop, half as long as the consonant to which it is joined, represents *st* initially and medially, but *st* or *zd* finally.

2. A large loop, two-thirds the length of the consonant to which it is affixed, represents *str*, and is employed medially and finally.

3. The small loop initially is written to straight strokes with the same motion as the initial circles *s* and *sw*.

4. The small loop *st* and the large loop *str*, medially and finally, are written to straight strokes with the same motion as the final circles *s* and *ss*.

5. The loops are *always* written inside curves, never outside, with the right-hand or left-hand motion according to the motion of the curve to which they are joined.

6. The loop initially, like the circles initially, is always read first, that is, before the vowel; and finally, last, unless a circle follows the loop, when the circle is read last. Other points with regard to the vocalization of the loops are the same as explained in the summaries to the chapters on the circles, to which the teacher should refer.

Chapter 9.

SMALL INITIAL HOOK, ADDING *R*.

Before proceeding to explain the next chapter, the teacher should make sure that his students have a clear conception of the various initial and final attachments which have been already dealt with, and will find it useful to set out these abbreviations in a tabulated form, with suitable examples. He should first give the initial attachments, and secondly the final attachments, noting any similarities, as well as any differences, that exist between the initial and final sounds, and their methods of representation. It is very necessary that the student should recognize all these attachments, because he will find that they are used in conjunction with the initial and final hooks, as will be seen in the course of the following chapters.

The student must have realized by this time that the phonographic abbreviating material he has employed up to this stage has been in the nature of circles and loops, and he is now going to be introduced to a new piece of useful material in the form of initial and final hooks, to which are added some of the attachments already explained.

The liquid *r*, which is said to be one of the most frequently occurring sounds in the English language, in addition to being represented by means of stroke letters as shown in the table of Consonants, and which are written according to definite rules as explained in Chapter 16, is also represented by a small initial hook to straight and curved strokes. The reason for this is, that the consonant *r* is often found following and closely united or blended with another consonant, with no vowel, or only an unaccented vowel, between the two consonants, when they are regarded as double consonants or consonantal diphthongs, as they are pronounced by a single effort of the organs of speech.

Small Initial Hook, Adding *R*.

To Straight Strokes.

A small initial hook prefixed to straight strokes, and written with the right-hand or forward motion, adds *r*; thus,

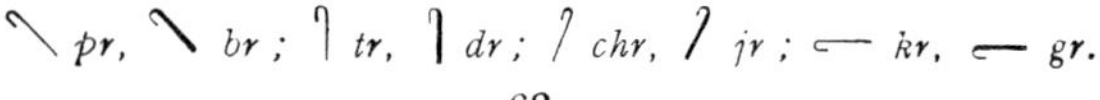

pr, *br*; *tr*, *dr*; *chr*, *jr*; *kr*, *gr*.

NOTES.

(*a*) The small initial hook for *r* is not written to the straight upstrokes *r*, *w*, *y*, *h* or *h* (down).

(*b*) The other cases in which a small initial hook is employed to straight strokes are :—

1. The initial hook for *l* as explained in the next chapter.

2. The strokes *w* and *y*, in which the hook forms an integral part of the stroke.

(*c*) The only instance in which a small initial hook is prefixed to a straight stroke with the same motion as the initial hook for *r* is in the case of the stroke *y*.

(*d*) These double consonants must be pronounced by their monosyllabic name; thus, *per*, etc., and not *pee-ar*, which would be written or

(*e*) The small initial hook is only initial because it is written first, that is, at the beginning of the stroke, but it must be always read after the stroke to which it is prefixed; thus, *pr*, not *rp*; *br*, not *rb*.

(*f*) The teacher should recognize the following mnemonic aids :—

1. The initial hook written to straight strokes is written with the *R*ight-hand motion, and represents *R*; this letter being the first letter in the word Right.

2. If the right hand be held up perpendicularly with the first finger bent, the outline of *tr* will be seen. The remainder of the straight double consonants will be formed by turning the first finger to the various angles shown in the diagram below.

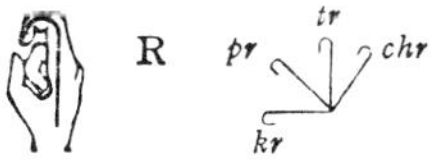

To Curved Strokes.

A small initial hook prefixed to curves, and written on the only available side, that is, the inside, adds *r*; thus, *fr*, *vr*, *thr*, THR, *shr* (down), *zhr*, *mr*, *mpr* or *mbr*, *nr*, *ng-kr* or *ng-gr*.

Notes.

(*a*) The small initial hook for ***r*** is not written to the following curves :—

s, *z*, *l*, *lr* (down), ***r***, ***rr***.

(*b*) The other case in which a small initial hook is employed to curves is :—

The double consonant ***wl***.

(*c*) It will be seen from the above table of curved strokes that ***fr***, ***vr***, ***thr***, and ᴛʜ***r***, have alternative forms. These are :— *fr*, *vr*, *thr*, *THr*. The consonant strokes *R*, *S*, *Z*, are therefore not hooked to add the sound of *R* in the combinations *RR*, *SR*, *ZR*.

(*d*) The initially hooked form for ***shr*** is always written downward.

(*e*) The consonant *ng* hooked initially for ***r*** represents *ng-kr* or *ng-gr*, and not the simple consonants *ng-r*.

(*f*) These double consonants must be pronounced by their monosyllabic names, that is ***fer***, etc., and not ***ef-ar***, which would be written or

(*g*) The small initial hook to curves, like the small initial hooks to straight strokes, is only initial because it is written first, that is, at the beginning of the stroke, but it must be always read after the stroke to which it is prefixed, thus, ***fr***, not ***rf*** ; ***vr***, not ***rv***.

(*h*) As the initial hook to curves is always written on the inside, it is written with the same motion as the curve to which it is prefixed. It cannot be too strongly emphasized that the hooks are never written on the outside of curves.

Primary Rules for the Use of the Initially Hooked Letters.

These double consonants are primarily employed as follows :—

(*a*) Initially. When the two consonants immediately

succeed each other without a vowel between, and are in the same syllable; thus,

 *pray*,  *pride*,  *tray*,  *track*.

(*b*) Medially and Finally. When no vowel, or only an unaccented vowel occurs between the two consonants; thus,

 *leprosy*,  *library*,  *paper*,  *actor*.

Vocalization.

These double consonants are vocalized like the simple strokes, the vowels being read either before or after the two consonants; thus,

 *up*,  *upper*;  *pay*,  *pray*.

If the initial hook is prefixed to the second stroke, that is, if the hook occurs medially, it does not affect the place of the vowels when occurring between two strokes in the same way as the circle medially, and therefore, the word is vocalized as though there was no medial hook; thus,

 *preach*,  *preacher*.

Rules for the Use of the Two Forms of Fr, Vr, Thr and THr.

As has been pointed out, there are two forms for *fr*, *vr*, *thr* and THr, first, the primary or left-hand curves, and secondly, the alternative or right-hand curves.

Of all the elementary principles, the rules governing the use of these two forms are the most difficult for students to understand, and therefore require very careful explanation on the part of the teacher. The causes of the difficulty are two-fold: First, the failure to recognize the various directions in which the strokes are written; and secondly, as to what constitutes a right-hand and left-hand curve. In dealing with these two difficulties, the teacher should refer his students to the strokes of the Phonographic Alphabet, and remind them that the straight strokes are written in three directions: First, those which are written towards the right, namely, ; secondly, those which are written towards the left, namely, ; thirdly, those which are written perpendicularly, namely, With respect to the curved strokes, they are composed of two classes: First, right-hand curves, that is, those which are written in the direction taken by the hands of a clock, namely, (down) (up) ; secondly, left-hand curves, that is, those which are written in the opposite direction to that taken by the hands of a clock, namely, (up) (down).

After the teacher has made these points quite clear, he may then proceed to explain the rules for the use of the two forms, as follows :—

Standing **Alone,** that is, not joined to another stroke.

1. The left-hand curves are used when a vowel or the prefix *con-* or *com-* precedes; thus,

offer, *affray,* *affright,* *affront,* *comfort,* *averse,* *aversion,* *converse,* *conversed,* *conversion,* *convert,* *author,* *athirst,* *either.*

Exception : *confront,* compare *affront.*

2. The right-hand curves are used when a vowel does *not* precede; thus,

free, *freeze,* *froze,* *frost,* *fright,* *fruit,* *friend,* *friends,* *verse,* *versed,* *version,* *throw,* *thrice,* *thrust,* *thirst.*

(*Further* is written for distinction.)

NOTE.—It should be observed that when *fr, vr, thr* or THr stand alone, the application of the above rules serves the purpose of vowel indication.

Joined to another Stroke.

When *fr*, *vr*, *thr*, or THr, are joined to other strokes, the teacher should point out to the student that in order to determine which curve has to be used, he has to be guided by the following four

Golden Rules.

1. Sharp Angle. This generally applies when they occur initially and are followed by a straight stroke; thus,

Friday, *freak*.

2. Perfect Hook. This generally applies when they occur finally and are preceded by a straight stroke; thus,

differ, *coffer*.

3. Similar Motion. This generally applies when they precede or follow curved strokes; thus,

frame, *mover*, *France*, *froth*,
favour, *thrill*, *Luther*.

4. Right-hand Curve preferred. This generally applies if both forms are equally convenient for joining; thus,

Frobisher, *verb*, *furnish*, *frail*,
thirty, *thread*, *Thursday*, *Thirsk*,
buffer, *beaver*, *tether*, *dethrone*.

Joined to Straight Strokes.

1. When preceding or following a straight stroke written towards the right, use the right-hand curve; thus,

frock, *frog*, *verb*, *verbose*,
verdict, *throb*, *proffer*, *beaver*,
bother, *cover*, *gather*, *rover*,
weaver.

2. When preceding or following a straight stroke written towards the left, use the left-hand curve; thus,

fragile, *average*, *Virgin*, *Etheridge*, *Chivers*, *Jeffery*, *Jethro*.

3. When joined to perpendicular straight strokes they are employed as follows :—

(*a*) When *fr* or *vr*, precedes or follows *t* or *d*, use the left-hand curve, in accordance with the Golden Rules 1 and 2; thus,

fruity, *fraud*, *virtue*, *tougher*, *differ*, *diver*.

(*b*) When *thr* or THr, precedes or follows *t* or *d*, use the right-hand curve, as both curves join equally well, and the right-hand curve agrees with the *pr* series of straight strokes; thus,

thirty, *thirteen*, *thread*, *Thurston*, *Thursday*, *tether*, *dethrone*.

NOTE.— *Atherton* and *Atherstone*, are written with left-hand curves and thereby make distinguishing outlines.

4. When joined to straight strokes initially hooked, they are employed as follows :—

(*a*) When *fr* or *vr* precedes a straight stroke initially hooked for *r*, use the right-hand curve, because the initial hook is written with the right-hand motion; thus,

fripper, *fratricide*, *frustration*, *fragrance*, *verditer*, *verger*, *verdigris*.

(*b*) When *fr* or *vr* precedes a straight stroke initially hooked for *l*, use the left-hand curve, because the initial hook is written with the left-hand motion; thus,

fribble, *freckle*, *frugal*, *vertical*.

(*c*) When *thr* precedes a straight stroke initially hooked for *l*, use the right-hand curve; thus,

thrapple, *throttle*.

Joined to Curved Strokes.

1. When preceding or following a right-hand curve, use the right-hand curve; thus,

frame, *frail*, *friar*, *vermin*,

verily, *thermic*, *thrill*, *zithern*,

camphor, *loafer*, *mover*, *leaver*,

Luther, *mothery*, *leather*.

2. When preceding or following a left-hand curve, use the left-hand curve; thus,

froth, *France*, *Frank*, *favour*,

flavour, *thievery*.

NOTE.—The teacher should point out that the above rules follow Golden Rule 3, that is, the principle of similar motion, and in such cases, they must form a distinct angle or show a perfect hook.

3. When *fr* can be hooked finally for *n* and a convenient downstroke follows, use the right-hand curve; thus,

frontal, *frontispiece*, *furniture*, *French*,

franchise, *fringe*, *frenzy*, *furnish*.

4. When the observance of either of the above rules 1 and 2 would result in an awkward outline, that is, an

obscure angle, or an imperfect hook, or would result in ambiguity, use the curves which produce,

(*a*) Initially. Sharp angles; thus,

 *thrifty*,  *thrive*,  *thrush*,  *throng*.

(*b*) Finally. Perfect hooks; thus,

 *ossiferous*,  *soever*,  *zephyr*,  *auriferous*, 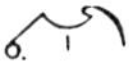 *Hanover*,  *panther*.

(*c*) Distinguishing outlines; thus,

 *favourite*, compare  *favoured* (past tense of *favour*),  *afresh*, compare  *fresh*,  *Atherley*, compare  *Thurleigh*,  *Thurlow*.

Medially.

When *fr* or *vr* occur medially they are treated as though they were initial, and then the stroke immediately following the hooked consonant determines whether the right-hand or left-hand form has to be used; thus,

 *fragile*,  *Selfridge*;  *Bovril*;  *Taverner*,  *governor*;  *silver*,  *Silverlock*,  *Silverton*,  *Silvertown*;  *average*,  *beverage*,  *leverage*.

Derivative Words.

1. Derivative words, when convenient, are written with the same form of *fr*, *vr*, *thr* or THr, as their primitives; thus,

offer, *offerer* compare *friar*; *ever*,

evergreen; *free*, *freeness* but

furnace, but *freed*, *freethinker*;

fruit, *fruitful*, *fruitless* but *fruity*,

fruitage; *fret*, *fretful*,

fretwork but *fretted*, *fretty*;

freeze, *freezing*; *frost*, *frosty*;

forge, *forger* compare *verger*.

2. In words commencing with "*for*" the left-hand curve is generally used, the right-hand curve being used when more convenient; thus,

forbad, *forbear*, *forget*, *forgiver*.

It should be noted that this does not apply to *fore-*, which should be written with separate *r* (downward preferred) when convenient; thus,

forecast, *foresight*, *forefather*:

otherwise the hook form is used; thus *foretell*.

Notes.

(*a*) When *fr, vr, thr,* or THr stand alone, the vowel determines which curve has to be used; and when joined to other strokes, initially or finally, it is not the vowel, but the convenience of the joining with the preceding or following stroke which is the determining factor.

(*b*) Whatever curve of *fr, vr, thr* or THr is used *before* a stroke, the same curve is usually employed *after* the same strokes.

Rule for the Use of "Shr."

Shr is always written downward; thus,

shrub, shriek, shrimp, pusher,

dasher, masher, fisher.

It may be used for the syllable *-shire;* thus,

Devonshire, Hampshire.

Rules for the Use of the Termination -ner.

The rules for the use of this termination may be summarised thus,

1. When the termination *-ner* makes a final unaccented syllable, use the initially hooked stroke after all consonants excepting the straight upstrokes; thus,

opener, keener, finer, meaner,

liner.

Notes.

(*a*) When a strong vowel or diphthong occurs between the *n* and *r*, use the stroke or hook *n* and downward *r*; thus,

pioneer, domineer, manure, linear.

(*b*) In some words with the termination *-neer*, the is employed in place of for the sake of briefer and more convenient outlines; thus, *mutineer, engineer, veneer.*

(*c*) **A vowel** can be read after the termination *-ner*; thus, *tannery*, *joinery*, *imaginary*.

(*d*) Sometimes the form of *-ner* is altered for the sake of expressing a final vowel, where an easy outline is obtained; thus, *gunner*, *gunnery*; *finer*, *finery*; *refiner*, *refinery*.

(*e*) If a hook precedes *-ner* use the stroke *n* and downward *r*; thus, *diviner*, *Londoner*.

2. After the straight upstrokes, use the hook *n* and downward *r*; thus,

runner, *winner*.

The Compound Consonant MP, MB Hooked Initially for R.

The **compound** consonant *mp* or *mb* is initially hooked for *r*, and is used when following *k* or an upstroke; **thus,**

cumber, *slumber*, *hamper*.

Note.—For other details of this termination see Chapter 21 on the Doubling Principle.

NG Hooked Initially for R.

When the simple consonant ‿ is initially hooked for *r*, it represents, logically, *ng-r*, but as this termination is **of** rare occurrence, it is used to represent the more frequent terminations *ng-kr* or *ng-gr*; thus,

banker, *finger*.

When a vowel follows the final *ng-gr*, it is written with the stroke ‿ and ⌐ ; thus,

angry, *hungry*.

Note.—For other details of this termination see Chapter **21** on the Doubling Principle.

The termination *ng-r*, is represented by the simple **stroke** *ng* and **downward** *r*; thus,

banger, *singer*, *ringer*.

Initial Attachments Prefixed to the Initial Hook adding *R*.

The teacher should note that the three initial attachments which have already been introduced are the initial circles *s* and *sw*, and the loop *st*. These initial attachments may be prefixed to the initially hooked letters for *r*, in the case of straight strokes only, but in the case of curves, it is only possible to prefix the circle *s*. He will now proceed to explain the writing of these initial attachments, which is as follows :—

To Straight Strokes.

Circle *S*.—The small initial circle *s* is prefixed to straight strokes which are initially hooked for *r*, by writing the small circle with the right-hand or forward motion and thereby including *r*; thus,

spr, *sbr*; *str*, *sdr*; *skr*, *sgr*.

Note.—The small initial circle is not prefixed initially to *chr* or *jr* for reasons which must be evident, that is, the form representing downward *h*, and the combinations *schr*, *sjr* seldom or never occur initially in the English language.

Rules for the Use of the Treble Consonants Spr, Sbr, etc.

These treble consonants are used, initially and following another stroke, as follows :—

Initially.

1. When *spr*, *str*, *skr* begin a word, use the treble consonants; thus,

spray, *spread*; *stray*, *strayed*; *screw*, *screwed*.

2. When a word begins with *s*—one vowel—and *pr*, *br*, etc.; thus,

super, *supreme*; *sober*, *sobriety*; *setter*, *citric*; *seeker*, *sacred*, *seggar*, *segregate*.

NOTE.—In vocalizing these treble consonants, it will be observed that the ordinary method of vocalizing the stroke consonants is employed, and not the initial circle or hook.

The following order is observed, taking the word *Cyprus* as an example. 1. The initial circle; 2. the vowel preceding the stroke consonant; 3. the stroke consonant; 4. the initial hook; 5. the vowel following the stroke consonant; 6. the final circle.

Following Straight Strokes.

1. When *spr*, etc., occur medially, both circle and hook are shown; thus,

prosper, *bespread*, *destroy*, *decider*, *excrescence*, *corkscrew*. *express*, *pastry*, *beseecher*, *besieger*, *rescribe*.

NOTE.—Although the treble consonants *schr*, *sjr*, are not used initially, they may be used finally.

2. When *skr* follows *p* or *b*, the hook may be omitted; thus,

postscript, *prescription*, *prescribe*, *subscriber*.

3. When *skr* or *sgr* follow *t* or *d*, the circle is written with the left-hand or backward motion; thus,

tasker, *descry*, *disgrace*.
Compare *task*, *desk*, *disguise*.

Following Curved Strokes.

1. When *spr*, etc., follow a right-hand curve, the circle *s* is written *inside* the curve, and the hook *r* must be shown; thus,

ancestral, *misprize*, *mastery*, *massacre*, *lisper*, *lustrous*, *lascar*, *frustration*.

2. When *spr*, etc., follow a left-hand curve, the circle *s* is written *outside* the curve, and the hook *r* must be shown; thus,

offspring, *nostrum*, *unstrung*, *unscrew*.

Note. *inspiration*, for easier joining.

3. When *spr* or *str* follow *m* hooked finally for *n*, the circle *s* is written inside the hook *n*, and the hook *r* is omitted; thus,

mainspring, *administrative*.

Compare *emancipation*, *mainstay*.

4. The small hook "*in*" is prefixed to the treble consonants *str*, *skr*; thus,

instruct, *instrument*, *inscribable*.

SW CIRCLE.—The large initial circle *sw* is prefixed to straight strokes which are initially hooked for *r* by writing the large circle with the right-hand or forward motion, and thereby including *r*; thus,

sweeper, *swobber*, *sweeter*, *switcher*, *swagger*.

ST LOOP.—The small loop, half as long as a stroke, is prefixed to straight strokes which are initially hooked for *r*, by writing the loop with the right-hand or forward motion, and thereby including *r*; thus,

stopper, *stabber*, *stutter*, *staider*, *stitcher*, *stager*, *stalker*, *stagger*.

NOTE.—In explaining the above initial attachments to straight strokes, the teacher will find it helpful to give his students some pairs of words which will form contrasts with similar attachments dealt with in previous chapters.

To Curved Strokes.

CIRCLE *S*.—The small initial circle *s* is prefixed to curved strokes which are initially hooked for *r* by writing the small circle inside the initial hook, with the same motion as the hook and curve; thus,

sfr, *svr*, STH*r*, *smr*, *snr*.

NOTE.—It will be obvious that the initial hook for *r* prefixed to curves cannot be made into a circle and thereby include the *r*, as is the case with straight strokes, as the small initial circle written inside curves represents *s* only.

RULES FOR THE USE OF THE TREBLE CONSONANTS SFR, SVR, ETC.

These treble consonants are used initially and following another stroke consonant, as follows:—

Initially.

When a word begins with *s*—one vowel—and *fr*, *vr*, etc.; thus,

suffer, *suffrage*, *sufferer*; *sever*, *severance*, *savourless*; *soother*; *simmer*, *simmering*, *summer*, *summer-house*; *sinner*.

Following Straight Strokes.

When *sfr*, *svr*, etc., follow a straight stroke, the circle is written with the same motion as the initial hook, and the hook *r* must be shown; thus,

peace-offering, *decipher*, *Oxford*, *passover*, *deceiver*, *gossamer*, *prisoner*, *blazoner*, *designer*, *chastener*.

Following Curved Strokes.

When *sfr*, *svr*, etc., follow a curved stroke, the circle is written inside the curve and the hook *r* must be shown; thus,

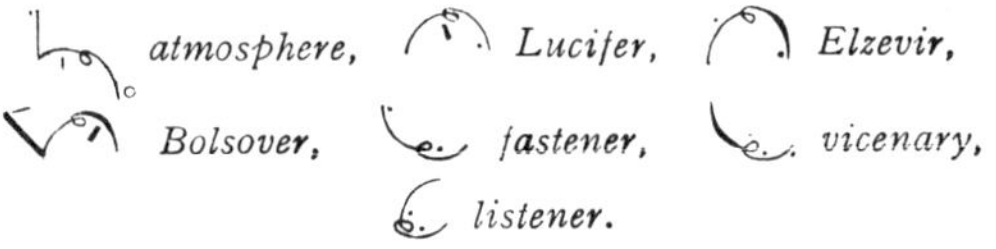

atmosphere, *Lucifer*, *Elzevir*, *Bolsover*, *fastener*, *vicenary*, *listener*.

NOTES.

(*a*) When the treble consonants *sfr*, *svr*, etc., follow straight or curved strokes, the hook *r* must be always shown.

(*b*) When the small circle *s* is prefixed to *fr*, *vr* or THr initially, the left-hand curve is always used; but the small circle *s* or *z* medially may be prefixed to the right-hand curves of *fr*, *vr* or THr when they follow another stroke consonant.

SW CIRCLE.—When initial *sw* precedes a curved stroke immediately followed by *r*, and forming an unaccented syllable, the large circle *sw* is written inside the curve followed by the stroke *r*; thus,

 *swimmer*.

CIRCLE *S* AND *T*.—When initial *st* precedes a curved stroke immediately followed by *r*, and forming an unaccented syllable, circle *s* and stroke *t* must be used to represent the *st*, followed by the initially hooked letters; thus,

 *stiver*.

NOTE.—It will be obvious that it is impossible to prefix the large circle *sw*, or the small initial loop *st* to the curved strokes initially hooked for *r*, as is the case with the straight strokes, and hence the two last rules.

THE NON-USE OF THE INITIAL HOOK FOR *R*.

The following are the cases in which the initially hooked letters for *r* are not employed:—

1. In words containing only one consonant with *r* and an intervening vowel; thus,

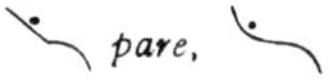

pare, *fare*.

Exceptions: Words of frequent occurrence which are grammalogues; thus,

care, *cheer*, *more*, *mere*, *nor*, *near*.

2. When it is necessary to show an accented vowel between the two consonants; thus,

despair, *prefer*, *defer*, *refer*.

3. When the two consonants do not make a syllable, although a vowel does not intervene; thus,

abrupt, *outrage*, *wardrobe*.

4. When nothing is gained by using the hook, that is, when the separate letters produce a more syllabic outline; thus,

Aberdare, *Aberdeen*, *parenthesis*.

5. When the initial hook cannot be distinctly formed or an awkward outline would result; thus,

tamer, *charmer*, *injure*, *censure*,

runner, *winner*.

Note.—In some cases the initial hook is omitted; thus,

superscription, *subscriber*.

6. When the combination *str*, medially or finally, would be expressed by the *str* loop; thus,

poster, *muster*, *masterpiece*.

7. When the *sw* circle cannot be prefixed to the initially hooked letters; thus,

swimmer.

Note.—The hooked forms are used when *sw* is prefixed to straight strokes initially hooked for *r*; thus,

sweeper, *sweeter*, *switcher*, *swagger*.

8. When the consonant *r* immediately follows the consonant *ng*; thus,

swinger, *ringer*.

NOTE.—The stroke initially hooked for *r* represents *ng-kr* or *ng-gr*; thus,

banker, *tinker*, *finger*.

9. When *mp* or *mb* precede *r* with an intervening vowel; thus,

impair, *embark*.

Exception: In negative words the positives of which are written with the initial hook; thus,

personal, *impersonal*.

NOTES.

(*a*) When *mp* or *mb* is immediately followed by *R*, the hooked form of *pr* or *br* is used; thus, *impress*, *impressive*, *embrace*, *embroglio*.

10. The initially hooked forms are not used for the combinations where the rules for the doubling principle apply; thus,

matter, *mother*, *fatter*, *father*, *avoider*, *shutter*, *order*, *commander*. *amber*, *chamber*, *anger*, *sinker*, *linger*.

Exceptions: After *l*, standing alone or only finally circled; thus,

ladders, *leather*.

11. The initially hooked forms are not used for words containing an intervening vowel, if there is any possibility

of clashing with words containing the same consonantal structure with no vowel, or an accented vowel, intervening; thus,

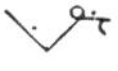 *persecute*, compare  *prosecute*;

 *preparation*, compare  *appropriation*;

 *petrification*, compare 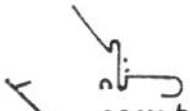 *putrefaction*;

 *pasture*, compare  *compositor*.

SUMMARY.

1. A small initial hook prefixed to straight strokes with the right-hand or forward motion, and inside curves, adds *r*.

2. The initially hooked letters are employed as follows:

(*a*) Initially. When the two consonants immediately succeed each other without a vowel between, and are in the same syllable.

(*b*) Medially and Finally. When no vowel, or only an unaccented vowel occurs between the two consonants.

3. The method of vocalization employed in the double consonants is the same as in the case of single strokes, that is, the initial hook does not affect the place of the vowel.

4. When *fr*, *vr*, *thr*, or TH*r* stand alone, the left-hand form is used if a vowel precedes, and the right-hand form if no vowel precedes. When joined to a straight stroke written towards the right, or joined to a right-hand curve, use the right-hand form; but when joined to a straight stroke written towards the left, or to a left-hand curve, use the left-hand form. To the perpendicular strokes *t* or *d*, *fr* or *vr* is written with the left-hand form, and *thr* or TH*r* with the right-hand form.

5. When *thr* occurs initially it is almost invariably written with the right-hand curve.

6. When *fr* or *vr* occur medially the final stroke consonant determines whether the right-hand or left-hand curve has to be used.

7. Derivative words, when convenient, are written with the same forms as their primitives.

8. The termination "*ner*" as an unaccented syllable, is represented by the stroke *n* initially hooked for *r* after all stroke consonants except the straight upstrokes, in which cases the hook *n* and downward *r* are generally

written. The final accented syllable "*neer*" is sometimes represented by the final *nr*, when a briefer and more convenient outline is obtained.

9. The compound consonant *mp* or *mb* is initially hooked for *r* to represent *mpr* or *mbr*.

10. The simple consonant *ng* when initially hooked for *r* represents *ng-kr* or *ng-gr*.

11. The initial circles *s* and *sw*, and the initial loop *st*, when written with the right-hand or forward motion to straight strokes, include a final *r*.

12. When the treble consonants *spr*, *sbr*, *etc.*, occur medially the hook *r* must be shown. When *skr* follows *p* or *b*, the hook *r* is omitted, but when *skr* or *sgr* follow *t* or *d* the circle is written with the left-hand motion.

13. When the treble consonants *spr*, *sbr*, etc., follow a right-hand curve, the circle is written *inside* the curve, and the hook *r* must be shown; but when following a left-hand curve, the circle is written *outside* the curve and the hook *r* must be shown. When *spr* or *str* follow *m* finally hooked for *n*, the circle is written inside the hook *n* and the *r* omitted. The small hook for "*in*" may be prefixed to *str* and *skr*, by writing the small hook before the circle with the right-hand motion.

14. The circle *s* is the only initial attachment that can be joined to curves initially hooked for *r*, the circle being written inside the initial hook.

15. When the treble consonants *sfr*, *svr*, etc., follow straight or curved strokes, the hook *r* must always be shown.

16. When initial *sw* precedes curved strokes, followed by *r*, and forming an unaccented syllable, the large circle *sw* is prefixed to the stroke consonant followed by the stroke *r*.

17. When initial *st* precedes curved strokes, followed by *r*, and forming an unaccented syllable, the circle *s* and *t* are used for the *st*, followed by the initially hooked letters.

18. In the cases of the non-use of the initially hooked letters for *r*, the reasons are, generally,

First. That an accented vowel occurs between the two consonants.

Secondly. That the initially hooked letters do not admit of being easily joined.

Thirdly. For the purpose of differentiation of outline.

Chapter 10.

SMALL AND LARGE INITIAL HOOKS, ADDING *L*.

THE small initial hook adding *r*, and the initial attachments thereto, together with the non-use of the hook, having been explained, it will now be necessary to deal with the other initial hooks, adding *l*.

The liquid *l*, like the liquid *r*, which is said to be one of the most frequently occurring sounds in the English language, in addition to being represented by means of a stroke-letter as shown in the Table of Consonants, and which are written according to definite rules as explained in Chapter 17, is also represented by a small initial hook to straight strokes, and a large initial hook to curves. The reason for this is, that the consonant *l* is often found following and closely united or blended with another consonant, with no vowel, or only an unaccented vowel, between the two consonants, when they are regarded as double consonants, as they are pronounced by a single effort of the organs of speech.

SMALL AND LARGE INITIAL HOOKS, ADDING *L*.

To Straight Strokes.

A small initial hook prefixed to straight strokes, and written with the left-hand or backward motion, adds *l*; thus,

pl, *bl*; *tl*, *dl*; *chl*, *jl*; *kl*, *gl*.

NOTES.

(*a*) The small initial hook for *l* is not written to the straight upstrokes *r*, *w*, *y*, *h* or *h* (down).

(*b*) The only other cases in which a small initial hook is employed to straight strokes are :—

1. The initial hook for *r* as explained in the previous chapter.

2. The consonants *w* and *y* in which the hook forms an integral part of the consonant.

(*c*) The only instance in which a small initial hook is prefixed to a straight stroke with the same motion as the initial hook for *l*, is in the case of the consonant *w*.

(*d*) These double consonants must be pronounced by their monosyllabic name; thus, *pel*, etc., and not *pee-el*, which would be written

(*e*) The small initial hook is only initial because it is written first, that is, at the beginning of the consonant, but it must be always read after the stroke to which it is prefixed; thus, *pl*, not *lp*; *bl*, not *lb*.

(*f*) The teacher should recognize the following mnemonic aids :—

1. The initial hook prefixed to straight strokes is written with the *L*eft-hand motion, and represents *L*; this letter being the first letter in the word Left.

2. If the left hand be held up perpendicularly with the first finger bent, the outline of *tl* will be seen. The remainder of the straight double consonants will be formed by turning the first finger to the various angles shown in the diagram below.

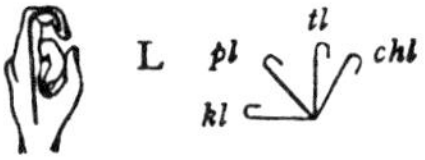

To Curved Strokes.

A large initial hook prefixed to curves, and written on the only available side, that is, the inside, adds *l*; thus,

fl, *vl*; *thl*; *shl* (up);

ml, *nl*.

NOTES.

(*a*) It should be observed that in the case of curved strokes, only one side is available for prefixing the initial hooks, that is, the inside, and therefore the distinction between *r* and *l* can be shown only by the size of the initial hooks, the *r*, which is much more frequently used than *l*, being represented by means of a small initial hook, but in the case of *l*, by a *large* initial hook, which is restricted to curved strokes only.

(*b*) The large initial hook for *l* is not written to the following curves :—

s, *z*, *zh*, *mp* or *mb*, *ng*, *l*,

lr (down), *r*, *rr*.

(*c*) The only other cases in which a large initial hook is employed in Pitman's Shorthand are :—

1. Straight strokes. The double consonants *kw*, *gw*, *wh*.

2. Curves. The double consonant *whl*.

(*d*) It will be seen from the table of curved strokes hooked for *L* that *FL*, *VL* have alternative forms. These are: *FL*, *VL*. The consonant stroke *R* is not, therefore, hooked to add the sound of *L* in the combination *RL*. Note: Strokes *S* and *Z* are not hooked for *L*.

(*e*) The double consonant *shl* is always written upward ; thus,

(*f*) The double consonant *mp* or *mb*, and the simple consonant *ng*, are not initially hooked for *l*, as *mpl*, *mbl*, and *ngl*, may be otherwise represented by more convenient forms.

(*g*) These double consonants must be pronounced by their monosyllabic names, thus, *fel*, etc., and not *ef el*, which would be written or

(*h*) The large initial hook to curves, like the small initial hook to straight strokes, is only initial because it is written first, that is, at the beginning of the consonant, but it must be always read after the stroke to which it is prefixed, thus, *fl*, not *lf* ; *vl*, not *lv*.

(*i*) As the initial hook to curves is always written on the inside, it is written with the same motion as the curve to which it is prefixed. It cannot be too strongly emphasized that the hooks are never written on the outside of curves.

Primary Rules for the Use of the Initially Hooked Letters.

These double consonants are primarily employed as follows :—

(*a*) Initially. When the two consonants immediately succeed each other without a vowel between, and are in the same syllable; thus,

plough, *played*, *blow*, *black*.

(*b*) Medially and Finally. When no vowel, or only an unaccented vowel occurs between the two consonants; thus,

deplore, *problem*, *total*, *chapel*.

Vocalization.

These double consonants are vocalized like the simple strokes, the vowels being read either before or after the two consonants: thus,

add, *addle* ; *pay*, *play*.

If the initial hook is prefixed to the second stroke, that is, if the hook occurs medially, it does not affect the place of the vowels when occurring between two consonants in the same way as the circle medially, and, therefore, the word is vocalized as though there was no medial hook; thus, *plead*, *beetle*.

Rules for the Use of the Two Forms of Fl, Vl.

As has been pointed out, there are two forms for *fl* and *vl*; first, the primary or left-hand curves, and, secondly, the duplicate or right-hand curves.

The rules for the use of the two forms of *fl*, *vl*, are as follows :—

Initially and when Standing Alone.

1. In all words whose outlines begin with *fl*, the left form must be used ; thus,

fly, *flighty*, *flow*, *flows*, *flowed*,

flock, *flog*, *flame*, *flamed*, *flamboyant*, *flurry*, *Fletcher*; *flatly*, *fleecy*, *flyer*, *fleecer*; *flap*, *flitch*, *flesh*, *floor*, *flail*.

Following Another Stroke.

1. When *fl* or *vl* follows another stroke, other than *k*, *g*, *n* and the straight upstrokes, the left-hand form is used ; thus,

playful, *approval*; *baffle*, *bravely*; *rightful*, *actively*; *heedful*, *devil*; *watchful*, *joyful*; *frivolous*, *survival*; *faithful*, *easeful*, *shuffle*, *shovel*, *muffle*, *removal*, *arrival*, *unlawful*, *exhaustively*, *positively*, *privilege*, *baffler*, *trifler*, *deflect*, *develop*, *shuffler*, *chivalry*, *muffler*, *cauliflower*, *wallflower*.

2. When *fl* or *vl* follows *k*, *g*, *n* or a straight upstroke the right-hand form is used ; thus,

scuffle, *gruffly*, *cavil*, *cavalry*,

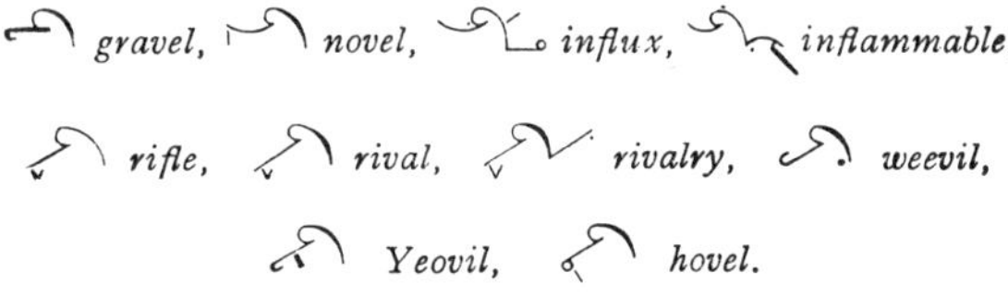

gravel, novel, influx, inflammable, rifle, rival, rivalry, weevil, Yeovil, hovel.

NOTE.—Wherever convenient a distinction is made between the adjective in *-ful* and the adverb in *-fully;* thus,

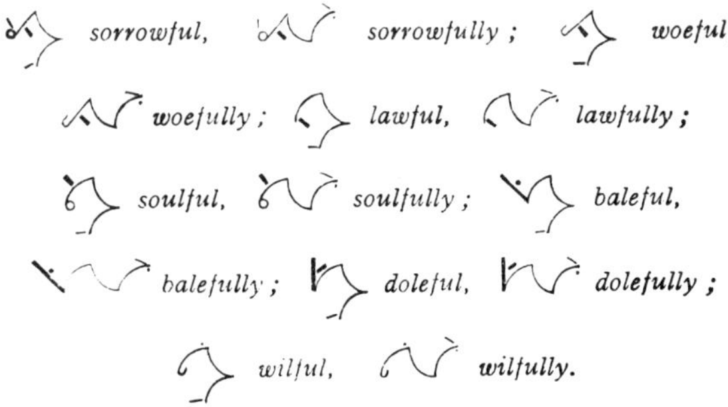

sorrowful, sorrowfully; woeful, woefully; lawful, lawfully; soulful, soulfully; baleful, balefully; doleful, dolefully; wilful, wilfully.

Where, however, it is not quite convenient to employ the separate strokes *f* and *l* the hooked form is retained for both adjective and adverb for the purpose of providing a facile form. In the following cases it will be obvious to the student that, from a speed point of view, the hooked form is preferable :—

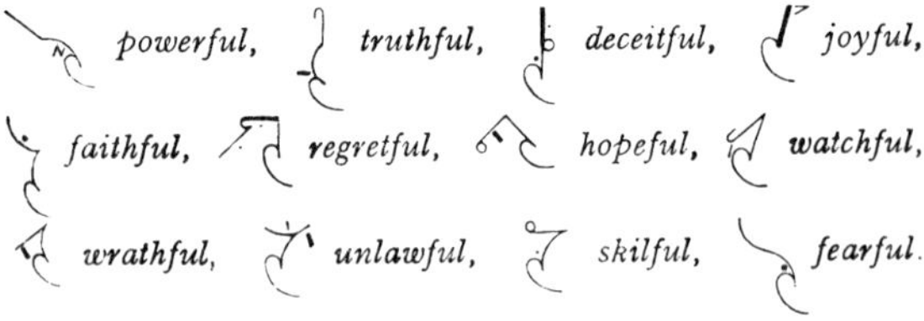

powerful, truthful, deceitful, joyful, faithful, regretful, hopeful, watchful, wrathful, unlawful, skilful, fearful.

To form the adverb the dot vowel *ĭ* is added after the hooked form for *fl*.

EXAMPLES OF THE USE OF SHL.

It has already been remarked that *shl* is invariably written upward. The student, therefore, has no difficulty in applying the rule. There is no exception to this rule, so that even in words where the *shl* would be written initially, as in *shelf*, *shilling*, etc., the upward form has to be applied. The teacher should point out that *shl* never occurs *initially* without an intervening vowel, and finally, it occurs as an unaccented syllable, and may be followed by a vowel like the other double consonants.

Initially.

Shelburn, *Shelton*, *Sheldon*,

shellac, *shelf*, *shelves*, *shilling*,

Shillingstone.

Finally.

snappishly, *snobbishly*, *trinoctial*,

sluggishly, *official*, *fleshly*,

lavishly, *sciential*, *partial*,

freshly, *foolishly*, *Marshall*,

beneficial, *specialize*, *credential.*

Shl is used in compound words to represent the word *-shell* where a good joining is possible; thus,

egg-shell, *snail-shell.*

NOTE.—

sea-shell, *oyster-shell*,

where the separate strokes are preferred.

With rare exceptions the form *shl* will be found an exceedingly facile form to write. In the case of a few exceptional and seldom used words, or where a distinction may be necessary, the separate strokes *sh* and *l* are written; thus,

judicial (note *judiciary*), *harshly.*

Notes.

(*a*) *Shl* is always an upstroke.

(*b*) The form is not used when *sh* and *l* are the only consonants in a word as it represents *sh-shun*, because when *sh* is the only stroke consonant in a word it is always written downward and, therefore, makes the large hook final; but when joined to another stroke, either initially or finally, its direction as an upstroke is evident and it is, therefore, quite distinct for *shl*; thus, *shelf*, *official*. Where *sh* and *l* are the only consonants in a word the separate strokes must be employed; thus, *shallow*, *shale*, *shell* (note derived word *shelling*).

Medially.

When *shl* occurs medially, it is mostly in derivative and compound words; thus,

pachalic, *specialty*, *speciality*, *book-shelf*, *officialdom*, *officialism*, *fleshliness*, *potentiality*, *provinciality*, *provincialism*, *partiality*.

INITIAL ATTACHMENT PREFIXED TO THE INITIAL HOOK ADDING *L*.

The teacher should note that the three initial attachments which have been already introduced are the initial circles *s* and *sw*, and the loop *st*. As it is impossible to prefix all these attachments to the initial hook for *l*, it will be advisable to observe that the only initial attachment which can be prefixed to these initial hooks is the small circle *s*, which will now be explained. It will no doubt be helpful to point out how the other attachments are dealt with when they occur in words where the initially hooked letters may be employed, as far as the rules permit, if it were possible to do so.

To Straight Strokes.

CIRCLE *S*.—The small initial circle *s* is prefixed to straight strokes which are initially hooked for *l*, by writing the small circle inside the initial hook, with the same motion as the hook ; thus,

 *spl*,  *sbl* ;  *stl*,  *sdl* ;  *schl*,  *sjl* ;

 *skl*,  *sgl*.

NOTE.—It will be obvious that it is necessary to show the small initial hook when the small circle is prefixed to straight strokes initially hooked for *l*, and that the small hook cannot be made into a circle and thereby include the *l*, as is the case with the initial hook for *r* to straight strokes, as it would then represent the initial circle *s*.

RULES FOR THE USE OF THE TREBLE CONSONANTS SPL, SBL, ETC.

These treble consonants are used, initially, and following another stroke consonant, as follows :—

Initially.

1. When *spl* begins a word, use the treble consonants ; thus,  *splice*,  *spleen*,  *splash*.

2. When a word begins with *s*—one vowel—and *pl*, *bl*, etc.; thus,

supple, *suppleness*; *sable*, *sublime*; *subtle*, *subtlety*; *saddle*, *saddler*; *satchel*; *sickle*, *cyclone*, *Cyclops*.

NOTE.—In vocalizing these treble consonants, it will be observed that the ordinary method of vocalizing the stroke consonants is employed.

The following order is observed, taking the word *supplies* as an example. 1. The initial circle; 2. the vowel preceding the stroke consonant; 3. the stroke consonant; 4. the initial hook; 5. the vowel following the stroke consonant; 6. the final circle.

Following Straight Strokes.

1. When *spl*, etc., follow a straight stroke in the same straight line, the hook *l* must be shown; thus,

passable, *plausible*; *pedestal*, *side-saddle*; *classical*, *exclaim*.

2. When *spl*, etc., follow a straight stroke forming an angle, the hook *l* must be shown as clearly as possible; thus

display, *chess-player*, *explicit*, *explain*, *resplendent*; *noticeable*, *disable*; *bicycle*.

NOTE.—When the hook cannot be shown, the separate strokes must be written; thus,

pistol, *crystal*, *recital*.

Following Curved Strokes.

When *spl*, etc., follow the left-hand curves *f*, *v* or *n*, the hook must be shown wherever possible; thus,

 *feasible*,  *physical*;  *visible*,  *advisable*;  *encyclopaedia*,  *nonsensical*.

NOTE.—When *spl*, etc., follow the right-hand curves *m* or *r* or the left-hand curve *n*, and the hook is impossible, or would result in an awkward outline, the separate strokes must be written; thus,

 *musical*,  *forcible*,  *municipal*,  *defensible*,  *unsettle*,  *unsaddle*.

As has been explained, the only initial attachment prefixed to straight strokes initially hooked for *l*, is the small circle *s*, and, therefore, as the large initial circle for *sw* and the initial loop for *st* cannot be prefixed to these initially hooked letters, the teacher should proceed to explain how these attachments are used when preceding a consonant immediately followed by *l* and forming unaccented syllables.

SW CIRCLE.—When initial *sw* precedes a straight stroke immediately followed by *l*, and forming an unaccented syllable, the large circle *sw* is prefixed to the stroke consonant, followed by the stroke *l*; thus,

 *swaddle*.

CIRCLE *S* AND *T*.—When initial *st* precedes a straight stroke immediately followed by *l*, and forming an unaccented syllable, the circle *s* and stroke *t* must be used to represent the *st*, followed by the initially hooked letters; thus,

 *staple*,  *steeple*;  *stable*,  *stubble*;  *stickle*,  *stickler*.

To Curved Strokes.

CIRCLE *S*.—The small initial circle is prefixed to curved strokes which are initially hooked for *l*, by writing the small circle inside the initial hook, with the same motion as the hook and curve; thus,

sfl, *svl*; *s shl*; *snl*.

NOTE.—It will be obvious that the initial hook for *l* prefixed to curves cannot be made into a circle and thereby include the *l*, as it would make a large initial circle which represents *sw* only.

RULES FOR THE USE OF THE TREBLE CONSONANTS SFL, SVL, ETC.

These treble consonants are used, initially, and following another stroke consonant, as follows :—

Initially.

When a word begins with *s*—one vowel—and *fl*, *vl*, etc.; thus,

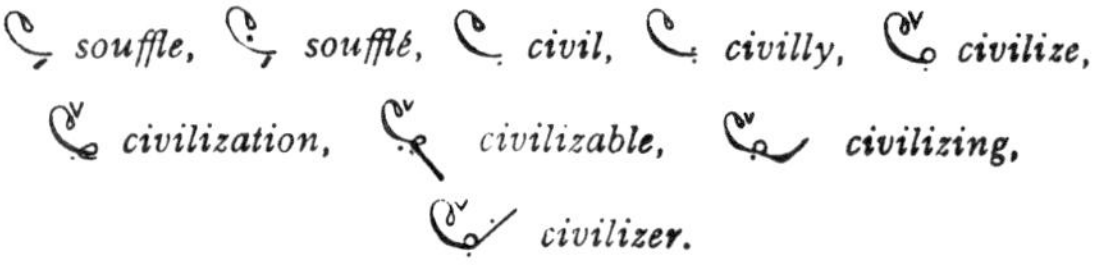

souffle, *soufflé*, *civil*, *civilly*, *civilize*, *civilization*, *civilizable*, *civilizing*, *civilizer*.

Following Straight Strokes.

When the hooked forms *sfl*, *svl*, etc., follow a straight stroke, the circle is written with the same motion as the initial hook, and the hook *l* must be shown; thus,

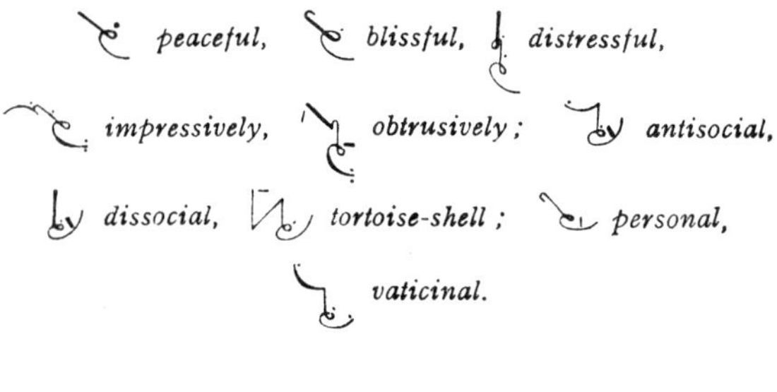

peaceful, *blissful*, *distressful*, *impressively*, *obtrusively*; *antisocial*, *dissocial*, *tortoise-shell*; *personal*, *vaticinal*.

Following Curved Strokes.

When *sfl, svl,* etc., follow a curved stroke, the circle is written inside the curve and the hook *l* must be shown; thus,

 *illusively,*  *vicinal.*

NOTES.

(*a*) When the treble consonants *sfl, svl,* etc., follow straight or curved strokes, the hook *l* must always be shown.

(*b*) When the small circle *s* is prefixed to *fl* or *vl* initially, the left-hand curve is always used.

SW CIRCLE.—When initial *sw* precedes a curved stroke immediately followed by *l*, and forming an unaccented syllable, the large circle *sw* is written inside the curve, followed by the stroke *l*; thus,

 *swivel.*

CIRCLE *S* AND *T*.—When initial *st* precedes a curved stroke immediately followed by *l*, and forming an unaccented syllable, circle *s* and stroke *t* must be used to represent the *st*, followed by the initially hooked letters; thus,

 *stifle.*

THE NON-USE OF THE INITIAL HOOK FOR *L*.

The initially hooked letters for *l* are not employed in the following cases:—

1. In words containing only one consonant with *l* and an intervening vowel; thus,

 *pale,*  *fail.*

Exceptions: Words of frequent occurrence which are grammalogues; thus,

 *tell,* 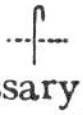 *till,* *call.*

2. When it is necessary to show an accented vowel between the two consonants; thus,

 *dispel,*  *rebel,*  *canal.*

3. When the two consonants do not make a syllable, although a vowel does not intervene; thus,

ablative, *oblivion*, *oblong*, *ugly*, *unless*, *hopeless*, *heedless*, *changeless*.

NOTE.—The initially hooked letter may be used to a curved stroke in words ending with *-less*; thus,

briefless.

4. When the initial hook cannot be distinctly formed or an awkward outline would result; thus,

assessable, *musical*, *municipal*, *defensible*, *angel*.

NOTE.—When making a hooked consonant, an imperfect hook is preferred rather than the separate letters which would indicate an intervening vowel, or a division of the syllable; thus,

explain, *exploit*, *resplendent*.

5. When the consonantal structure of the outline makes it impossible to show the initial hook; thus,

admissible, *unsettle*, *forcible*, *recital*.

6. Where, according to rule, it is not permissible to use the hooked forms, *sfl* and *svl*; thus,

impulsively, *prelusively*.

7. When the *sw* circle cannot be prefixed to the initially hooked letters; thus,

swaddle, *swivel*.

8. The initially hooked letters are not used after a final hook if it would be awkward; thus,

accountable, actionable. fashionable.

9. When *mp* or *mb* precede *l* with an intervening vowel; thus,

impale, impel, embellish, embolden.

NOTES.

(*a*) When *mp* or *mb* is immediately followed by *l*, the hooked form of *pl* or *bl* is used; thus,

employ, implore, emblem,

emblazon.

(*b*) When *pl* or *bl* make a final unaccented syllable the initially hooked straight strokes are used as the large initial hook for *l* is not employed to the compound consonant *mp* or *mb*; thus,

ample, temple, trample, tremble,

jumble, crumble, thimble, symbol.

10. In some cases the half-length stroke for *t* or *d* and *l* is employed for the final syllable *tl* or *dl* instead of the initially hooked letters, for the sake of briefer outlines: thus,

capital, hospital, fatal,

medal, middle, little.

NOTE.— *meddle, muddle,* so as to provide for the past tense; thus, *meddled, muddled.*

11. The initially hooked letters are not employed in words ending in *-fulness*. This termination is represented by disjoined ; thus,

hopefulness, faithfulness.

12. The initially hooked letters are not employed in words ending in *-lessness* or *-lousness*, as these terminations are represented by disjoined ; thus,

 *hopelessness,*  *populousness.*

13. The initially hooked forms are not used for words containing an intervening vowel, if there is any possibility of clashing with words containing the same consonantal structure with no vowel, or an accented vowel intervening; thus,

 *collapse,* compare 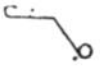 *eclipse;*  *culture,* compare  *clatter;*  *colic,* compare  *clock;*  *column,* compare  *climb;* 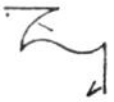 *calumniate,* compare  *culminate.*

SUMMARY.

1. A small initial hook prefixed to straight strokes and written with the left-hand or backward motion, and a large initial hook written inside curves, adds *l*.

2. The initially hooked letters are employed as follows:

(*a*) Initially. When the two consonants immediately succeed each other without a vowel between, and are in the same syllable.

(*b*) Medially and Finally. When no vowel, or only an unaccented vowel occurs between the two consonants.

3. The method of vocalization employed in the double consonants is the same as in the case of single strokes, that is, the initial hook does not affect the place of the vowel.

4. The right-hand forms of *fl*, *vl*, are employed finally after *k*, *g*, *n*, *ng*, or the straight upstrokes. The left form is used in all other cases.

5. The stroke *sh* initially hooked for *l* is always written upward.

6. The small circle *s* is the only initial attachment prefixed to straight strokes or curves initially hooked for *l*, the circle always being written inside the initial hook.

7. When the treble consonants *spl*, *sbl*, etc., follow straight or curved strokes, always show the initial hook if possible, but when the initial hook cannot be shown, the separate strokes must be employed.

8. When the treble consonants *sfl*, *svl*, etc., follow straight or curved strokes, the initial hook must always be shown.

9. When initial *sw* precedes straight or curved strokes followed by *l*, and forming an unaccented syllable, the large circle *sw* is prefixed to the stroke consonant followed by the stroke *l*.

10. When initial *st* precedes straight or curved strokes, followed by *l*, and forming an unaccented syllable, the circle *s* and *t* are used for the *st*, followed by the initially hooked letters.

11. In the cases of the non-use of the initially hooked letters for *l*, the reasons are, generally,

First. That an accented vowel occurs between the two consonants.

Secondly. That the initially hooked letters do not admit of being easily joined.

Thirdly. Differentiation of outline.

Chapter 11.

SPECIAL USE OF THE INITIALLY HOOKED STROKES FOR *R* AND *L*.

In addition to the primary rules for the use of the initially hooked strokes for *r* and *l*, as explained in the two previous chapters, they have also a special use when an accented or strongly sounded vowel occurs between a consonant and a following *r* or *l*, for the sake of briefer or more convenient outlines.

The method adopted to indicate the intervening vowel is as follows :—A dot vowel (long or short) is represented by writing a small circle *after* or *before* the hooked stroke :—thus, 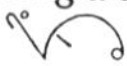 *parlours*,  *mutineer*.

An intervening dash vowel or diphthong is struck through the hooked stroke ; thus,  *collect*,  *portray*,  *temperature*.

In introducing to students this special use of the initially hooked strokes, the teacher should emphasize the primary rules for their use, illustrating them freely, as already explained.

The three main governing principles for the special use of the initially hooked strokes are as follows :—

1. Brevity, that is, the providing of shorter outlines than would be obtained by the use of the separate strokes.

2. Facility, that is, the avoidance of awkward combinations.

3. Differentiation, that is, the distinguishing of one word from another, in words having the same consonantal structure.

Rules for the Special Use of the Initially Hooked Strokes for *R* and *L*.

The initially hooked strokes for *r* and *l* are employed with a vowel between the two consonants as follows :—

1. Initially, medially or finally ; *to avoid long or*

awkward outlines such as would result from the use of the separate strokes; thus,

parley, *peregrinate*, *partner*, *partook*, *parsley*, *perimeter*, *palpably*, *politics*, *barm*, *darken*, *derogate*, *derelict*, *correspond*, *corridor*, *corrigible*, *correct*, *Corinth*, *collect*, *caligraphy*, *California*, *calisthenics*, *colony*, *Hibernia*, *external*, *incarcerate*, *oligarchy*, *Minerva*, *recalcitrate*, *develop*, *chronology*, *hymnology*, *troubadour*, *matador*, *Belvedere*, *discourse*, *allegory*, *atmosphere*, *hemisphere*, *clothier*, *healthier*, *regard*, *parochial*, *articulate*, *circulate*, *regulate*.

NOTES.

(*a*) In order to assist students to appreciate the advantage of the special use of the initially hooked strokes in the above examples, the teacher should compare them with the use of the separate strokes.

(*b*) The examples given above of the use of the initially hooked strokes *initially*, are such combinations of consonants as may be used when no vowel occurs between the two consonants.

(*c*) When a primitive word ends with the half-length

principle, and the derivative word ends with the accented syllable *-ier*, the initially hooked strokes are not employed; thus, *halberdier*, *bombardier*, *grenadier*.

(*d*) Where the vowel which intervenes is *ĕ*, it need not be indicated.

2. Initially, when the consonant *r* or *l* ends the first syllable in a word, and the second syllable commences with a consonant; thus,

perpetrate, *perplex*, *purple*, *portray*, *portrait*, *parquetry*, *percussion*, *purgatory*, *perfect*, *perforate*, *perceptible*, *persist*, *perceive*, *permanence*, *pernicious*, *parlour*, *purloin*, *porcelain*, *parcel*, *permit*, *perquisite*, *palpable*, *pilgrim*, *pulmonary*, *burgher*, *Berkshire*, *burgomaster*, *Burgundy*, *burglar*, *bursar*, *Bernard*, *burly*, *Belgrade*, *Belgravia*, *turtle*, *Turkish*, *target*, *Targum*, *turmoil*, *terminus*, *Tarleton*, *darling*, *dormouse*, *dormitory*, *dorsal*, *courtesy*, *carnation*, *corner*, *cornet*, *Colonel*, *thirty*, *thirteen*, *thermic*.

NOTES.

(*a*) As will be seen by the examples illustrating Rule 2, the rule applies whether the vowel between the primary consonant and the *r* or *l* is accented or unaccented.

(*b*) In some cases, to avoid ambiguity or obtain more facile outlines, the separate strokes are employed when an accented vowel intervenes, notwithstanding the above general rule; thus,

purview, *burden*, *torpid*, *turbot*,
tortoise, *Derby*, *Dorset*, *Kelsey*.

(*c*) When the consonants *r* or *l* are followed by a vowel, the separate strokes are generally employed; thus,

parable, *parade*, *paradox*,
paraffin, *paraphrase*, *peril*,
parasol, *perennial*, *pillage*,
apology, *baritone*, *terrible*,
territory, *tirade*, *terrify*, *terrestrial*,
deride, *derrick*, *corrode*,
caress, *carol*, *coronation*,
coronet, *coronal*, *Caleb*,
calico, *colic*, *colleague*, *column*,
calamity, *guarantee*, *garrison*,
gorilla, *guillotine*, *Gulliver*,
Philip, *theorem*.

(*d*) As will be seen by the examples illustrating the rule in Note (*c*), the rule applies whether the vowel between the primary consonant and the *r* or *l* is accented or unaccented.

(*e*) As will be seen by some of the examples illustrating

Rule 1, the initially hooked strokes are employed to avoid long or awkward outlines, even when the consonants *r* or *l* are followed by a vowel, notwithstanding the rule in Note (*c*).

3. When *chr, jr, vr, mr, nr ; tl, dl, chl, shl, nl,* occur initially, and are followed by another stroke, the initially hooked strokes are generally employed, although there is always a vowel between the two consonants. As however, in the majority of cases the intervening vowel is *ĕ*, it need not be indicated and the hooked strokes may be left unvocalized without loss of legibility. Any intervening vowel other than *ĕ* should be shown ; thus,

Chr : *chirp, cherub, Cherubim,*
Church, Churchill, charm,
churl, Charles, charwoman.

Jr : *jerk, Jericho, George,*
Jersey, germ, germinate,
German, Jerome, journey,
Jerusalem.

Vr : *virtue, versatile, virgin,*
versify, vernal, vernation,
verb, verbose, vermin,
verdure, verily, verisimilar.

Mr : *meretricious, mercantile,*
marmalade, marl, merl,
moral, Mormon, marmot,
martyr, martyrdom, mercer.

Nr : *narrative*, *nardine*, *narcotic*, *narcosis*, *narghil*, *Norfolk*, *nerve*, *north*, *northerner*, *narcissus*, *nursery*, *nourish*, *norm*, *normal*, *Norman*, *gnarl*, *Norway*.

Tl : *telescope*, *telegraph*, *tellural*, *telephone*, *tolerate*, *teleology*.

Dl : *deliberate*, *delicate*, *delegate*.

Chl : *chilblain*, *Chelsea*, *Chelmsford*, *challenge*, *Chillingworth*.

Sh l: *shilling*, *Shelburne*, *Shelton*, *Sheldon*, *shelf*, *shelves*.

Nl : *nullity*, *nullify*.

NOTE.—In some cases, for the sake of more facile or lineal outlines, the separate strokes are employed, notwithstanding the above general rule; thus,

charity, *charge*, *cherish*, *Jarvis*, *Jardine*, *geranium*, *verity*, *verify*, *marble*, *myriad*, *America*, *march*, *Martha*, *mercy*, *Marsh*, *telepathy,* *Ptolemy,* *Autolycus,* *delta,* *deluge,* *diligence,* *dilemma,* *delirium,* *dolorous,* *Chilton,* *shelter,* *shield,* *shoulder.*

4. When *for-* occurs initially, the initially-hooked strokes are generally employed to obtain a briefer outline; thus,

forbear, *forbid,* *forbore,* *forgave,* *forget,* *forjudge,* *forsake,* *forsooth,* *forswear.*

NOTES.

(*a*) When *fore-* occurs initially the separate strokes are generally employed; thus, *forebode,* *forecast,* *foreclose,* *foredate,* *foredoom,* *forefinger,* *forego,* *forejudge,* *forenoon,* *foresee,* *foreshow,* *forewoman.*

(*b*) In a few cases *fore-* is written with the initially-hooked strokes for the sake of briefer or more facile outlines; thus, *foreshorten,* *forestall,* *forewarn.* *foretell.*

5. The terminations *-mere, -more, -neer,* and *-ture,* are generally written with the initially-hooked strokes: thus,

-mere: *Tranmere,* *Thirlmere.*

NOTE.— *Grasmere,* *Ellesmere,* *Windermere.*

-more : *Blackmore*, *Claymore*, *sycamore*, *Wigmore*, *Dunmore*, *Gilmore*, *Lismore*.

-neer : *mutineer*, *engineer*, *buccaneer*, *scrutineer*, *chiffonier*, *veneer*, *souvenir*,

NOTE.— *pioneer*, *domineer*.

-ture : *lecture*, *ligature*, *limature*, *temperature*, *puncture*, *tincture*, *juncture*, *arboriculture*, *floriculture*, *fixture*, *mixture*, *moisture*, *imposture*.

NOTE.—Nouns, or nouns and verbs etymologically related ending in *-ture*, or *-tor* and *-ter* separated by an unaccented vowel, follow the general rules, that is, *-ture* is written with the initially hooked stroke, and *-tor* and *-ter* with the doubling principle, thus affording a distinction between the two words ; thus,

capture, *captor* ; *sculpture*, *sculptor* ; *nomenclature*, *nomenclator* ; *horticulture*, *horticultor* ; *forfeiture*, *forfeiter* ; *progeniture*, *progenitor*.

THE NON-USE OF THE INITIALLY HOOKED STROKE FOR *-ture*.

In addition to the use of the stroke *t* initially hooked for *r*, to represent the termination *-ture*, it is also written in the following ways :—

1. The separate strokes, *t* and downward or upward *r*.

2. A half-length stroke for the addition of *t* and downward or upward *r*.

3. The doubling principle.

The initially hooked stroke for *-ture* is not employed as follows :—

1. When necessary to indicate an accented vowel between *t* and *r*, or to avoid an awkward outline; thus,

mature, *premature*, *gesture*,

furniture, *vesture*.

2. When a primitive word ends with a stroke halved to add *t* and the derivative word ends with the syllable *-ure*, the downward *r* is added to the primitive form, provided it admits of being joined; thus,

departure, *portraiture*, *candidature*.

NOTE.— *prefecture*, as the downward *r* does not admit of being joined to the primitive form.

3. In a few common words when the doubling principle is allowed; thus,

picture, *depicture*, *conjecture*,

feature, *future*, *signature*,

adventure, *debenture*.

4. In distinguished words; thus,

pasture, compare *compositor*; *aperture*, compare *portray*; *torture*, compare *traitor*;

creature, compare *creator*; *culture*, compare *clatter*; *caricature*, compare *cricketer*; *miniature*, compare *monitor*.

6. The initially hooked strokes are used in a few frequently occurring monosyllables, thereby reducing them to one or two stroke outlines, for the sake of facility of outline or differentiation; thus,

sperm, *pearl*, *purl*, *barm*, *burl*, *Turk*, *term*, *dark*, *dirk*, *coarse*, *course*, *curse*, *curve*, *scurf*, *court*, *curt*, *curl*, *girl*, *forge*, *verse*, *thirst*, *Thirsk*, *shark*, *shirk*, *sharp*, *Norse*, *nurse*, *norn*.

NOTES.

(*a*) Some other examples of monosyllables written with the initially hooked strokes will be found in Rule 3.

(*b*) The strokes initially hooked for *r* are generally preferred before *k*, *m* and upward *l*.

(*c*) In all monosyllables excepting those mentioned in rules 3 and 6, the separate strokes are used when there is an intervening vowel, the initially hooked strokes being retained for words which have to be written according to the primary rules; thus, *pulp*, *perch*, *park*, *Perth*, *berth*, *bulb*, *torch*, *carp*, *corpse*, *cork*, *culm*, *garb*, *gorge*, *girth*, *gulf*, *forth*, *Firth*, *fork*, *form*, *filth*, *film*.

7. The initially hooked strokes are employed in frequently-occurring words which are recognised as grammalogues; thus,

build, tell, till, told, dear, child, chair, cheer, chaired, cheered, call, equal-ly, called, cold, equalled, care, cared, gold, guard, third, they are, their, there, sure, short, more, mere, nor, near.

8. Sometimes in phrasing, and in compound words, an outline which, when standing alone, is written with the separate strokes, is written with the initially hooked strokes for facility in joining; thus,

appear-s-ed : which appear, it appears, which appears, there appears, it appeared, which appeared.

part : for my part.

car : tram-car, motor-car.

fellow : my fellow citizens.

far : so far as, very far.

rate : at any rate.

9. The initially hooked strokes are sometimes employed in pairs of words containing the same order of consonants, where there is a liability of clashing, to provide distinguishing outlines; thus,

parcel, compare *parasol ; partake,* compare *operatic ; comparative,* compare *operative*; *barley*, compare *barrel*; *corporal*, compare *corporeal*; *courage*, compare *carriage*.

Derivative Words.

When a primitive word is written with the initially hooked strokes, the same principle generally applies in the derivatives of such words, as follows :—

1. In derivatives of words of more than one syllable; thus,

peregrination, *pyramidal*, *political*, *perambulation*, *parallelogram*, *direction*, *derogatory*, *correspondence*, *dereliction*, *corrective*, *collection*, *colonial*, *philosophical*, *Hibernian*, *incarceration*, *recalcitrant*, *development*, *discursive*, *allegorical*, *atmospherical*, *regarded*, *articulation*, *perpetration*, *perplexity*, *portrayer*, *perfection*, *perforation*, *permanency*, *permission*, *pilgrimage*, *Germany*, *virtuous*, *verbosity*, *morality*, *telephonically*, *toleration*, *delicacy*, *delegation*, *nullification*.

NOTE.—When the separate strokes are employed in the primitives, the same principle generally applies in the derivatives.

2. In derivatives or compounds of monosyllabic words; thus,

spermaceti, pearly, purling, barmy, Turkish, terminal, darken, Churchman, charming, churlish, Charlestown, jerker, Georgian, germinal, coarsely, coarseness, cursing, curvation, courtly, curtness, scurfiness, curly, girded, girlish, forger, verses, verbal, thirsty, shirking, sharpen, sharply, northman, nervous, gnarled, Norseman, nursemaid.

3. Grammalogues written with the initially hooked strokes are generally retained in their derivatives and compound words; and even when the necessary application of other principles does not permit of the use of the logogram, the initially hooked stroke is still retained; thus,

tell*, telltale.*

dear, dearer, dearest, dearly, dearness.

child, childbirth, childish, childless, childishness, childlike.

chair, chairman.

cheer, cheerer, cheerful, cheerily, cheeriness, cheeringly, cheerless.

equal-ly, equality, equalization, equalize, equalized.

cold, colder, coldest, cold-hearted, coldish, coldly, coldness.

care, careful, careless.

gold, goldbeater, golden, goldfinch, gold-foil, goldplate, gold-size, goldsmith.

guard, guarded, guarder, guardian.

third, thirding, thirdly, thirds.

their, there, theirs, thereabout, thereafter, thereat, thereby, therein, thereof, thereon, thereto, thereupon, therewith, therewithal.

school, school-book, school-girl, schoolmaster.

sure, sure-footed, surely, surety.

short, shorten, shortened, shortener, shorter, shorthand, shorthanded, shorthorn, shortlived, shortly, shortness, shorts, shortsighted.

mere, merely.

near, neared, nearer, nearest, nearing, nearly, nearness, nearsighted.

spirit, spirited, spiritist, spiritual.

Exceptions.— *build*, but *builder*; *toward*, but *untoward*; *doctor*, but *doctored*; *dear*, but *deary*, *cheer*, but *cheery*; *very*, but *veriest*; *spirit*, but *inspirit*; *sure*, but *insure*.

Special Vocalization.

The teacher should point out to his students that the ordinary method of vocalizing the initially hooked strokes only permits of the vowels being read either before or after both consonants, and not between them.

It must be obvious, therefore, that when a vowel occurs between the two consonants and the initially hooked strokes are employed, a special method of vocalization must be used; and this is done by substituting a small circle in the case of the dot vowels, and intersecting the vowel-signs in the case of the dash vowels.

The rules for vocalizing the initially-hooked strokes for

r or *l*, when the vowel occurs between the two consonants, are as follows :—

1. When a dot vowel occurs between the two consonants of the initially hooked strokes, the small circle is placed after or, when more convenient, before the hooked stroke ; thus,

parley, *carbon*, *target*,

buccaneer, *pilgrim*, *Kilkenny*.

enshield, *narrative*, *flashily*, *fleshily*.

2. When a dash vowel occurs between the two consonants of the initially hooked strokes, it intersects the stroke letter ; thus,

portray, *sycamore*, *Turkey*, *curtail*,

troubadour, *Hartlepool*, *fulfil*.

NOTES.

(*a*) The stroke representing a first-place dash vowel cannot conveniently be written through the consonant stroke, so it is written at the beginning of the hook form ; thus, *dormouse*, *dormant*, *corporation*.

(*b*) These vowels are distinguished by thickness in the ordinary way.

3. When a diphthong or a diphone occurs between the two consonants of the initially hooked strokes it is written through the strokes ; thus,

texture, *wealthier*, *clothier*, *tranquil*.

NOTE.—When the diphthong sign interferes with an initial or a final hook or circle, it is written at the beginning or end of the stroke letter respectively ; thus,

quality, *qualify*, *circulation*,

regulation, *lectures*.

Summary.

1. The initially hooked strokes are used initially, medially or finally, *in order to avoid long or awkward outlines* such as would result from the use of the separate strokes.

2. Initially, when the first syllable in a word ends with *r* or *l* and the second syllable commences with a consonant, the initially hooked strokes are generally used ; but when *r* or *l* is followed by a vowel, the separate strokes are generally employed.

3. When initial *chr, jr, vr, mr, nr, tl, dl, chl, shl, nl,* are followed by another stroke, the initially hooked strokes are generally employed, there being always a vowel between the two consonants. If the intervening vowel is *ĕ*, it need not be inserted.

4. When *for-* occurs initially, the initially hooked strokes are generally employed to obtain briefer outlines ; but in the case of *fore-* the separate strokes are generally employed.

5. The terminations *-mere, -more, -neer,* and *-ture,* are frequently written with the initially hooked strokes.

6. For the sake of facility of outline or differentiation, a few monosyllables are written with the initially hooked strokes, but as a general rule, monosyllables are written with the separate strokes when a vowel occurs between the two consonants.

7. In frequently occurring words which are recognized as grammalogues initially hooked strokes are employed.

8. Sometimes in phrasing, an outline which, when standing alone, is written with the separate strokes, is represented with the hooked forms for facility in joining.

9. In pairs of words containing the same order of consonants, the initially hooked strokes are employed when there is liability of clashing, to provide distinguishing outlines.

10. When a primitive word is written with the initially hooked strokes, the same principle generally applies in the derivative words ; but if the separate strokes are employed in the primitives, the same principle generally applies in the derivatives.

11. Derivatives from grammalogues generally commence with the same form as the grammalogue; and even when the necessary application of other principles does not permit of the use of the logogram, the initially hooked stroke is still retained.

12. When a dot vowel occurs between two consonants of the initially hooked stroke, it is represented by means of a small circle placed after a downstroke or under a horizontal stroke; the stroke vowels generally intersect the stroke letter, and the diphthongs are written through the stroke if possible. If the stroke vowels or diphthongs would interfere with an initial or final hook or circle, they are written at the beginning or end of the stroke; and when the general rule of placing the circle is awkward or impossible, the circle may be written before the stroke.

Chapter 12.

SMALL FINAL HOOK, ADDING *N*.

The teacher should review the various expedients employed in Pitman Shorthand which have been explained.

Having pointed out that there are two small initial hooks, he should now proceed to point out that there are two small final hooks, the first of which is explained in the present chapter.

The principal difficulty with regard to the use of the final hooks is their employment medially, but if the teacher will compare the use of the stroke with the use of the hook, and also point out the principles in operation in determining which should be used, he will go some way in assisting his students to understand that it is mostly a question of facility of joining, whether to use the stroke or the hook.

The principle of vowel indication should be referred to, and it should be shown that the use of the hook ***n*** finally indicates that the ***n*** is the final sound, but the stroke ***n*** finally generally implies that a vowel follows.

Small Final Hook Adding *N*.

To Straight Strokes.

A small final hook affixed to straight strokes, and written with the right-hand or forward motion, adds ***n***; thus,

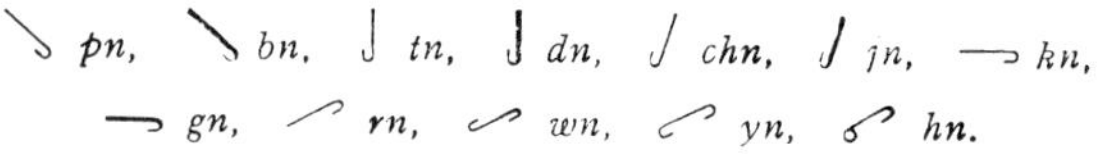

Notes.

(*a*) The small final hook for *n* is affixed to all straight strokes.

(*b*) The only other case in which a small final hook is affixed to straight strokes is for ***f*** or ***v*** as explained in the next chapter.

(*c*) The small final hook for *n* is not only final because it is written last, that is, at the end of the stroke, but also because it is always read after the stroke to which it is affixed.

(*d*) The small final hook for *n* is affixed to straight strokes with the right-hand or forward motion, which is the same motion as the small initial hook for *r* prefixed to straight strokes.

To Curved Strokes.

A small final hook affixed to curves, and written on the only available side, that is, the inside, adds *n*; thus,

fn, *vn*, *th n*, TH *n*, *sn*, *zn*,

sh n, *zh n*, *mn*, *mp n* or *mb n*, *nn*,

ng n, *ln*, *rn*.

NOTES.

(*a*) The small final hook for *n* is affixed to all curved strokes.

(*b*) The small final hook to curves is employed to represent *n* only.

(*c*) The small final hook for *n* to curved strokes, like the small final hook for *n* to straight strokes, is not only final because it is written last, that is, at the end of the stroke, but also because it is always read after the stroke to which it is affixed.

(*d*) As the small final hook to curves is always written on the inside, it is written with the same motion as the curve to which it is affixed. It cannot be too strongly emphasized that the hooks are never written on the outside of curves.

(*e*) The form cannot be employed for downward *ln* when standing alone, as it would be mistaken for the compound consonant *wl*, which is only written upward, but when joined to another stroke, its direction as a downward *ln* being evident, it is quite distinct; thus, *fallen*, *aniline*.

Rules for the Use of the Hook and Stroke *N* Finally.

1. When *n* is the final sound in a word, the hook *n* is generally used; thus,

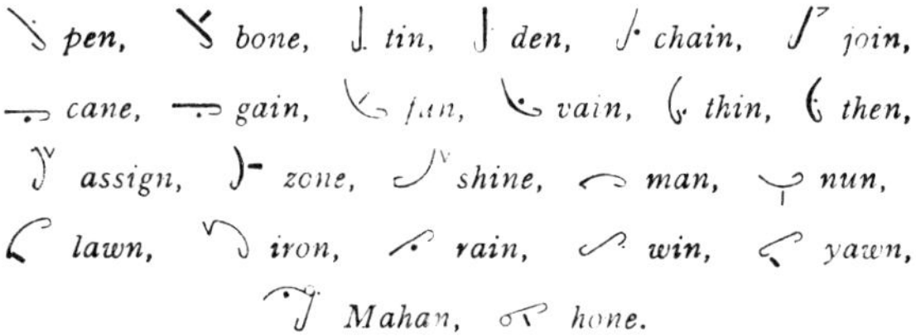

2. When *n* is the final consonant in a word and a vowel follows, the stroke *n* is always used; thus,

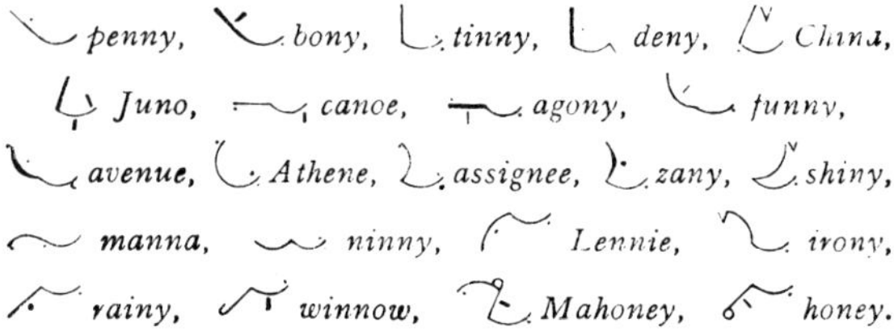

Notes.

(*a*) It should be observed that the application of the above rules serves the purpose of vowel indication.

(*b*) The final hook for *n* at the end of a stroke denotes finality, in the same way as the final circles and loops, so that, if a vowel ends a word, the preceding consonant must be always written with a stroke, so as to admit of vocalization.

Stroke *N* Finally Although no Vowel Follows.

Although it is the general rule to employ the hook *n* finally when it is the final sound in a word, and the stroke *n* when a vowel follows, the stroke *n* is also employed when it is the final sound in a word, and no vowel follows.

The stroke *n* finally although no vowel follows is employed thus:—

1. When preceded by a triphone or two vowel-signs; thus,

papuan, *triune*, *genuine*.

2. After the circles *s*, *z*, or *sw*; thus,

sane, *scene*, *soon*, *sin*, *sun*, *poison*, *basin*, *design*, *chasten*, *fasten*, *mizen*, *ensign*, *swain*, *swoon*, *swan*.

3. After the *st* loop; thus,

stain, *stone*, *stun*, *digestion*.

4. When *n* initially hooked for *r* or *l* forms a final unaccented syllable; thus,

opener, *banner*, *tanner*, *dinner*, *Kitchener*, *joiner*, *keener*, *gainer*, *finer*, *vainer*, *thinner*, *assignor*, *shiner*, *manner*, *liner*, *earner*, *panel*, *banal*, *tunnel*, *channel*, *kennel*, *fennel*, *criminal*.

NOTE.—This rule does not apply after straight upstrokes.

5. In a few cases, after a straight downstroke finally hooked for *n* when necessary to preserve the straightness of the stroke; thus,

pinion, *companion*, *Gladstonian*.

6. After a straight downstroke finally hooked for *f* or *v*; thus,

profane, *toughen*, *Zutphen*, *deafen*, *Devon*, *divine*, *driven*.

7. When the rules for initial *l* apply, as follows :—

(*a*) When *l* is preceded by a vowel and followed by the horizontal stroke ***n*** ; thus,

Allan, *Allen*, *alone*, *align*, *alien*, *Ellen*.

(*b*) When *l* precedes *sn* ; thus,

Lawson, *lesson*, *listen*, *Allison*, *Ellison*.

8. When the halving principle may be applied as follows :—

(*a*) When following half-sized ***r*** (ray) ; thus,

written, *certain*, *appertain*, *opportune*.

(*b*) In derivative words the primitives of which end in *nt* or *nd* ; thus,

bounden, *fountain*, *mountain*.

NOTE.—Primitive words ending in ***-ntn*** or ***-ndn*** are written thus, *abandon*, *Fenton*, *maintain*, *Lenton*.

Exception.— *London*, for the sake of a brief outline for a frequently occurring word.

9. After the prefix *com-* ; thus,

common, *commune*.

10. After the logogram *gold* ; thus,

golden.

11. In compound words ending in ***-in*** ; thus,

therein, *herein*, *wherein*.

12. In distinguishing outlines; thus,

garden, compare *guardian*; *fortune*, compare *fourteen*; *heroine*, compare *heron*.

FINAL ATTACHMENTS AFFIXED TO THE FINAL HOOK ADDING *N*.

The teacher should note that the four final attachments which have been already introduced are the final circles *s* and *ss*, etc., and the final loops *st* or *zd*, and *str*. These final attachments are affixed to the straight strokes finally hooked for *n*, but in the case of curved strokes, it is only possible to affix the final circle *s* or *z* to the final hook.

To Straight Strokes.

CIRCLE *S* OR *Z*.—The small final circle *s* or *z* is affixed to straight strokes finally hooked for *n*, by continuing the hook so as to form a small circle, with the same motion as the final hook, that is, the right-hand or forward motion, and represents *ns* or *nz*; thus,

prance, *prawns*; *bounce*, *bones*; *trance*, *trains*; *dance*, *saddens*; *chance*, *chains*; *diligence*, *joins*; *sconce*, *sickens*; *glance*, *glens*; *rinse*, *rains*; *once*, *wines*, *yawns*; *enhance*, *hones*.

NOTES.

(*a*) A vowel cannot be read between a final hook and circle affixed to straight strokes, therefore, when a vowel occurs between final *n* and *s* or *z*, the stroke *n* and small circle *s* or *z* is used, and thus indicates that a vowel follows the *n*; thus, *pennies*, *bonus*; *tennis*, *sadness*; *Chinese*, *Janus*; *sickness*, *grayness*; *heinous*.

(*b*) Words with the final sound of *ns* are generally primitive words, those with the final sound of *nz* are generally derivative words.

SS CIRCLE.—The large final circle *ss*, *sz*, etc., is affixed to straight strokes finally hooked for *n*, by continuing the hook so as to form a large circle, with the same motion as the final hook, that is, the right-hand or forward motion, and represents *nss*, *nsz*, etc.; thus,

pounces, *bronzes*; *tenses*, *dances*; *chances*; *cleanses*, *glances*; *rinses*; *winces*; *enhances*.

NOTES.

(*a*) As is the case with final *ns*, when a vowel occurs between final *n* and *ss*, the stroke *n* and large circle *ss* is used; thus, *bonuses*, *Janus's*, *sicknesses*.

(*b*) The large final circle *nss*, *nsz*, etc., is supposed to contain the second place short vowel *ĕ* between the final *ss*, in the same way as the large final circle *ss*, *sz*, etc.

(*c*) *princess* so written to distinguish it from *princes*.

ST LOOP.—The small final loop *st* or *zd* is affixed to straight strokes finally hooked for *n*, by continuing the hook so as to form a small loop, with the same motion as the final hook, that is, the right-hand or forward motion, and represents *nst* or *nzd*; thus,

pounced, *bronzed*; *instanced*, *danced*; *chanced*; *cleansed*, *glanced*; *rinsed*; *winced*; *enhanced*.

NOTE.

A vowel cannot be read between a final hook and loop, therefore, when a vowel occurs between final *n* and *st*, the stroke *n* and small loop *st* is used; thus, *brownest*, *modernist*, *keenest*.

STR LOOP.—The large final loop *str* is affixed to straight strokes finally hooked for *n*, by continuing the hook so as to form a large loop, with the same motion as the final hook, that is, the right-hand or forward motion and represents *nstr* ; thus,

punster, *spinster*, *Dunster*.

NOTE.—As is the case with final *nst*, when a vowel, occurs between final *n* and *str*, the stroke *n* and large loop *str* is used; thus, *pinaster*, *banister*; *canister*, *Glenister*.

Final Attachment.

The small final circle *s* or *z* is affixed to the large final loop for *nstr* by writing the circle on the other side of the stroke with the same motion as the loop; thus,

punsters, *spinsters*, *Dunster's*.

NOTES.

(*a*) The final circles *s* and *ss*, etc., and the final loops *st* and *str*, when written finally to straight strokes with the right-hand or forward motion, represent *ns*, *nss*, *nst* and *nstr* respectively.

(*b*) The final attachments to straight strokes finally hooked for *n* are shown in the same manner as the initial attachments to straight strokes initially hooked for *r* ; thus,

pn s, *s-pr* ; *pn-ss*, *sw-pr* ; *pn-st*, *st-pr*.

To Curved Strokes.

CIRCLE *S* OR *Z*.—The small final circle *z* is affixed to curved strokes finally hooked for *n*, by writing the small circle inside the final hook with the same motion as the curve and hook; thus,

fines, *vines* ; *Athens* ; *assigns*, *zones* ; *shines* ; *mains*, *nouns* ; *lanes*, *earns*.

NOTES.

(*a*) It will be obvious that the final hook for *n* affixed to curved strokes cannot be made into a circle to represent *ns*, as is the case with straight strokes, as the small final circle inside curves represents *s* or *z* only.

(*b*) As is the case with straight strokes, a vowel cannot be read between a final hook and circle affixed to curved strokes, therefore, when a vowel occurs between final *n* and *s* or *z*, the stroke *n* and small circle *s* or *z* is used ; thus,

finis, *Venus*, *assignees*, *ozonize*, *shyness*, *minus*, *ananas*, *illness*, *airiness*.

SS CIRCLE.—As it is obvious that the large final circle *ss*, *sz*, etc. cannot be affixed to curved strokes finally hooked for *n*, when a word ends with *nss*, *nsz*, etc., after curved strokes, the stroke *n* and large circle *ss*, *sz*, etc., is used ; thus,

fences, *evinces* ; *essences* ; *consciences* ; *minces*, *announces* ; *lances*.

ST LOOP.—As is the case with the large circle *ss*, etc., the small final loop *st* cannot be affixed to curved strokes finally hooked for *n* ; therefore, when a word ends with *nst* after curved strokes, the stroke *n* and small loop *st* is used ; thus,

fenced, *evinced* ; *minced*, *announced* ; *lanced*.

STR LOOP.—As is the case with the small loop *st*, the large final loop *str* cannot be affixed to curved strokes finally hooked for *n* ; therefore, when a word ends with *nstr* after curved strokes, the stroke *n* and large loop *str* is used ; thus,

Minster, *monster*, *Munster*.

NOTE.—Words in which a vowel follows *str* preceded by *mn* are written thus, *ministry*, *monstrous*.

Final Attachment.

The small final circle *s* or *z* is affixed to the large final loop by writing the circle on the other side of the stroke with the same motion as the loop; thus,

ministers, *monsters*.

NOTES.

(*a*) As it is impossible to affix the large final circle *ss*, etc., or the final loops *st* and *str* inside the small final hook for *n* affixed to curved strokes, when the stroke *n* is used for the terminations *ns*, *nss*, *nst*, *nstr*, the stroke *n* may or may not have a vowel after the *n*, and therefore the stroke *n* does not necessarily imply that a vowel follows; thus, *Vance*, *Venice*; *minces*, *menaces*; *fenced*, *finest*; *Munster*, *minister*.

(*b*) The final attachment for *z* to curved strokes finally hooked for *n* is shown in the same manner as the initial attachment to curved strokes initially hooked for *r*; thus, *fn-z*, *s-fr*.

RULES FOR FINAL *NS* OR *NZ*.

As some difficulty is generally experienced by students in applying the rules for the termination *ns* or *nz*, in consequence of the rules affecting straight strokes and curves not being identical, the teacher will find it advisable to explain the rules separately, and thus enable the student to recognize the difference in the rules with regard to the two classes of strokes.

Following Straight Strokes.

When a word ends with the sound of *ns* or *nz* after straight strokes, the final circle *ns* or *nz* is used; thus, *pence* or *pens*; *Bunce* or *buns*; *tense* or *tens*; *dense* or *dens*; *chinse* or *chins*; *wince* or *wins*; *hence* or *hens*.

NOTES.

(*a*) It should be emphasized that the final circle *ns* after straight strokes also represents *nz*.

(*b*) In the words *accordance*, *occurrence*, *recurrence*, the stroke *n* and circle *s* is used for the sake of syllabication.

Following Curved Strokes.

1. When a word ends with the sound of *ns* after curved strokes, the stroke *n* and circle *s* are used; thus,

fence, *Vance*; *thence*; *essence*, *conscience*; *mince*, *Nance*; *lance*, *silence*, *opulence*.

2. When a word ends with the sound of *nz* after curved strokes, the hook *n* and circle *z* are used; thus,

fans, *vans*; *thins*, *thrones*; *shuns*; *mines*, *nouns*; *lanes*, *arraigns*, *balloons*.

NOTES.

The distinction of the forms employed respectively for *ns* and *nz* after curved strokes affords a means of preserving primitive and derivative words with the same root outline; thus,

(*a*) Curved strokes ending with *ns* usually represent primitive words which, in nouns, form the possessive case or plural, and in verbs, form the third person singular or past tense, by changing to the *sz* circle or *st* loop; thus,

France, *France's*; *Nance*, *Nance's*; *fence*, *fences*, *fenced*; *announce*, *announces*, *announced*, *excellence*, *excellences*, but *excellency*, *excellency's*, or *excellencies*.

(*b*) Curved strokes ending with *nz* usually represent derivative words which have been formed from a primitive ending with hook *n*, by adding circle *z* to show the possessive case or plural of nouns or the third person singular of verbs; thus,

men, *men's*; *woman*, *woman's*; *fine*, *fines*; *shine*, *shines*.

Exceptions.— *Evans*, *Athens*, *Simmons*, *summons*, *lens*.

NOTE.—When a noun in the nominative case or singular number ends with *nz* after curved strokes, the possessive case or plural is formed by employing the stroke *n* and large final circle *zz*; thus, *Evans*, *Evans's*; *summons*, *summonses*; *lens*, *lenses*.

Following Circles or Hooks.

The stroke *n* and circle *s* are employed for the final sound of *ns* or *nz* after circles or hooks as follows:—

1. After the circle *s* or *z*; thus,

presence, *absence*, *reticence*, *incense*.

2. After the hook *n* when a facile outline is obtained; thus,

penance, *finance*, *convenience*.

3. In derivative words the primitives of which are written with the final hook *n*; thus,

abstinence, *sustenance*, *maintenance*.

4. After a straight downstroke finally hooked for *f* or *v*; thus,

province, *defence*, *advance*, *Jevons*.

5. In derivative words the primitives of which end with the sound of *nt* or *nd* and the halving principle is employed; thus,

dependence, *correspondence*, *repentance*, *abundance*, *attendance*, *redundance*.

NOTES.

(*a*) When the primitive word is written with the stroke *n* and circle *s* or *z*, the derivative words ending in *nsz*, *nzz*, or *nst* retain the stroke *n*; thus, *absences*, *penances*; *finances*, *financed*; *advances*, *advanced*; *Jevons's*, *correspondences*, *attendances*.

(*b*) When the stroke *n* is used after curved strokes or after circles or hooks for the terminations *ns*, *nsz*, *nzz*, *nst* or *nstr*, the stroke *n* does not necessarily imply that a vowel follows.

RULES FOR MEDIAL *NS* OR *NZ*.

The small circle, when occurring medially, represents *s* or *z* only and not *ns* or *nz*, thus *tsk*, not *tnsk*, *dsm*, not *dnsm*, as in the words *task*, *dismay*. Therefore, when *ns* or *nz* occurs medially, the stroke or hook *n*, as is most convenient, and circle *s* must be used.

Medial *ns* or *nz* is employed as follows:—

Following Straight Strokes.

1. Between a straight downstroke and any other stroke, the stroke *n* and circle *s* or *z* are used; thus,

principia, *propensity*, *princedom*, *pensive*, *Ponsonby*, *pencil*, *Spencer*; *Brancepeth*, *Bryanston*,

Brunswick, *Benson*, *Bensley*, *bouncer*; *transit*, (not) *extensive*, *townsman*; *density*, (not) *Dunstan*; *Dinsdale*, *densely*, *dancer*; *chancel*, *Chancery*; *Johnstone*, *Johnson*.

2. Between a straight horizontal or straight upstroke and any stroke except *m*, the stroke *n* and circle *s* or *z* are used; thus,

Cranston, *coincide*, *kinsfolk*, *Atkinson*, *council*, *cancer*, *cleanser*, *Queenstown*, *Queensferry*, *Queensland*; *Gainsborough*, *Gunston*, *gainsaid*, *rancid*, *ransack*, *Winston*, *Hounslow*.

3. Between a straight horizontal or straight upstroke and *m*, the hook *n* and circle *s* or *z* are used; thus,

kinsman, *kinswoman*, *gunsmith*; *ransom*, *winsome*, *hansom*.

NOTES.

(*a*) It should be observed that the only case in which the small circle *ns* is used medially is when it is followed by the small hook for *-shun*; thus, *transition*, *transitional*.

(*b*) In words beginning with *trans-* followed by *p*, *m*, upward *l*, or *pl*, *kr*, *gr*, *fr* and *fl*, the *-n* is omitted ; thus,

transpose, *transpire*, *transport*,

transparent, *transplant*, *transmigrate*,

transmarine, *transmit*, *transmute*,

translate, *transcript*, *transcription*,

transcribe, *transfer*, *transmission*,

transfluent.

Following Curved Strokes.

1. When a primitive word ends with the stroke or hook *n* and circle *s* or *z* for *ns* or *nz*, after curved strokes, the same form of *ns* or *nz* is generally used medially in derivative words ; thus,

offence, *offensive* ; *fence*,

fencer ; *conveyance*, *conveyancer* ;

thence, *thenceforth* ;

immense, *immensity*, *immensely* ;

announce, *announcer*.

2. When a primitive word ends with the hook *n* after stroke *l*, the hook *n* and circle *s* are used medially for *ns* in derivative and compound words ; thus,

line, *linesman*, *lone*, *lonesome*.

3. After *v* the stroke *n* is used in derivatives and compounds ; thus,

Stephen, *Stephenson* ; *even*,

even-song ; *caravan*, *caravansary*.

NOTE.—It may be laid down as a rule that when *ns* occurs medially after straight strokes the stroke *n* and circle *s* are used in derivative words; but after curved strokes, the same form is used in derivative and compound words as is used in the primitive words.

Rules for the Use of the Hook *N* Medially.

As has been pointed out in the introduction to this chapter, when *n* occurs medially it may be written with the hook or the stroke; and, although it may be mostly a question of facility of joining, it will be found that the hook is preferred for one or more of the following reasons:

1. To avoid inconvenience of stroke form.
2. To provide more compact and facile outlines.
3. To balance the straight strokes.
4. For the sake of briefer forms.
5. In derivatives to preserve the primitive outline.
6. For the purpose of differentiation.

The hook *n* is used medially as follows:—

1. When a more compact and facile outline is obtained than would be possible by the use of the stroke; thus,

(*a*) First stroke a downstroke.

(1) Between the right-hand *fr* or downward *r* and *t*, *d*, *ch*, *j*, *s*, *z* or *sh* (down); thus,

furniture, *French*, *fringe*, *Frances*, *frenzy*, *furnish*, *Oriental*, *Arundel*, *arrange*, *Hornsey*, *Earnshaw*.

(2) Between *f*, or *v* and *k*, *s*, or *sh* (up); thus,

Fenwick, *Sclavonic*, *galvanic*, *fancy*, *solvency*, *finish*, *vanish*.

(*b*) First stroke a horizontal stroke.

(1) Between a straight horizontal stroke and a right-hand curve or straight horizontal or upstroke; thus,

vacancy, *economy*, *chronometer*,

Cunard, *quinsy*, *ignominy*, *mechanic*, *organic*, *canary*, *pecuniary*, *granary*.

(2) Between *m*, or *mp* and *s*, *z* or *r* (down) ; thus, *Mounsey*, *manure*, *domineer*, *championess*, *chimpanzee*.

(*c*) First stroke an upstroke.

(1) Between upward *l* and the right-hand curves *s*, *z*, *sh*, *m*, *l*, *r*, or *r* (up) ; thus, *resiliency*, *Linsey*, *Babylonish*, *liniment*, *lineal*, *linear*, *millinery*, *Apollinaris*.

(2) Between the straight upstrokes and *m*, *l*, or *r* (up) ; thus, *ornamental*, *Cornhill*, *Hanley*, *Henry*.

NOTES.

(*a*) The hook *n* is generally used medially when followed by a curved stroke written with the same motion as the hook.

(*b*) In some cases, where the hook or stroke would be equally easy to write, the stroke is used when followed by a vowel ; thus, *Thanet*, compare *authenticity* ; *demoniac*, compare *mankind* ; *panacea*, compare *occupancy* ; *lunacy*, compare *brilliancy* ; *perennial*, compare *Burnley*.

2. When following a straight downstroke with an initial attachment written with the left-hand or backward motion, to preserve the straightness of the stroke; thus, *Spanish, Spaniard, stupendous, planet, plenty, plenitude, pliancy, replenish, splendid.*

NOTE.—When it is necessary to use the stroke ***n*** for the sake of a more facile outline the principle of balance becomes of less importance; thus, *sponge, plunge, obstinate, obstinacy, challenge.*

3. The hook ***n*** precedes the stroke letters initially hooked for ***r*** or the stroke *w*, provided a facile outline is obtained, thus,

crown-prince, cane-press, cane-brake, Kendrick, kindred, counterbrace, countercharm, Lincolnshire, manger, cylindroid, cylindrometric, Bournbrook, corn-brash, corn-bread, corn-drill, corn-crib, corn-cart, Thornbury, Rowntree, rain-water, raindrop, earthenware.

NOTE.—The final hook *n* and the initial hook ***r*** to straight strokes being written with the same motion, are joined between horizontal and downstrokes or upstrokes and horizontal or downstrokes, but after downstrokes the stroke *n* is employed; thus, *sponger*, *bencher*, *trencher*, *derringer*, *changer*, *avenger*.

4. The hook *n*, when preceded by *m*, is used before the treble consonants *spr*, *str*: thus,

mainspring, *moonstruck*,

Compare *emancipation*, *mainstay*.

5. The hook *n* and circle *s* are used medially for *ns* or *nz* when preceded by *k*, *g*, or the upstrokes, and followed by *m*: thus,

kinsman, *kinswoman*, *gunsmith*,

lonesome, *ransom*.

Note.—The same principle applies when the upstroke is halved and finally hooked; thus, *landscape*, *landsman*.

6. In words containing *nt* or *nd* medially, the hook *n* is affixed to the preceding half-length stroke consonant, providing a facile outline is obtained, for the sake of briefer forms; thus,

Pentateuch, *Plantagenet*, *pentecost*, *pantechnicon*, *pentagon*, *pontiff*, *pontoon*, *turpentine*, *spontaneous*, *pantry*, *bandit*, *bandicoot*, *bandog*, *abundant*, *bandore*, *banderole*, *tentative*, *attentive*, *Constantinople*, *standard*, *identity*, *identify*, *redundant*, *Cantab*,

Kentucky, *Scandinavian*, *mercantile*, *country*, *scoundrel*, *quandam*, *quintal*, *quandary*, *foundation*, *foundry*, *infantry*, *Vandyke*, *vindicate*, *ventral*, *authentic*, *Montenegro*, *laundry*, *eglantine*, *valentine*, *random*. *referendum*, *tarantella*, *Randolph*.

NOTES.

(*a*) The same rule is retained in derivative words if a facile outline is obtained; thus,

appendage, *appendix*, *serpentine*, *carpentry*, *bandage*, *bondage*, *bindery*, *boundary*, *attendant*, *accountable*, *fiendish*, *fountain*, *infantine*, *mountain*.

(*b*) For the sake of a more facile outline, the half-stroke *n* is also used for medial *nt* or *nd*; thus, *quantity*, *quintuple*, *candidate*, *grandfather*, *grandson*, *infantile*, *vendetta*, *vendible*, *vandal*.

(*c*) For the sake of legibility, medial *nd* is written with the half-length stroke *n* thickened for *d*; thus, *candle*, *Kendal*, *kindle*, *scandal*, *Randall*, *Rendel*, *Handel*, *Handley*.

Compare derivative words: *kindly*, *secondly*, *roundly*.

7. In the past tense of verbs as follows :—

(1) In the following cases in which the present tense is written with a half-length stroke finally hooked for ***n***, namely, after simple straight downstrokes ; thus,

painted, appointed, repented, depended, banded, abounded, unbounded, tinted, patented, tended, attended, pretended, superintended ; chanted, enchanted, jointed.

(2) After the straight downstrokes, *p*, *b* or *t*, with an initial attachment written with the left-hand or backward motion, to preserve the straightness of the stroke ; thus,

expended, planted, supplanted, blended, stinted, stunted.

8. In distinguishing outlines ; thus,

agent, compare *giant ; gentile,* compare *genteel ; ministry,* compare *monastery.*

Derivative Words.

In derivative and compound words, the primitives of which are written with the hook *n* finally, the hook is retained, provided a facile outline is obtained ; thus,

painful, spoonful, occupancy, open-air, tuneful, competency, disdainful, presidency, frequency, frequently, keenness, keenly, clemency, meanness, currency, foreigner.

NOTES.

(*a*) In compound words the hook *n* is sometimes retained when it would be avoided in other cases; thus, *pancake*, *pincushion*, *open-mouthed*, *penman*, *pin-money*, *tenpenny*, *tenpins*, *tinfoil*, *chain-pump*, *cloven-footed*, *seven-fold*, *mainmast*, *corn-cockle*, *corn-crake*.

(*b*) When the primitive word ends with the hook *n*, and the use of the hook does not result in a facile outline, the stroke *n* is employed; thus, *painless*, *brainless*, *attainable*, *tunable*, *tuneless*, *tunnage*, *tenth*, *sixteenth*, *Danish*, *imaginative*, *coinage*, *greenish*, *moonbeam*, *moonshine*, *manhood*, *mannish*, *ninety*, *noonday*, *coroneness*, *wanness*, *oneness*.

(*c*) When the application of the rule for the final vowel necessitates the derivative word being written with the stroke *n*, the stroke is also retained in the secondary derivative; thus, *downiness*, *skinniness*, *funnier*, *raininess*, *rainier*.

(*d*) When the primitive word ends with the hook *n* and the derivative ends with the unaccented syllable *-er*, or *-al*, the hook *n* is changed into the stroke *n* to which is prefixed the initial hook for *r* or *l*; thus, *pawner*, *repiner*, *tuner*, *retainer*, *cleaner*, *greener*, *finer*, *meaner*, *leaner*, *sterner*, *original*, *marginal*, *zonal*.

NOTE.—After straight upstrokes finally hooked for *n*, the derivatives ending with the unaccented syllable *-er* are written with the downward *r* added to the primitive word; thus, *spurner*, *burner*, *adorner*, *sojourner*, *scorner*, *learner*, *winner*, *whiner*.

RULES FOR THE USE OF THE STROKE *N* MEDIALLY.

Having laid down some definite rules as to when to use the hook *n* medially, it will be advisable to follow the same course with regard to the use of the stroke *n* medially.

The reasons already given for the preference for the hook *n* medially, which need not be repeated here, apply in the main to the use of the stroke *n* medially, the differences being (1) that the stroke is sometimes used for more forward and flowing outlines, whereas the hook is preferred for compactness; (2) that the halving principle cannot be employed in some cases for the sake of briefer forms.

The stroke *n* is used medially as follows :—

1. For the sake of more forward or facile outlines than would be obtained by the use of the hook; thus,

(*a*) First stroke a downstroke.

(1) In the absence of any special reason to the contrary, stroke *n* is used between *p*, *b*, *t*, *d*, *ch* or *j*, and *full-length t* or *d* thus,

pentagram, *pantomime*, *pantology*, *pantaloons*, *hypnotism*, *pendulums*, *Bennett*, *bonnet*, *buoyant*, *Bentham*, *Bentley*,

bantling, *benedict*, *bandoleer*,

tenet, *tandem*, *tendon*, *denote*,

dentist, *dental*, *adenotomy*, *adenoid*,

denude, *jaunty*, *magenta*, *genitive*.

(2) Between simple downstrokes and any downstroke other than *t* or *d*; thus:

punch, *pinafores*, *panacea*,

pantheon, *bench*, *banjo*,

benefice, *benefit*, *beneath*,

tenuous, *tenure*, *Danube*,

dingy, *Daniel*, *change*, *Geneva*,

agency, *avenge*, *Arnold*.

(3) Between a downstroke and a horizontal or upstroke; thus,

panic, *Pinnock*, *tunic*,

Chinnock, *Panama*, *Denman*,

Denmark, *venom*, *athenaeum*,

penury.

(*b*) First stroke a horizontal stroke.

(1) Between a horizontal stroke and a downstroke; thus,

canopy, Canton, county, Canada, gondola, grange, monopoly, mental, Monday, manage, month, admonish.

(2) Between *m* and *k*, *m* or *n*; thus,

Dominican, almanac, aluminium, prominent, prominence, dominant.

(*c*) First stroke an upstroke.

Between an upstroke and a straight downstroke or straight horizontal stroke; thus,

lenity, lunch, lounge, wrench, range, window, winch, Hinton, Hendon, Rangoon.

2. When following the straight downstrokes *p, b, t, d*, with an initial attachment written with the right-hand or forward motion, to preserve the straightness of the stroke; thus,

apprentice, pronounce, springe, brandy, branch, strange, drench.

3. When *n* precedes the stroke letters initially hooked for *r* or *l*, and the hook *n* would be awkward or impossible; thus,

panoply, pancreas, tendrils, dendrology, Chantry, conical, manacle, Montreal, mandrake, mandril, Moncrief, mangrove.

4. When preceded or followed by circle *s* or *z*; thus, *absinthe*, *Byzantine*, *dysentery*, *Cassandra*, *vicinity*, *incentive*, *arsenic*, *arsenals*, *transitory*, *tensive*, *fancied*, *renouncer*.

NOTE.—For other instances of *n* followed by circle *s* or *z* see the rules for medial *ns* or *nz*.

5. In the past tense of verbs as follows :—

(*a*) In the following cases in which the present tense is written with a half-length stroke finally hooked for *n*; namely,

(1) After curved downstrokes, or horizontal or upstrokes; thus,

founded, *offended*, *refunded*, *vaunted*, *ascended*, *shunted*, *counted*, *absconded*, *granted*, *grounded*, *mounted*, *amended*, *anointed*, *landed*, *rented*, *rounded*, *wanted*, *wounded*, *hinted*.

(2) After the straight downstrokes *p*, *b* or *t*, with an initial attachment written with the right-hand or forward motion, to preserve the straightness of the stroke; thus, *printed*, *sprinted*, *branded*, *stranded*.

(*b*) When the present tense ends with the half-length stroke *n*, for *nt* or *nd*, after a circle or hook; thus,

presented, *absented*, *dissented*, *descended*, *accented*, *resented*, *rescinded*, *tenanted*, *covenanted*, *prevented*, *defended*.

6. In distinguishing outlines; thus,

giant, compare *agent*; *genteel*, compare *gentile*; *monastery*, compare *ministry*.

Derivative Words.

In the following cases the stroke *n* is employed medially in derivative words; namely,

(1) When the primitive word ends with the stroke *n*, provided a facile outline is obtained; thus,

profanity, *profaneness*, *profanely*, *profaner*, *continuity*, *continued*, *continuous*, *continually*, *continuer*, *deniable*, *denied*, *denial*, *denier*, *divinity*, *divinely*, *diviner*.

(2) When the primitive word ends with the half-length stroke *n*, for *nt* or *nd*, after a circle or hook; thus,

peasantry, *pleasantest*, *pleasantry*, *tenantry*, *profoundest*.

Summary.

1. A small final hook affixed to all straight strokes with the right-hand or forward motion, and inside all curves, adds *n*.

2. When *n* is the final sound in a word, the hook is generally used, but when *n* is the final consonant in a word and a vowel follows, the stroke *n* is always used.

The stroke *n* is sometimes used finally although no vowel follows.

3. The final circles *s* or *z*, *ss* or *sz*, and the final loops *st* or *zd* and *str*, are affixed to straight strokes finally hooked for *n* by continuing the hook so as to form a circle or loop,

with the same motion as the final hook, that is, the right-hand or forward motion, and represents *ns*, *nz*, *nss*, *nsz*, *nst*, *nzd* and *nstr* respectively.

4. The small final circle *s* or *z* is affixed to the final *nstr* loop, by writing the small circle on the other side of the stroke with the same motion as the final loop.

5. The small final circle *s* or *z* is the only attachment affixed to curved strokes finally hooked for *n*, the small circle being written inside the final hook with the same motion as the curve and hook.

6. As the large final circle *ss* or *sz* or the final loops *st* and *str* cannot be written inside the final hook for *n* affixed to curved strokes, when the terminations *nss*, *nsz*, *nst* and *nstr*, are preceded by a curved stroke, the stroke *n* must be used.

7. After straight strokes, words ending with the final sound of *ns* or *nz*, the final circle *ns* or *nz* is used.

After curved strokes, words ending with the final sound of *ns*, the stroke *n* and circle *s* are used, and words ending with the final sound of *nz*, the hook *n* and circle *z* are used.

After circles and hooks, the stroke *n* and circle *s* or *z* are also used for final *ns* or *nz*.

8. When *ns* or *nz* occurs medially, the stroke *n* and circle *s* or *z* are nearly always used, but between a straight horizontal or straight upstroke and *m*, the hook *n* and circle *s* or *z* are used.

In derivative and compound words the same form of *ns* or *nz* is used medially as is used in primitive words.

9. The hook or stroke *n* may be used medially according to which provides the more facile outline. Although the stroke *n* is probably the more frequently used—generally for similar reasons which govern the use of the hook—the hook is preferred in some cases for one or more of the reasons given in the rules for the use of the hook *n* medially to which the teacher should refer.

Chapter 13.

SMALL FINAL HOOK, ADDING *F* OR *V*.

Having explained in the previous chapter the use of the small final hook for *n*, it will now be necessary to explain the use of the other small final hook, namely, *f* or *v*, which is by no means so frequently used as the final hook for *n*.

It should be noted that the small final hook for *n* is employed to straight strokes and curves, but the small final hook for *f* or *v* is only employed to straight strokes for the very obvious reason that as only one side of curves is available, the small final hook to curves has been allocated to *n*.

The principal difficulty with regard to the use of the hook *f* or *v* is its medial use, but it will be found that when *f* or *v* occurs medially to straight strokes the hook is mostly used, whereas when *n* occurs medially it is probable that the stroke is mostly used.

The principle of vowel indication should also be noted, which is restricted to straight strokes as there is no final hook for *f* or *v* to curved strokes.

Small Final Hook Adding *F* or *V*.

To Straight Strokes only.

A small final hook affixed to straight strokes, and written with the left-hand or backward motion, adds *f* or *v*; thus,

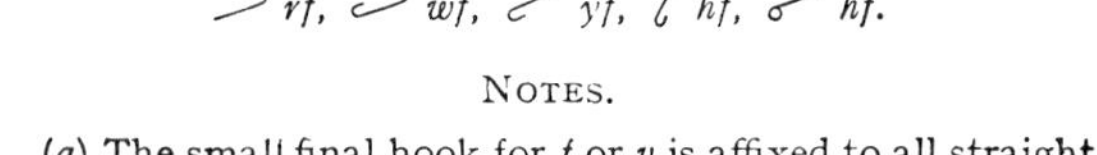

Notes.

(*a*) The small final hook for *f* or *v* is affixed to all straight strokes.

(*b*) The only other case in which a small final hook is affixed to straight strokes is for *n* as explained in the previous chapter.

(*c*) The small final hook for *f* or *v* is not only final because it is written last, that is, at the end of the stroke, but also because it is always read after the stroke to which it is affixed.

(*d*) The small final hook for *f* or *v* is affixed to straight strokes with the left-hand or backward motion, which is the same motion as the small initial hook for *l* prefixed to straight strokes.

There is no *f* or *v* hook to curved strokes.

RULES FOR THE USE OF THE HOOK OR STROKE *F* OR *V* FINALLY.

1. When *f* or *v* is the final sound in a word, the hook *f* or *v* is generally used; thus,

puff, *pave*; *buff*, *above*; *tough*, *active*; *deaf*, *dive*; *chaff*, *achieve*; *Jeff*, *Jove*; *cough*, *cave*; *gaff*, *gave*; *reef*, *rave*; *woof*, *wave*; *hoof*, *heave*.

2. When *f* or *v* is the final consonant in a word and a vowel follows, the stroke *f* or *v* is always used; thus,

puffy, *Pavey*; *buffy*, *bevy*; *toffee*, *Tovey*; *defy*, *Davy*; *chaffy*, *anchovy*; *coffee*, *covey*; *lithography*, *gravy*; *terrify*, *review*; *wavy*; *huffy*, *heavy*.

NOTES.

(*a*) It should be observed that the application of the above rules serves the purpose of vowel indication.

(*b*) The final hook for *f* or *v* at the end of a straight stroke denotes finality, in the same way as the final circles and loops and final hook *n*, so that, if a vowel ends a word, the preceding consonant must be always written with a stroke, so as to admit of vocalization.

STROKE *F* OR *V* FINALLY ALTHOUGH NO VOWEL FOLLOWS.

Although it is the general rule to employ the hook *f* or *v* finally when it is the final sound in a word, and the stroke *f* or *v* when a vowel follows, the stroke *f* or *v* is also employed when it is the final sound in a word, and no vowel follows.

The stroke *f* or *v* finally, although no vowel follows, is employed thus :—

1. After curved strokes ; thus,

fife, *five* ; *revive* ; *thief*, *thieve* ; *sheaf*, *sheave* ; *muff*, *move* ; *knife*, *knave* ; *leaf*, *love* ; *arrive*.

NOTE.—As has been pointed out, the small final hook for *f* or *v* is affixed to straight strokes only, and as there is no final hook, or any other form of final attachment for *f* or *v* to curved strokes, it must be obvious that when these consonants follow curved strokes, the strokes must be always used, whether a vowel follows or not ; thus,

fluff, *fluffy* ; *nave*, *navy* ; *leave*, *levy*.

2. After the circles *s*, *z*, *sw* or *ss* ; thus,

safe, *save*, *passive*, *deceive*, *Joseph*, *effusive*, *evasive*, *massive*, *unsafe*, *receive*, *suave* ; *possessive*, *decisive*, *excessive*, *incisive*.

3. After the *st* loop ; thus,

staff, *stave*, *digestive*, *ingestive*.

4. When *f* or *v* initially hooked for *r* or *l* forms a final unaccented syllable; thus,

tougher, *loafer*, *diver*, *mover*, *trifle*, *bevel*, *ruffle*, *rival*.

5. When initial *l* precedes *sv*; thus,

elusive, *illusive*.

6. After a half-length straight downstroke finally hooked for *n*, for *nt* or *nd*; thus,

pontiff, *plaintive*, *attentive*, *substantive*, *retentive*.

7. After the prefix *con*; thus,

connive.

8. In compound words ending in *-of*; thus,

thereof, *hereof*, *whereof*.

9. In distinguishing outlines; thus,

comparative, compare *operative*.

FINAL ATTACHMENT AFFIXED TO THE FINAL HOOK ADDING *F* OR *V*.

The teacher should note that the only attachment which admits of being affixed to the final hook for *f* or *v* is the small final circle *s* or *z*, which will now be explained.

To Straight Strokes only.

CIRCLE *S* OR *Z*.—The small final circle *s* or *z* is affixed to straight strokes finally hooked for *f* or *v*, by writing the small circle inside the final hook, with the same motion as the final hook, that is, the left-hand or backward motion; thus,

puffs. *paves*; *buffs*, *braves*; *tiffs*,

motives ; *Duff's*, *doves* ; *chiefs*, *achieves* ; *Jeffs*, *Jove's* ; *coughs*, *caves* ; *griefs*, *groves* ; *reefs*, *raves* ; *waifs*, *waves* ; *hoofs*, *heaves*.

NOTES.

(*a*) A vowel cannot be read between a final hook and circle affixed to straight strokes; therefore, when a vowel occurs between final *f* or *v* and *s* or *z*, *ss* or *sz*, *st* or *zd*, the stroke *f* or *v* and circle or loop is used, and thus indicates that a vowel follows the *f* or *v* ; thus, *diffuse*, *diffuses*, *diffused* ; *advise*, *advises*, *advised* ; *refuse*, *refuses*, *refused* ; *revise*, *revises*, *revised*.

(*b*) Words ending with *fs* or *vs* after straight strokes are generally derivative words, the primitives of which end with the *f* or *v* hooks.

(*c*) It will be obvious that it is necessary to show the small final hook when the circle is affixed to straight strokes finally hooked for *f* or *v*, and that the small hook cannot be made into a circle and thereby include the *f* or *v*, as is the case with the final hook *n* to straight strokes, for then it would represent the final circle *s* or *z*.

(*d*) The final attachment to straight strokes finally hooked for *f* or *v* is shown in the same manner as the initial attachment to straight strokes initially hooked for *l* : thus, *pf-s*, *s-pl*.

RULES FOR THE USE OF THE HOOK *F* OR *V* MEDIALLY.

As has been pointed out in the introduction to this chapter, when *f* or *v* occurs medially, it may be written with the hook or stroke ; and, although it may be mostly a question of facility of joining, it will be found that the hook is preferred for one or more of the following reasons :

1. To provide more compact and facile forms.

2. For the sake of lineality.
3. In derivatives to preserve the primitive outline.
4. For the purpose of differentiation.

The hook *f* or *v* is used medially as follows :—

1. When a more compact and facile outline is obtained than would be possible by the use of the stroke ; thus,

(*a*) First Stroke a Downstroke.

(1) Between two straight downstrokes ; thus,

puffball, *profit*, *privet*, *provide*, *providence*, *breviped*, *brevipennate*, *brevity*, *abbreviate*, *taffeta*, *typhoid*, *hydrophobia*, *davit*, *defeat*, *devote*, *David*, *divide*, *devoid*, *Dravidian*, *Cheviot*, *longevity*, *Japhetic*.

(2) Between a straight downstroke and the curves *th*, *s*, *z*, *sh* (up), *l* (down) ; thus,

triphthong, *diphthong*, *Japheth*, *Jephtha*, *prophecy*, *prophesy*, *privacy*, *proviso*, *proficience*, *toughish*, *travail*, *jovial*, *javelin*.

(3) Between a straight downstroke and a horizontal stroke except *m* ; thus,

provoke, *prefix*, *traffic*, *defect*, *advocate*, *profane*, *province*, *tiffin*, *typhoon*, *davenport*, *Devon*.

define, *divine*, *advance*, *chaffinch*, *juvenescence*, *juvenile*, *defunct*.

(4) Between a straight downstroke and a straight upstroke; thus,

prefer, *proverb*, *taffrail*, *defer*, *devour*, *divorce*, *diverse*.

(*b*) First Stroke a Horizontal or Upstroke.

(1) Between two straight horizontal strokes; thus,

graphic, *geographic*, *lithographic*, *hierographic*, *anaglyphic*.

(2) Between a straight horizontal and straight upstroke or between two straight upstrokes; thus,

photogravure, *refer*, *reverse*.

NOTES.

(*a*) When *f* or *v* occurs medially between a straight downstroke and a curved stroke, the hook *f* or *v* is generally used, and, in most cases, the curved stroke is written with the same motion as the hook.

(*b*) As will be seen by the above examples, when an accented vowel occurs between final *f-r* or *v-r* after a straight stroke, the separate letters *f* or *v* and *r* are used, the hook *f* or *v* being employed medially in preference to the stroke for the sake of a compact and facile outline.

(*c*) When an unaccented vowel occurs between final *f-r* or *v-r* after a straight stroke, the initially hooked letters are employed; thus,

proffer, *differ*, *adverse*, *reefer*.

2. In the past tense of verbs as follows:—

After straight downstrokes when the present tense is written with a half-length stroke finally hooked for *f* or *v*; thus,

drafted, *drifted*.

3. In distinguishing outlines; thus, *discovery*, compare *discover*; *recovery*, compare *recover*; *referee*, compare *reverie*; *reference*, compare *reverence*.

Derivative Words.

1. In derivative and compound words, the primitives of which are written with the hook *f* or *v* finally, the hook is retained, provided a facile outline is obtained; thus, *proof-sheet*, *braveness*, *retrievable*, *activity*, *festivity*, *toughness*, *abortiveness*, *striven*, *dove-cot*, *dovelike*, *achievable*, *chieftain*, *chiefly*, *biographic*, *autographic*, *ideographic*, *orthographic*, *lithoglyphic*, *hieroglyphic*, *preserver*.

NOTES.

(*a*) When the primitive word ends with the hook *f* or *v*, and the use of the hook does not result in a facile outline, the stroke *f* or *v* is employed; thus, *biographical*, *geographical*, *cleavage*, *roofless*, *wavelike*.

(*b*) When the application of the rule for the final vowel necessitates the derivative word being written with the stroke *f* or *v*, the stroke is also retained in the secondary derivative; thus, *scurfier*, *scurfiness*, *waviness*, *huffiness*.

(*c*) When the primitive word ends with the hook *f* or *v*, after straight strokes, and the derivative ends with the unaccented syllable *-er*, *-al* or *-ly*, the hook is changed into the stroke *f* or *v* to which is prefixed the initial hook for *r* or *l*; thus, *puffer*, *briefer*, *tougher*, *diver*, *cougher*, *graver*, *rover*, *weaver*, *heaver*, *approval*, *reproval*, *retrieval*, *archival*, *briefly*, *bravely*, *toughly*, *actively*, *gruffly*, *gravely*.

NOTE.—After straight upstrokes finally hooked for *f* or *v*, the derivatives ending with the unaccented syllable *-er* are written with the upward *r* added to the primitive word; thus, *server*, *observer*, *deserver*.

(*d*) In a few words, when final *fr* or *vr*, after straight strokes, is followed by a vowel, the hook *f* or *v* and upward *r* is used; thus, *puffery*, *bravery*.

2. When the hook *f* or *v* is used medially, after straight strokes, in primitive words, the hook is generally retained in their derivatives; thus,

profit, *profitable*, *profitless*, *preference*, *provoker*, *provokingly*, *proverbial*, *preferable*, *preferential*, *advocacy*, *devourer*, *diversity*, *diversify*, *deferential*, *deference*, *defensible*, *defenceless*, *referable*, *referential*, *reversal*.

NOTES.

(*a*) When the primitive word ends with the stroke *t* or *d*, and the derivative ends with the unaccented syllable *-er* or *-or*, the hook *f* or *v* is changed into the stroke which is written double-length for the final *tr* or *dr*, when possible;

thus,  *provider*,  *abbreviator*.

NOTE.—When the double-length stroke cannot be used, the upward *r* is added to the primitive word; thus,  *divider*.

(*b*) When the primitive word ends with the initially hooked letters *fr* or *vr*, the initially hooked letters are generally retained in their derivatives; thus,  *profferer*,  *differential*,  *adversity*,  *adverseness*,  *adversely*.

RULES FOR THE USE OF THE STROKE *F* OR *V* MEDIALLY.

Having laid down some definite rules as to when to use the hook *f* or *v* medially, it will be advisable to follow the same course with regard to the use of the stroke *f* or *v* medially.

The reasons already given for the preference to the hook *f* or *v* medially, which need not be repeated here, apply in the main to the use of the stroke *f* or *v* medially, the principal difference being that the stroke is employed when it gives a more facile outline than the hook.

The stroke *f* or *v* is used medially as follows:—

1. For the sake of a more facile outline than would be obtained by the use of the hook; thus,

(*a*) First Stroke a Downstroke.

Between the straight downstrokes *p*, *b*, *t*, *d* and *m* or *l* (up or down); thus,

 *Profumo*,  *defame*,  *profile*,  *prevail*,  *pavilion*,  *buffalo*,  *trefoil*,  *defile*.

(*b*) First Stroke a Horizontal Stroke.

Between a straight horizontal stroke and a downstroke; thus,

Clifton, *cavity*, *Clevedon*, *Grafton*, *gravity*, *Griffith*.

(*c*) First Stroke an Upstroke.

(1) Between a straight upstroke and a downstroke; thus,

refuge, *ravage*, *reveal*, *revile*.

(2) Between a straight upstroke and a horizontal stroke, thus,

revoke, *revenge*, *havoc*.

2. After curved strokes; thus,

fifty, *amphibious*, *symphony*, *navigate*, *lofty*, *levity*, *orphic*.

3. When preceded or followed by circle *s* or *z*; thus,

Pacific, *travesty*, *deficit*, *advisable*, *advisedly*, *refusal*, *revisal*.

4. In the past tense of verbs as follows:—

(*a*) In the following case in which the present tense is written with a half-length stroke finally hooked for *f* or *v*; namely,

After straight horizontal or straight upstrokes; thus,

gifted, *grafted*, *rifted*, *wafted*.

(*b*) When the present tense ends with the half-length stroke *f* or *v*, for *ft* or *vd*, when a vowel occurs between the *f-t*, *v-t* or *v-d*; thus,

(1) After straight horizontal or straight upstrokes; thus,

coveted, *aggravated*, *refuted*, *riveted*.

(2) After curved strokes; thus,

invited, *renovated*, *invaded*.

5. In distinguished words; thus,

defiance, compare *advance*, *defier*, compare *devour*.

Derivative Words.

In the following cases the stroke *f* or *v* is employed medially in derivative words; namely,

1. When the primitive word ends with the stroke *f* or *v*, provided a facile outline is obtained; thus,

passiveness, *passivity*, *pacifier*, *defied*, *defiance*, *horrifier*, *purifier*, *purveyor*, *surveyor*, *heavier*.

NOTES.

(*a*) When it is desirable to secure lineality, the hook *f* or *v* is used in derivative words the primitives of which end with the stroke *f*; thus, *putrefied*, *stultified*, *stultification*, *solidified*, *solidification*, *electrified*, *electrification*, *acidified*, *acidification*, *acidifier*, *mystified*, *mystification*, *sanctified*, *sanctification*.

(*b*) When the primitive word ends with the stroke *f* or *v* after curved strokes, and the derivative ends with the unaccented syllable *-er* or *-al*, the stroke *f* or *v* is initially hooked for *r* or *l*; thus,  *fifer*,  *reviver*,  *revival*,  *remover*,  *removal*.

2. When the stroke *f* or *v* is used medially in primitive words, the stroke is generally retained in their derivatives; thus,

 *prevalence*,  *defilement*.  *defiling*,  *revealing*,  *amphibiousness*,  *symphonic*,  *symphonious*,  *loftiest*.

SUMMARY.

1. A small final hook affixed to all straight strokes with the left-hand or backward motion, adds *f* or *v*.

2. There is no final hook or any other form of final attachment for *f* or *v* to curved strokes.

3. When *f* or *v* is the final sound in a word, the hook is generally used, but when *f* or *v* is the final consonant in a word and a vowel follows, the stroke *f* or *v* is always used.

The stroke *f* or *v* is sometimes used finally although no vowel follows.

4. The small final circle *s* or *z* is the only attachment affixed to straight strokes finally hooked for *f* or *v*, the small circle being written inside the final hook with the same motion as the hook.

5. As the large final circle *ss* or *sz* or the final loop *st* or *zd* cannot be written to the final hook for *f* or *v* affixed to straight strokes, when the terminations *fss*, *fzz*, *fst*, *fzd*, *vss*, *vzz*, *vst*, *vzd* are preceded by a straight stroke, the stroke *f* or *v* must be used.

6. The hook or stroke *f* or *v* may be used medially, according to which provides the more facile outline. The hook *f* or *v* is probably the more frequently used medially for one or more of the reasons given in the rules for the use of the hook *f* or *v* medially, to which the teacher should refer.

Chapter 14.

THE TERMINATION *SHUN*.

The teacher should now review the various expedients for the initial and final attachments which have been explained in the previous chapters.

As has been pointed out, there are two sizes for the circles, loops and initial hooks, but only one size for the final hooks, that is, small hooks, and if this fact is recognized, it will no doubt suggest the only remaining possibility for a further final attachment by the employment of a large final hook.

The following series of initial and final hooks will show the extent of the use of the hooks which have been already explained :

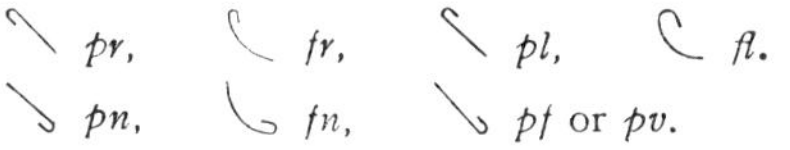

It will be seen from the above examples that there is no final hook to curves for *f* or *v*, and the question may be asked, why was a large final hook to curved strokes not used for *f* or *v* ? The answer is simple. The consonants *f* or *v* following curved strokes are comparatively little used, and, therefore, as the large final hook is the only remaining piece of material available for a final attachment, and which can be written with great facility to straight strokes and curves, it is used for a more frequent termination.

It will be evident, therefore, that the choice of employing a large final hook for the termination *shun* or *zhun* is a most valuable one, as it is one of the most frequent terminal sounds in the English language, and it is computed that it ends over 2,000 words.

It may be of interest to point out that when an initial or final attachment is enlarged, it is made to represent an additional sound. For instance, a small circle initially represents *s*, but when enlarged it represents the two consonants *sw*. A small circle, medially and finally, represents *s* or *z*, but when enlarged it represents *ss*, *sz*, etc. A small final loop half as long as a stroke represents *st* or *zd*, but when made into a large final loop, that is, two-thirds the length of the stroke, it adds an additional consonant *r*, and thus represents *str*. A small final hook represents *n*, *f* or *v*, but a large final hook represents two consonants, namely, *sh-n*. The only exception to this principle is in the case of the large initial hook for *l* to curved strokes, and this is rendered necessary in consequence of only one side of a curve being available, and the small initial hook being already allocated to *r*.

In examining the large initial hooks used in Phonography, it will be found that they do service for several sounds, but in the case of the large final hook, it has one signification only, and that is the syllable *-shun*, which is represented in our English orthography in the following ways :—

> *-cian*, *-tian*, *-sian*, *-ssian*, *-sion*, *-ssion*, *-cion*, *-chion*, *-xion*, *-tion*, *-shion*, *-shen*, *-schen*, *-shon*, and *-cean* ; *-sion* and *-tion*, being by far the most common.

As will be seen by the above terminations, the most frequent vowel occurring between *sh*, or its corresponding heavy sound *zh*, and *n*, is the second-place short dash vowel, but any other vowel between the two consonants does not preclude the use of the large final hook ; thus,

Prussian (sh*a*n), *Goschen* (sh*e*n).

Large Final Hook Adding *Shun*.

To Curved Strokes.

To curved strokes, the *shun* hook is affixed on the only available side, that is, the inside ; thus,

effusion, *evasion*, *session*, *Judaization*, *initiation*, *admission*, *pension*, *junction*, *pollution*, *erosion*.

Notes.

(*a*) The large final hook for *-shun* is affixed to all curved strokes excepting *th*, TH, *zh*, *wl*, *whl*, *lr*, *rr*, as these strokes do not appear to be followed by the sound of *shun*.

(*b*) When *shun* follows *s* or *z*, after curved or straight strokes, the large hook is rarely affixed to the stroke consonants, but the small circle *s* or *z* is generally used, in which case the *shun* is represented by a small hook, as explained in the course of this chapter.

(*c*) The large final hook for *shun* to curved strokes, like the small final hook for *n*, is not only final because it is written last, that is, at the end of the stroke, but also because it is always read immediately after the stroke, or the vowel which follows the stroke, to which it is affixed; thus,  *fashion*,  *tension*, 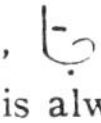 *donation*.

(*d*) As the large final hook to curves is always written inside, like the small final hook, it is written with the same motion as the curve to which it is affixed. It cannot be too strongly emphasized that the hooks are never written on the outside of curves.

LARGE FINAL HOOK ADDING *SHUN*.

To Straight Strokes.

As both sides of straight strokes are available for attaching the large final hook for the termination *shun*, it will be obvious that it is necessary to lay down some definite rules as to which side of the straight stroke it has to be written.

The rules for the termination *shun* to straight strokes are governed by the three following golden principles :—

1. Balance, that is, to preserve the straightness of the stroke. (See rules 1 and 2.)

2. Vowel Indication, that is, the means of determining whether a vowel precedes or follows a stroke, when the vowels are omitted. (See rule 3.)

3. Forward movement, that is, the continuation of the direction in which we write, being quicker than a backward movement. (See rule 4.)

The rules for the termination *shun* to straight strokes are as follows :—

1. To a straight stroke which begins with an initial attachment, that is, an initial circle, loop or hook, the *shun* is affixed on the opposite side to the initial attachment; thus,

 conception, *suppression*, *reception*,

anticipation, *station*, *recitation*, *sedition*, *exudation*, *consideration*, *suction*, *secretion*, *dissection*, *discretion*, *insertion*, *laceration*; *constipation*, *constitution*; *oppression*, *completion*, *depression*, *depletion*, *adumbration*, *penetration*, *accretion*, *conclusion*, *decoration*, *inclusion*, *aggression*, *emigration*.

NOTES.

(*a*) The alphabetic strokes commencing with an initial attachment naturally observe the above rule, it being equally necessary to observe the balance principle; thus, *suasion*, *dissuasion*, *cohesion*, *equation*.

(*b*) The teacher should point out that in words like *approbation*, where the two straight strokes run in the same straight line, they are treated as a single stroke and the *shun* hook is written on the opposite side to the initial attachment, and not on the opposite side to the last vowel.

(*c*) A frequent error on the part of students occurs in words like *application* and *retribution*, where the *shun* hook should be written on the opposite side to the last vowel, but is often written, thus, as students regard the *shun* hook as being written on the opposite side to the initial hook. It should be pointed out that the initial hook does not govern the *shun* in such cases, because the *shun* is not attached to the same stroke as the initial hook. The initial hook, therefore, only governs the *shun* when both the initial and final hooks are attached to the same stroke.

(*d*) The *shun* hook in the word *occasion*, undergoes a change in the phrase *on this occasion*, that is, the *shun* is written on the opposite side to the circle, as it is necessary to balance the straight stroke. If this rule is not observed, the phraseogram might resolve itself into *on this nation*.

2. To a simple straight stroke which immediately follows a curve *without an angle*, the *shun* hook is affixed on the opposite side to the curve; thus,

infection, *eviction*, *navigation*, *location*, *selection*, *legation*, *imbibition*.

NOTES.

(*a*) The teacher should note the words "*without an angle*" and point out that the curves only govern the *shun* hook when there is no angle between the simple straight stroke and the curve. In words like *election*, *allocation*, where there is an angle, the *shun* hook is written on the opposite side to the last vowel as explained in rule 3, and is not, therefore, governed by the curve.

(*b*) In the word *hypothecation*, the *shun* hook is affixed under the *k*, that is, on the opposite side to the curve, because if affixed above the *k*, that is, on the opposite side to the last vowel, there would be a great tendency to curve the *k*, in consequence of the very slight angle between *th* and *k*.

(*c*) The examples of straight strokes following a curve *without an angle* seem restricted to the combinations *f*, *v*, or *l* (up), followed by the horizontal strokes *k* or *g*, and the compound consonant *mb* followed by stroke *b*, as will be seen by the above examples.

(*d*) When a straight stroke begins with an initial attachment, or when a simple straight stroke immediately follows a curve without an angle, the *shun* hook is written with the opposite motion to the initial attachment or curve.

3. To the simple straight strokes, *p, b, k, g, r* (up), that is, all simple straight strokes excepting *t, d*, or *j*, the *shun* is affixed on the opposite side to the last vowel; thus, *option*, *potion*, *prohibition*, *action*, *caution*, *occasion*, *diction*, *education*, *irrigation*, *Russian*, *Persian*, *operation*.

NOTES.

(*a*) The term *simple* straight stroke refers to strokes which do not commence with a circle, loop or hook.

(*b*) In cases where the vowel is not written to the stroke containing the *shun* hook, the hook must be written in such a way as not to imply a following vowel; thus, *adoption*, *absorption*, *attraction*, *apportion*.

(*c*) When *r* is finally hooked for *shun* it is written upward, being quicker and more legible than the downward *r*, thus, *portion*, *coercion*, *immersion*.

(*d*) When the *shun* hook is written on the same side as the final *n* hook to straight strokes, it does not represent *n-shun*; therefore, when the termination *n-shun* occurs, the stroke *n* and the large hook must be employed; thus, *pension*, *tension*.

4. To the simple straight strokes *t, d*, or *j*, the *shun* hook is invariably affixed on the right-hand side; thus, *optician*, *addition*, *gradation*, *magician*, *logician*.

NOTES.

(*a*) ***Ch-shon*** never occurs in the English language.

(*b*) It is important that the reasons for the above rule should be thoroughly understood. The following reasons should be noted :—

1. As a vowel always intervenes between *t, d,* or *j* and *shun*, vowel indication is unnecessary.

2. Vowel indication being unnecessary, the hook is preferably written on the right-hand side for the sake of a more forward movement.

(*c*) The above rule is sometimes called the *t, d,* or *j* rule.

VOCALIZATION OF THE LARGE HOOK.

A first and second-place vowel before the termination *shun* is written after the stroke in the ordinary way. A third-place dot vowel is written inside the final hook; a third-place dash vowel and the diphthong *ū* are written outside the hook when final, and inside when medial, the angle of the vowel in the latter case being altered to accommodate itself to the hook ; thus,

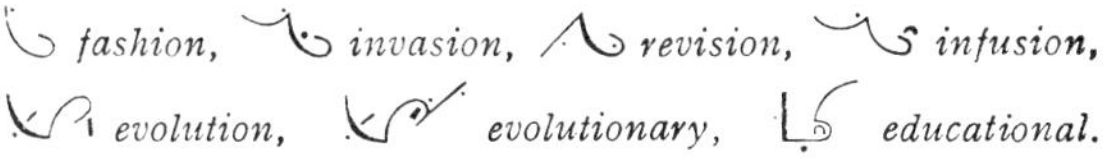

fashion, *invasion*, *revision*, *infusion*, *evolution*, *evolutionary*, *educational*.

NOTE.—If the stroke vowel when medial is written in the same place as when final, it is obvious that it would be read after the final stroke.

LARGE FINAL HOOK WITH FINAL ATTACHMENTS.

The following final attachments are added to the final *shun* hook :—

1. The circle *s*.

The circle *s* is added to the final hook by writing the circle inside the hook ; thus,

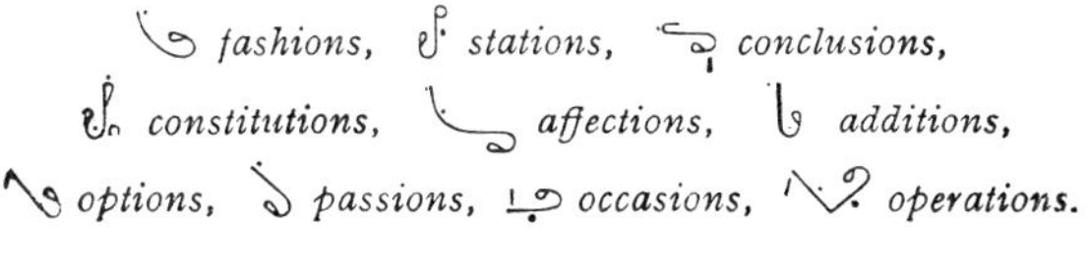

fashions, *stations*, *conclusions*, *constitutions*, *affections*, *additions*, *options*, *passions*, *occasions*, *operations*.

2. The Final Stroke *st*.

The half-sized stroke *s* for *st* is written downward or upward after the *shun* hook as is most convenient; thus, *prohibitionist*, *protectionist*, *evolutionist*, *impressionist*, *fashionist*.

The circle *s* is added to the final stroke *st*; thus, *perfectionists*, *revolutionists*, *optionists*, *vaccinationists*.

LARGE HOOK MEDIALLY.

The rules for the medial *shun* are on the whole the same as when it occurs finally, being almost invariably used in derivative words; thus, *fashionable*, *missionary*, *exceptional*, *discretionary*, *affectionate*, *additional*, *optional*, *passionate*, *occasional*.

There are a few cases, however, where the final hook must be written on the same side as the initial attachment, or on the same side as the vowel in order to facilitate the joining of the following stroke; thus, *dispassionately*, *stationary*, *stationer*, *stationery*, *institutionary*, *seditionary*, *constitutionary*, *excursionizing*, *Russianizing*.

Note the words *associationism*, *vaccinationism*, where the *shun* is expressed by *sh* and stroke *n* as it is impossible to join the termination *ism* to the primitive forms, *association*, *vaccination*.

Past Tense of Verbs.

When the present tense of verbs ends with the large hook for *shun*, the past tense ending in *d* is formed by retaining the large hook and halving the stroke to which the large hook is attached; thus,

station, *stationed*; *partition*, *partitioned*; *cushion*, *cushioned*; *occasion*, *occasioned*; *fashion*, *fashioned*; *motion*, *motioned*.

The words *pensioned*, *mentioned*, cannot comply with the previous rule because they would violate the rule of joining two strokes of unequal length without an angle.

In the word *sanctioned*, the half-sized *ng* with the large hook is not employed because it would be very indistinct.

The outlines *patient* and *ancient* should be noted. The *SHUN* Hook is not used in cases such as these because the terminations *-tient* and *-cient* do not derive from *-SHUN*.

STROKE *SH* AND HOOK *N* FOR *SHUN*.

In addition to the use of the large final hook for the termination *shun*, it is also represented by its consonantal equivalents, namely, stroke *sh* and hook *n*, for two reasons :—

1. Distinct insertion of the vowel-signs.

2. To form distinctive outlines, when vowels are omitted, by indicating the presence of two vowel-signs before *shun* in contrast with words containing only one vowel-sign before *shun*.

This alternative method of representing the termination *shun* is employed as follows :—

When a diphthong and a vowel immediately precede the termination *shun*, the stroke *sh* and hook *n* are used; thus,

tuition, *striation*, *extenuation*.

NOTES.

(*a*) The two distinct vowel-sounds preceding the final *shun*, and which form a triphthong, are generally *ŭ* and *ā* or *ĭ*, or *ī* and *ā*, as will be seen by the foregoing examples.

(*b*) The above rule does not apply if the two vowels are represented by a diphone; thus, *creation*, *spoliation*, *variation*.

(*c*) In the word *foundation* the *shun* is written with stroke *sh* and hook *n*, although there are not two vowel-signs before *shun*, for the sake of a briefer and more compact outline.

(*d*) In the derivative word *tuitionary*, where the upward *r* cannot be affixed to the primitive word, the hook *n* is changed into the stroke *n*, to which is prefixed the initial hook for *r*.

(*e*) The following examples will illustrate the influence of one or two vowel-signs in determining the representation of the termination *shun*; thus, *station*, *situation*; *notation*, *intuition*; *vacation*, *evacuation*; *detonation*, *attenuation*; *volition*, *evaluation*.

A large final hook may be used for the termination where the resulting outline is not likely to clash with the outline for some other word in which the large hook would be employed; thus,

perpetuation, *punctuation*,

superannuation, *fluctuation*,

infatuation, *insinuation*.

Small Final Hook Adding *Shun*.

A third method of representing the termination *shun* is by means of a small final hook, which is only used when following a small circle.

The small final hook for the termination *shun* is employed as follows :—

When the sound of *shun* follows circle *s* or *z*, or *ns* or *nz*, it is represented by means of a small final hook formed by continuing the circle on the other side of the stroke, with the same motion as the circle which precedes ; thus,

ps-shun, *pns-shun* ; *ts-shun*, *tns-shun* ;
ds-shun, *dns-shun* ; *ks-shun*, *fs-shun*,
ss-shun, *ms-shun*, *ns-shun*, *ls-shun*,
rs-shun.

Notes.

(*a*) The small hook for *shun* is affixed to the circle *s* or *z* after straight or curved strokes, and to the circle *ns* or *nz* after straight strokes.

(*b*) If this small hook is not employed for ***shun*** after the **circle**, it necessitates writing the termination in the following ways :—

1. Stroke *s* or *z* and large final hook, which would produce awkward outlines, such as 

2. *Sh* and hook *n*, which would then suggest two vowel-signs before *-shun*, according to the rule previously explained.

(*c*) In writing the small hook after the circle, it must not be extended beyond the end of the stroke ; thus,

(*d*) It should be observed that the circle *s* or *ns* after straight strokes is written on the side of the stroke, according to whether it is *s* or *z*, or *ns* or *nz* finally.

VOCALIZATION OF THE SMALL HOOK.

The vocalization of this small hook is generally a source of difficulty. There are, however, three points, which, if carefully noted and thoroughly understood, will prove most helpful. The points are as follows :—

1. This small hook is only required to be vocalized for the third-place dot vowel or diphone, the first-place vowel never occurring in the English language between the sound of *s* or *z*, or *ns* or *nz* and *shun*.

2. The stroke vowels do not occur in English between the sound of *s* or *z*, or *ns* or *nz* and *shun*.

3. Although the vowel is placed after the hook in some cases, it does not imply that the vowel has to be read after, as the vowel never occurs finally after the sound of *shun*.

The method adopted for vocalizing this small hook will now be explained, and in giving illustrative examples the teacher will find it of great assistance if he deals with the strokes according to the various directions in which they are written.

Third-place vowels are placed outside the hook, and when the hook is left unvocalized a second-place vowel is to be read between the circle and *shun ;* thus,

Downstrokes. *position, opposition, precision, physician ; possession, procession, compensation, conversation, cessation.*

Horizontal strokes. *musician, incision ; accusation, succession, sensation.*

Upstrokes. *recision, pulsation.*

NOTES.

(*a*) Such words as *pronunciation, denunciation, annunciation, renunciation,* are written with the small hook and vocalized with the diphone; but when *w* follows the circle, the stroke *w* may be employed, as the diphthong in short words would not be sufficiently distinct; thus, *persuasion*, *dissuasion*, which are written from their primitive forms, *persuade*, *dissuade*.

(*b*) A common error on the part of students is frequently made in words like *passion*, for which they write "," but it should be noted that the *s* is only used before *shun* when a vowel occurs between *s* and *shun*. Therefore, in the word "*passion*" the *s* is not required, as the sound of *s* does not occur. Compare *passion* with *possession*.

(*c*) In words like *combustion*, *question*, *fustian*, the spelling ending in *-stion* and *-stian* naturally suggests the termination *s-shun*, and is frequently written so by students, but upon a careful pronunciation of the words it will be observed that the terminal sound is not *shun*, and therefore the *shun* hook is not employed.

Small Final Hook with Final Attachment.

The circle *s* is added to the small hook by writing the circle inside the hook in the same way as the circle is affixed to the *f* or *v* hooks; thus,

possessions, *compensations*, *accusations*, *physicians*, *pulsations*.

Small Hook Medially.

The small hook for *shun* is used medially; thus,

positional, *suppositional*, *processional*,

prepositional, *transitional*, *positioned*,

transitionary, *accessional*, *successional*,

conversational, *sensational*, *recessional*.

NOTES.

(*a*) It will be seen that the small hook medially occurs in derivative words and is generally followed by upward or downward *l*, upward *r*, or *d*.

(*b*) In determining the direction of the final *l*, it is written upward or downward according to the motion of the hook, being written with the same motion as the hook which precedes.

(*c*) Although the circle *ns* or *nz* is not usually employed medially, the only instance in which it does occur is when it is followed by the small hook for *shun*.

(*d*) In the derivative word  *sensationary*, where the upward *r* cannot be affixed to the primitive word, the small hook is changed into stroke *sh* and hook *n* to which is affixed the upward *r*.

STROKE *SH* AND STROKE *N* FOR *SHUN*.

Although this may be regarded as a fourth method of representing the termination *shun*, it has a very restricted use, being employed generally in derivative words when *st* follows *s -shun*, in order to accommodate the insertion of the final loop, which is more convenient than the half-sized stroke *s*; thus,

 *oppositionist*,  *processionist*,

 *successionist*,  *conversationist*,  *secessionist*,

 *sensationist*.

SUMMARY.

1. The large final hook is always written inside curves.

2. When a straight stroke begins with an initial attachment, that is, an initial circle, loop or hook, or immediately follows a curve without an angle, it is written on the side opposite to the initial attachment or curve.

3. After the simple straight strokes *p*, *b*, *k*, *g*, *r* (up), it is written on the side opposite to the last vowel.

4. After the simple straight strokes *t*, *d*, or *j*, it is always written on the right-hand side.

5. The vocalization of words containing the large final hook is nearly the same as in words containing other final attachments, the principal difference being that the third-place dot vowel may be written inside the hook, while the third-place stroke vowel and the diphthong *ū* must be written outside the hook when final, and inside when medial.

6. The circle *s* and the half-stroke *st*, downward or upward, are added to the large hook.

7. The large hook is used medially, being generally employed in derivative words, and follows the same rule as final *shun*.

8. When a diphthong and a vowel immediately precede *shun*, write the stroke *sh* and hook *n*.

9. When *shun* follows the circle *s* or *z*, after straight or curved strokes, or *ns* or *nz* after straight strokes, it is represented by a small hook written on the opposite side to the circle with the same motion as the circle.

10. In vocalizing the small hook for *shun*, third-place vowels are written outside the hook, and second-place vowels are to be read when the hook is left unvocalized.

11. The circle *s* is added to the small hook, and it is also used medially.

12. When *st* follows *s -shun*, write *sh* and stroke *n* for *shun*, in order to accommodate the final loop.

Chapter 15.

THE ASPIRATE.

THE letter *h* in Pitman Shorthand is classed amongst the consonants, and is called the " Aspirate " being derived from a Latin verb meaning " to breathe or blow upon." Its sound is produced far back in the throat by an unchecked emission of the breath, the root of the tongue being very slightly approximated to the back of the throat.

When the Aspirate is heard in English it is always sounded before a vowel, and when it comes in the ordinary spelling it is nearly always sounded. There are, however, five words, together with their derivatives and compounds, where it occurs initially and is silent, the words being, *heir*, *honest*, *honour*, *hour*, *humour*. There are also some cases in which the *h* occurs medially and finally, and is silent. For instance, in the exclamations *ah*, *eh* and *oh*, it is doubtful whether the aspirate is sounded at all, but as they are represented in Phonography by vowel signs, it is not necessary to trouble about them. Then, again, in the words *Hannah*, *high*, *Hugh*, the final *h* is silent, and medial *h* is silent in *exhaust*, etc. The *h* is also silent after the consonant *r* in such words as *rhetoric*, *rhyme*, *rhubarb*, etc.

The *h* is commonly joined to other consonants to form digraphs representing sounds for which there are no symbols in the Romanic Alphabet, such as *ch* in *chair*, *th* in *thin*, *Th* in *thee*, *sh* in *shy*, each of which is found in the Phonographic Alphabet with a single sign to represent it, and thus illustrating the superiority of the Phonetic Alphabet over the Romanic.

There are four methods of representing the Aspirate in Phonography, namely—

1. By the alphabetic stroke  written downward, at the same angle as *ch*, that is, 30° from the perpendicular.

2. By a light tick  being the abbreviated form of the downward *h*, by writing the lower part of the downstroke, and therefore written in the same direction and at the same angle.

3. By the alphabetic stroke written upward, at the same angle as *r* (up), that is, 30° from the horizontal.

4. By a light dot · written immediately before a vowel sign.

Rules for the Use of the Downward *H*.

The sign chosen for the alphabetic stroke of the downward *h* may appear to represent the treble consonant *s ch r*, that is, the circle *s* prefixed to the stroke *ch* initially hooked for *r*; but as these consonants do not occur initially in the English language, its adoption for the use of the aspirate is absolutely safe, and even when it occurs medially and finally, the circle is written in such a way that it cannot be read as the circle *s*, as will be explained in the course of this chapter.

The downward *h* is used initially, medially and finally, as follows—

Initially.

1. When *h* is the only consonant sounded in a word; thus,

ha, hah, *hay, heigh, hey,* *haw,* *hoe,* ***aha,*** ***hie,*** *Howe,* *ahoy,* *hew,* ***hue, Hugh.***

2. In derivative and compound words, the primitives of which are written with the downward *h*; thus,

haystack, *haycock,* *hay-field,* ***hay-maker,*** *haymow,* *hay loft,* *hayrick,* *heyday;* *high-spirited,* *high-priest,* *high-pressure,* *high-born,* *high-bred,* ***high-water,*** *high-toned,* *High-church,* *high-class,* *High-Court,* *high-grade,* *high-flown,* ***high-flyer,*** *highest,* *high-minded.* *highness,* *high-handed,* *highly,* *highlow,* *Highland,* *Highlander,* *highroad,* *high-wrought,* *highway,* *highwayman;* *hewer.*

NOTES.

(*a*) Derivative and compound words beginning with *hay* and *high* invariably retain their primitive forms.

(*b*) Monosyllabic verbs forming the past tense are more conveniently written with the upward *h*, according to the rules for the use of the upward *h*; thus,

hoed, *hied,* *hewed,* *hewn.*

(*c*) The downward *h* standing alone, that is, not joined to another stroke, is not generally employed if finally hooked or halved, as it might clash with *ws, ys, srs, wts, yts*, and therefore in such cases the upward *h* is used.

3. When *h* precedes simple *k* or *g*; thus,

hake, *hawk,* *Hawkins,* *hack,* *Hackney,* *hexagon,* *Hicks,* *hockey,* *huckster,* *hook;* *Hague,* *hag,* *haggis,* *Higgins.*

4. When *h* precedes the strokes *m*, *l* (up), *r* (down) to which the tick *h* may be used, as follows—

(1) When *h* is preceded by a vowel and followed by *m*, *l* or *r*; thus,

ahem, *ahull,* *ahorse,* *O'Hare.*

(2) When *h* is followed by a triphone and *m* or *r*; thus,

Hyam, *Howard.*

NOTES.

(*a*) As the tick *h* is regarded as an initial attachment, in the same way as the initial circles and loops, the tick *h* must be read first, so that if a vowel precedes or a triphone follows, the stroke must be used; thus,

hem, *ahem;* *hire,* *higher.*

(*b*) When *h* is followed by a triphone and *s* **or** *l*, the upward *h* is used ; thus,

hyoscyamus, *Howell*, *Whewell*, *hyaline*, *hyaloid*, *Whewellite*.

The upward *h* is used before *s* for the sake of a compact outline, but before *l* for two reasons—

(1) Easy insertion of vowel-signs.

(2) Vowel indication—initially and finally. Initially, the upward stroke *h* indicates that there is no preceding vowel, the downward *h* and upward *l* being used when a vowel precedes the *h-l* as explained above in rule 4 (1). Finally, the stroke *l* downward or upward indicates whether a vowel follows or not, according to the rule for the use of final *l* after a straight upstroke, that is, downward when final and upward when followed by a vowel.

5. When downward *h* provides a briefer, a more compact, or a more easily vocalized outline, than the upward *h*, as follows—

(1) When *h* precedes a full, half or double-length upward *r* ; thus,

hortation, *hierarchy*, *heritable*, *hortative*, *heritage*, *horticulture*, *heritor*.

(2) When half-sized *h* to represent *h-t* is followed by upward *r* ; thus,

heteropathy, *heterodox*, *heterogeneous*, *heteroclite*, *heterography*, *heteronomy*.

Note—When *hetero-* is followed by the strokes *g*, *m*, *l* (up), the upward *h* and hooked *tr* are used ; thus,

heterogamous, *heteromorphous*, *heterology*.

(3) When necessary for vocalization ; thus,

hyoid.

NOTE.—It will be observed that in words containing the consonants ***hrt, hrtr, htr,*** the writing of downward ***h*** provides briefer and quicker outlines, as it renders it possible to use the halving and doubling principles.

Medially and Finally.

The downward *h* medially and finally is employed as follows—

1. After *k, g,* or the right-hand curves *s,* ***sh*** (down), ***m,*** *l* (up), *r* (down), the stroke *h,* medially and finally, is always written downward; thus,

sky-high, *cowhide,* *cohesion,* ***cohabit,*** *cohesive,* ***music-hall,*** *cohere,* ***cowherd,*** *Bokhara,* ***court-house;*** ***Gehenna,*** ***Soho,*** *Sahara;* ***Sheehy;*** *Omaha,* *Mayhew,* ***Limehouse,*** ***mohawk,*** ***mahogany,*** ***mayhem,*** *Mahatma,* ***mohair,*** *Maharajah,* ***Lehigh,*** ***Elihu,*** ***ale-hoof,*** ***billhook,*** *all-hail,* ***All-Hallows,*** ***Lahore,*** *Walhalla,* ***slaughter-house,*** ***Aarhuus.***

2. After *p, b, t, d, ch, j,* the left-hand curves ***f,*** *v,* ***th,*** *TH,* ***n,*** *ng,* the downward ***h,*** or the straight upstrokes, being the strokes to which the *h* can be written downward or upward, the downward *h* is used as follows—

(1) Medially when followed by the strokes to which the downward or the tick *h* is used initially; thus,

Liphook, *Bohemia,* ***Abraham,***

Trehawke, *ad hoc*; *Jehoiakim;* *anhydrous*, *unhook*, *Nahum*, *Nehemiah*, *Nihilist*, *annihilation;* *Rehum*.

(2) Finally after ***n***, ***ng***, or the downward ***h***; thus, *anyhow*, *nohow*, *Shanghai*; *Ha-Ha*, *heigh-ho*, *haw-haw*.

NOTES.

(*a*) When the stroke ***h*** medially precedes final ***r***, after the strokes to which ***h*** can be written downward or upward, the upward ***h*** is used for the sake of obtaining a more facile outline than the downward ***h***; thus, *abhor*, *adhere*, *rehear*.

(*b*) In the word *rough-hew*, the downward ***h*** is used to preserve the primitive form for ***hew***.

(*c*) When downward *h* follows another stroke, it must be so joined as not to be mistaken for *sch*. The only strokes to which this is apparently possible are the right-hand curves *s* and *sh*; but as the combinations *s-s-ch*, *sh-s-ch*, do not occur initially in the English language, the forms and are quite safe for *s-h* and *sh-h* respectively.

(*d*) A comparison of the method adopted for writing the circle of the downward *h*, when following a straight or curved stroke, with the circle *s*, will be explained in the course of this chapter.

RULES FOR THE USE OF THE TICK *H*.

The tick *h* is the abbreviated form of the downward ***h*** by writing the lower part of the downstroke, and is therefore written in the same direction and at the same angle.

The tick *h* is written to the right-hand curves *m*, *mp* or *mb*, *l* (up), *r* (down), or *rr*.

The expedient of reducing the downward *h* to a tick is a most useful one, as it provides briefer outlines than would be obtained by the use of the downstroke.

As the tick *h* partakes of the nature of an initial attachment, it cannot be vocalized, and is therefore always read first, like the initial circles or loop, and the initial hooks of *wl* or *whl*.

The tick *h* is mostly used initially, but it may also be used medially in phraseograms.

The tick *h* is used initially and medially, as follows—

Initially.

STROKES *M*, *MP*, OR *MB*.

The tick *h* is prefixed to the strokes *m*, *mp*, or *mb* ; thus, *hame*, *haulm*, *home*, *whom*, *ham*, *hamster*, *hem*, *hymn*, *hum*, *Hume*, *hematin*, *hemitrope*, *homicide*, *homogeny*, *hammock*, *homophone*, *human*, *humane*, *hymen*, *homonym*, *hominy*, *homily*, *homology* ; *hemp*, *hump*, *Hampton*, *Hampden*, *Hampstead*, *Hampshire*, *humbug*, *Humboldt*.

Derivative Words.

The tick *h* is generally retained in derivative and compound words, the primitives of which are written with the tick *h* and stroke *m*, *mp* or *mb* ; thus,

home-bred, *home-felt*, *homeless*, *homeliest*, *homely*, *home-made*, *homesick*, *homespun*, *homestead*, *whomsoever*, *hemstitch*, *hymnal*, *hymn-book*, *hymned*, *hymnic*, *hymnody*, *hymnology*, *hymnologist*. *homicidal*, *homophony*, *homophonous*, *humanist*, *humanity*, *humanize*, *humanly*, *hymeneal*, *homiletic*, *homilist*, *hempen*, *hempseed*, *humpback*, *humbugged*.

Non-Use of the Tick *H* to *M*, *MP* or *MB*.

In addition to the use of the tick *h* to *m*, the downward *h* may also be used.

The tick *h* and *m*, *mp* or *mb* are not employed as follows—

1. When *h* is preceded by a vowel or followed by a triphone and *m*, the downward *h* and *m* are used; thus,

ahem, *Higham*.

2. When *h* is followed by the unaccented syllables *mr* or *ml*, the upward *h* and *m* initially hooked for *r* or *l* are used; thus,

Homer, *hammer*, *hummer*, *Hamel*.

3. When *hm* is followed by the unaccented syllable *bl*, the tick *h*, *m* and the *b* initially hooked for *l* are used; thus,

hamble, *Hambleton*, *humble*, *humblebee*, *Hamblin*.

Note.—When *hm* is followed by the unaccented syllables *pr* or *br*, the upward *h* and the compound consonant *mp* initially hooked for *r* are used; thus, *hamper*.

4. In derivative and compound words the primitives of which are written with the downward *h*, the downward *h* is retained; thus,

haymow, haymaker, haymarket, High-mass, highmost; high-minded.

STROKE *L*.

The tick *h* is prefixed to the upward *l*, with or without a vowel following the *l*; thus,

hail, hale, halo, heal, heel, hall, haul, hole, whole, hallow. halloo, hill, holloa, hollow, holly, hull, howl, help, Holbein, Hilton, holed, holiday, halogen, holocaust, Heligoland, haliography, heliograph, helve, health, helm, Hallam, hallelujah, Hilary, hilarity.

Derivative Words.

The tick *h* is generally retained in derivative and compound words, the primitives of which are written with the tick *h* and upward *l*; thus,

hailing, hailstone, haily, haleness, haler, healable, healing, heeling, healer, heeler, hallage, haulage, wholesome, wholeness, wholly, wholesale, hallowed, hallowing, halloed, hallooing, hillocks, hillside, *hilly*, *hollowed*, *hollowness*, *hollowing*, *hollyhocks*, *helpful*, *helpless*, *helpmate*, *helpmeet*, *haliographer*, *heliographic*, *heliography*, *healthful*, *healthier*, *healthiest*, *healthily*, *helmsman*, *hilarious*.

NON-USE OF THE TICK *H* TO *L*.

In addition to the use of the tick *h* to upward *l*, the consonants *hl* are also written as follows—

1. Downward *h* and upward *l*.
2. Upward *h* and upward *l*.
3. Upward *h* and downward *l*.

The tick *h* and upward *l* are *not* employed in the following cases.

1. When *hl* are preceded by a vowel, the downward *h* and upward *l* are used; thus,

ahull.

2. When *h* is followed by a triphone and *l*, the upward *h* and downward or upward *l* are used; thus,

Howell, *hyaline*.

NOTE.—The stroke *l* is written downward or upward according to the rule for the use of final *l* after a straight upstroke, that is, downward when final and upward when followed by a vowel.

3. When *hl* are followed by circle *s* and stroke *n*, the upward *h* and downward *l* are used; thus,

hallucination, *hallucinatory*.

NOTE.—The writing of the upward *h* admits of the use of the downward *l* before *sn*, for the sake of the principle of similar motion, as is the case with initial *l* before *sn*.

4. In derivative and compound words the primitives of which are written with the downward *h*, the downward *h* is retained; thus,

hayloft, *highly*, *highlow*, *high-life*.

5. In distinguishing outlines; thus,

Highland, compare *Holland*;

Highlander, compare *Hollander*.

Strokes *R* and *RR*.

1. The tick *h* is prefixed to downward *r* when no vowel immediately follows the *r*; thus,

hair, hare, *hear, here*, *hoar*, *her*, *hire*, *harp*, *herb*, *harbour*, *hark*, *hearken*, *Harvey*, *harvest*, *hoarse*, *hearse, hers*, *horse*, *harsh*, *harm*, *harmony*, *hermit*, *horn*, *hernia*, *hurl*, *hart, heart*, *hoard*, *hard*, *heard, herd*.

2. The tick *h* is prefixed to the compound consonant *rer*; thus,

hearer, *hirer*.

Derivative Words.

The tick *h* is generally retained in derivative and compound words, the primitives of which are written with the tick *h* and downward *r*; thus,

hairbreadth, *haircloth*, *hairdressers*,

hairless, hairpin, hairstroke,

harebell, harebrained, hereby,

herein, hereof, hereon, hereunto,

hereupon, herewith, hoarfrost,

hireling, harper, herbal,

herbalism, herbalist, harbourer,

hearkener, harvester, hoarsely,

hoarseness, horseback, horse-breaker,

horse-chestnut, horse-guards, horse-jockey,

horse-leech, horseman, horse-shoe,

horse-tail, horsey, harsher, harshest,

harshness, harmful, harmonic,

harmonious, hermitage, hermitary,

hornbill, hornbook, horner,

hornpipe, heartburn, heart-broken,

heart-ache, hard-earned, harden,

hardness, hardly, herdsman.

NON-USE OF THE TICK *H* TO *R* OR *RR*.

In addition to the use of the tick ***h*** to downward ***r***, the consonants *hr* are also written as follows—

1. Downward ***h*** and downward ***r***.
2. Downward ***h*** and upward ***r***.
3. Upward ***h*** and upward ***r***.

The tick ***h*** and downward ***r*** are not employed as follows—

1. When *h* is preceded by a vowel or followed by a triphone and final ***r***, the downward *h* and downward *r* are used; thus,

ahorse, *O'Hare*, ***Howard.***

2. When *h-r* are followed immediately by a vowel, the upward *h* and upward ***r*** are used; thus,

hairy, ***hero***, *Harry*, ***Horace***, ***hurry***, *Harrop*, ***Horeb***, ***haricot***, ***horrify***, ***heresy***, ***Horatio***, ***heron***, ***harangue***, ***herald***, ***horology***, ***horoscope***, ***horrent.***

NOTE.— ***harem***, *horary*, the tick *h* and downward *r* are used, although a vowel follows ***r***, for the sake of a more legible outline.

3. When *h-r* are followed by ***t***, ***d***, ***j***, ***th***, ***w***, the upward ***h*** and upward ***r*** are used; thus,

Harriet, *Hardy*, *Herod*, ***Harwich***, ***hearth***, *Harwood*, *hoarded*, ***herded.***

The tick *h* is used in *hearty* for distinction; thus, (*hardy*.)

NOTE.—When the *r* occurs initially before the above strokes, the upward *r* must be used, and therefore the upward *h* is generally used before the upward *r*.

4. When *h* is followed by a triphone and *r*, the upward *h* and upward *r* are used; thus,

hieroglyph, *hierogram*, *hierology*,

hierophant, *hieroscopy*.

5. When *h* is followed by a triphone and the consonants *rr*, the downward *h* and upward *r* repeated are used; thus,

hierarchy, *hierarchal*, *hierarchical*.

6. When *h* precedes *rt* or *rtr*, the downward *h* and upward *r*, halved or doubled for *t* or *tr* respectively, are used; thus,

heritable, *heritage*, *heritor*.

7. In derivative and compound words the primitives of which are written with the downward *h*, the downward *h* is retained; thus,

hayrick, *highroad*, *higher*, *hewer*.

8. The tick *h* is not employed to the double consonant *rr* when any vowel other than *ĕ* occurs between final *rr*; thus,

horror.

TICK *H* USED MEDIALLY.

The tick *h* is not used medially in words, but is written to represent prepositional phrases; thus,

upon whom, *for whom*, *to whom*, *with whom*, *for her*, *of her*, *to her*, *with her*.

RULES FOR THE USE OF THE UPWARD *H*.

The sign chosen for the alphabetic stroke of the upward *h* is an additional method of representing the aspirate, and is more frequently used than any other form of *h* on account of the greater facility with which it joins to the majority of the strokes. When it occurs medially and finally, the circle is written in such a way that it cannot be read as the circle *s*, as will be explained in the course of this chapter.

The upward *h* is used initially, medially and finally, as follows—

Initially.

1. When *h* precedes a downstroke, excepting the strokes *r* (down), *h* (down), *rr*; thus,

hope, *hobby*, *hobble*, *haughty*, *heed*, *huddle*, *hatch*, *huge*, *huffy*, *heifer*, *heavy*, *hover*, *hovel*, *hazy*, *heath*, *heathen*, *hush*.

Note.—The above rule does not apply in the following cases—

(1) When *h* precedes final *r* or *rr*, the tick *h* and downward *r* or *rr* are used; thus,

hair, *hear*, *hearer*.

(2) In derivative and compound words the primitives of which are written with the downward *h*, the downward *h* is retained; thus,

heyday, *hay-fever*, *high-born*, *high-tide*, *high-toned*, *high-flyer*.

Note.—The word *hawthorn*, although a derivative word, is written with the upward *h* for the sake of a more facile outline.

2. When *h* precedes the simple curved strokes *n* or *ng*; thus,

Hannah, *henbane*, *Henty*, *Hindoo*, *hunch*, *hinge*, *hang*, *hung*, *Hengist*.

NOTE.—The above rule does not apply in derivative and compound words the primitives of which are written with the downward *h*, the downward *h* being retained; thus,

hay-knife, *highness*.

3. When *h* precedes the stroke *w*; thus,

Hawaii, *Hawaiian*, *Hiawatha*, *Heywood*.

NOTE.—The above rule does not apply in compound words the primitives of which are written with the downward *h*, the downward *h* being retained; thus,

highway, *highwayman*.

4. When *h* precedes the final sound of *s*, *z*, *ns* or *nz*, and the final circle is used; thus,

hiss, *Huss*, *hues*, *Hayes*, *hose*, *Hawes, hawse*, *Hughes*, *hance*, *hence*, *Haines*, *Hynes*.

5. When *h* precedes the final sound of *st* or *str*, and the final loop is used; thus,

haste, *host*, *hast*, *hoist*, *Hoster*.

6. When *h* precedes the final sound of *n*, *f* or *v*, and the final hook is used; thus,

Haine, *hone*, *hen*, *hewn*, *huff*, *heave*, *hive*.

7. When *h* precedes circle *s* or *z* and another stroke; thus, *hasp*, *husband*, *hesitate*, *husk*, *hyacinth*, *hazel*.

8. When *h* precedes horizontal straight strokes or *m*, initially hooked for *r* or *l* for final unaccented syllables; thus, *hawker*, *Hagar*, *heckle*, *haggle*, *hammer*, *hamper*, *hampered*, *Hamel*.

NOTE.—The above rule does not apply in compound words, the primitives of which are written with the downward *h*, the downward *h* being retained; thus, *High-Court*, *high-grade*, *high-class*.

9. When *h* precedes upward *r* as follows—

(1) When *h-r* are followed immediately by a vowel; thus, *Harry*, *Horace*, *Harrup*, *Horeb*, *haricot*, *horrify*, *heresy*, *Horatio*, *harangue*.

NOTE.—In *harem*, *horary*, the tick *h* and downward *r* are used, although a vowel follows *r*, for the sake of a more facile outline.

(2) When *h-r* are followed by *t, d, j, th, w;* thus, *Harriet*, *Hardy*, *Harwich*, *hearth*, *Harwood*.

NOTE.—The above rule does not apply in compound words the primitives of which are written with the downward *h*, therefore the downward *h* is retained; thus, *high-road*, *high-wrought*.

(3) When *h* is followed by a triphone and *r;* thus, *hieroglyph*, *hierogram*, *hierology*.

10. When *h* precedes stroke *l* as follows—

(1) When *h* precedes a triphone and *l*; thus,

Howell, *hyaline.*

NOTE.—When *h* precedes one vowel-sign and *l*, the tick *h* and upward *l* are used; thus, *hail*, *hole.*

(2) When *h* precedes *-lsn*; thus,

hallucination.

NOTE.—The above rule does not apply in derivative and compound words, the primitives of which are written with the downward *h*, the downward *h* being retained; thus,

highly, *Highland*, *Highlanders*, *hay-loft.*

11. When *h* stands alone with or without a final circle or hook and is halved for *t* or *d*; thus,

hate, *heat*, *hat*, *hit*, *hot*, *hut*, *height*,

hates, *hats*, *haunt*, *hunt*, *hind*, *hound*,

hounds, *haft*, *hafts*, *heaved.*

12. When *h* is finally hooked for *n* and written double-length to add the final unaccented syllables *tr* or *dr*; thus,

haunter, *hunter*, *hinder*, *hinder.*

13. In distinguishing outlines; thus

Highland, compare *Holland*; *hardy*, compare *hearty*; *heron*, compare *horn*; *heroine*, compare *hernia.*

Medially and Finally.

The upward *h* medially and finally is employed as follows :—

1. After downward *l* the stroke *h* medially is always written upward ; thus,

foolhardy, *foolhardiness*, *Fieldhouse.*

2. After *p, b, t, d, ch, j,* the left-hand curves *f, v, th,* TH, *n, ng,* the downward *h,* or the straight upstrokes, being the strokes to which the *h* can be written downward or upward, the upward *h* is used as follows—

(1) Medially when preceding the strokes or final attachments to which the upward *h* is used initially ; thus,

prohibit, prohibition, rehabilitate, top-heavy, peahen, Ispahan, upheave, uphold, behead, boyhood, babyhood, Badajos, behest, behave, behoof, behold, behind, bed-hangings, Tahapanes, Tahiti, Tehinnah, Tahanites, Tahan, Teheran, adhibit, adhibition, out-Herod, deadhead, addle-headed, dehiscence, adhesion, adhesive, dehortation, Jehovah, foothold, overhang, Thahash, withhold, unhesitating, unheeding, unhitch, unhinge, Nahash, enhance, enhanced, disinherit, downhearted, stony-hearted, high-heeled, Younghusband, rehash, Wahabee, high-hedged, hot-headed.

(2) Medially when preceding ***r*** or ***l***, the upward ***h*** is used for the sake of a more facile outline; thus,

abhor, abhorred, abhorrence, abhorrency, abhorrent, abhorrer, adhere, adhered, adherence, adherency, adherent, rehear, reheard, rehearse, rehearsed, rehearsal, rehearser, overhaul, downhaul.

(3) Finally, the upward *h* is used after all strokes excepting *n*, *ng*, or downward ***h***; thus,

Spahi, bohea, Tehee, Idaho,

hobbledehoy, *Jehu*, *Fohi*, *Wahoo*, *Yahoo*.

NOTE.—In the compound word *rough-hew*, the downward *h* is used to preserve the primitive form for *hew*.

(4) Finally in compound words, when the last part of the word, if written as a separate word, would be written with the upward *h*; thus,

playhouse, *taphouse*, *chop-house*, *pot-house*, *bee-house*, *clubhouse*, *outhouse*, *gatehouse*, *dye-house*, *Woodhouse*, *coffee-house*, *poorhouse*, *warehouse*, *weigh-house*, *whitehouse*, *hothouse*, *blood-heat*, *bloodhound*, *deadheat*, *slouch-hat*, *overheat*, *sleuth-hound*.

NOTE.—For other methods of representing the word *-house* in compound words see rule 3, dot *h* medially.

3. When medial *s* precedes *h* medially or finally, the upward *h* is used by enlarging the circle on the same side of the stroke as the circle of the upward *h*, to represent the circle *s* and the circle of the upward *h*; thus,

post-haste, *Fitzhugh*, *Fitzhenry*, *Fitzherbert*, *racehorse*.

4. The upward *h* is used after the small hook for *in-*; thus,

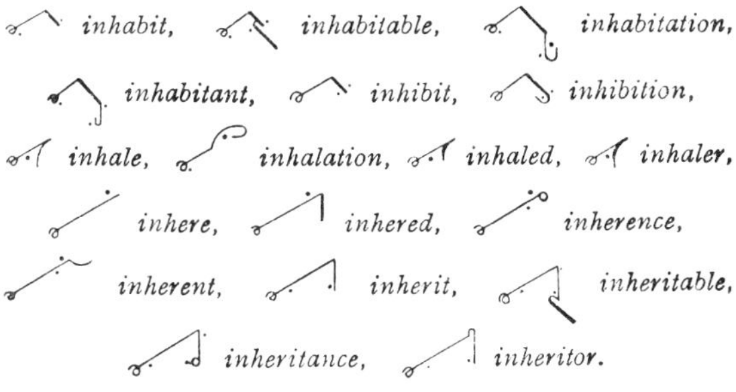

NOTES.

(*a*) The rules for the use of the stroke *h* medially and finally may be summarized thus—

1. After *k*, *g*, or the right-hand curves *s*, *sh* (down), *m*, *l* (up), *r* (down), the stroke *h* is written downward.

2. After downward *l* the stroke *h* is written upward.

3. After all strokes other than those mentioned in 1 and 2, the stroke *h* is written downward or upward in accordance with the rules which have been explained.

(*b*) When upward *h* follows another stroke, it must be so joined as not to be mistaken for *sr*.

(*c*) A comparison of the method adopted for writing the circle of the upward *h*, when following a straight or curved stroke, with the circle *s*, will be explained in the course of this chapter.

RULES FOR THE USE OF THE DOT *H*.

The fourth method of representing the Aspirate is by means of a light dot which is placed immediately before an aspirated vowel-sign, and which is an alternative to the use of the stroke *h*.

The dot *h* is never used initially, because it is necessary for the sake of legibility that the initial part of a word should have definite consonantal representation, and the use of the dot, especially in reporting, could not be relied upon.

The dot *h*, therefore, is used medially only, and in determining whether to employ the stroke or the dot *h*, the legibility of the outline must be considered, the dot being used instead of the stroke-forms when its omission would not interfere with the ready identification of the word.

Although the use of the dot *h* is not to replace the stroke forms entirely, it will be found convenient for the following reasons—

1. For the avoidance of lengthy outlines.

2. For outlines in which the use of the stroke *h* is awkward or impossible.

3. For words of frequent occurrence where the outline would be legible without the insertion of the aspirate.

The dot *h* is used as follows—

1. For the avoidance of lengthy outlines; thus,

reprehend, reprehensive, prehensile, apprehension, decahedral, decahedron, dihedral, octahedral, philharmonic, vehicle, unhealthy, unwholesome, upholster, Mahometan, Valhalla, vehemence, Newhaven, Sandhurst, Rotherhithe, Wolverhampton, Copenhagen, Blackheath, Kandahar, Stonehenge.

2. Where the use of the stroke is awkward or impossible; thus,

household, caseharden, exhume,

grasshopper, *maidenhair*, *goshawk*,

mishap, *mynheer*.

NOTE.—The above rule generally applies when *h* follows a circle or hook.

3. In words ending with the terminations *-hall*, *-head*, *-hill*, *-hole*, *-hood*, and *-house*; thus,

-hall: *townhall*, *Eccleshall*, *Vauxhall*,

Guildhall, *Whitehall*, *Mildenhall*,

Leadenhall.

-head: *Spithead*, *blunderhead*, *Peterhead*,

axehead, *bulkhead*, *Birkenhead*,

figure-head, *death's-head*, *drumhead*,

fountain-head, *Roundhead*,

mill-head, *Holyhead*, *Whitehead*,

-hill: *uphill*, *Edgehill*, *Bexhill*,

Foxhill, *Haverhill*, *Snowhill*,

downhill, *ant-hill*, *sandhill*,

Notting Hill, *Cornhill*,

mole-hill, *Muswell Hill*.

-hole : *peep-hole, dust-hole, touch-hole, stoke-hole, sink-hole, armhole, pinhole, vent-hole, bung-hole, air-hole, port-hole, mole-hole.*

-hood : *neighbourhood, widowhood, monkhood, monk's-hood, wifehood, fatherhood, sisterhood, nationhood, womanhood, knighthood, girlhood, livelihood, likelihood, falsehood.*

NOTE.— *brotherhood* and *priesthood* may be contracted.

-house : *penthouse, town-house, coach-house, watch-house, pigeon-house, glasshouse, greenhouse, ice-house, washhouse, alms-house, manor-house, charnel-house, senate-house, roundhouse, eating-house, lodging-house,*

-house: *boarding-house,* *dwelling-house,* *storehouse,*

NOTES.

(*a*) The stroke *s* is used for the compound words ending in *-house* when neither nor will join well. This applies after the strokes *ch, j, s, sh, n, ng, r* (down), a circle or a hook.

(*b*) After the strokes *k, g, m* or *l* (up), *-house* is written with the downward stroke *h* and circle *s*; thus,

bakehouse, *blockhouse,* *schoolhouse,* *workhouse,* *Brighouse,* *loghouse.* *farmhouse,* *summerhouse,* *alehouse,* *toll-house,* *lighthouse,* *wheel-house.*

(*c*) After the strokes *p, b, t, d, f,* or the straight upstrokes, the upward form is used. For examples see page 194.

Compound Words.

In the case of words written with the stroke or tick *h*, when they form the terminations of compound words and the stroke or tick cannot be conveniently used, the dot *h* is employed; thus,

stronghold, *freehold,* *freeholder,* *leasehold,* *leaseholder,* *shareholder,* *penholder;* *sweetheart,* *open-hearted,* *kind-hearted,* *faint-hearted,* *warm-hearted,* *hard-hearted,* *light-hearted,* *false-hearted;*

post-horse, *hobby-horse*, *dray-horse*, *coach-horse*, *rocking-horse*; *sheep-hook*, *boathook*, *tenter-hook*, *fish-hook*, *pruning-hook*, *reaping-hook*; *powder-horn*, *greenhorn*, *hartshorn*; *goatherd*, *neatherd*, *swineherd*; *foxhound*, *staghound*, *greyhound*, *sparrow-hawk*, *night-hawk*, *thorn-hedge*, *hedgehog*, *steam-hammer*, *jews'-harp*, *pot-herb*, *bell-hanger*, *clodhopper*, *tuft-hunter*, *fortune-hunter*.

NOTES.

(*a*) The dot *h* cannot be used after a stroke; thus, *Appii*, not *Ap-hy*.

(*b*) The dot *h* is always used before a stroke.

(*c*) In placing the dot *h* before a dot vowel-sign it must be written immediately before the dot in such a way that the two dots appear at right-angles to the stroke, which can be shown by uniting the two dots by means of a straight stroke; thus, *mishap*, *Leatherhead*, *vehicle*, *Redhill*, *mishear*; but when the dot *h* is placed berore a dash vowel-sign, it is written above or before the dash vowel-sign, according to whether the stroke is written up or down; thus, *loophole*, *manhood*.

STROKE *H* MEDIALLY AND FINALLY.

A COMPARISON OF THE CIRCLE OF THE *H* WITH THE CIRCLE *S*.

As some students may find a little difficulty in the method of writing the circle of the stroke ***h*** when it occurs medially, it may be as well to give an exhaustive comparison of the circle of the ***h*** with the circle *s*, with which it is so often confused.

In writing the stroke ***h*** when following another stroke, there are three points to be observed—

1. It must be so written that the circle and the downstroke cannot be read as *s-ch*, or the circle and the upstroke as *s-r*.

2. The circle must be written on the same side of the stroke as when ***h*** stands alone.

3. Its finished outline is precisely the same as when it stands by itself, whether the circle is written with the right-hand or left-hand motion.

The following comparison will show the difference between the method of writing the circle of the stroke *h* and the circle *s* medially, in addition to giving in detail the various strokes to which the downward or upward form of the stroke ***h*** is used.

Following a Straight Stroke.

1. Circle *s* between two straight strokes running in the same straight line, is written with the left-hand or back motion; thus,

 *chs-ch,*  *js-ch,*  *racer,*  *wiser,*  *ys-r,*  *Hussar.*

2. The circle of the downward or upward *h* between two straight strokes running in the same straight line is written with the right-hand or forward motion; thus,

 *Jehoiakim,*  *Ha-ha,*  *rehearse,*  *weigh-house,*  *Yahoo,*  *hot-house.*

3. The circle *s* between two straight strokes forming an angle is written outside the angle; thus,

beseech, *observe*, *desirous*, *exchequer*, *gazer*.

4. The circle of the downward or upward *h*, between two straight strokes forming an angle, must be so written that it cannot be mistaken for the circle *s*, and is written with the right-hand or left-hand motion, according to whether the straight stroke of the aspirate is written downward or upward as follows—

(1) After *p*, *b*, *t*, *d*, *ch*, *j*, *r* (up), *h*, the *h* is written downward or upward, the circle of the downward *h* being written with the right-hand motion, and the circle of the upward *h* being written with the left-hand motion; thus,

Liphook, *upheave*, *Bohemia*, *behead*, *Trehawke*, *dehumanize*, *outhouse*, *Tahiti*, *adhesive*, *adhere*, *Jehovah*, *rehum*, *high-heeled*.

NOTE.—The above rule would apply to all the straight upstrokes other than *r* (up) if any such cases occurred.

(2) After *k*, *g*, the *h* is only written downward, the circle being written with the right-hand motion; thus,

cohere.

Following a Curved Stroke.

1. Circle *s* between a curve and a straight stroke is written inside the curve with the right-hand or left-hand motion according to the motion of the curve; thus,

officer, *sympathizer*, *non-such*, *answer*, *analyzer*, *mischief*.

2. The circle of the downward or upward *h* between a curve and a straight stroke must be so written that it cannot be mistaken for the circle *s*, and is struck with the right-hand or left-hand motion according to whether the straight stroke of the aspirate is written downward or upward, as follows—

1. After all right-hand curves the stroke *h* is written downward; thus,

(1) After *s* and *sh* the circle is written inside the curve; thus,

 *Soho*,  *Sheehy*.

NOTE.—These are the only cases in which the circle of the stroke *h* appears like circle *s*, but as the combinations *s-s-ch*, *sh-s-ch*, do not occur initially in the English language, it is safe as the circle of the aspirate.

(2) After *m*, *l* (up), *r* (down), the circle is written outside the curve; thus,

 *Mohair*,  *Elihu*,  *Aarhuus*.

2. After all left-hand curves, excepting downward *l*, the *h* is written downward or upward, as follows—

(1) After *f*, *v*, and *th*, *TH*, the circle is written inside the curve; thus,

 *rough-hew*,  *coffee-house*, 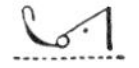 *overhead*,

 *Thahash*,  *withhold*.

(2) After *n* and *ng*, the circle is written inside the curve with the downward *h*, and outside the curve with the upward *h*; thus,

 *Nehemiah*,  *Shanghai*,  *enhance*,

 *Younghusband*.

(3) After downward *l*, *h* is written upward, the circle being written inside the curve; thus,

 *foolhardy*.

NOTES.

(*a*) On analyzing the motion of writing the circle of the stroke ***h***, it will be found that the circle of the downward ***h*** is written with the right-hand motion (the same as when it stands alone) after all the strokes, and the circle of the upward ***h*** is written with the left-hand motion (the opposite direction as when it stands alone) to all strokes, except :—

(1) The left-hand curves ***n*** and ***ng*** ; thus, 

(2) The straight upstrokes ***r***, ***w***, ***y***, ***h*** ; thus,

(*b*) A further analysis will show that the circle is written inside all the curves excepting :—

(1) The right-hand curves ***m***, ***l***, ***r*** ; thus, 

(2) The left-hand curves, ***n*** and ***ng*** ; thus, 

The teacher will find the following summary of what has just been explained with regard to the comparison of the circle of the stroke ***h*** when following another stroke with the circle *s*, of very great assistance, especially in class teaching, when he is recommended to put the examples on the blackboard and then explain particularly the motion in which the circle is written. The small arrow will show the motion of the circle.

ph, ***ps ch***, ***ph***, ***ps r***, ***th***, ***tsr***, ***jh***, ***js ch***, ***jh***,

jsr, ***kh***, ***ks ch***, ***fh***, ***fs ch***, ***fh***, ***fsr***, ***th h***, ***th sr***,

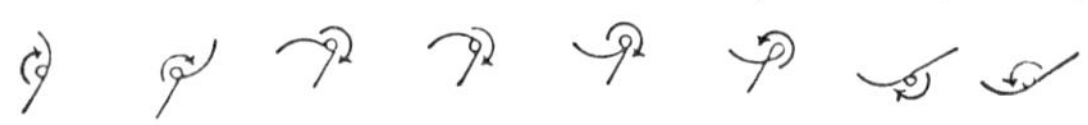

sh, ***sh h***, ***mh***, ***ms ch***, ***nh***, ***ns ch***, ***nh***, ***nsr***,

l (up) ***h***, ***ls ch***, ***l*** (down) ***h***, ***lsr***, ***rh***, ***rs ch***, ***rh***,

rs ch, *rh*, *rsr*, *wh*, *wsr*, *yh*, *ysr*, *hh*,

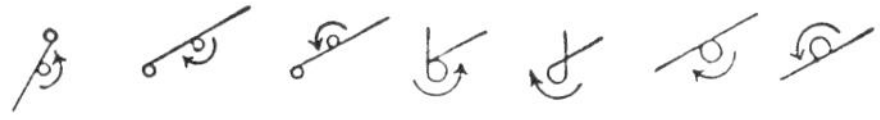

hs ch, *hh*, *hsr*, *tsh*, *tssr*, *rsh*, *rssr*.

Notes.

(*a*) What applies to the thin strokes applies to the corresponding thick ones.

(*b*) The combinations *s-s-ch*, *sh-s-ch*, do not occur initially in the English language.

(*c*) In stating the rule for the use of the downward or upward *h* after another stroke, it may be said that the same stroke is generally written after a stroke as is written before a stroke with the exception of *k*, *g*, the curved strokes to which the tick *h* is used initially, namely, *m*, *l*, (up), *r* (down) and downward *sh*, in which cases the downward *h* is invariably written.

(*d*) From the examples given above it will be observed that some of the strokes take either the upward or downward *h*, the stroke which follows the aspirate being the determining factor, while in other cases only the downward or upward form is used. It may be summed up as follows:

1. The stroke *h* is written downward only after *k*, *g*, *s*, *sh*, *m*, *l* (up), *r* (down).

2. The stroke *h* is written upward only after *l* (down).

3. The stroke *h* is written downward or upward after *p*, *b*, *t*, *d*, *ch*, *j*, *f*, *v*, *th*, *TH*, *n*, *ng*, the straight upstrokes, and *h* (down).

(*e*) When the circle *s* is immediately followed by the aspirate, after *t* and *r* (up), the upward *h* is employed, by making a large circle on the same side of the stroke as medial stroke *h*, to represent the circle *s* and the circle of the aspirate; thus,

 *Fitzhugh*, 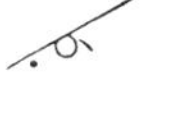 *racehorse*.

Summary.

1. The downward *h* is used when *h* is the only consonant sounded in a word, and in compound words the primitives of which are written with the downward *h*.

2. The downward *h* is used when preceding the simple straight strokes *k* or *g*.

3. The downward *h* is used before *m*, *l* (up), *r* (down), when preceded by a vowel or before *m* or *r* (down) if followed by a triphone.

4. The downward *h* is used to provide a briefer, more compact and more easily vocalized outline than is secured by the upward *h*.

5. The downward *h* is used medially and finally, as follows :—

(1) After *k*, *g*, the right-hand curves *s*, *sh* (down), *m*, *l* (up), *r* (down), it is always written downward.

(2) After *p*, *b*, *t*, *d*, *ch*, *j*, the left-hand curves *f*, *v*. *th*, *TH*, *n*, *ng*, the straight upstrokes and *h* (down), the downward *h* is used when followed by strokes to which the downward or tick *h* is used initially ; after *n*, *ng*, or *h* (down), final *h* is downward.

6. The tick *h* is used before *m*, *mp* or *mb*, upward *l* with or without a vowel following *l*, downward *r* when no vowel immediately follows *r*.

7. The upward *h* is used preceding a downstroke, the simple curved strokes *n*, *ng*, and the stroke *w*.

8. The upward *h* is used when followed by the final sound of *s*, *z*, *ns*, *nz*, *st*, *str*, the final circle or loops being used ; also preceding circle *s* and another stroke.

9. The upward *h* is used before horizontal strokes initially hooked for *r* or *l*, and for final unaccented syllables.

10. The upward *h* is used preceding upward *r* followed by a vowel or followed by the stroke *t*, *d*, *j*, *th*, *w*, or if a triphone occurs between *h* and *r*.

11. The upward *h* is used before *l* when a triphone occurs between *h* and *l* ; when *h* precedes *sn* or final *ld*.

12. The upward *h* is used when standing alone and the halving or doubling principles apply.

13. The upward *h* medially and finally is used as follows—

(1) After downward *l*, always upward.

(2) After *p*, *b*, *t*, *d*, *ch*, *j*, the left-hand curves *f*, *v*, *th*, *TH*, *n*, *ng*, the straight upstrokes, and *h* (down), the upward *h* is used when followed by strokes to which the upward *h* is used initially; finally the upward *h* is used after all strokes excepting *n*, *ng*, or downward *h*.

(3) The upward *h* is combined with circle *s* by enlarging the circle on the same side of *p*, *t*, *r* (up) as the circle of medial *h* to represent *s* and *h*.

14. The dot *h* is used medially to avoid long outlines, where the stroke is impracticable, and in words with the frequent terminations *-hall*, *-head*, *-hill*, *-hole*, *-hood*, and *-house*, also in a large number of compound words and proper names where the stroke would not join conveniently or produce long outlines.

Chapter 16.

DOWNWARD AND UPWARD *R*.

THE liquid consonant *r* is the most frequently occurring consonant in the English language. In Pitman Shorthand there are three methods employed for its representation, two alphabetic strokes, and a small initial hook.

As the rules for the use of the small initial hook for *r* have been fully explained in Chapter 9, we shall now proceed to deal with the rules for the use of the stroke forms.

Students generally experience some difficulty with regard to the vowel-sounds which precede the consonant *r*, and either look upon the *r* as equivalent to a vowel or disregard it altogether. It will be advisable to point out to students that wherever the consonant *r* occurs in the spelling of a word it has definite consonantal representation, and thus secures a distinction between such pairs of words as *pa* and *par*, *fa* and *far*, *daw* and *door*, *Shaw* and *shore*. In the case of the word *Worcester*, however, the first *r* is not sounded and therefore must not be written, while in the word *colonel*, there is a sound of *r* although there is no *r* in the spelling.

As has been pointed out, students experience some difficulty with regard to the vowel-sound before the consonant *r*, and we refer readers to some very valuable directions on this subject which will be found on pages ix and x of the " Introduction " to the New Era Edition of *Pitman Shorthand Instructor*, and which, if carefully studied, will prove of considerable assistance to the student in determining which vowel must be used.

In formulating the rules for the use of the stroke forms of *r*, the four following principles are observed :—

1. The avoidance of awkward outlines.
2. Vowel Indication.
3. Lineality.
4. Preservation of primitive forms.

It should be observed that the avoidance of awkward outlines is given as the primary principle because this has precedence over every other principle.

Rules for the Use of the Stroke Forms of *R*.

Standing alone, that is, the only Stroke in a Word.

When *r*, not initially circled or looped, is the only stroke in a word, it is written as follows :—

1. When preceded by a vowel, the downward *r* is used; thus,

air, *ear*, *oar*, *err*, *era*, *aura*, *array*, *arrow*, *awry*, *arise*, *arrest*, *arrester*, *earn*, *oration*.

2. When *not* preceded by a vowel, the upward *r* is used; thus,

ray, *raw*, *row*, *rue*, *rye*, *row*, *Roy*, *race*, *raise*, *roast*, *raised*, *roaster*, *run*, *rough*, *rave*, *ration*.

Notes.

(*a*) The object of the above rules is vowel indication.

(*b*) When *r* stands alone and is preceded and followed by a vowel, the preceding vowel determines which form of *r* is to be used.

(*c*) Final attachments do not govern the rules for the use of stroke *r* when standing alone.

Joined to another Stroke.

When *r* is joined to another stroke it is written as follows :—

Initially.

The downward *r* is written initially as follows :—

1. When preceded by a vowel and followed by any stroke excepting *t, d, ch, j, th, Th, w, kl, gl, gw*; thus,

orpin, *Arab*, *ark*, *organ*, *orphan*.

Irving, *Orissa*, *Irish*, *arena*, *orang-outang*, *earl*, *arrear*, *orrery*.

2. Always preceding *m*, *mp*, or *mb*, with or without a preceding vowel, for the sake of a more facile outline; thus,

arm, *ram*, *ramp*, *rampage*, *rampancy*, *romp*, *rompish*, *rhomb*, *rhombic*, *rhomboid*, *rhombus*.

The upward *r* is written initially as follows:—

1. When not preceded by a vowel and followed by any stroke excepting, *m*, *mp*, *mb* or downward *r*; thus,

rap, *robe*, *rate*, *raid*, *rich*, *rage*, *rake*, *rag*, *refuse*, *revise*, *wreath*, *wreathe*, *racy*, *rosy*, *rush*, *rouge*, *rainy*, *rang*, *rill*, *rare*.

2. When preceded by a vowel and followed by the strokes *t*, *d*, *ch*, *j*, *th*, *TH*, *w*, *kl*, *gl*, *gw*, to avoid an awkward outline; thus,

artesian, *arrayed*, *arch*, *origin*, *Erith*, *Arthington*, *Irawadi*, *oracle*, *argal*, *Uruguay*.

NOTES.

(*a*) If no vowel precedes *r* followed by the above-mentioned strokes the upward *r* is written according to rule 1.

(*b*) When the above-mentioned downstrokes are initially hooked for *r*, the downward *r* is written if preceded by a vowel; thus, *Ardrossan*, *archer*, *urger*, *Arthur*.

3. In the words *ornament* and its derivatives, and *ursiform*, for the sake of the briefer and more facile outline than would be obtained by the use of the downward *r*; thus,

ornament, *ornamental*, *ornamentation*, *ursiform*.

4. When initial *rt* is preceded by a vowel and followed by *ch*, *f*, or *kl*; thus,

artichoke, *artifice*, *artificial*, *article*.

NOTE.—If no vowel precedes initial *rt* before the above-mentioned strokes, the upward *r* is written according to rule 1.

NOTES.

(*a*) It should be observed that the downward *r* is written when preceded by a vowel, providing an easily-written outline is obtained, but the upward *r* is only written when preceded by a vowel if the use of the downstroke would result in an awkward outline; thus the avoidance of an awkward outline is of more importance than the observance of the principle of vowel indication.

(*b*) When *r* is the first sound in a word, the upward *r* is always written excepting when followed by *m*, *mp*, *mb*.

Finally.

The downward *r* is written finally as follows:—

When no vowel follows, provided a convenient outline is obtained; thus,

pair, *bear*, *tear*, *dare*, *char*, *jeer*, *car*, *gore*, *fair*, *veer*, *eyesore*, *Czar*, *share*, *azure*, *mar*, *empire*, *Nore*, *singer*, *lair*, *error*, *Lahore*, *hair*, *hoar*.

The upward *r* is written finally as follows :—

1. When a vowel follows ; thus,

Perry, *berry*, *tyro*, *dairy*, *cherry*, *Jerry*, *carry*, *gory*, *ferry*, *vary*, *thorough*, *zero*, *sherry*, *marry*, *narrow*, *Laura*, *aurora*, *hairy*, *hoary*,

2. Always after a single straight upstroke ; thus,

rare, *rear*, *aware*, *yore*, *abhor*, *where*.

Notes.

(*a*) The use of the downward *r* after a single straight upstroke would result in an awkward outline; besides the two straight upstrokes can be written practically with the ease of one.

(*b*) After two straight upstrokes the downward *r* is used to avoid writing three strokes without an angle, which would be ambiguous, and also for the sake of lineality ; thus,

rarer, *abhorer*.

If a circle or hook *f* or *v* intervenes, the final *r-r* or *r-tr*, is written upward, although we get three straight upstrokes or the equivalent thereof ; thus, *rehearse*, *referrer*, *resorter*, *reverter* ; also in derivative words the primitives of which are written with the upward *r* followed by *s* ; thus *harass*, *harasser* ; *rehearse*, *rehearser* ; *polarize*, *polarizer*.

3. After two descending strokes the second of which is not *f* or *v*; thus,

 *prepare*,  *debar*,  *registrar*,  *bridler*,  *abjure*,  *treasurer*,  *firmer*, 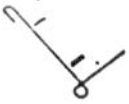 *proposer*,  *parser*,  *fiercer*, 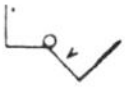 *taxpayer*,  *ratepayer*,  *horse-power*,  *hairdresser*, 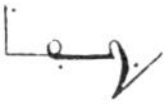 *tax-gatherer*,  *shooting-star*.

NOTES.

(*a*) The object of the above rule is to maintain lineality, *i.e.*, to avoid going too far below the line which would interfere with the line below.

(*b*) The above rule applies to compound words as will be seen by the examples.

(*c*) After the left-hand curves *f* or *v*, the downward *r* is used although preceded by two descending strokes; thus,

 *pacifier*,  *decipherer*,  *favourer*,  *endeavourer*.

(*d*) In the past tense of verbs the final *rd* is written downward; thus,  *prepared*,  *aspired*,  *debarred*,  *abjured*.

(*e*) After double-length straight downstrokes finally hooked for *n*, the downward *r* is used, but after curved double-length downstrokes the upward *r* is used if convenient; thus,  *plunderer*,  *blunderer*,  *tenderer*, but  *thunderer*,  *charterer*.

(*f*) Observe *predecessor* is written with the downward *r* and *producer* with the upward *r*.

The word *popular* is written with the downward *r* as it does not necessitate writing two strokes below the line.

(*g*) In distinguishing outlines; thus, *Dunbar*; compare *Edinburgh*.

4. After the straight horizontal or straight upstrokes, or left-hand curves followed by circle *s*, to avoid an awkward combination; thus,

accuser, *cruiser*, *closer*, *quizzer*, *squeezer*, *guesser*, *grocer*, *glazier*, *riser*, *wiser*, *hussar*, *sacrificer*, *reviser*, *sympathizer*, *denouncer*, *analyser*.

NOTE.—The word *-work* following *ks* or *gs* retains the downward *r*; thus, *wax-work*, *gas-works*, *guess-work*, *glass-works*, also *taxiarch*.

5. After *kr*, *gr*, *skr*, *swgr*, to balance the outline; thus, *crore*, *crier*, *grower*, *succourer*, *swaggerer*, *staggerer*.

6. When *r* is finally hooked for *n*, *f*, *v* or *shun*, and follows another stroke; thus,

spurn, *barn*, *turn*, *darn*, *churn*, *adjourn* *cairn*, *garn*, *fern*, *thorn*, *shorn*, *morn*, *learn*, *turf*, *carve*, *scarf*; *portion*, *coercion*, *assertion*, *immersion*.

NOTES.

(*a*) When "*rn*" is not joined to another stroke, the downward *r* is used if preceded by a vowel; thus, *earn*.

(*b*) Downward *r* finally hooked is more conveniently written with the downward *r* in the following cases:— *discern*, *secern*, *Nairn*, but *discernment*, which is more definite than as it might resemble *discerning*, when rapidly written.

(*c*) Final *r* after the straight upstroke finally hooked for *n* or forward *shun*, is written with the downward *r*; thus, *burner*, *foreigner*, *apportioner*.

7. After straight downstrokes or straight upstrokes finally hooked for *f* or *v* when an accented vowel occurs between *f* or *v* and *r*; thus,

prefer, *defer*, *divorce*, *refer*.

8. After the *shun* hook when more conveniently written than the downward *r*; thus,

probationer, *stationer*, *fashioner*, *pensioner*.

9. Where necessary to avoid an awkward outline; thus,

thor, *luckier*, *liqueur*.

NOTE.—When final *thr*, *THr*, follows another stroke and a diphone occurs between *ith* or *THee* and the *R*, the initially hooked stroke is used to avoid an awkward outline; thus,

healthier, *wealthier*, *clothier*.

10. In distinguishing outlines; thus, *pure* and its derivatives, compare *poor* and its derivatives.

Medially.

When *r* occurs medially both the downward and upward form of *r* is available, the choice of form being determined by the more convenient joining.

As the strokes of the Phonographic Alphabet are mostly downstrokes, the upward *r* is generally used medially because it joins more conveniently.

Upward R Medially.

The upward *r* is written medially as follows :—

1. When followed by a downstroke ; thus,

party, *pardon*, *paraphrase*, *Perth*, *parish*, *burden*, *tardy*, *deride*, *charity*, *charge*, *garble*, *farthing*, *Pharisee*, *avaricious*.

2. When followed by the horizontal strokes *k, kr, kl, g, n* or *sn* ; thus,

park, *spark*, *Parker*, *bark*, *Barker*, *bargain*, *tyranny*, *corny*, *garrison*, *spherical*, *mark*, *America*, *miracle*.

3. When followed by an upstroke ; thus,

superior, *career*, *carraway*, *gorilla*, *Darwin*, *doorway*.

4. When *h* precedes and a vowel follows *r* ; thus,

Harrop, *Horeb*, *haricot*, *horrify*, *heresy*, *Horatio*, *hairiness*.

NOTE.—For other examples of upward *r* after *h* see rules for the non-use of tick *h-r*, pages 186–7.

5. In derivative and compound words the primitives of which end with the upward *r*, provided a convenient outline is obtained; thus,

sparkle, *dreariness*, *drearily*, *chargeable*, *chariness*, *charily*, *thorough-paced*, *thoroughfare*, *thoroughness*, *thoroughly*.

Downward R Medially,

The downward *r* is written medially as follows :—

1. When preceding a right-hand curve or an initially hooked stroke provided a convenient joining is obtained; thus,

fortress, *fardel*, *farther*, *Newark*, *neural*, *neuralgia*, *neurology*, *quarrel*, *quarter*, *larder*, *scorcher*, *lurcher*, *scourger*.

2. When preceding stroke *m*; thus,

Parma, *barium*, *Coram*, *form*, *forum*, *Osram*, *Miriam*, *memoriam*, *emporium*, *ante-room*, *drawing-room*, *alarm*, *alarum*, *quorum*, *squirm*.

NOTES.

(*a*) In compound words, the primitives of which end with the upward *r*, the upward *r* is retained; **thus,** *juryman*, *jury-mast*, *countryman*, *ferryman*, *artilleryman*, *rearmouse.*

(*b*) After *th* the upward *r* is more convenient before *m*; thus, *theorem.*

3. When *h* precedes and no vowel immediately follows *r*; thus,

harp, *herb*, *hark*, *Harvey*, *harsh*, *harm*, *harness*, *hurl.*

4. When *k*, *kl*, *g*, *f*, *v*, *l* (up) immediately precedes *r* and *k* or *g* follows with no vowel after *r*; but if a vowel follows, the upward *r* is used; thus,

Cork, *Carrick*; *clerk*, *cleric*; *Garrick*; *fork*, *ferric*; *forego*, *farrago*, *varicose*; *lark*, *lyric.*

5. In derivative words the primitives of which end with the downward *r*, provided a convenient outline is obtained, thus,

powerful, *sparseness*, *tiresome*, *terseness*, *farcical*, *forcible*, *fairness*, *fairly.*

NOTES.

(*a*) When the use of the downward *r* is awkward, the upward *r* is used; thus, *bare*, but *barefaced*; *force*, but *forceful*; *moor*, but *moorhen.*

(*b*) In the termination *-ingly*; thus, *spare*, *sparingly*; *admire*, but *admiringly*; *jar*, *jarringly*.

The word *unerringly* retains the downward *r*.

(*c*) Words ending in *-rial*, *-ral* or *-rhal* are written with the upward *r*; thus, *armorial*, *mayoral*, *catarrhal*.

R Initially Circled or Looped.

Standing alone, that is, the only Stroke in a Word.

When *r*, initially circled or looped, is the only stroke in a word it is written as follows :—

1. When not followed by a vowel, the downward *r* is used; thus,

cere, *sear*, *sore*, *sir*, *sire*, *sour*, *sorn*, *concern*, *swear*, *swore*, *sworn*, *stair*, *stare*, *steer*, *store*, *star*, *stir*, *stern*.

2. When followed by a vowel the upward *r* is used; thus,

Sarah, *sorrow*, *sorry*, *sorriest*, *sorest*, *series*, *serious*, *serene*, *ceroon*, *siren*, *seraph*, *ceriph*, *soiree*, *starry*, *story*, *Styria*.

3. When finally hooked for *f* or *v*, although no vowel follows *r*, the upward *r* is used to facilitate the use of the final hook as the final sound in the word; thus,

serf, *serve*, *conserve*, *swerve*, *starve*.

4. When halved for final *t*, with or without a vowel after *r*, the upward *r* is used; thus,

cerate, *cerite*, *concert*, *consort*, *seriate*, *serrate*, *sort*.

NOTES.

(*a*) The object of the above rules is vowel indication.

(*b*) When *r* is initially circled or looped and not followed by a stroke consonant, it follows the general rule for final *r*, that is, downward *r* when the final sound and upward *r* when followed by a vowel.

(*c*) When *r* is the only stroke consonant in a derivative word, the vowel governs the form of *r* to be used, as will be seen by the above examples.

(*d*) Final attachments do not govern the rules for the use of stroke *r* initially circled or looped when standing alone.

Followed by a Stroke.

When *r* is initially circled or looped and followed by a stroke consonant, it is written as follows:—

The upward *r* is written as follows:—

1. When followed by a downstroke; thus,

syrup, *surplus*, *sorb*, *serotine*, *cerasite*, *serosity* *sardine*, *search*, *surge*, *surface*, *service*, *ceraceous*, *swarth*, *stirrup*, *sturdy*, *sturgeon*. *starch*,

2. When followed by a vowel and then by *k* or *g* or *br*; thus,

ceric, *sirocco*, *suricate*, *surrogate*, *Sirach*, *Syriac*, *Syracuse*, *Saragossa*, *storax*, *cerebral*.

3. When followed by *kl*, *n*, *ng*, *w* or *sn*; thus,

circle, *syringe*, *surname*, *serenade*, *syrinx*, *syringa*, *syringotomy*, *Sarawak*, *Circean*, *sarsen*, *Saracen*, *sarcenet*, *sturionian*, *consternation*, *sternutation*, *Stornoway*.

4. When halved for final *d*; thus,

sword, *sward*, *starred*.

5. When used for *cir-* in the prefix *circum-*; thus,

circumscribe, *circumference*, *circumflex*, *circumnavigated*.

6. In derivative and compound words the primitives of which are written with the upward *r* provided a convenient joining is obtained; thus,

sorrowed, *sorrowful*, *sorrily*, *sorrier*, *cereal*, *serial*, *seriousness*, *seriously*, *serenely*, *sereneness*, *serenity*, *server*, *searchable*, *serviceable*, *swarthy*, *swarthiness*, *swarthily*, *sturdiest*, *sturdiness*, *sturdily*, *sturdier*, *circular*, *serially*, *sword-belt*, *swordsmen*.

NOTE.—When the upward *r* is awkward or impossible the downward *r* is used; thus,

search, but *searcher*; *starch*, but *starcher*, *arch*, but *archer*.

The downward *r* is written as follows:—

1. When no vowel follows and *r* is followed immediately by *k* or *g*; thus,

sark, *circus*, *sarcasm*, *circuit*, *sorgo*, *stark*, *stork*.

2. When followed by stroke *m*, *l* (up), *r* (down), or *nl*; thus,

ceremony, *ceromancy*, *cerium*, *cerumen*, *sermon*, *surly*, *sirloin*, *swarm*, *swirl*, *storm*, *sterile*, *sterling*, *sternal*.

3. In derivative and compound words the primitives of which are written with the downward *r*, provided a convenient joining is obtained; thus,

cerecloth, *soreness*, *sorely*, *sourish*, *sourness*, *sourly*, *sorner*, *staircase*, *stairway*, *steersman*, *storekeeper*, *storehouse*, *storeship*, *storeroom*, *star-gazer*, *star-flower*, *starlike*, *star-spangled*, *stern-post*, *stern-board*, *stern-chase*, *sterner*, *sternness*, *sarcastic*, *circuitous*, *circuity*, *stark's-bill*, *ceremonious*,

ceremonial, *sermonize*,

sermonizer, *surliness*,

storminess, *stormier*, *sterility*,

sterilize.

NOTE.—When the downward *r* is awkward or impossible, the upward *r* is used; thus, *steer*, but *steerage*; *stern*, but *sternmost*.

SUMMARY.

1. When *r*, not initially circled or looped, is the only stroke consonant in a word, or occurs initially, it is written downward when preceded by a vowel and upward when *not* preceded by a vowel.

2. Initial *r* preceding ***m***, ***mp***, **or** ***mb*** is written downward; but preceding *t*, *d*, *ch*, *j*, *th*, *Th*, *w*, *kl*, *gl*, *gw*, it is written upward in both cases with or without a preceding vowel.

3. The upward ***r*** is used for initial *r* in the words *ornament* (and its derivatives) and *ursiform*.

4. The upward ***r*** halved is used for initial ***rt*** preceded by a vowel and followed by *ch*, *f* or *kl*.

5. Final *r* is generally written downward when no vowel follows and upward when a vowel follows.

6. Final *r* is written upward after a single straight upstroke and after two downstrokes the second of which is not *f* or *v*.

7. After straight horizontal or straight upstrokes or left-hand curves followed by circle *s*, the upward ***r*** is used.

8. When *r* is hooked finally and follows another stroke, the upward *r* is used.

9. After straight downstrokes or straight upstrokes finally hooked for *f* or *v* the upward *r* is used finally.

10. The upward *r* is used finally after the *shun* hook, or where necessary to avoid an awkward outline, or for distinguishing outlines, provided it is more convenient than the downward *r*.

11. Medially, the upward *r* is generally used before downstrokes, horizontal or upstrokes; but downward *r* is used before a right-hand curve or an initially hooked stroke; before stroke *m*; after *h* when no vowel follows *r*; and after *k*, *kl*, *g*, *f*, *v*, *l* (up) immediately preceding *k* or *g* and no vowel follows *r*, but if a vowel follows the upward *r* is used.

12. When *r*, initially circled or looped is the only stroke consonant in a word, it is written downward when not followed by a vowel, and upward if followed by a vowel; but when finally hooked for *f* or *v*, or halved for *t*, it is written upward with or without a following vowel.

13. Stroke *r*, initially circled or looped, and followed by a stroke consonant, is written upward before a downstroke; when a vowel follows *r* immediately followed by *k* or *g*, also when followed by *kl*, *n*, *ng*, *w* or *sn*; before final *l* (down) and when *r* is halved and thickened for *d*.

The downstroke *r* is used when no vowel follows *r* immediately followed by *k* or *g*; when followed by *m*, *l* (up), *r* (down) or *nl*.

14. Derivative words are written with the same form of *r* as the primitive word, provided a convenient outline is obtained; otherwise use the stroke which is the more convenient for joining.

Chapter 17.

UPWARD AND DOWNWARD *L*.

THE liquid consonant *l* is represented in Phonography in two ways, first, by means of initial hooks, a small initial hook to straight strokes and a large initial hook to curves, the rules for the use of which have been fully explained in Chapter 10, and the alphabetic stroke, which admits of being written in an upward and a downward direction.

In formulating the rules for the use of the stroke form of *l*, the following principles are observed :—

1. The avoidance of awkward outlines.
2. Vowel indication.
3. Preservation of primitive forms.

It should be observed that the avoidance of awkward outlines is given as the primary principle because this has precedence over every other principle.

RULES FOR THE USE OF THE STROKE FORM OF *L*.

Standing alone, that is, the only Stroke in a Word.

When *l* is the only stroke in a word it is always written upward ; thus,

ail, *ails*, *lay*, *lace*, *sail*, *slay*, *sails*, *saloon*, *solution*, *swell*, *swallows*, *swollen*, *stale*, *Stella*, *stalls*, *stylist*, *Stallan* ; *late*, *lets*, *salt*, *slate*, *silent*, *later*, *Salter*, *slaters*, *slanders*.

NOTES.

(*a*) The above rule applies to *l* in its full, half-length, or double-length forms, or any of these strokes with an initial or final attachment, or both.

(*b*) It should be observed that when *l* stands alone it must be written in a definite direction, otherwise it would not be possible to distinguish between a first or third place vowel. For instance, if the outlines were read as if the *l* was written downward, the vowels would then represent first-place vowels, and the outlines read as *alas* or *Allan*, but when the *l* is read as an upstroke the vowels are then third-place vowels, and represent the words *silly* and *Willie*. By observing the rule there is no danger of confusion; besides, the upward *l* is preferred as it is a more forward stroke than the downward *l*.

Joined to another Stroke.

When *l* is joined to another stroke it is written as follows:—

Initially.

The upward *l* is written initially as follows:—

1. When followed by a downstroke or an upstroke, except *h* (up), with or without an initial vowel; thus,

Alps, *lap*, *elbow*, *lobby*, *alto*, *Lottie*, *aloud*, *loud*, *allege*, *ledge*, *aloof*, *leaf*, *alive*, *live*, *Leith*, *lathe*, *lassie*, *also*, *Lizzie*, *Eliza*, *lash*, *aloge*, *allure*, *lure*, *Laura*, *Elwin*, *Layola*, *Lahore*.

2. When followed by a downstroke initially circled or hooked, with or without an initial vowel; thus,

lisp, *Lisbon*, *lawsuit*, *Allsop*, *Alston*, *Alcides*, *Allpress*, *leper*, *labour*, *ultra*, *leader*, *loafer*, *lever*, *leather*, *lasher*, *leisure*.

3. When no initial vowel precedes *l* and a simple horizontal stroke follows; thus,

lake, like, league, leg, lame, lamb, Luna, Lennie, long, lung, lamp, lump.

4. When followed by a horizontal stroke initially circled or hooked, except when circle *s* precedes *n* or *ng*, or followed by the loop *st*, with or without an initial vowel; thus,

Alaska, Elswick, liquor, local, lugger, legal, allegory, aliquot, liquid, eloquence, elastic.

5. When followed by circle *s* and a right-hand curve, with or without an initial vowel; thus,

Alsace, Alsatia, Elysium, lissom, Leslie, lesser.

The downward *l* is written initially as follows:—

1. When an initial vowel precedes *l* and a simple horizontal stroke follows; thus,

alack, alike, Elgin, Olga, elm, alum, Olympia, alembic, align, Ellen, along, Illingworth.

NOTES.

(*a*) The object of the above rule is vowel indication, the upward *l* being written when no vowel precedes initial *l*.

(*b*) The above rule applies when half-length *l* precedes the simple horizontal stroke *m*; thus, *ultima, ultimo, ultimate.*

(*c*) When a primitive word is written with the upward *l*, it is generally retained in derivative and compound words, notwithstanding the above rule; thus, *ally, alliance;* *alloy,* *alloying;* *allow,* *allowance,* *allowanced,* *allowing;* *ill,* *ill-omened,* *ill-mannered,* *illness,* *ill-nature,* *ill-natured.*

(*d*) In the outlines *align* and *Ellen* the downward *l* is used for the purpose of vowel indication, the stroke *n* finally being necessary although no vowel follows, as the hook *n* after downward *l* would not be safe, as already explained.

(*e*) When initial *l* begins with a circle or loop the upward *l* is always used, although a vowel may immediately precede *l*, as it gives a more facile outline; thus, *select,* *seldom,* *solemn,* *stalagmite.*

2. When followed by circle *s* and the left-hand curves *f, v, n, ng* or *nr*, with or without an initial vowel; thus, *lucific,* *elusive,* *illusive,* *lascivious,* *Allison,* *Ellison,* *Elsyian,* *Lawson,* *lesson,* *listen,* *licence,* *Lessing,* *Elsinore.*

NOTES.

(*a*) The above rule applies in derivative words ending with the stroke *n* or *ng* when the primitive word is written with the upward *l* and circle *s*; thus, *loose,* but *looseness;* *lace,* but *lacing;* *lose,* but *losing.*

(*b*) When a primitive word is written with the downward *l* preceding *-sv* or *-sn*, and the derivative word ends with the termination *-ly* or the final unaccented syllable *-er*, the downward *l* is retained in the derivative and the stroke *v* is initially hooked for *l*, and the stroke *n* is initially hooked for *r*; thus, *elusively,* *illusively,* *listener.*

3. In *London* and its derivatives for the sake of a brief outline for a frequently-occurring word; thus,

London, *Londoner*, *Londonderry.*

Finally.

The upward *l* is written finally as follows:—

1. When following all straight downstrokes or straight horizontal strokes, except *sk*, *kw* or *skw*, with or without a final vowel; thus,

pillow, *pale*, *spell*, *prowl*, *sprawl*, *below*, *bail*, *brawl*, *soberly*, *tallow*, *tail*, *trail*, *stroll*, *delay*, *dell*, *drawl*, *chilly*, *chill*, *jelly*, *jail*, *Kelly*, *kill*, *crawl*, *scrawl*, *gaily*, *goal*, *growl.*

2. When following all curved downstrokes, except simple *f*, or *v*, curved horizontal strokes, except *n* or *ng*, or curved upstrokes, with or without a final vowel; thus,

frill, *freely*, *verily*, *Othello*, *withal*, *enthrall*, *assail*, *zeal*, *easily*, *ash-hole*, *Ashley*, *earl*, *early*, *mail*, *mellow*, *impel*, *shawl*, *Shelley*, *lull*, *lily.*

3. When following simple *f*, *v*, *sk*, *kw*, *gw*, *skw*, or the straight upstrokes *r*, *w*, *y*, *h* (up), and a vowel follows; thus,

follow, *fullest*, *villa*, *vilest*, *villain*, *scalene*, *revolution*, *sickly*, *Aquila*, *Gwalia*, *squally*, *rely*, *waylay*, *yellow*, *unholy.*

NOTES.

(*a*) When the preceding strokes are halved, the final *l* is written downward, although followed by a vowel, for the sake of the principle of similar motion; thus, *fatally*, *fitly*, *softly*, *swiftly*, *shiftless*, *vividly*, *deservedly*, *fervidly*, *exactly*, *adequately*, *languidly*.

(*b*) There are a few other cases in which the final *l* is written downward after half-length or double-length strokes, where the *l* would be written upward after full-length strokes; thus, *completely*, *intellectual*, *intellectually*, *actual*, but *actually*, *thoughtless*, *worldly*, *pectoral*, *electoral*.

(*c*) When *r* (up) preceded by another stroke is circled initially, and the circle is written with the left-hand motion, the final *l* is written downward although followed by a vowel, for the reason given above; thus, *sincerely*, *necessarily*; but when the circle is written with the right-hand motion the final *l* follows the general rule; *compulsorily*, *satisfactorily*.

(*d*) The slope of final *L* is modified after downward *L*, thus permitting the primitive outline to be retained; thus, *foully*, *vilely*,

4. When following all straight strokes or right-hand curves with an intervening circle *s* or *z*, with or without a final vowel; thus,

puzzle, *sprucely*, *bustle*, *bristly*,

teasel, *docile*, *drizzly*, *chisel*, ***chiselly***, *jostle*, *justly*, *castle*, ***crossly***, *gristle*, *grizzly*, *Russell*, ***weasel***, *whistle*, *useless*, ***hazel***, ***frizzle***, *Cecil*, ***isosceles***, ***cautiously***, ***muscle*** or *muzzle*, *muslin*, ***embezzle***, *impiously*.

5. After final hooks where the upstroke joins more easily than the downstroke; thus,

keenly, *cleanly*, ***gainly***, ***optional***, ***occasional***, *sectional*, ***confessional***, *national*, ***emotional***, ***rational***, *transitional*.

6. In compound words the upward *l* is used for words which are written with the upward *l*; thus,

price-list, ***sick-list***, ***stock-list***, *air-hole*, *port-hole*.

NOTE.—If the upward *l* is awkward, the downward *l* is used; thus, ***train-oil***, *sand-eel*, ***sand-hill***, *bung-hole*.

The downward *l* is written finally as follows:—

1. After the left-hand curves *n* or *ng*, with or without a final vowel; thus,

annul, *annually*, ***analyse***, ***enlist***, *aniline*, *canal*, *strongly*, ***kingly***.

NOTE.—When the final *l* is finally circled, looped or hooked, the above rule still applies.

2. After the left-hand curves (except upward *sh*) fol-followed by the circle *s* or *z*, with or without a final vowel; thus,

fossil, *fussily*, *vessel*, *enviously*, *thistle*, *Thessaly*, *thusly*, *nestle*, *nicely*, *Kingsley*; but *facetiously*.

3. When following simple *f*, *v*, *sk*, *kw*, *gw*, *skw*, or the straight upstrokes *r*, *w*, *wh*, *y*, *h* (up), and no vowel follows; thus,

fail, *vale*, *revulsion*, *skill*, *quill*, *lingual*, *squeal*, *rail*, *bewail*, *awhile*, *Yale*, *Howell*.

4. After *t*, *d*, *j* followed by the *st* loop and *k*, the final *l* is written downward if no vowel follows; thus,

egotistical, *fantastical*, *artistical*, *deistical*, *methodistical*, *logistical*.

NOTE.—If a vowel follows the final *l* it is written upward; thus, *artistically*, *fantastically*.

5. After final hooks where the downstroke joins more easily than the upstroke; thus,

jovial, *javelin*, *additional*, *sessional*, *processional*, *sensational*, *recessional*.

6. In distinguishing outlines; thus,

fallen, compare *felon*.

Medially.

In laying down some definite rules for the use of the stroke *l* medially, the teacher should point out that the upward *l* is generally used as it affords a more convenient joining to most of the alphabetic strokes.

It will very greatly facilitate the understanding of the rules for the medial *l* if it is realized that they are very similar to those for the use of initial *l*. The rules for medial *l* may be summarized thus :—

The upward *l* is generally employed medially when followed by the strokes to which the initial *l* is written upward, and the downward *l* is generally employed when followed by the strokes to which the initial *l* is written downward, but when medial *l* follows the strokes to which the initial *l* is written upward or downward, the choice of form depends upon the stroke which provides the easiest joining.

In the case of derivative and compound words the medial *l* generally follows the same rule as final *l*, because the same form of *l* is used as is used in the primitive word, provided an easy joining is obtained.

Upward L Medially.

The upward *l* is written medially as follows :—

1. When followed by a downstroke with or without an initial circle or hook ; thus,

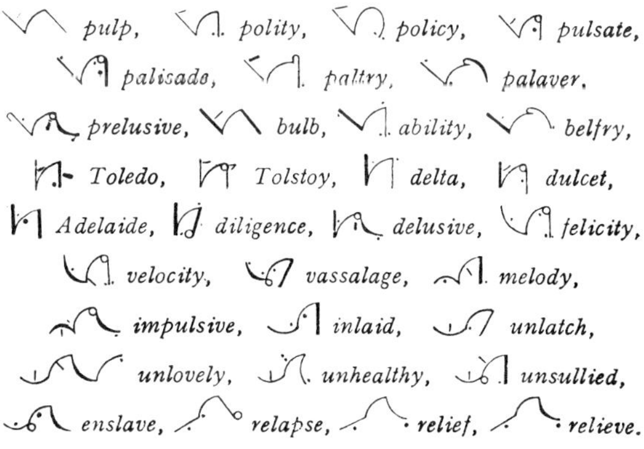

NOTES.

(*a*) After *k* medial *l* is written downward when followed by *sv*; thus, *collusive.*

(*b*) Although the upward *l* is used when preceded by stroke *n* or *ns* and the *l* is followed by a downstroke, this does not apply if the downstroke is *j*, in which case the downward *l* is used; thus, *analogy*, *mineralogy*, *ensilage*, *consulage.*

(*c*) In a few words the initially hooked stroke is used to avoid the awkwardness of the joining between the stroke *n* and upward *l*, although the *n* and *l* belong to different syllables; thus, *Dunlop*, *enlightens*, *enlivens.*

2. When followed by a horizontal stroke as follows:—

(1) When preceded by all strokes except *sk* or *y* and followed by *k* or *g*, with or without an initial circle or hook; thus,

polka, *polygon*, *bulk*, *Balzac*, *beleaguer*, *Autolycus*, *Dilke*, *Jellicoe*, *calico*, *colleague*, *Gaelic*, *Felix*, *filigree*, *volcano*, *milk*, *lilac*, *relic*, *reluctance*, *relegate.*

NOTE.—In compound words, following upward *r*, the word *-like* is written with the downward *l* for the sake of a compact outline; thus, *unwarlike.*

(2) When preceded by all strokes except, *k, f, v, n* or *r* (up) and followed by *m* or *mp*, with or without an initial circle or hook ; thus,

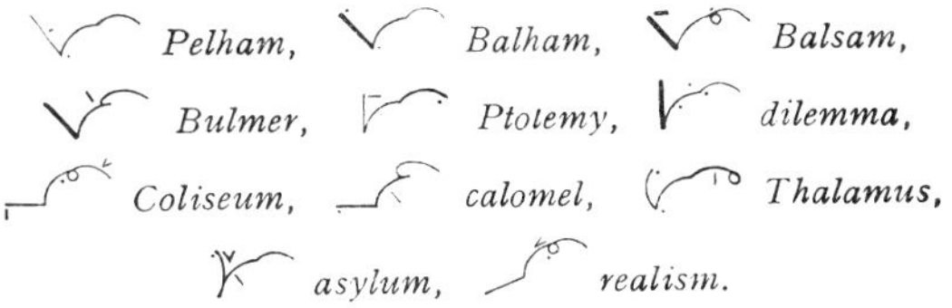

Pelham, Balham, Balsam, Bulmer, Ptolemy, dilemma, Coliseum, calomel, Thalamus, asylum, realism.

(3) When preceded by all strokes except *n* or *r* (up) and followed by *n* or *ng*, with or without an initial hook ; thus,

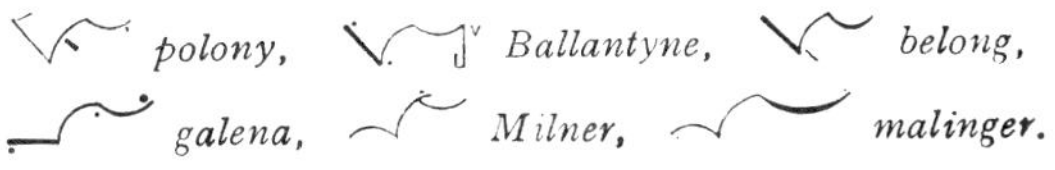

polony, Ballantyne, belong, galena, Milner, malinger.

3. When followed by an upstroke ; thus,

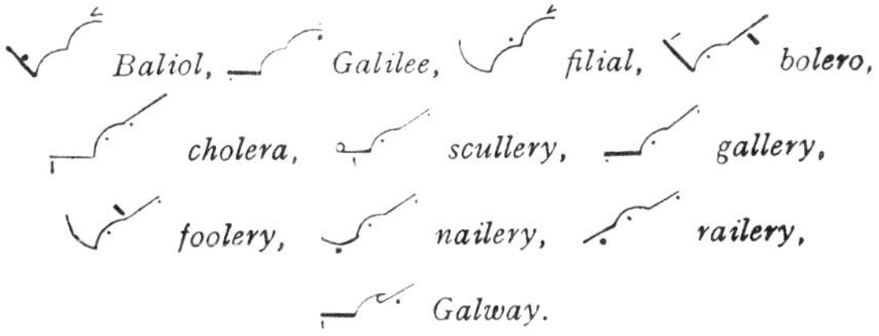

Baliol, Galilee, filial, bolero, cholera, scullery, gallery, foolery, nailery, railery, Galway.

4. In derivative and compound words, the primitives of which end with the upward *l* finally, provided an easy joining is obtained ; thus,

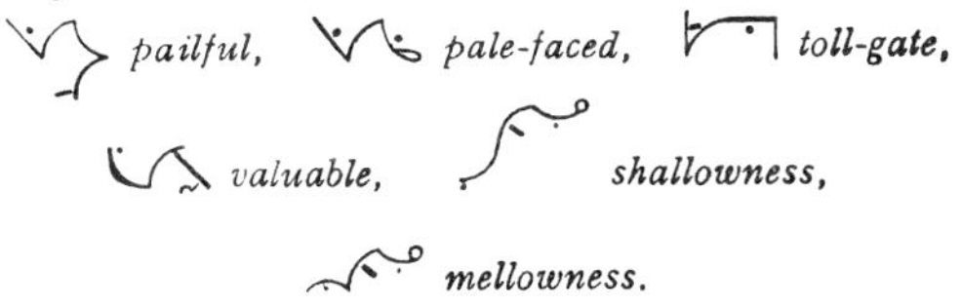

pailful, pale-faced, toll-gate, valuable, shallowness, mellowness.

For other examples of upward *l* medially, see the rules for the non-use of the compound consonant *Lr* in Chapter 19.

Downward L Medially.

The downward *l* is written medially:—

1. When followed by a horizontal stroke as follows:—

(1) When preceded by *sk*, *n*, *ns* or *y* and followed by *k*, *g* or *stk*; thus,

skulk, *unlucky*, *unlike*, *analogous*, *businesslike*, *yelk*, *scholastic*, *inelastic*.

NOTE.—When *k* is initially hooked for *r*, the upward *l* is used; thus, *skulker*, *onlooker*.

(2) When preceded by *k*, *g*, *f*, *v*, *n*, *ns*, or *r* (up), and followed by *m* or *mb*; thus,

column, *calamity*, *Gilham*, *film*, *Fulham*, *fulminate*, *fulmin*, *vellum*, *volume*, *overwhelm*, *unlimited*, *Anselm*, *realm*, *Colombia*, *Colombo*, *Columbus*, *colombin*.

(3) When preceded by *ths*, *n* or *r* (up), and followed by *n* or *ng*; thus,

Thessalonians, *inalienable*, *unlink*, *Rawlinson*, *Rawlings*.

(4) When followed by *sn*, *sng*, *or snr*; thus,

opalescence, *adolescence*, *adolescency*, *Keelson*, *calycine*, *colocynth*, *coalescence*, *convalescence*, *Nelson*, *unlicensed*, *hallucination*, *coalescing*, *Pilsener*.

2. In derivative and compound words the primitives of which end with the downward *l* finally, provided an easy joining is obtained; thus,

fulness, *full-blown*, *fullness*, *full-swing*, *falsity*, *falsehood*, *falsify*, *falseness*, *falsely*, *falser*, *false-hearted*, *available*, *vileness*, *skilful*, *skull-cap*, *nail-brush*, *fossiliferous*, *sensationalism*, *naturalism*.

NOTE.—If the downward *l* is awkward, the upward *l* is used; thus, *fulsome*, *falsest*, *facility*, *fossilogy*, *fossilification*.

SUMMARY.

1. When *l* stands alone in its full, half-length or double-length form, with or without an initial attachment or both, it is invariably written upward.

2. The initial *l* is written upward when followed by a downstroke with or without an initial circle or loop, or an upstroke except *h* (up), with or without an initial vowel.

3. The initial *l* is written upward when not preceded by a vowel and a simple horizontal stroke follows, but when a vowel precedes, the *l* is written downward for the purpose of vowel indication.

4. The initial *l* is written upward when followed by a horizontal stroke initially circled or hooked, except when circle *s* precedes *n* or *ng*, or when *l* is followed by the loop *st*, with or without an initial vowel.

5. When initial *l* is followed by circle *s* and a right-hand curve it is written upward ; but when followed by a circle *s* and a left-hand curve it is written downward.

6. Final *l* is written upward when following all straight downstrokes or straight horizontal strokes except *sk*, *kw* or *skw*, with or without a final vowel.

7. Final *l* is written upward when following all curved downstrokes, except simple *f* or *v*, curved horizontal strokes except *n* or *ng*, or curved upstrokes, with or without a final vowel.

8. After simple *f*, *v*, *sk*, *kw*, *gw*, *skw* or the straight upstrokes *r*, *w*, *wh*, *y*, *h*, the downward *l* is written when the final sound, and the upward *l* when followed by a vowel, for the purpose of vowel indication.

9. Final *l* is written upward when following all straight strokes or right-hand curves, with an intervening circle *s* or *z*.

10. Final *l* is written downward after *n*, *ng*, or the left-hand curves followed by circle *s* or *z*.

11. After *t*, *d*, *j*, followed by the *st* loop and *k*, the *l* is written downward when the final sound, and upward when followed by a vowel, for the purpose of vowel indication.

12. After final hooks the final *l* is written upward or downward according to which gives the most easy joining.

13. Initial *l* is written upward when followed by a downstroke, with or without an initial circle or hook, or when followed by an upstroke.

14. Medial *l* is generally written upward when followed by horizontal strokes.

15. Medial *l* is written downward when followed by horizontal strokes as follows—

When preceded by *sk*, *n*, *ns*, or *y* and followed by *k*, *g*, *stk*.

When preceded by *k*, *g*, *f*, *v*, *n*, *ns*, or *r* (up) and followed by *m* or *mb*.

When preceded by *ths*, *n*, or *r* (up) and followed by *n* or *ng*.

When followed by *sn* or *snr*.

16. Final *l* in derivative and compound words is written with the same form of *l* as the primitive, provided an easy joining is obtained, otherwise the alternative direction of the stroke is used.

Chapter 18.

DOWNWARD AND UPWARD *SH*.

Having in the three previous chapters explained the rules governing those consonants which have alternative forms and which may be written in a downward or upward direction, we shall now deal with a further stroke which admits of being written in the two directions, downward and upward, although retaining the same curve, namely, the *sh*.

The stroke *sh* should be regarded primarily as a down-stroke, that being the direction in which it is written when standing alone, and it should as far as practicable be written in this direction ; but it will be found necessary for several reasons to resort to the alternative direction, that is, the upward form.

It may be well to point out that after some strokes, the *sh* may be written downward and upward, the one appearing to contradict the other ; (this applies mainly to final *sh*), but when there is a departure from the general rule, it will be for a very obvious reason, which will be explained.

It should be noted that the writing of downward or upward *sh* does not serve the purpose of vowel indication, but the only case in which it may suggest the presence of vowels is when stroke *sh* and hook *n* are employed finally for the termination *shun* when two vowel-signs precede.

On examining the rules for the use of the downward or upward stroke, it will be observed that they conform to one or more of the following principles :—

1. Facility.
2. Sharp angles or the avoidance of an angle.
3. Similar motion.
4. The balance principle.
5. Lineality.
6. Vocalization.

Standing alone, that is, the only Stroke in a Word.

Sh standing alone in its full, halved or double-length form, with or without an initial or final attachment, is always written downward; thus,

ash, *ashes*, *shoe*, *shoes*, *sash*, *sashes*, *swash*, *shaster*, *ocean*, *oceans*, *shine*, *shines*; *usher*, *ushers*, *shrew*, *shrews*, *shrine*, *shrines*; *sheet*, *sheets*, *satiate*, *shunt*, *shunts*; *shatter*, *shatters*, *shunter*, *shunters*.

NOTES.

(*a*) It must be obvious that when *sh* stands alone it must be written in a definite direction, otherwise it would be impossible to determine the place of the vowel or whether the attachments are initial or final.

(*b*) *Sh* initially hooked for *r* is always written downward, and hooked for *l* it is always written upward.

(*c*) *Sh* when finally hooked for *n* or *shun*, and following another consonant, in both cases, may be written downward or upward, as convenient.

Joined to another Stroke.

When *sh* is joined to another stroke it is written as follows :—

Initially.

1. *Sh* is written downward when preceding ; thus,

shop, *Sheba*, *château*, *shade*, *shake*, *shag*, *chassis*, *schottische*, *sham*, *shampoo*, *Ashanti*, *Shanklin*, *share*, *sharer*, *sherry*, *Sheehy*.

2. *Sh* is written downward when preceding initially hooked downstrokes or " "; thus,

shuttle, *shuffle*, *shovel* (compare *shiver*), *shipper*, *shepherd*, *shiner*.

3. *Sh* is written upward when preceding (up); thus,

sheaf, *shaft*, *shifter*, *shave*, *shaved*, *sheath*, *sheathed*, *shawl*, *shield*, *shelter*, *shoulder*, *social*.

NOTES.

(*a*) In derivative and compound words the primitives of which are written with the downward *sh*, the downward *sh* being retained in the derivatives; thus,

ash, *ash-hole*, *shoe*, *shoeless*; *shy*, *shyly*.

(*b*) *Sh* is written downward when preceding final *lt*; thus,

shallot.

4. *Sh* is written upward when preceding ; thus,

shackle, *shekel*, *shaker*, (*shake*), *shagreen* (*shag*), *shiver* (*sheave*), *chauffeur*, *shammer* (*sham*).

Notes.

(*a*) The determining factor between the downward and upward *sh* initially is simply convenience, the upward ***sh*** being employed initially for the sake of "avoiding an angle," and observing the principle of "similar motion," or for "facility" in writing the initial hooks which would be practically impossible with the downward ***sh***.

(*b*) In vocalizing *Sheehy*, the third-place vowel must be written before the second stroke according to rule, as the circle is an integral part of the aspirate, and must not be regarded in the same way as the medial circle ***s***.

Finally.

1. *Sh* is generally written downward after ; thus,

push, *capacious*, *bush*, *rubbish*, *toyish*, *Israelitish*, *Ishmaelitish*, *childish*, *Jewish*, *cash*, *rakish*, *gush*, *sluggish*, *acanthaceous*, *baksheesh*, *mash*, *Romish*, *ambush*, *lumpish*, *Nash*, *clannish*, *Irish*, *sourish*, *harsh*, *rush*, *bearish*, *wash*, *hush*.

2. *Sh* is generally written upward after ; thus,

dash, *radish*, *seditious*, *Swedish*, *fish*, *officious*, *vicious*, *ravish*, *associate*, *association*, *thrash*, *thrush*.

NOTES.

(*a*) When *sh* follows , it is written with the same motion as the preceding curve, thereby avoiding an unnecessary angle; thus, *flesh*, *flush*, *fresh*, *afresh*, *refresh*, *feverish*, *impoverish;* but when final *sht* follows, the *sh* may be written downward or upward in order to secure an angle and allow of the use of the halving principle; thus, *officiate*, *fished*, *flashed*, *flushed*, *vitiate*, *ravished*, *freshet*, *freshened*, *refreshed*, *impoverished*.

(*b*) In derivative and compound words, the *sh* takes the same form as in the primitive; thus, *offshoot*, *overshoot*, *overshot*, unless the downward form is inconvenient; as, *earshot*, *proof-sheet*.

(*c*) When downward *r* is preceded by a stroke, final *sh* is written upward; thus, *squarish*, *flourish*.

3. *Sh* after *l* is written as follows:—

(1) If *sh* is final, it is written downward; thus, *lash*, *leash*, *lush*, *luscious*, *slash*, *slosh*, *sloshy*, *slush*, *slushy*, *polish*, *abolish*.

(2) In past tenses upward *sh* is more convenient; thus,

polished, *relished.*

(3) After downward *l* it is always written upward; thus,

foolish.

4. *Sh* after ╲ ╲ │, circled or hooked initially, is written on the opposite side of the initial attachment, to preserve the straightness of the stroke; thus,

plush, *precious*, *spacious*, *expatiation*, *suspicious*, *sebaceous*, *soberish*, *blush*, *brush*, *trash*, *atrocious*, *nutritious*, *striation*, *sweetish.*

NOTES.

(*a*) This rule follows the same principle as the *-shun* hook when written to straight strokes commencing with an initial attachment.

(*b*) After half-sized *br* this rule does not apply; thus, *Bradshaw*, *British*, *broadish.*

(*c*) After │ *sh* is written upward irrespective of an initial attachment; thus, *seditious*, *Swedish.*

5. *Sh* after straight horizontal strokes, circled or hooked initially, is written downward; thus,

Scotia, *Scottish*, *sagacious*, *clash*, *ticklish*, *crash*, *lickerish*, *gracious.*

6. *Sh* after a final hook is written downward or upward, according to which gives the more facile form; thus,

Spanish, *replenish*, *brandish*, *furnish*,

Babylonish, *Earnshaw*, *toughish*, *deafish*,

finish, *vanish*, *Cavendish*,

thinnish, *heathenish*.

NOTE.—The object of this rule is to secure the principle of "similar motion," as it will be found that if the final hook is written with the right-hand motion, the *sh* is written downward, because downward *sh* is a right-hand curve, but if the final hook is written with the left-hand motion, the *sh* is written upward, because upward *sh* is a left-hand curve.

7. *Sh* after two or more descending strokes is *generally* written upward for the sake of lineality; thus,

auspicious, *foppish*, *propitious*,

propitiation, *furbish*, *herbaceous*,

bitterish, *brutish*, *fictitious*,

disputatious, *spathaceous*, *sharpshooter*.

8. *Sh* finally hooked for *n*, is written downward or up ward as is most convenient; thus,

tuition, *situation*, *attenuation*,

continuation, *extenuation*.

NOTES.

The determining factor between the downward and upward *sh* finally is the same as the initial *sh*, that is, "convenience," and on examining the rules laid down it will be found that they observe the several principles laid down in the introductory remarks to this chapter.

Medially.

When *sh* occurs medially, it will be found that it occurs principally in derivative words, in which case the rules for the initial and final *sh*, mostly the latter, are generally observed, the cases of departure being where it is necessary according to the principles governing the *sh*, as has been previously explained.

In the case of non-derivative words, use the form of *sh* which produces the sharper angle or the more compact outline, as in,

patience, *impatience*, *bishop*.

A few examples in which medial *sh* in derivative words is written in the same direction as the initial or final *sh*.

shade, *overshade*, *overshadow*; *shaken*, *unshaken*; *ship*, *unship*; *shod*, *unshod*; *social*, *unsocial*; *shackle*, *unshackle*; *sheathe*, *unsheathe*;

appreciable, *appreciated*,

appreciating, *appreciation*,

appreciative, *appreciatory*; *atrociously*,

atrociousness; *avariciously*,

avariciousness; *associability*, *associable*, *associated*, *associating*, *associational*, *associative*.

SH Initially Hooked.

1. *R* Hook.—When *sh* is hooked initially for *r* it is written *downward.*

2. *L* Hook.—When *sh* is hooked initially for *l*, it is written *upward.*

SH Finally Hooked.

1. *N* Hook.—When *sh* standing alone is finally hooked for *n*, it is only written downward, but when joined to another stroke, the small final nook can be joined to the downward or upward *sh.*

2. *Shun* Hook.—The termination *shun* is never joined to the stroke *sh* when standing alone, as no words occur for its use, but when joined to another stroke the large final hook can be joined to the downward or upward *sh.*

SH as a Suffix.

For the use of *sh* as a suffix see Chapter 25.

Summary.

1. *Sh* standing alone irrespective of length is always written downward.

2. Initial *sh* is mostly written downward, but when preceding *f, v, th,* TH, *l, kl, kr, gr, fr, vr, mr,* it is written upward.

3. Final *sh* is generally written downward; but it is written upward after *d, f, v, s,* right-hand *thr.*

4. After upward *l,* not preceded by a stroke, final *sh* is written downward, but it is written upward in past tenses.

5. When a straight downstroke has an initial attachment the final *sh* is written on the opposite side to balance the straight stroke.

6. After straight horizontal strokes with or without an initial attachment *sh* is written downward.

7. After a final hook the *sh* follows the same motion as the hook, and is written downward or upward accordingly.

8. After two or more downstrokes *sh* is generally written upward for the sake of lineality.

9. Final *sh n* is written downward or upward as is most convenient for vocalizing.

10. *Sh* medially is written in the direction which gives the sharper angle or more compact outline. Derivatives generally follow their primitives.

11. *Sh* may be hooked initially for *r* or *l*; finally for *n* or *shun*.

12. *Sh* may be employed as a suffix.

Chapter 19.

COMPOUND CONSONANTS.

IN addition to the general method of forming double consonants by the employment of the initial hooks for *r* or *l*, there are eight compound consonants which are not formed by any uniform principle, although some of them are constructed on the same lines.

These eight compound consonants are provided with distinct signs which are modifications, in each case, of the primary or base stroke of the combination.

In analysing these compound consonants it will be seen that they are of the nature of alphabetic strokes, seeing that they all contain one of their consonantal elements, that is, in five the first consonantal element is given, and in the remaining three, namely *wh*, *wl* and *whl*, the final consonantal element is given.

On a further analysis of the signs, it will be observed that four are thin, namely, one straight horizontal stroke containing a large initial hook, thus, *kw*, one straight upstroke containing a large initial hook, thus, *wh*, and two curved upstrokes, one containing a small initial hook and one a large initial hook, thus, *wl* and *whl* ; and four are thick, namely, one straight horizontal stroke containing a large initial hook, thus, *gw*, one left-hand curve, thus, *lr*, and two right-hand curves, one a downstroke and one a horizontal stroke, thus, *rr*, *mp* or *mb*.

Another analysis will show that there are two downstrokes, three horizontal strokes, and three upstrokes.

A final analysis gives five with initial hooks and three without initial hooks. In the case of *kw* and *gw*, the initial hook is read after the stroke, like the *pr* and *pl* series, but in the case of *wl* and *whl* it is read before the stroke.

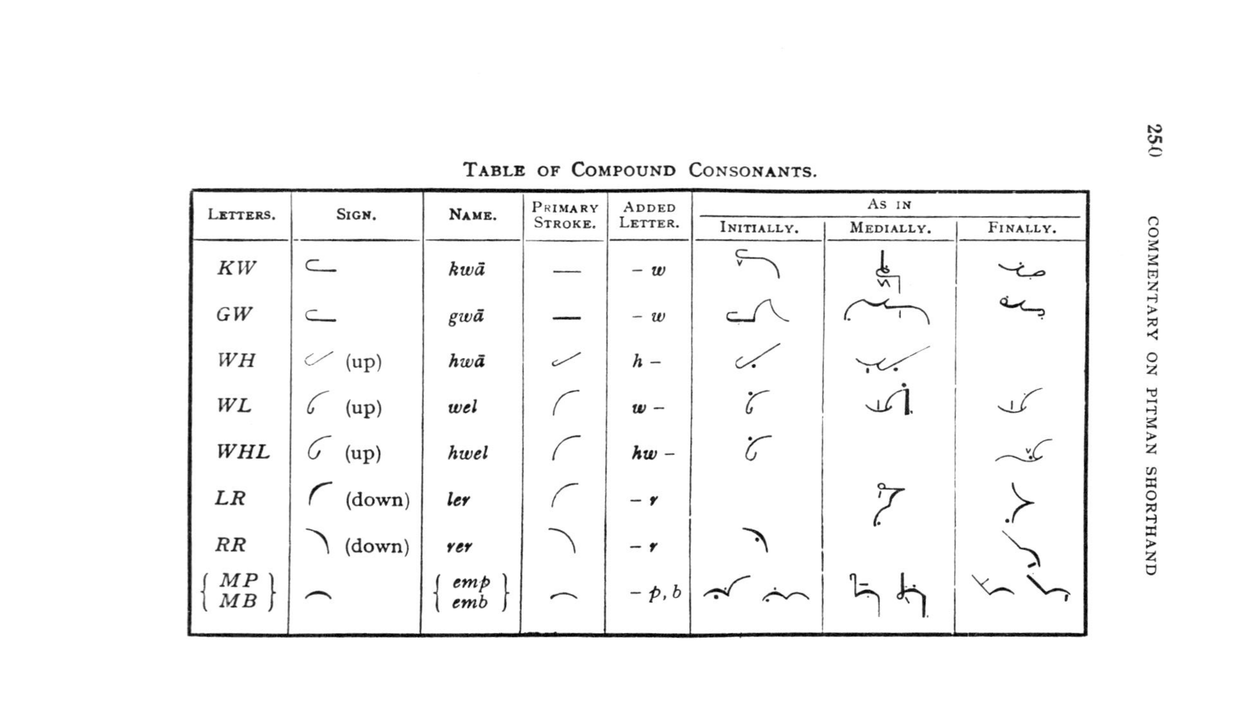

Table of Compound Consonants.

Letters.	Sign.	Name.	Primary Stroke.	Added Letter.	As in: Initially.	As in: Medially.	As in: Finally.
KW		***kwā***		***– w***			
GW		***gwā***		***– w***			
WH	(up)	***hwā***		***h –***			
WL	(up)	***wel***		***w –***			
WHL	(up)	***hwel***		***hw –***			
LR	(down)	***ler***		***– r***			
RR	(down)	***rer***		***– r***			
MP / *MB*		***emp*** / ***emb***		***– p, b***			

RULES FOR THE USE OF THE COMPOUND CONSONANTS.

On examining the Table of Compound Consonants as given on the preceding page, it will be observed that the compound consonants are used as follows—

1. The compound consonants *kw, gw, wh, mp* or *mb* are used when the two consonants immediately succeed one another without a vowel between.

2. The compound consonants *lr* and *rr* are used when an unaccented vowel occurs between the two consonants.

3. The compound consonants *wl* and *whl* are used when the consonants *w* or *wh*—one vowel—and *l* immediately succeed one another.

VOCALIZATION OF THE COMPOUND CONSONANTS.

All the compound consonants, except *wl* and *whl*, must be vocalized like the single strokes or like the *pr* and *pl* series, that is, the vowel must be read either before or after the compound consonant.

The *wl* and *whl* never occur without a vowel between the two consonants, and, therefore, the initial hook is always read first, followed by the vowel and then the stroke *l*; thus,

 *ell*,  ***well***,  ***willow***,  ***whale***,  ***Whaley***.

THE COMPOUND CONSONANT  *KW* (KwĂ).

A large initial hook written with the left-hand or backward motion to the stroke *k* prefixes *w*, and thereby represents the compound consonant *kw*, which is used initially, medially and finally; thus,

Initially.

 aqua, 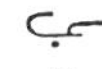 *equip*,  *quab*, 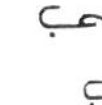 *quibble*,

 *equity*,  *quieter*, 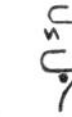 *quad*, 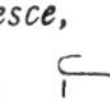 *quadrille*,

 quick, *quaker*, *quag*,  *quaffer*,

 quiver, *quoth*, *quiesce*, *quash*,

 qualm, *quench*, *quail*, *quarrel*,

 quarry.

Medially.

ubiquity, *bequeath*, *earthquake*.

vanquish, *inquire*, *inquiry*,

liquid, *liquefy*.

Finally. *soliloquy*.

Initial Attachment Prefixed to *KW*.

The small initial circle *s* is prefixed to *kw* by writing the small circle inside the initial hook, with the same motion as the hook; thus,

squib, *squabble*, *squad*, *sequacity*,

squatter, *squeak*, *squeegee*, *squash*,

squasher, *squeamish*, *squall*, *squire*.

Final Attachments Affixed to *KW*.

The final attachments in the form of circles, loops or hooks are affixed to *kw* in the same manner as they are attached to all the other straight strokes; thus,

quizz, *squeeze*, *quest*, *request*,

squeezed, *sequester*, *queen*, *sequin*,

sequence, *sequences*, *quaff*, *equation*,

requisition.

The Non-Use of the Compound Consonant *KW*.

The compound consonant *kw* is not employed as follows :—

1. In order to avoid lengthy or awkward forms, especially when the outline is quite legible without the *w* being expressed; thus,

quality, *qualitative*, *qualify*,

qualifiable, *qualification*, *qualifier*, *subsequent*, *frequent*, *Asquith*, *sesquitone*, *misquote*, *misquotation*, *tranquil*, *tranquillity*, *tranquillized*.

2. In the derivatives from the logogram *equal;* thus, *equality*, *equalize*, *equalized*, *equalization*, *equalizing*.

3. In distinguishing outlines; thus, *queer* to keep distinct from *clear*, notwithstanding the difference in the size of the initial hook.

The Compound Consonant *GW* (Gwa).

A large initial hook written with the left-hand or backward motion to the stroke *g*, prefixes *w*, and thereby represents the compound consonant *gw*, which is used initially, medially and finally; thus,

Initially.

Guatemala, *guava*, *guano*, *Guinevere*, *Guelph*, *Gwalior*.

Medially.

sanguify, *sanguification*, *sanguiferous*, *linguiform*, *ungual*, *lingual*, *Maguire*, *languor*.

Finally.

Uruguay, *Paraguay*.

Final Attachments Affixed to *GW*.

The final attachments in the form of circles, loops or hooks are affixed to ***gw*** in the same manner as they are attached to all the other straight strokes ; thus,

linguistic, *linguist*,

Gwynne, *Penguin*, *sanguine*,

sanguinely, *sanguinary*.

The Non-Use of the Compound Consonant *GW*.

When *gw* occurs medially before *sh*, the outline is contracted by omitting the *g* and expressing the ***w*** and following vowel by the diphthong ; thus,

anguish, *languish*.

The Compound Consonant *WH* (Hwa).

When the sound of *h* immediately precedes the consonant *w*, the compound consonant *hw* is formed which is represented by enlarging the initial hook of stroke *w*, and is used initially and medially ; thus,

Initially.

whey, *whip*, *whipper*, *wheaten*,

whittle, *wheedle*, *whack*, *whig*,

whiffle, *wheezy*, *wheyish*, *whim*

whimsical, *whinny*, *whir*,

whirred, *whirl*, *whirlpool*,

whirlbone, *whirligig*, *wharfage*,

where, *whereupon*, *whereby*,

whereat, *wherefore*, *whereof*,

wherever, *wherewith*, *wherein*,

whereinto, *whereunto*.

Medially.

anywhere, *nowhere*, *everywhere.*

NOTES.

(*a*) Although the aspirate in the compound consonant *wh* always follows *w* in the spelling, it is pronounced before the *w*, as it is before a vowel.

(*b*) The sound of *hwā* does not occur finally.

FINAL ATTACHMENTS AFFIXED TO *WH*.

The final attachments in the form of circles, loops or hooks are affixed to *wh* in the same manner as they are attached to all the other straight strokes; thus,

wheeze, *whizz*, *whisky*, *whistle*, *whisper*, *whisker*, *whist*, *whine*, *whiner*, *whence*, *whiff.*

THE NON-USE OF THE COMPOUND CONSONANT *WH*.

When *wh* occurs medially and the compound consonant will not join conveniently, the dot *h* and the diphthong are employed; thus,

horsewhip.

THE COMPOUND CONSONANT *WL* (WEL).

A small initial hook written inside upward *l* prefixes *w*, and thereby represents the compound consonant *wl*, which is used initially, medially and finally; thus,

Initially.

wail, *weal*, *wall*, *wallow*, *well*, *Willie*, *willow*, *wool*, *woolly*, *wile*, *wily*, *wallop*, *Willoughby*, *Walton*, *Weldon*, *Woolwich*, *welcomer*, *wolf*, *wolverine*, *wealth*, *Wallasey*, *Wolsey*, *Welsh*, *welcher*, *well-nigh*, *Wellington*, *wailed*, *weld*, *wild*.

Medially.

unwieldy, *Commonwealth*, *unwillingly*.

Finally.

unwell, *Dingwall*, *ill-will.*

Final Attachments Affixed to *WL*.

The final attachments in the form of circles, loops or hooks are affixed to *wl* in the same manner as they are attached to all the other curved strokes ; thus,

Wyles, *Willis*, *woolsack*, *Wellesley*, *Wallis's*, *wiliest*, *woollen*, *woollens.*

The Non-Use of the Compound Consonant *WL*.

The compound consonant *wl* is not employed as follows :—

1. When an initial vowel precedes *wl* the stroke *w* and downward *l* are used ; thus,

aweel.

2. When *wl* occurs medially and finally, and the use of (the *wl* outline) is inconvenient for joining, the *w* series of diphthongs and stroke *l* are used for *wl*, provided the outline is legible without the *w* ; thus,

bewilder, *twelve*, *goodwill*, *free-will*, *farewell.*

Notes.

(*a*) If the outline would not be legible without the *w* being represented, the stroke *w* should be used if practicable; thus, *bewail*, *setwall*, *dwell*, *Rothwell*, *Southwell*, *Brockwell*, *Stockwell*.

(*b*) In *sea-wall* it is necessary to disjoin, as the use of the alternative methods just given would result in an awkward outline or would be difficult to vocalize.

3. In compound words beginning with *way-*; thus, *waylay*, *waylaid*, *waylaying*, *waylayer*.

4. In distinguishing outlines; thus,

Wales, compare *Wells*.

THE COMPOUND CONSONANT *WHL* (HWEL).

When the sound of *h* immediately precedes *wl*, the compound consonant *hwl* is formed, which is represented by enlarging the small initial hook of the compound consonant *wl*, and is used initially and finally; thus,

Initially.

Whale, *wheel*, *Whalley*, *whelp*, *whalebone*, *wheelbarrow*, *Whalton*, *wheeled*, *whiled*, *whelk*, *wheel-house*, *whelm*, *whilom*, *whaleman*, *whaler*, *wheeler*.

Finally.

crown-wheel, *spinning-wheel*, *mill-wheel*, *meanwhile*.

NOTES.

(*a*) Although the aspirate in the compound consonant *whl* always follows *w* in the spelling, it is pronounced before the *w*, as is the case with *wh*.

(*b*) The initial hooks of *wl* and *whl* are the only cases in which the initial hook is read before the stroke to which it is prefixed.

(*c*) The enlargement of the small initial hook of the compound consonant *wl* prefixes the aspirate and represents the compound consonant *whl*, in the same way as the enlargement of the small initial hook of stroke *w* prefixes the aspirate and represents the compound consonant *wh*.

FINAL ATTACHMENTS AFFIXED TO *WHL*.

The final attachments in the form of circles, loops or hooks are affixed to *whl* in the same manner as they are attached to all the other curved strokes ; thus,

 *wheels*,  *whiles*,  *whilst*,  *Whelan*.

THE NON-USE OF THE COMPOUND CONSONANT *WHL*.

The compound consonant *whl* is not employed as follows :—

1. When an initial vowel precedes *whl* the compound consonant *wh* and downward *l* are used ; thus,

 *awheel*,  *awhile*.

2. When *whl* occurs medially and the use of 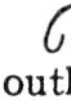 is inconvenient for joining or would result in a long outline, the dot *h*, the *w* series of diphthongs and stroke *l* are used for *whl* ; thus,

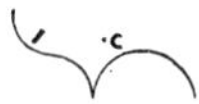 *four-wheeler*,  *overwhelm*.

3. In certain words ending in *-wheel*, it is more convenient to use  for the termination ; thus,

 *cog-wheel*,  *fly-wheel*.

The Compound Consonant *LR* (Ler).

The downward *l* thickened adds *r*, and thereby represents the compound consonant *lr*.

The vowel between *l-r*, represented by the compound consonant *lr*, is generally the unaccented short vowel *ĕ*, but it may be also the short vowel *ă* or *ŭ*, as expressed in the spelling by the terminations *-lar*, *-ler*, *-lor*, *-lour*.

It should be observed that words ending with *-ler* are mostly derivative words the primitives of which end with the sound of the consonant *l*. It is natural, therefore, that the rules governing final *l* should determine the choice of form for the representation of the final *lr*.

The compound consonant *lr* is never used initially, only finally and medially, and is employed after the strokes to which final *l* is written downward, as follows :—

Finally.

1. After the strokes *f*, *v*, *sk*, *kw*, *skw* and the straight upstrokes *r*, *w*, *y*, *h* ; thus,

feeler, *feller*, *filler*, *fuller*, *defiler*, *fowler*, *foiler*, *valour*, *revealer*, *leveler*, *viler*, *reviler*, *ovular*, *valvular*, *scaler*, *scholar*, *sculler*, *scowler*, *secular*, *queller*, *squealer*, *squaller*, *squalor*, *railer*, *roller*, *ruler*, *bewailer*, *dweller*, *yeller*, *inhaler*.

2. After *n* or *ns* ; thus,

nailer, *kneeler*, *annuller*, *annular*, *chandler*, *swindler*, *granular*, *tonsillar*, *chancellor*, *counsellor*, *councillor*, *insular*, *peninsular*, *wine-cellar*, *stenciller*.

Medially.

The compound consonant *lr* is used medially in a few derivative and compound words; thus,

scholarly, *scholarlike*, *secularly*.

FINAL ATTACHMENT AFFIXED TO *LR*.

The only final attachment affixed to the compound consonant *lr* is the small circle *s*, which is written inside the curve; thus,

feelers, *revilers*, *scholars*, *squallers*, *rollers*, *dwellers*, *yellers*, *councillors*, *roller-skates*.

THE NON-USE OF THE COMPOUND CONSONANT *LR*.

In addition to the use of the compound consonant for the termination *lr*, it is also expressed in the following ways:—

1. The separate strokes, upward *l*, and downward or upward *r*.

2. By the initial hook for *l*, to straight or curved strokes, and downward or upward *r*.

The compound consonant *lr* is not employed as follows:—

1. When an accented vowel or a diphthong occurs between final *l-r*; thus,

fusilier, *failure*.

2. When a vowel follows final *lr*; thus,

scullery, *foolery*, *valorous*, *raillery*; *ancillary*, *chancellory*.

3. After the strokes to which final *l* is written upward, as follows :—

(1) When upward *l* begins with an attachment, such as the initial circles *s* or *sw*, the initial loop *st*, the initial *w* or *wh*, or the tick *h*; thus,

sailor, *sailer*, *sealer*, *solar*, *swiller*, *swallower*, *stealer*, *stellar*, *stiller*, *wailer*, *waller*, *whaler*, *wheeler*, *healer*, *howler*.

(2) After the straight downstrokes *p*, *b*, *t*, *d*, *ch*, *j*, and *k*, *g*, *s*, *m*, or *l* (up); thus,

paler, *polar*, *pillar*, *popular*, *spoiler*, *prowler*, *sprawler*, *boiler*, *tabular*, *taller*, *toiler*, *distiller*, *trawler*, *stroller*, *dealer*, *dollar*, *chandelier*, *drawler*, *jailer*, *cajoler*, *cooler*, *collar*, *crawler*, *scrawler*, *growler*, *assailer*, *miller*, *molar*, *similar*, *cellular*, *jeweller*, *dueller*.

(3) After straight downstrokes, horizontals or upstrokes or right-hand curves followed by circle *s*; thus,

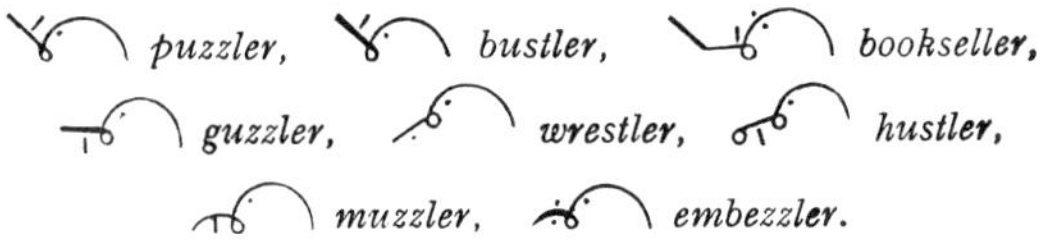

puzzler, *bustler*, *bookseller*, *guzzler*, *wrestler*, *hustler*, *muzzler*, *embezzler*.

(4) After strokes in which final *l* is written upward when a vowel follows; thus,

follower, *valuer*, *relier*.

4. In derivative words ending with the unaccented syllable *-er*, when the primitive words end with the stroke letter initially hooked for *l*; thus,

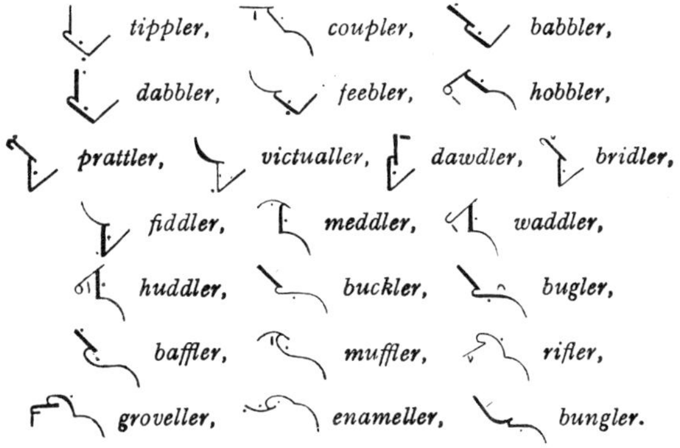

tippler, *coupler*, *babbler*, *dabbler*, *feebler*, *hobbler*, *prattler*, *victualler*, *dawdler*, *bridler*, *fiddler*, *meddler*, *waddler*, *huddler*, *buckler*, *bugler*, *baffler*, *muffler*, *rifler*, *groveller*, *enameller*, *bungler*.

NOTES.

(*a*) Words ending with the unaccented vowel *ĕ* between final *l-r*, are generally derivative words, but words containing any other vowel than *ĕ* are generally root words.

(*b*) The stroke *r* finally is written downward or upward in accordance with the rules for final *r* as explained in Chapter 16.

The Compound Consonant RR (Rer).

The downward *r* thickened adds *-er*, and thereby represents the compound consonant *rer*.

The vowel between the compound consonant *r-r* is restricted to the short vowel *ĕ*, and should any other vowel occur the compound consonant is not employed.

It should be observed that the use of the compound consonant *r-r* is strictly confined to derivative words the primitives of which end with the sound of the consonant *r*. It is natural, therefore, that the rules governing final *r* should determine the choice of form for the representation of the final *rr*.

The compound consonant *r-r* is only used finally and is employed after the strokes to which final *r* is written downward, as follows:—

After all strokes, without final hooks, excepting *l* (up), and straight upstrokes; thus,

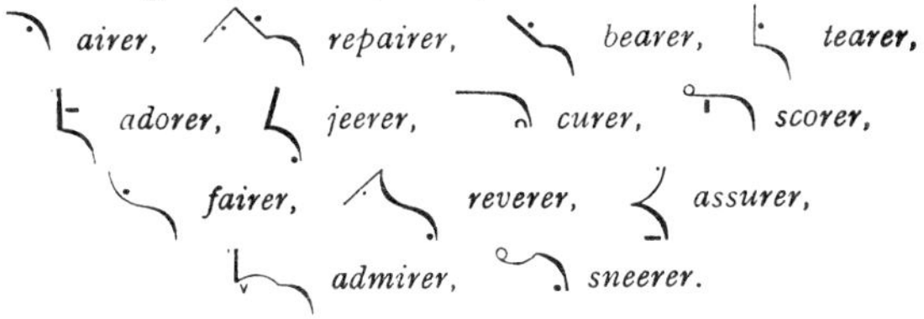

airer, repairer, bearer, tearer, adorer, jeerer, curer, scorer, fairer, reverer, assurer, admirer, sneerer.

Initial Attachments Prefixed to RR.

The initial circles *s* or *sw*, the initial loop *st*, or the tick *h*, are prefixed to the compound consonant *rr*, in the same manner as they are attached to other curved strokes; thus,

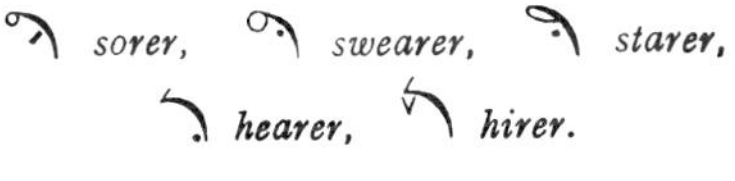

sorer, swearer, starer, hearer, hirer.

Final Attachment Affixed to RR.

The only final attachment affixed to the compound consonant *rr* is the small circle *s* which is written inside the curve; thus,

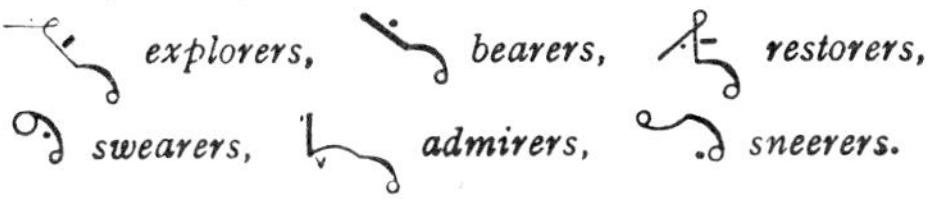

explorers, bearers, restorers, swearers, admirers, sneerers.

THE NON-USE OF THE COMPOUND CONSONANT *RR*.

The use of the compound consonant *rr* is confined, as has been pointed out, to derivatives from words written with final downward *r*; hence—

 *arrear*,  *error*,  *juror*,  *furor*,

 *Farrar*,  *mirror*,  *horror*,

 *superior*,  *barrier*,  *terror*,  *terrier*,

 *career*,  *carrier*,  *Emperor*.

1. After two descending strokes the upward form *r-r* is used; thus,

 *preparer*,  *deplorer*,  *perjurer*.

2. After upward *l* the separate strokes are preferred; thus,

 *alluver*.

3. The upward form is sometimes used in distinguishing outlines; thus,

 *purer*, compare  *poorer*.

THE COMPOUND CONSONANT ⌒ *MP* OR *MB* (EMP OR EMB).

The stroke *m* thickened adds *p* or *b*, and thereby represents the compound consonant *mp* or *mb*.

This compound consonant must be used without a vowel between the two consonants, and is used initially, medially and finally; thus,

Initially.

imp, imbue, imbibe, impute, embody, impeach, impeccable, ambiguity, embassy, ambitious, embalm, impenetrable, impale, impair, imperative.

Medially.

trumpet, disembody, vampire.

Finally.

pomp, Bombay, tramp, damp, chump, jump, camp, gimp, vamp, thump, shampoo, shrimp, lamp, romp.

INITIAL ATTACHMENTS PREFIXED TO *MP* OR *MB*.

The initial attachments in the form of circles, loops or hooks, or tick *h*, are prefixed to the compound consonant *mp* or *mb* in the same manner as they are attached to other curved strokes ; thus,

Sambo, swamp, stamp, scamper, cumber, hemp, humbug.

FINAL ATTACHMENTS AFFIXED TO *MP* OR *MB*.

The final attachments in the form of circles, loops or hooks, are affixed to *mp* or *mb* in the same manner as they are attached to all the other curved strokes ; thus,

impose, imposes, imposed, imposts, imposter, imposters, impugn, impugns, ambition, ambitions, imposition, impositions.

The Half-length *MP* or *MB*.

The compound consonant *mp* or *mb* in its simple form cannot be halved for *t* or *d*, as it would represent *md;* therefore, when simple *mp* or *mb* is followed by *t* or *d*, the full strokes must be employed ; thus,

impute, *limpid*, *gambit*, *imbued*.

The compound consonant *mp* or *mb* may be halved for *t* or *d*, as follows :—

1. When initially hooked for *r*; thus,

scampered, *hampered*, *whimpered*,

cumbered, *clambered*, *slumbered*,

rampart, *Lambert*.

2. When finally hooked for *n*; thus,

rampant, *ambient*, *impend*,

impugned, *dampened*, *lampooned*.

The Double-length *MP* or *MB*.

The compound consonant *mp* or *mb* may be doubled as follows :—

1. When *mp* or *mb* is doubled it adds the final unaccented syllable *-er;* thus,

pamper, *bumper*, *temper*,

vamper, *thumper*, *stamper*,

timber, *chamber*, *sombre*.

2. When *mp* or *mb* is doubled and finally hooked for *n* it adds the final unaccented syllable *-dr*; thus,

 *impounder*,  *imponderable*.

NOTE.—The final unaccented syllable *-er* is added to *mp* or *mb* as follows :—

1. By prefixing the initial hook for *r* to *mp* or *mb*.

2. By doubling the *mp* or *mb*.

The initially hooked form of *mpr* or *mbr* is employed after *k* or an upstroke; the double-length form of *mpr* or *mbr* is used in other cases.

THE NON-USE OF THE COMPOUND CONSONANT *MP* OR *MB*.

The compound consonant *mp* or *mb* is not employed as follows:—

1. When a vowel occurs between *m-p* or *m-b*; thus,

 *map*,  *maypole*,  *mob*,  *mobile*.

2. When *mp* or *mb* is followed immediately by the consonants *r* or *l*, the stroke *m* and the initially hooked letter are employed; thus,

 *Empress*,  *embrace*;  *imply*,

 *emblem*.

NOTE.—When *mp* or *mb* is followed immediately by a vowel and the consonants *r* or *l*, the compound consonant is employed; thus,  *imperious*, compare  *impress*;  *embarkation*, compare 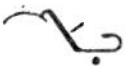 *embrocation*;  *impel*, compare  *amply*;  *embellish*, compare  *amble*.

3. When *pl* or *bl* make a final unaccented syllable, the stroke *m* and the straight stroke initially hooked for *l* are used ; thus,

 *ample*,  *temple*,  *tremble*,  *thimble*.

4. When a positive word is written with the initially hooked letter and the negative begins with *m*, the initially hooked letter is retained ; thus,

 *imperfect*, ( *perfect*) ;  *impersonal*, ( *personal*).

Note, however,  *perceptible*, 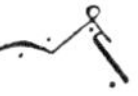 *imperceptible*.

SUMMARY.

1. A large initial hook written with the left-hand or backward motion to the strokes *k* and *g*, prefixes *w*, and thereby represents the compound consonants *kw* and *gw*, which are employed initially, medially and finally. The circle *s* is prefixed to *kw*, and the final circles, loops and hooks are affixed to *kw* and *gw*.

2. When the sound of *h* immediately precedes the consonant *w*, the compound consonant *wh* is represented by enlarging the initial hook of stroke *w*, which is used initially and medially. The final circles, loops and hooks are affixed to *wh*.

3. A small and large initial hook attached to upward *l* prefix *w* and *wh* respectively and represent the compound consonant *wl* and treble consonant *whl*. The final circles, loops and hooks are affixed to *wl* and *whl*.

4. The downward *l* thickened adds *r*, and thereby represents the compound consonant *lr*. It is mostly used in derivative words and is written to the strokes to which final *l* is written downward. The circle *s* is the only final attachment affixed to *lr*.

5. The downward *r* thickened adds *r*, and thereby represents the compound consonant ***rer***. It is used in derivative words and is written to the strokes to which final *r* is written downward. The circle *s* is the only final attachment affixed to ***rer***.

6. The stroke *m* thickened adds *p* or *b* and thereby represents the compound consonant ***mp*** or ***mb***. It is used initially, medially and finally. The initial and final circles, loops and hooks and tick *h* are attached to ***mp*** or ***mb***. The ***mp*** or ***mb*** may be halved for *t* or *d* and doubled for *-er* or *-dr*.

Chapter 20.

THE HALVING PRINCIPLE.

It will be interesting for the teacher to review briefly the many varied expedients, together with the consonantal strokes which have alternative directions, all of which have been exhaustively dealt with in previous chapters, and which we need not recapitulate here as they are well known to every teacher.

And now we are introduced in this chapter to an absolutely new principle, the halving principle, and one which contradicts our experience of ordinary matters, and that is, by reducing something we are actually adding something to it.

The principle, however, is one of very great importance, and probably contains more minute detail than any other principle in the phonographic system, and requires very careful study on the part of the teacher.

It will no doubt be surprising to many teachers to recognise that *t* and *d* occur so frequently in our language as to necessitate a special means of representing them when following other consonants, as we have seen by some of the other expedients, and the additional principle of halving a thin stroke for a thin stroke and a thick stroke for a thick one will appeal to most teachers as indicating the natural relation between sound and sign.

It is also worthy of note that the past tenses of verbs usually end in *t* or *d*, and, therefore, the expedient of halving for such cases provides us with very brief outlines, which necessarily facilitate speed.

It will also be seen in the course of this chapter that the application of this principle provides a means of vowel indication.

1. In words of one syllable, a thin stroke halved adds *t*, and a thick stroke halved adds *d*; thus,

apt, *pat*, *sapped*, *spots*, *swept*, *stopped*, *plates*, *split*, *prate*, *sprat*, *ebbed*, *buds*, *sobbed*, *stabbed*, *blade*, *bread*, *bidst*, *didst*, *aft*, *fat*, *fret*, *fright*, *viewed*, *east*, *eased*, *shot*, *wit*, *yet*, *hot*.

NOTES.

(*a*) This rule is natural seeing that a hard sound will not combine with a soft sound, or vice versa, without an intervening vowel; thus, *ached* (ā*kt*), *wrapped* (ră*pt*), *robbed* (rŏ*bd*).

(*b*) In applying the above rule two points **must be** observed : first, that the words must be monosyllables, and secondly, that the strokes must not be hooked finally, or have a circle added to a final hook. It will be seen from the above examples that the strokes may be initially circled, looped or hooked, or finally circled or looped, but *not finally hooked*. Therefore, a thin stroke without a final hook cannot be halved for *d* or a thick stroke for *t*. Compare the following words, ***pad***, but ***pat*** ; *bat*, but *bad* ; *fade*, but *fate* ; *vote*, but *void*.

(*c*) A vowel-sign placed before a half-sized stroke, single or double, is read immediately before the primary stroke; thus, *act*, *addled* ; when placed after a half-sized stroke, the vowel-sign is read immediately after the primary stroke, single, double, or treble, that is, before the *t* or *d* added by halving; thus, *pat*, *plate*, *split* ; the *t* or *d* added by halving being read last, except when circled or looped finally, or suffix *ing* or *ings* follows.

Therefore, when a vowel follows *t* or *d* at the end of a word, the alphabetic strokes must be written in order to admit of vocalization, as the following comparisons will show, *pit*, *pity* ; *deed*, *dado* ; *fat*, *fatty* ; *late*, *latest* ; *weight*, *weighty*.

(*d*) The circle or loop at the end of a half-sized stroke is read after the *t* or *d* added by halving; thus, *pets*, but *pest*; *beds*, but *best*; *bidst*, but *boasted*; *fits* but *fist*.

(*e*) When a vowel occurs between *t* and circle *s* medially, the alphabetic stroke *t* must be written in order to facilitate vocalization; thus *anticipate*, *antecedent*, *reticent*; as the vowels can only be written to stroke consonants; but if *t* or *d* is followed by a stroke consonant, the halving principle may be employed; thus, *antipathy*, *antidote*, *intoxicate*, *ratify*, *antiquity*.

NOTE.—In the words *Protestant*, *Protestantism*, *despotism*, the halving principle is employed, although a vowel occurs between *t* and *s*, in order to secure briefer outlines.

Exceptions.

1. Words of frequent occurrence which are grammalogues; thus,

could, *that*, *told*, *tried*, *towards*, *trade*, *chaired*, *cheered*, *child*, *cold*, *cared*, *great*, *third*.

2. Upward *r standing alone*, or with final circle *s* only added, is not halved for *t* as it resembles half-length *ch*, as in *etched*, *chat*; besides, it might clash with the logograms *and*, *should*, and the phraseogram *and as*, therefore write, *rate*, *rates*, *root*, *roots*.

NOTE.—When joined to another stroke, initially or finally, it may be halved; thus, *written*, *part*.

3. The downward *h standing alone*, or with final attachments is never halved, as it might be confused with the combinations,

and as, *wts*, *srts*, *yts*.

Therefore, when *h* is halved standing alone, or with final attachments, the upward *h* is used ; thus,

hot, *heats*, *hunt*, *hunts*, *haft*, *hafts*.

NOTE.—When joined to another stroke the downward *h* may be halved; thus, *heterogeneous*, *heterodox*, *cowhide*.

4. Like all other simple thin strokes, except upward *r* and downward *h*, as just explained, *m*, *n*, *l*, *r* (down), are naturally halved to express the addition of *t*, either when standing alone or joined to another stroke; but they may be halved and thickened to express the addition of *d* ; thus,

omit, *amid*, *ant*, *knit*, *annoyed*, *alight*,

old (down), *art*, *erred* (down).

It will be obvious, therefore, that the four heavy strokes, *mp*, *mb*, *ng*, *lr* (down), *rr* (down), do not admit of being halved as such, as the half-length forms are appropriated to *md*, *nd*, *ld*, *rd*, and as these sounds are more frequent than *mpd*, *mbd*, *ngd*, *lrd*, *rrd*, the expedient of halving in the former case is a much more serviceable one. The compound consonants *lr*, *rr*, however, do not admit of being halved as such under any circumstances.

NOTES.

(*a*) It ought to be emphasized that the expedient of halving and thickening a stroke to add *d* is only resorted to in the case of the four curves *m*, *n*, *l*, *r*, and then only in their simple form ; also that *ld* and *rd* can only be thickened when written downward, as it is impossible to thicken an upstroke.

(*b*) A full explanation of the halving principle as applied to the strokes *m*, *mp*, *mb*, *n* *ng*, *l* and *r*, is given later in this chapter.

2. A thin or thick stroke finally hooked, or with a circle added to a final hook, or with a finally-joined diphthong, may be halved to add either *t* or *d*; thus, *punt* or *punned*, *prints*, *repent*, *ripened*; *bent* or *bend*, *bounds*, *riband*; *fount* or *found*, *founts*, *refund*; *vent* or *vend*, *invent*, *invents*; *puffed*, *paved*, *drifts*, *stationed*, *fashioned*, *bout*, *feud*, *skewed*.

NOTES.

(*a*) The final hooks are *n*, *f*, *v*, or *shun*.

(*b*) The above rule applies to words of one or more syllables. It should be clearly understood that the rule in the case of monosyllables applies only when finally hooked, or when circle is added to final hook, and not if only circled or hooked initially, or circled finally for *s* only. Such words are written in full; thus, *pride*, *brought*, *fraud*, *speed*, *tides*, *dates*. See Rule 1 note *b*.

(*c*) A vowel placed after a half-sized stroke finally hooked is read immediately after the primary stroke, single, double or treble, that is, before the final hook, as is the case with full-length strokes; thus, *pint*, *bind*, *find*, *print*, *splint*.

(*d*) When a half-length stroke is finally hooked, the *t* or *d* added by halving is read after the final hook; thus, *count*, *mound*.

It should be observed that final hooks are only read last when joined to full-length strokes, and not when joined to half-length strokes, as the following comparisons will show: *cotton* (*tn*), *cant* (*nt*); *active* (*tv*), *caved* (*vd*).

(*e*) The circle *s* added to a final hook at the end of a half-length stroke is read last, that is, after the *t* or *d* added by halving; thus, *rants*, *lands*.

The teacher will find it interesting to trace the various stages in the building of words in which the initial and final circles, loops and hooks are employed, and to note the following order which is uniformly observed in reading the consonantal elements of all words in which the halving principle is applied :—

1. The initial circle or loop is to be read first. 2. Then the stroke (with or without initial hook). 3. Next the final hook. 4. Afterwards the *t* or *d* added by halving. 5. And lastly, the circle *s*, or loop *st;* thus :—

spots — *p*, *s-p*, *s-p-t*, *s-p*-ts

bidst — *b*, *b-d*, *b*-dst

stands — *t*, *s-t*, *s-t-n*, *s-t*-ns, *s-t*-nd, *s-t*-nds

students — *d*, st-*d*, st-*d-n*, st-*d*-ns, st-*d*-nt, st-*d*-nts

prints — *p*, *pr*, *pr-n*, *pr*-ns, *pr*-nt, *pr*-nts

supplants — *p*, *pl*, *s-pl*, *s-pl-n*, *s-pl*-ns, *s-pl*-nt, *s-pl*-nts

offends — *f*, *f-n*, *f-ns*, *f*-nt, *f*-nts

friends — *fr*, *fr-n*, *fr*-ns, *fr*-nd, *fr*-nds

tufts — *t*, *t-f*, *t*-fs, *t*-ft, *t*-fts

drifts — *d*, *dr*, *dr-f*, *dr*-fs, *dr*-ft, *dr*-fts

stationed — *t*, *s-t*, *s-t*-shun, *s-t*-shuns, *s-t*-shund

fashioned — *f*, *f*-shun, *f*-shund

NOTE.—The spaces between the consonants indicate that a vowel may be read between the two letters, and the consonants in ordinary type indicate that no vowel is inserted between them.

On analyzing the words just given, all of which are written with the halving principle, the following points should be noted.

1. That the order in which the consonants are read is nearly the same as when written to a full-length stroke, the only difference being with regard to the final circle. The final circle at the end of a full-length stroke is read immediately after the final hook, but at the end of a half-sized stroke, finally hooked, the added letter is read immediately after the final hook, and the circle read last.

2. That the vowels whether occurring initially, medially or finally, are read in the same order as if written to full-length strokes.

(*f*) As will be seen from the illustrative examples given in Rule 2, words ending with the sound of *nt* or *nd*, after all strokes, straight or curved, or *ft* or *vd* after straight strokes only (there being no *f* or *v* hook to curves), are written according to the general rule, that is, to write the hook *n*, *f*, or *v*, and halve the preceding stroke.

This rule applies when the *t* or *d* immediately follows the *n*, *f*, or *v*, and indicates that these sounds are final, but if a vowel intervenes or a vowel follows these sounds, the stroke consonants are employed, thus providing a useful means of indicating the vowels, medially and finally, as the following comparisons will show:— *Kent*, *Kennet*, *County;* *kind*, *renewed*, *Canada;* *mount*, *moneyed*, *Monday;* *bent*, *Bennett*, *Brontë;* *faint*, *finite*, *affinity;* *craft*, *Karfoot*, *crafty;* *graft*, *aggravate*, *gravity;* *draught*, *draughty;* *dived*, *divide*.

(*g*) The expedient of employing the halving principle for words ending with the terminations referred to in the previous note is an exceedingly serviceable one, as it probably affects hundreds of words, and is very frequently used for the past tense of verbs when the present tense is written with the full-length stroke finally hooked; thus, *pain*, *pained*; *fine*, *fined*; *rain*, *rained*.

(*h*) It will be interesting to note the method adopted for writing words ending with the combinations *tn*, *dn*, *tf*(*v*), is the reverse of those just explained in Note *f*. They are written with the full-length stroke and the final hook for two reasons:—

First, Vocalization, as a vowel always occurs after the final stroke consonant.

Secondly, Finality, the final hook being employed to represent the final sound in the word.

Compare the following words:—

paint, *Paton*; *bent*, *baton*; *tent*, *tighten*; *dined*, *Dryden*; *faint*, *fatten*; *Lent*, *lighten*; *Hunt*, *Hutton*; *cleft*, *Clifton*.

NOTE.—There are some exceptions where the halving principle is applied for the sake of a briefer form or a distinguishing outline; thus, *garden*, compare *guardian*; *fortune*, compare *fourteen*; *certain*, *opportune*, *written*, *ordain*, *harden*.

(*i*) It should be particularly noted that the strokes *m*, *n*, *l*, *r* (down) when halved and finally hooked, do not require to be thickened for *d* as the rule provides that thin or thick strokes finally hooked may be halved for either *t* or *d*.

(*j*) Although the final hook at the end of a half-length stroke is read before the *t* or *d* added by halving, the rule is violated in a few cases for the sake of convenient phraseograms, where they are perfectly legible; thus,

in-spite-of, *instead-of*, *high-state-of*.

WORDS ENDING IN "-NT" OR "-ND," "-FT" OR "-VD."

Although it is the general rule, for words ending in *nt* or *nd*, to write the hook *n* and halve the preceding stroke, there are some cases in which the half-length stroke *n* is employed for *nt* and halved and thickened for *nd*.

The following should be carefully noted.

1. When a diphone or a triphone precedes; thus, *fluent*, *affluent*, *diluent*.

2. After the initial or medial circle *s*, circle *sw*, or initial loop *st*; thus,

scent, *signed*, *sound*, *peasant*, *present*, *poisoned*, *pheasant*, *fastened*, *resent*, *rescind*, *reasoned*; *swooned*; *stained*, *stoned*, *stunned*.

NOTES.

(*a*) The above words ending in *nd* are generally past tense verbs, the present tense of which are written with the stroke *n* finally.

(*b*) In root words composed of *st-nt* or *st-nd* the general rule applies; thus, *stand*, *stint*.

3. After the final hook for *f* or *v* to avoid an awkward angle; thus, *profound*, *prevent*.

4. To avoid joining two strokes of unequal length without an angle, in which case the medial hook for *n*, *f* or *v*, or the full length stroke before *nt* or *nd*, is employed; thus,

penant, *tenant*, *advent*, *defend*, *quickened*, *vacant*, *thickened*, *likened*, *yearned*, *inherent*.

5. After a medial syllable ending in *nt* or *nd;* thus,

dependent, abundant, attendant, redundant, accountant, descendant, ascendant.

6. When *nt* or *nd* occurs medially and the half-length stroke *nt* or *nd* is most convenient; thus,

Kentish, mackintosh, candidate, granddaughter, grandfather, grandson.

7. After the prefix *com;* thus,

command, commend, communed.

NOTE.—When a word ends with the sound of *-shund*, it is generally expressed by the *-shun* hook joined to a half-sized stroke; thus, *occasioned, fashioned, commissioned.*

8. When *nt* is employed as a contraction for *-ment;* thus,

pavement, refinement, resentment, commencement.

9. In distinguishing outlines; thus,

giant (compare *agent, gentleman,* grammalogue).

As the final hook for *f* or *v* is only written to *straight strokes*, when words end in *ft* or *vd*, the general rule of employing the hook *f* or *v* and halving the preceding stroke applies. There are a few exceptions, which should be noted, the half-length strokes *ft* or *vd* being employed.

10. After the circle *s* initially and medially, and *sw* circle, and *st* loop, initially; thus,

sift, saved, deceived, received, swift, staffed, stuffed.

11. To avoid joining two strokes of unequal length without an angle; thus

dwarfed.

12. After curved strokes, which must be obvious, there being no *f* or *v* hook to curves; thus,

fifed, *theft*, *thieved*, *thrift*, *thrived*, *triumphed*, *moved*, *sniffed*, *slaved.*

13. In the word *swerved*, in consequence of the awkwardness of writing a large initial attachment and a final attachment on the same side of a half-length stroke.

3. In words of more than one syllable, a thin or thick stroke may generally be halved for either *t* or *d*; thus,

repeat, *rapid*, *debate*, *rotate*, *expedite*, *detached*, *wretched*, *budget*, *nugget*, *castigate*, *renovate*, *method.*

Non-use of the Halving Principle in Words of more than one Syllable.

Although the above is a good general rule, the following cases should be noted.

1. That simple thin or thick strokes standing alone are only halved for *t* or *d* respectively; thus,

abate, *abet*, *audit*, *adroit*, *echoed*, *agate*, *assayed*, *aside*, *ahead*, *sedate*, *stupid.*

2. Where the full-length stroke is used.

(1) To give a more legible form; thus,

situate. *fiat*, *avowedly*, *poet*, *poetic*.

(2) To avoid difficulty of vocalizing; thus,

epitomist, (*optimist*), *battalion*.

(3) Where necessary to show accent on the last syllable; thus,

flannelette, *leatherette*.

3. A thin stroke is not usually halved initially for a thick stroke or vice versa; thus,

pedigree, *bottom*, *academy*.

NOTE.—This does not apply to words like *contradict*, *detect*, as the full-length strokes would give awkward combinations.

4. In compound words; thus,

repaid, *rebate*, *retake*, *bedeck*.

5. Proper Names for the sake of legibility; thus,

Applegate, *Abbotsford*, *Batley*, *Bedale*,

Piccadilly, *Highgate*, *Cobbett*, *Elliott*,

Margaret, *Rutland*, *Shetland*,

Olivet, *Margate*, *Ludgate*.

6. In distinguishing outlines; thus,

prediction, (*protection*); *separate* (*spirit*,

support); *inevitable* (*unavoidable*);

sacred (*secret*); *wicked* (*wicket*);

regret (*regard*); *heartily* (*hardly*);

needless (*endless*).

NOTES.

(*a*) It is obvious that differentiation is necessary in words of the same parts of speech.

(*b*) It will be observed in the above examples that it is not usual to halve the thin stroke for the thick one.

4. The terminations *-ward*, *-wart*, *-wort*, and *-yard*.

The half-length *w* and *y* may be employed as contractions for the terminations *-ward*, *-wart*, *-wort*, *-yard*, respectively (*r* being omitted); thus,

upward, *inward*, *onward*, *thwart*,

mugwort, *stockyard*, *steelyard*.

Where the alphabetic strokes do not join easily, the downward *r* halved and thickened, or the half-length upward *r* may be used as is most convenient; thus,

sea-ward, *eastward*, *hitherward*,

heavenward.

NOTES.

(*a*) The half-sized *w* may be used for the termination *-wood*; thus, *Cricklewood*, *Norwood*.

(*b*) In phrasing the half-length *w* or *y* may be used to represent the logograms *word* and *yard*; thus,

Holy Word, *every word*, = 200 ; = 300

5. The Final Stroke *st*.

The half-sized stroke *s* for *st* with or without final circle *s* may be written upward when it is not convenient to write it downward; thus,

vaccinationist, *educationists.*

(See Chapter 14, p. 166.)

6. *M*, *MP* or *MB*, *N*, *NG*, *L*, *R*, having only been briefly referred to as affected by the halving principle, in order to make them perfectly clear, it will be advisable to give the strokes separate treatment, taking each stroke in the order stated here.

M in its simple form is halved for *t*, but halved and thickened for *d*; thus,

omit, *smite*, *amid*, *seemed*, *steamed*, *maids*, *midst*, *primed*, *timid*.

NOTES.

(*a*) Even in words of more than one syllable, thickening is resorted to for the addition of *d*.

(*b*) A vowel may be read before the *mt* or *md* or between the *m-t* or *m-d*.

(*c*) When *m* is hooked initially for *r* or finally for *n* or *shun*, it may be halved for *t* or *d* without thickening the *m* for *d*, as it then follows the rule for words finally hooked or words of more than one syllable, thus,

rumoured, *hammered*, *meant* or *mend*, *dement*, *demand*, *lament*, *remained*, *motioned*.

MP or *MB* does not admit of being halved in its simple form as it will be seen from the above that it has been allocated to the more frequent sound of *md*.

Therefore, when *t* or *d* follows simple *mp* or *mb*, the full-length strokes must be written; thus,

impute, *imbued*, *limpet*, *limpid*.

NOTES.

(*a*) When hooked initially for *r* or finally for *n*, may be halved for *t* or *d*; thus, *rampart*, *hampered*, *cumbered*, *lumbered*, *rampant*, *lambent*, *dampened*, *lampooned*.

(*b*) ***impassioned***, the ***mp*** or ***mb*** not being halved when finally hooked for ***shun***.

N, in its simple form is halved for *t*, but halved and thickened for *d*; thus,

note, *senate*, *annoyed*, *sends*, *send'st*, *stained*, *renewed*.

NOTES.

(*a*) Even in words of more than one syllable, thickening is resorted to for the addition of *d*.

(*b*) A vowel may be read before the *nt* or *nd* or between the *n-t* or *n-d*.

(*c*) When *n* is hooked initially for *r* or finally for *n*, it may be halved for *t* or *d* without thickening the *n* for *d*, as it then follows the rule for words finally hooked or words of more than one syllable; thus, *honoured*, *mannered*, *Leonard*, *anent*, *renowned*.

NG although a simple stroke, like the compound consonant *mp* or *mb*, does not admit of being halved in its simple form, as it will be seen from the above that it has been allocated to the more frequent sound of *nd*. Therefore, when *t* or *d* follows simple *ng* the full-length strokes must be written; thus,

adjunct, *distinct*, *instinct*; *longed*, *wronged*, *hanged*.

NOTES.

(*a*) Although the sound of *k* occurs between *ng* and *t* in the words just given, it may be omitted, as will be explained in the chapter on " Contractions."

(*b*) When *ng* is hooked for *r*, it represents *ng-kr* or *ng-gr*, and may be halved to represent *ng-krd*, or *ng-grd*; thus,

anchored, *tankard*, *drunkard*; *angered*, *fingered*, *lingered*.

L in its simple form is halved for *t*, and, written downward, it is halved and thickened for *d*, when the two consonants immediately succeed each other without a vowel between; thus,

ailed, *old*.

Therefore, when a vowel occurs between the *l-d* the separate strokes must be written; thus,

laid, *followed*.

LT. The *l* halved for *lt* is generally written upward initially and finally; thus,

little, *pelt*, *belt*, *tilt*, *kilt*

felt, *melt*, *quilt*.

The downward form is used as follows :—

Initially, when preceded by a vowel and a horizontal follows; thus,

ultimo, *ultimate*, *allotment*.

Finally, when preceded by *n*, *ng*, *ns* and *vs*, and when preceded by *w*, if no vowel follows the *l*; thus

knelt, *ringlet*, *insult*, *vacillate*,

dwelt.

NOTES.

(*a*) After the strokes *n* and *ng* the *lt* is written downward, whether a vowel occurs between *l-t* or not, and thus follows the same rule as full-length *l* after these strokes, as, *annual*, *annually*.

(*b*) After stroke *w* the *lt* is written upward if followed by a vowel; thus, *twilight*.

LD. Although *l* is written downward when halved and thickened for *d*, when it stands alone it must not be preceded or followed by an initial or final attachment; thus we write,

sold, *styled*, *Lloyds*, *oldest*.

The downward form is used as follows :—

Initially, where the *ld* can be joined to the following stroke; thus,

Oldbury, *old-age*, *Oldham*, *old man*.

Finally, where the *ld* can be joined to the preceding stroke; thus,

paled, *boiled*, *killed*, *failed*, *nailed*, *rolled*, *puzzled*, *cancelled*, *lulled*, *paralleled*.

NOTES.

(*a*) After the strokes (up), or the straight upstrokes followed by circle *s*, as it is practically impossible to write the final *ld* downward, it is written with the upward *l* and *d*; thus, *assailed*, *shelled*, *muzzled*, *embezzled*, *wrestled*.

(*b*) Words in which the consonants are *h-ld* and *w-ld* are written thus ; and , as in *held*, *wild*.

(*c*) In compound words ending with the syllable *-hold* the final syllable is written as is most convenient ; thus,

uphold, *beholds*, *freehold*, *leasehold*, *household*.

(*d*) The upward *l* is not halved for *ld*.

(*e*) It will be obvious that *lr* cannot be halved to add *d*, as it will be seen that is allocated to *ld*. For words ending in *lrd* see rules for final *rd*.

R, like the stroke *l*, in its simple form is halved for *t*, and, written downward, it is halved and thickened for *d*, when the two consonants immediately succeed each other without a vowel between ; thus,

aired, *pared*.

Therefore, when a vowel occurs between the *r-d*, the separate strokes must be written ; thus,

arrayed, *parade*.

There are, however, two exceptions, namely, *assuredness*, *assuredly*, both being derivative words from *assured*.

RT. Initially, where possible, follows the rule for initial *r* ; that is, if preceded by a vowel, it is written downward, but if no vowel precedes it is written upward ; thus,

art, *artful*, *artless*, *artillery*.

Exception : When preceding *ch*, *f* and *kl*, it is written upward, irrespective of preceding vowel ; thus,

artichoke, *artificial*, *article*.

Finally, it is written upward, where it will join easily to the preceding stroke; thus,

part, fort, assert, mart, alert, Stewart.

NOTES.

(*a*) It is written downward if more convenient for joining or vocalization; thus,

shirt, snort, desert, Mozart.

(*b*) The downward *rt* is used medially in *assortment* for the convenience of joining *-ment.*

(*c*) *Rt* circled initially is written upward; thus, *sort, concert, Consort.*

(*d*) *Rt* is written upward initially and medially before stroke *n*, although no vowel follows *n*, being briefer and also providing distinguishing outlines; thus, *certain, ascertain, fortune.* Compare *fourteen.*

RD. It is written with the downward *r*, halved and thickened when a convenient joining is obtained, initially, medially, and finally; thus

aired, seared, stared, sward, arduous, ordain, ordinance, ordinary, ardent, inordinacy, inordinate; pared, card, afford, veered, shared, marred, sneered, pondered, slandered.

If more convenient for joining, it is written with the half-sized upward *r* medially and finally; thus,

subordinate, absurdity, Dardanelles

Richardson; *geared*, *lard*, *coloured*, *answered*, *haphazard*, *deferred*, *referred*, *wintered*.

NOTES.

(*a*) The upward *r* halved, representing *rt*, is also used for *rd* in words of one or more syllables, when the latter, the half-length thin stroke may be halved for the thick stroke according to rule 3.

(*b*) If the *rd* was written downward in some cases it would violate the rule which forbids the joining of two strokes of unequal length without an angle, or would result in very awkward outlines.

(*c*) The sign ˥ may have an initial attachment.

JUNCTION OF (I) STROKES OF UNEQUAL LENGTH, (II) HALF-LENGTH STROKES.

7. Two strokes of unequal length or two half-length strokes must not be joined together, unless they make an evident junction at the point of union.

This is a most important rule, and is probably violated more than any other rule in the Halving Principle. It will be observed that this rule naturally divides itself into two parts, first, strokes of unequal length, and, secondly, half-length strokes. As the treatment of these two parts is not altogether identical, it will be advisable to deal with them separately, although the necessity for, and the effects of, the rule are almost the same.

I. Two strokes of unequal length must not be joined together, unless the junction is evident at the point of union by,

(1) An angle; thus,

patted, *fitted*, *finite*, *thumped*, *mocked*, *left*, *wept*, *hacked*, *hatched*.

(2) A difference of thickness; thus,

(*a*) After the stroke — followed by final, as *card*, *discord*, *declared*, *squared*.

(*b*) After a thin curved stroke in *conjunction with curve in opposite motion;* thus,

fared, *so-that* (phrase), *named*, *arrived*.

(3) A medial circle, loop or hook; thus,

Pittsburg, *tested*, *destroyed*, *satisfied*, *testified*, *Bradbury*, *tentative*, *attended*, *drifted*.

NOTES.

(*a*) An angle in a phonographic sense may be regarded as a definite point of junction between any two strokes which can be made visible when written at a high rate of speed.

(*b*) The angle between two strokes may be an acute, an obtuse, or a right-angle.

(*c*) After the strokes — and upward the upward *r* is halved for *rd*; thus, *geared*, *gored*, *lard*, *leered*, *coloured*.

(*d*) After the stroke the may be joined finally, although the junction is not very evident, but it is contended that as the curves are written with opposite motions, it is possible to show that the final stroke is halved; thus, *veered*, *revered*.

The Necessity for the Rule.

It is not sufficient for the teacher merely to quote the rule which has just been given, as he is sure to get some inquiring student who will want to know the necessity for it, and therefore the teacher will be required to give a full explanation as to why the rule was devised.

In framing the rules of the system, it must not be overlooked that they have been constructed with a knowledge that they have to be applied when written at a very high rate of speed, and therefore it is absolutely necessary to formulate such rules for the joining of the strokes as will render it impossible to mistake their length at whatever speed they are written.

The necessity for this rule, therefore, is evident in the case of straight strokes when we get such a series of possible combinations as the following, (1) , (2) *p-pt*, (3) *pt-p*, (4) *p-p*; (1) *p-n*, (2) *p-pn* *t/d*, (3) *pt-pn*, (4) *p-pn*, (5) *p-n-tr/dr*.

In the case of curves, we might have such possible combinations as the following, (1) *m-nt*, (2) *mt-n*, *m-n*.

In the case of a straight stroke and a curve, we might get such combinations as, (1) *f*, (2) *f-kt*, (3) *f-k*, (4) *f-tr*; (1) *r*, (2) *kt-r*, (3) *k-r*, (4) *r-l/d-r*.

It needs very little imagination, therefore, to see how easily mistakes would naturally arise from the similarity between the various combinations we have just given, and hence the extreme necessity for some very definite rules for the joining of strokes of unequal length.

The Effect of the Rule.

Having stated the rule and explained the necessity thereof, the next step is to show what effect the observance of the rule has upon the formation of outlines.

The effect of the rule is either

1. That the halving or doubling principles do not apply, and the outlines are written in full; thus,

(*a*) *piped*, *minute*, *animate*, *navigate*, *probed*, *defied*, *fatigue*, *maiden*.

(*b*) *cricketer*, *monitor*, *animator*, *navigator*.

2. That the strokes are disjoined; thus,

attitude, *dated*, *tightened*, *detained*, *deadened*, *stratify*, *North-Eastern*, *South-easterly*, *unmotherly*, *mother-in-law*, *aptness*, *indebtedness*, *madness*, *sombreness*, *multitudinous*, *tiger-cat*, *bed-post*.

3. That an alternative direction or form is used for one of the strokes of words; thus,

refresh, *refreshed*, *lavish*, *lavished*, *impoverish*, *impoverished*, *to-night*, (*night*), *tennis-court* (*court*).

4. That an angle is purposely formed to make the outline allowable; thus,

escheat, *escheater*, *Hebraized*, *death-bed*, *assuaged*, *Wedgewood*.

II. Two half-length strokes, whether of different thickness or not, must not be joined together unless the junction is evident by an angle, a circle, or a hook ; thus,

aptitude, *protect*, *abduct*, *dedicate*, *rectitude*, *latitude*, *certitude*, *meditate*, *medicate*, *moderate*, *indicate*, *indent* ; *God-is-good* (phrase) ; *bedplate*, *abundant*, *attendant*, *vindicate*, *authenticate*.

Reason for the Rule.

The reason for the above rule must be obvious. The joining of two half-length strokes without an angle would, in some cases, result in making a full-length stroke, or if there was a difference of thickness, or one or both strokes were curves, the outlines would be too cramped to be easily formed when written rapidly.

The Effect of the Rule.

The effect of the rule is, as is the case with strokes of unequal length, which have already been explained, that the outline must be written in full, or disjoined, the former being preferred if the outline is not too long, and thereby avoid lifting the pen ; thus,

pit-a-pat, *Broadbent*, *tit-tat* (not = *t*), *Dreadnought*, *chit-chat* (not = *ch*), *Kit-cat* (not = *k*), *catgut* (not) *intimate* (not), *litigant* (not).

NOTES.

(*a*) Having previously shown the *general* effect of the rule just explained on the formation of outlines, it will be interesting to show its *particular* effect upon the joining, or disjoining of the different classes of strokes, and it may be well to point out that it plays a considerable part in the formation of verbs in the past tense.

We shall deal with, first, joined strokes, secondly, disjoined strokes.

I. Joined Strokes.

1. When the two strokes are of the same thickness, the strokes are written in full; thus,

popped, *bribed*, *judged*, *emanate*,

fact, *lacked*, *mapped*.

2. When the strokes are of a different thickness,

(*a*) If a thin stroke follows a thick stroke, the strokes are written in full; thus, *biped*, *vacate*, *vacant*.

(*b*) If a thick *straight* stroke follows a thin *straight* or *curved* stroke, the strokes are written in full; thus,

probate, *faggot*, *mobbed*, *legged*.

(*c*) If a thick *curved* stroke follows a thin *straight* or *curved* stroke, the halving principle is applied; thus,

cord, *cleared*, *fired*, *named*, *arrived*.

II. Disjoined Strokes.

1. Although outlines like, *popped*, *biped*, *probate* are permissible, when a final *-ted* or *-ded* follows *t* or *d*, we disjoin the half-sized *t* or *d* to avoid lengthy outlines, and also to avoid writing three straight strokes without an angle; thus,

dreaded, *traded*.

2. The termination *-ness* or *-nous* is disjoined if there is no angle between the two strokes ; thus,

 *morbidness*,  *tightness*,  *promptness*,

 *multitudinous*.

(*a*) The only cases in which two strokes of unequal length are joined without an angle are those which consist of curved strokes, and a difference in thickness clearly shows the inequality of length. Note also the phraseogram  *so-that*.

THREE OR MORE FULL-SIZED STROKES.

It will be of interest to the teacher to observe the practice in regard to the writing of three or more full-sized strokes without an angle, and it will be found that it necessitates the observance of the same principles as in the case of two strokes of unequal length without an angle, which have already been dealt with.

Three full-sized *straight* strokes, whether of the same thickness or not, must not be joined together if they do not form an angle.

The effect of this is either,

1. That one of the strokes is disjoined ; thus,

 *blow-pipe*,  *bipupillate*,  *baobab*,

 *teetotum*,  *dietetic*,  *turkey-coch*,

 *cachexia*, 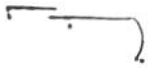 *cachexy*,

 *cacochymic*, 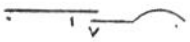 *cacochymy*.

2. That an alternate form is used for one of the strokes ; thus,

 *rarer*, (not ).

3. That one of the strokes is both altered and disjoined ; thus,

 *traded*,  *dated*

NOTE.—If a circle or hook intervenes, the combinations are allowable ; thus,  *harasser,*  *referrer* (compare  *rarer*),  *proprietor,*  *preceptor.*

In the case of three or more full-sized strokes, where one or more are *curved* strokes, the effect is either

1. That one of the strokes is disjoined ; thus,

 *starfish.*

2. That an alternative sign is used for one of the forms ; thus,

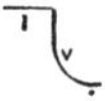 *codify,* 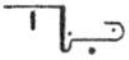 *codification,*

 *flourish* (compare  *Irish*).

In the generality of cases, however, three or more full-sized strokes may be joined together, though no angle is formed, provided that one or more of them are *curves ;* thus,

 *papacy,*  *dyspepsia,*  *steam-pipe,*
 *myopsy,*  *aerification,*  *galaxy,*
 *clockwork,*  *deifier,*  *subpoena,*
 *prenominate,*  *peripneumony.*

8. Past tense of verbs ending in *t* or *d.*

As present tense verbs are frequently written by the halving principle, the past tense of such verbs is formed by writing the stroke in full or retaining the final hook and halving the last available stroke for final *t* or *d*, as follows :—

1. Present tense verbs expressed by a half-sized stroke not finally hooked, form their past tense by halving the last available stroke, providing an angle is formed ; thus,

pat, *patted*, *fate*, *fated*, *evade*, *evaded*,

afford, *afforded*, *part*, *parted*.

2. Present tense verbs written with the half-sized *t* or *d* form their past tense by writing the strokes *t* or *d* in full, and halving for the last syllable, but disjoining the *t* or *d* to avoid writing three descending straight strokes without an angle ; thus,

trot, *trotted*, *dread*, *dreaded*.

NOTES.

(*a*) Half-sized *t* or *d* cannot be joined to strokes *t* or *d* as it would violate rule **7**.

(*b*) If the present tense verbs are written with two strokes without an angle, the past tense is formed by writing the strokes in full, providing final *t* or *d* make an angle ; thus, *pop*, *popped* ; *look*, *looked* ; *rear*, *reared*.

As these words are monosyllables, it is preferable to avoid disjoining.

3. After a half-sized stroke finally hooked for *n* as follows :—

(1) After a simple straight downstroke, the hook is retained, as in the present tense ; thus,

paint, *painted* ; **bound**, *bounded* ; *tend*, *tended* ; *chant*, *chanted*.

(2) After straight downstrokes circled or hooked on the right-hand side; thus,

stint, stinted; plant, planted; supplant, supplanted.

(3) After straight downstrokes circled or hooked on the left-hand side; thus,

strand, stranded; print, printed; brand, branded.

NOTE.—In the last two rules the hook or stroke *n* is used as required to preserve the straightness of the stroke.

(4) After all curves, the straight horizontals and upstrokes, the stroke *n* is employed, being more forward and giving a sharper angle to the downstroke; thus,

found, founded; ascend, ascended; mount, mounted; land, landed, count, counted; rent, rented.

4. After a half-sized stroke finally hooked for *f* or *v*, as follows:—

(1) After straight downstrokes the hook is retained as in the present tense; thus,

draft, drafted; drift, drifted.

(2) After straight horizontal strokes or straight upstrokes, the stroke is used; thus,

graft, grafted; waft, wafted.

The Verbs in Pitman Shorthand.

Having dealt with the various methods of writing the past tense of verbs, the present tense of which are written with the halving principle, the teacher will find it helpful to review the verbs in the system, written by means of the various principles, and show how the past tense, which mostly ends in *t* or *d*, is represented.

In dealing at length with the subject, we will observe the order of the principles as set forth in this book.

1 The vowel sometimes determines the present from the past tense; thus,

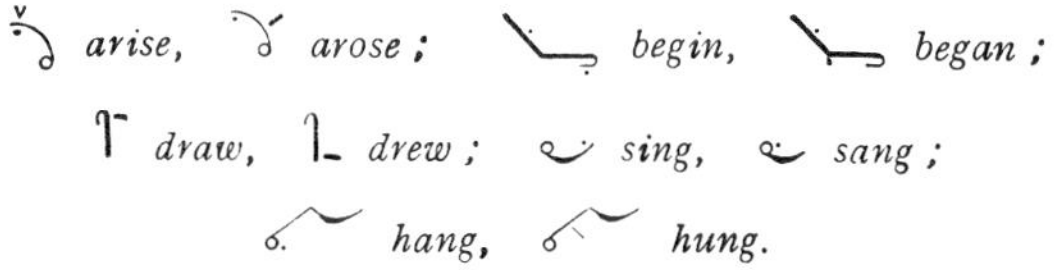

arise, *arose*; *begin*, *began*; *draw*, *drew*; *sing*, *sang*; *hang*, *hung*.

2. When the present tense is written with the simple stroke, the past tense is formed either by writing the word in full, halving, or halving and disjoining; thus,

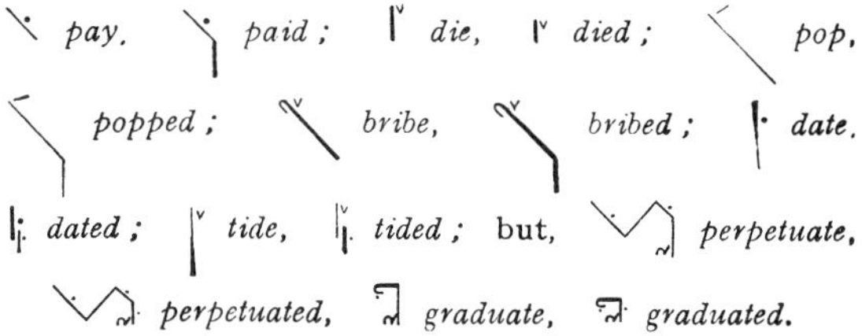

pay, *paid*; *die*, *died*; *pop*, *popped*; *bribe*, *bribed*; *date*, *dated*; *tide*, *tided*; but, *perpetuate*, *perpetuated*, *graduate*, *graduated*.

3. When the present tense is written with the stroke *s* the past tense is written with the circle *s*, and stroke *d*; thus,

saw, *sawed*; *sow*, *sowed*; *sigh*, *sighed*.

4. When the present tense is written with the circle *s* and stroke *t*, the past tense is formed by halving, if it is a word of more than one syllable; thus,

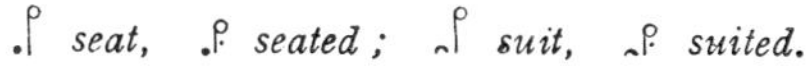

seat, *seated*; *suit*, *suited*.

5. When the present tense is written with the *st* loop and *t* or *d* the past tense is formed by halving, if words of more than one syllable; thus,

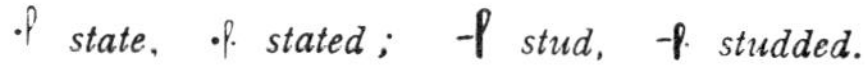

state, *stated*; *stud*, *studded*.

6. When the present tense is written with the circle *s* and *w* the past tense is written with the large circle ; thus,

sway, *swayed.*

7. When the present tense is written with the circle or loop prefixed to the strokes *m*, *n*, or *r*, the past tense is formed by halving the stroke and thickening for *d* ; thus,

seem, *seemed* ; *steam*, *steamed* ; *sin*, *sinned* ; *swoon*, *swooned* ; *stone*, *stoned*, *sear*, *seared* ; *steer*, *steered.*

8. When the present tense ends with circle *s*, the past tense is formed by the final loop ; thus,

pause, *paused* ; *face*, *faced* ;
raise, *raised.*

NOTE.— *caused*, to distinguish from *cast*, *cost.*

9. When the present tense ends with the large circle *ss*, the past tense is formed by adding the stroke *d* ; thus,

exercise, *exercised* ; *emphasize*, *emphasized* ; but, *criticize*, *criticized.*

10. When the present tense ends with the final *st* or *str* loops, the past tense is formed by writing circle *s* and half-sized stroke *t* or *tr* ; thus,

paste, *pasted* ; *feast*, *feasted* ; *pester*, *pestered* ; *master*, *mastered.*

11. Present tense verbs written with the final *sst*, the past tense is formed by halving stroke *t* ; thus,

exist, *existed* ; *resist*, *resisted* ; but *possess*, *possessed* ; *recess*, *recessed.*

12. Present tense verbs written with the initially hooked strokes, form their past tense by halving, if words of more than one syllable; thus,

supply, *supplied*; *offer*, *offered*;

honour, *honoured*.

13. Present tense verbs written with the *n*, *f* or *v* hooks, to full length strokes, form their past tense by halving; thus,

pain, *pained*; *fine*, *fined*; *moan*,

moaned; *rain*, *rained*; *cough*, *coughed*;

pave, *paved*; *grieve*, *grieved*.

14. Present tense verbs written with the large final hook for *shun* form their past tense by halving; thus,

cushion, *cushioned*; *fashion*, *fashioned*;

portion, *portioned*;

but when the present tense ends with *s-shun*, the past tense is formed by adding stroke *d*; thus,

position, *positioned*; *requisition*,

requisitioned.

15. Present tense verbs written with final *r* downward or upward, form their past tense by halving, and in the case of downward *r* thickening for *d*; thus,

pair, *paired*; *fire*, *fired*,

prepare, *prepared*; *answer*,

answered; *prefer*, *preferred*;

gore, *gored*; *colour*, *coloured*.

16. Present tense verbs written with the circle or loop to upward *l* initially form their past tense by adding stroke *d*; thus,

sail, *sailed*; *swallow*, *swallowed*; *style*, *styled*.

17. Present tense verbs written with final stroke *l* form their past tense by halving and thickening the downward *l*; thus,

pile, *piled*; *file*, *filed*; *roll*, *rolled*;

but where *ld* cannot be written downward, the full-length strokes are used; thus,

unfurl, *unfurled*; *shell*, *shelled*; *embezzle*, *embezzled*.

18. Present tense verbs written with final stroke *sh* form their past tense by halving or writing the outline in full; thus,

push, *pushed*; *fish*, *fished*; *polish*, *polished*; *relish*, *relished*.

19. Present tense verbs written by the doubling principle form their past tense by the halving principle; thus,

ponder, *pondered*; *fetter*, *fettered*; *render*, *rendered*; *loiter*, *loitered*; *pamper*, *pampered*; *linger*, *lingered*.

20. Present tense verbs written with *ng-kr*, or *ng-gr*, or *mpr* or *mbr*, form their past tense by halving; thus,

tinker, *tinkered*; *hamper*, *hampered*; *cumber*, *cumbered*.

NOTE.—We have omitted dealing with the past tenses of verbs, the present tenses of which are written with the halving principle, as they have been explained in the course of this chapter. We have also omitted dealing with the past tense of verbs, which are represented by grammalogues or contractions, as they are explained in the chapters on those subjects.

Halving in Phraseography.

The halving principle is employed in phraseography as follows :—

1. For the word *it*, as in  *if it*.

2. For the word *not*, as in  *you may not.*

3. For the words *word* and *would*, as in  *this word*,  *they would be.*

4. For the *t* in the word *time*, as in  *at all times.*

5. For the word *to*, as in  *able to.*

SUMMARY.

1. In words of one syllable, a thin stroke halved adds *t*, and a thick stroke halved adds *d*.

2. When a vowel follows final *t* or *d* the stroke must be written.

3. Upward *r* standing alone, or with final circle *s* only added, is not halved for *t*, and, therefore, *rt* must be written in full.

4. The downward *h* standing alone is never halved, and therefore the upward *h* is resorted to for halving.

5. A thin or thick stroke finally hooked, or with circle added to final hook, or with a finally-joined diphthong, may be halved to add either *t* or *d*.

6. In words of more than one syllable a thin or thick stroke may generally be halved to add either *t* or *d*.

7. The half-sized *w* and *y* are employed as contractions for the terminations *ward*, *wart*, *wort* and *yard* respectively.

8. The final stroke *st* after final *shun* hook may be written upward, when it cannot conveniently be written downward.

9. The strokes *m*, *n*, *l*, *r*, are halved for *t*, and halved and thickened for *d*. The *md* and *nd* are employed with a vowel intervening between the two consonants, but *ld* and *rd* are employed when the two consonants succeed each other without a vowel between; therefore, when a vowel occurs between the two letters, the separate strokes are written.

10. Final *lt* and *rt* are generally written upward, and final *ld* and *rd* downward.

11. *Ng* and *mp* cannot be halved in their simple form, as they would represent *nd* and *md* respectively, but when hooked initially or finally, they may be halved.

12. *Lr* and *rr* do not admit of being halved under any circumstances.

13. Two strokes of unequal length or two half-length strokes must not be joined together, unless they make an evident junction at the point of union.

14. Present tense verbs written by a simple half-sized stroke form their past tense by writing the stroke in full and halving the last available stroke.

15. Present tense verbs written with *t* or *d* form their past tense by writing the stroke in full, and disjoining for the final *-ted* or *-ded*.

16. Present tense verbs ending with strokes other than *t* or *d* are generally written in full.

17. Present tense verbs ending with hook *n* after downstrokes form their past tense by writing the hook or stroke *n* as is necessary to preserve the straightness of the stroke, and halving the *t* or *d*.

18. Present tense verbs ending with hook *n* after curves, horizontal, and upstrokes, always take the stroke *n* and halve the *t* or *d* for the past tense.

19. Present tense verbs written with the final *f* hook after straight downstrokes retain the hook and halve *t* or *d* for the past tense.

20. Present tense verbs written with the final *f* hook after straight horizontals, or upstroke, take the stroke *f*, and halve the *t* for the past tense.

Chapter 21.

THE DOUBLING PRINCIPLE.

THE teacher in the last chapter dealt with the Halving Principle, which is employed for the purpose of adding a single consonant, *t* or *d*, and now he will deal with the Doubling Principle, which gives him another advantage, and that is, the addition of double consonants, such as *tr*, *dr* or *THr*. It will be at once evident that such a principle gives him very facile and legible outlines, and affords a most expeditious way of providing for very frequent terminations, and he will no doubt realize by this time that in the structure of the system nearly every possible device has been adopted for providing an easy representation for terminal sounds. The teacher will now observe that we have three lengths for the consonants in Pitman's Shorthand, namely, full-length, half-length, and double-length strokes.

Straight Strokes.

Straight strokes written double-length add the final unaccented syllables *tr*, *dr*, *THr*, as follows :—

1. When initially circled or finally hooked, or having circle *s* added to final hook, or with a finally joined diphthong ; thus,

spatter, *sceptre*, *skater* ; *splutter*, *spreader* ; *appointer*, *blenders* ; *tinder*, *drifters* ; *chanter*, *genders* ; *canter* or *candour*, *grafters*; *ranter*, *rafters*; *winters*, *yonder*, *hunters*; *powder*, *tutor*, *chowder*.

2. When preceded by a stroke; thus, *chapter*, *liberators*, *imitator*, *creditors*, *escheator*, *coadjutors*, *educator*, *instigators*, *dissuader*.

NOTES.

(*a*) The Doubling Principle. It should be noted that the doubling principle does not apply to initial straight strokes unless they are circled initially, hooked finally for *n*, *f* or *v*, or with the circle *s* added to the final hooks; but if the straight strokes follow another stroke, the doubling principle may be applied; with or without a final hook; thus, *pretender*, *educator*. Note *patter*, *patters*, *crater*.

(*b*) In the case of words ending in *-ntr*, *-ndr*, or *-ftr*, after straight strokes, write the hook for *n* or *f* and double the preceding stroke; thus, *printer*, *brander*, *crofter*.

(*c*) It will be noticed that a double-length straight stroke has two meanings, (1) The two alphabetic strokes, (2) the alphabetic stroke adding *-tr* or *-dr*; thus, *p-pn*, *p-ntr*, *b-bn*, *b-ntr*. When used in the former sense, as the words are of rare occurrence, the words should be vocalized, but when used in the latter class, they are more common, and in fast writing may be safely left unvocalized; thus, *pippin*, *ponder*; *baboon*, *bender*; *Teuton*, *tender*; *jejune*, *gender*; *cocoon*, *counter*; *yarn*, *yonder*;

heron, *hunter* ; *uproar*, *operator*.

(*d*) A vowel placed after a double-length stroke takes the same place as when written after a half-length stroke, and is read next to the primary stroke, single, double or treble, as in the case of full or half-length strokes, the syllable added by doubling being read last, except when circled finally or the suffix *-ing* or *-ings* follows, in which case the circle *s* or suffix is read last ; thus, *pain*, *paint*, *painter* ; *brain*, *brand*, *brander* ; *spleen*, *splint*, *splinter*, *splinters* ; *adapter* *adapters*.

(*e*) When a triphone, representing a diphthong and a *long* vowel, precede final *-tr*, or a vowel follows final *-tr* or *-dr*, the doubling principle does not apply ; thus, *punctuator*, *pantry*, *boundary*, *chantry*, *gentry*, *secondary*, *wintry*.

(*f*) The outline for the words *rather*, *writer*, , does not come under the rules for the doubling of straight strokes, but simply represents the consonants *rr* (up) and therefore does not admit of being vocalized for either word, but must be treated as a contraction.

(*g*) The phraseogram *rather than*, is irregular, that is, it does not follow the rule for the doubling principle, and is simply the hook *n* added for *than* to the contraction *rather*, which has been referred to in the previous note.

(*h*) A straight stroke must not be written double length if it produces two strokes of unequal length without an angle ; thus, *factor* (not), *navigator* (not). Double-length *n*, however, is allowed after *t* or downward *l* ; thus, *detonator*, *alienator*.

Curved Strokes.

Curved strokes written double-length, add the final unaccented syllables *tr*, *dr* or *THr* (not *thr*); thus,

fatter, *father*, *fender*, *voter*, *evader*, *vaunter*, *vender*, *theatre*, *thunder*, *thither*, *Easter*, *asunder*, *Zuyder-Zee*.

NOTES.

(*a*) The restriction of writing initial straight strokes double-length only when finally hooked does not apply to curves.

(*b*) Words ending in *-ntr* or *-ndr*, after a curved stroke, are written in the same way as in the case of straight strokes, that is, by using the hook for *n* and doubling the preceding stroke; thus, *mentor*, *mender*.

(*c*) The method of vocalizing double-length curves is the same as the double-length straight strokes.

(*d*) If a triphone representing a diphthong and a *long* vowel precede final *tr*, or a vowel follows final *tr*, *dr*, or *THr*, the doubling principle does not apply; thus, *extenuator*, *insinuator* (compare *proprietor*), *flattery*, *feathery*.

(*e*) The doubling principle is never employed for the sound of *thr* (light sound); hence we write, *zither*, *Luther*, *Arthur*, *anther*, *Merthyr*.

(*f*) The doubling principle is never employed for *thr* after strokes finally hooked.

(*g*) A curved stroke must not be written double-length if it produces two strokes of unequal length without an angle; thus, *nominator* (not), *monitor* (not).

(*h*) If an accented vowel occurs between *t-r*, the doubling principle is not employed; thus, *enter*, but *inter*, *Easter*, but *austere*.

(*i*) The following words are written with the doubling principle, although the *tr* or *dr* make consonantal diphthongs; thus, *centric*, *centrical*, *central*, *eccentric*, *eccentrical*, *cylindric*, *cylindrical*.

STROKES *L*, *NG*, *MP* OR *MB*.

Stroke "L."

The stroke *l* standing alone or with only a final circle, is not doubled for *dr* or *thr*; hence, *ladder*, *leather*. The double-length *l* is reserved for words ending in *tr*, as they are very frequently used; but if *l* is hooked initially or finally, or has an initial circle or tick *h*, or follows another stroke, it may be doubled for *dr* or *THr*; thus,

wilder, *lender*, *slider*, *holder*, *bewilder*, *washleather*.

Double-length *l* is written upward, except after *n*, *ng*, *ns* or *sk*.

Stroke "NG."

1. The simple stroke *ng*, when written double-length, adds *kr* or *gr*; thus,

anger, *longer* (adverb), *sinker*, *Yonkers*, *winker*

NOTES.

(*a*) The signs and express exactly the same sounds.

(*b*) The double-length form is used: (1) initially; (2) after a circle or a loop; (3) after an *up*stroke; thus,

anchor, *anchorage*, *sinker*, *linger*, *rancour*.

(*c*) The hooked form is used in other cases, thus, *banker*, *tinker*, *tinkered*, *stronger*, *conquer*, *monger*. (An exception is made in the case of the word *shrinker*, retained as a special outline.)

(*d*) The form is not used generally when a vowel occurs finally; thus, *angry*, *hungry*.

Exception : *ironmongery*.

(*e*) The termination *ng-R* is represented by the simple stroke *ng* and downward *R*; thus, *banger*, *singer*, *ringer*.

Stroke "MP" or "MB."

1. The compound consonant *mp* or *mb*, when written double-length, adds ***-er***; thus, *amber*, *temper*.

NOTES.

(*a*) The signs and express exactly the same sounds.

(*b*) The double-length form is used: (1) initially; (2) after a circle or loop; (3) after a *down*stroke; thus, *amber*, *sombre*, *stamper*, *damper*, *chamber*.

(*c*) The hooked form is used in other cases; thus, *cumber*, *Cumberland*, *Humber*, *slumber*.

(*d*) The final sound of *-tr* or *-dr* after *mp* or *mb* is not frequent, and may be written with the final *tr;* thus, *trumpeter,* *embitter;* but when final *-tr* follows *p* without a vowel between the *p* and *tr*, the *p* is only slightly sounded, and therefore omitted; thus, *prompter,* *tempter.*

2. When the *mp* is hooked finally for *n* it may be doubled for *dr;* thus, *impounder,* *imponderable.*

Doubling for "-ture."

In a few words of frequent occurrence, the doubling principle may be applied to straight strokes and curves for *-ture;* thus,

picture, *conjecture,* *feature,*

adventure.

NOTES.

(*a*) When the syllable *-ture* follows a single stroke, it is more legible to write the separate strokes; thus, *culture,* *creature;* but after two strokes use the *tr* for a briefer outline; thus, *lecture,* *literature.*

(*b*) When an accented vowel occurs between final *t-r*, write the separate *r;* thus, *mature,* *premature.*

(*c*) The final *tr* is used for *-ture* to make distinguishing outlines; thus, *capture* (compare *captor*); *sculpture* (compare *sculptor*); *horticulture* (compare *horticultor*); *progeniture* (compare *progenitor*).

For further remarks on this point, see Chapter 11.

Past Tense of Verbs.

When the present tense of verbs is written with the doubling principle, the past tense is written with the halving principle; thus,

ponder, *pondered*, *tender*, *tendered*, *engender*, *engendered*, *encounter*, *encountered*, *fetter*, *fettered*, *flounder*, *floundered*, *thunder*, *thundered*, *shatter*, *shattered*, *mutter*, *muttered*, *smother*, *smothered*, *saunter*, *sauntered*, *slander*, *slandered*, *order*, *ordered*, *wonder*, *wondered*, *picture*, *pictured*, *adventure*, *adventured*.

Doubling for "their," "there," "other," "dear."

1. *Their, there,* may be added to a stroke full-length logogram by doubling it; thus, *I shall be there*, *from-their*, *have-there*, *think-there*, *so-there*, ... *in-there*.

2. *Their, other, dear,* may be indicated by doubling the stroke in an outline representing a word which is not a grammalogue; thus, *seeking their*, *you will take their*, *some other*, *My dear Sir*.

NOTE.—The logogram *therefore*, is purely arbitrary, as there is no other case of doubling for *fore*. The word *further* is written thus, for distinction.

Points of Similarity between the Halving and Doubling Principles.

The teacher will find the following points of similarity between the halving and doubling principles of interest.

1. Strokes having a finally joined diphthong may be halved for *t* or *d*, doubled for *tr*, *dr*, *THr*; thus,

 *proud*;  *powder*.

2. Strokes finally hooked and halved add *t* or *d*, doubled add *tr*, *dr* or *THr*; thus,

 *plant*, *planned*;  *planter*,  *plunder*.

3. Vowel after a half-length stroke or double-length stroke, finally hooked, is read before final hook; thus,

 *paint*,  *painter*.

4. A final hook at the end of a half-length or double-length stroke is read before the added letters; thus,

 *print*,  *printer*.

5. A circle at the end of a half-length or double-length stroke, with or without a final hook, is read after the added letters; thus,

 *points*,  *pointers*.

6. If half-length or double-length strokes produce no angle or evident junction, the halving or doubling principles do not apply; thus,

 *fact*,  *monitor*.

7. A vowel at the end of a word requires the preceding consonant to be written with a stroke; thus,

 *pity*,  *flattery*,  *bandy*,  *pantry*.

8. The rule for final *l* is not always observed with half-length or double-length strokes; thus,

fatally, *folder*.

9. The halving and doubling principles are not used in words like *seat*, *seater* as the outlines),), suggest a preceding vowel.

10. The suffix *-ing* or *-ings* at the end of half-length or double-length strokes, is read last; thus,

ranting, *rantings*, *wandering*,

wanderings.

Final Vowels.

The teacher should note the following instances in which a final vowel governs the formation of an outline, in addition to the rules for the doubling principle just explained.

Final *S*, *Z*, *St*, *Str*.

pussy (*puss*), *rosy* (*rose*), *pasty* (*paste*), *pastry* (*poster*).

Final *N*, *F* or *V*.

penny (*pen*), *funny* (*fun*), *puffy* (*puff*).

Ng-gr.

angry (*anger*).

Lr, *Rr*.

scullery (*sculler*), *orrery* (*airer*).

Hr.

 *Harrow,* ( *hire*).

L, R.

 *fully* ( *full*),  *villa* ( *veal*).

 *parry* ( *pare*),  *sorry* ( *sir*).

T. D.

 *pity* ( *pit*),  *plenty* ( *plant*),  *Minto* ( *mount*),  *body* ( *abode*),  *bandy* ( *band*).

TABLE OF USE OF DOUBLING PRINCIPLE.

1	2	3	4	5	6	7	8
Tr	*dr*	*THr*	*ture*	*er*	*dr*	*kr*	*gr*
Straight and curved strokes.				Compound Consonants *mp, mb.*	*mp hooked* for *n.*	Simple consonant *ng.*	

SUMMARY.

1. Straight strokes, initially circled or finally hooked, or with a finally-joined diphthong, or preceded by another stroke, may be doubled for *tr*, *dr*, or *THr*.

2. Curved strokes, written double-length, add *tr*, *dr*, or *THr* (not *thr*).

3. Vocalize double-length strokes like full or half-length strokes.

4. The circle at the end of a double-length stroke is read last.

5. When a vowel follows final *tr*, *dr*, or *THr*, the doubling principle is not employed.

6. The stroke *l* when standing alone or with only a final circle, is doubled for *tr* only.

7. The simple consonant *ng* is doubled for *kr* or *gr*.

8. The compound consonant *mp* or *mb* is doubled for *-er*.

9. In a few common words *-ture* is added by the doubling principle.

10. Present tense verbs written with the doubling principle, form their past tense by the halving principle.

11. In phraseography the doubling principle is employed for the addition of *their*, *there*, *other*, *dear*.

Chapter 22.

THE DIPHONES OR TWO-VOWEL SIGNS.

THE teacher should point out that there are a large number of words in the English language containing two consecutive vowel-sounds, which are sounded in two separate syllables as explained in this chapter, or are sounded in the same syllable, thereby making diphthongs such as the simple diphthongs explained in Chapter 4.

It should be observed that the two consecutive vowel-sounds occur not only in primitive words, but also in derivative words when there is a vowel at the end of the primitive word, and another at the beginning of the added syllable. A large number of derivative words are formed by adding the syllables *-able*, *-al*, *-er*, *-est*, *-ing*, *-ish*, *-or*, etc., to the primitive word, and in such cases the two vowels are sounded as two separate syllables.

For the representation of two vowel-sounds in two separate syllables, two methods are available: they are, the writing of the separate vowel-signs or the use of a special sign for the purpose. The latter method has been adopted so that one sign may represent the two sounds, and thus avoid the necessity of writing the two separate signs, which would necessitate the lifting of the pen; and as each lift of the pen is generally regarded as equivalent to the writing of a stroke, the use of a single sign must obviously be quicker.

Definition of a Diphonic Sound.

A diphonic sound is one which consists of any two consecutive vowels sounded in two separate syllables.

In order to make this perfectly clear, the teacher should take a number of common words, and ask his students to analyze their sound, ascertain the syllables forming the words, and then underline the two consecutive vowels which are sounded in two separate syllables.

The following examples will serve as useful illustrations :—

EXAMPLES.	SYLLABLES.	CONSECUTIVE VOWELS AND VALUES.
maestoso	m*a*-*e*s-to-so	*ah* + *ĕ*
aerial	*a*-*e*r-*i*-*a*l	*ā* + *ē*, *ĭ* + *ă*
betrayal	be-tr*ay*-*a*l	*ā* + *ă*
create	cr*e*-*a*te	*ē* + *ā*
agreeable	a-gr*ee*-*a*-ble	*ē* + *ă*
deviate	de-v*i*-*a*te	*ĭ* + *ā*
amiable	a-m*i*-*a*-ble	*ĭ* + *ă*
drawee	dr*aw*-*ee*	*aw* + *ē*
Genoese	Gen-*o*-*e*se	*ō* + *ē*
heroic	he-r*o*-*i*c	*ō* + *ĭ*
fluid	fl*u*-*i*d	*ōō* + *ĭ*

In examining the above examples it will be seen that a diphonic sound may consist of any two consecutive vowels—two long, two short, a long and a short, a short and a long—sounded in two separate syllables.

Diphonic Signs.

Just as there are two kinds of vowel-signs—a dot and a dash—so there are two forms for the diphonic sounds. They are represented by small angular signs written in an oblique direction and with two inflections of the pen. The first is written in the direction of the combination *chay* and *ray*, the apex of the angle being written downward towards the left; thus ; the second is written in the direction of the combination *ray* and *chay*, the apex of the angle being written upward towards the right; thus , being the reverse of the first.

The diphonic sign  represents a long or short *dot* vowel and any other vowel; and the sign represents a long *dash* vowel and any other vowel.

The signs representing the diphonic sounds are called *diphones* (from the Greek *di* = double, and *phōnē* = a sound).

It should be particularly noted that the diphones are always written in the same direction, and that the angle at which they are written does not vary according to the direction of the stroke to which they are placed, as is the case with the dash vowels, which are generally written at right angles to the stroke.

Places of the Diphones.

There are three places for the diphones, the same as for the simple vowels, namely, at the beginning, in the middle, or at the end of a stroke, and they are determined according to whether the first element of the diphone is a first, second, or third-place vowel.

It should be noted that the first element of the diphone has a fixed place, that is, it must be either first, second, or third place; but the second element of the diphone is a changeable element, and may be either a first, second, or third-place vowel.

When the diphones occur between two strokes they are written in the same places as the simple vowels, namely, the first and second place diphones are written after the first stroke, the third place diphone is written before the second stroke.

Values of the Diphones.

The diphone represents a long or short dot vowel followed by any other long or short vowel; but the diphone represents a long dash vowel only followed by any other long or short vowel.

It should be observed that the first element of the diphone is either a long or short vowel, while the first element of the diphone is only a long vowel, and the second element in each case is either a long or short vowel.

The following table shows the places, signs and values of the diphones :—

PLACE.	SIGNS.	VALUE OF THE DIPHONE.	PLACE.	SIGNS.	VALUE OF THE DIPHONE.
1		*ah* or *ă* + any vowel	1		*aw* + any vowel
2		*ā* or *ĕ* ,,	2		*ō* ,,
3		*ē* or *ĭ* ,,	3		*ōō* ,,

The following examples should be carefully studied, and particular attention be paid to the two consecutive vowels composing the diphone.

1st Place = *ah* or *ă* + any long or short vowel

ah + { ă, ĕ, ĭ } as in

ă		C*aa*ba.
ĕ		M*ae*stoso.
ĭ		ser*ai*.

2nd Place = *ā* or *ĕ* + any long or short vowel.

ā + { ē, ă, ĕ, ĭ, ŏ, ŭ } as in

ē		*ae*rial.
ă		betr*aya*l.
ĕ		betr*aye*r.
ĭ		algebr*ai*c.
ŏ		ch*ao*tic.
ŭ		Archel*au*s.

3rd Place = *ē* or *ĭ* + any long or short vowel.

ē + { ā, aw, ō, ă, ĕ, ĭ, ŏ, ŭ } as in

ā		cr*ea*tion.
aw		pr*eau*dience.
ō		r*e*-*o*pen.
ă		agr*eea*ble.
ĕ		fr*ee*r.
ĭ		D*ei*ty.
ŏ		th*eo*ry.
ŭ		mus*eu*m.

ĭ + { ā, ă, ĕ, ĭ, ŏ, ŭ } as in

deviate.
amiable.
collier.
marrying.
seniority.
devious.

NOTE.—In some cases it is difficult to determine whether the first vowel is ē or ĭ, but as the sign for each is the same it is of no practical importance.

1st Place = *aw* + any long or short vowel.

aw + { ē, ă, ĕ, ĭ } as in

dr*awee*.
withdr*awa*l.
withdr*awe*r.
fl*awy*.

NOTE.—The difference ought to be observed between the diphthong *oi* as in *toy*, *boy*, *annoy*, and the diphone as in *drawing*, *gnawing*.

2nd Place = *o* + any long or short vowel.

ō + { ā, ē, ă, ĕ, ĭ, ŏ } as in

co-*a*id.
*coe*val
*coa*djust.
p*oe*m.
her*oi*c.
*oo*litic.

3rd Place = ōō + any long or short vowel.

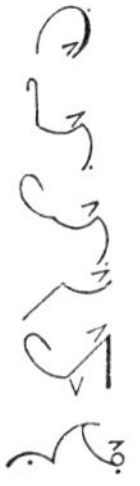

ōō +	ē	as in Louisa.
	ă	truancy.
	ĕ	fluency.
	ĭ	ruin.
	ŏ	fluoride.
	ŭ	mellifluous.

The teacher should point out the difference between the sounds of the simple vowels and the corresponding diphones.

AH.—Compare		*Saab* with		*Sahib.*
A.—Compare		*lair* with		*layer.*
E.—Compare		*deal* with		*ideal.*
AW.—Compare		*draw* with		*drawer.*
O.—Compare		*bow* with		*boa.*
OO.—Compare		*blue* with		*bluey.*

It may be helpful to refer to a few miscellaneous points with regard to the use of the diphones.

Initially Hooked Strokes.

The diphones may be intersected to strokes initially hooked for *r* to indicate the diphonic sound between the stroke and the initial hook; thus,

 *healthier*,  *wealthier*,  *clothier.*

NOTE.—It should be observed that it is the final tick, that is, the upstroke, of the diphone that is intersected.

Diphone and Final "S."

When a diphone occurs before final *s*, the circle *s* is generally used ; thus,

Genoese, *ingenious*,

The following are exceptions to this :—

dais, *chaos*.

Proper Names.

If it is necessary in proper names to indicate exactly the second vowel of the two consecutive vowels, the separate signs should be used, and not the diphone ; thus,

Leah, but *Leo*.

In this connection, it may be advisable to point out that where it is necessary to indicate exactly the short vowel following a diphthong, the separate signs should be used and not the triphone ; thus,

Bryan, *Bryon*, *Myatt*, *Myott*, *Wyatt*.

Note such words as *radii*, *trachea*, *tracheae*.

Extended Use of Angular Sign.

The angular sign is also used to represent the consecutive vowels in the small class of words like

million, *question*, *union*.

SUMMARY.

1. When two consecutive vowels are sounded in separate syllables, they are called diphonic sounds.

2. Diphonic Sounds are represented by small angular signs, which are called diphones.

3. The diphones are written in the first, second or third place, and when occurring between two strokes, the first and second are written after the first stroke, and the third is written before the second stroke.

4. The diphone is composed of a long or short dot vowel followed by any long or short vowel ; the diphone is composed of a long dash vowel followed by any long or short vowel.

5. The use of the angular sign is extended to represent the consecutive vowels in such words as mill*io*n.

Chapter 23.

INITIAL AND MEDIAL *W*.

In the English language there are a great many **words** beginning with the sound of *w*; indeed, on account of its frequency an abbreviated form has been introduced into the system. This is a small semicircle.

Initially.

This small semicircle is used initially—to represent *w* only—before the consonants *k*, *g*, *m*, *mp*, upward and downward *r*, and *rer*; thus,

weak, *Wigan*, *women*, *womanly*,

Wimpole, *warble*, *wear*,

wary, *wearer*.

NOTES.

(*a*) It will be seen from the examples that there is an analogy between the rules for the writing of the circle *s* and those for the writing of the initial semi-circle for *w*. The circle *s* is employed initially only when the first sound in the word is *s*. Similarly, the initial semi-circle for *w* is employed only when *w* is the first sound in the word. Compare the following outlines :—

sick, *wick*, *summon*, *women*,

sire, *wire*, *Surrey*, *worry*.

(*b*) Note that the stroke *r*, when the semi-circle for *w* is prefixed, follows the same rule as *r* circled or looped initially—that is, the downward form of *r* is written if no vowel follows, and the upward form is written if a vowel follows. Thus we have,

ware, but *wary*; *wore*, but *worry*.

The outlines therefore indicate the presence or the absence of a final vowel sound.

(*c*) It has been stated that the initial semi-circle for *w* is used only when the word begins with the sound of *w*. It follows, therefore, that where a word begins with the sound of a ***vowel***, followed by *w*, the semi-circle cannot be used. In such words the stroke form of *w* must be employed. Note the outlines :—

 *wake*, but  *awake*,  *ware*, but  *aware*.

(*d*) Initial *w* followed by a DIPHONE or a TRIPHONE is represented by the stroke *w* ; thus,

 *weigher*,  *wooer*,  *Wyoming*.

(*e*) The abbreviated form of *w* is not joined medially to a preceding stroke except in a few compounds of "woman," in which it joins easily, such as  *needle-woman*, and in  *sidewalk*.

Medial "W."

The semi-circle is also employed medially, but whereas initially it represents the sound of *w* only, medially it represents *w* and a following vowel, forming what is really a diphthong.

Definition of a Diphthong.

It will be advisable at the outset to remind the student what a diphthong is.

A diphthong is a union of two vowel-sounds in one syllable.

In addition to the simple diphthongs explained in Chapter 4, there is a second series which is called the *w* series of diphthongs, being so named because the first element is the *w* or its vowel equivalent.

It will be remembered that the letter *w* has already been given in the list of consonants, and is, therefore, recognized as part of the consonantal structure of the system ; but in addition it may also be a vowel, and is regarded by grammarians as a semi-vowel, because it is sometimes a vowel and sometimes a consonant.

If it is borne in mind that a diphthong is a union of two vowel-sounds in one syllable, and the *w* becomes a vowel in order to form one of the elements of a diphthong, it is necessary to ascertain what vowel sound is heard.

On analyzing the sound of *w* it will be found that it is equivalent to the short vowel *ŏŏ*. It will be obvious, therefore, that if the sound *w* or the sound of *ŏŏ* is immediately followed by a long or a short vowel, and blend into one syllable, a diphthong is formed.

The *w* series of diphthongs may be defined thus:

The sound of *w* and a long or a short vowel uttered in one syllable form a *w* diphthong.

In order to make this quite clear the teacher should take a few common words, analyze their sounds, and then point out the two vowel-sounds which form the diphthong.

Example.	Syllables.	Diphthong.
memoir	*mĕm-wahr*	*wah*
assuage	*ăs-wāj*	*wā*
sea-weed	*sē-wēd*	*wē*
chamois	*shăm-waw*	*waw*
misquote	*miskwōt*	*wō*
wormwood	*wŭrm-wŏŏd*	*wŏŏ*

The utility of this series of diphthongs will be appreciated when it is recognized what the alternative would be. If there was not a diphthongal sign, it would necessitate the writing of the separate vowel-signs, involving two lifts of the pen, or the employment of the stroke *w* which would result, in some cases, in awkward vocalization or extremely difficult, long, or even practically impossible combinations.

This might be illustrated by taking a few simple words and showing the several possible methods of writing them, when it will soon become evident that the use of the diphthongal sign is the better.

The *W* Semi-Circle. (Medial *W*.)

There are twelve uses of the *W* series, six long and six short, corresponding to the long and short vowels which constitute the second sound of the series; thus,

LONG		SHORT	
VOWELS.	W SEMI-CIRCLE INCLUDING VOWEL.	VOWELS.	W SEMI-CIRCLE INCLUDING VOWEL.
1. *ah* ·¯ *aw*	*wah* ⊂⊃ *waw*	1. *ă* ·¯ *ŏ*	*wă* ⊂⊃ *wŏ*
2. *ā* ·- *ō*	*wā* ⊂⊃ *wō*	2. *ĕ* ·- *ŭ*	*wĕ* ⊂⊃ *wŭ*
3. *ē* ._ *ōō*	*wē* ⊂⊃ *wōō*	3. *ĭ* ._ *ŏŏ*	*wĭ* ⊂⊃ *wŏŏ*

The following tabulated list of examples illustrates the use of these signs.

	LONG VOWELS.		SHORT VOWELS.
W + ah	 *boudoir*	*W + ă*	 *ear-wax*
W + ā	 *assuage*	*W + ĕ*	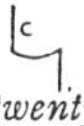 *twenty*
W + ē	 *tweak*	*W + ĭ*	 *twig*
W + aw	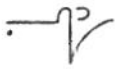 *caterwaul*	*W + ŏ*	 *twaddle*
W + ō	 *misquotation*	*W + ŭ*	 *mugwump*
W + ōō	 *thrice-wooed*	*W + ŏŏ*	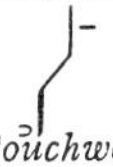 *touchwood*

Diphthong Signs.

As will be seen from the table just given, the signs for the representation of medial *w* followed by a vowel are by means of small semicircle written with one inflexion of the pen, formed by dividing the circle perpendicularly; thus,

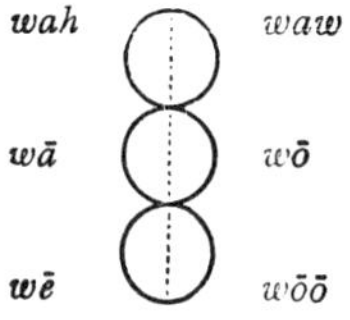

To remember the forms of the *w* series of diphthongs, observe that the first stroke of a longhand *w* gives ***wah***, ***wā***, *wē*, and the last stroke gives *waw*, *wō*, *wōō*.

The shorthand signs for medial *w* are always written in the same direction, and do not alter their angle according to the direction of the stroke to which they are placed, as is the case with the dash vowels.

Although the *w* diphthongs are both long and short, it is not necessary to make any difference in thickness to distinguish between the long and short sounds.

Places of the Medial Semicircles.

As has been pointed out, the first element of the *w* series of diphthongs is always *ŏŏ*, that is, a third-place vowel, and the second element is a changeable element, inasmuch as it may be any first, second, or third-place vowel.

It will be obvious, therefore, that if the places of these diphthongs depended upon their first element, they would always be written in the same place, that is, third-place, because the first element is, or is equal to, a third-place vowel, and it would then be impossible to tell whether the second element, the changeable element, was a first, second, or third-place vowel.

There are three places for the diphthongs, as for the simple vowels, and these places are determined according to whether the second element of the diphthong is a first, second, or third-place vowel.

With regard to the placing of the diphthongs before and after strokes, it will be sufficient to state that they follow the same rules which apply to the simple vowels as explained in Chapter 3.

It must be borne in mind that the first element of this series of diphthongs is always a short vowel, and the second element may be practically any long or short vowel. It will be evident, therefore, that if the first element of the diphthong determined its length, it must always be short, and it would not be possible to tell whether the second element was long or short. The diphthongs, therefore, are called long or short, according to whether the second element, the changeable element, is a long or short vowel.

Medial W Diphthong Between Two Strokes.

First and second-place diphthongs, long or short, are written after the first stroke; thus,

 *abattoir,*  *boudoir,*  *assuage,*  *twelve,*

 *twenty,* 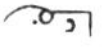 *misquoted.*

Third-place diphthongs, long or short, are written before the second stroke; thus,

 *Oswego,*  *dwindle,*  *wormwood.*

From what has been explained, it will be obvious that there are two methods of representing the medial sounds ***wah***, *wā*, *wē*, etc., either by the alphabetic stroke *w* and a vowel, or by the semicircle. As students may experience some difficulty in determining which method to employ, it is desirable to lay down some definite rules for their respective uses, as far as this can be done.

Rules for the Use of Semicircle Medially.

The *w* diphthongs are used medially when the alphabetic stroke *w* will not join easily to the preceding stroke or for the sake of obtaining a briefer outline; thus,

reservoir, *frequent*, *subsequent*, *asquint*, *Pickwick*, *Chadwick*, *Northwich*, *Cornwall*, *bulwark*, *messuage*, *framework*, *fireworks*, *Butterworth*, *book-worm*, *Wandsworth*, *Wirksworth*, *seaworthy*, *eastward*, *windward*, *throatwort*, *lamb's-wool*, *Chatwood*, *driftwood*.

The semicircle for *w* and vowel is not used finally. Note *railway*.

RULES FOR THE USE OF THE ALPHABETIC STROKE *W*.

The alphabetic stroke *w* is used as follows:—

Initially.

The rule for the use of the stroke *w* initially may be stated as follows:—

Except where initial *w* is immediately followed by *k*, *g*, *m*, *mp*, *r* (upward and downward) or *rr*, the stroke form of *w* is used.

wipe, *web*, *weight*, *weighty*, *weed*, *watch*, *wage*, *waft*, *wafted*, *wave*, *wavy*, *weather*, *wise*, *wash*, *wind*, *window*, *wander*, *wing*.

Medially.

Although the diphthongs are frequently used medially it is sometimes preferable to use the alphabetic stroke for the sake of obtaining more legible outlines ; thus,

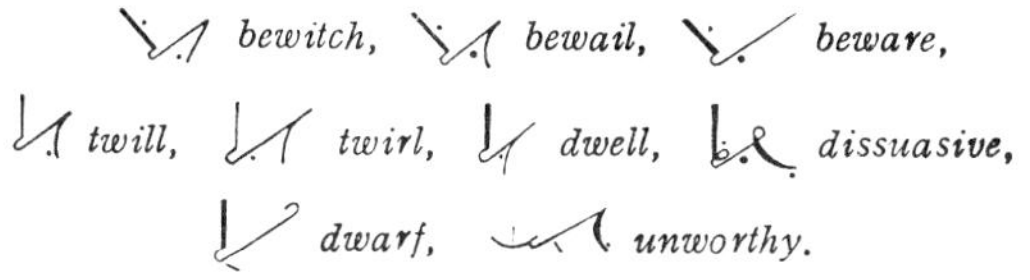

bewitch, *bewail*, *beware*,

twill, *twirl*, *dwell*, *dissuasive*,

dwarf, *unworthy*.

SUMMARY.

1. When *w* is followed by a long or short vowel and the two vowels are sounded in one syllable, a series of diphthongs is formed.

2. There are six long and six short diphthongs, according to whether the second vowel of the diphthong is a long or a short vowel.

3. Medial *w* followed by a vowel is represented by a semicircle.

4. There are three places for the semicircle, namely, first, second, or third, as for simple vowels, according to whether the second vowel of the diphthong is a first, second, or third-place vowel.

5. The diphthongs between two strokes observe the same rules as the simple vowels, that is, the first and second, long or short, after the first stroke, and the third-place before the second stroke.

6. Initially before *k*, *g*, *m*, *mp*, upward and downward *r*, and *rr*, the semicircle represents *w* only.

7. When a vowel precedes initial *w* the stroke *w* must be used.

8. The semicircle for *w* is used medially for the sake of an easy joining or a briefer outline ; the alphabetic strokes *w* being sometimes preferred in the interests of legibility.

Chapter 24.

PREFIXES.

In addition to the many abbreviations which have already been dealt with, and which are joined to the various strokes, there are some disjoined abbreviations which, when employed initially, are called prefixes. Their object is to secure brevity or to avoid awkward combinations in the case of some frequently-occurring prefixal sounds, the most common being *com-* or *con-*. It will be interesting to note that the prefix *con-* occurs more than twice as frequently as the prefix *com-*. Although the prefixes are for the most part disjoined, yet, in some cases, they admit of being joined when by so doing they would not result in illegible outlines.

Definition of a Prefix.

A shorthand prefix is a disjoined or joined sign (which may be arbitrary) to represent an initial syllable or syllables for more or less frequently-occurring combinations, with the object of giving compact and fluent outlines.

The following are the prefixes employed in Pitman Shorthand.

" Com- " or " Con-."

Initially.

This prefix is expressed by a light dot placed immediately before the commencement of the following stroke ; thus,  *contain,*  *condone,* *connect,*  *conjoin,*  *confess,*  *convene,*  *Constance,*  *Constantine,*  *Constantinople,*  *Confucius,*  *comply,*  *combine,*  *commit,*  *commence.*

Notes.

(*a*) As this prefix does not form any part of the syllable when written in full, either consonants or vowel, it must be regarded as a purely arbitrary sign.

(*b*) The place of the prefix keeps it quite distinct from the first-place dot vowel-sign.

(*c*) In a few cases the prefix *con-* when preceding the consonant *g*, is pronounced as *kŏng*, and may be written by the dot; thus *congregate*, *congregation*, *Congress*, *Congreve*, *congruity*; but *Congo*, *congou*, *Congleton*. The dot is also used for *com-* or *con-* when either has the sound of *kŭm* or *kŭn*; thus, *company*, *constable*. When, however, the longhand spelling at the beginning of a word is *cum-* or *cun-*, the dot is not used; thus, *cumbrous*, *cunning*.

(*d*) When *com-* or *con-* is followed by the consonants *m* or *n*, it should be observed that the two *m's*, or two *n's* are not sounded, and therefore it is not necessary to write the strokes *m* or *n*, as they are already expressed in the prefix; thus, *connection* (not), *communication* (not).

(*e*) When the primitive word is written with the dot *com-* or *con-*, it is employed in the derivatives.

NOTES.

(*a*) In cases where the use of the dot would be no advantage, or would result in an unsuggestive outline, the syllable is written in full for the sake of legibility; thus,

Condor, *conic*, *conatus*, *connascence*, *connate*, *connatural*, *conned*, *conner*, *conning*, *connotate*, *connotation*, *connote*, *conoid*, *consul*, *Connaught*, *Connecticut*, *Connel*, *Connor*, *Conrad*, *Conway*, *comedian*, *comet*, *comfrey*, *comic*, *comity*, *commerce*, *comely*, *commiserate*, *commissariat*, *commission*, *commotion*, *Compton.*

(*b*) When the prefix *con-* is pronounced as *kŏng* and precedes the consonant *k*, the full form is employed; thus, *conch*, *concha*, *conchifera*, *conchiferous*, *conchite*, *conchoid*, *conchoidal*, *conchologist*, *conchology*, *conchometer*, *conquer*, *conquerable*, *conquered*, *conquering*, *conqueror*; but note *conquest* as a briefer form.

(*c*) When the primitive word is written with the full form for *com-* or *con-*, it is employed in the derivatives.

Medially.

When these syllables occur medially in a word or phrase, they are indicated by writing the syllable or word which immediately follows close to the word which immediately precedes; in other words, they are indicated by proximity; thus,

preconceit, *preconcerted*, *subconscious*, *disconnected*, *misconduct*, *non-conductor*, *malcontent*, *irreconcilable*, *reconcile*, *sub-committee*, *decompose*, *excommunicate*, *uncompromising*, *non-combatant*, *recommend*, *well-conducted*, *I-am-content*, *this-contest-continues*, *acquire-complete-control.*

NOTES.

(*a*) It should be noted that the syllables *com-* or *con-* are Latin prefixes meaning "together," and it is therefore somewhat natural, when syllables are written in proximity, that these prefixes should be indicated.

(*b*) Two contracted prefixes cannot be written in succession; hence, *concomitance*, *concomitant*.

(*c*) Proximity is not resorted to after a dot logogram, but it may be used after a dash logogram when this is written upward; thus, *and computed*, *and completed*, *and contented*, *and contrive*, *should commence*; but *all competitions*, *to commit*, *top of the contents page*.

The dot is also necessary when following a punctuation mark.

(*d*) In contractions the prefix *con-* may be omitted initially and medially, and in phraseograms it may be omitted medially; thus, *contentment*, *contingency*, *inconsiderate*, *I-will-consider*, *fully-considered*, *in-consequence-of*, *I-have-concluded*, *that-conclusion*.

"Cum-" or "Cog-."

Medially.

When these syllables occur medially, they are indicated by proximity, in the same way as medial *com-* or *con-*; thus,

decumbent, *decumbence*, *decumbency*,

encumber, *encumbered*, *encumbering*,

encumbrance, *incumbent*, *incumbency*,

recumbent, *recumbence*, *recumbency*, *circumambient*, *circumcize*, *circumduct*, *circumference*, *circumflex*, *circumlocution*, *circumnavigate*, *circumplication*, *circumrotary*, *circumscribe*, *circumspect*, *circumvent*, *precognition*, *incognita*, *incognito*, *recognition*.

NOTES.

(*a*) As *cum-* or *cog-* do not frequently occur initially, they are always represented by the consonants in full, and never by the dot; thus, *cumbent*, *cumber*, *cumbrance*, *Cumbrian*, *cumbrous*; *cognate*, *cognition*, *cognize*, *cognomen*, *cogwheel*.

(*b*) In some words beginning with *cog-* preceding the consonant *n*, the *cog-* is sounded as *con-*, the *g* being silent and therefore not written, and the *con-* written with strokes; thus, *cognizable*, *cognizance*, *cognizant*, *cognizee*, *cognizor*, *incognizable*, *incognizance*, *incognizant*.

"Accom-."

Initially.

This prefix is represented by a joined or disjoined *k*; thus, *accommodation*, *accomplish*, *accomplisher*, *accompany*, *accommodate*, *accommodated*.

NOTES.

(*a*) If two *m's* are in the spelling, the *k* still does duty for *accomm-*.

(*b*) The spelling *accum-* may be written with a disjoined *k*; thus, *accumbent*, *accumbency*,

Medially.

When *accom-* occurs medially, the joined *k* may represent the syllable; thus,

unaccomplished, *unaccompanied*,

unaccommodating.

"Intro-,"

This prefix is represented by double-length *n*.

introduce, *introversion*,

introspect, *introspective*.

"Magna-," "Magne-," "Magni-."

This prefix is represented by disjoined *m* placed immediately before the following stroke; thus,

magnanimous, *magnetized*, *magnific*.

NOTES.

(*a*) The sign for this prefix is not arbitrary, but is the first stroke of *magna-e-i*.

(*b*) The final vowel of this prefix must be either *ă*, *ĕ* or *ĭ*, but if any other vowel occurs, this prefix is not employed; thus, *magnate*, *magnesia*, *magnesian*, *magnesium*, *magnolia*, *magnum*.

(*c*) Students frequently put the vowels *ă*, *ĕ* or *ĭ*, before the stroke following this prefix, but as the vowels are contained in the prefix, they must not be inserted.

(*d*) This prefix may be used medially in a few cases ; thus, *electro-magnetism*, *demagnetize*, *diamagnetic*.

(*e*) The contractions containing *magne-* should be noted, *magnetic*, *magnetism*.

"Trans-."

The syllable *trans-* may be contracted by omitting the *n* ; thus,

transmission, *transmitter*, *transplant*, *transmigration*, *transpire*, *translate*, *transgression*.

NOTES.

(*a*) The full form is written in order to give distinguishing outlines or more facile forms ; thus, *transverse* (compare *transfers*) ; *transact*, *transcend*, *transit*, *transfuse*.

(*b*) Note such forms as *transcribe*, *transcription* in which both *n* and *r* are omitted.

(*c*) The contracted form for *trans-* may be used medially ; thus, *retransfer*, *retranslate*, *retransmit*.

"Self-."

This prefix is represented by a small disjoined circle *s*, placed immediately before the following stroke in the second-vowel place ; thus,

self-possession, *self-denial*, *self-taught*, *self-esteem* *self-same*, *self-made*, *self-love*, *self-will*, *self-righteous*, *self-help*.

NOTES.

(*a*) This prefix is not arbitrary, but is formed by the initial circle of the full outline *self*.

(*b*) This prefix may be employed to the *pr* and *pl* series, and cannot be mistaken for the additional method of vocalizing this series; thus, *self-applause*, *self-praise*.

(*c*) This prefix is joined in the logograms and contractions, *selfish-ness*, *selfishly*, *unselfish-ness*.

"Self-con-."

This prefix is represented by a small disjoined circle *s* written in the place of the *con-* dot; thus,

self-confident, *self-complacent*, *self-conscious*, *self-condemnation*, *self-contained*.

"In-."

This prefix is represented by a small initial hook written with the right-hand motion before the treble consonants *str*, *skr*, and the upward *h*; thus,

instruct, *inscribable*, *inherent*.

NOTES.

(*a*) This prefix, like the *com-* or *con-* dot, is purely arbitrary, and differs from some of the other prefixes inasmuch as it must always be joined.

(*b*) The object of this prefix is to follow the principle of "similar motion" and thus avoid such awkward combinations as ,

(*c*) It should be noted that the small hook is used before the treble consonants without an intervening vowel, otherwise it must not be employed; thus, *insecure*.

(*d*) This small hook is not employed in negative words, that is, in words where *in-* would mean *not;* therefore, the stroke *n* must be employed; thus,

hospitable, *inhospitable;* *hospitality*, *inhospitality.*

(*e*) Words commencing with *un-* are almost invariably negatives, and therefore the necessity of restricting the small hook for *in-*, in order to make a distinction between the positives and negatives, must be evident. In all such cases the stroke *n* must be employed; thus,

strung, *unstrung;* *screw*, *unscrew;* *scrupulous*, *unscrupulous;* *unholy.*

(*f*) As a stroke cannot be prefixed to the small hook for *in-*, the stroke *n* must be employed when *in* occurs medially; thus, *inherit*, but *disinherit.*

Negatives, Intensives, etc.

Words which have the prefix *il-*, *im-*, *in-*, *ir-*, *un-*, either with a negative meaning or with an intensive meaning, are represented as follows:—

(1) By writing the downward *r* or *l* when the rules for writing initial *r* or *l* permit of this being done; thus,

repressible, *irrepressible;* *limitable*, *illimitable.*

(2) By repeating the *l*, *m*, *n*, *r*, in cases where a distinction cannot otherwise be obtained; thus,

illegible, *immaterial*, *unnamed*, *irrefragable*, *irradiate.*

NOTES.

(*a*) It is necessary to provide a distinction between positive and negative words, and other pairs of words (e.g., intensives), where distinction is required.

(*b*) This is illustrated in the contractions  *regular*,  *irregular*.

Logograms as Prefixes.

A logogram may be used as a prefix, and joined to the following outline if convenient; thus,

 *gentlemanlike*,  *under-agent*,  *under-clerk*,  *undercurrent*, 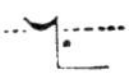 *undertake*,  *undervalue*,  *underwent*,  *underwork*,  *underwrite*.

SUMMARY.

1. The prefix *com-* or *con-* initially is represented by means of a light dot written at the commencement of the outline; *medially*, it is indicated by proximity. When the dot would not be of any advantage, the *com-* or *con-* must be represented consonantally.

2. The prefix *cum-* or *cog- medially*, is also indicated by proximity, in the same way as the medial *com-* or *con-*, but *initially* the spelling *cum-*, *cun-* is never represented by the dot.

3. *Accom-* is represented by a joined or disjoined *k*.

4. The prefix *intro-* is represented by double-length *n*.

5. The prefix for *magna-*, *magne-*, *magni-*, is represented by disjoined *m*.

6. *Trans-* may be contracted by omitting the *n*.

7. The prefix *self-* is represented by means of a small disjoined circle, written in the second vowel-place; *self-con-* is represented by a disjoined circle written in the place of the *con-* dot.

8. The prefix *in-* is represented by a small hook written with the right-hand motion and joined to the treble consonants *str*, *skr*, and the upward *h*.

9. The prefixes beginning with *ir-*, *il-*, are represented either by writing downward *r* or *l*, where convenient, according to the rule for initial *r* or *l*, or by repeating the *r* or *l*. The prefixes beginning with *im-*, *in-*, *un-*, are always represented by repeating the *m* or *n*.

10. Logograms are sometimes employed as prefixes.

Chapter 25.

SUFFIXES AND TERMINATIONS.

In addition to the initial expedients which are called Prefixes, as explained in the last chapter, there is a series of final expedients which are called Suffixes and Terminations.

It should be pointed out that the difference between a suffix and a termination is as follows :—

A suffix is a syllable or syllables added to a root word ; but a termination is a final syllable or syllables added to form words.

In dealing with the various suffixes and terminations, it should be particularly noted that they are only used when they give a decided advantage over the full strokes. It is necessary for the student to recognize the spirit of the rules laid down rather than the letter, so that the suffixes must only be resorted to when they give an easy joining.

Definition of a Suffix.

A shorthand suffix is a disjoined or joined sign (which may be arbitrary) to represent a final syllable or syllables for more or less frequently-occurring combinations, with the object of giving compact and fluent outlines.

The suffixes and terminations are as follows :—

"-ing."

Finally.

The suffix *-ing* is generally written with the consonantal stroke *-ng* where it joins with a sharp and easily-written angle ; but where the use of the stroke is awkward or impossible, we resort to the use of the alternative in the form of a light dot written immediately after the end of the preceding stroke.

The dot *-ing* is written as follows :—

1. After the light straight downstrokes *p*, *t*, *ch*, *h* (down) ; thus,

 *spying*,  *weeping*,  *patting*,  *spluttering*,

staying, *pitying*, *trotting*, *chewing*, *watching*, *cheating*, *hoeing*.

NOTE.—In the case of monosyllables the stroke *-ng* is used; thus, *spring*, *string*.

2. After downward *r* or the corresponding right-hand curves *fr*, *vr*, *fl*, *vl*; thus,

erring, *pairing*, *deserting*, *bordering*; *frying*, *pilfering*, *fretting*, *frittering*; *wavering*; *raffling*, *rivalling*.

3. After downstrokes finally looped or hooked where the stroke *-ng* would be awkward or impossible; thus,

pasting, *plastering*, *boasting*, *blustering*, *feasting*, *flustering*, *investing*, *assisting*, *arresting*, *shining*, *shunting*.

4. After horizontal strokes finally looped or finally hooked for *f*, *v* or *shun*; thus,

casting, *clustering*, *dismasting*, *mustering*, *nesting*, *ministering*, *scoffing*, *craving*, *grieving*, *anointing*, *occasioning*, *mentioning*, *sanctioning*.

NOTE.—After *m-shun* the stroke *-ng* is used; thus, *motioning*.

5. After all upstrokes finally looped or hooked; thus, *lasting*, *bolstering*, *roasting*, *wasting*,

hoisting, *lining*, *lending*, *slandering*, *raining*, *turning*, *rending*, *surrendering*, *raving*, *serving*, *rifting*, *waning*, *wanting*, *wondering*, *waving*, *wafting*, *yawning*.

6. After straight strokes finally circled for *ns* or *nz*; thus,

pouncing, *prancing*, *bouncing*, *bronzing*, *entrancing*, *dancing*, *chancing*, *cleansing*, *glancing*, *rinsing*, *wincing*, *enhancing*.

NOTE.—It will be obvious that the dot *-ing* only is available in the above examples, as the circle *ns* or *nz* is not used medially.

7. After a half-length or a double-length stroke where the use of the stroke *-ng* would not make an angle; thus,

bidding, *breeding*, *dreading*, *promoting*, *folding*, *motoring*, *smothering*.

8. After a contracted logogram (that is, one that does not contain all the consonants of the word represented); thus,

numbering, *believing*, *giving*, *thinking*, *improving*.

NOTE.—Where the logogram is not contracted, that is, contains all the consonants in the word, or is written with the final stroke or final circle *s* of the word, the stroke *-ng* is used after the strokes to which the dot *-ing* does not apply; thus,

calling, *schooling*, *having*, *wishing*, *nearing*, *influencing*, *surprising*.

9. After Contractions; thus,

acknowledging, *subscribing*, *neglecting*, *performing*, *advertising*.

Note.—After Contractions ending with the strokes *n* or *ng*, or final circle *s*, the stroke *-ng* is used; thus,

distinguishing, *extinguishing*, *relinquishing*, *familiarizing*, *characterizing*.

"-ing."

Medially.

The dot *-ing* does not admit of being used medially, and therefore the stroke *-ng* is always used; thus,

sparing, *sparingly*; *beseech*, *beseechingly*; *boasting*, *boastingly*; *bouncing*, *bouncingly*; *observing*, *observingly*.

Note.—In some cases it is preferable to disjoin the suffix *-ingly* rather than alter the primitive word; thus,

disputingly, *splutteringly*, *hesitatingly*.

"-ings."

Wherever the stroke *-ng* is used for the suffix *-ing*, the stroke *-ng* and circle *s* is used for *-ngs*; but wherever *-ing* is represented by a light dot, *-ings* is represented by a light dash; thus,

scrapings, *plottings*, *etchings*, *rinsings*, *windings*.

NOTES.

(*a*) After all strokes to which the dot *-ing* or dash *-ings* is not employed, it will be obvious that the stroke *-ng* or *-ngs* is used.

(*b*) When the stroke *-ng* is employed it must be vocalized with the short vowel *ĭ*, as the stroke only represents the consonantal sound of *ng*.

(*c*) When the derivative word ends with the suffix *-ing*, the outline for the primitive word is retained, the stroke *ng* or dot *-ing* being used as is most convenient, that is, the primitive word is not altered for the sake of the suffix *-ing*.

(*d*) In proper names ending with *-ing* the stroke *ng* is preferred wherever possible; thus, *Tooting*, *Kettering*, *Hutchings*, *Harding*.

After final *-ld* the dot *-ing* is most convenient; thus, *Spalding*, *Fielding*.

"-ality," "-ility," "-arity," "-ority," "-elty," etc.

The terminations *-ality*, *-ility*, *-arity*, *-ority*, *-elty*, etc., are represented by disjoining the stroke which immediately precedes the termination; thus,

principality, *verbality*, *liberality*,
hospitality, *neutrality*, *punctuality*,
practicality, *technicality*, *rascality*,
frugality, *legality*, *formality*,
finality, *carnality*, *plurality*,
generality, *affability*, *admissibility*,
acceptability, *inconvertibility*, *inability*,
gentility, *futility*, *hostility*,
fragility, *servility*, *juvenility*,

barbarity,	*solidarity,*	*vulgarity,*
popularity,	*similarity,*	*majority,*
minority.	*fidelity,*	*frivolity,*
corporeality,	*unreality,*	*joviality,*
conviviality,	*geniality,*	*admiralty,*
severalty,	*mayoralty,*	*novelty,*
fusibility,	*prosperity,*	*posterity,*
dexterity,	*sensuality,*	*casualty.*

NOTES.

(*a*) In examining the above examples it will be observed that the disjoined strokes represent the following terminations, *-ality*, *-ility*, *-arity*, *-ority*, *-elity*, *-olity*, *-eality*, *-iality*, *-alty*, *-elty*, *-iarity*. *-erity*, *-ualty*.

(*b*) It should be observed that the above terminations are not represented by a definitely fixed sign, as is the case with the other suffixes, but that it varies according to the stroke consonant which precedes.

The following stroke consonants are employed in the above terminations :—

p, *b*, *br*, *t*, *tr*, *d*, *j*, *k*, *g*, *v*, *sh*, *zh*, *m*, *n*, *l*, *r* (up).

(*c*) The strokes used for the above terminations do not admit of being vocalized except for the termination *-uality* where the diphthong *u* is joined to the disjoined stroke *t*; thus, *intellectuality*, *eventuality*.

(*d*) A final circle or hook or a half-length or double-length stroke may be used although a vowel immediately precedes the disjoined stroke, in which case the vowel is omitted; thus, *flex*(i)*bility*, *attain*(a)*bility*, *expans*(i)*bility*, *adapt*(a)*bility*, *imponder*-(a)*bility*.

(*e*) As students frequently experience some difficulty in determining which stroke has to be disjoined for the above terminations, the teacher will make it quite clear if he divides the word at the syllables *-ality*, etc., and underlines the stroke immediately preceding, which is the stroke to be disjoined for the **termination**; thus,  *mob|ility*, 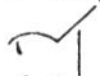 *mort|ality*.

It will be useful to note the different **terminations** represented by the same consonantal stroke as shown in the following analysis :—

 *p* represents *-ality*, *-erity*, as in ***principality***, ***prosperity***,

 *b* ,, *-ality*, *-ility*, *-arity*, as in ***verbality***, *durability*, *barbarity*.

 *br* ,, ***-ality***, as in ***liberality***.

 t ,, *-ality*, *-ility*, *-erity*, as in *mortality*, *ductility*, *dexterity*.

 *tr* ,, *-ality*, as in ***neutrality***.

 d ,, *-arity*, *-elity*, as in ***solidarity***, ***fidelity***.

 *j* ,, *-ility*, *-ority*, as in ***fragility***, ***majority***.

 k ,, *-ality*, as in ***technicality***.

 g ,, *-ality*, *-arity*, as in ***frugality***, ***vulgarity***.

 *v* ,, *-ility*, *-olity*, *-iălity*, *-ĕlty* as in *servility*, *frivolity*, *joviality*, ***novelty***.

 *sh* ,, *-uălity*, as in ***sensuality***.

 *zh* ,, *-uality*, as in ***casualty***.

 *m* ,, *-ality*, as in ***formality***.

 n ,, *-ality*, *-ility*, *-ority*, ***-iality***, as in *carnality*, *juvenility*, *minority*, *geniality*.

 *l* ,, *-arity*, *-iarity*, as in ***popularity***, *familiarity*.

 *r* ,, *-ality*, *-eality*, *-alty*, as in *generality*, *corporeality*, *severalty*.

Non-Use of the Disjoined Stroke for the Terminations -*ality*, -*ility*, etc.

Although the terminations *-ality*, *-ility*, etc., are represented by means of a disjoined stroke in the majority of cases, the full outline is sometimes preferred for the sake of more facile or convenient outlines.

The disjoined stroke is not employed for the terminations *-ality*, *-ility*, etc., as follows :—

1. When only one stroke precedes *-ality*, *-ility*, etc., thus,

polity, *parity*, *ability*, *charity*, *jollity*, *authority*, *reality*.

Note.—The disjoined stroke is used when a stroke precedes as in phraseograms; thus, *best of my ability*, *in reality*.

2. When a triphone follows a half-length stroke; thus, *actuality*, *individuality*, *mutuality*.

Note.—When a triphone follows a full-length stroke the disjoined stroke is used; thus, *pliability*, *friability*, *suability*, *liability*, *reliability*.

3. When the stroke preceding *-ality*, *-ility*, etc., is itself only preceded by an initial attachment, such as circle *s*, loop *st*, or tick *h*, otherwise it would necessitate the discarding of the abbreviated form initially; thus,

sedulity, *severity*, *sociality*, *senility*, *seniority*, *celerity*, *sterility*, *humility*, *hilarity*.

4. When the consonant preceding *-ality*, *-ility*, etc., is written with an abbreviated form such as circle *s*; thus,

docility, *causality*, *facility*, *imbecility*, *insularity*, *sincerity*.

5. When the outline of a word ends with stroke *l* or *r*, or a stroke initially hooked for *l*, and the derivative word ends with the syllable *-ity*, the stroke *t* is joined to the stroke *l* or *r* or to the initially hooked stroke; thus,

dextrality, *cordiality*, *credulity*, *accessibility*, *morality*, *incompatibility*, *classicality*, *civility*, *penalty*, *personality*, *personalty*, *veniality*, *scurrility*, *superiority*, *inferiority*.

NOTE.—The suffix is used in the words *possibility*, *feasibility* for the sake of lineality, also in the word *impossibility* which is derived from the logogram *impossible*.

6. When the outline of a primitive word ends with the stroke *sh* initially hooked for *l*, and the derivative word ends with *ity*, for the termination *-shiality*, the initially hooked stroke is retained, and is followed by the stroke *t*; thus,

speciality, *specialty*, *artificiality*, *superficiality*, *essentiality*, *provinciality*, *potentiality*, *substantiality*, *partiality*, *impartiality*.

7. When *-ality* follows the termination *-shun*, it is written in full; thus,

constitutionality, *conventionality*,

nationality, *rationality*.

8. When a word begins with a half-length stroke, the *-ality*, etc., is written in full; thus,

fertility, *spirituality*, *austerity*, *maturity*.

9. In distinguishing outlines; thus,

disparity, compare *disability*; *juniority*, compare *geniality*; *locality*, compare *legality*.

"-logical," "-logically."

The terminations *-logical-ly* are represented by a disjoined / *j*; thus,

tripological, *biological-ly*, *tautological-ly*, *ideological*, *geological-ly*, *psychological-ly*, *hagiological*, *physiological-ly*, *theological-ly*, *zoological*, *sociological*, *entomological*, *chronological-ly*, *mineralogical*, *philological*, *aerological*, *horological*.

NOTE.—The stroke *j* for *-logical-ly* is not required medially.

"-ment."

The suffix *-ment* is represented in the following ways:—

1. By *mnt* joined to the preceding stroke, where an easy joining is obtained; thus,

payment, *chastisement*, *encroachment*,

arrangement, *argument*, *foment*, *movement*, *assessment*, *armament*, *amazement*, *lament*, *amercement*, *divorcement*.

2. By *nt* joined to the preceding stroke where *mnt* is awkward or impossible; thus,

imprisonment, *tenement*, *consignment*, *alignment*, *resentment*, *pronouncement*, *commencement*, *enlistment*, *deferment*, *preferment*, *merriment*, *postponement*, *enchantment*, *refinement*, *arraignment*, *pavement*, *approvement*, *achievement*.

NOTES.

(*a*) As the suffix is preferred a primitive outline is sometimes altered for the sake of joining the stroke *mnt*; thus, *bereave*, *bereavement*; *assort*, *assortment*; *enhance*, *enhancement*.

(*b*) In forming contractions ending in *-ment*, in words the primitives of which end with a final hook *n*, and the stroke *mnt* cannot be joined to the final hook, a more legible outline is obtained by omitting the hook *n*, and joining the suffix *mnt*; thus, *appointment*, *attainment*, *contentment*, *enlightenment*, *entertainment*, *abandonment*, *assignment*.

(*c*) The contracted form of *-ment*, that is, *nt*, the *m* only being omitted, is used after *n*, *nt*, *r* (up) or a stroke finally circled or hooked, where the stroke *m* does not admit of an easy joining.

(*d*) The *-nt* for *-ment* is not required for medial use.

"-mental," "-mentally," "-mentality."

The terminations *-mental*, *-mentally*, *-mentality*, are represented by a disjoined *mnt*; thus,

supplemental, *experimental-ly*, *departmental-ly*, *detrimental*, *sentimental-ly-ity*, *instrumental-ly-ity*, *rudimental*, *regimental*, *regimentals*, *documental*, *excremental*, *recremental*, *sacramental*, *fundamental-ly*, *monumental*.

NOTES.

(*a*) By disjoining *mnt* for *-mental-ly-ity*, it makes a distinction between words ending in *-ment*. Compare the following words with the examples given above. *supplement*, *experiment*, *department*, *detriment*, *sentiment*, *instrument*, *rudiment*, *regiment*, *document*, *excrement*, *recrement*, *sacrament*, *monument*.

(*b*) In a few words *-mental* is written in full for the sake of legibility; thus, *alimental*, *elemental*, *ornamental*.

"-ly."

The suffix *-ly* is represented in the following ways:—

1. By the use of the stroke *l* joined where possible, as follows:—

(1) The use of the upward *l*; thus,

aptly, badly, stately, oddly, placidly, wretchedly, rigidly, briskly, keenly, acutely, kindly, goodly, promptly, politely, indolently, fairly, curiously, stubbornly.

(2) The use of the downward *l*; thus,

fitly, vividly, genuinely, immensely, strongly, falsely.

NOTE.—The use of the stroke *l* for the suffix *-ly* is written upward or downward in accordance with the rules for final *l* as explained in Chapter 17.

2. By the use of the upward *l* disjoined where it will not join easily; thus,

flippantly, blindly, latently, prudently, jointly, finely, faintly, evenly, fervently, anciently, insolently, sternly, tenderly.

3. By the use of the initial hook for *l* as follows :—

(1) After a simple stroke when it joins easily to the preceding stroke ; thus,

deeply, *cheaply*, *frankly*, *thickly*, *meekly*, *impressively*.

(2) To adverbs in which the adjectives are written with a final hook for *n*, *f* or *v* ; thus,

thin, *thinly* ; *brief*, *briefly* ; *brave*, *bravely* ; *tough*, *toughly* ; *active*, *actively* ; *positive*, *positively* ; *gruff*, *gruffly* ; *relative*, *relatively* ; *rough*, *roughly*.

NOTES.

(*a*) In some cases where primitive words end with hook *n* or circle *ns*, the derivatives ending with *-ly* are preferably written with stroke *n* for the sake of a facile outline; thus, *openly*, *plainly*, *suddenly*, *manly*, *womanly*, *princely*, *densely*.

(*b*) When an adjective is written with a stroke initially hooked for *l*, the adverb ending with *-ly* is formed by adding a final vowel; thus, *hopeful*, *hopefully* ; *radical*, *radically* ; *medical*, *medically* ; *original*, *originally*.

(*c*) In the case of adverbs ending in *-ly* from contracted words, upward *l* is added if it will join easily to the contracted form representing the adjective, and if the adjective does not end with the sound of *l*; thus,

peculiar, *peculiarly*; *regular*, *regularly*; *irregular*, *irregularly*.

The remainder are ordinarily represented by the same contracted form as the adjective, but should it be thought necessary to make a distinction, the disjoined *l* may be added.

(*d*) When the stroke *l* is joined for the suffix *-ly* it should be vocalized, but when disjoined the vowel need not be inserted, the disjoined suffix representing the *-ly*.

"-ship."

The suffix *-ship* is represented in the following ways:—

1. By the full strokes *sh-p* where necessary for legibility; thus,

flag-ship, *steam-ship*, *fellowship*, *heirship*, *worship*.

2. By the joined stroke *sh* (downward) after *n*, *ng*, *r* (up) or a final hook where it admits of an easy joining; thus,

citizenship, *companionship*, *ownership*, *commandership*, *precentorship*, *kingship*, *censorship*, *township*, *guardianship*, *friendship*, *penmanship*, *draftsmanship*, *statesmanship*, *chairmanship*, *seamanship*, *horsemanship*, *championship*.

3. By the disjoined stroke *sh* (downward) where it does not admit of an easy joining to the preceding stroke, circle, or hook for the sake of lineality; thus,

discipleship, *chaplainship*, *trusteeship*.

lectureship, *dictatorship*, *apprenticeship*, *wardship*, *clerkship*, *courtship*, *deaconship*, *augurship*, *envoyship*, *survivorship*, *authorship*, *Messiahship*, *associateship*, *midship*, *acquaintanceship*, *proconsulship*, *chancellorship*, *controllership*, *hardship*, *stewardship*, *librarianship*.

NOTES.

(*a*) In compound and other words the disjoined *sh* is used in which *sh* is not grammatically a suffix; thus, *battleship*, *lightship*.

(*b*) The stroke *sh*, joined or disjoined, may be used medially for *-ship*; thus, *transhipment*, *midshipman*.

'-fulness.''

The termination *-fulness* is represented by a disjoined *fs*; thus,

hopefulness, *spitefulness*, *blissfulness*, *dutifulness*, *trustfulness*, *cheerfulness*, *joyfulness*, *carefulness*, *gracefulness*, *frightfulness*, *healthfulness*, *thoughtfulness*, *bashfulness*, *harmfulness*, *sinfulness*, *guilefulness, skilfulness, prayerfulness, artfulness, restfulness, sportfulness, usefulness.*

NOTE.—The disjoined *fs* for *-fulness* is not used in *beautifulness, doubtfulness, delightfulness.*

"-lessness," "-lousness."

The terminations *-lessness* and *-lousness* are represented by a disjoined *ls*; thus,

-lessness.

sleeplessness, boundlessness, pitilessness, cheerlessness, joylessness, carelessness, gracelessness, groundlessness, lifelessness, friendlessness, faithlessness, thoughtlessness, blamelessness, sinlessness, guilelessness, listlessness, faultlessness, prayerlessness, heartlessness, beardlessness, uselessness.

-lousness.

populousness, credulousness, callousness, ridiculousness, zealousness, tremulousness, querulousness, perilousness.

Logograms Used as Suffixes.

Logograms, joined or disjoined, may be used as suffixes; thus,

balance	*outbalance, overbalance*
build	*rebuild*
number	*outnumber*
tell	*foretell*
told	*foretold*
trade	*free-trade, overtrade*
different-ence	*indifferent-ence*
advantage	*disadvantage*
chair	*bed-chair, easy-chair, arm-chair*
general	*outgeneral*
come	*become, outcome, overcome, welcome*
called	*recalled*
give, giving	*forgive, misgiving*
guard	*safeguard, vanguard, rear-guard*
think	*methinks*
importance	*self-importance*
improvement	*self-improvement*
hand	*underhand*
lord	*landlord*
writer	*underwriter*

yard, *word* *churchyard,* *watchword*

awe *overawe.*

NOTE.—When the negative prefix *un-* precedes a grammalogue the stroke *n* is generally joined to the logogram; thus, *told,* *untold;* *tried,* *untried;* *gentleman,* *ungentlemanly;* *equal-ly,* *unequal-ly;* *equalled,* *unequalled;* *thinking,* *unthinking;* *schooled,* *unschooled;* *usual-ly,* *unusual-ly.*

Compound Words.

When two or more words occur together and thus form compound words, they are written as follows :—

1. By joining the outlines of the primary words wherever they join easily; thus,

pawn-ticket, *picture-frame,* *battle-axe,* *battle-line,* *bow-window,* *bean-feast,* *block-tin,* *boot-tree,* *burial-place,* *boiler-plate,* *bird-cage,* *brother-in-law,* *cabin-boy,* *office-boy,* *draught-board,* *draught-engine,* *fire-brigade,* *axle-box,* *field-glass,* *field-hospital,* *altar-piece,* *altar-cloth,* *robin-redbreast,* *above-named,* *before-mentioned.*

2. By disjoining the outlines when they will not join easily, and writing the forms close to each other; thus,

passion-flower,	*battering-ram,*
bath-room,	*beam-ends,*
blade-bone,	*burnt-offering,*
deaf-mute,	*draught-horse,*
safety-valve,	*field-bed,*
field-book,	*field-piece,*
field-officer,	*foster-brother,*
thunder-struck,	*thunder-storm,*
thunder-shower,	*spend-thrift,*
engine-driver,	*ear-witness,*
world-power,	*World-Ruler,*
flash-light,	*water-tight,*
hard-headed,	*pitchfork.*

3. By the outline of one or both words not being written with the same outline as when standing alone, but which are written in accordance with some other principle for the sake of an easy joining or lineality.

In illustrating this rule it will be helpful to use examples showing how the different principles of the system are affected, taking them in the order as set forth in this book.

Small Circle *S*.

In the combination *n s m* the circle is written to the word to which it naturally belongs; thus,

tinsmith, *handsome,* *noisome,*

mincemeat, *newsmonger,* *Norseman,*

nursemaid.

Large Circle *SW*.

As the large circle *sw* is only used initially, when the second word of a compound word begins with *sw*, the circle *s* and stroke *w* are used; thus,

 *swing*,  *full-swing*.

Initial and Final Loops.

ST Loop.—When a word is written with the *st* loop initially or finally, and the loop cannot be employed in compound words, the circle *s* and stroke *t* are used; thus,

 *step*: 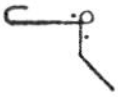 *quickstep*,  *footstep*, 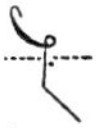 *overstep*,  *instep*,  *longstep*,  *doorstep*.

 *stitch*:  *hem-stitch*,  *chain-stitch*,  *pearl-stitch*.

 *stack*:  *haystack*.

 *stick*:  *single-stick*,  *broomstick*,  *drumstick*,  *walking-stick*,  *maulstick*,  *yardstick*.

 *sticks*: 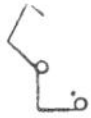 *chopsticks*.

 *stock*:  *livestock*,  *overstock*,  *linstock*,  *rolling-stock*.

 *stocking*:  *blue-stocking*.

 *staff*:  *tipstaff*,  *quarterstaff*,  *flagstaff*.

stuff : *breadstuff*, *dyestuff*, *food-stuff*.

stone : *lap-stone*, *pebble-stone*, *curbstone*, *loadstone*, *headstone*, *touchstone*, *keystone*, *gravestone*, *hearthstone*, *tombstone*, *corner-stone*, *sandstone*, *grindstone*, *stepping-stone*, *mile-stone*, *whetstone*.

stall : *bookstall*.

stool : *toadstool*, *music-stool*, *footstool*.

stile : *turnstile*.

stealer : *sheep-stealer*.

star : *pole-star*, *lodestar*, *dog-star*.

store : *bookstore*.

storm : *snow-storm*. (Note *hail-storm*.)

cast : *cast-iron*.

STR Loop.—When a word is written with the *str* loop finally, and the loop cannot be employed in compound words, the circle *s* and stroke *t* initially hooked for *r* are used; thus,

castor, *castor-oil*.

Initial Hooks for *R* or *L*.

When a word is written with the right-hand *fr*, standing alone, this form may be altered to the alternative sign in compound words, for the sake of following the recognized principle governing the choice of *fr* or *fl*, when joined to another stroke; thus,

free, *freethinker*; *frying*, *frying-pan*.

Special Use of the Initial Hooked Strokes.

Words written with the separate strokes when standing alone are written with the strokes initially hooked for *r* or *l* in compound words when more convenient for joining; thus,

pool, *whirlpool*; *board*, *sideboard*, *switchboard*, *school-board*, *blackboard*, *cardboard*, *starboard*; *bird*, *jailbird*, *mocking-bird*; *car*, *tramcar*, *motor-car*; *shore*, *sea-shore*, *leeshore*, *foreshore*; *shell*, *tortoise-shell*, *egg-shell*.

Circles and Loops Prefixed to Initial Hooks.

When a word is written with the circle *s* or *sw*, or loop *st* prefixed to an initial hook for *r*, and the same form cannot be retained in compound words, the circle *s*, or circle *s* and stroke *w*, or *t* with a stroke initially hooked for *r* are used; thus,

string, *bow-string*; *sweeper*,

crossing-sweeper ; *stalker,* *deer-stalker ;*

sticker, *bill-sticker.*

Final Hook for *N*, *F* or *V*.

When a word ends with a final hook for *n*, *f*, or *v*, and the final hook cannot be employed in compound words, the stroke *n*, *f*, or *v* is used ; thus,

plain, *plain-spoken ;* *drain,*

drain-trap ; *cannon,* *cannon-proof,*

cannon-shot ; *iron,* *iron-grey ;*

nine, *cat-o'-nine-tails ;* *beef,*

beef-steak.

Circle Affixed to Final Hook.

When a word ends with a final circle *s* or *z* added to a final hook for *n*, *f*, or *v*, and the hook cannot be employed in compound words, the stroke *n*, *f*, or *v* is used ; thus,

towns, *townsman ;* *calf's,* *calf's-foot ;*

calves, *calves-foot.*

Shun Hook.

When a word ends with a large final hook for *-shun* and the hook cannot be employed in compound words, the stroke *sh* and stroke *n* are used ; thus,

nation, *nationhood.*

The Aspirate.

1. When a compound word ends with *-head*, *-hall*, *-hole*, *-hill*, the dot *h* is generally used ; thus,

fountain-head, *townhall,* *mole-hole,*

down-hill.

2. Compound words ending with *-house* are written as follows :—

(1) With the upward *hs* after *p, b, t, d, f* or a straight upstroke ; thus,

playhouse, *brewhouse*, *boat-house*, *dye-house*, *coffee-house*, *weigh-house*, *warehouse*, *hothouse*.

(2) With downward *hs* after *k, g, m* or *l* ; thus,

workhouse, *log-house*, *summer-house*, *ale-house*.

(3) With stroke *s* when neither the upward nor downward stroke will join well, that is, after *ch, s, sh, n, ng*, a circle or a hook ; thus,

coach-house, *ice-house*, *wash-house*, *pigeon-house*, *lodging-house*.

3. When the compound word ends with *-horse*, it may be written with the stroke or dot *h*, as the tick *h* is not used medially in words ; thus,

horse, *clothes-horse*, *coach-horse*.

4. When the compound word ends with *-hearted*, the stroke or dot *h* may be used ; thus,

stout-hearted, *kind-hearted*, *faint-hearted*, *false-hearted*.

DOWNWARD AND UPWARD *R*.

Final *r* in compound words, as in other words, takes the same rule as final *r* ; as follows :—

1. Upward *r* after *gs* ; thus,

ear, *dog's-ear*.

2. Upward *r* after two downstrokes; thus,

array, *battle-array;* *teller,*

fortune-teller; *gatherer,* *tax-gatherer.*

Medial *r* in compound words is written upward when more convenient for joining than the downstroke; thus,

poor, *poor-box.* *door,* *door-nail,*

four, *four-footed.*

Upward and Downward *L*.

When a word is written with the upward *l*, standing alone, it may be written downward in compound words if it joins more conveniently than the upward *l*; thus,

line, *clothes-line,* *fighting-line;* *eel,*

sand-eel; *oil,* *train-oil.*

Downward and Upward *SH*.

As the stroke *sh* may be written downward or upward, the alternative direction may be used in compound words if more convenient for joining; thus,

shaft, *driving-shaft;* *shod,* *dry-shod.*

Compound Consonants.

"Kw" and "mp," "mb."

When the first word of a compound word ends with *k*, and the second word begins with *w*, the compound consonant *kw* is not generally used; thus,

silk-worm.

Note.—An exception to this is the word *lukewarm.*

When the first word of a compound word ends with *m*, and the second word begins with *b*, the compound consonant *mb* is not used; thus,

dumb-bell, *tomboy.*

THE HALVING PRINCIPLE.

1. In compound words commencing with *t* or *d*, the *t* or *d* is not halved; thus,

time-table, *grave-digger*, *quarter-deck*.

Exceptions :—

sometimes. *beforetime*.

2. In compound words the outlines of which end with *t* or *d*, the *t* or *d* is generally halved; thus,

boat, *gunboat*, *life-boat*, *ice-boat*, *ferry-boat*; *bite*, *backbite*, *frost-bite*; *right*, *wright*, *copyright*, *birthright*, *millwright*; *wood*, *dogwood*, *logwood*, *brushwood*, *fire-wood*; *ahead*, *go-ahead*; *hide*, *cow-hide*.

NOTES.

(*a*) After one half-length stroke *t* or *d* is retained; thus, *tit-bit*, *cat-boat*.

(*b*) The *t* or *d* is retained where necessary for a distinct outline; thus, *jolly-boat*, *rosewood*, *forget-me-not*, *touch-me-not*.

THE DOUBLING PRINCIPLE.

1. The rules for the double-length principle apply in compound words; thus,

biter, *backbiter*; *cutter*, *chaff-cutter*; *loader*, *muzzle-loader*; *leader*, *ringleader*.

2. When a word is written with a double-length upward *h* or with tick *h* to upward *l*, it may be written with the dot *h* in compound words to admit of an easy joining; thus,

 *hunter*,  *fortune-hunter*;  *holder*,  *fund-holder*.

W Occurring Medially.

Words written with the initial semicircle when standing alone are written with the stroke *w* or the disjoined diphthong sign in compound words if more convenient; thus,

 *warrant*,  *death-warrant*;  *warmer*,  *foot-warmer*;  *warden*,  *churchwarden*.

Suffixes.

Words written with the dot *-ing* when standing alone are written with the stroke *-ng* in compound words; thus,

 *dripping*,  *dripping-pan*;  *pairing*,  *pairing-time*,  *pairing-off*.

Grammalogues.

When a logogram will not join in a compound word, it may be written in full; thus,

 great,  *greatcoat*.

Note.—It should be observed that compound words are generally vocalized in the same way as when the words are written separately, provided the place in which the vowel falls is a distinct one.

"Here-," "there-," "where-."

Compound words are formed by adding some other word to the words *here*, *there* or *where*, in which case the added word generally retains its own outline, and if possible is joined to the preceding word. There are, however, some cases in which it is necessary to alter the form of a logogram to permit of a joining to the preceding stroke or to distinguish one word from another.

Compound words beginning with ***here, there, where,*** etc., are written as follows :—

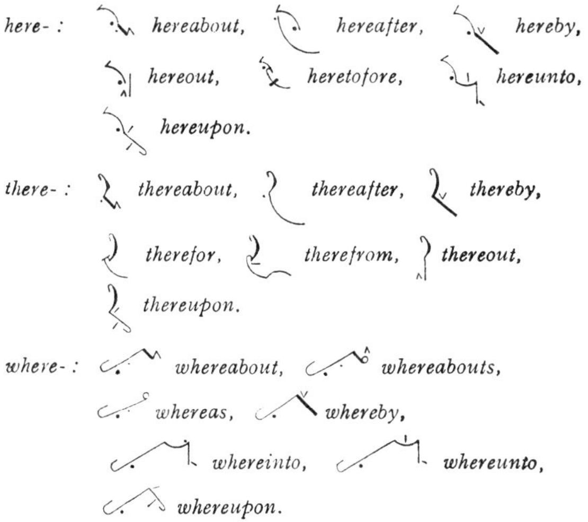

The following table will show the words ***here, there,*** *where* followed by the words *-at, -to, -of, -in, -on, -with.*

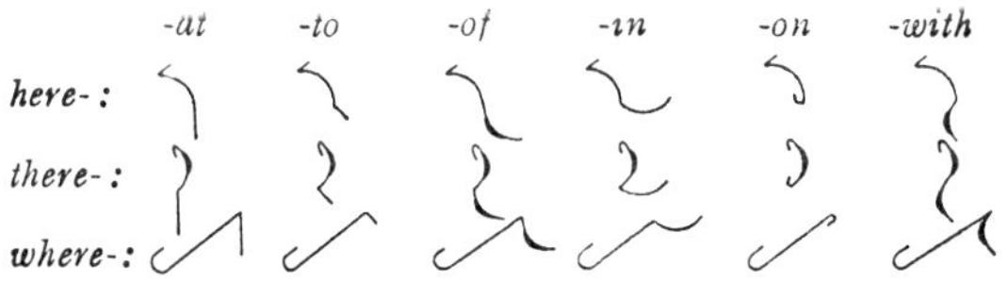

NOTES.

In the compound words beginning with ***here-, there-, where-,*** followed by *-at, -to, -of, -in, -on, -with,* it is not always convenient to retain the original forms for these words, as it would result in one word clashing with another, or in an awkward joining.

"-to" and "-of."

As the grammalogues *-to* and *-of* are represented by the same sign, it will be obvious that the logogram cannot be employed in both compound words ending with *-to* and *-of*, and, therefore, the logogram is retained for *-to*, and the consonantal stroke of the word *-of*, that is, stroke *v*, is used for the compound words ending with *-of*.

It should be noted that the consonantal stroke *t* cannot be used for the compound words ending in *-to* as it is used for the compound words ending with *-at*.

"-in" and "-on."

With regard to the grammalogues *-in* and *-on*, it will be observed that the former is represented by the stroke *n*, and the latter by a vowel logogram. As it would not be convenient to use the vowel logogram for *-on*, the stroke *n* is retained in the compound words ending with *-in*, and, therefore, the hook *n* is used for the compound words ending with *-on*.

"-with."

The logogram for *-with*, which is a *w* diphthong sign, would not be convenient for joining in all compound words ending in *-with*, especially when required for derivative words, and, therefore, it is preferably represented by the stroke *TH*.

"-tofore."

In the compound word *heretofore*, the downward *r* in the word *here-* is halved for *t*, and the *fr* is used to represent the final word *-fore*.

"-as."

In the compound word *whereas*, the logogram *as* is added to *where-*.

"-after."

The outline for *-after* is disjoined in *hereafter* because if joined it would violate the rule which forbids the joining of two strokes of unequal length without an angle.

"-from."

In the compound word *therefrom*, the word *-from* is written in full as the logogram would not be convenient for joining, and the alternative form of *fr* could not be used as it represents the compound word *therefor*.

"hereinafter," "hereinunder."

The outline for *-after* and the logogram *-under* may be joined to the compound word *herein-*; thus,

 *hereinafter,*  *hereinunder.*

In all other cases the outlines for the words following *here-*, *there-*, *where-*, are written in their usual way.

"further-," "-much," "-soever."

Compounds of *further-*, *-much*, and *-soever*, are written as in the following examples :—

further- :  *furthermore,*  *furthermost.*

-much :  *inasmuch,*  *forasmuch.*

-soever :  *whosoever,*  *whatsoever.*

SUMMARY.

1. The suffix *-ing* represented by a light dot is used after the light straight downstrokes, *p. t, ch, h* (down), the downward *r*, and the right-hand curves *fr, vr, fl, vl*; after downstrokes finally looped or hooked where the stroke is awkward or impossible; after horizontal or upstrokes finally looped or hooked; after straight upstrokes finally circled for *ns* or *nz*; after a half-length or double-length stroke where the stroke would not make an angle; after contracted logograms and contractions.

2. The suffix *-ings* represented by a light dash is used after all strokes where the dot is used for *-ing*.

3. Where the dot or dash is not used for *-ing* or *-ings* the stroke *-ng* or *-ngs* is always used.

4. The terminations *-ality*, *-ility*, *-arity*, *-ority*, *-elty*, etc., are represented by disjoining the stroke which immediately precedes the termination.

5. The terminations *-logical-ly* are represented by a disjoined  *j*.

6. The suffix *-ment* is represented by *mnt*, but where the stroke *m* is awkward or impossible, the half-length stroke *n* for  *nt* is used.

7. The terminations *-mental*, *-mentally*, *-mentality* are represented by a disjoined *mnt.*

8. The suffix *-ly* is represented by the stroke *l*, joined or disjoined, or an initial hook for *l*.

9. The suffix *-ship* is represented by strokes *sh-p* joined, or stroke *sh* joined or disjoined.

10. The termination *-fulness* is represented by a disjoined *fs*.

11. The terminations *-lessness* and *-lousness* are represented by a disjoined *ls*.

12. Logograms, joined or disjoined, may be used as suffixes.

13. Compound words are joined or disjoined with their primary outlines, but sometimes the outline of a word is altered to permit of it being joined as a compound word.

14. In the outlines for compound words which begin with *here*, *there*, *where*, the second part of the outline may be joined to the first part to form a compound outline.

15. The word *further* may be joined initially, and the words *much* and *soever* may be joined finally to form compound words.

Chapter 26.

VOWEL INDICATION.

In some of the preceding chapters we have had occasion to refer to the principle of Vowel Indication as one of the governing principles in the formation of outlines, and, as this is a very important principle, it will be necessary to explain it fully.

As it is practically impossible in fast writing to insert many vowels, and as the writer has to depend principally upon the outline of the word, it will be obvious that it is highly desirable to adopt some method of vowel indication so that the necessity for inserting the detached vowel-signs may be obviated.

The teacher at this stage should point out to his students that there are a large number of words containing the same order of consonants, and should review the numerous excellent devices provided in Pitman's Shorthand for the purpose of securing a distinction in such cases. For this purpose, he might refer to the consonants in the Phonographic Alphabet, which are written with different forms or directions, and state briefly the rules governing their respective uses; the alternative methods provided for the representation of consonants or combinations of consonants of frequent occurrence in the form of circles, loops, hooks; the halving and doubling of strokes for the addition of certain consonants; all of which assist in providing a means of vowel indication and at the same time provide brief and legible outlines which can be read with the greatest facility when the vowel-signs are omitted.

While the various methods just suggested will apply in a large number of words, there still remains a large number where such devices are not applicable or do not determine the place of the vowel, and, therefore, it is necessary to resort to some other means to identify the omitted vowel-sign. The very important means provided for this purpose is by what is called position-writing, which will be explained fully in the course of this chapter.

VOWEL INDICATION

Definition of Vowel Indication.

It is necessary at the outset to define what is meant by the term Vowel Indication.

Vowel Indication is the writing of a word with such an outline or in such a position as to indicate a vowel without inserting the vowel-sign.

Methods of Indicating Vowels.

There are two methods of indicating vowels as follows :—

1. As regards the formation of an outline.

2. As regards the position of an outline with respect to the line.

NOTE.—In some cases the outline of a word is written according to both the above methods.

FORMATION OF OUTLINES.

1. As regards the formation of an outline.

(*a*) Initial and Final Strokes.

(1) The use of an initial stroke is necessary in all cases where there is an initial vowel ; thus,

ask, *astray*, *astir*, *assuage*, *ahem*, *ahull*, *aweel*, *awhile*, *award*, *awoke*.

(2) The use of a final stroke is necessary in all cases where there is a final vowel ; thus,

pussy, *busy*, *pasty*, *pastry*, *penny*, *puffy*, *bravo*, *pity*, *body*, *county*, *sentry*, *sundry*, *feathery*.

(*b*) Alternative Strokes.

(1) The employment of alternative forms for *fr* or *thr*, when not joined to another stroke, indicates an initial or a final vowel ; thus,

offer, *affray*, *fray* ; *author*, *throw*.

(2) The employment of alternative forms for *r* or *l* may indicate an initial or a final vowel; thus,

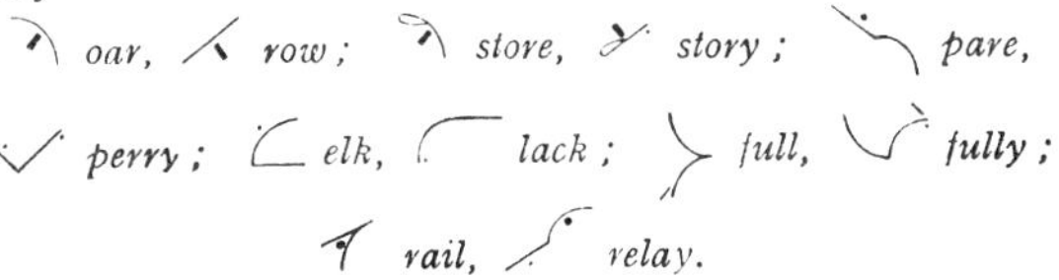

POSITION-WRITING.

In addition to the influence of the vowels in the formation of outlines just explained, there is also the writing of stroke outlines in position with respect to the line, in order to indicate the first sounded vowel in the word.

Definition of Position-writing.

Position-writing is the placing of an outline in such a position with respect to the line as to indicate the first sounded vowel in the word, without inserting the vowel-sign.

RULES FOR POSITION-WRITING.

Vowels determine the Position of the Outline.

In all cases it is the first sounded vowel in the word that determines the position of the outline. There are three positions corresponding to the three places of the vowels, namely :—

1. First position, that is, above the line, for the outlines of words in which the first sounded vowel is a first-place vowel, diphthong or diphone.

2. Second position, that is, on the line, for the outlines of words in which the first sounded vowel is a second-place vowel or diphone.

3. Third position, that is, through the line, for the outlines of words in which the first sounded vowel is a third-place vowel, diphthong or diphone.

NOTE.—It should be observed that the term "place" refers to the relation of the vowel-sign to the stroke, while the term "position" refers to the relation of the stroke to the line.

Accent.

All words in English of more than one syllable have an accent, which frequently plays a part in the *formation* of outlines. The tendency is to place the accent on the first syllable of all words of two syllables used as nouns or adjectives, and on the second when they are used as verbs.

Definition of Accent.

Accent is a stress of voice on a particular syllable in pronouncing a word.

How Accent is Indicated.

On referring to an English Dictionary or the *Shorthand Dictionary*, it will be seen that the mark usually used to show the accented syllables of words is the acute accent ′ written immediately after the syllable which is accented; thus, *ab′stract* (noun), *abstract′* (verb); *con′tract* (noun), *contract′* (verb); *pre′sent* (noun), *present′* (verb); *rec′ord* (noun), *record′* (verb).

When it is necessary to indicate the accented vowel in an outline, it is shown by writing a small cross close to the vowel of the accented syllable; thus,

August, *august*; *minute*, *minute*;

prefix, *prefix*; *refuse*, *refuse*.

Influence of Accent on the Formation of Outlines.

Accent decides, very often, and particularly in the shorter words, the form of outline; thus,

prefer, but *proffer*; *devour*, but *differ*;

reveal, but *rival*.

Note.—In the longer words, however, accent is ignored, in order to avoid long or awkward outlines, and to take due advantage of an abbreviating device; thus,

permit, *external*, *palpable*, *cultivate*.

Strokes Indicate the Position of the Outline.

As the strokes indicate the position of the outline, the following points should be observed :—

1. When a stroke takes three positions—above, on, or through the line—it is governed by the place of the first sounded vowel.

2. When a stroke takes two positions only—above and on the line—the first position is governed by the first-place vowel, and the second position by the second- and third-place vowel.

3. It is the first downstroke or the first upstroke that occupies the position required by the first sounded vowel in the word, the horizontal strokes being raised or lowered to permit of the downstroke or upstroke taking its proper position.

The positions of the strokes are as follows :—

Single Stroke Outlines.

1. Full-length downstrokes or upstrokes take all three positions ; thus,

pa, pay, pea; fa, fay, fee;

law, low, lea; raw, row, rue.

2. Horizontal and half-length strokes take two positions only, namely, first position and second position ; thus,

caw, kay, key; gnaw, nay, knee;

pat, pet, pit; cat, coat, kit;

fat, fate, fit; lot, late, lit;

want, wont, wind.

Outlines of Two or more Strokes.

First Stroke a Downstroke.

1. A full-length downstroke followed by any stroke—full, half, or double-length—takes all three positions; thus,

bat, bait, beat; back, bake, beak;

borrow, bury, bureau;

part, port, peered; barter, porter.

2. A half-length downstroke followed by any stroke, takes two positions only, namely, first position and second position; thus,

compatible, potable, computable; bandage,

appendage, poundage; strategy.

First Stroke an Upstroke.

1. A full-length upstroke followed by any stroke—full-, half-, or double-length—takes all three positions; thus,

lad, led, lid; lock, luck, look;

rye, ray, re; rotted, rated, rooted;

laughter, elevator, riveter.

2. A half-length upstroke followed by any stroke, takes two positions only, namely, first position and second position; thus,

ratify, certify; artifice, artificial;

writing, written; lightly, lately,

little, military; laundry,

lentil, lintel.

First Stroke a Horizontal.

1. A full or half-length horizontal stroke followed by a full-length downstroke or upstroke, takes all three positions ; thus,

cap, cape, keep ; graduate, octavo, gratuity ; carry, Cary, curio ; madly, medal, medial.

2. A full or half-length horizontal stroke, followed by a half-length downstroke or upstroke, takes two positions only, namely, first position and second position ; thus,

copied, kept, Cupid ; accurate, skirt, curate ; modified, meditate, matured ; moderate, mutilate.

3. A horizontal stroke, followed by another horizontal stroke, takes two positions only, namely, first position and second position ; thus,

cock, cake, cook ; mock, make, meek.

NOTE.—It should be observed there is no third position for outlines consisting only of horizontal strokes, or only of half-length strokes, or of horizontal strokes joined to half-length strokes. When the first sounded vowel in such words is a second-place or a third-place vowel, the outline is written in the second position, that is, on the line.

Double-length Strokes.

1. Double-length straight or curved downstrokes take one position only, that is, the third ; thus,

ponder. painter, Pounder ; father, fetter, fitter ; order, sorter.

2. Double-length horizontal strokes take two positions only, namely, first position and second position ; thus,

matter, *motor*, *meter* ;

saunter, *centre*, *cinder*.

3. Double-length straight or curved upstrokes take three positions ; thus,

latter, *letter*, *litter* ; *slander*,

slender, *cylinder* ; *ranter*, *render*,

rounder.

Position of Derivative Words.

As all words are to be written in position according to the first sounded vowel in the word, the outlines of derivative words formed by the addition of one or more final letters or syllables to the root word are written in the same position as their primitives ; thus,

Puritan, *puritanic* ; *active*,

activity ; *examine*, *examination* ;

luxury, *luxuriance*.

The same word used as different parts of speech varies its position according to the change of vowel sound ; thus,

produce (n.), *produce* (v.) ; *collect* (n.),

collect (v.).

Vocalization in the Advanced Stage.

Although it may be regarded as a rule that vowels are omitted in the Advanced Stage there are certain word-outlines which must be vocalized to some extent. The student will learn by experience when to vocalize, but the following instructions as to the insertion of vowels will prove very serviceable :—

1. In single-stroke outlines having an initial and a final vowel, the vowel not indicated by position should be inserted ; thus,

abbey, *arrow*, *area*, *era*.

2. In half-length stroke outlines standing alone ; thus,

apt, *pat*, *pate*, *pit*, *aft*, *fat*,

fate, *fit*, *mat*, *neat*.

3. Join the vowel *aw* initially, and the diphthongs *I*, *oi*, *ow*, *u*, initially and finally, according to the rules explained in Chapter 4 ; thus,

awl, *alter* ; *item*, *ice*, *eyes*,

nigh ; *oil*, *owl*, *Dow*, *now* ;

pew, *kew*, *few*, *new*.

Note.—Although the vowel and diphthongs may be joined, the outlines should also be written in position.

4. Where a downward or an upward *r* or *l* does not indicate a preceding or a following vowel, the vowel-sign should be inserted ; thus,

aright, *pulley*, *early*.

5. Insert an initial, a medial, or a final vowel in words having the same consonantal outline, to distinguish one word from another ; thus,

(1) Insertion of an initial vowel :—

*a*pposite, *o*pposite ; *a*ttacked, tact ;

*au*tumn, time ; *e*ssay, say ;

(2) Insertion of a medial vowel :—

 ad*a*pt,  ad*o*pt ;  v*o*luble,  valuable ;

 sulph*i*te,  sulphate.

(3) Insertion of a final vowel :—

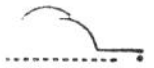 monarch*y*, 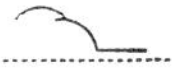 monarch ;

 monk*ey*,  monk ;  enem*y*,  name ;

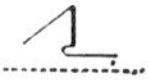 radical*ly*,  radical.

6. Generally speaking, vowels should be inserted—

(1) Where words of the same part of speech have similar outlines and the same position.

(2) Where a word is unfamiliar, or unfamiliar in the special sense in which it is used.

(3) Where an outline has been written incorrectly, badly, or in the wrong position, in which case the insertion of a vowel is the quickest way of making the outline legible.

7. It is also advisable to vocalize as fully as possible :—

(1) Where the subject matter is unknown.

(2) Where the language is poetical, unusual, or florid, because in these instances the context is not as helpful as in other cases.

Summary.

1. Vowel Indication is the writing of a word with such an outline, or in such a position, as to indicate a vowel without inserting the vowel-sign.

2. An initial vowel requires the use of an initial stroke ; a final vowel requires the use of a final stroke.

3. An initial or final vowel may be indicated by the use of alternative forms for *fr*, *thr*, or alternative strokes for *r* or *l*.

4. Position-writing is the placing of an outline in such a position with respect to the line as to indicate the first sounded vowel in the word without inserting the vowel-sign.

5. The position of an outline is determined by the first sounded vowel in the word.

6. There are three positions, namely, first, that is, above the line ; second, that is, on the line ; third, that is, through the line.

7. Accent is a stress of voice on a particular syllable in pronouncing a word. Accent in short words very often decides the form of an outline.

8. The first full-length or half-length downstroke, or the first full-length or half-length upstroke, indicates the position of the outline.

9. There is no third position for outlines consisting of horizontal strokes, or only of half-sized strokes, or of horizontal strokes joined to half-length strokes.

10. In the case of double-length strokes, downstrokes take one position, horizontals take two positions, upstrokes take three positions.

11. Derivative words are written in position according to the first sounded vowel.

12. Vowels should be inserted as follows:—

(1) In single-stroke outlines having an initial and a final vowel, the vowel not indicated by position should be inserted.

(2) In half-length strokes standing alone.

(3) Join the vowel *aw* initially and the diphthongs *I*, *oi*, *ow*, *u*, initially and finally.

(4) Where a downward or upward *r* or *l* does not indicate a preceding or following vowel, the vowel should be inserted.

(5) Insert an initial, medial, or final vowel in words having the same consonantal outline, to distinguish one word from another.

Chapter 27.

GRAMMALOGUES.

In the last chapter we explained the principle of vowel indication, and now we are going to deal with a method of contracting words so as to facilitate speed in fast writing.

The words which are allocated to the grammalogues must be very thoroughly mastered by the student, and their importance will be readily understood when it is observed that a very large proportion of the frequently occurring words employed in our language may be identified as grammalogues.

One feature of a grammalogue which must be distinctly recognized is that it is represented by means of a single stroke, either an initial, a medial, or a final stroke, or a vowel-sign.

Definition of a Grammalogue and a Logogram.

1. A grammalogue is a word of frequent occurrence represented by a single shorthand sign.

2. A logogram is the shorthand sign representing a grammalogue, and it may be a vowel, diphonic, or diphthongal sign, or a stroke, normal length, half-length or double-length, with or without an initial or a final attachment.

Note.—The word grammalogue means letter-word, derived from the Greek words *gramme* = a letter, and *logos* = a word. The word logogram means a word-letter, being the reverse of the word grammalogue, and spelt in the reverse order.

It should be particularly noted that the word grammalogue refers to the word itself, and the word logogram refers to the shorthand sign used for the grammalogue.

Classes of Grammalogues.

The logograms may be classified as follows:—

1. Those which represent all the consonants of a grammalogue in the formation of the outline of which no rule is violated, but which are written out of their proper position to avoid clashing with some others; thus,

be, *been*, *it*, *do*, *go*, *over*,

though, *those*, *this*, *thus*, *me*,

most, *any, in*, *own*, *sent*, *owing*.

2. Those which are not in strict accordance with text-book rules, as follows:—

Those which violate the rules for the use of the strokes initially hooked for *r* or *l*, that is, the use of the hooked strokes, although a vowel occurs between the two consonants; thus,

First position (above the line); thus,

balance, *balances*, *balanced*, *chaired*,

child, *accord-ing*, *call*, *called*,

guard, *short*, *more*, *nor*.

Second position (on the line); thus,

build-ing, *towards*, *tell*, *told*, *dear*,

chair, *cheered*, *care*, *cared*, *equal-ly*,

equalled, cold, *gold*, *very*, *third*,

their, there, *school*, *schooled*, *mere*, *near*.

Third position (through the line); thus,

till, *cheer*, *sure*.

3. Those which violate the rule for downward *r*; thus,

are, *our*.

NOTE.— *your*.

4. Those which violate the rules for the halving principle; thus,

tried, *trade*, *could*, *great*,

that, *without*.

5. Those which violate the rules for the doubling principle; thus,

therefore, *rather*, *writer*.

6. Those which are contracted, that is, do not contain all the consonants in a grammalogue, and are written in the following positions:—

(*a*) Those which are written in the correct position; thus,

subject, *advantage*, *general*, *can*, *come*,

give-n, *several*, *whose*, *thank*, *him*,

northern, *whether*, *aught*.

(*b*) Those which are written out of their proper position; thus,

opportunity (*particular*); *because*;

much (*which*); *gentleman* (*gentlemen*);

liberty (*number-ed*).

(*c*) Those of frequent occurrence written on the line irrespective of the rules of position writing; thus,

deliver, *which*, *from*, *have*, *was*,

truth, *instruction*.

7. Arbitraries, that is, those which are written by strokes not forming either the consonantal or vowel-sign which forms a part of the full outline; thus,

and, *he*, *why*.

Derivatives of Stroke Logograms.

Derivative and compound words from grammalogues are written by retaining the logogram (unvocalized) in the outline whenever a convenient or legible form is obtained; thus,

balance-sheet, *deliverer*, *advantageous*

thankless, *two-fold*.

NOTES.

(*a*) When the use of the logogram would result in violating a rule or in an awkward outline, the logogram is not retained; thus,

believe, *believingly*; *general*, *generalize*,

generalized.

(*b*) For derivative and compound words from grammalogues written with the initially hooked strokes, refer to Chapter II.

Circle "S."

The final circle *s* may be added to a logogram to denote the plural number or possessive case of nouns, or the third person singular of verbs; thus,

members, *gentleman's*, *believes*.

Past Tense of Verbs.

Past tense verbs derived from logograms are written as follows :—

1. Contracted logograms for verbs ending with *-ed* are written with the same form for the past tense as for the present tense ; thus,

remember-ed, *number-ed*, *believe-d*, *deliver-ed*.

NOTE.— *advantaged*, *differenced*, are written in full as they are not frequently used.

2. Logograms which represent all the consonants in a word are halved for the past tense ; thus,

tried, *told*, *called*, *equalled*, *schooled*.

3. When the present tense ends with the circle *-s* or *-ns*, the past tense is formed by changing the circle into the loop *-st*, *-zd* or *-nst ;* thus,

surprised, *balanced*, *circumstanced*.

4. Verbs which do not form the past tense by the addition of *-ed* have the past tense written in full ; thus,

speak, *spake ;* *come*, *came ;*

give, *gave*.

Suffixes added to Logograms.

Suffixes may be added to logograms as follows :—

-ing. The rules for the use of the suffix *-ing* after logograms will be found in Chapter 25.

-ly. The adverbial termination *-ly* to logograms is written as follows :—

1. The same sign is used for both the adjective and the adverb if the outline is sufficiently legible ; thus,

special-ly, *principal-ly*, *general-ly*,

equal-ly, *usual-ly*, *wonderful-ly*.

2. In logograms which represent all the consonants or the final stroke in the word, the stroke *l* is joined for *-ly*; thus,

thirdly, *surely*, *mostly*, *merely*.

3. In contracted logograms or where the stroke *l* will not join conveniently, the stroke *l* is disjoined for *-ly*; thus,

particularly, *differently*.

4. In the word *largely* the initial hook for *l* is added to the logogram *large* for *-ly*; thus,

largely.

Derivatives of Vowel Logograms.

As it is impossible to write the circle *s* or suffix *-ing* to vowel logograms, all derivatives from such must be written in full; thus,

Ah, *Ah's*; *Oh* or *owe*, *Oh's* or *owes*; *all*, *all's*; *two*, *two's*; *awe*, *awes*, *awing*; *who*, *who's*.

For the use of the logograms as prefixes and suffixes see Chapters 24 and 25.

Position of Derivatives of Grammalogues.

When a derivative word begins with a grammalogue, it commences in the same position as the logogram, providing the logogram is retained; thus,

care, *careful*, *careless*; *under*, *underwear*.

NOTE.—Where a derivative of a grammalogue does not retain the logogram, then the position is governed by the first sounded vowel, thus, *cold*, *coldish*, *coldness*, but *colder*, *coldest*; *give*, but *giver*.

Paronyms.

The teacher should point out that there are a number of words pronounced in the same way as another, but differently spelt. Such words are called paronyms, and are generally different parts of speech. It should be observed, however, that the words other than the grammalogues, although having the same sound, must be written according to the rules, and in the position according to the vowel. Compare the following examples:—

be, but *bee*; *been*, but *bean*;

till (prep.), but *till* (noun or verb);

dear, but *deer*; *call*, but *caul*;

great, but *grate*; *sent*, but *cent* or *scent*;

in, but *inn*; *but*, but *butt*;

would, but *wood*; *you*, but *ewe*;

him, but *hymn*.

Proper Names.

Proper names should not be represented by logograms, but like the paronyms, should be written according to the rules; thus,

Ann, *Butt*, *Tell*, *Cann*, *Hand*,

Lord, *Southern*, *Wood*, *Wye*,

Young, *Howe*.

SUMMARY.

1. A grammalogue is a word of frequent occurrence represented by means of a single shorthand sign.

2. A logogram is the shorthand sign representing a grammalogue, and it may be a vowel, diphonic, or diphthongal sign, or a stroke, normal length, half-length or double-length, with or without an initial or a final attachment.

3. The circle *s* may be added to logograms. Past tense of verbs derived from logograms are represented by the same outline as the present tense, or by the use of the halving principle, or by the final *st* or *nst* loop, or by the full outline.

4. The suffixes *-ing* and *-ly* may be added to logograms; derivatives of vowel logograms must be written in full; logograms may be used as prefixes and suffixes.

5. Derivatives of grammalogues commence in the same position as the logograms providing the logogram is retained, but where the derivative does not retain the logogram, the position is governed by the first sounded vowel.

Chapter 28.

CONTRACTIONS.

In addition to that extremely useful class of words, the grammalogues, as explained in the last chapter, there is a further useful class of words named contractions.

It is interesting to observe that a large proportion of the most frequently-occurring words in the English language are included either in the list of grammalogues or contractions, and, therefore, they should be thoroughly mastered in order to facilitate rapid writing.

Definition of a Contraction.

A contraction is a shorthand sign containing not less than two strokes, in which one or more of the consonants of the word are not represented.

Note.—The term is also used to denote the word represented by such a sign, there being no separate term available, as there is in the case of grammalogues and logograms.

Difference between a Contraction and an Abbreviation.

Phonographically, the term contraction means the omission of certain consonants, thus differing from an abbreviation, by which is meant the reduction of an outline to its smallest possible compass by the use of circles, loops, hooks, the halving principle, etc., in accordance with the rules of the system, and even general principles are violated in order to provide abbreviated forms. Thus, any part of an outline—initial, medial, or final—may be abbreviated; whereas, in the case of contractions, the omission of consonants is almost exclusively restricted to the medial or final part of the outline.

Difference between a Contraction and a Grammalogue.

A contraction is a shorthand sign containing not less than two strokes, whereas a grammalogue is a word represented by a single shorthand sign.

Essential Factors of a Contraction.

In the construction of a contraction, the essential factors are as follows :—

1. That it is a word of frequent occurrence.

2. That the full outline is either long or awkward.

3. That the outline is suggestive and so constructed as not to clash with any other word or phrase.

A necessary point in forming contracted outlines is to select forms which are at one and the same time facile, distinctive, and legible at sight.

The contractions are divided into two classes, namely, I. General; II. Special.

I. General Contractions.

Definition of General Contractions.

General contractions consist of groups of words which are treated similarly, and may be divided into two sections as follows :—

1. Those in which a slightly-sounded medial consonant is omitted.

2. Those in which a medial consonant, stroke or hook, is omitted, or a final syllable is contracted or omitted.

The general contractions are as follows :—

1. Those in which a slightly-sounded medial consonant is omitted, as follows :—

(1) *P* is omitted between *m* and *t*, or between *m* and *sh*, when no vowel is sounded immediately after *p*; thus,

pum(p)ed, *prom(p)t*, *presum(p)tive*,

presum(p)tion, *bum(p)ed*, *bum(p)tious*,

tem(p)t, *tem(p)ter*, *contem(p)t*,

tram(p)ed, *dam(p)ed*, *jum(p)ed*,

cam(p)ed, *gum(p)tion*, *exem(p)t*,

exem(p)tion, *thum(p)ed*, *consum(p)tion*,

stam(p)ed, *swam(p)ed*, *lim(p)ed*,

redem(p)tion, *rom(p)ed*, *resum(p)tive*, *resum(p)tion*, *hum(p)ed*.

NOTES.

(*a*) The *p* in many of the above cases is regarded as silent, and, therefore, may be omitted in accordance with the phonetic principle of the system.

(*b*) The *p* is omitted in a number of past tense verbs, the present tense of which end with the compound consonant *mp*.

(*c*) When a vowel is sounded immediately after *p*, the *p* is retained; thus, *trump(e)t*, *limp(e)t*, *damp(i)sh*, *lump(i)sh*, *romp(i)sh*.

(*d*) In proper names, *p* is not omitted when it occurs between *m* and *t*, or *m* and *sh*, but the compound consonant is used; thus, *Bampton*, but *Bamton*; *Thompson*, but *Thomson*; *Assumption*, but *assumption*; *Simpson*, but *Simson*; *Hampton*, but *Hamton*; *Hampstead*, but *Hamstead*; *Ampthill*, *Compton*, *Southampton*.

(2) *K* or *g* is omitted between *ng* and *t*, or between *ng* and *sh*, when no vowel is sounded immediately after *k* or *g*; thus,

pun(c)tual, *compun(c)tion*, *precin(c)ts*, *tin(c)ture*, *distin(c)t*, *distin(c)tion*, *defun(c)t*, *conjun(c)tion*, *extin(c)t*, *fun(c)tion*, *san(c)tity*, *san(c)tion*, *an(x)ious*, *lan(g)uish*.

NOTES.

(*a*) When a vowel is sounded immediately after *k* or *g*, the *k* or *g* is retained; thus, *blank(e)t*, *trink(e)t*, *junk(e)t*.

(*b*) In the past tense verbs ending in *-ed*, the present tense of which end in *ng-k* the *k* is retained; thus, *bank(ed)*, *jink(ed)*, *clink(ed)*, *ink(ed)*, *link(ed)*, *wink(ed)*.

(3) *T* is generally omitted between circle *s* and a following stroke when no vowel occurs between *s* and *t*; thus,

pessimis(t)ic, *pos(t)age-s(t)amps*, *procras(t)ination*, *bombas(t)ic*, *blas(t)-furnace*, *tes(t)ament*, *trus(t)worthy* *tex(t)-book*, *des(t)itute*, *domes(t)ic*, *mos(t)ly*, *mis(t)ake*, *mis(t)aken*, *manifes(t)ly*, *hones(t)ly*, *las(t)ly*, *res(t)less*, *was(t)e-book*, *was(t)eful*, *wes(t)ward*, *wais(t)coat*.

NOTES.

(*a*) The *t* is written, however, when its omission might cause hesitation in reading, or where its insertion is equally easy; thus, *plastic*, *Bristol*, but *Brazil*, *digestive*, *drastic*, *mystic*, *mystify*, *elastic*.

(*b*) The omission of *t* also applies in Phraseography; thus, *bes(t) class*, *bes(t) thanks*, *bes(t) finish*, *bes(t) method*, *bes(t) way*; *cos(t) price*, *lowes(t) price*, *mus(t) be*, *you mus(t) try*, *mos(t) important*, *nex(t) time*, *nex(t) week*, *your las(t) letter*.

2. Those in which a medial consonant, stroke or hook, is omitted, or a final syllable is contracted or omitted, as follows:—

(1) Medial *n*, stroke or hook; thus, *passe(n)ger*, *continge(n)cy*, *emerge(n)cy*, *iro(n)monger*, *appoi(n)tment*, *abando(n)ment*, *entertai(n)ment*, *attai(n)ment*, *enlighte(n)ment*, *o(n)eself*.

(2) Medial *r* hook; thus, *remonst(r)ate*, *demonst(r)ate*, *thencefo(r)ward*, *minist(r)y*, *manusc(r)ipt*, *hencefo(r)ward*.

(3) The syllable *-ect*; thus, *proj(ect)-ed*, *prosp(ect)*, *obj(ect)-ed*, *imperf(ect)-ion-ly*, *insp(ect)-ed-ion*, *resp(ect)-ed*, *disresp(ect)*, *resp(ect)-ful*, *disresp(ect)ful*, *archit(ect)-ure-al*.

(4) *K* and *t* in the syllables *-active*, *-ective*, *-uctive*, and similar endings, the hook *v* being added to the preceding stroke; thus,

perspe(ct)ive, *produ(ct)ive*, *reprodu(ct)ive*, *obstru(ct)ive*, *obje(ct)ive*, *destru(ct)ive*, *destru(ct)ively*, *respe(ct)ive*, *respe(ct)ively*, *retrospe(ct)ive*, *retrospe(ct)ively*.

It will be seen that a prefix or a suffix may be attached to such contractions.

Notes.

(*a*) When *-ective* or *-uctive* is preceded by a circle or hook, it is necessary to retain the *k*; thus, *defec(t)ive*, *execu(t)ive*.

(*b*) When necessary for legibility, the *-tive* is written in full; thus, *attractive*, *adjective*, *corrective*, *effective*, *invective*, *elective*.

(5) *K* in the syllables *-ection*, *-uction*, and similar endings, the *shun* hook being added to the preceding stroke; thus,

produ(c)tion, *reprodu(c)tion*, *obstru(c)tion*, *obje(c)tion*, *obje(c)tionable*, *destru(c)tion*, *jurisdi(c)tion*, *introdu(c)tion*, *retrospe(c)tion*.

NOTE.—In some cases, the full outline is preferable; thus,

attraction, *diction*, *dejection*,

injection, *rejection*, *infection*,

infliction, *vacation*.

II. SPECIAL CONTRACTIONS.

Definition of Special Contractions.

Special contractions consist of particular words treated in a special or exceptional manner.

Special contractions are formed as follows—

1. By employing the first two or three strokes of the full outline, that is, omitting the final strokes; thus,

perform, *advertise-d-ment*, *certificate*,

enthusiastic-iasm, *expediency*, *January*,

February.

2. By the omission of a medial stroke or strokes; thus,

acknowledge, *administrator*, *administratrix*,

amalgamate, *amalgamation*, *arbitrary*,

arbitration, *satisfactory*, *English*,

falsification, *legislature*, *Parliamentary*,

intelligence.

3. By employing logograms, initially or finally; thus,

altogether, *anything*, *thankful*,

difficulty, *displeasure*, *everything*, *something*, *remarkable*, *unselfish*, *whatever*, *whenever*.

4. By intersection; thus,

denomination-al, *enlarge*, *incandescence*, *incandescent*, *inconvenience-t*, *misfortune*, *nevertheless*, *notwithstanding*, *ratepayers*.

NOTES.

(*a*) On a careful analysis of the special contractions, it will be seen that the general rule in the construction of the contracted form is to write the first two or three strokes, omitting the final portion of the outline.

The only contractions in which an initial stroke is omitted are the words *circumstantial* and *remarkable*; in the former case the initial *circum-* is omitted, and in the latter case the initial *r*, the contraction being formed from the logogram *remark*.

In a few words, the prefix *con-* is omitted; thus, *contentment*, *contingency*.

(*b*) It should be observed that the formation of a contracted outline usually contains the same elements as is contained in the full outline; thus, ( ) *expenditure*, ( ) *independent-ce*.

(*c*) In some of the contractions formed by intersection, the first two strokes are intersected; thus, *nevertheless*, *denomination-al*, *notwithstanding*.

Position.

As the forms chosen for the contractions are not likely to clash with other words, the rules for position-writing do not usually apply, but the normal position for the contractions is generally the second position, that is, on the line.

There are only twenty-three special contractions written above or through the line.

When a contraction is formed by prefixing the negative prefix *in-* or *un-* to a logogram, the contraction takes the same position as the logogram; thus,

insignificance, *insignificant*; *uninfluenced*, *unselfish-ness*.

Vocalization.

Contractions do not require to be vocalized, as they are sufficiently legible without the insertion of the vowels; besides, they would only admit of being partially vocalized in consequence of their contracted form.

Derivative and Compound Words.

Derivative and compound words from contractions are written by retaining the original contraction in the outline wherever a convenient and legible form is so obtained; thus,

acknowledger, *arbitrariness*, *characterize*, *characterization*, *characterless*, *distinguishable*, *exchangeable*, *exchanger*, *extinguishable*, *objectivism*, *performable*, *republicanism*.

NOTE.—If the stroke or strokes added to a contraction to form a derivative word would result in an awkward or ambiguous outline, the word must be written fully in accordance with the rules; thus,

advertiser, *certification*, *circumstantiality*, *discharger*, *imperfectness*, *inconvenienced*, *informant*, *inspective*.

Circle "S."

The final circle *s* may be added to a contraction to denote the plural number or possessive case of nouns, or the third person singular of verbs; thus,

arbitrators, *England's*, *Englishman's*; *advertises*, *governs*.

NOTE.— *responsible-ility*, but *responsibilities*.

Past Tense of Verbs.

Past tense verbs derived from contractions are represented as follows:—

1. Contractions for verbs ending with *-ed* are generally represented with the same form for the past tense as for the present tense; thus,

advertise-d, *expect-ed*, *inform-ed*.

2. The final stroke of a contraction for the present tense is sometimes halved for the past tense; thus,

acknowledged, *enlarged*, *interested*.

3. The half-length stroke *t*, joined or disjoined finally, as is convenient, is sometimes used to contractions to form the past tense; thus,

amalgamated, *arbitrated*, *remonstrated*.

4. When the present tense ends with the circle *s*, the past tense is formed by changing the circle into the loop *-zd*; thus, *familiarized*.

Prefixes added to Contractions.

Syllables may be prefixed to a contraction ; thus,

pre-establish, *misrepresent-ed*, *reproduction*, *reproductive*, *republic*, *republican*, *republicanize*, *republication*, *republish*, *re-establish*, *disappointment*, *displeasure*, *disproportion-ed*, *disproportionate*, *disrespect*, *disrespectful*, *disestablish*, *disorganize*, *dissatisfaction*, *impracticable*, *improbable*, *incapable*, *inconsiderate*, *inefficient-cy*, *insufficient-ly*, *uninstructive*, *unexpected*, *uninfluential*, *uninteresting*, *unquestionable*, *unsatisfactory*, *unselfish-ness*, *unsubstantial*, *unsuspected*, *unsympathetic*.

Negatives beginning with *ir-* follow the rule for initial *r*, as will be seen by the following pairs of words :—

regular, *irregular* ; *respective*, *irrespective* ; *responsible*, *irresponsible* ; *recoverable*, *irrecoverable*.

NOTE.—In the contraction for *irremovable*, the downward *r* is intersected to distinguish it from *removable*, otherwise they would be represented in the same way, in consequence of the rule of writing downward *r* before *m*.

Suffixes added to Contractions.

-ing. The dot *-ing* is generally used after contractions; thus,

enlarging, *informing*, *neglecting*.

NOTE.—After contractions ending with the strokes *n* or *ng*, or final circle *s*, the stroke *-ng* is used; thus,

distinguishing, *characterizing*.

-ly. The suffix *-ly* to contractions is represented as follows:—

1. As a general rule, the same contracted form may represent either an adjective or an adverb; thus,

commercial-ly, *especial-ly*, *familiar-ly*, *improbable-ly*, *intelligible-ly*.

2. The stroke *l*, joined or disjoined, as is most convenient, is also used for the sake of legibility; thus,

arbitrarily, *auspiciously*, *characteristically*, *disproportionately*, *expensively*, *immediately*, *jurisdictional*, *objectively*, *peculiarly*.

NOTE.—Where the disjoined stroke *l* for *-ly* would be liable to clash with the disjoined *l* for the termination

-larity, the adverb is represented by a joined stroke *l* or by writing the form for the adverb in full; thus,

 *regularly*,  *regularity*;  *irregularly*,  *irregularity*;  *perpendicularly*, 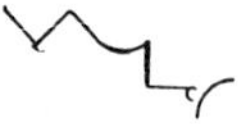 *perpendicularity*.

3. When an adjective is written with a stroke initially hooked for *l*, the vowel may be added for the adverb; thus,

 *electrically*,  *identically*,  *respectfully*.

4. When an adjective ends with a stroke finally hooked for *v*, the adverb is formed by changing the hook into the stroke *v*, and prefixing the initial hook for *l*; thus,

 *destructively*,  *irrespectively*,  *respectively*,  *retrospectively*.

-ship. This disjoined stroke *sh* (downward) may be used as a suffix for *-ship* after contractions; thus,

 *executorship*.

Summary.

1. Contractions are of two classes: General and Special.

2. General contractions consist of groups of words which are treated similarly, and may be divided into two sections, as follows:—

Those in which a slightly-sounded medial consonant is omitted; thus,

(1) *P* between *m* and *t*, or between *m* and *sh*, when no vowel is sounded immediately after *p*.

(2) *K* or *g* between *ng* and *t*, or between *ng* and *sh*, when no vowel is sounded immediately after *k* or *g*.

The *k* is retained in past tenses, such as *banked*.

(3) *T* between *s* and another stroke when no vowel occurs between *s* and *t*.

The *t* is written when its omission might cause hesitation in reading, or where its insertion is equally easy.

3. Those in which a medial consonant, stroke or hook, is omitted, or a final syllable is contracted or omitted; thus,

(1) Medial *n* stroke or hook.

(2) Medial *r* hook.

(3) The syllable *-ect*.

(4) *K* and *t* in the syllables *-active*, *-ective*, *-uctive*, etc.; but in a few cases it is more legible to retain the *k*, or write the outline fully.

(5) *K* in the syllables *-action*, *-ection*, etc.; but in some cases it is more legible to write the outline fully.

4. Special contractions consist of particular words treated in a special or exceptional manner.

Special contractions are formed as follows:—

(1) By employing the first two or three strokes of the full outline, that is, omitting the final strokes.

(2) By the omission of a medial stroke or strokes.

(3) By employing logograms, initially or finally.

(4) By intersection.

5. Contractions are mostly written on the line; but, in some cases, above or through the line.

6. Contractions do not require to be vocalized.

7. Derivative and compound words from contractions are written by retaining the original contraction where a convenient and legible form is so obtained; otherwise, the outline of the word must be written fully in accordance with the rules.

8. The final circle *s* may be added to contractions.

9. Contractions may be employed in forming the past tense of verbs.

10. Prefixes and suffixes may be added to contracted forms.

INDEX.

Rose Madder

Powieści Stephena Kinga w serii π

ZIELONA MILA

SKAZANI NA SHAWSHANK

BEZSENNOŚĆ

SKLEPIK Z MARZENIAMI

MARZENIA I KOSZMARY

DOLORES CLAIBORNE

GRA GERALDA

DESPERACJA

REGULATORZY

ROSE MADDER

Strona internetowa Stephena Kinga:
www.stephenking.com

STEPHEN KING

Rose Madder

Z angielskiego przełożył
ZBIGNIEW A. KRÓLICKI

Wydawnictwo A. Kuryłowicz

WARSZAWA 2005

Tytuł oryginału:
ROSE MADDER

Redakcja: Barbara Nowak

Ilustracja na okładce: Jacek Kopalski

Projekt graficzny okładki i serii: Andrzej Kuryłowicz

Pierwsze polskie wydanie książki ukazało się nakładem
Wydawnictwa Prima

ISBN 83-7359-274-1

Dystrybucja

Firma Księgarska Jacek Olesiejuk
Kolejowa 15/17, 01-217 Warszawa
tel./fax (22)-631-4832, (22)-632-9155, (22)-535-0557
www.olesiejuk.pl/www.oramus.pl

Wydawnictwo L & L/Dział Handlowy
Kościuszki 38/3, 80-445 Gdańsk
tel. (58)-520-3557, fax (58)-344-1338

Sprzedaż wysyłkowa

Internetowe księgarnie wysyłkowe:
www.merlin.pl
www.ksiazki.wp.pl
www.vivid.pl

WYDAWNICTWO ALBATROS
ANDRZEJ KURYŁOWICZ
adres dla korespondencji:
skr. poczt. 55, 02-792 Warszawa 78

Wydanie I
Skład: Laguna
Druk: WZDZ – Drukarnia Lega, Opole

Ta książka jest dla
Joan Marks

I'm really Rosie
And I'm Rosie Real
You better believe me
I'm a great big deal...

Maurice Sendak

Krwawe
żółtko jaja. Dziura wypalona
w prześcieradle. Rozgniewana
róża grożąca rozkwitem.

May Swenson

Prolog

ZŁOWIESZCZE POCAŁUNKI

Siedzi w kącie, usiłując nabrać powietrza, którego w tym pokoju zaledwie kilka minut temu wydawało się mnóstwo, a teraz widocznie nie ma wcale. Jak gdyby z daleka słyszy słabe chrr-chrr i wie, że to powietrze wpadające do jej gardła, a potem wydostające się z powrotem licznymi gwałtownymi sapnięciami, a jednak wciąż się jej wydaje, iż tonie tutaj, w rogu swojej bawialni, spoglądając na poszarpane resztki powieści w miękkich okładkach, książki, którą czytała, kiedy mąż wrócił do domu.

Niewiele ją to obchodzi. Ból jest zbyt silny, aby martwić się o taki drobiazg, jak oddychanie, zastanawiać się nad tym, dlaczego powietrze, które wciąga do płuc, zdaje się pozbawione tlenu. Ból połknął ją, podobnie jak ów biblijny wieloryb pochłonął Jonasza, tego świątobliwego męża uchylającego się od poboru. Pulsuje jak zdradzieckie słońce, płonące głęboko w jej ciele, w miejscu, gdzie do dziś wieczór było tylko spokojne uczucie rosnącego życia.

Jeszcze nigdy nie zaznała takiego bólu, a przynajmniej nie pamiętała nic podobnego. Kiedy miała trzynaście lat, skręciła rowerem omijając dziurę i wywaliła się, uderzając głową o asfalt, tak że rana wymagała dokładnie jedenastu szwów. Zapamiętała tylko srebrzysty rozbłysk bólu, a po nim rozgwieżdżony mrok zdziwienia, które w rzeczywistości było krótkim omdleniem... lecz tamtego bólu nie dało się porównać z tą męczarnią. Z tą straszliwą udręką. Jej ręka na brzuchu czuje ciało, które teraz wcale nie przypomina ciała; jakby rozpięto zamek błyskawiczny i żywe dziecko zastąpiono gorącym kamieniem.

Och, Boże, proszę — myśli. — Proszę, niech dziecku nic nie będzie.

Kiedy jej oddech w końcu uspokaja się trochę, pojmuje, że dziecku coś jest, że on jednak postarał się o to. W czwartym miesiącu ciąży dziecko wciąż jest bardziej cząstką matki niż sobą, a gdy się siedzi w kącie, z kosmykami włosów przylepionymi do wilgotnych policzków, z uczuciem, jakby się połknęło gorący kamień...

Coś składa złowieszcze, śliskie pocałunki na wewnętrznych stronach jej ud.

— Nie — szepcze — nie. Och, dobry słodki Boże, nie. Dobry Boże, słodki Boże, mój Boże, nie.

Niech to będzie pot — błaga w myślach. — Niech to będzie pot... a może zmoczyłam się. Tak, to pewnie to. Bolało tak bardzo, kiedy uderzył mnie trzeci raz, że zmoczyłam się i nawet tego nie czułam. Na pewno.

Tyle że to nie pot ani mocz. To krew. Siedzi tam w kącie bawialni, patrząc na porwaną książkę, której część leży na sofie, a część pod ławą, i czuje, że jej macica jest gotowa oddać dziecko, które do tej pory nosiła bez sprzeciwu i bez żadnych problemów.

— Nie — jęczy — nie. Boże, proszę, powiedz nie.

Widzi cień męża, wykrzywiony i wydłużony jak strach na wróble albo cień wisielca, tańczący i podskakujący na ścianie korytarza wiodącego z bawialni do kuchni. Widzi cień telefonu, przyciśnięty do cienia ucha, i długi korkociąg przewodu. Widzi nawet cienie palców prostujących zwoje kabla, przytrzymujących go przez chwilę, a potem puszczających, żeby wrócił do poprzedniego kształtu — jak paskudny nawyk, którego nie można się pozbyć.

W pierwszej chwili pomyślała, że telefonuje na policję. Zabawne oczywiście, przecież policja to on.

— Tak, to nagły wypadek — słyszy. — Masz cholerną rację, ślicznotko, ona jest w ciąży.

Milczy, przesuwając przewód między palcami, a kiedy ponownie się odzywa, w jego głosie słychać irytację. To lekkie rozdrażnienie wystarcza, aby znów poczuła przerażenie i metaliczny smak w ustach. Kto naraziłby się mu, któż by się sprzeciwił? Och, kto byłby tak głupi, żeby to zrobić? Oczywiście tylko ktoś, kto by go nie znał, ktoś, kto nie znałby go tak jak ona.

— Oczywiście, że nie będę jej ruszał, masz mnie za idiotę?

Jej palce pełzną pod sukienkę i w górę uda, do nasiąkniętej, gorącej bawełny majteczek. Proszę — błaga. Ile razy powtórzyła w myślach to słowo, od kiedy wyrwał jej książkę z rąk?

Nie wie, lecz słowo powraca znowu: Proszę, niech ten płyn na moich palcach będzie przezroczysty. Proszę, Boże. Niech będzie przezroczysty.

Kiedy jednak wyjmuje rękę spod sukienki, czubki jej palców są czerwone od krwi. Przygląda się im i potworny skurcz przechodzi przez jej ciało, szarpiąc niczym ostrze piły. Musi zacisnąć zęby, żeby zdusić krzyk. Wie, że w tym domu lepiej nie krzyczeć.

— Dajcie spokój z tymi pierdołami, po prostu przyjeżdżajcie! I to szybko!

Z trzaskiem rzuca słuchawkę na widełki.

Jego cień pęcznieje i podskakuje na ścianie, a potem on pojawia się w przejściu, kierując ku niej swoją czerwoną i przystojną twarz. Oczy w tej twarzy są pozbawione wyrazu, jak odłamki szkła migoczące przy wiejskiej drodze.

— Tylko spójrz na to — mówi, rozkładając na moment ręce, a potem pozwalając im opaść z cichym klaśnięciem. — Spójrz na ten bałagan.

Ona wyciąga do niego swoją rękę, pokazując mu zakrwawione czubki palców — jedyne oskarżenie, na jakie może się zdobyć.

— Wiem — oznajmia, jakby to, że wie, wszystko wyjaśniało, stawiało całą sprawę w koherentnym, racjonalnym kontekście. Odwraca się i patrzy nieruchomym spojrzeniem na podartą książkę. Podnosi część leżącą na kanapie, potem schyla się po tę pod ławą. Kiedy wyprostowuje się, ona widzi okładkę przedstawiającą kobietę w białej wieśniaczej koszuli, stojącą na dziobie statku. Jej włosy dramatycznie powiewają na wietrze, odsłaniając kremowe ramiona. Tytuł — „Podróż Misery" — został podkreślony przez jasnoczerwone tło.

— Na tym polega problem — oświadcza on i potrząsa resztkami książki, jak człowiek grożący zrolowaną gazetą szczeniakowi, który nasiusiał na podłogę. — Ile razy ci mówiłem, co myślę o takich duperelach?

Odpowiedź brzmi nigdy. Ona wie, że siedziałaby w tym kącie roniąc, gdyby nawet po powrocie do domu zastał ją oglądającą wiadomości telewizyjne, przyszywającą guzik do jednej z jego koszul albo drzemiącą na kanapie. Po prostu kiepsko mu szło, niejaka Wendy Yarrow sprawiała mu kłopoty, a jedyne lekarstwo Normana na kłopoty, to podzielić się nimi. „Ile razy ci mówiłem, co myślę o takich duperelach? — wrzasnąłby, bez względu na to, co uznałby za te duperele. A potem, zanim puściłby w ruch pięści: — Chcę z tobą porozmawiać, kochanie. W cztery oczy".

— Nie rozumiesz? — szepcze do niego. — Tracę dziecko!

Niewiarygodne, ale on się uśmiecha.

— Możesz mieć inne — mówi. Jakby pocieszał malca, który upuścił wafelek z lodami. Potem wynosi podartą książkę do kuchni, gdzie na pewno rzuci ją do śmieci.

Ty draniu — myśli ona, nawet nie wiedząc, że tak myśli. Znowu czuje skurcz, tym razem chwyta ją wiele skurczów atakujących jak rój straszliwych owadów, więc odchyla głowę, wciskając ją w kąt, i jęczy. — Ty draniu, jak ja cię nienawidzę.

Wraca korytarzem i podchodzi do niej. Ona przebiera nogami, usiłując wcisnąć się w ścianę, patrząc na niego oszalałym wzrokiem. Przez chwilę jest pewna, że tym razem zamierza ją zabić, nie tylko zranić czy pozbawić dziecka, którego pragnęła od tak dawna, ale naprawdę zabić. Jest w nim coś nieludzkiego, gdy tak idzie ku niej z opuszczoną głową, rękami zwisającymi po bokach, prężąc mięśnie długich nóg. Zanim dzieciaki zaczęły nazywać takich jak jej mąż glinami, używały innego słowa i to słowo przychodzi jej na myśl teraz, gdy on kroczy przez pokój, ze spuszczoną głową i dłońmi kołyszącymi się na końcach ramion przypominających mięsiste wahadła, ponieważ właśnie tak wygląda: jak rozjuszony byk.

Ona jęczy, potrząsając głową, i przebiera nogami. Jeden bucik spada i leży na boku. Powraca ból; skurcze wbijają się w brzuch jak kotwice z zardzewiałymi zębami, czuje, że wypływa z niej więcej krwi, ale nie może przestać ruszać nogami. W takich chwilach jak ta nie widzi w nim nic, zupełnie nic; rodzaj straszliwej nieobecności.

Staje nad nią, ze znużeniem potrząsając głową. Potem kuca i obejmuje ją ramionami.

— Nic ci nie zrobię — mówi klękając, żeby ją podnieść — więc nie zachowuj się jak gęś.

— Krwawię — szepcze do niego, pamiętając, że powiedział przez telefon, iż nie będzie jej ruszał. Oczywiście, że nie będzie.

— Tak, wiem — odpowiada bez zainteresowania. Obrzuca spojrzeniem pokój, zastanawiając się, gdzie wydarzył się wypadek; ona dobrze wie, o czym on myśli, jakby siedziała w jego głowie. — Wszystko w porządku, powstrzymają krwotok. Powstrzymają.

A czy zdołają powstrzymać poronienie? — krzyczy w duchu, nie zdając sobie sprawy z tego, że on także może czytać w jej myślach, i nie dostrzegając jego czujnego spojrzenia. I jeszcze raz nie pozwala sobie usłyszeć tego, co podpowiada umysł: nienawidzę cię. Nienawidzę.

On przenosi ją przez pokój, do schodów. Klęka i układa u ich podnóża.

— Wygodnie? — pyta troskliwie.

Ona zamyka oczy. Nie może już na niego patrzeć, nie teraz. Czuje, że oszalałaby, gdyby to zrobiła.

— Dobrze — mówi on, jakby mu odpowiedziała, i kiedy ona otwiera oczy, widzi ten wyraz, jaki czasem pojawia się na jego twarzy, tę nieobecność. Jakby jego umysł uleciał, pozostawiając ciało.

Gdybym miała nóż, mogłabym go dźgnąć — przychodzi jej do głowy... lecz stara się nie dopuszczać do siebie tego pomysłu, a już tym bardziej go nie rozważać. To tylko odległe echo, może odbicie szaleństwa jej męża, ciche jak szmer skrzydeł nietoperzy w jaskini.

Jego twarz ożywia się i mężczyzna wstaje, z cichym trzaskiem stawów kolanowych. Ogląda swoją koszulę, upewniając się, że nie ma na niej śladów krwi. Wszystko w porządku. Patrzy w kąt, gdzie ona upadła. Tam jest krew, kilka niewielkich kropli i plamek. Teraz wypływa z niej szybciej i obficiej; ona czuje, jak krew oblewa ją niezdrowym, dziwnie chciwym ciepłem. Pędzi, jakby przez cały czas chciała wymyć coś obcego z maleńkiego mieszkanka. Jak gdyby... och, co za okropna myśl... sama jej krew stanęła po stronie męża w tym... jakkolwiek określić to szaleństwo.

On znów idzie do kuchni i pozostaje tam przez blisko pięć minut. Ona słyszy jego krzątaninę, gdy następuje właściwe poronienie, kiedy ból osiąga szczyt, a potem ustępuje z pluskiem, który daje się zarówno wyczuć, jak i usłyszeć. Nagle ma wrażenie, że siedzi w wannie pełnej ciepłej, gęstej cieczy. Jak w krwawym sosie.

Jego wydłużony cień podskakuje w przejściu, słychać dźwięk otwieranej i zamykanej lodówki, a potem otwieranej i zamykanej szafki (po cichym skrzypnięciu ona poznaje, że to ta pod zlewozmywakiem). Puszcza wodę do zlewu, a potem — niewiarygodne — zaczyna sobie podśpiewywać, chyba *When a Man Loves a Woman,* kiedy wypada z niej dziecko.

Gdy znów wyłania się z korytarza, ma w jednej ręce kanapkę — oczywiście, jeszcze nie jadł kolacji i na pewno jest głodny — a w drugiej mokrą szmatę z wiadra pod zlewem. Kuca w kącie, w którym upadła po tym, jak wyrwał jej książkę z rąk i zadał trzy mocne ciosy w brzuch — bach, bach, bach, żegnaj, przybyszu — i zaczyna wycierać szmatą czerwone rozbryzgi oraz krople; większość krwi i wszystkiego będzie tutaj, u stóp schodów, dokładnie tam, gdzie on chce.

Wycierając, je kanapkę. Mięso między kromkami chleba pachnie jak ta resztka pieczonej wieprzowiny, którą miała zamiar zmieszać z makaronem na sobotni wieczór, by sporządzić lekki posiłek, coś, co mogliby zjeść, siedząc przed telewizorem i oglądając wiadomości.

On spogląda na szmatę, teraz lekko różowawą, potem patrzy w kąt pokoju i znów na szmatę. Kiwa głową, odgryza wielki kęs kanapki i wstaje. Zanim ponownie wróci z kuchni, słychać w oddali narastające wycie syreny. Zapewne karetka, którą wezwał.

Idzie przez pokój, klęka przy niej i bierze ją za ręce. Marszczy brwi czując, jakie są zimne, i zaczyna delikatnie rozcierać je, mówiąc do niej:

— Przepraszam. Po prostu... dzieją się różne... ta suka z motelu...

Urywa, na chwilę odwraca wzrok, a potem znów patrzy na nią. Ma na ustach ten dziwny, pogardliwy uśmiech. Spójrzcie, komu ja usiłuję to tłumaczyć — zdaje się mówić ten uśmiech. Tak już źle ze mną.

— Dziecko — szepcze ona. — Dziecko.

Ściska jej dłonie, ściska dostatecznie mocno, żeby zabolało.

— Daj spokój z dzieckiem, słuchaj, co mówię. Będą tu za minutę czy dwie.

Tak, ambulans jest już bardzo blisko, wyje w ciemności jak potworny pies.

— Schodziłaś po schodach i poślizgnęłaś się. Spadłaś. Rozumiesz?

Patrzy na niego, nie wypowiadając słowa. Ból w jej wnętrzu trochę ustępuje, więc kiedy tym razem on ściska jej dłonie — mocniej niż kiedykolwiek — ona naprawdę czuje to i jęczy.

— Rozumiesz?

Patrzy w jego zapadnięte, nieobecne oczy i kiwa głową. Wokół niej unosi się zapach słonej wody i miedzi. To już nie jest krwawy sos, teraz wydaje jej się, że siedzi w kałuży odczynników.

— Dobrze — oznajmia jej. — Czy wiesz, co się stanie, jeśli powiesz coś innego?

Ona znowu kiwa głową.

— Odpowiadaj. Będzie lepiej dla ciebie, jeśli odpowiesz. Bezpieczniej.

— Zabiłbyś mnie — szepcze.

Wygląda na zadowolonego. Wygląda jak nauczyciel, który uzyskał odpowiedź na trudne pytanie od ociężałego ucznia.

— Zgadza się. I zrobiłbym to powoli, tak wolno, że wszystko, co zdarzyło się dzisiaj, byłoby przy tym jak skaleczenie palca.

Na zewnątrz, na podjeździe, pulsują czerwone światła.

On przeżuwa ostatni kęs kanapki i zaczyna wstawać. Podejdzie do drzwi, żeby ich wpuścić, zatroskany mąż, którego ciężarna żona miała nieszczęśliwy wypadek. Zanim zdąży się odwrócić, ona łapie go za mankiet koszuli. Spogląda na nią.

— Dlaczego? — szepcze ona. — Dlaczego dziecko, Normanie?

Przez chwilę na jego twarzy pojawia się taki wyraz, jakiego ona nie potrafi nazwać — jakby strach. Tylko dlaczego miałby obawiać się jej? Albo dziecka?

— To był wypadek — odzywa się. — To wszystko. Zwyczajny wypadek. Ja nie miałem z tym nic wspólnego. I lepiej, żeby tak pozostało, kiedy będziesz z nimi rozmawiała. Inaczej niech Bóg ma cię w swej opiece.

Niech Bóg ma mnie w opiece — myśli ona.

Na zewnątrz trzask drzwi; tupot nóg biegnących do domu, potem zgrzytliwy metaliczny trzask i grzechot noszy, na których zostanie przetransportowana do pojazdu z syreną. On znowu odwraca się do niej, z głową pochyloną jak u byka i nieprzeniknionymi oczami.

— Będziesz miała inne dziecko i to się nie zdarzy. Z następnym dzieckiem wszystko będzie dobrze. Dziewczynka. A może ładny chłopczyk. Płeć nie ma znaczenia, no nie? Jeśli będzie chłopczyk, kupimy mu strój baseballisty. Jeśli dziewczynka...

Robi nieokreślony gest ręką.

— Kapelusik albo coś. Zaczekaj, a zobaczysz. Tak będzie.

Potem uśmiecha się, a na ten widok ona ma ochotę wrzeszczeć. Wydaje jej się, że patrzy na trupa uśmiechającego się w trumnie.

— Jeśli mnie posłuchasz, wszystko będzie dobrze. Masz to jak w banku, kochanie.

Później otwiera drzwi obsłudze karetki i mówi, żeby się pośpieszyli, że straciła wiele krwi. Ona zamyka oczy, kiedy do niej podchodzą, nie chce, by w nie spojrzeli; ich głosy dochodzą do niej z daleka.

Nie martw się, Rose, nie przejmuj się, to nic groźnego, to tylko dziecko, możesz mieć inne.

Wbijają jej igłę w ramię, a potem podnoszą. Nie otwiera oczu, myśli: No, dobrze. Tak. Pewnie mogę znów mieć dziecko. Mieć i zabrać je gdzieś, gdzie on go nie dosięgnie. Gdzie nie dosięgnie go ten morderca.

A jednak, wraz z upływem czasu, myśl o opuszczeniu go, myśl jeszcze nie całkiem sformułowana, umyka tak, jak we śnie umyka świadomość racjonalnego, rzeczywistego świata; stopniowo nie ma już dla niej jawy, jest jedynie świat snu, w którym on żyje; snu takiego, jakie miała będąc dziewczyną, kiedy biegła i biegła przez ciemny las albo mroczny labirynt, słysząc za plecami tętent kopyt jakiegoś wielkiego zwierzęcia, przerażającego oszalałego stworzenia, przybliżającego się coraz bardziej, by w końcu ją dopaść, bez względu na to, ile razy skręci, umknie, uskoczy czy zawróci.

Człowiek na jawie rozróżnia pojęcie snu, lecz dla śniącego nie ma jawy, nie ma realnego świata ani zdrowych zmysłów, jest tylko głębokie szaleństwo sennych majaków. Rose McClendon Daniels spała pogrążona w szaleństwie męża jeszcze przez dziewięć lat.

I

JEDNA KROPLA KRWI

1

To było jak piekło... jak czternaście lat piekła, ale ona ledwie zdawała sobie z tego sprawę. Przez większość czasu pozostawała w oszołomieniu tak głębokim, że przypominało śmierć. Niejeden raz miała wrażenie, że to złudzenie, że w końcu się przebudzi, ziewając i przeciągając się wdzięcznie niczym bohaterka kreskówki Walta Disneya. Ta myśl nawiedzała ją najczęściej wtedy, kiedy pobił ją tak bardzo, że musiała na jakiś czas położyć się, aby wydobrzeć. To zdarzało się trzy, może cztery razy w roku. W 1985 — w roku Wendy Yarrow, w roku oficjalnej nagany, w roku „poronienia" — zrobił to prawie dwanaście razy. We wrześniu tego roku odbyła swoją drugą i ostatnią podróż do szpitala na skutek starań Normana... Przynajmniej ostatnią do tej pory. Pluła krwią. Przez trzy dni zwlekał z oddaniem jej pod opiekę lekarską, mając nadzieję, że wszystko samo przejdzie. Kiedy jednak jej stan zaczął się pogarszać, pouczył ją, co ma mówić (zawsze tak postępował) i zabrał do szpitala St. Mary. Zawiózł ją tam, ponieważ po „poronieniu" pogotowie odwiozło ją do City General. Okazało się, że miała złamane żebro, które mogło przebić płuco. Po raz drugi w ciągu dwóch miesięcy opowiedziała bajeczkę o upadku ze schodów i tym razem chyba nie uwierzył w nią nawet praktykant obserwujący badanie i zabiegi, lecz nikt nie zadawał żadnych kłopotliwych pytań; po prostu zatamowali krwawienie i odesłali ją do domu. Ale Norman zrozumiał, że miał szczęście, i zaczął bardziej uważać.

Czasem, kiedy nocą leżała w łóżku, obrazy roiły się w jej wyobraźni niczym przedziwne komety. Najczęściej widziała mężowską pięść, z krwią plamiącą knykcie i rozmazaną po jego złotym sygnecie Akademii Policyjnej. Bywało, że dostrzegała słowa na tym pierścieniu — Służba, Wierność, Społeczeństwo — odbite na jej brzuchu lub odciśnięte na jednej z piersi. To często przywodziło jej na myśl niebieskie pieczęcie weterynarzy, takie jakie widzi się na kawałkach mięsa pieczeniowego lub na surowych stekach.

Te wizje nachodziły ją zawsze w chwili, gdy była gotowa zapaść w sen, odprężona i rozluźniona. Wówczas widziała nadlatującą ku niej pięść i gwałtownie się budziła, by leżeć drżąc u jego boku, mając nadzieję, że on się nie odwróci, aby przez sen wymierzyć jej cios w brzuch lub w udo za to, że mu przeszkadza.

Wpadła w to piekło mając osiemnaście lat i obudziła się ze snu miesiąc po swoich trzydziestych drugich urodzinach, niemal pół życia później. Przebudziła ją jedna kropla krwi, nie większa niż dziesięciocentówka.

2

Zobaczyła ją, ścieląc łóżko, na poszwie po jej stronie, blisko miejsca, gdzie leżała poduszka, kiedy łóżko było posłane. Prawda, że mogła przesunąć poduszkę nieco w lewo i zakryć plamkę, zaschniętą i brudnokasztanową. To byłoby najłatwiejsze i miała ochotę tak właśnie zrobić, szczególnie dlatego, że nie mogła zmienić tylko poszwy; nie miała już czystej białej pościeli, a gdyby położyła jedną z kwiaciastych poszewek zamiast tej białej z plamką krwi, musiałaby zmienić również prześcieradło. W przeciwnym razie byłby niezadowolony.

Spójrz na to — już słyszała. — Ta cholerna pościel jest nie dobrana, prześcieradło dałaś białe, a poszwę w kwiaty. Jezu, dlaczego ty jesteś taka leniwa? Chodź tutaj, musimy porozmawiać w cztery oczy.

Stała po swojej stronie łóżka, w smudze wiosennego słonecznego blasku, leniwa flądra, która całymi dniami sprzątała ten mały domek (mogła oberwać nawet za jeden ślad palca pozostawiony na lustrze w łazience), i obsesyjnie zastanawiała się, co zrobić mu na obiad; stała tam, patrząc na maleńką plamkę krwi na pościeli, z twarzą tak nieruchomą i pozbawioną wyrazu, że ktoś, kto obserwowałby ją w tym momencie, mógłby sądzić, iż jest niedorozwinięta umysłowo. Myślałam, że ten mój przeklęty nos przestał krwawić — mówiła do siebie. Byłam pewna, że przestał.

Nieczęsto bił ją po twarzy; był na to zbyt sprytny. Bicie po twarzy było dla pijanych dupków, których aresztował setkami, pracując jako umundurowany policjant, a potem jako detektyw. Bije się kogoś — na przykład żonę — po twarzy zbyt często i po jakimś czasie bajeczki o spadaniu ze schodów, wpadnięciu w nocy na otwarte drzwi od łazienki lub nadepnięciu na leżące na podwórku grabie przestają działać. Ludzie wiedzieli. Ludzie gadali. I w końcu ściągali kłopoty, jeśli nawet kobieta trzymała buzię na kłódkę, gdyż najwidoczniej minęły już czasy, kiedy ludzie nie wtrącali się w cudze sprawy.

To jednak w najmniejszym stopniu nie wpłynęło na jego charakter, który był paskudny, naprawdę paskudny, i czasem ponosiło go. Tak jak zeszłej nocy, kiedy podawała mu drugą szklankę herbaty z lodem i wylała trochę na rękę. Buch, i z nosa lało jej się jak z kranu, zanim uświadomił sobie, co robi. Zobaczyła na jego twarzy obrzydzenie, gdy krew spłynęła na jej usta i brodę, a potem dostrzegła lekki niepokój — co będzie, jeśli złamał jej nos? To oznaczałoby następną wycieczkę do szpitala. Przez chwilę myślała, że czeka ją prawdziwe bicie, jedno z tych, po których kuliła się w kącie, dysząc, płacząc i usiłując złapać oddech, by zwymiotować. W fartuch. Zawsze w fartuch. W tym domu nie płakało się, nie skarżyło na nic, a już na pewno nie wymiotowało na podłogę, jeśli chciało się zachować głowę.

A jednak zwyciężył jego wysoko rozwinięty instynkt samozachowawczy; przyniósł jej lód zawinięty w ścierkę do naczyń i zaprowadził ją do bawialni, gdzie położyła się na kanapie, przykładając prowizoryczny okład między załzawione oczy. Właśnie tu należy go przyłożyć, powiedział jej, jeżeli chce się szybko powstrzymać krwawienie i zmniejszyć późniejszą opuchliznę. Oczywiście najbardziej niepokoił się o tę opuchliznę. Nazajutrz miała iść na targ, a nie można ukryć spuchniętego nosa za przeciwsłonecznymi okularami, tak jak skrywa się podbite oko.

Poszedł dokończyć kolację: gotowaną rybę z podsmażonymi młodymi ziemniakami.

Opuchlizna nie była wielka, co stwierdziła rano, spoglądając przelotnie w lustro (on już obrzucił ją uważnym spojrzeniem i odprawił kiwnięciem głowy, zanim wypił filiżankę kawy i wyszedł do pracy). Krwawienie ustało po mniej więcej piętnastu minutach przykładania kompresu... przynajmniej tak sądziła. A jednak w nocy, kiedy spała, jedna zdradziecka kropelka krwi kapnęła jej z nosa i pozostawiła tę plamkę, co oznaczało, że będzie musiała zmienić pościel i ponownie posłać łóżko mimo bolącego krzyża. Ostatnio wciąż bolał ją krzyż; nawet lekki skłon czy podniesienie niewielkiego ciężaru powodowało cierpienie. Plecy były jego ulubionym celem. W przeciwieństwie do tego, co nazywał „biciem po twarzy", bić po plecach można było bezpiecznie... jeśli ofiara umiała trzymać dziób na kłódkę, oczywiście. Norman zajmował się jej nerkami przez czternaście lat i ślady krwi, jakie coraz częściej widziała w swoim moczu, przestały ją zaskakiwać czy niepokoić. To był jeszcze jeden nieprzyjemny aspekt małżeństwa, nic więcej, i zapewne milionom kobiet było gorzej. Tysiącom — tylko w tym mieście. A przynajmniej tak na to patrzyła do tej pory.

Spoglądała na tę plamkę krwi, czując w głowie jakąś dziwną, pulsującą niechęć i jeszcze coś, jakieś denerwujące mrowienie. Nie wiedziała, że tak się czuje, kiedy się budzi z długiego snu.

Po jej stronie łóżka stał mały wiklinowy bujak, który w myślach zawsze, z przyczyn, jakich nie potrafiłaby wyjaśnić, nazywała Fotelem Puchatka. Teraz cofnęła się do niego, nie odrywając oczu od małej kropki krwi widniejącej na białej poszewce, i usiadła. Siedziała w Fotelu Puchatka przez prawie pięć minut, a potem podskoczyła, kiedy w pokoju rozległ się jakiś głos — z początku nie zorientowała się, że to jej własny głos.

— Jeśli tak dalej pójdzie, on mnie zabije — powiedziała, a gdy przezwyciężyła chwilowe zdumienie, doszła do wniosku, że mówi do kropli krwi, do tej odrobiny, która kapnęła z jej nosa i umarła na pościeli.

Odpowiedź pojawiła się natychmiast: była nieskończenie straszniejsza od tego, co powiedziała głośno:

Chyba że nie zdoła. Czy pomyślałaś o tym? Może nie zdoła.

3

O tym nie pomyślała. Obawa, że któregoś dnia uderzy ją za mocno albo w niewłaściwe miejsce, towarzyszyła jej często (chociaż nie wypowiedziała jej głośno, nawet do siebie, aż do dziś), a przecież nigdy nie brała pod uwagę ewentualności, że mogłaby żyć...

Mrowienie mięśni i stawów narastało. Zazwyczaj tylko siedziała w Fotelu Puchatka z rękami złożonymi na podołku, patrząc nad łóżkiem i przez drzwi łazienki na swoje odbicie w lustrze, ale tego ranka zaczęła się bujać, kołysząc fotelem w przód i w tył krótkimi, gwałtownymi ruchami. Musiała się kołysać. Mrowienie i kłucie w mięśniach zmuszało do kołysania. A ostatnią rzeczą, jakiej pragnęła, było oglądanie swojego odbicia — nieważne, że jej nos nie był bardzo spuchnięty.

„Chodź tu, kochanie, chcę porozmawiać z tobą w cztery oczy".

Czternaście lat słuchała tego. Sto sześćdziesiąt osiem miesięcy, począwszy od szarpnięcia za włosy i ugryzienia w ramię za trzaśnięcie drzwiami w noc poślubną. Jedno poronienie. Uszkodzone płuco. Ta straszna rzecz, jaką zrobił jej rakietą tenisową. Stare blizny na częściach ciała zakrytych ubraniem. Przeważnie ślady ugryzień. Norman uwielbiał gryźć. Z początku próbowała wmawiać sobie, że to miłosne ukąszenia. Aż dziwnie poczuła się na myśl, że kiedyś była taka młoda, ale najwidoczniej była.

„Chodź tu, chcę porozmawiać z tobą w cztery oczy".

Nagle rozpoznała to mrowienie, które teraz rozeszło się po całym ciele. To była złość, wściekłość, a zrozumienie tego faktu wywołało zdumienie.

Wynoś się stąd — odezwała się nagle głęboko ukryta część jej świadomości. — Wynoś się stąd natychmiast, w tej chwili. Nie trać czasu nawet na czesanie włosów. Po prostu wyjdź.

— To śmieszne — powiedziała, kołysząc się gwałtowniej niż kiedykolwiek. Plamka krwi na pościeli raziła ją w oczy. Z fotela wyglądała jak kropka pod wykrzyknikiem. — To śmieszne, dokąd miałabym pójść?

Dokądkolwiek, tam gdzie go nie ma — podpowiadał wewnętrzny głos. — Lecz musisz to zrobić zaraz. Zanim...

Zanim co?

To proste. Zanim znów zapadniesz w sen.

Część jej jaźni — przyzwyczajona i zastraszona — pojęła nagle, że ona poważnie rozważa tę myśl, i podniosła krzyk. Opuścić dom, w którym mieszkała od czternastu lat? Dom, w którym wszystkiego mogła dotknąć? Męża, który — choć porywczy i skory do użycia pięści — zawsze dobrze zarabiał? To śmieszne. Musi o tym zapomnieć, i to natychmiast.

I zrobiłaby to, niemal na pewno zrobiłaby to, gdyby nie plamka krwi na pościeli. Ta jedna, ciemnoczerwona kropka.

Zatem nie patrz na nią! — krzyczała nerwowo ta jej część, która uważała się za praktyczną i rozsądną. — Rany boskie, nie patrz na nią, ona narobi ci kłopotów!

A jednak stwierdziła, że nie może już oderwać oczu od tej kropki. Wbiły się w nią, a bujak kołysał się mocniej niż kiedykolwiek. Jej stopy w białych laczkach stukały o podłogę w coraz szybszym rytmie (mrowienie objęło teraz przede wszystkim głowę, wywołując zamęt w myślach, pogłębiając wzburzenie). Rozmyślała: Czternaście lat. Czternaście lat rozmów w cztery oczy. Poronienie. Rakieta tenisowa. Trzy zęby, z których jeden połknęłam. Złamane żebro. Uderzenia. Uszczypnięcia. I ugryzienia, oczywiście. Mnóstwo. Mnóstwo tych...

Przestań! Nie ma sensu myśleć w ten sposób, ponieważ nigdzie nie pójdziesz; on dogoniłby cię i sprowadził z powrotem, znalazłby cię, jest policjantem i znajdowanie ludzi jest częścią jego pracy, jedną z rzeczy, jakie dobrze...

— Czternaście lat — mruknęła, ale teraz nie myślała o minionych, lecz o następnych czternastu latach. Tamten głos, płynący z głębi podświadomości, miał rację. Może jej nie zabije. Może nie. Ale czym ona się stanie po kolejnych czternastu latach takich rozmów w cztery oczy? Czy będzie mogła się schylić? Czy choć przez godzinę — a nawet przez kwadrans — jej nerki nie będą jak dwa gorące kamienie wbite w plecy? A może uderzy ją dostatecznie mocno, żeby uszkodzić jakiś nerw, tak że nie będzie mogła ruszyć ręką czy nogą lub jedna połowa jej twarzy pozostanie nieruchoma i pozbawiona wyrazu, jak tej biednej pani Diamond, która sprzedaje w sklepie Numer 24 u podnóża wzgórza?

Wstała nagle tak energicznie, że oparcie Fotela Puchatka uderzyło w ścianę. Stała tak przez chwilę, ciężko dysząc, szeroko otwartymi oczami wciąż patrząc na kasztanową plamę, a potem ruszyła w kierunku drzwi prowadzących do bawialni.

Dokąd idziesz?! — wrzeszczała w jej głowie pani Praktycznie-Rozsądna, ta część jaźni, która zdawała się chętnie godzić z perspektywą okaleczenia czy zabicia w zamian za wyłączną wiedzę o tym, w której szufladce jest herbata ekspresowa i w której szafce są zmywaki do naczyń. — Dokąd, do cholery, chcesz...

Zamknęła usta temu głosowi — do tej pory nie miała pojęcia, że potrafi to zrobić. Wzięła swoją torebkę ze stolika przy sofie i poszła przez pokój stołowy do frontowych drzwi. Nagle ten pokój wydał jej się bardzo duży, a droga bardzo długa.

Muszę robić tylko jedną rzecz. Jeśli zacznę namyślać się nad każdym krokiem, stracę odwagę.

Prawdę mówiąc, nie sądziła, żeby to był jakiś problem. Przede wszystkim dlatego, że to, co robiła, miało w sobie coś z halucynacji — przecież nie mogła tak po prostu, pod wpływem nagłego impulsu, porzucić domu i małżonka! To musiał być sen, nieprawdaż? I było jeszcze coś: brak namysłu przed każdym kolejnym krokiem, jaki stał się jej zwyczajem od owej nocy poślubnej, kiedy zbił ją jak psa za to, że trzasnęła drzwiami.

No, przecież nie możesz tak wyjść, jeśli nawet miałabyś dojść tylko do następnej przecznicy, zanim stracisz rezon — radziła pani Praktycznie-Rozsądna. — Przynajmniej zdejmij te dżinsy, w których widać, jaki wielki masz tyłek. I przeczesz sobie włosy.

Przystanęła i przez chwilę była bliska poniechania wszystkiego, nim zdążyła dojść do drzwi. Potem pomyślała, że ta rada to rozpaczliwy podstęp mający zatrzymać ją w domu. Sprytnie. Zamiana dżinsów na spódnicę czy przygładzenie i przeczesanie włosów nie zabrałyby jej wiele czasu, lecz dla kobiety w jej sytuacji z pewnością byłoby to dostatecznie długo.

Na co? Aby znów zapaść w sen, oczywiście. Zanim zasunęłaby zamek spódniczki, już zaczęłaby mieć poważne wątpliwości, a nim skończyłaby się czesać, doszłaby do wniosku, że po prostu na chwilę odebrało jej rozum — przejściowy stan zapewne wywołany miesiączką.

Potem wróciłaby do sypialni i zmieniła pościel.

— Nie — mruknęła. — Nie zrobię tego. Nie zrobię.

Trzymając rękę na klamce, znów przystanęła.

Nabiera rozumu! — zawołała Praktycznie-Rozsądna z mieszaniną ulgi, zadowolenia i — czy to możliwe? — lekkiego rozczarowania. Hura, dziewczyna nabrała rozumu! Lepiej późno niż wcale!

Zadowolenie i ulga w tym głosie zmieniły się w nieme przerażenie, gdy podeszła szybko do półki nad gazowym kominkiem, który Norman zainstalował przed dwoma laty. Tego, czego szukała, pewnie tam nie będzie — z zasady nie zostawiał tam tego pod koniec miesiąca („żeby mnie nie kusiło" — mówił), ale nie zaszkodzi sprawdzić. A ona znała jego hasło: numer ich telefonu, z przestawioną pierwszą i ostatnią cyfrą.

Będzie bolało! — wrzasnęła Praktycznie-Rozsądna. — Jeśli weźmiesz coś, co należy do niego, będzie bardzo bolało, wiesz o tym! BARDZO!

— I tak jej tam nie będzie — mruknęła. A jednak była. Jasnozielona karta kredytowa Banku Handlowego z wytłoczonym jego nazwiskiem.

Nie bierz tego! Nie waż się!

Mimo wszystko doszła do wniosku, że może ważyć się na to. Wystarczyło przywołać wspomnienie tej plamki krwi. Poza tym to była także jej karta, to były również jej pieniądze; czy nie wynikało to z przysięgi małżeńskiej?

Tyle że wcale nie chodziło o pieniądze, naprawdę. Chodziło o to, żeby uciszyć panią Praktycznie-Rozsądną, aby ten nagły, nieoczekiwany pęd ku wolności stał się koniecznością, a nie wyborem. W pewnym stopniu zdawała sobie sprawę, że jeśli tego nie zrobi, dotrze najwyżej do najbliższej przecznicy, zanim niepewna przyszłość stanie przed nią jak ściana mgły, a wtedy ona odwróci się i pobiegnie z powrotem do domu, szybko zmieni pościel, tak żeby zdążyć do południa umyć podłogi na dole... i chociaż trudno w to uwierzyć, tylko o tym myślała tego ranka, kiedy wstała. O myciu podłóg.

Ignorując jazgotliwy głos w swojej głowie, podniosła z półeczki kartę kredytową, wrzuciła ją do torebki i pośpiesznie znów ruszyła do drzwi.

Nie rób tego! — skowyczał głos pani Praktycznie-Rozsądnej. — Och, Rosie, on za to nie tylko cię zbije, ale pośle do szpitala, może nawet zabije, czyżbyś nie wiedziała?

Zapewne wiedziała, lecz mimo to szła, ze spuszczoną głową i pochylonymi ramionami, jak kobieta idąca pod wiatr. Pewnie zrobiłby to... jednak najpierw musiałby ją złapać.

Tym razem, kiedy jej dłoń zacisnęła się na klamce, nie było chwili wahania. Przekręciła gałkę, otworzyła drzwi i wyszła. Był piękny słoneczny dzień w połowie kwietnia, a gałęzie drzew aż nabrzmiały od pączków. Jej cień układał się na przygiętej, bladej, świeżej trawie jak sylwetka wycięta z czarnej kalki ostrymi nożyczkami. Stała, głęboko oddychając wiosennym powietrzem, wdychając zapach ziemi odświeżonej (i może pobudzonej do życia) deszczykiem, który padał w nocy, kiedy ona spała z jednym nozdrzem nad tą zasychającą plamką krwi.

Budzi się cały świat — pomyślała. — Nie tylko ja.

Człowiek w stroju do joggingu biegł chodnikiem, gdy zamykała za sobą drzwi. Pozdrowił ją uniesioną ręką, a ona odpowiedziała mu tym samym. Czekała, aż głos w jej głowie znów podniesie jazgot, lecz ten głos milczał. Może odebrało mu mowę na widok kradzieży karty kredytowej, a może uspokoiło go kojące działanie tego kwietniowego poranka.

— Idę — mruknęła. — Naprawdę, naprawdę odchodzę.

A jednak pozostała w miejscu jeszcze przez chwilę, jak zwierzę, które tak długo trzymano w klatce, że nie może uwierzyć w wolność, jaką mu wreszcie ofiarowano. Sięgnęła za siebie i dotknęła klamki drzwi... drzwi prowadzących do jej klatki.

— Nigdy więcej — szepnęła. Wepchnęła torebkę pod pachę i zrobiła pierwszy tuzin kroków w ścianę mgły, która teraz była jej przyszłością.

4

Ten tuzin kroków zaprowadził ją tam, gdzie betonowy chodnik zbiegał się z poboczem, do miejsca, które przed minutą minął amator joggingu. Zaczęła skręcać w lewo, ale zatrzymała się. Norman powiedział jej kiedyś, że ludzie, którym wydaje się, że przypadkowo wybierają kierunek marszu — na przykład zabłąkani w lesie — niemal zawsze kierują się w stronę wyznaczoną przez dominującą rękę. Zapewne nie miało to znaczenia, jednak odkryła, że nie chce, aby on miał rację choćby co do tego, w którą stronę Westmoreland Street udała się po opuszczeniu domu.

Choćby co do tego.

Skręciła w prawo zamiast w lewo, w kierunku wyznaczonym przez tę głupią rękę, po czym poszła w dół wzgórza. Minęła sklep Numer 24, powściągając chęć podniesienia ręki i zakrycia twarzy dłonią, kiedy przechodziła obok. Już czuła się jak zbieg i okropna myśl zaczęła drążyć jej umysł, podobnie jak szczur gryzie ser: a jeśli on będzie wracał wcześniej z pracy i spotka ją? Co będzie, jeśli zobaczy ją idącą ulicą w dżinsach i laczkach, z torebką pod pachą i rozczochranymi włosami? Zdziwiłby się myśląc: co, do diabła, ona robi tu tak rano, kiedy powinna myć podłogi na dole, prawda? I chciałby, żeby do niego podeszła, prawda? Tak. Chciałby, żeby podeszła do niego, tak żeby mógł z nią porozmawiać w cztery oczy.

To głupota. Jaki miałby powód, żeby teraz wracać do domu? Wyszedł zaledwie przed godziną. To bez sensu.

Owszem... Ludzie czasem robili jednak różne bezsensowne rzeczy. Na przykład ona — spójrzcie tylko, co ona teraz robi. A jeśli on będzie miał jakieś przeczucie? Ile razy mówił jej, że u gliniarzy po pewnym czasie rozwija się szósty zmysł, tak że wiedzą, kiedy zdarzy się coś dziwnego? „Czuje się takie lekkie kłucie u nasady karku — powiedział jej kiedyś. — Nie potrafię tego opisać. Wiem, że większość ludzi uśmiałaby się z tego, ale spytaj gliniarza, on nie będzie się śmiał. To lekkie ukłucie kilka razy uratowało mi życie, kochanie".

A jeśli czuł to kłucie przez ostatnie dwadzieścia minut lub coś koło tego? A jeżeli wsiadł do samochodu i pojechał do domu? Jechałby właśnie tędy; przeklęła się w duchu za to, że opuszczając dom, skręciła w prawo zamiast w lewo. Wtedy wpadła jej do głowy jeszcze mniej przyjemna myśl, odrażająco prawdopodobna... nie wspominając o ironii losu mogącego stworzyć taką sytuację. A jeśli on w drodze do komisariatu zatrzymał się przy bankomacie dwie przecznice dalej, potrzebując dziesięciu lub dwudziestu dolców na obiad? I jeśli postanowił, przekonawszy się, że karty nie ma w portfelu, wrócić po nią do domu?

Weź się w garść. Nic takiego się nie zdarzy. Niczego takiego nie będzie.

Kawałek dalej jakiś samochód skręcił w Westmoreland Street. Był czerwony, co za zbieg okoliczności, przecież oni mają czerwony samochód... a raczej on go ma; auto nie należało do niej, tak samo jak karta kredytowa czy pieniądze, które mogła na nią pobrać. Ich czerwony samochód to nowa sentra i — kolejny zbieg okoliczności! — czy nadjeżdżający wóz to nie czerwona sentra?

Nie, to honda!

Tylko że to nie była honda, w co ona bardzo chciała uwierzyć. To była sentra, zupełnie nowa, czerwona sentra. Jego czerwona sentra. Najgorszy koszmar urzeczywistnił się niemal w tej samej chwili, gdy o nim pomyślała.

Przez chwilę jej nerki stały się niewiarygodnie ciężkie, niewiarygodnie obolałe, niewiarygodnie pełne, tak że była przekonana, iż zaraz zmoczy spodnie. Czy naprawdę sądziła, że zdoła przed nim uciec? Chyba zwariowała.

Teraz za późno, żeby przejmować się tym — powiedziała Praktycznie-Rozsądna. Przestała już histeryzować; teraz była jedyną częścią jej umysłu potrafiącą myśleć i przemawiała tym zimnym, rozważnym tonem stworzenia stawiającego na pierwszym miejscu przetrwanie. — Lepiej wymyśl coś, co mu powiesz, kiedy zatrzyma się obok i zapyta cię, co tu robisz. I niech to będzie dobra wymówka. Wiesz, jaki jest bystry i spostrzegawczy.

— Kwiaty — mruknęła. — Wyszłam na spacer zobaczyć, u kogo już zakwitły kwiaty, to wszystko.

Stanęła, zaciskając uda, usiłując powstrzymać parcie. Czy on w to uwierzy? Nie wiedziała, ale musiała spróbować. Nie potrafiła wymyślić nic innego.

— Zamierzałam dojść do rogu St. Mark's Avenue, a potem wrócić i umyć...

Urwała, patrząc szeroko otwartymi, pełnymi niedowierzania oczami na samochód — jednak honda, wcale nie nowa i bardziej pomarańczowa niż czerwona — powoli przejechał obok. Kobieta za kierownicą rzuciła jej zaciekawione spojrzenie, a kobieta na krawężniku pomyślała: Gdyby to był on, nie pomogłaby żadna wymówka, choćby nie wiem jak wiarygodna, wyczytałby prawdę z twojej twarzy, widoczną jak światło neonu. Czy teraz już wrócisz? Pójdziesz po rozum do głowy i wrócisz?

Nie. Gwałtowna potrzeba oddania moczu minęła, lecz pęcherz miała ciężki i przepełniony, nerki pulsujące, nogi drżące, a serce tak mocno tłukło się jej w piersi, że aż ją to przerażało. Nigdy nie zdołałaby wejść z powrotem na wzgórze, chociaż droga wznosiła się pod niewielkim kątem.

Zdołasz. Wiesz, że możesz. Robiłaś trudniejsze rzeczy w czasie tych lat małżeństwa i przeżyłaś je.

No dobrze, może zdołałaby wspiąć się na wzgórze, ale teraz przyszła jej do głowy nowa myśl. On czasem telefonował. Zwykle pięć czy sześć razy w miesiącu, ale czasem częściej. Tylko cześć, jak leci, czy mam przynieść do domu karton half-n-half albo ćwiartkę śmietany, dobra, cześć. Tyle że w tych telefonach nie wyczuwała żadnej troskliwości, żadnej czułości. Sprawdzał ją, to wszystko, a jeśli nie podnosiła słuchawki, telefon dzwonił. Nie mieli automatycznej sekretarki. Kiedyś zapytała go, czy nie powinni sobie jej sprawić. Szturchnął ją nie całkiem nieprzyjaźnie i powiedział, żeby zmądrzała. „Ty jesteś automatyczną sekretarką" — oznajmił.

A co, jeśli zatelefonował, a jej nie było w domu?

Pomyśli, że wcześniej poszłam na targ, to wszystko.

Nie, nie pomyśli. O to chodzi. Podłogi z rana, targ po południu. Tak było do tej pory i oczekiwał, że zawsze tak będzie. Spontaniczność nie była mile widziana na Westmoreland pod numerem 908. Jeżeli telefonował...

Znów zaczęła iść, wiedząc, że na następnym rogu powinna zejść z Westmoreland Street, chociaż nie była wcale pewna, dokąd prowadzi Tremont Street. Lecz w tym momencie nie było to istotne; liczyło się tylko to, że teraz znajdowała się na trasie, którą wracał z miasta, zazwyczaj jadąc drogą I-295, więc czuła się tak, jakby znalazła się na środku tarczy strzelniczej.

Skręciła w lewo, w Tremont, i minęła spacerem kolejne, ciche podmiejskie domki oddzielone od siebie niskimi żywopłotami lub szpalerami ozdobnych drzewek — najwidoczniej szczególnie modne były tu oleandry. Mężczyzna podobny do Woody Allena, w okularach o grubych oprawkach, z piegami i w bezkształtnym kapeluszu wciśniętym na czubek głowy, oderwał wzrok od podlewanych kwiatków i pomachał jej ręką. Wyglądało na to, że dziś wszyscy chcą być dobrymi sąsiadami. Podejrzewała, że to przez pogodę, ale wolałaby obejść się bez tego. Zbyt łatwo mogła sobie wyobrazić, jak on idzie później jej śladem, cierpliwie tropiąc, zadając pytania, używając swoich pobudzających pamięć sztuczek i pokazując każdemu jej fotografię.

Pomachaj do niego. Nie chcesz, żeby zapamiętał cię jako nieuprzejmą; nieuprzejmy łatwo utkwi w pamięci, więc pomachaj mu i idź swoją drogą.

Odpowiedziała machnięciem i poszła swoją drogą. Potrzeba oddania moczu powróciła, ale jakoś będzie musiała ją opanować. Nigdzie nie było widać przybytku — nic tylko kolejne domy, kolejne żywopłoty, kolejne bladozielone trawniki, kolejne oleandry.

Za plecami usłyszała samochód i była pewna, że to on. Odwróciła się i ujrzała rdzawego chevroleta wlokącego się środkiem jezdni z szybkością niewiele większą od idącego mężczyzny. Stary człowiek za kółkiem miał słomkowy kapelusz na głowie i zdeterminowane spojrzenie. Odwróciła twarz, zanim zdążył dostrzec jej strach, potknęła się i zdecydowanym krokiem poszła dalej, ze spuszczoną głową. Ćmiący ból w nerkach wrócił i w pęcherzu również czuła pulsowanie. Oceniała, że wytrzyma jeszcze minutę, najwyżej dwie. Jeśli do tego dojdzie, może pożegnać się z jakimikolwiek szansami na niezauważone zniknięcie. Ludzie mogą nie pamiętać bladej mieszczki idącej chodnikiem w piękny wiosenny ranek, ale nie wyobrażała sobie, jak mogliby nie zapamiętać bladej mieszczki z ciemną, powiększającą się plamą w kroku dżinsów. Musiała jakoś rozwiązać ten problem, i to zaraz.

Dwa domy dalej, po tej samej stronie ulicy, stał bungalow czekoladowej barwy. Okiennice były zamknięte; na ganku walały się trzy gazety. Czwarta leżała na chodniku u stóp frontowych schodów. Rosie szybko rozejrzała się wokół, stwierdziła, że nikt jej nie obserwuje, więc pośpiesznie przeszła przez trawnik przed domkiem i wzdłuż bocznej ściany. Podwórko na tyłach było puste. Na gałce aluminiowych, opuszczanych drzwi wisiał ośmiokąt papieru. Podeszła bliżej, drobnymi kroczkami, po czym przeczytała wydrukowaną wiadomość: *Pozdrowienia od Ann Cosso, waszej miejscowej przedstawicielki Avonu! Tym razem nie zastałam was w domu, ale przyjdę znowu! Dzięki! I zadzwońcie do mnie pod 555-1731, jeśli chcecie porozmawiać o wspaniałych wyrobach Avonu!* Pod spodem widniała nagryzmolona data 17 kwietnia — dwa dni temu.

Rosie ponownie rozejrzała się wokół, zobaczyła, że z jednej strony osłaniają ją żywopłoty, a z drugiej oleandry, więc rozpięła guzik oraz zamek swoich dżinsów i przykucnęła w niszy między tarasem a zbiornikiem paliwa. Za późno było martwić się tym, że ktoś może patrzeć z górnych pięter sąsiednich budynków. A ponadto potrzeba czyniła te problemy — przynajmniej w tym momencie — zupełnie trywialnymi.

Jesteś stuknięta, wiesz.

Tak, oczywiście, wiedziała... Gdy jednak ucisk w pęcherzu osłabł i strumyk moczu popłynął zygzakowatą strużką między cegłami patio, poczuła, że jej serce wypełnia nagle szalona radość. W tym momencie wiedziała, jak to jest, kiedy pokonuje się rzekę w obcym kraju, a potem pali za sobą most i stoi na brzegu, ciężko dysząc i patrząc na jedyną szansę odwrotu idącą z dymem.

5

Szła przez prawie dwie godziny, mijając nieznajomą okolicę, zanim dotarła do krótkiej promenady, która — jak przypuszczała — leżała w zachodniej części miasta. Przed sklepem z farbami i wykładzinami była budka telefoniczna i kiedy skorzystała z niej, żeby wezwać taksówkę, ze zdumieniem odkryła, że już wcale nie znajduje się w mieście, lecz na przedmieściu Mapleton. Na obu piętach miała spore odciski, czemu pewnie nie powinna się dziwić — chyba przeszła dobre jedenaście kilometrów.

Taksówka przyjechała po piętnastu minutach; do tej pory Rosie zdążyła wpaść do sklepiku na końcu pasażu, gdzie kupiła tanie okulary przeciwsłoneczne i kolorową szyfonową apaszkę. Przypomniała sobie, jak pewnego razu Norman mówił, że jeśli chce się odwrócić uwagę od swojej twarzy, najlepiej włożyć coś jaskrawego, co będzie przyciągało wzrok.

Taksówkarz był grubym facetem. Miał przetłuszczone włosy, nabiegłe krwią oczy i nieświeży oddech. Na workowatym, spłowiałym podkoszulku widoczna była mapa Wietnamu Południowego. KIEDY UMRĘ, PÓJDĘ DO NIEBA, PONIEWAŻ BYŁEM W PIEKLE — głosił napis pod mapą. — ŻELAZNY TRÓJKĄT, 1969. Paciorkowate czerwone oczka zmierzyły ją szybkim spojrzeniem, od warg przez piersi po biodra, zanim najwidoczniej stracił zainteresowanie.

— Dokąd jedziemy, moja droga? — zapytał.

— Czy może pan zawieźć mnie na przystanek Greyhoundu?

— Do Portside?

— Czy to dworzec autobusowy?

— Taa. — Podniósł wzrok i napotkał jej spojrzenie we wstecznym lusterku. — Na drugim końcu miasta. Kurs za dwadzieścia dolców, jak nic. Stać panią na tyle?

— Oczywiście — powiedziała, po czym odetchnęła głęboko i dodała: — Jak pan sądzi, czy zdoła pan znaleźć po drodze bankomat Banku Handlowego?

— Żeby wszystko w życiu było takie łatwe — oznajmił i złamał chorągiewkę taksometru. Dwa dolary pięćdziesiąt — odczytała. — OPŁATA STAŁA.

Moment, w którym cyfry w taksometrze z cichym szelestem zmieniły się z dwóch pięćdziesiąt na dwa siedemdziesiąt pięć, a słowa OPŁATA STAŁA zniknęły, uznała za początek jej nowego życia. Już nie będzie nazywała się Rose Daniels, chyba że coś ją do tego zmusi. I nie dlatego, że Daniels było jego nazwiskiem, lecz dlatego, że postanowiła go porzucić. Znów będzie Rosie McClendon, dziewczyną, którą w wieku osiemnastu lat pochłonęło piekło. Przypuszczała, że czasami będzie zmuszona posłużyć się nazwiskiem męża, lecz nawet wtedy w sercu i duszy pozostanie Rosie McClendon.

Naprawdę jestem Rosie — myślała, gdy taksówkarz jechał po Trunkatawny Bridge i uśmiechnęła się, kiedy słowa Maurice'a Sendaka i głos Carole King przemknęły jej przez głowę jak para duchów. „Jestem Rosie Real".

Czy naprawdę? Czy była prawdziwa?

Teraz dopiero się dowiem — myślała. — Dopiero teraz.

6

Taksówkarz zatrzymał wóz na Iroquois Square i wskazał na rząd automatów stojących na placyku ozdobionym fontanną i chromowaną rzeźbą nie przedstawiającą niczego konkretnego.

Automat na końcu, po lewej, był jasnozielony.

— Może być? — spytał taksówkarz.

— Tak, dzięki. Za minutkę wracam.

Zajęło jej to trochę więcej czasu. Najpierw nie umiała wystukać właściwego numeru kodu na dużej klawiaturze urządzenia, a kiedy wreszcie uporała się z tą czynnością, nie potrafiła zadecydować, ile ma podjąć. Nacisnęła siedem-pięć-przecinek-zero-zero, zawahała się, z palcem nad przyciskiem TRANSAKCJA, po czym cofnęła rękę. Jeżeli ją złapie, pobije za to, że uciekła, nie ma co do tego wątpliwości. Jeśli jednak pobije ją tak ciężko, że konieczny będzie szpital (albo zabije — mamrotał cichy głosik — on naprawdę może cię zabić, Rosie, i jesteś głupia, jeżeli o tym zapominasz), to dlatego, że ośmieliła się ukraść jego kartę kredytową... i skorzystać z niej. Czy miała ryzykować za marne siedemdziesiąt pięć dolarów? Czy to wystarczy?

— Nie — mruknęła i ponownie wyciągnęła rękę. Tym razem wystukała trzy-pięć-zero-przecinek-zero-zero... a potem znów zawahała się. Nie wiedziała dokładnie ile tego, co nazywał gotówką, znajdowało się na koncie, do którego podłączał się bankomat, ale trzysta pięćdziesiąt dolarów musiało stanowić całkiem sporą część tych zasobów. Będzie tak zły...

Sięgnęła ręką do przycisku KASUJ/POWTÓRZ i ponownie zadała sobie pytanie, co to za różnica. On i tak będzie zły. Już nie ma dla niej odwrotu.

— Czy to jeszcze długo potrwa, proszę pani? — usłyszała głos za plecami. — Bo już kończy mi się przerwa na kawę.

— Och, przepraszam! — powiedziała, lekko drgnąwszy ze strachu. — Nie, ja tylko... zbierałam myśli.

Wcisnęła przycisk TRANSAKCJA. Na wyświetlaczu pojawiły się słowa PROSZĘ CZEKAĆ. Chwila oczekiwania nie trwała długo, ale Rosie zdążyła wyobrazić sobie przerażającą scenę, w której maszyna wydaje nagle przenikliwy sygnał ostrzegawczy, a mechaniczny głos ryczy: TA KOBIETA TO ZŁODZIEJKA! ZATRZYMAĆ JĄ! TA KOBIETA TO ZŁODZIEJKA!

Zamiast nazwać ją złodziejką, automat wyświetlił „dziękuję", życzył jej miłego dnia i wypluł siedemnaście dwudziestek oraz jedną dziesiątkę. Rosie obdarzyła stojącego za nią młodego człowieka nerwowym uśmiechem, nie nawiązując kontaktu wzrokowego, po czym pośpieszyła do taksówki.

7

Dworzec Portside okazał się niskim, szerokim budynkiem o gładkich ścianach koloru piaskowca. Autobusy wszelkiego rodzaju — nie tylko Greyhoundy, ale linii Trailways, American Pathfinders, Eastern Highways i Continental Express — otaczały dworzec, wciskając głęboko w zatoki przystanków swoje wysokie, tępe pyski. Dla Rosie wyglądały jak tłuste chromowe warchlaki cisnące się do okropnie brzydkiej maciory.

Stanęła przed głównym wejściem i zajrzała do środka. Terminal nie był tak zatłoczony, jak oczekiwała (bezpieczeństwo w tłumie), a czego jednocześnie się obawiała (po czternastu latach niewidywania nikogo oprócz męża i jego kolegów, których czasem przyprowadzał na obiad, nabawiła się dotkliwej agorafobii). Zapewne dlatego, że był środek tygodnia i zbliżały się wakacje. Mimo to oceniła, że w środku przebywało kilkaset osób kręcących się bez celu, siedzących na staroświeckich drewnianych ławkach z wysokimi oparciami, grających na automatach, pijących kawę w drinkbarze lub stojących w kolejkach po bilety. Małe dzieci trzymały matki za ręce, odchylały głowy i ryczały jak zagubione cielęta do wyblakłych fresków na suficie. Głośnik budzący echa, niczym głos Boga w biblijnych opowieściach Cecila B. deMille'a, zapowiadał odjazdy do kolejnych miejsc przeznaczenia: Erie w Pensylwanii, Nashville w Tennessee, Jackson w Missisipi, Miami na Florydzie (bezcielesny, wibrujący głos wymawiał to jak Miama), Denver w Kolorado.

— *Lady* — usłyszała zmęczony głos. — Hej, *lady,* drobne wsparcie. Drobne wsparcie, co pani na to?

Obróciła głowę i zobaczyła młodego człowieka o bladej twarzy i grzywie brudnych włosów, siedzącego pod ścianą obok wejścia. Na podołku trzymał kawałek tektury. BEZDOMNY, CHORY NA AIDS — głosił napis — PROSI O POMOC.

— Ma pani trochę drobnych, prawda? Żeby mi pomóc? Będzie pani pływać swoją motorówką po Saranac Lake, kiedy ja już dawno pójdę do piachu. Co pani na to?

Poczuła się dziwnie i słabo, na krawędzi psychicznego i emocjonalnego załamania. Terminal zdawał się rosnąć w oczach, aż osiągnął wielkość katedry, a falowanie tłumu w nawach i bocznych kaplicach miało w sobie coś przerażającego. Mężczyzna z pomarszczonym, pulsującym wolem, zwisającym z boku szyi, przemknął obok ze zwieszoną głową, ciągnąc za sobą worek na sznurku. Worek syczał jak wąż, ślizgając się po brudnych kafelkach podłogi. Spoglądała z niego mordka Myszki Miki, szczerząc zęby w uśmiechu. Boski głos spikera obwieszczał podróżnym, że pośpieszny autobus linii Trailways do Omaha odjeżdża ze stanowiska siedemnastego za dwadzieścia minut.

Nie mogę tego zrobić — pomyślała nagle. — Nie potrafię żyć w tym świecie. Tu nie wystarczy wiedzieć, gdzie jest herbata ekspresowa i zmywaki do naczyń; drzwi, za którymi mnie bił, były również drzwiami do tego zamętu i szaleństwa. I nigdy przez te drzwi nie wrócę.

Przez chwilę oczami duszy ujrzała zdumiewająco żywy obraz ze szkółki niedzielnej w jej dzieciństwie — Adam i Ewa noszący figowe liście, ich miny wyrażające wstyd i upokorzenie, kiedy kroczyli boso kamienistą ścieżką ku nędznej, sterylnej przyszłości.

Za nimi został rajski ogród, sielski i pełen kwiatów. Skrzydlaty anioł stał przy jego zamkniętej bramie, a miecz w jego dłoni płonął straszliwym blaskiem.

— Ani się waż tak myśleć! — krzyknęła nagle, a człowiek siedzący przy wejściu cofnął się tak gwałtownie, że prawie zgubił swój karton. — Ani się waż!

— Jezu, przepraszam! — powiedział mężczyzna, robiąc wielkie oczy. — Proszę iść, jeśli tak pani to odbiera!

— Nie, ja... nie chodziło o pana... myślałam o moim...

Nagle pojęła absurdalność swojego zachowania — tłumaczyła się przed żebrakiem siedzącym obok wejścia na dworzec autobusowy. Wciąż trzymała w ręce dwa dolary — resztę wydaną przez taksówkarza. Rzuciła je do pudełka po papierosach, ustawionego tuż przy młodym człowieku z kartonikiem, i umknęła w głąb terminalu Portside.

8

Na tyłach dworca inny młodzieniec — z wąsikiem Errola Flynna i urodziwą, nie budzącą zaufania twarzą — demonstrował na wieku swojej walizki coś, co z pokazów w telewizji rozpoznała jako grę w trzy karty.

— Znaleźć asa pikowego? — zachęcał. — Chce pani trafić piątkę, *lady*?

W myślach zobaczyła nadlatującą pięść. Ujrzała sygnet na środkowym palcu, sygnet z wygrawerowanymi słowami: Służba, Wierność, Społeczeństwo.

— Nie, dziękuję — powiedziała. — Nigdy nie miałam z tym problemu.

Kiedy go mijała, jego wyraz twarzy zdradzał, iż uznał, że brak jej paru klepek, ale to nieważne. To nie jej kłopot. Tak samo jak mężczyzna przy wejściu, który mógł mieć lub nie mieć AIDS, czy mężczyzna z wolem zwisającym u szyi i Myszka Miki stercząca z worka, który ciągnął. Jej problemem była Rose Daniels... uważaj, raczej Rosie McClendon... i to był jej jedyny problem.

Ruszyła głównym przejściem i nagle przystanęła, widząc kosz na śmieci. Na jego obłym zielonym brzuchu widniał kategoryczny nakaz: NIE ŚMIECIĆ. Otworzyła torebkę, wyjęła kartę kredytową, spoglądała na nią przez chwilę, po czym wepchnęła ją do szczeliny kosza. Zrobiła to niechętnie, a jednocześnie z ulgą. Gdyby zatrzymała kartę, mogłaby nie oprzeć się pokusie i skorzystać z niej ponownie... a Norman nie był głupi. Brutalny — tak. Głupi — nie. Jeśli pozostawi mu ślad, po którym mógłby ją wytropić, on to zrobi. Powinna o tym pamiętać.

Nabrała powietrza w płuca, przetrzymała je przez sekundę czy dwie, po czym wypuściła i ruszyła ku monitorom PRZYJAZDÓW/ODJAZDÓW wiszącym w centralnej części dworca. Nie obejrzała się. Gdyby to zrobiła, zobaczyłaby młodzieńca z wąsikiem Errola Flynna, grzebiącego w koszu, szukającego tego, co wyrzuciła ta trzepnięta *lady* w okularach przeciwsłonecznych i jaskrawoczerwonej apaszce. Wyglądało mu to na kartę kredytową. Pewnie się mylił, jednak człowiek nigdy nie może być pewny, dopóki nie sprawdzi. I czasem ma się szczęście. Czasem? Do diabła, często. Nie na darmo nazywają ten kraj Krainą Możliwości.

9

Następne duże miasto leżało zaledwie czterysta kilometrów na zachód, co wydawało jej się za blisko. Wybrała jeszcze większe, oddalone o prawie dziewięćset kilometrów. Leżało na brzegu jeziora, tak jak to, ale w innej strefie czasowej. Autobus Continental Express odjeżdżał w tym kierunku za pół godziny. Podeszła do kas biletowych i stanęła w kolejce. Serce waliło jej mocno w piersi i miała sucho w ustach. Na moment przed tym, zanim osoba stojąca przed nią zapłaciła za bilet i odeszła od kasy, Rosie przycisnęła dłoń do ust, tłumiąc czknięcie, które paliło w przełyku i niosło smak porannej kawy.

Nie waż się używać tu żadnego z tych dwóch nazwisk — przestrzegła się w duchu. — Jeśli zapytają o nazwisko, musisz podać jakieś inne.

— W czym mogę pani pomóc? — spytał kasjer, patrząc znad pary ciemnych okularów zsuniętych ryzykownie na koniec nosa.

— Angela Flyte — powiedziała. To było nazwisko jej najlepszej koleżanki w szkole średniej i ostatniej przyjaciółki, jaką kiedykolwiek miała. W Aubreyville High School Rosie chodziła z chłopcem, który poślubił ją tydzień po maturze i razem stworzyli dwuosobowe państwo... którego granice były przeważnie zamknięte dla turystów.

— Proszę?

Zrozumiała, że podała nazwisko zamiast celu podróży, co z pewnością zabrzmiało bardzo dziwnie (ten facet pewnie ogląda moje przeguby i szyję, usiłując dojrzeć jakieś ślady po kaftanie bezpieczeństwa). Zaczerwieniła się ze zmieszania i niepokoju, usiłując zebrać myśli, uporządkować je jakoś.

— Przepraszam — powiedziała, mając ponure przeczucie, że cokolwiek przyniesie jej przyszłość, to jedno krótkie słowo będzie jej towarzyszyło jak puszka przywiązana do psiego ogona. Od czternastu lat odgradzały ją od reszty świata zamknięte drzwi i teraz była jak przerażona mysz, której brakuje dziury w ścianie kuchni.

Kasjer wciąż patrzył na nią i w jego oczach nad połówkami szkieł czaiło się zniecierpliwienie.

— Mogę pani w czymś pomóc czy nie?

— Tak, proszę. Chcę kupić bilet na autobus o jedenastej pięć. Czy są jeszcze wolne miejsca?

— Och, chyba ze czterdzieści. Bilet w jedną stronę czy w dwie?

— W jedną — odparła i znów poczuła palenie rumieńca na policzkach, kiedy dotarło do niej znaczenie tego, co powiedziała. Spróbowała uśmiechnąć się i dodała z nieco większym przekonaniem: — W jedną stronę, proszę.

— To będzie pięćdziesiąt dziewięć dolarów i siedemdziesiąt centów — oznajmił.

Miała wrażenie, że kolana uginają się pod nią. Spodziewała się, że bilet będzie znacznie droższy; była przygotowana na to, że wyda nań wszystkie pieniądze.

— Dziękuję — odrzekła i w jej głosie musiał usłyszeć prawdziwą wdzięczność, gdyż oderwał wzrok od wypełnianego formularza i uśmiechnął się do niej. Z jego oczu zniknęło zniecierpliwienie i rezerwa.

— Cała przyjemność po mojej stronie — oświadczył. — Ma pani jakiś bagaż?

— Ja... nie mam żadnego bagażu — wyrzuciła z siebie, nagle obawiając się jego spojrzenia. Usiłowała wymyślić jakieś wytłumaczenie — przecież to musiało wydać mu się podejrzane: samotna kobieta wyruszająca do odległego miasta bez żadnego bagażu oprócz torebki. Nic nie przychodziło jej do głowy. I przekonała się, że tak było dobrze. Kasjer nie zdradzał ani podejrzliwości, ani zaciekawienia. Po prostu kiwnął głową i zaczął wypisywać bilet. Nagle z przykrością uświadomiła sobie, że nie była niczym nowym w Portside. Ten mężczyzna wciaż widywał takie jak ona: kobiety kryjące się za czarnymi okularami, kobiety kupujące bilety do innych stref czasowych, kobiety wyglądające, jakby zapomniały, kim są, co robią i dlaczego.

10

Rosie poczuła głęboką ulgę, gdy autobus wytoczył się z Portside (o czasie), skręcił w lewo, ponownie przejechał Trunkatawny, a potem pojechał na zachód trasą I-78. Gdy mijali ostatni z rozjazdów na przedmieściach, ujrzała trójkątny budynek o szklanych ścianach, będący nową kwaterą policji. Pomyślała, że jej mąż może stać teraz za jednym z tych olbrzymich okien, że może nawet patrzeć na ten wielki, błyszczący autobus sunący międzystanową autostradą. Zamknęła oczy i policzyła do stu. Kiedy znów je otworzyła, budynek zniknął. Miała nadzieję, że na wieki.

Wybrała miejsce w tylnej części autobusu, więc za plecami słyszała miarowy pomruk diesla. Znowu zamknęła oczy i oparła głowę o szybę. Nie zaśnie, była na to zbyt wzburzona, ale może trochę odpocznie. Miała wrażenie, iż będzie potrzebować wszystkich sił, jakie zdoła zebrać. Ciągle dziwiła się, jak nagle zdarzyło się to wszystko — przypominało bardziej atak serca lub wylew niż zmianę życia. Zmiana? To delikatne określenie. Ona nie tylko zmieniła swoje życie, lecz wywróciła je do góry nogami, jak kobieta wyrywająca fiołek alpejski z doniczki. Zmiana życia, akurat. Nie, nigdy nie zdoła zasnąć. O śnie nie ma mowy.

Tak myśląc, zapadła nie w sen, lecz w ten pośredni stan między snem a jawą. Poruszała się tam i z powrotem jak bańka mydlana, ledwie świadoma monotonnego szumu silnika, odgłosu opon na asfalcie, obecności dzieciaka cztery rzędy dalej, pytającego matkę, kiedy dojadą do cioci Normy. Ale zdawała sobie sprawę z tego, że wyzwoliła się z pęt, a jej umysł otworzył się jak kwiat (jak róża, oczywiście), otworzył się tak, jak to się dzieje tylko wtedy, gdy ktoś nie znajduje się ani tu, ani tam.

I'm really Rosie...

Głos Carole King, śpiewający słowa Maurice'a Sendaka. Słowa nadlatywały tunelem, w którym była, z jakiejś odległej komnaty, rezonując echem, przy wtórze szklistych, ulotnych dźwięków pianina.

...and I'm Rosie Real...

A jednak mimo wszystko zasnę — pomyślała. — Chyba naprawdę zasnę. Wyobraźcie sobie!

You better believe me... I'm a great big deal...

Już nie była w szarym korytarzu, lecz w jakiejś ciemnej przestrzeni. Jej nos, jej głowę wypełniły zapachy lata, tak słodkie i silne, że niemal obezwładniające. Dominował wśród nich zapach wiciokrzewu, snujący się gęstymi smugami. Słyszała świerszcze, a kiedy uniosła głowę, zobaczyła tarczę księżyca, płynącą hen wysoko. Jego biały blask był wszędzie, zmieniając w dym mgłę wstającą z gęstej trawy wokół jej bosych nóg.

I'm really Rosie... and I'm Rosie Real...

Podniosła dłonie. Rozstawione palce niemal stykały się kciukami; obramowała nimi księżyc, niczym obraz, a gdy nocny wiatr popieścił jej nagie ramiona, poczuła swoje serce pęczniejące szczęściem, a potem kurczące się ze strachu. Wyczuwała czające się tu zagrożenie, jakby w tym wonnym gąszczu kryły się niebezpieczne, drapieżne zwierzęta.

„Rose. Chodź tu, kochanie, chcę porozmawiać z tobą w cztery oczy".

Obróciła głowę i zobaczyła jego pięść wyłaniającą się z ciemności. Lodowate błyski księżycowego blasku lśniły na wypukłych literach sygnetu Akademii Policyjnej. Ujrzała groźnie skrzywione wargi, ściągnięte w grymasie przypominającym uśmiech...

...i podskoczyła na fotelu budząc się, dysząc, z czołem mokrym od potu. Musiała ciężko oddychać już od jakiegoś czasu, gdyż jej oddech skroplił się na szybie i niemal całkowicie ją zaparował. Kantem dłoni starła długi pas pary i spojrzała za okno. Miasto już niemal całkiem zniknęło; mijali peryferyjne stacje benzynowe i bary szybkiej obsługi, ale za nimi widziała otwartą przestrzeń.

Uciekłam mu — pomyślała. — Obojętnie, co teraz się stanie ze mną, uciekłam mu. Jeśli nawet będę musiała sypiać pod schodami czy pod mostami, uciekłam mu. Już nigdy mnie nie uderzy, bo mu uciekłam.

A jednak czuła, że jeszcze nie całkiem w to wierzy. On będzie wściekły i spróbuje ją odszukać. Była tego pewna.

Tylko jak mógłby to zrobić? Przecież zatarłam za sobą ślady; nie musiałam nawet podać nazwiska szkolnej koleżanki, żeby kupić bilet. Wyrzuciłam kartę kredytową, to najważniejsze. A więc jak mógłby mnie znaleźć?

Nie wiedziała... Lecz znajdowanie ludzi to jego zawód, zatem będzie musiała bardzo, bardzo uważać.

I'm really Rosie... and I'm Rosie Real...

Tak, przypuszczalnie oba te stwierdzenia były prawdą, ona jednak nigdy w życiu nie czuła się wielka. Raczej miała wrażenie, że jest źdźbłem pośród bezkresnego oceanu. Wciąż czuła przerażenie, jakie owładnęło nią pod koniec krótkiego snu, ale też odrobinę radości i szczęścia; poczucie... jeśli nie siły, to przynajmniej wolności.

Oparła się wygodnie w fotelu i patrzyła, jak ostatnie bary szybkiej obsługi oraz sklepy z częściami znikają w tyle. Teraz pozostał już tylko wiejski krajobraz — świeżo zaorane pola i szpalery drzew pokrywających się tą bajeczną mgiełką zieleni, spotykaną jedynie w kwietniu. Z rękami luźno splecionymi na podołku obserwowała, jak to wszystko przesuwa się za oknem, pozwalając, by wielki srebrny autobus wiózł ją na spotkanie przeznaczenia.

II

UPRZEJMOŚĆ OBCYCH

1

W ciągu pierwszych tygodni nowego życia musiała poradzić sobie z wieloma trudnymi chwilami, jednak, nawet w najtrudniejszej z nich wszystkich — kiedy wysiadła z autobusu i znalazła się na dworcu cztery razy większym od Portside — nie żałowała podjętej decyzji.

Była tylko przerażona.

Rosie stała w przejściu do stanowiska 62, ściskając obiema rękami torebkę i spoglądając szeroko otwartymi oczami na przepływające obok fale ludzi wlokących walizki, taszczących na ramionach owiązane sznurkiem kartony, obejmujących ramiona przyjaciółki lub talie przyjaciół. Widziała, jak jakiś mężczyzna podbiegł do kobiety, która właśnie wysiadła z autobusu Rosie, złapał ją i zakręcił nią tak, że stopami nie dotykała ziemi. Kobieta pisnęła z przestrachu i zachwytu; jej krzyk był niczym błysk flesza w zatłoczonym, zgiełkliwym terminalu.

Na prawo od Rosie stał rząd automatów do gry i mimo wczesnych godzin rannych dzieciaki — przeważnie w czapkach baseballowych, włożonych daszkiem do tyłu i z włosami zgolonymi co najmniej w osiemdziesięciu procentach — zajmowały wszystkie.

— Jeszcze raz, Kosmiczny Kadecie! — przynaglał stojący najbliżej Rosie zgrzytliwym, nieludzkim głosem. — Jeszcze raz, Kosmiczny Kadecie! Jeszcze raz, Kosmiczny Kadecie!

Powoli przeszła wzdłuż automatów, udając się w głąb terminalu, pewna tylko jednej rzeczy: nie ośmieli się wyjść stąd tak wcześnie rano. Czuła, że gdyby to zrobiła, miałaby spore szanse na to, że zostanie zgwałcona, zabita i wepchnięta do pierwszego lepszego pojemnika na śmieci. Zerknęła w lewo i zobaczyła dwóch umundurowanych policjantów, zjeżdżających ruchomymi schodami z piętra. Jeden zręcznie żonglował pałką. Drugi uśmiechał się w chłodny, pozbawiony wesołości sposób, przypominający jej człowieka, którego pozostawiła setki kilometrów stąd. Uśmiechał się, lecz uśmiechu nie było w jego nieustannie błądzących oczach.

Co się stanie, jeśli oni mają sprawdzać to miejsce co godzina i wyrzucać każdego, kto nie ma biletu? Co zrobisz wtedy?

Poradzi sobie, jeżeli będzie musiała — oto co zrobi. Na razie odeszła od ruchomych schodów do niszy, gdzie tuzin lub więcej podróżnych siedziało na twardych, plastikowych fotelach. Do poręczy tych foteli były przymocowane małe telewizorki uruchamiane przez wrzucenie monety. Idąc, Rosie nie spuszczała policjantów z oczu i z ulgą zobaczyła, że poszli w głąb terminalu, oddalając się od niej. Za dwie i pół godziny, najwyżej trzy, nadejdzie świt. Wtedy mogą ją złapać i wykopać stąd. A do tego czasu chciała zostać tutaj, gdzie są światła i mnóstwo ludzi.

Usiadła na jednym z foteli. Dwa miejsca dalej po lewej drzemała dziewczyna w wyblakłej dżinsowej kurtce, z plecakiem na kolanach. Jej gałki oczne poruszały się pod umalowanymi na purpurowo powiekami, a z dolnej wargi zwieszała się długa, srebrzysta nitka śliny. Na grzbiecie prawej ręki miała wytatuowane trzy słowa krzywymi sinymi literami, tworzącymi napis: KOCHAM MOJEGO LÓBEGO. I gdzie jest teraz twój luby? — pomyślała Rosie. Spojrzała na pusty ekran telewizora, a potem na wykafelkowaną ścianę po prawej. Ktoś nabazgrał tam czerwonym flamastrem: POSSIJ MEGO AIDSOWEGO PTAKA. Pośpiesznie odwróciła wzrok, jakby te słowa mogły wypalić się w siatkówkach jej oczu, gdyby patrzyła za długo, po czym spojrzała na hol dworca. Na przeciwległej ścianie wisiał ogromny podświetlany zegar. Była trzecia szesnaście rano.

Dwie i pół godziny, a potem mogę stąd pójść — pomyślała i postanowiła czekać.

2

Zjadła cheeseburgera i wypiła lemoniadę podczas postoju autobusu, około szóstej wieczorem poprzedniego dnia. Od tego czasu nia miała nic w ustach, więc była głodna. Kiedy wskazówki wielkiego zegara przesunęły się na czwartą, postanowiła coś zjeść. Poszła do małej kafejki koło kas biletowych, omijając śpiących na podłodze ludzi. Wielu z nich tuliło do siebie wypchane, posklejane taśmą plastikowe worki na śmieci i zanim Rosie dostała swoją kawę, sok i special K, zrozumiała, jak bezzasadne okazały się jej obawy, że policjanci mogą wyrzucić ją z terminalu. Ci śpiący nie byli podróżnymi; to bezdomni koczujący na dworcu autobusowym. Rosie żałowała ich, a jednocześnie czuła przewrotne zadowolenie — dobrze było wiedzieć, że dziś w nocy znajdzie się dla niej jakieś miejsce, jeżeli będzie jej potrzebne.

A jeśli on przyjedzie tutaj, do tego miasta, to gdzie sprawdzi przede wszystkim? Jak sądzisz, gdzie zajrzy najpierw?

To głupota, on jej nie znajdzie, w żaden sposób nie zdoła jej odszukać, a jednak na samą myśl o tym czuła zimny palec strachu przesuwający się po kręgosłupie.

Po posiłku poczuła się lepiej. Kiedy nieśpiesznie popijała kawę, zobaczyła, że meksykański kelner spogląda na nią z jawnym zniecierpliwieniem. Powoli ruszyła z powrotem do foteli z telewizorami. Po drodze zwróciła uwagę na niebiesko-biały krąg nad kioskiem, w pobliżu stoisk firm wynajmujących samochody. Na niebieskim obwodzie koła widniały słowa: POMOC PODRÓŻNYM. W przypływie dobrego humoru Rosie pomyślała, że jeśli kiedykolwiek w historii ludzkości jakiś podróżny potrzebował pomocy, to bezsprzecznie ona.

Zrobiła krok w kierunku okrągłego neonu. Dostrzegła w budce jakiegoś człowieka, faceta w średnim wieku, o rzedniejących włosach, w rogowych okularach. Czytał gazetę. Zrobiła następny krok w tamtą stronę i znów przystanęła. Przecież nie podejdzie do niego, prawda? Co, na miłość boską, mogłaby mu powiedzieć? Że opuściła męża? Że odeszła, nie zabierając niczego prócz swojej torebki, jego karty kredytowej i rzeczy, które miała na sobie?

A dlaczego nie? — spytała pani Praktycznie-Rozsądna. Ten głos wewnętrzny był dla Rosie jak policzek. — Skoro miałaś odwagę porzucić go, to miej odwagę i teraz!

Nie wiedziała, czy ma ją, czy nie, lecz była pewna, że wyjawienie komuś obcemu, o czwartej rano, najważniejszego wydarzenia w jej życiu będzie bardzo trudne. A on pewnie każe mi spadać. Jego praca zapewne polega na pomaganiu ludziom, którzy zgubili bilety lub informowaniu przez megafony o zagubionych dzieciach — rozmyślała.

Pomimo to nogi same niosły ją w kierunku budki z napisem: POMOC PODRÓŻNYM. Zrozumiała, że naprawdę chce porozmawiać z tym obcym o rzedniejących włosach, w rogowych okularach, a zamierzała to zrobić z najprostszego powodu pod słońcem: nie miała innego wyjścia. W przyszłości zapewne będzie musiała mówić wielu ludziom, że odeszła od męża, że przez czternaście lat żyła jak w transie, za zamkniętymi drzwiami, że ma skromne umiejętności i żadnych kwalifikacji, że potrzebuje pomocy i musi liczyć na uprzejmość obcych ludzi.

A przecież to nie moja wina, prawda? — pomyślała zdziwiona, niemal ogłuszona swoim spokojem.

Podeszła do budki i położyła na kontuarze rękę, w której nie ściskała w tym momencie torebki. Spojrzała z nadzieją i obawą na pochyloną głowę mężczyzny w rogowych okularach. Wpatrywała się w jego brązową, piegowatą czaszkę widoczną przez kosmyki rzadkich, równo zaczesanych włosów. Czekała, aż na nią spojrzy, ale był zaabsorbowany gazetą w jakimś obcym języku, przypominającym grecki lub rosyjski. Powoli odwrócił stronę i zmarszczył brwi, patrząc na zdjęcie dwóch zawodników walczących o piłkę.

— Przepraszam... — odezwała się cichutko i mężczyzna w budce podniósł głowę.

Proszę, niech jego oczy będą łagodne — pomyślała nagle. — Jeśli nawet nie może nic zrobić, niech jego oczy będą łagodne... i niech zobaczą mnie, mnie, prawdziwą osobę, która stoi tutaj, nie mając się czego trzymać, poza paskiem tej torebki z Kmartu.

I zobaczyła, że jego oczy są łagodne. Słabe i rozmazane za grubymi szkłami okularów... ale łagodne.

— Przepraszam, czy mógłby mi pan pomóc? — zapytała.

3

Mężczyzna pomagający podróżnym przedstawił się jako Peter Slowik, po czym uważnie i w milczeniu wysłuchał opowieści Rosie. Powiedziała tyle, ile mogła, doszedłszy do wniosku, że nie może liczyć na uprzejmość obcych, jeśli z dumy czy wstydu zatrzyma prawdę dla siebie. Nie wspomniała jednak o pewnej ważnej sprawie, ponieważ nie wiedziała, jak to wyrazić, a mianowicie o tym, jak bardzo czuła się bezbronna, jak kompletnie nie przygotowana do życia. Do chwili opuszczenia domu nie miała pojęcia, że aż w tak wielkim stopniu zna świat jedynie z telewizji lub codziennej gazety, którą przynosił do domu mąż.

— Rozumiem, że odeszła pani pod wpływem nagłego impulsu — powiedział pan Slowik — ale czy jadąc autobusem, myślała pani o tym, co zamierza robić albo dokąd pójść, kiedy już pani tu dotrze? Miała pani jakieś pomysły?

— Myślałam, że może na początek mogłabym znaleźć jakiś hotel dla kobiet — wyjaśniła. — Czy są jeszcze takie?

— Tak, wiem o co najmniej trzech, ale najtańszy z nich kosztuje tyle, że pewnie zbankrutowałaby pani po tygodniu. To przeważnie hotele dla zamożnych pań, dla dam, które zamierzają spędzić tu tydzień na zakupach lub odwiedzić krewnych nie mających dla nich miejsca w mieszkaniu.

— Och — westchnęła. — No cóż, a co z YWCA?

Pan Slowik potrząsnął głową.

— Zamknęli ostatni ze swoich domów noclegowych w tysiąc dziewięćset dziewięćdziesiątym roku. Roiło się w nich od wariatek i narkomanek.

Poczuła lekkie ukłucie strachu, lecz zaraz przypomniała sobie o ludziach śpiących tu na podłodze, obejmujących rękami swój dobytek w workach na śmieci. Zawsze pozostaje to — pomyślała.

— A czy pan ma jakieś pomysły? — spytała.

Patrzył na nią przez chwilę, stukając końcem długopisu w dolną wargę, mężczyzna o pospolitej twarzy i wodnistych oczach. A przecież dostrzegł ją i rozmawiał z nią, a nie kazał jej po prostu spadać. I, oczywiście, nie kazał mi się nachylić, żeby porozmawiać ze mną w cztery oczy — pomyślała.

Slowik zdawał się ważyć jakąś decyzję. Rozpiął marynarkę (niedopasowany garnitur z poliestru pamiętał lepsze czasy), sięgnął do wewnętrznej kieszeni i wyjął wizytówkę. Starannie napisał adres po tej stronie, na której widniało jego nazwisko i emblemat POMOCY PODRÓŻNYM. Potem odwrócił kartonik i złożył podpis, stawiając litery, które wydały jej się zabawnie wielkie. Ten zbyt duży podpis przypomniał jej coś, o czym mówił im w szkole średniej nauczyciel historii: dlaczego John Hancock podpisał się takimi dużymi literami pod Deklaracją Niepodległości? „Żeby król Jerzy mógł to przeczytać bez okularów" — miał podobno powiedzieć Hancock.

— Czy zdoła pani odczytać adres? — spytał, podając jej wizytówkę.

— Tak — odparła. — Durham Avenue dwieście pięćdziesiąt jeden.

— Dobrze. Proszę włożyć tę kartkę do torebki i nie zgubić jej. Ktoś pewnie zechce ją zobaczyć, kiedy już pani tam dotrze. Wysyłam panią do miejsca zwanego Córki i Siostry. To schronisko dla maltretowanych kobiet. Jedyne w swoim rodzaju. Sądząc z pani opowieści, myślę, że to odpowiednie miejsce dla pani.

— Jak długo pozwolą mi tam zostać?

Wzruszył ramionami.

— Przypuszczam, że to zależy od tego, jak poważny jest ten przypadek.

A więc tym jestem teraz — pomyślała. — Przypadkiem.

Wydawało się, że czyta w jej myślach, bo uśmiechnął się. Zęby, które przy tym odsłonił, wcale nie wyglądały pięknie, ale jego uśmiech był szczery. Poklepał ją po ręce. To było przelotne dotknięcie, niezgrabne i trochę nieśmiałe.

— Jeśli mąż bił panią tak mocno, jak pani mówi, pani McClendon, to cokolwiek się zdarzy i tak poprawiła pani swoją sytuację.

— Tak — powiedziała. — Ja też tak uważam. A jeżeli wszystko inne zawiedzie, zawsze pozostaje mi podłoga tutaj, prawda?

Wyglądał na zaskoczonego.

— Och, nie sądzę, żeby do tego doszło.

— Może. Zdarza się.

Ruchem głowy wskazała na dwóch bezdomnych śpiących obok siebie na rozłożonych płaszczach, koło ławki. Jeden z nich naciągnął sobie na twarz brudną pomarańczową czapkę, aby osłonić oczy przed bezlitosnym światłem.

Slowik patrzył na nich przez chwilę, a potem znów na nią.

— Nie dojdzie do tego — powtórzył, tym razem znacznie pewniejszym tonem. — Autobusy miejskie zatrzymują się tuż przed głównym wyjściem; skręci pani w lewo i zobaczy przystanek. Krawężnik jest pomalowany na różne kolory w zależności od linii autobusowej. Pani pojedzie pomarańczową, więc musi pani stanąć przy krawężniku pomalowanym na pomarańczowo. Rozumie pani?

— Tak.

— Bilet kosztuje dolara i kierowca przyjmuje tylko odliczone pieniądze. Będzie zły, jeżeli ich nie dostanie.

— Mam mnóstwo drobnych.

— Dobrze. Wysiądzie pani na rogu Dearborn i Elk, przejdzie dwa kwartały Elk... a może trzy, nie pamiętam dokładnie. W każdym razie dojdzie pani do Durham Avenue. Będzie pani musiała iść lewą stroną. To jest jakieś cztery kwartały dalej, ale małe kwartały. Duży drewniany dom. Powiedziałbym, że wygląda, jakby wymagał malowania, lecz może już to zrobili. Zapamięta pani to wszystko?

— Tak.

— Jeszcze jedno. Proszę zostać na dworcu, aż będzie jasno. Wcześniej proszę nigdzie nie wychodzić, nawet na przystanek.

— Wcale nie zamierzałam — odparła.

4

W autobusie Continental Express, którym tu przyjechała, przespała zaledwie dwie, może trzy godziny, tak więc to, co zdarzyło się jej, kiedy wysiadła z autobusu pomarańczowej linii, nie było niczym niezwykłym: po prostu się zgubiła. Później doszła do wniosku, że wszystko zaczęło się od tego, iż poszła w złym kierunku Elk Street, jednak rezultat — prawie trzygodzinny spacer nie znaną jej okolicą — był znacznie ważniejszy niż przyczyna. Mijała kwartał za kwartałem, szukając Durham Avenue i nie znajdując jej. Bolały ją nogi. Kłuło w krzyżu. Łupało w głowie. I tutaj z pewnością nie było żadnego Petera Slowika: twarze, które nie ignorowały jej, spoglądały na nią nieufnie, podejrzliwie lub z otwartą pogardą.

Niedługo po opuszczeniu autobusu mijała brudny, podejrzanie wyglądający bar The Wee Nip. Żaluzje były opuszczone, reklamy piwa wygaszone, a drzwi osłonięte kratą. Kiedy wróciła pod ten sam bar jakieś dwadzieścia minut później (dopiero wtedy zdała sobie sprawę z tego, że krąży w kółko, że wszystkie domy wyglądają podobnie), żaluzje w dalszym ciągu były opuszczone, ale reklama piwa świeciła, a kratę już odsunięto. Mężczyzna w roboczym kombinezonie stał w drzwiach, trzymając w ręku na pół opróżniony kufel piwa. Spojrzała na zegarek i zobaczyła, że dochodzi szósta trzydzieści.

Rosie spuściła głowę tak, że widziała mężczyznę tylko kątem oka, ścisnęła mocniej pasek torebki i trochę przyśpieszyła kroku. Domyślała się, że ten człowiek w drzwiach wiedziałby, gdzie jest Durham Avenue, ale nie miała zamiaru pytać go o drogę. Przypominał faceta lubiącego rozmawiać z ludźmi — szczególnie z kobietami — w cztery oczy.

— Cześć mała, cześć mała! — zawołał, gdy mijała The Wee Nip. Jego głos był zupełnie pozbawiony intonacji, jak głos robota. I chociaż nie chciała na niego patrzeć, nie mogła powstrzymać się, by nie obrzucić go szybkim spojrzeniem przez ramię. Miał początki łysiny, bladą skórę, na której liczne szramy odznaczały się jak nie zagojone oparzenia, oraz rudawe sumiaste wąsy przypominające jej Davida Crosby'ego. Zauważyła na nich krople piany z piwa. — Hej, mała, masz ochotę, nieźle wyglądasz, nawet całkiem klawo, ładne cycki, masz ochotę na małą przejażdżkę, zabawimy się, co ty na to?

Odwróciła głowę i zmusiła się, żeby iść dalej równym krokiem, ze spuszczoną głową, jak muzułmanka w drodze na targ; usiłowała wcale nie zwracać na niego uwagi, inaczej mógłby pójść za nią.

— Hej, mała, zrobim zara bara-bara, co ty na to? Chodźmy zabawić się, zabawić.

Skręciła za róg i odetchnęła głęboko. Do tej pory wcale nie brakowało jej dawnego miasta czy sąsiedztwa, lecz teraz strach przed mężczyzną w drzwiach baru i brak orientacji (dlaczego te domy muszą wyglądać tak samo, dlaczego?) połączyły się w uczucie zbliżone do tęsknoty za domem. Nigdy nie czuła się tak przeraźliwie samotna, tak pełna obaw, że wszystko skończy się źle. Przyszło jej do głowy, że może nigdy nie uwolni się od tego koszmaru, a to, co czuje teraz, stanowi przedsmak jej przyszłego życia. Zaczęła nawet podejrzewać, że może nie ma żadnej Durham Avenue, że pan Slowik, który wydawał się taki miły, w rzeczywistości był sadystycznym psycholem czerpiącym radość z udzielania złych wskazówek i tak już zagubionym ludziom.

O ósmej piętnaście, według wskazań jej zegarka, długo po wschodzie słońca, zapowiadającym niezwykle skwarny dzień, natknęła się na grubą kobietę w fartuchu. Powolnymi, oszczędnymi ruchami ładowała na wózek puste kubły na śmieci.

Rosie zdjęła okulary przeciwsłoneczne.

— Przepraszam?

Tamta obróciła się na pięcie. Miała opuszczoną głowę i zawzięty wyraz twarzy kobiety, do której często wołano „pontonie" z drugiej strony ulicy albo z przejeżdżających samochodów.

— Czego chcesz?

— Szukam Durham Avenue dwieście pięćdziesiąt jeden — powiedziała Rosie. — Miejsca nazywanego Córki i Siostry. Mówiono mi, gdzie to jest, ale chyba...

— Co, te dobroczynne lesbije? Nie znam ich adresu, dziewczyno. Ja nie potrzebuję ich zakichanego wsparcia. Spadaj. Spieprzaj stąd.

Odwróciła się z powrotem do swojego wózka i zaczęła pchać go podjazdem w ten sam powolny, ceremonialny sposób, przytrzymując kubły pulchną białą dłonią. Jej pośladki podskakiwały pod spranym fartuchem. Kiedy dotarła do schodów, obejrzała się.

— Nie słyszałaś? Spieprzaj stąd, zanim zawołam gliny.

Ostatnie słowo było jak mocne uszczypnięcie w czułe miejsce. Rosie znów założyła ciemne okulary i szybko odeszła. Gliny? Nie, dziękuję. Nie chciała mieć nic wspólnego z glinami. Jakimikolwiek glinami. Kiedy oddaliła się trochę od grubej baby, poczuła się nieco lepiej. Przynajmniej się dowiedziała, że Córki i Siostry (znane w niektórych kręgach jako dobroczynne lesbije) naprawdę istnieją, co było krokiem we właściwym kierunku.

Dwa kwartały dalej natrafiła na sklepik spożywczy z witryną, na której widniał napis: BUŁECZKI PROSTO Z PIECA. Weszła, kupiła jedną (była jeszcze ciepła i sprawiła, że Rosie pomyślała o matce), po czym spytała staruszka za ladą, czy mógłby wskazać jej, jak dojść do Durham Avenue.

— Trochę zboczyła pani z drogi — rzekł.

— Och? Jak bardzo?

— Dwa, może trzy kilometry. Proszę ze mną.

Położył kościstą dłoń na jej ramieniu, zaprowadził do drzwi i pokazał ruchliwe skrzyżowanie zaledwie kawałek dalej.

— Tam jest Dearborn Avenue.

— O Boże, naprawdę? — Rosie nie wiedziała, czy śmiać się, czy płakać.

— Ta jest. Jedyny kłopot ze znajdowaniem czegoś według Wielkiej D polega na tym, że ona biegnie prawie przez całe miasto. Widzi pani to nieczynne kino?

— Tak.

— Przy nim skręci pani w prawo, w Dearborn. Musi pani przejść szesnaście, może osiemnaście kwartałów. To kawał drogi. Lepiej pojechać autobusem.

— Pewnie tak — powiedziała Rosie wiedząc, że tego nie zrobi. Nie miała już ćwiartek i dziesiątek, a gdyby kierowca autobusu robił jej trudności z rozmienieniem dolara, wybuchnęłaby płaczem. (Myśl, że człowiek, z którym rozmawiała, z przyjemnością rozmieniłby dolara na drobne, nawet nie zaświtała w jej zmęczonej, oszołomionej głowie).

— W końcu dojedzie pani do...

— Elk Street.

Spojrzał na nią z niedowierzaniem.

— Proszę pani! Jeśli pani wie, jak tam dojść, to po co pani pyta?

— Nie wiedziałam — odparła i chociaż głos staruszka nie brzmiał szczególnie nieuprzejmie, była bliska łez. — Nic nie wiedziałam! Błądziłam godzinami, jestem zmęczona i...

— Dobrze, dobrze — próbował ją uspokoić. — Wszystko w porządku, proszę nie płakać, poradzi sobie pani. Trzeba wysiąść przy Elk. Stamtąd dwie czy trzy przecznice do Durham. To proste. Zna pani adres?

Kiwnęła głową.

— No dobrze, proszę iść tędy — rzekł. — Nie powinna mieć pani więcej problemów.

— Dziękuję.

Z tylnej kieszeni wyjął zmiętą, lecz czystą chusteczkę. Podał ją Rosie swą artretyczną ręką.

— Wytrzyj nosek, moja droga — powiedział. — Oczy ci się pocą.

5

Powoli szła po Dearborn Avenue, ledwie zauważając przemykające z warkotem autobusy, co kwartał lub dwa odpoczywając na ich przystankach. Ból głowy, wywołany głównie zdenerwowaniem z powodu zgubienia drogi, minął, lecz stopy i krzyż bolały ją bardziej niż kiedykolwiek. Upłynęła godzina, zanim dotarła do Elk Street. Skręciła w prawo i zapytała pierwszą napotkaną osobę — młodą kobietę w ciąży — czy dobrze idzie do Durham Avenue.

— Odczep się — syknęła młoda kobieta w ciąży, a na jej twarzy odmalowała się taka wściekłość, że Rosie cofnęła się o dwa kroki.

— Przepraszam — powiedziała.

— Przepraszam, sraszam. Kim ci się zdaje, że jesteś, żeby mnie pytać, co? Zejdź mi z drogi!

I ominęła Rosie z takim impetem, że prawie wepchnęła ją do rynsztoka. Rosie popatrzyła za nią ze zdumieniem, po czym odwróciła się i ruszyła dalej.

6

Szła wolniej niż kiedykolwiek. Była na Elk Street, ulicy sklepików papierniczych, pralni chemicznych, kwiaciarni i delikatesów, przed którymi wystawiono stragany z owocami. Była tak zmęczona, że nie wiedziała, jak długo utrzyma się na nogach, nie mówiąc już o maszerowaniu. Poczuła lekkie uniesienie, kiedy dotarła do Durham Avenue, ale tylko chwilowo. Czy pan Slowik mówił, żeby teraz skręcić w prawo, czy w lewo? Nie mogła sobie przypomnieć. Poszła w prawo i znalazła numery rozpoczynające się od czterystu.

— W tył zwrot — mruknęła do siebie i zawróciła. Dziesięć minut później stała przed bardzo dużym drewnianym domem (który istotnie wymagał malowania), dwupiętrowym, wznoszącym się za rozległym, dobrze utrzymanym trawnikiem. Rolety w oknach były spuszczone. Na ganku stały wiklinowe fotele, prawie tuzin, ale wszystkie były puste. Nie dostrzegła szyldu Córki i Siostry, lecz na kolumnie po lewej stronie schodów wiodących na ganek widniał numer 251. Powoli przeszła brukowaną dróżką i wspięła się po schodach; torebka luźno wisiała jej na ramieniu.

Spławią cię — szeptał jakiś głos. — Spławią cię, a wtedy możesz wracać na dworzec. Musisz być tam wcześnie, żeby zająć znośny kawałek podłogi.

Dzwonek u drzwi był pokryty kilkoma warstwami taśmy klejącej, a w dziurce od klucza tkwiła metalowa zaślepka. Po lewej stronie drzwi dostrzegła szczelinę na kartę magnetyczną — wyglądała na zupełnie nową — a nad nią skrzynkę domofonu i niewielką tabliczkę z napisem: NACISNĄĆ I MÓWIĆ.

Rosie nacisnęła. W trakcie długiej porannej wędrówki układała różne przemowy, jakie mogła wygłosić, i wymyślała rozmaite sposoby przedstawienia się, ale teraz, kiedy już tu była, zapomniała wszystkie przygotowane mowy, nawet te najgłupsze i najprostsze. Miała kompletną pustkę w głowie. Po prostu puściła przycisk i czekała. Mijały sekundy, a każda ciążyła jak mały kawałek ołowiu. Znów sięgała do dzwonka, kiedy z głośnika popłynął kobiecy głos. Był metaliczny i beznamiętny.

— W czym mogę pomóc?

Chociaż mężczyzna z wąsami przed The Wee Nip wystraszył Rosie, a ciężarna kobieta wprawiła ją w zdumienie, żadne z nich nie doprowadziło jej do płaczu. Teraz, na dźwięk tego głosu, zalała się łzami i w żaden sposób nie mogła ich powstrzymać.

— Mam nadzieję, że ktoś może — zaczęła mówić Rosie, ocierając wolną ręką policzki. — Przepraszam, ale jestem w tym mieście całkiem sama, nikogo nie znam, a potrzebuję noclegu. Jeśli macie komplet, zrozumiem, ale czy mogłabym chociaż wejść, posiedzieć chwilę i może dostać szklankę wody?

Znów cisza. Rosie już wyciągała rękę do dzwonka, kiedy kobieta o metalicznym głosie spytała, kto ją przysłał.

— Mężczyzna z POMOCY PODRÓŻNYM na dworcu autobusowym. David Slowik.

Zastanowiła się, a potem potrząsnęła głową.

— Nie, nie tak. Peter. Miał na imię Peter, nie David.

— Czy dał pani wizytówkę? — rozległ się znowu metaliczny głos.

— Tak.

— Proszę ją pokazać.

Otworzyła torebkę i grzebała w niej przez chwilę, która zdawała się godziną. Kiedy nowe łzy zaczęły już cisnąć się jej do oczu i oślepiać, w końcu natrafiła na wizytówkę. Leżała niewidoczna pod paczką chusteczek higienicznych.

— Mam ją — oznajmiła. — Czy chce pani, żebym wrzuciła ją przez otwór na listy?

— Nie — usłyszała. — Nad pani głową jest kamera.

Zdziwiona popatrzyła w górę. Rzeczywiście nad drzwiami była zamocowana kamera spoglądająca na nią okrągłym, czarnym okiem.

— Proszę podnieść ją do kamery. Nie wierzch, ale spód wizytówki.

Kiedy to robiła, przypomniała sobie, jak Slowik składał swój podpis, starając się pisać jak największymi literami. Teraz zrozumiała dlaczego.

— W porządku — padła odpowiedź. — Teraz nacisnę brzęczyk i wpuszczę panią do środka.

— Dziękuję — powiedziała Rosie. Wytarła chusteczką higieniczną policzki, lecz nic jej to nie dało; płakała rozpaczliwiej niż kiedykolwiek i nie mogła przestać.

7

Tego wieczoru, gdy Norman Daniels leżał na sofie w swojej bawialni, patrząc w sufit i zastanawiając się, od czego zacząć poszukiwania tej suki (jakiś ślad — myślał — potrzebny mi jakiś ślad, żeby zacząć, wystarczy nawet najmniejszy), jego żonę zaprowadzono do Anny Stevenson. Rosie ogarnął dziwny, lecz długo oczekiwany spokój — taki rodzaj spokoju, jaki można znaleźć we śnie. Na pół wierzyła, że naprawdę śni.

Podano jej późne śniadanie (a może wczesny lunch), a potem umieszczono w jednej z sypialni na dole, gdzie spała jak kamień przez sześć godzin. Potem, zanim trafiła do gabinetu Anny, znów ją nakarmiono — dostała pieczonego kurczaka, ziemniaki piure, groszek. Jadła z poczuciem winy, ale łapczywie, nie potrafiąc pozbyć się wrażenia, że zapycha się niekalorycznym jedzeniem ze snu. Zakończyła posiłek galaretką, w której pływały kawałki owoców z puszki, jak muchy w bursztynie. Widziała, że inne kobiety przy stole gapią się na nią, lecz ich zainteresowanie wyglądało na przyjazne. Rozmawiały, ale Rosie nie nadążała za ich rozmową. Ktoś wspomniał o Indigo Girls i wiedziała przynajmniej, o kogo chodzi — oglądała je kiedyś w *Austin City Limits* czekając, aż Norman wróci z pracy do domu.

Kiedy jadły galaretkę, jedna z kobiet nastawiła płytę Little Richarda, a dwie inne zatańczyły *jitterburga,* kołysząc biodrami i wijąc się. Powitano to śmiechem i brawami. Rosie patrzyła na tancerki z tępym brakiem zainteresowania, zastanawiając się, czy naprawdę są dobroczynnymi lesbijkami. Później, kiedy sprzątano ze stołu, Rosie chciała im pomóc, ale nie pozwoliły jej.

— Chodź — powiedziała jedna z kobiet. Rosie zdawało się, że

pozostałe mówiły do niej Consuelo. Miała długą, szpecącą bliznę pod lewym okiem, biegnącą przez policzek. — Anna chce cię widzieć.

— Kim jest Anna?

— Anna Stevenson — odparła Consuelo, prowadząc Rosie krótkim korytarzem wychodzącym z kuchni. — Szefowa.

— Jaka ona jest?

— Zobaczysz — ucięła krótko Consuelo. Otworzyła drzwi pomieszczenia, które zapewne niegdyś było spiżarnią, ale nie zamierzała wejść do środka.

Większość pokoju zajmowało biurko tak zagracone, że Rosie czegoś takiego jeszcze nie widziała. Siedząca za nim kobieta była poważna i wydawała się przystojna. Jej krótkie, ale starannie uczesane siwe włosy przypomniały Rosie aktorkę Beatrice Arthur, która grała Maude w starym serialu telewizyjnym. Proste połączenie białej bluzki z czarnymi spodniami jeszcze bardziej podkreślało to podobieństwo. Rosie nieśmiało podeszła do biurka. Była przekonana, że teraz, kiedy nakarmiono ją i pozwolono przespać się kilka godzin, zostanie z powrotem wyrzucona na ulicę. Powiedziała sobie, iż nie będzie się kłócić ani prosić; w końcu to ich dom i już zjadła dwa darmowe posiłki. Nie będzie też musiała skorzystać z podłogi na dworcu, przynajmniej jeszcze nie, gdyż miała dość pieniędzy na kilka nocy w tanim hotelu lub motelu. Mogło być gorzej. O wiele gorzej.

Wiedziała, że to wszystko prawda, lecz energiczny sposób bycia tej kobiety i przenikliwe spojrzenie jej niebieskich oczu — oczu, które przez lata musiały oglądać setki takich jak Rosie — onieśmielały ją.

— Usiądź — zachęciła Anna, a kiedy Rosie usadowiła się w drugim fotelu (musiała zdjąć z siedzenia stertę papierów i położyć je obok na podłodze, gdyż najbliższa półka była pełna), Anna przedstawiła się, a potem zapytała Rosie, jak się nazywa.

— Tak naprawdę to Rose Daniels — odparła pytana — ale wróciłam do McClendon, czyli do mojego panieńskiego nazwiska. Sądzę, że to nie jest legalne, ale już nie chcę używać nazwiska męża. Bił mnie, więc go zostawiłam.

Zrozumiała, że zabrzmiało to tak, jakby zostawiła go po tym, jak pobił ją po raz pierwszy, i odruchowo dotknęła ręką nosa, wciąż trochę obolałego.

— Byliśmy małżeństwem wiele lat, zanim zebrałam się na odwagę.

— O jak długim czasie mówimy?

— Czternaście lat.

Rosie odkryła, że nie może już dłużej patrzeć w niebieskie oczy Anny Stevenson. Wbiła wzrok w swoje dłonie na podołku, zaciśnięte tak mocno, że zbielały jej knykcie.

Pewnie zapyta, dlaczego dopiero teraz się obudziłam — pomyślała. — Nie powie, że może w jakiś chory sposób lubiłam być bita, ale na pewno tak pomyśli.

Zamiast zapytać dlaczego, kobieta spytała, kiedy Rosie opuściła męża.

Rosie doszła do wniosku, że musi się dobrze zastanowić nad odpowiedzią i nie tylko dlatego, że znalazła się w innej strefie czasowej. Godziny spędzone w autobusie, połączone z drzemką w środku dnia, do czego nie była przyzwyczajona, zakłóciły jej poczucie czasu.

— Prawie trzydzieści sześć godzin temu — oznajmiła, obliczywszy to w myślach. — Mniej więcej.

— Uhm.

Rosie wciąż oczekiwała na jakieś formularze, które Anna wręczy jej lub sama zacznie wypełniać, tymczasem tamta tylko mówiła, spoglądając na nią zza swego ogromnego biurka. To było denerwujące.

— Opowiedz mi o tym. Opowiedz mi wszystko.

Rosie nabrała tchu w płuca i zaczęła mówić o kropli krwi na poszwie. Nie chciała sprawiać wrażenia ani tak leniwej, ani tak szalonej, by po czternastu latach zostawić swojego męża, gdyż nie chciało jej się zmienić pościeli, ale obawiała się, że tak to musiało wyglądać. Nie była w stanie wyrazić skomplikowanych uczuć, jakie obudziła w niej ta plamka, i nie potrafiła przyznać się do gniewu, jaki czuła, gniewu, który teraz zdawał się starym przyjacielem. Opowiedziała jednak Annie, że kołysała się na Fotelu Puchatka tak silnie, iż mogła złamać jego oparcie.

— Tak nazywam mój bujak — wyjaśniła, czerwieniąc się coraz mocniej. — Wiem, że to głupie...

Anna Stevenson przerwała jej machnięciem ręki.

— Co zrobiłaś, kiedy już postanowiłaś odejść?

Rosie opowiedziała jej o karcie kredytowej i o tym, jak się bała, że Norman wyczuje, co ona robi, i zatelefonuje albo przyjedzie do domu. Nie potrafiła wyznać tej poważnej i przystojnej kobiecie, że była tak wystraszona, iż musiała wysiusiać się na czyimś podwórku, lecz wytłumaczyła, jak skorzystała z karty kredytowej i powiedziała, iż wybrała to miasto dlatego, że leżało dostatecznie daleko, a autobus odjeżdżał niebawem. Słowa wydobywały się z jej ust urywanymi zdaniami, przeplatanymi chwilami milczenia, kiedy zastanawiała się, co jeszcze powiedzieć, a także ze zdumieniem i niedowierzaniem rozmyślała o tym, co zrobiła. Na zakończenie opowiedziała o swoim zagubieniu się i podała Annie wizytówkę Petera Slowika. Anna ledwie spojrzała na wizytówkę i oddała ją Rosie.

— Dobrze go pani zna? — spytała Rosie. — Pana Slowika?

Anna uśmiechnęła się, a Rosie dostrzegła w uśmiechu odrobinę goryczy.

— Och, tak — stwierdziła. — To nasz przyjaciel. Naprawdę.

— W każdym razie wreszcie dotarłam tutaj — podsumowała Rosie. — Nie wiem, co będzie dalej, ale przynajmniej dotarłam aż tutaj.

Kąciki ust Anny Stevenson uniosły się w leciutkim uśmiechu.

— Tak. I zrobiłaś kawałek dobrej roboty.

Zbierając resztki swojej odwagi, która bardzo się zmniejszyła w ciągu ostatnich trzydziestu sześciu godzin, Rosie zapytała, czy będzie mogła zostać na noc u Córek i Sióstr.

— Znacznie dłużej, jeśli chcesz — odparła Anna. — Ściśle mówiąc, to jest schronisko, prywatny dom opieki. Możesz pozostać tu przez osiem tygodni, a nawet dłużej. My tu, w Córkach i Siostrach, jesteśmy bardzo elastyczne.

Stwierdziła to z lekką dumą (zapewne bezwiedną) i Rosie przypomniała sobie coś, czego uczyła się tysiąc lat wcześniej, na lekcjach francuskiego w drugiej klasie: *L'état, c'est moi*. Później ta myśl ustąpiła miejsca zdumieniu, gdy Rosie w pełni pojęła, co powiedziała ta kobieta.

— Osiem... osiem...

Pomyślała o bladym młodym człowieku, który siedział przed wejściem na dworzec Portside, trzymającym na kolanach tekturkę z napisem: BEZDOMNY CHORY NA AIDS i nagle zrozumiała, jak by się czuł, gdyby jakiś przechodzień rzucił mu do pudełka po papierosach studolarowy banknot.

— Przepraszam, czy powiedziała pani osiem tygodni?

Przeczyść sobie uszy, panienko — odpowie szorstko Anna Stevenson. — Dni, powiedziałam osiem dni. Myślisz, że pozwoliłybyśmy ci tu zostać osiem tygodni? Bądźmy rozsądne, dobrze?

Zamiast tego, Anna skinęła głową.

— Prawdę mówiąc, bardzo niewiele przychodzących do nas kobiet zostaje aż tak długo. I jesteśmy z tego dumne. Oczywiście będziesz musiała zapłacić za łóżko i wyżywienie, chociaż lubimy myśleć, że nasze ceny są bardzo umiarkowane.

Znów uśmiechnęła się tym przelotnym, dumnym uśmiechem.

— Powinnaś zdawać sobie sprawę z tego, że warunki tutaj są dalekie od komfortowych. Większa część pierwszego piętra została przerobiona na sypialnię. Znajduje się w niej trzydzieści łóżek, a raczej prycz, i jedna z nich jest akurat wolna, dlatego możemy cię przyjąć. Pokój, w którym dziś spałaś, należy do jednej z mieszkających tu radczyń prawnych. Mamy ich trzy.

— Czy nie musi pani kogoś zapytać? — szepnęła Rosie. — Może trzeba podać moje nazwisko jakiejś komisji albo komuś?

— Ja jestem komisją — odparła Anna i Rosie pomyślała później, że w głosie tej kobiety zabrzmiała nuta arogancji. — Córki i Siostry zostały założone przez moich rodziców, którzy byli dobrze sytuowani. Stworzyli spory fundusz dobroczynny. Ja decyduję, kogo przyjąć, a kto jest tu niepożądany... chociaż reakcja innych kobiet na potencjalną pensjonariuszkę naszego domu jest również ważna. Może nawet decydująca. Na ciebie zareagowały doskonale.

— To dobrze, prawda? — spytała Rosie słabym głosem.

— Istotnie. — Anna szperała na biurku, przekładając dokumenty, aż w końcu znalazła to, czego szukała, za stojącym po lewej komputerem PowerBook. Pomachała do Rosie kartką z niebieskim nadrukiem Córek i Sióstr. — Masz. Przeczytaj i podpisz. Ogólnie rzecz biorąc, musisz płacić szesnaście dolarów dziennie za łóżko i wyżywienie. Opłata w razie potrzeby może zostać odroczona. To nawet nie ma mocy prawnej; po prostu obietnica. Chcielibyśmy, żebyś połowę płaciła na bieżąco, przynajmniej jeśli możesz.

— Mogę — odparła Rosie. — Mam jeszcze trochę pieniędzy. Nie wiem, jak pani za to dziękować, pani Stevenson.

— Stevenson w kontaktach zawodowych, a dla ciebie Anna — powiedziała patrząc, jak Rosie składa podpis u dołu strony. — I nie musisz dziękować ani mnie, ani Peterowi Slowikowi. To Opatrzność sprowadziła cię tutaj. Opatrzność przez duże O, tak jak w powieści Charlesa Dickensa. Naprawdę w to wierzę. Widziałam zbyt wiele kobiet, które przywlokły się tu załamane i odeszły uleczone, lecz nie wierzyły w to. Peter jest jednym z dwóch tuzinów ludzi w tym mieście, którzy kierują do mnie kobiety, lecz siła, która skierowała ciebie do niego, Rose... to była Opatrzność.

— Przez duże O.

— Właśnie.

Anna spojrzała na podpis Rosie, po czym umieściła papier na półce po prawej, gdzie — Rosie była pewna — miał zniknąć w stercie dokumentów przed upływem kolejnych dwudziestu czterech godzin.

— A teraz — rzekła Anna tonem kogoś, kto zakończył wreszcie nudne formalności i może zająć się tym, co naprawdę lubi. — Co możesz robić?

— Robić? — powtórzyła Rosie. Nagle znów poczuła się słabo. Wiedziała, co teraz będzie.

— Tak, robić, co umiesz robić? Na przykład stenografować?

— Ja... — przełknęła ślinę. W liceum w Aubreyville miała kurs stenografii pierwszego oraz drugiego stopnia i oba ukończyła z oceną bardzo dobrą, teraz jednak nie odróżniłaby tych ogonków od świńskich ogonów. Potrząsnęła głową. — Nie. Nie stenografuję. Kiedyś tak, ale nie teraz.

— Jakieś inne umiejętności sekretarki?

Potrząsnęła głową. Zapiekły ją oczy. Zamrugała gwałtownie. Jej knykcie znów pobielały.

— Urzędniczki? Może umiesz pisać na maszynie?

— Nie.

— A księgowanie? Prowadzenie ksiąg?

— Nie!

Anna Stevenson natrafiła w stercie papierów na ołówek, wyłowiła go, po czym postukała zakończonym gumką końcem w swoje śnieżnobiałe zęby.

— Możesz być kelnerką?

Rosie rozpaczliwie pragnęła powiedzieć tak, ale pomyślała o wielkich tacach, z jakimi kelnerki musiały balansować między stolikami przez cały dzień... a potem przypomniała sobie o swoich nerkach i krzyżu.

— Nie — szepnęła. Przegrywała bitwę ze łzami; pokoik i kobieta po drugiej stronie biurka zaczęły się zacierać i zamazywać. — Przynajmniej na razie. Może za miesiąc czy dwa. Mój krzyż... teraz nie jest zbyt silny.

Och, to zabrzmiało jak kłamstwo. Kiedy Norman słyszał, jak ktoś w telewizji mówi coś takiego, śmiał się cynicznie i przypominał o cadillacach należących do ludzi na zasiłku oraz milionerach stojących po darmowe zupki.

Anna nie wyglądała na zaniepokojoną.

— To co potrafisz robić, Rose? Zupełnie nic?

— Potrafię! — wykrzyknęła, przerażona szorstkim, gniewnym tonem swego głosu, ale nie mogła się powstrzymać ani uspokoić. — Naprawdę potrafię! Umiem ścierać kurze, umiem myć naczynia, umiem ścielić łóżka, umiem odkurzać podłogę, umiem ugotować posiłek dla dwóch osób, umiem spać z mężem raz na tydzień. I umiem przyjmować ciosy. To jeszcze jedna moja umiejętność. Jak sądzisz, czy w którejś z miejscowych sal gimnastycznych potrzebny jest sparringpartner?

A potem wybuchnęła płaczem. Płakała, zasłaniając twarz rękami, jak to często robiła po wyjściu za mąż; szlochała i czekała, aż Anna każe jej wynosić się stąd, mówiąc, że to wolne łóżko na górze dadzą komuś mniej pyskatemu.

Coś dotknęło grzbietu jej lewej ręki. Popatrzyła i ujrzała paczkę chusteczek higienicznych. Anna Stevenson trzymała je w wyciągniętej ręce. I niewiarygodne, ale uśmiechała się.

— Nie sądzę, żebyś musiała być czyimś sparringpartnerem — stwierdziła. — Wszystko się ułoży, prawie zawsze tak jest. Masz, wytrzyj oczy.

Kiedy Rosie ocierała je, Anna powiedziała jej o hotelu Whitestone, z którym Córki i Siostry łączyła długa i owocna współpraca. Whitestone należał do korporacji, w której zarządzie zasiadał niegdyś zamożny ojciec Anny. W tym hotelu wiele kobiet ponownie odkryło zadowolenie z pracy zarobkowej. Anna powiedziała Rosie, że będzie pracować tylko w takim stopniu, w jakim będzie mogła ze względu na obolały krzyż. Jeśli jednak jej stan nie poprawi się w ciągu dwudziestu jeden dni, zostanie zabrana na badania do szpitala.

— Ponadto będziesz pracowała razem z kobietą, która zna robotę. Ona nauczy cię wszystkiego i będzie za ciebie odpowiedzialna. Gdybyś coś ukradła, to kłopoty spadną na nią, nie na ciebie... Ale ty nie jesteś złodziejką, prawda?

Rosie potrząsnęła głową.

— Ukradłam jedynie kartę kredytową mojego męża, to wszystko, i skorzystałam z niej tylko raz. Żeby móc uciec.

— Będziesz pracować w Whitestone, aż znajdziesz coś, co ci będzie bardziej odpowiadało. A na pewno znajdziesz... Opatrzność, pamiętasz?

— Przez duże O.

— Tak. Zależy nam na tym, abyś starała się najlepiej, jak potrafisz, choćby po to, by zapewnić pracę tym wszystkim kobietom, które przyjdą po tobie. Rozumiesz?

— Nie odebrać szansy innym.

— Właśnie, nie odebrać szansy innym. Dobrze, że tu jesteś, Rose McClendon.

Anna wstała i wyciągnęła obie ręce. W tym geście była więcej niż odrobina bezwiednej arogancji, którą Rosie wyczuła u niej przedtem. Rosie zawahała się, po czym wstała i uścisnęła jej ręce. Ich dłonie splotły się nad zaśmieconym biurkiem.

— Mam ci do powiedzenia jeszcze trzy rzeczy — rzekła Anna. — To ważne, więc chcę, żebyś skupiła się i słuchała uważnie. Zrobisz to?

— Tak — odparła Rosie. Była zafascynowana jasnym spojrzeniem niebieskich oczu Anny Stevenson.

— Po pierwsze, zabranie karty kredytowej nie czyni cię złodziejką. To były tak samo twoje pieniądze, jak jego. Po drugie, nie ma niczego nielegalnego w powrocie do panieńskiego nazwiska. Ono należy do ciebie przez całe twoje życie. Po trzecie, możesz być wolna, jeśli tego chcesz.

Przerwała, patrząc na Rosie swoimi niezwykłymi, niebieskimi oczami.

— Rozumiesz? Możesz być wolna, jeśli tego chcesz. Wolna od jego rąk, wolna od jego pomysłów, wolna od niego. Chcesz tego? Chcesz być wolna?

— Tak — wyszeptała Rosie drżącym głosem. — Pragnę tego bardziej niż czegokolwiek na świecie.

Anna Stevenson pochyliła się nad biurkiem i lekko pocałowała Rosie w policzek. Jednocześnie uścisnęła jej ręce.

— A zatem przyszłaś we właściwe miejsce. Witaj w domu, moja droga.

8

Był początek maja, prawdziwa wiosna, czas, gdy młody człowiek powinien interesować się miłością; cudowna pora i niewątpliwie wspaniałe uczucie, ale Norman Daniels myślał o innych rzeczach. Potrzebował śladu, jednego małego śladu, a teraz znalazł go. To trwało zbyt długo — prawie trzy cholerne tygodnie — ale w końcu znalazł go.

Siedział na ławce w parku, setki kilometrów od miejsca, gdzie jego żona właśnie zmieniała pościel w hotelu, wielki mężczyzna w czerwonej koszulce polo i szarych spodniach z gabardyny. W jednej ręce trzymał świecącą zieloną piłkę tenisową. Mięśnie przedramienia napinały mu się rytmicznie, kiedy ją ściskał.

Drugi mężczyzna przeszedł przez ulicę, przystanął na skraju chodnika, spoglądając na park, po czym zauważył mężczyznę na ławce i ruszył w jego kierunku. Uchylił się przed przelatującym blisko ringo, a potem stanął jak wryty, kiedy tuż obok przemknął duży owczarek alzacki w pogoni za krążkiem. Ten drugi mężczyzna był młodszy i szczuplejszy od tego na ławce. Miał urodziwą, nie budzącą zaufania twarz i wąsik Errola Flynna. Stanął przed człowiekiem z piłką tenisową i spojrzał na niego niepewnie.

— Pomóc ci, bracie? — spytał ten z piłką tenisową.

— Pan nazywa się Daniels?

Mężczyzna z piłką przytaknął skinieniem głowy.

Ten z wąsikiem Errola Flynna wskazał na nowy wieżowiec ze szkła i stali, wznoszący się po drugiej stronie ulicy.

— Facet stamtąd kazał mi przyjść tu i zobaczyć się z panem. Powiedział, że pan może mi pomóc.

— Czy to był porucznik Morelli? — zapytał ten z piłką.

— Tak. Tak się nazywał.

— A jaki ma pan problem?

— Przecież pan wie — odparł właściciel wąsika.

— Powiem ci coś, bracie, może wiem, a może nie. Jakkolwiek na to patrzyć, ja jestem człowiekiem, a ty tylko nędznym, małym kombinatorem, który ma poważne kłopoty. Chyba lepiej będzie, jeśli powiesz mi to, co chcę usłyszeć, no nie? A chcę usłyszeć, i to zaraz, na czym polega ten twój problem. Mów głośno.

— Oskarżono mnie o handel narkotykami — rzekł mężczyzna z wąsikiem Errola Flynna. — Sprzedałem działkę agentowi od narkotyków.

— Uuu — zamruczał ten z piłką tenisową. — To przestępstwo. A przynajmniej to może być przestępstwo. Ale jest jeszcze gorzej, no nie? W twoim portfelu znaleźli coś mojego, prawda?

— Taak. Pańską pierdoloną kartę kredytową. Zwyczajny pech. Człowiek znajduje kartę kredytową w koszu na śmieci, a ona należy do jakiegoś pierdolonego gliniarza.

— Siadaj — zachęcił go uprzejmie Daniels, ale kiedy mężczyzna z wąsikiem Errola Flynna zaczął przesuwać się na prawą stronę ławki, niecierpliwie potrząsnął głową. — Po drugiej stronie, tępaku, po drugiej.

Wąsaty cofnął się, a potem ostrożnie usiadł po lewej stronie. Patrzył, jak dłoń tamtego w miarowym, szybkim rytmie ściska piłeczkę tenisową. Raz... dwa... trzy... Grube niebieskie żyły wiły się niczym węże pod białą skórą przedramienia policjanta.

Opodal przeleciał krążek. Obaj mężczyźni patrzyli na owczarka alzackiego, który gonił za nim, przebierając długimi łapami jak galopujący koń.

— Piękny pies — rzekł Daniels. — Owczarki to piękne psy. Zawsze lubiłem owczarki, a ty?

— Jasne — odparł ten z wąsikiem, chociaż uważał, że pies jest paskudny i wygląda tak, jakby z przyjemnością mógł wygryźć komuś nową dziurę w dupie, gdyby tylko miał okazję.

— Musimy odbyć długą pogawędkę — powiedział gliniarz z piłeczką tenisową. — Prawdę mówiąc sądzę, że to będzie jedna z najważniejszych rozmów w twoim młodym życiu, przyjacielu. Jesteś na to gotowy?

Mężczyzna z wąsikiem przełknął coś, co stanęło mu w gardle, i pożałował — chyba po raz osiemsetny tego dnia — że nie pozbył się tej przeklętej karty kredytowej. Dlaczego? Dlaczego był takim przeklętym, kompletnym idiotą?

A przecież wiedział, dlaczego był takim przeklętym, kompletnym idiotą: bo miał nadzieję, że w końcu zdoła wymyślić jakiś sposób, żeby z niej skorzystać. Był optymistą. Mimo wszystko to

Ameryka, Kraina Możliwości. A ponadto (co było chyba najbliższe prawdy) właściwie zapomniał o tym, że nosi ją w portfelu, wepchniętą pod plik wizytówek, które zbierał, gdzie mógł. Koka tak właśnie działa. Człowiek robi coś, ale za cholerę nie pamięta dlaczego.

Gliniarz patrzył na niego i uśmiechał się, ale w jego oczach nie było uśmiechu. W jego oczach czaił się... głód. I nagle mężczyzna z wąsikiem poczuł się jak jedna z trzech świnek, siedząca na ławce w parku obok bardzo złego wilka.

— Słuchaj, człowieku, nigdy nie użyłem twojej karty kredytowej. Zacznijmy od tego. Powiedzieli ci o tym, prawda? Nigdy jej, kurwa, nie użyłem.

— Oczywiście, że nie — rzekł gliniarz z półuśmiechem. — Nie znałeś kodu. Jest oparty na moim numerze telefonu, zastrzeżonym, jak u większości policjantów. Lecz założę się, że już o tym wiesz, prawda? Założę się, że to sprawdziłeś.

— Nie! — upierał się ten z wąsikiem. — Nie sprawdzałem!

Oczywiście sprawdzał. Sprawdzał w książce telefonicznej, wyszukując numery osób o takim nazwisku, pod różnymi adresami, bez skutku. Z początku wciskał guziki we wszystkich bankomatach w mieście. Wciskał guziki, aż rozbolały go palce i poczuł się jak dupek grający na najgorszym automacie.

— Ciekawe, co będzie, jeśli sprawdzimy w komputerze Banku Handlowego zapisy operacji w bankomatach? — pytał glina. — Czy nie znajdziemy numeru mojej karty, powtarzającego się miliard razy w kolumnie SKASUJ/PONÓW? Hej, jeśli nie, stawiam ci obiad. Co ty na to, bracie?

Człowiek z wąsem nie wiedział, co ma myśleć i o tym, i o czymkolwiek innym. Miał bardzo niedobre przeczucia. Okropnie złe przeczucia. Tymczasem palce gliniarza zaczęły zaciskać się na piłeczce tenisowej: raz i dwa, raz i dwa, raz i dwa.

Niesamowite, że nawet na chwilę nie przestawał tego robić.

— Nazywasz się Ramon Sanders — ciągnął gliniarz nazwiskiem Daniels. — Twój rejestr przestępstw jest tak długi jak moje ramię. Kradzież, oszustwo, narkotyki, dziwki. Wszystko oprócz napaści, pobicia i tym podobnych przestępstw. Nie mieszasz się w takie sprawy, co? Wy, pedzie, nie lubicie obrywać, no nie? Nawet ci, którzy wyglądają jak Schwarzenegger. Och, nie mają nic przeciwko noszeniu kuloodpornych kamizelek czy prężeniu muskułów na użytek facetów w limuzynach przed jakimś klubem dla pedałów, ale jeśli ktoś wszczyna bójkę, padacie plackiem. No nie?

Ramon Sanders nic nie powiedział. W tym momencie wydawało się to najrozsądniejsze.

— Ja nie mam nic przeciw biciu — wyznał gliniarz nawiskiem Daniels. — Ani kopaniu. A nawet gryzieniu.

Mówił jakby w zadumie. Wydawało się, że patrzy jednocześnie gdzieś w dal i na owczarka alzackiego, który teraz biegł ku nim, trzymając w pysku krążek.

— I co ty na to, anielskooki?

Ramon w dalszym ciągu nic nie mówił i usiłował zachować pokerową twarz, lecz w jego głowie zapaliło się mnóstwo czerwonych światełek, a pień nerwowy ogarnęło dziwne, niepokojące drżenie. Serce przyśpieszyło jak pociąg wjeżdżający na otwartą przestrzeń. Co rusz zerkał na wielkiego mężczyznę w czerwonej koszulce polo i z każdą chwilą mniej podobało mu się to, co widział. Prawe przedramię faceta było teraz mocno napięte, żyły nabiegły krwią, a mięśnie sterczały jak świeżo wyrosłe bochenki.

Daniels zdawał się nie zważać na brak odpowiedzi. Twarz, którą zwrócił do niego, była uśmiechnięta... a przynajmniej wydawała się uśmiechnięta, jeśli zignorować oczy. Te były puste i lśniące jak dwie nowe ćwierćdolarówki.

— Mam dla ciebie dobre wieści, mały bohaterze. Możesz wywinąć się od oskarżenia o handel narkotykami. Pomożesz mi trochę, a będziesz wolny niczym ptak. I co o tym myślisz?

Myślał, że najchętniej w dalszym ciągu trzymałby dziób na kłódkę, lecz to już nie wydawało się możliwe. Tym razem gliniarz nie gadał do siebie; czekał na odpowiedź.

— To wspaniale — rzekł Ramon, mając nadzieję, że odezwał się właściwie. — To wspaniale, naprawdę świetnie, dzięki, że daje mi pan szansę.

— No cóż, może cię lubię, Ramonie — rzekł gliniarz i zrobił coś zdumiewającego, coś, czego Ramon nigdy nie spodziewałby się po takim pieprzniętym zafajdanym sztywniaku jak ten facet; opuścił lewą rękę na krocze Ramona i zaczął go pocierać, na oczach wszystkich, dzieciaków na placu zabaw, na oczach każdego, kto zechciałby popatrzeć. Przesuwał dłoń delikatnie, zgodnie z ruchem wskazówek zegara, tam i z powrotem, w górę i w dół, po tym niewielkim kawałku ciała, które właściwie kierowało życiem Ramona, od kiedy dwaj koledzy jego ojca, wujek Bill i wujek Carlo, po kolei obciągnęli mu, gdy miał dziewięć lat. A teraz zdarzyło się coś, co pewnie wcale nie było dziwne, chociaż w tym momencie wydawało się bardzo dziwne: stanął mu.

— Taak, może podobasz mi się, może bardzo mi się podobasz, ty nędzny mały lachociągu w błyszczących czarnych spodniach i spiczastych butach, czemu by miało być inaczej?

Mówiąc, gliniarz w dalszym ciągu pieścił jego koguta. Od czasu do czasu ściskał go lekko, przy czym z gardła Ramona wyrywało się przeciągłe westchnienie.

— I to dobrze, że cię lubię, Ramonie, lepiej w to uwierz, ponieważ tym razem naprawdę cię mają. Ciężkie przestępstwo. A wiesz, co mnie niepokoi? Lessington i Brewster, ci gliniarze, którzy cię przymknęli, śmiali się dziś rano w komisariacie. Śmiali się z ciebie, co jest w porządku, ale miałem wrażenie, że śmiali się również ze mnie, a to nie jest w porządku. Nie lubię, kiedy ludzie śmieją się ze mnie i zwykle nie pozwalam na to. A dziś rano musiałem, więc tego popołudnia jestem twoim najlepszym przyjacielem. Zamierzam oddalić zarzut o handel narkotykami, mimo że miałeś moją pierdoloną kartę kredytową. A wiesz dlaczego?

Krążek przeleciał obok, a tuż za nim goniący go owczarek alzacki, lecz tym razem Ramon Sanders ledwie to zauważył. Siedział z fiutem sztywnym jak drut w ręku gliniarza, przestraszony niczym mysz w pazurach kota.

Tym razem ręka ścisnęła go mocniej i Ramon wydał chrapliwy jęk. Jego *café-au-lait* skóra spływała potem; wąsik wyglądał jak zdechła dżdżownica po ulewnym deszczu.

— Wiesz dlaczego, Ramonie?

— Nie.

— Ponieważ kobieta, która wyrzuciła tę kartę, była moją żoną — oznajmił Daniels. — To dlatego Lessington i Brewster się śmiali, tak przypuszczam. Ona bierze moją kartę kredytową, używa ją do podjęcia kilkuset dolarów z mojego konta, pieniędzy zarobionych przeze mnie, a kiedy karta znajduje się ponownie, ma ją nędzny, śniadoskóry lachociąg imieniem Ramon. Nic dziwnego, że oni się śmiali.

Proszę — chciał powiedzieć Ramon — proszę, nie rób mi

krzywdy, powiem ci wszystko, tylko nie rób mi krzywdy. Chciał to powiedzieć, ale nie mógł wymówić słowa. Ani jednego. Jego zwieracz kurczył się gwałtownie, aż zdawał się nie szerszy od średnicy kroplówki.

Wielki gliniarz przysunął się do niego, przysunął się tak blisko, że Ramon czuł jego oddech przesycony papierosami i szkocką.

— Teraz, kiedy podzieliłem się z tobą informacjami, chcę, żebyś i ty podzielił się ze mną.

Głaskanie ustało i silne palce uchwyciły jądra Ramona przez cienki materiał spodni. Kształt wzwiedzionego penisa był wyraźnie widoczny nad dłonią policjanta, wyglądał jak jeden z tych miniaturowych kijów baseballowych, jakie można kupić pod stadionem na stoiskach z pamiątkami.

— I lepiej, żebyś podzielił się właściwymi informacjami, Ramonie. Czy wiesz dlaczego?

Ramon tępo potrząsnął głową. Czuł się tak, jakby ktoś odkręcił gdzieś w jego wnętrzu kran z ciepłą wodą, która teraz sączyła się całą powierzchnią ciała.

Daniels wyciągnął prawą rękę, tę z piłką tenisową, i podsunął ją pod nos Ramona. Potem nagłym, gwałtownym ruchem zacisnął dłoń. Rozległ się trzask i chrapliwy świst — pfff! — gdy palce gliniarza przebiły świecącą zieloną, kosmatą powierzchnię. Piłka wklęsła i pozostała częściowo spłaszczona.

— Lewą ręką też potrafię to zrobić — oznajmił Daniels. — Wierzysz mi?

Ramon próbował przytaknąć, ale słowa nie przechodziły mu przez gardło. Kiwnął głową.

— Będziesz o tym pamiętał?

Ramon ponownie skinął głową.

— W porząsiu. A oto co chciałbym od ciebie usłyszeć, Ramonie. Wiem, że jesteś tylko śmierdzącym, małym, zawszonym pedałem, który niewiele wie o kobietach, może oprócz tego, jak wsadzić w tyłek matce, kiedy była młoda. Nie wiem czemu, ale wyglądasz mi na takiego. Mimo to postaraj się wysilić twoją wyobraźnię. Czy wiesz, jakie to uczucie, kiedy wracasz do domu i stwierdzasz, że twoja żona, kobieta, która ślubowała ci miłość, wierność i kurewskie posłuszeństwo, uciekła z twoją kartą kredytową? Jakie to uczucie przekonać się, że skorzystała z niej, żeby zrobić sobie pierdolone wakacje, a potem wepchnęła ją do śmietnika na dworcu autobusowym, by mógł ją tam znaleźć taki zawszony mały kutas jak ty?

— Niezbyt przyjemne — szepnął Ramon. — Założę się, że to niezbyt przyjemne, proszę nie robić mi krzywdy, proszę...

Daniels powoli zacisnął dłoń; zaciskał ją, aż ścięgna na jego przegubie napięły się niczym struny gitary. Fala bólu, ciężka jak płynny ołów, przetoczyła się po brzuchu Ramona, który próbował wrzasnąć. Nie zdołał wydobyć z siebie nic prócz ochrypłego jęku.

— Niezbyt przyjemne? — syknął Daniels. Jego oddech był ciepły i duszący, papierosowo-wódczany. — Tylko na to cię stać? Ależ z ciebie pierdolony tępak! A jednak... to chyba nie jest całkiem zła odpowiedź.

Uchwyt zelżał, ale tylko trochę. Podbrzusze Ramona stało się jednym jeziorem bólu, ale jego penis był równie twardy jak przedtem. Nigdy nie podniecał go ból i to, co wyprawiali miłośnicy wiązania, wcale go nie ruszało, tak więc podejrzewał, iż stoi mu tylko dlatego, iż krew w jego ptaku jest uwięziona uciskiem palców gliniarza. Poprzysiągł sobie, że jeśli wyjdzie z tego cało, to pójdzie prosto do kościoła Świętego Patryka i odmówi pięćdziesiąt zdrowasiek. Pięćdziesiąt? Sto pięćdziesiąt.

— Śmiali się tam ze mnie — rzekł gliniarz, wskazując ruchem brody nowiutki komisariat po drugiej stronie ulicy. — Śmiali się, tak, naprawdę. Wielki twardy Norman Daniels i wiecie co? Żona uciekła od niego... ale zanim sobie poszła, zdążyła jeszcze wyczyścić mu konto!

Daniels wydał nieartykułowany ryk, dźwięk, jaki słyszy się tylko w czasie zwiedzania zoo, po czym znów ścisnął jądra Ramona. Ból był nieznośny. Ramon pochylił głowę między nogi i zwymiotował — białe kawałki twarogu przetykane brązowymi pasmami, które zapewne były resztkami *quesadilla,* którą jadł na lunch. Daniels zdawał się tego nie zauważać. Spoglądał w niebo nad asfaltową dżunglą, zagubiony we własnym świecie.

— Może powinienem pokazać cię wszystkim, żeby i inni mogli się pośmiać? — zapytał. — By chichotali nie tylko na posterunku, ale i w sądzie? Nie wydaje mi się.

Odwrócił się i spojrzał Ramonowi w oczy. Uśmiechnął się. Na widok tego uśmiechu Ramon miał ochotę wrzasnąć.

— I tu dochodzimy do najważniejszego pytania — ciągnął gliniarz. — A jeśli mi skłamiesz, mój mały bohaterze, wyrwę ci jaja i każę je zeżreć.

Daniels znów ścisnął krocze Ramona, któremu pociemniało w oczach. Rozpaczliwie walczył z falami ciemności. Jeśli zemdleje, gliniarz może zabić go po prostu ze złości.

— Rozumiesz, co mówię?

— Tak! — zaszlochał Ramon. — Rozumiem! Rozumiem!

— Byłeś na dworcu i widziałeś, jak wepchnęła kartę do śmieci. To wiem. Muszę się natomiast dowiedzieć, dokąd poszła potem.

Ramon był gotów łkać w przypływie nagłej ulgi, bo chociaż nie miał żadnych powodów, by odpowiedzieć na to pytanie, tak się złożyło, że mógł to zrobić. Popatrzył za tą kobietą, aby się upewnić, że ona go nie obserwuje... a potem, pięć minut później, kiedy już miał tę jej zieloną kartę kredytową w portfelu, znów ją zobaczył. Trudno było jej nie zauważyć, z tym czerwonym czymś na głowie; rzucała się w oczy jak świeżo pomalowana ściana stodoły.

— Była przy kasach! — krzyknął Ramon, czując, że ciemności pochłaniają go coraz bardziej. — Przy kasach!

Ten wysiłek został nagrodzony kolejnym bezlitosnym uciśnięciem. Ramon miał wrażenie, że jego jądra zostały rozszarpane, skropione płynnym gazem do zapalniczek i podpalone.

— Wiem, że była przy kasach! — na pół zaśmiał się, a na pół wrzasnął Daniels. — Co innego mogła robić w Portside, jak nie jechać gdzieś autobusem? Przeprowadzać badania socjologiczne nad takimi śmieciami jak ty? Przy jakiej kasie, to chcę wiedzieć... przy jakiej pierdolonej kasie i o której pierdolonej godzinie?

Och, dzięki Bogu, dzięki ci Jezu i Matko Boska, znał odpowiedzi również na te dwa pytania.

— Continental Express! — krzyknął, oddalony od swego głosu chyba o kilometry. — Widziałem ją przy okienku Continental Express między dziesiątą trzydzieści a dziesiątą czterdzieści pięć.

— Continental? Jesteś pewien?

Ramon Sanders nie odpowiedział. Osunął się bokiem na ławkę, ze zwieszoną jedną ręką i wyciągniętymi smukłymi palcami. Twarz miał śmiertelnie bladą, ale na policzkach pojawiły się dwie małe purpurowe plamy. Obok przeszli młody mężczyzna z młodą kobietą; popatrzyli na człowieka leżącego na ławce, a potem na Danielsa, który zdążył już zdjąć rękę z krocza Ramona.

— Nie ma powodu do obaw — odezwał się Daniels, obdarzając parę szerokim uśmiechem. — To epileptyk.

Przerwał i uśmiechnął się jeszcze szerzej.

— Zajmę się nim. Jestem policjantem.

Przyśpieszyli kroku i nie odwracali się.

Daniels objął Ramona ramieniem. Kości jego barków były kruche jak ptasie skrzydła.

— Hop, i siadamy, chłopie — rzekł, sadzając Ramona na ławce. Głowa nieprzytomnego kołysała się bezwładnie jak kwiat na złamanej łodyżce. Natychmiast zaczął osuwać się na ziemię, wydając ciche, charczące pomruki. Daniels ponownie wyprostował go i tym razem Ramon utrzymał się w pozycji siedzącej.

Daniels siedział przy nim, patrząc, jak owczarek alzacki radośnie ugania się za krążkiem. Zazdrościł psom, szczerze zazdrościł. Nie musiały ponosić odpowiedzialności, nie musiały pracować — przynajmniej tak było w tym kraju — a jedzenie podsuwano im pod nos. Miały gdzie spać i nie było ich zmartwieniem to, czy po wszystkim pójdą do nieba, czy do piekła. Kiedyś, jeszcze w Aubreyville, spytał o to ojca O'Briana i ten powiedział mu, że zwierzęta nie mają duszy — kiedy zdychają, to tak jakby zgasła raca wystrzelona czwartego lipca. To prawda, że ten owczarek zapewne stracił swoje jaja niecałe sześć miesięcy po urodzeniu, jednak...

— A jednak pod pewnymi względami i to jest błogosławieństwem — mruknął Daniels. Poklepał krocze Ramona, którego penis wiotczał, w miarę jak jądra zaczęły nabrzmiewać. — Prawda, chłopie?

Ramon zamruczał coś z głębi gardła. Taki dźwięk wydaje człowiek dręczony koszmarnym snem.

Mimo to — pomyślał Daniels — jest, jak jest, i trzeba zadowolić się tym. Może dopisze mu szczęście i w następnym życiu będzie owczarkiem alzackim, nie mającym nic innego do roboty prócz ugania się po parku za krążkami i wystawiania pyska przez tylne okienko samochodu po drodze z obfitej kolacji w Purina Dog Chow; lecz teraz był mężczyzną i miał swoje problemy.

Przynajmniej był mężczyzną, w przeciwieństwie do tego pętaka.

Continental Express. Ramon widział ją przy kasie Continental Express między dziesiątą trzydzieści a dziesiątą czterdzieści pięć. Na pewno nie czekała długo, zbyt obawiała się spotkania z nim, żeby długo czekać, dałby za to głowę. Tak więc powinien szukać autobusu, który odjechał z Portside między — powiedzmy — jedenastą rano a pierwszą po południu. Zapewne udała się do dużego miasta, gdzie miała nadzieję zniknąć w tłumie.

— Nie uda ci się — rzekł Daniels. Patrzył, jak owczarek podskakuje i długimi białymi zębami chwyta krążek w powietrzu. Nie, nie uda jej się to. Może myśleć inaczej, ale pomyli się. Na początek zacznie pracować nad tym w weekendy, głównie za pomocą telefonu. Musi tak zrobić; zbyt dużo dzieje się w firmie, zbliża się zakończenie dużej sprawy (jego sprawy, jeśli dopisze mu szczęście). Lecz wszystko potoczy się dobrze. Niebawem będzie mógł poświęcić czas na poszukiwania Rose i niedługo ona pożałuje tego, co zrobiła. Tak. Będzie tego żałowała do końca życia, przez okres, który może będzie krótki, ale niezwykle... no...

— Niezwykle intensywny — powiedział głośno. To było odpowiednie słowo. Bardzo odpowiednie słowo.

Wstał i żwawo udał się z powrotem na posterunek policji po drugiej stronie, nie tracąc nawet sekundy, by zerknąć na półprzytomnego mężczyznę siedzącego ze spuszczoną głową i rękami zwieszonymi bezwładnie po bokach. W myślach detektywa inspektora drugiego stopnia Normana Danielsa Ramon przestał istnieć. Daniels myślał o swojej żonie i o tym wszystkim, czego powinna się nauczyć. O tym wszystkim, o czym powinni porozmawiać. I porozmawiają, jak tylko ją wytropi. O wszystkim — samotnych żaglach i przysięgach, a przede wszystkim o tym, co należy zrobić z żonami, które ślubują miłość, wierność i posłuszeństwo, a potem ulatniają się z kartą kredytową męża w torebce. O wszystkim.

Porozmawiają w cztery oczy.

9

Słała łóżko, lecz tym razem wszystko było w porządku. To inne łóżko, inny pokój, inne miasto. Jeszcze lepiej: to łóżko, w którym nigdy nie spała i nigdy nie miała spać.

Minął miesiąc, od kiedy opuściła dom leżący setki kilometrów na wschód, i sprawy wyglądały znacznie lepiej. Obecnie największym problemem był jej krzyż, a prawdę mówiąc i on mniej jej dokuczał. To fakt, że w tej chwili czuła silny i nieprzyjemny ból wokół nerek, ale to już osiemnasty pokój tego dnia, a kiedy zaczynała pracę w Whitestone, już po dwunastu była bliska omdlenia, a po czternastu nie mogła zrobić nic więcej — musiała prosić o pomoc Pam. Rosie odkryła, że w ciągu czterech tygodni człowiek może się zmienić... szczególnie że w tym czasie nikt go nie bije po nerkach ani po brzuchu.

Mimo to na razie miała dosyć.

Podeszła do drzwi, wystawiła głowę i rozejrzała się dokoła. Na korytarzu nie zobaczyła nikogo. Stało jedynie kilka stolików na kółkach, pozostałych po śniadaniu, wózek Pam na końcu, przy apartamencie Lake Michigan, oraz jej własny wózek tuż przed pokojem 624.

Rosie podniosła stosik czystych ściereczek ułożonych na wózku, odsłaniając banana. Wzięła go, przeszła przez pokój do wypchanego fotela pod oknem apartamentu 624 i usiadła. Obrała owoc ze skórki i zaczęła powoli jeść, spoglądając na jezioro, które w to nieruchome, majowe popołudnie lśniło jak lustro. Jej serce i duszę wypełniało ogromne, proste uczucie — wdzięczność. Życie nie było doskonałe, przynajmniej jeszcze nie, ale lepsze, niż mogła sobie wyobrazić owego dnia w połowie kwietnia, kiedy stanęła na progu budynku Córek i Sióstr, patrząc na skrzynkę domofonu i dziurkę od klucza z metalową zaślepką. W tamtej chwili nie oczekiwała od przyszłości niczego prócz mroku i udręki. Teraz bolały ją nerki, bolały ją stopy i wiedziała, że nie ma zamiaru spędzić reszty życia jako pomocnica pokojówki w hotelu Whitestone, ale banan smakował wspaniale, a fotel był cudownie miękki. W tym momencie nie zamieniłaby swojej sytuacji na inną. W ciągu tych paru tygodni od chwili, gdy opuściła Normana, Rosie nauczyła się korzystać z drobnych przyjemności: półgodzinnej lektury przed snem, rozmowy z innymi kobietami o filmach lub programach telewizyjnych przy zmywaniu naczyń, czy pięciu minut odpoczynku połączonego z jedzeniem banana.

To wspaniałe uczucie wiedzieć, co będzie, i mieć pewność, że nie chodzi o nic gwałtownego lub bolesnego. Na przykład wiedzieć, że zostały jeszcze tylko dwa pokoje do posprzątania, a potem razem z Pam zjadą służbową windą i wyjdą tylnymi drzwiami. W drodze na przystanek (teraz umiała już odróżniać autobusy pomarańczowej linii od czerwonej czy niebieskiej) zapewne wpadną na kawę do Hot Pot. Proste czynności. Proste przyjemności.

Świat może być dobry. Pewnie wiedziała o tym jako dziecko, ale później zapomniała. Teraz uczyła się tego na nowo i to była słodka nauka. Nie miała wszystkiego, czego pragnęła, na pewno nie, ale na razie miała dość... szczególnie że nie wiedziała, czego jeszcze pragnie. To będzie musiało zaczekać, aż opuści Córki i Siostry, ale przeczuwała, że nastąpi to wkrótce, może następnym razem, kiedy zwolni się miejsce na wykazie, który pensjonariuszki przytułku nazywały Listą Anny.

W otwartych drzwiach hotelu pojawił się jakiś cień i zanim Rosie zdążyła pomyśleć o jakimś schowku dla swojego niedojedzonego banana, nie mówiąc już o zerwaniu się na nogi, do pokoju zajrzała Pam.

— A kuku, mała — powiedziała i zachichotała, kiedy Rosie podskoczyła ze strachu.

— Nigdy więcej tego nie rób, Pam! O mało nie dostałam zawału.

— Eee, przecież nie wylaliby cię za to, że siedzisz i jesz banana — uspokoiła ją Pam. — Powinnaś zobaczyć, co się tu czasem dzieje. Co ci zostało, numer dwadzieścia dwa i dwadzieścia?

— Tak.

— Pomóc ci?

— Och, nie chcę cię...

— Nie ma sprawy — rzekła Pam. — We dwie załatwimy te pokoje w piętnaście minut. Co ty na to?

— Zgoda — odparła z wdzięcznością Rosie. — A po pracy ja stawiam w Hot Pot ciastko i kawę, jeśli chcesz.

Pam uśmiechnęła się.

— Jeżeli w dalszym ciągu dają tam ten krem czekoladowy, to chcę, możesz mi wierzyć.

10

Dobre dni, cztery tygodnie dobrych dni, mniej więcej.

Tej nocy, leżąc na swojej pryczy z rękami splecionymi pod głową, patrząc w ciemność i słuchając cichego płaczu kobiety, która przyszła poprzedniego wieczoru i leżała dwa łóżka dalej, Rosie pomyślała, że te dni były dobre głównie dlatego, że nie było w nich Normana. Czuła jednak, iż niebawem będzie jej potrzeba do szczęścia czegoś więcej niż tylko jego nieobecności.

Jeszcze nie teraz — pomyślała i zamknęła oczy. Na razie to, co mam, zupełnie mi wystarczy. Te proste dni pracy, jedzenia, snu... i żadnego Normana Danielsa.

Zaczęła dryfować, wyzwalać się z pęt świadomości, a w jej głowie Carole King znów poczęła śpiewać kołysankę, która usypiała ją przez większość wieczorów: *I'm really Rosie... and I'm Rosie Real... you better believe me... I'm a great big deal...*

Potem zapadła ciemność i noc... jedna z tych, które zdarzały się coraz częściej, noc bez żadnych złych snów.

III

OPATRZNOŚĆ

1

Kiedy w następną środę Rosie i Pam Haverford zjeżdżały po pracy służbową windą, Pam była blada i wyglądała niezdrowo.

— Mam okres — powiedziała, gdy Rosie okazała niepokój. — Dokuczają mi skurcze jak cholera.

— Chcesz wpaść na kawę?

Pam zastanowiła się, po czym potrząsnęła głową.

— Idź beze mnie. Ja marzę tylko o tym, żeby wrócić do Córek i Sióstr i zastać pustą sypialnię, zanim wszystkie wrócą z pracy i zaczną paplać. Połknę tabletkę i prześpię się kilka godzin. Może po tym znów poczuję się jak człowiek.

— Pójdę z tobą — zaproponowała Rosie, gdy drzwi windy otworzyły się, by je wypuścić.

Pam potrząsnęła głową.

— Nie, nie pójdziesz — odparła, a jej twarz rozjaśnił przelotny uśmiech. — Sama sobie poradzę, a ty jesteś już tak duża, że możesz iść na kawę bez przyzwoitki. Kto wie... może spotkasz kogoś interesującego.

Rosie westchnęła. Dla Pam ktoś interesujący zawsze oznaczał mężczyznę, zwykle jednego z tych, którym mięśnie sterczały pod opiętym podkoszulkiem jak geologiczne punkty orientacyjne. Jeśli chodziło o Rosie, to chętnie do końca życia obyłaby się bez takich mężczyzn.

Poza tym była mężatką.

Kiedy wychodziły na ulicę, zerknęła na swoją obrączkę i pierścionek zaręczynowy z diamentem. Nigdy nie była pewna, w jakim stopniu to, co zdarzyło się wkrótce potem, miało związek z tym zerknięciem, lecz na pewno w wyniku tego spojrzenia pierścionek, o którym zazwyczaj nie pamiętała, nagle zajął pierwsze miejsce w jej myślach. Z osadzonym w nim ponadkaratowym diamentem, był najkosztowniejszym prezentem, jaki kiedykolwiek otrzymała od męża, i do tej pory nigdy nie przyszło jej do głowy, że ten pierścionek należy do niej, tak więc może go sprzedać, gdy tylko zechce.

Rosie zaczekała z Pam na przystanku autobusowym za najbliższym rogiem — mimo jej protestów, że to zupełnie niepotrzebne. Naprawdę nie podobał jej się wygląd Pam, której policzki straciły kolor, pod oczami pojawiły się ciemne smugi, a z kącików ust biegły w dół cienkie linie bólu. Ponadto dobrze było troszczyć się o kogoś, a nie być obiektem troski. Już prawie zdecydowała się pojechać z Pam i upewnić, że koleżanka bez przygód dotarła na miejsce, lecz w końcu chętka na filiżankę kawy (i może kawałek ciasta) okazała się silniejsza.

Stała na chodniku i machała do Pam, gdy ta usiadła przy jednym z okien autobusu. Pam pomachała jej z odjeżdżającego pojazdu. Rosie przez moment stała w miejscu, a potem odwróciła się i poszła bulwarem Hitchens w kierunku Hot Pot. Myślami wróciła oczywiście do swojej pierwszej przechadzki po tym mieście. Niewiele pamiętała z tamtych godzin — poza tym, że była przestraszona i zagubiona — ale dwie postacie pozostały jak głazy w kłębiącej się mgle zapomnienia: kobieta w ciąży i mężczyzna z wąsami Davida Crosby'ego. Szczególnie on. Oparty o drzwi tawerny, z kuflem piwa w ręku i patrzący na nią. Mówił do niej „hej mała, hej mała".

A może o niej. Przez chwilę te wspomnienia pochłonęły ją całkowicie, tak jak to potrafią tylko złe wspomnienia o dniach, gdy byliśmy zagubieni i bezradni, kompletnie nie mogąc pokierować swoim życiem. Rosie minęła Hot Pot, nawet nie dostrzegając kawiarni, spoglądając nie widzącymi oczami pełnymi niepokoju. Wciąż rozmyślała o mężczyźnie w drzwiach baru, o tym, jak bardzo ją wystraszył i jak bardzo był podobny do Normana. Nie chodziło o jego twarz, raczej o sylwetkę. Wydawało się, że miał mięśnie sprężone do skoku, że wystarczyłoby tylko jedno jej spojrzenie, by zaatakował...

Czyjaś ręka złapała ją za ramię i Rosie o mało co nie wrzasnęła. Obejrzała się, przekonana, że zobaczy Normana albo mężczyznę z rudym wąsem. Ujrzała młodego człowieka w konserwatywnie skrojonym, letnim garniturze.

— Przepraszam, że panią wystraszyłem — powiedział — ale przez chwilę miałem wrażenie, że zaraz wejdzie pani prosto na jezdnię.

Rozejrzała się i dostrzegła, że stoi na rogu Hitchens i Watertower Drive, jednym z najruchliwszych skrzyżowań w tym mieście, co najmniej trzy, a może nawet cztery przecznice za Hot Pot. Samochody mknęły jak metalowa rzeka. Nagle przyszło jej do głowy, że ten młody człowiek być może uratował jej życie.

— Dz-dziękuję panu. Bardzo.

— Nie ma za co — odparł. Po drugiej stronie Watertower zapalił się biały napis IDŹ. Młody mężczyzna obrzucił Rosie pożegnalnym, zaciekawionym spojrzeniem, po czym zszedł z krawężnika i wmieszał się w tłum.

Rosie nie ruszyła się z miejsca, czując chwilowe oszołomienie i głęboką ulgę, jak ktoś, kto budzi się z koszmarnego snu. I właśnie tak było — pomyślała. — Nie spałam i szłam ulicą, a jednak miałam zły sen. Albo złe wspomnienia. Spojrzała w dół i zobaczyła, że oburącz mocno przyciska do brzucha swoją torebkę, tak samo jak podczas tamtej długiej, męczącej wędrówki w poszukiwaniu Durham Avenue, przed pięcioma tygodniami. Założyła torebkę na ramię, obróciła się i poszła z powrotem.

Najbardziej ekskluzywne sklepy znajdowały się za Watertower Drive; teraz, kiedy szła w przeciwnym kierunku, mijała znacznie skromniejsze witryny. Wiele z nich świadczyło o tym, że rozpaczliwie walczą o byt. Rosie szła wolno, przyglądając się wystawom sklepów z używaną odzieżą, usiłujących uchodzić za butiki cyganerii, sklepikom obuwniczym z napisami: KUPUJ AMERYKAŃSKIE lub WYPRZEDAŻ PRZED LIKWIDACJĄ, magazynowi zwanemu Nie Więcej Niż 5 z witryną zasypaną lalkami zrobionymi w Meksyku lub Manili, sklepowi kaletniczemu o nazwie Motocyklowa Mama oraz sklepowi Avec Pleisir ze zdumiewającym asortymentem towarów — sztucznych członków, kajdanek i bielizny bez kroku — ułożonych na czarnym aksamicie. Patrzyła na to przez dłuższą chwilę, dziwiąc się, że tego rodzaju towar eksponowano tak, żeby każdy mógł go widzieć, aż wreszcie przeszła przez ulicę. Pół kwartału dalej widziała Hot Pot, ale postanowiła zapomnieć o kawie i ciastku. Złapie autobus i wróci do Córek i Siostr. Dość przygód jak na jeden dzień.

A jednak nie wytrwała w postanowieniu. Po przeciwnej stronie skrzyżowania, przez które właśnie przechodziła, znajdował się niepozorny sklepik z neonem głoszącym: ZASTAW, POŻYCZKI, BIŻUTERIA. KUPNO I SPRZEDAŻ. To ostatnie słowo zwróciło uwagę Rosie. Znów spojrzała na swój pierścionek zaręczynowy i przypomniała sobie coś, co Norman powiedział jej tuż przed ślubem: „Jeśli będziesz nosić to na ulicy, to noś kamieniem do spodu, Rose. To piekielnie duży kamyk, a ty jesteś tylko małą dziewczynką".

Kiedyś zapytała go (zanim zaczął uczyć ją, że bezpieczniej nie zadawać pytań), ile kosztował ten pierścionek. Odpowiedział, potrząsając głową i uśmiechając się wyrozumiale, zupełnie jak rodzic, którego dziecko chce wiedzieć, dlaczego niebo jest niebieskie albo ile śniegu jest na biegunie północnym. „Nieważne — rzekł. — Wystarczy, jeśli powiem, że wybierałem między tym kamykiem a nowym buickiem. Wybrałem kamyk. Ponieważ cię kocham, Rose".

Teraz, stojąc na rogu ulicy, przypomniała sobie, jak się wtedy poczuła. Była wystraszona, ponieważ trzeba obawiać się człowieka zdolnego do takiej ekstrawagancji, mężczyzny wolącego pierścionek od nowego samochodu, ale także szczęśliwa i pożądana. To wydawało się takie romantyczne. Kupił jej diament tak wielki, że niebezpiecznie było pokazywać go na ulicy. Diament wielki jak góra. „Ponieważ cię kocham, Rose".

Może naprawdę kochał... ale to było przed czternastu laty i tamta dziewczyna miała jasne oczy, sterczące piersi, płaski brzuch oraz długie, silne uda. A kiedy szła do łazienki, w jej moczu nie było krwi.

Rosie stała na rogu opodal sklepu z neonem w witrynie i spoglądała na swój pierścionek zaręczynowy. Chciała sprawdzić, czy coś poczuje — jakieś słabe echo strachu lub romantycznego uczucia — a kiedy nie poczuła niczego, odwróciła się i poszła w stronę lombardu. Wkrótce opuści Córki i Siostry, więc jeśli w środku siedzi ktoś, kto da jej dobrą cenę za tę błyskotkę, może odejdzie na czysto, bez długu za jedzenie i spanie, a może nawet z kilkuset dolarami gotówki.

A może po prostu chcę pozbyć się pierścionka — pomyślała. — Może nie chcę już ani dnia dłużej nosić tego „buicka", którego nigdy sobie nie kupił, na środkowym palcu lewej ręki.

Napis na drzwiach głosił: MIASTO WOLNOŚCI — POŻYCZKI POD ZASTAW. To ją trochę zdziwiło. Słyszała, jak obdarzano to miasto rozmaitymi nazwami, ale wszystkie miały coś wspólnego z jeziorem lub pogodą. Odepchnęła tę myśl od siebie, otworzyła drzwi i weszła do środka.

2

Spodziewała się, że w środku będzie ciemno, i tak właśnie było, lecz wnętrze lombardu okazało się także nieoczekiwanie złociste. Słońce wisiało już nisko na horyzontem, świecąc prosto wzdłuż Hitchens i wpadając przez zachodnie okna sklepu długimi, ciepłymi smugami. Jedna z tych smug sprawiła, że wiszący na ścianie saksofon wyglądał jak zrobiony z ognia.

To nie jest przypadkowe — pomyślała Rosie. — Ktoś celowo powiesił tam ten saksofon. Ktoś sprytny. Zapewne miała rację, lecz wciąż była lekko zauroczona. Nawet zapach tego miejsca dodawał mu czaru — woń kurzu, wieków i tajemnicy. Z lewej rozlegało się ciche tykanie wielu zegarków.

Powoli poszła głównym przejściem, między rzędami gitar równo ustawionych z jednej strony a szklanymi szafkami z nagraniami i aparaturą stereo z drugiej. Wydawało się, że stoi tu mnóstwo takich przerośniętych, wieloczynnościowych zestawów muzycznych nazywanych w telewizji „kombajnami".

Na odległym końcu przejścia mieścił się długi kontuar, a nad nim kolejny, łukowaty neon. ZŁOTO, SREBRO, BIŻUTERIA — głosił niebieski napis, a czerwony informował: KUPUJEMY, SPRZEDAJEMY, ZAMIENIAMY.

A może także pełzacie na brzuchach jak węże? — pomyślała Rosie z cieniem uśmiechu na ustach i podeszła do lady. Za nią, na stołku, siedział mężczyzna. Miał w oku lupę jubilerską. Oglądał przez nią coś, co leżało na miękkiej podkładce. Kiedy Rosie podeszła bliżej, zobaczyła, że badanym przedmiotem jest kieszonkowy zegarek. Mężczyzna za kontuarem grzebał w nim stalową igłą tak cienką, że ledwie było ją widać. Młody — pomyślała

Rosie — może jeszcze przed trzydziestką. Włosy miał długie, prawie do ramion i nosił niebieską jedwabną kamizelkę narzuconą na zwykły biały podkoszulek. Pomyślała, że to dość nietypowa, ale ciekawa kombinacja.

Po lewej usłyszała jakiś szmer. Obróciła się w tym kierunku i ujrzała przykucniętego starszego człowieka, przeglądającego sterty tanich broszur, ułożone pod napisem DOBRA STARA KSIĄŻKA. Płaszcz rozpostarł się wokół niego jak wachlarz, a walizeczka — czarna, staromodna, prująca się w szwach — stała cierpliwie obok niego, jak wierny pies.

— Pomóc w czymś, proszę pani?

Zwróciła się do mężczyzny za ladą, który wyjął lupę i patrzył na nią z przyjaznym uśmiechem. Jego oczy były orzechowe, z lekko zielonkawym odcieniem, bardzo ładne, i Rosie przez moment zastanawiała się, czy Pam uznałaby go za „kogoś interesującego". Pewnie nie. Za mało płyt tektonicznych przesuwających się pod tym podkoszulkiem.

— Może będzie pan mógł — powiedziała.

Zsunęła z palca pierścionek zaręczynowy i obrączkę, którą schowała do kieszeni. Dziwnie było nie mieć ich na palcu, ale pewnie przywyknie do tego. Kobieta, która potrafiła porzucić swój dom, nie zabierając nawet zmiany bielizny, zapewne mogła przyzwyczaić się do wielu rzeczy. Położyła pierścionek, diamentem w dół, na aksamitnej podkładce, obok starego zegarka, nad którym pracował jubiler.

— Jak pan ocenia, ile to jest warte? — zapytała go. A potem, jakby dopiero o tym pomyślała, dodała: — I ile mógłby mi pan za niego zapłacić?

Wsunął sobie pierścionek na czubek kciuka i podniósł go do zakurzonej smugi słonecznego światła wpadającego przez trzecie z okien wychodzących na zachód. Sypnęło mu w oczy iskrami różnobarwnego ognia i przez moment Rosie poczuła ukłucie żalu. Potem jubiler rzucił jej szybkie spojrzenie, ledwie zerknięcie, jednak wystarczająco długie, aby w jego piwnych oczach dostrzegła coś, czego z początku nie mogła zrozumieć — wydawały się mówić: Czy to żart?

— Co takiego? — spytała. — O co chodzi?

— O nic — rzekł. — Jeszcze chwilkę.

Znowu wcisnął lupę w oczodół i przez dłuższą chwilę oglądał

kamień w jej pierścionku zaręczynowym. Kiedy spojrzał na nią ponownie, jego oczy patrzyły pewniej i łatwiej było zrozumieć ich wyraz, a raczej trudno było nie wyczytać z nich prawdy. I nagle Rosie wiedziała już wszystko, choć nie poczuła zdziwienia, gniewu ani żalu, jedynie lekkie zmieszanie: dlaczego nie zorientowała się wcześniej? Jak mogła być taką naiwną gęsią?

Nie byłaś — odpowiedział jej ten głos z głębi. — Naprawdę nie byłaś, Rosie. Gdybyś podświadomie nie wiedziała, że pierścionek jest fałszywy — przypuszczała to niemal od początku — o wiele wcześniej przyszłabyś do takiego lombardu jak ten. Czy naprawdę wierzyłaś, szczególnie od czasu, kiedy skończyłaś dwadzieścia dwa lata, że Norman Daniels dałby ci pierścionek wart nie setki, lecz tysiące dolarów? Naprawdę?

Nie, raczej nie. Po pierwsze, nigdy jej nie cenił. Po drugie, człowiek instalujący trzy zamki we frontowych drzwiach, trzy w tylnych, wykrywacze ruchu na podwórku i alarm dotykowy w swojej nowej sentrze, nigdy nie puściłby po zakupy żony noszącej na palcu diament wielki jak góra.

— Jest fałszywy, prawda? — spytała jubilera.

— No cóż — rzekł — to zupełnie prawdziwa cyrkonia, ale na pewno nie diament, jeżeli o tym pani mówi.

— Oczywiście, że o tym — powiedziała. — A o czym innym mogłabym mówić?

— Dobrze się pani czuje? — zaniepokoił się jubiler. Wydawał się szczerze zatroskany i teraz, kiedy widziała go z bliska, doszła do wniosku, że ma raczej dwadzieścia pięć niż trzydzieści lat.

— Do diabła — odparła. — Nie wiem. Chyba tak.

Wyjęła z torebki paczkę chusteczek higienicznych, na wypadek gdyby zalała się łzami — ostatnio zdarzały się jej niespodziewane napady płaczu. Albo przeraźliwego śmiechu — te również przytrafiły jej się kilkakrotnie. Byłoby miło, gdyby zdołała powstrzymać się od obu tych skrajnych reakcji, przynajmniej w tej chwili. Miło byłoby opuścić to miejsce, zachowując chociaż resztki godności.

— Mam nadzieję — rzekł — bo jest pani w dobrym towarzystwie. Proszę mi wierzyć. Zdziwiłaby się pani, jak wiele dam, takich jak pani...

— Och, niech pan przestanie — przerwała mu. — Jeśli oklapnę, kupię sobie dobry biustonosz.

Nigdy w życiu nie powiedziała czegoś takiego do mężczyzny, czegoś tak sugestywnego, ale też nigdy w życiu nie czuła się tak... jakby unosiła się w kosmosie albo chodziła po linie bez siatki zabezpieczającej. I czyż nie było to wspaniałe — w pewien sposób? Czy to nie idealne zakończenie jej małżeństwa? „Wybrałem kamyk — słyszała go w myślach; jego głos drżał ze wzruszenia, szare oczy naprawdę lekko zwilgotniały. — Ponieważ cię kocham, Rose".

Przez chwilę była bardzo bliska ataku śmiechu. Powstrzymała się całą siłą woli.

— Czy to jest w ogóle coś warte? — zapytała. — Cokolwiek? Czy też nabył to w automacie z gumą do żucia?

Tym razem jubiler nie potrzebował lupy, po prostu znów podniósł pierścionek do światła.

— Właściwie jest coś wart — stwierdził z wyraźną ulgą, że może przekazać jakąś pomyślną wiadomość. — Kamień to błyskotka za dziesięć dolców, ale sam metal... ten mógł kosztować nawet dwieście dolców, w detalu. Oczywiście nie mógłbym dać pani tyle — dorzucił pośpiesznie. — Ojciec pokazałby mi, gdzie raki zimują. Prawda, Robbie?

— Twój ojciec wciąż pokazuje ci, gdzie raki zimują — rzekł staruszek przykucnięty nad książkami. — Od tego są rodzice.

Nie podniósł głowy.

Jubiler zerknął na niego, potem znów na Rosie i wetknął palec w półotwarte usta, udając odruch wymiotny. Rosie nie widziała tego gestu od szkolnych czasów, uśmiechnęła się. Mężczyzna w kamizelce odpowiedział jej uśmiechem.

— Mogę dać pani pięćdziesiąt — oznajmił. — Interesuje to panią?

— Nie, dzięki.

Podniosła pierścionek, obejrzała go w zadumie, po czym owinęła w nieużywaną chusteczkę, którą trzymała w ręce.

— Proszę sprawdzić w innych pobliskich lombardach — dodał. — Jeśli ktoś zaproponuje pani więcej, przebiję najlepszą ofertę. To polityka taty i uważam, że jest dobra.

Wrzuciła chusteczkę do torebki i zatrzasnęła ją.

— Dziękuję, ale chyba nie skorzystam — odparła. — Zatrzymam go.

Zdawała sobie sprawę z tego, że mężczyzna przeglądający

książki, ten, którego jubiler nazywał Robbie, patrzy na nią z dziwnym skupieniem na twarzy, ale uznała, że nic ją to nie obchodzi. Niech patrzy. To wolny kraj.

— Człowiek, który dał mi ten pierścionek, powiedział, że jest wart tyle, ile fabrycznie nowy samochód — wyznała. — Może pan w to uwierzyć?

— Tak — rzekł bez wahania.

Przypomniała sobie, jak mówił, że znalazła się w dobrym towarzystwie, że mnóstwo dam przychodzi tu i dowiaduje się nieprzyjemnej prawdy o swoich kosztownościach. Domyślała się, że ten mężczyzna, chociaż jeszcze młody, musiał wysłuchać już wielu wariantów tej samej historii.

— Pewnie tak — stwierdziła. — No cóż, powinien pan zrozumieć, dlaczego chcę zatrzymać ten pierścień. Jeśli kiedyś zacznę zakochiwać się w kimś innym albo choć pomyślę, że to robię, wyjmę go i będę się weń wpatrywać, aż mi przejdzie.

Myślała o Pam Haverford, która miała długie, kręte blizny na obu przedramionach. W lecie 1992 roku pijany mąż wyrzucił ją przez oszklone drzwi. Pam uniosła ręce, zasłaniając twarz przed odłamkami szkła; rezultatem było sześćdziesiąt szwów na jednym, a sto pięć na drugim ramieniu. A mimo to rozklejała się ze szczęścia, jeśli jakiś robotnik budowlany lub malarz zagwizdał na widok jej nóg, kiedy przechodziła obok. I jak to nazwać? Wytrzymałością czy głupotą? Odpornością czy amnezją? Rosie nazwała to syndromem Haverford i miała nadzieję, że zdoła tego uniknąć.

— Jak pani uważa — odrzekł jubiler. — Przykro mi, że byłem zwiastunem złych wieści. Myślę, że właśnie dlatego lombardy mają taką złą reputację. Niemal zawsze musimy oznajmiać ludziom, że rzeczy nie są takimi, jakimi się wydają. Nikt tego nie lubi.

— Tak — przyznała. — Nikt tego nie lubi, panie...

— Steiner — rzekł. — Bill Steiner. Mój ojciec to Abe Steiner. Oto nasza wizytówka.

Podał jej jedną, lecz z uśmiechem potrząsnęła głową.

— Na nic mi się nie przyda. Miłego dnia, panie Steiner.

Ruszyła z powrotem do drzwi, tym razem bocznym przejściem, gdyż starszy pan zrobił kilka kroków w jej kierunku, trzymając w jednej ręce walizeczkę, a w drugiej kilka starych książek. Nie miała pewności, czy chciał z nią porozmawiać, lecz była zupełnie pewna, że ona nie chce mówić z nim. W tej chwili pragnęła jak najszybciej opuścić to miejsce, wsiąść do autobusu i zająć się czymś, żeby zapomnieć, że kiedykolwiek tu była.

Ledwie uświadamiała sobie, że przechodzi przez tę część lombardu, gdzie znajdowały się gromady małych statuetek i obrazów, w ramach i bez, ustawione obok siebie na zakurzonych półkach. Szła z uniesioną głową, ale nie rozglądała się; nie była w nastroju do podziwiania dzieł sztuki, dobrych czy złych. Tym bardziej zdumiewające było to, że nagle stanęła jak wryta. Miała wrażenie, że właściwie nie zauważyła tego obrazu, przynajmniej za pierwszym razem.

Wydawało się, że to obraz zobaczył ją.

3

Tak potężne oddziaływanie było w jej życiu czymś bez precedensu, Rosie nie widziała jednak w tym niczego niezwykłego — już przeszło miesiąc pędziła zupełnie bezprecedensowy żywot. Nie uznała też (przynajmniej z początku) tego oddziaływania za nienormalne. Powód był oczywisty: po czternastu latach małżeństwa z Normanem Danielsem — latach, w ciągu których została odcięta od reszty świata — nie zgromadziła „narzędzi" pozwalających oddzielić normalne od nienormalnego. Miarę, jaką przykładała do danych sytuacji, stanowiły wzorce zaczerpnięte ze sztuk telewizyjnych i filmów, na które sporadycznie zabierał ją do kina (Norman Daniels chodził na wszystkie filmy z Clintem Eastwoodem). Według zasad obserwowanych w środkach przekazu jej reakcja na obraz zdawała się niemal normalna. W kinie i telewizji ludzi zawsze ścinało z nóg.

Poza tym to nie miało żadnego znaczenia. Ważna była świadomość, że obraz ją wzywał, każąc zapomnieć o tym, czego właśnie dowiedziała się w związku z pierścionkiem, i o tym, że chciała wyjść z lombardu, i o tym, jak szczęśliwe byłyby jej obolałe nogi w autobusie linii niebieskiej, zajeżdżającym pod Hot Pot. Obraz kazał jej zapomnieć o wszystkim. Myślała tylko: Spójrzcie na to! Czyż ten obraz nie jest po prostu cudowny?

Był olejny, w drewnianej ramie, mógł mieć metr długości i pół metra wysokości. Opierał się na krzywym zegarze po lewej stronie i gołym cherubinku po prawej. Wszędzie wokół stały różne obrazy (stara kolorowana fotografia katedry Świętego Pawła, akwarela z owocami na paterze, gondole o świcie na Canal Grande, scena z polowania ukazująca zgraję nieudaczników ścigających coś niejadalnego po mglistych, angielskich wrzosowiskach), ale ledwie obdarzyła je spojrzeniem. Zainteresował ją portret kobiety na wzgórzu — tylko on. Zarówno tematem, jak i jego ujęciem nie różnił się zbytnio od obrazów butwiejących w lombardach, antykwariatach i przydrożnych kramach spotykanych w całym kraju (a nawet na całym świecie), lecz wypełnił jej oczy i umysł rodzajem czystego, radosnego podniecenia, wywoływanego jedynie przez głęboko poruszające nas dzieła sztuki — pieśń doprowadzającą do łez, opowiadanie każące nam spojrzeć na świat z innej perspektywy, poemat budzący chęć do życia, taniec pozwalający na chwilę zapomnieć, że kiedyś nas nie będzie.

Ta emocjonalna reakcja była tak nagła, tak nieoczekiwana i kompletnie oderwana od życia Rosie, że z początku oniemiała, nie mając pojęcia, jak uporać się z tym zaskakującym wybuchem uczuć. Przez chwilę była niczym mechanizm, w którym nagle ześlizgnął się pas napędowy, przestawiając go na jałowy bieg — chociaż silnik pracował jak szalony, nic się nie działo. Potem zadziałało tarcie i układ napędowy gładko zaskoczył z powrotem.

Coś takiego chciałabym powiesić w moim nowym mieszkaniu, dlatego jestem taka poruszona — pomyślała. — Właśnie dlatego chcę to mieć.

Natychmiast z ulgą uczepiła się tej myśli. Oczywiście ma być tylko jeden pokój, ale obiecano jej, że będzie duży, z niewielką niszą kuchenną i łazienką. W każdym razie będzie to pierwsze w jej życiu samodzielne mieszkanie i ten fakt sprawiał, że stawała się kimś ważnym. Podobnie ważne stawały się rzeczy, które tam wstawi, a najważniejszy będzie pierwszy przedmiot, gdyż nada ton wszystkim następnym.

Tak. Obojętnie jaki się okaże ten pokój, pozostanie miejscem, gdzie tuziny samotnych ludzi o niewielkich dochodach mieszkały przed nią i będą mieszkać po niej. Lecz mimo wszystko to będzie prawdziwe mieszkanie. Ostatnie pięć tygodni było stanem tymczasowym, przerwą między starym a nowym życiem. Kiedy przeprowadzi się do pokoju, który jej obiecano, zacznie się naprawdę nowe samotne życie. Ten obraz zaś, którego Norman nigdy nie widział i nie mógł ocenić, należący wyłącznie do niej, może być symbolem tego nowego życia.

W ten sposób jej umysł — trzeźwy, rozsądny i zupełnie nie przygotowany do analizowania tego, co nadprzyrodzone lub nadzmysłowe — wyjaśnił, zracjonalizował i usprawiedliwił gwałtowną reakcję na widok obrazu ukazującego kobietę na wzgórzu.

4

Wśród eksponatów wystawionych w przejściu ten jeden obraz był za szkłem (Rosie wydawało się, że obrazów olejnych się nie szkli, bo muszą oddychać czy coś takiego) i w lewym dolnym rogu miał przyklejoną karteczkę z napisem: $75 lub ?

Wyciągnęła obie lekko drżące ręce i chwyciła malowidło za ramę. Ostrożnie zdjęła obraz z półki i poszła z powrotem przejściem. Staruszek z podniszczoną walizeczką wciąż tam był i w dalszym ciągu na nią patrzył, ale Rosie ledwie go zauważyła. Podeszła prosto do lady i ostrożnie położyła obraz przed Billem Steinerem.

— Znalazła pani coś ciekawego? — zapytał.

— Tak. — Postukała cenę naklejoną na rogu ramy. — Tu napisano siedemdziesiąt pięć dolarów albo znak zapytania. Powiedział pan, że może dać mi pięćdziesiąt za mój pierścionek zaręczynowy. Czy pójdzie pan na wymianę, panie Steiner? Mój pierścionek za ten obraz?

Steiner przeszedł na koniec kontuaru, podniósł ruchomy blat i podszedł do Rosie. Obejrzał obraz równie starannie jak przedtem jej pierścionek... lecz tym razem spoglądał z pewnym rozbawieniem.

— Nie pamiętam go. Chyba nigdy go nie widziałem. Pewnie przyjął go mój ojciec. On jest w naszej rodzinie miłośnikiem sztuki; ja jestem tylko słynnym panem Załatwto.

— Czy to oznacza, że nie może pan...

— Targować się? Proszę ugryźć się w język! Mogę targować się w nieskończoność, jeśli mi na to pozwolić. Tym razem jednak nie muszę. Chętnie pójdę pani na rękę i zdecyduję się na zamianę. Wtedy nie będę musiał patrzyć, jak wychodzi pani stąd z nosem spuszczonym prawie do podłogi.

I znów zrobiła coś, co zdarzyło się jej pierwszy raz: zanim się zorientowała, co robi, Rosie zarzuciła Billowi Steinerowi ręce na szyję i uściskała go z entuzjazmem.

— Dziękuję! — zawołała. — Bardzo dziękuję!

Steiner roześmiał się.

— O rany, nie ma za co — rzekł. — Myślę, że chyba pierwszy raz zostałem wyściskany przez klienta tego ponurego przybytku. Może widzi pani jeszcze jakieś obrazy, które bardzo chciałaby pani mieć?

Starszy gość w płaszczu — ten, do którego Steiner zwracał się Robbie — podszedł i popatrzył na obraz.

— Wziąwszy pod uwagę to, jak wygląda większość klientów lombardu, należałoby chyba dziękować Bogu — stwierdził.

Bill Steiner kiwnął głową.

— Masz rację.

Ledwie ich słyszała. Grzebała w torebce, szukając chusteczki z zawiniętym w nią pierścionkiem. Odnalezienie go zabrało jej więcej czasu, niż powinno, gdyż wciąż zerkała na leżący na kontuarze obraz. Jej obraz. Po raz pierwszy z niecierpliwością pomyślała o pokoju, do którego miała się przeprowadzić. Własne mieszkanie, a nie jedna z wielu prycz. Jej własne mieszkanie i należący do niej obraz wiszący na ścianie. To pierwsza rzecz, jaką zrobię — pomyślała, gdy jej palce zacisnęły się na zwitku ligniny. — Pierwsza. Odwinęła pierścionek i podała go Steinerowi, lecz ten na razie nie zwrócił na to uwagi — oglądał obraz.

— To prawdziwy obraz olejny, nie oleodruk — stwierdził — i chyba niezbyt dobry. Pewnie dlatego jest oszklony. Ktoś uważał, że w ten sposób podniesie jego wartość. Co to za budynek u stóp wzgórza? Wypalone ruiny farmy?

— Sądzę, że to mogą być ruiny jakiejś świątyni — podsunął cicho starszy pan z wyłachaną walizeczką. — Może greckiej. Chociaż trudno powiedzieć, prawda?

Rzeczywiście trudno było o jednoznaczną opinię, ponieważ rzeczony budynek był niemal po sam dach pokryty roślinnością. Pnącza wiły się po pięciu frontowych kolumnach. Szósta leżała rozbita na kilka części. Obok strzaskanej kolumny widoczny był obalony posąg, tak zarośnięty, że z zieleni wystawała jedynie gładka biała twarz spoglądająca na błyskawice, którymi malarz entuzjastycznie zapełnił niebo.

— Taak — przytaknął Steiner. — Tylko wydaje mi się, że nie zachowano tu proporcji. Budynek wydaje się zbyt duży.

Staruszek skinął głową.

— To konieczna deformacja. Inaczej nie byłoby widać niczego oprócz dachu. A jeśli chodzi o obaloną kolumnę i posąg, trzeba zapomnieć o nich, gdyż okazałyby się całkowicie niewidoczne.

Rosie nie interesowało tło; całą uwagę skierowała na centralną postać obrazu. Na szczycie wzgórza stała kobieta przyglądająca się świątyni. Miała jasne włosy, zaplecione w warkocz opadający na plecy. Na jednym z kształtnych ramion — dokładnie na prawym — nosiła szeroką złotą bransoletę. Unosiła lewą rękę i chociaż nie było tego widać, miało się wrażenie, że osłania sobie oczy dłonią. To wydawało się dziwne, ze względu na błyskawice i zachmurzone niebo, lecz właśnie tak to wyglądało. Była ubrana w krótką szatę — togę, domyślała się Rosie — odsłaniającą jedno kremowe ramię. Jej tunika miała barwę jaskrawej purpury. Trudno powiedzieć, jakie obuwie miała na nogach, i czy w ogóle je miała, gdyż trawa, w której stała, sięgała niemal kolan, gdzie kończyła się toga.

— Jaki to styl? — zapytał Steiner. Zwracał się do Robbiego. — Klasycyzm? Neoklasycyzm?

— Nazwałbym to kiczem — odparł Robbie z uśmiechem — ale chyba rozumiem, dlaczego ta kobieta tak chce go kupić. Ten obraz ma zdumiewającą wymowę emocjonalną. Może jego elementy są klasyczne, takie motywy spotyka się na starych grawiurach, lecz ujęcie jest gotyckie. Ponadto centralna postać stoi odwrócona plecami. Uważam, że to bardzo dziwne. Ogólnie rzecz biorąc... no cóż, trudno powiedzieć, że ta młoda dama wybrała najlepszy z wystawionych tu obrazów, ale jestem przekonany, iż wybrała najdziwniejszy z nich.

Rosie ledwie ich słyszała. Ciągle jakieś nowe szczegóły obrazu zwracały jej uwagę. Na przykład ciemnofioletowy sznur opasujący talię kobiety, dobrany kolorem do rąbka szaty, czy maleńki skrawek lewej piersi, odsłonięty przez podniesione ramię. Ci dwaj mężczyźni gadali trzy po trzy. Czuła, że może wpatrywać się w obraz godzinami i pewnie zrobi to, kiedy będzie miała własne mieszkanie.

— Brak tytułu, brak podpisu — stwierdził Steiner. — Chyba że...

Odwrócił obraz. Skreślone łagodnymi, lekko rozmazanymi pociągnięciami węgla na papierowej okleinie widniały słowa: ROSE MADDER.

— No cóż — rzekł z powątpiewaniem — to chyba nazwisko artystki. Zabawne nazwisko. Może to pseudonim.

Robbie potrząsnął głową, otwierając usta, ale spostrzegł, że kobieta, która wybrała obraz, również wie lepiej.

— To tytuł tego obrazu — oznajmiła, a potem dodała z jakiegoś powodu, którego nigdy nie umiała wyjaśnić: — Ja mam na imię Rose. — Steiner spojrzał na nią ze zdumieniem. — Nieważne, to tylko zbieg okoliczności.

Czy rzeczywiście? — zastanawiała się. — Czy rzeczywiście? Patrzcie.

Delikatnie odwróciła obraz z powrotem. Postukała w szkło nad szatą kobiety.

— Ten kolor, ten intensywny szkarłat nazywa się jaskraworóżowy *.

— Ona ma rację — rzekł Robbie. — Artysta albo ostatni właściciel obrazu, co jest bardziej prawdopodobne, ponieważ ślad węgla bardzo szybko się ściera, nazwał tak obraz od koloru chitonu tej kobiety.

— Proszę — Rose zwróciła się do Steinera — czy możemy zakończyć interesy? Śpieszę się. Już jestem spóźniona.

Steiner chciał jeszcze raz zapytać, czy jest pewna swojego wyboru, ale zrezygnował, widząc, że tak. Stwierdził także, że na twarzy kobiety maluje się smutek, jakby ostatnio miała ciężkie przejścia. To była twarz kobiety, która mogła uznać szczere zainteresowanie i troskę za kpiny, a może nawet za próbę zmiany warunków transakcji na swoją niekorzyść. Kiwnął głową.

— Zamiana. Pierścionek za obraz. I oboje będziemy szczęśliwi.

— Tak — przytaknęła Rosie, obdarzając go cudownym uśmiechem. To był pierwszy prawdziwy uśmiech, jakim obdarzyła kogoś od czternastu lat, i ten uśmiech otworzył dla niej jego serce. — I oboje będziemy szczęśliwi.

5

Przez chwilę stała na zewnątrz, głupawo mrugając na widok śmigających obok samochodów, czując się tak jak w dzieciństwie, kiedy wychodziła z ojcem z kina — oszołomiona, tkwiąca wciąż w świecie fikcji. Obraz jednak był jak najbardziej realny; w razie jakichkolwiek wątpliwości wystarczyło spojrzeć na paczkę, którą niosła pod lewą pachą.

---

* W oryginale *rose madder* to barwnik z marzanny, kolor jasnoczerwony.

Za jej plecami otworzyły się drzwi lombardu i wyszedł z nich starszy mężczyzna. Teraz nawet on wydał się miły, więc obdarzyła go uśmiechem, jaki ludzie przeznaczają dla tych, z którymi łączą ich jakieś dziwne lub cudowne przeżycia.

— *Madam* — powiedział — czy zechciałaby pani wyświadczyć mi drobną przysługę?

Jej uśmiech ustąpił miejsca czujności.

— Zależy jaką. Nie mam zwyczaju wyświadczać przysług nieznajomym.

To oczywiście za mało powiedziane. Nie miała zwyczaju nawet rozmawiać z nieznajomymi.

Wyglądał na zakłopotanego, co dodało jej pewności siebie.

— Tak, no cóż, to pewnie zabrzmi dziwnie, ale może się okazać korzystne dla nas obojga. Nawiasem mówiąc, nazywam się Lefferts. Rob Lefferts.

— Rosie McClendon — powiedziała. Zastanawiała się, czy podać mu rękę, ale zrezygnowała z tego pomysłu. Pewnie nie powinna nawet podawać mu swojego nazwiska. — Naprawdę nie mam czasu na żadne przysługi, panie Lefferts... Jestem trochę spóźniona i...

— Proszę.

Odstawił swoją steraną walizeczkę, sięgnął do małej brązowej torebki, którą trzymał w drugiej ręce, i wyjął jedną ze starych książek, jakie znalazł w lombardzie. Na okładce był stylizowany rysunek mężczyzny w więziennym, czarno-białym pasiaku. Wchodził w głąb czegoś, co mogło być jaskinią lub wylotem tunelu.

— Chcę tylko, żeby przeczytała pani pierwszy akapit tej książki. Na głos.

— Tutaj? — rozejrzała się na boki. — Tu, na ulicy? Na Boga, dlaczego?

Powtórzył tylko „proszę", więc wzięła ksiażkę, myśląc, że jeśli zrobi to, o co prosił, może uwolni się od niego bez dalszych komplikacji. Byłoby dobrze, ponieważ zaczęła nabierać przekonania, iż ma do czynienia z lekkim świrem. Może nie niebezpiecznym, ale jednak świrem. A gdyby okazał się niebezpieczny, to lepiej, aby nastąpiło to teraz, kiedy mogła uciec do lombardu, do Billa Steinera.

Książka miała tytuł „Mroczne przejście", a jej autorem był David Goodis. Przewracając stronę z jego biografią, Rosie doszła do wniosku, że nie ma nic dziwnego w tym, że nigdy o nim nie słyszała (chociaż tytuł powieści z czymś jej się kojarzył). „Mroczne przejście" zostało wydane w 1946 roku, siedemnaście lat przed jej narodzinami.

Spojrzała na Roba Leffertsa. Energicznie pokiwał głową, niemal dygocząc z niecierpliwości... i nadziei? Dlaczego? Rzeczywiście wyglądało to na nadzieję.

Czując również lekkie wzburzenie (kto z kim przestaje, takim się staje, jak często powiadała jej matka), Rosie zaczęła czytać. Ten pierwszy akapit był przynajmniej krótki.

To zwykły pech. Parry był niewinny. A przede wszystkim to porządny facet, który nigdy nikogo nie skrzywdził i chciał żyć w spokoju. A jednak zbyt wiele przemawiało przeciwko niemu, a niemal nic za nim. Sąd uznał, że jest winien. Sędzia skazał go na dożywocie i wsadzono go do San Quentin.

Podniosła oczy, zamknęła książkę i oddała mu ją.

— Dobrze?

Uśmiechał się z widocznym zadowoleniem.

— Bardzo dobrze, pani McClendon. Proszę zaczekać... jeszcze jedno... chwileczkę...

Szybko przekartkował książkę, po czym podał ją Rosie.

— Jeszcze ten dialog, proszę. Rozmowa między Parrym a taksówkarzem. Od słów: *No cóż, to dziwne.* Znalazła pani?

Znalazła i tym razem nie protestowała. Uznała, że Lefferts nie jest niebezpieczny i nie musi być wariatem. Ponadto wciąż czuła to dziwne podniecenie, jakby miało się zdarzyć coś naprawdę interesującego... albo już się zdarzyło.

No pewnie, nie pamiętasz? — odezwał się głos w jej głowie. — Ten obraz, Rosie, pamiętasz?

Tak, oczywiście. Obraz. Sama myśl o nim dodała jej ducha i napełniła szczęściem.

— To szczególne wymagania — zauważyła, ale uśmiechnęła się. Nie mogła się powstrzymać.

Kiwnął głową i miała wrażenie, że tak samo kiwnąłby, gdyby powiedziała mu, że nazywa się *Madame* Bovary.

— Tak, tak, wiem, że tak to wygląda, ale... czy znalazła pani to miejsce, od którego ma pani czytać?

— Uhm.

Szybko przejrzała dialog, usiłując odczytać z kontekstu, kim byli rozmówcy. Z taksówkarzem nie miała kłopotów: w myślach szybko przywołała obraz Jackiego Gleasona jako Ralpha Kramdena w powtórkach „Honeymooners", pokazywanych popołudniami na kanale 18. Z Parrym było trochę trudniej — prawdziwy bohater, jak sądziła, powinien być bez skazy. Ech, co tam, to i tak bez znaczenia. Odchrząknęła i zaczęła czytać, zapominając, że stoi na rogu ruchliwej ulicy z pakunkiem po pachą, nieświadoma zaciekawionych spojrzeń, jakie ona i Lefferts ściągali na siebie.

— *No cóż, to zabawne — rzekł kierowca. — Czytam z twarzy ludzi, co myślą. Mogę też stwierdzić, czym się zajmują. A czasem nawet mogę stwierdzić, kim są... na przykład pan.*

— *Tak, ja. Co ze mną?*

— *Ma pan kłopoty.*

— *Nie mam żadnych kłopotów — zaprzeczył Parry.*

— *Nie opowiadaj takich rzeczy, bracie — rzekł kierowca. — Ja wiem. Znam się na ludziach. Powiem panu coś. Ma pan kłopoty z kobietami.*

— *Pierwsze pudło. Jestem szczęśliwie żonaty.*

Nagle, tak po prostu, znalazła głos dla Parry'ego: był Jamesem Woodsem, nerwowym i spiętym, lecz ze wspaniałym poczuciem humoru. To ucieszyło ją, więc czytała dalej z większym zainteresowaniem, oczyma duszy widząc scenę z nigdy nie nakręconego filmu: Jackie Gleason i James Woods gawędzący w taksówce mknącej nocą ulicami jakiegoś anonimowego miasta.

— *Raczej strzał w dychę. Nie jest pan żonaty. Chociaż był pan, ale niezbyt szczęśliwie.*

— *Och, rozumiem. Przebywał pan tam. Przez cały czas krył się pan w szafie.*

— *Opowiem panu o niej — ciągnął taksówkarz. — Ona nie była łatwa w pożyciu. Pragnęła różnych rzeczy. Im więcej dostawała, tym więcej chciała. I zawsze dostawała to, czego pragnęła. Oto cała historia.*

Rosie dotarła do końca strony. Czując dziwny dreszcz przebiegający po plecach, w milczeniu podała ksiażkę Leffertsowi, który teraz wyglądał na ogromnie zadowolonego z siebie.

— Ma pani cudowny głos! — powiedział jej. — Cichy, ale nie usypiający, melodyjny i bardzo czysty, bez śladu obcego akcentu. To zauważyłem od razu, ale sam głos bardzo niewiele znaczy. Pani jednak umie czytać! Naprawdę umie pani czytać!

— Oczywiście, że umiem czytać — odparła Rosie. Nie wiedziała, czy ma śmiać się, czy gniewać. — Czy wyglądam tak, jakbym wychowała się w buszu?

— Nie, jasne, że nie, lecz często nawet wprawni czytelnicy nie są w stanie czytać głośno; jeśli nie zacinają się na słowach, to ich głos nie ma ekspresji. A dialog jest o wiele trudniejszy niż narracja... można rzec, że to próba ogniowa. Tymczasem słyszałem dwóch ludzi. Naprawdę ich słyszałem!

— Tak, ja też. Panie Lefferts, naprawdę muszę już iść. Ja...

Wyciągnął rękę i lekko dotknął jej ramienia, zanim zdążyła odwrócić się i odejść. Kobieta bardziej obyta w świecie domyśliłaby się, że to rozmowa wstępna, mimo że przeprowadzana na rogu ulicy, i nie byłaby zdziwiona tym, co potem powiedział Lefferts. Rosie jednak oniemiała ze zdumienia, kiedy odchrząknął i zaproponował jej pracę.

6

W chwili gdy jego zbiegła żona czytała Robowi Leffertsowi na rogu ulicy, Norman Daniels siedział w swoim maleńkim boksie na trzecim piętrze komisariatu policji, z nogami na biurku i dłońmi splecionymi za głową. Po raz pierwszy od wielu lat mógł położyć nogi na biurku — zwykle było ono zasypane formularzami, opakowaniami po kanapkach, niedokończonymi raportami, służbowymi okólnikami, notatkami oraz innym śmieciem. Norman nie był typem człowieka, który odruchowo sprząta po sobie (w ciągu zaledwie trzech tygodni dom, który Rosie utrzymywała przez te wszystkie lata w idealnym porządku, zaczął wyglądać niemal jak Miami po przejściu huraganu Andrew) i zazwyczaj biuro zdradzało tę cechę charakteru gospodarza, teraz jednak panował tu porządek. Przez większość dnia sprzątał je. Wyniósł trzy wielkie plastikowe worki na śmieci, pełne makulatury, do spalarni odpadków, znajdującej się w piwnicy, nie chcąc pozostawiać tego czarnym sprzątaczkom, pracującym tu przez cały tydzień, od północy do szóstej rano. „To, co pozostawia się czarnuchom, nigdy nie zostaje zrobione” — tego nauczył Normana ojciec i miał rację. To był podstawowy fakt, którego politycy i rozmaici dobroczyńcy nie mogli lub nie chcieli pojąć; czarnuchy nie umieją pracować. To nie leży w ich afrykańskiej naturze.

Norman powoli powiódł wzrokiem po blacie biurka, na którym teraz znajdowały się tylko jego nogi i telefon, po czym spojrzał na ścianę po prawej. Przez całe lata była wytapetowana listami gończymi, rysopisami, wynikami badań laboratoryjnych i jadłospisami barów szybkiej obsługi — nie wspominając o kalendarzach z zaznaczonymi na czerwono datami stawienia się w sądzie — lecz teraz była zupełnie naga. Zakończył oględziny, patrząc na stos kartonowych pudeł po trunkach, piętrzący się obok drzwi. Jednocześnie myślał o tym, jak przedziwnie układa się życie. Miał wybuchowy charakter — pierwszy by się do tego przyznał. Równie chętnie wyznałby, że ten wybuchowy charakter wciąż pakował go w kłopoty, które trwały nieustannie. I gdyby rok wcześniej ujrzał swój pokój w takim stanie, w jakim widział go teraz, doszedłby do wniosku, że porywczy charakter w końcu wpakował go w tarapaty, z których nie zdołał się wywinąć, i wywalili go z roboty. Albo zebrał już tyle nagan, że zwolniono go zgodnie z przepisami obowiązującymi w policji. Albo że przyłapano go na robieniu komuś krzywdy... Zapewne wyrządził ją temu małemu pedrylowi, Ramonowi Sandersowi. Myślenie o tym, że mogłoby mieć jakiekolwiek znaczenie to, czy takiemu pedałkowi jak Ramon coś się stanie, było oczywiście śmieszne — przecież nie był świętym Antonim — lecz należało przestrzegać reguł gry... a przynajmniej nie dać się złapać na ich łamaniu. Podobnie jak nie należało głośno mówić, że czarnuchy nie umieją pracować, chociaż każdy (a przynajmniej każdy biały) o tym wiedział.

Nie, nie został wylany. Przeprowadzał się, to wszystko. Przenosił się z tej gównianej małej nory, która była jego domem od pierwszych dni prezydentury Busha. Przeprowadzał się do prawdziwego biura, awansował. Jak w piosence Chucka Berry'ego, tej zaczynającej się od *C'est la vie.* I okazuje się, że nigdy nic nie wiadomo.

Doszło do aresztowania, tego wielkiego, i sprawy nie mogłyby potoczyć się lepiej nawet wtedy, gdyby osobiście ułożył scenariusz wydarzeń. Nastąpiła niemal niewiarygodna zmiana: jego tyłek nagle okazał się szczerozłoty, przynajmniej dla niektórych.

To była szajka handlarzy narkotyków, obejmująca całe miasto, organizacja, jakiej nigdy nie da się rozpracować całkowicie i do końca... tyle że tym razem się udało. Wszystko wskoczyło na swoje miejsce, tak jakby ktoś wyrzucił tuzin siódemek pod rząd przy jednym ze stołów gry Atlantic City, za każdym razem podwajając swój majątek. Jego grupa przymknęła przeszło dwadzieścia osób, z których pół tuzina to naprawdę grube ryby, a aresztowania były bez zarzutu — nie ma mowy o jakichkolwiek nieprawidłowościach. Prokurator okręgowy pewnie dostał niebywałego orgazmu, jakiego nie miał od szkolnych czasów, kiedy dymał swojego cocker-spaniela. Norman, który kiedyś uważał, że może skończyć karierę, stając przed obliczem tego oślizłego popaprańca, jeśli nie okiełzna swojego porywczego charakteru, stał się pieszczoszkiem prokuratora. Chuck Berry miał rację: nigdy nic nie wiadomo.

— Lodówka była zapchana przekąskami i piwem imbirowym — mruknął Norman i uśmiechnął się. To był miły uśmiech, na który większość ludzi chciałaby odpowiedzieć uśmiechem, ale Rosie ścierpłaby ze strachu i gwałtownie zapragnęłaby stać się niewidzialna. Myślała o nim jako o krokodylim uśmiechu Normana.

Bardzo dobry początek wiosny, istotnie, bardzo dobry, a jednak w rzeczywistości bardzo kiepski. Dokładnie mówiąc, całkiem gówniany, a wszystko przez Rose. Spodziewał się, że dopadnie ją dawno temu, ale nie zdołał. Rose ciągle ukrywała się gdzieś. Ciągle gdzieś tam była.

Pojechał do Portside tego samego dnia, kiedy przesłuchał swego dobrego przyjaciela Ramona w parku przed komisariatem. Wziął zdjęcie Rose, ale niewiele mu ono pomogło. Kiedy wspomniał o okularach przeciwsłonecznych i jasnoczerwonej chustce (cenne szczegóły, jakie znalazł w stenogramie z policyjnego przesłuchania Ramona Sandersa), jeden z dwóch bileterów Continental, pracujący na dziennej zmianie, zawołał bingo! Jedyny problem polegał na tym, że ten kasjer nie pamiętał, dokąd pojechała, a nie można było sprawdzić w rejestrach, ponieważ takowych nie prowadzono. Zapłaciła gotówką i nie miała bagażu.

Rozkład jazdy Continental dawał trzy możliwości, ale Norman uznał trzecią — autobus jadący na południe o 1.45 — za nieprawdopodobną. Nie chciałaby czekać tu tak długo. Pozostały więc dwie: miasto leżące czterysta kilometrów dalej oraz inne, większe, w sercu Środkowego Zachodu.

Wtedy — powoli dochodził do wniosku — popełnił błąd, który kosztował go co najmniej dwa tygodnie; założył, że ona nie zechciałaby zbytnio oddalać się od domu, od miejsc, w których dorastała. Nie taka wystraszona myszka jak ona. Teraz jednak...

Dłonie Normana pokrywała siatka ledwie widocznych, białych blizn. Pozostawiły je jego paznokcie, lecz ich prawdziwe źródło kryło się głęboko w głowie, w tym kotle wrzącym na granicy wybuchu przez całe jego życie.

— Lepiej, żebyś się bała — mamrotał. — A jeśli jeszcze się nie boisz, to zapewniam cię, że niedługo zaczniesz.

Tak. Musiał ją mieć. Bez Rose wszystko, co wydarzyło się tej wiosny — słynne aresztowanie, dobra prasa, reporterzy zadający teraz pytania z najwyższym szacunkiem, bliskim uwielbienia — nie było ważne. Kobiety, z którymi spał, od kiedy odeszła Rose, również nie były ważne. Liczyło się tylko to, że ona go zostawiła. Jeszcze ważniejsze było to, że nie miał zielonego pojęcia, iż ona zamierza to zrobić. A już najważniejsze było to, że wzięła jego kartę kredytową. Skorzystała z niej tylko raz, żeby podjąć jakieś nędzne trzysta pięćdziesiąt dolarów, ale nie o to chodzi. Chodziło o to, że wzięła coś, co należało do niego, zapominając, kto jest najgorszym sukinsynem w dżungli, i za to musi mu zapłacić. I to drogo.

Drogo.

Udusił jedną z kobiet, z którymi spał, po tym jak odeszła Rose. Zadusił, a potem rzucił za elewator zbożowy na zachodnim końcu jeziora. Czy tę sprawę też powinien złożyć na karb swego porywczego charakteru? Nie wiedział, ale czy to miało jakieś znaczenie? Kogo to obchodzi? Pamiętał, że wybrał tę kobietę ze stada dziwek przechadzających się po Fremont Street — małą, rudowłosą panienkę w pomarańczowych szortach, z tymi wielkimi cyckami Daisy Mae, sterczącymi z opiętego stanika. Nie zauważył, jak bardzo była podobna do Rose (a przynajmniej teraz tak sobie mówił i może nawet w to wierzył), dopóki nie dobrał się do niej na tylnym siedzeniu swojego obecnego służbowego wozu, niepozornego czteroletniego chevroleta. A wtedy ona odwróciła głowę i światła na wierzchołku najbliższego silosu przez chwilę oświetliły jej twarz, oświetliły w pewien sposób, i w tym momencie kurwa stała się Rose, tą suką, która odeszła od niego, nie zostawiwszy nawet listu, nawet jednego pierdolonego słowa, i zanim pojął, co robi, kurwa już miała stanik zaciśnięty na szyi, a język wystawał tej kurwie z ust i oczy wychodziły tej kurwie z orbit, jak szklane kule. A najgorsze było to, że kiedy już nie żyła, kurwa wcale nie była podobna do Rose.

No cóż, nie wpadł w panikę... a właściwie, dlaczego miałby wpaść? W końcu to nie pierwszy raz.

Czy Rose wiedziała o tym? Wyczuwała?

Czy właśnie dlatego uciekła? Ponieważ obawiała się, że mógłby...

— Nie bądź dupkiem — mruknął i zamknął oczy.

Kiepski pomysł. Natychmiast zobaczył to, co ostatnio często widywał w snach: zieloną kartę kredytową Banku Handlowego, powiększoną do potwornych rozmiarów i unoszącą się w mroku jak sterowiec w kolorze pieniędzy. Pośpiesznie otworzył oczy. Bolały go dłonie. Rozluźnił palce i bez zdziwienia spojrzał na puchnące skaleczenia. Przyzwyczaił się do takich oznak swojego charakteru i wiedział, jak sobie z tym radzić: trzeba opanować kryzys. To oznaczało myślenie i planowanie, a wymagało uprzedniego przeglądu sytuacji.

Zatelefonował na policję w bliższym z tych dwóch miast, przedstawił się, a potem nazwał Rose główną podejrzaną w sprawie o fałszowanie kart kredytowych na dużą skalę (ta karta była najgorsza i nigdy nie mógł o niej zapomnieć; na myśl o tym, że ona ośmieliła się wziąć tę kartę z półki nad kominkiem, dostawał kurwicy). Podał jej nazwisko — Rose McClendon — pewny, że powróciła do swojego panieńskiego nazwiska. Gdyby się okazało, że jest inaczej, uznałby za zwykły zbieg okoliczności fakt, że podejrzana i policjant prowadzący dochodzenie mają identyczne nazwisko. Takie rzeczy się zdarzają. A chodziło o Danielsa, nie o Trzewskiego czy Beauschatza.

Przefaksował im również zdjęcia Rose. Jedno z nich, zrobione we wrześniu ubiegłego roku przez Raya Fostera, znajomego gliniarza, ukazywało ją siedzącą na tylnych schodach domku. Nie należało do nadzwyczajnych — przede wszystkim widać było, jak obrosła tłuszczem po skończeniu trzydziestki — lecz za to wyraźnie odzwierciedlało jej twarz. Na drugim zdjęciu był rysunkowy portret (Al Kelly, ten utalentowany skurwysyn, sporządził go po godzinach pracy na prośbę Normana) tej samej kobiety, tylko z chustką na głowie.

Gliniarze zadali wszystkie właściwe pytania i zajrzeli wszędzie, gdzie trzeba — do schronisk dla bezdomnych, hoteli na godziny, zajazdów, w których czasem można sprawdzić listę gości, jeśli się wie, jak i kogo poprosić — bez skutku. Sam Norman również przeprowadził wiele rozmów telefonicznych, z narastającą frustracją poszukując choćby najmniejszego papierowego śladu. Zapłacił nawet za przesłanie faksem listy osób ostatnio ubiegających się tam o wystawienie prawa jazdy — także bez skutku.

To, że Rose mogłaby mu uciec i uniknąć sprawiedliwej kary (szczególnie za zabranie karty kredytowej), w dalszym ciągu nie przyszło mu do głowy, ale niechętnie doszedł do wniosku, że może jednak udała się do tego drugiego miasta. Możliwe, że tak bardzo obawiała się go, iż czterysta kilometrów nie było dla niej dostatecznie dużą odległością.

Wkrótce się dowie, iż dziewięćset kilometrów też nie jest bezpieczną odległością.

Na razie jednak siedzi tu już dostatecznie długo — upomniał siebie. Czas znaleźć jakiś wózek albo taczkę i zacząć przewozić te graty do nowego gabinetu, dwa piętra wyżej. Zdjął nogi z biurka i w tej samej chwili zadzwonił telefon. Podniósł słuchawkę.

— Czy to inspektor Daniels? — usłyszał głos po drugiej stronie.

— Tak — odparł myśląc (bez specjalnej przyjemności): detektyw inspektor pierwszego stopnia Daniels.

— Mówi Olivier Robbins.

Robbins. Robbins. Nazwisko było znajome, ale...

— Z Continental Express. Sprzedałem bilet kobiecie, której szukacie.

Daniels wyprostował się w fotelu.

— Tak, panie Robbins, pamiętam pana bardzo dobrze.

— Widziałem pana w telewizji — rzekł Robbins. — To cudownie, że schwytał pan tych przestępców. Narkotyki to okropna rzecz. Wie pan, na dworcu wciąż widzimy, jak ludzie je zażywają.

— Tak — przytaknął Daniels, nie pozwalając, aby w jego głosie dał się słyszeć choć cień niecierpliwości. — Jestem tego pewny.

— Czy oni naprawdę pójdą do więzienia?

— Sądzę, że większość z nich tak. W czym mogę panu dziś pomóc?

— Właściwie to mam nadzieję, że ja pomogę panu — powiedział Robbins. — Prosił pan, bym zatelefonował, jeśli przypomnę sobie coś jeszcze. To znaczy o kobiecie w ciemnych okularach i czerwonej chustce.

— Tak — odrzekł Norman. Jego głos był spokojny i przyjazny, ale dłoń, w której nie trzymał słuchawki, znowu zacisnęła się w pięść, a paznokcie wbijały się i wbijały.

— No cóż, dziś rano, kiedy brałem prysznic, coś przyszło mi do głowy. Myślałem o tym przez cały dzień i jestem pewny, że się nie mylę. Ona naprawdę powiedziała to w ten sposób.

— Co powiedziała, w jaki sposób? — zapytał Daniels. W dalszym ciągu mówił spokojnym, a nawet miłym głosem, ale w zagłębieniach jego zaciśniętej dłoni pokazała się krew. Norman otworzył jedną z szuflad pustego biurka i trzymał nad nią pięść. Pamiątka dla przyszłego użytkownika tej gównianej małej nory.

— Widzi pan, ona nie wymieniła miejscowości, do której chciała jechać. Pewnie dlatego nie mogłem sobie przypomnieć, kiedy mnie pan pytał, inspektorze Daniels, chociaż zazwyczaj mam głowę do takich spraw.

— Nie rozumiem.

— Ludzie kupujący bilet zazwyczaj podają cel podróży — wyjaśnił Robbins. — Mówią na przykład: Proszę w obie strony do Nashville. Albo: W jedną stronę do Lansing, proszę. Rozumie pan?

— Tak.

— Ta kobieta nie zrobiła tego. Nie podała mi celu podróży; podała mi czas odjazdu. Właśnie to przypomniałem sobie dziś pod prysznicem. Powiedziała: „Chcę kupić bilet na autobus o jedenastej pięć. Czy są jeszcze wolne miejsca?". Jakby cel podróży nie miał żadnego znaczenia, jakby chciała tylko...

— Odjechać najszybciej jak się da i najdalej jak się da! — wykrzyknął Norman. — Tak! Tak, oczywiście! Dziękuję, panie Robbins!

— Cieszę się, że mogłem pomóc — Robbins był wyraźnie zaskoczony tym nagłym wybuchem emocji na drugim końcu. — Widzę, że naprawdę bardzo chcecie złapać tę kobietę.

— Chcemy — rzekł Norman, a na jego twarzy pojawił się uśmiech, który mroził krew w żyłach Rosie i kazał jej opierać się plecami o ścianę, żeby osłonić nerki. — Może pan założyć się o to. Ten autobus o jedenastej pięć, panie Robbins, dokąd on jedzie?

Robbins powiedział mu, a potem zapytał:

— Czy ona należała do tej szajki handlarzy narkotyków? Ta kobieta, której szukacie?

— Nie, chodzi o nadużycia z kartami kredytowymi — odparł Norman, a Robbins chciał coś dodać, zapewne zamierzając nawiązać towarzyską pogawędkę, lecz Norman rzucił słuchawkę na widełki, wyłączając się w pół zdania. Znów położył nogi na biurku.

Wózek i przenoszenie gratów mogą zaczekać. Odchylił się w fotelu i spojrzał w sufit. — Nadużycia z kartami kredytowymi, pewnie — mruknął do siebie. — A jednak wiesz, co mówią o długim ramieniu prawa.

Wyciągnął lewą rękę i otworzył pięść, odsłaniając usmarowaną krwią dłoń. Wyprostował palce, które też były zakrwawione.

— Długie ramię prawa, ty suko — prychnął i nagle wybuchnął śmiechem. Przebierał palcami, patrząc, jak kropelki krwi pryskają na blat, nie dbając o to, śmiejąc się, czując się znakomicie.

Wszystko znów toczyło się tak, jak powinno.

7

Wróciwszy do Córek i Sióstr, Rosie zastała Pam siedzącą na składanym krześle w sali gimnastycznej na parterze. Pam trzymała na kolanach książkę, ale obserwowała Gert Kinshaw i to chude coś, co przyszło mniej więcej dziesięć dni wcześniej, czyli Cynthię Jakąśtam. Cynthia nosiła ekstrawagancką fryzurę punka — zielono-pomarańczową, pół na pół — i wyglądała tak, jakby ważyła nie więcej niż czterdzieści pięć kilogramów. Miała gruby opatrunek na lewym uchu, które jej chłopak usiłował — z niejakim sukcesem — oderwać. Nosiła podkoszulek bez rękawów, z Peterem Toshem w centrum wirującej, niebieskozielonej, psychodelicznej erupcji Słońca. NIE ZAMIERZAM TEGO RZUCIĆ! — oznajmiał napis na koszulce. Przy każdym ruchu przyduże otwory na ramiona odsłaniały jej piersi wielkości filiżanek i małe sutki truskawkowej barwy. Sapała i pot spływał jej po twarzy, ale wydawała się niemal niebotycznie zadowolona z siebie i z tego, że jest tu, gdzie jest.

Gert Kinshaw różniła się od Cynthii jak noc od dnia. Rosie nigdy nie była pewna, czy Gert jest radczynią prawną, długoletnią mieszkanką przytułku, czy też tylko damą dworu, umownie mówiąc. Pojawiała się, zostawała na kilka dni, a potem znów znikała. Często brała udział w sesjach terapeutycznych (u Córek i Sióstr odbywały się one dwa razy dziennie, przy czym mieszkanki były obowiązane uczestniczyć w nich cztery razy w tygodniu), lecz Rosie nigdy nie słyszała jej zabierającej głos. Była wysoka — miała co najmniej sto osiemdziesiąt dwa centymetry — i postawna: ramiona szerokie, miękkie i ciemnobrązowe, piersi jak melony, a jej brzuch był wielką, wystającą fałdą tłuszczu, wylewającą się z podkoszulków rozmiaru XXXL i zwisającą nad spodniami od dresu, które zawsze nosiła. Jej włosy były gąszczem drobnych loczków (bardzo kręconych). Wyglądała jak jedna z tych kobiet, które przesiadują w pralniach samoobsługowych, zajadają twinkies i czytają ostatni numer „National Enquirer", więc łatwo było przeoczyć jej potężne bicepsy, zgrabny zarys ud pod starymi spodniami od dresu i to, że jej wielki zad nie trząsł się, kiedy szła. Była gadatliwa tylko w sali gimnastycznej.

Gert uczyła szlachetnej sztuki samoobrony wszystkie mieszkanki Córek i Sióstr, które chciały się uczyć. Rosie też wzięła kilka lekcji i w dalszym ciągu przynajmniej raz dziennie ćwiczyła to, co Gert nazywała Sześcioma Wspaniałymi Sposobami Upierdolenia Dupka. Niezbyt dobrze jej szło i nie mogła sobie wyobrazić, że mogłaby je wypróbować na prawdziwym mężczyźnie — na przykład na facecie z wąsami Davida Crosby'ego, stojącym w drzwiach The Wee Nip — ale lubiła Gert. Szczególnie lubiła patrzeć, jak zmieniała się szeroka, ciemna twarz, kiedy Gert uczyła kogoś; jej zwykle nieruchome oblicze nabierało wtedy wyrazu i inteligencji. Stawało się po prostu ładne. Rosie zapytała ją kiedyś, czego właściwie uczy — taekwondo, dżiu-dżitsu czy karate? A może jakiejś innej sztuki. Gert tylko wzruszyła ramionami.

— Trochę tego i trochę tamtego — powiedziała. — Takie resztki.

Teraz stół do ping-ponga odsunięto na bok, a na środku pokoju poukładano szare maty. Wzdłuż jednej ściany, obitej sosnową boazerią, między starym zestawem stereo a prehistorycznym telewizorem, w którym wszystko było bladozielone albo bladoróżowe, ustawiono osiem lub dziewięć składanych krzeseł. Zajęte było jedynie to, na którym siedziała Pam. Z książką na kolanach, włosami związanymi z tyłu kawałkiem niebieskiej wstążki, ze skromnie podwiniętymi nogami wyglądała jak królowa „pietruszek" ściany na gimnazjalnej potańcówce. Rosie usiadła przy niej, opierając zapakowany obraz o łydki.

Gert, ważąca co najmniej sto dwadzieścia kilogramów, i Cynthia, która może ważyłaby pięćdziesiąt w wojskowych buciorach i z wypchanym plecakiem, krążyły wokół siebie. Cynthia dyszała i uśmiechała się szeroko. Gert była spokojna i cicha, lekko zgięta w nie istniejącej talii, z rękami wysuniętymi naprzód. Rosie patrzyła na nie, jednocześnie ubawiona i zaniepokojona. To było tak, jakby obserwowała wiewiórkę lub chomika podchodzących niedźwiedzia.

— Zaczynałam martwić się o ciebie — odezwała się Pam. — Już chodziła mi po głowie myśl, żeby zwołać grupę poszukiwawczą.

— Miałam naprawdę zdumiewające popołudnie. A co u ciebie? Jak się czujesz?

— Lepiej. Moim zdaniem, midol jest rozwiązaniem wszystkich problemów tego świata. Nieważne. Co ci się przytrafiło? Promieniejesz!

— Naprawdę?

— Naprawdę. Gadaj. Co jest?

— No cóż, po kolei — powiedziała Rosie. Zaczęła liczyć na palcach. — Najpierw dowiedziałam się, że mój pierścionek zaręczynowy jest fałszywy, potem zamieniłam go na obraz, który zamierzam powiesić w moim mieszkaniu, kiedy je dostanę, no i zaproponowano mi pracę... — Urwała dla większego efektu, a później dodała: — I spotkałam kogoś interesującego.

Pam popatrzyła na nią okrągłymi ze zdziwienia oczami.

— Zmyślasz!

— Nie. Przysięgam na Boga. Nie napalaj się jednak, on ma sześćdziesiąt pięć lat jak nic. — Mówiła o Robbiem Leffertsie, lecz umysł podsunął jej na chwilę obraz Billa Steinera, z jego błękitną kamizelką i interesującymi oczami. Przecież to śmieszne. W tym momencie życia sercowe komplikacje były jej potrzebne tak samo jak rak wargi. A ponadto, czy nie doszła do wniosku, że Steiner jest co najmniej siedem lat młodszy od niej? Po prostu dzieciak. — To on zaproponował mi pracę. Nazywa się Robbie Lefferts. Lecz dajmy mu teraz spokój, chcesz zobaczyć mój nowy obraz?

— No, dalej! — zawołała Gert na środku pokoju. — To nie szkoła tańca, kochanie.

Ostatnie słowo zabrzmiało jak „koanie".

Cynthia ruszyła na nią, łopocząc przydużą koszulką. Gert odsunęła się na bok, złapała drobną przeciwniczkę za ramiona i rzuciła na matę. Cynthia nakryła się nogami, lądując na plecach. „Iiii!" — pisnęła i skoczyła na równe nogi, odbijając się od maty jak piłka.

— Nie, nie chcę oglądać twojego obrazu — powiedziała Pam. — Chyba że przedstawia tego faceta. Rzeczywiście ma sześćdziesiąt pięć lat? Nie wierzę!

— Może więcej — odparła Rosie. — Ale był tam jeszcze jeden. To on powiedział mi, że diament w moim pierścionku zaręczynowym to tylko cyrkonia. Potem zamienił mi go na ten obraz. — Urwała. — On nie był sześćdziesięciolatkiem.

— Jak wyglądał?

— Miał piwne oczy — stwierdziła Rosie i schyliła się po obraz. — Nie wydusisz ze mnie ani słowa więcej, dopóki nie powiesz mi, co o tym sądzisz.

— Rosie, nie zachowuj się jak piła!

Rosie uśmiechnęła się — prawie zapomniała, ile przyjemności może dać chwilka niewinnych przekomarzań — i dalej rozwijała papier, którym Bill Steiner starannie opakował pierwszy ważny zakup w jej nowym życiu.

— W porządku! — krzyknęła Gert do Cynthii, która znów krążyła wokół niej. Gert kołysała się powoli na swych wielkich brązowych nogach. Jej piersi pod białym obcisłym podkoszulkiem unosiły się i opadały niczym fale oceanu. — Widziałaś, jak się to robi, a teraz powtórz. Pamiętaj, nie możesz mną rzucić, takie chuchro jak ty wbiłoby się w ziemię, usiłując ruszyć taki czołg jak ja, ale możesz sprawić, że upadnę. Gotowa?

— Gotowa jak nowa — zażartowała Cynthia. Uśmiechnęła się jeszcze szerzej, pokazując drobne, krzywe, białe zęby. Rosie uznała, że wyglądają jak kły jakiegoś małego, ale niebezpiecznego zwierzątka — może mangusty. — Gertrude Kinshaw, ruszaj!

Gert skoczyła. Cynthia złapała ją za grube przedramiona i podstawiła szczupłe, chłopięce biodro pod tłusty bok Gert. Zrobiła to z pewnością siebie, na jaką Rosie — była tego świadoma — nigdy nie będzie stać... I nagle Gert uniosła się i poleciała w powietrze, jak fatamorgana w białej koszulce i szarych spodniach dresowych. Koszulka podwinęła się, odsłaniając największy biustonosz, jaki Rosie widziała w życiu: miski z cielistej lycry wyglądały jak pociski artyleryjskie z pierwszej wojny światowej. Kiedy Gert upadła na matę, pokój zadygotał.

— Taak! — wrzasnęła Cynthia, podskakując w miejscu i potrząsając złączonymi nad głową rękami. — Wielka mama pada na matę! Tak! TAAK! Będzie liczona! Będzie, kurwa, liczona i...

Z uśmiechem, który rzadko gościł na jej twarzy, zmieniając ją w groźną maskę, Gert podniosła Cynthię, przez chwilę trzymała ją nad głową, a potem zaczęła nią kręcić jak śmigłem helikoptera.

— Auuu, będę rzygać! — wrzeszczała Cynthia, ale i ona śmiała się przy tym. Wirowała jak rozmazana smuga zielonopomarańczowych włosów i psychodelicznej koszulki. — Auuu, bo puszczę PAWIA!

— Gert, wystarczy — rozległ się spokojny głos. To Anna Stevenson stanęła u podnóża schodów. Znów była odziana w czerń i biel (Rosie widywała ją w innych kombinacjach barw, ale niezbyt często), tym razem w wąskie czarne spodnie i białą jedwabną bluzkę z długimi rękawami i wysokim karczkiem. Rosie zazdrościła jej elegancji. Zawsze zazdrościła jej elegancji.

Wyglądając na lekko zawstydzoną, Gert delikatnie postawiła Cynthię na ziemi.

— Nic mi nie jest, Anno — zapewniła Cynthia. Zrobiła cztery chwiejne kroki po macie, potknęła się, usiadła i zaczęła chichotać.

— Widzę — zauważyła sucho Anna.

— Rzuciłam Gert — mówiła Cynthia. — Szkoda, że tego nie widziałaś. To była najwspanialsza chwila w moim życiu. Naprawdę.

— Jestem tego pewna, ale Gert powie ci, że upadła sama — tłumaczyła Anna. — Ty tylko pomogłaś zrobić to, co jej ciało już chciało zrobić.

— Taak, chyba tak — przyznała Cynthia. Ostrożnie wstała i natychmiast pacnęła z powrotem na tyłek (a raczej na to, co tam miała) i znów zachichotała. — Boże, jakby ktoś postawił cały ten pokój na odtwarzaczu płyt.

Anna przeszła przez pokój do Rosie i Pam.

— Co tam masz? — zapytała Rosie.

— Obraz. Kupiłam go dzisiaj. To do mojego nowego mieszkania, kiedy je dostanę. Do mojego pokoju. — A potem z lekką obawą dodała: — I co o nim myślisz?

— Jeszcze nie wiem, obejrzyjmy go przy świetle.

Anna wzięła obraz za ramę, przeniosła go przez pokój i postawiła na stole do ping-ponga. Pięć kobiet stanęło wokół półokręgiem. Nie, teraz było ich siedem, dostrzegła Rosie, zerknąwszy na boki. Robin St. James i Consuelo Delgado zeszły na dół i dołączyły do nich. Stały za Cynthią, zaglądając przez jej wąskie ramiona. Rosie czekała, aż ktoś przerwie ciszę — stawiała na Cynthię — a kiedy nikt tego nie robił i milczenie się przedłużało, poczuła lekkie zdenerwowanie.

— No? — spytała w końcu. — Co myślicie? Niech ktoś coś powie.

— To dziwny obraz — odezwała się Anna.

— Taak — przytaknęła Cynthia. — Niesamowity. Chyba jednak widziałam już coś takiego.

Anna spojrzała na Rosie.

— Dlaczego go kupiłaś?

Rosie wzruszyła ramionami, jeszcze bardziej zdenerwowana.

— Naprawdę nie wiem, czy potrafię to wyjaśnić. Czułam się tak, jakby do mnie coś mówił.

Anna zaskoczyła ją — i znacznie uspokoiła — uśmiechając się i kiwając głową.

— Tak. Myślę, że na tym rzeczywiście polega oddziaływanie sztuki bez względu na to, czy chodzi o literaturę, rzeźbę czy nawet zamki z piasku. Pewne rzeczy po prostu przemawiają do nas. Tak jakby ludzie, którzy je zrobili, mówili do nas w naszych myślach. Ten obraz jednak... czy on wydaje ci się piękny, Rosie?

Rosie spojrzała nań, usiłując zobaczyć go takim, jakim widziała go w sklepie, gdy przemówił do niej bezgłośnie z taką siłą, że stanęła jak wryta, mając pustkę w głowie. Popatrzyła na blondynkę w jasnoczerwonej todze (czy też chitonie, jak nazwał szatę pan Lefferts), stojącą w wysokiej trawie na szczycie wzgórza, ponownie zauważając warkocz opadający jej na plecy i złotą bransoletkę powyżej odsłoniętego prawego łokcia. Potem pozwoliła spojrzeniu powędrować do zrujnowanej świątyni i posągu (boga) u stóp wzgórza. Ku temu, na co spoglądała kobieta w todze.

Skąd wiesz, na co ona patrzy? Jak możesz być pewna? Przecież nie widać jej twarzy!

To, oczywiście, prawda... ale na co innego mogła patrzeć?

— Nie — odparła Rosie. — Nie kupiłam go dlatego, że uznałam go za piękny. Nabyłam go dlatego, że wydał mi się potężny. Stanęłam jak wryta, ponieważ wywarł na mnie tak wielkie wrażenie. Uważacie, że obraz musi być piękny, żeby był dobry?

— Skądże — powiedziała Consuelo. — Pomyśl o Jacksonie Pollocku. W jego dziełach nie było piękna, ale energia. Albo Diane Arbus, prawda?

— Kto to taki? — spytała Cynthia.

— Kobieta fotografik. Zdobyła sławę, robiąc zdjęcia brodatych kobiet i karłów palących cygara.

— Och. — Cynthia zastanowiła się chwilę i nagle się rozpromieniła... — Widziałam kiedyś taki obraz na ekskluzywnym przyjęciu koktajlowym. To było w jakiejś galerii sztuki. Namalował go facet nazwiskiem Applethorpe, Robert Applethorpe, i wiecie, co przedstawiał? Faceta obciągającego drugiemu facetowi! Poważnie! I nie było w tym żadnego udawania, tak jak w magazynach porno. Chcę powiedzieć, że ten facet starał się, przykładał się do roboty i pracował po godzinach. Nikt nie uwierzyłby, że facet może wziąć tyle dzidy do...

— Mapplethorpe — powiedziała sucho Anna.

— Hmm?

— Mapplethorpe, nie Aapplethorpe.

— Ach tak. Chyba tak.

— Już nie żyje.

— Ach tak? Na co umarł? — spytała Cynthia.

— Na AIDS. — Anna w dalszym ciągu patrzyła na obraz Rosie i odpowiedziała z roztargnieniem. — W pewnych kręgach określa się to chorobą dzidy.

— Napomknęłaś, że widziałaś już taki obraz jak ten — zagrzmiała Gert. — Gdzie to było, mała? W jakiejś galerii sztuki?

— Nie. — Mówiąc o obrazie Mapplethorpe'a, Cynthia wyglądała jedynie na zainteresowaną; teraz jej policzki zaróżowiły się, a w kącikach ust pojawiły się dołeczki uśmiechu. — I nie był to dokładnie ten sam, ale...

— Mów dalej — zachęciła ją Rosie.

— No cóż, mój ojciec był pastorem metodystów w Bakersfield — wyznała Cynthia. — Pochodzę z Bakersfield, w Kalifornii. Mieszkaliśmy na plebanii, a w małej salce na dole złożono wszystkie stare obrazy. Na jednych byli prezydenci, na innych kwiaty, a na jeszcze innych psy. Te nie miały znaczenia. Były po prostu rzeczami, jakie wiesza się na ścianach, żeby nie wyglądały goło.

Rosie kiwnęła głową, myśląc o obrazach, które otaczały ją na tych zakurzonych półkach lombardu — weneckich gondolach, owocach na paterach, psach i lisach. Po prostu przedmioty do wieszania na ścianach, żeby nie wyglądały goło. Usta bez języków.

— Wśród nich znajdował się jeden... nazywał się... — Zmarszczyła brwi, usiłując przypomnieć sobie. — Chyba nazywał się „De Soto spogląda na zachód". Przedstawiał podróżnika w blaszanych gaciach, z miską na głowie, stojącego na szczycie urwiska w otoczeniu Indian. Stał tam i spoglądał ponad kilometrami lasów ku naprawdę wielkiej rzece. Chyba Missisipi. Lecz wiecie... chodzi o to...

Spojrzała niepewnie. Jej policzki były bardziej różowe niż kiedykolwiek i uśmiech zniknął z twarzy. Gruby bandaż na uchu wydawał się bardzo biały, bardzo na miejscu, jak jakaś szczególna ozdoba przypięta z boku głowy i Rosie zadała sobie pytanie — nie pierwszy raz od czasu przybycia do Córek i Sióstr — dlaczego jest tylu tak niedobrych mężczyzn. Co jest z nimi nie tak? Czy to coś, co w nich zostało, czy też coś paskudnego, co mimowolnie w nich wbudowano, jak wadliwy układ komputera?

— Mów dalej, Cynthio — powiedziała Anna. — Nie będziemy się śmiać. Prawda?

Kobiety potrząsnęły głowami.

Cynthia założyła ręce za plecy, jak dziewczynka, której kazano recytować wiersz przed całą klasą.

— No cóż — zaczęła, znacznie ciszej niż zwykle. — Wydawało się, że ta rzeka płynie, i to mnie fascynowało. Ten obraz wisiał w pomieszczeniu, w którym ojciec prowadził czwartkowe spotkania katechetyczne, a ja przychodziłam tam i czasem siedziałam przed tym obrazem przez godzinę czy dwie, wpatrując się weń jak w telewizor. Obserwowałam, jak rzeka płynie... albo czekałam, czy popłynie. Teraz już nie pamiętam, bo miałam tylko dziewięć czy dziesięć lat. Zapamiętałam jedną swoją myśl. Otóż sądziłam, że jeśli rzeka płynie, to prędzej czy później zobaczę tratwę albo indiańskie kanoe, a wtedy będę pewna. Tymczasem któregoś dnia zeszłam na dół, a obrazu nie było. Bach. Myślę, że matka musiała zajrzeć i zobaczyć, jak siedzę wpatrzona w obraz, więc...

— Zaniepokoiła się i schowała go — dopowiedziała Robin.

— Taak, pewnie wyrzuciła go na śmietnik — rzekła Cynthia. — Byłam wtedy dzieckiem. Lecz twój obraz, Rosie, przypomina mi tamten.

Pam obejrzała go z bliska.

— Jasne — stwierdziła. — Nic dziwnego. Widać, jak ta kobieta oddycha.

Wszystkie się roześmiały, a Rosie z nimi.

— Nie, nie o to chodzi — zaprzeczyła Cynthia. — Po prostu... po prostu wygląda trochę staroświecko, no wiecie... jak szkolny rysunek... i jest wyblakły. Oprócz chmur i jej sukni wszystkie kolory są blade. Na obrazie „De Soto" wszystko z wyjątkiem rzeki było wyblakłe. Rzeka połyskiwała srebrzyście i wydawała się bardziej związana z krajobrazem niż reszta obrazu.

Gert zwróciła się do Rosie.

— Powiedz nam o twojej pracy. Słyszałam, jak mówiłaś, że zaproponowano ci pracę.

— Opowiedz nam wszystko — dodała Pam.

— Tak — potwierdziła Anna. — Opowiedz nam wszystko, a potem może znalazłabyś czas, żeby wpaść na chwilę do mojego biura?

— Czy to... czy to jest to, na co czekałam?

Anna uśmiechnęła się.

— Prawdę mówiąc, tak.

8

— To ładne mieszkanie, jedno z najlepszych na naszej liście i mam nadzieję, że będziesz nim równie zachwycona jak ja — wyjaśniała Anna. Na jednym rogu jej biurka niebezpiecznie przechylał się stos ulotek zapowiadających nadchodzący „Piknik i koncert Córek i Sióstr" — wydarzenie stanowiło okazję do zbiórki funduszy, częściowo było imprezą towarzyską, a częściowo świętem. Anna wzięła jedną karteczkę, odwróciła i zaczęła szybko rysować. — Tutaj kuchnia, tu składane łóżko i mały pokoik. To jest łazienka. Ledwie można się w niej obrócić, a siadając na tronie będziesz musiała chyba trzymać nogi pod prysznicem, ale jest twoja.

— Tak — szepnęła Rosie. — Moja.

Znów ogarnęło ją uczucie, jakiego nie doznała od tygodni — że wszystko to cudowny sen i lada chwila znowu obudzi się obok Normana.

— Widok z okna jest piękny. Nie jest to oczywiście Lake Drive, lecz Bryant Park wygląda bardzo ładnie, szczególnie w lecie. Pierwsze piętro. Okolica trochę podupadła w latach osiemdziesiątych, ale teraz znów odzyskuje wygląd.

— To brzmi tak, jakbyś tam bywała — rzekła Rosie.

Anna wzruszyła ramionami — delikatny, ładny gest — i narysowała przedpokój, a potem schody. Robiła to z wprawą zawodowego kreślarza. Nie podnosząc głowy, powiedziała:

— Byłam tam wiele razy, ale przecież nie to miałaś na myśli, prawda?

— Nie.

— Jakaś cząstka mojej osobowości odchodzi z każdą kobietą, która nas opuszcza. Pewnie brzmi to sentymentalnie, ale nic sobie z tego nie robię. To prawda i tylko to się liczy. Co o tym myślisz?

Rosie impulsywnie uścisnęła ją i natychmiast tego pożałowała, czując, jak Anna zesztywniała. Nie powinnam tego robić — pomyślała, puszczając ją. — Przecież wiem. I wiedziała. Anna Stevenson była miłą — a może nawet świętą — osobą, Rosie nie miała co do tego wątpliwości, lecz wyczuwała w niej jakąś dziwną arogancję i to, że nie lubiła być blisko ludzi. Szczególnie nie lubiła być dotykana.

— Przepraszam — powiedziała, odsuwając się.

— Nie bądź głupia — zareagowała szorstko Anna. — I co o tym myślisz?

— Uwielbiam je — odparła Rosie.

Anna uśmiechnęła się i nieprzyjemny moment należał już do przeszłości. Narysowała małe „x" na ścianie pokoiku, naprzeciw małego prostokąta symbolizującego jedyne okno.

— Twój nowy obraz... Założę się, że powiesisz go tutaj.

— Ja też jestem tego pewna.

Anna odłożyła ołówek.

— Cieszę się, że mogę ci pomóc, Rosie, i jestem bardzo zadowolona, że przyszłaś do nas. Hej, znów oczy ci się pocą.

Ponownie poszły w ruch chusteczki higieniczne, lecz Rosie wątpiła, aby była to ta sama paczka, którą Anna poratowała ją podczas pierwszej rozmowy w tym pokoju, miała wrażenie, że tutaj zużywa się mnóstwo chusteczek.

Wzięła jedną i otarła oczy.

— Uratowałaś mi życie, wiesz — powiedziała ochrypłym głosem. — Uratowałaś mi życie, a ja nigdy, nigdy tego nie zapomnę.

— Pochlebiające, ale nieprawdziwe — odparła Anna suchym, spokojnym głosem. — Ocaliłam ci życie tak samo, jak Cynthia rzuciła Gert na matę w sali gimnastycznej na dole. Uratowałaś się sama, kiedy zaryzykowałaś i odeszłaś od mężczyzny, który cię krzywdził.

— Mimo to dziękuję. Za to, że tu jestem.

— Serdeczne dzięki — powiedziała Anna i właśnie wtedy Rosie

ujrzała w jej oczach łzy po raz pierwszy od czasu pobytu u Córek i Sióstr. Z uśmiechem oddała jej paczkę chusteczek.

— Skorzystaj — powiedziała. — Wygląda na to, że i ty masz przeciek.

Anna roześmiała się, wzięła chusteczkę, posłużyła się nią i wrzuciła do kosza.

— Nienawidzę swojego płaczu. To mój największy, najstraszliwszy sekret. Wciąż wydaje mi się, że już z tym skończyłam, że muszę z tym skończyć, a potem znów płaczę. Chyba tak reaguję na myśl o mężczyznach.

I Rosie ponownie przyłapała się na tym, że wspomina Billa Steinera i jego piwne oczy.

Anna wzięła do ręki ołówek i napisała coś pod szkicem planu mieszkania. Potem podała kartkę Rosie. Pod rysunkiem widniał adres: Trenton Street 897.

— Tam będziesz mieszkać — rzekła Anna. — To spory kawałek stąd, ale umiesz już jeździć autobusami, prawda?

Śmiejąc się i jeszcze trochę płacząc, Rosie kiwnęła głową.

— Możesz podać ten adres przyjaciółkom, jakie tu masz, a później tym, jakie poznasz gdzie indziej, ale na razie nie zna go nikt oprócz nas dwóch.

Jej słowa brzmiały w uszach Rosie jak podsumowanie, jak mowa pożegnalna.

— Nikt inny nie dowie się tutaj, gdzie mieszkasz. Taką mamy zasadę u Córek i Sióstr. Po dwudziestu pięciu latach pracy z nieszczęśliwymi kobietami jestem przekonana, że to jedyny sposób.

Pam wyjaśniła to Rosie; tak samo jak Consuelo Delgado i Robin St. James. Stało się to podczas Godziny Radości, jak mieszkanki nazywały wieczorne porządki w przytułku, ale Rosie wcale nie potrzebowała wyjaśnień. Wystarczyły trzy lub cztery sesje terapeutyczne w salce na dole, żeby przeciętnie inteligentna osoba dowiedziała się większości tego, co powinna wiedzieć o zasadach obowiązujących w schronisku. Była Lista Anny i były Prawa Anny.

— Jak bardzo boisz się go? — spytała Anna.

Przez chwilę coś innego zaprzątało uwagę Rosie; teraz pośpiesznie usiłowała się skupić. Z początku nie wiedziała, o czym Anna mówi.

— Twój mąż, jak bardzo się go boisz? Wiem, że przez pierwsze dwa lub trzy tygodnie żyłaś w obawie, że on przyjdzie tu za tobą... że cię wytropi, jak to ujmowałaś. A co myślisz o tym teraz?

Rosie rozważyła pytanie. Po pierwsze, „obawa" nie była odpowiednim słowem na wyrażenie jej uczuć wobec Normana podczas pierwszych tygodni pobytu w schronisku; nawet przerażenie niezupełnie je oddawało, ponieważ sens związanych z jego osobą uczuć zacierały — i w pewnym stopniu zmieniały — inne emocje: wstyd z powodu nieudanego małżeństwa, tęsknota za nielicznymi przedmiotami, jakie lubiła (na przykład za Fotelem Puchatka), euforyczne poczucie wolności, powracające każdego dnia, i ulga tak wielka, że aż straszna — w rodzaju tej, jaką mógłby czuć linoskoczek, który był bliski utraty równowagi podczas przechodzenia nad głębokim kanionem... ale utrzymał ją.

To strach był kluczem wszystkiego; nie było co do tego wątpliwości. Przez pierwsze dwa tygodnie spędzone u Córek i Sióstr wciąż miała ten sam sen: siedziała na jednym z wiklinowych foteli na ganku, kiedy przy krawężniku zatrzymała się fabrycznie nowa sentra. Otwierały się drzwi po stronie kierowcy i wysiadał Norman. Nosił czarny podkoszulek z mapą Wietnamu Południowego. Czasami napis pod mapą głosił: TAM DOM TWÓJ, GDZIE SERCE TWOJE, a czasem: BEZDOMNY Z AIDS. Jego spodnie były zbryzgane krwią. Kawałki kości — wyglądające jak paliczki palców — zwisały mu z uszu. W jednej ręce trzymał jakąś maskę, która była zbroczona krwią i zanieczyszczona ciemnymi kawałkami mięsa. Rosie usiłowała wstać z fotela i nie mogła; była jak sparaliżowana. Musiała siedzieć i patrzeć, jak powoli idzie do niej podjazdem, a kościane ozdoby w jego uszach podskakują miarowo. Mogła tylko siedzieć tam i czekać, aż porozmawia z nią w cztery oczy. Uśmiechał się i widziała, że jego zęby również są zakrwawione.

— Rosie? — spytała łagodnie Anna. — Jesteś tu?

— Tak — powiedziała szybko, bez tchu. — Jestem tu i... tak, wciąż się go boję.

— No wiesz, nie ma w tym niczego niezwykłego. Sądzę, że w pewien sposób zawsze będziesz się go obawiała. Jednak nic ci nie grozi, jeśli zapamiętasz, że coraz dłuższe i dłuższe będą okresy, kiedy nie będziesz obawiała się niczego... gdy nawet o nim nie pomyślisz. Lecz nie o to pytałam. Chciałam wiedzieć, czy w dalszym ciągu obawiasz się, że on po ciebie przyjdzie.

Tak, wciąż się obawiała. Nie, właściwie to nie była obawa. Przez czternaście lat wielokrotnie wysłuchiwała rozmów telefonicznych związanych z jego pracą i była świadkiem tego, jak omawiał z kolegami różne sprawy, czasem w pokoju na dole, czasem siedząc na patio. Ledwie ją zauważali, kiedy przynosiła im ciepłe zakąski do kawy albo kolejne butelki piwa. Niemal zawsze Norman kierował dyskusją, mówił szybko i niecierpliwie, pochylał się nad stołem z butelką piwa na pół ukrytą w potężnej pięści, poganiając innych, tłumiąc ich wątpliwości, nie przyjmując do wiadomości ich opinii. Sporadycznie omawiał swoje sprawy nawet z nią. Oczywiście nie interesowały go jej poglądy; była tylko cierpliwym audytorium, przed którym mógł roztaczać swoje. Był niecierpliwy, zawsze chciał wiedzieć od razu i zazwyczaj tracił zainteresowanie sprawami trwającymi dłużej niż trzy tygodnie. Nazywał je tak, jak Gert swoje chwyty: resztkami.

Czy ona była teraz dla niego taką resztką?

Jak bardzo chciała w to uwierzyć. Jak mocno próbowała. A mimo wszystko... nie mogła.

— Nie wiem — odparła. — Właściwie uważam, że gdyby miał się pojawić, już by tu był. Czasem myślę, że ciągle mnie szuka. A on nie jest kierowcą ciężarówki ani hydraulikiem. To gliniarz. Wie, jak szukać ludzi.

Anna kiwnęła głową.

— Tak, rozumiem. To czyni go szczególnie niebezpiecznym. Musisz być bardzo ostrożna. Ważne jest także, byś pamiętała, że nie jesteś sama. Te dni bezpowrotnie minęły, Rosie. Nie zapomnisz o tym?

— Nie, nie zapomnę.

— Na pewno?

— Tak.

— A jeśli on się zjawi, co zrobisz?

— Zatrzasnę mu drzwi przed nosem i zamknę na klucz.

— A potem?

— Zadzwonię pod dziewięćset jedenaście.

— Bez wahania?

— Najmniejszego — odrzekła zdecydowanie i to była prawda, ale będzie przestraszona. Dlaczego? Ponieważ Norman to gliniarz i oni też będą gliniarzami, ci, do których zadzwoni. Ponieważ wiedziała, że Norman umie postawić na swoim, jest perfekcjonistą. I dlatego, że pamiętała słowa, które wciąż powtarzał: „wszyscy policjanci są braćmi".

— A kiedy już zadzwonisz pod dziewięćset jedenaście, to co zrobisz wtedy?

— Zatelefonuję do ciebie.

Anna skinęła głową.

— Wszystko będzie dobrze. Naprawdę dobrze.

— Wiem.

Mówiła z przekonaniem, lecz w duchu w dalszym ciągu się zastanawiała... Zawsze będę się zastanawiać — pomyślała — póki on nie pokaże się i ta kwestia przestanie być czysto teoretyczna. A jeśli to nastąpi, czy wszystko, co składało się na jej życie przez ostatnie półtora miesiąca — Córki i Siostry, hotel Whitestone, Anna, nowe przyjaciółki — rozwieje się jak sen po przebudzeniu, gdy pewnego wieczoru otworzy drzwi i zobaczy w nich Normana? Czy to możliwe?

Rosie spojrzała na obraz oparty o ścianę obok drzwi biura i nagle zrozumiała, że nie. Obraz był odwrócony, tak że widać było jedynie spód, lecz według niej mogła dostrzec wszystko; postać kobiety na wzgórzu, przecinane błyskawicami niebo i ruiny świątyni wyryły się w jej pamięci z krystaliczną czystością, w najmniejszym stopniu niepodobną do snu. Nie sądziła, aby cokolwiek mogło zmienić jej obraz w sen.

A przy odrobinie szczęścia być może jej pytania pozostaną na zawsze bez odpowiedzi — pomyślała i uśmiechnęła się lekko.

— Co z czynszem, Anno? Ile?

— Trzysta dwadzieścia dolarów miesięcznie. Czy wystarczy ci co najmniej na dwa miesiące?

— Tak. — Anna, rzecz jasna, wiedziała o tym; gdyby Rosie nie była w stanie zapewnić sobie spokojnego startu, nie rozmawiałyby teraz. — Cena wydaje się rozsądna. Jeśli chodzi o czynsz, to na razie dam sobie radę.

— Dasz sobie radę — powtórzyła Anna. Splotła dłonie pod brodą i uważnie spojrzała na Rosie zza zaśmieconego biurka. — To przypomina mi sprawę twojej nowej pracy. Wydaje się wprost cudowna, a jednocześnie...

— Niekonkretna? Niestała?

Takie określenia przyszły jej do głowy w drodze do domu... a poza tym, mimo entuzjazmu Robbiego Leffertsa, nie wiedziała, czy naprawdę może wykonywać tę pracę, i nie dowie się tego aż do następnego wtorku.

Anna kiwnęła głową.

— Nie są to słowa, jakich użyłabym, nawet nie wiem, jak bym to ujęła, ale mogą być. Chodzi o to, że jeśli opuścisz Whitestone, nie mogę zagwarantować, że zdołam umieścić cię tam z powrotem, szczególnie poza kolejką. Jak dobrze wiesz, u nas są zawsze nowe dziewczęta, które mają absolutne pierwszeństwo.

— Oczywiście. Rozumiem to.

— Zrobię, co będę mogła, rzecz jasna, ale...

— Jeśli praca zaproponowana mi przez pana Leffertsa nie wypali, poszukam posady kelnerki — rzekła spokojnie Rosie. — Mój krzyż jest już w znacznie lepszym stanie i myślę, że sobie poradzę. Dzięki Dawn w razie potrzeby mogę liczyć na nocną zmianę w Seven-Eleven lub Piggly-Wiggly.

Dawn to Dawn Verecker, prowadząca podstawowe szkolenie obsługi kasy sklepowej, znajdującej się w jednym z pokojów na tyłach. Rosie była jej pilną uczennicą.

Anna domyślnie spojrzała na Rosie.

— Mimo wszystko nie sądzisz, aby do tego doszło, prawda?

— Nie. — Znów skierowała wzrok na swój obraz. — Myślę, że mi się uda. A na razie tyle ci zawdzięczam...

— Wiesz, co masz z tym zrobić, prawda?

— Przekazać dalej.

— Zgadza się. Jeśli któregoś dnia zobaczysz na ulicy kogoś, kto będzie wyglądał jak ty w dawnych dniach, kobietę zagubioną i lękającą się własnego cienia, po prostu przekaż to dalej.

— Czy mogę zapytać cię o coś, Anno?

— O co tylko chcesz.

— Mówiłaś mi, że twoi rodzice założyli Córki i Siostry. Dlaczego to zrobili? I dlaczego ty je prowadzisz? Albo dlaczego przekazujesz tę sprawę dalej, jeśli wolisz takie określenie.

Anna otworzyła jedną z szuflad biurka, pogrzebała w niej i wyjęła grubą książkę w miękkich okładkach. Pchnęła ją po blacie do Rosie, która wzięła ją do ręki, spojrzała na okładkę i wszystko powróciło do niej nagle, jak w gwałtownym rozbłysku wspomnień, jakie często nawiedzają weteranów wojennych. W tej chwili nie tylko przypomniała sobie wilgoć na wewnętrznej stronie ud i wrażenie lekkich, złowrogich pocałunków, lecz poczuła się, jakby ponownie to przeżywała. Widziała cień Normana stojącego w kuchni i rozmawiającego przez telefon. Widziała cień jego palców niezmordowanie rozciągających sznur telefonu. Słyszała, jak mówi osobie po drugiej stronie, że oczywiście to nagły wypadek, jego żona jest w ciąży. A potem zobaczyła go, jak wrócił do pokoju i zaczął zbierać kawałki książki, którą wyrwał jej z rąk, zanim zaczął ją bić. Na okładce książki, którą podsunęła jej Anna, widniała ta sama rudowłosa piękność. Tym razem kobieta była w sukni balowej i w objęciach przystojnego Cygana, który miał błyszczące oczy i — najwyraźniej — nosił pończochy oraz bryczesy.

„Na tym polega problem — powiedział Norman. — Ile razy ci mówiłem, co myślę o takich duperelach?".

— Rose? — to głos Anny, zatroskany. A także bardzo daleki, niczym głosy, jakie czasem słyszymy we śnie. — Rose, nic ci nie jest?

Oderwała wzrok od książki („Kochanek Misery", głosił tytuł na takim samym czerwonym tle, a poniżej: „Najbardziej porywająca powieść Paula Sheldona!") i zmusiła się do uśmiechu.

— Tak, wszystko w porządku. To wygląda na ostre dzieło.

— Kiepskie romansidła to jeden z moich skrywanych nałogów — przyznała się Anna. — Bezpieczniejsze od czekoladek, ponieważ nie tuczą, a mężczyźni w nich są lepsi od rzeczywistych, gdyż nie dzwonią do ciebie o czwartej rano, pijani i skamlący o jeszcze jedną szansę. Ale to śmieci, a wiesz dlaczego?

Rosie potrząsnęła głową.

— Ponieważ cały świat jest w nich dokładnie wyjaśniony. Wszystko ma swoją przyczynę. Może ona być tak naciągana jak historyjki w broszurach reklamowych i może kłócić się ze wszystkim, co ćwierćinteligentny czytelnik wie o postępowaniu ludzi w realnym życiu, ale jest podana, na Boga! W książce takiej jak „Kochanek Misery" Anna Stevenson niewątpliwie prowadziłaby Córki i Siostry dlatego, że sama była maltretowaną kobietą... albo była nią jej matka. Tymczasem ja nigdy nie byłam maltretowana i, o ile wiem, moja matka też nie. Mój mąż często mnie ignorował, a jeśli nie powiedziała ci o tym Pam czy Gert, to jesteśmy rozwiedzeni od prawie dwudziestu lat, lecz nigdy mnie nie bił.

W życiu, Rosie, ludzie często robią różne rzeczy, dobre i złe, po prostu dlatego, że mają taką ochotę. Wierzysz mi?

Rosie powoli pokiwała głową. Myślała o wszystkich tych sytuacjach, kiedy Norman bił ją, ranił, doprowadzał do płaczu... a potem, któregoś wieczoru, bez żadnego powodu potrafił przynieść jej pół tuzina róż i zabrać ją na kolację. Kiedy pytała dlaczego, co to za okazja, zazwyczaj wzruszał ramionami i mówił, że miał ochotę ją zaprosić. Innymi słowy — dlatego. Mamusiu, dlaczego muszę iść do łóżka o ósmej, chociaż jest lato i jasno na dworze? Dlatego. Tatusiu, dlaczego dziadek musiał umrzeć? Dlatego. Norman niewątpliwie sądził, że te sporadyczne kolacje i szalone wieczory mają ogromne znaczenie, wynagradzają jej to, co pewnie uważał za swój „porywczy charakter". Nigdy nie domyślał się (i nie zrozumiałby, gdyby nawet mu powiedziała), że one przerażały ją bardziej niż gniew i napady szału. Z tymi ostatnimi przynajmniej wiedziała, jak sobie radzić.

— Nienawidzę stwierdzenia, że wszystko, co robimy, wynika z tego, co zrobili nam inni ludzie — powiedziała ponuro Anna. — To nas ubezwłasnowolnia, ponadto nie tłumaczy istnienia świętych i diabłów, jakich czasem dostrzegamy obok siebie, a co najważniejsze, takie wyjaśnienie do mnie nie przemawia. Za to brzmi dobrze w takich książkach, jak ta, Paula Sheldona, jest pocieszające. Uwierzcie przynajmniej przez chwilę, że Bóg jest przy zdrowych zmysłach i nic złego nie przytrafi się waszym ulubionym bohaterom powieści. Możesz mi oddać moją książkę? Mam zamiar dokończyć ją wieczorem. Przy kilku filiżankach gorącej herbaty. Przy kilku galonach herbaty.

Rosie uśmiechnęła się, a Anna odwzajemniła uśmiech.

— Przyjdziesz na piknik, prawda, Rosie? Odbędzie się na Ettinger's Pier. Przyda nam się każda para rąk do pomocy. Jak zawsze.

— Och, możesz być tego pewna — obiecała Rosie. — Chyba że pan Lefferts uzna mnie za cudowne dziecko i każe pracować nawet w soboty.

— Wątpię.

Anna wstała i wyszła zza biurka; Rosie również się podniosła. I teraz, kiedy ich rozmowa niemal dobiegła końca, przypomniała sobie o najważniejszej sprawie.

— Kiedy mogę się wprowadzić, Anno?

— Jutro, jeśli chcesz.

Anna schyliła się i podniosła obraz. W zadumie spojrzała na słowa skreślone węglem na odwrocie, a potem obróciła go.

— Powiedziałaś, że jest dziwny, Anno. Dlaczego?

Anna postukała paznokciem w szkło.

— Ponieważ ta kobieta jest centralnym punktem obrazu, a jednak jest odwrócona plecami. To wydaje się szczególnym ujęciem jak na obraz tego typu, skądinąd zupełnie konwencjonalny. — Zerknęła na Rosie i mówiła dalej nieco przepraszającym tonem: — Nawiasem mówiąc, budowla u stóp wzgórza ma zniekształcone proporcje.

— Tak. Człowiek, który sprzedał mi ten obraz, wspominał o tym. Pan Lefferts stwierdził, że prawdopodobnie zrobiono to celowo. Inaczej zniknęłyby niektóre szczegóły.

— Chyba miał rację. — Anna wpatrywała się jeszcze przez chwilę. — Ma w sobie coś, prawda? Jakieś brzemienne znaczenie.

— Nie rozumiem, co masz na myśli.

Anna roześmiała się.

— Ja też nie... tyle że jest w nim coś, co przypomina mi te romansidła. Silni mężczyźni, namiętne kobiety, powódź hormonów. Brzemienne znaczenie to jedyne określenie, jakie przychodzi mi do głowy i w miarę dokładnie oddaje sens tego, o czym myślę. Cisza przed burzą. Pewnie z powodu nieba.

Ponownie obróciła obraz i obejrzała słowa wypisane węglem na odwrocie.

— Czy to zwróciło twoją uwagę? Twoje imię?

— Nie — odparła Rosie. — Zanim zobaczyłam napis Rose Madder, wiedziałam już, że chcę mieć ten obraz. — Uśmiechnęła się. — Sądzę, że to tylko zbieg okoliczności, z rodzaju tych nie zdarzających się w romansidłach, jakie lubisz czytać.

— Rozumiem.

Mimo to Anna nie wydawała się w pełni przekonana. Przesunęła kciukiem po literach napisu. Rozmazały się.

— Tak — powiedziała Rosie. Nagle, bez żadnego powodu, poczuła niepokój. Miała wrażenie, że gdzieś, w innej strefie czasowej, gdzie już zapadał wieczór, jakiś człowiek myśli teraz o niej. — W końcu Rose to dość popularne imię, nie tak jak Evangeline czy Petronella.

— Pewnie masz rację — Anna oddała jej obraz. — A mimo to zabawna sprawa z tym napisem skreślonym węglem.

— Zabawna?

— Węgiel tak łatwo się rozmazuje. Jeżeli nie jest przykryty szkłem, a słowa na odwrocie twojego obrazu nie były pod szkłem, w krótkim czasie napis zmienia się w czarną smugę. Tytuł „Rose Madder" musiał zostać skreślony całkiem niedawno. Tylko dlaczego? Sam obraz nie wygląda na nowy, musi mieć co najmniej czterdzieści lat, a równie dobrze może liczyć sobie osiemdziesiąt czy sto. I jeszcze jedna rzecz mnie dziwi.

— Co?

— Brak podpisu artysty — odrzekła Anna.

IV

PŁASZCZKA

1

Norman opuścił rodzinne miasto w niedzielę, dzień przedtem nim Rosie miała zacząć nową pracę... pracę, co do której nie była jeszcze pewna, czy jej podoła. Wyjechał o jedenastej pięć autobusem Continental Express. Nie była to kwestia kosztów, ale kwestia — bardzo istotna — wejścia w położenie Rose. Norman w dalszym ciągu nie chciał przyznać się do tego, jak bardzo wstrząsnęła nim jej niespodziewana ucieczka. Próbował wmawiać sobie, że jest wściekły z powodu karty kredytowej — tylko z tego i żadnego innego — lecz w głębi duszy wiedział, że to nieprawda.

Chodziło o to, że niczego nie zauważył. Nie dostrzegł żadnego ostrzeżenia.

Przez długie lata ich małżeństwa poznał wszystkie jej myśli i większość snów. Świadomość, że to uległo zmianie, doprowadzała go do szaleństwa. Najbardziej obawiał się tego, że planowała swoją ucieczkę tygodniami, miesiącami, a może nawet przez rok. Gdyby znał prawdę o tym, jak i dlaczego odeszła (innymi słowy, gdyby wiedział o tej jednej kropli krwi), może poczułby się lepiej. A może byłby jeszcze bardziej niespokojny niż kiedykolwiek.

W każdym razie zrozumiał, że pierwsza reakcja: zdjąć kapelusz męża, a włożyć kapelusz detektywa, była kiepskim pomysłem. Pod wpływem rozmowy telefonicznej z Olivierem Robbinsem udało mu się pojąć, że powinien od razu włożyć jej kapelusz. Powinien myśleć tak, jak ona, a podróż autobusem, którym jechała, była pierwszym krokiem w tym kierunku.

Z neseserem w ręce wszedł po stopniach i stanął przy fotelu kierowcy, spoglądając na przejście.

— Chcesz tu zapuścić korzenie, koleś? — spytał idący za nim mężczyzna.

— Chcesz przekonać się, jak boli złamany nos? — odciął się Norman bez wahania. Facet za nim nie znalazł na to odpowiedzi.

Jeszcze przez chwilę zastanawiał się nad miejscem, które (ona) wybierze, a potem ruszył tam przejściem. Ona nie poszła aż na koniec autobusu; jego grymaśna Rose nie wybrałaby fotela w pobliżu toalety, chyba że wszystkie pozostałe byłyby zajęte, lecz dobry przyjaciel Normana, Olivier Robbins (od którego kupił bilet, tak samo jak ona), zapewnił go, że ten o jedenastej pięć rzadko kiedy był przepełniony. Nie chciałaby też siedzieć na kołach (zbyt trzęsie) ani na samym przodzie (zbyt rzucałaby się w oczy). Nie, wybrała miejsce w połowie kabiny i po lewej stronie, ponieważ była leworęczna, a ludzie, którym wydaje się, że przypadkowo wybierają kierunek marszu, bardzo często podążają w kierunku swojej dominującej ręki.

W ciągu wielu lat pracy w policji Norman zaczął wierzyć, że telepatia jest zupełnie możliwa, chociaż bardzo trudna... a nawet niemożliwa, jeśli włożyło się zły kapelusz. Trzeba znaleźć drogę do umysłu ściganej osoby, jak jakieś maleńkie ryjące zwierzątko, i nasłuchiwać czegoś, co jest zaledwie falą myślową, a ściśle mówiąc, nie jest myślą, lecz sposobem myślenia. A kiedy w końcu się to ma, można pójść na skróty, można przeciąć kręte szlaki myśli ofiary i pewnej nocy, kiedy najmniej się tego spodziewa, zaskoczyć ją, wychodząc zza drzwi... albo leżąc pod łóżkiem z nożem w ręku, by dźgnąć nim przez materac w chwili, gdy zaskrzypią sprężyny i biedny frajer (w tym wypadku frajerka) położy się spać.

— Kiedy najmniej się tego spodziewa — mruknął Norman, siadając na fotelu i mając nadzieję, że to było jej miejsce. Spodobało mu się to zdanie, więc powtórzył je, gdy autobus wycofał się ze stanowiska, gotowy ruszyć na zachód. — Kiedy najmniej się tego spodziewa.

To była długa podróż, ale dość przyjemna. Dwukrotnie wysiadał na postojach, by skorzystać z toalety, chociaż wcale nie musiał. Wiedział jednak, że ona musiała, a na pewno nie skorzystała z toalety w autobusie. Rose była wybredna, ale Rose miała też słabe nerki. Zapewne genetyczny prezencik od jej świętej pamięci mamusi. Mamusia zawsze wyglądała Normanowi na sukę, która nie może przejść obok kępy bzów, żeby ich nie podlać.

Na drugim postoju zobaczył pół tuzina ludzi zebranych wokół popielniczki przy rogu budynku. Przez chwilę patrzył tęsknie w tym kierunku, a potem minął ich i wszedł do środka. Umierał z braku dymka, ale Rose nie paliła; nigdy nie wpadła w ten nałóg. Zamiast tego przystanął i pomacał puszyste wypchane zabawki, gdyż Rose lubiła takie duperele, a potem na stoisku obok wejścia kupił kryminał, bo ona czasem czytała takie gówno. Milion razy mówił jej, że prawdziwa praca policjanta nie ma nic wspólnego z duperelami w tych książkach, a ona zawsze mu przytakiwała — skoro tak mówi, to na pewno prawda — ale mimo to czytała je. Wcale nie byłby zdziwiony, gdyby okazało się, iż Rose obracała ten sam stojak, z którego on wyjął książkę... a potem niechętnie odłożyła, nie chcąc wydawać pięciu dolarów na trzy godziny rozrywki, skoro miała tak mało pieniędzy i tak wiele pytań bez odpowiedzi.

Zjadł sałatkę, zmuszając się przy tym do czytania książki, a potem wrócił na swoje miejsce w autobusie. Gdy autobus ruszył, Norman wciaż siedział z kryminałem na kolanach patrząc, jak pola rozpościerają się dalej i dalej, w miarę jak wschód rozluźniał swój uścisk. Cofnął zegarek, gdy kierowca oznajmił, że czas to zrobić, nie dlatego że przejmował się jakimiś pieprzonymi strefami czasowymi (przez następne trzydzieści dni był panem swego czasu), ale dlatego, że tak zrobiłaby Rose. Podniósł książkę, poczytał o wikarym znajdującym trupa w ogrodzie, po czym odłożył ją, znudzony, lecz tylko pozornie. W głębi duszy wcale nie był znudzony. W głębi duszy czuł się jak Złotowłosa z tej starej bajki dla dzieci. Siedział w fotelu Niedźwiadka, na kolanach miał książkę Niedźwiadka i miał zamiar znaleźć mały domek Niedźwiadka. Niedługo, jak wszystko dobrze pójdzie, będzie leżał pod łóżeczkiem Niedźwiadka.

— Kiedy najmniej się tego spodziewa — powiedział. — Kiedy najmniej się tego spodziewa.

Wysiadł z autobusu wczesnym rankiem następnego dnia i stanął tuż przy wejściu na stanowisko, spoglądając na dudniący echami terminal o wysokim sklepieniu, usiłując nie patrzeć okiem policjanta na alfonsów i dziwki, pedałów i żebraków, próbując zobaczyć ich tak, jak ona musiała ich widzieć, wysiadłszy z tego samego autobusu o tej samej godzinie, w porze, kiedy ludzka natura zawsze pokazuje swoją najgorszą stronę.

Stał tam, pozwalając, aby wypełnił go ten dudniący echem świat — jego wygląd, zapach, smak i dotyk.

Kim jestem? — pytał.

Rose Daniels.

Jak się czuję?

Mała. Zagubiona. I przerażona. Tak, właśnie tak.

Jestem krańcowo przerażona.

Przez moment owładnęła nim okropna myśl: a co będzie, jeśli pod wpływem strachu i paniki Rose zwróciła się do niewłaściwej osoby? To było całkiem możliwe: dla niektórych przestępców takie miejsca jak to były terenem łowieckim. A jeśli ta niewłaściwa osoba zaprowadziła ją w ciemny zaułek, a potem obrabowała i zamordowała? Nie mógł wmawiać sobie, że to niemożliwe — był policjantem i wiedział, że tak nie jest. Na przykład, jeśli jakiś ćpun zobaczył ten jej głupi pierścionek z automatu...

Zrobił kilka głębokich wdechów, usiłując coś zmienić w tej części swego umysłu, która próbowała być Rose. Co innego mógł zrobić? Jeśli została zamordowana, to trudno. Nic nie mógł na to poradzić, więc lepiej się nad tym nie zastanawiać... a poza tym nie mógł znieść myśli, że mogłaby wymknąć mu się w taki sposób, że jakiś naćpany palant mógł wziąć to, co należało do Normana Danielsa.

Nieważne — powiedział sobie. — Nieważne, rób to, co powinieneś. A teraz trzeba chodzić jak Rosie, mówić jak Rosie, myśleć jak Rosie.

Powoli przeszedł przez dworzec, trzymając w jednej ręce portfel (to był substytut torebki), patrząc na przepływające obok fale ludzi wlokących walizki, taszczących na ramionach owiązane sznurkiem kartony, obejmujących ramiona przyjaciółek lub talie przyjaciół. Widział, jak jakiś mężczyzna podbiegł do kobiety i chłopca, którzy właśnie wysiedli z autobusu Normana. Mężczyzna pocałował kobietę, a potem złapał chłopca i podrzucił go wysoko nad głową. Chłopczyk pisnął z przestrachu i zachwytu.

Boję się, wszystko jest nowe, wszystko jest inne i śmiertelnie się boję — mówił sobie Norman. — Czy jest tu coś pewnego? Coś, czemu mogłabym zaufać? Cokolwiek?

Przeszedł po szerokiej wykafelkowanej podłodze, wolno, wolno, słuchając echa własnych kroków i usiłując patrzeć na wszystko oczami Rose, próbując czuć wszystko jej skórą. Zerknął na szklistookie dzieciaki (u niektórych to tylko zmęczenie o trzeciej rano, u innych skutek prochów) we wnęce z monitorami, a potem wrócił do głównej hali. Ona patrzy na rząd automatów telefonicznych, ale do kogo miałaby zatelefonować? Nie ma przyjaciół, nie ma rodziny, żadnej opatrznościowej ciotki w teksaskim worku czy w górach Tennessee. Wygląda przez drzwi na ulicę, może zamierzając wyjść, znaleźć pokój na noc, drzwi, którymi mogłaby odgrodzić się od wielkiego, niepokojącego, obojętnego, niebezpiecznego świata — dzięki jego karcie kredytowej ma dość pieniędzy, żeby zapłacić za pokój, ale czy to zrobi?

Norman przystanął u podnóża ruchomych schodów, marszcząc brwi i inaczej formułując pytanie: Czy ja to zrobię?

Nie — zadecydował, wczuwając się w rolę Rose — nie zrobię. Po pierwsze, nie chcę zameldować się w motelu o trzeciej trzydzieści i zostać wykopana w południe: nie mam za dużo pieniędzy. Jeżeli będę zmuszona, mogę jeszcze przez jakiś czas pozostać na nogach. Lecz jeszcze coś zatrzymuje mnie tutaj: jestem w obcym mieście, a do świtu zostało co najmniej dwie godziny. Widziałam wiele filmów sensacyjnych w TV, czytałam wiele kryminałów i mam męża gliniarza. Wiem, co może przytrafić się kobiecie, która błąka się sama po zmroku, więc chyba zaczekam na wschód słońca.

A zatem co robię? Jak spędzam ten czas?

Brzuch burczeniem odpowiedział za niego na to pytanie.

Tak, muszę coś zjeść. Ostatni postój był o szóstej wieczorem i jestem głodna.

Niedaleko kas biletowych dostrzegł kafejkę i poszedł tam, przestępując przez włóczęgów i opanowując chęć skopania kilku paskudnych, zawszonych łbów, tak żeby odbiły się od stalowych nóg najbliższych foteli. Ostatnio coraz częściej musiał powstrzymywać takie odruchy. Nienawidził bezdomnych, byli dla niego chodzącymi kupami psiego łajna. Nienawidził ich skamlących wymówek i nieudolnego udawania szaleństwa. Kiedy jeden z nich w półśnie uniósł się i zapytał, czy nie ma drobnych na zbyciu, Norman ledwie zdołał pohamować chęć złapania włóczęgi za ramię i strzelenia go w pysk. Zamiast tego rzekł łagodnym głosem: Proszę dać mi spokój — ponieważ ona powiedziałaby tak i właśnie w taki sposób.

Już chciał wziąć jajecznicę na boczku z samoobsługowego stoiska, kiedy przypomniał sobie, że ona nie jadła tego, chyba że nalegał, co czasem robił (nie obchodziło go, co jadła, ale to, żeby nie zapomniała, kto tu rządzi, było ważne, bardzo ważne). Zamiast tego zamówił zimną owsiankę oraz kubek paskudnej kawy i połówkę grejpfruta, który wyglądał tak, jakby przywieziono go na Mayflowerze. Po jedzeniu poczuł się lepiej, bardziej rozbudzony. Kiedy skończył, odruchowo sięgnął po papierosa, dotknął paczki w kieszonce koszuli, a potem opuścił rękę. Rose nie paliła, tak więc nie czułaby ssania, jakie teraz go dręczyło. Medytował nad tym przez chwilę czy dwie i ssanie ustąpiło — wiedział, że tak będzie.

Pierwszą rzeczą, jaką ujrzał po wyjściu z kafejki, kiedy stanął, wpychając koszulę do spodni tą ręką, w której nie trzymał portfela, był wielki niebiesko-biały krąg neonu z biegnącym na obwodzie napisem POMOC PODRÓŻNYM.

W głowie Normana rozbłysło jasne światełko.

Czy idę tam? Czy podchodzę do tej budki pod wielkim, ładnym neonem? Sprawdzam, czy jest tam coś dla mnie?

Oczywiście, bo cóż mi pozostaje?

Podszedł tam, ale ostrożnie; najpierw przeszedł koło budki, a potem zawrócił, żeby dobrze obejrzeć siedzącego wewnątrz człowieka. Był to Żyd o cienkiej szyi, wyglądający na pięćdziesiąt lat i na równie niebezpiecznego jak przyjaciel Bambiego — Thumper. Czytał gazetę, w której Norman rozpoznał „Prawdę", i co jakiś czas podnosił głowę, obrzucając terminal obojętnym, nie widzącym spojrzeniem. Gdyby Norman w dalszym ciągu udawał Rose, Thumper na pewno zauważyłby go, ale Norman znów stał się Normanem, detektywem inspektorem Danielsem na tropie, a to oznaczało, że wtopił się w tłum. Przechadzał się tam i z powrotem za budką (pozostawanie w ciągłym ruchu było niezwykle ważne; w takich miejscach prawdopodobieństwo zauważenia było niewielkie, chyba że stało się w jednym miejscu), trzymając się poza polem widzenia Thumpera, ale w zasięgu jego głosu.

Mniej więcej piętnaście po czwartej do budki podeszła jakaś zapłakana kobieta. Powiedziała Thumperowi, że jechała Greyhoundem z Nowego Jorku i kiedy spała, ktoś ukradł jej portfel z torebki. Nastąpiło długie ple-ple-ple, kobieta zużyła kilka chusteczek higienicznych Thumpera, który w końcu znalazł jej hotel, gdzie przyjmą ją na kilka nocy, do czasu aż mąż przyśle jej trochę pieniędzy.

Gdybym był twoim mężem, *lady,* sam przywiózłbym ci pieniądze — myślał Norman, krażąc wahadłowym ruchem za budką. — I dałbym ci porządnego kopa w dupę, za głupotę.

W trakcie rozmowy telefonicznej Thumper przedstawił się jako Peter Slowik. To wystarczyło Normanowi. Gdy Żyd znów zaczął rozmawiać z kobietą, udzielając jej wskazówek, jak dotrzeć do hotelu, Norman przestał spacerować za budką i podszedł do automatów telefonicznych, gdzie znalazł dwie książki telefoniczne, które jeszcze nie zostały spalone, podarte na strzępy czy skradzione. Potrzebną mu informację mógł zdobyć później, telefonując na swój posterunek policji, ale wolał tego nie robić. Zależnie od tego, jak pójdzie mu z czytującym „Prawdę" Żydem, telefonowanie mogło okazać się niebezpieczne; takie rzeczy czasem potrafią się mścić. Ponadto okazało się to niepotrzebne. W książce było zaledwie trzech Slowików i jakiś Slowick, i tylko jeden z nich miał na imię Peter.

Daniels zapisał adres Thumpersteina, opuścił dworzec i poszedł na postój taksówek. Facet w pierwszej był biały — na szczęście — i Norman zapytał go, czy w tym mieście został jeszcze jakiś hotel, w którym można dostać pokój za gotówkę i nie słuchać, jak karaluchy ścigają się po ścianach po zgaszeniu światła. Kierowca zastanowił się, a potem kiwnął głową.

— Whitestone. Dobry, tani, przyjmują gotówkę, nie zadają pytań.

Norman otworzył tylne drzwi taksówki i wsiadł.

— Jedźmy tam — powiedział.

2

Robbie Lefferts czekał w umówionym miejscu, tak jak obiecał, kiedy w poniedziałek rano Rosie weszła do Studia C Tape Engine za wspaniałą rudowłosą z długimi nogami modelki. Był dla niej równie miły jak wtedy na rogu ulicy, gdy namówił ją, żeby przeczytała mu na głos urywki z książek, które właśnie kupił. Rhoda Simons, czterdziestoletnia kobieta, która miała być reżyserem, także wydawała się miła, ale... Reżyser! Co za dziwne słowo w połączeniu z Rose McClendon, która nie występowała nawet w szkolnych przedstawieniach. Curtis Hamilton, inżynier dźwięku, również traktował ją uprzejmie, chociaż z początku był zbyt zajęty przy swojej konsoli, aby obdarzyć ją czymś więcej niż krótkim, roztargnionym uściskiem dłoni. Rosie dołączyła do Robbiego i pani Simons na filiżankę kawy „przed rozwinięciem żagli" (jak ujął to Robbie) i zdołała wypić swój napój, nie rozlewając ani kropli. A jednak kiedy przeszła przez podwójne drzwi do małej, przeszklonej kabiny nagrań, wpadła w taką potworną panikę, że niemal upuściła plik kserokopii, które Rhoda nazywała „ściągą". Czuła się prawie tak samo jak wtedy, kiedy ujrzała czerwony samochód jadący w jej kierunku po Westmoreland Street i myślała, że to sentra Normana.

Zobaczyła, że patrzą na nią z drugiej strony szyby — teraz spoglądał nawet poważny Curtis Hamilton — a ich twarze były zniekształcone i rozmyte, jakby widziała je przez wodę, a nie szkło. W ten sposób złota rybka postrzega ludzi, którzy pochylają się nad akwarium — pomyślała i zaraz potem: — Nie potrafię. Jak, na Boga, mogłam sądzić, że potrafię?

Podskoczyła, słysząc głośny trzask.

— Pani McClendon? — To głos inżyniera dźwięku. — Czy może pani usiąść przed mikrofonem, bym zmierzył poziom?

Nie była pewna, czy może. Nie była pewna, czy zdoła ruszyć się z miejsca. Stała jak wryta, spoglądając na pomieszczenie, gdzie sterczał mikrofon niczym łeb jakiegoś groźnego, futurystycznego węża. Jeśli nawet zdoła tam podejść i usiąść, nie będzie w stanie wydobyć z siebie żadnego dźwięku, choćby jednego cichego piśnięcia.

W tym momencie Rosie ujrzała, jak wali się w gruzy wszystko, co budowała — szereg obrazów przemknął jej przed oczami z koszmarną szybkością starych slapstikowych filmów. Widziała, jak kończą się jej pieniądze i zostaje wyrzucona z tego miłego mieszkanka, do którego sprowadziła się przed czterema dniami; widziała, jak wszystkie lokatorki Córek i Sióstr odwracają się od niej, nawet Anna.

Przecież nie mogę umieścić cię tam z powrotem, prawda? — usłyszała w myślach głos Anny. — Jak dobrze wiesz, w schronisku są zawsze nowe dziewczęta, które mają absolutne pierwszeństwo. Dlaczego byłaś taka głupia, Rosie? Skąd przyszło ci do głowy, że możesz być artystką, choćby występującą w tak skromnej roli? — Widziała też, jak odmawiają jej posady kelnerki w kawiarniach na przedmieściu, nie ze względu na jej wygląd, ale zapach — klęski, wstydu i straconych złudzeń.

— Rosie? — to Rob Lefferts. — Zechcesz usiąść, żeby Curt mógł zmierzyć głośność?

On nie wiedział, żaden z mężczyzn nie wiedział, ale Rhoda Simons tak... a przynajmniej podejrzewała. Wzięła do ręki ołówek, który sterczał jej za uchem, i kreśliła coś w notatniku. Nie patrzyła jednak na to, co rysuje, lecz ściągając brwi, wpatrywała się w Rosie.

Nagle, jak tonąca, która rozpaczliwie usiłuje chwycić się jakichś pływających szczątków, by jeszcze chwilę utrzymać się na wodzie, Rosie stwierdziła, że myśli o swoim obrazie. Powiesiła go dokładnie tam, gdzie sugerowała Anna — naprzeciw okna w pokoju — nawet tkwił tam w ścianie gwóźdź, pozostawiony przez poprzedniego lokatora. To było idealne miejsce, szczególnie wieczorem: można było przez jakiś czas wyglądać za okno, na słońce zachodzące za ciemnozieloną gęstwiną Bryant Parku, potem znów na obraz i znowu na park. Te dwa widoki wydawały się idealnie współgrać — okno i obraz, obraz i okno. Nie wiedziała dlaczego, ale tak było. Jeśli stracę ten pokój — przyszło jej do głowy — obraz trzeba będzie...

Nie, on powinien tam zostać — pomyślała. — On musi tam zostać!

I to w końcu zmobilizowało ją do działania. Powoli podeszła do stołu, położyła przed sobą ściągę (powiększone odbitki stron powieści opublikowanej w 1951 roku) i usiadła. Tylko że miała raczej ochotę upaść, jakby ktoś unieruchomił jej kolana zatyczkami, a teraz je wyrwał.

Przecież potrafisz to zrobić, Rosie — zapewniał ją ten głos z głębi jaźni, ale brzmiał trochę fałszywie. — Zrobiłaś to na rogu ulicy przed lombardem i możesz to zrobić tutaj.

Nie zdziwiła się zbytnio tym, iż nie była przekonana. Natomiast zdumiała ją następna myśl: Kobieta na obrazie by się nie bała, ta kobieta w jasnoczerwonym chitonie wcale nie obawiałaby się tej próby.

Oczywiście ten pomysł był śmieszny; gdyby kobieta na obrazie naprawdę istniała, to żyłaby w starożytnym świecie, kiedy uważano, że komety zwiastują nieszczęście, bogowie zamieszkują na szczytach gór, a większość ludzi żyła i umierała, i nigdy nie widziała książki. Gdyby kobietę z tamtych czasów przenieść do takiego pomieszczenia, do pokoju o szklanych ścianach, zimnych światłach, z głową stalowego węża sterczącą z jedynego stołu, rzuciłaby się z wrzaskiem do drzwi albo padłaby zemdlona.

Tyle że Rosie miała wrażenie, że ta jasnowłosa w jasnoczerwonym chitonie nigdy w życiu nie zemdlała i trzeba by znacznie więcej niż studia nagrań, żeby wrzasnęła ze strachu.

Myślisz o niej, jakby istniała naprawdę — odezwał się znów ten głos z głębi. Brzmiał trochę nerwowo. — Jesteś pewna, że mądrze robisz?

Jeśli to mi pomoże, to tak — odpowiedziała w myślach.

— Rosie? — w głośnikach rozległ się głos Rhody Simons. — Dobrze się czujesz?

— Tak — powiedziała i poczuła ulgę, stwierdzając, że może mówić, chociaż trochę ochryple. — Zaschło mi w gardle, to wszystko. I okropnie się boję.

— Pod stołem, z lewej strony, jest pudło z wodą mineralną i sokami owocowymi — oznajmiła Rhoda. — A co do strachu, to zupełnie normalne. Przejdzie.

— Powiedz coś jeszcze, Rosie — zachęcił Curtis. Miał teraz na głowie słuchawki i manipulował pokrętłami konsoli.

Strach rzeczywiście ustępował dzięki kobiecie w jasnoczerwonej szacie. Myśl o niej była nawet lepszym środkiem uspokajającym niż bujanie się w Fotelu Puchatka.

Nie, to nie jej zasługa — powiedział znowu ten głęboki głos. — Udało ci się, dziewczyno, przynajmniej na razie, lecz to wyłącznie twoja zasługa. I sprawisz mi przyjemność, bez względu na to, jak skończy się ta sprawa, dobrze? Spróbuj zapamiętać, kim jest ta Rosie, a kim jest Rosie Real.

— Mów cokolwiek — zachęcał Curtis. — Obojętnie co.

Przez chwilę była kompletnie zbita z tropu. Opuściła oczy i zobaczyła leżącą przed nią ściągę. Pierwsza kartka była reprodukcją okładki. Ukazywała skąpo odzianą kobietę, której groził potężny, nieogolony zbir z nożem. Miał wąsy i chociaż wszystko działo się zbyt szybko, by zdołała skojarzyć („mała zrobim zara bara-bara, co ty na to"), owiał jej świadomość nieświeżym oddechem.

— Przeczytam fragment książki pod tytułem „Płaszczka" — powiedziała, mając nadzieję, że mówi normalnym głosem. — Została wydana w tysiąc dziewięćset pięćdziesiątym pierwszym roku przez niewielkie wydawnictwo Lion Books. Choć napis na okładce głosi, że autorem jest... Wystarczy?

— Zmierzyłem dla analogowego — rzekł Curtis, przesuwając nogami swój fotel na kółkach z jednego końca pulpitu na drugi. — Daj mi jeszcze coś dla cyfrówki. Masz dobry głos.

— Tak, cudowny — wtrąciła Rhoda i Rosie była pewna, że nie wyobraziła sobie ulgi w głosie pani reżyser.

Podniesiona na duchu, znów zaczęła mówić do mikrofonu.

— Napis na okładce głosi, że książka została napisana przez Richarda Racine'a, lecz pan Lefferts — Rob — twierdzi, że w rzeczywistości jej autorką jest Christina Bell. To część nowego cyklu audycji „Kobiety w przebraniu", a ja dostałam tę pracę, ponieważ kobiecie, która miała czytać powieści Christiny Bell, zaproponowano udział w...

— Jestem gotowy — rzekł Curtis Hamilton.

— Mój Boże, ona brzmi tak jak Liz Taylor w „Butterfield 8" — stwierdziła Rhoda Simons i naprawdę zatarła ręce.

Robbie kiwnął głową. Uśmiechał się z wyraźnym zadowoleniem.

— Rhoda pomoże ci w razie potrzeby, ale jeśli przeczytasz to tak, jak czytałaś mi przed lombardem „Mroczne przejście", to wszyscy będziemy bardzo szczęśliwi.

Rosie schyliła się, o mało nie uderzając głową o kant stołu, po czym wyjęła z chłodziarki butelkę wody mineralnej. Kiedy odkręcała zakrętkę, zauważyła, że drżą jej ręce.

— Postaram się najlepiej, jak potrafię. Obiecuję.

— Wiem — odparł.

Pomyśl o kobiecie na wzgórzu — mówiła sobie Rosie. — Pomyśl, że stoi tam teraz, nie bojąc się niczego, co nadchodzi ku niej z jej strony świata lub zbliża się za jej plecami, od mojej strony. Ona nie jest uzbrojona, lecz się nie boi. Nie musisz oglądać jej twarzy, żeby to wiedzieć, świadczy o tym jej wyprostowana sylwetka. Ona jest...

— ...gotowa na wszystko — mruknęła Rosie i uśmiechnęła się.

Robbie pochylił się po drugiej stronie szyby.

— Słucham? — zapytał. — Nie dosłyszałem.

— Powiedziałam, że jestem gotowa.

— Poziom w normie — rzekł Curtis i odwrócił się do Rhody, która położyła swoją kserokopię tekstu powieści obok notatnika. — Możemy zaczynać, pani profesor.

— W porządku, Rosie, pokaż im, jak to się robi — zachęciła ją Rhoda. — To „Płaszczka" Christiny Bell. Producent Audio Concepts, reżyseruje Rhoda Simons, a czyta Rose McClendon. Taśma w ruch. Zacznij, jak powiem już... Już.

O Boże, nie mogę — pomyślała jeszcze raz Rosie, a potem udało jej się skoncentrować na jednym szczególe: złotej bransolecie, którą kobieta z obrazu nosiła na prawym ramieniu. Kiedy zobaczyła ją wyraźnie, ten nowy przypływ paniki również zaczął ustępować.

Rozdział pierwszy.

Nella nie zdawała sobie sprawy z tego, że jest śledzona przez człowieczka w podartym szarym płaszczu, do czasu gdy znalazła się w cieniu między kolejnymi latarniami i po jej lewej ręce rozwarł się wylot zaśmieconej uliczki — jak usta starca, który umarł, nie zdążywszy przełknąć posiłku. Wtedy jednak było już za późno. Za plecami usłyszała zbliżający się łomot podkutych butów na bruku i z ciemności wyłoniło się wielkie, brudne łapsko...

3

O siódmej piętnaście Rosie włożyła klucz do zamka swojego mieszkania na pierwszym piętrze domu przy Trenton Street. Była zmęczona i spocona — tego roku lato zawitało wcześnie — ale także bardzo szczęśliwa. Jedną ręką obejmowała torbę z zakupami. Wystawał z niej plik żółtych ulotek reklamujących „Piknik i koncert Córek i Sióstr". Rosie poszła do schroniska, by opowiedzieć, jak minął jej pierwszy dzień pracy (wprost pękała z radości) i kiedy wychodziła, Robin St. James zapytała ją, czy nie zechciałaby zabrać trochę ulotek i spróbować rozlepić je w okolicznych supermarketach. Rosie, usiłując nie pokazać po sobie, jak cieszy ją to, że ma jakieś sąsiedztwo, zgodziła się wziąć tyle, ile zdoła unieść.

— Ratujesz mi życie — powiedziała Robin. W tym roku ona kierowała sprzedażą biletów i nie ukrywała, że na razie nie idzie jej zbyt dobrze. — A gdyby ktoś cię pytał, Rosie, powiedz im, że nie ma tu żadnych nastolatek, które uciekły z domu, i że nie jesteśmy lesbijkami. Te historie mają największy wpływ na sprzedaż. Zrobisz tak?

— Pewnie — odparła Rosie, wiedząc, że nie zrobi niczego

podobnego. Nie wyobrażała sobie, żeby mogła wyjaśniać sklepikarzowi, którego nigdy przedtem nie widziała na oczy, kim są Córki i Siostry... i kim nie są.

Mogę jednak powiedzieć, że to miłe kobiety — pomyślała — włączając wentylator w rogu. Otworzyła lodówkę, by schować zakupy, i dodała głośno: — Nie, nie kobiety, lecz damy. Miłe damy.

Jasne, to chyba lepszy pomysł. Mężczyznom — szczególnie tym po czterdziestce — z jakiegoś powodu bardziej się podobało to określenie niż słowo kobiety. To było głupie (a sposób, w jaki niektóre kobiety zżymały się i opluwały tę semantykę, był, według Rosie, jeszcze większą głupotą), lecz myśl o tym przywołała inne wspomnienie: to, co Norman mówił o prostytutkach, które czasem aresztował. Nigdy nie nazywał ich damami (tego słowa używał, mówiąc o żonach kolegów, na przykład: „Żona Billa Jessupa to prawdziwa dama") ani nawet kobietami. Nazywał je panienkami. Panienki to i panienki tamto. Do tej pory nie uświadamiała sobie, jak nienawidziła tego paskudnego, przeciągłego słowa. Panienki. Dźwięk podobny do tego, jaki wydaje się, usiłując powstrzymać wymioty.

Zapomnij o nim, Rosie, nie ma go tu. I nigdy nie będzie.

Jak zwykle, ta myśl napełniła ją radością, zdumieniem i wdzięcznością. Mówiono jej — najczęściej podczas zajęć terapeutycznych — że ta euforia minie z czasem, ale nie mogła w to uwierzyć. Była sama. Uciekła potworowi. Stała się wolnym człowiekiem.

Rosie zamknęła drzwi lodówki, obróciła się i spojrzała na pokój. Był umeblowany po spartańsku i pozbawiony jakichkolwiek dekoracji oprócz obrazu, a jednak patrząc na swoje mieszkanko, miała ochotę skakać z radości. Były tu pomalowane na kremowo ściany, których Norman Daniels nigdy nie widział, był fotel, z którego Norman Daniels nigdy nie zepchnął jej za „wymądrzanie się", był telewizor, przed którym Norman Daniels nigdy nie zasiadał, szydząc z wiadomości lub śmiejąc się z powtórek „All in Family" albo „Cheers". A co najważniejsze, w żadnym z tych kątów nie siedziała, płacząc i przypominając sobie, że musi zwymiotować w fartuch, jeśli ją zemdli. A wszystko dlatego, że jego tu nie było. Jego tu nie będzie.

— Jestem wolna — mruknęła Rosie... i poczuła niepohamowaną radość.

Przeszła przez pokój i stanęła przed obrazem. Kobieta w chitonie zdawała się prawie płonąć w popołudniowym słońcu. I była kobietą — pomyślała Rosie. — Nie damą i niemal na pewno nie panienką. Stała tam, na wzgórzu, spoglądając bez lęku na zrujnowaną świątynię obalonych bogów...

Bogów? Przecież tam jest tylko jeden... prawda?

Nie, teraz spostrzegła, że było ich dwóch — ten patrzący na błyskawice ze swojego miejsca obok zwalonej kolumny i jeszcze jeden, trochę na prawo. Ten spoglądał w bok z wysokiej trawy. Widać było tylko biały łuk kamiennego czoła, jedno oko i małżowinę uszną; reszta pozostawała niewidoczna. Nie zauważyła go do tej pory, ale co z tego? Na tym obrazie zapewne było mnóstwo rzeczy, których jeszcze nie dostrzegła, mnóstwo drobnych szczegółów — tak jak na rysunkach z cyklu „Gdzie jest Waldo", pełnych drobiazgów, początkowo niewidocznych, ale...

...ale to bzdura. Przecież ten obraz był bardzo prosty.

— No właśnie — szepnęła Rosie. — Był.

Złapała się na tym, że wspomina opowiedzianą przez Cynthię historię o obrazie na plebanii, gdzie dorastała... „De Soto spogląda na zachód". O tym, jak Cynthia siedziała przed nim godzinami, oglądając go niczym telewizję, wpatrując się w rzekę płynącą w dal.

Udając, że śledzi jej bieg — pomyślała Rosie i otworzyła okno, mając nadzieję wpuścić do pokoju powiew świeżego powietrza. Z oddali dochodziły głosiki dzieci bawiących się na placu zabaw i krzyki większych chłopców grających w baseball.

— Udając — mruknęła. — Tak robią wszystkie dzieci. Sama to robiłam.

Podparła okno listewką, gdyż w przeciwnym razie przez chwilę pozostałoby otwarte, a potem zamknęłoby się z trzaskiem, i ponownie odwróciła się do obrazu. Nagle doznała dziwnego wrażenia, tak silnego, że graniczącego z pewnością. Fałdy i załamania jasnoczerwonej szaty nie były takie same. Zmieniły położenie. Zmieniły położenie, ponieważ kobieta nosząca tę togę czy też chiton, również zmieniła pozycję.

— Chyba oszalałaś, jeśli tak uważasz — szepnęła Rosie. Serce waliło jej w piersi. — Naprawdę jesteś stuknięta. Wiesz o tym, prawda?

Wiedziała. Mimo to podeszła do obrazu i spojrzała nań z bliska. Stała tak przez jakieś pół minuty, patrząc z odległości nie większej niż pięć centymetrów na kobietę na szczycie wzgórza, wstrzymując oddech, żeby nie zaparowało szkło. W końcu cofnęła się i z głośnym westchnieniem ulgi wypuściła powietrze z płuc. Fałdy i załamania chitonu nie zmieniły się ani trochę. Była tego pewna. (No, prawie pewna). To tylko wyobraźnia płatała jej figle po długim dniu, dniu, który był zarówno cudowny, jak i strasznie stresujący.

— Taak, ale jakoś przetrwałam — zwróciła się do kobiety w chitonie. Przemawianie do kobiety z obrazu wydało jej się już zupełnie normalnym zachowaniem. Może odrobinę ekscentrycznym, ale co z tego? Komu to szkodzi? Kto będzie wiedział? A to, że jasnowłosa była odwrócona tyłem, w jakiś sposób pozwalało uwierzyć, że naprawdę słucha.

Rosie podeszła do okna, oparła dłonie o parapet i wyjrzała. Po drugiej stronie ulicy dzieciaki ćwiczyły rzuty. Przed domem zatrzymał się jakiś samochód. Kiedyś widok podjeżdżającego w ten sposób wozu przeraziłby ją, podsunął obraz pięści Normana z jego policyjnym sygnetem, zbliżającej się do niej, tak że słowa Służba, Wierność, Społeczeństwo stawały się coraz większe i większe, aż zdawały się wypełniać cały świat... Lecz to minęło. Dzięki Bogu.

— Prawdę mówiąc, uważam, że nie tylko przetrwałam — mówiła do obrazu. — Myślę, że zrobiłam naprawdę dobrą robotę. Wiem, że Robbie też tak sądził, ale musiałam przekonać Rhodę. Wydaje mi się, że ona była nastawiona na to, iż nie spodobam się jej, ponieważ znalazł mnie Robbie, wiesz?

Znów zwracała się do postaci na wzgórzu, jak kobieta mówiąca do przyjaciółki, usiłująca wyczytać z jej twarzy to, co naprawdę myśli o jakimś pomyśle czy stwierdzeniu, ale oczywiście kobieta z obrazu tylko spoglądała na zrujnowaną świątynię, odwrócona plecami, które nie zdradzały Rosie niczego.

— Wiesz, jakie paskudne potrafimy być, my, panienki — powiedziała Rosie i uśmiechnęła się. — Myślę jednak, że ją zawojowałam. Przeczytaliśmy tylko pięćdziesiąt stron, ale pod koniec byłam coraz lepsza, a poza tym wszystkie te stare powieści są krótkie. Założę się, że skończymy w środę po południu, a wiesz, co jest w tym najlepsze? Zarabiam prawie sto dwadzieścia dolarów dziennie — nie tygodniowo, lecz dziennie — i są jeszcze trzy powieści Christiny Bell. Jeśli Robbie i Rhoda dadzą mi je...

Urwała, patrząc na obraz szeroko otwartymi oczami, już nie słysząc głosików dzieci z piaskownicy, a nawet kroków kogoś, kto wchodził z parteru na piętro. Ponownie spojrzała na prawą stronę obrazu — łuk czoła, łuk ślepego oka bez powieki, łuk małżowiny usznej. W nagłym przebłysku intuicji pojęła pewien fakt. Miała rację, a jednocześnie myliła się — miała rację, że głowa tego drugiego obalonego posągu nie była poprzednio widoczna, i myliła się, sądząc, że kamienna głowa jakimś cudem zmaterializowała się na płótnie, kiedy ona nagrywała „Płaszczkę". Myśl, że zmieniło się ułożenie fałd szaty tej kobiety, mogła być podświadomą próbą poparcia pierwszego błędnego wrażenia przez stworzenie takiego złudzenia. W każdym razie miało to sens, w przeciwieństwie do tego, co zauważyła teraz.

— Obraz jest większy — stwierdziła Rosie.

Nie. Nie całkiem tak.

Podniosła ręce, rozstawiając je w powietrzu przed obrazem, aby potwierdzić to, że w dalszym ciągu zajmował taki sam fragment ściany. Widziała również tej samej wielkości pasek białego tła wewnątrz ramy, więc o co chodzi?

Tej drugiej kamiennej głowy nie było tam przedtem, i właśnie o to chodzi — pomyślała. — Może...

Nagle poczuła znużenie i lekkie mdłości. Zacisnęła powieki i próbowała masować sobie skronie, pod którymi zaczynał pulsować ból. Kiedy otworzyła oczy i znów spojrzała na obraz, zobaczyła go tak, jak za pierwszym razem. Nie dostrzegała odrębnych elementów — świątyni, zwalonych posągów, jasnoczerwonego chitonu, podniesionej ręki — lecz widziała jedną całość, coś, co przemawiało do niej swoim własnym, naglącym, niemym głosem.

Teraz ukazywał więcej szczegółów. Była niemal pewna, że to nie halucynacja, lecz niezbity fakt. Obraz nie był wcale większy, ale widziała więcej po obu stronach... jak również u góry i na dole. To było tak, jakby operator w kabinie projekcyjnej zorientował się, że używa niewłaściwego obiektywu, i zmienił kwadratowy trzydziestopięciomilimetrowy na szerokoekranową cineramę 70. Teraz widać było nie tylko Clinta, ale także kowbojów jadących po jego bokach.

Zwariowałaś, Rosie. Obrazy się nie powiększają.

Nie? To jak wyjaśnić obecność drugiego boga? Była pewna, że znajdował się tam przez cały czas, a nie zauważyła go tylko dlatego...

— Dlatego, że teraz na obrazie widać więcej z prawej —

szepnęła. Otworzyła szeroko oczy, chociaż trudno powiedzieć, czy malował się w nich niepokój czy zachwyt. — A także z lewej i z góry, i z d...

Nagle usłyszała pukanie do drzwi za jej plecami, tak szybkie i lekkie, że dźwięki zdawały się nakładać na siebie. Rosie obróciła się na pięcie, czując się jak na zwolnionym filmie lub pod wodą.

Nie zamknęła drzwi.

Pukanie powtórzyło się. Przypomniała sobie samochód zatrzymujący się przy krawężniku pod domem — mały wóz z rodzaju tych, jakie samotnie podróżujący człowiek mógłby wynająć u Hertza czy Avisa — i rozważania o jej obrazie ustąpiły innej myśli, przepojonej rezygnacją i rozpaczą: Norman jednak ją znalazł. Zabrało mu to trochę czasu, ale jakoś dokonał tego.

Przypomniała sobie fragment ostatniej rozmowy z Anną, która zapytała, co zrobi, jeżeli Norman naprawdę się pojawi. Zamknę drzwi i zadzwonię pod dziewięćset jedenaście — powiedziała wtedy, ale zapomniała zamknąć drzwi i nie miała telefonu. Ten ostatni fakt był istną ironią losu, gdyż w rogu pokoju mieściło się gniazdko, w dodatku sprawne, i właśnie dziś podczas przerwy na lunch udała się do firmy telekomunikacyjnej i wniosła opłatę. Od obsługującej ją kobiety otrzymała nowy numer telefonu na białym kartoniku, który Rosie włożyła do torebki, a potem pomaszerowała do drzwi. I wychodząc przeszła obok stoiska z aparatami telefonicznymi. Myślała, że przy okazji pójdzie do Lakeview Mall, gdzie zapłaci co najmniej dziesięć dolarów taniej. A teraz, tylko dlatego, że chciała zaoszczędzić nędzne dziesięć dolarów...

Po drugiej stronie drzwi panowała cisza, kiedy jednak Rosie spojrzała przez szparę nad progiem, dostrzegła zarys butów. To będą wielkie, czarne, lśniące buciory. Już nie nosił munduru, ale wkładał te czarne buty. Twarde. Wiedziała o tym doskonale, bo w ciągu lat, jakie z nim spędziła, często nosiła ich ślady na nogach, brzuchu i pośladkach.

Pukanie powtórzyło się — trzy razy po trzy szybko następujące po sobie stuknięcia: puk-puk-puk, przerwa, puk-puk-puk, przerwa, puk-puk-puk.

I jeszcze raz, tak jak w przypływie tej okropnej, zapierającej dech w piersi paniki, jaka ogarnęła ją tego ranka w studiu nagraniowym, myśli Rosie pobiegły do kobiety z obrazu, stojącej na szczycie zarośniętego wzgórza, nie obawiającej się nadciągającej burzy, nie bojącej się, że ruiny na dole mogą być nawiedzane przez jakieś upiory, trolle czy choćby bandy wędrownych złoczyńców, nie lękającej się niczego. Można to było poznać po wyprostowanej sylwetce, po nonszalancko uniesionej dłoni, a nawet (przynajmniej tak sądziła Rosie) po kształcie jej ledwie widocznej piersi.

Nie jestem taka jak ona, boję się — tak bardzo, że prawie sikam w majtki — ale nie pozwolę ci się zabrać, Normanie. Przysięgam Bogu, że nie pozwolę.

Przez moment próbowała przypomnieć sobie chwyt, jaki pokazała jej Gert Kinshaw: łapiesz napastnika za ręce, a potem obracasz się bokiem. Na nic — gdy usiłowała wyobrazić sobie decydujący ruch, widziała tylko atakującego ją Normana, ze ściągniętymi wargami, odsłaniającymi zęby (ściągniętymi w grymasie, który w myślach nazywała jego krokodylim uśmiechem), chcącego porozmawiać z nią w cztery oczy.

W cztery oczy.

Torba z zakupami wciąż stała na kuchennej szafce, obok żółtych ulotek reklamujących piknik. Rosie wyjęła nietrwałe artykuły i włożyła je do lodówki, ale w torbie pozostało jeszcze kilka konserw. Podeszła do szafki, jej nogi były bez czucia, jak drewniane kołki, po czym wyciągnęła rękę.

Kolejne trzy stuknięcia: puk-puk-puk.

— Idę — powiedziała Rosie. Własny głos wydał jej się zadziwiająco spokojny. Wyjęła największą puszkę, jaka pozostała w torbie: litrową puszkę z koktajlem owocowym. Chwyciła ją najmocniej jak umiała i na zdrętwiałych, drewnianych nogach ruszyła do drzwi. — Już idę, proszę chwilę zaczekać.

4

Kiedy Rosie robiła zakupy, Norman Daniels leżał w bieliźnie na łóżku w hotelu Whitestone, paląc papierosa i gapiąc się w sufit.

Wpadł w nałóg jak wielu chłopców, podkradając ojcu jego pall malle, ryzykując lanie w razie wpadki, uważając tę ewentualność za rozsądną cenę statusu, jaki uzyskiwało się, będąc widzianym w mieście, tam gdzie zbiegała się szosa 49 i stanowa, przed drugstore'em i urzędem pocztowym Aubreyville, z postawionym kołnierzem kurtki i tym papierosem zwisającym z dolnej wargi:

szalej, dziecino, jestem prawdziwym twardzielem. Kiedy znajomi przejeżdżali w swoich starych wozach, skąd mieli wiedzieć, że pet został buchnięty z paczki leżącej na szafce twojego starego, że gdy raz zebrałeś się na odwagę i próbowałeś kupić sobie paczkę w drugstorze, to stary Gregory prychnął i kazał wrócić, kiedy wyrosną ci wąsy?

Palenie było dużą sprawą w wieku piętnastu lat, bardzo dużą sprawą, czymś, co zastępowało wszystko to, czego nie mógł mieć (na przykład starego samochodu, choćby takiego starego gruchota, jakim jeździł jeden z jego znajomych — z klekoczącymi zaworami, reflektorami z białej „plastikowej stali" i zderzakami przymocowanymi drutem), więc zanim skończył szesnaście lat, wpadł w nałóg: dwie paczki dziennie i *bona fide* kaszel palacza z rana.

Trzy lata po tym, jak poślubił Rose, cała jej rodzina — ojciec, matka, szesnastoletni brat — zginęła na tej samej szosie 49. Wracali z popołudniowej kąpieli w Philo Quarry, kiedy wywrotka ze żwirem wpadła na skrzyżowanie i zmiażdżyła ich jak packa muchy. Oderwaną głowę starego McClendona znaleziono w rowie trzydzieści metrów od miejsca wypadku, z otwartymi ustami i sporym bryzgiem krowiego łajna w oku (wtedy Daniels był już gliniarzem, a gliniarze wiedzą o takich rzeczach). To wydarzenie w najmniejszym stopniu nie zmartwiło Danielsa; prawdę mówiąc, był nim zachwycony. Jeśli o niego chodziło, to ten wścibski stary skurwiel dostał dokładnie to, na co sobie zasłużył. McClendon miał skłonność do zadawania córce pytań, jakich nie powinien zadawać. W końcu Rose nie była już córką McClendona — przynajmniej w oczach prawa. W oczach prawa stała się żoną Normana Danielsa.

Głęboko zaciągnął się dymem, wydmuchał trzy kółka i patrzył, jak powoli unoszą się rzędem pod sufit. Z zewnątrz dochodziło trąbienie i szum ulicznego ruchu. Spędził tu tylko pół dnia, a już nienawidził tego miasta. Było za duże. Miało za wiele dogodnych kryjówek, chociaż w jego wypadku nie odgrywało to większej roli. Sprawy znów dobrze się układały i niebawem bardzo twarda i bardzo ciężka ściana z cegieł przywali zabłąkaną córeczkę Craiga McClendona, Rosie.

Na pogrzebie McClendona — wielkim wydarzeniu, w którym uczestniczyli niemal wszyscy mieszkańcy Aubreyville — Daniels zaczął kaszleć i nie mógł przestać. Ludzie odwracali się i patrzyli na niego, a on nienawidził takich spojrzeń bardziej niż czegokolwiek na świecie. Czerwony, wściekły i zawstydzony (ale wciąż nie mogący powstrzymać kaszlu), Daniels przepchnął się obok szlochającej młodej żony i wypadł z kościoła, bezskutecznie zatykając usta dłonią.

Kaszlał tak silnie, że musiał pochylić się i oprzeć dłonie na kolanach, żeby nie zemdleć. Patrzył załzawionymi oczami na kilka innych osób, które wyszły na papierosa — trzech mężczyzn i kobietę, nie potrafiących wytrzymać nawet przez głupie pół godziny mszy żałobnej — i nagle postanowił, że rzuca palenie. Tak po prostu. Wiedział, że ten atak kaszlu mógł być spowodowany letnią alergią, ale to nie miało znaczenia. To był głupi pieprzony nałóg, może najgłupszy pieprzony nałóg na tej planecie i niech go szlag, jeśli jakiś koroner okręgowy wpisze pall malle jako przyczynę śmierci na jego świadectwie zgonu.

W dniu kiedy wrócił do domu i stwierdził, że Rosie odeszła — a właściwie tej nocy gdy odkrył, że zniknęła karta kredytowa i już nie mógł dłużej udawać, że nic się nie stało — poszedł do sklepu Numer 24 u stóp wzgórza i kupił pierwszą paczkę papierosów od jedenastu lat. Wrócił do ulubionego niegdyś gatunku, jak morderca powracający na miejsce zbrodni. *In hoc signo vinces* widział na każdej krwawoczerwonej paczce — pod tym znakiem zwyciężysz, jak mówił jego stary, który odnosił zwycięstwa nad matką Danielsa w wielu kłótniach rodzinnych, ale w niczym innym, przynajmniej jeśli chodzi o sprawy znane Normanowi.

Pierwsze sztachnięcie zaszumiało mu w głowie i zanim skończył papierosa, wypalając go aż do filtra, był pewny, że zwymiotuje, zemdleje albo dostanie ataku serca. A może wszystko naraz. Tymczasem wrócił do dwóch paczek dziennie i, wychodzącego-z--głębi-płuc kaszlu, kiedy rankiem gramolił się z łóżka. Tak jakby nigdy nie rzucał palenia.

To nie miało znaczenia; przechodził stresujące doświadczenie życiowe, jak lubili mówić parszywi psychologowie, a kiedy ludzie doznają stresujących doświadczeń życiowych, często powracają do dawnych nawyków. Szkodliwe nałogi, takie jak palenie czy picie, są protezami — mówili. I co z tego? Jeśli się kuleje, to co złego w używaniu kuli? Kiedy już zajmie się Rosie (można powiedzieć, że upewni się, iż doszło do nieformalnego rozwodu, na jego warunkach), odrzuci wszystkie protezy.

Tym razem na dobre.

Norman odwrócił głowę i wyjrzał za okno. Jeszcze nie było ciemno, ale wkrótce będzie. Odpowiednia pora, żeby iść. Nie chciał spóźnić się na spotkanie. Zdusił papierosa w przepełnionej popielniczce na nocnym stoliku obok telefonu, zdjął nogi z łóżka i zaczął się ubierać.

Nie musiał się śpieszyć, to było najprzyjemniejsze; miał wiele dni urlopu, a kapitan Hardaway wcale nie wzdragał się przed tym, by mu go udzielić. Z dwóch powodów — pomyślał Norman. — Po pierwsze, gazety i stacje telewizyjne zrobiły z niego sensację miesiąca; po drugie, kapitan Hardaway nie lubił go, dwukrotnie nasłał na niego tych kapusiów z Wydziału Spraw Wewnętrznych za nieuzasadnione użycie siły. Niewątpliwie z zadowoleniem pozbył się go na jakiś czas.

— Dziś wieczór, suko — mruczał Norman, zjeżdżając windą w towarzystwie swojego odbicia w lustrze na ścianie kabiny. — Dziś wieczór, jeśli dopisze mi szczęście. A czuję, że dopisze.

Przy krawężniku stał rząd taksówek, ale Daniels minął je. Taksówkarze zapisują kursy, a czasem zapamiętują twarze. Nie, znów pojedzie autobusem. Tym razem miejskim. Energicznie pomaszerował w kierunku przystanku na rogu, zastanawiając się, czy nie oszukiwał sam siebie, myśląc, że szczęście mu sprzyja. Doszedł do wniosku, że nie. Był blisko, wiedział to. Wiedział to, ponieważ zdołał wczuć się w jej położenie.

Autobus linii zielonej wyjechał zza rogu i potoczył się w kierunku przystanku. Norman wsiadł, zapłacił swoje cztery dolce, zajął miejsce z tyłu — dziś wieczór nie musiał udawać Rose, co za ulga — i patrzył przez okno na mijane ulice. Szyldy barów. Szyldy restauracji. DELIKATESY. PIWO. PIZZA NA WYNOS. SEKSOWNE DZIEWCZYNY TOPLESS.

To nie twoje miejsce, Rose — pomyślał, gdy autobus mijał witrynę restauracji Pop's Kitchen. „Prawdziwy stek z Kansas City" głosił krwawoczerwony neon w oknie. — To nie twoje miejsce, ale nic nie szkodzi, bo jestem tutaj. Przyszedłem zabrać cię do domu. A w każdym razie zabrać cię gdzieś.

Gmatwanina neonów i ciemniejący fiolet nieba przypomniały mu starą piosenkę Boba Segera, tę o dawnych dobrych czasach, kiedy życie nie wydawało się takie upiorne i klaustrofobiczne, jak ściany pokoju, które wciąż się kurczą, powoli zaciskając się wokół człowieka. *Gdy neony barów nową noc przyniosą* — brzmiały słowa piosenki — *szybko umkną w ciemność i szybko ci znikną.* Jakże prawdziwe. Był policjantem przez całe swe dorosłe życie i wiedział, że te słowa były prawdziwe. A przecież i on mógł umknąć w ciemność. Umknąć w ciemność i zniknąć. Gliniarz, który nie nauczy się biegać tak, jak inne karaluchy — uliczne szumowiny — nie pożyje długo.

Patrzył, jak neony zostają w tyle, i ocenił, że już powinien zbliżać się do Carolina Street. Wstał, przeszedł na przód autobusu i stanął tam, trzymając się uchwytu. Kiedy autobus stanął i drzwi się rozsunęły, zszedł po schodkach i bez słowa umknął w ciemność.

Kupił plan miasta w kiosku hotelowym, za sześć dolarów i pięćdziesiąt centów. Zdzierstwo, ale koszt pytania o drogę mógłby być większy. Ludzie, nie wiedzieć czemu, zapamiętują tych, którzy pytają o drogę; czasem pamiętają ich nawet po pięciu latach — zadziwiające, lecz prawdziwe. Dlatego lepiej nie pytać. Na wszelki wypadek, gdyby coś się stało. Coś złego. Pewnie nic się nie stanie, lecz NNNW i PSD zawsze były najlepszymi życiowymi zasadami.

Według mapy Carolina Street łączyła się z Beaudry Place mniej więcej cztery kwartały na zachód od przystanku autobusowego. Przyjemny spacerek w ciepły wieczór. Przy Beaudry Place mieszkał żydek z POMOCY PODRÓŻNYM.

Daniels szedł powoli, naprawdę jak na przechadzce, z rękami w kieszeniach. Na twarzy miał uśmieszek, lekko głupawy, który nie zdradzał napięcia wszystkich zmysłów. Rejestrował każdy przejeżdżający samochód, każdego mijanego przechodnia, szczególnie wypatrując takich, którzy przyglądaliby się jemu. Dostrzegali go. Nikt nie zwracał na niego uwagi, co było dobre.

Kiedy dotarł do domu Thumpera — dokładnie tak, do domu, nie mieszkania, więc znów łut szczęścia — dwukrotnie przeszedł obok, obserwując samochód na podjeździe i światło w oknie na parterze. W oknie pokoju stołowego. Zasłony były rozsunięte, ale rolety spuszczone. Widział przez nie miękki kolorowy blask tego, co zapewne było ekranem telewizora. Thumper nie spał, Thumper był w domu, Thumper gapił się w maleńki telewizor i może zajadał marchewkę, zanim pojedzie na dworzec autobusowy, gdzie spróbuje pomóc innym kobietom, zbyt głupim, by zasługiwały na pomoc. Albo zbyt złym.

Thumper nie nosił obrączki, a poza tym wyglądał Normanowi

na pedzia, ale lepiej dmuchać na zimne. Cicho podszedł podjazdem i zerknął do pięcioletniego forda, szukając jakichkolwiek dowodów na to, że Thumper nie mieszka sam. Nie dostrzegł niczego, co włączyłoby w jego mózgu sygnał alarmowy.

Zadowolony, rozejrzał się po wąskiej uliczce i nie dostrzegł nikogo.

Nie masz żadnej maski — pomyślał. — Nie masz nawet nylonowej pończochy, którą mógłbyś naciągnąć na twarz, prawda, Norm?

Nie, nie mam.

Zapomniałeś, tak?

No... prawdę mówiąc, nie. Nie zapomniał. Miał wrażenie, że kiedy nazajutrz wzejdzie słońce, na tym świecie będzie o jednego żydka mniej. Ponieważ czasami nawet w takich miłych miejscach jak to zdarzają się paskudne wypadki. Czasem ktoś włamuje się — przeważnie świry i ćpuny oczywiście — i zaczyna się zabawa. Przykre, lecz prawdziwe. Możesz wdepnąć, jak piszą na koszulkach i nalepkach samochodowych. I czasem, chociaż trudno w to uwierzyć, wdeptują właściwe osoby, zamiast niewłaściwych. Na przykład czytujące „Prawdę" żydki, które pomagają żonom uciekać od mężów. Nie wolno pozwalać na coś takiego; w ten sposób nie można kierować społeczeństwem. Gdyby każdy tak postępował, nie byłoby żadnego społeczeństwa.

Takie zachowanie było bardzo rozpowszechnione i większości tych mięczaków uchodziło na sucho. Ale większość tych mięczaków nie popełniła błędu, pomagając jego żonie... tak jak ten człowiek. Norman był tego równie pewien, jak swojego nazwiska. Ten mężczyzna pomógł jej

Wszedł na schody, jeszcze raz szybko rozejrzał się na boki i nacisnął przycisk dzwonka. Zaczekał i zadzwonił ponownie. Teraz jego uszy, już nastawione na najcichszy dźwięk, wychwyciły odgłos zbliżających się kroków, nie klap-klap-klap, lecz szur-szur-szur. Thumper w skarpetkach, jak schludnie.

— Idę, idę — zawołał Thumper.

Drzwi otworzyły się. Thumper spojrzał na niego oczami rozpływającymi się za szkłami rogowych okularów.

— W czym mogę pomóc? — spytał.

Rozpięta i wyciągnięta ze spodni koszula ukazywała pasiasty podkoszulek, taki sam podkoszulek, jaki nosił Norman, i nagle to było nie do zniesienia, okazało się ostatnim źdźbłem, tym, pod którym pękł kręgosłup przysłowiowego wielbłąda, i Norman wpadł w szał. Żeby taki facet nosił taki podkoszulek! Podkoszulek białego człowieka!

— Myślę, że możesz — rzekł Norman i coś w jego twarzy lub głosie zaalarmowało Slowika, ponieważ jego piwne oczy rozszerzyły się i zaczął się cofać, jednocześnie sięgając ręką do drzwi, pewnie chcąc je zatrzasnąć Normanowi przed nosem. Jeżeli tak, to się spóźnił. Norman złapał go za koszulę i wepchnął w głąb domu. Potem podniósł nogę i kopniakiem zatrzasnął za sobą drzwi, czując się jak Gene Kelly w starym musicalu „MGM".

— Tak, tak myślę — powtórzył. — Mam nadzieję, dla twojego własnego dobra. Zadam ci kilka pytań, Thumper, właściwych pytań, i lepiej módl się do swego wielkonosego żydowskiego Boga, żebyś mógł udzielić mi właściwych odpowiedzi.

— Wynoś się stąd! — krzyknął Slowik. — Bo wezwę policję!

Norman Daniels roześmiał się, a potem obrócił Slowika, wykręcając mu lewą rękę na plecy, aż pięść dotknęła chudej prawej łopatki. Slowik zaczął wrzeszczeć. Norman sięgnął mu między nogi i złapał za jądra.

— Przestań — rozkazał. — Natychmiast przestań albo zgniotę je jak winogrona. Usłyszysz, jak pękają.

Thumper przestał. Dyszał i wydawał zduszone jęki, ale to Normanowi nie przeszkadzało. Wepchnął go do pokoju stołowego, gdzie za pomocą pilota leżącego na stoliku nastawił telewizor głośniej.

Zawlókł swojego nowego kolegę do kuchni i puścił.

— Stań przy tej lodówce — rzekł. — Chcę, żebyś przycisnął do niej swój tyłek i łopatki, a jeśli odsuniesz się od niej choćby na centymetr, urwę ci łeb. Kapujesz?

— T-t-tak — wydyszał Thumper. — K-k-kim jesteś?

Wciąż wyglądał jak Thumper — przyjaciel Bambiego — ale teraz mówił jak Woodsy Pieprzona Sowa.

— Irving R. Levine z NBC News — odparł Norman. — Tak zabawiam się, kiedy mam wolne.

Zaczął otwierać szuflady szafek, nie spuszczając przy tym Thumpera z oka. Nie sądził, aby stary próbował uciekać, ale kto wie. Ludzie, którzy przekroczą pewien poziom lęku, stają się nieobliczalni jak tornado.

— Co... Nie wiem co...

— Nie musisz wiedzieć co — oznajmił Norman. — W tym cały urok, Thump. Nie musisz wiedzieć ni cholery, masz tylko odpowiedzieć na kilka prostych pytań. Wszystko inne możesz pozostawić mnie. Jestem zawodowcem. Uważaj mnie za członka bractwa Niewidzialnej Ręki.

W piątej i ostatniej szufladzie znalazł to, czego szukał: dwie rękawice kuchenne ze wzorem w kwiatki. Ślicznie. Właśnie coś takiego używa dobrze ubrany żydek do wyjmowania swoich koszernych przemyślnych półmisków ze swojej przemyślnej koszernej duchówki. Norman włożył je, po czym szybko przetarł uchwyty szuflad, ścierając odciski palców, jakie mógł na nich zostawić. Potem zaprowadził Thumpera z powrotem do stołowego, gdzie wziął pilota i wytarł go o przód swojej koszuli.

— Pogawędzimy sobie twarzą w twarz, Thumper — powiedział. Zatykało go; dźwięki wydobywające się z jego gardła nawet jego właścicielowi nie przypominały ludzkiego głosu. Norman bez specjalnego zdziwienia stwierdził, że dostał potwornego wzwodu. Rzucił pilota na sofę i odwrócił się do Slowika, który stał ze zwieszonymi ramionami. Łzy spływały spod grubych szkieł w rogowej oprawie. Stał w tym podkoszulku białego człowieka. — Zamierzam porozmawiać z tobą w cztery oczy. W cztery oczy. Wierzysz mi? Lepiej uwierz, Thump. Lepiej, kurwa, uwierz.

— Proszę — jęknął Slowik. Wyciągnął drżące ręce do Normana. — Proszę, nie rób mi krzywdy. Mylisz się, o kogokolwiek ci chodzi, to nie ja. Nie mogę ci pomóc.

A przecież w końcu pomógł, i to bardzo. Ale wtedy byli już w piwnicy, ponieważ Norman zaczął gryźć i nawet nastawiony na cały regulator telewizor nie mógł całkowicie zagłuszyć wrzasków. Wrzeszcząc czy nie, pomógł — i to bardzo.

Skończywszy zabawę, Norman znalazł pod kuchennym zlewem worki na śmieci. Włożył do jednego rękawice i swoją koszulę, w której teraz nie mógł pokazać się publicznie. Weźmie worek ze sobą i pozbędzie się go później.

Na górze, w sypialni Thumpera, znalazł tylko jedną część garderoby, która prawie zakrywała jego, znacznie szerszą, górną połowę ciała: workowatą, wyblakłą koszulkę z emblematem Chicago Bulls. Norman położył ją na łóżku, a potem poszedł do łazienki Thumpera i włączył jego prysznic. Czekając, aż popłynie gorąca woda, zajrzał do apteczki Thumpera, znalazł słoiczek adwilu i połknął cztery tabletki. Bolały go zęby i szczęki. Całą dolną część twarzy miał pokrytą krwią, włosami i kawałeczkami skóry.

Wszedł pod prysznic i wziął mydło Thumpera, starając się zapamiętać, że musi wrzucić je później do worka. Nie wiedział, na co zdadzą się te wszystkie środki ostrożności, gdyż nie miał pojęcia, ile dowodów pozostawił na dole, w piwnicy. Tam doznał jakby chwilowej amnezji.

Myjąc głowę, zaczął śpiewać:

— *Dzika różo.... dziiika różo.... gdzie ty pniesz się... nie wie nikt... rośniesz sobie... w polu, w lesie... któż przytuli... różo cię?*

Zakręcił wodę, wyszedł spod prysznica i spojrzał na swoje słabe, widmowe odbicie w zaparowanym lustrze nad umywalką.

— Ja — powiedział spokojnie. — Właśnie ja.

5

Bill Steiner uniósł wolną rękę, żeby zapukać jeszcze raz, w duchu przeklinając swoje zdenerwowanie — nie był człowiekiem, który robi się nerwowy, gdy chodzi o kobiety — kiedy usłyszał jej głos. „Idę! Idę, proszę chwilę zaczekać". W tym głosie nie słyszał urazy, dzięki Bogu, więc może nie wyciągnął jej z łazienki.

A co ja tu właściwie robię? — zadał sobie pytanie, gdy usłyszał kroki po drugiej stronie drzwi. — To jak scena z jakiejś niedowarzonej romantycznej komedii, w której trudno sobie wyobrazić nawet Toma Hanksa.

Może to i prawda, lecz jedno wiedział na pewno: kobieta, która w zeszłym tygodniu odwiedziła jego lombard, mocno utkwiła mu w pamięci. A w miarę upływu czasu to wrażenie zamiast słabnąć, jeszcze się wzmagało. Był pewny dwóch rzeczy: po raz pierwszy w życiu przynosił kwiaty kobiecie, której nie znał, i jeszcze nigdy nie denerwował się tak przed żadną randką, od kiedy skończył szesnaście lat.

Tak rozmyślając, zauważył, że jedna z margerytek prawie wypada z bukietu. Pośpiesznie poprawił ją, zanim otwarły się drzwi, a kiedy oderwał wzrok od kwiatów, ujrzał kobietę, która zamieniła pierścionek z fałszywym diamentem na kiczowaty obraz. Stała w progu, ze śmiercią w oczach i trzymała w dłoni puszkę czegoś, co wyglądało na koktajl owocowy. Zastygła z ręką uniesioną do ciosu, z widocznym trudem dostrzegając, że mężczyzna nie jest tą osobą, której się spodziewała. Bill uznał później, że to była jedna z najdziwniejszych i najważniejszych chwil w jego życiu.

Oboje spoglądali na siebie, stojąc w progu mieszkanka Rosie na pierwszym piętrze domu przy Tremont Street, on z bukietem wiosennych kwiatów z kwiaciarni dwa domy dalej na Hitchens Avenue, ona z litrową puszką uniesioną nad głową. Chociaż ten moment nie trwał dłużej niż dwie, może trzy sekundy, wydał się Billowi niezwykle długi. W każdym razie dostatecznie długi, by pojął coś, co było niepokojące, zatrważające, denerwujące, zdumiewające i po prostu cudowne. Wbrew dotychczasowym obawom, jej widok wcale nie zmienił jego uczuć; wprost przeciwnie, jeszcze je pogłębił. Nie była pięknością, przynajmniej nie taką, jaką promują środki przekazu, ale dla niego była piękna. Zarys jej warg i owal twarzy z jakiegoś powodu przyśpieszył bicie jego serca, a spojrzenie kocioskośnych, niebieskawoszarych oczu rozczuliło go. Krew uderzyła mu do głowy i policzki zarumieniły się. Doskonale wiedział, o czym świadczą te objawy, i zarejestrował je z niechęcią, ponieważ czyniły go więźniem.

Wręczył jej kwiaty, uśmiechając się z nadzieją, ale czujnie obserwując rękę z puszką.

— Zawrzemy pokój? — zapytał.

6

Zaprosił ją na obiad tak szybko, że ledwie zdążyła uświadomić sobie, że nie jest Normanem, i [illegible] zaskoczona — zgodziła się. Uznała, że poczucie ulgi również odegrało w tym swoją rolę. Dopiero kiedy usiadła na fotelu pasażera w jego samochodzie, pani Praktycznie-Rozsądna, od pewnego czasu pozostająca w uśpieniu, obudziła się i zapytała, co ona wyprawia, wychodząc gdzieś z mężczyzną (o wiele młodszym mężczyzną), którego nie zna? Czyżby zwariowała? W tych pytaniach pobrzmiewał strach, ale Rosie zrozumiała ich prawdziwy sens — były zwykłym kamuflażem. To najważniejsze pytanie było tak przerażające, że Praktycznie-Rozsądna nie odważyła się go zadać.

A jeśli złapie cię Norman? To było najważniejsze pytanie. Jeśli Norman przyłapie ją jedzącą obiad z innym mężczyzną? Młodszym, dobrze wyglądającym mężczyzną? Fakt, że Norman znajdował się daleko, setki kilometrów na wschód, nie miał znaczenia dla Praktycznie-Rozsądnej, która wcale nie była ani Praktyczna, ani Rozsądna, tylko Przestraszona i Zmieszana.

Poza tym nie chodziło tylko o Normana. Przez całe życie nigdy nie była sama z innym mężczyzną oprócz męża i teraz targały nią rozmaite emocje. Zjeść z nim obiad? Och, pewnie. W porządku. Ściskało ją w gardle, a w żołądku wywracało się jak w pralce automatycznej.

Gdyby miał na sobie coś lepszego niż czyste, wytarte dżinsy i koszulę, gdyby spojrzał choć z odrobiną powątpiewania na jej bezpretensjonalną kombinację spódnicy i swetra, powiedziałaby „nie"; gdyby lokal, do którego ją zabrał, wyglądał zbyt szykownie (to jedyne słowo, jakie przyszło jej do głowy), chyba nie byłaby w stanie wysiąść z jego buicka. Lecz restauracja wyglądała raczej zachęcająco niż groźnie: jasno oświetlony lokal nazywany Pop's Kitchen, z wentylatorami nad głową i obrusami w czerwono-białą kratkę na kwadratowych stolikach. Zgodnie z tym, co głosił neon w witrynie, w Pop's Kitchen podawano prawdziwe steki z Kansas City. Kelnerami byli sami starsi dżentelmeni w czarnych butach i długich fartuchach zawiązanych pod pachami. Rosie uznała, że wyglądają jak w białych sukienkach przepasanych szarfami. Ludzie jedzący przy stolikach byli podobni do niej i Billa... no, w każdym razie do Billa — osoby z klasy średniej, o średnich dochodach, bez przesadnej elegancji. Rosie czuła się w tej restauracji przyjemnie i swobodnie, to było miejsce, w którym można odetchnąć.

Możliwe, ale oni nie są podobni do ciebie — szepnęła jej świadomość — i nie próbuj udawać, że są. Wyglądają na pewnych siebie, na szczęśliwych, a co więcej, wyglądają tak, jakby tu było ich miejsce. Ty tak nie wyglądasz i nigdy nie będziesz wyglądała. Zbyt wiele lat spędziłaś z Normanem, zbyt wiele razy siedziałaś w kącie, wymiotując w fartuch. Zapomniałaś, jacy są ludzie, o czym rozmawiają... jeśli w ogóle kiedyś to wiedziałaś. Jeżeli spróbujesz być taka jak ci ludzie, jeśli choć zamarzysz, żeby być jak oni, skończysz ze złamanym sercem.

Czy to prawda? Strasznie pomyśleć, że to mogło być prawdą. Część Rosie była bowiem szczęśliwa — szczęśliwa, że Bill Steiner przyszedł ją zobaczyć, szczęśliwa, że przyniósł jej kwiaty, szczęśliwa, że zaprosił ją na obiad. Nie miała zielonego pojęcia, co do niego czuje, ale zaproszono ją na randkę... a to sprawiało, że czuła się młoda i pociągająca. Nic nie mogła na to poradzić.

No już, bądź szczęśliwa — usłyszała szept Normana, gdy razem z Billem przekraczali próg Pop's Kitchen. Rozległ się tak blisko i wyraźnie, jakby przechodził obok. Ciesz się, póki możesz, ponieważ potem on pociągnie cię z powrotem w ciemność i zechce porozmawiać z tobą w cztery oczy. A może nawet nie będzie tracić czasu na rozmowę. Może po prostu zaciągnie cię w najbliższą ciemną uliczkę i załatwi gdzieś pod ścianą.

Nie — pomyślała. Nagle światła w restauracji stały się zbyt jasne i słyszała wszystko, wszystko, nawet głośne, leniwe westchnienia wirników wentylatorów. Nie, to kłamstwo, kłamstwo — on jest miły!

Odpowiedź była natychmiastowa i nieunikniona — pierwsza zasada Normana: „Nikt nie jest miły, kochanie, ile razy mam ci to powtarzać? W głębi duszy każdy jest śmieciem. Ty, ja, każdy".

— Rose? — spytał Bill. — Dobrze się czujesz? Blado wyglądasz.

Nie, nie czuła się dobrze. Wiedziała, że głos w jej głowie kłamie, dobywając się z tej części jej duszy, która pozostawała pod wpływem trucizny Normana. Lecz to, co wiedziała, i to, co czuła, to dwie różne sprawy. Po prostu nie zdoła usiedzieć wśród tych wszystkich ludzi, nie może wdychać zapachu ich mydeł, perfum i szamponów, słuchać gwaru ich rozmów. Nie potrafi zachować się wobec kelnera, który pochyli się nad nią z jadłospisem, częściowo napisanym w obcym języku. A przede wszystkim nie poradzi sobie z Billem Steinerem — rozmawiając z nim, odpowiadając na jego pytania i przez cały czas zastanawiając się, jakie okazałyby się w dotyku jego włosy.

Otworzyła usta, żeby powiedzieć mu, że nie czuje się dobrze, że boli ją brzuch i niech lepiej odwiezie ją do domu, może zjedzą obiad innym razem. Potem, tak jak w studiu nagrań, pomyślała o kobiecie w jasnoróżowym chitonie, stojącej na szczycie zarośniętego wzgórza, z podniesioną ręką i jednym gołym ramieniem lśniącym w dziwnym, pochmurnym blasku tamtego miejsca. Stojąc bez śladu lęku nad zrujnowaną świątynią... Wyobraziwszy sobie blond włosy, zaplecione w warkocz, złotą bransoletę i ledwie widoczną wypukłość piersi, Rosie uspokoiła się.

Poradzę sobie z tym — pomyślała. — Nie wiem, czy zdołam

coś zjeść, ale na pewno mogę znaleźć dość odwagi, żeby posiedzieć z nim chwilę w tym dobrze oświetlonym miejscu. I czemu miałabym niepokoić się o to, że on może mnie później zgwałcić? Myślę, że gwałt to ostatnia rzecz, jaka przyszłaby mu do głowy. To tylko jedna z obsesji Normana, Normana, który uważa, że nigdy żaden Murzyn nie miał przenośnego radia, które nie zostało ukradzione białemu człowiekowi.

Ta prosta refleksja sprawiła, że poczuła lekką ulgę i uśmiechnęła się do Billa. To był słaby i trochę niepewny uśmiech, ale lepszy niż żaden.

— Nic mi nie jest — powiedziała. — Czuję się trochę przestraszona, to wszystko. Będziesz musiał jakoś to znieść.

— Chyba nie boisz się mnie?

„Masz cholerną rację, że ciebie" — usłyszała głos Normana z tego miejsca w jej głowie, gdzie żył jak złośliwy nowotwór.

— Nie, raczej nie. — Spojrzała mu w twarz. To wymagało wysiłku i czuła, że czerwieni się przy tym, ale jakoś się udało. — Po prostu jesteś dopiero drugim facetem w moim życiu, z którym gdzieś poszłam, a jeśli to jest randka, to moja pierwsza od czasu, gdy byłam maturzystką, czyli od osiemdziesiątego pierwszego roku.

— Boże święty — rzekł. Mówił łagodnie, bez cienia kpiny. — Teraz ja jestem trochę przestraszony.

Szef — Rosie nie była pewna, czy nazywać go *maitre d'*, czy też był to ktoś inny — podszedł i spytał, czy chcą miejsce dla palących, czy niepalących.

— Palisz? — zapytał ją Bill, a Rosie szybko potrząsnęła głową. — Gdzieś na uboczu byłoby wspaniale — powiedział Bill do mężczyzny w smokingu i Rosie dostrzegła szarozielone mignięcie pięciodolarowego banknotu przechodzącego z jego ręki do ręki szefa. — Może w rogu?

— Oczywiście, proszę pana.

Poprowadził ich przez jasno oświetloną salę, pod leniwie obracającymi się łopatkami wentylatorów.

Kiedy usiedli, Rosie zapytała Billa, jak ją odnalazł, chociaż podejrzewała, że zna już odpowiedź. Naprawdę ciekawiło ją to, dlaczego ją odnalazł.

— To Robbie Lefferts — odparł. — Robbie zagląda co kilka dni, żeby sprawdzić, czy mamy jakieś nowe książki... no, właściwie to stare książki, wiesz, co mam na myśli...

Przypomniała sobie tę Davida Goodisa: *To był zwykły pech. Parry był niewinny* i uśmiechnęła się.

— Wiem, że zatrudnił cię do czytania powieści Christiny Bell, ponieważ wpadł specjalnie po to, żeby mi powiedzieć. Był bardzo podekscytowany.

— Naprawdę?

— Oznajmił, że masz najlepszy głos od czasu, gdy Kathy Bates nagrała „Milczenie owiec", a to wiele znaczy. Robbie podziwia to nagranie, tak samo jak „Śmierć najemnika" w wykonaniu Roberta Frosta. Ma tę starą płytę długogrającą na trzydzieści trzy obroty. Jest porysowana, ale zdumiewająca.

Rosie milczała. Odebrało jej mowę.

— Tak więc zapytałem go o twój adres. No, to może za słabo powiedziane. Muszę się przyznać, że właściwie marudziłem, aż mi go dał. Robbie nie znosi marudzenia. I trzeba przyznać, Rosie, że...

Reszty już nie dosłyszała. Rosie — myślała. — Nazwał mnie Rosie. Nie prosiłam go o to; sam na to wpadł.

— Czy może państwo chcieliby napić się czegoś? — u boku Billa pojawił się kelner. Starszawy, dystyngowany i przystojny, wyglądał jak wykładowca literatury z college'u.

Mający słabość do sukni w stylu empire — pomyślała Rosie i miała ochotę zachichotać.

— Wezmę mrożoną herbatę — rzekł Bill. — A ty, Rosie?

Znów. Znów to powiedział. Skąd wiedział, że nigdy nie byłam Rose, że zawsze byłam Rosie?

— Dla mnie to samo.

— A zatem dwie mrożone herbaty, doskonale — rzekł kelner i wyrecytował krótką listę dań. Ku ogromnej uldze Rosie, wszystkie miały angielskie nazwy i przy słowach „pieczeń londyńska" naprawdę poczuła lekki przypływ głodu.

— Namyślimy się i za moment powiemy panu — oznajmił Bill.

Kelner odszedł, Bill odwrócił się do Rosie.

— Muszę powiedzieć, że Robbie nie poddał się łatwo. Proponował, żebym wpadł do studia... Jesteście w Corn Building, prawda?

— Tak. Studio nazywa się Tape Engine.

— Uhm. W każdym razie proponował, żebym wpadł któregoś popołudnia do studia, to we troje wybierzemy się gdzieś na drinka. Był bardzo opiekuńczy, prawie ojcowski. Kiedy powiedziałem, że wolałbym po prostu spotkać się z tobą, kazał mi obiecać, że najpierw do ciebie zatelefonuję. I próbowałem to zrobić, Rosie, ale nie mogłem znaleźć twojego numeru w książce telefonicznej. Czy masz zastrzeżony numer?

— Właściwie jeszcze nie mam telefonu — odparła, robiąc lekki unik. Oczywiście miała zastrzeżony numer; kosztowało ją to dodatkowe trzydzieści dolarów, na co niezbyt mogła sobie pozwolić, lecz jeszcze mniej mogła sobie pozwolić na to, żeby numer jej telefonu pojawił się w policyjnym komputerze Normana. Z jego utyskiwań wiedziała, że policja nie może swobodnie przeszukiwać listy zastrzeżonych numerów, tak jak to robi z tymi, które są w książkach telefonicznych. To było nielegalne, gdyż stanowiło naruszenie prywatności, z której rezygnowali ludzie pozwalający towarzystwu telekomunikacyjnemu zamieścić ich numery w spisie. Tak zadecydowały sądy, a Norman, podobnie jak większość policjantów, których poznała w czasie swego małżeństwa, zaciekle nienawidził wszystkich instytucji sądowych i ich decyzji.

— Dlaczego nie wpadłeś do studia? Nie było cię w mieście?

Wziął serwetkę, rozwinął ją i starannie ułożył sobie na kolanach. Kiedy znów spojrzał na nią, jego twarz jakoś się zmieniła, lecz dopiero po chwili Rosie zorientowała się, na czym polega ta zmiana — zaczerwienił się.

— No cóż, chyba nie chciałem iść gdzieś z tobą całą bandą — odparł. — W ten sposób nie można naprawdę porozmawiać. Po prostu chciałem... no... chciałem cię poznać.

— I jesteśmy tutaj — powiedziała łagodnie.

— Tak, zgadza się. I jesteśmy tu.

— Ale dlaczego chciałeś mnie poznać? Umówić się ze mną? — Urwała na moment, a potem dodała: — Myślę, że chyba jestem dla ciebie trochę za stara, prawda?

Przez chwilę patrzył na nią z niedowierzaniem, a potem uznał, że to żart, i roześmiał się.

— Tak — powiedział. — No to przy okazji, ile masz lat, babciu? Dwadzieścia siedem? Dwadzieścia osiem?

Z początku pomyślała, że to on żartuje — w dodatku niezbyt udanie — ale zaraz pojęła, że mimo lekkiego tonu mówił poważnie. Nawet nie usiłował jej pochlebić, tylko stwierdzał oczywisty fakt. A przynajmniej oczywisty dla niego. To ją zaszokowało i jej myśli znów rozbiegły się na wszystkie strony. Tylko jedna pozostała względnie zrozumiała: zmiany w jej życiu nie zakończyły się na znalezieniu pracy i własnego mieszkania, one dopiero się zaczęły. Czuła się tak, jakby wszystko, co zdarzyło się do tej pory, było zaledwie serią wstępnych wstrząsów, a teraz nadchodziło prawdziwe trzęsienie ziemi. Tyle że ono nie zmieni krajobrazu, lecz jej życie... Nagle Rosie poczuła jakąś dziwną nadzieję i niezrozumiałe wzburzenie.

Bill zaczął coś mówić, ale wtedy nadszedł kelner z ich mrożoną herbatą. Bill zamówił stek, a Rosie pieczeń londyńską. Kiedy kelner zapytał, jaka ma być, Rosie już chciała odpowiedzieć, że średnio wysmażona — jadła takie befsztyki, ponieważ lubił je Norman — ale powstrzymała się.

— Słabo wypieczona — odparła. — Bardzo słabo.

— Wspaniale! — rzekł kelner, jakby naprawdę tak uważał, i kiedy odszedł, Rosie pomyślała, jaki wspaniały musi być utopijny świat kelnera — miejsce, gdzie każdy wybór jest wspaniały, bardzo dobry, cudowny.

Kiedy znów spojrzała na Billa, zobaczyła, że w dalszym ciągu nie odrywa od niej oczu — tych niepokojących oczu z lekko zielonym zabarwieniem. Bardzo seksownych.

— Czy było niedobre? — zapytał. — Twoje małżeństwo?

— O czym mówisz? — odparła niezręcznie.

— Wiesz o czym. Spotykam kobietę w lombardzie mojego ojca, rozmawiam z nią może przez dziesięć minut i przydarza mi się najdziwniejsza rzecz na świecie — nie mogę o niej zapomnieć. To coś, co widziałem na filmach i o czym czasem czytałem w takich gazetach, jakie zawsze znajduje się w poczekalniach gabinetów lekarskich, ale nigdy naprawdę w to nie wierzyłem. A tu bach, i jest. Widzę jej twarz w ciemności, kiedy zgaszę światło. Myślę o niej, kiedy jem śniadanie. Ja... — urwał, rzucając jej uważne, zaniepokojone spojrzenie. — Mam nadzieję, że cię nie przestraszyłem.

Wystraszył ją okropnie, ale jednocześnie pomyślała, że nigdy nie słyszała tak cudownych słów. Była cała rozpalona (oprócz stóp, które pozostały zimne jak lód) i wciąż słyszała wentylatory. Wydawało się, że jest ich co najmniej tysiąc, cały batalion śmigieł.

— Ta kobieta przychodzi sprzedać swój pierścionek zaręczynowy, o którym myśli, że jest z diamentem... ale w głębi serca wcale tak nie uważa. A potem, kiedy dowiaduję się, gdzie ona mieszka, i idę z wizytą, można rzec, że z kwiatami w ręce i sercem w zębach, mało brakuje, by rozbiła mi głowę puszką koktajlu owocowego.

Podniósł prawą rękę, trzymając palec wskazujący mniej więcej na centymetr od kciuka.

Rosie też podniosła rękę — lewą — z palcem wskazującym o dwa centymetry od kciuka.

— Prawdę mówiąc, to było raczej tyle — powiedziała. — Jestem jak Roger Clemens, mam świetne oko.

Roześmiał się. To był dobry śmiech, szczery i donośny. Po chwili przyłączyła się do niego.

— W każdym razie dama raczej nie używa tej broni, tylko z przestrachem opuszcza ją i chowa za plecami, jak dzieciak egzemplarz „Playboya" skradziony z ojcowskiego biurka. Mówi: „Och, mój Boże, przepraszam", a ja zastanawiam się, kim jest ten wróg, ponieważ nie jestem nim ja. A potem zastanawiam się, jak bardzo byty jest ten mąż, skoro dama przyszła do lombardu mojego ojca jeszcze z pierścionkiem na palcu. Możesz mi powiedzieć?

— Tak — odparła. — Chyba tak.

— To dla mnie ważne. Jeśli się okaże, że jestem wścibski, dobrze, pewnie jestem, ale... od razu bardzo spodobała mi się ta kobieta i bardzo zależy mi na tym, aby nie była związana. Z drugiej strony nie chcę, żeby powodowana strachem łapała za puszkę koktajlu owocowego z porcją dla słonia za każdym razem, kiedy ktoś zapuka do drzwi. Czy w tym, co mówię, widzisz jakiś sens?

— Tak — odparła. — Mąż jest bardzo były. — A potem, bez żadnego powodu, dodała: — Ma na imię Norman.

Bill poważnie skinął głową.

— Teraz rozumiem, dlaczego go opuściłaś.

Rosie zaczęła chichotać i zakryła sobie usta dłonią. Zaczerwieniła się jeszcze bardziej. W końcu zdołała opanować śmiech, ale musiała wytrzeć oczy rogiem serwetki.

— W porządku? — zapytał.

— Tak. Chyba tak.

— Chcesz mi o tym opowiedzieć?

Nagle oczami duszy ujrzała pewien obraz, z wyrazistością spotykaną w sennych koszmarach. To była stara rakieta tenisowa Prince z rączką owiniętą czarną taśmą. Należała do Normana. Jeśli dobrze pamiętała, rakieta w dalszym ciągu wisiała na ścianie u stóp schodów do piwnicy. W pierwszych latach małżeństwa kilkakrotnie zbił nią Rosie. Potem, jakieś sześć miesięcy po poronieniu, za jej pomocą zgwałcił ją analnie. Podczas terapii grupowej u Córek i Sióstr podzieliła się wieloma wspomnieniami o swoim małżeństwie (tak to nazywano, dzieleniem się, to określenie uznała za odrażające i odpowiednie), lecz to jedno zatrzymała dla siebie: co czujesz, kiedy masz rączkę rakiety tenisowej Prince wepchniętą w tyłek przez mężczyznę, który siedzi na tobie, obejmując kolanami twoje uda; co czujesz, kiedy on nachyla się nad tobą i mówi, że jeśli będziesz się szarpać, to zbije szklankę z wodą stojącą na stoliku i poderżnie ci nią gardło. Co czujesz, leżąc tak, wdychając dentynę z jego oddechu i zastanawiając się, jak bardzo porani cię w środku.

— Nie — powiedziała, dziękując losowi, że jej głos nie zadrżał. — Nie chcę rozmawiać o Normanie. Był brutalny i porzuciłam go. Koniec opowieści.

— To mi wystarczy — rzekł Bill. — I na dobre zniknął z twego życia?

— Na dobre.

— Czy on o tym wie? Pytam o to tylko dlatego, że... no wiesz... chodzi o to, jak otworzyłaś mi drzwi. Na pewno nie oczekiwałaś przedstawiciela Kościoła Świętych Dnia Ostatniego.

— Nie wiem, czy on o tym wie, czy nie — odparła, zastanowiwszy się chwilę. To rzeczywiście było dobre pytanie.

— Boisz się go?

— Och, tak. Możesz być tego pewny. Ale to niekoniecznie coś oznacza. Obawiam się wszystkiego. Wszystko jest dla mnie nowe. Moje przyjaciółki w... moje przyjaciółki mówią, że to mi przejdzie, ale ja nie wiem.

— Nie bałaś się pójść ze mną na obiad.

— Och tak, byłam przerażona.

— To dlaczego poszłaś?

Otworzyła usta, żeby powiedzieć to, o czym myślała wcześniej — że zaskoczył ją — a potem znów je zamknęła. To była prawda, ale nie cała prawda, a w tej sprawie nie chciała robić żadnych uników. Nie miała pojęcia, czy mają przed sobą jakąś przyszłość poza tym jednym posiłkiem w Pop's Kitchen (to, że przyszła tu z nim tak szybko po opuszczeniu Normana, uznała za irracjonalne, a nawet zwariowane postępowanie), lecz jeśli tak, to kluczenie byłoby złym początkiem tej podróży.

— Ponieważ chciałam — odpowiedziała cicho, ale wyraźnie.

— W porządku. Koniec z tym.

— I koniec z pytaniami o Normana.

— Naprawdę tak miał na imię?

— Tak.

— Jak Bates *.

— Jak Bates.

— Czy mogę cię jeszcze o coś zapytać, Rosie?

Uśmiechnęła się lekko.

— Jeśli nie muszę obiecywać, że odpowiem.

— Może być. Myślałaś, że jesteś ode mnie starsza, prawda?

— Tak — przyznała. — Tak myślałam. Ile ty masz lat, Bill?

— Trzydzieści. Pod względem wieku mieszkamy pod sąsiednimi numerami... no, przynajmniej na tej samej ulicy. Ty jednak niemal odruchowo założyłaś, że nie jesteś tylko trochę, ale o wiele starsza ode mnie. I tu dochodzimy do pytania. Czy jesteś gotowa?

Rosie wzruszyła ramionami.

Pochylił się do niej, patrząc tymi fascynującymi oczami o zielonkawym zabarwieniu.

— Czy wiesz, że jesteś piękna? — zapytał. — To nie jest zachęta ani taka sobie gadka... a przynajmniej sądzę, że nie jest. Pytam z czystej ciekawości. Czy wiesz, że jesteś piękna? Nie wiesz, prawda?

Otworzyła usta. Nie wydobył się z nich żaden dźwięk, tylko lekkie, zdyszane sapnięcie. Bardziej przypominające świst niż westchnienie.

Nakrył jej dłoń swoją ręką i lekko uścisnął. Dotknięcie było przelotne, lecz poraziło jej nerwy jak elektrowstrząs i przez chwilę widziała tylko jego włosy, usta, a przede wszystkim oczy. Reszta świata zniknęła, jakby pozostali na scenie we dwoje i zgaszono wszystkie reflektory oprócz jednego.

— Nie drwij ze mnie — powiedziała. Głos jej drżał. — Proszę, nie żartuj sobie. Nie zniosłabym tego.

— Nie, nigdy nie odważyłbym się na to. — Mówił roztargnionym tonem, jakby ten temat był już zamknięty i nie podlegał

---

* Norman Bates, bohater filmu Alfreda Hitchcocka „Psychoza".

dyskusji. — Powiedziałem tylko to, co myślę. — Uśmiechnął się i wyciągnął rękę, żeby ponownie dotknąć jej dłoni. — Zawsze będę mówił ci to, co myślę. Obiecuję.

7

Tłumaczyła mu, że nie musi odprowadzać jej na górę, ale nalegał, z czego była zadowolona. Kiedy w restauracji podano posiłek, rozmowa zeszła na mniej osobiste tematy. Z zadowoleniem przekonał się, że jej wzmianka o Rogerze Clemensie nie była przypadkowa, że rozprawiała o baseballu ze znajomością rzeczy prawdziwego kibica, więc jedząc, rozmawiali o różnych drużynach, przechodząc od baseballu do koszykówki. Prawie w ogóle nie myślała o Normanie, dopiero w drodze powrotnej zaczęła zastanawiać się, co zrobi, jeśli otworzy drzwi mieszkania, a on, Norman, będzie tam, będzie siedział na jej łóżku, może pijąc filiżankę kawy i wpatrując się w obraz ze zrujnowaną świątynią i kobietą na wzgórzu.

Potem, kiedy wchodzili po wąskich schodach, Rosie na przedzie, a Bill krok czy dwa za nią, znalazła sobie nowy powód do zmartwienia. A jeśli on zechce pocałować ją na dobranoc? A jeśli po pocałunku zapyta, czy może wejść?

Jasne, że zechce wejść — znowu słyszała głos Normana, niebywale spokojny, taki jakim mówił, kiedy usiłował nie denerwować się, ale mimo to był zdenerwowany. — A nawet będzie nalegał. Po co wydawałby pięćdziesiąt dolców na obiad? Jezu, powinno ci to pochlebiać. Po ulicy chodzą panienki ładniejsze od ciebie, które nie dostają pięćdziesiątki za szybki numerek. On zechce wejść i zechce cię wypieprzyć. Może to dobrze, może tego trzeba, żebyś zeszła z obłoków.

Zdołała wyjąć z torebki klucz, nie upuszczając go, ale stukała nim wokół szczelinki w metalowym kręgu, nie mogąc w nią trafić. Bill przytrzymał jej rękę i pomógł wetknąć klucz w otwór. Kiedy poczuła jego dotknięcie, znów doznała elektryzującego wstrząsu i nie zdołała powstrzymać skojarzenia, jakie budził widok klucza wślizgującego się do dziurki.

Otworzyła drzwi. W środku nie było Normana, chyba że czaił się w łazience lub w szafie, jedynie zaciszny pokoik z kremowymi ścianami, obraz wiszący koło okna i lampka nad umywalką. Nie dom, jeszcze nie, ale bardziej do niego podobny niż zbiorowa sypialnia w schronisku Córek i Sióstr.

— Wiesz, ono nie jest takie złe — powiedział w zadumie. — To nie bliźniak na przedmieściu, ale całkiem niezłe.

— Wejdziesz? — spytała zupełnie zdrętwiałymi wargami, jakby ktoś zrobił jej zastrzyk z nowokainy. — Zrobię ci filiżankę kawy...

Dobrze! — wykrzyknął Norman ze swej warowni w jej głowie. — Pójdźmy na całość, no nie, kochanie? Ty dasz mu kawę, a on ci śmietankę. Niezły interes!

Bill zdawał się poważnie zastanawiać, zanim potrząsnął przecząco głową.

— To mógłby być całkiem niezły pomysł — rzekł. — Ale nie dziś. Wydaje mi się, że ty nie masz zielonego pojęcia, jak na mnie działasz.

Roześmiał się odrobinę nerwowo.

— Wydaje mi się, że ja nie mam zielonego pojęcia, jak na mnie działasz.

Zerknął jej przez ramię i dostrzegł coś, co sprawiło, że uśmiechnął się i podniósł kciuk do góry.

— Miałaś rację co do obrazu, wtedy nigdy bym w to nie uwierzył, a jednak miałaś. Sądzę, że wybrałaś go z myślą o tym miejscu, prawda?

Potrząsnęła głową i też się uśmiechnęła.

— Kiedy kupowałam ten obraz, nawet nie wiedziałam, że taki pokój istnieje.

— A zatem musisz być jasnowidzem. Założę się, że w tym miejscu wygląda szczególnie dobrze późnym popołudniem i wczesnym wieczorem. Kiedy słońce oświetla go z boku.

— Tak, wtedy jest ładny — zgodziła się Rosie, nie dodając jednak, że jej zdaniem obraz wygląda dobrze, wprost idealnie o każdej porze dnia.

— Rozumiem, że jeszcze ci się nie znudził?

— Nie, wcale nie.

Miała zamiar dodać: potrafi kilka sprytnych sztuczek. Podejdź i spojrzyj z bliska, dobrze? Może zobaczysz coś, co bardziej cię zaskoczy niż dama zamierzająca rozbić ci głowę puszką koktajlu owocowego. Powiedz mi, Bill, czy ten obraz w jakiś sposób zmienił się w panoramiczny, czy też to tylko moja wyobraźnia?

Oczywiście nie powiedziała tego głośno.

Bill położył ręce na jej ramionach, a ona spojrzała na niego poważnie, jak dziecko, któremu każą iść spać, kiedy nachylił się i pocałował ją w czoło, w gładkie miejsce między brwiami.

— Dziękuję, że ze mną poszłaś — szepnął.

— Dziękuję, że mnie zaprosiłeś.

Poczuła łzę spływającą po lewym policzku i otarła ją pięścią. Nie wstydziła się ani nie obawiała, że on to zobaczy: czuła, że może zawierzyć mu, co było bardzo miłe.

— Słuchaj — powiedział — mam motocykl, starego harleya. Jest duży i hałaśliwy i czasem gaśnie na światłach, ale jest wygodny... a ja prowadzę bezpiecznie, chociaż to ja tak mówię. Jestem jednym z sześciu posiadaczy harleyów w Ameryce, noszących kaski. Jeśli w sobotę będzie ładnie, mógłbym przyjechać po ciebie rano. Znam jedno miejsce niecałe pięćdziesiąt kilometrów stąd, nad jeziorem. Piękne. Jest jeszcze za zimno na pływanie, ale możemy zrobić sobie piknik.

Z początku nie mogła zdobyć się na odpowiedź — po prostu pochlebiło jej to, że zapraszał ją gdzieś ponownie. A jazda na jego motocyklu... jak by to było? Przez moment Rosie potrafiła myśleć tylko o tym, co czułaby, siedząc za nim na jednośladzie pędzącym z szybkością osiemdziesięciu lub dziewięćdziesięciu kilometrów na godzinę. Obejmować go. Niespodziewanie przeszył ją rozkoszny dreszcz, jak w gorączce, i z początku nie rozpoznała go, chociaż wydało jej się, że doznała już kiedyś coś takiego, bardzo dawno temu.

— Rosie? Co ty na to?

— Ja... No...

Co powiedziała? Rosie nerwowo dotknęła językiem górnej wargi, odwróciła wzrok, usiłując zebrać myśli i na szafce w kuchni zobaczyła plik żółtych ulotek. Z mieszaniną rozczarowania i ulgi spojrzała na Billa.

— Nie mogę. W sobotę jest piknik Córek i Sióstr. One pomogły mi, kiedy tu przyjechałam, to moje przyjaciółki. Będzie turniej softballu, wyścigi, rzucanie podkowami, stragany z pamiątkami... takie rzeczy. A potem wieczorny koncert, który powinien dać trochę pieniędzy. W tym roku mają wystąpić Indigo Girls. Obiecałam od piątej sprzedawać koszulki reklamowe i powinnam tam być. Wiele im zawdzięczam.

— Bez trudu mogę odwieźć cię na piątą — oznajmił. — Nawet na czwartą, jeśli chcesz.

Naprawdę chciała... A jednak miała znacznie wiecej powodów do obaw niż to, że może spóźnić się na sprzedaż koszulek. Czy zrozumiałby, gdyby mu powiedziała? Gdyby wyznała: Bardzo chciałabym objąć cię ramionami, kiedy jechałbyś szybko, i chciałabym, żebyś włożył skórzaną kurtkę, bym mogła oprzeć głowę na twoim ramieniu i wąchać ten miły zapach i słuchać tego cichego skrzypienia przy każdym twoim ruchu. Bardzo chciałabym, ale chyba obawiam się tego, co może się stać później, kiedy skończy się jazda... że Norman w mojej głowie przez cały czas miał rację co do tego, czego naprawdę chcesz. A najbardziej boję się, że słuszne było podstawowe założenie mojego męża, to jedno, czego nigdy nie powiedział głośno, ponieważ nie musiał: że traktował mnie zupełnie dobrze, zupełnie normalnie. Nie obawiam się bólu; ból to dla mnie nic nowego. Ale boję się tego małego, słodkiego marzenia. Widzisz, miałam ich tak niewiele.

Zrozumiała, co powinna powiedzieć, i w następnej chwili pojęła, że tego nie powie, może dlatego, że słyszała to w tak wielu filmach i zawsze brzmiało jak żałosny skowyt: Nie rób mi krzywdy. Właśnie to powinna powiedzieć. Proszę, nie rób mi krzywdy. Jeśli mnie skrzywdzisz, umrze ta najlepsza cząstka mojej duszy, jaka mi pozostała.

On jednak czekał na odpowiedź.

Rose otworzyła usta, żeby powiedzieć: Nie, naprawdę muszę być na pikniku i na koncercie, może innym razem. Nagle spojrzała na obraz wiszący na ścianie pod oknem. Ona nie wahałaby się — pomyślała Rosie; ona liczyłaby godziny do soboty, a kiedy w końcu usiadłaby za nim na żelaznym rumaku, przez większą część drogi waliłaby go po plecach, przynaglając do szybszej jazdy. Przez chwilę Rosie niemal widziała ją siedzącą na siodełku, z zadartym rąbkiem jasnoczerwonego chitonu, gołymi udami obejmującą jego biodra.

Ponownie ogarnęła ją fala gorąca, tym razem silniejsza. Przyjemniejsza.

— Dobrze — zgodziła się. — Zrobię to. Pod jednym warunkiem.

— Powiedz jakim — rzekł. Uśmiechał się z wyraźnym zadowoleniem.

— Przywieziesz mnie na Ettinger's Pier, to tam odbędzie się impreza Córek i Sióstr, i zostaniesz na koncercie. Ja kupię bilety. To mój teren.

— Niech tak będzie — odparł niezwłocznie. — Mogę przyjechać po ciebie o ósmej trzydzieści, czy to za wcześnie?

— Nie, to dobra pora.

— Będzie ci potrzebna kurtka, a może i ciepły sweter — tłumaczył. — Wracając po południu możesz upchnąć je do bagażnika, ale rano będzie chłodno.

— W porządku — powiedziała, już myśląc o tym, że będzie musiała pożyczyć te ciuchy od Pam Haverford, która miała podobne wymiary. W tym momencie cała garderoba Rosie składała się z jednej lekkiej kurteczki, a jej budżet nie wytrzyma żadnych takich wydatków, przynajmniej na razie.

— A więc do zobaczenia. I dziękuję za dzisiejszy wieczór.

Przez moment jakby się zastanawiał, czy pocałować ją jeszcze raz, a potem po prostu uścisnął jej dłoń.

— Cała przyjemność po mojej stronie.

Odwrócił się i zbiegł po schodach jak chłopiec. Nie mogła się powstrzymać, żeby nie porównać tego ze sposobem poruszania się Normana, który albo wlókł się z opuszczoną głową, albo gnał z niesamowitą szybkością. Obserwowała wydłużony cień na ścianie, aż zniknął, potem zamknęła drzwi, przekręciła oba zamki i oparła się o futrynę, patrząc na obraz po drugiej stronie pokoju.

Znów się zmienił. Była prawie pewna.

Rosie przeszła przez pokój i stanęła przed obrazem. Ręce założyła na plecach, a głowę lekko wysunęła naprzód. Ta zabawna poza nadawała jej komiczny wygląd właściciela galerii lub muzealnego *habitue* z karykatury w „New Yorkerze".

Tak, teraz widziała, chociaż rozmiary obrazu pozostały takie same, była prawie pewna, że jakimś cudem znów się poszerzył. Po prawej, za kamiennym obliczem, spoglądającym nie widzącym wzrokiem przez wysoką trawę, mogła teraz dostrzec coś, co wyglądało jak skraj leśnej polany. Po lewej, za kobietą na wzgórzu, zauważyła łeb i szyję kudłatego kucyka. Miał klapki na oczach, skubał wysoką trawę i zdawał się zaprzężony do jakiegoś pojazdu — może wózka, powozu lub bryczki. Tego Rosie nie mogła dojrzeć, ponieważ znajdowało się poza obrazem (przynajmniej na razie). Lecz widziała jego cień, jak również inny, wyrastający z niego. Pomyślała, że ten drugi cień to głowa i ramiona jakiejś osoby. Może kogoś stojącego obok pojazdu, do którego był zaprzężony kucyk. A może...

A może postradałaś zmysły, Rosie. Chyba nie uważasz, że ten obraz robi się coraz większy, co? Albo że pokazuje coraz więcej, jeśli chcesz tak to ująć?

Mimo wszystko rzeczywiście wierzyła w to, widziała to i stwierdziła, że ta myśl bardziej ją ekscytuje, niż przeraża. Pożałowała, że nie zapytała Billa; chciałaby wiedzieć, czy on też zauważyłby to, co ona widziała... a może wyobrażała sobie, że widzi.

W sobotę — obiecała sobie. — Może spytam go w sobotę.

Zaczęła rozbierać się i zanim weszła do maleńkiej łazienki, zupełnie zapomniała o Rose Madder, kobiecie na wzgórzu. Zupełnie zapomniała też o Normanie, Annie, Pam i sobotnim występie Indigo Girls. Rozmyślała o kolacji z Billem Steinerem, wspominając randkę z nim minuta po minucie, sekunda po sekundzie.

8

Leżała w łóżku, powoli zapadając w sen, słuchając grania świerszczy, dochodzącego z Bryant Parku.

Zasypiając przypomniała sobie — bez bólu i jakby zachowując dystans — rok 1985 i córkę Caroline. Jeśli chodziło o Normana, nigdy nie było żadnej Caroline, a fakt, że zgodził się z nieśmiałą sugestią Rosie, iż Caroline to ładne imię dla dziewczynki, niczego nie zmieniał. Dla Normana to była tylko kijanka, która nie pożyła długo. Jeśli nawet, według takiej stukniętej baby jak jego żona, była to kijanka dziewczynka, to co z tego? Zdaniem Normana osiemset milionów Chińczyków ma to głęboko w dupie.

Cóż to był za rok, ten 1985. Rok piekła. Ona straciła (Caroline) dziecko, Norman prawie stracił pracę (miała wrażenie, że niewiele brakowało, a zostałby aresztowany), ona wylądowała w szpitalu ze złamanym żebrem, które prawie przebiło płuco, i — w ramach dodatkowych atrakcji — została wydymana rączką rakiety tenisowej. To był także rok, w którym jakby lekko zaczęła tracić zmysły, dotychczas najzupełniej zdrowe, lecz pośród tych wszystkich przyjemności ledwie zauważyła, że pół godziny spędzone w Fotelu Puchatka czasem wydaje się pięcioma minutami, że bywają dni, kiedy bierze prysznic osiem czy dziewięć razy, zanim Norman wróci z pracy do domu.

Musiała zajść w ciążę w styczniu, ponieważ wtedy zaczęły się poranne mdłości, a w lutym nie miała okresu. Historia, w wyniku której Norman otrzymał „oficjalną naganę", co miało ciążyć na jego opinii aż do emerytury, wydarzyła się w marcu.

Jak on się nazywał? — zadawała sobie pytanie, dryfując w łóżku na pograniczu snu i jawy, ale na razie jeszcze bliżej tej drugiej. — Ten człowiek, od którego zaczęły się te wszystkie kłopoty, jak on się nazywał?

Przez chwilę nie mogła sobie przypomnieć nic poza tym, że był Murzynem... „pieprzonym czarnuchem" w słowniku Normana. Potem odszukała je w pamięci.

— Bender — mruknęła w ciemności, słuchając cichego grania świerszczy. — Richie Bender. Tak się nazywał.

Rok 1985, piekielny rok. Piekielne życie. A teraz to. Ten pokój. To łóżko. I granie świerszczy.

Rosie zamknęła oczy i odpłynęła.

9

Niecałe pięć kilometrów od miejsca, gdzie spała teraz jego żona, Norman leżał w łóżku, zapadając w sen, zapadając w ciemność i nasłuchując głuchego pomruku ruchu na Lakefront Avenue, osiem pięter niżej. Wciąż bolały go zęby i szczęki, ale ten ból był teraz odległy i nieistotny, stłumiony mieszanką aspiryny i szkockiej.

Zasypiając również myślał o Richiem Benderze, tak jakby, bez wiedzy obojga, Norman i Rosie nawiązali przelotny kontakt telepatyczny.

— Richie — mruknął w mroku pokoju hotelowego, a potem zasłonił przedramieniem zamknięte oczy. — Ty śmierdzielu. Ty pierdolony śmierdzielu.

To było w sobotę, pierwszą sobotę marca 1985. Dziesięć lat temu, mniej więcej. Około jedenastej rano tego dnia jakiś czarnuch wszedł do sklepu Payless na rogu Sześćdziesiątej i Saranac, wpakował dwie kule w głowę sprzedawcy, obrobił kasę i wyszedł. Kiedy Norman i jego partner przesłuchiwali ekspedienta w skupie butelek obok, przyszedł do nich inny czarny, ubrany w dżersejową kurtkę z emblematem Buffalo Bills.

— Znam tego czarnucha — powiedział.

— Jakiego czarnucha, bracie? — spytał Norman.

— Tego, który obrobił Payless — odparł tamten. — Akurat stałem przy skrzynce pocztowej, kiedy wyszedł ze sklepu. Nazywa się Richie Bender. To zły czarnuch. Sprzedaje kokę tam, w motelu. — Wskazał ręką na wschód, w kierunku dworca kolejowego.

— W którym motelu? — zapytał Harley Bissington. Harley był partnerem Normana tamtego pechowego dnia.

— Railroad Motel — odparł Murzyn.

— Pewnie nie wiesz w którym pokoju? — pytał Harley. — Czy też twoja znajomość owego rzekomego łajdaka sięga aż tak daleko, mój brązowoskóry przyjacielu?

Harley niemal zawsze mówił w ten sposób. Czasami to bawiło Normana. Częściej sprawiało, że miał ochotę chwycić go za jego wąski wełniany krawacik i wydusić z niego głupoty.

Brązowoskóry przyjaciel wiedział, oczywiście, że wiedział. Niewątpliwie sam zachodził tam dwa lub trzy razy w tygodniu — a może nawet pięć czy sześć, jeśli jego sytuacja finansowa na to pozwalała — by kupić towar od tego złego czarnucha, Richiego Bendera. Ich brązowoskóry przyjaciel i wszyscy jego brązowoskórzy zasmoleni przyjaciele. Ten facet zapewne miał właśnie jakąś urazę do Richiego Bendera, ale to nie obchodziło Normana i Harleya; Norman i Harley chcieli tylko wiedzieć, gdzie znaleźć strzelca, żeby złapać go za dupę, przewieźć do aresztu i zamknąć sprawę przed przerwą na koktajl.

Ten smoluch w kurtce Buffalo Bills nie mógł sobie przypomnieć numeru pokoju, ale powiedział im, jak tam dojść: parter, główny budynek, dokładnie między automatem do coca-coli a koszami z prasą.

Norman i Harley skoczyli do motelu Railroad, będącego jedną z lepszych melin w Ameryce, i zapukali do drzwi między automatem do coca-coli a podajnikami gazet. Drzwi otworzył im niechlujny żółty kurwiszon w cienkiej czerwonej sukni, przez którą widać było biustonosz i majteczki. Była wyraźnie naćpana po same uszy i obaj gliniarze zobaczyli na telewizorze coś, co wyglądało na puste słoiczki po narkotyku, a kiedy Norman zapytał ją, gdzie jest Richie Bender, ona popełniła błąd i wyśmiała go. „Nie noszę żadnej blendy — powiedziała. — No jazda, chłopcy, zabierajcie stąd swoje tłuste dupska".

Do tej pory wszystko było jasne, ale od tego momentu zeznania świadków różniły się. Norman i Harley twierdzili, że pani Wendy Yarrow (znana tej wiosny w kuchni Danielsów jako „ten niechlujny żółty kurwiszon") wyjęła z torebki pilnik do paznokci i dwukrotnie skaleczyła nim Normana Danielsa. Rzeczywiście miał długie, płytkie zadrapania na czole i na grzbiecie ręki, ale pani Yarrow twierdziła, że Norman sam skaleczył się w rękę, a zadrapanie na czole było dziełem jego partnera. Zrobili to, twierdziła, po tym jak wepchnęli ją do pokoju numer 12 motelu Railroad, złamali jej nos i cztery palce, uszkodzili dziewięć kości w lewej stopie, depcząc po niej kilkakrotnie (po kolei, jak mówiła), wyrywając jej kępki włosów i wielokrotnie uderzając ją w brzuch. Potem ten niski zgwałcił ją, powiedziała kapusiom z Wydziału Spraw Wewnętrznych. Ten barczysty usiłował ją zgwałcić, ale z początku nie chciał mu stanąć. Ugryzł ją kilka razy w piersi oraz twarz i wtedy dostał erekcji, „ale wytrysnął mi na nogi, zanim zdołał go wsadzić. Wtedy znów zaczął gryźć. Gadał, że chce porozmawiać ze mną w cztery oczy, ale rozmawiał głównie pięściami".

Teraz, leżąc na łóżku w Whitestone, w pościeli, którą miała w rękach jego żona, Norman przetoczył się na bok i usiłował zapomnieć o 1985 roku. Lecz nie mógł. Nic dziwnego; kiedy już coś zaczął, nie mógł przestać. Ten 1985 rok czepiał się go jak natarczywy, gadatliwy sąsiad dupek, którego nie można się pozbyć.

Popełniliśmy błąd — pomyślał Norman. — Uwierzyliśmy temu przeklętemu czarnuchowi w dżersejowej kurtce.

Tak, to był błąd, w dodatku duży. Ponadto byli przekonani, że kobieta pasująca wyglądem do Richiego Bendera musi być w pokoju Richiego Bendera, co było drugim błędem lub wynikiem pierwszego, ale to nie miało żadnego znaczenia, gdyż ostateczny rezultat był taki sam. Pani Wendy Yarrow okazała się częściowo panienką do towarzystwa, częściowo dziwką, osobą całkowicie uzależnioną od narkotyków, ale nie przebywała w pokoju Richiego Bendera, a nawet nie wiedziała, że ktoś taki w ogóle istnieje. Richie Bender rzeczywiście był tym człowiekiem, który obrobił Payless i załatwił sprzedawcę, ale jego pokój nie znajdował się między automatem do coca-coli a podajnikami prasy; to był pokój

Wendy Yarrow i była w nim Wendy Yarrow, sama — przynajmniej tego wieczoru.

Pokój Richiego Bendera był po drugiej stronie automatu z colą. Przez tę pomyłkę Norman Daniels i Harley Bissington o mały włos stracili pracę, ale w końcu ludzie z Wydziału Spraw Wewnętrznych uwierzyli w historyjkę z pilnikiem i nie znaleźli śladów spermy, potwierdzających wersję pani Yarrow o gwałcie. Jej zeznania, że starszy z nich — ten, który zdołał w nią wejść — użył prezerwatywy, którą potem spuścił z wodą, były nie do udowodnienia.

Pozostały jednak inne problemy. Nawet ich najzagorzalsi obrońcy musieli przyznać, że inspektorzy Daniels i Bissington posunęli się trochę za daleko, usiłując poskromić tę pięćdziesięciokilogramową kocicę z pilnikiem do paznokci. W końcu miała, na przykład, kilka złamanych palców. Stąd oficjalna nagana. I to wcale nie był koniec sprawy. Ta nadęta suka znalazła sobie gudłaja... tego małego łysawego gudłaja...

Świat był pełen nadętych, sprawiających kłopoty suk. Na przykład jego żona. Ona jednak była nadętą suką, z którą mógł coś zrobić... zakładając, że w końcu zdoła przespać się trochę.

Norman odwrócił się na drugi bok i wspomnienia 1985 wreszcie zaczęły znikać.

— Kiedy najmniej się tego spodziewasz, Rose — mruknął. — Wtedy przyjdę po ciebie.

Pięć minut później już spał.

10

„Ten niechlujny kurwiszon", tak ją nazywał — myślała Rose w swoim łóżku. Już prawie zasnęła, ale jeszcze nie całkiem; wciąż słyszała świerszcze w parku. „Ten niechlujny żółty kurwiszon". Jak on jej nienawidził!

Tak, oczywiście. Po pierwsze, to zamieszanie z Wydziałem Spraw Wewnętrznych. Norman i Harley Bissington uratowali skórę tylko po to, aby odkryć, że niechlujny żółty kurwiszon znalazł sobie prawnika („łysawego nawiedzonego gudłaja", jak mówił o nim Norman), który wytoczył im sprawę cywilną o ogromne odszkodowanie. Oskarżył Normana, Harleya i cały wydział policji. A później, krótko przed tym, jak Rosie poroniła, Wendy Yarrow została zamordowana. Znaleziono ją za jednym z elewatorów zbożowych na zachodnim końcu jeziora. Zadano jej około stu ran kłutych i odcięto piersi.

„Jakiś świr", powiedział Norman do Rosie i chociaż nie uśmiechał się, odłożywszy słuchawkę — ktoś na posterunku musiał być naprawdę podekscytowany, skoro zatelefonował do niego do domu — w jego głosie pobrzmiewała nie ukrywana satysfakcja. „Za często siadała do gry i w końcu wyciągnęła kiepską kartę. Ryzyko zawodowe". Potem dotknął jej włosów, bardzo delikatnie, głaszcząc ją i uśmiechając się do niej. Nie tym swoim krokodylim uśmiechem, na którego widok miała ochotę wrzeszczeć, ale i tak z trudem tłumiła krzyk, ponieważ zrozumiała, tak po prostu, co zdarzyło się Wendy Yarrow, temu „niechlujnemu żółtemu kurwiszonowi".

„Widzisz, jakie masz szczęście?" — zapytał ją, głaszcząc wielkimi, twardymi łapami po szyi, po ramionach, po piersiach.

„Widzisz, jakie masz szczęście, że nie jesteś na ulicy, Rose?".

A potem — może miesiąc, a może sześć tygodni później — wrócił z garażu, zastał Rosie czytającą romans i uznał, że musi porozmawiać z nią o jej gustach literackich. Musi porozmawiać z nią w cztery oczy.

Rok 1985, piekielny rok.

Rosie leżała z rękami pod poduszką, zapadając w sen i słuchając grania świerszczy, wpadającego przez okno. Rozlegało się tak blisko, że zdawało się, iż pokój został dzięki jakimś czarom przeniesiony do muszli koncertowej w parku. Myślała o kobiecie, która siedziała w kącie, z włosami przylepionymi do spoconych policzków, z brzuchem twardym jak kamień i oczami pociemniałymi z przerażenia, gdy poczuła na swych udach te złowieszcze pocałunki; o tej kobiecie, którą jeszcze lata dzieliły od kropli krwi na poszewce, kobiecie nie wiedzącej, że istnieją takie miejsca jak Córki i Siostry i mężczyźni tacy jak Bill Steiner, o tej kobiecie, która obejmowała się rękami i ściskając wystające łopatki, modliła się do Boga, w którego już nie wierzyła, żeby to nie było poronienie, żeby to nie był koniec jej małego słodkiego marzenia, a potem, kiedy poczuła, że to jednak się stało, pomyślała, że może to i lepiej. Wiedziała, jak Norman wypełniał swoje mężowskie obowiązki. A jak wypełniałby obowiązki ojca?

Ciche cykanie świerszczy kołysało ją do snu. I czuła nawet

zapach trawy — odurzająco słodka woń, zdająca się nie na miejscu w maju. Ten zapach kojarzyła raczej z sierpniowymi sianokosami.

Jeszcze nigdy nie czułam zapachu trawy w parku — pomyślała sennie. — Czy na tym polega miłość, a przynajmniej zauroczenie? Czy wyostrza zmysły, a jednocześnie doprowadza do szaleństwa?

W oddali usłyszała łoskot, który mógł być odgłosem gromu. To też było dziwne, bo kiedy Bill odwoził ją do domu, niebo było czyste — spojrzała w górę i zdziwiła się, że widać tyle gwiazd mimo pomarańczowego światła jasnych lamp ulicznych.

Odpływała, zapadając w pierwszy od dłuższego czasu spokojny sen, a zanim pochłonęła ją ciemność, pomyślała: Dlaczego słyszę świerszcze i czuję zapach traw? Okno nie jest otwarte; zamknęłam je przed pójściem do łóżka. Zamknęłam i zasunęłam zasuwkę.

V

ŚWIERSZCZE

1

Nieco później tego środowego popołudnia Rosie niemal wpłynęła do Hot Pot. Zamówiła filiżankę herbaty oraz ciastko i usiadła przy oknie, powoli jedząc i pijąc, obserwując niekończącą się rzekę przechodniów na zewnątrz. O tej godzinie w większości byli to urzędnicy wracający po pracy do domu. Do Hot Pot nie było jej teraz po drodze, ponieważ już nie pracowała w hotelu Whitestone, lecz mimo to bez wahania skierowała się tutaj, może dlatego, że tyle razy spędzały tu z Pam po pracy miłe chwile przy filiżance herbaty, a może dlatego, że nie miała instynktu poszukiwacza — przynajmniej jeszcze nie — a to miejsce znała i darzyła zaufaniem.

Skończyła czytać „Płaszczkę" około drugiej po południu i właśnie sięgała pod stół po torebkę, gdy Rhoda Simons odezwała się w głośniku:

— Chcesz zrobić krótką przerwę, zanim zaczniemy następną książkę, Rosie? — zapytała, tak po prostu. Rosie miała nadzieję, że dostanie następne powieści Bell/Racine'a, wierzyła w to, lecz dowiadując się o tym, poczuła niewysłowioną ulgę.

I to jeszcze nie wszystko. Kiedy przerwali o czwartej, mając za sobą już dwa rozdziały ponurego i krwawego thrillera zatytułowanego „Zabij wszystkie moje jutra", Rhoda zapytała Rosie, czy nie zechciałaby pójść z nią do toalety.

— Wiem, że to brzmi dziwnie — powiedziała — ale okropnie chce mi się papierosa, a to jedyne miejsce w całym tym przeklętym budynku, gdzie mogę sobie zapalić. Nowoczesność nas wykańcza, Rosie.

W toalecie Rhoda zapaliła papierosa i ze swobodą zdradzającą wieloletnią wprawę usiadła na półce między dwoma umywalkami. Skrzyżowała nogi, zaczepiając prawą stopę o lewą łydkę, po czym uważnie popatrzyła na Rosie.

— Podoba mi się twoja fryzura — oznajmiła.

Rosie mimowolnie dotknęła włosów. Wiedziona nagłym odruchem weszła poprzedniego wieczoru do salonu piękności; pięćdziesięciodolarowy wydatek, na jaki nie było jej stać... ale nie mogła oprzeć się pokusie.

— Dzięki — powiedziała.

— Wiesz, że Robbie zamierza zaproponować ci kontrakt?

Rosie zmarszczyła brwi i potrząsnęła głową.

— Nie, nie wiem. O czym ty mówisz?

— On może i wygląda jak pan Forsiasty z kuponów loteryjnych, ale Robbie siedzi w tym biznesie od tysiąc dziewięćset siedemdziesiątego piątego roku i wie, jaka jesteś dobra. Wie to lepiej niż ty. Myślisz, że wiele mu zawdzięczasz, prawda?

— Wiem, że tak jest — odparła sztywno Rosie. Nie podobał jej się kierunek, w jakim zmierzała ta rozmowa. Pomyślała o sztukach Szekspira, tych, w których ludzie wbijali przyjaciołom nóż w plecy, a potem rozpoczynali długie, świętoszkowate monologi, wyjaśniając, że to było nieuniknione.

— Nie pozwól, żeby wdzięczność działała na twoją niekorzyść — kontynuowała Rhoda, precyzyjnie strząsając popiół do umywalki i spłukując go strumieniem zimnej wody. — Nie znam historii twojego życia i niezbyt chcę ją poznać, ale zdaję sobie sprawę z tego, że zrobiłaś „Płaszczkę" w zaledwie stu czterech cięciach, co jest pieprzonym rekordem, a także wiem, że masz głos jak młoda Elizabeth Taylor. Wiem również, bo masz to prawie wypisane na czole, że jesteś sama i nieprzyzwyczajona do tego. Jesteś taka *tabula rasa,* że to aż przerażające. Czy wiesz, co to oznacza?

Rosie nie była pewna. Uznała, że chyba chodzi o jej naiwność, nie zamierzała jednak przyznać się do tego przed Rhodą.

— Tak, oczywiście.

— Dobrze. Rany boskie, nie zrozum mnie źle, nie próbuję podgryzać Robbiego ani wykroić sobie działki z twojej części tortu. Lubię cię. Tak samo jak Rob i Curtis. Tyle że Rob lubi także swój portfel. Nagrania książek to wciąż zupełnie nowy biznes. Gdyby porównać go z przemysłem filmowym, to jesteśmy jeszcze w pół drogi do czasów kina niemego. Rozumiesz, co chcę ci powiedzieć?

— Tak jakby.

— Kiedy Robbie słucha, jak czytasz „Płaszczkę", myśli o tobie jako o nowej wersji Mary Pickford. Wiem, że to brzmi nieprawdopodobnie, ale to prawda. Nawet okoliczności, w jakich cię poznał, potwierdzają ten fakt. Legenda głosi, że Lanę Turner odkryto w jakimś drugstorze. No cóż, Robbie już tworzy w myślach legendę o tym, jak odkrył cię w lombardzie swojego przyjaciela Steinera, kiedy oglądałaś antyczne pocztówki.

— Powiedział ci, że wpadłam tam po to? — spytała, czując wobec Robbiego Leffertsa wdzięczność graniczącą z miłością.

— Uhm, lecz to, gdzie cię znalazł i co tam robiłaś, nie ma żadnego znaczenia. Chodzi o to, że jesteś dobra, Rosie, naprawdę, naprawdę utalentowana. Tak jakbyś była stworzona do tej pracy. Rob odkrył cię, ale to nie daje mu prawa, żeby doić cię do końca życia. Nie daj się wykorzystać.

— On nigdy by tego nie zrobił — zaprotestowała Rosie. Była przestraszona, a jednocześnie podekscytowana, a także trochę zła na Rhodę za to, że jest taka cyniczna, lecz wszystkie te uczucia stłumiła radość i ulga: przez jakiś czas miała zapewniony byt. A może jeszcze dłużej, jeśli Robbie naprawdę zaproponuje jej kontrakt. Dobrze Rhodzie Simons mówić o zachowaniu ostrożności; ona nie mieszkała w pokoiku oddalonym o trzy przecznice od takiej dzielnicy miasta, gdzie nie zostawiało się zaparkowanego samochodu, jeśli człowiek chciał zachować radio i alufelgi; Rhoda miała męża księgowego, domek na przedmieściu i srebrnego nissana, rocznik 1994. Miała także kartę kredytową VISA i American Express. Co więcej, Rhoda miała ubezpieczenie Blue Cross i oszczędności, z których mogła skorzystać, gdyby zachorowała i przestała pracować. Ludzie posiadający takie rzeczy, myślała Rosie, zalecali ostrożność w interesach równie łatwo, jak oddychali.

— Może nie — przytaknęła Rhoda — ale ty możesz okazać się małą kopalnią złota, a ludzie czasem zmieniają się, kiedy znajdują złotą żyłę. Nawet tacy mili ludzie jak Robbie Lefferts.

Teraz, pijąc herbatę i spoglądając przez okno Hot Pot, Rosie wspominała, jak Rhoda zgasiła papierosa pod kranem, wrzuciła niedopałek do kosza i podeszła do niej.

— Wiem, że w twojej sytuacji gwarancja zatrudnienia jest dla ciebie najważniejsza, i nie twierdzę, że Robbie jest złym człowiekiem, pracuję z nim od tysiąc dziewięćset osiemdziesiątego drugiego roku i wiem, że nie jest, lecz radzę ci, żebyś nie tylko trzymała wróbla w garści, ale też miała na oku gołąbka na dachu. Rozumiesz?

— Niezupełnie.

— Powinnaś zgodzić się na początek na sześć książek, nie więcej. Od ósmej rano do czwartej po południu, tutaj, w Tape Engine. Za tysiąc tygodniowo.

Rosie wytrzeszczyła oczy, czując się tak, jakby ktoś włożył jej do gardła rurę odkurzacza i wyssał całe powietrze.

— Tysiąc dolarów tygodniowo, chyba oszalałaś?

— Zapytaj Curta Hamiltona, czy on uważa, że oszalałam — powiedziała chłodno Rhoda. — Pamiętaj, że nie chodzi tylko o głos, ale o cięcia. Zrobiłaś „Płaszczkę" w stu czterech. Nikt inny nie zdołałby tego zrobić w mniej niż dwustu. Wspaniale operujesz głosem, ale wprost niewiarygodnie panujesz nad oddechem. Jeżeli nie śpiewasz, to jak, na miłość boską, potrafisz tak nad nim panować?

Nagle Rosie ujrzała koszmarny obraz: siedzi w kącie, a jej nerki puchną i pulsują niczym wydęte pęcherze napełnione gorącą wodą. Siedzi z fartuchem w rękach, prosząc Boga, żeby weń nie zwrócić, ponieważ to tak boli, ponieważ nerki bolą wtedy tak, jakby wbijano w nie długie, haczykowate szpile. Siedzi tam, robiąc długie, płytkie wdechy i wolne, spokojne wydechy, gdyż tak jest najlepiej, usiłując zgrać przyśpieszone bicie serca ze spokojniejszym rytmem oddechu, siedząc i słuchając, jak Norman przygotowuje sobie w kuchni kanapkę i śpiewa *Daniel* lub *Take a letter, Maria* swoim zadziwiająco dobrym, barowym tenorem.

— Nie wiem — odrzekła Rhodzie. — Dopóki nie spotkałam ciebie, nawet nie wiedziałam, że jest coś takiego jak panowanie nad oddechem. Sądzę, że to po prostu wrodzony dar.

— No cóż, uważaj to za błogosławieństwo, dziecino — zakończyła Rhoda. — Lepiej wracajmy, bo Curt pomyśli, że odprawiamy tu jakieś przedziwne kobiece rytuały.

Robbie zatelefonował ze swojego biura w mieście, żeby pogratulować jej zakończenia „Płaszczki" właśnie wtedy, kiedy szykowała się do wyjścia i chociaż nie wspomniał o kontrakcie, zapytał, czy nie zechciałaby pójść z nim w piątek na obiad, żeby omówić — jak to określił — „interesy". Rosie zgodziła się i odłożyła słuchawkę, lekko ubawiona. Pomyślała, że Rhoda doskonale go scharakteryzowała: Robbie Lefferts rzeczywiście wyglądał jak pan Forsiasty z kuponów loteryjnych.

Kiedy zakończyła rozmowę w prywatnym gabinecie Curtisa — zagraconym pokoiku z setkami wizytówek przypiętych szpilkami do korkowych ścian — i wróciła do studia po torebkę, Rhoda już wyszła, zapewne na ostatniego dymka w toalecie. Curt oklejał pudełka z taśmami. Spojrzał na nią i uśmiechnął się.

— Byłaś dziś świetna, Rosie.

— Dziękuję.

— Rhoda mówi, że Robbie zaproponuje ci kontrakt.

— Tak mówi — przyznała Rosie. — I nawet myślę, że może mieć rację. Odpukać w niemalowane drewno.

— No, targując się powinnaś pamiętać o jednym — rzekł Curtis, kładąc pudełka z taśmami na wysokim regale, gdzie tuziny podobnych pudełek stały szeregami jak cienkie, białe książki. — Jeśli zarobiłaś pięćset dolców za „Płaszczkę", to Robbie i tak jest do przodu... bo zaoszczędził co najmniej siedemset na opłatach za korzystanie ze studia. Rozumiesz?

Zrozumiała, oczywiście, i teraz siedziała w Hot Pot, a przyszłość rysowała się jej w niespodziewanie jasnych barwach. Miała przyjaciół, mieszkanie, pracę i obietnicę stałego zatrudnienia, kiedy skończy z Christiną Bell. Kontrakt oznaczający nawet tysiąc dolarów tygodniowo — więcej, niż zarabiał Norman. To szaleństwo, a jednak prawda. To może być prawdą, poprawiła się w myślach.

Och, a jeszcze i to. Miała randkę w sobotę... przez całą sobotę, jeśli liczyć również wieczorny koncert Indigo Girls.

Twarz Rosie, zwykle tak poważną, rozpromienił szeroki uśmiech i poczuła niepohamowaną chęć klaśnięcia w dłonie. Zjadła ostatni kawałek ciastka i znów spojrzała za okno, dziwiąc się, że to wszystko przydarzyło jej się naprawdę, że człowiek może wyjść ze swego więzienia, skręcić w prawo... i znaleźć się w niebie.

2

Na pobliskim skrzyżowaniu zgasł napis NIE IDŹ i zapalił się IDŹ. Pam Haverford, która zamieniła już biały mundurek pokojówki na dopasowany czerwony kombinezon, przeszła przez ulicę wraz z dwoma tuzinami innych ludzi. Dziś wieczorem pracowała po godzinach i nie miała żadnego powodu oczekiwać, że Rosie będzie w Hot Pot... a mimo to spodziewała się zastać ją tam. Można to nazwać kobiecą intuicją.

Obrzuciła przelotnym spojrzeniem wielkiego faceta przechodzącego ulicę obok niej. Wydało jej się, że kilka minut temu widziała go przy kiosku z gazetami w holu Whitestone. Mogłaby uznać go za kogoś interesującego, gdyby nie jego oczy... pozbawione wszelkiego wyrazu. Zerknął na nią, gdy wchodzili na chodnik po drugiej stronie ulicy. Pustka, jaką dostrzegła w jego oczach, jakaś dziwna ukryta za nimi nieobecność, zmroziła jej krew.

3

Siedząca w Hot Pot Rosie nagle doszła do wniosku, że ma ochotę na drugą filiżankę herbaty. Nie miała żadnego powodu oczekiwać, że Pam może tu wpaść — zwykle zachodziła godzinę wcześniej — a jednak spodziewała się tego. Można to nazwać kobiecą intuicją. Wstała i podeszła do kasy.

4

Ta mała suka obok była całkiem niezła — pomyślał Norman; opięty czerwony kombinezon, ładny mały tyłek. Został kilka kroków za nią — żeby mieć lepszy widok, moja droga — ale niemal w tej samej chwili weszła do małej restauracji. Norman zerknął w okno przechodząc, ale nie zobaczył nic ciekawego, tylko kupę starych bab zażerających gumowate świństwa i żłopiących kawę lub herbatę oraz kilku kelnerów biegających w kółko w ten ich pedałkowaty sposób.

Te stare baby na pewno to lubią — zastanawiał się Norman. — Takie pedałkowate przebieranie nogami na pewno odbija się na napiwkach. Musi, bo inaczej dlaczego dorośli mężczyźni chodziliby w taki sposób? Przecież wszyscy nie mogą być pedałami... no nie?

Jego spojrzenie — przelotne i pozbawione zainteresowania — padło na kobietę znacznie młodszą od wyblakłych, wysztafirowanych damulek siedzących przy większości stolików. Szła od okna w kierunku kasy na drugim końcu herbaciarni (a przynajmniej tak chyba nazywają się takie miejsca jak to). Szybko zerknął na jej tyłek, po prostu dlatego, że jego oczy zawsze podążały w tym kierunku na widok każdej kobiety nie mającej czterdziestu lat, po czym uznał, że nie jest zły, ale nie aż tak, aby miał pisać o nim list do mamusi.

Rose miała taki tyłek — przypomniał sobie. — Zanim zaniedbała się i zrobił się jej wielki jak jakiś cholerny kredens.

Kobieta, którą dojrzał przez okno, miała też wspaniałe włosy, prawdę mówiąc o wiele lepsze niż tyłek, ale one nie przypominały mu Rosie. Nazywana zawsze przez matkę Normana „brąznetką", Rosie rzadko robiła coś ze swoimi włosami (a ze względu na ich nijaki, mysi kolor Norman nie mógł mieć jej tego za złe). Zazwyczaj ściągała je gumką w kucyk, a kiedy wychodzili na obiad lub do kina, czasem spinała je jedną z tych elastycznych klamer, jakie sprzedają w drugstore'ach.

Kobieta, na którą przelotnie spojrzał Norman, kiedy zajrzał do Hot Pot, nie byłą szatynką, lecz wąską w biodrach blondynką, a jej włosy nie były upięte w kucyk czy kok. Opadały jej na plecy, starannie splecione w warkocz.

5

Może najlepszą rzeczą, jaka przydarzyła jej się w tym dniu — lepszą nawet od przekazanej przez Rhodę, zdumiewającej wiadomości, że dla Robbiego Leffertsa Rosie mogła być warta tysiąc dolarów tygodniowo — była mina Pam Heverford, kiedy Rosie odwróciła się od kontuaru z nową filiżanką herbaty. W pierwszej chwili niebieskie oczy Pam prześlizgnęły się po niej bez śladu rozpoznania... a potem wpatrzyły się w nią i rozszerzyły ze zdumienia. Pam zaczęła uśmiechać się, a po chwili dosłownie wrzasnęła, zapewne zagrażając „awarią" co najmniej pół tuzinowi rozruszników serca w tym niewielkim, zatłoczonym pomieszczeniu.

— Rosie? To ty? O... mój... Boże!

— Tak, to ja — odparła Rosie, śmiejąc się i czerwieniąc. Zdawała sobie sprawę z tego, że ludzie odwracają się i patrzą na nie, ale odkryła (cud nad cudami), że wcale nie przejmuje się tym.

Usiadły nad herbatą przy swoim starym stoliku pod oknem

i Rosie nawet dała się namówić Pam na następne ciastko, chociaż od chwili przyjazdu do tego miasta straciła prawie siedem kilogramów i nie miała zamiaru znów przytyć.

Pam powtarzała, że nie mogła uwieerzyć, po prostu nie mogła uwieeerzyć, co Rosie uznałaby za zwyczajne pochlebstwo, gdyby Pam raz po raz nie przenosiła spojrzenia z jej twarzy na fryzurę, jakby upewniając się, że to prawda.

— Wyglądasz pięć lat młodziej — orzekła w końcu. — Do licha, Rosie, wyglądasz jak nieletnia!

— Za pięćdziesiąt dolarów powinnam wyglądać jak Marilyn Monroe — odparła z uśmiechem Rosie... Od czasu rozmowy z Rhodą przestała już sobie tak wyrzucać ten wydatek.

— Jak wpadłaś... — zaczęła Pam i urwała. — To ten obraz, który kupiłaś, prawda? Uczesałaś się tak samo jak kobieta na obrazie.

Rosie pomyślała, że teraz obleje się rumieńcem, ale nie zaczerwieniła się. Po prostu kiwnęła głową.

— Bardzo spodobała mi się ta fryzura i postanowiłam ją wypróbować. — Zawahała się, a potem dodała: — A co do zmiany koloru, to wciąż nie mogę uwierzyć, że to zrobiłam. Po raz pierwszy w życiu utleniłam sobie włosy.

— Po raz pierwszy! Nie wierzę!

— To prawda.

Pam pochyliła się nad stołem i powiedziała ochrypłym konspiratorskim szeptem:

— Stało się, prawda?

— O czym ty mówisz? Co się stało?

— Spotkałaś kogoś interesującego.

Rosie otworzyła usta. Zamknęła je. I znowu otworzyła, nie mając zielonego pojęcia, co zamierza powiedzieć. Okazało się, że nic. Zamiast mówić, wybuchnęła śmiechem. Uśmiała się do łez, a zanim przestała, Pam śmiała się z nią.

6

Rosie nie potrzebowała klucza do bramy budynku przy Trenton Street 897 — w tygodniu nie zamykano jej do ósmej wieczorem — jedynie kluczyka do otwarcia skrzynki pocztowej (z przyklejonym na niej napisem R. McCLENDON, śmiało głoszącym, że tu jest jej miejsce), w której nie znalazła nic oprócz ulotki Wal-Mart). Wchodząc po schodach na pierwsze piętro, wyciągnęła następny klucz. Ten otwierał drzwi do jej pokoju i nie miał go nikt poza nią i gospodarzem budynku. Podobnie jak klucz do skrzynki, stanowił jej własność. Bolały ją nogi — przeszła ponad cztery kilometry z centrum miasta, zbyt podniecona i szczęśliwa, żeby wsiadać do autobusu, potrzebująca więcej czasu do namysłu i marzeń, niż miałaby w autobusie. Mimo dwóch zjedzonych w Hot Pot ciastek była głodna, lecz ciche burczenie w brzuchu raczej powiększało, niż zmniejszało jej poczucie szczęścia. Czy kiedykolwiek w życiu była tak zadowolona? Chyba nie. To uczucie powoli przeniknęło jej ciało i chociaż stopy miała obolałe, czuła przyjemną lekkość. I mimo długiego spaceru wcale nie bolały ją nerki.

Teraz, wszedłszy do mieszkania (i tym razem nie zapomniawszy zamknąć za sobą drzwi), Rosie znów zaczęła chichotać. Pam i ten jej „ktoś interesujący". Musiała przyznać się jej do kilku rzeczy — w końcu zamierzała przyprowadzić Billa na sobotni koncert Indigo Girls i wtedy zobaczą go kobiety z Córek i Sióstr. Kiedy jednak protestowała, że utleniła i zaplotła sobie włosy w warkocz wcale nie ze względu na niego, Pam tylko zabawnie postawiła oczy w słup i mrugnęła znacząco. To było irytujące... ale także bardzo miłe.

Otworzyła okno, wpuszczając łagodne powietrze późnej wiosny i odgłosy z parku, po czym poszła do kuchenki, gdzie leżała książka obok kwiatów, które Bill przyniósł jej we wtorek wieczorem. Kwiaty już zwiędły, ale nie była w stanie ich wyrzucić. Nie, przynajmniej nie przed sobotą. Zeszłej nocy śniła o nim, śniła, że jadą razem jego motocyklem. Jechał coraz szybciej i szybciej, aż w pewnej chwili przyszło jej do głowy cudowne słowo. Teraz nie mogła sobie przypomnieć, co to było za słowo, jakieś bzdurne *deffle* czy *feffle,* ale we śnie wydawało się piękne... i potężne. „Nie wymawiaj go, dopóki naprawdę, naprawdę nie musisz" — mówiła sobie, gdy mknęli jakąś wiejską szosą, mając po lewej góry, a po prawej jezioro migoczące wśród świerków błękitnymi i słonecznymi błyskami. Przed nimi było zarośnięte wzgórze i wiedziała, że po drugiej stronie znajduje się zrujnowana świątynia. „Nie wymawiaj go, dopóki naprawdę nie musisz się oddać, ciałem i duszą".

Wypowiedziała to słowo; wyleciało z jej ust jak błysk wyładowania. Koła Billowego harleya oderwały się od szosy — przez moment widziała przednie, obracające się ponad dziesięć centymetrów nad jezdnią, i zobaczyła ich cień nie obok, lecz — nie wiadomo dlaczego — pod nimi. Bill pokręcił manetką gazu i nagle śmignęli w jasnoniebieskie niebo, unosząc się ponad drogę biegnącą między drzewami, tak jak łódź podwodna wynurza się na powierzchnię oceanu. Obudziła się w swoim łóżku, w wymiętej pościeli, drżąc i dysząc pod wpływem jakiegoś żaru, który zdawał się płonąć gdzieś w głębi jej duszy, niewidzialny, lecz potężny, jak Słońce podczas zaćmienia.

Bardzo wątpiła, czy polecieliby, choćby wymówiła nie wiadomo ile czarodziejskich zaklęć, postanowiła jednak, że zostawi jeszcze te kwiaty. Może nawet zasuszy kilka między kartkami tej książki.

Kupiła ją w Elaine's Dreams, gdzie zmieniła uczesanie. Jej tytuł brzmiał: „Prosto, lecz elegancko: dziesięć fryzur, jakie możesz zrobić w domu".

— Są niezłe — powiedziała jej Elaine. — Oczywiście, zawsze lepiej czesać się u zawodowego fryzjera, takie jest moje zdanie, ale jeśli kogoś nie stać na to co tydzień, ze względu na czas lub pieniądze, a na myśl o telefonowaniu pod numer osiemset i zamówieniu Topsy Tail masz ochotę palnąć sobie w łeb, to rozsądny kompromis. Tylko, na miłość boską, obiecaj mi, że jeśli jakiś facet zaprosi cię na tańce do wiejskiego klubu w Westwood, najpierw przyjdziesz do mnie.

Rosie usiadła i otworzyła książkę na stronicy z fryzurą numer 3, „klasycznym warkoczu"... który, jak informowała broszura, był znany również pod nazwą klasycznego francuskiego warkocza. Przejrzała czarno-białe zdjęcia przedstawiające kobietę najpierw rozdzielającą, a potem zaplatającą włosy, a kiedy doszła do końca, zaczęła powtarzać poszczególne fazy w odwrotnej kolejności, rozplatając warkocz. Rozpuszczanie włosów wieczorem okazało się znacznie łatwiejsze niż ich zaplatanie rano; wtedy kosztowało ją to czterdzieści pięć minut i kilka przekleństw, zanim wyglądały mniej więcej tak jak w chwili, gdy opuszczała Elaine's Dreams. Ten trud opłacił się; szczery okrzyk podziwu Pam w Hot Pot był wart tego i znacznie większego wysiłku.

Kończąc, wróciła myślami do Billa Steinera (właściwie myślała o nim przez cały czas). Zastanawiała się, czy spodoba mu się jej warkocz. Czy spodobają mu się jej włosy blond. I czy w ogóle zauważy te zmiany. Zastanawiała się, czy byłaby nieszczęśliwa, gdyby nie zauważył, po czym westchnęła i zmarszczyła nosek. Oczywiście, że byłaby. Z drugiej strony, jeśli nie tylko zauważy, ale zareaguje tak jak Pam (oczywiście, bez pisku)? Może nawet porwie ją w ramiona, jak opisywano w romansach...

Sięgnęła po torebkę, aby wyjąć z niej grzebień, i zaczynając snuć nieszkodliwe marzenia o sobotnim ranku — o Billu zawiązującym na końcu warkocza kawałek aksamitnej wstążki (pytanie, dlaczego miałby mieć przy sobie kawałek aksamitnej wstążki, nie wymagało żadnej odpowiedzi; to było bardzo miłe w takich snach na jawie przy kuchennym stole). Nagle te rozważania przerwał jej cichy dźwięk dolatujący z drugiego końca pokoju.

Cyk. Cyk, cyk.

Świerszcz. Dźwięk nie dochodził z Bryant Parku przez otwarte okno pokoju. Rozlegał się znacznie bliżej.

Cyk, cyk. Cyk, cyk.

Powiodła wzrokiem po boazerii i dostrzegła jakiś ruch. Wstała, otworzyła szafkę na lewo od zlewu i wyjęła szklankę. Przeszła przez pokój, przystanęła, aby wziąć z fotela broszurkę Wal-Mart, a potem uklękła przy owadzie, który podążał w pusty południowy kąt pokoju, gdzie zamierzała postawić telewizor, gdyby kupiła go, zanim wyprowadzi się stąd. Po minionym dniu przeprowadzka do większego mieszkania — i to niebawem — wydawała się czymś więcej niż tylko marzeniem.

To był świerszcz. Jak dostał się tutaj, na pierwsze piętro, pozostawało zagadką, ale zdecydowanie był to świerszcz. Potem znalazła odpowiedź na to pytanie, wyjaśniającą jednocześnie, dlaczego słyszała go przed zaśnięciem. Świerszcza musiał przynieść Bill, pewnie w mankiecie spodni. Mały dodatkowy prezent oprócz kwiatów.

Zeszłej nocy nie słyszałaś tylko jednego świerszcza — odezwała się nagle Praktycznie-Rozsądna. Ten głos ostatnio rzadko się odzywał. Brzmiał niepewnie i lekko ochryple. — Słyszałaś całą łąkę świerszczy. Albo cały park.

Bzdury — pomyślała z przekonaniem, nakrywając owada szklanką. Wsunęła pod nią broszurę reklamową i poszturchiwała owada krawędzią papieru, aż podskoczył, pozwalając jej zakryć odwrócone naczynie. — W myślach zrobiłam z jednego owada cały chór, to wszystko. Pamiętaj, że zasypiałam. Pewnie byłam już w półśnie.

Podniosła szklankę i odwróciła ją, przytrzymując broszurę tak, żeby owad nie zdołał wyskoczyć. Podskakiwał energicznie w górę i w dół, opancerzonym grzbietem stukając w reklamę nowej powieści Johna Grishama, którą można nabyć w Wal-Mart za jedyne szesnaście dolarów plus VAT. Nucąc *When you wish upon a star*, Rosie zaniosła świerszcza do otwartego okna, usunęła broszurkę i wystawiła naczynie na zewnątrz. Owady mogą spadać ze znacznie większych wysokości niż ta i wychodzić z tego bez szwanku (a właściwie wyskakiwać, poprawiła się w myślach). Była pewna, że czytała gdzieś o tym, a może widziała to w jakimś programie przyrodniczym.

— Dalej, mały — zachęciła go. — Bądź grzecznym chłopcem i skacz. Widzisz ten park? Wysoka trawa, pełno rosy do picia, mnóstwo dziewczynek świer...

Urwała. Ten łobuz nie został wniesiony na górę w mankiecie spodni Billa, ponieważ w poniedziałek wieczór, kiedy Bill zabrał ją na kolację, miał na sobie dżinsy. Odtworzyła sobie wszystko w pamięci, chcąc mieć pewność, i znalazła tę samą informację, bez cienia wątpliwości. Koszula polo i levisy bez mankietów. Pamiętała, że uspokoiła się widząc jego strój, gdyż nabrała pewności, że nie zamierza zabrać ją w jakieś ekskluzywne miejsce, gdzie będą gapić się na nią.

Niebieskie dżinsy bez mankietów.

A zatem skąd wziął się ten mały gość?

Jakie to ma znaczenie? Jeśli świerszcz nie zawędrował na górę w mankiecie spodni Billa, to pewnie przybył tu przeniesiony przez kogoś innego i wyskoczył na piętrze, kiedy zrobił się niespokojny — dzięki za jazdę, koleś. Potem po prostu prześlizgnął się przez szparę pod jej drzwiami i co z tego? Znała mniej przyjemnych nieproszonych gości.

Jakby przytakując jej myślom, świerszcz nagle wyskoczył z naczynia i poleciał w dół.

— Miłego dnia — powiedziała Rosie. — Wpadnij kiedyś. Serio.

Kiedy cofnęła rękę ze szklanką, lekki podmuch wiatru wyrwał jej z palców broszurę Wal-Mart, która furkocząc opadła na podłogę. Rosie schyliła się po nią i zastygła z wyciągniętą ręką tuż przy broszurce. Obok listwy przypodłogowej leżały jeszcze dwa świerszcze, oba martwe, jeden na boku, a drugi na grzbiecie, ze sterczącymi w powietrzu małymi nóżkami.

Jednego świerszcza mogła zrozumieć i zaakceptować, ale trzy? Na pierwszym piętrze? Jak można to wyjaśnić?

Teraz Rosie dostrzegła coś jeszcze, coś, co leżało w szczelinie między deskami, niedaleko martwych owadów. Uklękła, wyłowiła to ze szpary i podniosła.

To był kwiat koniczyny. Mała różowa koniczynka.

Spojrzała na szczelinę, z której ją wyjęła; znów popatrzyła na parę nieżywych świerszczy; a potem powoli powiodła spojrzeniem w górę, po pomalowanej na kremowo ścianie... do obrazu, wiszącego tam przy oknie. Ku Rose Madder (równie dobre nazwisko jak każde), stojącej na wzgórzu, z nowo odkrytym kucykiem skubiącym trawę za jej plecami.

Słysząc bicie swego serca — jak donośny, powolny, głuchy werbel — Rosie nachyliła się w stronę obrazu, do pyska kucyka, wpatrując się w warstwy farby, dostrzegając pojedyncze maźnięcia pędzla. Pod pyskiem konika był oliwkowozielony gąszcz traw, które zdawały się namalowane szybkimi, wielokrotnymi pociągnięciami. Wśród nich były rozsiane małe różowe plamki. Koniczyna.

Rosie popatrzyła na maleńki różowy kwiatuszek na jej dłoni, a potem porównała go z koniczyną na obrazie. Kolor był identyczny. Nagle, bez uprzedniego namysłu, uniosła rękę do warg i zdmuchnęła kwiatek w kierunku obrazu. Prawie oczekiwała (no, nawet więcej: przez chwilę była wręcz przekonana), że mała różowa kulka wniknie w powierzchnię płótna i przejdzie do świata wykreowanego przez jakiegoś nieznanego artystę sześćdziesiąt, osiemdziesiąt, a może nawet sto lat temu.

Oczywiście tak się nie stało. Różowy kwiatek uderzył w szkło (to niezwykłe, żeby obraz olejny był za szkłem, powiedział Robbie w dniu, kiedy go poznała), odbił się i upadł na podłogę jak strzęp bibułki zwiniętej w kulkę. Może obraz był zaczarowany, ale pokrywające go szkło na pewno nie.

A więc jak wydostały się świerszcze? Bo przecież tak właśnie było, prawda? Świerszcze i kwiat koniczyny w jakiś sposób wydostały się z obrazu?

Boże, pomóż, ale właśnie tak myślała. Miała wrażenie, że kiedy znajdzie się z dala od tego pokoju i wśród ludzi, uzna ten pomysł za śmieszny lub całkiem o nim zapomni, lecz teraz właśnie tak myślała: że świerszcze wyskoczyły z trawy osłaniającej stopy blondynki w jasnoczerwonym chitonie. Jakoś przeskoczyły ze świata Rose Madder do świata Rosie McClendon.

Jak? Czy przeniknęły przez szkło?

Nie, oczywiście, że nie. To głupota, ale...

Wyciągnęła lekko drżące ręce i zdjęła obraz ze ściany. Zaniosła go do kuchenki, postawiła na stole, a potem odwróciła. Nakreślone węglem słowa były bardzo zatarte; gdyby nie widziała ich wcześniej, nie byłaby pewna, że głosiły ROSE MADDER.

Z wahaniem, czując teraz lekki przestrach (a może czuła go cały czas, tylko dopiero teraz uświadomiła to sobie), dotknęła oprawy. Papier zaszeleścił pod dotknięciem. Zaszeleścił zbyt mocno. A kiedy przycisnęła go na dole, gdzie znikał pod ramą, napotkała coś... jakieś zgrubienie...

Przełknęła ślinę czując, że w gardle zupełnie jej zaschło. Ręką, która wydawała się należeć do kogoś innego, otworzyła jedną z kuchennych szuflad, wyjęła nóż do mięsa i powoli przyłożyła jego ostrze do brązowego papieru.

Nie rób tego! — wrzasnęła Praktycznie-Rozsądna. — Nie rób tego, Rosie, nie wiesz, co może stamtąd wyjść!

Przez moment trzymała czubek noża przytknięty do brązowego papieru, a potem odłożyła na chwilę narzędzie. Podniosła obraz i spojrzała na spód ramy, zauważając jednocześnie, że mocno trzęsą się jej ręce. To, co zobaczyła — biegnące wzdłuż drewnianej ramy pęknięcie mające w najszerszym miejscu co najmniej kilkanaście milimetrów — wcale jej nie zaskoczyło. Położyła obraz ponownie na stole, przytrzymując go prawą ręką, a lewą — używaną częściej — znów przyłożyła czubek noża do brązowego papieru.

Nie, Rosie. Tym razem Praktycznie-Rozsądna nie wrzasnęła, lecz jęknęła. Proszę, nie rób tego, proszę, zostaw to w spokoju. Tylko że jej rady były śmieszne, kiedy o tym pomyśleć; gdyby Rosie słuchała ich od początku, wciąż żyłaby z Normanem. Albo umierała przy nim.

Za pomocą noża rozcięła oprawę na dole, tam, gdzie wyczuła te wypukłości. Pół tuzina świerszczy wypadło na stół, cztery z nich martwe, jeden słabo poruszający nóżkami, a szósty dostatecznie żwawy, aby zeskoczyć ze stołu i wpaść do zlewu. Razem ze świerszczami wypadło kilka kulek koniczyny, kilka źdźbeł trawy... i kawałek zeschniętego liścia. Rosie podniosła go i obejrzała z zaciekawieniem. To był liść dębu. Była tego prawie pewna.

Pracując ostrożnie (i ignorując głos Praktycznie-Rozsądnej), Rosie nożem do mięsa przecięła papier wokół ramy. Kiedy usunęła okleinę, wypadły kolejne polne skarby: mrówki (większość nieżywa, ale trzy lub cztery jeszcze się poruszały), pulchne zwłoki trzmiela, kilka płatków stokrotek, jakie obrywa się z kwiatka mamrocząc: „kocha — nie kocha"... oraz kilka cienkich, białych włosów. Rosie podniosła je do światła, mocniej ściskając w prawej dłoni odwrócony obraz i dreszcz przeleciał jej po plecach, jak wstrząsy wywołane tupotem wielkich nóg na schodach.

Gdyby zaniosła te włosy do weterynarza i poprosiła, aby obejrzał je pod mikroskopem, Rosie wiedziała, co by jej powiedział: to końskie włosie. A dokładnie mówiąc, sierść małego, włochatego kucyka. Konika, który skubał trawę w innym świecie.

Tracę rozum — pomyślała spokojnie i nie był to głos Praktycznie-Rozsądnej: to był jej własny wewnętrzny głos, ten przemawiający z samego jądra jej jaźni. Nie był rozhisteryzowany czy przestraszony; przemawiał racjonalnie, spokojnie i z lekkim podziwem. Podejrzewała, że takim samym tonem informowałby o dniach czy tygodniach dzielących ją od nieuchronnej śmierci, której nadejścia nie dałoby się już zaprzeczyć.

Tylko że ona wcale nie wierzyła, iż traci rozum, nie w taki sposób, w jaki byłaby zmuszona uwierzyć w ostateczny charakter — powiedzmy — raka w pewnym stadium rozwoju. Rozcięła okleinę obrazu i wypadły z niej źdźbła trawy, włosy oraz owady — niektóre jeszcze żywe. Czy tak trudno w to uwierzyć? Kilka lat wcześniej czytała w gazecie o kobiecie, która odkryła małą fortunę w zupełnie dobrych akcjach schowanych w starym portrecie rodzinnym; w porównaniu z tym kilka owadów wyglądało całkiem skromnie.

To są żywe owady, Rosie? A co z koniczyną, jeszcze świeżą, i trawą, wciąż zieloną? Liść był suchy, ale wiesz, co o tym myślisz...

Myślała, że spadł zeschnięty. Na obrazie było lato, lecz nawet w czerwcu można znaleźć w trawie zeschłe liście.

Powtarzam ci, tracisz rozum.

A jednak te przedmioty były tu, porozrzucane na kuchennym stole — garść owadów i trawy.

Przedmioty.

Nie senne omamy czy halucynacje, ale namacalne przedmioty.

I było jeszcze coś, problem, którego nie zamierzała na razie rozpatrywać. Ten obraz przemawiał do niej. Nie, nie głośno, lecz mimo to mówił do niej od pierwszej chwili, kiedy go ujrzała. Z tyłu miał wypisane jej imię — przynajmniej tak się zdawało — a wczoraj wydała więcej, niż było ją stać, żeby upodobnić swoje uczesanie do fryzury kobiety na obrazie.

W przypływie determinacji wsunęła ostrze kuchennego noża pod górną część ramy i podważyła ją. Zaniechałaby tego natychmiast, gdyby poczuła jakikolwiek opór — to był jedyny nóż kuchenny, jaki miała, i nie chciała go złamać — ale gwoździe trzymające ramę łatwo ustąpiły. Ściągnęła górę, wolną ręką przytrzymując szkło, żeby nie wypadło na blat i nie rozbiło się, po czym odłożyła je na bok. Kolejny martwy świerszcz stuknął o blat. Po chwili trzymała w rękach płótno. Po usunięciu ramy i szkła miało około osiemdziesięciu centymetrów długości i może czterdzieści pięć centymetrów wysokości. Rosie delikatnie przesunęła palcem po wyschniętej farbie, wyczuwając warstwy o minimalnie różnej grubości, nawet najdrobniejsze ślady pozostawione przez pędzel artysty. To było interesujące, trochę niesamowite wrażenie, lecz nie miało w sobie nic nadnaturalnego; jej palec nie przeszedł przez powierzchnię obrazu do innego świata.

Telefon, który poprzedniego dnia kupiła i podłączyła do gniazdka w ścianie, zadzwonił pierwszy raz. Głośność miał nastawioną na maksymalną, więc Rosie podskoczyła i krzyknęła, słysząc nagły, przeraźliwy dźwięk. Ręka jej drgnęła i wyciągnięty palec o mało nie przebił płótna.

Położyła obraz na kuchennym stole i pośpieszyła do telefonu, mając nadzieję, że to Bill. Jeśli tak, to poprosi go, żeby przyszedł — przyszedł i dobrze przyjrzał się temu dziełu. I pokaże mu tę kupkę śmieci, które wypadły z obrazu. Te wszystkie przedmioty.

— Halo?

— Halo, Rosie? — To nie Bill. Jakaś kobieta. — Mówi Anna Stevenson.

— Och, Anna! Cześć! Jak się masz?

Ze zlewu dobiegło natarczywe cyk-cyk.

— Niezbyt dobrze — odparła Anna. — Naprawdę niezbyt dobrze. Wydarzyło się coś bardzo przykrego i muszę ci o tym powiedzieć. Może to nie ma nic wspólnego z tobą, z całego serca mam taką nadzieję, ale może mieć.

Rosie usiadła, przestraszona tak, jak nie była nawet wtedy, gdy poczuła ciała martwych świerszczy pod okleiną obrazu.

— Co takiego, Anno? Co się stało?

Z rosnącym przerażeniem Rosie wysłuchała relacji. Anna zapytała ją także, czy Rosie chce przyjść do Córek i Sióstr i spędzić tam noc.

— Nie wiem — odparła ogłuszona Rosie. — Muszę to przemyśleć. Ja... Anno, muszę teraz do kogoś zatelefonować. Odezwę się później.

Rozłączyła się, nie czekając na odpowiedź. Wykręciła 411, zapytała o numer, a następnie połączyła się z nim.

— Miasto Wolności — usłyszała niemłody głos.

— Czy mogę mówić z panem Steinerem?

— Mówi Steiner — odparł rozmówca lekko ochrypłym i jakby rozbawionym głosem. Rosie przez chwilę nie wiedziała, co powiedzieć, ale zaraz przypomniała sobie, że Bill prowadzi interes razem z ojcem.

— Bill — zaczęła. W gardle znów jej zaschło i mówienie sprawiało jej ból. — Bill... czy zastałam go?

— Chwileczkę, panienko. — Szmer i stuk odkładanej słuchawki, a potem, w oddali: „Billy! Jakaś pani do ciebie!".

Rosie zamknęła oczy. Usłyszała odległe cykanie świerszcza w zlewie: Cyk-cyk.

Długa, nieznośna pauza. Łza wyślizgnęła się spod rzęs jej lewego oka i spłynęła po policzku. Towarzyszyła jej druga, po prawej, i Rosie przypomniał się urywek starej piosenki country: *Well, the race is on and here comes Pride up the backstretch... Heartache is goin' to the inside...* Otarła łzy. Tyle ich już przelała w swoim życiu. Jeżeli Hindusi mieli rację co do reinkarnacji, to wolała nie myśleć, czym była w poprzednim wcieleniu.

Ktoś podniósł słuchawkę.

— Halo? — To był głos, który słyszała w snach.

— Halo, Bill.

Dźwięk, jaki wydobył się z jej ust, nie był nawet szeptem. Przypominał cień szeptu.

— Nic nie słyszę — rzekł Bill. — Czy może pani mówić głośniej?

Nie chciała mówić głośniej; chciała rozłączyć się. Ale nie mogła. Jeśli Anna miała rację, to Bill też mógł mieć kłopoty, bardzo poważne kłopoty. Jeżeli zostanie przez tego kogoś uznany za zbyt bliską jej osobę. Odchrząknęła i spróbowała jeszcze raz.

— Bill? Tu Rosie.

— Rosie! — zawołał, wyraźnie uradowany. — Cześć, jak się masz?

Jego niezmącona, nie skrywana radość tylko pogorszyła sprawę; nagle poczuła się tak, jakby ktoś wbijał jej nóż w brzuch.

— Nie mogę pójść z tobą w sobotę — powiedziała szybko. Łzy płynęły teraz coraz obficiej, sącząc się spod powiek jak jakiś paskudny, ciepły smar. — W ogóle nie mogę z tobą iść. Byłam szalona myśląc, że mogę.

— Oczywiście, że możesz! Jezu, Rosie! O czym ty mówisz?

Obawa w jego głosie — nie złość, której oczekiwała, lecz obawa — bolała, ale jeszcze gorsze było niedowierzanie. Nie mogła tego znieść.

— Nie dzwoń do mnie i nie przychodź — wyrzuciła z siebie i nagle ze straszliwą wyrazistością ujrzała Normana, stojącego w ulewnym deszczu po drugiej stronie ulicy, z podniesionym kołnierzem płaszcza, w blasku latarni ulicznej, ledwie oświetlającym dolną połowę twarzy, stojącego tam jak jeden z tych piekielnych, brutalnych łotrów z powieści Richarda Racine'a.

— Rosie, nie rozumiem...

— Wiem, ale tak jest najlepiej. — Jej głos drżał i zaczynał się łamać. — Po prostu trzymaj się ode mnie z daleka, Bill.

Szybko odłożyła słuchawkę, patrzyła przez chwilę na telefon, a potem wydała głośny, bolesny krzyk. Odepchnęła aparat od siebie. Słuchawka poleciała tak daleko, jak pozwalał jej przewód, i legła na podłodze, a sygnał dziwnie przypominał granie świerszczy, które usypiało ją w poniedziałkową noc. Nie mogła znieść tego dźwięku, poczuła nagle, że jeśli będzie go słuchać choć pół minuty, pęknie jej głowa. Wstała, podeszła do ściany, przykucnęła i wyjęła wtyczkę z gniazdka. Kiedy próbowała się wyprostować, drżące nogi odmówiły posłuszeństwa. Siedziała na podłodze, kryjąc twarz w dłoniach i pozwalając płynąć łzom. Nie miała wyboru.

Anna raz po raz powtarzała, że nie jest pewna, że Rosie również nie może być pewna, że można tylko podejrzewać. Lecz Rosie była pewna. To Norman. Norman był tutaj, Norman do reszty postradał rozum, Norman zabił byłego męża Anny — Petera Slowika, i Norman szukał jej.

7

Pięć przecznic od Hot Pot, gdzie zabrakło mu czterech sekund, aby za szybą witryny napotkać spojrzenie swojej żony, Norman wszedł do taniego sklepu zwanego Nie Więcej Jak 5. Motto firmy brzmiało: „Każdy artykuł kosztuje mniej niż pięć dolarów". Było wydrukowane pod wyjątkowo kiepską podobizną Abrahama Lincolna. Prezydent miał szeroki uśmiech na brodatej twarzy i mrugał znacząco, a Normanowi Danielsowi wydał się podobny do faceta, którego kiedyś aresztował za uduszenie żony i czworga dzieci. W tym sklepie, znajdującym się dosłownie o rzut kamieniem od lombardu POŻYCZKI POD ZASTAW, Norman kupił to, co zamierzał dziś użyć: parę okularów przeciwsłonecznych i czapkę z napisem CHISOX nad daszkiem.

Opierając się na swoim przeszłodziesięcioletnim stażu pracy w policji, Norman uważał, iż przebranie się w jakiś strój ma sens tylko w trzech wypadkach: w filmach szpiegowskich, w opowiadaniach o Sherlocku Holmesie i na przyjęciach z okazji Halloween. Szczególnie bezsensowne było przebieranie się w ciągu dnia, kiedy makijaż zawsze wygląda jak makijaż, a strój jak strój. A te panienki z Córek i Sióstr, tego współczesnego burdelu, do którego posłał jego dziką Różę koleś Normana, Peter Slowik, co w końcu wyznał, muszą być szczególnie wyczulone na drapieżców kręcących się wokół ich wodopoju. Dla takich panienek paranoja jest czymś więcej niż przyzwyczajeniem — jest po prostu sztuką.

Czapeczka i czarne okulary zupełnie wystarczą. Na popołudnie zaplanował jedynie to, co Gordon Satterwaite, jego pierwszy partner, nazwałby „małymi zwiadami". Gordon lubił też łapać swojego młodego współpracownika i mówić mu, że pora pobawić się w „starego tajniaka". Gordon był grubym, śmierdzącym, żującym tytoń niechlujem o brązowych zębach i Norman gardził nim niemal od chwili, kiedy go zobaczył. Gordon był policjantem przez dwadzieścia sześć lat, a inspektorem przez piętnaście, ale nie czuł swojej roboty. Norman miał to wyczucie. Nie lubił tej roboty i nienawidził popaprańców, z którymi musiał gadać (a czasem nawet zadawać się, jeśli działał w podziemiu), ale wyczuwał ją i to wyczucie okazało się nieocenione. Pomogło mu rozwiązać sprawę, która dała mu awans, sprawę, która zrobiła z niego — choć na krótko — ulubieńca środków przekazu. Podczas tego dochodzenia, jak w większości zorganizowanych przestępstw, prowadzący śledztwo znaleźli się w punkcie, gdzie trop, którym podążali, zniknął w zdumiewającym labiryncie poplątanych śladów. Jeśli chodzi o handlarzy narkotyków, to różnica polegała na tym, że Norman Daniels — po raz pierwszy w swojej karierze — kierował akcją i kiedy zawiodła logika, on bez wahania zrobił to, czego przeważnie obawiają się lub nie umieją gliniarze: zawierzył całą swoją przyszłość intuicji i kierował się nią, agresywnie i nieustraszenie prąc naprzód.

Dla Normana nie było czegoś takiego jak „małe zwiady"; on uznawał jedynie *trolling*. Kiedy się nie wie, co robić, idzie się w jakieś miejsce łączące się ze sprawą i przypatruje się mu z otwartym umysłem, wolnym od bezwartościowych pomysłów i niedowarzonych przypuszczeń. Robiąc to, człowiek jest jak facet siedzący w wolno płynącej łodzi, zarzucający wędkę i zwijający żyłkę, zarzucający i zwijający, czekający, aż coś się złapie. Czasem nie złapie się nic. Czasami wyciąga się podwodny konar, stary kalosz albo taką rybę, jakiej nie ruszyłby nawet głodny szop.

Bywa jednak, że złapie się coś smakowitego.

Włożył czapeczkę i okulary, a potem skręcił w lewo w Harrison Street, zdążając w kierunku Durham Avenue. Od miejsca, gdzie znajdował się dom Córek i Sióstr, dzielił go prawie pięciokilometrowy spacer, ale Normanowi to nie przeszkadzało; wykorzysta ten czas na oczyszczenie swojego umysłu. Zanim dotrze do numeru 251, będzie jak czysty kawałek papieru fotograficznego, gotowy przyjąć wszelkie obrazy i pomysły, nie dopasowując ich do własnych wyobrażeń. Jeśli nie miało się żadnych wyobrażeń, nie popełniało się błędu.

W tylnej kieszeni spodni miał mapę, za którą przepłacił w hotelu, ale tylko raz przystanął i sprawdził trasę swego marszu. Był w mieście zaledwie tydzień, lecz już orientował się w nim znacznie lepiej niż Rosie i to również było nie tyle wynikiem treningu, ile wrodzonym darem.

Kiedy poprzedniego dnia rano obudził się z bólem rąk, ramion i krocza, ze szczękami zbyt obolałymi, by otworzyć usta szerzej niż do połowy (próba porannego ziewnięcia po przebudzeniu była okropną męczarnią), z przestrachem uświadomił sobie, że to, co zrobił z Peterem Slowikiem — *alias* Thumpersteinem, *alias* Zdumiewającym żydkiem — mogło być błędem. Trudno powiedzieć jak poważnym, ponieważ większość tego, co zdarzyło się w domu Slowika, pozostawało niewyraźnym wspomnieniem, ale jednak błędem. Zanim dotarł do kiosku z gazetami w holu hotelu, zadecydował, że nie ma tu żadnego „może". Gdybanie jest dobre dla głupków — tak głosiła milcząca, lecz zaciekle przestrzegana doktryna będąca podwaliną jego kodeksu życiowego od najmłodszych lat, kiedy matka odeszła, a ojciec naprawdę polubił bicie.

Kupił w kiosku gazetę i przejrzał ją szybko w windzie, jadąc z powrotem na górę, do swego pokoju. Nie było w niej nic o Peterze Slowiku, lecz Norman poczuł tylko lekką ulgę. Może ciała Thumpera nie odkryto dostatecznie wcześnie, żeby ten fakt znalazł się w porannym wydaniu; w rzeczy samej, mogło wciąż leżeć tam, gdzie je zostawił (gdzie sądził, że je zostawił, poprawił się w myślach; wszystko to było takie mgliste), wepchnięte za piec centralnego ogrzewania w piwnicy. Jednak nieobecność takich facetów jak Thumper, facetów, którzy udzielają się społecznie i mają mnóstwo serdecznych przyjaciół, nie pozostanie długo niezauważona. Ktoś zacznie się niepokoić, ktoś inny przyjdzie go szukać w tej jego przytulnej króliczej norce przy Beaudry Place i w końcu ktoś jeszcze inny dokona szczególnie nieprzyjemnego odkrycia za kotłem centralnego ogrzewania.

I rzeczywiście, to czego nie było we wczorajszej gazecie, znalazło się w dzisiejszej, na pierwszej kolumnie z wydarzeniami lokalnymi: SPOŁECZNIK ZAMORDOWANY W DOMU. Autor artykułu napisał, że POMOC PODRÓŻNYM była tylko jedną z wielu form działalności społecznej Thumpera... który wcale nie należał do biednych. W gazecie podano, że jego rodzina — której Thump był ostatnim przedstawicielem — miała szmal. Fakt, że pracował na dworcu autobusowym o trzeciej rano, posyłając zbiegłe żony do tych kurew z Córek i Sióstr, pozwalał Normanowi uznać go za stukniętego albo zboczonego. W każdym razie był typowym zasranym dobroczyńcą, kręcącym się tu i tam, zbyt zajętym zbawianiem świata, żeby zmienić sobie gacie. Pomoc Podróżnym, Armia Zbawienia, Telefon Zaufania, Fundusz Wspomagania Bośni, Fundusz Wspomagania Rosji (myślałby ktoś, że taki żydek jak Thump będzie miał choć tyle oleju w głowie, żeby podarować sobie tę ostatnią działalność, ale nie) oraz dwie czy trzy „sprawy kobiet". W artykule nie wymieniono, o jakie sprawy chodzi, ale Norman znał już jedną z nich: Córki i Siostry, czyli Małe Lesbije w Krainie Seksu. W sobotę miała odbyć się msza żałobna za Thumpera, a także coś, co w gazecie nazywano „wieczorem pamięci". Jezu Chryste.

Wiedział, że śmierć Slowika mogą łączyć z którąś formą działalności społecznej... albo z żadną z nich. Gliniarze sprawdzą jego życie osobiste (zakładając, że taki chodzący „pokój do wynajęcia" jak Thump miał życie osobiste) i nie wykluczą możliwości, że była to jedna z tak powszechnych „zbrodni bez motywu", popełniona przez jakiegoś psychola, który wpadł tam przypadkiem. Jakiegoś faceta lubiącego coś przegryźć.

Żadna z tych rzeczy nie będzie miała znaczenia dla tych kurew z Córek i Sióstr; Norman był tego tak pewien, jak swojego nazwiska. W pracy zebrał sporo doświadczeń, jeśli chodzi o schroniska i przytułki dla kobiet, w miarę jak ci, o których Norman myślał jako o Współczesnych Wąchaczach Lotosu, naprawdę zdobyli wpływ na ludzkie myśli i zachowania. Według Współczesnych Wąchaczy Lotosu każdy pochodzi z rozbitej rodziny, każdy w duszy pozostaje dzieckiem i każdy powinien uważać na tych paskudnych, wstrętnych mężczyzn, którzy mają czelność próbować przejść przez życie bez skamlenia, płaczu i korzystania co noc z jakiegoś dwunastoetapowego programu leczenia. Wąchacze Lotosu to pierdoły, ale niektórzy z nich — a kobiety z takich miejsc jak Córki i Siostry często były najlepszym tego przykładem — potrafią być niezwykle ostrożnymi pierdołami. Ostrożnymi? Kurwa. Tacy nadają zupełnie nowe znaczenie określeniu „podejrzliwy charakter".

Większość poprzedniego dnia Norman spędził w bibliotece i dowiedział się wielu interesujących rzeczy o Córkach i Siostrach. Najciekawsze było to, że kobieta kierująca tym interesem, Anna Stevenson, była panią Thumperową do roku 1973, kiedy to najwidoczniej rozwiodła się z nim i powróciła do panieńskiego nazwiska. Wydawało się to zbiegiem okoliczności tylko dla kogoś, kto nie znał rytuałów godowych Lotosiarzy. Biegali parami, lecz nie potrafili wspólnie chodzić w zaprzęgu, nie na dłuższą metę. W końcu zawsze jedno chciało zrobić „wio", podczas gdy drugie robiło „prr". Nie byli w stanie dostrzec prostego faktu: małżeństwa z rozsądku nie są udane.

Była żona Thumpera nie prowadziła swojej placówki tak, jak większość przytułków dla maltretowanych kobiet, których mottem jest „tylko kobiety wiedzą, tylko kobiety mogą". W niedzielnym dodatku sprzed roku ta Stevenson (Normana uderzyło to, jak bardzo była podobna do tej cipy Maude ze starego programu TV) potępiła ten pomysł jako „nie tylko seksistowski, ale również głupi". Cytowano także wypowiedź kobiety nazwiskiem Gert Kinshaw.

„Mężczyźni nie są naszymi wrogami, dopóki nie udowodnią, że są naszymi wrogami — powiedziała. — Jednak jeśli uderzą, odpowiemy ciosem". Obok było jej zdjęcie — wielka czarna suka, trochę przypominająca Normanowi chicagowskiego piłkarza Williama „Lodówkę" Perry'ego. „Spróbuj mnie walnąć, kochanie, a zrobię z ciebie trampolinę" — mruknął pod nosem.

To wszystko, chociaż interesujące, nie miało żadnego znaczenia. Różni mężczyźni i kobiety w tym mieście mogli wiedzieć, gdzie znajduje się to miejsce i posyłać tam potrzebujących i mogło ono być prowadzone przez tylko jedną Nowoczesną Lotosiarę zamiast cały ich komitet, ale Norman był pewien, że pod jednym względem okażą się tacy sami jak ich bardziej tradycyjnie nastawieni pobratymcy: śmierć Petera Slowika będzie dla nich sygnałem alarmowym. Oni nie wyjdą z takich przesłanek, jak gliny; dopóki nie okaże się inaczej, będą zakładać, że śmierć Slowika ma z nimi ścisły związek... a szczególnie z jedną z osób przysłanych przez niego w ciągu ostatnich sześciu czy ośmiu miesięcy. Być może nazwisko Rosie już wypłynęło na wierzch.

A więc dlaczego to zrobiłeś? — zadawał sobie pytanie. — Dlaczego to zrobiłeś, na miłość boską? Były inne sposoby, żeby dotrzeć do tego, co teraz wiesz, i dobrze je znasz. Przecież jesteś gliną, na rany Chrystusa, jasne, że jesteś! Zatem dlaczego pozwoliłeś im coś zwęszyć? Ta kupa tłuszczu z artykułu w gazecie, Brudna Gertie Jakaśtam, pewnie stoi w oknie salonu tego cholernego domu, oglądając sobie przez lornetkę każdego przechodnia, który ma coś między nogami. Oczywiście, o ile do tej pory nie padła na zawał od nadmiaru twinkies. A więc po co to zrobiłeś? Dlaczego?

Znalazł odpowiedź, ale uciekł od niej, zanim zdążyła wyłonić się do końca w jego świadomości; uciekł, gdyż jej implikacje były zbyt okropne. Załatwił Thumpera z tego samego powodu, z jakiego udusił tę rudowłosą kurwę w pomarańczowych szortach, ponieważ coś wypełzło z głębi jego umysłu i kazało mu to zrobić. To coś było tu coraz bardziej i bardziej, a on nie chciał o tym myśleć. Lepiej tego nie robić. Bezpieczniej.

A tymczasem był tutaj: przed nim Pałac Pipek.

Norman swobodnym krokiem przeciął Durham Avenue i poszedł pod domami o parzystych numerach, wiedząc, że ewentualni obserwatorzy uznają człowieka idącego drugą stroną ulicy za mniej groźnego. Obserwatorem, którego obraz wciąż podsuwała mu wyobraźnia, była czarna małpa, której zdjęcie ukazało się w gazecie, wielka beka sadła z potężną lornetką w jednej ręce i topiącą się bryłą mallow cremes w drugiej. Zwolnił trochę, ale niewiele — czerwony alarm, przypominał sobie, ogłosili czerwony alarm.

To był wielki, biały, drewniany dom, niezupełnie wiktoriański, jedna z tych budowli z przełomu wieków, będących trzema kondygnacjami brzydoty. Od frontu wydawał się wąski, ale Norman wychował się w budynku niewiele różniącym się od tego i był gotów założyć się, że i ten nadrabia to długością, dochodząc niemal do następnej, równoległej ulicy.

I kurwa tu, i kurwa tam — myślał, pamiętając o tym, aby nie zmienić tempa marszu i nie obrzucić domu jednym przeciągłym spojrzeniem, ale kilkoma szybkimi zerknięciami. Kurwa tu i kurwa tam, kurwa będzie wszędzie.

Tak, rzeczywiście. Kurwa będzie wszędzie.

Teraz poczuł pulsującą w skroniach znajomą wściekłość, a z nią przyszedł znajomy obraz, uosabiający wszystko to, czego nie potrafił wyrazić — karta kredytowa. Zielona karta kredytowa, którą ona ośmieliła się ukraść. Obraz tej karty nigdy go nie opuszczał i zaczął symbolizować wszystkie lęki i krzywdy, jakich doznał w życiu — siły, z którymi walczył, twarze (na przykład jego matki — taka biała, nalana i dziwnie zawstydzona), które czasem pojawiały się w jego myślach, kiedy nocą leżał na łóżku i próbował zasnąć, głosy słyszane we snach. Na przykład głos ojca. „Podejdź tu, Normie. Mam ci coś do powiedzenia i chcę powiedzieć ci to w cztery oczy". Czasami to oznaczało cios. Czasem, jeśli miał szczęście, a ojciec był pijany, oznaczało rękę pełznącą między nogi.

Teraz to nie miało jednak znaczenia; liczył się tylko dom po drugiej stronie ulicy. Nie nadarzy się inna okazja, żeby go obejrzeć, więc jeśli straci cenne sekundy, rozmyślając o przeszłości, to kto wyjdzie na idiotę?

Znalazł się dokładnie naprzeciw domu. Ładny trawnik, wąski, ale długi. Śliczne kwietniki, pełne wiosennych kwiatów, wzdłuż długiego podjazdu. Na środku obu stały metalowe kolumienki pokryte bluszczem. Lecz bluszcz odgarnięto z plastikowych cylindrów na szczycie kolumienek i Norman wiedział dlaczego: w tych ciemnych pąkach były kamery telewizyjne obejmujące całą ulicę.

Jeśli ktoś teraz patrzył na monitory, widział ubranego na czarno-biało człowieka, w czapeczce baseballowej i okularach przeciwsłonecznych, który szedł zgarbiony i na lekko ugiętych kolanach, żeby ukryć swoje sto osiemdziesiąt dwa centymetry wzrostu przed ewentualnym obserwatorem.

Następna kamera znajdowała się nad frontową bramą, na pewno pozbawioną dziurki od klucza; klucze zbyt łatwo podrobić, zasuwy zbyt łatwo odsunąć, jeśli ktoś umie posługiwać się kompletem wytrychów. Nie, tam będzie szczelina na kartę magnetyczną, konsolka z klawiaturą numeryczną, a może jedno i drugie. A na tyłach domu oczywiście kolejne kamery.

Mijając schronisko, Norman zaryzykował ostatnie spojrzenie na boczny dziedziniec. Zobaczył ogródek i dwie kurwy w szortach, wbijające w ziemię długie tyczki — zapewne do pomidorów. Jedna wyglądała na Meksykankę: oliwkowa skóra i długie czarne włosy związane w koński ogon. Niesamowite ciało, jakieś dwadzieścia pięć lat. Druga młodsza, może nawet jeszcze nastolatka, jedna z tych punkowatych gówniar farbujących włosy na dwa różne kolory. Na lewym uchu miała bandaż. Nosiła koszulkę bez rękawów z psychodelicznym wzorem i Norman dostrzegł tatuaż na jej lewym bicepsie. Nie zdołał dojrzeć, co przedstawia rysunek, ale dostatecznie długo był policjantem, żeby domyślić się, że to nazwa zespołu rockowego albo nieudolnie narysowana marihuana.

Norman ujrzał siebie, jak rzuca się przez ulicę, ignorując kamery; zobaczył, jak łapie Pannę Ciepłą Cipkę z fryzurą gwiazdy rocka; widział, jak łapie ją za cienką szyjkę i ściska, aż palce zatrzymują się na kościach szczęki. „Rose Daniels — powiedziałby do tej drugiej, do Meksykanki z ciemnymi włosami i niesamowitym ciałem. — Sprowadź ją tu natychmiast albo skręcę kark tej dziwce jak kurczakowi".

To byłoby wspaniale, ale wiedział prawie na pewno, że Rosie już tu nie ma. Z informacji znalezionych w bibliotece wynikało, że od kiedy Leo i Pamela Stevensonowie otworzyli przytułek w 1974 roku, z gościnności Córek i Sióstr skorzystało prawie trzy tysiące kobiet, a ich przeciętny czas pobytu wynosił cztery tygodnie. W bardzo szybkim tempie odsyłano je społeczeństwu, te śliczne moskity rozmnażające się i roznoszące chorobę. Pewnie na odchodne dawano im po sztucznym penisie.

Nie, Rose niemal na pewno jest gdzie indziej i wykonuje jakąś nędzną pracę, jaką znalazły jej koleżanki lesbije, a na noc wraca do jakiegoś obskurnego pokoiku, również znalezionego przez nie. Te suki po drugiej stronie ulicy mogły wiedzieć, gdzie ona jest, ta cała Stevenson pewnie miała jej adres w aktach, a te dwie w ogrodzie zapewne już ją odwiedziły w tej szczurzej norze, żeby wypić herbatę i pogryźć herbatniczki. A te, które tam nie były, dowiedziały się od tych, które były, bo takie już są kobiety. Trzeba je zabić, żeby przestały gadać.

Młodsza z ogrodniczek, ta z fryzurą gwiazdy rocka, okropnie przeraziła go, podnosząc głowę, patrząc na niego i... machając ręką. Przez jedną straszną chwilę był przekonany, że śmieje się z niego, że wszystkie śmieją się z niego, stojąc przy oknach Zamku Lesbo, że śmieją się z niego, z inspektora Normana Danielsa, który potrafił zapudłować pół tuzina kokainowych baronów, ale nie umiał zatrzymać żony, która ukradła mu jego pierdoloną kartę kredytową.

Gwałtownie zacisnął pięści.

Weź się w garść! — wrzasnęła na niego Normanowa wersja Praktycznie-Rozsądnej. — Ona pewnie macha do wszystkich! Pewnie macha do bezpańskich psów! Takie cioty zawsze to robią!

Tak. Oczywiście, że tak. Norman rozluźnił pięści, uniósł rękę i ciął powietrze, odpowiadając machnięciem. Nawet zdołał zmusić się do uśmiechu — który ponownie obudził ból mięśni i ścięgien twarzy — kątem ust. Potem, kiedy Panna Ciepła Cipka wróciła do uprawiania ogródka, starł uśmiech z twarzy i pośpieszył dalej, z łomoczącym sercem.

Usiłował skupić myśli na aktualnym problemie — jak ma dopaść jedną z tych suk (najlepiej Główną Sukę, gdyż w ten sposób uniknąłby sytuacji, że trafi akurat na taką, która nie wie tego, co on chce wiedzieć) i zmusić ją do mówienia — jednak najwyraźniej utracił zdolność racjonalnego myślenia, przynajmniej na razie.

Przyłożył obie dłonie do twarzy i zaczął masować sobie zwieracze żuchwy. Nieraz już go bolały, ale nigdy aż tak — co też takiego zrobił Thumperowi? W gazecie nie podano, lecz ból szczęki oraz zębów — zęby bolały go także — sugerował, że coś poważnego.

Jeśli mnie złapią, będę miał kłopoty — pomyślał. — Sfotografują ślady, jakie na nim zostawiłem. Będą mieli próbki mojej śliny i... no... każdego innego płynu, jaki mogłem tam zostawić. W dzisiejszych czasach mogą przeprowadzić wiele specyficznych testów, badają wszystko. Tymczasem ja nawet nie pamiętam mojej grupy krwi i w ogóle nie wiem, czy zostawiłem tam ślady jakichś płynów, czy nie.

Tak, to prawda, ale nie złapią go. Jest zameldowany w Whitestone jako Alvin Dodd z New Haven, a w razie potrzeby może nawet pokazać prawo jazdy — ksero prawa jazdy — popierające tę bajeczkę. Gdyby gliny zadzwoniły do gliniarzy w jego pracy, tamci powiedzieliby im, że Norman Daniels jest tysiąc siedemset kilometrów od Środkowego Zachodu, biwakując w Narodowym Parku Utah, na dobrze zasłużonych wakacjach. Może nawet powiedzieliby tutejszym glinom, żeby nie byli głupi, że Norman Daniels jest *bona fide* dobrym chłopcem. Przecież nie przekazaliby tej historii z Wendy Yarrow... a może?

Nie, pewnie nie. Ale prędzej czy później...

Sęk w tym, że mało go obchodziło to później. Teraz interesowało go tylko prędzej. Znaleźć Rose i poważnie z nią porozmawiać. Dać jej prezent. Ściśle mówiąc, kartę kredytową. I ta nigdy nie zostanie wyjęta z jakiegoś kosza na śmieci ani z portfela jakiegoś śliskiego, nędznego pedzia. Zamierzał zadbać o to, żeby już nigdy jej nie zgubiła ani nie wyrzuciła. Zamierzał umieścić ją w bezpiecznym miejscu. A jeśli widział tylko ciemność po... po umieszczeniu tego pożegnalnego prezentu... no cóż, może to i lepiej.

Teraz, kiedy wrócił myślą do karty kredytowej, pozostał przy niej, tak jak ostatnio robił to niemal zawsze, zarówno we śnie, jak i na jawie. Wydawało się, że ten kawałek plastiku stał się widmową zieloną rzeką (Handlową, a nie Missisipi), a ciąg jego myśli był wpadającym do niej strumieniem. Wszystkie myśli spływały ze wzgórza, tracąc tożsamość w miarę zapadania w zieloną toń jego obsesji. Wyłoniło się z niej znów to potworne pytanie bez odpowiedzi. Jak ona śmiała? Jak ona śmiała zrobić coś takiego? To, że odeszła, uciekła od niego, to pewnie zdołałby zrozumieć, chociaż nie mógł tego usprawiedliwić, i wiedział, że będzie musiała umrzeć za to, że oszukała go tak nikczemnie, za tak skuteczne skrywanie zdrady w jej śmierdzącym kobiecym sercu. Lecz to, że śmiała ukraść jego kartę kredytową, wziąć ją ot, tak, niczym ten maluch zakradający się po łodydze fasoli i wykradający złotą kurę olbrzyma...

Nie zdając sobie sprawy z tego, co robi, Norman włożył do ust kciuk lewej ręki i zaczął go gryźć. Bólu — dosyć silnego — tym razem nawet nie poczuł; był głęboko pogrążony w myślach. Na kciukach obu rąk miał grube odciski, ponieważ gryzienie ich w stresowych sytuacjach było starym, bardzo starym nawykiem Normana, sięgającym jeszcze czasów dzieciństwa. Z początku odcisk wytrzymał, ale kiedy Norman coraz więcej myślał o karcie kredytowej, gdy jej zieleń zaczęła pogłębiać się w jego umyśle, aż stała się ciemną zielenią palm widzianych o zmroku (kolor wcale nieprzypominający rzeczywistej, cytrynowej barwy karty), twarda tkanka puściła i krew zaczęła mu płynąć po ręce i wargach. Wbił zęby w palec, rozkoszując się bólem, zgrzytając zębami, smakując swoją krew, taką słoną i gęstą, jak smak krwi Thumpera, kiedy przegryzł tę strunę u nasady...

— Mamusiu? Dlaczego ten pan robi tak swojej ręce?

— Nieważne, chodź.

Słysząc to, odwrócił się. Spojrzał niepewnie przez ramię, jak człowiek budzący się z krótkiego, lecz głębokiego snu, i zobaczył młodą kobietę z małym, może czteroletnim chłopczykiem, odchodzących w przeciwnym kierunku. Kobieta ciągnęła chłopca tak szybko, że prawie biegł, a kiedy się obejrzała, Norman dostrzegł, że była przestraszona.

Co on właściwie robi?

Spojrzał na swój kciuk i ujrzał dwa głębokie, krwawiące półkola po obu stronach palca. Pewnego dnia odgryzie sobie to cholerstwo, odgryzie i połknie. Nie będzie to pierwszy raz, kiedy coś odgryzie. Czy połknie.

Jednak na tej ulicy lepiej nie mdleć. Wyjął chusteczkę z tylnej kieszeni spodni i owinął nią skaleczony palec. Potem podniósł głowę i rozejrzał się wokół. Ze zdziwieniem spostrzegł, że robi się ciemno; w kilku domach paliły się światła. Jak daleko zaszedł? Gdzie dokładnie był teraz?

Zmrużył oczy i na tabliczce na rogu następnego skrzyżowania przeczytał słowa Dearborn Avenue. Po prawej miał rodzinny sklepik spożywczy ze stojakiem na rowery przed wejściem i napisem: BUŁECZKI PROSTO Z PIECA. Normanowi zaburczało w żołądku. Uświadomił sobie, że naprawdę jest głodny, po raz pierwszy od kiedy wysiadł z autobusu Continental Express i zjadł zimną owsiankę w kafejce na dworcu, zjadł ją, ponieważ ona by ją zjadła.

Kilka bułeczek to wszystko, czego mu teraz trzeba, jedyna rzecz na świecie, jakiej naprawdę pragnął... ale nie jakieś tam bułki. Chciał świeże bułeczki, takie jakie piekła jego matka. Była beką sadła, która nigdy nie przestawała wrzeszczeć, ale naprawdę umiała gotować. Nie ma co do tego wątpliwości. A on był jej najlepszym klientem.

Lepiej, żeby były świeże — pomyślał Norman, wchodząc po schodkach. Wewnątrz widział staruszka krzątającego się za ladą. — Lepiej, żeby były świeże, koleś, albo niech Bóg ma cię w swojej opiece.

Łapał za klamkę, kiedy jego wzrok przyciągnął jeden z plakatów w oknie. Był jasnożółty i chociaż Norman nie mógł wiedzieć, że umieściła go tu Rosie, ten widok poruszył jakąś strunę w jego duszy, zanim jeszcze dojrzał słowa Córki i Siostry.

Pochylił się i przeczytał, oczami nagle zwężonymi i bardzo czujnymi, z sercem coraz szybciej łomoczącym w piersi.

PRZYJDŹ I BAW SIĘ Z NAMI
NA PIĘKNYM ETTINGER'S PIER
ŚWIĘTUJĄC
CZYSTE NIEBO I CIEPŁE DNI
NA DZIEWIĄTYM DOROCZNYM PIKNIKU I KONCERCIE
ORGANIZOWANYM PRZEZ CÓRKI I SIOSTRY
W SOBOTĘ, 4 CZERWCA

KIERMASZ ☆ WYSTAWA ☆ LOTERIA
GRY ZRĘCZNOŚCIOWE ☆ DJ RAPOWY DLA DZIECIAKÓW
PONADTO!!!
INDIGO GIRLS — KONCERT NA ŻYWO, 20.00

SAMOTNYM RODZICOM ZAPEWNIAMY OPIEKĘ
NAD DZIEĆMI!

„PRZYJDŹCIE, PRZYJDŹCIE WSZYSCY!"

CAŁY DOCHÓD PRZEZNACZONY NA RZECZ CÓREK I SIÓSTR,
KTÓRE PRZYPOMINAJĄ,
ŻE PRZEMOC WOBEC JEDNEJ KOBIETY
JEST ZBRODNIĄ WOBEC WSZYSTKICH KOBIET

W sobotę, czwartego. W tę sobotę. Czy ona tam będzie, jego dzika Róża? Oczywiście, że będzie, ona i te jej wszystkie nowe przyjaciółki lesbijki. Cipy całego świata łączcie się.

Norman powiódł ugryzionym palcem po piątym wierszu od dołu. Jasne krople krwi już przesiąkały przez chusteczkę.

Przyjdźcie, przyjdźcie wszyscy.

Tak tam napisano i Norman pomyślał, że weźmie je za słowo.

8

Czwartek rano, prawie jedenasta trzydzieści. Rosie pociągnęła łyk wody mineralnej, zwilżyła nią usta, połknęła i znów wzięła do ręki tekst.

Nadchodziła, rzeczywiście; tym razem słuch go nie mylił. Peterson słyszał stukot jej wysokich obcasów na korytarzu. Mógł sobie wyobrazić, jak otwiera torebkę, szuka kluczy, obawiając się łotra, który może zaatakować ją z tyłu, podczas gdy powinna obawiać się tego, który czekał w zasadzce. Szybko upewnił się, że ma swój nóż, a potem naciągnął nylonową pieszczochę na twarz.

Kiedy klucz zazgrzytał w zamku, Peterson wyjął nóż i...

— Cięcie, cięcie, cięcie! — zawołała niecierpliwie Rhoda.

Rosie spojrzała w górę, przez szklaną ścianę. Nie podobał jej się sposób, w jaki Curt Hamilton siedział tam, obok magnetofonu cyfrowego, i patrzył na nią, zsunąwszy słuchawki na szyję, ale naprawdę zaalarmowało ją to, że Rhoda paliła jeden z tych swoich cienkich papierosów w pokoju kontrolnym, ignorując umieszczony na ścianie napis NIE KOPCIĆ. Rhoda wyglądała tak, jakby miała zły dzień. Nie ona jedna.

— Rhoda? Zrobiłam coś nie tak?

— Nie, jeśli nosisz nylonowe pieszczochy — powiedziała Rhoda i strzepnęła popiół do styropianowego kubka stojącego na pulpicie kontrolnym przed nią. — Kiedy o tym myślę, to wydaje mi się, że w minionych latach kilku facetów pieściło mnie po moich, ale zazwyczaj nazywałam je nylonowymi pończochami.

Przez chwilę Rosie nie mogła się zorientować, o czym ona mówi, po czym powtórzyła w myślach kilka ostatnich zdań i jęknęła.

— O rany, Rhoda, przepraszam.

Curt założył słuchawki z powrotem na uszy i wcisnął guzik.

— „Zabij wszystkie moje jutra" — cięcie siedemdzie...

Rhoda położyła mu rękę na ramieniu i powiedziała coś, od czego Rosie poczuła się tak, jakby ktoś napełnił jej brzuch lodowatą wodą:

— Daj sobie spokój. — Potem zerknęła przez szybę, zobaczyła zgnębioną minę Rosie i obdarzyła ją słabym, lecz szczerym uśmiechem. — Spokojnie, Rosie, po prostu zrobimy przerwę na lunch godzinę wcześniej, to wszystko. Wyjdź stamtąd.

Rosie zerwała się, boleśnie uderzając lewym udem o krawędź stołu i prawie wywracając plastikową butelkę z wodą mineralną. Pośpiesznie opuściła kabinę.

Rhoda i Curt stali tuż przy drzwiach i przez moment Rosie była pewna — nie, wiedziała — że mówili o niej.

Jeśli naprawdę w to wierzysz, Rosie, to powinnaś pójść do lekarza — odezwała się ostro Praktycznie-Rozsądna. — Takiego, który pokazuje ci plamy z atramentu i pyta, na jakim punkcie masz bzika.

Zazwyczaj Rosie niezbyt chętnie słuchała tego głosu, lecz tym razem przyjęła radę.

— Potrafię zrobić to lepiej — zwróciła się do Rhody. — I zrobię, po południu. Przysięgam Bogu.

Czy to prawda? Najgorsze było to, że po prostu nie wiedziała. Przez cały ranek usiłowała skupić się na „Zabij wszystkie moje jutra", tak jak na „Płaszczce", jednak bez powodzenia. Gdy tylko zaczynała zagłębiać się w świat, w którym Alma St. George była prześladowana przez jej szalonego wielbiciela, Petersona, zaraz przywoływał ją z powrotem jeden z głosów słyszanych poprzedniego wieczoru: Anny mówiącej, że jej były mąż, człowiek, który skierował Rosie do Córek i Sióstr, został zamordowany; Billa, przestraszonego i zdumionego, pytającego, co się stało, albo — co było najgorsze — jej własny, mówiący mu, żeby trzymał się z daleka. Po prostu trzymał się z daleka.

Curt poklepał ją po ramieniu.

— Masz dzisiaj zły dzień głosowy — powiedział. — To coś takiego jak zły dzień fryzjera, tylko gorszy. Często spotykamy się z tym w Gabinecie Okropności naszego studia, prawda, Rho?

— Jasne — przytaknęła Rhoda, ale nie przestawała mierzyć jej spojrzeniem i Rosie wyobrażała sobie, co Rhoda widzi. Minionej nocy spała tylko dwie lub trzy godziny, a nie miała żadnych dobrych kosmetyków, które mogłyby to ukryć.

A gdybym nawet je miała, nie wiedziałabym, jak ich użyć — pomyślała.

Miała kilka podstawowych przyborów do makijażu jeszcze w szkole średniej (w tym czasie, o ironio losu, kiedy najmniej ich potrzebowała), ale od poślubienia Normana obywała się jedynie odrobiną pudru i dwiema lub trzema szminkami w najbardziej naturalnych odcieniach. „Gdybym chciał oglądać dziwkę, ożeniłbym się z którąś" — powiedział jej kiedyś Norman.

Pomyślała, że Rhoda najuważniej przygląda się jej oczom: czerwonym powiekom, przekrwionym białkom, ciemnym kręgom. Po zgaszeniu światła płakała długo, ale nie zdołała przy tym zasnąć, co byłoby błogosławieństwem. Łzy wyschły, a ona po prostu leżała w ciemności, usiłując nie myśleć, a mimo to myśląc. Już po północy doszła do okropnego wniosku, że źle zrobiła, dzwoniąc do Billa, że nie powinna pozbawiać się jego obecności — a może opieki — kiedy najbardziej go potrzebowała.

Opieki? — pomyślała. — O rany, to śmieszne. Wiem, że go lubisz, kochanie, i nie ma w tym nic złego, ale spójrz prawdzie w oczy: Norman zjadłby go na śniadanie.

Tyle że nie wiedziała, czy Norman jest w mieście. Anna podkreślała to raz po raz. Peter Slowik zajmował się wieloma sprawami, a nie wszystkie cieszyły się popularnością. Może w związku z czymś innym wpadł w tarapaty... i został zabity.

Rosie jednak nie miała wątpliwości. Była pewna. To Norman.

Mimo to ten głos nie przestawał szeptać w miarę upływu godzin. Czy była tego pewna? Czy też za tym pomysłem kryła się nie pani Praktycznie-Rozsądna, ale Przerażona-Roztrzęsiona? Może wykorzystała rozmowę z Anną jako pretekst do zakończenia znajomości z Billem, zanim przerodzi się ona w coś większego?

Nie miała pojęcia, ale wiedziała, że na myśl o tym, iż nie zobaczy go więcej, czuje przygnębienie... a także przerażenie, jakby zgubiła jakąś istotną część ważnego mechanizmu. Oczywiście to niemożliwe, żeby ktoś tak szybko nauczył się polegać na innej osobie, lecz po upływie godziny i dwóch (a potem trzech) ten pomysł wydawał się coraz mniej śmieszny. Jeśli takie natychmiastowe uzależnienie było niemożliwe, to dlaczego czuła lęk i pustkę na myśl o tym, że już nigdy go nie zobaczy?

Kiedy wreszcie zdołała usnąć, znów śniła, że jedzie na jego motocyklu; miała na sobie jasnoróżową koszulę i obejmowała go nagimi udami. Kiedy zadzwonił budzik — o wiele za szybko — ciężko dyszała i była cała rozpalona, jakby miała gorączkę.

— Rosie, nic ci nie jest? — spytała Rhoda.

— Nie — odparła. — Ja tylko... — zerknęła na Curtisa, a potem z powrotem na Rhodę. Wzruszyła ramionami i przywołała na usta słaby uśmiech. — Po prostu, no wiesz, mam złe dni.

— Uhm — mruknęła Rhoda. Nie wyglądała na przekonaną. — No cóż, chodź z nami do bufetu. Utopimy nasze smutki w sałatce z tuńczyka i w koktajlu truskawkowym.

— Pewnie — rzekł Curt. — Ja stawiam.

Tym razem uśmiech Rosie był mniej wymuszony, ale potrząsnęła głową.

— Ja pasuję. Potrzebny mi krótki spacer, twarzą do wiatru. Żeby wywiał mi piasek z oczu.

— Jeśli nic nie zjesz, to padniesz nam koło trzeciej — ostrzegła Rhoda.

— Wpadnę na sałatkę. Obiecuję. — Rosie już kierowała się do skrzypiącej, starej windy. — Gdybym zjadła więcej, mogłabym zepsuć pół tuzina idealnych kawałków bekaniem.

— Dziś to nie miałoby większego znaczenia — powiedziała Rhoda. — Dwunasta piętnaście, dobrze?

— Pewnie — odrzekła, ale gdy zjeżdżała windą na parter, wciąż dźwięczały jej w uszach ostatnie słowa Rhody: „Dziś to nie miałoby większego znaczenia". A jeśli po południu nie spisze się lepiej? Jeśli z siedemdziesięciu trzech zrobi się osiemdziesiąt, sto albo kto wie ile? Jeśli podczas jutrzejszego spotkania pan Lefferts wręczy jej wymówienie, zamiast kontraktu? Co wtedy?

Poczuła gwałtowny przypływ nienawiści do Normana, pierwszy, na jaki kiedykolwiek świadomie sobie pozwoliła. Rąbnęło ją to między oczy jak jakieś tępe, ciężkie narzędzie — może laska albo obuch starej, zardzewiałej siekiery. Jeśli nawet Norman nie zabił pana Slowika, jeśli wciąż przebywał w innej strefie czasowej, to i tak prześladował ją, podobnie jak Peterson tę biedną, przerażoną Almę St. George. Prześladował ją w jej myślach.

Winda stanęła i otworzyły się drzwi. Rosie wyszła do holu i mężczyzna stojący przy tablicy informacyjnej odwrócił się do niej, a na jego twarzy nadzieja mieszała się z wahaniem. Ta niepewność sprawiała, że wyglądał młodziej niż kiedykolwiek... prawie jak nastolatek.

— Cześć, Rosie — przywitał ją Bill.

9

Poczuła gwałtowną i zdumiewającą chęć ucieczki, pragnęła zrobić to, zanim zobaczy, jak na nią działa, ale zaraz jego oczy napotkały jej spojrzenie i ucieczka była już niemożliwa. Rosie zapomniała, jak fascynujący zielony odcień miały te oczy, niczym promienie słońca uwięzione w płytkiej wodzie. Zamiast pobiec do drzwi wyjściowych, powoli podeszła do niego, jednocześnie przestraszona i szczęśliwa. Przede wszystkim czuła głęboką ulgę.

— Mówiłam ci, żebyś trzymał się ode mnie z daleka — odezwała się lekko drżącym głosem.

Wziął ją za rękę. Była pewna, że nie powinna na to pozwolić, nie mogła jednak temu zapobiec... ani temu, jak jej ręka obróciła się w jego dłoni, żeby mógł zacisnąć na niej swoje długie palce.

— Wiem, Rosie — odparł po prostu. — Lecz nie potrafię.

To ją przeraziło i puściła jego rękę. Niepewnie spoglądała mu w twarz. Nigdy nie przydarzyło jej się nic podobnego, nigdy, więc nie miała pojęcia, jak ma zareagować i co zrobić.

Rozłożył ręce i może chciał w ten sposób jedynie podkreślić swoją bezradność, ale tylko na to czekało jej zmęczone, pełne nadziei serce; ten gest rozwiał wszystkie dotychczasowe wątpliwości. Jak pogrążona we śnie, Rosie zrobiła krok i wpadła w jego ramiona, a kiedy ją objął, przycisnęła twarz do jego piersi i zamknęła oczy. Gdy jego dłonie dotknęły jej włosów, które tego ranka pozostawiła nie zaplecione i opadające na plecy, miała dziwne i cudowne wrażenie, jakby właśnie się zbudziła. Jakby spała, nie tylko teraz, zanim wpadła w jego objęcia, nie tylko cały ranek, od kiedy budzik przerwał jej tamten motocyklowy sen, lecz przez długie lata, jak Królewna Śnieżka po zjedzeniu jabłka. Teraz obudziła się, obudziła zupełnie, i spoglądała wokół oczami, które dopiero zaczęły dostrzegać.

— Cieszę się, że przyszedłeś — wyszeptała.

10

Powoli szli na wschód po Lake Drive, twarzą do silnego, ciepłego wiatru. Kiedy Bill objął ją ramieniem, uśmiechnęła się do niego. Jezioro znajdowało się prawie pięć kilometrów na zachód, ale Rosie czuła, że może dojść aż tam, jeśli tylko on będzie tak obejmował ją ramieniem. Aż do jeziora, a może nawet na drugi brzeg, spokojnie przechodząc z jednej fali na drugą.

— Z czego się śmiejesz? — spytał.

— Och, z niczego — odparła. — Chyba po prostu chce mi się śmiać.

— Naprawdę cieszysz się, że przyszedłem?

— Tak. Niewiele spałam zeszłej nocy. Rozmyślałam o tym, że popełniłam błąd. Wiem, że popełniłam błąd, ale... Bill?

— Jestem tu.

— Zrobiłam tak, ponieważ czuję do ciebie coś więcej niż kiedykolwiek czułam do jakiegokolwiek mężczyzny w moim życiu, a wszystko to wydarzyło się tak szybko... Chyba oszalałam, że ci to mówię.

Przycisnął ją mocniej.

— Nie oszalałaś.

— Zatelefonowałam do ciebie i powiedziałam ci, żebyś trzymał się ode mnie z daleka, ponieważ coś się zdarzyło, coś może się zdarzyć, a nie chciałam, żeby stała ci się krzywda. Za nic. I w dalszym ciągu tego nie chcę.

— To Norman, prawda? Tak jak Bates. Jednak cię szuka.

— Serce mówi mi, że tak — powiedziała ostrożnie Rosie — i nerwy mi to mówią, ale nie jestem pewna, czy mogę ufać mojemu sercu, zbyt długo ściskało się ze strachu, a moje nerwy... moje nerwy są w strzępach.

Spojrzała na zegarek, a potem na budkę z hot dogami na rogu. Na pobliskim skwerku były ławki, a na nich siedziały sekretarki zajadające śniadania.

— Postawisz damie podwójnego z kiszoną kapustą? — zapytała. Nagle ewentualne popołudniowe bekanie wydało się najmniej istotną sprawą na świecie. — Nie jadłam takiego od czasu, kiedy byłam dzieckiem.

— Myślę, że to da się zrobić.

— Siądziemy na jednej z tych ławek i opowiem ci o Normanie. Potem zadecydujesz, czy chcesz być ze mną, czy nie. Jeżeli uznasz, że nie, zrozumiem...

— Rosie, ja nie...

— Nie mów tak. Nie mów, dopóki nie opowiem ci o nim. I lepiej zjedz, zanim zacznę, bo potem stracisz apetyt.

11

Pięć minut później wrócił na ławkę, na której siedziała. Niósł ostrożnie tacę z dwoma długimi na trzydzieści centymetrów hot dogami i dwoma papierowymi kubkami z lemoniadą. Wzięła swoją porcję i kubek, postawiła napój na ławce obok siebie, a potem spojrzała na niego ciężkim wzrokiem.

— Chyba musisz przestać mnie karmić. Zaczynam czuć się jak głodujące dziecko z plakatów UNICEF.

— Lubię cię karmić — odparł. — Jesteś za chuda, Rosie.

Norman tak nie uważa — pomyślała, ale w tych okolicznościach nie byłaby to sensowna uwaga. Nie wiedziała, jaka byłaby stosowna, i stwierdziła, że szuka chyba głupawej repliki, podobnej do tych, jakie wygłaszają postacie z telewizyjnych programów w rodzaju „Melrose Place". W tym momencie obejdzie się bez takiej paplaniny. Ależ gapa ze mnie, zapomniałam wziąć scenariusz — pomyślała. Zamiast mówić, spojrzała na swojego hot doga i zaczęła szturchać palcem bułkę, marszcząc brwi i zaciskając usta, jakby to był jakiś tajemny rytuał przed posiłkiem, od wielu pokoleń przekazywany w jej rodzinie córkom przez matki.

— A więc opowiedz mi o Normanie, Rosie.

— W porządku. Daj mi tylko pomyśleć, od czego zacząć.

Ugryzła hot doga, rozkoszując się piekącym smakiem kiszonej kapusty, a potem wypiła łyk lemoniady. Przyszło jej do głowy, że Bill może jej nie chcieć, kiedy mu wszystko opowie; że może czuć tylko niesmak i odrazę do kobiety, która przez tyle lat żyła z taką kreaturą jak Norman, ale było już za późno, żeby martwić się tym. Otworzyła usta i zaczęła mówić. Jej głos był dość opanowany i miał na nią uspokajający wpływ.

Zaczęła od opowieści o piętnastoletniej dziewczynce, która wydawała się sobie nadzwyczaj ładna z różową aksamitką wplecioną we włosy i która pewnego wieczoru znalazła się na międzyszkolnym meczu koszykówki tylko dlatego, że jej spotkanie Przyszłych Gospodyń zostało odwołane w ostatniej chwili i musiała czekać dwie godziny na ojca, który miał po nią przyjechać. A może po prostu chciała, żeby ludzie zobaczyli, jak ładnie jej z tą wstążką, a w szkolnej bibliotece nikogo nie było. Chłopiec w sportowej kurtce usiadł obok niej na ławce, duży i barczysty chłopiec ze starszej klasy. Byłby tam z nimi, biegając tam i powrotem po boisku, gdyby za rozróby nie wywalili go w grudniu z drużyny. Rosie mówiła, słuchając, jak jej usta opisują historie, które zamierzała zabrać ze sobą do grobu. Nie o rakiecie tenisowej, tę na pewno zabierze ze sobą do grobu, ale o tym jak Norman gryzł ją podczas miodowego miesiąca i jak próbowała sobie wmawiać, że to miłosne ukąszenia, i o poronieniu, jakie zawdzięczała Normanowi, a także o zasadniczej różnicy między biciem w twarz a biciem po plecach.

— Dlatego muszę często chodzić do ubikacji — dodała, uśmiechając się nerwowo do własnych rąk — ale powoli poprawia mi się.

Opowiedziała mu o tym, jak na początku małżeństwa Norman przypalał jej czubki palców zapalniczką; na szczęście te tortury skończyły się, kiedy rzucił palenie. Opowiedziała mu o tej nocy, gdy Norman wrócił z pracy i siedział w milczeniu przed telewizorem, słuchając wiadomości, trzymając talerz na kolanach, ale nie jedząc. Potem odstawił talerz, kiedy Dan Rather skończył, i zaczął kłuć ją końcem ołówka, który wziął ze stolika przy kanapie. Szturchał ją dostatecznie mocno, żeby sprawiać ból i zostawiać małe ciemne kropki na skórze, ale nie dość silnie, żeby skaleczyć. Powiedziała Billowi, że Norman wiele razy zadał jej większy ból, lecz nigdy bardziej jej nie przestraszył. Najgorsze było jego milczenie. Kiedy mówiła do niego, usiłowała dowiedzieć się, o co mu chodzi, nie odpowiadał. Tylko szedł za nią, gdy cofała się (nie śmiała uciekać, to byłoby jak ciśnięcie zapalonej zapałki do beczki z prochem), nie zadając żadnych pytań i ignorując jej wyciągnięte błagalnie dłonie. Nakłuwał jej ręce, ramiona i dekolt — miała na sobie lekko wciętą sukienkę bez rękawów — i za każdym razem, gdy tępy koniec ołówka wbijał się w jej ciało, Norman wydymał wargi i mamrotał pod nosem: „Pach! Pach! Pach!". Wreszcie skuliła się w kącie, osłaniając kolanami piersi i splatając dłonie na karku, a on klęczał przed nią, z poważnym, niemal zaciekawionym wyrazem twarzy, wciąż szturchając ją ołówkiem i wydając te dziwne dźwięki. Powiedziała Billowi, że wtedy była pewna, iż Norman zabije ją, że zostanie pierwszą kobietą w dziejach, zadźganą ołówkiem marki Mongol nr 2... i pamięta, jak powtarzała sobie, że nie wolno jej krzyczeć, bo sąsiedzi usłyszą, a nie chciała, żeby ją zobaczyli. Przynajmniej nie przed śmiercią. Za bardzo było jej wstyd. Potem, gdy zbliżał się moment, kiedy mimo wszystko zaczęłaby krzyczeć, Norman poszedł do łazienki i zamknął drzwi. Siedział tam przez dłuższy czas, a ona myślała o tym, żeby uciec — po prostu wybiec z domu dokądkolwiek — ale była noc, a on był w domu. Gdyby wyszedł i stwierdził, że jej nie ma, dogoniłby ją, złapał i zabił — była tego pewna.

— Skręciłby mi kark jak kurczakowi — powiedziała Billowi, nie podnosząc głowy.

Obiecała sobie, że ucieknie; że zrobi to, jeśli Norman znów ją uderzy. Lecz po tej nocy przez długi czas jej nie dotknął. Może przez pięć miesięcy. A kiedy znowu zaczął ją bić, z początku nie było to takie okropne, wtedy pomyślała sobie, że jeśli mogła znieść wielokrotne nakłuwanie ołówkiem, to wytrzyma też kilka szturchnięć. Myślała tak do 1985 roku, kiedy wszystko zmieniło się na gorsze. Powiedziała Billowi, jaki przerażający był wówczas Norman przez te kłopoty z Wendy Yarrow.

— Wtedy poroniłaś przez niego, prawda? — spytał Bill.

— Tak — powiedziała do swoich rąk. — Złamał mi też jedno żebro. A może dwa. Już nie pamiętam, czy to nie okropne?

Milczał, więc pośpiesznie mówiła dalej o tym, że najgorsze (oprócz poronienia oczywiście) były długie, przerażające chwile ciszy, kiedy tylko patrzył na nią, oddychając tak głośno przez nos, że ten odgłos przypominał jakieś zwierzę gotujące się do ataku. Sytuacja odrobinę poprawiła się, mówiła Rosie, po tym poronieniu. Opowiedziała mu, jak w końcu wszystko zaczęło jej się mylić, jak często czas przepływał jej przez palce, gdy siedziała na bujaku, i jak czasem, kiedy nakrywała do stołu i nasłuchiwała odgłosu samochodu Normana wjeżdżającego na podjazd, uświadamiała sobie, że w ciągu dnia sześć lub osiem razy brała prysznic. Zazwyczaj przy wyłączonym świetle.

— Lubiłam brać prysznic po ciemku — mówiła, nie odrywając oczu od swoich rąk. — Czułam się jak w mokrej szafie.

Skończyła, powtarzając mu rozmowę z Anną, rozmowę, którą Anna przeprowadziła w pośpiechu z jednego istotnego powodu. Dowiedziała się czegoś, czego nie było w gazecie, szczegółu, jaki policja trzymała w tajemnicy, aby eliminować zeznania wariatów przyznających się do winy, a także fałszywe informacje, jakie ktoś mógłby im podsuwać. Peter Slowik został ugryziony trzydzieści kilka razy i brakowało mu co najmniej jednej istotnej części ciała. Policja uważała, że morderca zabrał ją ze sobą... w taki czy inny sposób. Z sesji terapeutycznych Anna wiedziała, że jej eks-mąż był pierwszą osobą, z którą skontaktowała się w tym mieście Rosie McClendon, żona gryzonia. „Może to nie miało żadnego związku z tym morderstwem — dodała szybko Anna — ale... z drugiej strony...".

— Gryzoń — powtórzył cicho Bill. Zabrzmiało to tak, jakby mówił do siebie. — Tak określa się takich ludzi jak on? Takim terminem?

— Chyba tak — odparła Rosie. A potem, może w obawie, że jej nie uwierzy (pomyśli, że ona „fabuluje", według słownika Normana), opuściła na chwilę ramiączko swojej różowej koszulki z napisem Tape Engine i pokazała mu biały owal starej blizny, jak ślad po ukąszeniu rekina. Ta była pierwsza, ślubny prezent. Potem odsłoniła lewe przedramię, pokazując inną, która nie przypominała jej śladu zębów; z jakiegoś powodu kojarzyła się z gładkimi białymi twarzami niemal skrytymi w gęstej zielonej trawie.

— Ta mocno krwawiła, a potem wywiązała się infekcja — wyjaśniła mu. Mówiła tonem, jakim przekazuje się banalne wiadomości, na przykład, że dzwoniła babcia albo że listonosz przyniósł paczkę. — Nie byłam jednak u lekarza. Norman dał mi duże opakowanie antybiotyku w tabletkach. Brałam je i pomogły. On zna mnóstwo ludzi, od których może dostać różne rzeczy. Nazywa takich ludzi „małymi pomocnikami tatusia". To zabawne, kiedy o tym pomyśleć, prawda?

Wciąż mówiła głównie do swoich rąk, które zaplotła na podołku, ale w końcu odważyła się zerknąć na niego, aby sprawdzić reakcję. To, co zobaczyła, zdziwiło ją.

— Co? — spytał ochrypłym głosem. — Co takiego, Rosie?

— Ty płaczesz — powiedziała i teraz jej głos też drżał.

Bill był zaskoczony.

— Nie, skądże. Przynajmniej wydaje mi się, że nie.

Delikatnie dotknęła policzka Billa, a potem pokazała mu czubek palca. Obejrzał go uważnie, przygryzając dolną wargę.

— I niewiele zjadłeś.

Połowa jego hot doga leżała na tacce, a kiszona kapusta z musztardą wychodziła z bułki. Bill wrzucił kartonową tackę do kosza na śmieci obok ławki, a potem spojrzał na Rosie, bezwiednie ocierając wilgoć z policzków.

Powoli nabierała przekonania, że wie, co teraz nastąpi. On zapyta, dlaczego została z Normanem, i chociaż nie mogła wstać z tej ławki i odejść (tak samo jak do kwietnia nie mogła opuścić domu na Westmoreland Street), w ten sposób wzniesie pierwszą barierę między nimi, ponieważ na to pytanie nie miała odpowiedzi. Nie wiedziała, dlaczego została z Normanem, tak samo jak nie miała pojęcia, dlaczego w końcu jedna kropla krwi zmieniła jej życie. Wiedziała tylko, że prysznic był najmilszym miejscem w domu — ciemnym, mokrym i pełnym pary — i że czasem pół godziny w Fotelu Puchatka wydawało się pięcioma minutami, i że nie ma sensu pytać „dlaczego", kiedy żyje się w piekle. W piekle nie ma motywów. Kobiety z grupy terapeutycznej rozumiały to; żadna nie pytała jej, dlaczego została. One wiedziały. Wiedziały z własnego doświadczenia. Podejrzewała, że niektóre mogły wiedzieć nawet o rakiecie tenisowej... albo o rzeczach jeszcze gorszych niż rakieta do tenisa.

Kiedy Bill w końcu zadał pytanie, było ono tak różne od tego, jakiego oczekiwała, że przez moment dziwiła się.

— Jakie jest prawdopodobieństwo tego, że on mógł zabić tę kobietę, która sprawiała mu tyle kłopotów w tysiąc dziewięćset osiemdziesiątym piątym roku? Tę Wendy Yarrow?

Była zaszokowana, ale nie był to szok z rodzaju tych, jakie wywołują głupie pytania; był to szok kogoś, kto widzi znajomą twarz w zupełnie nieoczekiwanym miejscu. Pytanie, jakie głośno zadał, było tym samym, jakie tkwiło w jej podświadomości —

niewypowiedziane, a więc niesformułowane — przez długie lata.

— Rosie? Pytałem, jakie jest prawdopodobieństwo...

— Myślę, że... no, prawdę mówiąc, bardzo duże.

— To było dla niego bardzo wygodne, że ona zginęła, prawda? W ten sposób nie musiał tłumaczyć się przed sądem.

— Tak.

— Jeśli ona została pogryziona, myślisz, że napisano by o tym w gazetach?

— Nie wiem. Może nie. — Zerknęła na zegarek i zerwała się na nogi. — O rany, muszę iść, i to zaraz! Rhoda chciała zacząć o dwunastej piętnaście, a jest już dziesięć po.

Ruszyli z powrotem, idąc obok siebie. Pożałowała, że znów nie otoczył jej ramieniem, lecz kiedy jedna część jej świadomości radziła, żeby nie była taka zachłanna, a inna (Praktycznie-Rozsądna) przestrzegała, że napyta sobie biedy, Bill objął ją.

Chyba zakocham się w nim.

Brak zdumienia przy tej myśli zrodził następną:

Nie, Rosie, to wczorajsze wiadomości. Sądzę, że to już się stało.

— Co Anna mówiła o policji? — pytał. — Czy chciała, żebyś poszła gdzieś i złożyła zeznania?

Zesztywniała w jego objęciu i zaschło jej w gardle od gwałtownego przypływu adrenaliny. Wystarczyło tylko to jedno słowo. Słowo na „p".

„Policjanci są braćmi — wciąż powtarzał jej Norman. — Policja to jedna rodzina, a policjanci są braćmi". Rosie nie miała pojęcia, w jakim stopniu jest to prawdą, jak daleko posuną się, popierając jeden drugiego, osłaniając się wzajemnie, ale wiedziała, że ci, których Norman czasami przyprowadzał do domu, byli do niego niesamowicie podobni, a on nigdy nie powiedział złego słowa na żadnego z nich, nawet na swojego pierwszego partnera — sprytnego, obleśnego starego wieprza Gordona Satterwaite'a, którym gardził. I był też oczywiście Harley Bissington, który uwielbiał — przynajmniej kiedy podejmowano go w Casa Daniels — rozbierać Rosie wzrokiem. Harley zachorował na jakąś postać raka skóry i trzy lata temu przeszedł na rentę, ale był partnerem Normana w 1985 roku, kiedy wydarzyła się ta sprawa z Richiem Benderem i Wendy Yarrow. A jeśli stało się to, co podejrzewała Rosie, to Harley osłonił Normana. Osłonił go skutecznie. I nie dlatego, że sam tkwił w tym po uszy, lecz dlatego, że policja to jedna wielka rodzina, a wszyscy policjanci to bracia. Gliniarze postrzegali świat inaczej niż ludzie pracujący od dziewiątej do piątej („klienci Kmartu" w słowniku Normana); gliniarze widzieli go ze zdartą skórą i obnażonymi nerwami. To czyniło ich odmiennymi, a niektórych całkiem odmiennymi... i był jeszcze Norman.

— Nie mam zamiaru choćby zbliżyć się do policji — rzuciła gwałtownie Rosie. — Anna powiedziała, że nie muszę i nikt nie może mnie zmusić. Policjanci to jego przyjaciele. Jego bracia. Trzymają się razem i...

— Uspokój się — przerwał jej lekko wystraszonym głosem. — W porządku, tylko uspokój się.

— Nie mogę się uspokoić! Chcę powiedzieć, że ty tego nie rozumiesz. Dlatego zatelefonowałam do ciebie i stwierdziłam, że nie mogę zobaczyć się z tobą, ponieważ nie wiesz, jak to jest... jaki on jest... i jak mają się sprawy między nim a innymi gliniarzami. Jeśli pójdę tutaj na policję, oni skontaktują się z policją tam. A jeśli jeden z nich... ktoś, kto z nim pracuje, kto siedział z nim w zasadzkach o trzeciej nad ranem, kto zawierzał mu swoje życie...

Myślała o Harleyu, o Harleyu, który nie mógł oderwać oczu od jej piersi i zawsze sprawdzał, jak wysoko unosi się skraj jej spódniczki przy siadaniu.

— Rosie, nie musisz...

— Tak, muszę! — wykrzyknęła z niezwykłą u niej stanowczością. — Jeśli taki policjant będzie wiedział, jak skontaktować się z Normanem, zrobi to. Powie mu, że mówiłam o nim. Gdybym podała im mój adres, a trzeba go podać przy wypełnianiu formularza, przekaże mu go także.

— Jestem pewien, że żaden policjant nie byłby...

— Czy siedzieli kiedyś u ciebie w domu, grając w pokera albo oglądając „Debbie Does Dallas"?

— No... nie. Nie, ale...

— A u mnie tak. Słyszałam, o czym mówili, i wiem, jak patrzą na resztę świata. Widzą to właśnie w taki sposób, jako resztę świata. Nawet najlepsi z nich. Oto oni... a pozostali ludzie to „klienci Kmartu". To wszystko.

Otworzył usta, żeby coś powiedzieć, ale nie wiedział co, więc ponownie je zamknął. Myśl, że Norman może poznać jej adres przy Trenton Street, korzystając z policyjnego „telegrafu buszu", miała sens, ale nie ona była głównym powodem milczenia Billa. Wyraz jej twarzy — mina kobiety, która odbyła okropną i trudną podróż w znienawidzoną przeszłość — sugerował, że i tak w żaden sposób nie zdoła jej przekonać. Bała się policji, to wszystko, a on był dostatecznie dorosły, aby wiedzieć, że nie wszystkie obawy można rozwiać za pomocą samej logiki.

— Ponadto Anna powiedziała, że nie muszę tego robić. Anna powiedziała, że jeśli to Norman, to one zauważą go wcześniej ode mnie.

Bill zastanowił się i uznał, że to ma sens.

— I co Anna zamierza zrobić?

— Już zaczęła. Wysłała faks do kobiecej organizacji w naszym mieście, tam, skąd przyjechałam, i powiadomiła ją, co tu może się stać. Zapytała, czy może otrzymać jakieś informacje o Normanie i nim minęła godzina, przefaksowano jej mnóstwo materiału, włącznie ze zdjęciem.

Bill uniósł brwi.

— Szybka robota, szczególnie że po godzinach.

— Tam, gdzie miałam dom, mój mąż jest teraz bohaterem — oznajmiła bezbarwnie. — Pewnie od miesiąca nie musiał płacić za swoje drinki. Kierował grupą, która rozpracowała szajkę handlarzy narkotyków. Jego zdjęcie przez dwa lub trzy dni nie schodziło z pierwszej kolumny gazety.

Bill gwizdnął. Może jednak jej lęk przed policją był uzasadniony.

— Kobieta, z którą rozmawiała Anna, posunęła się jeszcze dalej — ciągnęła Rosie. — Zatelefonowała na policję i poprosiła go do aparatu. Sprzedała dętą historyjkę o tym, jak jej organizacja zamierza wręczyć mu „Nagrodę Kobiecej Wdzięczności".

Zastanowił się chwilę, a potem wybuchnął śmiechem. Rosie uśmiechnęła się słabo.

— Dyżurny sierżant sprawdził w komputerze i poinformował ją, że porucznik Daniels jest na urlopie. Gdzieś na zachodzie.

— To znaczy, że on może spędzać urlop tu — powiedział w zadumie Bill.

— Tak. I jeśli zrobi komuś krzywdę, to będzie moja wi...

Położył ręce na jej ramionach i obrócił do siebie. Szeroko otworzyła oczy i dostrzegł, że się skuliła. Ten widok ranił mu serce w nowy, dziwny sposób. Nagle przypomniał sobie historię, jaką słyszał w Amerykańskim Centrum Syjonistycznym, gdzie do ukończenia dziewięciu lat uczęszczał na lekcje religii i USY. Była to opowieść o tym, jak dawniej, w czasach proroków, czasem kamienowano ludzi na śmierć. Wtedy uważał to za najokrutniejszy rodzaj kary, znacznie gorszy od plutonu egzekucyjnego czy krzesła elektrycznego, sposób uśmiercania, którego nie usprawiedliwia żadna zbrodnia. Teraz, widząc, co Norman Daniels zrobił tej cudownej kobiecie o delikatnej, wrażliwej twarzy, nie był już tego pewny.

— Nie mów o winie — przerwał jej. — Ty nie stworzyłaś Normana.

Zamrugała oczami, jakby ta myśl nigdy nie przyszła jej do głowy.

— Jak, na Boga Ojca, on zdołał odnaleźć tego Slowika?

— Stając się mną.

Bill spojrzał na nią. Skinęła głową.

— To brzmi głupio, ale tak jest. On rzeczywiście potrafi to robić. Sama widziałam. Zapewne w ten sposób aresztował tych handlarzy narkotyków.

— Przeczucie? Intuicja?

— To coś więcej. Raczej telepatia. Nazywa to *trollingiem.*

Bill potrząsnął głową.

— Mówimy o naprawdę dziwnym facecie, prawda?

To zaskoczyło ją tak, że parsknęła śmiechem.

— O rany, nie wiesz, o kim mówisz! W każdym razie wszystkie kobiety w schronisku widziały jego zdjęcie i podejmą specjalne środki ostrożności, szczególnie podczas sobotniego pikniku. Anna mówiła, że dostaną także gaz... te, które potrafią go użyć w podbramkowej sytuacji. I wszystko to brzmiało sensownie, ale potem Anna powiedziała: „Nie martw się, Rosie, miałyśmy już takie kłopoty", i znów mnie wystraszyła. Bo kiedy zostaje zamordowany człowiek, miły człowiek, taki jak ten, który pomógł mi na tym okropnym dworcu autobusowym, to nie jest tylko kłopot.

Znów podniosła głos, mówiąc coraz szybciej. Wziął ją za rękę i uścisnął jej dłoń.

— Wiem, Rosie — rzekł, mając nadzieję, że mówi uspokajającym głosem. — Wiem, że nie.

— Wydaje się jej, że wie, co robi... mówię o Annie, że przeżyła coś takiego, bo wzywała policję z powodu jakiegoś pijaka, który cisnął cegłą w okno albo kręcił się w pobliżu i opluł swoją żonę, kiedy wyszła rano po gazety. A przecież nigdy nie miała do czynienia z kimś takim jak Norman, lecz ona nie przyjmuje tego do wiadomości i to mnie przeraża.

Umilkła, usiłując zapanować nad sobą, a potem uśmiechnęła się do Billa.

— W każdym razie ona twierdzi, że nie muszę mieszać się do tego, przynajmniej na razie.

— Cieszę się.

Corn Building był już tuż przed nimi.

— Nic nie powiedziałeś na moje włosy. — Znów rzuciła mu szybkie, tym razem zawstydzone, spojrzenie. — Czy to oznacza, że nie zauważyłeś, czy nie podobają ci się?

Zerknął na nią i uśmiechnął się.

— Zauważyłem i podobają mi się, ale myślałem o czymś innym... bałem się, że już nigdy cię nie zobaczę.

— Przykro mi, że tak się zdenerwowałeś.

I było jej przykro, ale także przyjemnie, że zdenerwował się. Czy kiedykolwiek czuła coś choćby podobnego, kiedy chodziła z Normanem? Nie mogła sobie przypomnieć. Wyraźnie pamiętała tylko, jak pewnej nocy na wyścigach samochodowych obmacywał ją pod kocem, ale poza tym — przynajmniej w tej chwili — wszystko ginęło w mroku niepamięci.

— Ten pomysł podsunęła ci kobieta z obrazu, prawda? Z tego, który kupiłaś, kiedy cię poznałem.

— Może — odparła ostrożnie. Czyżby uznał, że to dziwne, i dlatego nic nie powiedział o jej włosach?

On jednak znów ją zaskoczył, może nawet bardziej niż wtedy, kiedy zapytał o Wendy Yarrow.

— Przeważnie, kiedy kobieta zmienia kolor włosów, wygląda jak kobieta, która ufarbowała włosy — rzekł. — Mężczyźni zazwyczaj udają, że o tym nie wiedzą, ale tak nie jest. Tymczasem ty... wydaje się, że kiedy przyszłaś do naszego sklepu, miałaś ufarbowane włosy, a ten kolor jest prawdziwy. Pewnie to brzmi jak najbardziej naciągane pochlebstwo, jakie kiedykolwiek słyszałaś, ale to prawda... mimo że tlenione włosy zwykle wyglądają sztucznie. Powinnaś zaplatać je w warkocz, tak jak kobieta na obrazie. Wyglądałabyś jak księżniczka wikingów. Seksowna jak diabli.

To słowo podziałało niczym naciśnięcie wielkiego czerwonego guzika alarmowego, budząc uczucia, które były zarówno niezwykle przyjemne, jak i okropnie niepokojące. Nie lubię seksu — pomyślała. — Nigdy nie lubiłam seksu, ale...

Z przeciwnej strony nadchodzili Rhoda i Curt. Wszyscy spotkali się przed staromodnymi, obrotowymi drzwiami Corn Building. Rhoda z nieskrywanym zainteresowaniem zmierzyła Billa spojrzeniem.

— Bill, to ludzie, z którymi pracuję — powiedziała Rosie, a rumieniec jeszcze silniej zabarwił jej policzki. — Rhoda Sìmons i Curtis Hamilton. Rhoda, Curt, to... — przez jedną krótką sekundę miała w głowie kompletną pustkę, nie mogąc przypomnieć sobie nazwiska tego mężczyzny, który już stał się dla niej tak ważny. Potem, na szczęście, przypomniała sobie. — Bill Steiner — dokończyła.

— Miłmpnasptkć — rzucił Curt i uścisnął dłoń Billa. Zerknął na budynek, wyraźnie chcąc jak najszybciej nałożyć na głowę słuchawki.

— Wszyscy przyjaciele Rosie są naszymi przyjaciółmi, jak to się mówi — rzekła Rhoda i wyciągnęła rękę. Cienkie bransoletki na jej przegubie zadzwoniły cicho.

— Cała przyjemność po mojej stronie — odparł Bill i obrócił się do Rosie. — Jesteśmy umówieni na sobotę?

Przez moment zastanawiała się, a potem kiwnęła głową.

— Wpadnę po ciebie o ósmej trzydzieści. Pamiętaj, ubierz się ciepło.

— Zrobię to.

Teraz czuła, jak rumieniec oblewa całe jej ciało, jak twardnieją jej sutki i drętwieją palce. Sposób, w jaki na nią patrzył, znów podziałał jak naciśnięcie czerwonego guzika, lecz tym razem było to bardziej przyjemne niż przerażające. Nagle poczuła nieodpartą ochotę — komiczną, a mimo to niezwykle silną — aby objąć go ramionami... nogami... i po prostu wspiąć się po nim, jak po drzewie.

— No to na razie — rzekł Bill. Nachylił się i cmoknął ją w kącik ust. — Rhoda, Curtis, miło mi było was poznać.

Odwrócił się i odszedł, pogwizdując.

— Muszę ci przyznać, Rosie, że masz wspaniały gust — pochwaliła ją Rhoda. — Te oczy!

— Jesteśmy tylko przyjaciółmi — wyjaśniała niezręcznie Rosie. — Poznałam go... — zamilkła. Nagle wyjaśnienie tego, jak go poznała, wydało się niezwykle skomplikowane, a także kłopotliwe. Wzruszyła ramionami i zaśmiała się nerwowo. — No, wiesz.

— Tak, wiem — powiedziała Rhoda, patrząc na odchodzącego ulicą Billa. Potem odwróciła się z powrotem do Rosie i uśmiechnęła się z zadowoleniem. — Naprawdę wiem. W tych resztkach kobiecości bije serce prawdziwej romantyczki, która ma nadzieję, że ty i pan Steiner zostaniecie bardzo dobrymi przyjaciółmi. A tymczasem wracamy do pracy?

— Tak — odparła Rosie.

— Czy możemy oczekiwać, że będzie lepiej niż rano, skoro udało ci się... hmm... mniej więcej uporządkować inne sprawy?

— Jestem pewna, że będzie znacznie lepiej — oznajmiła Rosie. I było.

VI

ŚWIĄTYNIA BYKA

1

Przed pójściem do łóżka w czwartkową noc Rosie znów podłączyła telefon i skorzystała z niego, żeby porozmawiać z Anną. Zapytała ją, czy słyszała coś nowego, czy może ktoś widział Normana w mieście. Anna w obu wypadkach odpowiedziała przecząco, uspokoiła ją, że wszędzie panuje spokój, a potem przypomniała starą prawdę, że czasem brak wiadomości to dobra wiadomość. Rosie miała co do tego wątpliwości, ale zatrzymała je dla siebie. Natomiast, po krótkim wahaniu, złożyła Annie kondolencje z powodu śmierci byłego męża, zastanawiając się, czy w podręczniku dobrych manier znalazłaby wskazówki, jak radzić sobie w takiej sytuacji.

— Dziękuję, Rosie — powiedziała Anna. — Peter był dziwnym i trudnym człowiekiem. Kochał ludzi, ale nie pozwalał się kochać.

— Wydał mi się bardzo miły.

— Jestem pewna. Dla obcych był dobrym samarytaninem. Dla rodziny i ludzi, którzy próbowali zaprzyjaźnić się z nim, a należałam do obu grup, więc wiem, był bardziej lewitą, który przeszedł na drugą stronę. Kiedyś, podczas kolacji wigilijnej, złapał indyka i cisnął nim w swojego brata, Hala. Nie pamiętam, o co im poszło, ale pewnie kłócili się o OWP lub o Césara Cháveza. Zazwyczaj chodziło o jedno lub drugie.

Anna westchnęła.

— W sobotę po południu robimy wieczór pamięci; wszyscy siądą na składanych krzesłach, jak pijacy na spotkaniu Anonimowych Alkoholików, żeby po kolei opowiadać o nim. A przynajmniej myślę, że tak to będzie wyglądało.

— To miłe.

— Tak sądzisz? — spytała Anna. Rosie wyobraziła sobie, jak wygina brwi w ten swój arogancki sposób, bardziej niż kiedykolwiek przypominając Maude. — Ja uważam, że to trochę głupie, ale może masz rację. W każdym razie opuszczę na jakiś czas piknik, ale szybko wrócę. Maltretowane kobiety w tym mieście straciły przyjaciela, nie ma co do tego wątpliwości.

— Jeżeli to sprawka Normana...

— Wiedziałam, że tak będzie — powiedziała Anna. — Zajmowałam się kobietami, które były przez wiele lat dręczone na wszystkie możliwe sposoby, i znam to masochistyczne nastawienie, jakie u nich powstaje. W takim samym stopniu wynika ono z syndromu maltretowanej kobiety, co z wyobcowania i depresji. Pamiętasz, jak eksplodował prom kosmiczny Challenger?

— Tak... — Rosie była zdziwiona, ale pamiętała, oczywiście.

— Nieco później tamtego dnia przyszła do mnie kobieta we łzach. Na ramionach i na twarzy miała mnóstwo czerwonych śladów; policzkowała się i szczypała. Powiedziała, że to jej wina, że zginęli ci mężczyźni i ta sympatyczna nauczycielka. Kiedy zapytałam dlaczego, wyjaśniła, że napisała nie jeden list, ale dwa listy popierające program załogowych lotów kosmicznych — jeden do „Chicago Tribune", a drugi do kongresmana z jej obwodu. Po prostu po pewnym czasie u maltretowanych kobiet zaczyna budzić się poczucie winy. I nie tylko za niektóre rzeczy, lecz za wszystko.

Rosie pomyślała o Billu odprowadzającym ją do Corn Building, obejmującym ją w talii. „Nie mów o winie — powiedział jej. — Ty nie stworzyłaś Normana".

— Przez długi czas nie pojmowałam tej reakcji — mówiła Anna — ale teraz chyba rozumiem. Ktoś musi ponosić winę, inaczej cały ten ból, przygnębienie i izolacja nie miałyby sensu. Doprowadziłyby do szaleństwa. Lepiej być winnym niż szalonym. Nadszedł już czas, Rosie, żebyś odrzuciła obie te możliwości.

— Nie rozumiem.

— Ależ rozumiesz — powiedziała spokojnie Anna i zaczęły rozmawiać na inne tematy.

2

Dwadzieścia minut po tym, jak pożegnała się z Anną, Rosie leżała w łóżku, mając otwarte oczy i dłonie splecione pod poduszką, patrząc w ciemność, a przed oczami przelatywały jej różne twarze, jak swobodnie unoszące się baloniki. Rob Lefferts, wyglądający jak pan Forsiasty z żółtego żetonu loteryjki; widziała, jak podaje jej jeden z napisem „Wychodzisz z więzienia". Rhoda Simons z ołówkiem za uchem, mówiąca Rosie, że to chodziło o nylonową pończochę, a nie nylonową pieszczochę. Gert Kinshaw, ludzka wersja planety Jupiter, w spodniach od dresu i męskim podkoszulku, obie rzeczy w rozmiarze XXXL. Cynthia Jakaśtam (Rosie nie mogła zapamiętać jej nazwiska), wesoła punkówa z dwukolorową fryzurą, opowiadająca o tym, jak kiedyś siedziała godzinami przed obrazem, na którym rzeka wydawała się rzeczywiście płynąć.

I Bill oczywiście. Widziała jego piwne oczy o zielonym odcieniu, widziała ciemne włosy zaczesane za uszy, widziała nawet maleńką bliznę na płatku prawego ucha, które kiedyś przekłuł (pewnie w szkole średniej, na małym rauszu), a potem pozwolił mu zarosnąć. Czuła w talii dotyk jego ręki, ciepłej dłoni, mocnych palców; czuła, jak ocierał się o nią biodrem, i zastanawiała się, czy odczuwał podniecenie, dotykając jej. Teraz była już skłonna przyznać, że ją te dotknięcia podniecały. Tak bardzo różnił się od Normana, jakby był gościem z innej planety.

Zamknęła oczy. Powoli zaczęła zapadać w sen.

Z ciemności wyłoniła się inna twarz. Twarz Normana. Uśmiechał się, lecz jego szare oczy były jak dwa kawałki lodu. „Zarzucam wędkę, kochanie — rzekł Norman. — Leżąc w moim łóżku, niedaleko stąd, zarzucam wędkę. Wkrótce porozmawiam z tobą. W cztery oczy. To będzie krótka rozmowa. A kiedy skończę...".

Podniósł rękę. Trzymał w niej ołówek Mongol nr 2. Ostry jak igła.

„Tym razem nie będę zawracał sobie głowy rękami czy ramionami. Tym razem zajmę się oczami. A może językiem. Jak myślisz, kochanie? Co będzie, kiedy wbiję ci ołówek prosto w twój kwaczący, kłamliwy ję...".

Gwałtownie otworzyła oczy i obraz Normana zniknął. Ponownie je zamknęła i przywołała twarz Billa. Przez chwilę była pewna, że on się nie pojawi, że zamiast niego znowu ujrzy twarz Normana, ale tak się nie stało.

Mamy randkę w sobotę — pomyślała. — Spędzimy razem cały dzień. Jeśli zechce mnie pocałować, pozwolę mu. Jeśli zechce mnie objąć i przytulić, pozwolę mu. To szaleństwo, jak bardzo pragnę z nim być.

Ponownie zaczęła odpływać i teraz chyba śniła o pikniku, na który wybierała się z Billem pojutrze. Opodal piknikował jeszcze ktoś, ktoś z dzieckiem. Słyszała, jak płakało, bardzo cicho. Potem usłyszała łoskot gromu.

Tak jak na moim obrazie — myślała. — Przy śniadaniu powiem mu o moim obrazie. Zapomniałam powiedzieć mu dzisiaj, ponieważ mieliśmy tyle spraw do omówienia...

Znowu zagrzmiało, bliżej i głośniej. Tym razem dźwięk zaniepokoił ją. Deszcz popsuje piknik, deszcz uniemożliwi imprezę Córek i Sióstr na Ettinger's Pier, deszcz może nawet spowodować odwołanie koncertu.

Nie martw się, Rosie, grzmi na obrazie, a to tylko sen.

Skoro to tylko sen, to dlaczego wciąż czuje poduszkę leżącą na jej rękach i dłoniach? Dlaczego czuje, że ma splecione palce i jest przykryta lekkim kocem? Dlaczego wciąż słyszy odgłosy ulicznego ruchu za oknem?

Świerszcze grały i buczały: cyk, cyk, cyk, cyk, cyk.

Płakało dziecko.

W jej oczach nagle błysnęło purpurowe światło, jakby błyskawicy, i znów przetoczył się grom, bliżej niż kiedykolwiek.

Rosie jęknęła i usiadła na łóżku; serce waliło jej jak młotem. Nie było żadnych błyskawic. Żadnych gromów. Wydawało jej się, że ciągle słyszy świerszcze, tak, lecz może słuch płatał jej figle. Spojrzała przez pokój w kierunku okna i dostrzegła zarys prostokąta opartego pod nim o ścianę. Obraz Rose Madder. Jutro włoży go do torby na zakupy i zabierze do pracy. Rhoda lub Curt pewnie znają jakiś pobliski warsztat, gdzie mogłaby go oprawić w ramy.

Wciąż słyszała ciche granie świerszczy.

Z parku — pomyślała, kładąc się z powrotem.

Przy zamkniętym oknie? — spytała Praktycznie-Rozsądna. Mówiła z powątpiewaniem, ale bez obawy. — Jesteś pewna, Rosie?

Oczywiście. Przecież było już prawie lato — macie więcej świerszczy, ludzie — a w końcu, co za różnica? No dobrze, może w tym obrazie było coś dziwnego. Bardziej prawdopodobne, że wszystko zrodziło się w jej głowie, skołatanej ostatnimi wydarzeniami, ale załóżmy, że to naprawdę robota obrazu. I co z tego? Nie widziała w tym nic złego.

Tylko czy możesz powiedzieć, że nie wyczuwasz żadnego niebezpieczeństwa, Rosie? — Teraz w głosie Praktycznie-Rozsądnej zabrzmiał niepokój. — Dajmy spokój złu, czy jak tam chcesz to nazwać. Czy możesz powiedzieć, że nie wyczuwasz żadnego niebezpieczeństwa?

Nie, tego nie mogła powiedzieć, ale z drugiej strony, niebezpieczeństwo czyhało wszędzie. Popatrzcie tylko, co przydarzyło się byłemu mężowi Anny Stevenson.

Nie chciała myśleć o tym, co przytrafiło się Peterowi Slowikowi; nie zamierzała wracać do tego, co na sesjach terapeutycznych nazywano Ulicą Winy. Pragnęła myśleć o sobocie, o tym, co czułaby, gdyby pocałował ją Bill Steiner. Czy położyłby ręce na jej ramionach, czy objąłby ją wpół? Jak byłoby, gdyby dotknął swoimi wargami jej ust? Czy...

Głowa Rosie opadła na bok. Grzmiało. Grały świerszcze, głośniej niż kiedykolwiek, i jeden z nich zaczął skakać po podłodze w kierunku łóżka, lecz Rosie o tym nie wiedziała. Nić łącząca umysł z ciałem pękła i Rosie odpłynęła w ciemność.

3

Obudził ją błysk światła, tym razem nie purpurowy, lecz oślepiająco biały. Towarzyszył mu grzmot — nie łoskot, ale potworny huk.

Rosie usiadła na łóżku, dysząc, przyciskając skraj koca do piersi. Kolejny błysk, w którym ujrzała swój stół, szafki kuchenne, małą sofę, która raczej była sporym fotelem, szeroko otwarte drzwi do maleńkiej łazienki z kwiaciastą zasłoną prysznica, wiszącą na metalowych kółkach. Światło było tak oślepiające, a jej oczy tak nieprzygotowane, że widziała te przedmioty jeszcze wtedy, kiedy znów zapadła ciemność — tylko w negatywie. Zdała sobie sprawę z tego, że wciąż słyszy płacz dziecka, ale świerszcze umilkły. I wiał wiatr. Czuła go, a także słyszała. Rozwiewał jej włosy na skroniach i cicho szeleścił kartkami. Pozostawiła na stole kserokopie następnej powieści Richarda Racine'a i podmuch rozrzucił je po podłodze.

To nie sen, pomyślała i opuściła nogi na podłogę. Robiąc to, spojrzała w kierunku okna i zaparło jej dech w piersi. Albo okno zniknęło, albo cała ściana stała się oknem.

W każdym razie nie widziała za nim Tremont Street ani Bryant Parku, lecz kobietę w jasnoczerwonym chitonie, stojącą na szczycie zarośniętego wzgórza i spoglądającą na ruiny świątyni. Rąbek krótkiej szaty falował wokół długich, smukłych ud kobiety; Rosie widziała też krótkie jasne włosy, które wymknęły się z warkocza, teraz falujące jak plankton na wietrze, i purpurowoczarny front burzy pędzący po niebie. Widziała również, jak porusza się łeb kudłatego kucyka skubiącego trawę.

A jeśli to było okno, to szeroko otwarte. Na jej oczach konik wetknął łeb do pokoju, obwąchał podłogę, nie znalazł niczego godnego uwagi, cofnął się i wrócił do skubania trawy po swojej stronie.

Następne błyskawice, kolejny grom. Znowu nadleciał wiatr i Rosie usłyszała, jak rozsypane kartki szeleszczą i wirują na podłodze kuchni. Skraj koszuli nocnej zatrzepotał wokół jej nóg, gdy wstała i powoli podeszła do obrazu, który teraz zajmował całą ścianę, od podłogi po sufit i od rogu do rogu. Wiatr rozwiewał jej włosy i czuła słodką woń nadchodzącego deszczu.

Niedługo zacznie padać — pomyślała. — Na pewno zmoknę. Wszyscy zmokniemy.

ROSE, O CZYM TY MYŚLISZ?! — wrzasnęła Praktycznie-Rozsądna. CO TY, NA BOGA...

Rosie zamknęła jej usta — w tej chwili wydawało jej się, że już nigdy więcej nie chce słyszeć tego głosu — i stanęła przed ścianą, która przestała być ścianą. Tuż przed nią, w odległości nie większej niż półtora metra, stała jasnowłosa w chitonie. Nie odwróciła się, ale Rosie dostrzegała teraz lekkie poruszenia podniesionej ręki, gdy kobieta patrzyła w dół zbocza, oraz wznoszenie się i opadanie ledwie widocznej lewej piersi.

Rosie głęboko wciągnęła powietrze i weszła w obraz.

4

Po drugiej stronie temperatura była co najmniej dziesięć stopni niższa, a wysoka trawa łaskotała ją w kostki i łydki. Przez chwilę zdawało jej się, że znów słyszy płacz dziecka, bardzo cichy, ale ten dźwięk zaraz ucichł. Obejrzała się przez ramię oczekując, że zobaczy swój pokój, lecz on zniknął. W miejscu, w którym przeszła do świata obrazu, rozpościerało konary i korzenie stare, karłowate drzewko oliwne. Pod nim stały sztalugi, a przed nimi taboret. Na stołku leżało otwarte pudło pełne farb i pędzli.

Rozpięte na sztalugach płótno miało dokładnie takie same wymiary jak obraz, który Rosie kupiła w lombardzie. Ukazywał jej pokój przy Trenton Street, widziany z tego miejsca, gdzie powiesiła Rose Madder. Na środku pokoju stała kobieta, najwyraźniej sama Rosie, spoglądająca na drzwi wiodące na korytarz pierwszego piętra. Jej wygląd i poza nie były dokładnie takie same jak kobiety patrzącej na zrujnowaną świątynię — na przykład nie miała uniesionej ręki — ale wystarczająco podobne, aby śmiertelnie przestraszyć Rosie. Było jeszcze coś przerażającego: kobieta nosiła niebieskie, wąskie spodnie i różową bluzkę bez rękawów. Ten strój Rosie zamierzała włożyć na motocyklową wycieczkę z Billem. Będę musiała włożyć coś innego — pomyślała bez sensu, jakby w ten sposób mogła zmienić to, co widziała teraz.

W pokoju unosiła się jakaś dziwna smuga cienia, padająca na sofę będącą raczej dużym fotelem i znajdującą się za nią ścianę. Kobieta z obrazu spoglądała na drzwi i coś w linii jej pleców i ramion powiedziało Rosie, że spodziewała się kłopotów, które mogły nadejść z tamtej strony. Możliwe, że te kłopoty były już w pokoju, tylko ona ich nie widziała.

Jak Alma St. George w nowej ksiażce Richarda Racine'a, pomyślała Rosie.

Coś szturchnęło ją w rękę i Rosie krzyknęła cicho. Odwróciła się i zobaczyła kucyka patrzącego na nią przepraszająco, brązowymi oczami. W górze zagrzmiało.

Obok zgrabnego powoziku, do którego był zaprzężony kucyk, stała kobieta. Miała na sobie długą czerwoną togę. Szata sięgała jej do kostek, ale była jak gaza, prawie przezroczysta; przez artystycznie udrapowane fałdy Rosie dostrzegała ciepłe tony jej *café-au-lait* skóry. Błyskawica przecięła niebo i przez moment Rosie znów ujrzała to, co po raz pierwszy zobaczyła na obrazie wkrótce po tym, jak Bill odprowadził ją po kolacji w Pop's Kitchen: cień bryczki na trawie i wystającą z niego sylwetkę kobiety.

— Nie obawiaj się — rzekła kobieta w czerwonej todze. — Radamanthus jest dla ciebie najmniej groźny. Jada wyłącznie trawę i koniczynę. Po prostu chce cię obwąchać.

Rosie z nagłą głęboką ulgą pojęła, że to jest kobieta, o której Norman zawsze mówił (z wściekłością i drwiną) „ta niechlujna żółta dziwka". To była Wendy Yarrow, ale Wendy Yarrow nie żyła, tak więc to wszystko sen, CBDU. Obojętnie jak realistyczny i jak realistyczne wydawały się szczegóły (na przykład ocieranie z ramienia odrobiny wilgoci pozostawionej tam przez pysk ciekawskiego kucyka), to był tylko sen.

Oczywiście — powiedziała sobie. — Nikt nie może wejść w obraz, Rosie.

A jednak nie wywarło to na niej żadnego wrażenia. Wprost przeciwnie niż spostrzeżenie, że powożąca bryczką kobieta to Wendy Yarrow.

Powiał wiatr i ponownie usłyszała płacz dziecka. Teraz zobaczyła coś jeszcze: na koźle powozu stał duży koszyk upleciony z sitowia. Jego pałąk był ozdobiony jedwabną wstążką, tak samo jak naroża. Ze środka wystawał brzeg różowego koca, najwyraźniej ręcznie tkanego.

— Rosie.

Głos był cichy i słodki. Mimo to spowodował gęsią skórkę na plecach Rosie. Coś było nie tak i miała wrażenie, że wyczuje to tylko inna kobieta — słuchający tego głosu mężczyzna natychmiast pomyśli o seksie i zapomni o wszystkim. Lecz z tym głosem było coś nie tak. I to bardzo.

— Rosie — usłyszała ponownie i nagle zrozumiała: ten głos usiłował udawać ludzki. Usiłował „przypomnieć" sobie, jak mówi człowiek.

— Nie patrz jej w oczy, dziewczyno — ostrzegła kobieta w czerwonej todze. Była wyraźnie zaniepokojona. — To nie dla takich jak ty.

— Nie, nie mam zamiaru — odparła Rosie. — Chcę do domu.

— Nie mam ci tego za złe, ale na to jest już za późno — powiedziała kobieta i pogłaskała kark kucyka. Jej ciemne oczy patrzyły poważnie, a usta był zaciśnięte. — I nie dotykaj jej. Ona nie chce wyrządzić ci krzywdy, ale już nie panuje nad sobą.

Jednym palcem postukała się w skroń.

Rosie niechętnie odwróciła się do kobiety w chitonie i zrobiła krok naprzód. Była zafascynowana kształtem jej pleców, nagiego ramienia i karku. Skórą gładszą niż jedwab. Lecz wyżej, na szyi...

Rosie nie wiedziała, czym są te szare cienie widoczne tuż pod linią włosów, i chyba nie chciała wiedzieć. W pierwszej chwili pomyślała, że to ślady ugryzień, ale nie. Rosie wiedziała, jak wygląda taki ślad. Czyżby trąd? Coś gorszego? Coś zaraźliwego?

— Rosie — odezwał się po raz trzeci ten słodki, namiętny głos i było w nim coś takiego, że Rosie miała ochotę krzyczeć, tak samo jak czasem na widok uśmiechu Normana. Przypomniała sobie, jak kobieta w czerwonej szacie stukała się w czoło.

Ta kobieta jest szalona. Cokolwiek jest z nią nie tak — te ślady na jej skórze — to drugorzędna sprawa. Ona jest szalona.

Błysnęło. Zagrzmiało. A łagodne podmuchy wiatru wiejącego od zrujnowanej świątyni u stóp wzgórza przyniosły odległy płacz niemowlęcia.

— Kim jesteście? — zapytała. — Kim jesteście i dlaczego znalazłam się tutaj?

W odpowiedzi kobieta wyciągnęła prawą rękę i odwróciła ją, pokazując biały krąg starej blizny.

— Ta mocno krwawiła, a potem wywiązała się infekcja — powiedziała swoim słodkim, namiętnym głosem.

Rosie wyciągnęła rękę. Wprawdzie na lewej, a nie na prawej, ale ślad był dokładnie ten sam. Nagle przyszła jej do głowy okropna myśl: gdyby miała ubrać się w jasnoczerwony chiton, nosiłaby go tak, żeby pokazywać prawe ramię, a nie lewe, a gdyby miała złotą bransoletę, założyłaby ją nad lewy łokieć.

Kobieta na wzgórzu była jej lustrzanym odbiciem.

Kobieta na wzgórzu była...

— Jesteś mną, prawda? — spytała Rosie. A po chwili, gdy kobieta z warkoczem lekko drgnęła, dodała piskliwym, drżącym głosem: — Nie odwracaj się, nie chcę patrzeć!

— Nie tak szybko — powiedziała Rose Madder spokojnie. — Ty jesteś rzeczywiście Rosie, jesteś *Rosie Real.* Nie zapomnij o tym, kiedy zapomnisz o wszystkim. I nie zapomnij o jeszcze jednym: Ja odpłacam. To, co zrobisz dla mnie, ja zrobię dla ciebie. Właśnie dlatego jesteśmy razem. W równowadze. To nasza *ka.*

Błyskawica przecięła niebo; trzasnął grom; wiatr syknął w gałęziach oliwnego drzewa. Krótkie jasne włoski wymykające się z warkocza Rose Madder gwałtownie zafalowały. Nawet w tym kiepskim świetle wyglądały jak złote nitki.

— Teraz zejdź na dół — powiedziała Rose Madder. — Zejdź na dół i przynieś mi moje dziecko.

5

Płacz dziecka nadleciał z wiatrem jak dźwięk dobiegający z innego kontynentu i Rosie z lękiem spojrzała na zrujnowaną świątynię, której proporcje wciąż zdawały się dziwnie i nieprzyjemnie zdeformowane. Ponadto zaczęło ją mrowić w piersiach, tak jak często zdarzało się jej po poronieniu.

Rosie otworzyła usta, nie mając pojęcia, jakie wyjdą z nich słowa, wiedząc tylko, że będą to słowa protestu, lecz zanim zdążyła coś powiedzieć, ktoś chwycił ją za ramię. Odwróciła się. Kobieta w czerwonej szacie. Ostrzegawczo potrząsnęła głową, znów postukała się w czoło i wskazała na ruiny.

Prawy przegub Rosie ścisnęła inna dłoń, zimna jak kamień nagrobka. Rosie obróciła się i w ostatniej chwili pojęła, że kobieta w chitonie stoi twarzą do niej. Szybko, z głową pełną niejasnych myśli o Meduzie, Rosie opuściła wzrok, żeby nie spojrzeć w oblicze tamtej. I wtedy zobaczyła grzbiet dłoni ściskającej jej nadgarstek. Ta dłoń była pokryta ciemnoszarymi plamami, przywodzącymi na myśl jakiegoś czającego się morskiego drapieżnika (płaszczkę oczywiście). Paznokcie miała długie i zrogowaciałe. Rosie ujrzała, jak spod jednego z nich wylazł mały, biały robak.

— Teraz idź — poleciła Rose Madder — Zrób dla mnie to, czego nie mogę zrobić sama. I pamiętaj: Ja odpłacam.

— W porządku — odparła Rosie. Poczuła straszną, perwersyjną chęć, by spojrzeć w twarz tej drugiej kobiety. Zobaczyć, co ukrywa. Może ujrzy własną twarz ginącą pod śmiertelnie szarym nalotem jakiejś choroby doprowadzającej do szaleństwa, a jednocześnie pożerającej żywcem. — W porządku, spróbuję, tylko nie każ mi patrzeć na ciebie.

Ręka puściła jej przegub... ale powoli, jakby chciała natychmiast zacisnąć się z powrotem, gdyby wyczuła u Rosie najmniejszą oznakę słabości. Potem dłoń odwróciła się i jeden martwy szary palec wskazał na podnóże wzgórza, tak jak Duch Przyszłych Świąt

Bożego Narodzenia pokazał Ebenezerowi Scrooge'owi jego nagrobek.

— A więc idź — rzekła Rose Madder. — Nie trać czasu na zadawanie pytań.

Rosie powoli ruszyła w dół zbocza, wciąż ze spuszczonym wzrokiem, obserwując swoje bose stopy prześlizgujące się przez wysoką, twardą trawę. Dopiero kiedy szczególnie donośny łoskot gromu rozdarł powietrze, podniosła głowę, przestraszona, i zobaczyła, że kobieta w czerwonej szacie idzie z nią.

— Zamierzasz mi pomóc? — spytała Rosie.

— Mogę dojść tylko tam — kobieta w czerwieni wskazała na obaloną kolumnę. — Cierpię na to samo, co ona, tyle że dotychczas to ledwie mnie musnęło.

Uniosła rękę i Rosie ujrzała amorficzną różową plamę wijącą się na ciele — w ciele — między przegubem a łokciem. Podobna była na wewnętrznej części dłoni. Ta była prawie ładna. Przypominała Rosie koniczynę, którą znalazła między deskami podłogi. Jej pokój, miejsce, które miało być schronieniem, teraz wydawał się bardzo odległy. Może ono było snem, całe jej tamto życie, a tylko to było rzeczywistością.

— Mam tylko te dwie, przynajmniej na razie — powiedziała kobieta — ale nawet one wystarczają, bym nie mogła podejść. Byk zwęszyłby mnie i zaszarżował. Atakowałby mnie, ale zginęłybyśmy obie.

— Jaki byk? — zapytała Rosie, zdziwiona i przestraszona. Prawie dochodziły do obalonej kolumny.

— Erinyes. On strzeże świątyni.

— Jakiej świątyni?

— Pani ma rację, szkoda tracić czas na zadawanie pytań. Szczególnie męskich pytań.

— O czym ty mówisz? Co to są „męskie pytania"?

— Te, na które znasz już odpowiedź, dziewczyno. Chodź tu.

„Wendy Yarrow" stała przy porośniętym mchem fragmencie obalonej kolumny i ze zniecierpliwieniem patrzyła na Rosie. Opodal wznosiła się świątynia. Widok tej budowli powodował ból oczu, tak samo jak spoglądanie na ekran kinowy z nieostrym obrazem. Rosie widziała niewielkie wybrzuszenia tam, gdzie nie powinno ich być; widziała smugi cienia, które znikały, gdy zamrugała oczami.

— Erinyes jest jednookim ślepcem, jednak ma doskonały węch. Czy to twój czas, dziewczyno?

— Mój czas...?

— Twoja pora księżyca!

Rosie potrząsnęła głową.

— To dobrze, w przeciwnym razie byłybyśmy z góry skazane na klęskę. Mój również nie, a od kiedy choroba zaczęła być widoczna, nie ma we mnie kropli kobiecej krwi. To niedobrze, gdyż taka krew byłaby najlepsza. Mimo wszystko...

Potworny łoskot gromu rozdarł powietrze tuż nad ich głowami i spadły pierwsze lodowate krople deszczu.

— Musimy się śpieszyć! — zawołała kobieta w czerwieni. — Odedrzyj dwa kawałki swej koszuli, dziewczyno. Jeden pas na bandaż i drugi, dostatecznie szeroki, żeby owinąć weń kamień i związać końce. Nie spieraj się i nie zadawaj już żadnych pytań. Po prostu zrób to.

Rosie schyliła się, chwyciła rąbek swojej bawełnianej koszuli nocnej i oddarła długi, szeroki pas tkaniny, odsłaniając lewą nogę aż do biodra. Idąc, będę wyglądała jak kelnerka w chińskiej restauracji — pomyślała. Udarła z kawałka drugi, wąski pasek, a kiedy spojrzała na „Wendy", przestraszyła się, widząc w jej rękach długi i groźnie wyglądający, obosieczny sztylet. Rosie nie miała pojęcia, skąd tamta mogła go wyjąć, chyba że był przywiązany do uda, jak w wypadku bohaterki jednej z tych słodko-awanturniczych powieści Paula Sheldona, powieści, w których wszystkie wydarzenia, choćby nie wiadomo jak naciągane, miały swoją przyczynę.

Pewnie właśnie tam go chowała — stwierdziła Rosie. Wiedziała, że sama też chciałaby mieć przy sobie nóż, gdyby podróżowała w towarzystwie kobiety w jasnoczerwonym chitonie. Ponownie przypomniała sobie, jak kobieta — która rzeczywiście podróżowała z Rose Madder — postukała się po głowie i powiedziała Rosie, żeby nie dotykała jej pani. „Ona nie chce wyrządzić ci krzywdy — rzekła »Wendy Yarrow«, ale już nie panuje nad sobą".

Rosie otworzyła usta, by zapytać kobietę stojącą obok zwalonej kolumny, co zamierza zrobić tym nożem... lecz zrezygnowała. Jeśli męskie pytania to te, na które zna się odpowiedź, to jej pytanie było zdecydowanie męskie.

„Wendy" chyba poczuła na sobie wzrok Rosie i spojrzała na nią.

— Najpierw będzie ci potrzebny większy kawałek — oznajmiła. — Przygotuj go, dziewczyno.

Zanim Rosie zdążyła odpowiedzieć, „Wendy" przebiła sobie skórę końcem sztyletu. Syknęła kilka słów, których Rosie nie zrozumiała — może modlitwy — a potem ostrzem nakreśliła na swoim przedramieniu cienką linię w kolorze sukni. Linia rozszerzyła się i zaczęła broczyć, gdy skóra i tkanki pod nią ustąpiły, pozwalając rozejść się brzegom rany.

— Och, jak strasznie boli! — jęknęła kobieta, a potem wyciągnęła do Rosie drugą rękę. — Daj mi to. Ten duży kawałek, ten duży!

Rosie podała jej, zmieszana i wystraszona, ale nie czując mdłości — nie reagowała tak na widok krwi. „Wendy Yarrow" zwinęła bawełnianą szmatę w rulonik, który przytknęła do rany, przytrzymała, a potem odwróciła. Wcale nie zamierzała zatamować upływu krwi; chciała umoczyć w niej materiał. Kiedy oddała go Rosie, bawełna mająca jasnoniebieski kolor, gdy Rosie leżała na łóżku w mieszkaniu przy Trenton Street, przybrała znacznie ciemniejszą barwę... chociaż znajomą. Błękit połączony ze szkarłatem dały jasny róż.

— Teraz znajdź jakiś kamień i owiąż go tym — powiedziała do Rosie. — Kiedy to zrobisz, zdejmij to, co masz na sobie, i owiń wokół zawiniątka.

Rosie spojrzała na nią szeroko otwartymi oczami, bardziej zaszokowana tym poleceniem niż widokiem krwi płynącej z ręki kobiety.

— Nie mogę tego zrobić! — zaprotestowała. — Nie mam nic pod spodem!

„Wendy" uśmiechnęła się bez cienia wesołości.

— Nikomu nie powiem — odparła. — A tymczasem daj mi ten drugi kawałek, zanim wykrwawię się na śmierć.

Rosie podała jej węższy pas materiału, ten w dalszym ciągu błękitny, a brązowoskóra kobieta zaczęła szybko owijać nim swoje skaleczone ramię. Po lewej uderzył piorun, eksplodując deszczem iskier. Rosie usłyszała przeciągły, głuchy trzask padającego drzewa. Towarzyszyła mu kanonada grzmotów. Poczuła w powietrzu zapach miedzi, jakby ktoś topił drobne monety. Potem, jak gdyby błyskawica rozerwała w niebie worek z wodą, lunęło. Deszcz siekł zimnymi strugami, niesionymi niemal poziomo przez wiatr. Rosie zobaczyła, jak krople padają na bawełnę w jej ręce, i widziała, jak pierwsze strumyki różowej, zakrwawionej wody wypływają z niej i ciekną między palcami. Materiał wyglądał jak truskawkowy kool-aid.

Nie zastanawiając się dłużej nad tym, co robi i dlaczego, Rosie sięgnęła przez ramię, złapała koszulę na plecach, pochyliła się i zdjęła ją przez głowę. W następnej chwili stanęła pod najzimniejszym prysznicem na świecie, spazmatycznie łapiąc oddech, gdy deszcz siekł jej odsłonięte policzki, ramiona i plecy. Dreszcz przebiegł ją i obudził gęsią skórkę, która pokryła ciało od stóp do głów.

— Aj! — krzyknęła rozpaczliwie, zdyszanym głosikiem. — Aj! Jak zimno!

Położyła swoją nocną koszulę, jeszcze prawie suchą, na dłoni trzymającej zakrwawioną szmatę i wypatrzyła kamień wielkości bułki drożdżowej, leżący między fragmentami obalonej kolumny. Podniosła go, uklękła, a potem osłoniła sobie głowę i ramiona koszulą, jak człowiek zaskoczony przez deszcz używa gazety jako prowizorycznego parasola. Pod tą tymczasową osłoną owinęła kamień zakrwawioną szmatą. Zostały jej dwa długie, lepkie końce, które związała, krzywiąc się z obrzydzenia, gdy rozrzedzona deszczem krew „Wendy" pociekła z nich kroplami na ziemię. Mając węzełek z kamieniem, owinęła go ponownie koszulą (która już nie była sucha), jak jej kazano. Wiedziała, że większość krwi i tak zostanie zmyta. To nie był deszcz, a nawet nie ulewa. To był potop.

— Idź! — rozkazała brązowoskóra kobieta w czerwonej sukni. — Idź do świątyni! Przejdź przez nią i nie zatrzymuj się! Niczego nie dotykaj i nie wierz w nic, co usłyszysz lub zobaczysz. To nawiedzone miejsce, bez wątpienia, lecz nawet w Świątyni Byka żaden duch nie może skrzywdzić żywej kobiety.

Rosie dygotała, woda oślepiała ją, woda kapała jej z czubka nosa, krople wody zwisały jej z płatków uszu, jak jakaś egzotyczna biżuteria. „Wendy" stała przed nią, włosy oblepiały jej czoło i policzki, a ciemne oczy błyszczały. Musiała krzyczeć, żeby Rosie usłyszała ją w nieustannie wzmagającym się wietrze.

— Przejdź przez drzwi na końcu ołtarza, a znajdziesz się w ogrodzie, w którym wszystkie rośliny i kwiaty są martwe! Za ogrodem ujrzysz drzewa, które również będą martwe, wszystkie prócz jednego! Między ogrodem a gajem płynie strumyk! Nie pij z niego, obojętnie jak bardzo byś chciała, nie pij, a nawet nie dotykaj wody! Przejdź przezeń po kamieniach! Jeśli zanurzysz w tej wodzie choćby palec, zapomnisz wszystko, co kiedykolwiek wiedziałaś, nawet swoje imię!

Wyładowania przecinały chmury zygzakami światła, zmieniając czarne obłoki w niekształtne pyski goblinów. Rosie nigdy w życiu nie było tak zimno i nigdy tak mocno nie waliło jej serce, usiłujące przekazać odrobinę ciepła wychłodzonej deszczem skórze. I znów przemknęła jej przez głowę myśl: to nie jest sen, tak samo jak kaskady spadającej z nieba wody nie są deszczykiem.

— Idź do gaju! Między uschnięte drzewa! To jedno wciąż żywe to drzewo granatu! Zbierz nasiona, jakie znajdziesz w owocach leżących wokół pnia, ale nie kosztuj owoców i nie dotknij ust ręką, którą je zbierałaś! Zejdź po schodach znajdujących się obok drzewa, do sal w podziemiu! Znajdź dziecko i przynieś je tu, ale strzeż się byka! Strzeż się byka Erinyesa! Teraz idź! Śpiesz się!

Rosie bała się Świątyni Byka z jej dziwnie zniekształconymi proporcjami, tak więc z pewną ulgą stwierdziła, że rozpaczliwa chęć schowania się przed burzą zagłuszyła teraz strach. Chciała uciec przed wiatrem, deszczem i piorunami, a także mieć dach nad głową na wypadek, gdyby deszcz zamienił się w grad. Perspektywa spacerowania nago w czasie gradobicia, nawet we śnie, wydawała się krańcowo niemiła.

Przeszła kilka kroków, a potem odwróciła się, by spojrzeć na tamtą kobietę. „Wendy" wydawała się równie naga jak Rosie, zwiewna czerwona szata oblepiła jej ciało jak farba.

— Kim jest Erinyes?! — krzyknęła Rosie. — Czym on jest?

Odważyła się zerknąć przez ramię na świątynię, niemal jakby oczekiwała, że dźwięk jej głosu zwabi jakiegoś boga. Nikt się nie pojawił; była tam tylko świątynia, lśniąca w strugach deszczu.

Brązowoskóra kobieta uniosła oczy ku niebu.

— Dlaczego postępujesz tak głupio, dziewczyno?! — wrzasnęła. — Idź, natychmiast! Idź, dopóki jeszcze możesz!

I bez słów wskazała na świątynię, tak samo jak przedtem jej pani.

6

Rosie, naga i biała, przyciskając do brzucha przemoczony kłąb koszuli, żeby chronić go przed deszczem, ruszyła we wskazanym kierunku. Po pięciu krokach znalazła się obok głowy obalonego posągu, leżącej w trawie. Zerknęła na nią, spodziewając się, że ujrzy Normana. Oczywiście, że to będzie Norman i powinna być na to przygotowana. Tak dzieje się w snach.

A jednak nie. Cofnięta linia włosów, mięsiste policzki i bujny wąs Davida Crosby'ego należały do mężczyzny, który stał w progu knajpy The Wee Nip w dniu, gdy Rosie zgubiła drogę szukając Córek i Sióstr.

Znów zgubiłam się — pomyślała. — O rany, i to jak!

Przeszła obok kamiennej głowy o pustych oczach, zdających się płakać, z długim mokrym pasmem mchu, który niczym zielona szrama porastał czoło i policzek. Ta głowa wydawała się szeptać za plecami Rosie podchodzącej do dziwnie zniekształconej świątyni: „Hej mała masz ochotę nieźle wyglądasz nawet całkiem klawo ładne cycki masz ochotę na małą przejażdżkę zabawimy się co ty na to?".

Weszła po schodach, śliskich i zdradliwych pod dywanem pędów i pnączy, mając wrażenie, iż głowa obraca się na swoim kamiennym karku, wyciskając z mokrej ziemi błotnistą wodę, chcąc obserwować ruch jej gołych pośladków, gdy odchodziła w mrok.

Nie myśl o tym, nie myśl o tym, nie myśl!

Opanowała chęć ucieczki — przed deszczem i tym ewentualnym spojrzeniem — i szła dalej, unikając miejsc, w których kamień popękał w wyniku działania sił przyrody, pozostawiając poszarpane szczeliny grożące skręceniem, a nawet złamaniem nogi. I nie to było najgorsze; kto wie, jakie jadowite stworzenia mogły pełzać w tych zakamarkach, gotowe żądlić lub kąsać?

Woda spływała jej po plecach i ściekała po krzyżu; było jeszcze zimniej niż przedtem, a mimo to przystanęła na ostatnim stopniu, patrząc na płaskorzeźbę nad szerokim, mrocznym wejściem. Nie widziała jej na obrazie; ten szczegół ginął w cieniu rzucanym przez okap.

Rzeźba ukazywała chłopca o surowych rysach, opartego o coś, co mogło być słupem telefonicznym. Włosy opadały mu na czoło, a kołnierz kurtki miał postawiony. Z dolnej wargi zwisał papieros, a niedbała, wyzywająca poza oznajmiała, że tu stoi pan Całkowicie Wyluzowany, wersja z późnych lat siedemdziesiątych. I co jeszcze wyrażała ta poza? „Hej mała — głosiła. — Hej mała, hej mała, pójdziesz ze mną? Chcesz się przejechać? Zabawisz się ze mną?".

To był Norman.

— Nie — szepnęła. To był prawie jęk. — Och, nie.

Och, tak. To był Norman, oczywiście, Norman będący upiorem razów, które dopiero spadną, Norman opierający się o słup telefoniczny na rogu State Street i autostrady nr 49 w centrum Aubreyville (centrum Aubreyville, to ci dopiero żart), Norman obserwujący przejeżdżające samochody przy akompaniamencie Bee Gees śpiewających *You Should Be Dancing*. Muzyka płynęła z Finnegan's Pub, w którym szeroko otwarto drzwi i nastawiono szafę grającą na cały regulator.

Wiatr ucichł na chwilę i Rosie znów usłyszała płacz dziecka. Nie brzmiał tak, jakby było chore, a raczej bardzo głodne. Słysząc to ciche zawodzenie, oderwała oczy od płaskorzeźby i zaczęła iść, ale nim przekroczyła próg świątyni, jeszcze raz spojrzała w górę... nie zdołała się oprzeć. Chłopiec-Norman zniknął, jeśli w ogóle tam był. Teraz zobaczyła wyryte słowa: POSSIJ MEGO AIDSOWEGO PTAKA.

W snach nie ma niczego stałego — pomyślała. — One są jak woda.

Obejrzała się przez ramię i zobaczyła „Wendy", wciąż stojącą przy obalonej kolumnie, wyglądającą żałośnie w przemoczonej pajęczynie czerwonej sukni. Rosie uniosła wolną rękę w geście pozdrowienia. „Wendy" odpowiedziała jej tym samym, a potem stała patrząc, wyraźnie nie zwracając uwagi na ulewny deszcz.

Rosie minęła szerokie chłodne wejście i znalazła się w świątyni. Przystanęła spięta, gotowa natychmiast wybiec na zewnątrz, gdyby ujrzała... no... sama nie wiedziała co. „Wendy" kazała jej nie obawiać się duchów, ale Rosie pomyślała, że ta kobieta w czerwonej sukni mogła sobie na to pozwolić, w końcu nie ona miała tu wejść.

Domyślała się, że wewnątrz powinno być cieplej niż na zewnątrz, ale nie czuła tego — wszędzie panował chłód wilgotnych kamieni, chłód krypt i mauzoleów, tak że przez chwilę nie wiedziała, czy zdoła przejść mrocznym przejściem, zasłanym stertami i stosami dawno zeschniętych, jesiennych liści. Po prostu było zbyt zimno... zimno pod wieloma względami. Stała, drżąc i łapiąc powietrze małymi haustami, mocno zaciskając ramiona splecione na piersiach, a z jej skóry unosiły się cienkie wstążki pary. Czubkiem palca dotknęła lewego sutka i bez większego zdziwienia przekonała się, że był zimny i twardy jak głaz.

Myśl o powrocie do kobiety na wzgórzu kazała jej iść dalej —

myśl o tym, że mogłaby stanąć przed Rose Madder z pustymi rękami. Poszła przejściem, powoli i ostrożnie, nasłuchując dalekiego płaczu dziecka. Wydawał się dobiegać z odległości wielu kilometrów, niesiony tu w jakiś tajemniczy, czarodziejski sposób.

„Zejdź na dół i przynieś mi moje dziecko".

Caroline. Imię, jakie zamierzała nadać swojemu własnemu dziecku, temu, którego pozbawił ją Norman, przyszło jej na myśl bez trudu i całkiem naturalnie. W piersiach znów poczuła to paskudne mrowienie. Dotknęła ich i skrzywiła się. Bolały.

Jej oczy przywykły już do półmroku i zauważyła, że Świątynia Byka miała dziwnie chrześcijański wygląd — ściśle mówiąc, wyglądała tak samo jak Pierwszy Kościół Metodystów w Aubreyville, do którego uczęszczała dwa razy w tygodniu przed poślubieniem Normana. W tym kościele brała ślub i z niego wyprowadzono zwłoki ojca, matki i młodszego brata po wypadku drogowym, w którym stracili życie. Znajdowały się tam rzędy starych drewnianych ławek, ostatnie z nich leżały wywrócone i na pół zasypane stertami pachnących cynamonem liści. Te z przodu jeszcze stały i były ustawione w równych rzędach.

Następną rzeczą, z jakiej zdała sobie sprawę — idąc środkową nawą jak jakaś dziwna naga panna młoda — był zapach tego miejsca. Pod miłą wonią liści nawiewanych latami przez otwarte drzwi krył się nieprzyjemny odór. Trochę przypominający zapach pleśni, trochę zgnilizny, trochę woń drewna w ostatniej fazie butwienia, lecz niepodobny do żadnego z nich. Może zastarzały pot? Tak, możliwe. I może też inne płyny. Przyszła jej na myśl sperma. I krew.

Zaraz po tym, jak wyczuła ten zapach, zaczęło się jej wydawać, że patrzą na nią czyjeś oczy. Czuła, jak uważnie oglądają jej nagość, patrząc na każdą linię i wypukłość ciała, zapamiętując ruch mięśni pod wilgotną, gładką skórą.

„Porozmawiamy w cztery oczy — zdawała się wzdychać świątynia przez głuche bębnienie deszczu i szelest suchych liści pod bosymi nogami Rosie. — Porozmawiamy w cztery oczy... i nie będziemy musieli długo rozmawiać, żeby powiedzieć to, co trzeba. Prawda, Rosie?".

Przystanęła przy pierwszych rzędach i podniosła jedną z czarnych książeczek, leżących na drugiej ławce. Kiedy ją otworzyła, poczuła silny, prawie duszący zapach rozkładu. Obrazek u góry kartki był czarno-białym rysunkiem, jakich nigdy nie zawierały śpiewniki metodystów w czasach jej młodości: ukazywał klęczącą kobietę, odbywającą stosunek oralny z mężczyzną, którego stopy wcale nie były stopami, lecz kopytami. Jego twarz była raczej zasugerowana niż naszkicowana, lecz mimo to Rosie dostrzegła odrażające podobieństwo do... a przynajmniej takie odniosła wrażenie. Wyglądał jak dawny partner Normana, Harley Bissington, który zawsze tak starannie sprawdzał położenie skraju jej spódnicy, gdy siadała.

Pożółkłą stronę pod rysunkiem zapełniały słowa napisane cyrylicą, niezrozumiałe, choć znajome. Dopiero po chwili pojęła dlaczego: to były te same litery, jakie widniały w gazecie, którą czytał Peter Slowik, kiedy Rosie podeszła do budki POMOC PODRÓŻNYM i poprosiła o radę.

Wtem, z szokującą gwałtownością, rysunek zaczął się ruszać; jego linie zdały się pełznąć ku jej białym, mokrym od deszczu palcom, zostawiając za sobą cienkie pasma śluzu. W jakiś sposób ożył. Zatrzasnęła książkę i ścisnęło ją w gardle, gdy usłyszała przy tym obrzydliwe chlupnięcie. Upuściła książkę i łomot, z jakim tom uderzył o ławkę, albo jej okrzyk odrazy, obudził nietoperze w mrocznej niszy, zapewne przeznaczonej dla chóru. Kilka tych stworzeń wywijało w górze bezsensowne ósemki, czarne skrzydła unosiły odrażająco pulchne brązowe ciała w zatęchłym powietrzu, a potem umknęły z powrotem do swych kryjówek. Przed nią wznosił się ołtarz i Rosie z ulgą zobaczyła po jego lewej stronie otwarte drzwi, przez które wpadał strumień czystego jasnego światła.

Yerrr reeely Roww-zey — szeptał niemo głos świątyni, z ponurym rozbawieniem. — *And yerrrr Rowww-zey Reeel... come over here and I'll give yewww... a grrreat big feeeeel...*

Nie odwróciła się; nie odrywała oczu od drzwi i dziennego światła za nimi. Deszcz ustawał, głuche bębnienie nad głową przeszło w jednostajny pomruk.

To tylko dla mężczyzn, Rowww-zey — szeptała świątynia, a potem dodała to, co zawsze mówił Norman, kiedy nie miał ochoty odpowiadać na jej pytania, ale nie był na nią zły: „To nie dla kobiet".

Przechodząc obok, spojrzała na ołtarz, a potem szybko odwróciła wzrok. Był pusty — żadnego pulpitu, żadnych symboli czy ksiąg — lecz na kamieniach dojrzała kolejny cień, który skojarzyła z przyczajoną płaszczką. Rdzawy kolor sugerował zaschniętą krew, a kształt plamy świadczył, że mnóstwo jej tu przelano w ciągu minionych lat. Mnóstwo.

To jak motel Pod Karaluchem, Rowww-zie — szeptała świątynia i liście na podłodze poruszyły się, wydając dźwięk podobny do śmiechu dobiegającego zza pozbawionych dziąseł zębów. One meldują się, ale nigdy stąd nie odchodzą.

Miarowym krokiem poszła do drzwi, usiłując ignorować ten głos, patrząc prosto przed siebie. Prawie oczekiwała, że drzwi zatrzasną się jej przed nosem, ale tak się nie stało. A także nie wypadł z nich żaden kozłowaty czart o twarzy Normana. Wyszła na mały kamienny taras i znalazła się w chłodnej woni świeżej od deszczu trawy. Powietrze nieco się ociepliło, chociaż jeszcze nie przestało padać. Wszędzie kapała i szemrała woda. Zagrzmiało (jednak była pewna, że teraz już dalej). I dziecko, którego nie słyszała przez kilka ostatnich minut, na nowo zaczęło płakać w oddali.

Ogród był podzielony na dwie części — po lewej kwiaty, po prawej warzywa — ale wszystko było martwe. Katastrofalnie martwe, a kontrast zieleni otaczającej swymi ramionami ogród i Świątynię Byka jeszcze pogarszał ten widok — jak wytrzeszczone oczy i wywalony język u nieboszczyka. Ogromne słoneczniki z żółtawymi, włóknistymi łodygami, brązowymi środkami i poskręcanymi, wyblakłymi płatkami górowały nad resztą, niczym nieżywi klucznicy w więzieniu, w którym wymarli wszyscy więźniowie. Kwietniki były pełne opadłych płatków, które przywołały na moment koszmarne wspomnienie tego, co zobaczyła, kiedy miesiąc po pogrzebie udała się na cmentarz, gdzie pochowano jej rodzinę. Położywszy świeże kwiaty na ich grobach, poszła na tyły małego cmentarzyka, chcąc wziąć się w garść, i ze zgrozą ujrzała stertę gnijących kwiatów, usypaną na stoku między kamiennym murkiem cmentarza a rosnącym z tyłu lasem. Odór gnijących kwiatów sprawił, że pomyślała o tym, co działo się pod ziemią z jej ojcem, matką i bratem, o tym, jakim ulegali zmianom.

Rosie pośpiesznie odwróciła wzrok od kwiatów, lecz to, co zobaczyła na umierających grządkach, wcale nie było lepsze: jedna z nich wydawała się pełna krwi. Przetarła zalane deszczem oczy, spojrzała ponownie i odetchnęła z ulgą. To nie krew, ale pomidory. Sześciometrowej długości rządek gnijących pomidorów.

Rosie.

Tym razem to nie głos świątyni. To głos Normana, tuż za jej plecami, i nagle uświadomiła sobie, że czuje zapach jego wody kolońskiej. „Wszyscy moi mężczyźni używają English Leather albo niczego" — pomyślała i zimny dreszcz przeniknął jej krzyż.

On był tuż za nią.

Tuż za nią.

Nie, nie wierzę w to. Nie wierzę, jeśli nawet tak jest.

Oczywiście to była zupełnie idiotyczna myśl, zapewne dostatecznie głupia, żeby zająć miejsce w „Księdze rekordów Guinnessa" ale jakoś ją uspokoiła. Poruszając się powoli — wiedząc, że jeśli przyśpieszy choć trochę, będzie zgubiona — Rosie zeszła po trzech kamiennych schodkach (o wiele skromniejszych niż te od frontu) między resztki tego, co w myślach nazwała Ogrodem Byka. Deszcz jeszcze padał, ale słabo, a wiatr ledwie dmuchał. Rosie poszła przejściem stworzonym przez dwa rzędy zbrązowiałych i kłoniących się łodyg kukurydzy (w żadnym razie nie zamierzała chodzić boso po tych gnijących pomidorach i czuć, jak pękają pod jej stopami), nasłuchując szemrania pobliskiego strumyka. Ten odgłos stawał się coraz głośniejszy, w miarę jak zbliżała się do strugi, a kiedy wyszła z kukurydzy, zobaczyła ją niecałe pięć metrów dalej. Strumień miał może dwa metry szerokości i chyba był płytki, sądząc po niskich brzegach, ale teraz wezbrał po deszczu. Widać było tylko czubki czterech dużych białych kamieni tworzących kładkę jak wyblakłe skorupy żółwi.

Woda w strumieniu była smolista, matowoczarna. Rosie powoli poszła ku niej, ledwie zauważając, że wolną ręką ściska swoje włosy, wyżymając z nich wodę. Kiedy podeszła bliżej, wyczuła szczególny mineralny zapach strumienia, bardzo metaliczny, a jednak dziwnie atrakcyjny. Nagle poczuła się spragniona, bardzo spragniona, a gardło miała wyschnięte jak pergamin.

„Nie pij z niego, obojętnie jak bardzo byś chciała. Nie pij".

Tak, właśnie tak została ostrzeżona. Jeśli choć zanurzy w wodzie palec, zapomni wszystko, co kiedykolwiek wiedziała, nawet swoje imię. Czy byłoby to takie złe? Kiedy zastanowić się nad tym, czy naprawdę było to takie złe, szczególnie że zapomniałaby też o Normanie, o tym, że może jeszcze z nią nie skończył, że zabił z jej powodu człowieka?

Przełknęła ślinę i usłyszała w gardle suchy chrzęst. Ponownie, niemal nie zdając sobie sprawy z tego, co robi, Rosie powiodła ręką po swoim boku, po wypukłości piersi, po szyi, zbierając wilgoć, a potem zlizując ją z dłoni. To nie ugasiło pragnienia, a wręcz zwiększyło je. Woda lśniła czernią, omywając białe kamienie i ten przedziwnie nęcący zapach zdawał się wypełniać głowę Rosie. Wiedziała, jaki smak miałaby ta woda — letnia i bez pęcherzyków powietrza, jak jakiś zimny syrop — jak wypełniłaby jej gardło oraz brzuch dziwnymi solami i niezwykłymi bromkami. Smakiem ziemi niepamięci. I potem nie byłoby więcej wspomnień o tym, jak pani Pratt (biała jak śnieg... oprócz warg, które miały barwę jagód) stanęła w drzwiach i powiedziała, że rodzina Rosie, cała jej rodzina, zginęła w katastrofie samochodowej; nie byłoby wspomnień o Normanie z ołówkiem czy o Normanie z rakietą tenisową. Żadnych obrazów mężczyzny w drzwiach The Wee Nip, czy tej grubej baby, która nazwała kobiety z Córek i Sióstr dobroczynnymi lesbijkami. Koniec ze snami o tym, jak siedzi w kącie, walcząc z mdłościami wywołanymi bólem nerek, i raz po raz przypomina sobie, żeby zwymiotować w fartuch, jeśli będzie musiała wymiotować. Dobrze byłoby zapomnieć o tym wszystkim. O niektórych sprawach warto byłoby zapomnieć, a o innych — takich jak to, co zrobił jej rakietą tenisową — trzeba było zapomnieć... tyle że większość ludzi nie miała takiej szansy, nawet we śnie.

Teraz Rosie drżała na całym ciele, nie odrywając oczu od przepływającej wody, niczym przejrzysty jedwab nasączony czarnym tuszem; w gardle paliło ją żywym ogniem, a oczy wychodziły jej z orbit i już widziała, jak wyciąga się na brzuchu, zanurza głowę pod wodę i pije jak smok.

Zapomniałabyś też Billa — szepnęła Praktycznie-Rozsądna, niemal przepraszająco. — Zapomniałabyś o tym zielonym odcieniu jego oczu i małej bliźnie na płatku ucha. Niektóre rzeczy warto zapamiętać, Rosie. Wiesz o tym, prawda?

Nie zastanawiając się dłużej (nie wierzyła, aby nawet myśl o Billu mogła uratować ją, gdyby czekała jeszcze chwilę), Rosie weszła na pierwszy kamień, łapiąc równowagę szeroko rozłożonymi rękami. Zabarwiona na czerwono woda kapała z jej zwiniętej w kłębek koszuli nocnej, pod którą wyczuwała twardy kamień, jak pestkę w brzoskwini. Stanęła lewą nogą na głazie, a prawą na brzegu, zebrała całą odwagę i przestawiła nogę na następny głaz. Na razie wszystko w porządku. Uniosła lewą nogę i umieściła ją na trzecim głazie. Tym razem lekko się zachwiała i przechyliła w prawo, machając lewą ręką, żeby utrzymać równowagę. W uszach miała wciąż bulgot tej dziwnej wody. Sytuacja jednak była mniej groźna, niż Rosie sądziła, i w chwilę później stała na kamieniach pośrodku strumienia, wsłuchując się w głośne bicie swego serca.

Obawiając się, że zamarznie, jeśli będzie zbyt długo zwlekać, Rosie przeszła po ostatnim kamieniu na suchą trawę drugiego brzegu. Zaledwie uszła trzy kroki w stronę gaju uschniętych drzew, kiedy uświadomiła sobie, że pragnienie minęło jej niczym zły sen.

Wydawało się, że niegdyś pochowano tu żywcem jakichś olbrzymów, którzy umierali próbując się uwolnić; drzewa były ich pozbawionymi ciała rękami, daremnie wyciągniętymi w niebo i niemo grożącymi mordem. Suche gałęzie przeplatały się, tworząc w górze dziwne, geometryczne wzory. Ścieżka prowadziła w głąb gaju. Strzegł jej kamienny chłopiec z ogromnym wzwiedzionym fallusem. Ręce trzymał uniesione nad głową, jakby podkreślając tę część swojej anatomii. Kiedy Rosie przeszła obok, powiódł za nią spojrzeniem kamiennych, pozbawionych powiek oczu. Była tego pewna.

Hej mała! — prychnął kamienny chłopiec w jej myślach. — Chcesz się przejechać? Zabawisz się ze mną?

Cofnęła się, unosząc ręce obronnym gestem, ale kamienny chłopiec znów był tylko kamiennym chłopcem... jeżeli w ogóle, choć przez chwilę, był kimś innym. Woda kapała z jego komicznie wyolbrzymionego penisa. Ty przynajmniej nie masz kłopotu z erekcją — pomyślała Rosie, patrząc na oczy pozbawione powiek i dziwnie przemądrzały uśmiech (czy uśmiechał się przedtem? Rosie usiłowała sobie przypomnieć i stwierdziła, że nie może). — Norman zazdrościłby ci tego.

Minęła posąg i pośpiesznie poszła ścieżką wiodącą do uschniętego gaju, walcząc z chęcią obejrzenia się przez ramię i upewnienia, że posąg nie idzie za nią, aby wykorzystać ten kamienny wzwód. Nie ośmieliła się spojrzeć. Obawiała się, że jej udręczony umysł może dostrzec coś, czego w rzeczywistości nie ma.

Deszcz przeszedł w lekką mżawkę i nagle Rosie pojęła, że już nie słyszy dziecka. Może zasnęło? Może tego byka Erinyesa znudził płacz niemowlęcia i połknął je jak kanapkę? Tak czy inaczej, jak miała je znaleźć, jeśli nie płakało?

Po kolei, Rosie — mruknęła Praktycznie-Rozsądna.

Łatwo ci mówić — rozmyślała Rosie.

Poszła dalej słuchając, jak krople deszczu kapią z martwych

drzew. Zauważyła nagle, że w korze ukazują się zarysy ludzkich twarzy. Nie tak jak wtedy, kiedy leży się na plecach i patrzy na obłoki, a wyobraźnia wykonuje dziewięćdziesiąt procent pracy; to były prawdziwe twarze. Krzyczące. W większości wyglądały na twarze kobiet. Kobiet, z którymi rozmawiano w cztery oczy.

Przeszła jeszcze kawałek, minęła zakręt i znalazła ścieżkę zatarasowaną przez zwalone drzewo, najwidoczniej powalone piorunem podczas szalejącej niedawno burzy. Jeden jego koniec był strzaskany i poczerniały. Kilka gałęzi z tej strony jeszcze się tliło, jak popioły niestarannie zalanego ogniska. Rosie bała się przechodzić przez przeszkodę; ze strzaskanego pnia sterczały drzazgi, odłamki i kawałki drewna.

Zaczęła obchodzić drzewo z prawej, gdzie korzenie zostały wyrwane z ziemi. Wchodziła już na ścieżkę, gdy nagle jeden z korzeni drgnął, śmignął i owinął się wokół jej uda jak zakurzony brązowy wąż.

„Hej mała! Chcesz się przejechać? Zabawisz się ze mną, ty suko?" — usłyszała.

Głos dobiegał z osypującego się wykrotu, powstałego w miejscu, gdzie stało drzewo. Korzeń przesunął się odrobinę wyżej po jej udzie.

„Chcesz na czworakach, Rosie? Podoba ci się ten pomysł? Wezmę cię od tyłu, połknę jak kanapkę z serem. A może wolisz possać mojego aidsowego...".

— Puść mnie — powiedziała spokojnie Rosie i sporządzonym z nocnej koszuli węzełkiem dotknęła korzenia, który ją trzymał. Natychmiast zwiotczał i cofnął się. Szybko wróciła na ścieżkę i poszła dalej. Korzeń ścisnął dostatecznie mocno jej udo, żeby zostawić na nim czerwoną obwódkę, ale ten ślad szybko zniknął. Domyślała się, że powinna przerazić się tym ostatnim wydarzeniem, że coś chciało, aby była przerażona. Jeżeli tak, to nie udało się. Doszła do wniosku, że dla kogoś, kto przez czternaście lat żył z Normanem Danielsem, to był tylko tandetny gabinet grozy.

7

Po kolejnych pięciu minutach dotarła do końca ścieżki. Wychodziła na idealnie okrągłą polankę, na której rosła jedyna żywa roślina na tej pustyni. To było najpiękniejsze drzewo, jakie Rosie widziała w życiu, i na dłuższą chwilę zaparło jej dech w piersiach. W Aubreyville była pilną uczestniczką niedzielnej szkółki metodystów i teraz przypomniała sobie opowieść o Adamie i Ewie w raju i pomyślała, że jeśli rzeczywiście na środku rajskiego ogrodu rosło Drzewo Dobrego i Złego, to musiało wyglądać właśnie tak.

Było gęsto porośnięte długimi, wąskimi liśćmi lśniącymi zielenią, a jego gałęzie uginały się pod ciężarem obfitości czerwonawopurpurowych owoców. Spady tworzyły jasnoróżowy dywan odpowiadający barwą krótkiej koszuli noszonej przez kobietę, której Rosie nie odważyła się spojrzeć w twarz. Niektóre z tych spadów były jeszcze świeże i soczyste; zapewne strąciła je burza, która dopiero co przeszła. Nawet te bardzo nadgniłe wyglądały niezwykle apetycznie; Rosie oblizała się na myśl, że mogłaby podnieść owoc i głęboko wbić weń zęby. Pomyślała, że jego smak byłby zarówno gorzki, jak i słodki, podobnie jak łodyga rabarbaru zerwana wczesnym rankiem albo jeżyny nazbierane w gąszczu na dzień przed tym, zanim zupełnie dojrzeją. Gdy patrzyła na drzewo, jeden owoc (dla Rosie w takim samym stopniu mogący być owocem granatu i szufladą biurka) oderwał się od przeciążonej gałęzi, spadł na ziemię i rozsypał się na jasnoróżowe kawałki miąższu. Widziała nasiona i wypływający sok.

Rosie zrobiła krok w kierunku drzewa i przystanęła. Umysł podpowiadał jej, że to wszystko jest tylko snem, natomiast ciało równie stanowczo twierdziło, że to niemożliwe, że nikt na świecie nigdy nie miał równie realistycznego snu. Teraz, niczym igła kompasu w okolicy obfitującej w złoża minerałów, wahała się między tymi ewentualnościami. Na lewo od drzewa znajdowało się coś w rodzaju zejścia. Szerokie białe schody wiodły w ciemność. Nad nimi była alabastrowa plinta, na której wyryto jedno słowo: LABIRYNT.

Naprawdę, tego już za wiele — pomyślała Rosie, ale mimo to poszła w kierunku drzewa. Jeżeli to był sen, nie zaszkodzi przestrzegać wskazówek; to może nawet przyśpieszyć chwilę, gdy wreszcie obudzi się we własnym łóżku, szukając budzika, chcąc uciszyć jego pełen samozadowolenia terkot, zanim pęknie jej głowa. Z jaką przyjemnością usłyszałaby teraz ten dźwięk! Była zmarznięta, miała brudne nogi, obmacywał ją korzeń i nagabywał kamienny chłopiec, który — w normalnym świecie — byłby za młody, żeby wiedzieć na co, do diabła, patrzy. A poza tym czuła, że jeżeli szybko nie wróci do swojego pokoju, niechybnie złapie potężne przeziębienie, a może nawet zapalenie oskrzeli. To uniemożliwiłoby jej i sobotnią randkę, i pracę w studiu w przyszłym tygodniu.

Nie zastanawiając się nad tym, jak absurdalna jest myśl o przeziębieniu się w czasie wycieczki odbytej we śnie, Rosie uklękła tuż przy opadłym owocu. Obejrzała go uważnie, znów rozmyślając o jego smaku (na pewno nie przypominałby niczego, co można znaleźć na stoisku warzywnym A & P), po czym odwinęła róg swojej koszuli nocnej. Oderwała od niej kawałek, starając się, żeby był prostokątny, co udało jej się lepiej, niż oczekiwała. Rozpostarła go na ziemi, a potem zaczęła zbierać nasiona i układać na szmatce, w której zamierzała je nieść.

Dobry plan — pomyślała. — Gdybym tylko wiedziała, dlaczego mam je wziąć.

Czubki palców zdrętwiały jej, jakby wstrzyknięto w nie nowokainę. Jednocześnie nozdrza wypełnił cudowny zapach. Słodki, lecz nie kwiatowy, przypominał Rosie placki, ciasta i ciasteczka, jakie piekły się w piekarniku babci. Przypominał jej o czymś jeszcze, o czymś odległym o lata świetlne od kuchni babci Weeks, z wyblakłym linoleum oraz reprodukcjami Currier & Ives; o tym, co czuła, kiedy biodro Billa ocierało się o jej biodro, gdy wracali razem do Corn Building.

Ułożyła dwa tuziny nasion na prostokątnej szmatce, zawahała się, wzruszyła ramionami i dodała jeszcze dwa tuziny. Czy to wystarczy? Skąd mogła wiedzieć, jeśli nie miała pojęcia, do czego miały służyć? Tymczasem powinna już pójść. Znowu słyszała dziecko, lecz teraz jego płacz przeszedł w ciche łkanie — dźwięki wydawane przez niemowlęta, które mają zamiar dać za wygraną i zasnąć.

Zwinęła wilgotny materiał, zaginając rogi, tworząc małą kopertę przypominającą pakieciki z nasionkami, jakie ojciec otrzymywał każdej zimy z Burpee Company, w czasach kiedy jeszcze regularnie uczęszczała do szkółki niedzielnej metodystów. Oswoiła się już ze swoją nagością i teraz denerwowała ją, a nie zawstydzała; potrzebowała kieszeni. No cóż, gdyby świnie mogły latać, boczek zawsze byłby...

Praktyczna i rozsądna część jej świadomości pojęła, co Rosie zamierza zrobić ze swymi jasnoróżowymi palcami sekundę przed tym, zanim zdążyła włożyć je do ust. Gwałtownie cofnęła rękę, z mocno bijącym sercem i słodko-gorzkim aromatem wypełniającym nozdrza. „Nie kosztuj owoców — powiedziała jej »Wendy«. — Nie kosztuj owoców, a nawet nie wkładaj do ust ręki, którą ich dotykałaś!”.

W tym miejscu było pełno pułapek.

Wstała i spojrzała na swoje lepkie i zdrętwiałe palce, jakby nigdy przedtem ich nie widziała. Wycofała się spod drzewa wznoszącego się w kręgu opadłych owoców i rozsypanych nasion.

To nie jest Drzewo Dobrego i Złego — pomyślała Rosie. — Ani Drzewo Życia. To Drzewo Śmierci.

Owiał ją łagodny podmuch wiatru, szeleszcząc długimi, błyszczącymi liśćmi drzewa granatu, liśćmi, które zdawały się powtarzać jej imię setką cichych, sarkastycznych szeptów: Rosie-Rosie-Rosie!

Znów uklękła. Położyła na ziemi zawiniątko z kamieniem, umieściła na nim paczuszkę z nasionami, a potem zerwała pełne garście mokrej, zeschniętej trawy. Najlepiej jak mogła, otarła dłoń, którą dotykała nasion. Jasnoróżowy barwnik przybladł, ale nie zniknął całkowicie, a pod paznokciami pozostał równie intensywny jak przedtem. Przypominał znamię, którego w żaden sposób nie można usunąć. Płacz dziecka rozlegał się coraz rzadziej.

— Dobra — mruknęła do siebie Rosie, wstając. — Tylko trzymaj te cholerne palce z daleka od ust. Jeśli będziesz o tym pamiętała, nic ci nie będzie!

Podeszła do schodów wiodących pod okap z białego kamienia i przez chwilę stała na ich szczycie, przerażona ciemnością, zbierając odwagę, żeby stawić jej czoło. Alabastrowy kamień z wyrytym na nim napisem LABIRYNT już nie wyglądał jak plinta; teraz przypominał jej głaz nad wąskim, otwartym grobem.

Jednak gdzieś tam było dziecko, łkające tak, jak to robią dzieci, kiedy nikt nie przychodzi ich uspokoić i w końcu próbują zrobić to same, najlepiej jak umieją. To żałosne, rozpaczliwe łkanie wreszcie pobudziło ją do działania. Żadnemu dziecku nie powinno pozwalać się płakać w takim mrocznym i ponurym miejscu.

Schodząc, Rosie liczyła stopnie. Przy siódmym przeszła pod nawisem i kamieniem. Przy czternastym obejrzała się przez ramię na biały prostokąt światła pozostawiony za plecami, a kiedy znów spojrzała przed siebie, ten kształt majaczył jej przed oczami jak jasny duch w ciemnościach. Schodziła niżej i niżej, klapiąc bosymi nogami po kamieniach. Teraz nie zdoła zagadać strachu ściskającego jej serce ani dręczącej niepewności. Dobrze, jeśli uda jej się to wytrzymać.

Pięćdziesiąt stopni. Siedemdziesiąt pięć. Sto. Na sto dwudziestym piątym przystanęła, uświadamiając sobie, że znowu widzi.

Bzdury — pomyślała. — Złudzenie, Rosie, to wszystko.

A jednak nie. Powoli podniosła rękę. Dłoń i pakiecik nasion, który w niej trzymała, płonęły matowym, upiornie zielonym blaskiem. Uniosła drugą rękę, tę z kamieniem owiniętym resztkami nocnej koszuli. Istotnie, widziała ją. Obróciła głowę najpierw w jedną stronę, potem w drugą. Ściany klatki schodowej jarzyły się słabo zieloną poświatą. Czarne kształty unosiły się na nich i skręcały, jakby te ściany były szklanymi płytami akwarium, w którym drgały i pływały jakieś martwe stwory.

Przestań, Rosie! Przestań tak myśleć!

A przecież nie mogła przestać. Sen czy nie sen, była bliska tego, by rzucić się do panicznej ucieczki.

A więc nie patrz!

Dobry pomysł. Wspaniały pomysł. Rosie opuściła oczy i wpatrując się w widmowy obraz swych stóp, podjęła wędrówkę, szeptem odliczając przebyte stopnie. W miarę jak schodziła, zielone światło było coraz jaśniejsze i zanim doszła do dwieście dwudziestego, ostatniego, stopnia, miała wrażenie, iż stoi na scenie oświetlonej przyćmionymi, zielonymi reflektorami. Spojrzała, zbierając całą odwagę w oczekiwaniu na to, co mogła zobaczyć. Powietrze nie było tu zastałe, wilgotne, lecz dostatecznie świeże... jednak woń, jaka unosiła się w nim, nie była zbyt przyjemna. To był zapach jak w zoo, jakby trzymano tutaj jakieś dzikie zwierzę. I oczywiście trzymano: byka Erinyesa.

Naprzeciw zobaczyła krawędzie trzech kamiennych ścian, biegnących w ciemność. Każda miała prawie sześć metrów i była o wiele za wysoka, żeby za nią zajrzeć. Płonęły tym ponurym zielonym światłem i Rosie nerwowo spojrzała na cztery wąskie korytarze, jakie tworzyły. Który wybrać? Gdzieś opodal wciąż płakało dziecko... lecz ten dźwięk był coraz cichszy. Jakby słuchała radia, które ktoś powoli, ale nieustannie ścisza.

— Płacz! — zawołała Rosie, kurcząc się, gdy jej głos wrócił do niej echem. — Aaa! Aaa! Aaa!

Nic. Cztery korytarze — cztery wejścia do labiryntu — w milczeniu ziały pustką, jak wąskie pionowe usta noszące jednakowy grymas dezaprobaty. W drugim z prawej, niedaleko wejścia dostrzegła jakąś ciemną stertę.

Cholernie dobrze wiesz, co to takiego — pomyślała. — Po czternastu latach słuchania gadek Normana i Harleya oraz ich przyjaciół musiałabyś być kompletnie głupia, żeby nie poznać gówna po byku, kiedy je widzisz.

Ta myśl i wspomnienia, jakie obudziła — obrazy tych mężczyzn siedzących wokół stołu i rozmawiających o robocie, pijących piwo i rozmawiających o robocie, palących papierosy i rozmawiających o robocie, opowiadających kawały o czarnuchach, meksach albo bambusach i znów rozmawiających o robocie — rozzłościły ją. Zamiast stłumić to uczucie, wbrew doświadczeniu całego życia, Rosie dała mu się ponieść. Dobrze było być wściekłą, czuć cokolwiek poza przerażeniem. Jako dziecko umiała podczas zabaw wydawać naprawdę przeraźliwy okrzyk, rodzaj piskliwego, przeszywającego wrzasku, od jakiego niemal pękają szyby i gałki oczne. Kiedy skończyła dziesięć lat, ganiono ją i zawstydzano za ten krzyk, mówiąc, że nie pasuje dziewczynce i prowadzi do zidiocenia. Teraz Rosie postanowiła sprawdzić, czy w dalszym ciągu ma go w swoim repertuarze. Głęboko wciągnęła w płuca wilgotne powietrze podziemi, zamknęła oczy i przypomniała sobie zabawy w podchody za szkołą przy Elm Street, i w teksaskich rangersów, i Indian w zarośniętym ogrodzie Billy'ego Calhouna. Przez chwilę wydawało jej się, że czuje miły zapach swojej ulubionej koszuli flanelowej, którą nosiła dopóty, dopóki materiał praktycznie nie rozpadł się na strzępy. Potem otworzyła usta i wydała stary, jodłujący okrzyk.

Uradowała się nieprzytomnie, gdyż zabrzmiał tak samo jak za dawnych czasów, ale było coś jeszcze: sprawił, że poczuła się tak jak dawniej, jak połączenie Cudownej Kobiety, *Supergirl* i Annie Oakley. I wydawało się, że wciąż działa na innych tak jak wtedy: dziecko znów zaczęło płakać, zanim skończyła wysyłać swój szkolny okrzyk wojenny w kamienny mrok. Prawdę mówiąc, rozwrzeszczało się na nowo.

Rosie, musisz się pośpieszyć. Jeśli ona jest naprawdę zmęczona, nie zdoła krzyczeć tak głośno przez dłuższy czas.

Rosie zrobiła kilka kroków naprzód, mierząc wzrokiem każde z czterech wejść do labiryntu, a potem przeszła się wzdłuż nich, nasłuchując. Płacz dochodzący z trzeciego przejścia wydawał się trochę głośniejszy. Może to było tylko złudzenie, ale przynajmniej miała od czego zacząć. Ruszyła naprzód, klapiąc bosymi stopami po kamiennej podłodze, po czym znów stanęła, przechylając głowę i przygryzając dolną wargę. Wyglądało na to, że jej stary okrzyk wojenny obudził nie tylko dziecko. Gdzieś tam — ze względu na echo nie można było określić odległości — rozległ się stukot kopyt na kamieniach. Stukały leniwym truchcikiem, zdając się przybliżać, potem znów cichły i znów dały się słyszeć bliżej, aż wreszcie (nie wiadomo dlaczego, to było bardziej niepokojące niż sam dźwięk) zupełnie ustały. Usłyszała stłumione, mokre parsknięcie. Po nim rozległ się jeszcze cichszy pomruk. Później było słychać tylko dziecko — jego wrzaski znów zaczęły cichnąć.

Rosie stwierdziła, że aż za dobrze potrafi sobie wyobrazić tego byka: ogromne zwierzę ze zjeżoną sierścią i grubym kłębem sterczącym ponuro za spuszczonym łbem. Oczywiście będzie miał złoty kolczyk w nosie, jak Minotaur w jej dziecięcej mitologii, a zielony blask sączący się ze ścian będzie odbijał się w tym pierścieniu cienkimi błyskami płynnego światła. Erinyes czaił się teraz w jednym z korytarzy, z nastawionymi rogami. Nasłuchując. Czekając na nią.

Poszła słabo oświetlonym tunelem, wodząc ręką po ścianie, nasłuchując odgłosów wydawanych przez dziecko i byka. Wypatrywała również stert nawozu, lecz nie dostrzegła żadnych. Przynajmniej na razie. Po jakichś trzech minutach korytarz rozgałęził się na boki. Płacz zdawał się głośniejszy z lewej (czy też oprócz dominującej ręki mam jeszcze dominujące ucho? — zastanawiała się), więc poszła w tym kierunku. Zrobiła zaledwie dwa kroki, po czym stanęła jak wryta. Nagle wiedziała już, po co były te nasiona: stała się Gretą w podziemiach, bez brata, który dzieliłby jej strach. Wróciła do rozwidlenia, uklękła i rozwinęła pakiecik. Położyła nasionko na podłodze tak, aby ostrym końcem wskazywało kierunek, z którego przyszła. Przynajmniej, pomyślała — nie ma tu ptaków, które mogłyby zjeść ten znak.

Rosie wstała i poszła dalej. Po pięciu krokach doszła do kolejnego przejścia. Zerknęła w nie i zobaczyła, że kawałek dalej rozchodzi się na trzy odnogi. Wybrała środkową, oznaczając ją nasieniem granatu. Po trzydziestu krokach i dwóch rozgałęzieniach korytarz kończył się kamienną ścianą, na której widniał czarny napis złożony z pięciu słów: CHCESZ ZABAWIĆ SIĘ ZE MNĄ?

Rosie wróciła do potrójnego rozgałęzienia, podniosła nasionko i położyła je przy innym wejściu.

8

Nie miała pojęcia, ile czasu zabrało jej poszukiwanie drogi do środka labiryntu, ponieważ czas szybko stracił dla niej jakiekolwiek znaczenie. Wiedziała, że to nie mogło trwać tak strasznie długo, gdyż dziecko wciąż płakało... chociaż robiło to z przerwami. Dwukrotnie słyszała dudnienie kopyt na kamiennej posadzce, raz w oddali, a raz tak blisko, że stanęła jak wryta, przyciskając ręce do piersi, jakby oczekiwała, że zaraz pojawi się w korytarzu przed nią.

Jeśli musiała się cofać, zawsze podnosiła ostatnie ziarenko, żeby nie zgubić powrotnej drogi. Kiedy w końcu minęła zakręt i ujrzała przed sobą o wiele jaśniejszą zieloną poświatę, zostały jej tylko trzy nasionka.

Podeszła do końca korytarza i stanęła u wylotu, patrząc na kwadratową salę o kamiennej podłodze. Zerknęła w górę, szukając sufitu, i zobaczyła jedynie czarną otchłań, od której zakręciło jej się w głowie. Ponownie spojrzała w dół, zauważyła na podłodze kilka większych kup, a potem skierowała wzrok na środek pomieszczenia. Na posłaniu z koców leżało tam pulchne, jasnowłose dziecko. Oczy miało podpuchnięte od płaczu, a policzki mokre od łez, ale teraz znów zamilkło — przynajmniej na razie. Dziewczynka trzymała nogi w powietrzu, zdając się oglądać swoje palce. Od czasu do czasu wydawała chlipiący, cichy szloch. Te dźwięki poruszyły serce Rosie w sposób, w jaki jeszcze nigdy nie zareagowała na płacz niemowlęcia; wydawało się, że to maleństwo jakimś cudem wie, że zostało porzucone.

„Przynieś mi moje dziecko".

Czyje dziecko? Kim ono jest naprawdę? I kto je tu zostawił?

Uznała, że nie chce wiedzieć, przynajmniej nie teraz. To było czyjeś dziecko i na razie to musiało jej wystarczyć; leżało tutaj, takie słodkie i zupełnie samo, usiłując pocieszyć się widokiem swoich palców w chłodnym zielonym świetle, w centrum labiryntu.

To światło może mu zaszkodzić — pomyślała Rosie, śpiesząc na środek komnaty. — To na pewno jakiś rodzaj promieniowania. Dziecko obróciło główkę, zobaczyło Rosie i wyciągnęło do niej ręce. Tym gestem całkowicie ją zawojowało. Owinęła maleństwo kocem z posłania i wzięła je na ręce. Niemowlę wyglądało na trzymiesięczne. Objęło jej szyję rączkami, a potem — klap! — opuściło głowę na jej ramię. Znów zaczęło płakać, ale bardzo cicho.

— Wszystko w porządku — uspokajała je Rosie, delikatnie poklepując wąskie, owinięte kocykiem plecki. Czuła zapach skóry niemowlęcia, ciepły i czyściejszy od jakichkolwiek perfum. Przycisnęła nos do krótkich włosków otaczających idealnie okrągłą główkę. — Zgadza się, Caroline, wszystko będzie dobrze, znajdziemy powrotną drogę z tego paskudnego, starego lab...

Z tyłu dobiegł stukot kopyt i zamknęła usta, modląc się, żeby byk nie usłyszał jej obcego głosu, modląc się, żeby stukanie ucichło w oddali, gdy Erinyes wybierze jakieś odgałęzienie wiodące w bok. Lecz tym razem tak się nie stało. Stukot był coraz bliższy — i coraz głośniejszy — w miarę jak byk się zbliżał. Nagle ucichł, lecz słyszała głośne dyszenie, jakby potężnie zbudowanego mężczyzny, który właśnie wszedł na schody.

Powoli, czując się stara i niezgrabna, Rosie z dzieckiem w ramionach obróciła się w kierunku tego dźwięku. Odwróciła się do Erinyesa i Erinyes tam był.

„Byk zwęszyłby mnie i zaszarżował". Tak powiedziała kobieta w czerwonej sukni... i jeszcze coś. „Atakowałby mnie, ale obie zostałybyśmy zabite". Czy Erinyes wywęszył ją? Zwęszył ją, chociaż to nie była jeszcze jej pora miesiąca? Rosie uważała, że nie. Pomyślała, że zapewne zadaniem byka było strzec dziecka — a może pilnować czegokolwiek, co znajdowało się w środku labiryntu — i tak samo jak Rosie, zwabił go tu płacz niemowlęcia. Może miała rację, a może nie. W każdym razie byk zjawił się tutaj i był najpaskudniejszą bestią, jaką Rosie widziała w życiu.

Stał u wylotu korytarza, którym przybiegł, dziwnie zdeformowany, tak samo jak świątynia, przez którą przeszła Rosie — wydawało jej się, że widzi go przez kurtynę czystej, szybko pędzącej wody. A jednak byk, przynajmniej w tym momencie, stał zupełnie nieruchomo. Tylko jednym ogromnym przednim kopytem, rozdwojonym tak głęboko, że wyglądało jak szpon gigantycznego ptaka, niecierpliwie grzebał po kamiennej posadzce. Jego grzbiet przewyższał mającą sto sześćdziesiąt osiem centymetrów wzrostu Rosie o co najmniej dziesięć centymetrów, a jego ciężar oceniła na tonę. Wierzchołek spuszczonego łba był płaski jak młot i lśniący jak jedwab. Rogi miał krótkie, najwyżej trzydziestocentymetrowe, ale ostre i grube. Rosie bez trudu mogła sobie wyobrazić, jak wbijają się w jej nagi brzuch... albo w plecy, gdyby próbowała uciekać. A jednak nie potrafiła myśleć o takiej śmierci — nawet po tych wszystkich latach spędzonych z Normanem.

Byk uniósł nieco łeb i zobaczyła, że ma tylko jedno oko, zasnute niebieskawym bielmem, ogromne i paskudne, na samym środku. Gdy opuścił łeb i znów zaczął gniewnie łomotać kopytem o kamienną podłogę, zrozumiała jeszcze coś: szykował się do szarży.

Dziecko wrzasnęło przeraźliwie, niemal prosto do ucha Rosie, która podskoczyła.

— Cicho — powiedziała, kołysząc je na rękach. — Cii, dziecino, nie bój się, nie bój.

A przecież było się czego bać. Byk stojący tam w wąskim przejściu zamierzał wypruć jej flaki i udekorować nimi te dziwnie jarzące się ściany. Spodziewała się, że byłyby czarne na tle tej zieleni, podobne do kształtów, jakie wiły się w kamieniu. W tej komnacie nie było gdzie się schować, nie było nawet jednej kolumny, a gdyby pobiegła korytarzem, którym tu przyszła, ślepy byk usłyszałby jej kroki na kamieniach i dopadłby ją, zanim pokonałaby pół drogi — wziąłby ją na rogi, rzucił o ścianę, ponownie wziął na rogi, a potem stratował na śmierć. Dziecko również, gdyby zdołała je utrzymać.

„Erinyes jest jednookim ślepcem, jednak ma wspaniały węch".

Rosie stała, patrząc nań szeroko otwartymi oczami, zahipnotyzowana postukiwaniem przedniego kopyta. Kiedy w końcu przestanie grzebać...

Spojrzała na wilgotny, zmięty kłąb nocnej koszuli, który trzymała w ręce. Kłąb koszuli z zawiniętym w szmatę kamieniem w środku.

„Ma wspaniały węch".

Opadła na jedno kolano, nie spuszczając byka z oka, a prawą ręką trzymała dziecko. Lewą rozwinęła zawiniątko. Materiał, w którym ukryła kamień, był przedtem ciemnoczerwony od krwi „Wendy Yarrow", lecz deszcz spłukał go niemal do pierwotnej barwy. Tylko rogi, które tworzyły węzeł, były ciemniejsze — w istocie, jasnoróżowe.

Rosie wzięła kamień w lewą rękę i zważyła go w dłoni. W tej samej chwili gdy byk sprężył się do skoku, cisnęła kamieniem tak, że przetoczył się po podłodze na lewo od byka. Zwierzę ociężale obróciło w tę stronę łeb, rozdęło nozdrza i runęło ku temu, co mogło wywęszyć i usłyszeć.

Rosie błyskawicznie poderwała się na nogi. Pozostawiła zmięte resztki nocnej koszuli obok posłania dziecka. W ręce wciąż ściskała mały pakiecik z trzema ostatnimi nasionami granatu, ale nie zdawała sobie z tego sprawy. Wiedziała tylko, że pędzi przez salę do korytarza, którym przyszła, podczas gdy za jej plecami Erinyes zaatakował kamień, kopnął go dalej kopytem, znów zaatakował, uderzył płaskim jak młot łbem, wrzucając do jednego z korytarzy i pogonił za nim, wydając groźne pomruki. Biegła, owszem, lecz w dziwnie zwolnionym tempie i znów wszystko wydawało się snem, ponieważ właśnie w taki sposób zawsze ucieka się w snach, szczególnie tych złych, kiedy bestia jest przeważnie dwa kroki za plecami. W koszmarach ucieczka zmienia się w podwodny balet.

Wpadła w wąski korytarz w tej samej chwili, gdy usłyszała, jak byk zawraca i rzuca się w pogoń. Stukot kopyt zbliżał się szybko, a kiedy był tuż-tuż, Rosie wrzasnęła, przycisnęła płaczące, przestraszone dziecko do piersi i pobiegła ile sił w nogach. Daremnie. Byk był szybszy. Dogonił ją... i pobiegł z drugiej strony muru po jej prawej ręce. Erinyes w porę odkrył podstęp z kamieniem i dopędził ją, ale pomylił się o jeden korytarz.

Rosie uciekała, zasapana, z wyschniętym gardłem, czując przyśpieszone bicie serca w skroniach, w gardle, w oczach. Nie miała zielonego pojęcia, gdzie jest ani w jakim kierunku zmierza; teraz wszystko zależało od nasion. Jeśli zapomniała położyć choć jedno, może błądzić tu godzinami albo do czasu, aż byk odnajdzie ją i stratuje.

Dotarła do zbiegu pięciu dróg, spojrzała pod nogi i nie znalazła nasionka. Zauważyła jednak lśniącą, cuchnącą kałużę byczych szczyn, co nasunęło jej okropną myśl. A jeśli tu było nasionko? To prawda, że nie pamiętała, aby kładła tu jakieś, tak więc jego brak o niczym nie świadczył. Lecz nie pamiętała również, czy nie położyła tu jakiegoś. Załóżmy, że położyła, a byk rozdeptał je kopytem, pędząc korytarzem, ze spuszczonym łbem, bodąc krótkimi rogami powietrze i zlewając moczem podłogę?

„Nie wolno ci o tym myśleć, Rosie. Prawdopodobne czy nie, nie wolno ci o tym myśleć. Zatrzymasz się, a byk w końcu cię dopadnie i zabije. Zabije was oboje".

Pomknęła przez rozgałęzienie, przytrzymując ręką szyjkę dziecka, nie chcąc, aby jego główka obijała się o jej ramię. Korytarz biegł prosto przez dwadzieścia metrów, skręcał pod kątem prostym w prawo, a po następnych dwudziestu metrach rozdzielał się na dwa. Podbiegła tam, mówiąc sobie, że nie powinna tracić głowy, jeśli nie znajdzie nasionka. W takim wypadku po prostu wróci do ostatniego rozgałęzienia i spróbuje pójść innym korytarzem — łatwe jak bułka z masłem, nie ma sprawy... o ile oczywiście nie straci głowy. Kiedy powtarzała to sobie, obcy, przetraszony głos z głębi jej podświadomości poszeptywał: Zagubiona, tyle zyskałaś opuszczając męża, tak to wygląda, zagubiona w labiryncie, bawiąca się w chowanego z bykiem, w ciemności, służąca szalonej kobiety... tak kończą wszystkie złe żony, żony, które nie znają swojego miejsca w życiu. Zagubiona w ciemności...

Ujrzała nasionko, jego ostry koniec wyraźnie wskazywał prawe odgałęzienie korytarza. Załkała z ulgi. Pocałowała dziecko w policzek i zobaczyła, że znowu zasnęło.

9

Rosie skręciła w prawo i poszła, tuląc w ramionach Caroline — równie dobre imię jak każde. Przez cały czas nie mogła pozbyć się tego koszmarnego wrażenia, że porusza się w zwolnionym tempie, a także obawy, że natrafi na rozgałęzienie, które zapomniała oznakować; ale znajdowała nasionka w każdym miejscu, w którym zachodziła konieczność wyboru drogi. Erinyes też był w pobliżu i łomot jego kopyt o kamienie, czasem daleki i stłumiony, czasem bliski i przerażająco wyraźny, przypominał jej, jak w wieku pięciu czy sześciu lat pojechała z rodzicami na wycieczkę do Nowego Jorku. Zapamiętała z tej wyprawy dwie rzeczy: tancerki przesuwające się po scenie Radio City Music Hall, idealnie równo poruszające nogami, oraz przytłaczający gwar i ruch Grand Central Station, gdzie pełno było ogromnych podświetlanych tablic i wciąż napływał tłum. Ludzie na Grand Central fascynowali ją tak samo jak urzekły tancerki (i z tego samego powodu, chociaż zrozumiała to dopiero później), ale przerażał ją odgłos przejeżdżających pociągów, gdyż nie było wiadomo, skąd one przybywają ani dokąd jadą. Odcieleśnione piski i łoskot kół narastały i cichły, narastały i cichły, czasem w oddali, czasem zdawały się wstrząsać podłogą pod stopami. Słysząc, jak byk Erinyes szarżuje na oślep po labiryncie, przypomniała to sobie ze zdumiewającą wyrazistością. Rosie rozumiała, że ona, która nigdy nie zaryzykowała nawet jednego dolara na loterii stanowej ani nie obstawiła niczego w organizowanej przez parafię partii bingo o indyka lub komplet szklanek, teraz prowadziła ryzykowną grę, w której stawką było jej życie, a przegrana oznaczała śmierć... nie tylko jej, ale i dziecka. Pomyślała o mężczyźnie na dworcu Portside, tym z urodziwą, nie budzącą zaufania twarzą, oraz o grze w trzy karty, rozgrywanej na wieku walizki. Teraz ona była asem pikowym, a przerażające było to, że byk niekoniecznie potrzebował uszu czy powonienia, żeby trafić na ślad; mógł po prostu natknąć się przypadkowo.

Tak się jednak nie stało. Rosie minęła ostatni zakręt i ujrzała przed sobą schody. Dysząc, płacząc i śmiejąc się jednocześnie, wypadła z korytarza i wbiegła na nie. Pokonała pół tuzina stopni, po czym odwróciła się i spojrzała za siebie. Z tego miejsca widziała labirynt wijący się i ginący w ciemnościach, gmatwaninę zakrętów w prawo i w lewo, rozgałęzień i ślepych zaułków. Gdzieś daleko po prawej słyszała galopującego Erinyesa. Galopującego w dal. Były bezpieczne i Rosie odetchnęła z ulgą.

W myślach usłyszała głos „Wendy": „Spokojnie, dziewczyno, masz tu wrócić z dzieckiem. Spisałaś się nieźle, ale to jeszcze nie koniec".

Nie, na pewno nie. Musiała jeszcze pokonać ponad dwieście stopni, tym razem z dzieckiem w ramionach, a już była wyczerpana.

Jeden po drugim — radziła Praktycznie-Rozsądna. — Tak musisz to zrobić. Po jednym stopniu.

Tak, tak. Pani Praktycznie-Rozsądna. Królowa Dwunastostopniowej Terapii.

Rose ruszyła do góry (po jednym stopniu), od czasu do czasu zerkając przez ramię i snując na pół sformułowane (czy byki umieją wchodzić po schodach?) okropne myśli, gdy labirynt powoli zostawał w dole. Niemowlę w jej rękach stawało się coraz cięższe i cięższe, jakby działało tu jakieś upiorne prawo fizyki: im bliżej powierzchni, tym cięższe dziecko. W górze dostrzegła błysk światła i przywarła doń spojrzeniem. Przez chwilę zdawało się drwić z niej, pozostając w oddali, podczas gdy jej rwał się oddech, a krew dudniła w skroniach. Po raz pierwszy od prawie dwóch tygodni znów rozbolały ją nerki, pulsując tępym kontrapunktem do łomotu jej serca. Nie zwracała na to uwagi — przynajmniej w miarę możliwości — i nie odrywała oczu od nikłego światełka. W końcu zaczęło pęcznieć i przybierać kształt otworu u szczytu schodów.

Pozostało jej jeszcze pięć stopni, gdy poczuła paraliżujący skurcz mięśni prawego uda, zaczynający się pod kolanem, a kończący prawie na prawym pośladku. Kiedy sięgnęła ręką i próbowała rozmasować nogę, w pierwszej chwili miała wrażenie, że uciska głaz. Jęcząc cicho, z ustami wygiętymi z bólu w podkówkę, masowała mięśnie (jeszcze jedna czynność, jaką często wykonywała w ciągu wielu lat małżeństwa), aż wreszcie zaczęły wiotczeć. Zgięła nogę w kolanie, żeby sprawdzić, czy skurcz nie chwyci jej ponownie. Tak się nie stało, więc ostrożnie pokonała ostatnie stopnie, oszczędzając przy tym prawą nogę. Znalazłszy się na górze, stanęła, tocząc wokół oszołomionym spojrzeniem górnika, który wbrew swoim oczekiwaniom przeżył straszliwe tąpnięcie.

Kiedy przebywała pod ziemią, chmury przetoczyły się i nastał mglisty, lecz słoneczny, letni dzień. Powietrze było ciężkie i parne, ale Rosie uznała, że nigdy w życiu nie wdychała lepszego. Z wdzięcznością zwróciła mokrą od potu i łez twarz ku wyblakłemu błękitowi, jaki teraz widziała między umykającymi obłokami. Gdzieś w oddali złowrogo przetaczał się grom, jak pokonany byk miotający puste groźby. To sprawiło, że pomyślała o Erinyesie, biegającym w ciemnościach podziemi, wciąż szukającym kobiety, która wtargnęła do jego królestwa i wykradła jego łup. *Cherchez la femme* — pomyślała Rosie ze słabym uśmiechem. — Możesz *cherchez* ile chcesz, chłopie; ta *femme,* nie mówiąc już o jej *petite fille* — uciekła.

10

Rosie powoli odeszła od schodów. Na początku ścieżki wiodącej z powrotem do gaju uschniętych drzew usiadła, z dzieckiem na kolanach. Chciała tylko złapać oddech, ale zamglone słońce grzało ją w plecy i kiedy znów podniosła głowę, jakaś nieznaczna zmiana ułożenia cienia kazała jej sądzić, że mogła przez chwilę drzemać.

Gdy wstawała, krzywiąc się z bólu przeszywającego mięśnie prawego uda, usłyszała ochrypły, kłótliwy wrzask ptactwa — jakby liczna rodzina zaciekle sprzeczała się przy niedzielnym obiedzie. Dziecko w jej ramionach cicho zachrapało, gdy Rosie zmieniła pozycję na wygodniejszą, wydmuchnęło pęcherzyk śliny z wydętych warg, a potem znów umilkło. Rosie ubawiła się, a także pozazdrościła mu łagodnego, sennego spokoju.

Ruszyła ścieżką, a potem przystanęła i obejrzała się na to jedyne żywe drzewo o błyszczących zielonych liściach, uginające się pod ciężarem czerwonawopurpurowych owoców, oraz na znajdujące się opodal wejście do podziemi — jakby wzięte wprost z klasycznych baśni. Przez chwilę patrzyła na ten widok, chłonąc go oczami i duszą.

To rzeczywistość — pomyślała. — Czy te przedmioty, które widzę tak wyraźnie, mogłyby nie być rzeczywiste? Ponadto wiem, że się zdrzemnęłam. Czy można zdrzemnąć się we śnie? Czy człowiek może zasnąć, kiedy już śpi?

Zapomnij o tym — rzekła Praktycznie-Rozsądna. — To najlepsze wyjście, przynajmniej na razie.

Tak, pewnie tak.

Rosie ruszyła dalej i kiedy doszła do zwalonego drzewa, tarasującego ścieżkę, z rozbawieniem i lekkim rozgoryczeniem zobaczyła, że może uniknąć mozolnego przedzierania się przez plątaninę korzeni: była łatwiejsza ścieżka wokół korony drzewa.

Przynajmniej teraz jest — pomyślała, idąc nią. — Czy jesteś pewna, że była tu wcześniej?

Bulgot czarnego strumienia narastał jej w uszach, a kiedy dotarła na brzeg, zobaczyła, że poziom wody już zaczął opadać i kamienie brodu nie wydawały się tak niebezpiecznie małe; teraz miały wielkość płytek podłogowych, a zapach wody stracił swoją złowieszczą atrakcyjność. Pachniała po prostu jak bardzo twarda woda zostawiająca pomarańczowy pierścień osadu w wannie i w muszli klozetowej.

Ptasi wrzask: Zrobiłeś. Nie zrobiłem. Tak, zrobiłeś — znów rozdarł powietrze i Rosie zauważyła dwadzieścia lub trzydzieści największych ptaków, jakie widziała w życiu, siedzących rzędem na dachu świątyni. Były o wiele za duże na wrony i po chwili doszła do wniosku, że muszą być miejscową odmianą sępów lub kondorów. Tylko skąd się wzięły? I po co tu siedziały?

Nie zdając sobie sprawy z tego, że to robi, patrząc na ptaki, Rosie mocniej przycisnęła dziecko do piersi, aż poruszyło się i zapłakało przez sen. Wszystkie poderwały się jednocześnie, a ich skrzydła załopotały jak prześcieradła na sznurze. Wydawało się, że zauważyły, iż ona patrzy na nie, i nie spodobało im się to. Większość odfrunęła w gęstwinę uschłych drzew za jej plecami, ale kilka pozostało pod zamglonym niebem, krążąc nad jej głową niczym złowrogi omen w westernie.

Skąd się wzięły? Czego chcą?

Pytania, na które Rosie nie znała odpowiedzi. Odsunęła te myśli od siebie i stąpając po kamieniach, przeszła przez strumień. Zbliżając się do świątyni, dostrzegła zapuszczoną, lecz jeszcze widoczną ścieżkę wiodącą wokół kamiennej ściany. Poszła nią bez namysłu, chociaż była naga, a po obu stronach dróżki rosły ciemiste zarośla. Stąpała ostrożnie, obracając się bokiem, aby uchronić biodro przed podrapaniem, trzymając (Caroline) dziecko wysoko, poza zasięgiem cierni. Mimo tych środków ostrożności Rosie nie udało się uniknąć dwóch zadrapań, ale tylko jedno — na obolałym prawym udzie — było tak głębokie, że lekko krwawiło.

Kiedy minęła narożnik świątyni i spojrzała na jej front, odniosła wrażenie, że budynek jakoś się zmienił, ale nie umiała rozpoznać tej zmiany. Zapomniała o tym w przypływie ulgi, widząc „Wendy" wciąż stojącą przy obalonej kolumnie, lecz przeszedłszy tuzin kroków w jej kierunku, Rosie stanęła i obejrzała się, szeroko otwierając oczy i umysł.

Tym razem natychmiast zauważyła zmianę i wydała cichy okrzyk zdumienia. Świątynia Byka wyglądała teraz dziwnie nierealnie... dwuwymiarowo. Przypomniała Rosie wiersz o malowanym statku na malowanym oceanie, przerabiany w szkole średniej. Dziwne, niepokojące wrażenie, że świątynia jest zdeformowana (lub istnieje w jakimś obcym wszechświecie, nie mającym nic wspólnego z Euklidesem, gdzie obowiązują inne prawa geometrii), minęło po chwili, a wraz z nim niepokój, jaki budził jej widok. Teraz poszczególne linie znajdowały się dokładnie w tych miejscach, w których powinny; architektura budynku była pozbawiona tych dziwnych załamań i zniekształceń, tak kłopotliwych dla oczu. W rzeczy samej, ta budowla wyglądała teraz jak na obrazie spłodzonym przez artystę, którego mierny talent i przeciętne poczucie romantyzmu zaowocowało kiczem z rodzaju tych, które zawsze kończą swój żywot, zbierając kurz w rogu piwnicy lub na półce strychu, razem ze starymi egzemplarzami „National Geographic" oraz stertą zdekompletowanych puzzli.

Albo w rzadko przeszukiwanym zakamarku lombardu.

— Dziewczyno! Hej, dziewczyno!

Obróciła się do „Wendy" i zobaczyła, że ta macha do niej niecierpliwie.

— Pośpiesz się i przynieś mi dziecko! Nie pora na podziwianie widoków!

Rosie zignorowała ją. Ryzykowała życie dla tego dziecka i nie da się poganiać. Odwinęła kocyk i obejrzała ciałko, równie białe i żeńskie jak jej własne. Na tym jednak kończyło się podobieństwo. Dziecko nie nosiło żadnych blizn, żadnych śladów pozostawionych przez zęby. Na tym małym i ślicznym ciałku Rosie nie dostrzegła nawet najmniejszego znamienia. Powoli przesunęła palcem — od wypukłości kostki, przez wypukłość biodra, po wypukłość ramienia. Doskonałe.

Tak, doskonałe. A teraz, kiedy ryzykowałaś dla niej życie, Rosie, teraz, kiedy uratowałaś ją przed ciemnością, bykiem i Bóg wie przed czym jeszcze, czy zamierzasz oddać ją tym dwóm kobietom? Obie cierpią na jakąś chorobę, a ta na wzgórzu w dodatku ma zaburzenia psychiczne. Poważne zaburzenia psychiczne. Czy masz zamiar oddać im to dziecko?

— Nic jej nie będzie — odezwała się brązowoskóra kobieta. Rosie odwróciła się na pięcie w kierunku głosu. „Wendy Yarrow" stała teraz tuż przy niej i ze zrozumieniem spoglądała na Rosie.

— Tak — powiedziała, kiwając głową, jakby Rosie głośno wyraziła swoje wątpliwości. — Wiem, co myślisz, i uważam, że wszystko jest w porządku. Ona jest szalona, nie ma co do tego cienia wątpliwości, lecz jej szaleństwo nie obejmuje dziecka. Ona wie, że chociaż je zrodziła, dziecko nie należy do niej, tak samo jak nie należy do ciebie.

Rosie zerknęła w kierunku wzgórza, na którym dostrzegła kobietę w chitonie, stojącą obok kucyka i czekającą na dalszy rozwój wydarzeń.

— Jak ona się nazywa? — zapytała Rosie. — Matka dziecka? Czy to...

— Nieważne — odparła kobieta w czerwonej sukni, przerywając Rosie w połowie zdania, jakby powstrzymując ją przed powiedzeniem jakiegoś słowa, które powinno paść. — Jej imię nie ma znaczenia, dziewczyno. Natomiast stan jej umysłu ma. Ona jest ostatnio bardzo niecierpliwa w wyniku tych wszystkich przejść. Lepiej przestańmy gadać i chodźmy.

— Postanowiłam dać dziecku na imię Caroline — powiedziała Rosie. — Norman mówił, że mogę. Wcale go to nie obchodziło.

Zaczęła płakać.

— Wydaje mi się, że to ładne imię. Dobre imię. No, nie płacz. Przestań. — „Wendy" objęła Rosie ramieniem i razem zaczęły wspinać się na wzgórze. Trawa szeptała cicho wokół bosych nóg Rosie i łaskotała ją w kolana. — Wysłuchasz mojej rady, dziewczyno?

Rosie popatrzyła na nią z ciekawością.

— Wiem, że w takich smutnych sprawach trudno komuś radzić, ale pomyśl, jakie mam po temu kwalifikacje: urodziłam się jako niewolnica, wychowałam w łańcuchach i zostałam wyzwolona przez kobietę, która jest prawie boginią. Przez nią. — Wskazała milczącą postać czekającą na nie. — Ona piła ze źródła młodości i mi również kazała pić. Teraz trwamy razem, i nie wiem jak ona, ale czasami, kiedy patrzę w lustro, chciałabym mieć zmarszczki. Pochowałam moje dzieci i ich dzieci, a także dzieci ich dzieci w piątym pokoleniu. Widziałam, jak wojny przetaczają się niczym fale zmywające ślady stóp i zamki z piasku na plaży. Widziałam palonych na stosach i setki głów, pozatykane na palach wzdłuż ulic miasta Lud, widziałam, jak mordowano mądrych przywódców i sadzano na ich miejscu głupców, i wciąż żyję. — Westchnęła głęboko. — Wciąż żyję i jeśli coś daje mi prawo do udzielania rad, to tylko to. Wysłuchasz mnie? Odpowiedz. To nie jest rada, jaką dałabym ci przy niej, a jesteśmy coraz bliżej.

— Tak, powiedz mi — odparła Rosie.

— Lepiej nie pieścić się z przeszłością. Liczą się nie te ciosy, które zadajemy, ale te, które zdołamy znieść. Teraz pamiętaj, jeśli chcesz pozostać przy zdrowych zmysłach, nie mówiąc już o życiu, nie patrz na nią!

Ostatnie słowa kobieta w czerwonej sukni wymówiła przenikliwym szeptem. Niecałą minutę później Rosie ponownie stanęła przed jasnowłosą kobietą. Wbiła wzrok w rąbek chitonu Rose Madder, nie zdając sobie sprawy z tego, że za mocno przyciska „Caroline", aż dziecko poruszyło się w jej ramionach i z urazą machnęło rączką. Obudziło się i z wyraźnym zainteresowaniem patrzyło na Rosie. Jego oczy miały ten sam kolor zamglonego błękitu, co letnie niebo nad głową.

— Spisałaś się doskonale, naprawdę — usłyszała ten cichy i słodki, ochrypły głos. — Dziękuję ci. Teraz daj mi ją.

Rose Madder wyciągnęła ręce. Roiły się na nich cienie, lecz Rosie dostrzegła coś, co spodobało jej się jeszcze mniej: między palcami kobiety tkwił gęsty, szarozielony śluz, jak mech. Lub jak łuska. Nie myśląc o tym, co robi, Rosie przycisnęła dziecko. Tym razem wierzgnęło mocniej i wydało krótki krzyk protestu.

Brązowa dłoń dotknęła ramienia Rosie.

— Wszystko w porządku, mówię ci. Ona nie zrobi mu krzywdy, a ja zajmę się nim do końca naszej podróży. To nie potrwa długo, a potem oddamy dziecko... no, to nieistotne. Jeszcze przez jakiś czas dziecko należy do niej. Oddaj je, dziewczyno.

Czując, że jest to najtrudniejsza decyzja, jaką podjęła w życiu złożonym z samych trudnych decyzji, Rosie podała dziecko kobiecie w chitonie. Usłyszała cichy pomruk satysfakcji i szare ręce wzięły dziewczynkę. Ta spojrzała na twarz, przed której oglądaniem ostrzegano Rosie... i roześmiała się.

— Tak, tak — zamruczał ochrypły słodki głos i było w nim coś z uśmiechu Normana, coś, co budziło u Rosie chęć krzyku. — Tak, moja słodka, tam było ciemno, prawda? Ciemno, paskudnie i źle, tak, mama wie.

Cętkowane dłonie przycisnęły dziecko do jasnoróżowej szaty. Mała popatrzyła, uśmiechnęła się, a potem położyła główkę na piersi matki i znów zamknęła oczy.

— Rosie — powiedziała kobieta w chitonie. Jej głos był obcy, nieobecny, szalony. Głos despoty, który niebawem obejmie dowodzenie nad wymyślonymi armiami.

— Tak — odparła Rosie, prawie szepcząc.

— Prawdziwa Rosie. *Rosie Real.*

— T-tak. Chyba.

— Pamiętasz, co ci powiedziałam, zanim tam zeszłaś?

— Tak — przytaknęła Rosie. — Pamiętam bardzo dobrze.

Wolałaby nie pamiętać.

— Co takiego? — pytała niecierpliwie Rose Madder. — Co takiego mówiłam, *Rosie Real*?

— „Ja odpłacam".

— Tak. Ja odpłacam. Bardzo było źle, tam, w ciemności? Czy bardzo było ci źle, *Rosie Real*?

Zastanowiła się nad tym.

— Źle, ale nie najgorzej. Chyba najgorszy był strumień. Chciałam się napić.

— W twoim życiu było wiele rzeczy, o których chciałabyś zapomnieć?

— Tak. Sądzę, że tak.

— O twoim mężu?

Skinęła głową.

Kobieta trzymająca na rękach śpiące dziecko przemówiła z niesamowitą, spokojną pewnością siebie, która zmroziła Rosie.

— Weźmiesz z nim rozwód.

Rosie otworzyła usta, lecz nie mogła nic powiedzieć i znów je zamknęła.

— Mężczyźni to bestie — stwierdziła Rose Madder tonem towarzyskiej pogawędki. — Niektórych można oswoić, a potem wytresować. Innych nie. Kiedy natrafiamy na takiego, którego nie można oswoić ani wytresować, na łotra, czy powinnyśmy czuć się przeklęte lub oszukane? Czy powinnyśmy siedzieć przy drodze albo, na przykład, w bujanym fotelu obok łóżka, opłakując nasz los? Czy powinnyśmy sprzeciwiać się *ka*? Nie, gdyż *ka* jest kołem poruszającym świat, kołem, które zmiażdży stającego przeciw niemu mężczyznę czy kobietę. Lecz dziką bestię trzeba poskromić. I musimy podjąć się tego z nadzieją w sercach, gdyż następna zawsze może okazać się inną.

Bill nie jest bestią — pomyślała Rosie, wiedząc, że nigdy nie odważyłaby się powiedzieć tego głośno tej kobiecie. Zbyt łatwo było wyobrazić sobie, jak łapie cię i rozszarpuje zębami gardło.

— W każdym razie bestia będzie walczyć — rzekła Rose Madder. — To leży w naturze wszystkich bestii: ze spuszczonymi łbami rzucać się na siebie, żeby wypróbować rogi. Rozumiesz?

Rosie nagle uświadomiła sobie, że naprawdę rozumie, co mówi do niej ta kobieta, i poczuła lęk. Podniosła palce do ust i dotknęła warg. Były suche, rozpalone.

— Nie będzie żadnej walki — powiedziała. — Nie będzie żadnej walki, ponieważ oni nie wiedzą o sobie. Oni...

— Bestie będą walczyć — powtórzyła jednak Rose Madder,

a potem podała coś Rosie. Ta dopiero po chwili pojęła, co to jest: złota bransoleta, którą kobieta nosiła nad prawym łokciem.

— Ja... ja nie mogę...

— Weź ją! — rzekła kobieta w chitonie z nagłą niecierpliwością. — Weź ją, weź! I przestań wreszcie skamleć! Na miłość wszystkich kiedykolwiek istniejących bogów, skończ z tym głupim skamleniem!

Rosie wyciągnęła drżącą rękę i wzięła bransoletę. Chociaż metal dotykał ciała jasnowłosej, był zimny. Jeśli każe mi ją włożyć, nie wiem, co zrobię — pomyślała Rosie, lecz Rose Madder nie zażądała tego. Wyciągnęła cętkowane ramię i wskazała na drzewo oliwne. Sztalugi zniknęły, a obraz — tak jak ten w pokoju — powiększył się do ogromnych rozmiarów. A także zmienił się. W dalszym ciągu ukazywał pokój przy Trenton Street, lecz teraz nie było na nim kobiety zwróconej twarzą do drzwi ani cienia na ścianie i sofie. Nic dziwnego; przecież w pokoju zalegał mrok. Spod koca na łóżku wystawało tylko jedno nagie ramię i kosmyk jasnych włosów.

To ja — pomyślała zdumiona Rosie. — To ja śpię i śnię ten sen.

— Idź — rzekła Rose Madder i dotknęła jej głowy. Rosie zrobiła krok w kierunku obrazu, głównie po to, aby uniknąć nawet najlżejszego dotknięcia tej zimnej i okropnej dłoni. Robiąc to, usłyszała bardzo słaby odgłos ruchu ulicznego. Świerszcze skakały wokół jej stóp i kostek brodzących w wysokiej trawie. — Idź, mała *Rosie Real.* Dziękuję za uratowanie mojego dziecka.

— Naszego dziecka — powiedziała Rosie i natychmiast wpadła w przerażenie. Osoba poprawiająca tę kobietę sama musiała być szalona.

A jednak głos kobiety w jasnoczerwonym chitonie pobrzmiewał raczej rozbawieniem niż gniewem, gdy odparła:

— Tak, tak, jeśli tak wolisz, nasze dziecko. Teraz idź. Pamiętaj to, o czym masz pamiętać i zapomnij to, co powinnaś zapomnieć. Broń się, kiedy będziesz poza moim zasięgiem.

Możesz być tego pewna — pomyślała Rosie. — I na pewno nie przyjdę prosić cię o jakieś przysługi. To byłoby jak wynajmowanie Idiego Amina, żeby obsłużył przyjęcie w ogrodzie, albo Adolfa Hitlera do...

Przestała o tym myśleć, gdy zobaczyła, jak kobieta na obrazie porusza się i przykrywa kocem odsłonięte ramię.

To już nie był obraz.

Okno.

— Idź, dziewczyno — teraz odezwała się kobieta w czerwonej sukni. — Dobrze się spisałaś. Idź, zanim ona zmieni zdanie.

Rosie ruszyła w kierunku obrazu, a za jej plecami Rose Madder przemówiła ponownie i tym razem jej głos nie był słodki ani namiętny, lecz donośny, ochrypły i groźny:

— I pamiętaj: Ja odpłacam!

Rosie skrzywiła się i zamknęła oczy, słysząc ten niespodziewany krzyk; rzuciła się naprzód, nagle pewna, że kobieta w chitonie zapomniała już, jaką przysługę oddała jej Rosie, i postanowiła ją zabić. Potknęła się o coś (może o dolny brzeg obrazu?) i zaczęła spadać. Zdążyła jeszcze poczuć, że żołądek wiruje jej jak karuzela, a potem była tylko ciemność, przelatująca w oczach i w uszach. W niej rozlegał się jakiś złowieszczy dźwięk, odległy, lecz coraz bliższy. Może był to odgłos pociągów w głębokich tunelach pod Grand Central Station, może łoskot gromu, a może byk Erinyes, biegający ze spuszczonym łbem po swoim labiryncie i dźgający powietrze krótkimi, ostrymi rogami.

11

Pływała cicho i bezmyślnie, jak płód w worku swojego łożyska, aż do siódmej rano. Wtedy big ben na szafce wyrwał ją ze snu swoim przeraźliwym wyciem. Rosie zerwała się, młócąc powietrze sztywnymi jak szpony rękami i krzycząc coś, czego nie rozumiała, jakieś słowa z zapomnianego już snu: Nie każ mi na siebie patrzeć! Nie każ mi na siebie patrzeć! Nie każ! Nie każ!

Potem ujrzała kremowe ściany, sofę będącą tylko sporym fotelem z pretensjami do wielkości, światło wpadające przez okno — i wykorzystała te przedmioty, żeby umiejscowić się w rzeczywistości, której potrzebowała. Kimkolwiek się stała i dokądkolwiek podążyła w swoich snach, teraz była Rosie McClendon, samotną kobietą zarabiającą na życie nagrywaniem książek dźwiękowych. Bardzo długo żyła ze złym mężczyzną, ale zostawiła go i spotkała dobrego. Mieszkała pod numerem 897 przy Trenton Street, na pierwszym piętrze, przy końcu korytarza, z pięknym widokiem na Bryant Park. Och — i jeszcze jedno. Była samotną kobietą, która już nigdy w życiu nie tknie hot doga długości trzydziestu centymetrów, a szczególnie z majonezem i kiszoną kapustą. Najwyraźniej jej nie służyły. Nie pamiętała, co jej się śniło (pamiętaj to, o czym masz pamiętać, i zapomnij to, co powinnaś zapomnieć), wiedziała jednak, od czego to wszystko się zaczęło: od tego, że weszła w ten przeklęty obraz, jak Alicja przechodząca na drugą stronę lustra.

Przez chwilę Rosie siedziała bez ruchu, owijając się najlepiej jak umiała w swój świat *Rosie Real,* a potem sięgnęła po niezmordowany budzik. Zamiast nacisnąć go, strąciła na podłogę.

— Zatrudniajcie inwalidów, miło na nich popatrzeć — wykrztusiła.

Schyliła się i wymacała zegarek, jeszcze raz zafascynowana widokiem blond włosów, jakie dostrzegła kątem oka, loków zupełnie niepodobnych do tych, jakie nosiła niepozorna, myszowata Rosie Daniels. Znalazła budzik, wymacała kciukiem przycisk wyłączający dzwonienie i nagle znieruchomiała, zauważając coś jeszcze. Pierś dotykająca jej przedramienia była naga.

Wyłączyła budzik, a potem usiadła, wciąż trzymając go w ręce. Odchyliła poszewkę i lekki koc. Dolną część ciała miała równie nagą jak górną.

— Gdzie jest moja koszulka? — spytała pustego pokoju. Pomyślała, że jeszcze nigdy nie słyszała czegoś równie głupiego... Nie przywykła jednak chodzić spać w koszuli, a budzić się nago. Nawet czternaście lat małżeństwa z Normanem nie przygotowało ją do czegoś podobnego. Odstawiła zegar na szafkę, opuściła nogi z łóżka...

— Au! krzyknęła, zdumiona i przestraszona bólem i odrętwieniem bioder i ud. Bolał ją nawet tyłek. — Au, au, AU!

Siedząc na brzegu łóżka, delikatnie rozmasowała sobie prawą nogę, a potem lewą. Mogła nimi ruszać, ale bolały ją, szczególnie prawa. Czuła się tak, jakby przez cały poprzedni dzień wykonywała wszystkie możliwe ćwiczenia na przyrządach do wiosłowania, a także jazdy na rowerze z „atlasem" włącznie, podczas gdy jedynym jej wysiłkiem była przechadzka z Billem, a i ta była powolnym spacerkiem.

Ten dźwięk przypominał pociągi na Grand Central Station — pomyślała.

Jaki dźwięk?

Przez moment sądziła, że już to ma, a przynajmniej ma coś, lecz zaraz skojarzenie umknęło. Powoli i ostrożnie podniosła się z łóżka, przez chwilę stała tuż przy nim, a potem poszła prosto do łazienki. Pokuśtykała do łazienki. Powłóczyła prawą nogą, jakby naprawdę ją jakoś naciągnęła, i bolały ją nerki. Co, u Boga Ojca...?

Przypomniała sobie, że czytała o tym, iż ludzie czasami „uciekają" przed czymś we śnie. Może właśnie to robiła; może gąszcz snów, których nie pamiętała, stał się tak straszny, że naprawdę spróbowała od nich uciec. Stanęła w drzwiach łazienki i obejrzała się na swoje łóżko. Prześcieradło było pomięte, ale nie poskręcane czy ściągnięte, czego można by oczekiwać, gdyby rzeczywiście wykazywała taką aktywność we śnie.

A jednak Rosie dostrzegła coś, co nie spodobało jej się, coś, co ze straszliwą i niespodziewaną gwałtownością przypomniało jej dawne, złe dni: ślady krwi. To były raczej cienkie kreski niż krople i o wiele za nisko, żeby pochodziły z rozbitego nosa czy rozciętej wargi... jeśli oczywiście nie poruszała się tak energicznie we śnie, by przez jakiś czas mieć głowę w nogach. W następnej chwili pomyślała, że może to efekt wizyty „kardynała" (tak matka kazała jej mówić o menstruacji, jeżeli w ogóle musi o tym mówić), lecz to zdecydowanie nie była ta pora miesiąca.

„Czy to twój czas, dziewczyno? Twoja pora księżyca?".

— Co? — spytała pustego pokoju. — O co chodzi z tym księżycem?

I znów pojawiło się jakieś skojarzenie, a potem umknęło, zanim zdołała je schwytać. Spojrzała na siebie i rozwiązała przynajmniej jedną zagadkę. Na górnej części prawego uda miała zadrapanie, i to wyglądające dość paskudnie. Niewątpliwie z niego pochodziła krew na prześcieradle.

Czy zadrapałam się we śnie? Czy to...

Tym razem myśl, która przyszła jej do głowy, pozostała trochę dłużej, może dlatego, że nie była to wcale myśl, lecz obraz. Ujrzała nagą kobietę — siebie — ostrożnie przeciskającą się ścieżką porośniętą kolczastymi zaroślami. Kiedy odkręciła prysznic i podstawiła rękę pod strumień wody, żeby sprawdzić temperaturę, stwierdziła, że zastanawia się nad tym, czy można spontanicznie krwawić we śnie... podobnie jak ci ludzie, którzy krwawili z rąk i nóg w Wielki Piątek.

Stygmaty? Czy chcesz powiedzieć, że na domiar wszystkiego masz jeszcze stygmaty cierpienia?

Niczego nie twierdzę, ponieważ niczego nie jestem pewna — odpowiedziała w myślach sama sobie — jakże prawdziwie. Podejrzewała, iż mogłaby uwierzyć, choć z trudem, że zadrapanie może samoistnie pojawić się na skórze śpiącej osoby, dokładnie takie samo i w tej samej chwili, co we śnie. To było trochę naciągane, ale nie nieprawdopodobne. Nieprawdopodobne natomiast było to, że śpiąca osoba może sprawić, iż nocna koszula zniknie z jej ciała... śniąc, że jest naga.

(„Zdejmij to, co masz na sobie.

Nie mogę tego zrobić! Nie mam nic pod spodem!

Nikomu nie powiem...").

Widmowe głosy. W jednym rozpoznała własny, ale drugi?

To bez znaczenia. Nie, jasne, że nie. Zdjęła koszulę we śnie, to wszystko, a może przebudziwszy się na chwilę, ale teraz nie pamiętała tego, podobnie jak nie pamiętała upiornych snów o ucieczce w ciemności lub o przechodzeniu przez czarny strumień po białych kamieniach. Na pewno zdjęła ją i kiedy zacznie szukać, niewątpliwie znajdzie koszulę wciśniętą pod łóżko.

— Pewnie. Chyba że ją zjadłam albo...

Cofnęła rękę, którą sprawdzała wodę, i ze zdziwieniem spojrzała na palce. Na ich czubkach ujrzała czerwonawopurpurowe plamy, a pod paznokciami resztki tego samego barwnika. Powoli uniosła dłoń bliżej oczu i głos z głębi jej jaźni — tym razem nie należący do Praktycznie-Rozsądnej, przynajmniej tak sądziła — odezwał się z wyraźnym niepokojem: „Nie wkładaj do ust ręki, którą dotykałaś nasion! Nie wkładaj! Nie!".

— Jakie nasiona? — spytała przestraszona Rosie. Powąchała palce i poczuła ślad zapachu, woń przypominającą pieczenie ciasta i cukier puder. — Jakie nasiona? Co zaszło minionej nocy? Czy to...

Przerwała. Wiedziała, co zamierzała powiedzieć, ale nie chciała słyszeć tego pytania, zawisłego w powietrzu jak niedokończona sprawa: Czy to wciąż się dzieje?

Weszła pod prysznic, ustawiła najgorętszy strumień, jaki mogła znieść, a potem chwyciła mydło. Szczególnie starannie umyła ręce, szorując je, dopóki mogła dostrzec choćby ślad tego jasnoróżowego barwnika pod paznokciami. Potem umyła głowę, nieśmiało podśpiewując sobie przy tym. Curt sugerował, że powinna ćwiczyć dziecinne rymowanki w różnych tonacjach i rejestrach. Tak też zrobiła, ściszając głos, żeby nie niepokoić lokatorów piętro wyżej i niżej. Kiedy pięć minut później wyszła spod prysznica i wysuszyła włosy, jej ciało nic przypominało już konstrukcji z drutu kolczastego i tłuczonego szkła. Głos także stał się prawie normalny.

Zaczęła wkładać dżinsy i podkoszulek, ale przypomniała sobie, że Rob Lefferts zaprasza ją na lunch, więc zamiast spodni włożyła nową spódniczkę. Potem usiadła przed lustrem, żeby zapleść sobie warkocz. To była żmudna praca, ponieważ ścierpły jej plecy, ramiona i ręce. Gorący prysznic poprawił sytuację, ale niezupełnie.

Tak, to była całkiem spora dziewczynka, jak na swój wiek — pomyślała, tak zajęta splataniem warkocza, że nie zdawała sobie sprawy z tego, co jej krąży po głowie. Na koniec spojrzała w lustro ukazujące pokój za jej plecami i ujrzała coś, co sprawiło, że szeroko otworzyła oczy. W jednej chwili zapomniała o wszystkich dziwnych sprawach, zaobserwowanych tego ranka.

— O mój Boże — wyszeptała zduszonym głosem. Wstała i na nogach pozbawionych czucia jak drewniane kołki przeszła przez pokój.

Pod wieloma względami obraz wyglądał tak samo. Jasnowłosa z warkoczem opadającym na plecy i uniesioną ręką stała na szczycie wzgórza, ale teraz dłoń osłaniająca oczy nie dziwiła, gdyż błyskawice przecinające niebo zniknęły. Niebo nad kobietą w krótkiej tunice miało bladoniebieską barwę mglistego, lipcowego dnia. Po tym niebie krążyło kilka czarnych ptaków, których przedtem nie było, ale Rosie ledwie je zauważyła.

Niebo jest niebieskie, ponieważ burza minęła — pomyślała. — Skończyła się, kiedy byłam... no... kiedy byłam gdzie indziej.

Pamiętała jedynie, że to miejsce było mroczne i przerażające. To wystarczy; nie chciała pamiętać nic więcej. Przemknęła jej myśl o tym, że może jednak nie odda obrazu do ponownego oprawienia. Wiedziała, że zmieniła już zdanie i nie pokaże go nazajutrz Billowi, a nawet nie wspomni o nim. Niedobrze, że zauważyła, jak burzowe chmury na płótnie zmieniają się w mglisty, słoneczny dzień, ale jeszcze gorzej by było, gdyby nie dostrzegła żadnej zmiany. To oznaczałoby, że traci zmysły.

Nie wiem, czy w ogóle chcę mieć to cholerstwo — doszła do wniosku. — Jest przerażające. Chcesz usłyszeć coś naprawdę bulwersującego? — zapytywała siebie. — Myślę, że ten obraz jest zaczarowany.

Podniosła wyjęte z ram płótno, trzymając jego krawędzie w dłoniach, nie dopuszczając do siebie myśli (ostrożnie, Rosie, nie daj się), która kazała jej postępować w ten sposób. Na prawo od drzwi prowadzących na korytarz była mała garderoba, a w niej nic oprócz tenisówek, które miała na nogach, kiedy opuściła Normana, i nowego swetra z jakiegoś taniego syntetycznego włókna. Musiała odłożyć obraz, żeby otworzyć drzwi (oczywiście, mogła wetknąć go pod pachę, uwalniając jedną rękę, lecz jakoś nie miała na to ochoty), a kiedy znów go podniosła, zastygła, mierząc malowidło uważnym spojrzeniem. Wyszło słońce — zdecydowanie nowy element — a na niebie nad świątynią krążyły wielkie czarne ptaki, ale czy nie było tam czegoś jeszcze? Jakiejś innej zmiany? Tak jej się zdawało i doszła do wniosku, że nie może się zorientować, gdyż chodzi nie o dodatek, lecz o brak czegoś. Coś zniknęło. Coś...

Nie chcę wiedzieć — powiedziała sobie Rosie. — Nie chcę nawet o tym myśleć, i tyle.

Tak, i tyle. Mimo wszystko było jej przykro, że tak to odczuwa, ponieważ uważała obraz za amulet przynoszący jej szczęście, coś w rodzaju króliczej łapki. Nie miała cienia wątpliwości co do tego, że to myśl o Rose Madder, stojącej tak nieustraszenie na szczycie wzgórza, pozwoliła jej przetrwać pierwszy dzień w studiu nagrań, kiedy Rosie miała taką okropną tremę. Dlatego nie chciała źle myśleć o tym obrazie i z całą pewnością nie chciała obawiać się go... A jednak. W końcu niebo na starych obrazach olejnych zazwyczaj nie rozchmurza się przez noc, a liczba dostrzeganych na nich szczegółów nie zwiększa się ani nie zmniejsza, jakby jakiś niewidzialny operator zmieniał obiektywy. Nie wiedziała jeszcze, co zrobi z tym obrazem, lecz miała pewność, gdzie zostawi go teraz i przez nadchodzący weekend: w szafie, w towarzystwie jej starych tenisówek.

Schowała go tam, opierając o ścianę (walcząc z chęcią ustawienia go wizerunkiem do ściany), a potem zamknęła drzwi. Zrobiwszy to, włożyła swoją jedyną porządną bluzkę, wzięła torebkę i wyszła z pokoju. Idąc długim, ciemnym korytarzem wiodącym do schodów, usłyszała dwa ciche słowa dobiegające z najgłębszych pokładów jej jaźni: „Ja odpłacam". Przystanęła na szczycie schodów, drżąc tak gwałtownie, że prawie upuściła torebkę i przez moment poczuła ból w prawej nodze, jakby chwycił ją okropny skurcz. Potem wszystko minęło i Rosie szybko zeszła na dół. Nie będę o tym myśleć — mówiła sobie, idąc ulicą na przystanek autobusowy. — Nie muszę, jeśli nie chcę, a zdecydowanie nie mam na to ochoty. Wolę myśleć o Billu. O Billu i o jego motocyklu.

12

Myśląc o Billu, bez przygód dotarła do pracy i mrocznego świata „Zabijcie wszystkie moje jutra", a przy lunchu miała jeszcze mniej czasu, żeby rozmyślać o kobiecie na obrazie. Pan Lefferts zabrał ją do włoskiej restauracji Della Femmina, najładniejszego lokalu, w jakim kiedykolwiek była, i gdy jadła melona, wystąpił z tym, co nazywał „korzystniejszymi warunkami współpracy". Proponował jej kontrakt, zgodnie z którym otrzymywałaby osiemset dolarów tygodniowo przez dwadzieścia tygodni lub do czasu nagrania dwunastu książek. Nie był to tysiąc tygodniowo, jak radziła jej żądać Rhoda, ale Robbie obiecał również skontaktować ją z agentem, który załatwiłby jej tyle pracy przy nagraniach, ile będzie chciała.

— Mogłabyś zarabiać dużo więcej, Rosie, jeśli zechcesz... tylko po co się zarzynać?

Spytała go, czy może zastanowić się nad tym przez weekend. Pan Lefferts odparł, że oczywiście. Zanim zostawił ją w holu Corn Building (Rhoda i Curt siedzieli razem na ławce koło windy, plotkując jak para złodziejaszków), wyciągnął do niej rękę. Odwzajemniła gest, spodziewając się, że wymienią uścisk dłoni. Tymczasem on ujął jej rękę, skłonił się i ucałował ją. Ten gest — jeszcze nikt nie pocałował jej w rękę, chociaż widziała to na wielu filmach — sprawił, że przeniknęły ją dreszcze.

Dopiero gdy siedziała w kabinie nagrań patrząc, jak Curt zakłada nową taśmę, wróciła myślami do obrazu, który był teraz bezpiecznie (masz nadzieję, Rose, masz nadzieję) schowany w garderobie. Nagle uświadomiła sobie, na czym polegała zmiana, czego brakowało na obrazie. Bransolety. Kobieta w jasnoczerwonym chitonie nosiła ją nad prawym łokciem. A tego ranka na jej ręce, aż po kształtne ramię, nie było żadnej ozdoby.

13

Wróciwszy wieczorem do swojego mieszkania, Rosie uklękła i zajrzała pod nie zasłane łóżko. Złota bransoleta leżała pod nim, lśniąc łagodnym blaskiem. Rosie wydała się obrączką olbrzymki. Obok leżało jeszcze coś: małe zawiniątko z niebieskiego materiału. Wyglądało na to, że znalazła kawałek zaginionej koszuli nocnej. Na bawełnie widniały czerwonawopurpurowe plamy. Wyglądały jak krew, ale Rosie wiedziała, że to sok owoców, których lepiej nie kosztować. Tego ranka pod prysznicem zmyła z palców podobne plamy.

Bransoleta była niezwykle ciężka — mogła ważyć nawet kilogram. Jeżeli była zrobiona z tego, na co wyglądała, ile mogła być warta? Dwanaście tysięcy dolarów? Piętnaście? Nieźle, zważywszy na to, że w jakiś sposób wypadła z obrazu, który dostała w zamian za prawie bezwartościowy pierścionek zaręczynowy. Mimo to Rosie spojrzała na nią niechętnie i położyła na nocnym stoliku, obok lampki.

Przez chwilę trzymała w ręce pakiecik z niebieskiej bawełny, siedząc jak nastolatka, ze skrzyżowanymi nogami i plecami opartymi o łóżko, a potem odwinęła jeden róg zawiniątka. Ujrzała trzy nasiona, trzy małe nasiona, i kiedy spoglądała na nie bezradnie i z obezwładniającym przerażeniem, te bezlitosne słowa powróciły, dudniąc w głowie jak kościelne dzwony:

„Ja odpłacam”.

VII

NA PIKNIKU

1

Norman uprawiał *trolling*.

Leżał w swoim pokoju hotelowym przez cały czwartkowy wieczór, aż czas minął linię północy, cienką jak ostrze noża, rozpoczynając piątek. Wyłączył wszystkie światła oprócz fluoryzującej lampy nad umywalką w łazience; napełniała pokój rozproszoną poświatą, jaką lubił. Przypominało mu to światła ulicznych lamp widzianych w gęstej mgle. Leżał niemal w takiej samej pozie, w jakiej Rosie leżała przed zaśnięciem tej czwartkowej nocy, tyle że pod poduszką trzymał jedną rękę, a nie dwie. Drugiej potrzebował do trzymania papierosa i podnoszenia stojącej na podłodze butelki glenlivet.

Gdzie jesteś, Rosie? — pytał żonę, której już tu nie było. — Gdzie jesteś i gdzie znalazłaś odwagę, żeby uciec, taka mała wystraszona mysz, jak ty?

Najbardziej interesowało go to drugie — jak śmiała. Pierwsza sprawa praktycznie nie miała takiego znaczenia, ponieważ wiedział, gdzie ona będzie w sobotę. Lew nie musi wiedzieć, gdzie pasie się zebra; wystarczy, że zaczeka przy jej wodopoju. Jak dotąd, całkiem nieźle, a mimo to... jak w ogóle śmiała go opuścić? Gdyby nawet miał nie żyć po tej ostatniej rozmowie, i tak chciał to wiedzieć. Czy to było zaplanowane? Przypadkowe? Wyskok spowodowany nagłym impulsem? Czy ktoś jej pomagał (oprócz oczywiście nieodżałowanego Petera Slowika i Kawalkady Cip z Durham Avenue)? Co robiła, od kiedy pożegnała się z tamtym uroczym miasteczkiem nad jeziorem? Była kelnerką? Wytrzepywała pchły z pościeli w takiej budzie jak ta? Nie sądził. Była zbyt leniwa na takie prace fizyczne, wystarczy spojrzeć, jak prowadziła dom, a nie umiała robić nic innego. A jeśli się ma cycki, to pozostaje tylko jedna możliwość. Stała zapewne gdzieś pod latarnią, sprzedając się na ulicy. Oczywiście — jakże inaczej? Bóg wie, że była kiepska w łóżku, pieprzenie jej było równie podniecające jak walenie trupa, ale mężczyźni zapłacą za jej cipkę, jeśli nawet będzie tylko leżeć, a po wszystkim powie im kilka bzdur. A więc tak, jasne, stała gdzieś tam i sprzedawała się.

Zapyta ją o to. Zapyta ją o wszystko. A kiedy otrzyma potrzebne odpowiedzi, wszystkie odpowiedzi, jakich kiedykolwiek chciał od takich jak ona, owinie jej szyję paskiem, żeby nie mogła krzyczeć, a potem będzie gryzł... gryzł... i gryzł. Usta i szczęki jeszcze bolały go od tego, co robił z Thumperem — Cudownym żydkiem — lecz to go nie powstrzyma, a nawet nie przyhamuje. Na dnie swojej torby podróżnej ma trzy percodany i zażyje je, zanim zajmie się swoją zagubioną owieczką, swoją dziką Różą. A później, kiedy skończy, kiedy tabletki przestaną działać...

Tego jednak nie wiedział i nie chciał wiedzieć. Miał wrażenie, że nie będzie żadnego potem — tylko ciemność. I dobrze. Prawdę mówiąc, duża dawka ciemności mogłaby być tym, co przepisałby mu lekarz.

Leżał na łóżku, pił najlepszą whisky na świecie i palił jednego papierosa po drugim, patrząc, jak dym unosi się pod sufit jedwabistymi smugami, które zmieniały się w sine, gdy przechodziły przez miękką białą poświatę padającą z łazienki, i uprawiał *trolling*. Zarzucał wędkę na nią, ale haczyk przecinał tylko wodę. Nie natrafiał na nic i doprowadzało go to do szału. Jakby porwali ją przybysze z kosmosu albo... W pewnej chwili, już kompletnie pijany, zacisnął dłoń z zapalonym papierosem, wyobrażając sobie, że to jej dłoń, że przytrzymuje jej ręce, parząc je. Kiedy poczuł ból i smużki dymu zaczęły sączyć mu się przez palce, szepnął:

— Gdzie jesteś, Rose? Gdzie się schowałaś, ty suko?

Niedługo potem zapadł w sen. Zbudził się około dziesiątej w piątek rano, zmęczony, skacowany i trochę wystraszony. Przez całą noc śnił przedziwne sny. Był w nich wciąż przytomny i leżał na swoim łóżku, na dziewiątym piętrze hotelu Whitestone, światło z łazienki przecinało mrok pokoju, a dym z papierosa snuł się gęstą zasłoną. Tylko że w tym dymie widział ruchome obrazy. Widział w tym dymie Rose.

Tam jesteś — pomyślał patrząc, jak w ulewnym deszczu idzie przez martwy ogród. Z jakiegoś powodu była naga i poczuł nieoczekiwany przypływ żądzy. Od ośmiu lub więcej lat widok jej nagości nie budził w nim żadnych emocji prócz znużenia i odrazy, ale teraz wyglądała inaczej. Prawdę mówiąc, bardzo dobrze.

Nie chodzi o to, że schudła — myślał we śnie — chociaż wydaje się, że tak... przynajmniej trochę. Głównie chodzi o to, jak porusza tym, co ma. Na czym to polega?

Nagle zrozumiał. Wyglądała jak kobieta, która pieprzy się z kimś i wcale nie ma tego dość. Gdyby przyszło mu do głowy wątpić w to, powiedzieć: Co, Rosie? Chyba żartujesz, koleś! — jedno spojrzenie na jej włosy wystarczyłoby, żeby raz na zawsze rozstrzygnąć te wątpliwości. Ufarbowała je na jasny blond, jakby uważała się za Sharon Stone albo Madonnę.

Patrzył, jak ta Rose z dymu opuszcza ogród i dochodzi do strumienia tak czarnego, że bardziej przypominał atrament niż wodę. Przeszła na drugi brzeg po kamieniach, balansując wyciągniętymi ramionami i zobaczył, że w jednej ręce trzymała jakąś mokrą, zwiniętą szmatę. Normanowi wydało się, że to nocna koszula, i pomyślał: Dlaczego jej nie włożysz, ty bezwstydna dziwko? Może czekasz, że zjawi się twój chłopiec i zrobi ci dobrze? Chciałbym to widzieć. Naprawdę. Powiem ci, że kiedy już cię znajdę, to wystarczy, iż stwierdzę, że trzymałaś się z jakimś facetem za rączki, i gliny znajdą go z jego przeklętym ptakiem sterczącym mu z dupy jak świeczka z tortu.

A jednak nie zjawił się żaden — przynajmniej we śnie. Rose nad jego łóżkiem, Rose z dymu, szła ścieżką przez kępę drzew wyglądających tak martwo, jak... no, jak Peter Slowik. W końcu wyszła na polankę, na której stało jedyne nie uschnięte drzewo. Uklękła, nazbierała garść nasion i zawinęła je w coś, co wyglądało jak kawałek jej nocnej koszuli. Zrobiwszy to, wstała, podeszła do schodów opodal drzewa (w tych popieprzonych snach nigdy nie wiadomo, co będzie dalej) i zniknęła. Czekał, aż pojawi się znowu, gdy poczuł za sobą czyjąś obecność — jakiś zimny, mrożący do kości powiew, jak podmuch z otwartej chłodni. W ciągu długich lat pracy w policji miał do czynienia z kilkoma dość przerażającymi ludźmi — zapewne najgorsi byli ci uzależnieni od PCP, których on i Harley Bissington spotykali od czasu do czasu — i po pewnym okresie człowiek wyczuwał ich obecność. Norman czuł ją teraz. Ktoś czaił się za jego plecami i Norman ani przez chwilę nie wątpił, że ten ktoś był niebezpieczny.

— Ja odpłacam — szepnął kobiecy głos. Był słodki i łagodny, a mimo to przerażający. Pobrzmiewało w nim szaleństwo.

— To dobrze, suko — rzekł Norman we śnie. — Spróbuj mi odpłacić, a zmienię cały twój pierdolony wygląd.

Wrzasnęła; ten dźwięk zdawał się rozsadzać mu głowę, nie przeszedłszy uprzednio przez uszy, i Norman poczuł, że rzuciła się na niego, wyciągając ręce. Dmuchnął, rozwiewając dym z papierosa. Kobieta zniknęła. Poczuł, że odeszła. Potem przez dłuższy czas była tylko ciemność, w środku której spokojnie unosił się, niedostępny lękom i żądzom nękającym go na jawie.

Zbudził się dziesięć po dziesiątej w piątek rano i powiódł spojrzeniem od zegarka przy łóżku do sufitu pokoju hotelowego, niemal oczekując, że ujrzy upiorne postacie poruszające się w dymie papierosowym. Oczywiście nie było tam żadnych postaci, widmowych czy innych. A nawet żadnego dymu — tylko ciężka woń pall malli, *in hoc signo vinces*. Był tam jedynie detektyw Norman Daniels, leżący w przepoconej pościeli cuchnącej nikotyną i przetrawioną gorzałą. W ustach miał dziwny posmak, jak gdyby cały poprzedni wieczór spędził na ssaniu czubka świeżo wypastowanego buta, a lewa ręka bolała go jak skurwysyn. Otworzył dłoń i na jej środku zobaczył świeży, błyszczący pęcherz. Patrzył nań przez długi czas, podczas gdy gołębie trzepotały i gruchały do siebie na zasranym gzymsie biegnącym za oknem. W końcu przypomniał sobie, skąd się wziął ten pęcherz, i skinął głową. Zrobił to, ponieważ nie mógł zobaczyć Rose, obojętnie jak bardzo się starał... a potem, jakby tytułem rekompensaty, przez całą noc śnił o niej szalone sny.

Chwycił pęcherz dwoma palcami i ścisnął, powoli zwiększając nacisk, aż pęcherz pękł. Wytarł dłoń w pościel, rozkoszując się falami piekącego bólu. Przez minutę czy dwie leżał, patrząc na swoją dłoń — niemal obserwując, jak pulsuje. Potem sięgnął pod łóżko po torbę podróżną. Na jej dnie znalazł blaszany pojemnik, a w nim około tuzina różnych tabletek. Norman z zasady obywał się bez pomocy środków farmakologicznych; czasem trudno było po nich dojść do siebie.

Zażył percodan i popił łykiem szkockiej, po czym się położył. Patrzył w sufit, palił jednego papierosa po drugim i gasił je w przepełnionej popielniczce.

Tym razem nie myślał o Rose, a przynajmniej nie bezpośrednio; myślał o pikniku, tym urządzanym przez jej nowe przyjaciółki. Norman był już na Ettinger's Pier i to, co tam zobaczył, nie było zachęcające. Teren okazał się rozległy — połączenie plaży, parku i wesołego miasteczka — i nie widział sposobu, w jaki mógłby patrolować go, mając pewność, że zauważy wchodzącą lub wychodzącą Rose. Gdyby miał sześciu ludzi (a nawet czterech, jeśliby znali się na robocie)... ale był sam. Zakładając, że ona nie przypłynie statkiem, pozostawały jeszcze trzy bramy, a nie mógł obserwować wszystkich trzech jednocześnie. To oznaczało pracę w tłumie, a praca w tłumie zawsze mogła nie wypalić. Chciałby wierzyć, że nazajutrz jedynie Rose go rozpozna, ale wiedział, że gdyby życzenia były świniami, to nigdy nie zabrakłoby boczku. Musiał założyć, że będą go szukać, że te lesby otrzymały jego zdjęcia z jednej z ich siostrzanych grup w jego mieście. Nie miał pojęcia, co oznacza „x", ale zaczynał podejrzewać, że pierwsze dwie litery w słowie „fax" oznaczają *fucked again.*

To była tylko część problemu. Inna wynikała z głębokiego przekonania, popartego niejednym przykrym doświadczeniem, iż w takich sytuacjach przebranie jest najlepszą gwarancją klęski. Jedyną szybszą, pewniejszą receptą na fiasko akcji mogło okazać się noszenie tak popularnego podsłuchu, przy czym można było zmarnować sześć miesięcy tropienia i podchodów, jeśli w okolicy pojawił się jakiś gówniarz ze zdalnie sterowanym modelem łódki lub samochodziku właśnie wtedy, kiedy miało się przytrzasnąć łobuzów.

W porządku — pomyślał. — Nie narzekaj. Pamiętaj, co mówił stary Whitey Slater: „Sytuacja jest, jaka jest". Jedyny problem polega na tym, jak się z nią uporać. I nawet nie myśl o odkładaniu tego na później. To ich przeklęte party odbędzie się już za dwadzieścia cztery godziny, a jeśli jej tam nie dopadniesz, to równie dobrze możesz jej szukać do Bożego Narodzenia. Pewnie zauważyłeś, że to dość duże miasto.

Wstał, poszedł do łazienki i wziął prysznic, trzymając oparzoną dłoń za plastikową zasłoną. Włożył sprane dżinsy i nie rzucającą się w oczy zieloną koszulę oraz czapeczkę z napisem CHISOX, a tanie okulary przeciwsłoneczne wepchnął do kieszeni, przynajmniej na razie. Zjechał windą do holu i podszedł do kiosku po gazetę i plaster. Czekając, aż tuman za ladą odliczy resztę, spojrzał nad ramieniem faceta, przez szklaną taflę na tylnej ścianie kiosku. Widział przez nią drzwi służbowych wind i kiedy na nie patrzył, jedne się otworzyły. Wyszły z nich trzy rozgadane i roześmiane pokojówki. Niosły torebki i Norman domyślił się, że szły na lunch. Tę w środku — szczupła, ładna, kręcone jasne włosy — już gdzieś widział. Po chwili przypomniał sobie. Szedł wtedy obejrzeć Córki i Siostry. Ta blondynka przez jakiś czas kroczyła przed nim. Czerwone spodnie. Zgrabny tyłeczek.

— Proszę — powiedział kioskarz, podając mu resztę. Norman wepchnął drobne do kieszeni, nie sprawdzając. I już nie spojrzał na trzy pokojówki, kiedy przeciskał się obok nich, nawet na tę z ładną pupą. Machinalnie zaszufladkował ją, to wszystko — odruch gliniarza. Całkowicie pochłaniał go jeden i tylko jeden problem: jak ma nazajutrz odnaleźć Rose, nie dając się zauważyć.

Szedł korytarzem w kierunku drzwi, kiedy usłyszał dwa słowa, które początkowo uznał za wytwór własnego mózgu: Ettinger's Pier.

Zgubił krok, jego serce gwałtownie przyśpieszyło, a oparzenie na dłoni zaczęło boleśnie pulsować. Lecz zgubił tylko jeden krok, to wszystko — krótki moment wahania i ze spuszczoną głową poszedł dalej ku obrotowym drzwiom. Ktoś obserwujący go pomyślałby, że doznał przejściowego skurczu mięśnia w kolanie lub łydce, nic więcej — i to dobrze. Najgorsze było to, że nie ośmielił się przystanąć. Jeżeli kobieta, która to powiedziała, była jedną z tych cip z klubu przy Durham Avenue, mogła rozpoznać go, gdyby zwrócił na siebie uwagę... może już go rozpoznała, jeśli te dwa magiczne słowa wymówiła ta mała cizia, która niedawno szła przed nim ulicą. Wiedział, że to mało prawdopodobne — jako policjant miał dowody z pierwszej ręki na to, jak zdumiewająco, wręcz niebywale, pozbawiona zmysłu obserwacji jest większość obywateli — lecz od czasu do czasu zdarza się. Mordercy, porywacze i rabusie, którzy unikali aresztowania dostatecznie długo, żeby zająć miejsce na liście dziesięciu najbardziej poszukiwanych przez FBI, nagle lądowali w kiciu, przyuważeni przez ekspedienta z 7-Eleven, czytującego „Detektywa", albo przez sprawdzającą parkometry panienkę, która oglądała wszystkie kroniki policyjne w TV. Nie odważył się przystanąć, ale...

...ale musiał.

Znalazłszy się na lewo od obrotowych drzwi, Norman nagle przykucnął, odwrócony plecami do kobiet. Opuścił głowę i udawał, że zawiązuje sznurowadło.

— „...przykro opuścić ten koncert, ale jeśli chcę mieć ten samochód, to nie mogę zrezygnować...”.

Wyszły przez obrotowe drzwi, lecz to, co usłyszał Norman, przekonało go, że kobiety rozmawiały o pikniku, o pikniku i koncercie, który miały dać później jakieś Indian Girls, pewnie lesbije. A więc była nadzieja, iż ta kobieta zna Rosie. Niezbyt wielka co prawda — jutro na Ettinger's Pier będzie wiele ludzi, którzy nie mieli nic wspólnego z Córkami i Siostrami — ale jednak. A Norman był człowiekiem, który gorąco wierzył w zrządzenia losu. Najgorsze, że jeszcze nie wiedział, która z tych trzech to mówiła.

Niech to będzie Blondyna — modlił się, przechodząc przez obrotowe drzwi. — Niech to będzie Blondyna z wielkimi oczami i ładnym tyłkiem. Niech to będzie ona, dobrze?

Oczywiście śledzenie ich było niebezpieczne — nigdy nie wiadomo, kiedy któraś się odwróci i wygra główną nagrodę w teleturnieju „Zgadnij kto to?” — lecz w tym momencie nie mógł zrobić niczego innego. Powlókł się za nimi, z obojętnie odwróconą głową, jakby niezwykle interesowały go śmieci na wystawie mijanego sklepu z pamiątkami.

— I jak wam dziś poszło z powłoczkami na poduszki? — zapytała pozostałe dwie grubaska idąca w środku.

— Przynajmniej raz były wszystkie — powiedziała starsza kobieta idąca od ulicy. — A jak u ciebie, Pam?

— Jeszcze nie liczyłam, to zbyt przygnębiające — odparła Blondyna i wszystkie się roześmiały tym piskliwym chichotem, na którego dźwięk Norman miał wrażenie, że pękają mu wszystkie wypełnienia w zębach. Natychmiast stanął, spoglądając na wystawę sklepu sportowego, pozwalając pokojówkom oddalić się. To ona, jak nic, nie było co do tego wątpliwości. To Blondyna wymówiła te dwa magiczne słowa: Ettinger's Pier. Może to zmieniało wszystko, a może nie. Na razie czuł się zbyt podniecony, żeby zastanawiać się nad tym. Zadziwiający uśmiech losu — taki cudowny traf, na jaki zazwyczaj się liczy, pracując nad beznadziejną sprawą, traf zdarzający się częściej, niż ktokolwiek przypuszcza.

Na razie zanotuje to w pamięci i powróci do planu A. Nie będzie nawet pytał w hotelu o Blondynę, przynajmniej jeszcze nie. Wiedział, że ma na imię Pam, a to bardzo dużo na początek.

Norman poszedł na przystanek, zaczekał piętnaście minut na autobus jadący na lotnisko i wsiadł. Jechał długo. Lotnisko znajdowało się na krańcu miasta. Kiedy w końcu wysiadł przed terminalem A, włożył ciemne okulary, przeszedł przez ulicę i poszedł na parking długoterminowy. Pierwszy samochód, który próbował ukraść, stał tam tak długo, że wysiadł w nim akumulator. Drugi, nie rzucający się w oczy ford tempo, zapalił od razu. Powiedział człowiekowi w budce dozorcy, że przez trzy tygodnie był w Dallas i zgubił kwit. Zawsze je gubi, oznajmił. Gubi też kwity z pralni, a w punkcie fotograficznym musi pokazywać swoje prawo jazdy, żeby odebrać zdjęcia. Mężczyzna w budce kiwał głową jak ktoś słuchający nudnej opowieści, słyszanej już jakieś dziesięć tysięcy razy. Kiedy Norman pokornie podsunął mu dziesięć dolarów ekstra za brak biletu, facet wyraźnie się ożywił. Pieniądze zniknęły.

Norman Daniels wyjechał z parkingu dokładnie w tym momencie, w którym Robbie Lefferts składał jego zbiegłej żonie propozycję, którą nazwał „korzystniejszymi warunkami współpracy".

Przejechawszy ponad trzy kilometry, Norman zaparkował za wrakiem lesabre i zamienił tablice rejestracyjne. Po kolejnych trzech kilometrach zjechał do automatycznej myjni samochodowej. W duchu zakładał się ze sobą, że tempo okaże się ciemnoniebieskie, ale przegrał. Było zielone. Nie sądził, żeby to miało znaczenie — mężczyzna w budce ledwie oderwał wzrok od czarno-białego telewizora, kiedy Norman podsunął mu pod nos dziesięciodolarowy banknot, ale lepiej zachować ostrożność. To poprawiało samopoczucie.

Norman włączył radio i znalazł stację nadającą stare przeboje. Puszczali Shirley Ellis, więc śpiewał razem z nią: *If the first letters are ever the same/ Drop them both and say the name/ Like Barry-Barry, drop the B, oh-Arry/ That's the only rule that is contrary.* Norman stwierdził, że zna wszystkie słowa tej głupiej piosenki. Co to za świat, że po dwóch latach od ukończenia szkoły średniej nie można sobie przypomnieć pieprzonego wzoru na dwumian ani różnych form francuskiego czasownika *avoir*, a mając czterdzieści lat wciąż się pamięta *Nick-Nick-bo-bick, banana-fanna-fo-fick, fee-fi-mo-mick, Nick*? Co to za świat?

Taki, jaki teraz opuszczam — pomyślał z zadowoleniem Norman. — Tak, chyba taka jest prawda. To tak jak w tych filmach fantastycznonaukowych, na których kosmonauci patrzą, jak Ziemia maleje w iluminatorach, najpierw jest jak piłka, potem jak moneta, później jak maleńka jasna plamka, aż wreszcie zupełnie znika. — Właśnie tak czuł się teraz, jak kosmolot wyruszający w pięcioletnią misję badawczą do nowych światów, na których nie stanęła jeszcze ludzka stopa. Kosmolot Norman, osiągający prędkość nadprzestrzenną.

Shirley Ellis skończyła i zaczęli śpiewać The Beatles. Norman tak gwałtownie przekręcił gałkę radia, że ukręcił ją. Nie miał ochoty słuchać dziś żadnych hipisowatych kawałków w stylu „Hey Jude".

Był jeszcze kilka kilometrów od centrum miasta, gdy zobaczył sklep The Base Camp. NADWYŻKI WOJSKOWE, JAKICH NIGDZIE NIE ZNAJDZIECIE! — głosił napis nad wejściem i z jakiegoś powodu Norman wybuchnął śmiechem. Uznał, że pod pewnymi względami było to najdziwniejsze motto, jakie widział w życiu; zdawało się coś oznaczać, tylko nie miał pojęcia co. W każdym razie ten napis nie miał żadnego znaczenia. W sklepie na pewno dostanie jedną z rzeczy, których szukał, i to wystarczy.

Nad środkowym przejściem wisiał wielki transparent z napisem: ZAWSZE OSTROŻNY NIGDY NIE ŻAŁUJE. Norman obejrzał trzy różne rodzaje pojemników z gazem obezwładniającym, kapsułki gazowo-pieprzowe, rząd gwiazdek do rzucania, używanych przez wojowników ninja (idealna broń do obrony domu, jeśli zostaniecie w nim zaatakowani przez ślepego paralityka), wiatrówki strzelające gumowymi kulami, proce, kastety zwykłe i nabijane kolcami, pałki, bola, baty i gwizdki.

W połowie przejścia stała szklana szafka zawierająca to, co Norman uznał za jedyny godny uwagi artykuł w The Base Camp. Za sześćdziesiąt trzy dolary nabył taser wytwarzający przy naciśnięciu spustu duży (aczkolwiek zapewne nie o napięciu 90 000 woltów, jak obiecywał napis na pudełku) ładunek przepływający między dwoma stalowymi biegunami. Norman uważał tę broń za równie niebezpieczną jak małokalibrowy pistolet, a najlepsze było to, że nie musiał niczego podpisywać, żeby ją kupić.

— Che pa to nij niklow baderie? — spytał sprzedawca. Był nim okrągłogłowy młodzian z zajęczą wargą. Nosił podkoszulek z hasłem: LEPIEJ MIEĆ BROŃ I NIE POTRZEBOWAĆ JEJ, NIŻ NIE MIEĆ I POTRZEBOWAĆ. Normanowi wyglądał na faceta, którego rodzice byli rodzeństwem. — Do na to dżała — niklow.

Zrozumiał, co usiłuje mu powiedzieć młodzieniec z zajęczą wargą, i kiwnął głową.

— Daj mi dwie — oznajmił. — Jak szaleć, to szaleć.

Młody człowiek roześmiał się, jakby to była najzabawniejsza rzecz, jaką słyszał, śmieszniejsza nawet od tekstu „Nadwyżki wojskowe, jakich nigdzie nie znajdziecie!", a potem schylił się, wyjął spod lady dwie dziewięciowoltowe baterie i z trzaskiem postawił je obok Normanowego tasera marki Omega.

— Dbrj bawy! — zawołał i znowu roześmiał się. Po chwili Norman zdołał zrozumieć i to i zaśmiał się razem z Młodym Panem Zajęczą Wargą. Później myślał, że właśnie w tym momencie osiągnął szybkość nadświetlną i wszystkie gwiazdy zamieniły się w linie. Cała naprzód, panie Sulu, tym razem polecimy poza granice Imperium Klingonu.

Skierował skradzione tempo z powrotem do miasta i kiedy miejsce uśmiechniętych białych modelek na reklamach papierosów zajęły czarne, znalazł salon fryzjerski o czarującej nazwie Przytnij Mnie Trochę. Wszedł i zastał w nim młodego Murzyna z cienkim wąsikiem, siedzącego na staromodnym fotelu fryzjerskim. Fryzjer miał na głowie słuchawki od walkmana, a na kolanach egzemplarz „Jet".

— Czego pan chcesz? — zapytał czarny fryzjer. Mówił może mniej uprzejmie, niż mówiłby do czarnego, ale też nie niegrzecznie. Nie traktuje się niegrzecznie takiego klienta bez powodu, szczególnie kiedy jest się samemu w salonie. Facet miał co najmniej metr osiemdziesiąt, szerokie bary i wielkie, grube nogi. Ponadto wyglądał na gliniarza.

Nad lustrem wisiały fotografie Michaela Jordana, Charlesa Barkleya i Jalen Rose. Jordan był w stroju baseballowym drużyny Birmingham Barons. Nad jego zdjęciem przyczepiono pasek papieru z napisem BYK TERAZ I ZAWSZE. Norman wskazał na nie.

— Zrób mnie na takiego — powiedział.

Czarny fryzjer uważnie spojrzał na Normana, najpierw sprawdzając, czy gość nie jest pijany lub naćpany, a potem usiłując odgadnąć, czy nie żartuje. To drugie było bardziej prawdopodobne.

— Co jest, bracie? Mówisz, że chcesz na łyso?

— Przecież mówię. — Norman przeciągnął ręką po włosach, gęstych i czarnych, zaczynających siwieć na skroniach. Nie były ani szczególnie krótkie, ani szczególnie długie. Strzygł je tak od prawie dwudziestu lat. Obejrzał się w lustrze, usiłując wyobrazić sobie, jak będzie wyglądał z łysiną Michaela Jordana. Nie potrafił. Przy odrobinie szczęścia Rose i jej nowe przyjaciółki też nie zdołają.

— Na pewno?

Nagle Norman poczuł mdlącą chęć, by obalić faceta na podłogę, przygnieść kolanami, pochylić się i odgryźć mu całą górną wargę, razem z cienkim wąsikiem. I chyba wiedział dlaczego. Murzyn był podobny do tego niezapomnianego małego lachociąga, Ramona Sandersa. Tego, który usiłował wykorzystać kartę kredytową skradzioną Normanowi przez tę kłamliwą sukę, Rose.

Och, fryzjerze — pomyślał Norman. — Och, fryzjerze, tak niewiele brakuje, żebyś stał się pieśnią przeszłości. Zadaj jeszcze jedno pytanie, powiedz jeszcze słowo, a będziesz nią. A ja nic ci nie powiem; nie mógłbym cię ostrzec, gdybym nawet chciał, gdyż w tym momencie mój głos byłby zapalnikiem wywołującym eksplozję. A zatem jest, jak jest, a będzie, co ma być.

Fryzjer jeszcze raz obrzucił go przeciągłym, czujnym spojrzeniem. Norman stał bez ruchu i pozwolił mu na to. Był opanowany. Co się stanie, to się stanie. Wszystko w rękach tego smolucha.

— W porządku, widzę, że jest pan pewny — rzekł w końcu fryzjer. Jego głos był łagodny i uspokajający. Norman rozluźnił prawą dłoń, wepchniętą głęboko do kieszeni i ściskającą rączkę tasera. Fryzjer położył gazetę na ladzie obok butelek z tonikiem i wodą kolońską (leżała tam mała mosiężna plakietka z napisem SAMUEL LOWE), a potem wstał i strzepnął plastikowy fartuch. — Chcesz pan wyglądać jak Mike, to zaczynajmy.

Dwadzieścia minut później Norman w zadumie spojrzał na swoje odbicie w lustrze. Samuel Lowe stał obok fotela, przyglądając się klientowi. Fryzjer wyglądał na zadowolonego, a także zainteresowanego. Sprawiał wrażenie człowieka oglądającego znajomy widok z całkiem nowej perspektywy. Weszli dwaj nowi klienci. Oni też spoglądali na Normana i na twarzach obu malował się identyczny wyraz aprobaty.

— Przystojny gość — powiedział jeden z nowo przybyłych. Mówił z lekkim zdziwieniem i głównie do siebie.

Normanowi nie mieściło się w głowie, że ten facet w lustrze to on. Mrugnął i mężczyzna w lustrze zamrugał, uśmiechnął się i odbicie uśmiechnęło się również, ale to nie pomogło. Przedtem miał czoło gliniarza; teraz miał czoło profesora matematyki, czoło sięgające stratosfery. Nie mógł przyzwyczaić się do gładkiego, nawet delikatnego kształtu swojej łysej czaszki. I do jej białości. Wydawało mu się, że nie jest opalony, lecz w porównaniu z kredowobiałą skórą czaszki resztę ciała miał zbrązowiałą jak ratownik. Ta głowa wyglądała dziwnie krucho i zbyt doskonale, żeby należeć do kogoś takiego jak on. Żeby należeć do jakiejkolwiek ludzkiej istoty, szczególnie rodzaju męskiego. Wyglądała jak porcelanowe naczynie z Delf.

— Masz całkiem niezłą głowę, człowieku — powiedział Lowe. Mówił ostrożnie, ale Norman nie wyczuł w jego głosie pochlebstwa — na szczęście — bo nie był w nastroju i nie zniósłby, gdyby ktoś puszczał mu dym w oczy. — Wyglądasz dobrze. Wyglądasz młodziej. No nie, Dale?

— Nieźle — zgodził się drugi z przybyłych. — Wcale nieźle.

— Ile? — zapytał Norman Samuela Lowe'a. Spróbował odwrócić się od lustra i z przygnębieniem oraz lekkim niepokojem stwierdził, że oczami usiłuje śledzić czubek głowy, aby sprawdzić, jak wygląda od tyłu. Czuł się bardziej wyobcowany niż kiedykolwiek. Przecież on nie mógł być tym człowiekiem w lustrze, tym mężczyzną z łysym łbem naukowca nad gęstymi czarnymi brwiami, to niemożliwe! To jakiś obcy, na pewno, jakiś fantastyczny Lex Luthor knujący coś w Metropolis, i wszystko, co od tej pory zrobi, nie ma żadnego znaczenia. Od tej pory już nic nie ma znaczenia. Oprócz schwytania Rose oczywiście. I porozmawiania z nią.

W cztery oczy.

Lowe znów obrzucił go tym czujnym spojrzeniem, zerkając jednocześnie na tamtych dwóch klientów, i nagle Norman zrozumiał, że fryzjer sprawdza, czy pomogą mu, jeśli ten wielki biały facet — wielki łysy biały facet — nagle wpadnie w furię.

— Przepraszam — powiedział Norman, starając się, aby jego głos brzmiał łagodnie i pokojowo. — Mówił pan coś, prawda? Ile?

— Powiedziałem, że to będzie trzydzieści. Co pan na to?

Norman wyjął z lewej kieszeni portfelik ze złożonymi banknotami, wyjął dwie dwudziestki spod zaśniedziałego uchwytu i podał mu je.

— Trzydzieści to za mało — oświadczył. — Proszę przyjąć czterdzieści i moje przeprosiny. Zrobił pan doskonałą robotę. Miałem po prostu parszywy tydzień, to wszystko.

Nawet nie wiesz, jak bardzo, koleś — pomyślał.

Samuel Lowe wyraźnie odprężył się i wziął pieniądze.

— Żaden problem, bracie — odparł. — I wcale nie żartowałem, całkiem nieźle wygląda pan z tą łysiną. Nie tak jak Michael, ale nikt nie wygląda tak jak Michael.

— Oprócz Michaela — dodał nowo przybyły, nazywany Dale'em. Wszyscy trzej Murzyni zaśmiali się, kiwając do siebie głowami. Chociaż mógł bez trudu zabić wszystkich trzech, Norman kiwał głową i śmiał się razem z nimi. Klienci w salonie fryzjerskim zmienili sytuację. Czas znów być ostrożnym. Śmiejąc się, wyszedł na ulicę.

Trzech nastolatków, też czarnych, opierało się o płot opodal tempa, ale nie dobierali się do samochodu, pewnie dlatego, że szkoda im było fatygi na takiego grata. Z zainteresowaniem spojrzeli na białą czaszkę Normana, a potem popatrzyli po sobie, wywracając oczami. Mieli może po czternaście lat i żyli bez trosk. Ten w środku chciał chyba powiedzieć: „Na mnie patrzysz?", jak Robert De Niro w „Taksówkarzu". Norman wyczuł to i spojrzał na niego — tylko na niego — zdając się ignorować pozostałych dwóch. Ten w środku doszedł do wniosku, że może powinien jeszcze trochę popracować nad naśladownictwem De Nira i zrezygnował.

Norman wsiadł do swego świeżo umytego, kradzionego wozu i odjechał. Sześć przecznic dalej wszedł do sklepu z używaną odzieżą, nazywającego się Zagrajmy To Jeszcze Raz. W środku kilka osób grzebało w ciuchach. Wszyscy gapili się na niego, ale nic nie szkodzi. Normanowi nie przeszkadzało to, że na niego patrzą, szczególnie że zwracali uwagę głównie na jego dopiero co ogoloną głowę. Jeśli patrzą na jego czaszkę, pięć minut po jego wyjściu nie będą mieli pieprzonego pojęcia, jak wygląda jego twarz.

Znalazł kurtkę motocyklową, lśniącą od nitów, zamków błyskawicznych i srebrnych łańcuszków, która głośno skrzypiała, kiedy zdejmował ją z wieszaka. Sprzedawca otworzył usta, żeby zażądać za kurtkę dwieście czterdzieści dolarów, zajrzał w niesamowite oczy spoglądające spod rozległej białej pustyni ogolonej czaszki i powiedział Normanowi, że kurtka kosztuje sto osiemdziesiąt plus podatek. Obniżyłby cenę, gdyby Norman się targował, lecz Norman nie zamierzał. Był już zmęczony, łupało go w głowie, chciał wrócić do hotelu i położyć się spać. Chciał spać aż do jutra. Potrzebował długiego odpoczynku, ponieważ jutro czekał go ciężki dzień.

W powrotnej drodze wykonał jeszcze dwa posunięcia. Pierwsze zrobił w sklepie ze sprzętem inwalidzkim. Tam kupił używany fotel, który po złożeniu mieścił się w bagażniku tempa. Potem zaszedł do Centrum i Muzeum Kultury Kobiecej. Zapłacił sześć dolarów za wstęp, ale nie oglądał wystaw i zaledwie zajrzał do głównej sali, gdzie trwała dyskusja panelowa na temat naturalnych porodów. Odbył krótką wycieczkę do sklepu z pamiątkami i wyszedł.

Wróciwszy do Whitestone, wjechał na górę, nie pytając nikogo o Blondynę z ładnym tyłkiem. W swoim obecnym stanie nie ufał sobie tak, że nawet nie pytałby nikogo o godzinę. Pod świeżo ogoloną czaszką łupało mu młotem, oczy wychodziły z orbit, ćmiły go zęby, a szczęki pulsowały bólem. A najgorsze, że mózg zdawał się podskakiwać przy każdym kroku, jak ruchoma platforma Macy'ego na paradzie z okazji Święta Dziękczynienia; miał wrażenie, że jest z nim połączony jedynie cienką nitką, która w każdej chwili może pęknąć. Musiał się położyć. Zasnąć. Może wtedy jego mózg wróci do czaszki, na swoje miejsce. Co do Blondyny, to najlepiej będzie traktować ją jako asa w rękawie, do wykorzystania w ostateczności. W razie potrzeby rozbić szkło.

Norman położył się do łóżka w piątek o czwartej po południu. Ból w skroniach już nie przypominał zwykłego kaca; przeszedł w jeden z ataków migreny, jakie Norman nazywał swoimi „specjałami". Miewał je, gdy ciężko pracował, a od kiedy Rosie odeszła i zaczęła się ta duża sprawa z narkotykami, zdarzało się, że dopadały go i dwa razy w tygodniu. Gdy leżał w łóżku, wpatrując się w sufit, łzawiły mu oczy i ciekło z nosa, a krawędzie wszystkich przedmiotów otaczały śmieszne, jaskrawe zygzaki. Ból osiągnął natężenie, przy którym Normanowi wydawało się, że ma w głowie jakiś okropny płód, usiłujący wyjść na świat; punkt, przy którym nie pozostaje nic innego, jak leżeć i czekać, aż wszystko przejdzie, a można było to zrobić, jedynie pokonując chwilę za chwilą, przechodząc z jednej w drugą jak ktoś przekraczający strumień po kamieniach. To nasuwało mu jakieś mgliste wspomnienie, które nie mogło się przebić przez nieustanne pulsowanie, i Norman zrezygnował z wysiłków. Pocierał dłonią czubek głowy. Gładka skóra nie wydawała się częścią jego ciała; jakby dotykał maski świeżo nawoskowanego samochodu.

— Kim jestem? — pytał pustego pokoju. — Kim jestem? Dlaczego znalazłem się tutaj? Co tu robię? Kim jestem?

Zasnął, zanim zdołał sobie odpowiedzieć na którekolwiek z tych pytań. Ból podążył za nim spory kawałek w głębiny snu, towarzysząc mu jak zły pomysł, którego trudno się pozbyć, lecz w końcu Norman zostawił go w tyle. Głowa opadła mu na poduszkę, a z lewego oka i lewej dziurki nosa pociekł po policzku płyn, który niezupełnie był łzami. Norman zaczął głośno chrapać.

Kiedy zbudził się dwanaście godzin później, o czwartej rano w sobotę, ból głowy minął. Norman czuł się rześki i pełen energii, jak niemal zawsze po jednym ze swoich „specjałów". Siadł, opuścił nogi na podłogę i spojrzał w ciemność za oknem. Gołębie siedziały na gzymsie, gruchając do siebie nawet przez sen. Miał pewność — głęboką, całkowitą i pozbawioną cienia wątpliwości — że ten dzień przyniesie kres tej historii. Zapewne i kres jego, ale to drobiazg. Sama świadomość, że już nigdy nie będzie miał takiego bólu głowy, wystarczała, żeby uznać to za dobry interes.

Po drugiej stronie pokoju jego nowa kurtka motocyklowa wisiała na krześle jak czarny, bezgłowy duch.

Wstań wcześnie, Rose — pomyślał prawie czule. — Wstań wcześnie, kochanie, i popatrz sobie na wschód słońca, dobrze? Powinnaś obejrzeć go najlepiej jak możesz, ponieważ to ostatni, jaki zobaczysz.

2

Rosie obudziła się w sobotę rano kilka minut po czwartej i przez chwilę macała w poszukiwaniu nocnej lampki, przerażona, pewna, że Norman jest w pokoju, że czuje zapach jego wody kolońskiej: „wszyscy moi mężczyźni używają English Leather albo nie używają niczego".

Prawie zrzuciła lampkę na podłogę w panicznych wysiłkach zapalenia światła, ale kiedy w końcu dokonała tego (a połowa podstawy lampy wysunęła się już za krawędź), strach szybko minął. Znajdowała się w swoim pokoju — małym, czystym i miłym —

a jedynym zapachem była słaba, ciepła od snu woń jej własnej skóry. Nie było tu nikogo oprócz niej... i Rose Madder, oczywiście. Jednak Rose Madder spoczywała bezpiecznie w schowku, gdzie niewątpliwie stała, osłaniając dłonią oczy i spoglądając w dół na ruiny świątyni.

Śniłam o nim — pomyślała, siadając. — Miałam kolejny koszmarny sen o Normanie, dlatego obudziłam się taka przestraszona.

Poprawiła lampkę. Metal brzęknął o bransoletę. Rose podniosła ozdobę i spojrzała na nią. To dziwne, jak trudno było przypomnieć sobie (o czym musisz pamiętać), skąd ma to świecidełko. Czy kupiła ją w sklepie Billa, ponieważ wyglądała jak ta, którą nosiła kobieta na obrazie? Nie wiedziała i to było denerwujące. Jak można zapomnieć (o czym powinnaś zapomnieć) coś takiego?

Rosie podniosła bransoletę, która wydawała się ciężka jak ze złota, ale zapewne była zrobiona z pozłacanego mosiądzu, po czym spojrzała przez nią na pokój, jak kobieta patrząca przez teleskop.

W tym momencie przypomniała sobie fragment snu i pojęła, że wcale nie śniła o Normanie. Śnił jej się Bill. Jechali na jego motorze, lecz zamiast zabrać ją na piknik nad jeziorem, wiózł ją ścieżką wijącą się coraz głębiej i głębiej w złowrogi las uschniętych drzew. Po pewnym czasie dotarli do polany, a na polanie rosło samotne zielone drzewo, uginające się od owoców w kolorze chitonu Rose Madder.

„Och, co za wspaniałe pierwsze danie! — zawołał wesoło Bill, zeskakując z motoru i pędząc do drzewa. — Słyszałem o nich, po zjedzeniu jednego ma się oczy z tyłu głowy, a po dwóch żyje się wiecznie!".

W tym momencie sen przekroczył granicę dzielącą krainę niepokoju od koszmaru. Wiedziała skądś, że owoc tego drzewa nie jest zaczarowany, ale śmiertelnie trujący, więc podbiegła do niego, chcąc go powstrzymać, zanim ugryzie jeden z kuszących owoców. Jednak Bill nie dał się przekonać. Po prostu objął ją ramieniem, uścisnął i powiedział: „Nie bądź głupia, Rosie, wiem, jak wyglądają owoce granatu i to nie one".

W tym momencie obudziła się, dygocząc w ciemności i myśląc nie o Billu, lecz o Normanie... jakby Norman leżał gdzieś blisko w łóżku i rozmyślał o niej. Na myśl o tym Rosie skrzyżowała ramiona na piersiach i zacisnęła je. — Bardzo możliwe, że właśnie to robił. — Odłożyła bransoletę na stolik, pośpieszyła do łazienki i odkręciła prysznic.

Niepokojący sen o Billu i zatrutym owocu, pytanie, gdzie i jak weszła w posiadanie bransolety, oraz mieszane uczucia, jakie budził w niej obraz, który kupiła, wyjęła z ram, a potem ukryła w garderobie... wszystkie te sprawy ustąpiły miejsca większej i znacznie ważniejszej kwestii: jej randce. Miała ją dzisiaj i za każdym razem kiedy o tym pomyślała, wydawało się jej, że przenika ją dreszcz. Była zarówno przestraszona, jak i szczęśliwa, ale przede wszystkim była ciekawa. Jej randka. Ich randka.

Jeśli on w ogóle przyjdzie — szeptał złowieszczy głos. — Wiesz, może to był tylko żart. I mogłaś go odstraszyć.

Rosie już miała wejść pod prysznic i w ostatniej chwili zdała sobie sprawę, że jeszcze nie zdjęła majteczek.

— On przyjdzie — mruknęła, schylając się i ściągając je. — Przyjdzie, wiem, że przyjdzie.

Kiedy wskakiwała pod strumień wody i sięgała po szampon, jakiś głos z głębi jej świadomości — tym razem całkiem inny głos — szepnął: „Bestie będą walczyć".

— Co? — Rosie zastygła z plastikową butelką w ręce. Była przestraszona i sama nie wiedziała dlaczego. — Co powiedziałaś?

Nic. Nawet nie mogła sobie dokładnie przypomnieć, o czym pomyślała, jedynie to, że znów chodziło o ten przeklęty obraz, który utkwił jej w głowie jak refren jakiejś piosenki, nie dającej się zapomnieć. Namydlając sobie głowę, Rosie nagle zadecydowała, że pozbędzie się go. Na samą myśl o tym poczuła się lepiej, jakby postanowiła zerwać z jakimś paskudnym nałogiem — paleniem lub piciem przy lunchu — i gdy wychodziła spod prysznica, podśpiewywała wesoło.

3

Bill nie trzymał jej w niepewności i nie spóźnił się. Rosie podstawiła pod okno jeden z kuchennych taboretów, żeby wyglądać gościa (zrobiła to piętnaście po siódmej, pełne trzy godziny po tym, jak wyszła spod prysznica), i dwadzieścia pięć po ósmej przed budynek podjechał motocykl z izotermicznym pojemnikiem przywiązanym do bagażnika. Motocyklista miał na głowie wielki niebieski kask i nie widziała jego twarzy, ale i tak była pewna, że to Bill. Już nieomylnie rozpoznawała jego sylwetkę. Podkręcił obroty silnika, a potem wyłączył go i piętą wysokiego buta kopnął stojak harleya. Przerzucił nogę nad siodełkiem i przez moment wyraźnie uwidocznił się zarys jego uda pod wyblakłym dżinsem. Rosie poczuła słaby, lecz wyraźny dreszcz pożądania i przemknęło jej przez głowę: Właśnie o tym będę myślała dziś wieczorem przed zaśnięciem; właśnie to będę widziała. A jeśli będę miała dużo, dużo szczęścia, to o tym będę śniła.

Doszła do wniosku, że zaczeka tu na niego i pozwoli mu wejść, jak dziewczyna, wygodnie mieszkająca z rodzicami, czekałaby na chłopca, który zabierze ją na potańcówkę, czekałaby nawet widząc, że już przyjechał; w wieczorowej sukni bez ramiączek patrzyła zza zasłonki swej sypialni, uśmiechając się tajemniczym uśmieszkiem, jak wysiada ze świeżo umytego i wypolerowanego samochodu ojca, nieświadomie poprawiając muszkę lub obciągając kamizelkę.

Pomyślała tak, a potem otworzyła drzwi garderoby i wyjęła sweter. Naciągając go, pośpieszyła korytarzem. Przyszło jej do głowy, kiedy dotarła na szczyt schodów i ujrzała Billa w połowie drogi na górę, podnoszącego głowę i patrzącego na nią, że osiągnęła idealny wiek: zbyt stara, aby udawać nieśmiałość, lecz wciąż dostatecznie młoda, żeby wierzyć, iż pewne marzenia — te, które naprawdę coś znaczą — mogą się spełnić, wbrew wszystkiemu.

— Cześć — powiedziała, spoglądając w dół. — Jesteś punktualny.

— Jasne — odparł, patrząc w górę. W jego głosie pobrzmiewało lekkie zdziwienie. — Zawsze jestem punktualny. Tak mnie wychowano. Myślę, że mam to również w genach. — Podniósł jedną urękawiczoną dłoń, jak szarmancki kawaler z filmów. — Jesteś gotowa?

Na to pytanie jeszcze nie znała odpowiedzi, więc po prostu spotkała go w połowie schodów, wzięła za rękę i pozwoliła, aby sprowadził ją na dół, w słoneczny blask pierwszej soboty czerwca. Stanął na chodniku obok przechylonego motoru, zmierzył ją krytycznym spojrzeniem, a potem potrząsnął głową.

— Nie, nie, ten sweter się nie nadaje — rzekł. — Na szczęście nigdy nie zapominam o moich harcerskich zasadach.

Po obu stronach bagażnika harleya były przyczepione juki.

Rozpiął jeden z nich i wyciągnął skórzaną kurtkę podobną do swojej: po obu stronach miała dwie kieszenie na zamki błyskawiczne, ale oprócz tego tylko czarna skóra. Żadnych nitów, epoletów, błyskawic czy innych ozdóbek. Kurtka była mniejsza niż ta, którą nosił Bill. Rosie spojrzała na nią, rozmyślając, jak zadać cisnące się na język pytanie.

Dostrzegł jej spojrzenie, natychmiast zrozumiał je i potrząsnął głową.

— To kurtka mojego ojca. Nauczył mnie jeździć na starym, wyposażonym w dwucylindrowy silnik widlasty motocyklu Indian. Dostał go za stół do jadalni i komplet mebli do sypialni. Mówi, że kiedy skończył dwadzieścia jeden lat, przejechał na tym motorze całą Amerykę. Tamten motor odpalało się kopniakiem, a jeśli zapomniało się przedtem przestawić bieg na jałowy, to maszyna wyrywała się z rąk.

— I co się stało? Rozbił go? — uśmiechnęła się lekko. — Ty go rozbiłeś?

— Nie. Umarł ze starości. Od tego czasu w rodzinie Steinerów były same harleye. To heritage z resorowanym tylnym kołem, trzydzieści osiem centymetrów sześciennych. — Delikatnie dotknął baku. — Tata nie jeździ nim już od jakichś pięciu lat.

— Ma go dość?

Bill potrząsnął głową.

— Nie, ma jaskrę.

Domyślała się, że ojciec Billa musi być co najmniej osiem centymetrów niższy i jakieś osiemnaście kilogramów lżejszy od syna, ale kurtka i tak wyglądała na niej zabawnie, sięgając do kolan. Była ciepła i Rosie z niemal zmysłową przyjemnością zasunęła zamek aż pod szyję.

— Wyglądasz dobrze — powiedział. — Trochę śmiesznie, jak dziecko bawiące się w przebierankę, ale dobrze. Naprawdę.

Nagle pomyślała, że teraz powie to, czego nie mogła powiedzieć, kiedy razem z Billem siedziała na ławce, jedząc hot dogi. Wydało jej się bardzo ważne, żeby mu to powiedzieć.

— Bill?

Spojrzał na nią z tym swoim uśmieszkiem, ale oczy miał poważne.

— Tak?

— Nie skrzywdź mnie.

Rozważył to, z uśmiechem na ustach, z powagą w oczach, a potem potrząsnął głową.

— Nie. Nie skrzywdzę cię.

— Obiecujesz?

— Tak. Obiecuję. No dalej, wejdź na pokład. Jechałaś już kiedyś na żelaznym kucyku?

Potrząsnęła głową.

— No, te małe kołeczki służą za oparcie dla nóg. — Pochylił się nad bagażnikiem, grzebał w nim chwilę, a potem wyjął kask. Bez cienia zdziwienia stwierdziła, że hełm ma czerwonopurpurową barwę. — Masz tu garnek na głowę.

Włożyła kask, pochyliła się, uważnie obejrzała w jednym z bocznych lusterek harleya, a potem wybuchnęła śmiechem.

— Wyglądam jak futbolistka!

— I to najładniejsza w drużynie. — Chwycił ją za ramiona i obrócił. — Trzeba go zapiąć pod szyją. Pozwól mi to zrobić.

Przez moment ich twarze znajdowały się w odległości zachęcającej do pocałunku i Rosie z przyjemnością stwierdziła, że gdyby zechciał ją pocałować, na tym słonecznym chodniku pełnym ludzi śpieszących do swych porannych sobotnich zajęć, pozwoliłaby mu.

Cofnął się.

— Nie za ciasno?

Potrząsnęła głową.

— Na pewno?

Skinęła.

— No to powiedz coś.

— Łoę ssa isno — powiedziała i wybuchnęła śmiechem, widząc jego minę. Roześmiał się także.

— Jesteś gotowa? — zapytał ponownie. Wciąż uśmiechał się, lecz w oczach znów pojawił się ten ostrożny namysł, jakby wiedział, że omawiają jakąś poważną sprawę i każde słowo czy gest może mieć daleko idące konsekwencje.

Zacisnęła dłoń w pięść, postukała nią w kask i uśmiechnęła się nerwowo.

— Chyba tak. Kto wsiada pierwszy, ty czy ja?

— Ja. — Przełożył nogę przez siodełko harleya. — Teraz ty.

Ostrożnie usiadła i położyła mu ręce na ramionach. Serce biło jej bardzo szybko.

— Nie tak — rzekł. — Obejmij mnie w pasie, dobrze? Muszę mieć wolne ręce, żeby obsługiwać konsolkę.

Wsunęła ręce między jego ramiona i boki, a potem splotła dłonie na płaskim brzuchu Billa. I natychmiast poczuła się tak, jakby znów śniła. Czy to wszystko wynikło z jednej kropelki krwi na poszewce? Z nagłej decyzji, aby wyjść przez frontowe drzwi i pójść przed siebie? Czy to w ogóle możliwe?

Wielki Boże, proszę, niech to nie będzie sen — pomyślała.

— Stopy na podpórki, dobrze?

Postawiła je tam i poczuła przestrach zmieszany z oczarowaniem, gdy Bill rozkołysał motor i kopnął podnóżek. Teraz, kiedy tylko jego nogi utrzymywały pojazd w równowadze, czuła się jak wtedy, kiedy ostatnia cuma zostaje rzucona i łódka zaczyna odbijać od brzegu, kołysząc się mocniej niż przedtem. Rosie pochyliła się jeszcze trochę, zamknęła oczy i głęboko wciągnęła powietrze. Zapach rozgrzanej słońcem skóry był taki, jak sobie wyobrażała. To dobrze. Wszystko to było dobre. Przerażające i dobre.

— Mam nadzieję, że spodoba ci się — rzekł Bill. — Naprawdę.

Wcisnął przycisk po prawej stronie kierownicy i harley zapalił z hukiem. Rosie drgnęła i przytuliła się do Billa, ściskając go mocniej i czując, że kręci jej się w głowie.

— Wszystko w porządku? — zawołał.

Kiwnęła głową i pojęła, że on tego nie widzi, więc odkrzyknęła, że tak, wszystko dobrze.

Po chwili krawężnik z lewej przesunął się do tyłu. Bill szybko obejrzał się przez ramię, a potem wykręcił na prawą stronę Trenton Street. Ten skręt nie przypominał jazdy samochodem; motocykl przechylał się, jak mały samolot podchodzący do lądowania. Bill przekręcił manetkę gazu i harley pomknął naprzód, dmuchając Rosie wiatrem w kask i sprawiając, że się zaśmiała.

— Wiedziałem, że to polubisz! — zawołał Bill przez ramię, gdy stanęli na światłach. Kiedy postawił nogę na jezdni, to jakby znów połączyli się ze stałym lądem, ale najcieńszą z lin. Po zapaleniu się zielonego światła maszyna znowu ryknęła, tym razem z większym przekonaniem, i skręcili w Deering Avenue, mijając Bryant Park, przejeżdżając przez cienie starych dębów, odbite na nawierzchni jak kleksy. Spojrzała mu przez prawe ramię i ujrzała słońce prowadzące ich między drzewami, migające w oczy jak heliograf, a kiedy przechylił się, kładąc motor w skręt w Calumet Avenue, przechyliła się razem z nim.

— Wiedziałem, że to polubisz! — zawołał, kiedy ruszali, ale ona lubiła to tylko wtedy, gdy przejeżdżali przez północną część miasta, przemykając przez coraz bardziej podmiejskie dzielnice, gdzie stojące obok siebie domy przypominały jej serial *All in Family*, i wydawało się, że na każdym rogu znajduje się The Wee Nip. Zanim wyjechali na obwodnicę, już nie lubiła, lecz wręcz uwielbiała taką jazdę, a gdy zjechali z autostrady na drogę nr 27, dwupasmową asfaltową szosę biegnącą skrajem jeziora aż do następnego stanu, czuła, że byłaby szczęśliwa, gdyby to trwało wiecznie. Gdyby spytał ją, co myśli o tym, żeby pojechać aż do Kanady i obejrzeć mecz Blue Jays w Toronto, po prostu oparłaby okrytą kaskiem głowę o jego plecy, by poczuł potakujące skinienie.

Droga nr 27 była najlepsza. Późnym latem nawet o tak wczesnej porze będzie na niej spory ruch, lecz dziś była prawie pusta — czarna wstęga z żółtą nitką biegnącą środkiem. Po prawej jezioro migało swym bajecznym błękitem między umykającymi drzewami; po lewej mijali farmy, domki letniskowe i sklepy z pamiątkami.

Nie czuła potrzeby, aby coś mówić, nawet nie była pewna, czy zdołałaby coś powiedzieć, gdyby musiała. Bill stopniowo dodawał gazu, aż czerwona igła szybkościomierza stała prosto jak wskazówka zegara pokazującego północ, a wiatr jeszcze głośniej bębnił o kask Rosie. To przypominało sny o lataniu z jej dziewczęcych czasów; sny, w których z nieustraszoną swobodą pędziła nad polami, skałami, dachami i kominami, z rozwianymi w pędzie włosami jak grzywa. Budziła się z tych snów drżąca, mokra od potu, jednocześnie przerażona i ucieszona. I tak czuła się teraz. Kiedy spojrzała na lewo, zobaczyła swój cień płynący obok, jak w tych snach, lecz teraz towarzyszył mu drugi cień i tak było jeszcze lepiej. Nie pamiętała, żeby kiedykolwiek w życiu była równie szczęśliwa. Cały otaczający ją świat wydawał się doskonały — włącznie z nią.

Odczuwała nieznaczne wahania temperatury; zimno, gdy śmigali przez rozległe zagłębienia lub cieniste dolinki, ciepło, kiedy znów wyjeżdżali na słońce. Przy stu kilometrach na godzinę zapachy nadciągały pasmami tak stężonymi, jakby wydmuchiwały je jakieś dmuchawy: krów, nawozu, siana, ziemi, skoszonej trawy, świeżej smoły, gdy mijali miejsce, gdzie naprawiano drogę, spalin, gdy jechali za rozklekotaną ciężarówką farmera. Na pace leżał kundel, opierając pysk na przednich łapach i patrząc na nich bez zainteresowania. Kiedy Bill zjechał w lewo, szykując się do wyprzedzania, farmer za kółkiem pomachał ręką do Rosie. Dostrzegła kurze łapki wokół oczu, czerwoną, rumianą skórę twarzy i błysk obrączki w słońcu. Ostrożnie, jak linoskoczek wykonujący ewolucje bez siatki, wyjęła jedną rękę spod pachy Billa i pomachała farmerowi. Uśmiechnął się do niej i został w tyle.

Dwadzieścia lub trzydzieści kilometrów poza miastem Bill wskazał lśniący metalowy kształt na niebie. Chwilę później usłyszała miarowy szum wirników i po kolejnej chwili zobaczyła dwóch mężczyzn siedzących w pleksiglasowej bańce. Gdy śmigłowiec ze świstem przelatywał nad ich głowami, ujrzała, jak pasażer pochyla się i krzyczy coś do ucha pilotowi.

Wszystko widzę — pomyślała, a potem zdziwiła się, dlaczego uznała to za niezwykłe. W końcu nie widziała nic takiego, czego nie mogłaby ujrzeć z samochodu. A jednak — pomyślała. — A jednak, ponieważ nie patrzę na to zza szyby, wszystko przestaje być jedynie krajobrazem. To świat, nie krajobraz, a ja jestem w nim. Lecę przez świat, jak w moich dawnych snach, ale teraz nie jestem już sama.

Motor równomiernie pulsował między jej nogami. Właściwie nie było to seksualne doznanie, lecz uzmysławiało jej, co tam ma i czemu to służy. Kiedy nie oglądała mijanych widoków, stwierdziła, że wpatruje się w ciemne włosy na karku Billa, myśląc o tym, jak dobrze byłoby ich dotknąć palcami, przygładzić jak piórka.

Godzinę po tym jak zjechali z obwodnicy, znaleźli się daleko za miastem. Bill niebawem zredukował bieg do dwójki i kiedy napotkali napis głoszący: PRZYBRZEŻNY TEREN WYPOCZYNKOWY — BIWAKOWANIE WYŁĄCZNIE PO UZYSKANIU POZWOLENIA, wrzucił jedynkę i skręcił w żwirową dróżkę.

— Trzymaj się — powiedział. Teraz, kiedy huraganowy wiatr przestał szarpać jej kaskiem, słyszała go wyraźniej. — Wyboje.

Rzeczywiście, to były wyboje, ale harley pokonał je bez trudu, zmieniając w zwykłe nierówności. Pięć minut później wjechali na mały leśny parking. Dalej stały drewniane stoły i kamienne paleniska do *barbecue,* rozrzucone na rozległej, cienistej łące, która stopniowo opadała ku skalistej półce, niezbyt zasługującej na nazwę plaży. Małe fale napływały na półkę spokojnymi, równymi rzędami. Dalej, aż po horyzont, rozpościerało się jezioro i nawet najcieńsza linia nie zaznaczała miejsca, gdzie w niebieskawej mgiełce niebo zlewało się z wodą. Oprócz nich na brzegu nie było nikogo i kiedy Bill wyłączył silnik harleya, zapadła zapierająca dech w piersi cisza. Nad wodą kręciły się i wirowały mewy, krzycząc swymi piskliwymi, nerwowymi głosami. Gdzieś z zachodu dobiegał warkot silnika, tak słaby, że nie sposób było stwierdzić, czy to ciężarówka czy traktor. To wszystko.

Czubkiem buta przysunął do motocykla płaski kamień, a potem kopnął widełki tak, żeby opierały się na nim. Zsiadł i obrócił się do niej z uśmiechem. Kiedy zobaczył jej twarz, ten uśmiech zastąpiło głębokie zaniepokojenie.

— Rosie? Nic ci nie jest?

Spojrzała na niego ze zdziwieniem.

— Nie, dlaczego?

— Masz najzabawniejszą minę...

Naturalnie — pomyślała. — Jestem pewna, że mam.

— Czuję się świetnie — odparła. — Po prostu wydaje mi się, że to wszystko jest snem. Zastanawiam się, jak znalazłam się tutaj.

Zaśmiała się nerwowo.

— Ale nie zemdlejesz mi ani nic takiego?

Tym razem Rosie wybuchnęła głośnym śmiechem.

— Nie, naprawdę nic mi nie jest.

— I lubisz to?

— Uwielbiam.

Gmerała przy dwóch kółeczkach, przez które przechodził pasek kasku, ale bez powodzenia.

— Za pierwszym razem trudno go rozpiąć. Pozwól, że ci pomogę.

Pochylił się, żeby odpiąć pasek, i znów znalazł się w odległości zachęcającej do pocałunku, tylko że tym razem nie cofnął się. Obiema dłońmi zdjął jej z głowy kask, a potem pocałował ją w usta, pozwalając, by kask zawisł mu na dwóch pierwszych palcach lewej ręki, a prawą kładąc na karku Rosie, która przy tym pocałunku poczuła, że wszystko jest w porządku, a dotyk jego warg i dłoni był jak powrót do wytęsknionego domu. Czuła, że zaczęła płakać, lecz i to było w porządku. Te łzy nie bolały.

Odsunął się trochę, nie zdejmując dłoni z jej karku, z kaskiem ciągle lekko obijającym mu się wahadłowym ruchem o kolano, po czym spojrzał jej w oczy.

— W porządku?

Tak — usiłowała powiedzieć, ale odebrało jej głos. Kiwnęła głową.

— Wspaniale — rzekł, a potem powoli, jak człowiek wykonujący poważną pracę, zaczął całować jej chłodne, mokre policzki. Najpierw pod prawym, a później pod lewym okiem. Jego pocałunki były lekkie jak trzepotanie rzęs. Nigdy nie czuła czegoś takiego; nagle zarzuciła mu ręce na szyję i uścisnęła z całej siły, opierając twarz o jego skórzaną kurtkę i nie otwierając oczu, z których wciąż płynęły łzy. Obejmował ją, a dłonią, którą przedtem trzymał na jej karku, teraz gładził warkocz.

Po chwili wysunęła się z jego objęć, otarła oczy przedramieniem i spróbowała się uśmiechnąć.

— Nie zawsze płaczę — powiedziała. — Pewnie nie uwierzysz, ale to prawda.

— Wierzę — odrzekł i zdjął swój kask. — Chodź tu i pomóż mi z chłodziarką.

Pomogła mu odpiąć elastyczne taśmy trzymające pudło i razem zanieśli je do jednego z drewnianych stołów. Tam stanęła, spoglądając na fale.

— To chyba najpiękniejsze miejsce na ziemi — cieszyła się. — Nie mogę uwierzyć, że nie ma tu nikogo oprócz nas.

— No cóż, droga numer dwadzieścia siedem biegnie z dala od typowych turystycznych tras. Pierwszy raz przyjechałem tu z rodzicami, kiedy byłem dzieckiem. Ojciec powiedział, że odkrył je przypadkiem, włócząc się na motorze. Nawet w sierpniu, kiedy wszystkie miejsca biwakowe są zapchane, nie ma tu wielu ludzi.

Obrzuciła go szybkim spojrzeniem.

— Czy przywoziłeś tu inne kobiety?

— Nie — odparł. — Masz ochotę na spacer? Nabralibyśmy apetytu na lunch, a poza tym chciałbym ci coś pokazać.

— Co?

— Będzie lepiej, jeśli po prostu ci to pokażę.

— Dobrze.

Sprowadził ją nad wodę, gdzie usiedli obok siebie na wielkim głazie i ściągnęli obuwie. Rozbawiły ją frotowe, białe skarpetki, jakie nosił do motocyklowych butów; kojarzyły jej się z uczniem szkoły średniej.

— Zostawić je, czy wziąć? — spytała, pokazując swoje tenisówki.

Zastanowił się.

— Weź swoje, ja moje zostawię. Te przeklęte buciory trudno włożyć nawet wtedy, kiedy ma się suche nogi. Na mokre po prostu nie można.

Zdjął białe skarpetki i ułożył je równo na grubych noskach butów. Sposób, w jaki to zrobił, i ich schludny wygląd wywołał uśmiech na jej twarzy.

— O co chodzi?

Potrząsnęła głową.

— Nic. No chodź, pokaż mi tę niespodziankę.

Poszli na północ wzdłuż brzegu, Rosie z tenisówkami w lewej ręce, Bill pokazujący drogę. W pierwszej chwili woda wydawała się tak zimna, że zapierała dech, ale po minucie czy dwóch była już całkiem przyjemna. Widziała w niej swoje stopy jak dwie blado migoczące ryby, w wyniku refrakcji lekko oddzielone przy kostkach od reszty ciała. Pod podeszwami czuła drobne kamyki, nie raniące nóg. Pocięłabyś je sobie na strzępy i nawet nie zauważyłabyś tego — pomyślała. — Trafiło cię, kochanie. Jednak nie pokaleczyła się. Czuła, że on nie dopuściłby do tego. Ta myśl była niemądra, ale nieodparta.

Przeszedłszy około czterdziestu metrów wzdłuż brzegu, dotarli do zarośniętej ścieżki wijącej się w górę; ziarnisty biały piach pośród niskich, gęstych krzaków jałowca. Poczuła nagły dreszcz *déjà vu,* jakby widziała tę ścieżkę w ledwie pamiętanym śnie.

Wskazał na szczyt wzniesienia i powiedział cicho:

— Idziemy tam. Zachowuj się najciszej, jak potrafisz.

Zaczekał, aż włoży tenisówki, a potem poszedł przodem. Na szczycie stanął i zaczekał na nią, a kiedy dołączyła do niego i chciała coś powiedzieć, najpierw położył jej palec na ustach, a potem wskazał nim coś.

Stali na skraju małej polanki, na czymś w rodzaju płaskowyżu leżącego jakieś piętnaście metrów powyżej poziomu wody. Na środku było zwalone drzewo. Pod plątaniną pokrytych ziemią korzeni ulokowała się okazała ruda lisica, karmiąca trzy małe. Czwarte było opodal, na słońcu, zajęte gonitwą za własnym ogonem. Rosie patrzyła na nie, oczarowana.

Bill nachylił się do niej; jego szept łaskotał ją w ucho i budził dreszcze.

— Przyjechałem tu przedwczoraj, żeby sprawdzić, czy to miejsce wciąż istnieje i w dalszym ciągu jest ładne. Nie zaglądałem tu od pięciu lat, więc nie byłem pewny. Przeszedłem się po okolicy i znalazłem to bractwo. *Vulpes fulva* — rudy lis. Małe mają może sześć tygodni.

— Skąd tyle o nich wiesz?

Bill wzruszył ramionami.

— Lubię dzikie zwierzęta — odparł. — Czytam o nich i kiedy tylko mogę, próbuję je podglądać na wolności.

— Polujesz?

— Boże, nie. Nawet nie robię zdjęć. Tylko patrzę.

Lisica już ich dostrzegła. Nie poruszyła się, ale wyraźnie zesztywniała; oczy miała bystre i czujne.

Nie patrz jej w oczy — pomyślała nagle Rosie. Nie miała pojęcia, co ma oznaczać ta myśl; wiedziała tylko, że głos wypowiadający te słowa nie należał do niej. — To nie dla takich jak ty.

— Są piękne — szepnęła. Obiema rękami otoczyła jego dłoń.

— Tak, są piękne.

Lisica obróciła łeb ku czwartemu liskowi, który zostawił w spokoju ogon i walczył z własnym cieniem. Wydała krótkie, donośne warknięcie. Lisek odwrócił się, spojrzał wyzywająco na nowo przybyłych, stojących na końcu ścieżki, a potem potruchtał do matki i położył się obok niej. Polizała go po pysku, myjąc szybko i wprawnie, ale ani na chwilę nie spuszczała z oka Rosie i Billa.

— Czy ona ma towarzysza? — zapytała cicho Rosie.

— Tak, widziałem go poprzednio. Potężny pies.

— Tak się mówi na samca?

— Uhm.

— Gdzie on jest?

— Gdzieś niedaleko. Poluje. Te małe na pewno często jadają na obiad mewy z przetrąconymi skrzydłami.

Spojrzenie Rosie powędrowało ku drzewu, pod którym lisy zrobiły sobie legowisko, i znów doznała silnego *déjà vu*. Przelotny obraz poruszającego się korzenia, jakby chcącego ją schwytać, pojawił się, zamigotał i odpłynął.

— Wystraszyliśmy ją? — spytała Rosie.

— Może trochę. Gdybyśmy spróbowali podejść bliżej, walczyłaby.

— Tak — rzekła Rosie. — A gdybyśmy wyrządzili im krzywdę, odpłaciłaby nam.

Spojrzał na nią dziwnie.

— No cóż, myślę, że przynajmniej próbowałaby to zrobić.

— Cieszę się, że mi je pokazałeś.

Uśmiech opromienił całą jego twarz.

— To świetnie.

— Wracajmy. Nie chcę jej wystraszyć. I jestem głodna.

— Dobrze. Ja też.

Podniósł rękę i pomachał lisicy. Patrzyła na niego bystrymi, nieruchomymi ślepiami... a potem zmarszczyła nos w niemym warknięciu, pokazując rząd równych, białych zębów.

— Tak — powiedział. — Dobra z ciebie mama. Pilnuj ich.

Odwrócił się. Rosie ruszyła za nim, a potem jeszcze raz spojrzała za siebie, w te bystre, nieruchome ślepia. Wciąż rozdziawiając pysk i pokazując kły, lisica karmiła młode w ciszy i w słońcu. Jej futro było raczej pomarańczowe niż czerwone, ale widząc jego odcień — mocno kontrastujący z zielenią otoczenia — Rosie znów lekko zadrżała. W górze śmignęła mewa, rzucając swój cień na polankę, ale ślepia lisicy ani na chwilę nie oderwały się od Rosie. Czuła na sobie ich spojrzenie — czujne, nieruchome i skupione — nawet wtedy, gdy odwróciła głowę i poszła za Billem.

4

— Nic im nie będzie? — zapytała, kiedy znów dotarli na brzeg. Wyciągnęła rękę, łapiąc równowagę przy zdejmowaniu najpierw lewego, a potem prawego buta.

— Pytasz, czy ktoś nie zapoluje na młode?

Rosie kiwnęła głową.

— Nie, jeżeli pozostaną z daleka od ogrodów i kurników, a mama i tata okażą się tak mądrzy, że nie będą odwiedzać farm. Oczywiście, jeśli będą zdrowe. Lisica ma co najmniej cztery lata, lis może mieć siedem. Szkoda, że go nie widziałaś. Ma sierść koloru październikowych liści.

Byli w połowie drogi do terenu piknikowego, brodząc po kostki w wodzie. Już widziała jego buty stojące na skale, na której je zostawił, z białymi skarpetkami starannie złożonymi na prostokątnych czubkach.

— Co miałeś na myśli, mówiąc „jeśli będą zdrowe”?

— Wściekliznę — odparł. — Najczęściej to wścieklizna sprawia, że odwiedzają ogrody i kurniki. Zostają zauważone, a potem zabite. Lisice chorują częściej niż lisy i uczą młode takich niebezpiecznych zachowań. Wścieklizna szybko powala samce, ale samice mogą chorować przez długi czas i przez to bardziej cierpią.

— Naprawdę? — zapytała. — To okropne.

Przystanął, spojrzał na jej bladą, zamyśloną twarz, a potem wziął ją w ramiona i przytulił.

— Wcale nie musi tak być — powiedział. — Na razie świetnie sobie radzą.

— Ale to może się zdarzyć. Może.

Zastanowił się, a potem kiwnął głową.

— Tak, pewnie — rzekł w końcu. — Wszystko może się zdarzyć. Chodźmy coś zjeść. Co na to powiesz?

— Powiem, że to dobry pomysł.

Pomyślała natomiast, że chyba wiele nie zje, że czujne spojrzenie lisicy odebrało jej apetyt. Tymczasem kiedy zaczął rozkładać wiktuały, poczuła, że jest głodna jak wilk. Na śniadanie zjadła tosta i popiła go sokiem pomarańczowym; była tak podekscytowana (i wystraszona) jak panna młoda przed weselem. Teraz, na widok chleba i mięsa, zupełnie zapomniała o lisach na północnym końcu plaży.

Wyjmował z pojemnika żywność — kanapki z wołowiną, kanapki z tuńczykiem, sałatkę z kurczaka, sałatkę z ziemniaków, sałatkę z kiszonej kapusty, dwie puszki coli, termos z czymś, co — jak powiedział — było mrożoną herbatą, dwa kawałki placka, duży kawał ciasta. Rosie na ten widok przypomniała sobie cyrkowych klownów rozładowujących wózek i roześmiała się. Pewnie nie zachowała się zbyt uprzejmie, lecz czuła się już na tyle ufnie, że nie musiała zmuszać się do uprzejmości w takich sprawach. I dobrze, ponieważ nie była pewna, czy zdołałaby powstrzymać śmiech.

Spojrzał na nią, trzymając w jednej ręce solniczkę, a w drugiej pieprzniczkę. Zauważyła, że przezornie zakleił dziury taśmą klejącą, chroniąc w ten sposób zawartość przed rozsypaniem, co rozśmieszyło ją jeszcze bardziej. Usiadła na ławce stojącej przy drewnianym stole, schowała twarz w dłoniach i próbowała powstrzymać śmiech. Prawie udało jej się, ale kiedy zerknęła przez palce i zobaczyła tę wielką stertę kanapek — pół tuzina dla dwojga ludzi, każda przecięta po przekątnej i elegancko zapakowana w folię — znów wybuchnęła śmiechem.

— O co chodzi? — zapytał, również się śmiejąc. — Co jest, Rosie?

— Spodziewałeś się wizyty paru przyjaciół? — spytała, wciąż chichocząc. — A może głodnych tubylców? Albo oddziału skautów?

Jego uśmiech poszerzył się, ale oczy spoglądały poważnie. Ten wyraz twarzy zdradzał dość złożone uczucia, świadczył, że Bill rozumiał zabawny i mniej zabawny aspekt tej sytuacji i patrząc na niego, Rosie pojęła, że naprawdę jest w jej wieku, a ewentualna różnica nie ma żadnego znaczenia.

— Chciałem mieć pewność, że znajdziesz tu coś, co lubisz, to wszystko.

Przestała chichotać, lecz w dalszym ciągu uśmiechała się. Najbardziej ujęła ją nie jego dobroć, która go odmładzała, lecz szczerość, przez którą wydawał się jakby starszy.

— Bill, mogłabym zjeść cokolwiek — powiedziała.

— Jestem tego pewny — odrzekł, siadając przy niej — ale nie o to chodzi. Zależało mi na tym, by było to, co lubisz i czego chcesz. Właśnie to chciałbym ci dać, ponieważ oszalałem na twoim punkcie.

Spojrzała na niego poważnie, zgubiwszy uśmiech, a kiedy ujął ją za rękę, nakryła jego dłoń swoją. Usiłowała przyswoić sobie to, co teraz powiedział, i przychodziło jej to z trudem — jak przepychanie szerokiego, kanciastego mebla przez wąskie drzwi, gdy obraca się go tak i siak, próbując znaleźć sposób, który w końcu zadziała.

— Dlaczego? — zapytała. — Dlaczego ja?

Potrząsnął głową.

— Nie wiem. Rzecz w tym, Rosie, że niewiele wiem o kobietach. Pod koniec szkoły średniej chodziłem z dziewczyną i pewnie poszlibyśmy w końcu do łóżka, ale wyprowadziła się, zanim do tego doszło. Na początku studiów miałem dziewczynę, z którą spałem. Potem, pięć lat temu, związałem się z cudowną dziewczyną, którą poznałem w zoo. Nazywała się Bronwyn O'Hara. To brzmi jak z powieści Margaret Mitchell, no nie?

— Cudowne imię.

— Była cudowną dziewczyną. Umarła na wylew.

— Och, Bill, tak mi przykro.

— Od tego czasu umówiłem się z paroma dziewczynami i nie przesadzam, umówiłem się, przecinek, koniec opowieści. Moi rodzice wciąż sprzeczają się z tego powodu. Ojciec powiada, że marnuję życie, a matka mówi: „Zostaw chłopca w spokoju, przestań gderać". Tyle że to brzmi jak „gdyrać".

Rosie uśmiechnęła się.

— A potem ty weszłaś do sklepu i znalazłaś ten obraz. Od razu wiedziałaś, że chcesz go mieć, prawda?

— Tak.

— Ja to samo poczułem na twój widok. Po prostu chciałem, żebyś o tym wiedziała. Nic z tego, co dzieje się między nami, nie dzieje się z uprzejmości, litości czy poczucia obowiązku, bo biedna Rosie miała takie smutne, ciężkie życie. — Zawahał się, a potem dodał: — Dzieje się dlatego, że zakochałem się w tobie.

— Nie możesz tego wiedzieć. Jeszcze nie.

— Wiem, co wiem — rzekł i łagodne naleganie w jego głosie lekko ją przestraszyło. — A teraz koniec z mydlaną operą. Jedzmy.

Zaczęli jeść. Kiedy skończyli i Rosie miała wrażenie, że jej brzuch napina się jak bęben pod paskiem spodni, spakowali resztę do chłodziarki, którą Bill ponownie przymocował do bagażnika harleya. Nikt nie nadjechał; wybrzeże należało tylko do nich. Wrócili na brzeg i znów usiedli na wielkim głazie. Rosie zaczęła darzyć ten kamień sympatią; myślała, że taki głaz można by odwiedzać raz lub dwa razy do roku, tylko po to, żeby mu podziękować... jeżeli wszystko będzie dobrze, rzecz jasna. A było, przynajmniej do tej pory. Prawdę mówiąc, nie przypominała sobie lepszego dnia.

Bill objął ją, a potem dotknął lewą ręką jej policzka i obrócił Rosie do siebie. Zaczął ją całować. Pięć minut później była bliska omdlenia, czując się jak we śnie, podniecona tak, jak nigdy sobie nie wyobrażała, podniecona w sposób, który urealniał to, co ukazywały książki, opowieści i filmy, to, czego dotychczas nie pojmowała, lecz przyjmowała na wiarę, tak jak ślepy przyjmuje na wiarę stwierdzenie widzącego, że zachód słońca jest piękny. Paliły ją policzki, piersi pod materiałem były nabrzmiałe i wrażliwe pod jego dotknięciem, nawet pożałowała, że włożyła biustonosz. Pod wpływem tej myśli zarumieniła się jeszcze bardziej. Serce waliło jej jak młotem, ale to dobrze. To wszystko było dobre. A nawet więcej — po prostu cudowne. Przesunęła dłoń niżej i poczuła, jaki jest twardy. Jakby dotknęła kamienia, tyle że kamień nie pulsowałby pod dotknięciem, podobnie jak jej serce.

Pozwolił jej ręce pozostać tam przez minutę, a potem delikatnie podniósł ją i ucałował.

— Na razie wystarczy — rzekł.

— Dlaczego? — popatrzyła na niego figlarnie, bez cienia sztuczności. Norman był w jej życiu jedynym mężczyzną, z którym zakosztowała seksu, a on nie należał do mężczyzn podniecających się zwykłym dotknięciem przez spodnie. Czasem — a w ciągu ostatnich kilku lat coraz częściej — nie podniecał się wcale.

— Ponieważ nie zdołam powstrzymać się, nie popadając przy tym w głęboką frustrację.

Spojrzała na niego marszcząc brwi, z takim zdumieniem, że wybuchnął śmiechem.

— Nieważne, Rosie. Po prostu chcę, żeby wszystko było jak należy, kiedy pierwszy raz będziemy się kochać. Żadnych moskitów tnących nas w tyłki, żadnego tarzania się po pokrzywach, żadnych gapiów pojawiających się w najbardziej nieodpowiedniej chwili. Ponadto obiecałem odwieźć cię o czwartej, żebyś mogła sprzedawać podkoszulki, i nie chcę gnać na łeb, na szyję.

Zerknęła na zegarek i ze zdumieniem stwierdziła, że jest dziesięć po drugiej. Czy to możliwe, przecież siedzieli na tym głazie tylko pięć czy dziesięć minut? Niechętnie, lecz z zadowoleniem doszła do wniosku, że zegarek nie kłamie. Byli tutaj co najmniej pół godziny, a może nawet czterdzieści pięć minut.

— Chodź — powiedział, zsuwając się z kamienia. Skrzywił się, gdy jego nogi z pluskiem wpadły w zimną wodę, a zanim się odwrócił, Rosie zdążyła zauważyć wypukłość pod spodniami.

To moje dzieło — pomyślała i zdumiała się uczuciami, jakie towarzyszyły tej refleksji: satysfakcja, rozbawienie, a nawet trochę zadowolenia z siebie.

Zsunęła się z głazu i chwyciła Billa za rękę, zanim zorientowała się, że to robi.

— Dobrze. Co teraz?

— Co powiesz na krótki spacer przed powrotem? Żeby ochłonąć.

— W porządku, ale trzymajmy się z daleka od lisów. Nie chcę znów ich niepokoić.

Jej — pomyślała — nie chcę znów jej niepokoić.

— Dobrze. Pójdziemy na południe.

Ruszył w tym kierunku. Ścisnęła jego dłoń, żeby odwrócił się do niej, a kiedy to zrobił, Rosie wpadła mu w ramiona i objęła go mocno. Wypukłość poniżej pasa jeszcze nie całkiem zniknęła, co sprawiło Rosie przyjemność. Do dzisiejszego dnia nie miała pojęcia, że kobiecie może się to podobać — uważała to za wymysł tych gazet, których głównym zadaniem jest sprzedaż ciuchów i kosmetyków. Teraz dowiedziała się czegoś nowego. Mocno przycisnęła się do Billa i zajrzała mu w oczy.

— Pozwolisz, że powiem coś, czego nauczyła mnie matka i kazała powiedzieć, kiedy pierwszy raz szłam na przyjęcie urodzinowe? Chyba miałam wtedy cztery czy pięć lat.

— Słucham — rzekł z uśmiechem.

— Dziękuję ci za cudowny piknik, Bill. Dziękuję ci za najcudowniejszy dzień... Dziękuję, że mnie zaprosiłeś.

Bill ucałował ją.

— Mnie również było bardzo miło, Rosie. Od lat nie czułem się tak szczęśliwy. Chodź, przejdziemy się.

Trzymając się za ręce, poszli wzdłuż brzegu, tym razem na południe. Poprowadził ją inną ścieżką na długą, wąską łąkę, która wyglądała, jakby nie koszono jej od lat. Popołudniowe słońce kładło na nią zakurzone smugi, a wśród tymotki trzepotały motyle w chaotycznych powietrznych akrobacjach. Brzęczały pszczoły, a gdzieś na lewo jakiś dzięcioł niestrudzenie opukiwał drzewo. Bill pokazywał jej różne kwiaty, podając nazwy większości z nich. Kilkakrotnie wydawało jej się, że mylił się, ale nie poprawiała go. Pokazała mu kępkę grzybów rosnących wokół pnia dębu na skraju łąki i powiedziała, że to trujaki, ale niezbyt groźne, ponieważ są gorzkie. Człowiek choruje lub umiera po tych, które nie mają gorzkiego smaku.

Zanim wrócili na parking, pojawili się gapie, zupełnie tak jak mówił Bill — furgonetka i czterokołowy scout, pełne dzieciaków z college'u. Byli przyjaźni, lecz hałaśliwi; poustawiali w cieniu chłodziarki z piwem i zaczęli rozciągać siatkę do siatkówki. Chłopiec, z wyglądu dziewiętnastoletni, niósł na barana swoją dziewczynę, ubraną w szorty koloru khaki i górę kostiumu bikini. Kiedy ruszył kłusem, zaczęła krzyczeć radośnie i tłuc go dłońmi po krótko ostrzyżonej głowie. Patrząc na nich, Rosie zastanawiała się, czy lisica na swej polance usłyszy to, i doszła do wniosku, że tak. Niemal widziała ją, jak leży tuląc śpiące, opite mlekiem młode, słuchając ludzkich wrzasków dochodzących z plaży, z nastawionymi uszami, oczami bystrymi, mądrymi i aż nazbyt podatnymi na szaleństwo.

„Wścieklizna szybko powala samce, ale samice mogą chorować przez długi czas" — pomyślała, a potem przypomniała sobie trujaki, które zauważyła na skraju zarośniętej łąki, rosnące w cieniu, gdzie było wilgotno. „Pajęcze grzyby" — powiedziała babcia, kiedy pokazywała je Rosie pewnego lata i chociaż ta nazwa została wymyślona przez babcię Weeks — bo na pewno nie figurowała w żadnym ze znanych Rosie atlasów roślin — nigdy nie zapomniała ich paskudnego wyglądu, bladych i woskowatych kapeluszy usianych ciemniejszymi plamami, które chyba rzeczywiście wyglądały jak małe pająki dla kogoś nie pozbawionego wyobraźni... tak jak ona.

„Samica może chorować przez długi czas — pomyślała. — Wścieklizna szybko powala samce, ale...".

— Rosie? Zimno ci?

Spojrzała na niego, nie rozumiejąc, co do niej mówi.

— Zadrżałaś.

— Nie. Nie jest mi zimno. — Popatrzyła na dzieciaki, które nie dostrzegały jej i Billa, jako że należeli już do innego pokolenia, a potem znowu na niego. — Może jednak powinniśmy już wracać.

Skinął głową.

— Chyba masz rację.

5

Kiedy wracali, na drogach panował większy ruch, a na obwodnicy jeszcze większy. Jechali przez to wolniej, ale nie natrafili na korki. Bill śmigał wielkim harleyem w każdą otwierającą się lukę, sprawiając, że Rosie czuła się trochę tak, jakby siedziała na grzbiecie tresowanej ważki, lecz nie ryzykował i nigdy nie zwątpiła w jego umiejętności, nawet kiedy skierował pojazd na linię przerywaną między pasami ruchu, mijając po obu stronach wielkie ciężarówki, czekające cierpliwie jak wielkie mastodonty w kolejce do kas przy wjeździe na obwodnicę. Zanim zaczęli mijać tablice z napisami NADBRZEŻE, AKWARIUM czy ETTINGER'S PIER & WESOŁE MIASTECZKO, Rosie była zadowolona, że nie wyruszyli później. Zdąży na swoją zmianę w stoisku z podkoszulkami i przedstawi Billa przyjaciółkom. Była pewna, że go polubią. Gdy przejeżdżali pod jasnoróżowym transparentem z napisem PRZYWITAJ LATO Z CÓRKAMI I SIOSTRAMI!, Rosie poczuła, że jest szczęśliwa, co później tego dnia wspominała ze zgrozą.

Już widziała kolejkę górską, wszystkie jej wzniesienia i pajęczynę rusztowań na tle nieba, słyszała krzyki unoszące się nad nimi. Przez chwilę mocniej przytuliła się do Billa i zaśmiała. Wszystko będzie dobrze — pomyślała, a gdy przypomniała sobie na moment posępne i czujne oczy lisicy, odepchnęła od siebie to wspomnienie, jak na weselu odsuwa się myśl o śmierci.

6

Kiedy Bill Steiner ostrożnie prowadził motocykl na dróżce wiodącej na teren piknikowy, Norman Daniels manewrował swoim kradzionym samochodem na parkingu przy Press Street. To miejsce znajdowało się prawie pięć przecznic od Ettinger's Pier i służyło miłośnikom różnych nadjeziornych atrakcji: wesołego miasteczka, akwarium, Old Towne Trolley, sklepów i restauracji. Był jeszcze jeden parking, bliżej wszystkich tych rozrywek, ale Norman wolał nie zbliżać się bardziej. Może będzie musiał opuszczać to miejsce w pośpiechu, a w takim wypadku nie chciał ugrzęznąć w korku.

Za piętnaście dziesiąta, sobotni ranek. Przednia część parkingu przy Press Street była prawie pusta, niedobrze dla kogoś, kto nie chciał rzucać się w oczy, lecz w części przeznaczonej dla klientów całodziennych i całotygodniowych stało sporo samochodów — przeważnie należących do pasażerów promu, którzy popłynęli gdzieś na północ, na wycieczki lub weekendowe wyprawy wędkarskie. Norman wcisnął forda tempo między winnebago z Utah a gigantycznego roadkinga RV z Massachusetts. Ford był prawie niewidoczny między tymi olbrzymami, co bardzo odpowiadało Normanowi.

Wysiadł, potem wziął z siedzenia swoją nową skórzaną kurtkę i włożył ją. Z jednej kieszeni wyjął okulary przeciwsłoneczne — inne niż nosił poprzedniego dnia — i włożył je również. Potem podszedł do bagażnika, rozejrzał się, czy nikt go nie obserwuje, i podniósł pokrywę.

Wyjął fotel inwalidzki i rozłożył go.

Pooklejał fotel naklejkami kupionymi w sklepiku z pamiątkami w Centrum Kultury Kobiecej. W salach i w auli na piętrze mogli mieć mnóstwo mądrych ludzi wygłaszających odczyty i uczestniczących w sympozjach, ale na dole sprzedawali właśnie takie bezwartościowe gówno, na jakie liczył Norman. Nie potrzebował breloczków z symbolem płci ani plakatu z ukrzyżowaną kobietą (JEZUSINA UMARŁA ZA WASZE GRZECHY) na Golgocie, ale naklejki były doskonałe. KOBIETA POTRZEBUJE MĘŻCZYZNY JAK RYBA ROWERU, głosił jeden napis. Inny, najwyraźniej ułożony przez kogoś, kto nigdy nie widział facetki mającej brwi i połowę włosów opalone fajką do cracku, informował: KOBIETY NIE SĄ ŚMIESZNE! Były tam naklejki donoszące: JESTEM ZA I GŁOSUJĘ, SEKS TO POLITYKA oraz S-Z-A-C-U-N-E-K, DOWIEDZ SIĘ, CO OZNACZA TO SŁOWO. Norman zastanawiał się, czy któraś z tych wyzwolonych od biustonoszy bab wie, że tę piosenkę napisał mężczyzna. Kupił wszystkie naklejki. Najbardziej podobała mu się ta, którą starannie umieścił na środku oparcia fotela, obok uchwytu na walkmana: JESTEM MĘŻCZYZNĄ, KTÓRY SZANUJE KOBIETY.

I to prawda — pomyślał, jeszcze raz obrzucając szybkim spojrzeniem parking, żeby upewnić się, że nikt nie zauważy kaleki, zwinnie wskakującego na wózek inwalidzki. — Szanuję je, dopóki zachowują się jak należy.

Nie dostrzegł nikogo i nikt go nie obserwował. Obrócił wózek i spojrzał na swoje odbicie w burcie świeżo umytego forda. No? — zadał sobie pytanie. — Co o tym myślisz? Uda się?

Pomyślał, że powinno. Ponieważ przebranie nie wchodziło w grę, więc usiłował osiągnąć coś więcej — stworzyć prawdziwą osobę, jak aktor kreujący na scenie jakąś postać. Wymyślił nawet nazwisko tego nowego faceta: Hump McDaniels. Hump był weteranem wojennym, który wrócił do domu i przez jakieś dziesięć lat jeździł z bandą motocyklistów, gdzie kobiety nadawały się jedynie do dwóch lub trzech rzeczy. Potem miał wypadek. Za dużo piwa, mokra jezdnia, filar mostu. Został sparaliżowany od pasa w dół, ale wyleczyła go młoda, cudowna kobieta...

— Marilyn — powiedział głośno Norman, myśląc o Marilyn

Chambers, która od lat była jego ulubioną gwiazdą porno. Druga na liście to Amber Lynn, ale Marilyn Lynn brzmiałoby fałszywie jak cholera. Następnym nazwiskiem, jakie przyszło mu do głowy, było McCoo, ale i ono nie nadawało się; Marilyn McCoo, tak nazywała się ta suka, która śpiewała z Fifth Dimension w latach siedemdziesiątych, kiedy życie nie było takie parszywe jak teraz.

Na pustym placu po drugiej stronie ulicy stała tablica z napisem: TUTAJ W PRZYSZŁYM ROKU BĘDZIE REALIZOWANY KOLEJNY ZNAKOMITY PROJEKT BUDOWLANY DELANEYA! Marilyn Delaney było równie dobrym nazwiskiem jak każde inne. Pewnie żadna z Córek i Sióstr nie poprosi go o jego życiorys, lecz parafrazując napis na koszulce ekspedienta w sklepie The Base Camp, lepiej mieć gotową bajeczkę i nie potrzebować jej, niż nie mieć i potrzebować.

One uwierzą w Humpa McDanielsa. Na pewno widziały więcej niż kilku takich facetów jak on, facetów, którzy przeżyli coś, co zmieniło całe ich życie, a teraz próbowali odpokutować dawne grzechy. A Humpowie tego świata pokutowali tak, jak robili wszystko w swoim życiu — rzucając się w ogień. Hump McDaniels usiłował stać się honorową kobietą, to wszystko. W czasie pracy w policji Norman widział, jak podobni wariaci zmieniają się w zagorzałych przeciwników narkomanii, dewotów i zwolenników Perota. W głębi duszy pozostawali takimi samymi jednowymiarowymi dupkami, jak zawsze śpiewając tę samą starą piosenkę, tylko w innej tonacji. Lecz to nie było ważne. Najważniejsze okazało się to, że zawsze znajdowali się w pobliżu, kręcąc się wokół sceny, na którą chcieli wejść. Byli jak piasek na pustyni albo sople na Alasce. I dlatego Norman miał pewność, że Hump zostanie uznany za Humpa, jeśli nawet oczekiwano tam inspektora Danielsa. Najbardziej cyniczne z nich będą skłonne wziąć go za napalonego inwalidę stosującego typowe podejście „na mądrego i wrażliwego", żeby załatwić sobie obłapkę na sobotnią noc. Przy odrobinie szczęścia Hump McDaniels będzie widoczny, a jednocześnie nie zauważany, podobnie jak gość na szczudłach przebrany za Wuja Sama podczas parady z okazji 4 Lipca.

Pozostała część planu była nieskomplikowana. Znajdzie główne skupisko kobiet z tego domu i będzie je obserwował jako Hump McDaniels — ich zabawy, rozmowy, piknik. Kiedy ktoś przyniesie mu hamburgera, prażoną kukurydzę lub kawałek ciasta, co któraś pomocna cipa z pewnością zrobi (żadna propaganda nie zdoła wykorzenić z nich głębokiej potrzeby karmienia mężczyzn — czysty instynkt, mój Boże!), on przyjmie i podziękuje, a potem zje co do okruszka. Będzie odpowiadał, kiedy go zapytają, a jeśli wygra wypchanego zwierzaka, rzucając kółkiem lub grając w Pitch Til U Win, podaruje go jakiemuś dzieciakowi... przez cały czas pamiętając, żeby nawet nie pogłaskać bachora po główce: w dzisiejszych czasach to może wystarczyć, by zamknąć człowieka pod zarzutem molestowania nieletnich.

Przede wszystkim będzie patrzył. Szukał swojej dzikiej Róży. Będzie mógł to robić bez trudu, gdy już zaakceptują go jako fragment sceny: był mistrzem sztuki śledzenia. Kiedy ją znajdzie, mógłby załatwić sprawę tutaj, na nabrzeżu, gdyby chciał: po prostu zaczekałby, aż pójdzie do kibla, ruszył tam za nią i skręcił jej kark jak kurczakowi. W kilka sekund byłoby po wszystkim i na tym oczywiście polegał problem. Nie chciał, żeby załatwić sprawę w kilka sekund. Chciał, żeby to trwało. Miał zamiar przeprowadzić z nią długą, spokojną pogawędkę. Wydobyć z niej wyczerpujące sprawozdanie o wszystkich jej poczynaniach, po tym jak wyszła z domu z jego kartą kredytową w kieszeni. Pełny raport, można rzec, od zupy do deseru. Na przykład zapyta ją, czy było jej przyjemnie, kiedy wystukiwała jego hasło, i dowie się, czy miała orgazm, kiedy pochyliła się, by zgarnąć gotówkę z okienka — pieniądze, na które on pracował, pieniądze, które zarobił, zostając po godzinach i przymykając gnojków, którzy zrobiliby wszystko i każdemu, gdyby nie powstrzymywali ich tacy faceci jak on. Chciał ją zapytać, jak kiedykolwiek mogła sądzić, że ujdzie jej to na sucho. Jak mogła myśleć, że jemu umknie.

A kiedy już opowie mu wszystko, co chciał wiedzieć, on porozmawia sobie z nią.

Tyle że słowo „rozmawiać" chyba niedokładnie opisywało to, co miał na myśli.

Pierwszy krok to znaleźć ją. Drugi — obserwować z bezpiecznej odległości. Trzeci krok to pójść za nią, kiedy w końcu będzie miała dość i wyjdzie z zabawy... pewnie po koncercie, może wcześniej, jeśli dopisze mu szczęście. Zaraz po wyjściu z wesołego miasteczka pozbędzie się inwalidzkiego fotela. Pozostaną na nim odciski palców (para motocyklowych rękawic załatwiłaby ten problem, a ponadto uwiarygodniłaby postać Humpa McDanielsa, ale miał za mało czasu, by je zorganizować, nie wspominając już o jego „specjałach" — tych okropnych bólach głowy), ale nie szkodzi. Miał wrażenie, że odciski palców będą najmniejszym z czekających go problemów.

Chciał dopaść ją w jej mieszkaniu i sądził, że prawdopodobnie zdoła. Kiedy ona wsiądzie do autobusu (to będzie autobus; nie miała samochodu, a nie traciłaby pieniędzy na taksówkę), on będzie tuż za nią. Jeżeli przypadkiem zauważy go między Ettinger's Pier a meliną, w której odstawia numerki, zabije ją na miejscu i do diabła z konsekwencjami. Jeśli jednak wszystko dobrze pójdzie, wpadnie za nią, gdy tylko otworzy drzwi, a po drugiej stronie tych drzwi będzie cierpiała, jak jeszcze nie cierpiała żadna kobieta na świecie.

Norman potoczył wózek do budki z napisem BILETY NA CAŁY DZIEŃ, zobaczył, że wstęp dla dorosłych kosztuje dwanaście dolarów, wręczył pieniądze facetowi w kasie i skierował się w głąb parku. Miał wolną drogę; było wcześnie i na nabrzeżu jeszcze nie zrobiło się tłoczno. Oczywiście ta sytuacja miała pewne minusy. Będzie musiał zachować ostrożność, żeby nie zwrócić na siebie uwagi. Jednak zrobi to. Przecież...

— Koleś! Hej, koleś! Wracaj tu!

Norman natychmiast zatrzymał wózek, kurczowo ściskając kółka, pustym wzrokiem spoglądając na statek widmo i stojącego na dziobie, gigantycznego robota w staroświeckim kapitańskim mundurze. „Ahoy, tu terror, brachu!" — wołał raz po raz kapitan statku robotów monotonnym, mechanicznym głosem. Nie, przecież miał nie zwracać na siebie uwagi... a tymczasem właśnie to robił.

— Hej, łysy! Ty na wózku!

Ludzie odwracali się i patrzyli na niego. Wśród nich była gruba czarna suka w czerwonej kombinacji, baba wyglądająca na dwukrotnie głupszą od sprzedawcy w The Base Camp — tego z zajęczą wargą. Ponadto wydawała się dziwnie znajoma, ale Norman potraktował to jako przejaw paranoi — nie znał w tym mieście nikogo. Odwróciła się i poszła dalej, ściskając torebkę wielkości walizki, ale wiele innych ludzi wciąż gapiło się na niego. Nagle Norman poczuł, że ma krocze mokre od potu.

— Hej, człowieku, wracaj! Nie wziąłeś reszty!

Przez chwilę nie mógł zrozumieć sensu tych słów, jakby tamten mówił w jakimś obcym języku. Potem zrozumiał i poczuł ogromną ulgę, połączoną z niesmakiem z powodu własnej głupoty. Oczywiście dał kasjerowi za dużo. Zapomniał, że nie jest Dorosłym, lecz Inwalidą.

Obrócił wózek i podtoczył go pod budkę. Wychylający się z niej facet był gruby i zdawał się patrzeć na Normana z takim samym niesmakiem, jak Norman na siebie. Podał Normanowi banknot pięciodolarowy.

— Siedem dolarów, nie umiesz czytać? — zapytał, najpierw wskazując banknotem napis nad kasą, a potem podsuwając mu piątkę pod nos.

Norman przez moment zachwycił się wizją grubasa, któremu wpycha tę piątkę w dupę rozżarzonym do czerwoności pogrzebaczem, a potem wziął banknot i schował go do jednej z licznych kieszeni kurtki.

— Przepraszam — rzekł pokornie.

— Tak, tak — powiedział facet w budce i odwrócił się.

Norman z walącym sercem oddalił się na fotelu w głąb parku. Starannie opracował postać... ułożył prosty, lecz skuteczny plan, aby osiągnąć cel... a potem, na samym początku, zrobił coś nie tyle głupiego, ile niewiarygodnie głupiego. Co się z nim dzieje?

Nie wiedział, ale od tej pory postara się unikać takich wpadek.

— Mogę tego dokonać — mruczał do siebie. — Mogę, do cholery.

— Ahoy, tu terror, brachu! — zawołał robot-żeglarz do przejeżdżającego obok Normana. W jednej ręce trzymał fajkę z kolby kukurydzy, o cybuchu wielkości miski klozetowej. — Ahoy, tu terror, brachu! Ahoy, tu terror, brachu!

— Jak sobie życzysz, kapitanie — mruknął pod nosem Norman i pojechał dalej. Dotarł do rozgałęzienia ze strzałkami kierującymi na nabrzeże, podium i teren piknikowy. Obok tej, która wskazywała drogę na piknik, była mała tablica głosząca: GOŚCIE CÓREK I SIÓSTR — POSIŁEK W POŁUDNIE I O SZÓSTEJ, KONCERT O ÓSMEJ. PRZYJDŹ! BAW SIĘ Z NAMI!

Możecie być tego pewne — pomyślał Norman i skierował pooklejany wózek na jedną z betonowych, obramowanych rabatami alejek prowadzących na teren piknikowy. W rzeczywistości był to park, na dodatek ładny. Znajdował się tam plac zabaw dla dzieci, dla których jazda na karuzeli okazała się zbyt nudna lub stresująca. Były tam krzewy poprzycinane na kształt wesołych zwierzątek, takich jak w Disneylandzie, stanowiska do rzucania podkowami, plac do softballu i mnóstwo drewnianych stołów. W brezentowym namiocie o otwartych bokach Norman dostrzegł ubranych na biało kucharzy, szykujących barbecue. Za namiotem stał rząd straganów, najwidoczniej postawionych tylko na ten dzień — w jednym można wylosować ręcznie szytą pościel, w drugim podkoszulki (na wielu widniały te same hasła, jakie zdobiły fotel na kółkach Humpa), a w jeszcze innym nabyć broszurkę na dowolony temat... jeśli ktoś chciał się dowiedzieć, jak porzucić męża i znaleźć szczęście wśród swoich duchowych sióstr lesbijek.

Gdybym miał broń — pomyślał — coś ciężkiego i szybkostrzelnego, jak mac-10, w dwadzieścia sekund mógłbym uczynić świat o wiele lepszym miejscem. O wiele lepszym.

Większość obecnych tam to kobiety, ale było też wystarczająco wielu mężczyzn, żeby Norman nie rzucał się w oczy. Przejechał koło straganów, robiąc dobre wrażenie, odpowiadając ukłonem na ukłon, uśmiechem na uśmiech. Obstawił numer, który mógł wygrać śnieżnobiałą pościel, podając się za Richarda McDanielsa. Może przedstawianie się jako Hump nie było takim dobrym pomysłem — nie tutaj. Wybrał broszurkę zatytułowaną „Kobiety również mają prawa do nieruchomości" i powiedział lesbie siedzącej za straganem, że zamierza posłać książeczkę swojej siostrze Jeannie, mieszkającej w Topeka. Lesbija uśmiechnęła się i życzyła mu miłego dnia. Norman odpowiedział uśmiechem i życzył jej tego samego. Interesowało go wszystko, a szczególnie jedna osoba: Rose. Jeszcze jej nie dostrzegł, ale nic nie szkodzi: było wcześnie. Miał prawie pewność, że ona pojawi się tu na południowym posiłku, a kiedy ją zobaczy, wszystko będzie w porządku, wszystko będzie w porządku, wszystko będzie w najlepszym porządku. No dobrze, trochę spieprzył sprawę przy kasie i co z tego? To już minęło i niczego więcej nie spieprzy. Na pewno nie.

— Masz ekstrawózek, przyjacielu — powiedziała wesoło młoda kobieta w szortach z materiału w leopardzie cętki. Trzymała za rękę małego chłopca. Ten ściskał w wolnej ręce kubek z wiśniowym jogurtem, który próbował rozsmarować sobie po całej twarzy. Dla Normana wyglądał jak światowej klasy świr. — I ekstrapozdrowienia.

Nadstawiła dłoń, żeby w nią klepnął, a Norman pomyślał — tylko przez moment — jak szybko zniknąłby z jej twarzy ten głupi uśmieszek typu „współczuję kalekom", gdyby odgryzł jej kilka palców zamiast przybić piątkę, jak oczekiwała. Norman bez zdziwienia zauważył, że nie miała na palcu obrączki, chociaż bękart z wiśniowym gównem na twarzy był podobny do niej.

Ty zdziro — pomyślał. — Patrzę na ciebie i widzę, co jest nie tak z tym popierdolonym światem. Co ty robisz? Pozwalasz, by jedna z twoich koleżanek wsadzała ci tłuczek do kartofli?

Uśmiechnął się i lekko klasnął w jej nadstawioną dłoń.

— Dzięki, dzięki, dzięki — rzekł.

— Masz tu przyjaciółkę? — zapytała kobieta. Należała do tych, co lubią zadawać pytania.

— Tak, ciebie — odparł szybko.

Roześmiała się zadowolona.

— Dziękuję, ale wiesz, co miałam na myśli.

— Nie, tak tylko wpadłem. Jeżeli przeszkadzam albo jeśli to prywatna impreza, zawsze mogę spłynąć.

— Nie, nie! — zareagowała, wyraźnie przestraszona, że mógł tak pomyśleć... zgodnie z przewidywaniami Normana. — Zostań. Patrz. Baw się. Przynieść ci coś do jedzenia? Zrobię to z przyjemnością. Waty cukrowej? Może hot doga?

— Nie, dziękuję — odparł Norman. — Jakiś czas temu miałem wypadek na motocyklu, tak dorobiłem się tego ślicznego fotela. — Ta suka ze współczuciem kiwała głową; gdyby chciał, w trzy minuty doprowadziłby ją do płaczu. — Od tej pory straciłem apetyt. — Uśmiechnął się do niej niepewnie. — Mimo to cieszę się życiem, na Boga!

Roześmiała się.

— To dobrze. Życzę miłego dnia.

Kiwnął głową.

— Wzajemnie. Tobie też życzę miłego dnia, synu.

— Jasne — mruknął niezachęcająco dzieciak i spojrzał wrogo na Normana znad wysmarowanych wiśniowym jogurtem policzków. Norman przez chwilę poczuł prawdziwe przerażenie, gdyż wydało mu się, że chłopiec zagląda w niego i widzi prawdziwego Normana, kryjącego się za wygoloną głową Humpa McDanielsa i skórzaną kurtką z licznymi zamkami. Powiedział sobie, że to po prostu kolejny przejaw paranoi, nic więcej — w końcu wkradł się w przebraniu między wrogów, a w takich okolicznościach trudno nie mieć skłonności do paranoi — lecz mimo wszystko szybko się oddalił.

Myślał, że kiedy odejdzie od dzieciaka o wrogim spojrzeniu, poczuje się lepiej, ale nie. Przelotny przypływ optymizmu zastąpiła mrowiąca niepewność. Zbliżało się południe, za jakieś piętnaście minut ludzie mieli zasiąść do stołów, a jej w dalszym ciągu nie było. Niektóre z kobiet jeździły na kolejce górskiej i może Rose była wśród nich, ale nie wydawało mu się to prawdopodobne. Rose nie lubiła takich rzeczy.

Tak, masz rację, nie lubiła... ale może się zmieniła — szeptał mu wewnętrzny głos. Zaczął mówić coś jeszcze, ale Norman brutalnie zamknął mu pysk, zanim zdążył powiedzieć cokolwiek. Nie chciał słuchać tych bzdur, chociaż wiedział, że Rose musiała jakoś się zmienić, inaczej byłaby w jego domu, prasowała jego koszule w każdy wtorek, a to wszystko by się nie zdarzyło. Świadomość, że Rose zmieniła się tak, iż wyszła z domu z tą cholerną kartą kredytową, tkwiła w jego głowie z gryzącą, zaciekłą siłą, którą ledwie mógł znieść. Na myśl o tym wpadał w panikę, jakby na piersi miał jakiś ogromny ciężar.

Opanuj się — powiedział sobie. — Właśnie to musisz zrobić. Myśl o tym tak, jakbyś czekał w zasadzce, co robiłeś już z tysiąc razy. Jeśli tak to potraktujesz, wszystko będzie dobrze. Powiem ci coś, Normie: zapomnij, że szukasz Rose. Zapomnij o tym, dopóki jej nie zobaczysz.

Spróbował. Pomogło mu to, że dotychczas wszystko szło zgodnie z planem; Hump McDaniels został zaakceptowany jako element scenerii. Dwie dziwy noszące podkoszulki z obciętymi rękawami, żeby pokazać swoje nadmiernie rozwinięte mięśnie, na chwilę wciągnęły go do gry w ringo, a babsztyl z jasnymi włosami i paskudnymi żylakami na nogach przyniósł mu jogurt, ponieważ zdaniem głupiego babsztyla wyglądał naprawdę nieszczęśliwie, tkwiąc w tym fotelu. „Hump" podziękował jej wylewnie i powiedział, że owszem, trochę mu gorąco. Ale nie na twój widok, moja droga — pomyślał, gdy odchodziła. — Nic dziwnego, że trzymasz z lesbijkami, nie złapałabyś żadnego faceta, nawet gdyby od tego zależało twoje życie. Jogurt za to był niezły — zimny — i zjadł go łapczywie.

Cała sztuka w tym, żeby nie zatrzymywać się za długo w jednym miejscu. Przejechał od piknikujących do stanowisk rzutu podkowami, gdzie dwóch niedołęgów grało przeciw dwóm równie niezdarnym kobietom. Norman doszedł do wniosku, że mogą tak grać do zachodu słońca. Minął namiot-kuchnię, gdzie pierwsze hamburgery schodziły z grilla, a sałatkę ziemniaczaną rozkładano na półmiski. W końcu ruszył w kierunku podium i wesołego miasteczka, jadąc ze spuszczoną głową, zerkając ukradkiem na kobiety podchodzące teraz do stołów, popychające wózki, niosące pod pachą trofea. Nie było wśród nich Rose.

Nie było jej nigdzie.

7

Norman był zbyt zajęty poszukiwaniem Rose, aby zobaczyć, że Murzynka, która zauważyła go przedtem, zwróciła na niego uwagę i teraz. To była niezwykle duża kobieta, rzeczywiście trochę podobna do Williama „Lodówki" Perry'ego.

Gert stała na placu zabaw, pilnując chłopczyka na huśtawce. Potrząsnęła głową, jakby porządkując myśli. Wciąż patrzyła na kalekę w motocyklowej kurtce, chociaż teraz widziała go tylko od tyłu. Na oparciu wózka zobaczyła przyklejoną nalepkę. JESTEM MĘŻCZYZNĄ, KTÓRY SZANUJE KOBIETY.

Jesteś także mężczyzną, który wygląda znajomo — pomyślała Gert. — Czy też po prostu wyglądasz jak jakiś aktor?

— Dalej, Gert! — rozkazał malec Melanie Huggins. — Pchaj! Chcę lecieć wysoko! Chcę zrobić pętlę!

Gert popchnęła go wyżej, chociaż mały Stanley na pewno nie zatoczy pętli — nie w tych czasach, kiedy wszyscy procesują się ze wszystkimi. Mimo to cieszyła ją jego radość; ona też uśmiechnęła się. Popchnęła go jeszcze wyżej, odsuwając myśl o mężczyźnie na wózku. Odsuwając ją na razie.

— Chcę zrobić pętlę, Gert! Proszę! No już, prooooszę!

No cóż — pomyślała Gert — może raz mu nie zaszkodzi.

— Trzymaj się, Stan — powiedziała. — Lecimy.

8

Norman jechał dalej nawet wtedy, kiedy wiedział już, że minął ostatnich nadchodzących uczestników pikniku. Czuł, że lepiej nie pokazywać się tam, gdzie kobiety z Córek i Sióstr oraz ich przyjaciółki będą jadły posiłek. Ponadto był bliski paniki i obawiał się, że jeśli będzie się tu kręcił, ktoś może zauważyć, że coś jest z nim nie tak. Rose powinna tu być i do tej pory powinien ją już znaleźć, tymczasem nic z tego. Co więcej, nie wyczuwał, żeby tu była, a to już zupełnie nie miało sensu. Przecież to mysz, rany boskie, zwykła mysz, i jeśli nie ma jej tutaj, wśród jej koleżanek mysich cipek, to gdzie się podziała? Dokąd mogła pójść, jeśli nie tu?

Przejechał pod łukowatą bramą z napisem ZAPRASZAMY NA PODIUM i ruszył szeroką alejką, nie przejmując się zbytnio, jak jedzie. Odkrywał właśnie, że dobrą stroną poruszania się na wózku było to, że nie trzeba uważać na ludzi, bo ludzie uważali na wózek.

W parku robiło się tłoczno, co nie było złe, lecz poza tym nic nie szło dobrze. Znów łupało go w głowie, a w tłumie przechodniów czuł się dziwnie, jakby w jego ciele zagnieździła się jakaś obca istota. Na przykład, dlaczego tak wielu z nich się śmieje, na Boga? Czy oni nie rozumieją, jaki jest ten świat?

Czy nie widzą, że wszystko — wszystko! — lada chwila zejdzie na psy? Z przestrachem stwierdził, że wszyscy wydawali mu się pedałami i lesbijami, wszyscy, jakby świat zmienił się w bagno homoseksualistów, złodziejek i kłamców, a nikt nie miał już cienia szacunku do spoiwa zapewniającego społeczeństwu trwałość.

Ból głowy narastał i znów wokół krawędzi przedmiotów zaczęły się pokazywać jasne, małe zygzaki. Dobiegające zewsząd odgłosy stały się rozwścieczająco głośne, jakby jakiś okrutny gnom w jego głowie przejął kontrolę i stopniowo zwiększał głośność do maksimum. Łoskot wagoników wtaczających się na pierwsze wzniesienie kolejki górskiej przypominał lawinę, a wrzaski pasażerów toczącego się w dół składu rozdarły mu uszy jak szrapnele. Urządzenia parowe wychrząkujące swoje dźwięki, elektroniczny gwar z salonu gier wideo, owadzie brzęczenie gokartów przyśpieszających na torze... wszystkie te odgłosy szalały w jego oszołomionym i przestraszonym umyśle jak wygłodniałe monstra. A najgorszym, zagłuszającym inne i wbijającym się jak tępe ostrze topora w jego mózg, było nawoływanie mechanicznego żeglarza na dziobie statku widma. Norman czuł, że jeśli jeszcze raz wysłucha „Ahoy, tu terror, brachu!”, to jego umysł trzaśnie jak sucha gałąź. Albo po prostu zerwie się z tego durnego, pierdolonego fotela i z wrzaskiem...

Przestań, Normie.

Wjechał na małą pustą przestrzeń między budką z pączkami i drugą, z porcjowaną pizzą. Tam przystanął, odwrócony plecami do przewalających się ludzi. Norman zawsze słuchał tego głosu. Ten głos powiedział mu przed dziewięciu laty, że jedynym sposobem zamknięcia ust Wendy Yarrow jest zabić ją, a także ten głos w końcu przekonał go, żeby zabrał Rose do szpitala, kiedy miała złamane żebro.

Normie, zupełnie zwariowałeś — ostrzegał go teraz ten chłodny, spokojny głos. — Według standardów sal sądowych, na których zeznawałeś tysiące razy, jesteś trzepnięty jak mucha pod packą. Wiesz o tym, prawda?

Zza jeziora nadleciało słabe wołanie: „Ahoy, tu terror, brachu!".

Normie?

— Taak — szepnął. Zaczął masować obolałe skronie czubkami palców. — Taak, chyba wiem.

Dobrze; człowiek może wykorzystać swoje wady... jeżeli tylko zda sobie z nich sprawę. Musisz dowiedzieć się, gdzie ona jest, a to oznacza podejmowanie ryzyka. Przecież ryzykowałeś już przychodząc tu, no nie?

— Taak — powiedział. — Taak, tatusiu, masz rację.

W porządku, koniec z tym gównem. Posłuchaj mnie, Normie.

Norman posłuchał.

9

Gert jeszcze przez chwilę kołysała Stana Hugginsa na huśtawce, przy czym jego dopominanie się o „jeszcze jedną małą pętlę" stawało się coraz bardziej męczące. Nie miała zamiaru robić tego ponownie: przy pierwszej próbie o mało nie spadł i przez moment Gert była pewna, że zaraz dostanie przez czorta ataku serca.

Ponadto wróciła myślami do tamtego faceta. Tego łysego.

Czyżby znała go skądś? Czy tak?

Czy to mógł być mąż Rosie?

Och, to czyste szaleństwo. Totalna paranoja.

Zapewne tak. Prawie na pewno. To skojarzenie dręczyło ją. Wzrost ten sam... chociaż trudno to ocenić, kiedy widzi się faceta na wózku inwalidzkim, no nie? Oczywiście taki cwaniak jak mąż Rosie wiedziałby o tym.

Daj spokój. Przesadzasz z podejrzliwością. Uspokój się, dobra?

Stan miał dość huśtania i poprosił Gert, żeby weszła z nim na drabinki. Uśmiechnęła się i potrząsnęła przecząco głową.

— Dlaczego nie? — nadąsał się.

— Dlatego że twoja stara kumpela Gert nie chodziła po drabinkach, od kiedy wyrosła z pieluch i gumowych majtek — powiedziała. Obok zjeżdżalni zobaczyła Randi Franklin i nagle podjęła decyzję. Jeśli tego nie wyjaśni, popadnie w manię. Poprosiła Randi, żeby przez chwilę popilnowała Stana. Młoda kobieta zgodziła się, a Gert nazwała ją aniołem, którym Randi zdecydowanie nie była... jednak drobne pochlebstwo jeszcze nigdy nikomu nie zaszkodziło.

— Dokąd idziesz, Gert? — spytał wyraźnie rozczarowany Stanley.

— Muszę coś załatwić, chłopie. Skocz tam i pozjeżdżaj sobie trochę z Andreą i Paulem.

— Zjeżdżanie jest dla dzieci — stwierdził ponuro Stan, ale usłuchał.

10

Gert poszła ścieżką prowadzącą z terenu rekreacyjnego na główną aleję, a tam skierowała się do kas przy wyjściu. Zarówno przy kasie z biletami na cały dzień, jak i na połowę dnia stały długie kolejki, a była prawie pewna, że człowiek, z którym chciała porozmawiać, nie okaże się pomocny — widziała go przy pracy.

Tylne drzwi obu budek były otwarte. Gert jeszcze chwilę stała w miejscu, zbierając siły, a potem podeszła do nich. Nigdy nie pełniła żadnej funkcji w Siostrach i Córkach, ale kochała Annę. To ona pomogła jej uwolnić się od mężczyzny, który dziewięć razy posłał Gert na pogotowie, kiedy miała szesnaście—dziewiętnaście lat. Teraz skończyła trzydzieści siedem i przez niemal piętnaście lat była nieformalną zastępczynią Anny. Uczenie maltretowanych nowo przybyłych tego, czego nauczyła ją Anna — że nie wolno im poddawać się brutalnym mężom, chłopcom, ojcom i ojczymom — było tylko jednym z jej zadań. Uczyła samoobrony (nie po to, żeby ratować ich życie, lecz ocalić godność); pomagała Annie organizować imprezy takie jak ta, zapewniające fundusze; wspólnie ze starą i wątłą księgową starała się zapewnić znośne samofinansowanie przytułku. A w razie potrzeby starała się jak najlepiej pełnić obowiązki ochroniarza. Właśnie w tej roli zamierzała wystąpić teraz; nacisnęła zatrzask torebki. Mieściło się w niej przenośne biuro Gert.

— Przepraszam pana — powiedziała, zaglądając w otwarte drzwi. — Mogę zamienić z panem słowo?

— Reklamacja na lewo od statku widma — odparł, nie odwracając się. — Jeśli ma pani problem, proszę udać się tam.

— Nie o to chodzi — oznajmiła Gert. Odetchnęła głęboko i starała się mówić spokojnie. — Mam problem i tylko pan może mi pomóc.

— To będzie dwadzieścia cztery dolary — rzekł bileter do młodej pary po drugiej stronie okienka — a oto sześć dolarów reszty. Miłej zabawy. — Potem zwrócił się do Gert, nie odwracając głowy: — Miła pani, jestem bardzo zajęty, jeśli pani tego nie zauważyła. Dlatego jeżeli zamierza pani skarżyć się, że losowania są ukartowane albo coś w tym stylu, to proszę pójść do reklamacji i...

Dość tego: Gert nie miała ochoty słuchać, jak ten facet każe jej iść dokądkolwiek, szczególnie że mówił tym nieznośnym tonem typu świat-jest-pełen-głupców. Może świat jest pełen głupców, ale ona do nich nie należała i wiedziała coś, o czym ten nadęty idiota nie miał pojęcia: Peter Slowik został ugryziony przeszło osiemdziesiąt razy i możliwe, że człowiek, który to zrobił, był teraz tutaj, szukając swojej żony. Weszła do budki — z trudem, ale wcisnęła się — i złapała biletera za ramiona okryte niebieską koszulą munduru. Obróciła faceta do siebie. Plakietka na jego piersi głosiła CHRIS. Chris wytrzeszczył oczy na widok czarnej twarzy Gert Kinshaw, zaskoczony tym, że tarmosi go jakiś klient. Otworzył usta, ale Gert nie dopuściła go do głosu.

— Zamknij się i słuchaj. Myślę, że dziś rano mogłeś sprzedać bilet bardzo niebezpiecznemu człowiekowi. Mordercy. Tak więc nie opowiadaj mi, jaki ciężki miałeś dziś dzień, Chris, bo nic-mnie-to-kurwa-nie obchodzi!

Chris wybałuszył oczy ze zdziwienia. Zanim odzyskał głos i pewność siebie, Gert wyjęła ze swej ogromnej torebki lekko nieostre zdjęcie i podsunęła mu pod nos. „Detektyw Norman Daniels, dowodzący tajną grupą agentów, którzy rozbili szajkę handlarzy narkotyków”, głosił podpis pod fotografią.

— Powinna pani zgłosić się do ochrony — rzekł Chris. W jego głosie usłyszała urazę i lęk. Mężczyzna stojący na początku kolejki — w idiotycznej czapeczce Mr. Magoo i podkoszulku z napisem: NAJWSPANIALSZY DZIADEK NA ŚWIECIE — nagle uniósł kamerę wideo i zaczął kręcić, może przewidując starcie, które mógłby sprzedać którejś sieci telewizyjnej.

Gdybym wiedziała, jaka to frajda, nie zastanawiałabym się ani chwili — pomyślała Gert.

— Nie, nie są mi potrzebni; przynajmniej na razie. Chcę rozmawiać z panem. Proszę. Niech pan tylko spojrzy i powie czy...

— Proszę pani, czy pani wie, ilu ludzi przechodzi tędy przez jeden...

— Niech pan pomyśli o facecie na wózku. Wcześnie. Zanim zaczął się ruch. Wielki facet. Łysy. Wychylił się pan z budki i krzyczał za nim. On zawrócił. Musiał zapomnieć reszty albo czegoś.

W oczach Chrisa zapalił się błysk zrozumienia.

— Nie, to nie tak — rzekł. — On myślał, że dał mi tyle, ile powinien. Wiem, że tak, bo to była dycha i dwie jedynki. Albo zapomniał, że inwalidzi mają zniżkę, albo nie wiedział o tym.

Taak — pomyślała Gert. — Człowiek, który tylko udawał kalekę, mógł o tym zapomnieć, jeśli myślał o czymś innym.

Mr. Magoo, dochodząc do wniosku, że jednak nie doczeka się wymiany ciosów, opuścił kamerę.

— Czy zechciałby pan sprzedać bilet dla mnie i dla mojego wnuka? — zapytał przez okienko.

— Śpiesz się powoli — mruknął Chris. Naprawdę czarujący z niego gość, ale Gert nie miała teraz czasu, aby udzielać mu wskazówek, jak mógłby poprawić swój wizerunek. Musiała postępować dyplomatycznie. Kiedy znów spojrzał na nią, znużony i wytrącony z równowagi, ponownie podsunęła mu zdjęcie i powiedziała tonem powiedz-mi-o-mądry-panie:

— Czy to był ten mężczyzna w wózku? Proszę wyobrazić go sobie bez włosów.

— No dajże pani spokój! Przecież miał na nosie ciemne okulary.

— Spróbuj. On jest niebezpieczny. Jeśli istnieje choć cień podejrzenia, że może tu być, pójdę do ludzi z ochrony.

Bach, błąd. Zrozumiała to od razu, ale i tak kilka sekund za późno. Błysk w jego oku był przelotny, lecz łatwy do zrozumienia.

Jeśli zamierzała rozmawiać z ochroną o czymś, co go nie dotyczy, to w porządku. Jeśli jednak sprawa dotyczyła go, choćby pośrednio, to wcale nie było w porządku. Może miał już kłopoty z ochroną, a może po prostu został zrugany za to, że jest takim zapalczywym dupkiem. W każdym razie doszedł do wniosku, że całe to zamieszanie nie jest mu potrzebne.

— To nie ten facet — oznajmił. Przedtem wziął fotografię, żeby dokładnie ją obejrzeć. Teraz próbował ją zwrócić. Gert uniosła obie dłonie nad imponująco obfity biust, odmawiając na razie przyjęcia fotografii.

— Proszę — powiedziała. — Jeśli on tu jest, to szuka mojej przyjaciółki i wcale nie po to, żeby przejechać się z nią na karuzeli.

— Hej! — wrzasnął ktoś z rosnącej kolejki. — Chcemy wejść!

Rozległy się okrzyki poparcia i Najwspanialszy Dziadek Na Świecie znów przyłożył kamerę do ramienia. Tym razem wydawał się zainteresowany jedynie nowym przyjacielem Gert, Panem Sympatycznym. Gert zobaczyła, jak patrzy na niego, zobaczyła, jak policzki nabiegają mu krwią i jak przesuwa dłonią po twarzy, niczym łotr wychodzący z wyrokiem skazującym z sali sądu okręgowego. Straciła jakąkolwiek szansę na to, że dowie się tu czegoś.

— To nie ten facet! — warknął Chris. — Tamten wyglądał zupełnie inaczej! A teraz zabieraj stąd swój tłusty tyłek albo każę cię wyrzucić z parku!

— I kto to mówi! — prychnęła Gert. — Mogłabym postawić obiad z dwunastu dań na tym, co wisi ci z tyłu, a w szparę pośrodku nie dałoby się wepchnąć nawet widelca.

— Wynoś się! Już!

Gert pomaszerowała z powrotem na teren rekreacyjny, czerwona ze złości. Czuła się jak idiotka. Jak mogła tak schrzanić sprawę? Usiłowała sobie wmówić, że wszystkiemu winne to miejsce — zbyt gwarne, zbyt denerwujące, zbyt wielu ludzi biegających wokół, rozbawionych — lecz to nie była prawda. Przestraszyła się, dlatego tak się stało. Myśl, że mąż Rosie mógł zabić Petera Slowika, była okropna, ale myśl, że mógł być teraz tutaj, przebrany za sparaliżowanego motocyklistę, była tysiąc razy gorsza. Spotykała się już z szaleństwem, ale szaleństwo połączone z profesjonalizmem i obsesyjną determinacją...

Gdzie właściwie była Rosie? Nie ma jej tutaj. Jeszcze nie — poprawiła się.

— Schrzaniłam sprawę — mruknęła pod nosem, a potem przypomniała sobie to, co mówiła prawie każdej kobiecie przybywającej do Córek i Sióstr: „Jeśli dowiesz się czegoś, jest twoje".

No dobrze. Teraz to jest jej sprawa. Co oznaczało, że ochronę parku trzeba z tego wyłączyć, przynajmniej na razie — przekonanie ich mogło okazać się niemożliwe, a na pewno trwałoby za długo. Widziała, jak ten łysy w fotelu kręcił się po terenie, rozmawiając z różnymi ludźmi, przeważnie z kobietami. Lana Kline nawet przyniosła mu coś do jedzenia. Chyba lody.

Gert pośpieszyła z powrotem na teren rekreacyjny; cisnął ją pęcherz, ale zignorowała to. Szukała Lany albo jednej z kobiet, które rozmawiały z łysym, lecz to było tak, jak z poszukiwaniem gliniarza; nigdy żadnego nie ma w pobliżu, kiedy jest potrzebny.

A teraz naprawdę musiała pójść do toalety; nie mogła już wytrzymać. Po co piła tyle tej cholernej mrożonej herbaty?

11

Norman powoli toczył fotel po alejce wesołego miasteczka, w kierunku piknikujących. Kobiety wciąż jadły, ale niebawem miały skończyć — widział, że roznoszono już tace z deserem. Musi działać szybko, jeśli chce coś zrobić, dopóki wszystkie są w jednym miejscu. Nie bał się; strach minął. Norman wiedział, gdzie ma pójść, żeby znaleźć jakąś kobietę samą, samą, z którą mógłby porozmawiać w cztery oczy. „Kobiety nie potrafią trzymać się z dala od łazienek, Normie — mówił mu ojciec. — Są jak psy, które nie ominą żadnego przeklętego krzaka bzu, żeby go nie obsikać".

Norman szybko przetoczył wózek obok tablicy z napisem: DO TOALET.

Tylko jedną — myślał. — Tylko jedną idącą samotnie, która powie mi, gdzie poszła Rosie, skoro nie ma jej tu. Jeżeli jest w San Francisco, pojadę tam za nią. Jeżeli w Tokio, pojadę tam. Pojadę nawet do piekła, jeśli tam poszła. Dlaczego nie? I tak pewnie tam skończymy, mieszkając we wspólnym domu.

Minął niewielką kępę ozdobnych palm i zjechał po łagodnym stoku w kierunku pozbawionego okien budynku z czerwonej cegły, z drzwiami na każdym końcu. Norman przejechał obok drzwi z napisem KOBIETY i zaparkował fotel przy bocznej ścianie budynku. Z punktu widzenia Normana to było bardzo dogodne stanowisko — wąski pas gołej ziemi, rząd plastikowych kubłów na śmieci i płot dający osłonę. Wstał z fotela i wyjrzał zza rogu budynku, coraz dalej wystawiając głowę, aż zobaczył całą ścieżkę. Znów czuł się dobrze, był spokojny i skupiony. Głowa wciąż go bolała, ale łupanie przeszło w tępe pulsowanie.

Z kępy palm wyszły dwie kobiety — nic z tego. Oczywiście to była największa wada miejsca, jakie wybrał na zasadzkę; to, że kobiety tak często chodzą do ubikacji parami. Co one tam robią, na rany boskie? Macają się?

Te dwie weszły do środka. Norman słyszał je przez najbliższy otwór wentylacyjny, jak śmiały się i rozmawiały o kimś imieniem Fred. Fred to, Fred tamto, Fred jeszcze coś innego. Najwidoczniej Fred to kawał chłopa. Za każdym razem gdy opowiadająca robiła przerwę, żeby złapać oddech, druga chichotała tak przeraźliwie, że Norman miał wrażenie, iż ktoś turla mu mózg po tłuczonym szkle, jak piekarz obtaczający ciasto w cukrze. Ale został na swoim miejscu, z którego mógł obserwować ścieżkę, i stał zupełnie nieruchomo, tylko jego dłonie otwierały się i zaciskały, otwierały i zaciskały.

W końcu wyszły, w dalszym ciągu rozmawiając o Fredzie i chichocząc. Szły tak blisko siebie, że ocierały się biodrami i ramionami, a Norman z trudem opanował chęć, by skoczyć za nimi, złapać za te kurewskie łby, chwycić dłońmi za skronie, a potem uderzyć o siebie i roztrzaskać jak parę dyń nafaszerowanych środkiem wybuchowym.

— Nie — szepnął do siebie. Pot spływał mu po twarzy wielkimi przezroczystymi kroplami i perlił się na całej ogolonej czaszce. — Och nie, nie teraz, na rany boskie, nie spieprz tego teraz.

Dygotał, a ból głowy wrócił z całą siłą, waląc z impetem parowego młota. Jasne zygzaki pląsały i skakały na skraju pola widzenia i zaczęło mu cieknąć z prawej dziurki w nosie.

Następna kobieta, którą zobaczył, była sama i Norman rozpoznał ją — jasne włosy, paskudne żylaki. To ta, która dała mu jogurt.

Mam coś dla ciebie — pomyślał, sprężając się, gdy ruszyła betonową ścieżką. — Mam coś dla ciebie i jeśli nie udzielisz mi odpowiedzi, jakich poszukuję, zeżresz to do końca.

W tym momencie jeszcze ktoś wyszedł spomiędzy drzew. Tę

Norman też widział — gruba, wścibska suka w czerwonym kostiumie, ta, która przyglądała mu się, kiedy wołał za nim kasjer. Ponownie miał to rozwścieczające wrażenie, że ją poznaje; jak z nazwiskiem, które ma się na końcu języka, ale zapomina za każdym razem, kiedy się próbuje powiedzieć. Czy on ją znał? Gdyby tylko nie bolała go tak głowa...

Wciąż miała tę ogromną torebkę, tę wyglądającą jak walizka, i grzebała w niej. Czego szukasz, Gruba Babo? — myślał Norman. — Batoników? Krówek? A może...

I nagle, tak po prostu, przypomniał sobie. Czytał o niej w bibliotece, w artykule o Córkach i Siostrach. Widział jej zdjęcie, jak stała przyczajona w jakiejś dupowatej postawie karateki, bardziej podobna do ciężarówki niż do Bruce'a Lee. To ta suka powiedziała reporterowi, że mężczyźni nie są ich wrogami... „ale jeśli biją, oddamy cios". Gert. Nie pamiętał nazwiska, ale na imię miała Gert.

Wynoś się stąd, Gert — pomyślał Norman pod adresem wielkiej czarnej kobiety w czerwonej kombinacji. Mocno zacisnął pięści, aż paznokcie wbiły mu się w dłonie.

Ona jednak wcale nie miała takiego zamiaru.

— Lana! — zawołała. — Hej, Lana!

Jasnowłosa zawróciła i poszła do Grubej Baby. Do Gert, która wyglądała jak „Lodówka" w damskich łachach. Norman patrzył, jak jasnowłosa imieniem Lana wraca z Brudną Gertie między drzewa. Kiedy szły, Gertie pokazywała jej coś, co wyglądało na kawałek papieru.

Norman otarł ramieniem pot zalewający oczy i czekał, aż Lana skończy pogawędkę z Gert i wróci do toalety. Po drugiej stronie palmowego gaju piknikujący kończyli deser i niebawem cienki strumyk kobiet podążających do ubikacji zmieni się w powódź. Jeśli Normanowi nie dopisze szczęście — i to szybko — będzie kompletna klapa.

— No chodź, chodź — mamrotał pod nosem i, jakby w odpowiedzi, ktoś wyszedł spomiędzy drzew i ruszył ścieżką. To nie była ani Gert, ani Jogurtowa Lana, a jednak ktoś, kogo Norman także rozpoznał — jedna z tych kurew, które widział w ogródku, kiedy oglądał sobie siedzibę Córek i Sióstr. Ta z farbowanymi włosami gwiazdy rocka. Ta bezczelna suka, która nawet pomachała do niego.

I śmiertelnie mnie wystraszyła — pomyślał — ale farbowane to też niezła zwierzyna, no nie? No chodź, już. Chodź tu do tatusia.

Norman poczuł, że ma erekcję, a ból głowy zupełnie mu przeszedł. Stał nieruchomo jak posąg, zerkając jednym okiem zza rogu budynku, modląc się, żeby Gert nie wróciła tu akurat w tym momencie, modląc się, żeby dziewczyna z zielono-pomarańczowymi włosami nie rozmyśliła się. Nikt nie wyszedł spomiędzy drzew, a dziewczyna z popierdolonymi włosami zbliżała się do toalet. Punkowo-Srankowa Miss Idiotyzmu 1994, pójdź w me objęcia... Sięgnęła do klamki, ale drzwi nie otworzyły się, gdyż dłoń Normana zacisnęła się na cienkim nadgarstku Cynthii, zanim zdążyła nacisnąć klamkę.

Spojrzała na niego szeroko otwartymi oczami, wystraszona.

— Chodź no tutaj — powiedział, wlokąc ją za róg. — Chodź no tutaj, żebym mógł z tobą porozmawiać. Porozmawiać w cztery oczy.

12

Gert Kinshaw śpieszyła do toalety, prawie biegiem, kiedy — dziw nad dziwy — zobaczyła przed sobą właśnie tę kobietę, której szukała. Natychmiast otworzyła przepastną torebkę i zaczęła łowić w niej fotografię.

— Lana! — zawołała. — Hej, Lana!

Lana wróciła ścieżką.

— Szukam Cathy Sparks — powiedziała. — Nie widziałaś jej?

— Jasne, rzuca podkowami — odparła Gert, wskazując kciukiem za siebie. — Widziałam ją niecałe dwie minuty temu.

— Wspaniale! — Lana natychmiast ruszyła w tym kierunku. Gert rzuciła tęskne spojrzenie ku toalecie, a potem poszła z Laną. Chyba pęcherz będzie musiał jeszcze chwilę wytrzymać. — Myślałam, że dostała jednego z tych swoich napadów lęku i uciekła stąd — mówiła Lana. — Wiesz, jaka ona jest.

— Uhm.

Tuż przed tym, zanim z powrotem weszły między drzewa, Gert podała Lanie zdjęcie przesłane faksem. Lana uważnie obejrzała je. Po raz pierwszy widziała Normana, ponieważ nie należała do stałych mieszkanek Córek i Sióstr. Była psychiatrą z opieki społecznej, mieszkającą w Crescent Heights z miłym, łagodnym mężem i trójką miłych dzieci, nie sprawiających kłopotów wychowawczych.

— Kto to? — spytała Lana.

Zanim Gert zdążyła odpowiedzieć, obok przeszła Cynthia Engstrom. Jak zawsze, nawet w tych okolicznościach, na widok jej niesamowitych włosów Gert wyszczerzyła zęby w uśmiechu.

— Cześć, Gert, twój strój to inwencji zdrój! — powitała ją wesoło Cynthia. To nie był komplement, ale jedna z typowych odzywek Cindy.

— Dzięki. Tak samo twoje szorty. Założę się, że gdybyś dobrze poszukała, znalazłabyś takie, które bardziej pokazują pośladki.

— Tylko powiedz gdzie — odparła Cynthia i poszła dalej, kołysząc swoim małym, lecz bezsprzecznie zgrabnym tyłeczkiem. Lana popatrzyła za nią z rozbawieniem, a potem znów spojrzała na zdjęcie. Oglądając je, bezwiednie gładziła swoje długie, platynowe włosy, związane w koński ogon.

— Znasz go? — spytała Gert.

Lana potrząsnęła głową, ale Gert wydało się, że wyraziła tym raczej niepewność niż przeczenie.

— Wyobraź go sobie bez włosów.

Lana zrobiła coś więcej; zakryła zdjęcie od linii włosów. Potem obejrzała je jeszcze dokładniej, poruszając wargami, jakby czytała je, a nie oglądała. Kiedy znów spojrzała na Gert, na jej twarzy malowało się zdumienie i niepokój.

— Dziś rano dałam temu facetowi jogurt — zaczęła z wahaniem. — Nosił okulary przeciwsłoneczne, ale...

— Był w wózku inwalidzkim — dopowiedziała Gert i chociaż wiedziała, że dopiero teraz zaczyna się prawdziwa praca, poczuła się tak, jakby spadł jej z ramion ciężki głaz. Lepiej wiedzieć. Lepiej mieć pewność.

— Tak. Czy on jest niebezpieczny? Jest, prawda? Mam tu kilka kobiet, które w ostatnich latach doświadczyły ciężkich przejść. Są bardzo wrażliwe. Czy spodziewasz się kłopotów, Gert? Pytam ze względu na nie, nie na siebie.

Gert zastanowiła się, zanim odpowiedziała.

— Myślę, że wszystko będzie dobrze. Myślę, że najgorsze jest już za nami.

13

Norman zdarł z Cynthii bluzkę bez rękawów, odsłaniając jej piersi wielkości filiżanek. Zakrył jej usta dłonią, jednocześnie przyciskając do ściany i tłumiąc krzyk. Przycisnął się do niej kroczem. Czuł, jak ona usiłuje się cofnąć, ale oczywiście nie miała gdzie, co podnieciło go jeszcze bardziej. Była uwięziona. Lecz podnieciło się tylko jego ciało. Umysł jakby unosił się nad jego głową, patrząc spokojnie, jak Norman pochylił się i zacisnął zęby na ramieniu Miss Punkowo-Srankowej. Przyssał się do niej niczym nietoperz i zaczął pić jej krew, która trysnęła przez skórę. Była gorąca i słona, a kiedy miał wytrysk, ledwie zdał sobie z tego sprawę, tak samo jak ledwie zdawał sobie sprawę z tego, że krzyczała w jego twardą dłoń.

14

— Wracaj i pilnuj swoich pacjentek, póki nie odwołam alarmu, Lanie — powiedziała Gert. — I wyświadcz mi przysługę, nie mów o tym nikomu, jeszcze nie. Twoje przyjaciółki nie są tu jedynymi kobietami, które mają wrażliwą psychikę.

— Wiem.

Gert uścisnęła jej rękę.

— Wszystko będzie dobrze. Obiecuję.

— W porządku, ty wiesz najlepiej.

— Taak, racja, rób swoje. Jestem przekonana, że chyba nie trudno będzie znaleźć go, jeśli w dalszym ciągu krąży tu w tym wózku inwalidzkim. Jeżeli go zobaczysz, trzymaj się od niego z daleka. Rozumiesz? Trzymaj się od niego z daleka!

Lana spojrzała na nią z niepokojem.

— Co zamierzasz zrobić?

— Wysikać się, zanim umrę na uremię. Potem pójdę do tych z ochrony i powiem, że facet na wózku inwalidzkim próbował ukraść mi torebkę. Później zobaczymy, ale najważniejsze jest, żeby wykurzyć go z naszego pikniku.

Rosie nie było tu, może miała randkę albo inne spotkanie i Gert nigdy w życiu nic bardziej nie ucieszyło. To Rosie była jego celem; pod jej nieobecność mieli szansę unieszkodliwienia go, zanim wyrządzi komuś krzywdę.

— Czy chcesz, żebym tu zaczekała, aż wrócisz z toalety? — spytała nerwowo Lana.

— Nic mi nie będzie.

Lana zmarszczyła brwi, patrząc na ścieżkę wiodącą przez gaj.

— Może jednak zaczekam — powiedziała.

Gert uśmiechnęła się.

— W porządku. To nie potrwa długo, możesz mi wierzyć.

Już dochodziła do toalet, gdy jakiś dźwięk wyrwał ją z zadumy: ktoś dyszał, i to ciężko. Nie, dwóch ktosiów. Lekki uśmiech wykrzywił kąciki grubych warg Gert. Sądząc po odgłosach, jakaś para korzystała za toaletą z uroków popołudnia. Po prostu urządzili sobie małe...

— Gadaj, ty suko!

Głos, tak niski, że brzmiał prawie jak warczenie psa, zmroził uśmiech na ustach Gert.

— Mów, gdzie ona jest, i to zaraz!

15

Gert tak szybko skoczyła za róg niskiego, ceglanego budynku, że ledwie zdołała ominąć porzucony fotel inwalidzki, o który rozciągnęłaby się jak długa. Łysy mężczyzna w motocyklowej kurtce — Norman Daniels — stał tyłem do niej, trzymając Cynthię tak mocno za szczupłe ramiona, że jego kciuki prawie niknęły w jej ciele. Przyciskał twarz do jej twarzy, ale Gert dostrzegła charakterystyczne skrzywienie nosa Cynthii. Widziała to już, w swoim lustrze. Dziewczyna miała złamany nos.

— Powiedz mi, gdzie ona jest, albo już nigdy nie użyjesz szminki, bo odgryzę ci tę pierdoloną jadaczkę z twojej pierdolonej twa...

Nagle Gert przestała myśleć, przestała słyszeć. Włączyła „autopilota". W dwóch susach znalazła się przy Danielsie. Jednocześnie splotła palce obu rąk, tworząc z nich maczugę. Uniosła ją nad prawe ramię, najwyżej jak mogła; potrzebowała bardzo dużego rozmachu. Na moment przed tym, zanim zadała cios, przerażone oczy Cynthii spojrzały na nią i mąż Rosie zorientował się, że ktoś stoi za jego plecami. Był szybki, Gert musiała mu to przyznać. Był bardzo szybki. Jej złączone ręce trafiły go, i to mocno, ale nie w kark, gdzie chciała go uderzyć. Już zaczął się obracać i oberwał w bok twarzy, w kość jarzmową. Szansa na szybki i czysty nokaut minęła. Kiedy odwrócił się do niej, Gert w pierwszej chwili pomyślała, że jadł truskawki. Wyszczerzył do niej zęby ociekające krwią. Ten uśmiech przeraził Gert, która nabrała pewności, że jedynym rezultatem jej interwencji będzie śmierć dwóch kobiet zamiast jednej. To nie był człowiek. To był Grendel w motocyklowej kurtce.

— Hej, to Brudna Gertie! — wykrzyknął Norman. — Zebrało ci się na pieszczoty, Gertie? Tego chcesz? Popieścić się? Zamierzasz zatłuc mnie tymi wielkimi cycami, tak?

Roześmiał się i klepnął dłonią w pierś pokazując, jak ubawiła go ta myśl. Brzęknęły zamki kurtki.

Gert zerknęła na Cynthię, która patrzyła na swoje piersi jakby zastanawiając się, gdzie zniknęła jej bluzka.

— Uciekaj, Cindy!

Cynthia rzuciła jej oszołomione spojrzenie, zrobiła dwa niepewne kroki w tył, a potem po prostu oparła się o ścianę toalety, jakby wykończyła ją sama myśl o ucieczce. Gert zauważyła sińce wykwitające już na jej policzkach i czole.

— *Gert-Gert-bo-Bert* — zanucił Norman, ruszając ku niej. — *Banana-fanna-fo-Fert, fee-fi-mo-Mert... Gert!* — roześmiał się przy tym jak dziecko, a potem otarł ramieniem usta z krwi Cynthii. Gert dostrzegła krople potu perlące się na jego łysej czaszce. Wyglądały jak cekiny. — Oooch, Gertie — mamrotał Norman i górna połowa jego ciała zaczęła kołysać się w tył i w przód, jak kobra wyłażąca z koszyka zaklinacza węży. — Oooch, Gertie. Zagniotę cię jak ciasto. Wywrócę na lewą stronę jak parę rękawiczek. Za...

— No to czemu tego nie zrobisz? — warknęła. — To nie jest szkolna potańcówka, ty zasrany dupku! Chcesz mnie dostać, to chodź i spróbuj!

Daniels przestał się kiwać i wytrzeszczył oczy, wyraźnie nie mogąc uwierzyć, że ten wór sadła krzyczy na niego. Kpi z niego. Za jego plecami Cynthia cofnęła się o kolejne dwa kroki, szurając siedzeniem o ceglaną ścianę toalety, po czym znów oparła się o mur.

Gert ugięła ramiona, wysuwając je przed siebie. Obie dłonie trzymała na wysokości twarzy, około pięćdziesięciu centymetrów jedna od drugiej. Palce miała rozstawione. Wciągnęła głowę w ramiona, czając się jak niedźwiedzica. Norman zobaczył to i zdziwienie na jego twarzy ustąpiło miejsca rozbawieniu.

— Co chcesz zrobić, Gert? — zapytał. — Chcesz poćwiczyć na mnie jakieś numery Bruce'a Lee? Hej, mam dla ciebie wiadomość:

on jest martwy, Gertie. Podobnie jak ty za piętnaście sekund. Będziesz po prostu tłustą, starą czarną suką, martwą jak głaz.

Roześmiał się.

Nagle Gert przypomniała sobie Lanę Kline, nerwowo rozglądającą się wokół i mówiącą, że może lepiej zaczeka, aż Gert wróci z toalety.

— Lana! — wrzasnęła ile tchu w płucach. — On tu jest! Jeśli mnie słyszysz, biegnij po pomoc!

Mąż Rosie przez chwilę wyglądał na zaskoczonego, ale zaraz się uspokoił. Uśmiech wrócił na jego wargi. Szybko zerknął przez ramię, upewniając się, że Cynthia wciąż tam jest, a potem ponownie spojrzał na Gert. Górna połowa jego ciała znów zaczęła kołysać się w tył i w przód.

— Gdzie jest moja żona? — zapytał. — Powiedz mi, a może złamię ci tylko jedną rękę. Do diabła, może nawet puszczę cię wolno. Ona ukradła moją kartę kredytową. Chcę ją odzyskać, to wszystko.

Nie mogę rzucić się na niego — pomyślała Gert. — On musi skoczyć na mnie, tylko wtedy mam jakąś szansę poradzenia sobie z nim. Tylko jak go sprowokować?

Wróciła myślą do Petera Slowika. Przypomniała sobie brakujące części jego ciała, miejsca, w których było największe zagęszczenie ugryzień, i doszła do wniosku, że chyba wie.

— Nadałeś nowe znaczenie słowu jeść, prawda, ty pedale? Nie wystarczyło ci, że obciągnąłeś mu druta? I co ty na to? Spróbujesz się ze mną, czy za bardzo boisz się kobiet?

Tym razem uśmiech nie zgasł mu na wargach; kiedy nazwała go pedałem, maska uśmiechu opadła mu z twarzy tak gwałtownie, że niemal było słychać, jak rozbija się z trzaskiem pękającego sopla o stalowe blaszki jego butów. Przestał kołysać się jak wąż.

— ZABIJĘ CIĘ, TY SUKO! — wrzasnął Norman i skoczył.

Gert obróciła się bokiem, tak samo jak wtedy kiedy atakowała ją Cynthia w dniu, gdy Rosie przyniosła do Córek i Sióstr swój dopiero co nabyty obraz. Trzymała opuszczone ręce dłużej niż wówczas, gdy uczyła dziewczęta rzutów, wiedząc, że nawet jego ślepa furia nie gwarantuje jej sukcesu — to był potężny mężczyzna i jeśli nie zdoła go wytrącić z równowagi, zostanie zmiażdżona jak szczur w zgniatarce śmieci. Norman skoczył na nią z wyciągniętymi rękami i ściągniętymi wargami odsłaniającymi zęby, gotowy gryźć.

Gert zgięła się jeszcze niżej, trącając pupą ceglany mur i myśląc: Pomóż mi, Boże. Potem złapała oba grube, owłosione nadgarstki Normana.

Nie zepsuj tego nadmiarem myślenia — ostrzegła siebie i obróciła się plecami do napastnika, podstawiając jedno wielkie biodro pod jego bok i wykonując gwałtowny obrót w lewo. Rozstawiła nogi, a potem przysiadła, więc jej sztruksowy kostium nie miał cienia szansy; pękł niemal do pasa z odgłosem przypominającym trzask sosnowego pnia eksplodującego na kominku.

Rzut udał się wspaniale. Jej biodro zadziałało jak katapulta i Norman przeleciał przez nie bezwładnie jak wór mąki. Wściekłość na jego twarzy zmieniła się w grymas przerażenia. Runął jak długi, uderzając głową o fotel, który wywrócił się i przygniótł go swoim ciężarem.

— Uuuuu — wykrztusiła ochryple Cynthia ze swojego miejsca pod ścianą.

Zza rogu budynku zerknęły ostrożnie piwne oczy Lany Kline.

— Co tu się dzieje? Co to za krzyki...?

Zobaczyła zakrwawionego mężczyznę usiłującego wyczołgać się spod przewróconego fotela, zobaczyła nienawiść w jego oczach i urwała.

— Biegnij po pomoc! — krzyknęła do niej Gert. — Po ochronę. Natychmiast. Krzycz, najgłośniej jak umiesz!

Norman odepchnął wózek. Krew kapała mu z czoła, ale z nosa tryskała jak fontanna.

— Zabiję cię za to — szepnął.

Gert nie zamierzała dawać mu po temu okazji. Gdy Lana się odwróciła i pobiegła, rycząc ile sił w płucach, Gert z wyskoku runęła całym ciężarem na Normana Danielsa w stylu, jakiego pozazdrościłby jej sam Hulk Hogan. A ciężar był nie byle jaki — ponad sto dwadzieścia kilogramów żywej wagi — więc podjęta przez Normana próba podniesienia się z ziemi skończyła się sromotną klapą. Ramiona załamały się pod nim jak nogi stolika do kart, na którym postawiono silnik ciężarówki; wcześniej rozbitym nosem rąbnął w ubitą glinę między ceglanym murem i ogrodzeniem, a jądra z paraliżującą siłą uderzyły o jeden z podnóżków fotela. Próbował wrzasnąć — przynajmniej jego twarz wyglądała jak twarz faceta, który wrzeszczy — ale zdołał wydobyć z gardła jedynie ochrypły świst.

Siedziała na nim, ze spódniczką kostiumu rozdartą niemal do bioder, a siedząc i zastanawiając się, co robić dalej, nagle przypomniała sobie pierwsze dwa czy trzy seanse psychoterapii, na których Rosie w końcu zebrała się na odwagę i zaczęła mówić. Najpierw powiedziała im, że miewa okropne bóle pleców, bóle, jakich czasem nie łagodzą kąpiele w wannie z gorącą wodą. A kiedy wyjaśniła im dlaczego, wiele kobiet pokiwało głowami ze zrozumieniem. Gert była jedną z nich. Teraz sięgnęła i podciągnęła wyżej rozdartą spódnicę, odsłaniając ogromne, niebieskie majtki.

— Rosie mówi, że lubisz bić po nerkach, Norman. Mówi, że to dlatego, iż jesteś jednym z tych nieśmiałych chłopców, którzy nie lubią zostawiać śladów. Ponadto lubisz, jak się krzywi, kiedy ją tam uderzysz. Jak się krzywi z bólu. Krew odpływa jej z twarzy, prawda? A nawet z warg. Wiem, bo miałam chłopca, który to lubił. Kiedy widzisz, jak jej twarz krzywi się z bólu, to cię uspokaja, prawda? Przynajmniej chwilowo.

— ...suko... — wyszeptał.

— No tak, ty jesteś od nerek, na pewno, czytam to w twojej twarzy, mam taki dar. — Na kolanach przesuwała się po jego plecach. Dotarła prawie do ramion. — Są faceci od nóg, faceci od tyłków, faceci od cycków, a nawet są takie sfiksowane dupki jak ty, Norman, które lubią bić po nerkach. No cóż, pewnie znasz to stare powiedzenie: „Każdemu swoje, rzekła stara panna, całując krowę".

— ...ze mnie... — szeptał.

— Rosie tu nie ma, Norm — powiedziała, ignorując go i przesuwając się wyżej — ale zostawiła ci wiadomość od jej nerek, którą przekażą ci moje nerki. Mam nadzieję, że jesteś przygotowany, bo oto ona.

Przesunęła się jeszcze trochę, usadowiła nad głową Normana i zaczęła. Ach, co za ulga.

Z początku Norman zdawał się nie pojmować, co się dzieje. Potem zrozumiał. Wrzasnął i próbował ją zrzucić. Gert poczuła, jak ją unosi, więc usiadła na nim całym ciężarem, przygniatając go z powrotem do ziemi. Zdziwiło ją, że znalazł jeszcze tyle siły po tym, jak oberwał.

— Nie, nie, mój krzepki bysiu — stwierdziła, opróżniając pęcherz. Nie groziło mu utonięcie, ale jeszcze na niczyjej twarzy nie widziała takiej odrazy i wściekłości. I o co? O te trochę ciepłej wody. A jeśli kogoś w historii tego świata należało obsikać, to na pewno tego chorego sku...

Norman wydał przeraźliwy, nieartykułowany okrzyk, sięgnął obiema rękami, złapał ją za przedramiona i wbił w nie paznokcie. Gert krzyknęła (głównie ze zdziwienia, chociaż zabolało ją jak diabli) i przeniosła ciężar ciała w tył. On wyczuł to i w tej samej chwili poderwał się, silniej niż poprzednio. Udało mu się zrzucić ją z siebie. Poleciała na ceglaną ścianę po lewej. Norman chwiejnie podniósł się z ziemi; twarz i łysą głowę miał mokrą, jego motocyklowa kurtka ociekała, a zwykły biały podkoszulek pod nią lepił się do ciała.

— Naszczałaś na mnie, ty cipo! — wyrzęził i skoczył na Gert.

Cynthia wystawiła nogę. Norman potknął się o nią i znów runął jak długi, waląc twarzą o fotel. Odczołgał się od niego na czworakach, a potem odwrócił. Spróbował wstać, prawie zdołał, ale znów upadł, dysząc, patrząc na Gert swymi jasnoszarymi oczami. Oczami szaleńca. Gert ruszyła na niego, mając zamiar złapać go i przytrzymać. Jeżeli będzie trzeba, złamie mu kręgosłup jak wężowi i musi to zrobić szybko, zanim gość odzyska siły i stanie na nogi.

Sięgnął do jednej z licznych kieszeni motocyklowej kurtki i przez jedną mrożącą krew w żyłach chwilę była pewna, że ma pistolet i strzeli jej dwa lub trzy razy w brzuch. Przynajmniej umrę z pustym pęcherzem — pomyślała i stanęła jak wryta.

To nie był pistolet, ale wystarczająco groźna broń: taser. Gert znała jedną stukniętą bezdomną, która miała coś takiego i używała to do zabijania szczurów, tych największych, którym wydawało się, że są cocker-spanielami, przypadkowo pozbawionymi stałych racji Pedigree Pal.

— Chcesz tego posmakować? — zapytał Norman, ciągle na kolanach. Pomachał taserem. — Masz ochotę, Gertie? Może podejdziesz i spróbujesz, bo i tak dostaniesz, czy chcesz tego, czy...

Zamilkł i niepewnie zerknął w kierunku narożnika budynku. Z oddali dobiegały niespokojne i wzburzone głosy kobiet. Były jeszcze daleko, ale przybliżały się.

Gert wykorzystała ten moment, żeby zrobić krok naprzód, chwycić wywrócony wózek za poręcze i poderwać z ziemi. Zasłoniła się fotelem, przy czym poręcze prawie zniknęły w jej potężnych pięściach. Szybkimi ruchami wysuwała i cofała tę prowizoryczną broń.

— Taak, chodź — powiedziała. — No chodź, miłośniku nerek. Chodź, zasrańcu. Chodź, pedale. Chcesz mnie załatwić? Nastawiłeś taser na ogłuszanie, tak? No to chodź. Chyba zdążymy jeszcze zatańczyć, zanim pojawią się faceci w białych fartuchach i zabiorą cię do Sunnydale Acres czy w inne miejsca, gdzie zamykają takich świrów jak...

Wstał, zerkając w kierunku zbliżających się głosów, a Gert pomyślała: Kurwa mać, żyje się tylko raz, więc trzeba żyć z fasonem — i z całej siły uderzyła go fotelem. Trafiła w sam środek ciała i Norman upadł z rykiem. Gert skoczyła na niego, o ułamek sekundy za późno usłyszawszy żałosny, ostrzegawczy krzyk Cindy:

— Uważaj, Gert! On wciąż to ma!

Rozległ się cichy, lecz złowrogi trzask — pssst! — i straszliwy ból przeszył nogę Gert, od kostki, gdzie przyłożył taser, do biodra. Skuteczność broni Normana zapewne zwiększył fakt, że jej skóra była mokra od moczu. Wszystkie mięśnie lewej nogi boleśnie skurczyły się, a potem zwiotczały. Gert runęła na ziemię. Padając, złapała Normana za przegub ręki, w której trzymał swoją broń, i z całej siły wykręciła ją. Norman zawył z bólu i wierzgnął nogami. Jedna obuta stopa chybiła celu, ale piętą drugiej trafił Gert w przeponę, tuż poniżej piersi. Ból był tak nagły i silny, że Gert zupełnie zapomniała o nodze, przynajmniej chwilowo, ale nie puściła ręki z taserem, wykręcając ją, aż rozluźnił palce i paskudna zabawka upadła na ziemię.

Na czworakach odczołgał się od Gert; krew płynęła mu z ust i grubymi kroplami ciekła z nosa. Oczy miał szeroko otwarte i pełne niedowierzania; nie pojmował — może nie mógł pojąć — że oberwał tak od kobiety. Wstał chwiejnie, zerknął w kierunku zbliżających się głosów — rozlegających się już bardzo blisko — a potem zaczął uciekać wzdłuż płotu, z powrotem w kierunku wesołego miasteczka. Gert nie sądziła, aby zdołał daleko ujść, zanim zwróci uwagę ochrony parku: wyglądał jak żywcem wzięty z filmu „Piątek trzynastego".

— Gert...

Cynthia płakała i próbowała podczołgać się do leżącej na boku Gert, obserwującej znikającego Normana. Gert popatrzyła na dziewczynę i zobaczyła, że mała oberwała bardziej, niż myślała w pierwszej chwili. Jej prawe oko otaczał siniec barwy burzowej chmury, a nos pewnie nigdy nie będzie taki jak przedtem, obojętnie ilu lekarzy spróbuje go ratować.

Gert dźwignęła się na kolana i podsunęła do Cynthii. Spotkały się w pół drogi i objęły ramionami, żeby nie upaść. Z trudem wymawiając słowa opuchniętymi wargami, Cynthia powiedziała:

— Rzuciłabym nim... tak, jak nas uczyłaś... ale zaskoczył mnie.

— W porządku — powiedziała Gert i pocałowała ją w skroń. — Bardzo cię poranił?

— Nie wiem... nie pluję krwią... a to już nieźle. — Próbowała uśmiechnąć się. Sprawiało jej to ból, a mimo to próbowała. — Obsikałaś go.

— Tak.

— Cholernie dobrze — szepnęła Cynthia i znów zaczęła płakać.

Gert wzięła ją w ramiona. W takiej pozycji znalazła je pierwsza grupa kobiet, za którą zaraz nadbiegło dwóch strażników ochrony parku — klęczące za ubikacjami i porzuconym, wywróconym wózkiem inwalidzkim, tulące się do siebie jak para rozbitków.

16

Wszedłszy do izby przyjęć East Side Receiving Hospital, Rosie miała niejasne wrażenie, że są tu wszystkie jej znajome z Córek i Sióstr. Idąc przez pomieszczenie ku Gert (i ledwie widząc stłoczonych wokół niej mężczyzn), zauważyła, że brakuje przynajmniej trzech: Anny, która pewnie jeszcze była na mszy żałobnej za męża; Pam, która pracowała, i Cynthii. Najbardziej przeraził ją brak tej ostatniej.

— Gert! — krzyknęła, przepychając się przez mężczyzn, ledwie rzuciwszy im spojrzenie. — Gert, gdzie jest Cynthia? Czy...

— Na górze. — Gert próbowała uśmiechnąć się uspokajająco do Rosie, ale bez większego powodzenia. Oczy miała zaczerwienione i opuchnięte od płaczu. — Przyjęli ją na oddział i pewnie trochę tu poleży, ale nic jej nie będzie. Pobił ją bardzo mocno, ale nic jej nie będzie. Wiesz, że masz na głowie kask motocyklowy? Wyglądasz w nim... ładnie.

Dłonie Billa zaczęły manipulować przy zapięciu pod jej szyją, ale Rosie niemal nie zauważyła, kiedy zdjął jej kask. Patrzyła na Gert... Consuelo... Robin. Szukając oczu, mówiących, że jest skażona, że ściągnęła zarazę na ich spokojny dotychczas dom. Szukając nienawiści.

— Przepraszam — powiedziała ochryple. — Przepraszam za wszystko.

— Dlaczego? — zapytała szczerze zdziwiona Robin. — Przecież to nie ty pobiłaś Cindy.

Rosie popatrzyła na nią niepewnie, a potem znów na Gert. Powiódłszy wzrokiem za spojrzeniem Gert, Rosie poczuła dreszcz przerażenia. Dopiero teraz uświadomiła sobie fakt, że oprócz kobiet z Córek i Sióstr byli tu także policjanci. Dwaj po cywilnemu, trzej w mundurach. Gliniarze.

Wyciągnęła pozbawioną czucia rękę i ścisnęła dłoń Billa.

— Musicie porozmawiać z tą kobietą — mówiła Gert jednemu z gliniarzy. — To zrobił jej mąż. Rosie, ten pan to porucznik Hale.

Teraz wszyscy odwrócili się, żeby na nią patrzyć, zobaczyć kobietę, która miała czelność ukraść kartę kredytową męża, a potem uciec od niego.

Bracia Normana, patrzący na nią.

— Proszę pani? — odezwał się policjant w cywilu, porucznik Hale, i przez moment jego głos tak bardzo przypominał jej Harleya Bissingtona, że miała ochotę wrzeszczeć.

— Spokojnie, Rosie — mruknął Bill. — Jestem tu i zostanę przy tobie.

— Proszę pani, co może nam pani o tym powiedzieć?

A jednak jego głos wcale nie był podobny do głosu Harleya. To było tylko złudzenie, wytwór udręczonego umysłu.

Rosie spojrzała za okno, na wjazd na autostradę. Spojrzała na wschód — tam, skąd za parę godzin miała nadejść znad jeziora noc. Przygryzła wargę, a potem znów spojrzała na policjanta. Ścisnęła mocniej dłoń Billa i oświadczyła ochrypłym głosem, który ledwie rozpoznała jako swój.

— On nazywa się Norman Daniels — zwróciła się do porucznika Hale'a.

Mówisz, jak ta kobieta z obrazu — pomyślała. — Głosem Rose Madder.

Potem odepchnęła od siebie tę myśl.

— On jest moim mężem, policjantem i szaleńcem.

VIII

VIVA ZE BOOL

1

Czuł się tak, jakby płynął w powietrzu, ale kiedy Brudna Gertie obszczała go, wszystko uległo zmianie. Teraz, zamiast czuć się jak balon napełniony helem, miał głowę niczym płaski kamień, ciśnięty czyjąś silną ręką po powierzchni jeziora. Już nie unosił się; teraz podskakiwał.

Wciąż nie mógł uwierzyć w to, co zrobiła mu ta gruba czarna suka. Wiedział, owszem, ale wiedzieć a uwierzyć to czasem dwie różne sprawy i to był jeden z tych przypadków. Jakby zaszła jakaś mroczna przemiana i stał się innym stworzeniem, bezradnie ślizgającym się po powierzchni percepcji, doznającym jedynie krótkich przebłysków świadomości i dziwnych, oderwanych wrażeń.

Pamiętał, jak podniósł się z ziemi za sraczem. Miał twarz krwawiącą, naznaczoną licznymi skaleczeniami i zadrapaniami, nos zapchany do połowy, obolały po kilkakrotnym zetknięciu z fotelem, żebra i wnętrzności pulsujące bólem po tym, jak zwaliło się nań prawie sto pięćdziesiąt kilogramów Brudnej Gertie... Mimo wszystko przeżyłby to... i o wiele więcej. Lecz jej wilgoć i jej zapach, nie tylko moczu, ale kobiecego moczu, sprawiały, że jego umysł stawał dęba za każdym razem, kiedy wracał do tego zdarzenia. Gdy zastanawiał się nad tym, co mu zrobiła, chciał wyć, a świat — z którym musiał pozostać w kontakcie, jeśli nie chciał skończyć za kratami, ubrany w kaftan bezpieczeństwa i nafaszerowany thoraziną — zaczynał rozmazywać mu się w oczach.

Biegnąc chwiejnie wzdłuż ogrodzenia, myślał: dostać ją, dostać ją, musisz wrócić i dostać ją, dostać i zabić za to, co zrobiła, tylko wtedy zdołasz jeszcze zasnąć, tylko wtedy zdołasz jeszcze myśleć.

A jednak jakaś część jego umysłu wiedziała lepiej i zamiast zawrócić, uciekł.

Brudna Gertie pewnie sądziła, że spłoszył go odgłos zbliżających się ludzi, ale myliła się. Uciekł, ponieważ żebra bolały go tak okropnie, że ledwie mógł oddychać, przynajmniej na razie, ponadto bolał go brzuch, a jądra pulsowały tym tępym, mdlącym bólem, znanym tylko mężczyznom.

I nie sam ból był najważniejszym powodem jego ucieczki, lecz to, co ten ból oznaczał. Norman obawiał się, że jeśli spróbuje jeszcze raz, Brudna Gertie może nie zadowolić się remisem. Dlatego umknął, kuśtykając, wzdłuż płotu, najszybciej jak mógł, a głos Brudnej Gertie ścigał go niczym drwiący duch: „Zostawiła ci wiadomość... od jej nerek, którą przekażą ci moje nerki... wiadomość, Normie... oto ona...".

Jego umysł jakby natrafił na płaską powierzchnię rzeczywistości i zaczął odbijać się od niej. Kiedy wrócił na swoje miejsce, upłynęło trochę czasu — może zaledwie piętnaście sekund, a może nawet czterdzieści pięć. Norman biegł główną aleją w kierunku wesołego miasteczka, gnając bezmyślnie jak krowa w spłoszonym stadzie, oddalając się od wyjścia zamiast przybliżać się, pędząc w kierunku nadbrzeża, pędząc w kierunku jeziora, gdzie z dziecinną łatwością mogą go osaczyć i schwytać.

Tymczasem jego umysł wypełniony był krzykiem ojca, światowej sławy podmacywacza (i przynajmniej podczas jednego pamiętnego polowania, również światowej klasy lachociąga). „To była kobieta! — wrzeszczał Ray Daniels. — Jak mogłeś pozwolić, żeby jakaś cipa skuła ci pysk, Normie?".

Usiłował uciszyć ten głos. Stary dość nawrzeszczał się na niego za życia: Normana prędzej trafi szlag, niż będzie słuchał tych samych bzdur teraz, kiedy ojciec nie żyje. Mógłby zająć się Gertie, mógłby zająć się Rose, mógłby zająć się nimi wszystkimi, ale najpierw musi wydostać się stąd... zanim każdy strażnik w tym parku zacznie szukać łysego faceta z zakrwawioną twarzą. Już przyglądało mu się zbyt wielu ludzi — i nic dziwnego. Śmierdział szczynami i wyglądał, jakby podrapał go ryś.

Skręcił w alejkę biegnącą między salonem gier wideo a pawilonem Przygód Mórz Południowych. Zrobił to bez żadnego planu, chcąc tylko zejść z oczu gapiom na deptaku, i wtedy wyciągnął szczęśliwy los na loterii.

Boczne drzwi salonu otworzyły się i wyszedł z nich ktoś, kogo Norman uznał za dzieciaka, lecz nie miał co do tego pewności. Postać miała wzrost dziecka i ubranie dziecka — dżinsy, reeboki, podkoszulek z Michaelem McDermottem (KOCHAM DZIEWCZYNĘ ZWANĄ DESZCZEM, głosił napis, cokolwiek miał, kurwa, oznaczać) — ale jej głowę okrywała gumowa maska Byczka Fernanda. Fernando miał na pysku szeroki, głupkowaty uśmiech. Rogi udekorowano mu girlandami kwiatów. Norman nie zastanawiał się, tylko sięgnął i zerwał dzieciakowi maskę z głowy. Przy okazji wyrwał mu też sporą garść włosów, ale co tam, kurwa.

— Hej! — wrzasnął dzieciak. Bez maski wyglądał najwyżej na jedenaście lat, ale robił wrażenie bardziej wściekłego niż przestraszonego. — Dawaj ją, jest moja, wygrałem ją! Co ty sobie, kurwa, wyobra...!

Norman ponownie wyciągnął rękę, chwycił chłopaka za twarz i mocno odepchnął. Bok pawilonu Przygód Mórz Południowych był z brezentu i dzieciak wpadł weń, nakrywając się swoimi drogimi butami.

— Powiesz komuś, to wrócę i zabiję cię — rzucił Norman w stronę falującego wciąż brezentu. Potem szybko poszedł ku głównej alei, zakładając na głowę gumową maskę. Śmierdziała gumą i spoconymi włosami poprzedniego właściciela, ale żaden z tych zapachów nie przeszkadzał Normanowi. Natomiast nie mógł znieść myśli, że maska wkrótce przesiąknie odorem moczu.

Potem jego umysł doznał kolejnego zaćmienia i na jakiś czas jakby pochłonęła go atmosfera. Kiedy się odnalazł, Norman kłusował w kierunku parkingu przy Press Street, przyciskając ręką prawą stronę klatki piersiowej, gdzie kłuło go przy każdym oddechu. Wnętrze maski śmierdziało dokładnie tak, jak się obawiał, więc zdjął ją, łapczywie wciągając powietrze cuchnące szczynami i piczką. Popatrzył na maskę i zadrżał. Ten wstrętny, uśmiechnięty pysk budził w nim jakiś dziwny lęk. Byk z kółkiem w nosie i girlandami kwiatków na rogach. Byk z uśmiechem stworzenia, które obrabowano z czegoś, ale zbyt głupiego, żeby o tym wiedzieć. W pierwszej chwili chciał wyrzucić to cholerstwo, lecz się powstrzymał. Musiał jeszcze minąć dozorcę parkingu, który na pewno zapamięta człowieka w masce Byczka Fernando, może jednak nie od razu skojarzy go z mężczyzną, o którego niebawem zapyta go policja. Warto zatrzymać maskę, jeśli dzięki niej zyska trochę czasu.

Usiadł za kierownicą tempa, rzucił maskę na siedzenie obok, a potem pochylił się i połączył przewody zapłonu. Kiedy nachylał się, unoszący się z jego koszulki odór szczyn był tak silny i szczypiący, że łzawiły mu oczy. „Rosie mówi, że lubisz bić po nerkach..." — usłyszał w myślach Brudną Gertie, tę czarną sukę z piekła rodem. Bał się, że już zawsze będzie słyszał w myślach jej głos, jakby zgwałciła go i pozostawiła w jego głowie zapłodnione jajo, z którego wylęgnie się jakieś zdeformowane i potworne potomstwo.

„Jesteś jednym z tych nieśmiałych chłopców, którzy nie lubią zostawiać śladów".

Nie — pomyślał. — Nie, przestań, nie myśl o tym.

„Zostawiła ci wiadomość od jej nerek, którą przekażą ci moje nerki...", a potem to coś popłynęło mu po twarzy, śmierdzące i parzące jak gorączka w dzieciństwie.

— Nie! — tym razem wrzasnął na głos i rąbnął pięścią w miękką deskę rozdzielczą. — Nie, ona nie może! Nie może! NIE MOŻE MI TEGO ZROBIĆ! — Machnął pięścią, trafiając we wsteczne lusterko i wyrywając je z uchwytu. Uderzyło o przednią szybę, odbiło się i spadło na podłogę. Rąbnął pięścią w szybę, a jego pierścień Akademii Policyjnej pozostawił pajęczynę pęknięć, wyglądającą jak powiększona gwiazdka. Już miał zacząć walić pięściami w kierownicę, kiedy wreszcie się opamiętał. Spojrzał w górę i zobaczył bilet parkingowy zatknięty za osłonę przeciwsłoneczną. Skupił na nim wzrok, usiłując odzyskać panowanie nad sobą.

Kiedy zaczęło mu się to udawać, sięgnął do kieszeni, wyjął pieniądze i znalazł banknot pięciodolarowy. Potem, starając się nie pamiętać o tym okropnym zapachu (tyle że w żaden sposób nie dało się o nim zapomnieć), znów założył na głowę maskę Fernanda i powoli podjechał do kasy. Wychylił się z okna i spojrzał przez otwory na oczy na dozorcę parkingu. Zobaczył, jak ten niepewnie przytrzymuje się futryny drzwi, pochylając się, żeby wziąć banknot, i zrozumiał, że ma niesamowite szczęście: facet był pijany.

— *Viva ze bool* * — powiedział dozorca parkingu i roześmiał się.

---

* *Viva ze bool* — Niech żyje byk! — okrzyk kibiców zazwyczaj na cześć baseballisty, który przedarł się przez obronę przeciwnika.

— Racja — odparł byk wychylający się z forda tempo. — *El toro grande.*

— Płaci pan dwa pięć...

— Reszty nie trzeba — przerwał mu Norman i odjechał.

Przejechał kilkadziesiąt metrów i zatrzymał się, uświadamiając sobie, że jeśli natychmiast nie zdejmie tej przeklętej maski z głowy, to zaraz zwymiotuje w nią, co jeszcze pogorszy sytuację. Chwycił ją i zaczął szarpać z panicznym strachem człowieka, któremu przyssała się do twarzy pijawka, a potem wszystko zniknęło i jego umysł uleciał niczym zdalnie kierowany pocisk.

Kiedy tym razem Norman doszedł do siebie, siedział nagi do pasa za kierownicą samochodu stojącego przed czerwonym światłem. Na przeciwległym rogu ulicy migał zegar: 14:07. Rozejrzał się wokół i zobaczył swój podkoszulek leżący na podłodze, obok lusterka wstecznego i ukradzionej maski. Brudny Ferdie, spłaszczony i dziwnie zdeformowany, spojrzał na niego pustymi oczodołami, za którymi Norman dostrzegł dywanik na podłodze po stronie pasażera. Szczęśliwy, głupawy uśmiech byczka zmienił się w dziwny grymas zrozumienia. Ale to nic. Przynajmniej nie miał tego cholerstwa na głowie. Norman włączył radio, nastawione na stację nadającą stare przeboje. Złapał Tommy'ego Jamesa i Shondellsów śpiewających „Hanky Panky". Natychmiast zaczął nucić razem z nimi.

Na następnym skrzyżowaniu mężczyzna o wyglądzie księgowego, siedzący za kierownicą camry, spojrzał z ostrożnym zainteresowaniem na Normana. W pierwszej chwili Norman nie mógł zrozumieć, co tak zaciekawiło tamtego, a potem przypomniał sobie, że ma na twarzy krew — w większości zakrzepłą, sądząc z tego, co czuł. I oczywiście był bez koszuli. Będzie musiał coś z tym zrobić — i to szybko. A tymczasem...

Pochylił się, podniósł maskę, włożył w nią rękę i ścisnął gumowe wargi końcami palców. Potem pokazał maskę w oknie, poruszając palcami w rytm piosenki, każąc Fernandowi śpiewać razem z Tommym Jamesem i Shondellsami. Tam i z powrotem poruszał nadgarstkiem, przez co Fernando wydawał się także tańczyć. Mężczyzna o wyglądzie księgowego znów spojrzał przed siebie. Siedział tak przez chwilę. Potem przechylił się i wcisnął blokadę po stronie pasażera.

Norman uśmiechnął się.

Rzucił maskę z powrotem na podłogę i otarł o tors rękę, którą włożył do środka. Wiedział, jak okropnie musi wyglądać, jak świrowato, ale prędzej szlag go trafi, nim znów włoży tę obszczaną koszulkę. Na siedzeniu obok leżała kurtka motocyklowa, przynajmniej sucha w środku. Norman włożył ją i zapiął pod szyję. Kiedy robił to, zapaliło się zielone światło i camry na sąsiednim pasie śmignęło przez skrzyżowanie jak wystrzelone z armaty. Norman przejechał także, ale nieco wolniej, śpiewając razem z radiem: *I saw her walkin on down the line... You know I saw her for the very first time... A pretty little girl, standin all alone... Hey, pretty baby, can I take you home?* To mu przypomniało szkołę średnią. Życie miał wtedy wspaniałe. Nie było słodkiej małej Rose, która spierdoliłaby wszystko, ściągnęła te wszystkie kłopoty. Przynajmniej do ostatniej klasy.

Gdzie jesteś, Rose? — pomyślał. — Dlaczego nie byłaś na tym pikniku suk? Gdzie jesteś, do kurwy nędzy?

— Ona jest na swoim własnym pikniku — szepnął byk i jego głos zabrzmiał zarówno obco, jak i pewnie, jakby nie był to domysł, lecz bezsporny werdykt wyroczni.

Norman przystanął przy krawężniku, nie zwracając uwagi na napis PARKING TYLKO DLA WOZÓW DOSTAWCZYCH i ponownie podniósł maskę z podłogi. Znów nasunął ją na rękę. Tylko tym razem skierował ją ku sobie. Widział swoje palce w pustych oczodołach, które mimo to zdawały się patrzeć na niego.

— Co masz na myśli, na jakim własnym pikniku? — spytał ochrypłym głosem.

Jego palce drgnęły, poruszając wargami byka. Nie czuł ich, lecz widział. Podejrzewał, że głos, który słyszał, był jego własnym głosem, chociaż nie brzmiał jak jego głos i nie dobywał się z jego gardła; zdawał się wychodzić spomiędzy tych uśmiechniętych warg.

— Ona lubi sposób, w jaki on całuje — rzekł Fernando. — Nie wiedziałeś? I lubi sposób, w jaki on używa swoich rąk. Ona chce, żeby zrobił z nią bara-bara, zanim będą musieli wracać. — Byk jakby westchnął, a jego gumowy łeb zakołysał się na przegubie Normana gestem rezygnacji. — Przecież wszystkie kobiety to lubią, prawda? Bara-bara. Baleciki. Przez całą noc.

— Kto?! — wrzasnął Norman do maski. Żyły nabrzmiały mu na skroniach, pulsowały. — Kto ją całuje? Kto ją maca? I gdzie oni są? Gadaj!

Maska milczała. Jeśli w ogóle kiedykolwiek coś mówiła.

„I co zamierzasz zrobić, Normie?" — Znany głos. Głos taty. Jak wrzód na dupie, ale nie wzbudzający strachu. Tamten głos był przerażający. Jeśli nawet pochodził z jego własnego gardła.

— Znaleźć ją — szepnął. — Zamierzam znaleźć ją i nauczyć, jak się robi bara-bara. Zgodnie z moją wersją.

Tak, gdzie ją znajdziesz? Jak chcesz ją odnaleźć?

Najpierw pomyślał o klubie przy Durham Avenue. Tam mają zapisane w aktach, gdzie mieszka Rose, był tego pewien. Lecz to był kiepski pomysł. Ten dom zamieniono w nowoczesną fortecę. Aby wejść, trzeba mieć kartę magnetyczną — zapewne bardzo podobną do jego skradzionej karty kredytowej — a może również podać kilka cyfrowych haseł, żeby nie włączyły się urządzenia alarmowe.

I co z mieszkankami domu? No cóż, mógłby wystrzelać sobie drogę, gdyby przyszło do tego; zabić część, a resztę przestraszyć. W hotelu miał służbowy rewolwer — jedna z zalet podróżowania autobusem — ale broń to zazwyczaj rozwiązanie dobre dla dupków. A jeśli adres jest w komputerze? Pewnie tak, w dzisiejszych czasach wszyscy używają tych zabawek. Wtedy tkwiłby tam jak osioł, usiłując wydobyć od jednej z kobiet hasło i nazwę pliku, aż zjawiłaby się policja i odstrzeliła mu dupę.

Potem przypomniał sobie coś — inny głos. Ten nadleciał z jego pamięci, jak kształt papierosowego dymu: „...przykro opuścić ten koncert, ale jeśli chcę mieć ten samochód, to nie mogę zrezygnować...".

Czyj to głos i z czego nie mógł zrezygnować jego właściciel?

Po chwili znalazł odpowiedź na pierwsze pytanie. To głos Blondyny. Blondyny z wielkimi oczami i zgrabnym tyłeczkiem. Blondyny, która naprawdę nazywała się Pam Cośtam. Pam pracowała w Whitestone, Pam mogła znać jego dziką Różę i Pam nie chciała zrezygnować z czegoś. Co to mogło być? Kiedy naprawdę zastanowisz się nad tym, gdy założysz ten swój stary myśliwski kapelusz i wprawisz w ruch bystry umysł detektywa, wcale nietrudno znaleźć odpowiedź, prawda? Jeśli chcesz mieć ten samochód, to jedyną sprawą, z jakiej nie możesz zrezygnować, jest kilka dodatkowych godzin pracy tygodniowo. A ponieważ koncert, o którym mówiła, odbywał się tego wieczoru, bardzo możliwe, że była teraz w hotelu. Albo niebawem tam będzie. A jeśli wie, to wyciągnie z niej wszystko. Ta punk-rockowa suka nie powiedziała, ale tylko dlatego, że nie miał czasu, żeby przedyskutować z nią tę sprawę. Tym razem będzie miał tyle czasu, ile będzie mu potrzeba. Już on się o to postara.

2

Partner porucznika Hale'a, John Gustafson, zawiózł Rosie i Gert Kinshaw na komisariat Obwodu Trzeciego w Lakeshore. Bill jechał za nimi na swoim harleyu. Rosie raz po raz odwracała głowę, upewniając się, że wciąż tam jest. Gert zauważyła to, ale nie komentowała.

Hale przedstawił Gustafsona jako „swoją lepszą połowę", lecz to Hale był głową zespołu; Rosie wiedziała o tym od chwili, gdy zobaczyła ich razem. Poznała po sposobie, w jaki Gustafson patrzył na niego nawet wtedy, gdy Hale siadał na siedzeniu strzelca w nieoznakowanym fordzie. Rosie widziała to już tysiące razy w swoim domu.

Minęli zegar na banku — ten sam, obok którego niedawno przejechał Norman — i Rosie pochyliła głowę, żeby sprawdzić czas. 16:09. Dzień ciągnął się jak ciepły cukierek toffi.

Spojrzała przez ramię, przerażona, że nie zobaczy Billa, w duchu i w sercu mając kłującą pewność, że zniknął. Lecz nie. Uśmiechnął się do niej, podniósł rękę i pomachał. Odpowiedziała mu tym samym.

— Wygląda na miłego faceta — powiedziała Gert.

— Tak — przytaknęła Rosie, ale nie chciała rozmawiać o Billu, nie teraz, kiedy dwaj siedzący z przodu gliniarze niewątpliwie słyszeli każde jej słowo. — Powinnaś zostać w szpitalu. Dać się zbadać, upewnić, że nic ci nie zrobił tym taserem.

— Kurwa, to mi tylko dobrze zrobiło — odparła Gert, szczerząc zęby w uśmiechu. Na rozerwany kostium miała narzuconą ogromną szpitalną podomkę w niebiesko-białe paski. — Po raz pierwszy od czasu gdy straciłam dziewictwo na obozie młodych baptystów w tysiąc dziewięćset siedemdziesiątym czwartym, rozjaśniło mi się w głowie.

Rosie usiłowała odpowiedzieć takim samym uśmiechem, ale zdołała tylko lekko skrzywić usta.

— Myślę, że już po pikniku, co? — powiedziała.

Gert wyglądała na zdziwioną.

— O czym mówisz?

Rosie spojrzała na swoje ręce i bez zdziwienia zobaczyła, że zacisnęły się w pięści.

— Mówię o Normanie. Tym śmierdzielu na pikniku. Wielkim, pierdolonym śmierdzielu.

Usłyszała to słowo „pierdolonym", wychodzące z jej ust i ledwie mogła uwierzyć, że tak powiedziała, na dodatek w policyjnym wozie z dwoma detektywami na przednich siedzeniach. Jeszcze bardziej się zdziwiła, kiedy jej lewa pięść wystrzeliła w bok i uderzyła w wyściółkę drzwi, tuż nad korbką do otwierania okna.

Gustafson lekko drgnął za kierownicą, Hale obejrzał się, z twarzą bez wyrazu, a potem znów spojrzał przed siebie. Może mruknął coś do partnera. Rosie nie słyszała i nie dbała o to.

Gert chwyciła ją za pulsującą dłoń i usiłowała rozmasować, jak masażystka usuwająca skurcz mięśni.

— Wszystko w porządku, Rosie — odezwała się spokojnie; jej głos przypominał ciężarówkę pomrukującą na jałowym biegu.

— Nie, to nie w porządku! — zawołała Rosie. — I nie mów mi, że jest inaczej! — Łzy nabiegły jej do oczu, ale nie zwracała na to uwagi. Po raz pierwszy od kiedy dorosła, płakała z wściekłości, a nie ze wstydu czy strachu. — Dlaczego on nie odejdzie? Dlaczego nie zostawi mnie w spokoju? Bije Cindy, psuje piknik... pierdolony Norman! — Ponownie próbowała rąbnąć w drzwi, ale Gert przytrzymała jej pięść. — Pierdolony śmierdziel Norman!

Gert skinęła głową.

— Taak. Pierdolony śmierdziel Norman.

— On jest jak... jak znamię! Im mocniej je trzesz i próbujesz uwolnić się od niego, tym staje się ciemniejsze! Pierdolony Norman! Pierdolony, śmierdzący, stuknięty Norman! Nienawidzę go! Nienawidzę!

Zamilkła, ciężko dysząc. Piekła ją twarz, policzki miała mokre od łez... ale poczuła się trochę lepiej.

Bill! Gdzie jest Bill?

Odwróciła się pewna, że tym razem nie będzie go, ale był. Pomachał jej. Zamachała mu w odpowiedzi, a potem znów spojrzała przed siebie, odzyskując spokój.

— Wściekaj się, Rosie. Masz cholerne prawo się wściekać. A jednak...

— Och, jestem wściekła jak cholera.
— ...on wcale nie zepsuł nam dnia, wiesz?
Rosie zamrugała.
— Co? Ale jak oni mogli dalej...? Po tym jak...
— A jak ty mogłaś dalej żyć, po tym jak cię bił, tyle razy?
Rosie tylko potrząsnęła głową, nie pojmując.
— Częściowo to kwestia wytrzymałości — rzekła Gert. — Częściowo chyba zwykłego uporu. Lecz głównie chodzi o to, Rosie, żeby pokazać światu naszą dumę. Udowodnić, że nie można nas pognębić. Myślisz, że to pierwszy taki przypadek? Nie. Norman jest najgorszy, ale wcale nie pierwszy. A kiedy taki skunks wpada na piknik i smrodzi dookoła, trzeba poczekać, aż wiatr rozwieje zapach, a potem bawić się dalej. Właśnie to robią teraz na Ettinger's Pier i wcale nie dlatego, że zobowiązuje nas umowa podpisana z Indigo Girls. Robimy to, ponieważ musimy się przekonać, że nie można nas pobić... odebrać nam prawa do własnego życia. Och, niektóre opuszczą park. Sądzę, że Lana Kline i jej pacjentki już zniknęły, ale pozostałe będą tam. Consuelo i Robin pojechały na Ettinger's Pier, jak tylko wyszłyśmy ze szpitala.
— Twarde zawodniczki — odezwał się porucznik Hale z przedniego siedzenia.
— Jak mogliście pozwolić mu uciec? — spytała go Rosie oskarżycielskim tonem. — Jezu, czy chociaż wiecie, jak zdołał uciec?
— No, ściśle mówiąc, my nie daliśmy mu uciec — odparł spokojnie Hale. — Przepuściła go ochrona parku, maleńka; zanim dotarł tam pierwszy policjant, już dawno go nie było.
— Sądzimy, że ukradł maskę jakiemuś dzieciakowi — wtrącił Gustafson. — Jedną z tych zakrywających całą głowę. Założył ją i zwiał. Miał szczęście, mówię pani.
— Zawsze miał szczęście — rzekła z goryczą Rosie. Skręcali na policyjny parking, Bill jechał za nimi. Powiedziała do Gert: — Możesz już puścić moją rękę.
Gert zrobiła to i Rosie natychmiast znów uderzyła w drzwi. Tym razem zabolało ją bardziej, ale jakaś część jej świadomości przyjęła ten ból z zadowoleniem.
— Dlaczego on nie zostawi mnie w spokoju? — zapytała, nie zwracając się do nikogo. A jednak odpowiedział jej słodki, ochrypły głos z głębi jej jaźni.

„Weźmiesz z nim rozwód — mówił ten głos. — Weźmiesz z nim rozwód, *Rosie Real*".

Spojrzała na swoje ramiona i zobaczyła, że całe są pokryte gęsią skórką.

3

Jego umysł znów szybował w górę, w górę... jak to śpiewała kiedyś ta zgrabna suka Marilyn McCoo, a kiedy powrócił, Norman wprowadzał tempo na kolejny parking. Niezbyt wiedział, gdzie jest, ale sądził, że prawdopodobnie na podziemnym parkingu pół kwartału od Whitestone, gdzie już przedtem trzymał tempo. Pochylając się, żeby rozłączyć przewody zapłonu, spojrzał na wskaźnik poziomu paliwa i dostrzegł coś interesującego: wskazówka stała na F. W którymś momencie podczas ostatniego zaćmienia musiał zatankować. Dlaczego to zrobił?

Ponieważ paliwo nie było wcale tym, czego potrzebowałem — odpowiedział sobie.

Znowu się pochylił, chcąc spojrzeć na siebie w lusterku wstecznym, ale przypomniał sobie, że ono leży na podłodze. Podniósł je i dokładnie obejrzał swoją twarz. Była posiniaczona i spuchnięta w kilku miejscach; jej widok nie pozostawiał cienia wątpliwości, że Norman brał udział w bójce, ale krew zniknęła. Pewnie zmył ją w toalecie jakiejś stacji benzynowej, kiedy samoczynny dystrybutor powoli napełniał bak. Tak więc teraz mógł pokazać się na ulicy, o ile nie będzie nadużywał swego szczęścia.

Rozłączając przewody zapłonu, przelotnie zastanowił się, która jest godzina. Nie był w stanie tego sprawdzić; nie nosił zegarka, to gówniane tempo nie miało zegara, a w dodatku znajdował się pod ziemią. Czy to miało jakieś znaczenie? Czy...

— Nie — usłyszał znajomy głos. — To nie ma znaczenia. Czas nie gra roli.

Spojrzał pod nogi i ujrzał maskę byka, gapiącą się na niego z dywanika przed fotelem pasażera: puste oczy, niepokojący pomarszczony uśmiech, idiotyczne kwiatki na rogach. Nagle zapragnął ją włożyć. To głupota, przecież denerwowały go te girlandy na rogach, a jeszcze bardziej nienawidził głupkowatego uśmiechu typu jak-dobrze-być-kastratem... ale może przyniesie mu szczęście.

Ona nie mówiła, oczywiście, to wszystko rozgrywało się w jego wyobraźni, lecz bez niej na pewno nigdy nie wydostałby się z Ettinger's Pier. Tego był cholernie pewny.

Dobra, dobra — pomyślał — *viva ze bool* — i schylił się, żeby podnieść maskę.

Nagle, bez żadnej zauważalnej zmiany, pochylał się i obejmował Blondynę w talii, ściskając ją tak mocno, że nie mogła krzyknąć. Właśnie wyszła zza drzwi z napisem DLA PERSONELU, popychając przed sobą wózek, i pomyślał, że pewnie czekał tu na nią przez jakiś czas, ale to bez znaczenia, bo teraz wracali razem do drzwi DLA PERSONELU, Pam i jej nowy przyjaciel Norman, *viva ze bool.*

Wierzgała i kilka kopniaków wylądowało na jego łydkach, ale miała na nogach tenisówki, więc ledwie to poczuł. Jedną ręką puścił ją i zamknął za sobą drzwi, a potem przekręcił zamek. Szybko spojrzał wokół, upewniając się, że w pomieszczeniu nie ma nikogo oprócz nich. Późne sobotnie popołudnie, środek weekendu, powinno być puste... i było. Długi i wąski pokój, z rzędem szafek na drugim końcu. Wszędzie unosił się cudowny zapach — woń czystej, wyprasowanej pościeli — przypominający Normanowi domową przepierkę z czasów dzieciństwa.

Na paletach leżały wielkie sterty równo złożonych prześcieradeł, kosze pełne frotowych ręczników, poduszki na półkach. Pod jedną ścianą leżały stosy poszewek. Norman popchnął tam Pam, bez zainteresowania patrząc, jak spódniczka mundurka podwinęła się jej wysoko na udach. Jego popęd płciowy zrobił sobie wakacje, może nawet wyjechał na stałe... no i dobrze. W minionych latach to urządzenie między nogami narobiło mu wystarczająco dużo kłopotów. To straszliwy wynalazek, nakazujący podejrzewać, że Bóg miał więcej wspólnego z Andrew Dice Clayem, niż chciałoby się wierzyć. Przez dwanaście lat człowiek nawet go nie zauważa, a przez następne pięćdziesiąt — a nawet sześćdziesiąt — biega z jego powodu w kółko jak jakiś stuknięty, łysy diabeł tasmański.

— Nie wrzeszcz — powiedział. — Nie wrzeszcz, Pammy. Zabiję cię, jeśli zaczniesz krzyczeć.

To była pusta groźba, przynajmniej na razie, ale ona nie mogła o tym wiedzieć.

Pam wciągnęła powietrze w płuca; teraz powoli wypuściła je. Norman rozluźnił mięśnie.

— Proszę, nie rób mi krzywdy — wyszeptała.

Chłopie, ależ to oryginalne, jeszcze nigdy tego nie słyszał, o nie, nie.

— Nie chcę zrobić ci krzywdy — oznajmił ciepło. — Na pewno nie. — Coś uginało się w jego kieszeni. Pomacał i wyczuł gumę. Maska. Właściwie nie był zdziwiony. — Musisz tylko powiedzieć mi to, co chcę wiedzieć, Pam. Potem pójdziesz sobie swoją drogą, a ja swoją.

— Skąd znasz moje imię?

Obrzucił ją tym wyniosłym spojrzeniem — spotykanym w pokoju przesłuchań — mówiącym, że wie mnóstwo rzeczy, gdyż to jego zawód.

Siedziała na stosie zwiniętych ciemnokasztanowych powłoczek, takich samych jak ta na jego łóżku, na dziewiątym piętrze, wygładzając spódnicę na kolanach. Jej oczy miały naprawdę niezwykły odcień błękitu. Łza pojawiła się na dolnej powiece lewego, zadrżała, a potem spłynęła po policzku, zostawiając smugę rozmazanego makijażu.

— Zamierzasz mnie zgwałcić? — zapytała. Patrzyła na niego tymi swoimi niezwykłymi oczami, wielkimi jak u dziecka (po co kręcić tyłkiem, Pammy, jeśli ma się takie oczy?), ale nie widział w nich tego, co chciał zobaczyć, tego, co również oglądał w pokoju przesłuchań, kiedy facet bombardowany pytaniami przez cały dzień i pół nocy w końcu był bliski załamania: pokory, błagania, spojrzenia zdradzającego, że powie wszystko, naprawdę wszystko, żeby tylko dać mu spokój. Nie widział tego w oczach Pam.

Jeszcze.

— Proszę, nie gwałć mnie, proszę, ale jeżeli musisz, to załóż prezerwatywę, boję się AIDS.

Wytrzeszczył oczy, a potem wybuchnął śmiechem. Kiedy śmiał się, bolał go brzuch, jeszcze bardziej przepona, a najbardziej twarz, lecz nie mógł się powstrzymać. Myślał o tym, że musi przestać, że jakiś pracownik hotelu, a nawet detektyw hotelowy, może przechodzić obok, usłyszeć śmiech i zastanowić się, co to ma znaczyć, ale nawet to nie pomogło; w końcu postanowił zaczekać, aż mu przejdzie.

Blondyna początkowo obserwowała go ze zdumieniem, a potem sama leciutko uśmiechnęła się. Z nadzieją.

Norman wreszcie zdołał się opanować, chociaż do tej pory z oczu płynęły mu łzy.

— Nie mam zamiaru cię gwałcić, Pam — rzekł w końcu, kiedy był w stanie powiedzieć coś, nie zadając śmiechem kłamu swoim słowom.

— Skąd znasz moje imię? — zapytała ponownie. Tym razem jej głos był trochę silniejszy.

Wyjął maskę, włożył do niej dłoń i poruszał nią tak jak wtedy, gdy postraszył tego dupka-księgowego w camry.

— *Pam-Pam-bo-Ban, banana-fanna-fo-Fam, fee-fi-mo-Mam* — kazał jej śpiewać. Maska podskakiwała w tył i w przód, jak Shari Lewis z pierdolonym Lamb Chop, tylko to był byk, a nie owca, głupi pierdolony pedałowaty byczek z kwiatami na rogach. Nie było żadnego powodu, żeby miał lubić to gówno, a jednak w pewien sposób lubił.

— Ja też jakbym cię lubił — mówił Ferd, pedałowaty byczek, patrząc na Normana pustymi oczami. Potem odwrócił się z powrotem do Pam i poruszanymi przez Normana wargami zapytał: — Nie podoba ci się coś?

— N-n-nie — wydusiła z siebie i w jej oczach w dalszym ciągu nie było tego, co chciał, jeszcze nie, ale będzie, bała się go, ich obu, co do tego miał pewność.

Norman przykucnął z rękami opuszczonymi między udami, tak że gumowe rogi Fernanda były skierowane ku podłodze. Popatrzył życzliwie na Pam.

— Założę się, że chciałabyś, abym zniknął z tego pokoju i z twojego życia, co, Pammy?

Skinęła głową tak energicznie, że włosy podskoczyły jej na ramionach.

— Taak, tak myślałem i nie mam ci tego za złe. Powiesz mi coś, a rozwieję się w powietrzu jak dym. To łatwe pytanie. — Pochylił się ku niej, aż rogi Fernanda dotknęły podłogi. — Chcę tylko wiedzieć, gdzie jest Rose. Rose Daniels. Gdzie ona mieszka?

— O mój Boże. — Ta reszta koloru, która pozostała jeszcze na twarzy Pam, dwie czerwone plamki wysoko na policzkach, teraz zniknęła, a jej oczy otworzyły się tak szeroko, że zdawały się wychodzić z orbit. — O mój Boże, to ty. Ty jesteś Norman.

To go przeraziło i rozzłościło — on miał znać ją, tak zaplanował, ale ona nie miała znać jego. Wszystko opierało się na tym. Kiedy on przetrawiał jeszcze dźwięk swojego imienia w jej ustach, zerwała się i prawie udało jej się uciec. Skoczył za nią, wyciągając prawą rękę, tę, w której trzymał maskę byka. Niewyraźnie słyszał swój głos mówiący jej, że nie ucieknie, że chce z nią porozmawiać, i to w cztery oczy.

Złapał ją za gardło. Wydała zduszony charkot, który miał być krzykiem, i wyrwała się z zadziwiającą siłą. Mimo to przytrzymałby ją, gdyby nie maska. Guma ześlizgnęła się z jego spoconej dłoni i kobieta wyrwała mu się, runęła do drzwi, machając szeroko rozłożonymi ramionami i Norman w pierwszej chwili nie zrozumiał, co nastąpiło potem.

Usłyszał jakiś dźwięk, przypominający puknięcie odkorkowanego szampana, a potem Pam gwałtownie zamachała rękami, łomocząc dłońmi o drzwi, z głową przekrzywioną pod dziwnym kątem, jak ktoś patrzący na sztandar podczas jakiejś patriotycznej uroczystości.

— Hę? — mruknął Norman i zobaczył przed sobą Fernanda, przekrzywionego na jego ręce. Byk wyglądał jak pijany.

— Bach — powiedział.

Norman zerwał z ręki maskę i wepchnął ją do kieszeni, jednocześnie zdając sobie sprawę, że słyszy jakieś kapanie, jakby padającego deszczu. Spojrzał w dół i zobaczył, że lewa tenisówka Pam przestała być biała. Stała się czerwona. Wokół zbierała się krew; spływała długimi kroplami po drzwiach. Dłonie kobiety wciąż trzepotały. Przypominały Normanowi małe ptaki.

Stała jak przytwierdzona do drzwi i kiedy podszedł bliżej, stwierdził, że w pewnym sensie tak było. Na tym cholerstwie znajdował się wieszak na ubrania. Wyrwała mu się, straciła równowagę i nadziała się. Haczyk wbił się jej w lewe oko.

— O kurwa, Pam, ty idiotko — zawołał Norman. Czuł jednocześnie wściekłość i niepokój. Wciąż widział głupawy uśmiech byka, słyszał, jak ten mówi „bach", niczym jakaś głupkowata postać z kreskówek Walta Disneya.

Szarpnął Pam. Rozległ się nieopisanie ohydny dźwięk, gdy haczyk wyszedł. Jej pozostałe dobre oko (bardziej niebieskie niż przedtem — pomyślał Norman) spojrzało na niego z niemym przerażeniem.

Potem otworzyła usta i wrzasnęła.

Norman nie zdążył pomyśleć; jego ręce zadziałały na własną odpowiedzialność, chwytając jej twarz, ściskając wielkimi dłońmi pod delikatną szczęką, przekręcając. Rozległ się ostry trzask —

odgłos pękającej pod butem cedrowej gałązki — i kobieta zwiotczała w jego uścisku. Odeszła, a to, co wiedziała o Rose, odeszło z nią.

— Och, ty głupia dziwko — westchnął Norman. — Co za głupota, żeby nabijać się na jakiś pierdolony hak?

Potrząsnął nią. Jej głowa bezwładnie przetoczyła się po ramionach. Na przodzie białego mundurka miała teraz mokry czerwony śliniaczek.

Zaniósł Pam z powrotem do stert pościeli i rzucił ją tam. Upadła z szeroko rozrzuconymi nogami.

— Bezwstydna suko — zamruczał Norman. — Nie przestaniesz nawet po śmierci, co?

Skrzyżował jej nogi. Jedno ramię zsunęło się z jej ciała i pacnęło o powłoczki. Zobaczył na przegubie zabawną purpurową bransoletkę, wyglądającą jak kawałek przewodu telefonicznego. Na niej wisiał klucz.

Norman popatrzył na to, a potem na szafki na drugim końcu pomieszczenia.

„Nie możesz tam iść, Normie — odezwał się ojciec. — Wiem, o czym myślisz, ale byłbyś świrem, gdybyś choć zbliżył się do tego domu przy Durham Avenue".

Norman uśmiechnął się. „Byłbyś świrem, gdybyś choć zbliżył się do tego domu...". To trochę śmieszne, jeśli się zastanowić. Poza tym dokąd miałby iść? Co innego mógłby zrobić? Nie miał czasu. Jego mosty płonęły za nim wesołym płomieniem... wszystkie.

— Czas nie gra roli — mruknął Norman Daniels i zdjął bransoletkę z kluczem z ręki Pam. Podszedł do szafek, włożywszy na chwilę klucz w zęby, żeby z powrotem nałożyć maskę byka na dłoń. Potem podniósł Fernanda i pozwolił mu obejrzeć napisy wytłoczone na plastikowej taśmie przyklejonej do drzwi.

— Ta — rzekł Ferd i postukał gumowym pyskiem w szafkę z napisem PAM HAVERFORD.

Klucz pasował do zamka. Wewnątrz były dżinsy, podkoszulek, bawełniany biustonosz, przybory toaletowe i torebka Pam. Norman zaniósł torebkę do jednego z koszy i wysypał zawartość na ręczniki. Przesunął nad tym Fernanda, jak jakiegoś dziwnego satelitę.

— Oto jest, stary — mruknął Fernando.

Ze stosiku kosmetyków, chusteczek i papierów Norman wyjął

cienki prostokącik szarego plastiku. To klucz do drzwi ich klubu, nie ma wątpliwości. Wziął go, odwrócił się...

— Czekaj — powiedział *ze bool.* Przysunął się do ucha Normana i zaczął szeptać, kiwając gumowymi rogami.

Norman posłuchał, a potem skinął głową. Znów ściągnął maskę ze spoconej dłoni, wepchnął ją z powrotem do kieszeni i pochylił się nad zawartością torebki Pam. Tym razem przejrzał ją starannie, tak jakby dokonywał oględzin „miejsca zbrodni", jak nazywano to w policyjnym żargonie... tyle że nie robił tego końcem pióra ani długopisu, ale palcami.

Nie muszę przejmować się odciskami palców — pomyślał i roześmiał się. — Już nie.

Odsunął na bok portmonetkę i wziął mały notesik z napisem TELEFONY—ADRESY na okładce. Zajrzał pod C, znalazł numer Córek i Sióstr, ale nie tego szukał. Spojrzał na pierwszą stronę, na której widniało wiele różnych liczb i bazgroły Pam — głównie oczy i kartonowe muszki. Wszystkie liczby wyglądały jak numery telefonów.

Zajrzał na ostatnią stronę — kolejne prawdopodobne miejsce. Więcej numerów telefonów, oczu, muszek... a na środku, równo obwiedzione i zaznaczone gwiazdkami, to:

— O rany — powiedział. — Trzymajcie swoje karty, ludzie, ale chyba mamy bingo. Prawda, Pammy?

Norman wydarł kartkę z notesika, wepchnął ją do kieszeni kurtki i na palcach podszedł do drzwi. Posłuchał. Nikogo na zewnątrz. Odetchnął i pomacał róg kartki, którą dopiero co włożył do kieszeni. Kiedy to robił, jego umysł kolejny raz poszybował w ciemność i przez jakiś czas nie było niczego.

4

Hale i Gustafson poprowadzili Rosie i Gert do miejsca urządzonego niemal jak kącik towarzyski: z wysłużonymi, ale wygodnymi meblami, bez biurek, za którymi zasiedliby detektywi. Policjanci opadli na wyblakłą zieloną kanapę umieszczoną między automatem z napojami bezalkoholowymi i stołem ze stojącym na nim ekspresem do kawy. Zamiast ponurych zdjęć narkomanów czy ofiar AIDS nad ekspresem wisiał plakat biura podróży, przedstawiający Alpy Szwajcarskie. Detektywi byli uprzejmi i współczujący, traktowali Rosie łagodnie i z szacunkiem, ale ani ich zachowanie, ani kameralne otoczenie niewiele jej pomogło. Wciąż była zła, bardziej rozgniewana niż kiedykolwiek w życiu, ale także przerażona samym faktem, że znalazła się w tym miejscu.

Kilkakrotnie podczas przesłuchania o mało nie straciła panowania nad sobą i za każdym razem spoglądała na drugi koniec pokoju, gdzie Bill cierpliwie siedział za barierką z napisem: WSTĘP TYLKO W SPRAWACH SŁUŻBOWYCH.

Wiedziała, że powinna wstać, podejść do niego i powiedzieć mu, żeby już nie czekał, żeby pojechał do domu i zatelefonował do niej jutro. Lecz nie potrafiła zmusić się do tego. Potrzebowała go tutaj, tak samo jak wtedy, kiedy jechał na swoim harleyu za samochodem, którym wieźli ją tu policjanci; potrzebowała go, jak obdarzone nadmiarem wyobraźni dziecko potrzebuje zapalonej lampki, gdy budzi się w środku nocy.

Kłopot był z tym, że przychodziły jej do głowy szalone myśli. Wiedziała, że to szaleństwo, lecz to w niczym nie pomagało. Na chwilę zapominała o tym, co się stało, po prostu odpowiadała na ich pytania i nie zastanawiała się nad tym, a potem przyłapywała się na myśli, że pewnie trzymają Normana w piwnicy, ukrywają go tutaj, na pewno, ponieważ stróże prawa to jedna rodzina, gliniarze to bracia, a żony gliniarzy nie mają prawa uciekać i żyć własnym życiem, choćby nie wiem co. Norman jest bezpiecznie schowany w jakimś maleńkim pokoiku w podziemiu, gdzie można wrzeszczeć ile sił, lecz nikt tego nie usłyszy, w pokoiku o wilgotnych betonowych ścianach, z jedną gołą żarówką zwisającą z sufitu, a kiedy skończą z tą bezsensowną gadaniną, zabiorą ją do niego. Zaprowadzą ją do Normana.

Szaleństwo. Mimo to w pełni uświadamiała sobie, że to szaleństwo, tylko wtedy, kiedy widziała Billa po drugiej stronie barierki, pilnującego jej i czekającego, aż skończą, żeby odwieźć ją na żelaznym rumaku do domu.

Przesłuchanie trwało i trwało, czasem pytania zadawał Gustafson, czasem Hale, i chociaż Rosie nie miała wrażenia, że odgrywają dobrego i złego gliniarza, nie mogła się doczekać, kiedy wreszcie skończą z tymi niezliczonymi pytaniami oraz niezliczonymi formularzami i puszczą ją. Może kiedy stąd wyjdzie, zelżeją trochę te paraliżujące przypływy wściekłości i przerażenia.

— Pani Kinshaw, proszę jeszcze raz powiedzieć mi, jak to się stało, że miała pani w torebce zdjęcie pana Danielsa? — zapytał Gustafson. Miał przed sobą na pół napisany raport i ołówek w ręce. Mocno marszczył brwi; przypominał Rosie chłopca zdającego końcowy egzamin, do którego nie przygotował się jak należy.

— Mówiłam o tym już dwa razy — odparła Gert.

— To już ostatni raz — rzekł spokojnie Hale.

Gert spojrzała na niego.

— Słowo skauta?

Hale uśmiechnął się ujmująco i kiwnął głową.

— Słowo skauta.

Opowiedziała im, jak razem z Anną skojarzyły Normana Danielsa z morderstwem Petera Slowika i jak otrzymały faksem zdjęcie Normana. Potem powiedziała, jak zauważyła mężczyznę na fotelu inwalidzkim, kiedy krzyczał za nim bileter. Rosie znała już tę historię, ale w dalszym ciągu zadziwiała ją odwaga Gert. Gdy Gert przeszła do opisu starcia z Normanem za toaletami, opisując to obojętnym tonem kobiety recytującej listę zakupów, Rosie chwyciła jej wielką dłoń i mocno uścisnęła.

Tym razem Gert spojrzała na Hale'a i uniosła brwi.

— W porządku?

— Tak — odparł Hale. — W najlepszym porządku. Cynthia Engstrom zawdzięcza pani życie. Gdyby pracowała pani w policji, podałbym panią do odznaczenia.

Gert prychnęła.

— Nigdy nie przeszłabym przez komisję lekarską. Jestem za gruba.

— Mimo to — powiedział Hale bez uśmiechu, patrząc jej w oczy.

— No cóż, dziękuję za komplement, ale wolałabym usłyszeć od was, że zamierzacie złapać tego faceta.

— Złapiemy go — rzekł Gustafson. Mówił z głęboką pewnością siebie, a Rosie pomyślała: Nie zna pan mojego Normana, oficerze.

— Skończyliście? — spytała Gert.

— Z panią tak — odparł Hale. — Mam jeszcze kilka pytań do pani McClendon... może pani teraz odpowiadać? Jeśli nie, mogą zaczekać. — Przerwał. — Sądzę, że nie powinniśmy jednak niczego odkładać na później. Myślę, że oboje to rozumiemy, prawda?

Rosie na chwilę zamknęła oczy, a potem znów je otworzyła. Spojrzała na Billa, który ciągle siedział za barierką, a potem znów na Hale'a.

— Proszę pytać, o co pan chce — powiedziała. — Tylko skończmy z tym najszybciej, jak się da. Chcę pójść do domu.

5

Kiedy tym razem odzyskał świadomość, wysiadał z tempa na cichej ulicy, którą niemal natychmiast rozpoznał jako Durham Avenue. Zaparkował półtora kwartału od Pałacu Piczek. Jeszcze nie było ciemno, ale ściemniało się: cienie pod drzewami były gęste i aksamitne, dziwnie ckliwe.

Popatrzył po sobie i stwierdził, że najwidoczniej odwiedził swój pokój przed opuszczeniem hotelu. Pachniał mydłem i miał inne ubranie. Strój był odpowiedni do tego zadania: spodnie khaki, biały golf i narzucona na wierzch niebieska koszula. Wyglądał na faceta, który zjawia się w weekend, żeby sprawdzić szwankujące kolanko rury gazowej albo...

— Albo alarm przeciwwłamaniowy — mruknął pod nosem Norman i uśmiechnął się. — To naprawdę bezczelność, *señor* Daniels. Naprawdę bez...

W gwałtownym przypływie paniki pomacał lewą tylną kieszeń spodni, które miał teraz na sobie. Nie namacał niczego oprócz wypukłości portfela. Dotknął prawej kieszeni i wydał chrapliwe westchnienie ulgi, gdy wiotka guma maski ugięła mu się pod palcami. Wyraźnie zapomniał o służbowym rewolwerze — zostawił go w pokoju hotelowym — ale pamiętał o masce, a w tej chwili ona wydawała się znacznie ważniejsza od broni. Zapewne to szaleństwo, ale taka była prawda.

Ruszył chodnikiem w kierunku numeru 251. Gdyby tam było tylko kilka tych cip, spróbowałby wziąć je wszystkie jako zakładniczki. Gdyby było ich wiele, złapałby tyle, ile by zdołał — może pół tuzina — a resztę przepłoszył. Potem zacząłby po prostu rozstrzeliwać jedną po drugiej, aż któraś wydusiłaby z siebie adres Rose. A gdyby żadna nie znała go, zastrzeliłby wszystkie i zaczął szukać w aktach... jednak nie sądził, aby do tego doszło.

„A co zrobisz, jeśli tam są gliny, Normie? — zapytał nerwowo ojciec. — Gliny przed budynkiem, gliny w środku, gliny strzegące budynku przed tobą?".

Nie wiedział. I nie dbał o to.

Minął 245, 247, 249. Między tym ostatnim a chodnikiem był żywopłot i gdy Norman doszedł do jego końca, zatrzymał się, patrząc podejrzliwym wzrokiem na numer 251 przy Durham Avenue. Oczekiwał, że ujrzy tam bardziej lub mniej wyraźne ślady aktywności, lecz nie spodziewał się tego, co widział teraz, a mianowicie braku jakiejkolwiek aktywności.

Budynek Córek i Sióstr wznosił się na końcu wąskiego, długiego trawnika; rolety w oknach pierwszego i drugiego piętra opuszczono dla ochrony przed słońcem. Wokół było cicho i pusto. Okna po lewej stronie ganku były nie zasłonięte, ale ciemne. Nie poruszał się w nich żaden cień. Nikogo na ganku. Żadnych samochodów na podjeździe.

Nie mogę po prostu tu stać — pomyślał i ruszył dalej. Minął budynek, zaglądając do ogródka, w którym przedtem widział te dwie kurwy — jedną z nich złapał przy toaletach. Dziś wieczór ogród pozostawał pusty. A z tego, co Norman zdołał dostrzec, na tylnym dziedzińcu także nikt się nie kręcił.

„To pułapka, Normie — podpowiadał głos ojca. — Wiesz o tym, prawda?".

Norman dotarł aż do „Przylądka Dobrej Nadziei", z liczbą 257 na drzwiach, a potem zawrócił i powlókł się chodnikiem. Wiedział, że to wyglądało na pułapkę, głos ojca miał rację, ale nie wiadomo czemu nie wyczuwał w tym podstępu.

Byczek Fernando pojawił się przed nim jak blady gumowy duch — Norman wyjął maskę z kieszeni i włożył ją na rękę, nawet nie zdając sobie z tego sprawy. Wiedział, że to kiepski pomysł; każdy, kto wyjrzałby przez okno, z pewnością zdziwiłby się, dlaczego ten rosły mężczyzna z opuchniętą twarzą rozmawia z gumową maską... której każe odpowiadać, poruszając jej ustami. A jednak i to zdawało się nie mieć żadnego znaczenia. Życie stało się bardzo... no, nieskomplikowane. Normanowi nawet podobało się to.

— Nie, to nie pułapka — stwierdził Fernando.

— Jesteś pewny? — zapytał. Znów był pod numerem 251.

— Tak — odparł Fernando, kiwając ukwieconymi rogami. — One po prostu poszły na swój piknik, to wszystko. Teraz zapewne siedzą w kółko, zajadając lukrecjowe ciasteczka, podczas gdy jakaś lesba w ciuchach babuni śpiewa *Blowin' in the Wind*. Nie zdołałeś osiągnąć nic więcej, jak tylko na chwilę popsuć im zabawę.

Zastygł niczym rażony gromem, przed trawnikiem wiodącym do Córek i Sióstr, spoglądając na maskę.

— Hej, przykro mi, facet — rzekł przepraszająco *ze bool* — ale wiesz, ja nie wymyślam tych wiadomości, ja je tylko przekazuję.

Norman był oszołomiony odkryciem, że jest coś niemal równie paskudnego jak powrót do domu i stwierdzenie, że żona oddaliła się w nieznanym kierunku z twoją kartą kredytową w torebce. A tak właśnie jest, kiedy człowieka ignorują.

Kiedy ignoruje go stado kobiet.

— No cóż, naucz je, żeby tego nie robiły — rzekł Fernando. — Daj im nauczkę. Dalej, Norm. Pokaż im, kim jesteś. Daj im nauczkę, jakiej nigdy nie zapomną.

— Nigdy jej nie zapomną — wymamrotał Norman, a maska na jego ręce entuzjastycznie pokiwała głową.

Wepchnął ją z powrotem do prawej kieszeni, a podchodząc do bramy wyjął z lewej kartę magnetyczną zrabowaną Pam oraz kartkę wydartą z jej notesu. Wszedł na schody, zerknąwszy — miał nadzieję, że obojętnie — na kamerę telewizyjną zamontowaną nad drzwiami. Kartę magnetyczną trzymał w opuszczonej ręce. Ktoś mógł go jednak obserwować. Musi pamiętać o tym, że — przynoszący szczęście czy nie — Fernando był tylko gumową maską z ręką Normana Danielsa, bez mózgu.

Szpara na kartę była dokładnie tam, gdzie spodziewał się, że będzie. Obok znajdował się domofon oraz niewielka tabliczka informująca użytkownika o tym, że ma nacisnąć i mówić.

Norman nacisnął guzik, nachylił się i rzekł:

— Midland Gas, szukamy nieszczelnego przewodu gazowego.

Puścił przycisk. Czekał. Zerknął na kamerę. Czarno-biała, pewnie nie będzie widać, jaką ma spuchniętą twarz... przynajmniej na to liczył. Uśmiechnął się, usiłując wyglądać nieszkodliwie, podczas gdy serce waliło mu w piersi jak mały, szybki silnik.

Brak odpowiedzi. Nic.

Ponownie wcisnął przycisk.

— Jest ktoś w domu, panienki?

Dał im czas, powoli licząc do dwudziestu. Ojciec szeptał, że to pułapka, dokładnie taka, jaką sam zastawiłby w tej sytuacji; zwabiłby szmaciarza do środka, niech myśli, że nie ma nikogo, a potem jak tona cegieł zwaliłby mu się na łeb. No tak, właśnie tak postąpiłby... ale tutaj nie było nikogo. W środku było pusto jak w starej puszce po piwie.

Norman włożył kartę w szczelinę. Rozległ się krótki, głośny trzask. Wyjął kartę, nacisnął klamkę i wszedł do przedsionka Córek i Sióstr. Z lewej dochodził cichy, miarowy dźwięk: bip-bip-bip. Tablica alarmu przeciwwłamaniowego. W okienku wyświetlacza zapalał się i gasł napis DRZWI FRONTOWE.

Norman zerknął na kartkę wydartą z notesu, przez sekundę modlił się w duchu, żeby numer na niej okazał się tym, czym chciał, aby był, po czym wystukał 0471. Przez jedną, mrożącą krew w żyłach chwilę alarm piszczał, a potem zamilkł. Norman odetchnął i zamknął drzwi. Zresetował alarm, nawet nie myśląc o tym. Z policyjnego nawyku.

Rozejrzał się, zauważył schody wiodące na pierwsze piętro, a potem przeszedł głównym holem. Zajrzał do pierwszego pokoju po prawej. Wyglądał jak klasa szkolna, z krzesłami ustawionymi w półokrąg i tablicą na jednej ścianie. Na tablicy napisano słowa: GODNOŚĆ, ODPOWIEDZIALNOŚĆ I WIARA.

— Mądre słowa, Norm — zauważył Fernando. Znów był na ręce Normana. Znalazł się tam jak w wyniku czarów. — Mądre słowa.

— Skoro tak mówisz; dla mnie to zwykłe pierdoły.

Rozejrzał się wokół, a potem krzyknął. Krzyk w tej zastygłej ciszy wydawał się niemal świętokradztwem, ale człowiek musi robić to, co musi.

— Halo? Jest tu kto? Midland Gas!

— Halo? — zawołał Fernando z końca jego ramienia, rozglądając się wokół swymi pustymi oczami. Mówił z zabawnym niemieckim akcentem, jak to czasem robił ojciec Normana, kiedy był pijany: „Halo, jezd dam chto?".

— Zamknij się — mruknął Norman.

— Tajest, psze pana — odparł *ze bool* i natychmiast zamilkł.

Norman powoli odwrócił się i poszedł dalej holem. Po drodze mijał inne pomieszczenia — salonik, pokój stołowy, coś, co wyglądało na małą bibliotekę, ale wszędzie było pusto. Kuchnia na końcu korytarza również była pusta i teraz stanął przez nowym problemem: gdzie miał szukać tego, czego potrzebował?

Zrobił głęboki wdech i zamknął oczy, usiłując zebrać myśli (i zapomnieć o bólu głowy, który zamierzał wrócić). Chciało mu się palić, ale nie śmiał tego zrobić — mogły tu mieć alarm przeciwpożarowy, który podniósłby raban przy pierwszej smużce dymu.

Ponownie wciągnął głęboko powietrze, wypełniając nim płuca, i teraz rozpoznał unoszący się wokół zapach — nie była to woń kurzu, lecz kobiet, kobiet długo otaczających się innymi kobietami, kobiet nadętych poczuciem słuszności i tworzących wspólnotę broniącą je przed realnym światem. To był zapach krwi, piczki, natrysku, saszetki, lakieru do włosów i perfum typu zerżnij mnie o takich nazwach jak „Grzech", „Białe Ramiona" czy „Obsesja". To był zapach warzyw, które lubiły jeść, i owocowy aromat herbatek, jakie lubiły popijać; to nie był odór kurzu, ale czegoś podobnego do drożdży, do fermentacji, czego nie usunąłby żaden środek czyszczący: zapach kobiet bez mężczyzn. I natychmiast ta woń wypełniła jego nos, wypełniła gardło, wypełniła serce, dławiąc, doprowadzając do omdlenia, niemal dusząc.

— Weź się w garść — rzucił ostro Fernando. — Czujesz tu jedynie wczorajszy sos do spaghetti! Nie pękaj!

Norman głośno odetchnął, znów zrobił wdech i otworzył oczy. Sos do spaghetti, właśnie. Czerwony, pachnący jak krew. To naprawdę był tylko sos do spaghetti.

— Przepraszam, przez chwilę trochę zwątpiłem — rzekł.

— Taa, kto by nie zwątpił? — odparł Ferd i teraz jego puste oczy zdawały się wyrażać współczucie i zrozumienie. — W końcu to tutaj Circe zmienia mężczyzn w świnie. — Maska okręciła się na dłoni Normana, wodząc pustym wzrokiem. — „Ja, to jezd do".

— O czym ty mówisz?

— O niczym. Nieważne.

— Nie wiem, dokąd iść — zasępił się Norman, też rozglądając się wokół. — Chryste, mam mało czasu, a ten dom jest taki duży! Musi tu być co najmniej dwadzieścia pokojów.

Byk wskazał rogami drzwi na drugim końcu kuchni.

— Spróbuj tam.

— Do diabła, to pewnie spiżarnia.

— Nie sądzę, Normanie. Nie sądzę, żeby na drzwiach do spiżarni umieszczali napis PRYWATNE, prawda?

Byk miał rację. Norman przeszedł przez pomieszczenie, chowając przy tym maskę z powrotem do kieszeni (i notując w pamięci durszlak do spaghetti pozostawiony na ociekaczu przy zlewie), a potem zastukał do drzwi. Nic. Przekręcił klamkę. Obróciła się bez oporu. Otworzył drzwi, pomacał po prawej stronie i włączył kontakt.

Żyrandol nad głową oświetlał mamucie biurko zarzucone papierami. Na jednej ze stert stała mała złota plakietka z napisem ANNA STEVENSON. Na ścianie wisiała oprawiona w ramki fotografia dwóch kobiet, które Norman rozpoznał. Jedną była nieżyjąca Susan Day. Drugą siwowłosa suka ze zdjęcia w gazecie, ta wyglądająca jak Maude. Obejmowały się ramionami i uśmiechały, zaglądając sobie w oczy, jak prawdziwe lesbijki.

Przy bocznej ścianie pokoju stały szafki na akta. Norman podszedł do nich, przyklęknął, sięgnął po szufladę oznaczoną D—E, a potem zamarł. Ona nie używała już nazwiska Daniels. Nie pamiętał, czy powiedział mu o tym Fernando, czy też sam dowiedział się o tym lub wyczuł, w każdym razie wiedział, że to prawda. Wróciła do panieńskiego nazwiska.

— Będziesz Rose Daniels aż do śmierci, ty cipo — warknął i sięgnął po szufladę oznaczoną literą M. Pociągnął. Nic. Zamknięta.

Problem, ale niezbyt poważny. W kuchni znajdzie coś do otwarcia. Odwrócił się, zamierzając tam pójść, a potem przystanął, kątem oka zauważając wiklinowy koszyk stojący na rogu biurka. Z rączki kosza zwisała karteczka. LEĆ, LIŚCIKU napisano na niej staroangielskim charakterem pisma. W koszyku był stosik listów — najwyraźniej do wysłania — a pod kopertą zaadresowaną do Lakeland Cable TV zobaczył wystające:

endon

renton Street

...endon?

McClendon?

Z szeroko otwartymi i roziskrzonymi oczami złapał kartkę, wywracając koszyk i rozsypując większość korespondencji na podłogę.

Tak, McClendon, na Boga — Rosie McClendon! I tuż pod spodem, wyraźnie napisany adres: 897 Trenton Street.

Na pół zagrzebany pod stertą ulotek zapraszających na piknik, leżał długi chromowany nóż do rozcinania listów. Norman chwycił go, otworzył list i machinalnie schował nóż do tylnej kieszeni spodni. Jednocześnie wyjął maskę i włożył ją na dłoń. Kartka papieru miała tłoczony nagłówek z napisem ANNA STEVENSON dużymi literami oraz Córki i Siostry nieco mniejszymi.

Norman obrzucił szybkim spojrzeniem ten sygnał *ego,* a potem zaczął przesuwać maskę nad listem, pozwalając, aby Fernando przeczytał go za niego. Pismo Anny Stevenson było duże i eleganckie — można by je uznać za aroganckie. Spocone palce Normana drżały i usiłowały zacisnąć się na głowie Fernanda, każąc masce krzywić się boleśnie i szyderczo w trakcie lektury.

Droga Rosie

Piszę do Ciebie te kilka słów pod nowy adres (wiem, jakie ważne mogą być te pierwsze listy!), chcąc powiedzieć Ci, jak bardzo się cieszę, że przybyłaś do Córek i Sióstr i z tego, że mogliśmy Ci pomóc. Pragnę Ci także powiedzieć, jak bardzo jestem zadowolona, że znalazłaś sobie pracę — mam wrażenie, że nie będziesz długo mieszkać na Trenton Street!

Każda kobieta przybywająca do Córek i Sióstr wzbogaca życie pozostałych — tych, które są z nią w czasie, kiedy wraca do zdrowia, a także tych, które przychodzą później, ponieważ każda pozostawia odrobinę swego doświadczenia, siły i nadziei. Ja mam nadzieję widywać Cię tu często, Rosie, nie tylko dlatego, że jeszcze nie w pełni odzyskałaś zdrowie i z wieloma uczuciami (głównie z gniewem, jak podejrzewam) musisz dopiero się uporać, ale dlatego, że Twoim obowiązkiem jest przekazać innym to, czego nauczyłaś się tutaj. Zapewne nie muszę mówić Ci o tym, ale...

Jakiś trzask, cichy, lecz wyraźny w panującej ciszy. A potem kolejny dźwięk: bip-bip-bip-bip.

Alarm przeciwwłamaniowy. Norman miał towarzystwo.

6

Anna nie zauważyła zielonego forda tempo zaparkowanego przy krawężniku półtora kwartału od budynku Córek i Sióstr. Była zatopiona w marzeniach, o jakich nigdy nikomu nie mówiła, nawet swojej psychoterapeutce. W marzeniach ratujących ją w taki okropny dzień jak ten. W tych marzeniach widziała się na okładce tygodnika „Time". To nie było zdjęcie, lecz obraz olejny, w żywych barwach ukazujący ją w ciemnoniebieskiej koszuli (w niebieskim było jej najlepiej, a koszula skrywała fakt, jak przygnębiająco poszerzyła się w talii w ciągu ostatnich dwóch czy trzech lat). Oglądała się przez lewe ramię, pokazując artyście swój lepszy profil, a włosy spływały jej jak śnieżna zaspa na prawe ramię. Seksowna śnieżna zaspa.

Podpis pod obrazem głosił po prostu: ZBAWCZYNI AMERYKI.

Skręciła na podjazd, niechętnie porzucając marzenia (właśnie doszła do miejsca, w którym pisarz stwierdzał: *Chociaż uratowała życie maltretowanym kobietom, a było ich przeszło tysiąc pięćset, Anna Stevenson pozostaje zdumiewająco, a nawet ujmująco, skromna...*). Wyłączyła silnik infiniti i przez chwilę po prostu siedziała w samochodzie, delikatnie masując sobie skórę pod oczami.

Peter Slowik, którego podczas rozwodu często nazywała Piotrem Wielkim lub Szalonym Marksistą Rasputinem, za życia był nieuleczalnym gadułą, a jego przyjaciele najwyraźniej postanowili wspominać go w taki sam sposób. Mówili bez końca, a każdy „kwiat wspomnień" (pomyślała, że z przyjemnością wystrzelałaby tych ulizanych dupków, którzy całymi dniami wymyślają takie lizusowskie określenia) wydawał się dłuższy od poprzedniego i około czwartej, kiedy w końcu zabrali się do jedzenia i wina — domowe i okropne, akurat takie, jakie wybrałby Peter, gdyby robił zakupy — Anna była pewna, że składane krzesło, na którym siedziała, odbiło się jej jak tatuaż na tyłku. Mimo to ani przez chwilę nie myślała o tym, żeby wyjść wcześniej — przed zjedzeniem maleńkiej kanapki i przełknięciem łyczka wina. Ludzie mogli patrzeć i oceniać jej zachowanie. W końcu była Anną Stevenson, ważną postacią w politycznych sferach miasta, tak więc po ceremonii musiała porozmawiać z pewnymi ludźmi. Z tymi, z którymi chciała być widziana, ponieważ tak już kręci się ten świat.

A na dodatek jej pager odezwał się trzykrotnie w ciągu czterdziestu pięciu minut. Całymi tygodniami spoczywał niemo w jej torebce, a tego popołudnia, w trakcie uroczystości, podczas której zapadały długie okresy ciszy przerywane przez ludzi najwyraźniej nie umiejących mówić inaczej jak łzawym szeptem, po prostu oszalał. Po trzecim razie miała dość obracających się ku niej głów i wyłączyła cholerstwo. Miała nadzieję, że żadna z uczestniczek pikniku nie zaczęła rodzić, że żaden dzieciak nie oberwał podkową w głowę, a najbardziej liczyła na to, że nie pojawił się mąż Rosie. Wątpiła, by to zrobił; był na to za sprytny. A zresztą, każdy dzwoniący pod numer jej pagera najpierw połączyłby się ze schroniskiem, więc pierwszym jej przystankiem będzie automatyczna sekretarka w gabinecie. Wysłucha nagranych komunikatów, siusiając. W przeważającej większości na nic więcej nie zasługiwały.

Wysiadła z samochodu, zamknęła go (nawet w takiej dobrej dzielnicy jak ta nigdy za wiele ostrożności) i weszła na schody ganku. Włożyła kartę i uciszyła bip-bip-bip systemu alarmowego, nawet o tym nie myśląc; słodkie strzępy marzeń (jedyna kobieta jej czasów uwielbiana i szanowana przez wszystkie odłamy coraz bardziej podzielonego ruchu wyzwolenia kobiet) wciąż wirowały jej w głowie.

— Halo! — przywitała dom, idąc holem.

Odpowiedziała jej cisza, tak jak oczekiwała... i prawdę mówiąc, na co liczyła. Przy odrobinie szczęścia może uda jej się spędzić dwie lub nawet trzy godziny w spokoju, zanim zaczną się wieczorne chichoty, plusk pryszniców, trzaskanie drzwiami i gwar rozmów. Weszła do kuchni zastanawiając się, czy długa przyjemna kąpiel, z calgonem i wszystkim, nie uprzyjemniłaby choć trochę tego dnia. Nagle stanęła, ze zmarszczonymi brwiami, patrząc na drzwi do gabinetu. Były otwarte na oścież.

— Do licha — mruknęła. — A niech to licho!

Jeżeli było coś, czego nie znosiła nade wszystko — może oprócz zbytniej poufałości — to naruszania jej prywatności. Nie zainstalowała zamka w drzwiach, gdyż nie sądziła, aby kiedykolwiek mogła być do tego zmuszona. W końcu to był jej dom; mieszkające tu dziewczyny i kobiety znalazły się tutaj dzięki jej szczodrości i poświęceniu. Nie potrzebowała zamka w drzwiach. Powinno im wystarczyć, że życzyła sobie, aby nie wchodziły tam bez zaproszenia.

Zazwyczaj tak było, ale od czasu do czasu któraś z kobiet dochodziła do wniosku, że naprawdę potrzebuje jakiegoś dokumentu albo że naprawdę potrzebna jest kserokopiarka Anny (ponieważ rozgrzewała się szybciej od tej w pokoju na dole) lub że naprawdę potrzebuje znaczka. Taka nieznośna osoba wchodziła, kręciła się po nie swoim pokoju, może gapiła się na rzeczy, na które nie powinna, zatruwała powietrze zapachem jakichś tanich perfum z drugstore'u...

Anna zastygła z dłonią na klamce, spoglądając w głąb ciemnego pomieszczenia, które w czasach jej dzieciństwa było spiżarnią. Lekko rozdęła nozdrza i zmarszczka na jej czole pogłębiła się. Rzeczywiście w powietrzu unosił się jakiś zapach, ale nie perfum. Przypominał jej Szalonego Marksistę. To był...

„Wszyscy moi mężczyźni używają English Leather albo nie używają niczego".

Jezu! Jezu Chryste!

Dostała gęsiej skórki. Była kobietą dumną ze swego trzeźwego spojrzenia na świat, lecz nagle bez trudu wyobraziła sobie, że w gabinecie czeka na nią duch Petera Slowika, cień równie bezcielesny jak zapach tej okropnej wody kolońskiej, której używał...

Jej oczy spoczęły na światełku w ciemności: automatyczna sekretarka. Czerwona lampka migotała jak szalona, jakby telefonowali dziś wszyscy mieszkańcy miasta.

Naturalnie coś się stało. Natychmiast zrozumiała co. To wyjaśniało także sygnały pagera... a ona, jak głupia, wyłączyła go, żeby ludzie przestali gapić się na nią. Coś się stało, zapewne na Ettinger's Pier. Ktoś został ranny. Albo, Boże broń...

Weszła do biura, szukając kontaktu przy drzwiach, a potem zamarła, zdziwiona tym, co odkryły jej palce. Przełącznik był wciśnięty, co oznaczało, że górne światło powinno być zapalone, tymczasem nie zapaliło się.

Anna dwukrotnie próbowała włączyć kontakt i zaczęła to robić po raz trzeci, kiedy czyjaś ręka złapała ją za prawe ramię.

Wrzasnęła; dźwięk wydobywający się z jej gardła był równie donośny i przeraźliwy jak wydawany przez jakąkolwiek bohaterkę filmu grozy, a gdy druga dłoń chwyciła ją za lewe przedramię i obróciła, na widok sylwetki stojącej w prostokącie światła padającego z kuchni Anna krzyknęła ponownie.

Stwór stojący za drzwiami i czekający na nią nie był człowiekiem. Z jego głowy sterczały rogi, wyraźnie nabrzmiałe jakimiś dziwnymi, rakowatymi naroślami. To był...

— *Viva ze bool* — powiedział matowy głos i Anna zrozumiała, że to jednak człowiek, mężczyzna w masce, lecz nie poczuła się ani odrobinę lepiej, ponieważ już się domyśliła, kim on jest.

Wyrwała mu się i cofnęła w stronę biurka. W dalszym ciągu czuła zapach wody English Leather, ale również i inne zapachy. Rozgrzanej gumy. Potu. I moczu. Czyżby jej? Czy zmoczyła się? Nie wiedziała. Straciła czucie w dolnej połowie ciała.

— Nie dotykaj mnie — powiedziała drżącym głosem, zupełnie niepodobnym do jej zwykłego, spokojnego i autorytatywnego tonu. Usiłowała wymacać za plecami przycisk alarmowy, by wezwać policję. Był tam gdzieś, ale zakopany pod stosami papierów. — Nie waż się mnie dotknąć, ostrzegam cię.

— *Anna-Anna-bo-Banna, banana-fanna-fo-Fanna* — mamrotał stwór w rogatej masce, tonem głębokiego namysłu, a potem zamknął za sobą drzwi. Pogrążyli się w kompletnych ciemnościach.

— Trzymaj się z daleka — ostrzegła, przesuwając się wzdłuż biurka. Jeśli zdoła dostać się do łazienki, zamknąć drzwi...

— *Fee-fi-mo-Manna...*

Z lewej strony. Blisko. Skoczyła w prawo, ale za późno. Pochwyciły ją silne ramiona. Próbowała znów krzyknąć, lecz ścisnął ją mocno, pozbawiając tchu.

Gdybym była Misery Chastain, mogłabym... — pomyślała i poczuła na szyi zęby Normana, który dobierał się do niej jak napalony dzieciak w samochodzie zaparkowanym w Alei Kochanków. Potem jego zęby wbiły się w jej szyję i coś ciepłego trysnęło, oblewając ją całą i w ogóle przestała myśleć.

7

Zanim zadano ostatnie pytania i podpisano ostatnie formularze, było już ciemno. Rosie wirowało w głowie i czuła się trochę dziwnie, jak po całodniowych testach w szkole średniej.

Gustafson odszedł włączyć do akt swoje raporty, niosąc je przed sobą jak Świętego Graala, a Rosie wstała z fotela. Zaczęła iść w kierunku Billa, który także podniósł się z krzesła. Gert poszła poszukać toalety.

— Pani McClendon? — u jej boku pojawił się Hale.

Znużenie Rosie ustąpiło miejsca nagłemu, okropnemu przeczuciu. Byli tylko we dwoje; Bill stał za daleko, żeby usłyszeć to, co powie jej Hale, który zacznie mówić do niej ściszonym, poufnym tonem. Powie jej, żeby natychmiast dała spokój i przestała opowiadać te głupoty o mężu, jeśli wie, co dla niej dobre. I że ma od tej pory nie wygadywać bzdur o glinach, chyba że jeden z nich albo zada jej pytanie, albo rozepnie rozporek. Przypomni jej, że to sprawa rodzinna, a takie...

— Zamierzam go wsadzić — powiedział spokojnie Hale. — Nie wiem, czy zdołam panią przekonać, a jednak chcę, żeby pani usłyszała, jak to mówię. Zamierzam go wsadzić. To obietnica.

Patrzyła na niego z otwartymi ustami.

— Mam zamiar to zrobić, ponieważ on jest mordercą, szaleńcem i niebezpiecznym przestępcą. Zamierzam to zrobić również dlatego, że nie podoba mi się sposób, w jaki rozgląda się pani po tym pokoju i podskakuje za każdym razem, kiedy gdzieś trzasną drzwi. Ani to, jak kuli się pani za każdym razem, gdy poruszę ręką.

— Ja nie...

— Ależ tak. Nie może pani nad tym zapanować. Ale nic nie szkodzi, ponieważ ja wiem, dlaczego pani tak się zachowuje. Gdybym był kobietą i przeszedł przez to, co pani... — Umilkł i spojrzał na nią z zakłopotaniem. — Czy przyszło pani kiedyś do głowy, jakie ma pani niebywałe, cholerne szczęście, pozostając przy życiu?

— Tak — odparła Rosie. Trzęsły się jej nogi. Bill stał przy wyjściu, patrząc na nią, wyraźnie zatroskany. Zmusiła się do uśmiechu i pokazała mu jeden palec — jeszcze minutkę.

— Bo tak jest — rzekł Hale. Rozejrzał się po komisariacie, a Rosie poszła w jego ślady. Przy jednym biurku policjant notował dane zapłakanego nastolatka w kurtce z emblematem jakiejś szkoły. Przy drugim, tym pod oknami zakratowanymi od podłogi do sufitu, gliniarz w mundurze i detektyw bez marynarki, któremu widać było przypięty do pasa police special .38, oglądali razem kupkę zdjęć. Przy rzędzie terminali komputerowych po drugiej stronie pokoju Gustafson omawiał swoje raporty z młodym technikiem, który wyglądał najwyżej na szesnaście lat.

— Wiele pani wie o policjantach — dodał Hale — ale większość z tego to nieprawda.

Nie miała pojęcia, co na to powiedzieć, lecz najwyraźniej to było w porządku — nie oczekiwał odpowiedzi.

— Chce pani usłyszeć, jaki jest najważniejszy powód tego, że zamierzam go przymknąć, pani McClendon? Numer jeden na liście starych przebojów?

Kiwnęła głową.

— Zamknę go, ponieważ jest policjantem. W dodatku bohaterskim policjantem. Kiedy następnym razem jego twarz pojawi się na pierwszej stronie gazety w jego mieście, będzie martwym Normanem Danielsem albo w kajdanach i więziennym ubranku.

— Dziękuję, że mi pan to powiedział — rzekła Rosie. — To dla mnie wiele znaczy.

Zaprowadził ją do Billa, który podniósł barierkę i objął Rosie. Przytuliła się do niego, zamykając oczy.

— Pani McClendon? — zapytał Hale.

Otworzyła oczy, zobaczyła wracającą do pokoju Gert i pomachała jej ręką. Potem spojrzała na Hale'a, nieśmiało, ale bez obawy.

— Może mi pan mówić Rosie, jeśli pan chce.

Uśmiechnął się do niej.

— Czy chce pani usłyszeć coś, co może usprawiedliwić pani pierwszą daleką od entuzjazmu reakcję na nasze pytania?

— Ja... chyba tak.

— Może ja zgadnę — powiedział Bill. — Macie problemy z policją w rodzinnym mieście Rosie.

Hale skrzywił się.

— Istotnie. Nie chcieli nam przesłać charakterystyki grupy krwi Danielsa ani jego odcisków palców. Już mamy na karku policyjnych prawników. Gliny prawnicy!

— Bronią go — przeraziła się Rosie. — Wiedziałam, że tak będzie.

— Na razie. To instynkt, taki sam jak ten, który każe nam rzucić wszystko, żeby ścigać zabójcę, gdy zostaje zastrzelony policjant. Oni przestaną rzucać piasek w tryby, gdy w końcu zrozumieją, że to nie żarty.

— Naprawdę pan w to wierzy? — spytała Gert.

Zastanowił się, a potem skinął głową.

— Tak.

— Czy zapewnicie Rosie ochronę do czasu zakończenia tej sprawy? — zapytał Bill.

Hale ponownie kiwnął głową.

— Przed twoim mieszkaniem na Trenton Street już stoi wóz patrolowy, Rosie.

Powiodła spojrzeniem po Gert i Billu, znów zaniepokojona i przestraszona. Co chwila spadały na nią nowe ciosy związane z tą sytuacją. Już miała wrażenie, że zaczyna się opanowywać, gdy obrywała ponownie, z zupełnie nieoczekiwanej strony.

— Po co? Dlaczego? Przecież on nie wie, gdzie mieszkam, nie może tego wiedzieć! To dlatego przyszedł na piknik, gdyż myślał, że ja tam będę. Cynthia nie podała mu adresu, prawda?

— Mówi, że nie.

Hale położył nacisk na pierwsze słowo, lecz tak lekki, że Rosie nie zwróciła na to uwagi. Gert i Bill zrozumieli go i wymienili spojrzenia.

— No właśnie! I Gert też mu nie powiedziała! Prawda, Gert?

— Nie, proszę pana — odparła Gert.

— No cóż, pragnę mieć pewność i niech tak zostanie. Mam ludzi przed domem i wozy wsparcia, co najmniej dwa, w pobliżu. Nie chcę znów pani przestraszyć, ale świr znający policyjną robotę to szczególny rodzaj świra. Lepiej nie ryzykować.

— Skoro tak pan uważa — prawie wyszeptała Rosie.

— Pani Kinshaw, przyślę kogoś, żeby odwiózł panią, dokąd pani chce...

— Na Ettinger's Pier — odparła Gert i wygładziła podomkę. — Zamierzam wystąpić w pokazie mody podczas koncertu.

Hale zaśmiał się, a potem wyciągnął rękę do Billa.

— Panie Steiner, miło mi było pana poznać.

Bill potrząsnął nią.

— Mnie również. Dzięki za wszystko.

— To moja praca. — Hale zerknął na Gert i Rosie. — Dobranoc, dziewczyny. — Ponownie spojrzał na Gert i jego twarz opromienił uśmiech, który w mgnieniu oka ujął mu piętnaście lat. — Wspaniały rzut — powiedział i roześmiał się. Po krótkim namyśle Gert uśmiechnęła się również.

8

Na schodach przed budynkiem Bill, Gert i Rosie przytulili się do siebie. Powietrze było wilgotne, a znad jeziora napływała mgła. Była jeszcze rzadka, zaledwie lekki nimb wokół latarni i dym snujący się tuż nad mokrym trotuarem, lecz Rosie odgadła, że za godzinę będzie tak gęsta, iż niemal da się ją kroić nożem.

— Chcesz dziś przyjść do Córek i Sióstr, Rosie? — zapytała

Gert. — Za parę godzin wrócą z koncertu; moglibyśmy posiedzieć razem przy popcornie.

Rosie, która zdecydowanie nie miała ochoty wracać do schroniska, zwróciła się do Billa.

— Jeśli pojadę do domu, zostaniesz ze mną?

— Pewnie — odparł bez namysłu i wziął ją za rękę. — Z przyjemnością. I nie martw się, gdzie mnie położysz, jeszcze nie widziałem kanapy, na której nie mógłbym spać.

— Bo nie widziałeś mojej — powiedziała, wiedząc, że wielkość jej sofy nie ma znaczenia, gdyż Bill nie będzie na niej spał. Jej łóżko było wąskie, co oznaczało, że będzie ciasno, lecz na pewno się zmieszczą. Taki bliski kontakt może nawet okazać się przyjemny.

— Jeszcze raz dziękuję, Gert — rzekła.

— Nie ma sprawy. — Gert uścisnęła ją szybko i mocno, a potem pochyliła się i cmoknęła Billa w policzek. Zza rogu wyjechał radiowóz i zatrzymał się opodal. — Uważaj na nią, facet — zwróciła się do Billa.

— Będę.

Gert ruszyła w kierunku samochodu, a potem przystanęła i wskazała na Billowego harleya, stojącego na parkingu służbowym.

— I nie wywal się w tej cholernej mgle.

— Będę uważał, mamusiu, obiecuję.

Żartobliwie pogroziła mu wielką pięścią, a Bill wysunął szczękę i przymknął oczy z cierpiętniczym wyrazem twarzy. Na ten widok Rosie wybuchnęła śmiechem. Nigdy nie myślała, że będzie śmiać się na schodach komisariatu, ale w tym roku wydarzyło się mnóstwo rzeczy, których nigdy nie oczekiwała.

Mnóstwo.

9

Mimo wszystko Rosie cieszyła się jazdą z powrotem na Trenton Street niemal tak bardzo, jak poranną wycieczką za miasto. Tuliła się do Billa, gdy śmigali po nawierzchni ulic, a wielki harley-davidson gładko przecinał gęstniejącą mgłę. Ostatnie trzy kwartały przejechali jak we śnie, w którym wszystko spowija wata. Reflektor harleya zmienił się w jasny cylinder mgły, widoczny w powietrzu jak smuga światła przechodząca przez zadymiony pokój. Kiedy Bill w końcu skręcił w Trenton Street, budynki były już ledwie widoczne, a Bryant Park zniknął we mgle.

Radiowóz zapowiadany przez Hale'a stał zaparkowany przed bramą numer 897. Na jego boku widniał napis SŁUŻYĆ I CHRONIĆ. Przed samochodem było wolne miejsce. Bill wjechał na nie motorem, kopnięciem przestawił bieg na jałowy i wyłączył silnik.

— Drżysz — powiedział, pomagając Rosie zsiąść.

Kiwnęła głową i stwierdziła, że musi powstrzymywać szczękanie zębami, kiedy mówi.

— To raczej z wilgoci niż z zimna.

A jednak mówiąc to, chyba wiedziała, że nie to było powodem; gdzieś w głębi duszy przeczuwała, że coś jest nie tak.

— No cóż, znajdźmy ci coś suchego i ciepłego.

Schował kaski, wyjął kluczyk ze stacyjki i włożył go do kieszeni.

— To brzmi jak pomysł stulecia.

Wziął ją za rękę i poszli chodnikiem ku schodom prowadzącym do budynku. Kiedy mijali radiowóz, Bill podniósł rękę, pozdrawiając policjanta za kierownicą. Ten odpowiedział leniwym gestem wystawionej przez okienko ręki; w blasku latarni błysnął sygnet na palcu. Jego partner najwidoczniej spał.

Rosie otworzyła torebkę, wyjęła klucz do frontowych drzwi zamkniętych o tak późnej porze, po czym obróciła go w zamku. Ledwie zdawała sobie sprawę z tego, co robi; dobre samopoczucie zniknęło i znów wpadła w przerażenie — jak jakiś ogromny kawał żelastwa, rozwalający kolejne sufity starego budynku, ciężar mający spaść aż do piwnicy. Nagle zakłuło ją w brzuchu, rozbolała głowa i Rosie nie wiedziała dlaczego.

Zobaczyła coś i była tak zajęta próbą przypomnienia sobie, co to było, że nie usłyszała, jak drzwi radiowozu otworzyły się i zamknęły ze stłumionym trzaskiem. Nie dosłyszała też cichego skrzypienia kroków na chodniku za ich plecami.

— Rosie?

Głos Billa, dochodzący z ciemności. Byli już w przedsionku, gdzie ledwie dostrzegała portret jakiegoś starucha (pomyślała, że to pewnie Calvin Coolidge) wiszący na ścianie po prawej i kościsty kształt wieszaka na płaszcze, z mosiężnymi nogami i gąszczem mosiężnych haczyków, stojącego przy schodach. Dlaczego tutaj jest tak cholernie ciemno?

Oczywiście dlatego, że nie paliło się górne światło, to proste. Lecz dręczyło ją trudniejsze pytanie: dlaczego glina na siedzeniu pasażera spał w takiej niewygodnej pozycji, z brodą opartą na piersi i czapką nasuniętą na oczy, tak że wyglądał jak gangster z filmu z lat trzydziestych? A skoro o tym mowa, to dlaczego w ogóle spał, jeżeli w każdej chwili mógł pojawić się podejrzany? Hale byłby zły, gdyby o tym wiedział — pomyślała nagle. — Porozmawiałby sobie z tym mundurowym. Porozmawiałby z nim w cztery oczy.

— Rosie? Co się dzieje?

Kroki za nimi wyraźnie przyśpieszyły.

Przywołała na pamięć ostatnie minuty, jakby cofała taśmę w magnetowidzie. Zobaczyła Billa machającego ręką do policjanta za kierownicą radiowozu, mówiącego bezgłośnie cześć, miło cię widzieć. Zobaczyła, jak glina unosi rękę w odpowiedzi; ujrzała błysk sygnetu w świetle latarni. Nie była dostatecznie blisko, żeby odczytać słowa, ale natychmiast się domyśliła, jak brzmiały. Wiele razy widziała je odciśnięte na swoim ciele, jak pieczęć weterynarza na kawałku mięsa.

Służba, Wierność, Społeczeństwo.

Kroki dudniły niecierpliwie na schodach za ich plecami. Drzwi zamknęły się z trzaskiem. Ktoś cicho i szybko dyszał w ciemności i Rosie poczuła zapach wody English Leather.

10

Umysł Normana uleciał gdzieś kolejny raz, gdy ten stał nagi do pasa przy zlewie w kuchni Córek i Sióstr, zmywając świeżą krew z twarzy i piersi. Słońce wisiało nisko nad horyzontem, świecąc mu pomarańczowym blaskiem w oczy, kiedy uniósł głowę i sięgnął po ręcznik. Dotknął go, a wtedy, bez żadnej przerwy, w mgnieniu oka znalazł się na zewnątrz i było ciemno. Znów miał na głowie czapeczkę White Sox. Ponadto był w prochowcu. Bóg wie, skąd go wziął, ale płaszcz był bardzo na czasie, gdyż miasto spowiła szybko gęstniejąca mgła. Przeciągnął ręką po kosztownym, wodoszczelnym materiale prochowca, miłym w dotyku. Elegancki. Ponownie usiłował przypomnieć sobie, skąd go wziął, ale nie mógł. Czy zabił jeszcze kogoś? Być może, moi drodzy, być może; wszystko jest możliwe, kiedy człowiek ma wakacje.

Spojrzał na Trenton Street i zobaczył radiowóz — określany w okręgu Normana kryptonimem Charlie-David — zaparkowany mniej więcej w połowie drogi do następnego skrzyżowania; aż po osie tonął we mgle. Sięgnął do lewej kieszeni płaszcza — naprawdę ładnego płaszcza, ktoś miał dobry gust — i dotknął czegoś gumowego i zmiętego. Uśmiechnął się z zadowoleniem, jak człowiek ściskający dłoń starego przyjaciela.

— *Ze bool* — szepnął. — *El toro grande.*

Sięgnął do drugiej kieszeni, nie mając pojęcia, co tam znajdzie, wiedząc jedynie, że ma tam coś, czego będzie potrzebował.

Ukłuł się w czubek środkowego palca, skrzywił się i ostrożnie wyjął ten przedmiot. To był chromowany nóż do rozcinania listów z biurka Maude.

Ależ ona wrzeszczała — pomyślał, obracając w dłoniach nóż, pozwalając, by światło latarni spływało po ostrzu jak biała ciecz. Tak, wrzeszczała... ale nagle przestała. W końcu panienki zawsze przestawały krzyczeć — co za ulga.

Tymczasem miał do rozwiązania poważny problem. W zaparkowanym samochodzie będzie dwóch... tak dwóch policjantów uzbrojonych w rewolwery, podczas gdy on ma tylko ten chromowany nóż do listów. Musi ich załatwić jak najciszej. Duży problem i nie miał zielonego pojęcia, jak go rozwiązać.

— Norm — cichutko odezwał się głos. Dochodził z jego lewej kieszeni.

Sięgnął do niej i wyjął maskę. Jej puste oczodoły spojrzały na niego uważnie, a uśmiech znów wyglądał jak szyderczy grymas. W tym świetle girlandy zdobiące rogi wydawały się skrzepami krwi.

— Co? — zapytał Norman cichym, konspiracyjnym szeptem. — O co chodzi?

— Dostań ataku serca — powiedział *ze bool* i Norman usłuchał go. Powlókł się chodnikiem w kierunku radiowozu, idąc coraz wolniej, w miarę jak zbliżał się doń. Szedł ze spuszczoną głową, zerkając spod oka na wóz. Do tej pory musieli go już zauważyć, nawet gdyby niedowidzieli — musieli, gdyż był tu jedynym poruszającym się obiektem — i chciał, żeby zobaczyli mężczyznę patrzącego pod nogi, z trudem stawiającego każdy krok. Człowieka pijanego albo ciężko chorego.

Prawą rękę trzymał za pazuchą płaszcza, masując lewą stronę

klatki piersiowej. Czuł, jak ostrze noża do papieru, który trzymał w tej ręce, lekko zahacza o koszulę. Zbliżając się do obiektu zachwiał się — z trudem łapiąc równowagę — i stanął. Stał ze spuszczoną głową, powoli odliczając do pięciu, nie pozwalając ciału kołysać się bardziej niż na pół centymetra w żadną stronę. Do tej pory pierwsze założenie policjantów — że to Pan Naprany powoli wracający do domu po kilku godzinach spędzonych w knajpie Kropla Rosy — powinno ustąpić miejsca innym możliwościom. Lecz chciał, żeby podeszli do niego. On zbliży się do radiowozu, jeżeli nie będzie innego wyjścia, ale wtedy pewnie go załatwią.

Zrobił jeszcze trzy kroki, nie w kierunku samochodu, lecz w stronę najbliższej barierki. Złapał zimne, wilgotne od mgły żelazo i stał dysząc, pochylony, mając nadzieję, że wygląda jak facet mający atak serca, a nie nóż do listów w kieszeni.

Kiedy już zaczynał podejrzewać, że popełnił poważny błąd, drzwi radiowozu otworzyły się. Raczej usłyszał to, niż zobaczył, a potem zarejestrował jeszcze przyjemniejszy dźwięk: odgłos zbliżających się kroków. Jezusicku, Rocky, to gliny! — pomyślał, a potem zaryzykował szybkie spojrzenie. Musiał je zaryzykować, musiał wiedzieć, jak daleko stoją od siebie. Gdyby nie byli dostatecznie blisko, musiałby udawać utratę przytomności... z czym wiązało się poważne niebezpieczeństwo. W takim wypadku jeden z nich prawdopodobnie pobiegłby z powrotem do samochodu, żeby wezwać ambulans.

Byli typowym zespołem Charlie-David: jeden weteran, a drugi młody i zielony. Nowicjusz wydał się Normanowi dziwnie znajomy, jakby widział go już w TV. Jednak to bez znaczenia. Byli blisko siebie, niemal ramię w ramię, i tylko to miało znaczenie. To bardzo miło z ich strony. Sympatycznie.

— Proszę pana — odezwał się ten z lewej, starszy z nich. — Czy ma pan jakiś problem?

— Boli jak cholera — syknął Norman.

— Co boli?

Wciąż ten starszy. To był kluczowy moment, jeszcze nie decydujący, ale prawie. Straszy gliniarz mógł w każdej chwili kazać partnerowi wezwać pogotowie, a wtedy Norman byłby ugotowany, lecz jeszcze nie wolno mu zaatakować, gdyż stali za daleko.

W tym momencie poczuł się dawnym Normanem bardziej niż kiedykolwiek od początku tej wyprawy: zimnym, spokojnym i całkowicie na miejscu, świadomym wszystkiego, od kropli mgły na żelaznej poręczy po brudnoszare gołębie pióro leżące w rynsztoku obok pomiętej torebki po chipsach. Słyszał ciche, miarowe oddechy gliniarzy.

— To tutaj — jęknął, masując pierś prawą dłonią, ukrytą pod klapą płaszcza. Ostrze noża przecięło koszulę i przebiło skórę, ale ledwie to poczuł. — Jakby atak woreczka żółciowego, tyle że w piersi.

— Może lepiej wezwę karetkę — powiedział młodszy policjant i nagle Norman zrozumiał, kogo przypomina mu ten młodziak: Jerry'ego Matthersa, chłopaka, który grał Beavera w serialu *Leave it to Beaver*. Oglądał wszystkie odcinki w powtórkach na kanale jedenastym, niektóre z nich pięć lub sześć razy.

Za to starszy glina wcale nie był podobny do brata Beava, Wally'ego.

— Czekaj chwilę — powstrzymał kolegę ten starszy, niespodziewanie stwarzając sytuację dogodną dla Normana. — Niech go obejrzę. Byłem sanitariuszem w wojsku.

— Płaszcz... guziki... — mamrotał Norman, kątem oka obserwując Beava.

Starszy policjant zrobił jeszcze krok naprzód. Stał teraz tuż przed Normanem. Młodszy również przysunął się o krok. Starszy glina rozpiął górny guzik nowego prochowca Normana. Potem drugi. Kiedy rozpiął trzeci, Norman wyjął nóż do listów i wbił mu go w gardło. Krew trysnęła strumieniem, zalewając niebieski mundur. W blasku latarni wyglądała jak sos do steków.

Beav nie stanowił żadnego problemu. Stał, sparaliżowany przerażeniem, gdy jego partner uniósł ręce, niepewnie dotykając rękojeści noża. Wyglądał jak człowiek usiłujący oderwać jakąś egzotyczną pijawkę.

— Ble! — wykrztusił. — Grr! Ble!

Beav odwrócił się do Normana. Zaszokowany, zdawał się zupełnie nie pojmować, że Norman ma coś wspólnego z tym, co spotkało jego partnera, i to wcale nie zdziwiło Normana. Widywał już taką reakcję. Zaszokowany i zdumiony policjant wyglądał teraz jak dziesięciolatek, już nie tylko podobny do Beava, lecz wręcz jego sobowtór.

— Coś stało się Alowi! — powiedział. Norman wiedział jeszcze coś o tym młodym człowieku, który zaraz miał dostać się na listę poległych funkcjonariuszy: on sądził, że krzyczy naprawdę, a tymczasem z jego ust wydobywał się zaledwie ochrypły szept: — Coś stało się Alowi!

— Wiem — odparł Norman i uderzył go hakiem w podbródek. To ryzykowny cios, jeśli przeciwnik jest niebezpieczny, ale Beav był teraz w takim stanie, że poradziłby sobie z nim nawet szóstoklasista. Cios sięgnął celu, rzucając młodego policjanta na żelazną poręcz, którą Norman ściskał niecałe trzydzieści sekund wcześniej. Beav nie stracił przytomności, na co liczył Norman, ale oczy zmętniały mu i zamgliły się; z jego strony nic Normanowi nie groziło. Czapka spadła mu z głowy. Włosy miał krótkie, ale nie tak krótkie, żeby nie można za nie chwycić. Norman złapał go za włosy i mocno szarpnął w dół, jednocześnie unosząc kolano. Rozległ się stłumiony, okropny dźwięk, jakby ktoś uderzył łopatą w worek z porcelaną.

Beav runął jak ołowiana sztaba. Norman obejrzał się na jego partnera i stwierdził niewiarygodną rzecz: drugi policjant zniknął.

Norman okręcił się na pięcie i zobaczył go. Bardzo wolno szedł chodnikiem, z wyciągniętymi rękami, jak zombie z filmowego horroru. Norman rozejrzał się na wszystkie strony, szukając świadków tej komedii. Nie dostrzegł żadnego. Z parku dolatywały krzyki i przekleństwa, ale to tylko nastolatki bawiły się w podszczypywanie panienek pod osłoną mgły. Miał niebywałe szczęście. Jeśli dopisze mu jeszcze przez następne czterdzieści pięć sekund, najwyżej minutę, wszystko będzie dobrze.

Pobiegł za starszym policjantem, który teraz przystanął i znów próbował wyrwać z rany nóż Anny Stevenson. Zdołał przejść jakieś dwadzieścia pięć metrów.

— Panie władzo! — odezwał się Norman cichym, stanowczym głosem i złapał policjanta za łokieć.

Mundurowy odwrócił się chwiejnie. Oczy miał szkliste i wychodzące z orbit, oczy czegoś, co powinno wisieć na ścianie w domku myśliwskim — pomyślał Norman. Jego mundur był przesiąknięty krwią od kołnierza do kolan. Norman nie miał pojęcia, jak mógł utrzymać się przy życiu, nie mówiąc już o zachowaniu przytomności. Chyba na Środkowym Zachodzie robią twardszych gliniarzy — pomyślał.

— Wzz! — rzekł ponaglająco policjant. — Wzz! Pho! Mmc!

Jego głos był niewyraźny i zduszony, ale ciągle zdumiewająco silny. Norman nawet rozumiał, co ten facet mówił. Popełnił poważny błąd, godny nowicjusza, a mimo to Norman uznał, że byłby dumny, mogąc z nim służyć. Kiedy próbował coś powiedzieć, stercząca mu z gardła rękojeść noża podskakiwała w górę i w dół, w sposób przypominający Normanowi ruchy byczej maski, gdy manipulował od wewnątrz jej wargami.

— Tak, wezwę pomoc — powiedział Norman łagodnym, przekonującym tonem. Chwycił jedną ręką nadgarstek policjanta. — A teraz wracajmy do wozu. Chodźmy. Tędy, panie władzo!

Zwróciłby się do niego po nazwisku, ale nie znał go; naszywka na koszuli munduru była zalana krwią. Przecież nie mógł zwrócić się do niego *per* Al. Znów lekko pociągnął go za rękę i tym razem udało mu się go ruszyć.

Poprowadził chwiejącego się, krwawiącego gliniarza z nożem w gardle do radiowozu, spodziewając się, że lada chwila ktoś wyłoni się z gęstniejącej mgły — mężczyzna, który wyszedł po piwo, kobieta wracająca z kina, para dzieciaków w powrotnej drodze z randki (może, Boże chroń króla, w wesołym miasteczku na Ettinger's Pier) — a w takim wypadku musiałby znów zabijać. Widocznie jeśli zaczęło się zabijać, nie można przestać; pierwsze zabójstwo pociągało za sobą następne, jak kręgi na wodzie.

A jednak nikt nie nadszedł. Tylko bezcielesne głosy nadlatywały z głębi parku. To cud, naprawdę, że ten policjant wciąż trzymał się na nogach, chociaż krwawił jak świnia i zostawiał za sobą strumień krwi tak szeroki i gęsty, że miejscami tworzył kałuże. W przymglonym blasku latarni te kałuże lśniły jak plamy oleju.

Norman przystanął, żeby podnieść czapkę Beava, a kiedy mijali otwarte okienko radiowozu, szybko pochylił się, rzucił ją na siedzenie i wyciągnął ze stacyjki kluczyki. Na kółku było ich sporo, tak dużo, że nie opierały się płasko o siebie, ale sterczały jak promyki słońca na dziecinnym rysunku, lecz Norman bez trudu znalazł ten, który otwierał bagażnik.

— Chodźmy — szepnął uspokajająco. — Chodźmy jeszcze kawałek i wezwiemy pomoc.

Spodziewał się, że policjant upadnie, ale ten nie zamierzał. Przestał tylko szarpać za rękojeść noża.

— Uwaga na krawężnik, panie władzo, bo będzie bach.

Policjant zszedł z krawężnika. Kiedy stanął czarnym butem

w rynsztoku, brzegi rany wokół ostrza rozchyliły się jak rybie skrzela i więcej krwi trysnęło mu na kołnierz koszuli.

Teraz jestem również zabójcą policjanta — pomyślał Norman. Spodziewał się, że ta myśl go załamie, ale nie. Może dlatego, że w głębi duszy wiedział, iż to nie on zabił tego dobrego, twardego policjanta, tylko ktoś inny. Coś. Prawdopodobnie byk. Im dłużej Norman o tym myślał, tym bardziej podobał mu się ten pomysł.

— Stać, panie władzo, jesteśmy na miejscu.

Policjant stanął tam, gdzie był — z tyłu samochodu. Norman otworzył kluczem bagażnik. Zobaczył zapasową oponę (łysą jak pupcia niemowlęcia), podnośnik, dwie kamizelki — kapoki, niekuloodporne, parę butów, zatłuszczony egzemplarz „Penthouse'a", komplet kluczy, wybebeszoną policyjną radiostację. Innymi słowy, prawie pełny bagażnik, podobnie jak we wszystkich radiowozach, które widział. I również podobnie jak w każdym radiowozie było w nim miejsce na jeszcze jedną rzecz. Odsunął radio w jedną, a komplet kluczy w drugą stronę, podczas gdy partner Beava stał, chwiejąc się obok niego, teraz w głuchym milczeniu, z oczami wbitymi w dal, jakby dostrzegł już miejsce, skąd rozpocznie nową podróż. Norman wepchnął podnośnik za oponę, a potem przeniósł wzrok z pustej przestrzeni na osobę, dla której ją zrobił.

— W porządku — rzekł. — Dobrze. Pożyczę sobie pańską czapkę, dobra?

Policjant nic nie odpowiedział, tylko chwiał się na nogach, ale matka Normana, ten chytry babsztyl, lubiła mówić, że „Milczenie oznacza zgodę" i Norman uznał to za niezłe motto, na pewno lepsze od ulubionego stwierdzenia ojca, którym było: „Jeśli są dość duże, by lać, mogą mi już dać". Norman zdjął policjantowi czapkę i włożył ją na swój łysy łeb. Czapeczka baseballowa wylądowała w bagażniku.

— Kch — powiedział glina, wyciągając do Normana zakrwawioną rękę. Jego oczy nie poruszyły się; były zupełnie nieobecne.

— Tak, wiem, krew. To ten przeklęty byk — rzekł Norman i wepchnął policjanta do bagażnika. Legł tam bezwładnie; wystawała mu tylko jedna, drgająca noga. Norman zgiął ją w kolanie, wcisnął do środka i zamknął bagażnik. Potem wrócił do nowicjusza. Ten próbował wstać, chociaż oczy miał jeszcze nieprzytomne. Krwawił z uszu. Norman przyklęknął, chwycił młodego policjanta za gardło i zaczął ściskać. Glina upadł na plecy. Norman usiadł na nim i dusił dalej. Kiedy Beav znieruchomiał, Norman przyłożył ucho do piersi młodego mężczyzny. Usłyszał trzy uderzenia serca, słabe i nierytmiczne, jak trzepotanie ryby na brzegu rzeki. Norman westchnął i znów zacisnął dłonie na gardle Beava, naciskając kciukami grdykę. Teraz ktoś nadejdzie — pomyślał — teraz na pewno ktoś nadejdzie, ale nikt się nie zjawił. Z białej mgły Bryant Parku nadleciał krzyk: „Ty pierdolcu!" i przeraźliwy śmiech, do jakiego są zdolni tylko młodzi pijacy i opóźnieni w rozwoju, lecz to wszystko. Norman ponownie przyłożył ucho do piersi policjanta. Ten facet był dekoracją i Norman nie chciał, żeby dekoracja ożyła w najważniejszej chwili.

Tym razem usłyszał tylko cykanie zegarka Beava.

Norman podniósł ofiarę, zawlókł ją do radiowozu i posadził na przednim siedzeniu. Wcisnął nowicjuszowi czapkę na oczy najniżej jak mógł — czarna i opuchnięta twarz chłopaka przypominała teraz oblicze trolla — i zatrzasnął drzwi. Bolała go każda część ciała, ale najbardziej zęby i szczęki.

Maude — pomyślał. — To wszystko przez Maude.

Nagle był bardzo zadowolony, że nie pamięta, co robił z Maude... albo co robił jej. I oczywiście to wcale nie był on; to *ze bool, el toro grande*. Lecz, dobry Boże, jak to boli. Jakby rozbierano go od środka na części, śrubka po śrubce, tryb po trybie.

Beav powoli osuwał się z fotela; martwe oczy bielały jak kule bilardowe w poczerniałej twarzy.

— Nigdzie nie pójdziesz, Nellie — rzekł Norman i znów posadził go prosto. Sięgnął dalej i zapiął pas Beava. Udało się. Norman cofnął się i obrzucił go krytycznym spojrzeniem. Ogólnie rzecz biorąc, spisał się całkiem nieźle. Beav wyglądał, jakby uciął sobie krótką drzemkę.

Norman ponownie nachylił się do okna, starając się nie poruszyć Beava, po czym włożył rękę do schowka na rękawiczki. Miał nadzieję znaleźć tam apteczkę i nie rozczarował się. Zdjął pokrywkę, wyjął zakurzony słoiczek aspiryny i wziął pięć lub sześć tabletek. Opierał się o bok samochodu, żując je i krzywiąc się na ich ostry, octowy smak, kiedy jego umysł znowu miał odlot.

Doszedł do siebie po pewnym czasie, prawdopodobnie niezbyt długim; w ustach i w gardle czuł gorzki smak lekarstwa. Stał w przedsionku budynku, włączając i wyłączając światło. Nie zapalało się; małe pomieszczenie pozostało ciemne. A więc zrobił coś z żarówką. To dobrze. W drugiej ręce miał rewolwer jednego z policjantów. Trzymał go za lufę i podejrzewał, że właśnie rozbił coś kolbą. Może bezpieczniki? Czyżby schodził do piwnicy? Może, jednak to bez znaczenia. Wystarczy, że światło się nie paliło.

To był dom z pokojami umeblowanymi — ładny, ale nic więcej. Trudno było pomylić ten zapach tanich potraw, takich jakie zawsze gotuje się na kuchence elektrycznej. Ta woń po pewnym czasie wsiąka w ściany i nic nie zdoła jej zatrzeć. Za dwa lub trzy tygodnie temu zapachowi będą towarzyszyć charakterystyczne letnie odgłosy pokojów do wynajęcia: cichy, jednostajny szum wentylatorów ustawionych przy oknach, usiłujących ochłodzić pomieszczenia, które w sierpniu zmienią się w rozgrzane piekarniki. Ona zamieniła swój śliczny mały domek na taką ciasną norę... cóż, nie miał teraz czasu zastanawiać się nad tą zagadką. Pytanie, ilu mieszkańców liczył ten budynek i ilu z nich było w domu w sobotę wieczorem. Innymi słowy, czy ktoś mógł mu sprawić jakieś kłopoty?

— Nikt — odpowiedział głos z kieszeni płaszcza. Kojący. — Nikt, ponieważ to, co nastąpi później, nie ma znaczenia — a to wszystko upraszcza. Jeśli ktoś wejdzie ci w drogę, po prostu zabijesz go.

Odwrócił się, wyszedł na ganek i zamknął za sobą drzwi do budynku. Pchnął je i stwierdził, że są zatrzaśnięte. Prawdopodobnie otworzył je wytrychem — zamek nie wyglądał na zbyt skomplikowany — lecz trochę niepokoiło go, że nie ma co do tego pewności. I światło. Po co starał się przerwać dopływ prądu, skoro ona niemal na pewno przyjdzie sama? A poza tym skąd wie, że ona jeszcze nie wróciła?

Z tym drugim pytaniem nie było kłopotu — wiedział, że jej nie ma, ponieważ mówił mu o tym byk, któremu wierzył. Co do pierwszego pytania, ona mogła nie być sama. Mogła być z nią Gertie, albo... no cóż, *ze bool* wspominał coś o jakimś chłopcu. Norman zwyczajnie nie potrafił w to uwierzyć, ale... „Ona lubi sposób, w jaki on ją całuje" — podpowiadał Fernando. Głupi, ona nie odważyłaby się... ale nadmiar ostrożności nie zaszkodzi.

Zaczął schodzić po schodach, zamierzając wrócić do radiowozu, usiąść za kierownicą i zaczekać na jej powrót, i wtedy runął, i tym razem naprawdę był to upadek, a nie wyłączenie się, bo leciał koziołkując, jak moneta pstryknięta kciukiem przez sędziego w przedmeczowym rytuale: kto kopie, kto broni. Kiedy doszedł do siebie, zatrzaskiwał drzwi samochodu, biegł przez ciemność i zaciskał dłonie na szyi chłopaka Rosie. Nie miał pojęcia, skąd wiedział, że to jej chłopak, a nie jakiś policjant w cywilu, któremu kazano odprowadzić ją bezpiecznie do domu, ale co z tego? W głowie kręciło mu się z urazy i wściekłości. Czy naprawdę widział, jak ten facet (ona lubi sposób, w jaki on ją całuje) wymieniał z nią oddechy przed wejściem, może przesuwając dłonie z jej talii na tyłek? Nie pamiętał, nie chciał pamiętać, nie mógł pamiętać.

— Mówiłem ci! — rzekł byk; nawet kiedy był wściekły, jego głos wydawał się spokojny. — Mówiłem ci, prawda? Właśnie tego nauczyły ją przyjaciółki! Ładnie! Bardzo ładnie!

— Zabiję cię, pierdolcu — szepnął niewidocznemu mężczyźnie, który był chłopcem Rosie, przypierając go do ściany przedsionka. — O rany, jeśli tylko zdołam, jeżeli Bóg pozwoli, zabiję cię dwa razy.

Chwycił Billa Steinera za gardło i zaczął dusić.

11

— Norman! — krzyknęła w mroku Rosie. — Norman, puść go!

Dłoń Billa, która lekko dotykała jej ramienia, od kiedy Rosie wyjęła klucz z zamka, nagle cofnęła się. W ciemności usłyszała niepewne kroki — tupot nóg. Potem rozległ się głuchy łoskot, jakby ktoś pchnął kogoś na ścianę przedsionka.

— Zabiję cię, pierdolcu — nadleciał szept z ciemności. — O rany, jeśli tylko zdołam, jeżeli Bóg pozwoli...

„Zabiję cię dwa razy" — dokończyła w myślach, zanim skończył mówić; to była jedna z ulubionych gróźb Normana, często wywrzaskiwana przed telewizorem, kiedy jakiś sędzia wydał werdykt niekorzystny dla jego ukochanych Yankees albo gdy ktoś zajechał mu drogę. „Jeśli Bóg pozwoli, zabiję cię dwa razy". A teraz usłyszała stłumiony charkot i to oczywiście był Bill. To Bill bliski uduszenia w ogromnych i silnych łapskach Normana.

Zamiast przerażenia, jakie zawsze budził w niej Norman, poczuła przypływ wściekłości, podobnie jak w samochodzie Hale'a, a potem na posterunku policji. Tym razem dała ponieść się furii.

— Puść go, Norman! — wrzasnęła. — Zabierz od niego te pierdolone łapy!

— Zamknij się, ty kurwo! — nadleciało z ciemności, lecz w głosie Normana usłyszała nie tylko złość, ale i zdumienie. Do tej pory nigdy niczego mu nie kazała, ani razu podczas wszystkich lat małżeństwa, a nawet nie odezwała się do niego takim tonem.

I coś jeszcze: tuż nad miejscem, którego dotykał Bill, ramię Rosie opasywała jakaś ciepła obręcz. Bransoleta. Złota bransoleta, którą dała jej kobieta w chitonie. Rosie usłyszała w myślach jej gniewne warknięcie: „Skończ z tym głupim skamleniem!".

— Przestań, ostrzegam cię! — krzyknęła na Normana i ruszyła w kierunku miejsca, skąd dobiegało zduszone sapanie i stękania. Szła z wyciągniętymi przed siebie rękami, jak ślepa, zaciskając zęby.

Nie zadusisz go — myślała. — Nie, nie pozwolę ci na to. Powinieneś odejść, Normanie. Powinieneś odejść i zostawić nas w spokoju, póki jeszcze możesz.

Odgłos nóg bębniących o ścianę, tuż przed nią; Rosie wyobraziła sobie Normana ściskającego Billa za gardło, szczerzącego zęby, którymi tak często ją gryzł, i nagle stała się kobietą ze szkła wypełnionego bladoczerwoną cieczą, będącą czystą i stężoną wściekłością.

— Nie słyszałeś, ty kupo gówna? POWIEDZIAŁAM, PUŚĆ GO!

Sięgnęła lewą ręką, która nagle zmieniła się w orle szpony. Bransoleta paliła jej skórę — nawet przez sweter i kurtkę pożyczoną od Billa Rosie niemal widziała jej bursztynowy blask. Nie czuła bólu, tylko jakieś dziwne uniesienie. Złapała za ramię mężczyznę, który katował ją przez czternaście lat, i szarpnęła go w tył. Przyszło jej to ze zdumiewającą łatwością. Ścisnęła jego ramię przez śliski wodoszczelny materiał płaszcza, a potem wyprostowała rękę, odrzucając go w ciemność. Usłyszała tupot potykających się nóg, łoskot i trzask pękającego szkła. Cal Coolidge, czy ktokolwiek był na obrazie, spadł na ziemię.

Słyszała też, jak Bill kaszle i krztusi się. Wymacała go, znalazła ramiona i objęła. Był zgięty wpół, z trudem łapiąc powietrze i natychmiast wykasłując je. To jej nie zdziwiło. Wiedziała, jaki silny jest Norman.

Wsunęła mu prawą rękę pod ramię i ścisnęła nad łokciem. Nie chciała użyć lewej ręki w obawie, że może go skrzywdzić. Czuła czającą się, pulsującą w niej moc. Chyba najstraszniejsze było to, jak bardzo podobało jej się to uczucie.

— Bill — szepnęła. — Chodź. Chodź ze mną.

Musiała zaprowadzić go na górę. Nie wiedziała dlaczego, jeszcze nie, ale wcale nie wątpiła, że dowie się tego we właściwym czasie. Lecz Bill się nie ruszył. Podparty rękami, kaszlał i krztusił się.

— Chodź, do diabła! — szepnęła chrapliwym, stanowczym głosem... i niewiele brakowało, a powiedziałaby: „Chodź, niech cię diabli!". Wiedziała, czyim głosem mówi, o tak, nawet w tych okolicznościach wiedziała to bardzo dobrze.

I Bill ruszył się, a teraz tylko to miało znaczenie. Rosie przeprowadziła go przez przedsionek, jakby miała kocie oczy. Wciąż kaszlał i dławił się, lecz jakoś szedł.

— Stać! — krzyknął Norman ze swojej części ciemności. Jego głos był zarazem stanowczy i zrozpaczony. — Stać albo będę strzelał!

Nie, nie będziesz, popsułbyś sobie zabawę — pomyślała, ale on naprawdę strzelił, rąbnął w sufit z czterdziestkipiątki, którą zabrał zabitemu gliniarzowi. Wystrzał huknął ogłuszająco w zamkniętej przestrzeni przedsionka, a oczy zaczęły łzawić od zapachu spalonego kordytu. Krótki rozbłysk czerwonawopomarańczowego płomienia, tak jasnego, że pozostawił jej w oczach chwilowy obraz otoczenia; domyśliła się, iż właśnie dlatego strzelił: żeby rozejrzeć się wokół i zobaczyć, gdzie znajdują się Rosie i Bill. Stali u podnóża schodów.

Bill wydał zdławiony charkot i zatoczył się na Rosie, popychając ją na ścianę przy schodach. Usiłując utrzymać się na nogach, usłyszała w mroku tupot nóg nadbiegającego Normana.

12

Pokonała pierwsze dwa stopnie, ciągnąc za sobą Billa. Przebierał nogami, usiłując jej pomóc; może nawet trochę pomógł. Wchodząc na drugi stopień, Rosie machnęła lewą ręką i przewróciła wieszak na płaszcze u podnóża schodów. Gdy Norman wpadł na niego i zaczął przeklinać, puściła Billa, który osunął się, ale nie upadł. Ciągle charczał, a teraz poczuła, że znowu zgina się wpół, usiłując złapać oddech, zmusić do pracy ściśniętą tchawicę.

— Trzymaj się — mruknęła. — Trzymaj się, Bill.

Weszła dwa stopnie wyżej, a potem stanęła po jego prawej

stronie, tak by móc posłużyć się lewą ręką. Jeśli ma zataszczyć go na górę, będzie potrzebowała całej siły, którą zawdzięczała bransolecie. Objęła go w pasie i nagle wszystko stało się łatwe. Zaczęła iść w górę, miarowo oddychając i pochylając się w prawo, jak kobieta równoważąca spory ciężar, ale nie dyszała i nie uginały się pod nią kolana. Miała wrażenie, że w razie potrzeby mogłaby go po prostu wnieść na górę. Od czasu do czasu odpychał się nogą usiłując pomóc, ale przeważnie jego stopy tylko obijały się o krawędzie stopni i sunęły po wykładzinie. Potem, gdy dotarli do dziesiątego schodka — do połowy drogi, według jej obliczeń — zaczął jej pomagać trochę bardziej. To dobrze, ponieważ z tyłu, w dole, usłyszała trzask, gdy wieszak na płaszcze pękł pod ciężarem Normana. Teraz znowu słyszała go za sobą; nie szedł — a przynajmniej takie miała wrażenie — ale pełzł na czworakach.

— Nie próbuj bawić się ze mną, Rose — sapał. Jak daleko? Nie miała pojęcia. I chociaż wieszak spowolnił pościg, Norman nie wlókł się jak człowiek, który jest ranny i półprzytomny. — Nie ruszaj się. Nie próbuj uciekać. Chcę tylko porozmawiać z tobą...

— Trzymaj się z daleka! — Szesnaście... siedemnaście... osiemnaście. Na górze też nie paliło się światło, a w pozbawionym okien korytarzu było ciemno jak w kopalnianym szybie. Nagle zachwiała się, gdy noga szukająca dziewiętnastego stopnia znalazła jedynie płaszczyznę podłogi. Widocznie schody liczyły tylko osiemnaście stopni. Cudownie. Weszli na górę szybciej od Normana; przynajmniej tyle. Trzymaj się ode mnie z daleka, Nor...

Wtem przyszła jej do głowy nowa myśl, tak okropna, że Rosie zamarła na chwilę. Połknęła ostatnią sylabę imienia męża, jak ktoś uderzony w brzuch.

Gdzie jej klucze? Czyżby zostawiła je w zamku frontowych drzwi?

Puściła Billa, żeby sięgnąć do lewej kieszeni pożyczonej od niego kurtki, i w tym momencie dłoń Normana zacisnęła się miękko i stanowczo wokół jej łydki jak wąż oplatający swą ofiarę, by ją udusić, a nie uśmiercić jadem. Nie zastanawiając się, Rosie silnie kopnęła w tył drugą nogą. Podeszwa tenisówki trafiła prosto w poobijany już nos Normana, który przeraźliwie zawył z bólu. Ten skowyt przeszedł w okrzyk zdumienia, gdy usiłował złapać się słupka poręczy. Nie zdołał i runął w tył po pogrążonych w mroku schodach. Rosie usłyszała podwójny łomot, z jakim dwukrotnie wywinął kozła.

Skręć kark! — wrzasnęła za nim w myślach, gdy jej dłoń zamknęła się na upragnionym kółku z kluczami w kieszeni kurtki — a jednak włożyła je tam, dzięki Jezu, dzięki Boże, dzięki wam, wszyscy aniołowie w niebiesiech. Skręć kark, niech to wreszcie się skończy, skręć swój parszywy kark, umrzyj i zostaw mnie w spokoju!

Lecz to się nie stało. Już słyszała, jak porusza się i podnosi, a potem przeklina ją i z miarowym dudnieniem kolan znów zaczyna iść na czworakach po schodach — przez cały czas wyzywając ją od cip, lesbijek, kurew i suk.

— Mogę iść — odezwał się nagle Bill. Jego głos był słaby i ochrypły, a mimo to słuchała go z radością. — Mogę iść, Rosie, więc chodźmy do twojego pokoju. Ten stuknięty skurwiel znów tu lezie.

Bill zaczął kaszleć. Pod nimi — ale niewiele niżej — rozległ się śmiech Normana.

— Masz rację, Sunny Jim, ten stuknięty skurwiel znów tu lezie. Ten stuknięty skurwiel wyłupi ci oczy z twojej pierdolonej głowy i każe ci je zeżreć. Ciekawe, jak ci posmakują?

— TRZYMAJ SIĘ Z DALEKA, NORMANIE! — wrzasnęła Rosie i poprowadziła Billa ciemnym jak smoła korytarzem. Lewą ręką obejmowała go w pasie; prawą wymacywała drogę, wodząc palcami po ścianie, szukając drzwi. W lewej dłoni zaciśniętej w pięść trzymała jedyne trzy klucze, jakie zgromadziła w swoim nowym życiu: od drzwi frontowych, od skrzynki pocztowej i od pokoju. — TRZYMAJ SIĘ Z DALEKA, OSTRZEGAM CIĘ!

A z ciemności za nią — jeszcze na schodach, ale prawie na samej ich górze — nadleciała zupełnie absurdalna odpowiedź:

— Nie waż się OSTRZEGAĆ mnie, ty SUKO!

Namacała drzwi, które powinny prowadzić do jej mieszkania. Puściła Billa, wybrała odpowiedni klucz — w odróżnieniu od pozostałych dwóch miał kwadratowe uszko — i po ciemku spróbowała wetknąć go do zamka. Już nie słyszała Normana. Czy był na schodach? A może na korytarzu? Tuż za nimi, wyciągając ręce w kierunku oddychającego z trudem Billa? Znalazła zamek, przycisnęła prawy palec wskazujący obok dziurki i spróbowała wsunąć wzdłuż niego klucz. Nie wchodził. Koniec klucza naciskał na otwór, ale nie chciał wejść dalej. Poczuła, że panika tarmosi jej myśli ostrymi, szczurzymi zębami.

— Nie chce wejść! — wysapała do Billa. — To ten klucz, ale nie chce wejść!

— Odwróć go. Pewnie wkładasz go odwrotnie.

— Hej, co tam się dzieje? — Nowy głos, w głębi korytarza i nad ich głowami. Zapewne na podeście drugiego piętra. Później rozległo się bezowocne pstryk-pstryk-pstryk kontaktu. — I dlaczego nie ma światła?

— Zostań...! — krzyknął Bill i natychmiast znów zaczął kaszleć. Z jego gardła wydobył się okropny charkot, gdy usiłował ostrzec tamtego. — Zostań tam, gdzie jesteś! Nie schodź tu! Wezwij pol...

— To ja jestem z policji, kutasie — odezwał się miękki, dziwnie stłumiony głos z ciemności tuż obok nich, a potem usłyszała niski pomruk zarówno złości, jak i satysfakcji. W chwili gdy w końcu udało jej się włożyć klucz do zamka, jakaś siła znów pociągnęła Billa w mrok.

— Nie! — wrzasnęła, sięgając w ciemność lewą ręką. Na przedramieniu czuła coraz cieplejszą bransoletę. — Nie, zostaw go w spokoju! ZOSTAW GO W SPOKOJU!

Dotknęła gładkiej skóry kurtki Billa, ale wymknęła jej się z ręki. Znów rozległy się te straszne odgłosy, dźwięki wydawane przez człowieka, który ma gardło zatkane piaskiem. Norman zaśmiał się. Jego śmiech również był stłumiony. Rosie ruszyła ku niemu, wyciągając ramiona i macając rozłożonymi rękami. Natrafiła na ramię Billa, sięgnęła nad nim i dotknęła czegoś okropnego — jakby martwego ciała, które zdołało ożyć. To coś było miękkie... gumowate...

Gumowate.

Założył maskę — pomyślała Rosie. — To jakaś maska.

Nagle jej lewa dłoń uwięzła w wilgotnym otworze, który ledwie zdążyła rozpoznać jako usta Normana, zanim zacisnął zęby na jej palcach, gryząc je do kości.

Ból był straszny, lecz nie zareagowała nań strachem i bezsilnością, pozwalając Normanowi na wszystko, jak to robiła dotychczas, lecz wściekłością tak ogromną, że bliską szaleństwa. Zamiast wyrywać dłoń z jego zaciśniętych zębów, zgięła palce, aż dotknęła czubkami dziąsła dolnych siekaczy. Potem oparła dłoń swojej nieziemsko silnej lewej ręki o brodę Normana i pociągnęła.

Rozległ się dziwny trzask, odgłos, jaki wydaje drewniana deska, zanim pęknie na kolanie mężczyzny czy kobiety. Poczuła, jak

Norman drgnął i wydał głuchy, pytający dźwięk, składający się z samych samogłosek „Aaaoouuu?", a potem dolna część jego twarzy wysunęła się jak szuflada biurka, gdy szczęka wyskoczyła mu z zawiasów. Wrzasnął z bólu, a Rosie uwolniła swoją zakrwawioną dłoń, myśląc: Jak lubisz gryźć, to masz, draniu, spróbuj to zrobić teraz.

Usłyszała, jak zatoczył się w tył. Lokalizowała go po wrzaskach i szeleście koszuli ocierającej się o ścianę. Teraz użyje broni — pomyślała, obracając się do Billa. Opierał się o ścianę, czarny kształt w ciemności, i znów rozpaczliwie kaszlał.

— Hej, ludzie, dajcie spokój, żarty żartami, ale tego za wiele.

To był facet z góry, mówiący z pretensją i oburzeniem w głosie, tylko teraz było go słychać na dole, na końcu korytarza. Przekręcając klucz w zamku, otwierając drzwi pokoju, Rosie wiedziała, co się zaraz stanie. Kiedy krzyknęła, jej głos zdawał się nie należeć do niej, lecz do tamtej kobiety.

— Wynoś się stąd, durniu! On cię zabije! Nie...!

Huknął strzał. Patrzyła na lewo i przez moment ujrzała koszmarny widok Normana siedzącego po turecku na podłodze. Błysk trwał krótko, a mimo to poznała, co miał na głowie: to maska byka z głupkowatym uśmiechem na pysku. Otwór na usta był usmarowany krwią Rosie. Dostrzegła szalone oczy Normana gapiące się na nią, oczy jaskiniowca zamierzającego ruszyć w jakiś ostatni zaciekły bój.

Narzekający mieszkaniec wrzasnął w tej samej chwili, gdy Rosie pociągnęła Billa przez próg i zatrzasnęła drzwi. Pokój był pełen cieni, a mgła stłumiła blask latarni ulicznej, zazwyczaj rzucającej długi prostokąt światła na podłogę, lecz po przedsionku, schodach i korytarzu wydawał się niezwykle jasny.

Pierwszą rzeczą, którą zauważyła Rosie, była bransoletka, lśniąca łagodnie w półmroku. Leżała na nocnej szafce przy podstawie lampy.

Zrobiłam to sama — pomyślała. Jej zdumienie było tak wielkie, że poczuła się oszołomiona. Zrobiłam to wszystko sama, wystarczyło tylko pomyśleć, że ją mam...

Oczywiście — usłyszała głos i był to głos, który od pewnego czasu nie gościł w jej głowie: głos Praktycznie-Rozsądnej. Oczywiście, gdyż siła nigdy nie tkwiła w bransolecie, nigdy, siła zawsze tkwiła w niej, siła zawsze tkwiła w...

Nie, nie. W żadnym razie nie podąży dalej tą drogą, na pewno nie. A w tej chwili i tak nowy dźwięk odwrócił jej uwagę, gdyż Norman z impetem pociągu towarowego rąbnął w drzwi. Liche drewno trzasnęło pod jego ciężarem; drzwi jęknęły w zawiasach. Gdzieś w oddali sąsiad z góry, którego Rosie nigdy nie spotkała, krzyczał z bólu.

Szybko, Rosie, szybko! Wiesz, co robić, dokąd iść...

— Rosie... dzwonić... musisz dzwonić... — zdołał wykrztusić Bill i nie dokończył, znowu zaniósł się kaszlem. Lecz nie miała czasu na takie głupstwa. Później ten pomysł mógł być doskonały, ale obecnie nieuchronnie spowodowałby ich śmierć. Teraz musiała zadbać o niego, ochronić go... a to oznaczało, że powinna zabrać go tam, gdzie będzie bezpieczny. Gdzie oboje będą bezpieczni.

Rosie gwałtownie otworzyła drzwi garderoby, spodziewając się, że będzie wypełniona obcym światem, tak jak ściana jej pokoju, gdy obudził ją odgłos gromu. Zaświeci słońce, oślepiając ich nawykłe do mroku oczy...

Znalazła zwyczajny schowek, mały, zatęchły i zupełnie pusty — Rosie miała tylko dwie części garderoby, które mogła tu schować: sweter i parę tenisówek. Och tak, obraz był tu, oparty o ścianę, przy której go postawiła, lecz nie powiększył się, nie zmienił i nie otworzył. Był tylko obrazem wyjętym z ram, miernym dziełkiem, jakie zwykle znajduje się w sklepach z ciekawostkami, na pchlich targach lub w lombardach. Niczym więcej.

Na korytarzu Norman ponownie rąbnął w drzwi. Tym razem trzasnęły głośniej; długa drzazga odskoczyła od futryny i upadła na podłogę. Wystarczy jeszcze kilka uderzeń; może dwa lub trzy. Domy z pokojami umeblowanymi nie są budowane tak, aby znieść atak szaleńca.

— On był czymś więcej niż tylko jakimś cholernym obrazem! — zawołała Rosie. — Czekał tam na mnie i był czymś więcej niż tylko jakimś cholernym obrazem! Prowadził do innego świata! — I dodała w myślach: Wiem o tym, ponieważ mam jej bransoletę!

Odwróciła głowę, spojrzała, a potem podbiegła do nocnej szafki i chwyciła bransoletę. Była cięższa niż przedtem. I gorąca.

— Rosie — powiedział Bill. Ledwie go widziała, jak trzyma się dłońmi za gardło. Chyba miał krew na ustach. — Rosie, musimy zadzwonić po...

Nagle krzyknął, gdy jasne światło zalało pokój... tyle że nie był to mglisty słoneczny blask letniego dnia. To było światło księżyca, sączące się z otwartej garderoby i padające na podłogę. Z bransoletą w ręce Rosie podeszła do Billa i zajrzała do schowka. Tam, gdzie była tylna ścianka, ujrzała szczyt wzgórza, ujrzała wysokie trawy falujące w łagodnych podmuchach nocnego wiatru, ujrzała kanciasty kształt i bielejące w mroku kolumny świątyni. A nad tym wszystkim świecił księżyc, jasna srebrna moneta na purpurowoczarnym niebie.

Pomyślała o lisicy, którą widzieli dzisiaj, tysiąc lat temu, patrzącej na taki księżyc. Lisicy spoglądającej w niebo, podczas gdy jej młode spały obok niej w cieniu zwalonego drzewa, patrzącej czarnymi ślepiami na księżyc.

Na twarzy Billa malowało się niedowierzanie. Księżycowy blask srebrzył jego skórę.

— Rosie — rzekł słabym, zaniepokojonym głosem. Potem poruszył wargami, ale nie powiedział nic więcej.

Wzięła go za ramię.

— Chodź, Bill. Musimy iść.

— Co się dzieje?

Wyglądał żałośnie, taki poturbowany i zdumiony. Wyraz jego twarzy budził w Rosie dziwne i mieszane uczucia: zniecierpliwienie z powodu jego powolnych, osłabionych reakcji, i miłość — bynajmniej nie macierzyńską — płonącą ogniem w jej duszy. Obroni go. Tak. Tak. Obroni go, nawet uciekając w śmierć, jeśli będzie trzeba.

— Nieważne, co się dzieje — odparła. — Zaufaj mi, tak jak ja zaufałam tobie, że umiesz prowadzić motocykl. Ufaj mi i chodź. Musimy już iść!

Pociągnęła go prawą ręką; z lewej zwisała bransoleta, niczym złoty obwarzanek. Bill opierał się jeszcze, ale wtedy Norman wrzasnął i znów rąbnął w drzwi. Z okrzykiem strachu i wściekłości Rosie ścisnęła ramię Billa. Pociągnęła go do szafki i dalej do świata oblanego księżycowym blaskiem, świata, który teraz rozpościerał się za tylną ścianką.

13

Sprawy przybrały fatalny obrót, kiedy ta suka wywróciła wieszak na dole schodów. Norman zaplątał się weń, a właściwie zaczepił o niego tym płaszczem, który tak mu się spodobał. Jeden z mosiężnych haków jakimś cudem przeszedł przez dziurkę od guzika — numer tygodnia — a drugi znalazł się w kieszeni, jak zręczny kieszonkowiec szukający portfela. Trzeci dźgnął go mosiężnym palcem prosto w obolałe jaja. Rycząc z bólu i przeklinając ją, próbował skoczyć naprzód i do góry. Ohydny, nieustępliwy wieszak nie chciał go puścić i nie dał się nawet powlec po schodach: jedna z rozczapierzonych nóg zaczepiła się o słup podpierający poręcz, wbijając się niczym hak abordażowy i trzymając jak kotwica.

Musiał dostać się na górę, musiał. Nie chciał, żeby zamknęła się z tym lachociągiem w swojej norze, zanim zdąży tam dobiec. Nie wątpił, że w razie potrzeby zdoła wyłamać drzwi, w ciągu wielu lat pracy w policji rozbił ich od cholery, niektóre całkiem solidne, ale czas zaczynał odgrywać coraz większą rolę. Nie chciał jej zastrzelić, to byłaby za szybka i za łatwa, o wiele za łatwa śmierć dla takich jak jego dzika Róża, jeśli jednak obrót spraw zaraz nie zmieni się na lepszy, może nie będzie miał innego wyjścia. To byłoby okropne!

— Puść mnie, trenerze! — zawołał byk z górnej kieszeni płaszcza. — Jestem dobry, zdrowy, wypoczęty i gotowy!

Tak, to cholernie dobry pomysł. Norman wyjął maskę z kieszeni i naciągnął sobie na głowę, wdychając zapach szczyn i gumy. Te zapachy wcale nie były takie złe, kiedy mieszały się ze sobą; prawdę mówiąc, były nawet przyjemne. Lekko uspokajające.

— *Viva ze bool!* — wrzasnął i zrzucił płaszcz. Znów skoczył naprzód, z rewolwerem w ręku. Przeklęty wieszak trzasnął pod jego ciężarem, ale najpierw spróbował wbić mu w kolano jeden z tych cholernych haków. Norman ledwie to poczuł. Szczerzył zęby i kłapał nimi dziko pod maską, ciesząc się ich donośnym szczękiem, przypominającym dźwięk uderzających o siebie kul bilardowych.

— Nie próbuj bawić się ze mną, Rose — usiłował wstać, lecz ugięło się pod nim kolano, którym uderzył o wieszak. — Nie ruszaj się. Nie próbuj uciekać. Chcę tylko porozmawiać z tobą.

Odkrzyknęła coś... słowa, słowa, bez znaczenia. Znów zaczął iść na czworakach, najszybciej i najciszej jak mógł. W końcu wyczuł przed sobą jakiś ruch. Błyskawicznie wyciągnął rękę, złapał ją za lewą łydkę, wbił w nią paznokcie. Jak dobrze! Mam cię! — pomyślał z dziką satysfakcją. — Na Boga, mam cię! Mam...

Jej stopa niespodziewanie wystrzeliła z ciemności z siłą obciążonej śrutem pałki, trafiając go w nos i łamiąc go w nowym miejscu. Ból był straszny — jakby wleciał mu pod czaszkę rój afrykańskich pszczół. Wyrwała mu się, ale Norman ledwie zdał sobie z tego sprawę; już spadał, rozpaczliwie usiłując złapać się poręczy, lecz zdołał jedynie musnąć ją palcami. Zleciał aż na sam dół, do wieszaka, trzymając palce na osłonie spustu rewolweru, żeby nie postrzelić się przypadkiem... bo szło mu tak fatalnie, że i to było możliwe. Przez chwilę leżał nieruchomo, a potem otrząsnął się i znowu ruszył na górę.

Tym razem nie było żadnej luki myślowej, żadnej utraty świadomości, ale nie miał zielonego pojęcia, co oni krzyczeli do niego ze szczytu schodów ani co on im odkrzyknął. Ponownie kontuzjowany nos przysłaniał mu wszystko czerwoną kurtyną bólu.

Zdał sobie sprawę, że jeszcze ktoś usiłuje wprosić się do zabawy, słynny niewinny przechodzień, a ten mały popaprany przyjaciel Rosie woła do niego, żeby trzymał się z daleka. Miłe było to, że w ten sposób nie miał problemu ze zlokalizowaniem tego małego popaprańca. Norman wyciągnął ręce po tego małego popaprańca i znalazł go. Zacisnął popaprańcowi dłonie na szyi i zaczął go dusić. Tym razem miał zamiar zakończyć sprawę, ale natychmiast poczuł palce Rosie na twarzy... na gumowej masce. Tak jakby ktoś głaskał go, uprzednio wstrzyknąwszy nowokainę.

Rosie. Dotykała go Rosie. Była tu. Po raz pierwszy od kiedy poszła sobie z jego cholerną kartą kredytową w torebce, była tuż obok i Norman stracił całe zainteresowanie popaprańcem. Złapał jej rękę, wepchnął w otwór maski i ugryzł najmocniej, jak mógł. Czysta ekstaza. Tylko...

Tylko że nagle coś się stało. Coś złego. Coś okropnego. Miał wrażenie, że wyrwała mu szczękę z zawiasów. Ból śmignął bokami czaszki, polerowanymi stalowymi strzałkami, które z trzaskiem spotkały się na czubku głowy. Wrzasnął i odskoczył od niej, od tej suki, tej parszywej suki, och, jak mogła zmienić się z potulnej istoty w takiego potwora?

Wtedy odezwał się niewinny przechodzień i Norman był przekonany, że go postrzelił. Na pewno kogoś zranił; tak krzyczeli tylko ludzie poparzeni albo ranni. Potem, kiedy skierował broń tam, gdzie stała Rose ze swoim popapranym przyjacielem, usłyszał trzaśnięcie drzwi. Tej suce jednak udało się uciec do mieszkania.

Na razie nawet to miało drugorzędne znaczenie. Teraz szczęka zastąpiła nos jako ośrodek bólu, tak jak przedtem rozbity nos kazał mu zapomnieć o stłuczonym kolanie i obitych jądrach. Co ona mu zrobiła? Dolna część jego twarzy wydawała się po prostu wydłużona, zęby jak satelity unosiły się gdzieś daleko przed czubkiem nosa.

„Nie bądź idiotą, Normie — szepnął głos ojca. — Wybiła ci szczękę, to wszystko. Wiesz, co masz robić, więc zrób to!".

Zamknij się, ty stara cioto — próbował powiedzieć Norman, lecz mając zdeformowaną twarz, zdołał wybełkotać jedynie: — Smmuj si tra łoto! — Odłożył rewolwer, wcisnął kciuki pod brzeg maski (nie naciągnął jej do końca, co ułatwiało zadanie), a potem delikatnie nacisnął żuchwę nasadami dłoni. Jakby dotykał kulek, które wyskoczyły z łożyska.

Szykując się na silny ból, przesunął dłonie niżej, obrócił i mocno pchnął. Bolało, rzeczywiście, ale głównie dlatego, że na początku tylko jedna strona żuchwy wskoczyła na miejsce. Teraz była przekrzywiona jak niedbale wsunięta szuflada.

„Jeśli będziesz tak wykrzywiał twarz, Normanie, taki grymas zostanie ci na zawsze!" — prychnęła w jego głowie matka. To zjadliwa odzywka, którą tak dobrze pamiętał.

Norman ponownie pchnął żuchwę. Tym razem usłyszał głośny trzask, gdy jej prawa strona zaskoczyła na miejsce. Pozostała jednak dziwnie obwisła, jakby mocno naciągnięte ścięgna potrzebowały sporo czasu, żeby się obkurczyć. Miał dziwne wrażenie, że gdyby ziewnął, szczęka opadłaby mu aż do klamry pasa.

„Maska, Normie — szepnął głos ojca. — Maska ci pomoże, jeśli naciągniesz ją do końca".

— Racja — rzekł byk niewyraźnie, gdyż z trudem poruszał policzkami, lecz Norman zrozumiał go bez trudu.

Ostrożnie pociągnął brzeg maski dobrze poniżej szczęki i to naprawdę pomogło; utrzymywało ją na miejscu jak hokejowy ochraniacz.

— Taa — rzekł *ze bool.* — Będę twoim ochraniaczem.

Norman odetchnął, podnosząc się z podłogi i wpychając za pasek policyjną czterdziestkępiątkę. Spokojnie — pomyślał. — To bal samców; żadnych panienek. Wydawało się, że przez otwory w masce widzi nawet lepiej, jakby ona w jakiś sposób poprawiła jego zdolność widzenia. Niewątpliwie to tylko złudzenie, ale tak to odczuwał i było mu z tym dobrze. Czuł się pewniej.

Przycisnął się plecami do ściany, a potem skoczył i uderzył barkiem w drzwi, za którymi zniknęła ze swoim małym popapranym przyjacielem. Szczęka zakołysała się boleśnie pomimo ciasnej otoczki maski, ale bez wahania uderzył ponownie, z taką samą siłą. Drzwi zagrzechotały we framudze, a z górnej ich części odłupała się długa drzazga.

Nagle pożałował, że nie ma z nim Harleya Bissingtona. Razem natychmiast wyważyliby drzwi i pozwoliłby Harleyowi na numerek z żoną, podczas gdy on, Norman, zająłby się jej przyjacielem. Numerek z Rose był jednym z wielkich, nie wypowiedzianych marzeń Harleya, czego Norman nie pojmował, ale widział w jego oczach, ilekroć tamten przyszedł do jego domu.

Znowu uderzył w drzwi.

Za szóstym razem — a może to była szczęśliwa siódemka, stracił rachubę — zamek wyłamał się i Norman runął do pokoju. Była tutaj, oboje byli, musieli być, ale w tym momencie nie mógł ich dostrzec. Pot zalał mu oczy, oślepiając na chwilę. Pokój wydawał się pusty, a przecież to niemożliwe. Nie uciekli przez okno; było opuszczone i zamknięte. Przebiegł przez pokój, przecinając blade światło rzucane przez otuloną mgłą latarnię uliczną. Kołysał głową z boku na bok, bodąc powietrze rogami Fernanda. Gdzie ona jest? To suka! Gdzie, na rany Chrystusa, mogła się podziać?

Dostrzegł otwarte drzwi i zamknięte wieko komody. Podbiegł tam i zajrzał do łazienki. Pusta. Chyba że...

Wyjął rewolwer i wpakował dwie kule w zasłonkę prysznica, wybijając parę czarnych oczu w kwiecistym winylu. Potem odsunął zasłonę. Wanna była pusta. Kule rozbiły dwa porcelanowe kafelki na ścianie; to wszystko. Może to i dobrze. Przecież nie chciał jej zastrzelić.

Nie. Ale gdzie się podziała?

Norman skoczył z powrotem do pokoju, opadł na kolana (krzywiąc się z bólu, chociaż prawie go nie czuł) i omiótł lufą rewolweru przestrzeń pod łóżkiem. Nic. Z złością rąbnął pięścią w podłogę.

Ruszył w kierunku okna, ponieważ pozostało już tylko okno... a przynajmniej tak myślał, aż ujrzał światło — jasne, wyglądające jak księżycowe — padające z jeszcze jednych otwartych drzwi, które minął, wpadając do pokoju.

Światło księżyca? Tak ci się wydaje? Czy jesteś stuknięty,

Normie? Nie wiem, czy pamiętasz, ale na zewnątrz jest mgła, synu. Mgła. A nawet gdyby tej nocy była największa pełnia stulecia, to jest szafka, synu. Zwykły schowek.

Możliwe, ale przekonał się, że ten cuchnący potem, tłustowłosy podmacywacz i lachociąg kiepsko udający ojca nie zawsze ma rację. Norman wiedział, że blask księżyca wydobywający się z szafy to bezsensowny pomysł... ale właśnie to widział.

Powoli podszedł do tych drzwi, trzymając broń w opuszczonej ręce, aż stanął w strumieniu światła. Spojrzał przez otwory na oczy w masce (tylko że teraz wydawało się, że obojgiem oczu spogląda przez jedną dziurę) i zajrzał do garderoby.

Z nagich ścian sterczały haki, a przez środek biegł metalowy pręt, na którym wisiały puste wieszaki, ale nie było tylnej ścianki. Zamiast niej ujrzał oświetlony księżycem pagórek porośnięty wysoką trawą. Dostrzegł świetliki kreślące zawiłe świetlne linie w mroku między drzewami. Przepływające po niebie chmury wyglądały jak lampiony, gdy znalazły się w pobliżu księżyca lub przed nim. U stóp wzgórza wznosiły się jakieś ruiny. Norman uznał je za resztki posiadłości lub opuszczonego kościoła.

Zupełnie zwariowałem — pomyślał. — Albo to, albo jakoś zdołała mnie ogłuszyć i to wszystko tylko majaki.

Nie, to nie do przyjęcia. Nie pogodzi się z tym.

— WRACAJ TU, ROSE! — wrzasnął w głąb garderoby... która, ściśle mówiąc, przestała być garderobą. — WRACAJ, TY SUKO!

Nic. Tylko ten niewiarygodny widok... i leciutka bryza, pachnąca trawą i kwiatami, dowodząca, że to nie jakieś niesamowicie doskonałe złudzenie.

I jeszcze coś: granie świerszczy.

— Ukradłaś moją kartę kredytową, ty suko — rzekł cicho Norman. Sięgnął ręką i chwycił jeden z wieszaków wystających ze ściany; wyglądał teraz jak trzymający się uchwytu pasażer metra. Dalej był obcy, księżycowy świat, lecz ewentualny lęk utonął w przypływie wściekłości. — Ukradłaś ją i chcę z tobą o tym porozmawiać. W... cztery... oczy.

Wszedł do schowka, za metalowy pręt, strącając parę wieszaków na drewnianą podłogę. Jeszcze przez chwilę stał bez ruchu, patrząc na rozpościerający się przed nim świat.

Potem wszedł weń.

Miał wrażenie, że schodzi niżej, jak to zdarza się czasem

w starych domach, gdzie podłogi znajdują się na różnych poziomach, ale to wszystko. Jeden krok i już nie stał na deskach ani w czyimś pokoju na pierwszym piętrze; stał na trawie, owiewany przez ten wonny wietrzyk. Podmuch wdzierał się w otwór na oczy (tak, teraz był tylko jeden, Norman nie wiedział jak to możliwe, lecz po tym ostatnim kroku nie wydawało się to takie dziwne), odświeżając posiniaczoną i spoconą skórę. Chwycił brzegi maski, chcąc zdjąć ją na chwilę i wystawić całą twarz na podmuchy tej ożywczej bryzy, ale maska nie chciała zejść. Wcale nie dawała się zdjąć. Jakby guma przyrosła mu do twarzy. Jak gdyby *ze bool* stał się nieodłączną częścią jego „ja".

IX

JA ODPŁACAM

1

Bill spoglądał na oblany księżycową poświatą pagórek ostrożnym wzrokiem człowieka kompletnie niezdolnego pojąć, co widzi. Dotknął ręką opuchniętej szyi i zaczął ją masować. Rosie dostrzegła już na niej wachlarzowato rozchodzące się sińce.

Nocny wietrzyk musnął jej czoło jak troskliwa dłoń. Był łagodny, ciepły i niósł zapach lata. Nie było w nim wilgoci mgieł ani woni wielkiego jeziora leżącego na wschód od miasta.

— Rosie? Czy to wszystko dzieje się naprawdę?

Zanim zdążyła wymyślić jakąś odpowiedź na to pytanie, wtrącił się inny — dobrze jej znany — głos.

— Dziewczyno! Ty, dziewczyno!

To była kobieta w czerwonej sukni, tyle że teraz nosiła zwykłą koszulę... niebieską — pomyślała Rosie, chociaż w świetle księżyca nie mogła tego stwierdzić. „Wendy Yarrow" stała w połowie drogi na wzgórze.

— Sprowadź go tu, dziewczyno! Nie ma czasu do stracenia! Tamten zaraz tu będzie, a musicie jeszcze zrobić kilka rzeczy! Ważnych rzeczy!

Rosie wciąż trzymała Billa za ramię. Próbowała pociągnąć go za sobą, ale opierał się, z niepokojem spoglądając na „Wendy". Za nimi — cicho, lecz wciąż okropnie blisko — Norman nawoływał Rose. Bill podskoczył, ale nie chciał iść.

— Kto to jest, Rosie? Kim jest ta kobieta?

— Nieważne. Chodź!

Tym razem nie ciągnęła go za ramię; szarpnęła za nie z rosnącym zniecierpliwieniem. Poszedł, ale zdołał przejść zaledwie kilka kroków, zanim zgiął się wpół, kaszląc tak silnie, że oczy wychodziły mu na wierzch. Rosie skorzystała z okazji, aby rozpiąć zamek pożyczonej od niego kurtki. Zdjęła ją i rzuciła w trawę. Potem sweter. Bluzka pod nim nie miała rękawów i Rosie założyła bransoletę na ramię. Natychmiast poczuła przypływ sił i, jeśli o nią chodzi, nie miało znaczenia to, czy uczucie było realne, czy urojone. Zerknęła przez ramię, na pół oczekując widoku nadbiegającego Normana, ale nie, nie było go tu, przynajmniej na razie. Zobaczyła tylko bryczkę, kucyka — niespętanego i gryzącego wysrebrzoną księżycem trawę — oraz te same sztalugi, jakie widziała przedtem. Obraz znów zmienił się. Przede wszystkim odwrócona plecami postać już nie była kobietą, lecz wyglądała jak rogaty demon. Zdaniem Rosie to był demon, ale także człowiek. To był Norman i przypomniała sobie, że w błysku wystrzału widziała sterczące mu na głowie rogi.

— Dziewczyno, czemu tak wolno? Ruszaj się!

Kiedy atak kaszlu zaczął mijać, objęła ramieniem Billa i poprowadziła go tam, gdzie niecierpliwie czekała „Wendy". Zanim dotarli na miejsce, Rosie prawie musiała go nieść.

— Kim... jesteś? — zapytał Bill kobietę, kiedy wreszcie do niej doszli, i natychmiast znów zaniósł się kaszlem.

„Wendy" zignorowała pytanie i wzięła go pod rękę z drugiej strony, pomagając Rosie. A kiedy przemówiła, zwracała się do niej.

— Położyłam zapasowy *zat* za rogiem świątyni, więc z tym wszystko w porządku... lecz musimy się śpieszyć! Nie ma ani chwili do stracenia!

— Nie wiem, o czym mówisz — powiedziała Rosie, lecz w głębi duszy wydawało jej się, że wie. — Co to jest *zat*?

— Daj teraz spokój pytaniom — rzekła czarna kobieta. — Lepiej podążajmy żwawo.

Podtrzymując Billa, poszły w dół stoku ku świątyni (to zdumiewające, jak nagle przypomniałam sobie to wszystko — pomyślała Rosie). Ich cienie kroczyły obok nich niczym cienie kobiet męczonych i rozciąganych na stole tortur. Przed nimi wznosił się budynek, a raczej zdawał się wznosić nad nimi, jak jakiś żywy i głodny stwór. Rosie była głęboko wdzięczna, kiedy „Wendy" skręciła w prawo, prowadząc ich za róg.

Za świątynią, na jednym z licznych ciernistych krzewów, zwisał zapasowy *zat*. Rosie spojrzała nań z niepokojem, ale bez zdziwienia. To był jasnoczerwony chiton, bliźniaczo podobny do tego, który nosiła kobieta o słodkim głosie opętanej.

— Włóż to — poleciła czarna kobieta.

— Nie — zaprotestowała słabym głosem Rosie. — Nie, boję się.

— WRACAJ TU, ROSE!

Słysząc ten głos, Bill drgnął i obrócił głowę, szeroko otwierając oczy, z twarzą pobladłą bardziej, niż można by przypisać księżycowemu światłu, i z drżącymi wargami. Rosie też bała się, ale żywiła rozpaczliwą nadzieję, że Norman nie będzie mógł ścigać ich aż tutaj, że obraz jakoś zamknie się za nimi. Teraz wiedziała już, że tak się nie stało. Znalazł go i niebawem będzie z nimi w tym świecie, jeżeli już w nim nie był.

— WRACAJ, TY SUKO!

— Włóż to — powtórzyła kobieta.

— Dlaczego? — pytała Rose, lecz jej dłonie już chwyciły bluzkę i ściągnęły ją przez głowę. — Dlaczego muszę to robić?

— Ponieważ ona tak chce, a zawsze dostaje to, czego pragnie. — Czarna kobieta popatrzyła na Billa, który spoglądał na Rosie. — Odwróć się — nakazała mu. — Jeśli o mnie chodzi, w swoim świecie możesz oglądać jej nagość, aż ci oczy wypadną, ale nie w moim. Odwróć się, jeśli wiesz, co dla ciebie dobre.

— Rosie? — odezwał się niepewnie Bill. — To sen, prawda?

— Tak — odparła, a w jej głosie był chłód, rodzaj spontanicznego wyrachowania, jakiego jeszcze nigdy u siebie nie słyszała. — Tak, masz rację. Rób, co ona mówi.

Odwrócił się tak gwałtownie, jak żołnierz wykonujący w tył zwrot. Teraz spoglądał na wąską ścieżkę biegnącą na tyłach budynku.

— Zdejmij i tę uprząż na biust — powiedziała kobieta, niecierpliwie trącając palcem biustonosz Rosie. — Nie możesz mieć na sobie tego, kiedy włożysz *zat*.

Rosie rozpięła stanik i zdjęła go. Potem zrzuciła z nóg tenisówki, nie rozsznurowane, i ściągnęła dżinsy. Stanęła w białych bawełnianych figach i spojrzała pytająco na „Wendy", która skinęła głową.

— Tak, to też.

Rosie pozbyła się majteczek, a potem ostrożnie zdjęła z krzaka *zat*. Czarna kobieta przysunęła się bliżej, chcąc jej pomóc.

— Wiem, jak ją włożyć, nie plącz mi się pod nogami! — warknęła Rosie i wciągnęła chiton przez głowę, jak koszulę.

„Wendy" spoglądała na nią badawczo, nie próbując już pomagać, nawet gdy Rosie miała chwilowe kłopoty z ramiączkiem. Kiedy uporała się z nim, prawe ramię było odsłonięte, a nad lewym łokciem lśniła bransoleta. Stała się lustrzanym odbiciem kobiety z obrazu.

— Możesz się odwrócić — powiedziała do Billa.

Zrobił to. Zmierzył ją uważnym spojrzeniem, odrobinę dłużej zatrzymując wzrok na sutkach rysujących się pod pięknie tkaną materią. Rosie nie miała nic przeciwko temu.

— Wyglądasz jak ktoś inny — stwierdził w końcu. — Ktoś niebezpieczny.

— Tak już jest w snach — odparła i znów usłyszała w swoim głosie chłód i wyrachowanie. Nienawidziła tego... a zarazem uwielbiała. I to bardzo.

— Czy muszę ci mówić, co masz robić? — spytała czarna kobieta.

— Nie, oczywiście, że nie.

Rosie zawołała, a jej głos był zarówno melodyjny, jak i gwałtowny, głos nienależący do niej, głos tamtej... tyle że to był także jej głos; był.

— Normanie! — zawołała. — Normanie, jestem tutaj!

— Jezu Chryste, Rosie, nie! — jęknął Bill. — Oszalałaś?

Próbował złapać ją za ramię, a ona niecierpliwie odtrąciła jego dłoń, rzucając mu ostrzegawcze spojrzenie. Cofnął się pod nim, tak samo jak przedtem „Wendy".

— To jedyny sposób, a w dodatku słuszny sposób. Ponadto... — odrobinę niepewnie spojrzała na „Wendy". — Tak naprawdę, nie będę musiała nic robić, prawda?

— Prawda — odparła kobieta w błękitnej szacie. — Pani zajmie się wszystkim. Gdybyś próbowała jej przeszkodzić, a nawet pomóc, pożałowałabyś. Masz robić tylko to, co według tego drania na górze robi każda kobieta.

— Zwabić go — mruknęła Rosie z oczami błyszczącymi światłem księżyca.

— Zgadza się — przytaknęła tamta. — Zwabić go.

Rosie nabrała powietrza w płuca i znów zawołała Normana czując, jak bransoleta na jej ramieniu grzeje ciało jakimś dziwnym, deliryczne słodkim żarem, ciesząc się dźwiękiem dobywającym się z jej gardła, równie donośnym jak jej stary okrzyk wojenny strażników Teksasu, jaki wydała w labiryncie, żeby skłonić dziecko do płaczu.

— Tuuutaj, Normanie!

Bill patrzył na nią. Przestraszony. Nie podobał jej się ten wyraz jego twarzy, ale chciała go takim widzieć. I widziała. Był mężczyzną, prawda? A mężczyźni czasem muszą nauczyć się respektu przed kobietą, czyż nie? Czasami to jedyna obrona kobiety.

— Teraz idź — oznajmiła czarna kobieta. — Ja zostanę tutaj z twoim mężczyzną. Będziemy bezpieczni; tamten pójdzie przez świątynię.

— Skąd wiesz?

— Wiem, ponieważ oni zawsze tak robią — odrzekła z prostotą kobieta. — Pamiętaj, czym on jest.

— Bykiem.

— Zgadza się; bykiem. A ty jesteś kobietą, która pomacha mu przed nosem jedwabnym kapeluszem, żeby go zwabić. Tylko pamiętaj, jeśli dopadnie cię, nie ma tu pikadorów, którzy go odciągną. Jeżeli cię złapie — zabije. Tak jest. Ani ja, ani moja pani nie będziemy mogły go powstrzymać. On chce zanurzyć pysk w twojej krwi.

Wiem to lepiej od ciebie — pomyślała Rosie. — Wiem o tym od lat.

— Nie idź, Rosie — odezwał się Bill. — Zostań z nami.

— Nie.

Przecisnęła się obok niego czując, jak cierń rozcina jej udo i ten ból był równie przyjemny jak przedtem ten okrzyk. Nawet uczucie krwi sączącej się z rany było miłe.

— Mała Rosie.

Odwróciła się.

— W końcu mu ujdziesz. Wiesz dlaczego?

— Tak, oczywiście.

— Co miałaś na myśli mówiąc, że to byk? — zapytał Bill. W jego głosie słyszała obawę i lęk... a jednak nigdy nie kochała go bardziej niż teraz i pomyślała, że nigdy nie pokocha. Jego twarz była taka blada i bezbronna.

Znów zaczął kaszleć. Rosie położyła mu rękę na ramieniu, przerażona, że może odsunąć się od niej, lecz nie zrobił tego. Przynajmniej jeszcze nie.

— Zostań tu — powiedziała. — Zostań tutaj i bądź cicho.

Potem szybko odeszła. W świetle księżyca mignął mu jeszcze czerwony chiton na końcu świątyni, gdzie zaczynała się ścieżka, a potem Rosie zniknęła.

Po chwili w mroku ponownie rozległ się jej krzyk, dźwięczny i dziwnie okropny:

— Normanie, tak głupio wyglądasz w tej masce... — Chwila ciszy, a potem: — Już nie boję się ciebie, Normanie...

— Chryste, on ją zabije — mruknął Bill.

— Może — odparła kobieta w błękitnej szacie. — Ktoś dziś zostanie zabity, to pe...

Nagle urwała, nadstawiając ucha, patrząc szeroko otwartymi i błyszczącymi oczami.

— Co sły...?

Czarna dłoń błyskawicznie zakryła mu usta. Nie nacisnęła mocno, lecz Bill poczuł, że mogłaby to zrobić — wydawała się zrobiona ze stalowych sprężyn. Czując jej dłoń na wargach i czubki palców na policzku, powoli dochodził do straszliwego wniosku, nabierał pewności, że to nie sen. Chociaż bardzo pragnąłby w to wierzyć, po prostu nie mógł.

Czarna kobieta stała na palcach i tuliła się do niego jak kochanka, wciąż zatykając mu usta.

— Ciii — szepnęła mu do ucha. — On nadchodzi.

Teraz usłyszał szelest trawy i liści, a potem ciężkie, warkliwe sapnięcia, którym towarzyszyły przeciągłe świsty. Zazwyczaj taki dźwięk kojarzyłby z mężczyzną o wiele cięższym od Normana Danielsa — ważącym od stu czterdziestu do stu sześćdziesięciu kilogramów.

Albo z dużym zwierzęciem.

Czarna kobieta powoli zdjęła dłoń z ust Billa i stali tam, nasłuchując odgłosów zbliżającego się stworzenia. Bill objął ją ramieniem, a ona jego też. Stali tak, aż Bill nabrał dziwnej pewności, że Norman — czy też to coś, czym się stał — nie przejdzie przez budynek, lecz wyłoni się zza rogu i zobaczy ich. Przez chwilę będzie grzebał kopytem, opuści łeb, a potem pogoni ich tą wąską ścieżką, nie dającą szansy ucieczki, doścignie, stratuje i przebodzie...

— Ciii — szepnęła.

— Normanie, ty idioto...

Słowa unosiły się w powietrzu jak dym, jak blask księżyca.

— Jesteś taki głupi... naprawdę myślałeś, że zdołasz mnie schwytać? Głupie stare byczysko!

Wybuch dźwięcznego, drwiącego śmiechu. Ten dźwięk kojarzył się Billowi ze spadającym szkłem, głębokimi studniami i pustymi komnatami o północy. Zadrżał i na rękach wystąpiła mu gęsia skórka.

Przed frontem budowli, z miejsca, skąd wołała Rosie, zapadła chwilowa cisza (przerywana jedynie podmuchami wiatru przelotnie poruszającego krzakami, jak ręka czesząca zmierzwioną czupryny). W górze jasny dysk księżyca skrył się za chmurą, srebrząc jej krawędzie. Niebo było upstrzone gwiazdami, ale Bill nie rozpoznawał żadnej konstelacji.

— Noor-maaanie... nie chcesz ze mną porozmaaawiać?

— Och, porozmawiam z tobą — rzekł Norman Daniels i Bill poczuł, jak czarna kobieta drgnęła, a jego serce wykonało długi, paskudny skok z piersi do gardła. Ten głos rozległ się nie dalej niż dwadzieścia metrów od nich. Jakby Norman celowo poruszał się tak niezdarnie, pozwalając im śledzić jego drogę, a potem, kiedy mu to będzie odpowiadało, iść zupełnie bezszelestnie. — Porozmawiam z tobą w cztery oczy, ty cipo.

Palec czarnej kobiety spoczął na wargach Billa, nakazując mu ciszę, ale Billowi nie trzeba było o tym przypominać. Spojrzał jej w oczy i zobaczył, że wcale już nie była pewna, iż Norman przejdzie przez budynek.

Cisza przedłużała się w nieskończoność. Nawet Rosie zdawała się czekać.

Potem, już nieco dalej, znów odezwał się Norman.

— Ejże, ty stary skurwysynu — powiedział. — Co tu robisz?

Bill spojrzał na czarną kobietę. Nieznacznie potrząsnęła głową na znak, że też tego nie rozumie. Nagle uświadomił sobie coś okropnego: musiał zakaszleć. Drażniące pulsowanie w gardle było nie do zniesienia. Wcisnął usta w zgięcie łokcia i usiłował zdusić kaszel, czując na sobie zatroskane spojrzenie kobiety.

Nie wytrzymam długo — pomyślał. — Chryste, Normanie, dlaczego tak się wleczesz? Przedtem byłeś dość szybki.

I jakby w odpowiedzi na jego myśli:

— Nooor-maaanie! Jesteś tak kurewsko POWOLNY, Nooor-maaanie!

— Suko — odezwał się ochrypły głos po drugiej stronie świątyni. — Och, ty suko.

Odgłos nóg na pokruszonym kamieniu. Po chwili Bill usłyszał echo kroków i pojął, iż Norman jest wewnątrz budynku, który czarna kobieta nazywała świątynią. Zrozumiał coś jeszcze: atak kaszlu ustąpił, przynajmniej na razie.

Nachylił się do kobiety w błękitnej szacie i szepnął jej do ucha:

— Co robimy teraz?

Jej oddech połaskotał mu szyję, gdy mówiła cicho:

— Czekamy.

2

Odkrycie, że maska stała się teraz częścią jego ciała, przeraziło go na chwilę czy dwie, lecz zanim strach zdążył przerodzić się w przerażenie, Norman zobaczył opodal coś, co całkowicie odwróciło jego uwagę od maski. Zszedł kawałek stokiem i ukląknął. Podniósł sweter, obejrzał go i odrzucił na bok. Potem podniósł kurtkę. To tę nosiła. Motocyklowa kurtka. Facet miał motor, a ona jeździła z nim, zapewne przyciskając krocze do jego tyłka. Jest dla niej za duża — pomyślał. — Pożyczyła ją od niego. To spostrzeżenie rozwścieczyło go; splunął na kurtkę, cisnął ją na ziemię, po czym zerwał się na równe nogi i potoczył wokół groźnym spojrzeniem.

— Ty suko — zamruczał. — Ty nędzna, podstępna suko.

— Normanie! — nadleciało z ciemności, na sekundę zapierając mu dech w piersi.

Blisko — pomyślał. — Kurwa mać, jest blisko. Chyba w tym budynku.

Stał nieruchomo jak posąg czekając, aż odezwie się znowu. Po chwili zrobiła to.

— Normanie, tu jestem!

Ponownie uniósł ręce do maski, lecz tym razem nie ciągnął, lecz gładził ją.

— *Viva ze bool* — powiedział do maski i zaczął schodzić ze wzgórza ku widocznym w dole ruinom. Wydawało mu się, że dostrzega biegnące w tym kierunku ślady — połamane źdźbła wysokiej trawy, być może w miejscach, gdzie stawiała stopy — lecz w świetle księżyca trudno było mieć pewność.

Wtem, jak na potwierdzenie, że idzie we właściwym kierunku, kolejny raz usłyszał jej rozwścieczający, drwiący krzyk:

— Tuuutaj, Nooor-maaanie!

Jakby wcale nie obawiała się go, jakby nie mogła doczekać się spotkania. Suka!

— Zaczekaj, Rose — mruczał. — Tylko nie ruszaj się z miejsca.

Miał policyjny rewolwer zatknięty za pasek od spodni, ale broń nie odgrywała większej roli w jego planach. Nie wiedział, czy we śnie może strzelić, czy nie i wcale nie miał zamiaru tego sprawdzać. Chciał porozmawiać dłużej z tą małą dziką Różą, a broń uniemożliwiłaby to.

— Normanie, tak głupio wyglądasz w tej masce... Już nie boję się ciebie, Normanie...

Przekonasz się, że to chwilowe wrażenie, ty suko — pomyślał.

— Normanie, ty idioto!

No dobrze, może nie była w budynku; mogła wyjść po przeciwnej stronie. To bez znaczenia. Jeśli ona sądzi, że zdoła uciec mu na równym terenie, to czeka ją największa niespodzianka w życiu. Ostatnia niespodzianka.

— Jesteś takim durniem! Naprawdę myślałeś, że zdołasz mnie złapać? Głupie stare byczysko!

Przesunął się trochę w prawo, usiłując nie robić hałasu, przypominając sobie, że nie powinien zachowywać się jak — cha-cha! — byk w składzie porcelany. Przystanął u podnóża popękanych schodów wiodących do świątyni (tak, teraz to widział, to była świątynia, taka jak w jednej z tych greckich bajek, postawiona w przerwach między obłapkami) i zmierzył ją uważnym spojrzeniem. Budynek był najwidoczniej opuszczony i popadał w ruinę, ale nie budził niechęci: Norman miał dziwne wrażenie, że znalazł się w domu.

— Nooor-maaanie! Nie chcesz ze mną rozmaaawiać?

— Och, porozmawiam z tobą — powiedział. — Porozmawiam z tobą w cztery oczy, ty cipo.

Na prawo od schodów dostrzegł coś w wysokiej, gęstej trawie: wielką kamienną twarz, gapiącą się ze skupieniem w niebo. Po pięciu krokach Norman znalazł się przy niej i patrzył na nią przez jakieś dziesieć sekund, upewniając się, że naprawdę widzi to, co widzi. Naprawdę. Ogromna głowa miała twarz jego ojca, a jej puste oczy drwiły z niego w świetle księżyca.

— Ejże, ty stary skurwysynu — powiedział łagodnie. — Co tu robisz?

Kamienny ojciec nie odpowiedział, lecz zrobiła to żona Normana.

— Nooor-maaanie! Jesteś tak kurewsko POWOLNY, Nooor-maaanie!

— Nauczyli ją pięknego języka — napomknął byk, który teraz przemawiał w głowie Normana. Niewątpliwie zadała się ze wspaniałymi ludźmi — zmienili całe jej życie.

— Suko — rzekł grubym, drżącym głosem. — Och, ty suko.

Odwrócił się plecami do kamiennej twarzy w trawie, mając ochotę wrócić i splunąć na nią tak, jak na kurtkę... albo rozpiąć dżinsy i obsikać ją. Nie ma czasu na zabawy. Pośpieszył spękanymi schodami do mrocznego wejścia świątyni. Przy każdym kroku przeszywający ból wędrował po nodze w górę, po plecach, do obolałej dolnej szczęki. Wydawało się, że jedynie gumowa maska utrzymuje ją na miejscu — bolała jak wszyscy diabli. Pożałował, że nie zabrał aspiryny z radiowozu zabitych gliniarzy.

— Jak ona mogła tak postąpić, Normie? — szepnął znowu głos z głębi świadomości. Brzmiał jak głos ojca, lecz Norman nie pamiętał, by ten kiedyś mówił tak niepewnie, czy z takim niepokojem. — Jak śmiała to zrobić? Co się z nią stało?

Stanął na najwyższym stopniu, bolała go cała twarz, a dolna szczęka obwisła mu jak sflaczała opona.

— Nie wiem i nic mnie to nie obchodzi — rzekł widmowemu głosowi. — Jednak powiem ci jedno, tato, jeżeli nim jesteś, że kiedy ją znajdę, to się jej piekielnie szybko odstanie. Ma to jak w banku.

— Jesteś pewien, że chcesz spróbować? — zapytał głos, i Norman, który już ruszał naprzód, znów stanął, słuchając, nadstawiając ucha. — Czy wiesz, co byłoby lepsze? — ciągnął głos. — Lepiej byłoby uznać to za remis. Wiem, jak to brzmi, ale mimo to dam ci dobrą radę, Normie. Gdybym ja o tym decydował, zawróciłbym i poszedł z powrotem tą samą drogą, którą przyszedłeś. Ponieważ to wszystko nie wygląda dobrze. Prawdę mówiąc, coś mi tu śmierdzi. Nie wiem, o co chodzi, ale wiem, na co mi to wygląda: na pułapkę. I jeśli w nią wpadniesz, będziesz miał większe zmartwienia niż obwisła szczęka czy maska, która nie chce schodzić. Dlaczego nie zawrócisz i nie zmyjesz się stąd? Nie spróbujesz wrócić do jej pokoju i tam na nią zaczekać?

— Ponieważ przyjdą tam, tato — powiedział mu Norman. Wstrząsnęła nim stanowczość i pewność tego głosu, jednak nie chciał tego przyznać. — Przyjdą tam gliny i załatwią mnie. Załatwią mnie, zanim powącham jej perfumy. I dlatego, że robiła sobie ze mnie jaja. Ponieważ stała się kurwą. Widzę to po tym, jak do mnie teraz mówi.

— Nieważne, jak do ciebie mówi, ty idioto! — pouczał go głos. — Jeżeli jest stuknięta, zostaw ją, niech ją szlag trafi razem z jej przyjaciółkami! Może jeszcze nie jest za późno, by zakończyć tę sprawę, zanim wybuchnie ci w twarz.

Zastanowił się... a potem podniósł głowę i przeczytał słowa wykute nad wejściem do świątyni. TA, KTÓRA KRADNIE KARTĘ KREDYTOWĄ MĘŻA, NIE JEST GODNA ŻYĆ — głosił napis.

Pozbył się wątpliwości. Nie będzie więcej słuchał tego tchórzliwego, starego zboczeńca. Przeszedł przez ziejący czernią próg w wilgotny mrok wnętrza. Ciemno... ale nie tak ciemno, żeby niczego nie widzieć. Pyliste smugi księżycowego światła padały skośnie przez maleńkie okienka, oświetlając świątynię podobną trochę do kościoła, do którego Rosie i jej rodzina uczęszczali w Aubreyville. Szedł po stertach zeschniętych liści, a kiedy stado wirujących, piszczących nietoperzy spłynęło z góry, żeby załopotać mu skrzydłami przy twarzy, odpędził je machnięciem ręki.

— Wynocha, skurwysyny — wymamrotał.

Przeszedł przez drzwi po prawej stronie ołtarza, wyszedł na mały kamienny taras i wtedy dostrzegł jakiś strzęp zwisający z krzaka. Pochylił się, zdjął gałgan i podsunął sobie pod nos. Trudno było orzec przy tym kiepskim świetle, ale uznał, że materiał był czerwony lub różowy. Czy ona nosiła rzeczy w takim kolorze? Wydawało mu się, że miała na sobie dżinsy, ale wszystko mu się pokręciło. Nawet jeśli to były dżinsy, zdjęła kurtkę, którą pożyczył jej ten lachociąg, i może pod spodem...

Za plecami usłyszał ciche trzepotanie przypominające odgłos bandery łopoczącej na wietrze. Norman odwrócił się i brązowy nietoperz frunął mu w twarz, kłapiąc wąsatym pyskiem i tłukąc skrzydłami po policzkach.

Obracając się, odruchowo chwycił kolbę rewolweru. Teraz puścił ją i złapał nietoperza, miażdżąc skrzydła i przyciskając je do ciała zwierzęcia. Skręcił je w dłoniach i z taką siłą rozerwał na dwie części, że jelita upadły mu na buty.

— Powinieneś trzymać się z daleka od mojej twarzy, dupku — warknął Norman i cisnął resztki nietoperza z powrotem w mrok świątyni.

— Świetnie ci idzie zabijanie nietoperzy, Normanie.

Jezu Chryste, ależ blisko, tuż za nim! Tym razem odwrócił się tak szybko, że prawie runął na kamienny taras.

Za świątynią teren łagodnie opadał do strumienia i w połowie drogi, w czymś, co wyglądało na najbardziej wyschnięty ogród na świecie, była jego słodka, mała dzika Róża — po prostu stała tam w świetle księżyca, patrząc na Normana. Zauważył trzy rzeczy, jedną po drugiej. Po pierwsze była bez dżinsów, jeśli w ogóle miała je przedtem; nosiła sukienkę mini, wyglądającą jak szykowna toga na party w klasztorze. Po drugie zmieniła uczesanie. Utleniła włosy i spięła je z tyłu.

Po trzecie była piękna.

— Nietoperze i kobiety — powiedziała zimno. — Oto przeciwnik dla ciebie, prawda? Prawie mi cię żal, Normanie. Co z ciebie za mężczyzna. Chociaż tak naprawdę to nie jesteś mężczyzną. A ta głupia maska wcale cię nim nie zrobi.

— ZABIJĘ CIĘ, SUKO!

Norman zeskoczył z tarasu i pobiegł w dół zbocza, do niej, a w blasku księżyca rogaty cień sunął razem z nim po wyschniętej trawie.

3

Przez moment stała nieruchomo, jak posąg, nie ruszając żadnym mięśniem, gdy runął ku niej, wrzeszcząc pod tą swoją odrażającą maską. Poruszyło ją dopiero nagłe, okropne wspomnienie — podejrzewała, że podsunięte przez panią Praktycznie-Rozsądną — rakiety tenisowej z mokrą od krwi rękojeścią, którą kiedyś ją zgwałcił.

Odwróciła się, łopocząc rąbkiem swego *zat* i pobiegła w kierunku strumienia.

„Kamienie, Rosie... jeżeli wpadniesz do wody...".

Nie miała takiego zamiaru. Jest prawdziwą Rosie, *Rosie Real* i nie wpadnie do wody. A przynajmniej, dopóki nie zacznie myśleć, co mogłoby się stać, gdyby wpadła. Zapach strumienia owiał ją tak silnie, że oczy zaczęły jej łzawić... a w ustach zaschło z pragnienia.

Rosie uniosła rękę, ścisnęła nos wskazującym i środkowym palcem, a potem skoczyła na drugi kamień, potem na czwarty, a później już na drugi brzeg. Łatwe. Nic trudnego. Przynajmniej dopóty, dopóki nie pośliznęła się. Runęła jak długa i zaczęła zsuwać się po śliskiej trawie do czarnej wody.

4

Norman zobaczył, jak upadła, i zaśmiał się. Wygląda na to, że się zmoczy.

Nie martw się, Rose — pomyślał. — Wyciągnę cię i osuszę. Tak, naprawdę.

Ona jednak natychmiast zerwała się, chwyciwszy rękami za brzeg i rzuciwszy przez ramię jedno przerażone spojrzenie... lecz najwyraźniej nie obawiała się jego, oglądała się na wodę. Kiedy wstawała, przez moment dostrzegł jej tyłek, goły jak w dniu narodzin. W zdumienie wpędził go fakt, że miał wzwód.

— Nadchodzę, Rose — wysapał. Tak, a niebawem może dojdzie również w inny sposób. On dojdzie, a ona odejdzie, można by rzec.

Pobiegł do strumienia, tratując delikatne ślady stóp Rose ciężkimi buciorami Humpa McDanielsa i dotarł do brodu w chwili, gdy ona wdrapała się na drugi brzeg. Stała tam przez chwilę, oglądając się, i tym razem wyraźnie patrzyła na niego. Potem zrobiła coś, co sprawiło, że na chwilę oniemiał ze zdumienia.

Wulgarnym gestem pokazała mu palec.

I zrobiła to jak należy, całując jego czubek, zanim uciekła w kierunku kępy uschniętych drzew.

— Widziałeś to, Norman? — zapytał *ze bool* z wnętrza jego głowy. — Ta suka ma cię gdzieś. Widziałeś to?

— Tak — wysapał. — Widziałem. Zajmę się i tym. Zajmę się wszystkim.

Nie zamierzał jednak śpieszyć się przy pokonywaniu strumienia, ryzykując upadek. Ta woda nie podobała się Rose, więc i on musi być bardzo ostrożny, dosłownie, musi uważać na każdy krok. Ten przeklęty strumyk może być pełen tych małych południowoamerykańskich rybek z wielkimi zębami, które — jak mają dobry dzień — potrafią w mgnieniu oka oczyścić z mięsa całą krowę.

Nie wiedział, czy mogłyby zabić śniącego, jednak cała ta historia coraz mniej przypominała sen.

Pokazała mi tyłek — myślał. — Goły tyłek. Może ja też coś jej pokażę... czy nie mówią, że karuzela to fajna zabawa?

Norman ściągnął wargi w ponurym grymasie, który nie był uśmiechem, po czym postawił jeden z butów Humpa na pierwszym białym głazie. W tym momencie księżyc schował się za chmurę. Kiedy znów wyszedł, zastał Normana w połowie brodu. Norman spojrzał na wodę, najpierw zaciekawiony, a potem zafascynowany i przerażony. Światło księżyca nie zagłębiało się w wodę, strumień był jak z atramentu, ale nie to zaparło mu dech w piersi i kazało przystanąć. Odbijający się w tej czarnej toni księżyc wcale nie był księżycem. To była zbielała i szczerząca zęby ludzka czaszka.

Pociągnij łyk tego gówna, Normie — wydawała się szeptać czaszka na wodzie. — Do licha, zrób sobie nawet całą cholerną kąpiel, jeśli chcesz. I zapomnij o tych głupstwach. Wypij, a tak się stanie. Wypij, a przestaniesz się tym martwić; zapomnisz o wszystkim.

To było takie kuszące, takie dobre. Spojrzał w górę, może po to, aby zobaczyć, czy księżyc na niebie przypomina tę czaszkę na wodzie, lecz zamiast niego zobaczył Rose. Stała w miejscu, gdzie ścieżka ginęła w gaju uschniętych drzew, obok posągu chłopca z uniesionymi ramionami i sterczącym kutasem.

— Nie wywiniesz się tak łatwo — prychnął. — Nie...

Wtedy kamienny chłopak poruszył się. Opuścił ręce i złapał Rose za prawy przegub. Rose wrzasnęła i daremnie usiłowała rozerwać uchwyt. Kamienny chłopak uśmiechnął się, po czym, na oczach obserwującego Normana, wysunął marmurowy język i sugestywnie poruszał nim do Rose.

— Doskonale — szepnął Norman. — Trzymaj ją. Trzymaj.

Skoczył na drugi brzeg i rzucił się w stronę zbiegłej żony, wyciągając wielkie łapska.

5

— Chcesz się przejechać? — spytał kamienny chłopak chropawym, monotonnym głosem. Dłonie ściskające jej przegub były kanciaste i twarde, ciężkie. Zerknęła przez ramię i zobaczyła, jak

Norman przeskakuje na brzeg, a rogi jego maski dźgają nocne powietrze. Poślizgnął się na mokrej trawie, ale nie upadł. Po raz pierwszy od chwili gdy zrozumiała, że w radiowozie siedzi Norman, Rosie była bliska paniki. Złapie ją, a potem? Rozszarpie ją zębami na strzępy, tak że umrze wrzeszcząc, z zapachem wody English Leather w nozdrzach. On... — Chcesz się przejechać? — szydził kamienny chłopiec. — Chcesz się zabawić, Rosie? Masz ochotę...?

— Nie! — wrzasnęła w przypływie furii, przesłaniającej jej oczy czerwoną kurtyną. — Nie i zostaw mnie w spokoju, skończ z tymi głupimi tekstami i zostaw mnie W SPOKOJU!

Zamachnęła się lewą ręką, nie myśląc o tym, jak zaboli uderzenie w marmurowy posąg... i okazało się, że wcale nie bolało. Jakby uderzyła taranem w coś gąbczastego i zmurszałego. Przez ułamek sekundy dostrzegła zmianę wyrazu kamiennej twarzy — na której zdumienie zastąpiło lubieżny uśmiech — a potem szyderczo skrzywione oblicze rozleciało się na sto białych kawałków. Ciężkie dłonie puściły jej rękę, lecz pozostał jeszcze Norman, który prawie ją dopadł, szarżując z opuszczoną głową i wyciągniętymi rękami, głośno sapiąc przez otwór maski.

Rosie odwróciła się czując, jak jego rozpostarte palce muskają ramiączko jej *zat,* i pobiegła.

Zaczął się wyścig.

6

Biegła tak jak wtedy, gdy była dziewczynką, zanim jej praktyczna, rozsądna matka podjęła zbożny trud nauczenia Rosie Alicii McClendon tego, co przystoi damie, a co nie (bieganie zdecydowanie nie, szczególnie że była w takim wieku, iż kołysały się przy tym piersi, zdecydowanie nie). Innymi słowy, gnała ile sił w nogach, ze spuszczoną głową, miarowo wymachując rękami. Za plecami czuła Normana, najpierw tuż-tuż, później zostającego w tyle, początkowo o kilkadziesiąt centymetrów, potem o kilka metrów. Nawet wtedy gdy pozostał w tyle, słyszała, jak sapie i dyszy, dokładnie tak samo jak byk Erinyes w labiryncie. Zdawała sobie sprawę z tego, że sama cicho sapie, a warkocz podskakuje jej miarowo na plecach. Poczuła szalone uniesienie i krew mocno uderzyła jej do głowy, która — zdawało się — miała lada chwila pęknąć w ostatecznej ekstazie. Zerknęła w górę i zobaczyła, że księżyc pędzi wraz z nią, gna przez usiane gwiazdami niebo nad konarami martwych drzew, sterczącymi jak dłonie pogrzebanych żywcem olbrzymów, którzy umarli, usiłując się odkopać. W pewnej chwili, kiedy Norman warknął, żeby przestała uciekać i być taką cipą, po prostu się roześmiała. On myśli, że to zabawa — pomyślała.

Potem minęła zakręt ścieżki i ujrzała powalone piorunem drzewo tarasujące ścieżkę. Nie było czasu, aby je ominąć, a gdyby próbowała stanąć, nadziałaby się na uschnięte, sterczące konary. A gdyby nawet uniknęła tego, pozostawał Norman. Wyprzedzała go trochę, lecz jeśli zatrzymałaby się choć na moment, dopadłby ją jak pies królika.

Wszystko to w mgnieniu oka przemknęło jej przez myśl. Potem krzycząc — może ze strachu, może wyzywająco, a pewnie z obu powodów — skoczyła, wyciągając ręce jak supergirl, przeleciała nad drzewem i wylądowała po drugiej stronie. Wykonała przewrót w przód, lekko oszołomiona zerwała się na równe nogi i zobaczyła Normana gapiącego się na nią zza leżącego pnia. Zaciskał dłonie na osmalonych kikutach dwóch konarów i ciężko dyszał. Dmuchnął wietrzyk, przynosząc od niego jeszcze jakiś zapach, oprócz potu i wody English Leather.

— Znów zacząłeś palić, prawda? — zapytała.

Oczy pod gumowymi rogami spojrzały na nią nie rozumiejącym spojrzeniem. Dolna połowa maski drżała spazmatycznie, jakby schowany za nią człowiek próbował się uśmiechnąć.

— Rose — powiedział byk. — Skończ z tym.

— Nie jestem Rose — zaśmiała się wzgardliwie, jakby naprawdę był najgłupszym z żyjących stworzeń: *el toro dumbo.* — Jestem Rosie. *Rosie Real.* Lecz ty już nie jesteś realny, Normanie... prawda? Nawet dla siebie. To już jednak nie ma znaczenia, nie dla mnie, ponieważ rozwodzę się z tobą.

Potem odwróciła się i uciekła.

7

Już nie jesteś realny — myślał, idąc obok korony drzewa, gdzie było mnóstwo miejsca, żeby je obejść. Rose zniknęła po drugiej stronie pnia, biegnąc ile sił, ale Norman, wyszedłszy z powrotem na ścieżkę, ruszył lekkim truchtem. Nie musiał biec szybciej. Ten wewnętrzny głos, który nigdy go nie opuszczał, powiedział mu, że ścieżka kończy się niebawem, niedaleko. To powinno go ucieszyć, ale wciąż słyszał to, co powiedziała mu, zanim ostatni raz mignęła swoim białym tyłeczkiem.

„Jestem Rosie Real, ale ty już nie jesteś realny, nawet dla siebie... rozwodzę się z tobą".

No cóż — pomyślał — przynajmniej to ostatnie jest prawdą. Będzie rozwód, ale na moich warunkach, Rose.

Truchtał jeszcze chwilę, a potem stanął, ocierając czoło przedramieniem, nie dziwiąc się, kiedy poczuł na nim pot, a nawet nie zastanawiając się jak to możliwe, skoro ma na głowie maskę.

— Lepiej wróć, Rose! — zawołał. — To ostatnia szansa!

— Chodź tu i złap mnie! — odkrzyknęła i jej głos brzmiał teraz jakby inaczej, chociaż nie potrafił określić, na czym polega różnica. — Chodź tu i złap mnie, Normanie, to niedaleko.

Nie, pewnie, że nie. Ścigał ją przez prawie pół kraju, a potem pogonił za nią do innego świata albo do snu, czymkolwiek było to cholerstwo, ale teraz nie miała już dokąd uciec.

— Nie masz już dokąd uciekać, kochaneczko — rzekł Norman i ruszył w kierunku jej głosu, a idąc zaciskał pięści.

8

Wybiegła na owalną polankę i ujrzała siebie, klęczącą pod jedynym zielonym drzewem, z pochyloną głową i zgarbionymi plecami, jakby pogrążoną w modlitwie lub głębokich medytacjach.

Nie ja — pomyślała nerwowo Rosie. — To nie ja.

A jednak to mogła być ona. Odwrócona plecami kobieta, klęcząca u stóp „drzewa granatu", mogła być jej bliźniaczką. Była tego samego wzrostu, tej samej budowy ciała, miała takie same długie nogi i szerokie biodra. Nosiła taki sam jasnoczerwony chiton, który czarna kobieta nazywała *zat,* a włosy opadały jej przez środek pleców aż do pasa, zaplecione w blond warkocz identyczny jak warkocz Rosie. Jedyna różnica polegała na tym, że kobieta miała obie ręce gołe, podczas gdy Rosie nosiła bransoletę. Ale Norman prawdopodobnie nie zauważyłby tej różnicy. Nigdy nie widział u Rosie takiej ozdoby i wątpiła, żeby dostrzegł ją teraz, nie w jego obecnym stanie. Potem zobaczyła coś, co mógłby zauważyć: czarne smugi na karku i ramionach Rose Madder. Roiły się tam jak stado wygłodniałych cieni.

Rosie stanęła, patrząc na kobietę klęczącą przed drzewem oblanym księżycowym blaskiem.

— Jestem — powiedziała niepewnie.

— Tak, Rosie — odparła tamta swym słodkim, pożądliwym głosem. — Jesteś, ale to jeszcze nie wszystko. Chcę, żebyś zeszła tam. — Wskazała szerokie białe schody opadające pod płytę z napisem LABIRYNT. — Niedaleko, tuzin stopni powinien wystarczyć, jeśli położysz się na kamieniach. Chodzi o to, żeby zasłoniły ci widok. Lepiej, byś tego nie widziała... chociaż możesz patrzeć, jeśli zechcesz.

Roześmiała się. W tym śmiechu pobrzmiewało autentyczne rozbawienie i to — pomyślała Rosie — czyniło go tak okropnym.

— W każdym razie — ciągnęła kobieta — może byłoby dobrze, gdybyś usłyszała naszą rozmowę. Tak, sądzę, że to byłoby bardzo dobrze.

— On zauważy, że nie jesteś mną, nawet w świetle księżyca.

Rose Madder znów się zaśmiała. Ten dźwięk sprawił, że Rosie przebiegł dreszcz po plecach.

— Dlaczego miałby zauważyć, mała Rosie?

— Ty masz... no... znamiona. Widzę je nawet w tym słabym świetle.

— Tak, ty je widzisz — odparła ze śmiechem Rose Madder. — Ty tak, ale on nie. Czy zapomniałaś, że Erinyes jest ślepy?

Rosie zamierzała powiedzieć: Myli się pani, mówimy o moim mężu, a nie o byku w labiryncie. Potem przypomniała sobie maskę na głowie Normana i nie odezwała się.

— Idź, szybko — poleciła Rose Madder. — Słyszę, jak nadchodzi. Zejdź na dół, mała Rosie... i nie przechodź za blisko mnie. — Urwała, a potem dodała swoim strasznym, wyrachowanym głosem: — To niebezpieczne.

9

Norman truchtał ścieżką, nasłuchując. Przez chwilę czy dwie zdawało mu się, że słyszy Rose rozmawiającą z kimś, ale zapewne tylko to sobie wyobraził. W każdym razie nie miało to żadnego znaczenia. Jeśli ktoś z nią będzie, zginie również. Gdyby miał szczęście, mogłaby to być Brudna Gertie — może ta przerośnięta lesbo-ciężarówka także znalazła się w tym śnie — i Norman z przyjemnością wpakowałby kulę z czterdziestkipiątki w jej tłusty lewy cyc.

Na myśl o strzelaniu do Gertie prawie poderwał się do biegu. Był teraz tak blisko, że chyba nawet czuł Rosie — przedziwnie wymieszane zapachy mydła Dove i szamponu Silk. Minął jeszcze jeden zakręt.

Nadchodzę, Rose — pomyślał. — Nigdzie nie umkniesz, nigdzie się nie skryjesz. Nadchodzę, by zabrać cię do domu, moja droga.

10

Na schodach wiodących do labiryntu było chłodno i Rosie poczuła zapach, jakiego nie wyczuła poprzednim razem: wilgotną woń stęchlizny. Mieszał się z nią smród odchodów, zgnilizny i dzikiego zwierzęcia. Ta niepokojąca myśl (czy byki potrafią wchodzić na schody?) znów przyszła jej do głowy, lecz teraz nie budziła niepokoju. Erinyesa nie było już w labiryncie, chyba że labiryntem był cały ten świat — świat obrazu.

Właśnie tak — odezwał się spokojnie ten obcy głos, nie całkiem należący do Praktycznie-Rozsądnej. — Ten świat, wszystkie światy. A w każdym wiele byków. W tych mitach drzemie prawda, Rosie. To ich siła. Dlatego przetrwały.

Położyła się na stopniach, zdyszana, z mocno bijącym sercem. Była przerażona, lecz czuła również jakąś złośliwą ciekawość i zrozumiała, co to takiego: kolejna maska kryjąca jej nienawiść.

Zacisnęła dłonie w pięści.

Zrób to — pomyślała. — Zrób to, zabij drania, uwolnij mnie od niego. Chcę słyszeć, jak umiera.

Rosie, przecież ty tak nie myślisz! — To odezwała się Praktycznie-Rozsądna, z wyraźnym przerażeniem i niesmakiem. — Powiedz, że tak nie myślisz!

A jednak nie mogła tego rzec, gdyż część jej umysłu tak właśnie myślała.

Z całą pewnością.

11

Ścieżka, którą szedł, wychodziła na okrągłą polankę i tam ją znalazł. Nareszcie. Jego dzika Róża. Klęcząc plecami do niego, w tej krótkiej czerwonej sukni (był prawie pewny, że była czerwona), ze splecionymi w warkoczyk włosami utlenionymi na kurwi blond. Przystanął na skraju polanki, patrząc na nią. To była Rosie, na pewno, bez wątpienia, jednak jakoś zmieniona. Na przykład miała mniejszy tyłek, ale nie w tym rzecz. Zmieniło się jej zachowanie. A co to oznaczało? Oczywiście, że czas na drobne korekty planu.

— Po co ufarbowałaś sobie te twoje cholerne włosy? — zapytał. — Wyglądasz jak pierdolona dziwa!

— Nic nie rozumiesz — odparła chłodno Rose, nie odwracając głowy. — Farbowałam je przedtem. Zawsze byłam blondynką, Normanie. Farbowałam je, żeby cię zmylić.

Zrobił dwa wielkie kroki po polance, czując narastającą wściekłość, jak zawsze kiedy nie zgadzała się z nim lub zaprzeczała jego słowom, jak zawsze gdy robił to ktokolwiek. A to, co mówiła mu teraz... to, co mu powiedziała...

— Nie, kurwa! — krzyknął.

— Tak, kurwa — odparła, popierając to zdumiewająco bezczelne stwierdzenie pogardliwym śmiechem.

A jednak nie odwróciła się.

Norman zrobił kolejne dwa kroki w jej kierunku, a potem znów przystanął. Opuścił wielkie pięści. Przypomniał sobie wcześniejsze szepty i rozejrzał się po polanie. Szukał Gert, a może tego małego popaprańca, gotowego wygarnąć do niego z zasadzki albo walnąć go kamieniem. Nie dojrzał nikogo, co prawdopodobnie oznaczało, że mówiła do siebie, w domu robiła to przez cały czas. Chyba że ktoś czaił się za tym drzewem. Wydawało się tutaj jedyną żywą rośliną, o długich, zielonych i wąskich liściach, błyszczących jak świeżo rozcięty owoc awokado. Jego konary uginały się pod ciężarem jakichś niesamowitych owoców, których Norman nie tknąłby nawet w bułce z dżemem i masłem orzechowym. Wokół Rose leżała gruba warstwa spadów, a zalatujący od nich zapach przypomniał Normanowi wodę w strumieniu. Od pachnących tak owoców można umrzeć albo rozchorować się tak strasznie, że traci się chęć do życia.

Na lewo od drzewa wznosiło się coś, co potwierdziło jego podejrzenia, że to wszystko sen. Wyglądało jak jakieś cholerne wejście do nowojorskiego metra, obłożone marmurem. Do licha z tym i do licha z tym drzewem i jego owocami cuchnącymi moczem. Ważne, że jest tu Rose, Rose ze swoim śmieszkiem. Domyślał się, że nauczyły ją tego te jej nowe, wąchające kokę przyjaciółki, ale to nie ma znaczenia. Przyszedł tutaj, żeby nauczyć ją czegoś, co jest ważne: a mianowicie tego, że śmiejąc się w ten sposób, można oberwać. Zamierzał zrobić to w tym śnie, jeżeli nawet nie mógł dokonać tego w rzeczywistości; zrobi to, choćby teraz leżał na podłodze jej pokoju, podziurawiony policyjnymi kulami, majacząc w agonii.

— Wstań. — Zrobił kolejny krok w jej kierunku i wyciągnął broń zza pasa dżinsów. — Musimy porozmawiać o paru sprawach.

— Tak, z pewnością masz rację — odparła, lecz nie odwróciła się i nie wstała. Klęczała w świetle księżyca, rzucającego pasiasty cień na jej plecy.

— Rób, co mówię, do cholery!

Zrobił jeszcze jeden krok. Paznokcie dłoni nie trzymającej rewolweru wbijały się w ciało jak rozżarzone do białości skrawki metalu. A ona nie odwracała się. I nie wstała.

— Erinyes z labiryntu! — powiedziała swoim łagodnym, melodyjnym głosem. — *Ecce taurus!* Strzeż się byka!

W dalszym ciągu nie podniosła się z ziemi i nie obróciła twarzą do Normana.

— Nie jestem bykiem, ty cipo! — wrzasnął i szarpnął maskę końcami palców. Nie zsunął jej. Już nie wydawała się przyklejona do jego twarzy; zdawała się jej częścią.

Jak to możliwe? — dziwił się. — Jak to w ogóle możliwe? Przecież to zwykła dziecinna zabawka wygrana w wesołym miasteczku!

Nie znalazł odpowiedzi na to pytanie, lecz maska nie schodziła, obojętnie jak mocno ją szarpał. Miał mdlące przeczucie, że jeśli wbije w nią paznokcie, poczuje ból. Będzie krwawił. Rzeczywiście pozostał teraz tylko jeden otwór na oczy, który przesunął się na sam środek twarzy. Świat wokół pociemniał; uprzednio jasny blask księżyca stał się zamglony.

— Zdejmij ją ze mnie! — ryknął. — Zdejmij ją ze mnie, ty suko! Możesz to zrobić, prawda? Wiem, że możesz! Przestań ze mnie drwić, do kurwy nędzy! NIE WAŻ SIĘ drwić ze mnie!

Chwiejnie przeszedł odległość dzielącą go od klęczącej postaci i złapał Rose za ramię. Ramiączko togi uniosło się i to, co ujrzał pod nim, sprawiło, że wydał zduszony jęk przerażenia. Jej skóra była czarna i sparciała jak owoce gnijące na ziemi wokół drzewa — te, które rozłożyły się tak bardzo, że stały się półpłynne.

— Byk wyszedł z labiryntu — rzekła Rose i zerwała się na równe nogi ze zwinną gracją, o jaką nigdy by jej nie podejrzewał. — Zatem teraz Erinyes może umrzeć. Tak napisano i tak się stanie.

— Jeżeli mowa o umieraniu, to... — zaczął i nie dokończył. Odwróciła się, a kiedy padło na nią blade światło księżyca, Norman wrzasnął. Bezwiednie wystrzelił dwa razy z czterdziestkipiątki w ziemię między swoimi stopami, a potem upuścił broń. Złapał się rękami za głowę i wrzeszczał, cofając się, chwiejnie stawiając nogi, które odmawiały mu posłuszeństwa. Odpowiedziała na jego krzyk swoim okrzykiem.

Pleśń pokrywała wzgórki jej piersi; szyja była purpurowoczarna, jak u ofiary dusiciela. Skóra popękała w wielu miejscach, z których sączyły się gęste łzy żółtej mazi. A jednak to nie te oznaki daleko posuniętej i najwyraźniej śmiertelnej choroby wydarły krzyk z jego gardła i szeroko rozwartych ust; nie one rozbiły cienką skorupkę jego szaleństwa, wpuszczając jeszcze straszliwszą rzeczywistość, jak nieubłagany blask obcego słońca.

Sprawiła to jej twarz.

To był pysk nietoperza z płonącymi, oszalałymi ślepiami wściekłego lisa; to była twarz nieziemsko pięknej bogini z ilustracji ukrytej w jakiejś starej i zakurzonej księdze, jak rzadki kwiat między kartkami zielnika, to była twarz jego Rose, niemal pospolita, gdyby nie nadzieja w jej oczach i nieznaczne, psotne wygięcie ust, kiedy spała. Jak lilie na niebezpiecznej wodzie, te rysy zafalowały na zwróconej ku niemu twarzy, a potem zniknęły i Norman zobaczył, co kryło się pod spodem. Ujrzał gębę pająka, zdradzającą głód i nieludzką inteligencję. Otwarta paszcza ukazywała odrażającą czarną jamę pełną jedwabistych czułków z mocno przyklejonymi do nich setkami owadów i chrząszczy, żywymi i zdychającymi. Ślepia były wielkimi krwawiącymi kulami jaskraworóżowej barwy, pulsującymi w oczodołach jak dwa błotne gejzery.

— Podejdź jeszcze bliżej, Normanie — szepnął doń pająk w blasku księżyca. Zanim Norman postradał resztkę zmysłów, zobaczył, że ta pełna owadów, wypchana czułkami gęba krzywi się w uśmiechu.

Kolejne ręce zaczęły wychodzić przez rozcięcia togi, a także spod jej skraju, tyle że to nie były ręce, wcale nie. Wrzeszczał, wrzeszczał i wrzeszczał; tym wrzaskiem błagał o niepamięć, o zapomnienie, byle już nie widzieć i nie wiedzieć — lecz zapomnienie nie nadchodziło.

— Podejdź bliżej — wabiło go to coś, wyciągając nieręce, rozdziawiając paszczę. — Chcę z tobą porozmawiać.

Na końcu tych czarnych nierąk były pazury pokryte brudną szczeciną. Te pazury wczepiły się w jego przeguby, nogi, w nabrzmiały członek pulsujący między jego nogami. Jeden miłośnie wcisnął mu się do ust; szczecina zachrobotała o zęby i podniebienie. Złapał go za język, wyrwał go i triumfalnie pomachał nim przed jego jedynym, wybałuszonym okiem.

— Chcę porozmawiać z tobą i chcę to... zrobić... TERAZ!

Resztkami sił próbował wyrwać się, lecz nie zdołał i wpadł w gorące objęcia Rose Madder.

I w tych objęciach Norman dowiedział się, jak to jest być gryzionym, a nie gryzącym.

12

Rosie leżała na schodach, z zamkniętymi oczami i zaciśniętymi pięściami, słuchając jego wrzasków. Usiłowała nie wyobrażać sobie, co tam się dzieje, lecz starała się pamiętać, że to krzyczy Norman, Norman od strasznego ołówka, Norman od rakiety tenisowej, Norman od zębów.

A jednak zapomniała o wszystkim, słysząc te okropne wrzaski, krzyki bólu, gdy Rose Madder...

...gdy robiła to, co mu robiła.

Po pewnym czasie — długim, długim czasie — krzyki ustały.

Rosie leżała na kamiennych stopniach, powoli rozluźniając pięści, lecz ciągle zaciskając powieki, spazmatycznie łapiąc oddech. Mogłaby tak leżeć godzinami, gdyby nie wezwał jej słodki, szalony głos kobiety.

— Wyjdź już, mała Rosie! Wyjdź i raduj się! Nie ma już byka!

Rosie powoli uklękła, a potem stanęła na odrętwiałych i drewnianych nogach. Pokonała schody i wyszła na polankę. Nie chciała patrzeć, lecz oczy nie słuchały jej, jakby żyły własnym życiem, spojrzały na polankę i serce stanęło jej w gardle.

Wydała długie, ciche westchnienie ulgi. Rose Madder klęczała, odwrócona plecami. Przed nią leżał jakiś ciemny węzełek, wyglądający jak sterta szmat. Nagle, w smudze księżycowego blasku, jakiś biały przedmiot w kształcie rozgwiazdy wysunął się z cienia. To była dłoń i wtedy Rosie ujrzała resztę, jak kobieta dostrzegająca nagle sens i logikę w atramentowej plamie testu Rorschacha. To był Norman. Pokaleczony i wybałuszający oczy pełne potwornego przerażenia, ale to był on.

Rose Madder wyciągnęła rękę i zerwała z drzewa jeden nisko wiszący owoc. Ścisnęła go w dłoni — bardzo ludzkiej i całkiem ładnej, gdyby nie czarne, ruchliwe plamy przepływające pod skórą — tak że najpierw z jej pięści popłynął strumień jaskrawo-różowego soku, a potem sam owoc pękł, ukazując mokry, ciemnoczerwony środek. Wyjęła z papki tuzin czy więcej nasion i zaczęła wtykać je w poszarpane ciało Normana Danielsa. Ostatnie wepchnęła mu w wytrzeszczone oko. Rozległo się przy tym ciche plaśnięcie — jakby ktoś nadepnął na dojrzałe winogrono.

— Co robisz? — zapytała mimo woli Rosie. Ledwie powstrzymała się, by nie dodać: Nie odwracaj się, możesz mi to powiedzieć, nie odwracając się!

— Obsiewam go.

Później zrobiła coś, na widok czego Rosie poczuła się jak w atmosferze z powieści Richarda Racine'a: pochyliła się i pocałowała trupa w usta, a potem wzięła go na ręce i skierowała się ku białym marmurowym schodom wiodącym pod ziemię.

Rosie odwróciła głowę; serce podeszło jej do gardła.

— Słodkich snów, ty skurwielu — powiedziała Rose Madder i cisnęła ciało Normana w ciemność pod wykutym w kamieniu słowem LABIRYNT.

Być może zasadzone nasiona ukorzenią się i urosną w tym miejscu.

13

— Wróć tą samą drogą, którą przyszłaś — rzekła Rose Madder. Nie odeszła od schodów. Rosie stała tyłem do niej, na drugim końcu polany, u wylotu ścieżki. Nie chciała ryzykować nawet przelotnego spojrzenia na twarz Rose Madder, a przekonała się, że nie może całkowicie zaufać swoim oczom. — Idź tam, skąd przyszłaś, znajdź Dorcas i twojego mężczyznę. Ona ma coś dla ciebie, a ja chciałabym jeszcze z tobą porozmawiać... ale tylko chwilę. Potem nasz czas dobiegnie końca. Myślę, że poczujesz ulgę.

— Nie ma go, prawda? — zapytała Rosie, nie odrywając oczu od oblanej księżycowym blaskiem ścieżki. — Naprawdę nie ma.

— Sądzę, że zobaczysz go w snach — odparła niedbale Rose Madder — ale co z tego? Istotne jest to, że złe sny są o wiele lepsze od złych przebudzeń.

— Tak. To takie proste, że większość ludzi o tym zapomina.

— Teraz idź. Przyjdę do ciebie. I jeszcze jedno.

— Co?

— Pamiętaj o drzewie.

— O drzewie? Nie ro...

— Wiem, że nie. Zrozumiesz z czasem. Pamiętaj o drzewie. Teraz idź.

Rosie poszła. I nie odwróciła się.

X

ROSIE REAL

1

Na wąskiej ścieżce za świątynią nie było już Billa i czarnej kobiety — która miała na imię Dorcas, a nie Wendy. Zniknęło również ubranie Rosie. To jej nie zaniepokoiło. Pobiegła za róg budynku, spojrzała na szczyt wzgórza, zobaczyła ich stojących obok bryczki i ruszyła ku nim.

Bill wyszedł jej naprzeciw; na jego bladej, udręczonej twarzy malowała się troska.

— Rosie? Wszystko w porządku?

— Najlepszym — powiedziała i wtuliła twarz w jego pierś. Kiedy objął ją ramionami, pomyślała o tym, czy ludzie doceniają znaczenie uścisku, który jest tak cudowną rzeczą, że chciałoby się trwać w nim godzinami. Podejrzewała, że niektórzy zapewne cenią go sobie, ale wątpiła, czy byli w większości. Może trzeba najpierw strasznie za nim tęsknić, aby zrozumieć znaczenie uścisku.

Razem podeszli tam, gdzie stała Dorcas, głaszcząc pasiasty nos kucyka. Ten uniósł łeb i sennie spojrzał na Rosie.

— Gdzie jest... — zaczęła Rosie i urwała. O mało nie powiedziała Caroline. Gdzie jest Caroline? — Gdzie jest dziecko? — I dodała śmielej: — Nasze dziecko?

Dorcas uśmiechnęła się.

— Bezpieczne. W bezpiecznym miejscu, proszę się nie obawiać, panno Rosie. Rzeczy panienki są z tyłu. Proszę przebrać się, jeśli panienka chce. Założę się, że chętnie zdejmie panienka to, co ma teraz na sobie.

— Wygrałabyś ten zakład — odparła Rosie i obeszła bryczkę. Poczuła niewypowiedzianą ulgę, zdjąwszy z siebie *zat*. Zapinając dżinsy, przypomniała sobie coś, co powiedziała jej Rose Madder. — Twoja pani mówiła, że masz coś dla mnie.

— Och! — przejęła się Dorcas. — Ojej! Jeśli dalej będę tak o wszystkim zapominać, obedrze mnie ze skóry!

Rosie podniosła bluzkę, a kiedy włożyła ją przez głowę, Dorcas podała jej coś. Rosie wzięła to i obejrzała z zaciekawieniem. To była piękna ceramiczna buteleczka, niewiele większa od zakraplacza do oczu. Zamykał ją maleńki kawałeczek korka.

Dorcas obejrzała się i z zadowoleniem stwierdziła, że Bill stoi nieco dalej, spoglądając w zadumie na ruiny świątyni u stóp wzgórza. Owróciła się więc do Rosie i powiedziała cicho, lecz z naciskiem:

— Jedna kropla. Jemu. Potem.

Rosie skinęła głową, jakby dobrze wiedziała, o czym mówi Dorcas. Tak było prościej. Nasuwały się pytania, które mogła zadać, może nawet powinna zadać, lecz była zbyt zmęczona, żeby je sformułować.

— Dałabym ci mniej, ale później może potrzebować jeszcze jednej kropli. Tylko uważaj. To niebezpieczny środek!

Jakby coś na tym świecie było bezpieczne — pomyślała Rosie.

— Teraz schowaj to — rzekła Dorcas i patrzyła, jak Rosie wetknęła maleńką buteleczkę do kieszeni dżinsów. — I pamiętaj, żeby mu o tym nie mówić.

Ruchem głowy wskazała Billa, a potem znów spojrzała na Rosie. Czarna twarz Dorcas była zacięta i ponura, a oczy wydawały się pozbawione powiek, jak oczy greckiego posągu.

— Wiesz dlaczego, prawda?

— Tak — odparła Rosie. — To kobiece sprawy.

Dorcas skinęła głową.

— Właśnie tak.

— Kobiece sprawy — powtórzyła Rosie i w myślach usłyszała głos Rose Madder: „Pamiętaj o drzewie".

Zamknęła oczy.

2

We troje siedzieli przez jakiś czas na szczycie wzgórza, Bill i Rosie obok siebie, objęci, a Dorcas trochę z boku, bliżej kucyka sennie skubiącego trawę. Konik raz po raz spoglądał na czarną kobietę, jakby dziwił się, dlaczego tyle osób nie śpi o tak późnej porze, ale Dorcas nie zwracała na niego uwagi, tylko czekała, obejmując rękami kolana i patrząc z rozmarzeniem na znikający księżyc. Rosie widziała w niej kobietę podsumowującą w myślach słuszne decyzje swego życia i dochodzącą do wniosku, że złe przeważały nad dobrymi... i to znacznie. Kilkakrotnie Bill otworzył usta, żeby coś powiedzieć, i chociaż Rosie zachęcała go spojrzeniem, za każdym razem zamykał je bez słowa.

Kiedy księżyc chował się już wśród drzew na lewo od zrujnowanej świątyni, kucyk znowu uniósł łeb i tym razem wydał ciche, zadowolone rżenie. Rosie spojrzała na zbocze i zobaczyła nadchodzącą Rose Madder. Silne, zgrabne uda migały w bladym świetle gasnącego księżyca. Warkocz kołysał się na plecach jak wahadło starego zegara.

Dorcas mruknęła coś z zadowoleniem i wstała. Rosie czuła radość zmieszaną z obawą. Położyła rękę na ramieniu Billa i spojrzała mu prosto w oczy.

— Nie patrz na nią — ostrzegła go.

— Właśnie — poparła ją Dorcas. — I nie zadawaj jej żadnych pytań, jeśli nawet ci na to pozwoli.

Spojrzał niepewnie na Dorcas i Rosie, a potem znów na Dorcas.

— Dlaczego? Kim ona jest? Królową Majów?

— Królową wszystkiego, czego zechce — odrzekła Dorcas — i lepiej o tym pamiętaj. Nie patrz na nią i nie rób nic, co mogłoby ją rozzłościć. Nie powiem więcej; nie ma na to czasu. Połóż ręce na podołku, człowieku, i patrz na nie. Nie odrywaj od nich oczu.

— A jednak...

— Jeśli na nią spojrzysz, oszalejesz — przerwała mu bez ogródek Rosie. Zerknęła na Dorcas, która skinęła głową.

— To sen, prawda? — spytał Bill. — Chcę powiedzieć... Ja nie umarłem, prawda? Bo jeśli to jest życie po śmierci, to wolałbym z niego zrezygnować. — Spojrzał na zbliżającą się kobietę i zadrżał. — Zbyt hałaśliwe. Za dużo krzyków.

— To sen — przytaknęła Rosie. Rose Madder była już bardzo blisko, smukła wyprostowana postać krocząca przez plątaninę światła i cienia. Ten ostatni zmienił jej twarz w pysk kota... a może lisa. — To sen, w którym musisz robić dokładnie to, co ci mówimy.

— Rosie i Dorcas Mówią zamiast Szymon Mówi.

— Tak. I Dorcas mówi, żebyś położył ręce na podołku i patrzył na nie, dopóki nie powiemy ci, że możesz przestać.

— Mogę? — zapytał, patrząc na nią spod oka w sposób zdradzający zmieszanie.

— Tak — odparła ze zniecierpliwieniem. — Tak, możesz, tylko na miłość boską, nie patrz na nią!

Splótł palce i posłusznie opuścił oczy.

Rosie słyszała już szmer zbliżających się kroków, jedwabisty szelest trawy ocierającej się o skórę. Również opuściła wzrok. Po chwili ujrzała przed sobą parę bosych, wysrebrzonych księżycem stóp. Zapadła długa cisza, przerywana tylko odległym nawoływaniem jakiegoś cierpiącego na bezsenność ptaka. Rosie powiodła spojrzeniem w prawo i zobaczyła Billa siedzącego zupełnie nieruchomo obok i wpatrującego się w swoje splecione dłonie, z zapamiętaniem godnym adepta *Zen,* którego posadzono obok mistrza w czasie porannych medytacji.

W końcu, nieśmiało, nie podnosząc oczu, powiedziała:

— Dorcas dała mi to, co kazałaś. Mam to w kieszeni.

— Dobrze — odparł słodki, lekko ochrypły głos. — To dobrze, *Rosie Real.* — W polu widzenia Rosie pojawiła się cętkowana dłoń, która upuściła jej coś na podołek. W słabym świetle księżyca błysnęło złoto. — To dla ciebie — rzekła Rosie Madder. — Na pamiątkę. Zrób z tym, co chcesz.

Rosie podniosła dar i spojrzała nań ze zdumieniem. Wyryte na sygnecie słowa — Służba, Wierność, Społeczeństwo — tworzyły trójkąt wokół kamienia, którym był okrągły obsydian. Teraz plamiła go jedna szkarłatna skaza, zmieniająca kamień w złowrogie, czuwające oko.

Zapadła cisza, pełna wyczekiwania. Czy chce, żebym jej podziękowała? — zastanawiała się Rosie. Nie miała zamiaru... ale mogła wyrazić swoje uczucia.

— Cieszę się, że on nie żyje — powiedziała spokojnie i bez emfazy. — To dla mnie ulga.

— Oczywiście, że się cieszysz i dobrze, że tak jest. Teraz wrócisz do swojego świata, *Rosie Real,* razem z tym zwierzęciem. Sądzę, że to dobry okaz. — W jej głosie pojawił się ślad czegoś — Rosie nie wierzyła własnym uszom — co przypominało pożądanie. — Dobre pęciny. Dobra sylwetka. — Pauza. — Niezłe lędźwie. — Kolejna przerwa, a potem jedna cętkowana dłoń opadła i pogłaskała zmierzwione, spocone włosy Billa. Wciągnął powietrze, ale nie podniósł głowy. — Dobre zwierzę. Broń go, a i on cię obroni.

Wtedy Rosie spojrzała jej w twarz. Była przerażona tym, co może zobaczyć, lecz nie mogła się powstrzymać.

— Przestań nazywać go zwierzęciem — odezwała się drżącym z wściekłości głosem. — I zabierz od niego te paskudne ręce.

Zobaczyła, że Dorcas krzywi się ze zgrozy, ale dostrzegła to jedynie kątem oka. Całą uwagę skupiła na Rose Madder. Co właściwie spodziewała się ujrzeć? Teraz, patrząc na jej twarz w słabym blasku księżyca, nie potrafiła odpowiedzieć na to pytanie. Może Meduzę. Albo Gorgonę. Stojąca przed nią kobieta nie była ani jedną, ani drugą. Niegdyś (nie tak dawno temu — pomyślała Rosie) jej twarz była niezwykle piękna, może nawet dorównująca urodą Helenie Trojańskiej. Teraz wydawała się wynędzniała i lekko pomarszczona. Jedna z tych ciemnych smug rozeszła się po jej lewym policzku, sięgając aż do czoła, jak ptasie skrzydło. Oko jarzące się w jej cieniu zdawało się wyrażać zarówno wściekłość, jak i melancholię. To nie tę twarz ujrzał Norman, tego Rosie była pewna, lecz wiedziała, że tamto oblicze kryje się tuż pod tym — jakby kobieta specjalnie dla niej włożyła maskę — albo zrobiła makijaż — i świadomość tego faktu mroziła ją i budziła wstręt. Pod tą urodą tkwiło szaleństwo... ale nie było to zwyczajne szaleństwo.

To wścieklizna — pomyślała Rosie — ta choroba ją zżera, tak że ledwie panuje już nad sobą, nad swoimi czarami i nad swoją mocą; niebawem zupełnie przestanie się kontrolować i jeśli teraz odwrócę wzrok, rzuci się na mnie i zrobi to, co zrobiła Normanowi. Może później będzie tego żałowała, ale co mi z tego, prawda?

Rose Madder ponownie wyciągnęła rękę i tym razem dotknęła Rosie — najpierw jej czoła, potem włosów, które po ciężkim dniu zaczęły wymykać się z warkocza.

— Jesteś odważna, Rosie. Dobrze walczyłaś o twoje... o twojego przyjaciela. Jesteś dzielna i masz dobre serce. Mogę dać ci jeszcze jedną radę, zanim odeślę cię z powrotem?

Uśmiechnęła się, może chciała być ujmująca, lecz na ten widok serce Rosie zatrzymało się na moment, a potem zaczęło walić jak młotem. Kiedy Rose Madder ściągnęła wargi, ukazując otwór, który wcale nie wyglądał jak usta, zupełnie przestała przypominać istotę ludzką. Jej usta były gębą pająka, przeznaczoną do pożerania owadów, które nie były jeszcze martwe, lecz obezwładnione trucizną.

— Oczywiście — powiedziała Rosie zdrętwiałymi wargami.

Cętkowana dłoń delikatnie pogładziła jej skroń. Pajęcze usta wykrzywił uśmiech. Rozbłysły oczy.

— Przestań tlenić włosy — szepnęła Rose Madder. — Nie urodziłaś się blondynką.

Ich oczy spotkały się i przywarły do siebie. Rosie odkryła, że nie może oderwać swego wzroku; był utkwiony w twarzy tamtej. Kątem oka widziała Billa, ponuro wpatrującego się w swoje dłonie. Czoło i policzki lśniły mu od potu.

To Rose Madder odwróciła wzrok.

— Dorcas?

— Tak, pani?

— Dziecko...?

— Jest gotowe, kiedy tylko zechcesz, pani.

— To dobrze — rzekła Rose Madder. — Chcę jak najszybciej je zobaczyć, więc czas ruszać w drogę. Na ciebie też czas, *Rosie Real.* Na ciebie i twojego mężczyznę. Widzisz, mogę go tak nazywać. Twój mężczyzna, twój człowiek. Lecz zanim odejdziesz...

Rose Madder wyciągnęła ramiona.

Powoli, jak zahipnotyzowana, Rosie wstała i poszła w jej objęcia. Ciemne smugi pod skórą Rose Madder były gorące i ruchliwe — Rosie zdawało się, że ocierają się o jej własną skórę. Poza nimi ciało Rose Madder było zimne jak głaz.

Rosie przestała się już bać.

Kobieta w chitonie pocałowała ją w policzek, wysoko nad szczęką i szepnęła:

— Kocham cię, mała Rosie. Żałuję, że nie spotkałyśmy się wcześniej, kiedy mogłabyś zobaczyć mnie w lepszym świetle, ale i tak całkiem nieźle nam poszło. To było dobre spotkanie. Tylko pamiętaj o drzewie.

— O jakim drzewie? — zapytała szybko Rosie. — Jakim drzewie?

Rose Madder kategorycznie potrząsnęła przecząco głową i cofnęła się, wypuszczając ją z objęć. Rosie ostatni raz spojrzała na tę niespokojną, dziwną twarz i znów pomyślała o lisicy i jej młodych.

— Jestem tobą? — szepnęła. — Powiedz mi prawdę, Rose Madder, czy ja jestem tobą?

Kobieta w chitonie uśmiechnęła się. To był przelotny uśmiech, lecz przez moment Rosie dostrzegła ukrytego za nim potwora i zadrżała.

— To nieistotne, mała Rosie. Jestem zbyt stara i chora, żeby roztrząsać takie sprawy. Filozofia to dziedzina zdrowych. A zresztą, jeśli będziesz pamiętać o drzewie, to nigdy nie będzie miało żadnego znaczenia.

— Nie rozumiem...

— Ciii! — przyłożyła palec do ust. — Odwróć się, Rosie. Odwróć się i nie patrz już na mnie. Zabawa skończona.

Rosie odwróciła się, położyła ręce na dłoniach Billa (wciąż trzymał je splecione, z mocno zaciśniętymi palcami) i pociągnęła go do siebie. I znów sztalugi zniknęły, a umocowany na nich obraz — ukazujący jej mieszkanie w burych, mało wyrazistych barwach nocy — urósł do ogromnych rozmiarów. I znowu wcale nie był obrazem, lecz oknem. Rosie ruszyła ku niemu, marząc tylko o tym, żeby przejść przez nie i na dobre zostawić za sobą tajemnice tego świata. Bill przytrzymał ją. Odwrócił się do Rose Madder i powiedział, nie pozwalając oczom spojrzeć wyżej niż na jej piersi:

— Dziękujemy, że nam pomogłaś.

— Podziękowania przyjęto — odparła spokojnie Rose Madder. — Odpłacisz mi, dobrze ją traktując.

„Ja odpłacam" — przypomniała sobie Rosie i znów zadrżała.

— Chodź — pociągnęła Billa za rękę. — Proszę, chodźmy już.

On jednak ociągał się jeszcze.

— Tak — oznajmił — będę ją dobrze traktował. Doskonale wiem, co zdarza się ludziom, którzy tego nie robią. Wiem chyba aż za dobrze.

— To taki śliczny mężczyzna — powiedziała w zadumie Rose Madder i nagle jej głos zmienił się, stał się wzburzony, a nawet szaleńczo podniecony. — Zabierz go stąd, póki możesz, *Rosie Real*! Póki jeszcze możesz!

— Idźcie! — krzyknęła Dorcas. — Wynoście się stąd natychmiast!

— Tylko najpierw oddaj mi to, co jest moje! — wrzasnęła Rose Madder. Jej głos był piskliwy i nieludzki. — Oddaj mi to, ty suko!

Coś — nie ręka, to było zbyt cienkie i szczeciniaste jak na rękę — śmignęło w blasku księżyca i przesunęło się po dygoczącym przedramieniu Rosie McClendon.

Rosie krzyknęła, zsunęła złotą bransoletkę i rzuciła ją pod nogi wijącej się postaci. Widziała, jak Dorcas obejmuje tamtą ramionami, usiłując powstrzymać. Nie czekała dłużej. Chwyciła Billa za rękę i wciągnęła go przez okno, przypominając w tym momencie rozgniewaną nauczycielkę wlokącą niesfornego ucznia do gabinetu dyrektora.

3

Nie potknęła się, lecz i tak raczej wypadła, niż wyszła z obrazu. Bill również. Wylądowali obok siebie na podłodze garderoby, w długiej, trapezoidalnej plamie światła. Bill uderzył głową o drzwi, dość mocno, by zabolało, sądząc po dźwięku, ale nie zwrócił na to uwagi.

— To nie był sen — powiedział. — Jezu, byliśmy w obrazie! W tym, który kupiłaś w dniu, kiedy cię poznałem!

— Nie — odparła spokojnie. — Wcale nie.

Otaczający ich księżycowy blask zaczął jednocześnie jaśnieć i kurczyć się. Plama światła straciła swój prostokątny kształt i stała się owalna. Jakby zamykała się za ich plecami irysowa przegroda. Rosie miała ochotę odwrócić się i sprawdzić, co się dzieje, ale powściągnęła tę chęć. A kiedy Bill zaczął obracać głowę, delikatnie objęła ją dłońmi i nie pozwoliła mu na to.

— Nie — sprzeciwiła się. — Co ci z tego przyjdzie? Cokolwiek się stało, już po wszystkim.

— A jednak...

Światło zmniejszyło się do oślepiająco jasnej plamy wokół nich i Rosie przemknęła przez głowę szalona myśl, że gdyby Bill wziął ją w ramiona i zaczął tańczyć z nią po pokoju, ta plama poruszałaby się wraz z nimi.

— Nieważne — przerwała mu. — To wszystko nie ma znaczenia. Daj temu spokój.

— A gdzie jest Norman, Rosie?

— Przepadł — oznajmiła, a potem dodała niemal żartobliwie: — Tak samo jak mój sweter i kurtka, którą mi pożyczyłeś. Sweter to drobiazg, ale przykro mi z powodu kurtki.

— Eee — rzekł z odruchową beztroską — nie przejmujmy się drobiazgami.

Plama skurczyła się do wściekle gorejącego punkcika, potem do główki szpilki, a potem zniknęła, jeszcze przez chwilę pozostawiając swój obraz odbity w siatkówce oczu. Rosie spojrzała w głąb garderoby. Obraz był dokładnie tam, gdzie postawiła go po pierwszej wycieczce do tamtego świata, tyle że znów się zmienił. Teraz ukazywał tylko szczyt wzgórza i świątynię w dole, w ostatnich promieniach gasnącego księżyca. Bezruch tej sceny — brak jakiejkolwiek ludzkiej postaci — sprawił, że obraz wydał się Rosie bardziej klasyczny niż kiedykolwiek.

— Chryste — rzekł Bill. Masował sobie opuchniętą szyję. — Co się stało, Rosie? Po prostu nie rozumiem, co się stało.

Nie mogło upłynąć wiele czasu; na korytarzu jeszcze wrzeszczał lokator postrzelony przez Normana.

— Powinienem pójść i sprawdzić, czy nie mógłbym mu pomóc — stwierdził Bill, gramoląc się na nogi. — Wezwiesz karetkę? I policję?

— Tak. Sądzę, że jedni i drudzy są już w drodze, ale zatelefonuję do nich.

Podszedł do drzwi, a potem spojrzał na nią niepewnie, wciąż masując sobie gardło.

— Co powiesz policji, Rosie?

Myślała chwilę, a potem uśmiechnęła się.

— Nie mam pojęcia... pewnie coś wymyślę. Wymyślanie historyjek na poczekaniu to ostatnio moja specjalność. No, idź już. Zrób, co do ciebie należy.

— Kocham cię, Rosie. To jedyne, co wiem teraz na pewno.

Wyszedł, zanim zdążyła odpowiedzieć. Poszła za nim, ale zrobiwszy krok czy dwa, przystanęła. W korytarzu dostrzegła słabe, chybotliwe światło, niewątpliwie rzucane przez świecę. Ktoś powiedział:

— A niech to! Czy ktoś go postrzelił?

Cicha odpowiedź Billa utonęła w kolejnym wrzasku rannego mężczyzny. Rannego, ale prawdopodobnie niezbyt ciężko. Świadczył o tym donośny krzyk, jaki wydobywał się z jego gardła.

Jesteś cyniczna — powiedziała do siebie, podnosząc słuchawkę nowego telefonu i wystukując 911. Możliwe. A może była po prostu realistką. Podejrzewała, że zaczęła patrzeć na świat z innej perspektywy i ta myśl o człowieku wrzeszczącym na korytarzu była objawem tego nowego podejścia.

— To bez znaczenia, jak długo będę pamiętała o drzewie — mruknęła, nawet nie zdając sobie sprawy z tego, że to mówi.

Ktoś odebrał telefon już po pierwszym dzwonku.

— Halo, tu dziewięćset jedenaście, ta rozmowa jest nagrywana.

— Tak, jestem pewna. Nazywam się Rosie McClendon i mieszkam przy Trenton Street osiemset dziewięćdziesiąt siedem, pierwsze piętro. Mój sąsiad z góry potrzebuje karetki...

— Proszę pani, czy może pani powiedzieć mi, na czym polega...

Mogła, z całą pewnością mogła, lecz nagle uświadomiła sobie jeszcze coś, czego do tej pory nie pojmowała, coś, co należało zrobić natychmiast. Rzuciła słuchawkę na widełki i wsunęła pierwsze dwa palce prawej ręki do kieszeni dżinsów. Kieszonka na zegarek była czasem przydatna, ale także irytująca — jeszcze jeden wyraźny objaw na pół świadomej niechęci tego świata do leworęcznych, takich jak ona. Zasadniczo był to świat stworzony przez praworęcznych i przeznaczony dla nich, pełen drobnych niedogodności. Wszystko w porządku, jeśli człowiek jest mańkutem, musi jakoś sobie radzić i tyle. I można to zrobić — pomyślała Rosie. Tak jak w tej starej piosence Boba Dylana o autostradzie 61, och tak, można tego dopiąć bez trudu.

Wyjęła maleńką ceramiczną buteleczkę, którą dała jej Dorcas, wpatrywała się w nią przez dwie czy trzy sekundy, a potem przechyliła głowę, nasłuchując odgłosów z korytarza. Jeszcze ktoś dołączył do grupy na końcu holu i ranny mężczyzna (a przynajmniej tak sądziła Rosie) mówił coś zdyszanym, płaczliwym głosem. W oddali słyszała wycie syren.

Poszła do kuchni i otworzyła maleńką lodówkę. W środku była napoczęta paczka sera, ćwiartka mleka, dwa kartoniki zwykłego jogurtu, opakowanie soku i trzy butelki pepsi. Wzięła jedną butelkę, otworzyła i postawiła na szafce. Szybko zerknęła przez ramię, na pół oczekując, że zobaczy w drzwiach Billa (Co robisz? — zapytałby. — Czego tam dodajesz?). Lecz nikogo nie było, usłyszała natomiast Billa w korytarzu. Mówił spokojnym, rozważnym głosem, który już pokochała.

Paznokciami wyjęła kawałek korka z szyjki buteleczki. Potem podniosła ją i przesunęła tam i z powrotem pod nosem, jak kobieta wąchająca flakonik perfum. To nie były perfumy, ale znała tę woń — jednocześnie gorzką, metaliczną, a jednak bardzo atrakcyjną. Buteleczka zawierała wodę ze strumienia płynącego za Świątynią Byka.

„Jedna kropla. Jemu. Potem".

Tak, tylko jedna; więcej byłoby niebezpiecznie, ale może jedna wystarczy. Wszystkie pytania i wszystkie wspomnienia — blask księżyca, straszliwe wrzaski Normana krzyczącego z bólu i przerażenia, kobieta, na którą zabroniono mu spojrzeć — wszystko zniknie. Tak samo jak jej obawa, że te wspomnienia jak żrący kwas mogą zniszczyć jego zdrowe zmysły i rozkwitające między nimi uczucie. To mogło okazać się przesadną troską, gdyż umysł jest odporniejszy i przystosowuje się łatwiej, niż można by sądzić — jeżeli przez te czternaście lat z Normanem nauczyła się czegoś, to na pewno tego — więc czy powinna ryzykować? Skoro wszystko mogło ułożyć się samo? Co było groźniejsze, jego wspomnienia czy ta płynna amnezja?

„Uważaj, dziewczyno. To niebezpieczny środek!".

Rosie powiodła spojrzeniem od buteleczki do zlewu, a potem powoli przeniosła wzrok na buteleczkę.

„To dobry okaz. Broń go, a i on cię obroni".

Rosie uznała, że to ostatnie stwierdzenie mogło zdawać się wzgardliwe i źle dobrane, lecz myśl była słuszna. Powoli, ostrożnie, przechyliła ceramiczne naczynko nad szyjką butelki i wpuściła do pepsi jedną kropelkę cieczy.

Plusk.

Teraz wlej resztę do zlewu, szybko.

Już miała to zrobić, gdy przypomniała sobie, co jeszcze rzekła jej Dorcas:

„Dałabym ci mniej, ale później może potrzebować jeszcze jednej kropli".

Tak, a co ze mną? — zadała sobie pytanie, wciskając malusieńki koreczek w szyjkę buteleczki i powtórnie chowając ją do tej niewygodnie umieszczonej kieszonki na zegarek. — Co ze mną. Czy ja też będę potrzebowała później kropli czy dwóch, żeby nie zwariować?

Nie podejrzewała. A ponadto...

— „Kto nie wyciąga wniosków z przeszłości, jest skazany na powtarzanie błędów" — mruknęła. Nie miała pojęcia, kto to powiedział, ale wiedziała, że to zbyt słuszne stwierdzenie, żeby je zignorować. Pośpiesznie wróciła do telefonu, trzymając w dłoni spreparowaną pepsi. Ponownie wybrała 911 i połączywszy się z tą samą funkcjonariuszką, usłyszała tę samą odzywkę: „proszę uważać, ta rozmowa jest nagrywana".

— Tu ponownie Rosie McClendon — przedstawiła się. — Rozłączono nas. — Po wykalkulowanej przerwie roześmiała się nerwowo. — Och, do licha, to niezupełnie prawda. Straciłam głowę i wyrwałam wtyczkę ze ściany. Mamy tu małe zamieszanie.

— Tak, proszę pani. Wysłano karetkę pod Trenton Street osiemset dziewięćdziesiąt siedem, na zgłoszenie Rose McClendon. Mamy pod tym samym adresem zgłoszenie o ranie postrzałowej, czy to ten sam przypadek?

— Tak sądzę.

— Czy mam panią połączyć z funkcjonariuszem policji?

— Chcę mówić z porucznikiem Hale'em. Jest detektywem, więc chyba chciałabym połączyć się z DET-DIV, czy jak to tutaj nazywacie.

Zapadła krótka cisza, a kiedy operatorka odezwała się ponownie, jej głos był już mniej bezosobowy.

— Tak, proszę pani, właśnie tak nazywamy Detective Division, DET-DIV. Połączę panią.

— Dziękuję. Mam podać mój numer telefonu, czy też już go sprawdziliście?

Tym razem wyraźne zdumienie.

— Mam pani numer, proszę pani.

— Tak myślałam.

— Proszę czekać, już łączę.

Czekając, podniosła butelkę pepsi i podsunęła ją pod nos, tak jak przedtem tamtą, o wiele mniejszą buteleczkę. Wydało jej się, że wyczuwa leciuteńki, ostry zapach... ale może to tylko złudzenie. Nie, żeby miało to jakiekolwiek znaczenie. On wypije to albo nie. *Ka* — pomyślała i zaraz zreflektowała się. Co takiego?

Zanim doszła do jakiegoś konkretnego wniosku, w słuchawce odezwał się głos:

— Detective Division, sierżant Williams.

Podała mu nazwisko Hale'a i kazano jej czekać. Na zewnątrz, na korytarzu, wciąż było słychać pomruki i jękliwe odpowiedzi. Syreny wyły znacznie bliżej.

4

— Tu Hale! — warknął głos w słuchawce. Wydawał się nie należeć do tego dobrze ułożonego, zamyślonego mężczyzny, którego spotkała przedtem. — Czy to pani McClendon?

— Tak.

— Nic pani nie jest? — Wciąż warczał i teraz przypominał jej tych gliniarzy, którzy siadywali w ich stołowym pokoju, bez butów, zasmradzając powietrze. Nie mógł doczekać się informacji, jaką zamierzała mu przekazać; nie, był zły i teraz będzie tańczyć wokół jej nóg, warcząc jak rozzłoszczony terier.

Mężczyźni — pomyślała, wznosząc oczy ku niebu.

— Nie — mówiła powoli, jak przedszkolanka usiłująca uspokoić rozhisteryzowane dziecko, które spadło z drabinki. — Nie, nic mi nie jest. Billowi... panu Steinerowi również nic się nie stało. Jesteśmy cali.

— Czy to był pani mąż? — mówił gniewnie, jakby był bliski paniki. Byk na otwartej przestrzeni, grzebiący nogą ziemię i patrzący na prowokującą go czerwoną płachtę. — Czy to był Daniels?

— Tak. Jednak już go tu nie ma. — Zastanowiła się i dodała: — Nie wiem, gdzie jest.

Mam nadzieję, że jest tam gorąco i zepsuła się klimatyzacja — pomyślała.

— Znajdziemy go — rzekł Hale. — Obiecuję to pani, pani McClendon — znajdziemy go.

— Życzę powodzenia, poruczniku — powiedziała łagodnie i skierowała wzrok na otwarte drzwi. Dotknęła lewego przedramienia, gdzie wciąż czuła słabnące ciepło bransolety. — Teraz muszę się wyłączyć. Norman postrzelił sąsiada z góry. Może zdołam mu jakoś pomóc. Przyjedzie pan tutaj?

— Ma pani cholerną rację.

— A zatem zobaczymy się. Do widzenia.

Rozłączyła się, zanim Hale zdążył coś powiedzieć. Wszedł Bill i w tej samej chwili za jego plecami zapaliły się światła na korytarzu.

Odwrócił się, zdziwiony.

— A jednak główny wyłącznik... co oznacza, że on musiał zejść do piwnicy. Jeśli chciał wyłączyć tylko jedno, to zastanawiam się, dlaczego nie...

Zanim zdążył dokończyć, znów zaniósł się kaszlem. Zgiął się z grymasem bólu, przyciskając dłonie do posiniaczonej i spuchniętej szyi.

— Masz — powiedziała, podając mu butelkę. — Wypij trochę. Właśnie wyjęłam ją z lodówki, jest zimna.

Wziął pepsi, upił kilka łyków, a potem ze zdumieniem spojrzał na butelkę.

— Trochę dziwnie smakuje — rzekł.

— To dlatego, że masz opuchnięte gardło. Pewnie spłynęło ci trochę krwi i teraz czujesz jej smak. No już, pij do dna. Nie podoba mi się ten kaszel.

Wypił do końca, odstawił butelkę na ławę, a kiedy znów spojrzał na Rosie, zobaczyła w jego oczach pustkę, która ją przeraziła.

— Bill? Bill? Co się stało?

Przez moment spoglądał na nią bez wyrazu, a potem roześmiał się i potrząsnął głową.

— Nie uwierzysz. To przez te przeżycia, ale...

— Co takiego? W co nie uwierzę?

— Przez kilka sekund nie mogłem sobie przypomnieć, kim jesteś — odrzekł. — Nie pamiętałem nawet twojego imienia, Rosie. Co jeszcze dziwniejsze, przez parę sekund nie pamiętałem, jak ja się nazywam.

Roześmiała się i podeszła do niego. Słyszała tupot nóg — zapewne sanitariuszy — na schodach, ale nie zważała na to. Objęła Billa ramionami i uścisnęła go z całej siły.

— Mam na imię Rosie. Jestem Rosie. Naprawdę Rosie.

— Racja — rzekł, całując ją w skroń. — Rosie, Rosie, Rosie, Rosie. Rosie.

Zamknęła oczy, przycisnęła twarz do jego ramienia i w ciemności za zamkniętymi powiekami zobaczyła potworny pajęczy pysk i czarne ślepia lisicy, zbyt nieruchome, aby zdradzić szaleństwo czy rozum. Widziała te rzeczy i wiedziała, że będzie je widywać jeszcze długo. A w myślach słyszała dwa słowa, rozbrzmiewające niczym spiżowy dzwon:

„Ja odpłacam".

5

Porucznik Hale zapalił papierosa, nie pytając o pozwolenie, założył nogę na nogę, po czym spojrzał na Rosie McClendon i Billa Steinera, dwoje ludzi stanowiących klasyczny przypadek miłosnej choroby: za każdym razem kiedy patrzyli na siebie, Hale niemal widział w ich oczach napis TRAFIONY. To wystarczyło, by zadał sobie pytanie, czy czasem sami nie pozbyli się jakoś tego kłopotliwego Normana... wiedział jednak, że to niemożliwe. To nie ten typ. Nie oni.

Wziął z kuchni krzesło i usiadł, odwróciwszy je tyłem. Przewiesił przez oparcie jedno ramię i oparł na nim brodę. Rosie i Bill cisnęli się w fotelu, który udawał sofę. Od pierwszego telefonu Rosie pod 911 minęła już godzina. Ranny lokator z góry, nazwiskiem John Briscoe, został odwieziony do East Side Receiving z powodu „lekkiej rany z możliwością powikłań" — jak to określił jeden z sanitariuszy.

Teraz wreszcie wszystko uspokoiło się trochę. To cieszyło Hale'a. Lecz jedna sprawa ucieszyłaby go bardziej, a mianowicie, gdyby ktoś powiedział mu, gdzie — do cholery — podział się ten Norman Daniels.

— Coś mi tu nie gra — rzekł. — Jeden rozstrojony instrument psuje całą melodię.

Rosie i Bill spojrzeli po sobie. Hale był pewny, że w oczach Billa Steinera widzi zdziwienie; co do Rosie nie miał takiej pewności. Ona coś wiedziała, był tego prawie pewny. Coś, o czym nie chciała powiedzieć.

Powoli kartkował notes, nie śpiesząc się, chcąc, żeby trochę skruszeli. Żadne nie odezwało się słowem. Zdziwiło go, że Rosie może siedzieć tak spokojnie — oczywiście jeżeli coś ukrywała — lecz albo zapomniał o pewnym istotnym fakcie związanym z jej osobą, albo nie pojął jego znaczenia. Ona nigdy nie uczestniczyła w prawdziwym przesłuchaniu, ale setki razy słyszała o nich w opowieściach i dyskusjach, kiedy w milczeniu podawała drinki Normanowi i jego kumplom lub zmieniała popielniczki. Doskonale znała technikę przesłuchań.

— W porządku — rzekł Hale, kiedy nabrał pewności, że ani ona, ani on nie da mu punktu zaczepienia. — Oto nasz tok rozumowania. Norman przychodzi tutaj. Normanowi udaje się jakoś zabić policjantów: Alvina Demersa i Lee Babcocka. Babcocka wpycha na siedzenie pasażera, Demersa do bagażnika. Norman psuje światło w przedsionku, potem schodzi do piwnicy i wyłącza kilka wyłączników, na chybił trafił, chociaż były porządnie oznakowane na diagramie przyklejonym do tablicy rozdzielczej. Dlaczego? Nie wiemy. To świr. Potem wraca do radiowozu i udaje Demersa. Kiedy pani i pan Steiner wracacie do domu, atakuje was od tyłu, prawie dusi pana Steinera, goni was po schodach, rani pana Briscoego, gdy ten wtrąca się do „zabawy", a potem wyłamuje drzwi. Do tej pory wszystko się zgadza, prawda?

— Tak, chyba tak — odparła Rosie. — Wszystko działo się bardzo szybko, ale chyba właśnie tak było.

— A teraz dochodzimy do tego, czego nie pojmuję. Wy ukrywacie się w garderobie...

— Tak...

— ...a Norman wpada tu jak Freddy Jason, czy jak tam nazywa się ten facet z horrorów...

— No, niezupełnie...

— ..szarżuje jak byk w składzie porcelany, przystaje na moment w łazience, żeby wystrzelić parę dziur w zasłonie prysznica... a potem wybiega z mieszkania. Twierdzicie, że zrobił coś takiego?

— Właśnie tak zrobił — powiedziała. — Oczywiście nie widzieliśmy, jak biegał po mieszkaniu, ponieważ byliśmy w garderobie, ale słyszeliśmy go.

— Ten stuknięty parszywiec udający policjanta zadaje sobie tyle trudu, żeby panią znaleźć, zostaje obsikany, łamią mu nos, morduje co najmniej cztery osoby, w tym dwóch policjantów, a potem... co? Rozwala zasłonę prysznica i ucieka? Tak twierdzicie?

— Tak.

Wiedziała, że nie ma sensu mówić mu nic więcej. On nie podejrzewał jej o sprawy nielegalne — dałby jej znacznie więcej swobody, przynajmniej na początku, gdyby było inaczej — jeśli jednak próbowałaby wzmocnić to proste stwierdzenie, mógłby warczeć na nią jak terier przez całą noc, a już bolała ją od tego głowa.

Hale spojrzał na Billa.

— Tak pan to pamięta?

Bill potrząsnął głową.

— Nie pamiętam — rzekł. — Moja pamięć ogranicza się do tego, że zaparkowałem harleya przed radiowozem. Była mgła. A potem wszystko tonie we mgle.

Hale z obrzydzeniem machnął ręką. Rose wzięła dłoń Billa, położyła ją sobie na udzie, nakryła swoimi dłońmi i słodko uśmiechnęła się do niego.

— W porządku — powiedziała. — Jestem pewna, że z czasem przypomnisz sobie wszystko.

6

Bill obiecał jej, że zostanie, i dotrzymał słowa. Zasnął niemal w tej samej chwili, gdy dotknął głową poduszki wziętej z małej sofy. To nie zdziwiło Rosie. Leżała obok niego na wąskim łóżku, patrząc na mgłę kłębiącą się wokół latarni za oknem i czekając, aż powieki zaczną jej ciążyć. Nie doczekawszy się, wstała, podeszła do garderoby, włączyła światło i siadła po turecku przed obrazem.

Oświetlał go łagodny blask księżyca. Świątynia ledwie majaczyła w mroku. W górze krążyły ścierwojady. Czy jutro, gdy wzejdzie słońce, pożywią się ciałem Normana? — zastanawiała się. Nie sądziła. Norman znalazł się tam, gdzie nie ma żadnych ptaków.

Jeszcze przez chwilę spoglądała na obraz, a potem dotknęła go i poczuła pod palcami zastygłe ślady pędzla. To ją uspokoiło. Wyłączyła światło i wróciła do łóżka. Tym razem sen przyszedł szybko.

7

Zbudziła się i obudziła Billa wcześnie rano, tego pierwszego dnia jej życia bez Normana. Krzyczała.

— Ja odpłacam! Ja odpłacam! O Boże, jej oczy! Jej czarne oczy!

— Rosie — wołał Bill, potrząsając nią. — Rosie!

Popatrzyła na niego, najpierw nieprzytomnie, z twarzą mokrą od potu, który przemoczył jej nocną koszulę, tak że bawełna przywarła do wklęsłych i wypukłych miejsc jej ciała.

— Bill?

Kiwnął głową.

— No pewnie. Nic ci nie jest. Oboje wyszliśmy cało.

Zadrżała i przytuliła się do niego. Zadowolenie szybko przerodziło się w coś innego. Leżeli tak blisko, a on prawą ręką obejmował jej lewe ramię otaczające jego kark, a kiedy wszedł w nią (z Normanem nigdy nie zaznała takiej przyjemności i takiego spokoju), jej spojrzenie padło na dżinsy leżące na podłodze. Buteleczka wciąż znajdowała się w kieszeni. Rosie oceniała, że pozostały w niej co najmniej trzy krople wody zapomnienia — może więcej.

Wypiję je — pomyślała na moment przed tym, zanim straciła zdolność rozsądnego myślenia. — Wypiję je oczywiście. Zapomnę i tak będzie najlepiej, komu potrzebne są takie sny?

A jednak w głębi duszy — znacznie głębiej, niż ukrywała się jej stara przyjaciółka, Praktycznie-Rozsądna — znała odpowiedź na to pytanie: to ona, nie kto inny, potrzebowała takich snów. Ona. I chociaż zachowała buteleczkę i jej zawartość, nie przechowywała jej dla siebie. Ponieważ nie wyciągając wniosków z przeszłości, byłaby skazana na powtarzanie błędów.

Spojrzała na Billa. Patrzył na nią szeroko otwartymi oczami, zamglonymi z rozkoszy, którą podzielała. Więc pozwoliła zabrać się tam, dokąd ją powiódł i gdzie pozostali przez dłuższy czas — dzielni żeglarze podróżujący na stateczku, jakim stało się jej wąskie łóżko.

8

Około południa Bill poszedł kupić obarzanki i niedzielną gazetę. Rosie wzięła prysznic, ubrała się i siadła na skraju łóżka. Czuła ich zapachy, a także woń, którą wydzielali wspólnie. Pomyślała, że nigdy nie otaczały jej przyjemniejsze zapachy.

Ani kropli krwi na poszewce. Żadnych śladów krwi!

Jej dżinsy znalazły się pod łóżkiem. Wygarnęła je nogą, a potem wyjęła buteleczkę z kieszonki na zegarek. Zaniosła spodnie do łazienki, gdzie za drzwiami miała plastikowy pojemnik na brudne rzeczy. Buteleczkę wstawiła do apteczki, przynajmniej na razie, gdzie zniknęła za opakowaniem motryny. Przeszukała pozostałe kieszenie dżinsów, zanim rzuciła je do pojemnika — przyzwyczajenie gospodyni, z czego nie zdawała sobie sprawy... Jej palce dotknęły czegoś w lewej kieszeni. Wyjęła to, spojrzała i zadrżała, gdy usłyszała głos Rose Madder: „Na pamiątkę... zrób z tym, co chcesz".

To był sygnet Akademii Policyjnej, należący do Normana.

Włożyła go na kciuk, obróciła w prawo i w lewo, pozwalając światłu sączącemu się z matowej szyby łazienki oświetlać słowa: Służba, Wierność, Społeczeństwo. Znowu zadrżała i przez moment pomyślała, że Norman zaraz wróci po swój złowrogi talizman.

Trochę później, gdy buteleczka była już bezpiecznie schowana w apteczce, Rosie pośpieszyła do łóżka, tym razem nie wąchając unoszącego się tam zapachu kobiety i mężczyzny. Teraz myślała tylko o nocnym stoliku. Miał szufladę. Schowa w niej sygnet. Potem zastanowi się, co z nim zrobić, na razie chciała tylko, żeby zniknął jej z oczu. Na pewno niebezpiecznie byłoby pozostawić go na widoku. Później mógł wpaść porucznik Hale, uzbrojony w nowe i stare pytania, a lepiej, żeby nie zobaczył sygnetu Normana. Lepiej nie.

Otworzyła szufladę, wyciągnęła rękę, żeby wrzucić tam sygnet... i zastygła.

W szufladzie już coś było. Kawałek niebieskiej materii, starannie złożony w pakiecik. Poplamiony jaskraworóżowymi plamami, wyglądającymi jak krople na pół skrzepłej krwi.

— O mój Boże — szepnęła Rosie. — Nasiona!

Wyjęła pakiecik, zrobiony z kawałka jej nocnej koszuli, usiadła na łóżku (bo nagle ugięły się pod nią nogi) i położyła zawiniątko na kolanach. W myślach słyszała Dorcas ostrzegającą ją, żeby nie kosztowała owoców, a nawet nie brała do ust ręki, którą dotykała nasion. Nazywała je drzewem granatu, ale Rosie nie wydawało się, żeby naprawdę nim było.

Odwinęła brzegi zawiniątka i spojrzała na nasiona. Serce galopowało jej w piersi.

Nie chcę ich mieć — pomyślała — nie chcę.

Zostawiła sygnet męża pod lampką, przynajmniej na razie, wstała i znów poszła do łazienki, niosąc pakiecik na otwartej dłoni. Nie wiedziała, od jak dawna nie ma Billa, straciła poczucie czasu, ale wydawało jej się, że jego nieobecność się przedłużała.

Proszę — pomyślała — niech kolejka po obarzanki będzie długa.

Podniosła deskę sedesową, uklękła i wzięła z zawiniątka pierwsze nasionko. Przyszło jej do głowy, że na tym świecie nasionka mogły stracić swoją magiczną moc, ale natychmiast zdrętwiały jej czubki palców i zrozumiała, że tak się nie stało. To nie było tak, jakby straciła czucie w palcach; raczej wydawało się, że te nasionka wywoływały jakiś dziwny rodzaj amnezji. Mimo to przez chwilę trzymała ziarnko w ręce, przypatrując mu się uważnie.

— Jedno dla lisicy — powiedziała i rzuciła je do muszli. Woda natychmiast przybrała złowrogą, jaskraworóżową barwę. Wyglądało to tak, jakby ktoś podciął tu sobie żyły lub poderżnął gardło. Lecz unoszący się z wody aromat nie był odorem krwi; to była gryząca, lekko metaliczna woń strumienia płynącego za Świątynią Byka. Zapach był tak silny, że łzawiły jej oczy.

Wyjęła z zawiniątka drugie nasionko i popatrzyła na nie.

— Jedno dla tej wariatki — rzekła i upuściła je do muszli. Kolor pogłębił się, miał teraz barwę skrzepu, a zapach był tak silny, że łzy płynęły jej strumieniami po policzkach. Oczy miała czerwone jak kobieta siekająca cebulę.

Wzięła ostatnie nasionko z pakiecika i spojrzała na nie.

— I jedno dla mnie — powiedziała. — Jedno dla Rosie.

Kiedy jednak próbowała je wrzucić do sedesu, nie chciało oderwać się od jej palców. Spróbowała ponownie, z tym samym rezultatem. Natomiast w myślach usłyszała głos szalonej kobiety, przemawiającej tonem rozsądnej perswazji.

„Pamiętaj o drzewie. Pamiętaj o drzewie, mała Rosie. Pamiętaj...".

— O drzewie — mruknęła Rosie. — Pamiętaj o drzewie, pewnie, słyszę cię, tylko o jakim drzewie? I co powinnam zrobić? Co, na Boga Ojca, mam zrobić?

Nie wiem — odparła Praktycznie-Rozsądna — lecz cokolwiek zrobisz, lepiej zrób to szybko. Bill może wrócić w każdej chwili. Lada moment.

Spuściła wodę patrząc, jak czerwonawopurpurową ciecz zastępuje czysta woda. Potem podeszła do łóżka, usiadła na nim i spojrzała na ostatnie nasionko, leżące na poplamionym kawałku bawełny. Przeniosła wzrok na sygnet Normana. I znowu na nasionko.

Dlaczego nie mogę wyrzucić tego przeklętego nasionka? — zadała sobie pytanie. — Daj spokój z tym cholernym drzewem, tylko powiedz mi, na Boga, dlaczego nie mogę wyrzucić tego ostatniego nasionka i skończyć z tym.

Żadnej odpowiedzi. Jedynie podekscytowany warkot nadjeżdżającego motocykla, wpadający przez otwarte okno. Już rozpoznawała odgłos Billowego harleya. Pośpiesznie, nie zadając sobie więcej pytań, Rosie położyła sygnet na miękkim niebieskim gałganku, razem z nasionkiem. Potem zawinęła oba, podeszła do komódki i wzięła stojącą na niej torebkę. Ta torebka była wytarta i niemodna, ale wiele dla niej znaczyła — właśnie ją zabrała tej wiosny, uciekając z „ziemi egipskiej". Otworzyła ją i schowała do środka niebieskie zawiniątko, wpychając je na samo dno, gdzie było bezpieczniej ukryte niż ceramiczna buteleczka stojąca w apteczce. Zrobiwszy to, podeszła do otwartego okna i zaczęła łapać wielkie hausty świeżego powietrza.

Kiedy Bill wszedł, niosąc grubą niedzielną gazetę i mnóstwo obarzanków w papierowej torbie, Rosie powitała go olśniewającym uśmiechem.

— Dlaczego tak długo? — zapytała, a w duchu pomyślała: Ależ z ciebie lisica, mała Rosie. Ależ...

Uśmiech na jego twarzy, którym odpowiedział na jej uśmiech, nagle zgasł.

— Rosie? Wszystko w porządku?

Znów rozpromieniła się.

— Najlepszym. Przez moment poczułam się tak, jakby ktoś przeszedł po moim grobie.

Tyle że to nie był ktoś.

9

„Mogę dać ci jeszcze jedną radę, zanim odeślę cię z powrotem?" — spytała Rose Madder. Nieco później tego popołudnia, gdy porucznik Hale przyniósł im wstrząsającą wiadomość o Annie Stevenson (która, w wyniku często wyrażanej niechęci do niespodziewanych wizyt w jej gabinecie, została znaleziona dopiero rano) i poszedł, Rosie skorzystała z tej rady. Była niedziela, lecz Hair 2000 przy Skyview Mall był otwarty. Fryzjerka, która miała zająć się Rosie, zrozumiała życzenie, ale przez chwilę protestowała.

— Wyglądają tak ładnie! — mówiła.

— Tak, chyba tak — odparła Rosie — ale nienawidzę tego koloru.

Fryzjerka zrobiła, co do niej należało, i wbrew jej obawom, kiedy Bill przyszedł wieczorem na kolację, nie wyraził zdziwienia ani żalu.

— Masz krótsze włosy, ale poza tym wyglądasz dokładnie tak samo jak wtedy, gdy pierwszy raz przyszłaś do naszego sklepu — rzekł. — Podobasz mi się.

Uściskała go.

— To dobrze.

— Zjemy kolację w chińskiej restauracji?

— Tylko jeśli obiecasz, że później zostaniesz.

— Żeby wszystkie obietnice były tak łatwe do dotrzymania.

10

Nagłówki na pierwszej stronie poniedziałkowej gazety: POLICJANT-PRZESTĘPCA WIDZIANY W WISCONSIN.

We wtorek: POLICJA NA TROPIE DANIELSA, POLICJANTA-MORDERCY.

We środę: KREMACJA ANNY STEVENSON; 2000 UCZESTNIKÓW KONDUKTU POGRZEBOWEGO.

Nagłówki czwartkowe: NORMAN DANIELS MÓGŁ POPEŁNIĆ SAMOBÓJSTWO, PODEJRZEWAJĄ DOBRZE POINFORMOWANE OSOBY.

W piątek wiadomości o Normanie trafiły na drugą kolumnę.

W następny piątek już się nie pojawiły.

11

Wkrótce po Czwartym Lipca Robbie Lefferts dał Rosie do czytania powieść skrajnie różniącą się od książek Richarda Racine'a — „A Thousand Acres" Jane Smiley. To była historia rodziny farmerów z Iowa, w rzeczywistości jednak coś zupełnie innego; Rosie przez trzy lata pełniła funkcję kostiumologa szkolnych przedstawień teatralnych i chociaż ani razu nie wystąpiła na scenie, potrafiła rozpoznać szalonego króla z szekspirowskiego dramatu. Smiley ubrała Leara w drelichy, lecz szaleniec pozostał szaleńcem.

Ponadto uczyniła go postacią aż nadto przypominającą Rosie Normana. W dniu, kiedy skończyła tę książkę („Jak do tej pory, to twoja najlepsza rola — powiedziała Rhoda — i jedna z najlepszych, jakie słyszałam"), wróciwszy do domu Rosie wyjęła z garderoby stary obraz bez ram. Stał od tamtej nocy, gdy Norman... no... zniknął. Po raz pierwszy od owej nocy spojrzała na płótno.

To, co ujrzała, zbytnio jej nie zdziwiło. Na obrazie znów był dzień. Wzgórze się nie zmieniło, zarośnięte i dzikie, świątynia pod nim wyglądała tak samo (albo prawie tak samo; Rosie odniosła wrażenie, że dziwnie zdeformowana architektura budowli uległa jakiejś zmianie, stała się normalna), a obu kobiet nie było. Rosie domyślała się, że Dorcas po raz ostatni zaprowadziła szaloną kobietę do dziecka... Potem Rose Madder wyruszy samotnie tam, dokąd podążają takie jak ona, kiedy w końcu wybije godzina ich śmierci.

Zaniosła płótno do zsypu na końcu korytarza, trzymając je ostrożnie za krawędzie, tak jak przedtem — jakby w obawie, że przez nieostrożność jej dłoń może wślizgnąć się do tamtego świata. Prawdę mówiąc, bała się właśnie czegoś takiego.

Przed zsypem, którym śmieci spadały do znajdującej się w piwnicy spalarki, znów przystanęła, po raz ostatni spoglądając na obraz, który przemówił do niej z zakurzonej półki lombardu, wzywając ją bezgłośnym, rozkazującym głosem, mogącym należeć do samej Rose Madder. I pewnie należał — pomyślała Rosie. Wyciągnęła rękę do drzwiczek zsypu i znieruchomiała, dostrzegając coś, czego nie zauważyła dotychczas: dwie plamy w wysokiej trawie, nieco poniżej szczytu wzgórza. Lekko dotknęła palcem olejnej farby w tym miejscu, marszcząc brwi i zastanawiając się, co to takiego. Po chwili zrozumiała. Różowa plamka to jej sweter. Czarna, obok niej, to kurtka, którą Bill pożyczył jej na przejażdżkę motocyklem po drodze numer 27. Nie dbała o sweter, tani ciuch z orlonu, ale żałowała kurtki. Skóra nie była nowa, lecz wiązały się z nią dobre wspomnienia. Ponadto Rosie lubiła zwracać ludziom to, co od nich pożyczała.

Nawet z karty kredytowej Normana skorzystała tylko raz.

Spojrzała na obraz i westchnęła. Nie było sensu zatrzymywać go; niebawem miała opuścić ten pokoik znaleziony jej przez Annę i nie chciała zabierać ze sobą bagażu przeszłości. Podejrzewała, że wspomnienia związane z tym obrazem i tak tkwią w jej głowie jak odłamki pocisku, ale...

„Pamiętaj o drzewie, Rosie", usłyszała głos i tym razem brzmiał jak głos Anny — Anny, która pomogła jej, gdy Rosie potrzebowała pomocy, kiedy nie miała do kogo się zwrócić, Anny, której nie potrafiła opłakać tak, jak by chciała... chociaż wylała morze łez po Pam ze ślicznymi niebieskimi oczami, wiecznie szukającymi „kogoś interesującego". Teraz jednak poczuła smutek, od którego zadrżały jej usta i zapiekło w oczach.

— Anno, przepraszam — powiedziała.

Nic nie szkodzi. — Ten głos, oschły i lekko arogancki. — Nie ty stworzyłaś Normana i nie możesz brać za niego odpowiedzialności. Jesteś Rose McClendon, a nie Tyfusową Mary, więc lepiej pamiętaj o tym, gdy zaczniesz popadać w melancholię. Musisz tylko pamiętać...

— Nie, nie muszę — powiedziała i przełamała obraz, jak ktoś

stanowczo zamykający książkę. Trzasnęło stare drewno, na którym było rozpięte płótno. Obraz nie tyle pękł, ile rozleciał się na kawałki, zwisające jak porwana szmata. Malowidło było pociemniałe i pozbawione szczegółów. — Nie, nie muszę. Nie muszę niczego, jeśli nie chcę, a nie chcę.

Kto zapomina o przeszłości...

— Pieprzyć przeszłość! — krzyknęła Rosie.

„Ja odpłacam", rozległ się głos. Szeptał. Przymilał się. Ostrzegał.

— Nie słyszę cię — rzekła Rosie. Otworzyła drzwiczki zsypu, poczuła ciepło i zapach sadzy. — Nie słyszę cię, nie słucham, już po wszystkim.

Wepchnęła podarty i zmięty obraz do zsypu, jakby wysyłała komuś list do piekieł, a potem stanęła na palcach, żeby zobaczyć, jak wpada w płomienie.

Epilog

LISICA

1

W październiku Bill znów zabiera ją na piknik nad jezioro. Tym razem jadą samochodem; jest śliczny jesienny dzień, lecz zbyt chłodny na jazdę motocyklem. Kiedy są już na miejscu i wokół nich rozpościera się zielona murawa, a drzewa płoną barwami jesieni, on pyta ją o to, o co od jakiegoś czasu spodziewała się, że ją zapyta.

— Tak — odpowiada mu. — Jak tylko dostanę urzędową decyzję.

On obejmuje ją, całuje, a gdy ona zarzuca mu ręce na szyję i zamyka oczy, słyszy dochodzący z głębi świadomości głos Rose Madder: „Teraz wszystkie rachunki zostały wyrównane... a jeśli będziesz pamiętać o drzewie, to i tak nie będzie miało żadnego znaczenia".

O jakim drzewie?

Drzewie Życia?

Drzewie Śmierci?

Drzewie Wiadomości?

Drzewie Dobrego i Złego?

Rosie drży i jeszcze mocniej tuli się do swego przyszłego męża, a kiedy on obejmuje dłonią jej lewą pierś, dziwi się, jak mocno i szybko bije w niej serce.

2

Wzięli ślub cywilny po Święcie Dziękczynienia, a przed Bożym Narodzeniem, dziesięć dni po tym, jak uprawomocnił się rozwód

Rosie z Normanem Danielsem. Podczas pierwszej nocy, po tym jak została panią Steiner, zbudził ją krzyk męża.

— Nie mogę na nią patrzeć! — wołał we śnie. — Jej wszystko jedno, kogo zabija! Jej wszystko jedno, kogo zabija! Och, proszę, czy on nie może przestać WRZESZCZEĆ?

A potem, znacznie ciszej:

— Co masz w ustach? Co to za nitki?

Śpią w nowojorskim hotelu, zatrzymawszy się po drodze do St. Thomas, gdzie wybrali się w dwutygodniową podróż poślubną. Rosie zostawiła niebieski pakiecik na dnie torebki, którą wzięła ze sobą, opuszczając „ziemię egipską", ale zabrała w podróż poślubną tę ceramiczną buteleczkę. Jakiś instynkt — zapewne można by go nazwać kobiecą intuicją — kazał jej to zrobić. Już dwukrotnie posłużyła się nim w takich okolicznościach. Następnego ranka, kiedy Bill goli się w łazience, wlewa mu ostatnią kroplę do kawy.

To musi podziałać — myśli później, rzucając puste naczynko do toalety i spuszczając wodę. — Musi podziałać, bo nie mam więcej.

Podróż poślubna jest wspaniała — mnóstwo słońca, mnóstwo dobrego seksu i żadnych złych snów.

3

W styczniu, kiedy na równiny i na miasto spadają tumany gnanego wiatrem śniegu, domowy test ciążowy informuje Rosie Steiner o tym, o czym ona już wie — że będzie miała dziecko. Wie coś jeszcze, czego nie wykazała ta próba: to będzie dziewczynka.

W końcu przyjdzie na świat Caroline.

Rachunki wyrównane — szepcze do siebie nie swoim głosem, stojąc w oknie ich nowego mieszkania i patrząc na śnieg. Przypomina jej mgłę w Bryant Parku tamtej nocy, kiedy wrócili do domu, a tam czekał na nich Norman.

Tak, tak, tak — myśli, już prawie znudzona tym tematem, dręczącym ją jak natrętna melodia, wciąż kołacząca się po głowie. — Będą wyrównane, dopóki będę pamiętała o drzewie, prawda?

Nie — słyszy głos szalonej kobiety tak wyraźnie, że Rosie z sercem podchodzącym do gardła odwraca się na pięcie, przekonana, że Rose Madder jest tutaj z nią. I chociaż słyszy ten głos, pokój jest pusty. — Nie... dopóki trzymasz nerwy na wodzy. Póki jesteś w stanie to robić. Lecz rezultat jest taki sam, prawda?

— Wynoś się — mówi do pustego pokoju, a jej głos jest ochrypły i drżący. — Wynoś się, ty suko. Trzymaj się ode mnie z daleka. Wynoś się z mojego życia.

4

Niemowlę waży prawie cztery kilogramy. Mimo że jego sekretnym imieniem jest i zawsze będzie Caroline, w metryce ma wpisane Pamela Gertrude. Z początku Rosie protestuje, mówiąc, że te dwa imiona tworzą aluzję literacką. Proponuje, bez wielkiego entuzjazmu, nazwać ją Pamela Anna.

— Och, daj spokój — mówi Bill — to brzmi jak nazwa deseru owocowego w jakiejś kalifornijskiej restauracji dla snobów.

— Ale...

— Nie martw się o Pamelę Gertrude. Po pierwsze, ona nigdy nie przyzna się nawet swojej najlepszej przyjaciółce, że na drugie ma Gert. Możesz być tego pewna. A po drugie, pisarka, o której mówisz, stwierdziła, że róża to róża i jeszcze raz róża. Nie przychodzi mi do głowy lepszy powód, żeby dać te imiona małej.

Tak też robią.

5

Kiedy Pammy ma skończyć dwa latka, jej rodzice postanawiają kupić dom na przedmieściu. Do tej pory mogą już sobie na to pozwolić; oboje dobrze zarabiają. Zaczynają od sterty broszur, powoli redukując oferty do tuzina możliwości, potem do sześciu, czterech i dwóch. I wtedy zaczynają się problemy. Rosie podoba się pierwszy, Billowi drugi. Dyskusja przeradza się w spór, ich stanowiska usztywniają się i spór przechodzi w kłótnię — smutne, lecz normalne; nawet najlepszym i najzgodniejszym małżeństwom od czasu do czasu zdarza się spierać, a nawet krzyczeć na siebie.

W końcu Rosie idzie do kuchni i zaczyna przygotowywać kolację. Najpierw wkłada kurczaka do piekarnika, a potem nastawia wodę na kukurydzę, którą kupiła na straganie. Trochę później, kiedy skrobie ziemniaki na szafce przy kuchence, Bill wychodzi ze stołowego, gdzie oglądał zdjęcia dwóch domów, które stały się powodem tej niezwykłej u nich różnicy zdań... Tak naprawdę to nie patrzył na nie, lecz ubolewał, że pokłócił się z Rosie.

Ona nie odwraca się, co zwykle robi, słysząc jego kroki, nawet wtedy kiedy całuje ją w kark.

— Przepraszam, że nakrzyczałem na ciebie z powodu domu — mówi jej cicho. — W dalszym ciągu uważam, że ten w Windsorze byłby dla nas lepszy, ale bardzo mi przykro, że podniosłem na ciebie głos.

Czeka na jej odpowiedź i nie doczekawszy się, odchodzi smutny, zapewne myśląc, że ona wciąż jest zła. Tymczasem złość to nieodpowiednie określenie jej obecnego stanu ducha. Ogarnęła ją po prostu furia, niemal morderczy szał, a milczenie nie jest dziecinnym dąsaniem się, lecz rozpaczliwą próbą (pamiętaj o drzewie) opanowania wściekłości, bo ma ochotę zdjąć z kuchenki garnek z wrzącą wodą i chlusnąć mu nią w twarz. Żywy obraz, jaki widzi w wyobraźni, jest jednocześnie okropny i kuszący: Bill zataczający się i wrzeszczący, gdy jego skóra staje się ciemnoczerwona — kolor, jaki Rosie widzi jeszcze czasami w snach. Bill, chwytający się za policzki, gdy na jego dymiącej skórze wykwitają pierwsze pęcherze.

Jej lewa ręka już wyciągnęła się w stronę garnka...

Tej nocy, gdy leży bezsennie w łóżku, bez przerwy słyszy te dwa słowa: „Ja odpłacam".

6

Przez kilka następnych dni zaczyna obsesyjnie oglądać swoje dłonie, ramiona i twarz... ale głównie ręce, ponieważ od nich to się zacznie.

Co się zacznie? Właściwie nie wie... ale jest przekonana, że rozpozna (drzewo) to, kiedy przyjdzie czas.

Na zachodnim końcu miasta odkrywa miejsce o nazwie Klub Baseballowy Elma i zaczyna je regularnie odwiedzać. Większość klienteli to mężczyźni w średnim wieku, usiłujący zachować chłopięce sylwetki i skłonni wydać pięć lub więcej dolarów za możliwość udawania, że są Kenem Griffeyem Juniorem lub Bigiem

Hurtem. Od czasu do czasu któraś z dziewczyn uderzy kilka razy, lecz przeważnie pozostają ozdobą, stojąc za siatką ochronną stanowisk lub trochę droższego Tunelu Pierwszej Ligi i kibicując. Bardzo mało kobiet po trzydziestce bawi się piłką i kijem baseballowym. Mało? Tak naprawdę to żadna oprócz tej pani o krótkich kasztanowych włosach i bladej, poważnej twarzy. Dlatego chłopcy żartują, kpią, poszturchują się łokciami i okręcają czapeczki daszkiem do tyłu, żeby pokazać, jacy z nich twardziele, a ona zupełnie ich ignoruje, zarówno śmiech, jak i bezczelne komentarze na temat jej ciała, które prawie wróciło do formy po porodzie. Prawie? Jak na babkę, która ma już swoje lata (mówią do siebie), jest super, istna bomba.

I po pewnym czasie przestają się śmiać. Przestają, gdyż pani w podkoszulku bez rękawów i luźnych szarych spodniach, przezwyciężywszy początkową sztywność i brak wprawy (kilkakrotnie nawet oberwawszy gumową piłką wystrzeliwaną przez maszynę), zaczyna trafiać, a potem trafia wspaniale.

— Fajnie wali — mówi jeden z nich pewnego dnia, kiedy Rosie, zdyszana i zarumieniona, z wilgotnymi włosami oblepiającymi jej głowę jak mokry hełm, trzykrotnie, raz za razem, posyła piłkę na linię końcową, przez całą długość tunelu z siatki. Przy każdym uderzeniu wydaje wysoki, niesamowity okrzyk, jak Jennifer Capriati zdobywająca decydujący punkt. Zachowuje się tak, jakby piłka zrobiła jej coś złego.

— I daje maszynie popalić — mówi drugi, gdy automat na środku tunelu wypluwa kolejną piłkę, lecącą z szybkością stu dwudziestu kilometrów na godzinę. Rosie wydaje swój donośny okrzyk, wciąga głowę w ramiona i robi półobrót. Piłka odbija się i leci w przeciwnym kierunku. Uderza w siatkę sześćdziesiąt metrów dalej, a potem lecąc po lekko wznoszącym się torze, odbija się kilkakrotnie i toczy do innych, posłanych tam poprzednio.

— Eee, wcale tak mocno nie bije — marudzi trzeci. Bierze papierosa, wkłada go do ust, wyjmuje pudełko zapałek i zapala jedną. — Po prostu ma trochę...

Tym razem Rosie naprawdę krzyczy — jak wygłodniały ptak — i piłka śmiga tunelem po idealnie płaskim torze. Uderza w siatkę... i przechodzi przez nią. Dziura, która po niej zostaje, wygląda jak otwór po oddanym z bliskiej odległości strzale z dubeltówki.

Palacz wytrzeszcza oczy, aż zapalona zapałka parzy go w palce.
— Co mówiłeś, bracie? — pyta go łagodnie pierwszy chłopak.

7

Miesiąc później, wkrótce po zamknięciu klubu baseballowego na zimę, Rhoda Simons nagle przerywa Rosie czytającej nowy tekst Glorii Naylor i proponuje, żeby na resztę dnia zrobiła sobie wolne. Rosie prostestuje, mówiąc, iż jest za wcześnie. Rhoda zgadza się z tym, ale twierdzi, że Rosie traci wyczucie i lepiej niech odpocznie do jutra.

— Taak, może, ale chciałabym to skończyć dzisiaj — mówi Rosie. — Zostało mi tylko dwadzieścia stron. Chcę skończyć tę cholerną książkę, Rho.

— Wszystko, co dzisiaj zrobisz, będzie trzeba powtórzyć — stwierdza kategorycznie Rhoda. — Nie wiem, czy Pamela nie dała ci pospać tej nocy, lecz dziś zdecydowanie nie jest twój dzień.

8

Rosie wstaje i wychodzi, trzaskając drzwiami tak mocno, że prawie wyrywa je z wyciszających zawiasów. Potem, w pokoju kontrolnym, łapie nagle przerażoną Rhodę Simons za kołnierz cholernej bluzki od Normy Kamali i wali jej głową o pulpit sterowniczy. Przełącznik wbija się w nos Rhody, jak widelec w barbecue. Krew tryska na wszystkie strony, a krople padają na szklane ściany studia i spływają jaskraworóżowymi strużkami.

— Rosie, nie! — krzyczy Curt Hamilton. — Mój Boże, co ty robisz?

Rosie wbija pazury w pulsujące gardło Rhody i rozszarpuje je, wpycha twarz w gorący strumień krwi, chce się w niej kąpać. Pragnie świętować rozpoczęcie nowego życia, przed którym tak głupio się broniła. I nie ma potrzeby odpowiadać Curtowi; ona dobrze wie, co robi — odpłaca — właśnie tak, odpłaca, i niech Bóg ma w opiece tych, którzy znaleźli się po złej stronie w jej księgach rachunkowych. Niech Bóg...

9

— Rosie? — woła Rhoda Simons z głośnika, przerywając jej okropną, lecz kuszącą wizję. — Nic ci nie jest?

Trzymaj nerwy na wodzy, mała Rosie.

Trzymaj nerwy na wodzy i pamiętaj o drzewie.

Patrzy w dół i widzi, że ołówek, który ma w dłoniach, jest teraz w dwóch kawałkach. Spogląda na nie przez kilka sekund, głęboko oddychając, usiłując opanować szaleńczo galopujące serce. Kiedy czuje, że może już mówić mniej więcej spokojnym głosem, odpowiada:

— Nie, nic mi nie jest. Ale masz rację, mała nie dała mi spać i jestem zmęczona. Dajmy na dziś spokój.

— Mądra dziewczyna — chwali ją Rhoda, a kobieta po drugiej stronie szklanej ściany, kobieta zdejmująca słuchawki rękami, które drżą tylko trochę, myśli: Nie. Nie mądra. Zła. Zła dziewczyna.

„Ja odpłacam — szepcze głos z głębi jej świadomości. — Wcześniej czy później, mała Rosie, ja odpłacam. Czy tego chcesz, czy nie, odpłacam".

10

Spodziewa się, że nie zmruży oka przez całą noc, ale zaraz po północy zasypia i śni. To sen o drzewie, o tym drzewie, a kiedy budzi się, myśli: Nic dziwnego, że tak trudno było mi zrozumieć. Nic dziwnego. Przez cały czas myślałam o innym.

Leży obok Billa, patrząc w sufit i przypominając sobie sen. Słyszała w nim krzyki mew nad jeziorem, zawodzących bez końca, oraz głos Billa: „Nic im się nie stanie, jeśli będą zdrowe" — mówił Bill. — Jeśli będą zdrowe i nie zapomną o drzewie.

Już wie, co musi zrobić.

11

Następnego dnia telefonuje do Rhody i mówi, że nie przyjdzie. Lekka grypa — wyjaśnia. Potem jedzie drogą numer 27 na teren piknikowy, tym razem sama. Na siedzeniu obok niej leży stara torebka, ta którą zabrała ze sobą z „ziemi egipskiej". O tej porze dnia i roku ma cały teren rekreacyjny dla siebie. Zdejmuje buty, stawia je pod drewniany stół i idzie na północ, stąpając w płytkiej wodzie przy brzegu jeziora, tak jak wtedy gdy Bill przywiózł ją tutaj pierwszy raz. Wbrew oczekiwaniom bez trudu odnajduje ścieżkę, biegnącą w górę. Idąc nią, wbijając bose nogi w ziarnisty piach, zastanawia się, w ilu niepamiętanych snach była tutaj, od kiedy zaczęły się te napady szału. Oczywiście nie ma pojęcia, lecz to nie ma żadnego znaczenia.

Na końcu ścieżki jest zarośnięta polanka, a na polance zwalone drzewo — to, które w końcu przypomniała sobie. Nigdy nie zapomniała o tym, co przydarzyło jej się w świecie obrazu, i teraz widzi, bez szczególnego zdziwienia, że to drzewo i tamto, leżące w poprzek ścieżki wiodącej do „drzewa granatu", wskazanego przez Dorcas, są identyczne.

Widzi lisie jamy pod zakurzonym wiechciem korzeni na końcu pnia, ale nory są puste i wyglądają na stare. Podchodzi do nich, a potem klęka — nie jest pewna, czy utrzymałaby się na drżących nogach. Otwiera starą torebkę i wysypuje jej zawartość na usłaną liśćmi, kompostową ziemię. Wśród zmiętych kwitów z pralni i przeterminowanych recept, pod listą zakupów ze słowami:

KOTLETY WIEPRZOWE!

na samej górze, podkreślonymi, napisanymi dużymi literami i opatrzonymi wykrzyknikiem (kotlety wieprzowe zawsze były ulubionym daniem Normana), leży niebieski pakiecik upstrzony czerwonopurpurowymi plamkami.

Drżąc i zaczynając płakać — częściowo dlatego, że tak przygnębiają ją wspomnienia dawnego, smutnego życia, a częściowo z obawy, że zagrożone jest to nowe — wygrzebuje dziurę w ziemi przy podstawie wywróconego drzewa. Kiedy jama ma mniej więcej dwadzieścia centymetrów głębokości, Rosie kładzie pakiecik obok i otwiera go. Nasionko wciąż tam jest, otoczone złotym krążkiem sygnetu jej pierwszego męża.

Wkłada je do dziury (nasionko zachowało swoją magiczną moc; jej palce drętwieją w tej samej chwili, gdy go dotyka), a potem znów kładzie na nim sygnet.

— Proszę — mówi, nie wiedząc, czy modli się, a jeśli tak, to do kogo. W każdym razie, otrzymuje swego rodzaju odpowiedź. Słyszy urwane, krótkie warknięcie. Nie ma w nim litości, współczucia czy delikatności. Tylko niecierpliwość. „Nie rób sobie ze mnie jaj" — słyszy.

Rosie podnosi wzrok i na drugim końcu polanki widzi lisicę, stojącą bez ruchu i patrzącą na nią. Zwierzę ma zjeżoną sierść. Futro płonie jak pochodnia na tle ciemnoszarego nieba.

— Proszę — powtarza Rosie cichym, niespokojnym głosem. — Proszę, nie pozwól mi stać się tym, czego się obawiam. Proszę... bardzo proszę, pomóż mi utrzymać nerwy na wodzy i pamiętać o drzewie.

Nie słyszy niczego, co mogłaby uznać za odpowiedź, nawet kolejnego niecierpliwego szczeknięcia. Lisica stoi nieruchomo. Wywiesza język i dyszy. Rosie ma wrażenie, że zwierzę się uśmiecha.

Jeszcze raz spogląda na sygnet otaczający nasionko, a potem zasypuje je wonną, żyzną ziemią.

Jedno dam pani w szkole — myśli — jedno dam mojej mamie, a jedno tej dziewczynce, co mieszka w sąsiedniej bramie. Jedno dla Rosie.

Cofa się na skraj polanki, do wylotu ścieżki, która zaprowadzi ją z powrotem na brzeg jeziora. Kiedy dochodzi tam, lisica szybko podbiega do obalonego drzewa, obwąchuje miejsce, gdzie Rosie zakopała nasionko i sygnet, a potem kładzie się na ziemi. Wciąż dyszy i szczerzy zęby (Rosie jest teraz pewna, że się śmieje) i patrzy na Rosie tymi czarnymi ślepiami. Małe odeszły — mówią te oczy — i samiec, z którym je miałam, też odszedł. Lecz ja, Rosie... ja pozostałam. I jeśli będzie trzeba, odpłacę.

Rosie szuka w tych oczach szaleństwa lub rozsądku... i dostrzega jedno i drugie.

Potem lisica wtula śliczny pysk w gęste futro, zamyka ślepia i wydaje się zasypiać.

— Proszę — szepcze ostatni raz Rosie, a potem odchodzi. Jadąc obwodnicą, wracając do tego, co — ma nadzieję — jest jej nowym życiem, pozbywa się ostatniego śladu przeszłości. Torebka, którą zabrała ze sobą z „ziemi egipskiej", wylatuje przez otwarte okno samochodu i wpada do Coori Bay.

12

Napady szału już się nie powtórzyły.

Dziecko, Pamela, jeszcze nie jest dorosłe, lecz dostatecznie duże, żeby mieć własne przyjaciółki, pączkujące piersi i miesiączkę. Wystarczająco duże, żeby spierać się z matką o ubiór, porę powrotu do domu oraz o to, co może robić, z kim się widywać i jak długo. Burzliwy czas dojrzewania Pam jeszcze się nie zaczął, ale Rosie wie, że nadchodzi. A jednak patrzy na to ze spokojem, ponieważ napady szału ustały.

Czupryna Billa posiwiała i przerzedziła się.

Rosie w dalszym ciągu ma kasztanowe włosy. Nosi je równo przycięte, do ramion. Czasem upina je w kok, ale nigdy nie zaplata warkocza.

Minęły lata od pikniku nad brzegiem jeziora, przy międzystanowej drodze numer 27; Bill najwyraźniej zapomniał o tym, kiedy sprzedawał swojego harleya, a sprzedał go, ponieważ, jak powiedział: „Mam już za słaby refleks, Rosie. Kiedy przyjemności stają się zbyt ryzykowne, pora z nich zrezygnować". Nie spierała się, ale miała wrażenie, że wraz z motocyklem Bill sprzedał mnóstwo wspomnień, których jej żal. Tak jakby w bagażniku pozostała znaczna część jego młodości, którą zapomniał wyjąć, zanim ten miły młody człowiek z Evanston wsiadł na motor i odjechał.

Już nie jeżdżą na pikniki nad jezioro, lecz raz do roku, zawsze na wiosnę, Rosie rusza tam sama. Widziała, jak nowe drzewo wyrasta w cieniu starego, zmieniając się z pędu w krzepkie drzewko o gładkim pniu i mocnych gałęziach. Patrzyła, jak rośnie, rok po roku, na polance, na której już nie baraszkują młode liski. Przesiaduje pod nim w milczeniu, czasem nawet godzinę, z dłońmi złożonymi na podołku. Nie przychodzi tu z wyrazami czci ani z modlitwą, lecz traktuje te wizyty jako swego rodzaju rytuał, dopełnienie jakiegoś obowiązku, swoiste wyznanie wiary. A ponieważ one nie pozwalają jej nikogo skrzywdzić — Billa, Pammy, Rhody, Curta (o Roba Leffertsa nie musi się już martwić; zmarł nagle na atak serca, kiedy Pammy skończyła pięć lat) — przeto trzeba uznać, że nie są stratą czasu.

Jak pięknie rośnie to drzewo! Jego młode gałęzie już okrywa gęstwina wąskich, ciemnozielonych liści, a przez ostatnie dwa lata oglądała w tej gęstwinie jaskrawe błyski kwiatów, z których za kilka lat będą owoce. Rosie jest przekonana, że jeśli ktoś zabłąka się na tę polankę i zje taki owoc, umrze — i to w okropnych męczarniach. Od czasu do czasu martwi się z tego powodu, lecz dopóki nie zobaczy śladów świadczących o tym, że bywają tam inni ludzie, nie martwi się za bardzo. Do tej pory nie dostrzegła ich; żadnych puszek po piwie, opakowań po papierosach czy gumie do żucia. Tak więc po prostu przychodzi tu, składa białe, czyste ręce na podołku i patrzy na drzewo swojego gniewu oraz na jaskraworóżowe plamy, które z biegiem lat staną się owocami śmierci niosącymi słodkie odrętwienie.

Czasem, siedząc przed drzewkiem, śpiewa.

I'm really Rosie — nuci — *and I'm Rosie Real... you better believe me... I'm a great big deal...*

Oczywiście wcale nie jest taka niezwykła, jedynie w oczach najbliższych, ale ponieważ liczy się tylko ich zdanie, wszystko jest w porządku. Rachunki wyrównane, jakby powiedziała kobieta w *zat.* Dotarła do bezpiecznego portu i w te wiosenne poranki nad jeziorem, siedząc z podwiniętymi nogami na zarośniętej, cichej polance, która wcale nie zmieniła się przez te wszystkie lata (co przypomina jej tamten obraz — kiczowate monidło, jakie można znaleźć w sklepiku z pamiątkami lub w lombardzie), czasem czuje głęboką wdzięczność, po prostu nie mieszczącą się w sercu. Właśnie dlatego śpiewa. Musi. Nie ma innego wyboru.

I czasami lisica — teraz już stara, dawno mająca za sobą płodne lata, z rudym futrem przetykanym nitkami siwizny — pojawia się na skraju polanki, staje i wydaje się słuchać śpiewu Rosie. Jej ślepia nie zdradzają żadnych uczuć, a jednak trudno nie dostrzec w nich zdrowego rozsądku popartego bystrym umysłem.

10 czerwca 1993 — 28 czerwca 1994

Spis treści